浙江文叢

桑調元集

〔第一册〕

〔清〕桑調元 著　林旭文 點校

浙江古籍出版社

圖書在版編目(CIP)數據

桑調元集 / (清) 桑調元著；林旭文點校. —杭州：浙江古籍出版社，2016.6(2020.4 重印)
(浙江文叢)
ISBN 978-7-5540-0848-5

Ⅰ.①桑… Ⅱ.①桑…②林… Ⅲ.①古典詩歌—詩集—中國—清代②古典散文—散文集—中國—清代 Ⅳ.①I214.91

中國版本圖書館 CIP 數據核字(2016)第 137481 號

桑調元集

(全五册)

〔清〕桑調元 著　林旭文 點校

出版發行 浙江古籍出版社
(杭州市體育場路 347 號　郵編:310006)
網　　址 www.zjguji.com
責任編輯 陳小林
封面設計 劉　欣
責任校對 余　宏
責任印務 樓浩凱
照　　排 浙江時代出版服務有限公司
印　　刷 浙江新華數碼印務有限公司
開　　本 710mm×1000mm　1/16
印　　張 97
字　　數 993 千
版　　次 2016 年 8 月第 1 版
印　　次 2020 年 4 月第 2 次印刷
書　　號 ISBN 978-7-5540-0848-5
定　　價 480.00 圓(精裝)

ISBN 978-7-5540-0848-5
9 787554 008485 >

桑調元像一（采自民國六年《餘姚司前桑氏宗譜》）

桑調元像二（采自乾隆蘭陔草堂刻本《弢甫集》卷首）

弢甫集卷一

錢塘桑調元

詩一

古詩二首

萬事有本意，舉世失其真。執經就緇帷，學子咸賓賓。詩書亦何用，挾之登要津。褰衣首大路，躑躅懷先民。面熱兔園冊，昕夕勞吾神。魯叟去已遠，世風何由淳。

暘谷一以昇，羣動不得息。邱陵與錙銖，小大爭之力。心事運淡機，顔鬢見槁色。百年紛營營，欣戚填胸臆。緬惟達士懷，何者爲眞得。振衣南山南，長嘯北山北。

驛亭堰舟次謁餘山先生

清乾隆蘭陔草堂刻本《弢甫集》

嵩山集卷上

錢唐桑調元

詩一

嵩遊口號

中州山水暢乘淩手攬蒼厓萬歲藤蓋卓一峯雲氣擁灘高八節浪花騰遊參禽向吾應得飛逐猿猱老尚能最惜春風餘幾日回看苑樹綠層層

登車

微雨浥輕塵登車發興新清遊始中嶽好景屬閒人地擅三川勝天留幾日春猶餘花柳乚紅翠眼邊勻

出郭三首

清乾隆修汲堂刻本《五嶽集》

前言

桑調元（一六九五—一七七一），字伊佐，一字弢甫，自號獨往生、五嶽詩人，清代錢塘（今浙江杭州）人。雍正四年（一七二六）舉順天鄉試，雍正十一年（一七三三）欽賜進士，授工部屯田司主事。丁父憂，廬墓三年，服闋補官，旋引疾歸。歷主大梁書院、道山書院、濂溪書院、灤源書院。年五十七遊嵩山，經近六年時間，足跡遍五嶽。乾隆三十六年卒，年七十七。著有《論語説》二卷、《躬行實踐録》十五卷、《弢甫集》四十四卷、《弢甫續集》二十卷、《五嶽集》二十卷、《洞庭集》二卷等。

桑調元精於性理之學，少師事儒者勞史（一六五五—一七一三）。勞史一生未仕，躬耕自養，爲餘山學派創立者。該派以朱熹之學爲宗，以居敬窮理爲要。勞史認爲學以剛健篤實爲本，始於不妄語、不妄動，能盡心竭力、務實不懈，即爲聖賢。桑調元的理學思想受勞史影響，尊崇程朱理學，强調『誠』，認爲『誠者聖人之本』，主張『博綜、折衷、自得』的『窮經』風格。桑調元爲濂溪書院山長時，特建須友堂，祀勞史。歸老於家，於東皋别業闢餘山書屋，宣揚勞史學説。撰《論語説》，闡《集注》未盡之義；又撰有《躬行實踐録》，持論醇正。桑調元的理學思想對其詩文創作不無影響。

桑調元的詩文縱横恣肆，抒寫性靈，自成風格，同時其思想内涵又在儒家倫理的規範之内，體現忠孝信義的儒家精神。《清史列傳》稱桑調元的詩文『縱横排奡，自成一家』，梅曾亮評論桑調元『以孝義奇偉之性發爲詩文，高奇清曠，有自得之趣』（《柏梘山房文集》卷四），皆可謂切中肯綮。桑調元爲李夢陽詩集所作的序文中，有一段話頗能概括其詩文創作理念：『詩本陶冶性靈，而性靈觸撥，一時或横溢莫可制。聖人欲授之範也，故曰發情止義。若千古偉人之生，心胸皎若雪日，根元忠孝，世俗嵬瑣之見，不入乎其中。』（《空同詩鈔序》）

《桑調元集》收録桑調元所撰詩文，據《四庫全書存目叢書》影印清乾隆刻本點校。其中《弢甫集》詩十四卷，有乾隆七年（一七四二）序，文三十卷，有乾隆二十八年（一七六三）序；《五嶽集》二十卷，有乾隆二十一年（一七五六）序；《弢甫續集》二十卷，有乾隆三十二年（一七六七）序。書後附録集外文、傳記、酬贈、評論等資料，供讀者參考。桑氏詩文集版本並不複雜，本次點校未參校他本。底本所缺兩頁及模糊難辨之處，據浙江圖書館藏《弢甫集》《五嶽集》及湖南圖書館藏《弢甫續集》補足，未能補足者，仍以『□』標識。對於明顯錯誤，點校者改正後，以校勘記説明。底本原有目録標出各卷詩歌數量，今移置正文各卷二級標題之下。《弢甫續集》卷一《初秋同人集湖舫二首》及其和作，第二首原皆標有『二』字，今并删去。底本避諱字一律不改，但如『玄』缺末筆者，則補足。

感謝慈溪市地方誌辦公室的童銀舫先生提供《餘姚司前桑氏宗譜》，書前桑調元畫像一幅、附録中《靈秀亭跋》《明潤亭跋》《敬林楊公傳》《戎公思齊公妻桑孺人行述》《五嶽夫子像贊》五文，皆采自《宗譜》。

限於點校者的水平，錯誤之處定所難免，尚祈讀者不吝指正。

林旭文

丙申春杪於西溪誠園

弢甫集目録

弢甫集詩十四卷

卷二　古今體詩三十四首

卷三　古今體詩三十二首

卷四　古今體詩四十一首

卷五　古今體詩三十五首

卷六　古今體詩三十五首

卷七　古今體詩四十一首

卷八　古今體詩三十八首

卷九　古今體詩四十三首

卷十　古今體詩二十八首

卷十一　古今體詩二十五首

卷十二　古今體詩三十九首

卷十三　古今體詩四十首

卷十四　古今體詩四十三首

弢甫集文三十卷

卷五　序

卷六　序

卷七　壽序

卷十一　碑

卷十二　碑

卷十三　對　記

卷十四　書後

卷十五　書

卷三十　四六

弢甫五嶽集二十卷

卷上　古今體詩九十四首

卷下　古今體詩一百七十首

卷上　古今體詩四十八首

卷中　古今體詩七十七首

卷下　古今體詩七十首

卷上　古今體詩九十六首

卷中　古今體詩九十二首

卷下　古今體詩七十四首

衡山集序

卷一　古今體詩六十三首

卷二　古今體詩一百首

卷四　古今體詩六十五首

卷五　古今體詩一百一十首

恒山集序

卷一　古今體詩五十七首

卷二　古今體詩六十六首

卷四　古今體詩一百八首

卷五　古今體詩一百八首

卷六　古今體詩一百八首

卷七　古今體詩八十一首

弢甫續集

卷二

卷三

卷四

卷五

卷六

卷七

卷八

卷九

卷十

卷十一

卷十二

卷十三

卷十四

卷十五

卷十六

卷十七

卷十八

卷十九

卷二十

附録

弢甫集

序

予年十四五，及餘山先生之門。先生教之行所言，調元悦而學之，未能也。尋爲朋儕牽率，儌作詩、古文辭。年少氣盛，伸紙輒千言，不數年卷帙填溢。既而省觀之，知弗善，悉棄去。思研經討古，以求其所自得。謀養走四方，昔聖賢載道之書，如騎而觀佳景，即小憩流連，恒不饜乎其心。五車四庫，夢想未能卒讀，以是爲恨。然自是筆墨亦知慎矣。迨游京師，爲人作酬應文字，例不存片楮。中年厭薄蟲篆之爲，覰薄有所自見，竊講求當世之務。漫浪一出，抱愚守拙，竟不可施。遂請急歸，有終焉之志。

少愛山水，登眺適興，時時發爲歌詩。此景歷蒼素髮不變。涉世懷古，亦當振筆抒所鬱塞。本不知古作者意，亦不遑樵古作者。海内著述家林立，予耽閉户，稀與之往還。總角之交，老蒼之友，磊砢寂寞之士，膠漆無多。屈指年來凋喪略半，存者率星散。故有韻無韻之文，贈答最簡。諸草稿委敝篋中，門人輩私相鈔録，將付諸剞劂。予恐其雜沓，摭收定詩十四卷、文六卷，其抽闡餘山先生之論，即附諸先生遺書中。嗚呼！予豈以是爲足以行世傳後哉？顧自念童年稟先君之訓，奉人師爲師，疲駑未克自立，年向五十，碌碌無成，愴焉痛心，若攢芒刺。區區無用之言，非欲寶千金敝帚，亦非留雪泥鴻爪，聊志吾媿而已。詩先鋟版成，門人請書一言爲序。書之。

乾隆七年重九日，桑調元自序。

弢甫集卷一

詩一　古今體詩三十三首

古詩二首

萬事有本意，舉世失其真。執經就緇帷，學子咸賓賓。詩書亦何用？挾之登要津。褰衣首大路，躑躅懷先民。面熱兔園冊，昕夕勞吾神。魯叟去已遠，世風何由淳？

暘谷一以昇，群動不得息。邱陵與錙銖，小大争之力。心事運深機，顔鬢見槁色。百年紛營營，欣戚填胸臆。緬惟達士懷，何者爲真得？振衣南山南，長嘯北山北。

驛亭堰舟次謁餘山先生

拔堰衝寒渡驛亭，扁舟得仰古儀刑。春初海月當空白，雪後湖天分外青。徽國千秋論統系，姚江今日肅門庭。側聞十五男兒志，傍舍從容願執經。

盧玉巖存心招同其從子備三壽朋讀書三益堂

阮溪須種竹，宋宅早誅茅。古有同袍義，身爲總角交。波瀾航學海，風雨坐書巢。辛苦吾曹志，無煩賦解嘲。

朱子崇道書院

空山雲溶溶，遺搆數椽翳。下拜破階苔，佇立緬杖屨。巖春草色鋪，谷晚松聲起。髣髴寓靈芝，夷猶得到此。赫赫盡寒煙，清光餘李杞。韓侂胄禁僞學，朱子去國，寓湖上靈芝寺，獨李杞從遊。遲日緑蘋香，雙匏薦湖水。

同玉巖登丁仙亭

巖凹秋草緑芊芊，共躡危梯眺遠天。雲氣六時生洞底，江光一掬散亭前。鶴歸城郭知何日，鴈落沙洲帶晚煙。太息神仙終寂寞，日斜沽酒莫論錢。

報國寺

山猿喜客至，躇階似相識。壁像腥涎皴，幢字緑花蝕。蕭摵壞桐飛，清井渫可食。罌浮木瓢長，苔臥石磴仄。荒荒垂拱基，砌埋古灰黑。崩天閶闔毀，秋雨滴荊棘。惟餘金銅鐘，禁物鎮浄域。繡辨淳熙欵，考古一悲惻。日落廣院陰，鴨脚起寒色。白鴈去江天，峰青杳何極。

桐井

烏啼金井闌，宮女乍知曉。春朝散淚粧，銅瓶汲未了。鳳山山下路，轆轤聲已杳。晻曖青桐枝，漲空出雲表。千秋蘗碧冷，猶宿迦陵鳥。葉墮缺清陰，兔漾水華皎。

湖上謁范忠貞公祠

閩海河山乍陸沉，黑頭樞密愧丹心。獄中風雨三年節，壁上龍蛇百苦吟。蹀血收骸勞毅甫，同聲罵賊得王琳。英魂或到勾留處，不盡湖光照古今。

侍父歸姚江

喚渡重江兩日程，沙灘杖履緩隨行。家山隔浦籠煙翠，鄉老同舟問姓名。一帶林廬遵熟逕，四隣鵝鴨接春聲。飄零生計歸難得，每拜荒邱老淚横。

訪汪津夫鑒

周巷人家面浦居，新來移置一牀書。雪殘點點梅梢後，雨長青青菜甲初。回首煙霞憐舊塢，側身天地總吾廬。數弓園地三篙水，清曉澆花午釣魚。

汪巡檢殉節詩

江湖劇盜所出没，下注之地無高墉。有明末葉失撫馭，沙塵時躪萑苻蹤。萬曆癸丑月建未，中宵賊火燒天紅。村莊堡户乍鼎沸，耶孃妻子逃深叢。偉哉巡檢膽如斗，大呼走者毋匆匆。我往之所賊亦往，徒以殺掠供狂兇。不如丁男齊執炬，連村擂鼓聲鼕鼕。鐵鋤木棓足殪賊，我領土兵當其衝。言遲勢疾賊已至，裂眥怒駡攢蛇鏦。以百戰千氣益猛，況有二子虓虎同。軍聲民聲鼓聲洶，亂殲群醜成沙蟲。忽然山摧鼓聲死，賊矛已洞巡檢胸。嗚呼巡檢爲鬼雄，浩氣夜亘千尋虹。二子奪屍自賊手，尋仇還以長戈舂。傷目者孟仲傷足，忠孝大節通皇穹。胡爲上官匿不奏，褒恤未見光堂封。死者只遂裹革願，豈圖竹帛書吾功？國家刑賞自有紀，上下詎合長相蒙？此時禍胎釀闖獻，乃令毒潰流天崇。下注遺民紛雨泣，思故巡檢如思翁。至今爲位關侯廟，膢臘祭拜於其中。借問巡檢疇姓氏，餘姚汪秉懿卿是，樹敏樹政乃其子。

女黔婁并序

嘉何汪氏作也。

女黔婁，誰與儔？阿嬰病，心懷憂。嘗糞甜，憂孔稠。嘗糞苦，病以瘳。宗族稱，女黔婁。時疫行，省病父。貧骨肉，藥鐺釜。母妹活，氣如縷。父弟殁，淚如雨。女汪姓，嫁于何。夫也逝，痛則那。哭父弟，雨滂沱。又哭夫，溢爲河。影矢隻，死靡他。奉君舅，舅癉病。三年養，考終命。乳孤兒，淚交迸。手只鍼，面不鏡。無與儔，女黔婁。

菱池水并序

弔汪氏一門五節也。

姒符氏，娣夏氏，又一從娣曰宣氏。老者誰？王姑老符氏。小者誰？媛也女子子。倭自澥山來，一一躍入水。其時嘉靖年，畢命在於此。此何水？名菱池。流澌下上群靈馳，文魚鱗鱗紛騰之。汪家洪奧居，曷不走避向嵽嵲？山死未若水死潔。菱池水，五完節。

謁王文成公祠

姚江遺像肅崢嶸，辛苦龍場負盛名。飛艦到江吴濞縛，麾戈入崗鬼方平。象山講學推高座，諸葛行師列舊營。千載武宗輝廟號，多緣新建大功成。

同玉巖謁林處士墓

釣艇來遊碧水澄，空亭裛翠好同登。終南有逕羞种放，封禪無書謝茂陵。抔土千年春寂寞，孤山一片雪崚嶒。風流只合先生獨，子鶴妻梅僕未能。

浩歌贈陸皆吉謙

予笑有桑户琴，子笑無陸賈金。丈夫落魄不在意，貧賤何須流輩欽。却憶前年結交始，風塵一面稱知己。昂藏論古哭重瞳，俠氣稜稜吾與爾。狂來筆力牛弩强，淋漓潑墨何煌煌。酬贈歡呼至日暮，開懷一飲千百觴。飲時豁達陳肝膈，予心自赤予眼白。道左常麾輕薄兒，坐中每謁悲歌客。維君意氣何其雄，大言欲挂扶桑弓。吹簫賣漿不足恥，男兒感慨將毋同。時予二十君四十，忘年之交相對揖。從兹三載復蹉跎，予不乘車子戴笠。貧交肝膽自有真，羈旅還同骨肉親。陸郎斑騅自可騁，胡爲與我同埃塵？只今蕭蕭無善狀，凄風苦雨情相向。徒步單衣行路難，可憐壯士神難王。我思南走交趾北走燕，東入大海西入川。横行闊步破萬里，安能局促塵沙前？仗劍欲行行復止，英雄此日爲人子。一氈聊復作書生，環堵還須藏國士。噫吁戲！天生我輩豈終窮，窮途之氣當如虹。

和淵明輓歌詩三首并序

淵明自作輓歌，後人亦多效作。而東坡和陶，反無此篇，豈猶未了晝夜耶？淵明故自曠達，而三詩吐音悽惻，頗難爲讀者。予頃嬰沉疾，伏枕和此，不知後之讀予詩者何如也。

少慕死大節，氣量不局促。牖下與鼎俎，必令史官録。恥爲拘墟士，凋枯同草木。英雄悲無年，千秋同聲哭。生而非夢夢，鄙哉談大覺。咿唔歎公等，誰洗儒林辱？遺文庶幾傳，吾壽亦云足。

後賢誰弔古，欷歔奠我觴。昌黎祭田横，乃勝蒸與嘗。棺中殉離騷，瘞我大道傍。一抔風雅土，千載生輝光。才鬼俯頑仙，焉求白雲鄉？神氣返混沌，相依帝中央。

大地紛遝沓，蘭芷交稂蕭。多少磊砢人，埋没同荒郊。我去何用悲，帝宫鬱岧嶤。光曜拂日月，手折若華條。愜意諸古人，相見在崇朝。崇朝一以没，千秋夫如何？神魂不飄離，鴻濛以爲家。誰爲後來者，翩翩和我歌？天實愛英鋭，韜光全太阿。

輓汪元錫先生鼎珍

乾坤此别渺無期，出入門庭空復思。古物猶存南郭几，高風罷舉北窗巵。春前蘭作傷心讖，曙後星傳絶命辭。先生蒔蘭一本，今春開花特盛。方喜劇，治具招客，越宿忽無故而萎。易簀時唯次女侍側，即予妻也。最是靈牀陳麈尾，清言零落有餘悲。

長歌行爲明台州司馬楊公主僕作并序

明薊北楊公體元，副崇禎己卯鄉榜，官台州司馬。鼎革後，流寓武林。同年某再邀之仕，不應。公與夫人及子孫相繼歿，不克葬。有僕陸萬金，歸仁和黄穉登，求葬故主。康熙丁酉，慈谿鄭義門與穉登捐貲葬焉。塚在秦亭山之陰。工竣而萬金歿，遂瘞於傍。穉登爲作誌銘，義門作長歌紀之。予聞而感焉，故有下句。

凄凉勝國楊司馬，旅櫬久暴西湖濱。英魂悲嘯松林月，蒼頭募葬良苦辛。誰其慷慨了斯舉？鄭黄高義誠難湮。我讀歌銘兩悽惻，爰知始末聊具陳。伊昔雲雷大開闢，司馬功名等遺跡。章安兵火亂離身，錢塘風雨僑居宅。三千驛路鄉國遥，百六乾坤時命厄。同年競貴不易心，孤臣萬死長爲客。風吹蒿里揚悲音，公嗣疊夭傷人心。公及夫人骨雙朽，頻年無主寒煙侵。吾重蒼頭陸萬金，下泉故主情何深。零丁七十衰老迫，措葬無貲涕墮襟。今年寒食春草緑，艱難始獲扶靈轂。躬親負土馬鬣成，奄從故主瞑雙目。秦亭之陰屹豐碑，一塚纔封一塚續。嗚呼司馬及蒼頭，臣是貞臣僕義僕。我聞此事增感傷，當時鼎變號窮荒。山顛水濆斷骸骨，亡臣孤子摧中腸。身名滅没寒灰燼，攟拾那得鄭與黄。白楊蕭颯國殤聚，普天遥弔悲茫茫。

哭張絅修光斗

月皎天清一哭君，泉臺消息杳無聞。客齋情事空流水，高士精靈化白雲。六尺遺孤棲壞屋，幾編吟藁殉荒墳。千秋生輓傳新曲，吹滿悲風大海濆。絅修亦自作輓歌辭。

呈汪元珍先生以銓

騷客咸悲此日秋，江楓海堆不勝愁。獨逢寒雨空樽酒，頻感西風一蒯緱。青鬢行藏甘落落，黄金交好謝悠悠。狂來抱筑從翁擊，激發商聲散百憂。

題煙雨樓

禾人競集煙雨樓，吾亦停舟一登訪。青冥蕩蕩窗牖開，千頃琉璃雲滉瀁。天風洶若動渤澥，樓前石脚衝波壯。螭龍疑蟠大澤中，鴐鵝忽叫層雲上。一自飛甍蜃氣嘘，年年絲管停歌舫。六朝煙雨剩迷離，千載水天空激宕。景物消沉今古多，賤子凭欄猶騁望。凌寒霜雪犯關河，天地蒼茫迷所向。踟躕客路問江南，敗荻枯楊色悽愴。茫茫旅思一扁舟，憑高望遠悲歌放。

集平湖蔣君宅

地主平原古誼敦，鱸魚冬鱠爲開樽。圍爐佳會初更集，傾蓋新知一坐論。小榭烏啼霜滿樹，曲屏人醉月侵門。難忘今夕酣歌興，燭下題箋漬墨痕。

留别蔣君

辭君轉入太湖遊，故好情多尚强留。三萬六千煙水窟，一時流滿别離愁。

五人墓

吴下無斯墓，要離塚亦孤。義聲噓俠烈，悲弔有屠沽。闒溽朝廷黨，峥嶸里巷夫。田横島中士，足敵五人無？

劍　池

弔兹寶劍入荒塋，盤郢魚腸最有名。阜勢猶疑神虎踞，金精直使祖龍驚。九淵不没衝星氣，萬古尤深殉主情。端爲三千鐔鍔閉，石邊嗚咽落泉聲。

弔子胥

生死因君父，英雄嗚咽論。避仇身載橐，觀寇目懸門。怨毒簫聲洩，神靈雪浪奔。可憐忠孝志，楚破越猶存。

蘇州旅懷二首

浪遊無定着，信宿叩金閶。帆飽東風下，愁連一水長。凄涼高士墓，脱略少年場。風土繁華甚，蕭蕭屬客囊。

爲弔蘇臺古，孤舟尚復停。騷情足哀怨，旅思益飄零。故苑明宫月，寒江動客星。吴娘歌自好，愁煞異方聽。

驛亭堰懷舊

堰頭流水浩茫茫，寒夜同舟故跡荒。一老山頹滄海曲，諸生雷慟白茅堂。布衣講席參新建，竹簡遺書續紫陽。東下逶迤長壩路，青天明月黯神傷。

弢甫集卷二

詩二　古今體詩三十四首

讀景菊公先生星杓詩集賦贈

丈夫吐辭見胸臆，骯髒自寫平生豪。語當雷轟驚俊傑，手寧篆刻矜風騷。嶙峋眉骨人罕具，慷忼絃拍誰能操？先生慨復古作者，老手揮斥諸兒曹。千鈞大力挽緊弱，萬石洪音撞蒲牢。詫公横行神色王，令我學步氣格高。縱目饞視莫能定，驅腕勤録何知勞。狂吟勝舞太阿劍，劇興添飲中山醪。就中感激氣忽塞，掩卷罷吟三嘆息。有筆健若鵬翼翻，有性耿若鷃絃直。命窮竟厄城東臯，身老不騰天北極。意氣悲生笳角鳴，姓名夢在鐘彝勒。奮躍風雲事若何，昂藏天地時難得。白髮潛消壯盛心，黄金頓阻英雄色。石壁詩歌弔古今，茅廬風雨艱衣食。酒瓶菊圃亦蕭條，擊筑彈棊增闃寂。吁嗟此感自古然，一生才命難兼全。窮居著述得天助，杜陵野老千秋傳。

晚泊臨平

夾湖芳草青茸茸，中有一泓鏡面鎔。孤篷到岸上明月，古寺隔溪鳴晚鐘。沙禽拍拍浪花大，野樹童童煙翠濃。荷鉏歸來倒濁酒，此樂那能如老農？

曉行書所見

勞生未得休，躡屩凌清晨。東明轉海底，鮮霞散天垠。中有一痕緑，春波汎淵淪。化工有真色，巧繪難爲皴。萬象生太虚，光怪時臚陳。輸彼川岩逸，坐閱羅清新。明明舒霄漢，延矚無由親。扶桑道幾許，不得馳飈輪。倏焉踆烏上，擾擾同邱民。

侍父歸姚江

西興纔過倚船窗，越釀承歡酌玉缸。寒日倒明千嶠雪，亂帆欹渡百官江。烏啼隴樹聲稠疊，鷺掠湖田影一雙。竹塢柴門談往事，老人相對白眉龐。

扶竹酬玉巖十四韻

此君徵妙合，之子惹相思。把臂林中興，揮毫鄴下辭。元精凝會地，靈質挺生時。雷雨蟠深圃，煙雲護短籬。高標偏覺聳，大本詎能移？直是論扶植，非關惜别離。締交神自合，偕隱道尤宜。不見陰陽巧，焉知造化私？箭含鐘吕韻，竿授帝王師。天遣乘時出，人難作意爲。有生原共命，何事嘆羈雌？綴譜還勞凱，爲園不數淇。無傷情轉美，得耦數寧奇。異種還須迸，尋春莫較遲。

洗　兒兒名繩鐘

嘉辰和煖浴蘭湯，繡褓初看上草堂。男子生當有奇骨，不須貌美似王昌。

寄津夫

湯湯錢江水，畠畠鷺山雲。幾載相契闊，怊悵雲水分。却憶上君堂，拜母顔色欣。漿酒忽羅列，語笑忘夕曛。山深林木茂，兒女狎麛麚。競來樽前揖，勸客何殷勤。此懽宛如昨，流光駛沄沄。近獲展親眉，一兒呱呱聞。戲彩聊復喜，奉盞亦增醺。老父懷故鄉，結念東海濆。行將奉之歸，里社依榆枌。結茅相隣近，子孫同耕耘。

戲爲對句五首呈玉巖

嶠方蘇頲皆名父，信與徐陵並好兒。一代才人饒缺恨，兩家宫體鬬新詩。

詩名杜老江關動，文筆韓公星宿羅。錯改金根美難繼，試吟玉案法如何。
英傑平生元卓犖，聰明天性各瑰奇。季方政覺難爲弟，謝傳常時自教兒。
陶令責兒仍曠達，東方誡子欲和同。傳家紙筆從渠嬾，處世龍蛇獨爾工。
家傳風雅韋丞相，世掌絲綸賈舍人。經術千秋元自貴，詰辭一代總能新。

過菊公先生拗堂避雨

絶愛林居好，煙雲抱古楹。蘿香空際落，竹響雨中生。鳥識天機静，池涵活水清。相留堪永夕，未用放新晴。

哀新安同菊公先生作

近聞新安夏水決，濤奔六縣翻東溟。螭龍騰空霧雨黑，彲彲神怪群𣣤爭。軒波如山蕩厥土，原野滔滴屍縱横。我乍聞此涕泗迸，群黎何辜白浪傾。沴祲詎能叩蒼昊，隄防豈不稽圖經？何爲滚滚横汎溢，歲在戊戌奇災生。坎侯誰鼓折心骨，巫陽帝命招英靈。吁嗟乎！杞人感事增鬱結，東念海塘憂患并。黄金買築苦未就，狂瀾欲撼鹽官城。安得風旂護禹下，水土悉使黄輿平。哀歌慘楚未終曲，悲風激雪來秋冥。

艮山

行行越城闉，迺至艮山下。艮山一何卑，頽基識者寡。蘚碑猶可摸，云此元時社。彷彿寒煙墟，玲瓏兀廣厦。煌煌三領軍，陸離照鞍馬。側懷沈學録，書珉稱作者。倏來四百年，零落無片瓦。繞塢延藤蘿，參天列松櫝。常恐時載移，穹土平爲野。迢迢泝昔賢，臨風涕一洒。

元錫先生手植香橼樹一株今春始花悽然有作

庭後香橼樹，先生手自栽。何知隨羽化，不見此花開。果定懸秋圃，香難入夜臺。殷勤望遼鶴，重向故園來。

明昌化伯墓

皇陵錮三泉，金凫出抔土。矧茲外戚墳，蕪没詎足數？荒荒野蔬青，翁仲立暝雨。螢火照煙墟，獸石散秋圃。嵯峨改葬初，穹封邁堂斧。等是付耰鋤，不異青芝塢。誰家營巨壙，宰木更新主。我心無磈礧，酒亦宜澆取。

煙霞嶺

峻嶺匯晴輝，衆景如發覆。猿吟竹磴秋，雲畫松坪秀。山鵲野巢欹，土蜂崖蜜溜。白日蝙蝠藏，旁洞苔花繡。混沌誰雕鑱，煙霞冪寒皺。缺眠萬仞青，選勝時裹糗。

水樂洞

谺然巖户開，赭日有寒色。清泉屈曲流，丁東奏不息。回風激新秋，律欲中夷則。古器久散亡，商羽誰引刻？正聲留韶濩，雲山抱樂德。瑽琤好磵泉，亦足娱幽仄。節奏况泠泠，恍侍軒轅側。彼哉沸箏琶，清渾各有得。

菊公先生枉過山齋

駕言過山舘，杖履出墻東。天氣新晴候，風情大雅中。眉奇江夏老，身健草堂翁。今日論詩道，洋洋振國風。

和菊公先生複壁竹并序

先生原序云：僕之複壁，偶於暑月整治之，得竹一竿於中。殊訝生非其地，亦爾成長。物性各遂，於兹獨苦。詩以記之，調元和作焉。

此君柯葉獨蕭疎，複壁寬然作隱居。潛結鳳凰千歲實，秘鐫科斗一行書。孤根直似生陰磵，清節無由照碧虚。羌是幽篁湘楚種，欲依騷士景差廬。

侵曉看荷花

澹月隱林西，輕風着池面。昨宵微步人，的的波中見。烟華冪清香，露色點深茜。漻漻曉鏡明，楚楚新衣袨。心空既飽吸，眼飫猶留盼。天工妙調鉛，寫此一疋練。

舟汎三潭

一舟如輕鷖，漾入清光裏。澄泓鏡面平，三塔浮空起。上有卵色天，倒映深無底。漪紋颺方空，净白鋪側理。䙰褷魚尾漩，狼籍蘋香委。漁師狎淵潭，梭艇日夕倚。欲與蕩暝烟，彎彎看月子。縹緲想琴高，擻波上赤鯉。

放生池

浩淼明湖波，游泳任水族。漁舠輕似萍，汎汎連信宿。葑泥規爲池，鼃魚静涵育。千頃碧漪秋，割此煙一幅。踈柳摇空明，絲絲雨新沐。徙倚好生亭，未許投綸竹。扣檻集堂堂，生趣盎在目。此外有豫且，白龍休魚服。

夕至花港

乘凉度平橋，湖面清滑笏。蘿逕不逢人，隱隱樵歌發。微風來遠汀，荷香送不歇。罾船閣淺沙，粥鼓動疎樾。螢白水中星，螺青天際髮。夜静魚出遊，讙聲宕明月。芳堤難久留，草露已沾韈。

重和菊公先生複壁竹

幽異孤根脱斧斤，未容塵世挹清芬。寓身方内終然隱，掃迹墻東更不群。環堵自偕千載士，平岡常護一陂雲。庭前萬竹非無節，天地完貞在此君。

重過沈氏鷦枝軒

江路逶迤重遠尋，小軒風月省清吟。故人滿眼增華髮，一土重泉愴素心。謂絅修。納納乾坤從去住，茫茫人事幾升沉。萬竿修竹嗟無恙，空翠飛來戀客襟。

奉唁菊公先生悼亡

天乎殞懿德，我丈淚汍瀾。悽悽傷逝音，援琴不忍彈。賤子前爲弔，誼切唧哀酸。禮宗夙所悉，揚徽未能殫。高賢初伉儷，詎合尋常歡？報仇入都市，祇戒懷與安。思將剪爪髮，投爐作鏌干。萬金立揮盡，破甑不復看。豈惟翁烈士，母義良復難。同心薄世榮，高隱偕盤桓。笥出大布服，案具雕胡餐。老吟贈内詩，俠骨猶珊珊。池塘霜風急，鴦羽遽摧殘。先生贈内詩有『却似池塘霜芰底，西風吹老兩鴛鴦』之句。英雄有至情，寧作曠達觀。逝者矧淑偶，得不痛肺肝？令儀當表孟，嫩行請誄桓。續書列女傳，鐫刻青琅玕。彤管貽孫子，悲思庶得寬。

登鍾翠亭

一江如練四山青，萬翠環飛赴此亭。蕭颯楓香飄冷堞，依微鴈影下空冥。海風入樹潮初上，秋氣侵人酒半醒。安得重門開石壁，讀書高卧老岩扃。

謁汪越公祠

楊花飄蕩錦帆遥，四海群雄各建標。吴芮能軍收故國，竇融知命欵興朝。青龍蹲日祥符現，鐵佛歸來浩劫消。幾疊神弦喧古廟，紫陽山色似烏聊。公寢舅氏家，伺者見青龍蹲負，見胡申撰行狀。唐武德四年，遺宣城長史鐵佛表降，見朱松年撰本傳。

答菊公先生以拗堂詩集見託之作

鉅境必獨闢，英響必獨吼。昔夢浣溪翁，近拜拗堂叟。隆運啟國家，元音出戶牖。上至祝聖君，下至吟匹婦。草莽忠孝心，騷雅傳記手。規頌詩史兼，正變國風有。麗則播金石，縟綺餘花柳。藉眠兩峰雲，沽醉三江酒。風流映今古，酬唱挈賓友。撰述良以富，悲嘆爲之久。魯書恐掇灰，揚文或覆瓿。雄才潛幽仄，奇寶没溷溲。竭來見不才，忽謂殊儕偶。志氣共激昂，辨論判可否。貽我嶰管雙，付我周鼎九。體製徐闚觀，凡例細析剖。大文久而昌，盛譽良不朽。詎吸日月精，不並乾坤壽。晦托羽陵藏，秘遺龍威守。一日蒙深契，千載期不負。

于忠肅公墓

大碑山立表孤忠，忠武英魂祭祀同。高廟神靈欣有主，中樞籌策罷和戎。南宮愁滴通宵雨，西市悲鳴動地風。黄屋何緣重入塞，可憐只論奪門功。

姚節母 劉氏 并序

母値歉歲，窮餓累日，里人呼爲餓寡婦。

不殉重泉爲撫孤，大書餓寡古今無。七齡周晬兒俱長，二十餘霜總茹荼。

輓菊公先生

白楊蕭蕭雨嚴霜，英豪逝日天蒼茫。今之菊公古元亮，千秋自輓臨重陽。城南一夕少微墮，秋空有聲撤寒芒。先生有意佐櫜籥，浩浩一氣還穹蒼。我悲雄才死草莽，抱策不獲陳天王。布衣無媒竟落魄，茅屋有氣空軒昂。一寸丹心況激烈，數行青竹應輝煌。且如頻年報西警，蠢蠢小醜横披猖。脱徵耆老入帷幄，筋力雖衰智略强。圖事可憐虚傳舍，行歌聊復霸詞場。三千紙着精神王，億萬年留光燄長。不才後出荷賞契，風騷志節雙迴腸。拾公遺詩省公面，此心炯炯疇能忘？斜陽冷寫千个竹，靈風蕭颯吹拗堂，曰哀郢士淚萬行。

弢甫集卷三

詩三　古今體詩三十二首

同劉元歎先生凡登張氏樓望江

高處同凭檻，雙眸爲底明。秋光收不得，一抹大江横。孤鶩艇邊落，寒濤天外生。踟躕發清詠，忽憶謝宣城。

和元歎先生富春碧沼寺韻

山翠飛千疊，天花雨一窩。深林盤白鴿，空水寫青螺。人影依潭冷，江聲入寺多。新詩鑱石壁，應許和羊何。

奉題元歎先生于役存稿四首

掌上驚鴻譜玉笙，當筵斂袂受新聲。香羅争繡紅燈曲，青草年年塚上生。『青塚年年春草生，人間歌舞明燈下』，先生《觀昭君燈劇》句也。

圍爐劇飲瀉紅泉，雨雪新詞破玉箋。明鏡何須憎白髮，風流不數柳屯田。

勾芒消息到龍沙，吹盡春風不見家。一曲何戡能記取，邊城澆酒看唐花。

垂楊萬縷映邊樓，深寫君恩淺寫愁。入暮悲笳聽不得，篋雲城上月如鈎。

送梁君歸嶺南

風騷合并針芥投，交加暖眼殊凡儔。霰雪昨零海東樹，傾杯磨墨相唱酬。唱酬顛倒吐胸臆，清歡促膝情無極。今春吟醉小軒同，十萬吴箋期盡擘。誰知會合不可常，君今别我騰歸裝。天南迢遥六千里，花飛驛路春茫茫。丈夫胸襟隘九有，東西南北輕奔走。塵沙來往意何如，萬端撥置空杯酒。更聞此歸欲作南瓊遊，指麾蛟龍翼行舟。天風曠蕩舒嘯傲，題詩獨登海山樓。平生壯懷苦蕭瑟，醉擁紅裙計亦得。桄榔葉上寫春吟，鸞花犵鳥生顔色。我亦豪氣重激昂，詫君挽弓能挽强。大黄入手摧霹靂，左射右射莫可當。徑欲短衣匹馬逐君去，遠看射虎黎母岡。

寒食弔元錫先生

重逢寒食動悲吟，俯仰歡遊判古今。人去亭臺憐興盡，花含風雨怨春深。啼烏有意尋華屋，歸鶴何緣識故林。一盞椒漿何處奠，湖阡草緑最傷心。

狂歌別友作

狂生意氣饒崎嶔，燒燈讀史得我心。千古難消一壘塊，酒澆不得成豪吟。豪吟那識詩律細，崩雷直吐喉間音。胸中物消稱大快，騰譏不顧子墨林。唯君知我賞我獨，道我新製殊哇淫。東園門巷多水竹，逶迤草徑煩過尋。頻年契闊稀接塵，一江一海違辰參。野夫今欲走輦轂，就談曲室分清襟。知音自古號難得，前陳一語悲慨深。我有孤桐嶧陽得，良工斲作龍脣琴。囊以吳羅五文采，燦燦徽軫嵌瑶琛。爲君抱來彈一曲，高深之意無古今。大雅相看色飛動，低徊餘韻留愔愔。我今行矣足惆悵，前途安得逢所欽？天炎日赭焦金石，所往不憩惡木陰。浪遊聊復向北斗，渴饑手把天漿斟。腰間既無雙寶玦，牀頭兼少千黄金。摩挲兩膝屬我有，心知未宜組與簪。徙倚風塵拚落拓，慨慷作歌叩劍鐔。倘念清狂久沉痼，乞按我體施砭箴。

金　山

金山之山何離奇，大江中心湧出之。高擎一朵碧菡萏，下堆萬頃青琉璃。蓬萊宛爾在渤澥，天地偶然施鑪鎚。上有高臺可攀跻，呼吸帝座陳予辭。

隋苑

蕪城歌舞使人迷，魚鑰沉沉夜月低。四十離宫花草盡，多情楊柳尚隋堤。

淮陰

英雄饑餓尋常事，一飯堪從漂母求。食邑萬家當辟穀，莫教哀汝作王侯。

睢州觀菜園二首

轂轆生涯足苦辛，忘機慚對灌園人。流泉祇長青蔬美，不浣征衣一襆塵。
蟋蟀聲寒秋氣悲，豆棚瓜架影離離。滿園落葉西風晚，辛苦傾陽見一葵。

人日同朱予齋嵩齡集永光寺友寓

詩人自古愛人日，况在旅底偕良朋。騷滛雅癖由結習，陰何所著雙彪弸。咄嗟吾輩心骨壯，炎暉事業方朝昇。丈夫自當志挺立，雕蟲剩技焉足矜。填胸狂氣久扃鑰，一吐萬丈雄虹騰。百年鼎鼎會有盡，數行青竹名須登。區區短策在懷抱，坐惜日月頻環絙。三條九劇翳煤土，奔波輿馬鬧軿軩。踽踽獨行者誰子，兀爾傲骨撐剛稜。酷臻貧賤殊自得，客嘲賓戲百不膺。或掉或頷心語口，我軀洵有能不能。同心喜得三二子，秉節直若朱絲繩。論古難消一壘塊，急斟大斗澆吾膺。細葅薄餅錯羅列，煖鍋肥臠當筵蒸。紅裙文字兩擺脱，淶酒易酒都如澠。此日春寒苦料峭，玉河春水復欲冰。鶯難出谷花未拆，東風作意吹凌兢。酒酣面赬興豪激，熱氣盡散重寒凝。江鄉情事忽振觸，曰有盧子仝壇堋。其人孤高出塵表，雲中一鶴衆所稱。晴明黯黮異風色，得閒相覓緣溝塍。佳辰便作南樓會，霜蔬可剪魚可罾。一自天風吹斷袂，彼仍閉户予擔簦。贈予練絲三丁寧，可黄可白嚴戒懲。感此不辭尺蠖屈，未敢妄慕圖南鵬。棼如旅思結新歲，懷人有操冰絃絙。羈旅得君破蕭瑟，僧家窗檻欣同凭。白日譁呼縱談笑，遮留卜夜燒銀燈。感君情味真且厚，醉作老鴉棲剡藤。明年此日知聚否，作歌聊記今年曾。

玉巖書來悉其婦馮孺人歿寄詩輓之十四韻

禮傳鄉國真賢淑，訃到京門最慘悽。屬纊數言欽内則，殘機半匹悼中閨。難將人憾從天問，其奈兒嬌索母啼。恨曲已聞彈别鶴，徽聲猶道警鳴雞。寒漿汲處留瑶甕，大布裁來屏繡袿。班氏文章全付女，孺人爲山公先生女。姜生孝行自同妻。堂留佳客除釵珥，架搆新書裹錦綈。一昔歸寧欣澣葛，幾年代匱苦茹虀。初婚識記明霞散，永逝悲看落月低。剩有蓍簪仝髻委，何由玉案與眉齊？君姑痛淚時承袖，吾女傷心未及笄。芳草生憎鶗鴂唤，碧梧死憶吉光樓名棲。安仁室内存遺挂，道韞奩中有舊題。他日風前修薄奠，靈輀擬送段橋西。

寄懷蔣子羽振鷺

索居憶我友，交自辛丑冬。我初客京華，舊好稀迎逢。子從魏塘來，欻然合雲龍。訂交在寓舍，密坐聯飱饔。論文入遥夕，燭綻紅芙蓉。客緒易蕭瑟，歲序繁愁揫。感子慰多方，暄如飲醇醲。昨歲嬰寒痾，炎月裘蒙茸。良藥期瞑眩，苦言爲動容。迢迢遊子身，親心每怔忪。毋倚年事壯，謂勝厥疾攻。聞此涕若霰，憬悚銘吾胸。及今元年春，賢路開八衝。相邀並總轡，金臺庶騰踳。惜哉時不遇，仍保前修蹤。子容不憔悴，隱霧滋豹豵。我口喜哦吟，蟄草鳴蛩蛬。詎因客遊倦，自覺歸興濃。高堂髩已鶴，子職赧不供。願言省晨夕，斑斕舞章縫。騰裝轉悽惻，難御琉璃鍾。燕山黄一葉，别魂黯憧憧。短衣馳匹騎，疾若南飛鴻。江程度揚子，一帆飽秋風。遄歸循蘭陔，聊得承歡悰。秋清出西郭，娬娬螺黛重。雨晴翠濃淡，昏曉煙横縱。月輪鏡乍磨，湖面銀初鎔。恨不偕子遊，同宿僧榻中。轉憶客話長，幽棲想磵淙。倘辦草堂貲，安排就疎慵。築居水中央，密篠環葱蘢。浮香滿水際，蓮芰蒓菰葑。還翻種魚經，頭尾多於蝩。堂懸文梓琴，檻繫木蘭舼。溯洄者誰子，高人足音跫。吾親鹿門逸，榮利等浮渶。此意許阿奴，其樂也融融。天慳苦難破，痴願不遂儂。遲遲耦耕約，定策終何從。他鄉與故里，空羡水田農。揣知故人意，冷煖將毋同。雨窗定北望，停雲正溶溶。

北高峰

環簇武林山，一峰極陡峻。雲蒸靈藥香，露洗美竹潤。洞赭陽烏皴，磴緑陰苔襯。高頂摩空青，千仞衣一振。群岫盤香林，浮圖屹雄鎮。墜翮煙鷲停，過影霜鶻俊。歲古崖佛陊，天晴齋鼓震。樛桂雨岩幽，子猿啼石疊。遠練明江湖，秋光冷顔鬢。偏伯劫飛灰，孱王花落蕣。徑灣三十六，腰脚健須趁。

稽留峰

秋高天氣清，山深人意静。荒蹊失樵蹤，木葉飛滿嶺。澮澮激商飈，無窮去鴈影。白石雙澗乾，青松一屏冷。許由方外聖，辭堯此遊騁。荒山清名留，終古貯光景。雷掃古道場，岩屋餘真境。圓月潔層空，明河滌微眚。

怡　庵

晴岩收雨雲，破堦被完蘚。冷銼留煙迹，迎人只跛犬。古佛黄金軀，冷日光炫轉。庵有銅佛。像教今已微，高座塵容靦。苦空近真意，禪關誰肯鍵？飛來念佛烏，深秋正毛毨。

初地庵

石掃鏡面平，愛兹初地潔。細蒲緣方階，苔廊故紆折。登樓八窗開，江光帛初裂。海門潮欲上，浦帆落如雪。度磵清磬沉，衝煙飛鳥滅。日炙晚花明，鼠囓孤藤絶。隔江嵐意深，山隱青玉玦。岩塔秀孱顔，沙樹低漻泬。秋氣滌遥氛，澄空不可涅。忘機耽静便，久坐匡牀熱。

龍樹庵

幽岩晚始花，精廬昨俱堊。�樓領秋光，丹黄寫江郭。日下半啣山，雲生早埋壑。暝色上方深，何處樵歌作？

武原觀海

秦駐山邊白浪浮，武原城郭迥堪愁。水天東望渾無際，木石高填苦未休。風色當秋摧萬樹，潮聲入夜響重樓。伯牙臺冷絃空撫，蹤跡難尋大九州。

玉岩之兖州予上京師偕行留别親友聯句

偕往江之北存心，初行郭以西。親朋憐共去調元，亭堠惜分擕。折柳情何極存心，飄蓬意總悽。難忘親髩皬調元，已分客顔皺。負米愁瓶罄存心，擔簦恐路迷。遲回徵守兔調元，激越感聞雞。忍缺蘭陔養存心，寧安蓽户棲。晨昏憑舍弟調元，癸甲娶山妻存心新續婚。繞膝誠爲戀存心，傷心遽爾睽。斑衣憐並溼調元，驪馬苦長嘶。適魯無良策存心，遊燕有舊蹊。塵從京轂浣調元，詩向郡樓題。浪走身同鹿存心，狂歌氣吐霓。渾河重遠泛調元，泰岱一窮躋。拓地黄沙迴存心，黏天碧草齊。遊踪遵大道調元，别思抱回溪。贈策春光暮存心，傾盃夕照低。那堪愁似海調元，拚作醉如泥。白雪聊翻曲存心，青雲莫問梯。關門揮袂處調元，不斷栗留啼。

郯城訪古

郯城何處訪遺蹤，傾蓋亭邊翠靄重。少皥官名知紀鳥，老成行輩擬猶龍。秦灰冷後傳新簡，沂水春來繞舊封。亦欲追隨陳束帛，先生道古迴難逢。

謁孔林

天地留鴻冢，河山拱舊壇。玄雲瑶殿闔，白日楷林寒。洙泗千源合，龜鳧一氣盤。青春練時日，黄目捧祠官。野曠樵蘇禁，階空拜跪寬。上公仝帶礪，博士列鴛鸞。壞壁金絲振，穹碑雨雪攢。東家紛禮器，曲阜藹儒冠。麟紱書猶繫，龍門史不刊。凝眸庭檜碧，悚息廟楹丹。闕里傳新志，滄溟得大觀。悲歌憶梁木，雅操撫猗蘭。在泮于今盛，升堂自昔難。吾徒稀砥柱，世事足波瀾。刪述尋孤緒，峥泓感百端。躊躇多古意，煙景浩漫漫。

登兗州南樓故址

兀突荒城土一邱，相傳此郡舊南樓。霜林梨棗崦陽晚，鐵笛關山月下秋。萬里高風喧燕雀，十年遠道困驊騮。杜公臨眺留題處，有客狂歌上上頭。

謁孟廟

氣象巖巖在，千秋命世賢。朝廷勞一暴，宅里表三遷。翠抱連山影，寒生古木煙。讀書兼論世，微意惡閹然。

九日兗署書懷呈玉巖

昨年省記西山會，着屐飛凌紫翠巔。今日仝爲東郡客，搔頭悵望泬寥天。曙催隔院棲鴉起，風卷當階落葉旋。歷亂紅萸香作佩，爛斑黄菊小于錢。纔追良會人何在，未上高臺意惘然。旅思難消千盞雪，夢魂猶蕩兩湖煙。天涯虛湧登臨興，岡畔多違讌飲緣。游學桓生成底事，賦歸陶令苦無田。燕聲早解辭雲幕，馬汗空思戲玉鞭。吹帽有誰欣入座，題糕對我詫如椽。風流肯落群公後，懷抱還增十載前。斑管生涯元自苦，緑萍蹤跡共相憐。秋光潑眼仝流水，月影驚心又上弦。倦客身留青社裏，故鄉目斷白雲邊。地寒擬把廨裘禦，天闊難將鴈字傳。欲寄兹辰游子淚，泗河西去自潺潺。

玉岩垂和疊韻酬之

騷人最愛重陽節，郡署空懷萬仞顛。漂泊二生棲魯地，迢遥千里望吴天。花含玉露濃香綻，蓬舞金飈斷梗旋。未盪層雲摩石壁，且移曲磴破苔錢。關山摇落心愁絶，歲月峥嶸骨挺然。寶匣芙蓉開曙旭，故園楊柳墮寒煙。專城志業傷寥寂，岸幘心情謝撲緣。人繞籬邊思栗里，客來莊上記藍田。歌呼落日聊揮管，蹭蹬窮秋未着鞭。濁酒横吞千百盞，高齋暫借兩三椽。茱萸色豔絲囊裏，蟋蟀聲低板户前。翠靄龍山身未到，波瀾人海意堪憐。清光敢道聯如璧，勁節終看直似弦。河渚鴈鴻猶有伴，天涯風月更無邊。牛山涕淚何須灑，峴首英雄自足傳。重抱焦桐彈一曲，案頭流水響淙潺。

讀備三所寄悼汪孺人詩音調悽惻爲作哀輓十韻貽之

蘭閨禮法傳東海，薤露悲歌送北邙。劇恨于歸無百歲，可堪長逝近端陽。伶俜嬌女心傷日，悽愴慈姑鬢益霜。萬朵榴偏承涕淚，三年艾不治膏肓。絃摧柱鴈聞何慘，案對梁鴻憶最莊。入地未纏長命縷，所天空覓返魂香。常師列女遺圖畫，虚採宜男委佩纕。往日竹林供洗盞，明年桑陌罷攜筐。桃花潭遠鈿車斷，梨樹庭寒繐幕張。回望吴天多黯淡，那能臨殯奠清觴。

題吴君垂釣圖遺照

君性適同予，對面見豪爽。瀟瀟風雨廬，一語三撫掌。披圖識舊顔，襟抱覘素養。持竿不志魚，聊以謝塵坱。渭淮與桐江，古水清盎盎。寄意各有存，豈必多師仿？平生脱略志，眉骨餘倜儻。龍性晚自馴，煙波面滄漭。嗟予狂未砭，入世慨以慊。倚薄廣路塵，夢斷湖痕長。所至同調希，涕落思疇曩。此中垂釣人，於今已安往？

弢甫集卷四

詩四　古今體詩四十一首

酬馬墨麟維翰贈別并序

憶癸卯秋省覲南還，墨麟以詩贈行，未及酬答。頃重來都下，檢諷清詩，用酬高韻。

重聚京華日，論心一慨然。素交青眼底，熟夢白雲邊。寒灑皐亭雪，春生禁苑煙。何須追舊事，祇自惜流年。

扶竹酬何淵若溥十二韻

偕居林下好，嘉耦見蒼筤。散灑高枝雪，駢凝老幹霜。園池無契闊，風雨總扶將。植立同完節，森排異萬行。連陰團嶰谷，交翠滴清湘。詎鬬青霄勢，從增綠水光。葉柯偏自對，節目巧相當。掃户雙梢活，凌空一本强。天教成密契，誰得與聯芳？只羡三生洽，寧憂兩美傷。虛心標伴侶，靈氣孕春陽。君子論膠漆，相親共鼓簧。

奉酬墨麟見和病起書懷之作四首

紫陌春泥印屐融，小裘披出颺微風。艱難處處經過飽，消渴年年不放空。夢斷葑湖浮鴨緑，喜過花市見猩紅。擬歸村圃尋生活，手縛茅廬占數弓。

落落疎星看及晨，那堪寄食旅愁新。影寒每被燈花笑，量窄猶呼酒盞親。天苑稀逢三月雪，池塘又負一年春。也知禊帖今零落，倍覺蕭涼伏枕人。

年光最惜落花深，黄鳥多情伴客吟。潦倒自成吾輩格，疎頑久動故山心。十年旅食同巢幕，一領儒衣好掛林。漫踏九衢緣底事，空教濁水濺蹄涔。

久客青門百不諳，西山遥爲送晴嵐。病軀睡過三竿日，醉眼淌來百尺潭。乘興舊曾追剡曲，聯吟今莫讓城南。無多春色留同賞，花信催過二十三。

春夕集董君寓齋送徐君之天津聯句

蕭齋兀静坐董，剥啄鴉驚鬧。取别朋盍簪調元，永夕良所樂。主人洗尊罍徐，薄酌簡錢鈔。式飲蕩離心董，晤言揮古貌。赤肝重輪囷調元，白眼賤騰趠。窮韓愈崛奇徐，戇汲黯排拗。徵逐牛馬風董，蟠蟄鰍龍淖。青袍點緇塵調元，世途歷機巧。求友薄輕肥徐，躬耕苦瘠磽。去去廣衢輪董，汎汎層波櫂。天津送浮鷗調元，燕山顧隱豹。明晨黯欲分徐，舊雨忻來教。酒兵鬭慼轟董，詩壇互跨踔。簷花遞暗香調元，燈跋迸輕爆。漏鼓咽咽沉徐，睡魔炯炯覺。心清聞風鈴董，肺熱想冰窖。道義矢久要調元，謠諑慎弗較。固當爲直矢徐，焉肯作枉橈？徐邈中聖賢董，董生行慈孝。霖雨志彈琴調元，爾祖是則傚。首途復遲遲徐，寄跡姑稍稍。努力事詩書董，篤行光學校。執袪念子行調元，斷金竊自効。後夜夢迢遥徐，漠漠春陰罩董。

贈人二首

家園苦憶小長蘆，夢裏人凭畫檻無。一丈紅薔黏鳳子，千絲碧柳覆鴉雛。

滿院桐陰夏晝長，可堪作客誤年光。天涯節物盤中見，梅子青青杏子黄。

對雨和韻二首

積潦盈川浸兩涯，猶聞瀑點打窗斜。騷歌遺悶從頭讀，肌髮迎涼信手爬。漏屋淋漓茅一把，遥村泥濘路三叉。懸知貧户多愁思，安飽深慚擲歲華。

園林一洗綠無涯，捲地風來草樹斜。蝸篆數行緣壁寫，蛛絲萬縷傍簷爬。關山行客遲驅轂，洲渚漁翁捷挺叉。龍噴九天雲轉黑，枉催詩句愧才華。

復雨疊前韻二首

紅曦纔照御河涯，又見飁空碎瀑斜。嘗恨人情善翻覆，誰知天道戲推爬。花開紅白乾還溼，圖黯丹青卷復叉。半日雨晴多倚伏，可知憔悴與榮華。

遠走轟雷水沸涯，還憂牆脚半欹斜。高灘鷺翅須臾晒，濕土蜣丸輾轉爬。隣客悔過前後巷，曝衣忙煞短長叉。劇愁簷溜通宵滴，夢想東窗曙色華。

小晴再疊前韻二首

瀰漫厭絶浪衝涯，餘雨飛殘數點斜。也算新暄林鵲啅，可堪陰濕草蟲爬。竹根酒色斟來凸，沙尾河流瀉作叉。却似人間憂患過，時來未敢説豪華。

十日愁霖定有涯，凉宵覘對白河斜。新花出水迎眸賞，腐草黏泥快意爬。隣樹蟬嘶抵鸞吹，書堂燕掠展鴉叉。老晴誠得天如水，消夏亭皋景倍華。

驟雨三疊前韻二首

驀地翻盆注滿涯，萬烏陡蔽夕陽斜。狂風飄瓦渾如捲，猛溜穿渠不費爬。平展凉篷添罅漏，低張油傘强支叉。料他晴意非蒼老，欲放霞紅頓掩華。

蒼茫愁思渺無涯，勢助飈風旋轉斜。欹樹橧巢方迸落，壞牆甎甓未疏爬。將湮隴畝嗟農父，欲叩天門隔野叉。霔潦轉教詩思惡，摭來景物少高華。

雨過四疊前韻二首

雨餘流水亦歸涯，只有萍蓬逐泛斜。小熱蠅從蘆簟集，輕明蜂上紙窗爬。風雷幾度身高寄，漁釣相逢手對叉。連陣鳴湍俱已過，野夫願閱好年華。

靡途憂樂兩無涯，飛轉雙輪影易斜。匣澁還抽雙劍舞，園荒未秉一鋤爬。浮雲幻狗終消迹，退筆塗鴉劣帶叉。梅雨從今知了未，莫論雲日已光華。

天陰五疊前韻二首

四望空濛際遠涯，雲中旭影那知斜。痴烏蹲屋忘三匝，飢鼠翻琴悮一爬。爐爲焚香勤撥箸，錢因買酒再挑叉。泥塗底事還深語，傾蓋無因遇子華。

沉沉雲霧接陰涯，沙燕迎風慣自斜。窗檻依花聊近嗅，衣裳沾蘚試輕爬。飯容飽喫何勞裹，手爲微吟且復叉。詎恨迂生長潦倒，却愁群物少鮮華。

晴雨不定六疊前韻二首

水痕消長看溪涯，緩急飛湍幾道斜。豆架疎叢猶採掇，蔬畦壞葉已芟爬。烏黔鵠白雲争勢，老碧新黄樹間叉。氣候炎凉看錯伍，杞人憂思損容華。

天北天南各一涯，空憐客舍柳枝斜。鶺鴒翻覆登高喚，郭索行藏就淺爬。前度水如腸九曲，故鄉山作髻丫叉。羈人愁裏忘昏曉，苦望星雲四照華。

老晴七疊前韻二首

啟曙紅輪出海涯，煙拖一帶鎖林斜。排空螺髻分明數，浴水拳毛仔細爬。高卷隔花簾額影，爽開當户戟枝叉。九重何限勤民意，親至龍堂駐翠華。

年光流浪不知涯，容易秋風脱葉斜。朱果無心經雨長，青蟲有喜向陽爬。客情終覺憐儀舄，詩格何妨學島叉。共話連旬陰雨後，乾坤暄霽更增華。

酬茅渠眉應奎見贈韻

文章黼藻有原本，盛載大道體則隆。狂瀾洶洶或倒决，巨手作障歸之東。古今作者良有數，揚鑣正轡聲瓏瓏。豈惟才力挾贔屭，根原積厚超群雄。吾聞立言配功德，斷簡壞壁傳無窮。渾沌元氣汗漫在，志士收得天無工。盛世三辰會珠璧，炳烺文運多鉅公。眼瞻師友導先路，踸踔海寓群爲空。走也讀書竟罕獲，車轍未欲隨巖終。擬向青山縛草屋，遺經久抱求疏通。酷悔少年誤涉獵，詞場造次從趨風。萬言衹成瓦釜鬧，發聲那似洪鐘洪。揭來却坐飢驅急，駸駸馬足馳軟紅。奔波南北不一役，羈棲影逐天邊鴻。重遊燕碣謀作活，幾載風雪裘蒙戎。安得全拋衣食累，虎觀或可論異同。儒先堂奥闚未得，拘墟有若蹲樊籠。鍵關稍稍基蓄養，至哉六籍先尊崇。吾年壯矣愧卓立，瑣細詎暇箋魚蟲。詫君才壓流輩百，盛譽早歲騰吴中。今秋直凌泰岱頂，豪吟遠矚摩蒼穹。囊雲袖句走輦轂，寓齋會面談深衷。君詩與顏並蒼老，古心復不遺狂侗。大雅源流指諸掌，磊砢之氣如雄虹。地爐自烈冰自壯，轟然語笑迴春融。顧我發凡蹈鹵莽，卮言積習勞芟礱。莿邱禹穴拾異篆，書城萬雉蘄仝攻。更欲讀君周易權，看掃理窟開溟濛。論交有道未恨晚，記兹始揖逢旂蒙。人生遭遇具有命，休計伏處兼騰冲。

重酬渠眉見贈韻

鴻儒文行遵古制，大噓風會隆而隆。書田深耨恒産在，準諸古畝存南東。吾輩豈羨少年俠，玉羈快馬標璁瓏。又豈動心通侯貴，拖紆金紫呼豪雄。章逢本業關萬古，苦學詎暇憂途窮。南山北闕隨所遇，賁藻不獨文章工。後來誰作人物表，當有定論平且公。崢嶸奇杰果挺未信中存古山水，無言嘆息心相出，氣象兀若撑青空。喜君同調援焦桐，重爲鼓之曲三終。圍爐堅坐常抵通。塵途作客耐寂寞，誰其憐者蚿蛇風。就汝高談涌狂興，滔滔一决黄流洪。論交本略窮達跡，五咏何必遺濤黑，燭光簇綻芙蕖紅。羈棲久類繞樹鵲，得伴密作啣蘆鴻。羽儀頡頏千仞戎。要須道義足膠漆，昂藏意氣難强同。梧鳳噰鳴雲鶴逸，其德並自辭絛籠。百年鼎鼎懼虚擲，願圖不朽留寰上，婦孺仰見咸欽崇。不爾洪爐物有萬，得不瑣視猶沙蟲。況我較子才力中。特書姓氏上青簡，此事不係於高穹。平生壯氣對激發，端賴直諒明丹衷。壞廬之樂偏融薄，忍令爲懦爲倥侗。曾聞先師有撰作，自天萬丈流赤虹。心知經術飽斟酌，即今神皋春色融。命教貧賤亦爲福，美玉須錯金須礱。倘厭愁城高嶕嶢，熱酒姑用偏師攻。丈夫修名卓自立，皇甫安能重起，醉看草樹青濛濛。敝裘徒步意亦得，酸寒不受塵埃蒙。太冲？

送渠眉之楚中

更無人與慰羈顔，惜别情同骨肉間。櫪驥長嘶論價重，沙鷗小聚悵緣慳。渚宫煙月從吟釣，燕市春燈記往還。迢遞南雲望遄返，莫教留戀緑蘿山。

送王君歸桐鄉

狂夫骯髒氣則麤，君才温雅體貌殊。白華相傳古孝子，詎必金紫横拖紆？時來虎拜上殿陛，不爾綵服庭闈趨。晨夕團圞樂復樂，風雲際會無時無。瓏瓏馬首東急轉，翻翻鵬翼南綏圖。甑山春笋肉殊脆，爛溪烏鯽腹又腴。錦堂春酒勤侍勸，砂顔雪鬢饒歡娱。閒來仰視白日駛，牀頭休碎玉唾壺。嗤予落拓遊神都，頻看廟市春華敷。吾親老矣缺歸養，咄嗟遊子緣飢驅。苦冒緇塵非熱客，屢逢青眼猶窮途。幾處漂流着寓舍，一身陶埴隨洪爐。只今擬作天南客，欲行不行三踟躕。總傍人門作桃梗，翻從蠻府吟娵隅。時欲赴嶺南。白雲回望益復遠，夢想親舍增煩吁。况復風前送歸軫，那不淚落淋衣襦。君記吾顔蒼且癯，近年鬑鬑頗有鬚。平生意氣本豪縱，遠謀菽水徒區區。終當歸歟供子職，力耕磽瘠披茅蒲。嵩挐一櫂來訪汝，汝飛千鍾我百觚。古畫曾摩王次仲，醉掃堊壁同歌呼。

渡揚子江

信宿波濤阻客程，今晨風便剪江行。飄零書劍頻年渡，依舊金焦兩點明。歷歷廻帆鄉路熟，滔滔流水壯心驚。關山一葉迎秋氣，横笛吹過鐵甕城。

九日感舊

風雨無情毀㘭堂，籬花久失一叢黄。依稀皂帽形容古，寂寞蒼山歲月長。故里何年歸野鶴，空階此日急寒蛩。尋思石壁留題處，不待登高已斷腸。

送友之泰安州

茫茫人代易滄桑，封禪臺邊緑草荒。七十二君塵劫盡，衹教君去弔斜陽。

寓齋對酒

陰雨二旬蘚上墻，青春狼籍去堂堂。迎人蝴蝶可憐白，繞屋菜花無數黄。獨客久遊埜逕熟，雙魚不到湖波長。眼前萬事我何與，且對遠天傾一觴。

落　花

一片纔飛萬片催，窗前着處點成堆。飄零未覺春情薄，更逐回風入酒杯。

保叔塔

峥嶸寶石山，塔勢聳孤秀。撑空入重冥，危顛鵶鵲鬬。鐵簷舊莊嚴，盤梯上層構。露鈴語天風，星鐙閃雲竇。浩劫春雨飛，頽剥苔花繡。近碧抱灣澴，遠青堆衆皺。天界澹斜陽，夕陰烟景輳。奇壁西巉岩，猱騰不可又。

天然圖畫閣舊址

昕夕對湖山，百變煙雲界。天然閣已灰，清景長不壞。春嵐澹夷猶，雪波遠砰磞。樹晚掩漁莊，雲殘露鶴砦。濤松萬壑傳，弦月一峰挂。落照溟海天，髣髴王蒙畫。身堪岩穴着，意豈俗物敗？結茅此最佳，高眠餐沆瀣。

寶石山北望

扶笻遲欲下，且復立雲屏。澹煙汎湖墅，餘雪明皋亭。縱横長蒲麥，愛俯沙田青。殘碁布仙石，單鷺拳漁汀。我行春山暝，草木浮芳馨。巢松願未果，孤月剩岩扃。

別　懷

天付崚嶒骨，從教練苦辛。輕裝携襆被，縱步入風塵。眼冷幾多事，腸廻祇老親。波濤何足問，忠信在吾身。

揚子江憶往年與金君共渡作

一道雲帆此重過，却思共渡奈愁何。新秋的的逢征鴈，舊事茫茫對白波。何處塵沙淹日月，連年音信斷關河。故人豪興猶堪憶，水急風高發浩歌。

新泰謁羊太傅祠

投鞭旅店訪遺祠，名德如公百代垂。倘有鴆人羊叔子，應無墮淚峴山碑。旌麾落日猶疑動，裘帶春風自可師。雄鎮襄陽勳業就，魂歸故里未云遲。

題　畫

倒壁長松樹樹圓，晴雲片片薄於綿。無邊清景偶然見，一髮曉山青際天。

弢甫集卷五

詩五　古今體詩三十五首

題桑青培元甲觀海圖

乾坤覔壯觀，大意屬四溟。四溟彎環一泓水，渾淪灝瀚包元精。榑木翠如薺，神山碧如萍。周觀咫尺裨海外，目力豈止窮壺瀛？倚天之劍長納鞘，白光恐使魚龍驚。我前爲君請發孤桐響，試臨天風操水伶。或使雪波化作酒，卷脣一吸蒼顏赬。不然以此溟洋爲墨瀋，醮筆隨意書縱横。倒覆星河洗日月，老腕未遣濤瀾平。蓬萊玉女千娉婷，珠喉不似人間聲。喚來緩歌新製曲，妙囀勝奏雙鸞笙。仙之才者屈指數，其餘正堪作使令。君乃掀髯大笑置不答，四顧遼廓天海清。

古意二首

君子訂偕老，匪同邂逅私。誰知綢繆極，同衾翻見疑。笑言未有違，微覘中情移。踟躕載寒暑，君情妾已知。賤妾固多愆，願君保令儀。

疇昔蒙厚寵，賤妾懼莫當。詎厭君情多，祇願君情長。故歡不可留，悲來遂無方。怨君復思君，夙愛中心藏。箱中疊輕紈，篋内藏明璫。撫君曩時物，脉脉以自傷。

過景州有簡

玉杯繁露續遺經，千載賢良見典刑。恨不下帷居此地，翻教刺棹入東溟。孤雲浛浛横天白，萬柳垂垂抱郭青。擬欲從君話疇昔，歸轡一縱那能停。

題花南老屋

園林舊闢好躋攀，高棟依然葺數間。只識濃情留遠客，那知幽景落塵寰。朝烟浮市欄前起，夏漲穿城屋外環。試問何人能種竹，若論吾意欲移山。出墻新樹文鶯坐，垂架長條黠鼠扳。翻砌螢光千點亂，入簾蟾影一痕彎。地堪燒藥泥丹竈，浜可通舟置水關。纔過黄梅甎半溼，又添碧蘚磴全斑。年深薜荔侵帷密，日午戎葵似火殷。人到他鄉拚放浪，天容此處寄蕭閒。相將賓主成歡讌，更與漁樵作往還。不是雙湖萍汎熟，朅來吟嘯已緣慳。

題沈氏青箱草堂

漠漠苔花舊艸堂，沈家別業貯青箱。橫蹲石壁小蠅虎，飛下古藤黃鼠狼。倦裏恰便蒲席軟，病來深喜藥罏香。撑空張王梧桐樹，與致炎天一院凉。

客齋九日

何須臨眺上高臺，閉户狂歌亦快哉。蕭爽從吹頭上幘，沉酣連覆掌中杯。白趂圓影憐駒過，紅透層蕤指鴈來。浜口萍花緣浪轉，天邊木葉被風催。鬆窗恰得瞻金塔，蠟屐慵令破繡苔。野雀娟娟窺幔下，晴雲畾畾汎空回。十年兔管勞驅策，孤棹龍淵厭溯洄。星散朋遊懷郭李，日聯酬唱少王裴。隨時也結茱萸佩，作意寧求鳩鳥媒。小隱幽偏元匪石，獨吟癲放直如雷。漻誰青眼真堪鑑，剩我丹心總不灰。弔古纔噓豪士氣，悲秋況念大夫才。尨凉歲序當披褐，寂寞居停免鑿坏。興會留觀西水月，生涯屬剪北山萊。已教一瀋横翻墨，更欲雙湖盡化醅。旅館緑藤高掩藹，故鄉翠嶂疊崔嵬。辭巢社燕應增感，狎客沙鷗未用猜。煙徑思量疏栗里，草堂慙愧署蘭陔。夢魂慣着斑衣舞，消息頻將錦字裁。南浦自然傷伴侣，東籬到底絶塵埃。只今騁望楓香落，及早言歸菊蘂開。萬事糺紛休計算，樽前身健且徘徊。

章柱天楹垂和客齋九日作疊韻酬之

范湖借得讀書臺，倦圃先生安在哉？思煞群公争握管，續教一士此啣盃。晴天乘興看花到，昨日何人送酒來。檇李亭傾隨水逝，鯉魚風起把寒催。嗅餘蒼塢叢叢菊，踏破重扉寸寸苔。劇憶秋墳埋鮑照，謂餘杭亡友鮑虞皋廷堅，予因虞皋得交柱天，故及之。頓令我國失顔回。十年交譜難沉没，一派詞源尚泝洄。零落音塵重懷謝，懷謝山房，虞皋别墅也。喧轟領袖素稱裴。已亡騕褭誰收骨，未嫁娉婷總少媒。眼底相知膠在漆，耳邊苦鬧釜鳴雷。連朝有客尋幽嶼，幾首無題不劫灰。柱天無題詩最佳。金谷園應成雅會，玉溪生自擅仙才。襟情並熱薰爐爇，風氣先寒蟄户坏。手筆空憐押餻字，腰鐮端羡鬬汙萊。旅懷冷過鴛鴦浦，歸思濃于琥珀醅。墜葉隔橋紅歷亂，飛雲横墅白葳蕤。聽歌蟋蟀真成慨，任嚇鵷雛浪費猜。觥令森嚴傳百罸，詩壇高峻築三陔。洪爐大小從陶鑄，散木支離謝剪裁。喜甚招呼逢傳舍，超然榮利掃浮埃。良辰却放重陽過，癖性猶將萬卷開。漱研泉邊頻炤影，只緣吟賞倍低徊。

朱　園

荒園隱洲島，夙昔嘗寄居。古木窈蒙密，修竹羅清疎。東頭小瓦閣，風帆漾晴湖。詩朋來接跡，小艇緣菰蘆。撫懷欣慨雜，倏忽十載餘。空齋喜我至，秋畦剪芳蔬。燈前拜童稚，迥然洗嘆歔。蓬茅添幾楹，携家與之俱。耕稷計良得，暇讀叢殘書。清霜鶴立磵，寒水魚依蒲。幽深松窟宅，須着高吟徒。此意亦邈然，惘惘臨尊壺。明朝解舸去，淡烟望林墟。

見水際一螢

寒宵矚孤螢，流岸一何速。明珠淪道傍，飛星過水曲。凌冬應改燧，入夜故秉燭。儔侶歸何所，淹留只汝獨。却思氣鬱蒸，碎火翻簇簇。疎密綴林莽，高低散岩谷。荏苒清霜飛，感此節序促。頗悽影踽凉，敢矜光曄煜。咄嗟腐化餘，過時照人目。休論三足烏，夜半咸池浴。

蕉上雨聲

今冬喜久晴，一雨良復美。急點灑蕉上，乍聽清心耳。暑汀荷芋間，淅瀝毋乃是。疾徐時有間，疎密晚不止。寂坐洗神魂，冷夢脱塵累。人生苦煩促，佳處能領幾？漂宕厭孤篷，愁絶喧枯葦。空齋亂跳珠，靜窅入無始。宵深餘響歇，霽月到窗几。

乍浦登湯山望海歌

方輿四際水四周，乍浦一角居東陬。客行到此望東海，奮身飛上湯山頭。滄溟勢與天混一，天東海東寒悠悠。湯山之脚插海底，山巔往往噴龍湫。檣竿成林巨艘矗，波力所到摇輕隱隱黟點出洋面，倏忽帆湧如奔牛。秦駐一峰綴萍葉，海中春動鋪青油。連朝沉冥煙霧積，今日日上紅錦毬。晴霞光焰燭萬道，龍鮫宫室堪窮搜。天容海色徐淡沲，豈容蜃氣噓臺樓。浮空島嶼依微見，黄盤山似黄盤浮。瀕海小港潮吞吐，艅艎新造塗彤髹。訓練水師鎮重鎮，營房移駐千貔貅。東南西洋開道路，高麗大月雙琉球。重驛且來蘇逯國，波濤平帖行田疇。貢舶所通通市舶，擁入浦口連千舟。時平有備慎封守，廟堂遠大存謨謀。試取百壺暢懷抱，左手右手交相酬。脚底亦有九峰在，峰峰踏遍蒼苔幽。人間詩意略收拾，光怪應須入海求。溟濛積水無險阻，撇漩萬里騎螭虯。蓬萊方丈亦小景，淯盤咸池非遠遊。九點煙涵一泓水，蒼茫元氣探齊州。乘興不勞擇日出，金芝玉屑充糧餱。回顧親舍白雲下，汗漫欲遊且復休。長嘯天風捲海水，有人驚起鳳麟洲。

春暮作

楊柳作花濕不飛，冥冥細雨春將歸。鄰翁窨汲宿砂酒，客子筍翻單褐衣。沙燕背人獨自語，海鷗與我都忘機。東臯遄返賃田種，莫道老農生事微。

題爭子圖二首

世局故有爭，君心平如水。况對光髮人，不妨饒一子。

只應任輸赢，嬌顔睨紅玉。不有康猧兒，能亂已成局。

舟過繞門山

層巖石氣冷丹青，根插崩濤削翠屏。洞底飛光穿日月，谷中奇響走雷霆。雲門陡峻盤孤鶻，溜壁嵌空鑿五丁。恐復此中通禹穴，欲探秘簡問山靈。

舟夜望夏蓋山

夏蓋山連夏蓋湖，遥看萬仞插虚無。雲來神鬼乘空下，月出魚龍破浪趨。漲海荒寒留此土，扁舟狂醉屬吾徒。依稀夜渡經揚子，煙擁焦山一點孤。

驛亭堰懷舊

幾年逢掖滯京門，此夕烏篷下水村。隴上秋風吹宿草，堰頭人語鬧黄昏。湖波湔洗塵埃色，江月流連涕淚痕。莫怪哀歌扣舷起，差池心事不堪論。

冷泉亭

適從絶壁來，如漿翻白汗。少憩面渟泓，沁骨不待盥。潭潭虚白光，一鏡涵止觀。清極少黿魚，石髮風漪散。春淙雨後盈，落磵飛瀧悍。喧静本同波，對境發三嘆。今晨遊屐稀，孤影漾泉畔。山靈其許我，猗玗稱浪漫。

飛來峰

造物娛畸人，墮此嵌空石。幽淙一滴寒，春苔幾重碧。洞陰小沮洳，正可度蠟屐。霽散雪竇煙，四罅天光坼。探奇思遥夜，破碎穿月魄。黠猿攀蘿窺，識我非生客。陰房透底虚，岈徑削面窄。静聽泠泉飛，倒磵聲崩湱。老樹盤巖根，棧雲拄孤筞。莞彼脚拔塵，艱於烏頭白。

涵青精舍

叩扉鴿不怖，看客藤梢立。破衲語清寒，禪窟初啟蟄。竹爐裊茶烟，甌緑供快吸。春池石週遭，濬白手可汲。德水涵澄虚，冷鑒一影入。蕉浪不見翻，軒櫺雨苔澁。後樂汝何人，沈灰思遥集。瘦竹穿空嵌，壞墻筭觵觵。

懷鶴洲

鶴洲風日最清妍，苦憶凉生小閣前。碁劫打殘千點雨，笛聲吹散一湖煙。雨散林梢月逗川，客心猶戀草堂煙。故人久向天南去，應記春波舊釣船。

立夏前一日

鴛鴦湖波春可憐，落花如雨草如煙。日中争曬蛺蝶粉，風過亂翻榆莢錢。舊山紆阻二百里，濃景倏抛九十天。縱摇兩槳急歸去，櫻笋已是新夏筵。

瓶中白蓮

銀塘侵曉露珠漙，魯縞衣輕玉豔寒。迎到湘簾冰簟裏，一瓶秋水是情瀾。

瓶中白蓮和韻

生涯辛苦寄軍持，賺得冰紈幼婦詞。微動秋風香脉脈，酒醒夢覺有人知。

留錫庵即白蓮寺舊址。

白蓮妙香窅，忽復一錫卓。蕭蕭風雨秋，雲構已頽剥。窗竹瘦檀欒，逕石圓犖确。經龕塵不掃，鉢池清可濯。茶煙白澹淹，絲颺出蘿幄。坐久聞敲鏗，枯木一鳥啄。

福城庵

嬴旋下峰坳，投此一憩脚。荒園宿雨乾，秋風掃叢籜。策足功未狗，轉瞬髮已鶴。古緑曠岩扃，冥棲孰果諾？蓬萊境亦寓，雅志此焉託？葛翁煉丹于此，號小蓬萊。樵者拾丹砂，靈跡遺林薄。池荒月魄寒，雲净天容廓。際夕聞疎鐘，一葉兼螢落。

攜張聖書天麟登飛來峰憩冷泉亭作

石窟潛通小有天，喜能濟勝歷層巔。一亭蕭爽當秋日，百尺清泠俯冷泉。急雨飛濺岩洞底，斜陽倒映寺門前。此間雲水千年白，幾輩登臨姓氏傳。

九日感舊

十年懷舊淚縱橫，南北山頭萬古情。釃酒自緣酬令節，整冠却爲弔先生。松篁故宅無多翠，猿鶴空山尚幾聲。長向東籬想標格，黄花端的似淵明。

烏龍廟

背江面山根，古祠立森竦。蹬跜鐫青珉，蓊蔚渲畫栱。靈宫翼青冥，形勢壓岡隴。陰寒玉座秋，有巖石礎聳。負屋攢松杉，翠纛若環擁。犇濤捲盲風，殷殿聲洶洶。冷客無所祈，雜慮掃紛氄。欲訪太虚亭，松嶺賈餘勇。

法華庵

結廬古城下，讀書秋樹根。方丈懸此一聯。東皐有此景，移來贈沙門。沙門愛衣紫，豈識清妙言？金地頗幽潔，繞舍竹亦繁。健者義食力，桔槔自灌園。嶺獮候果熟，江烏集烟昏。萬物得本性，于人何怨恩。祇林白雨洗，流水兼清渾。霜物弄寒響，曦景生晚暄。寂寞自適意，去彼谷冂村。

見漁艇

朝光散洲渚，老漁橫輕舠。船頭勇撒網，撇漩船尾高。徐牽過深碧，風荻鳴颼颼。有魚舉手拾，無魚信所遭。青錢鬻錦鱗，行舟爲停操。茅篷有醇酎，酤取良足豪。孤身無長物，醉眠遺竹篙。焉知岸傍客，暫對心勞忉。

同玉岩晚步東園

逶迤取冷徑，步屧參差行。水底見半月，了印如珪形。霜皐楓的的，冬畦菜青青。犬候籬隙吠，鴈向天南征。豆棚落老蔓，孤花媚零丁。隔沙漁火上，接户寒機鳴。童齡觀儵處，波細風泠泠。翳然面濠濮，真想存靈扃。猶餘厲屐興，難却髭星星。弗使兒輩覺，哀樂實飽經。晚鐘荒寺動，徐歸且遥聽。

勵孝女并序

杭勵孝女珥，母病且死。額叩牀前，歷未申酉三時，母甦而女死。予哀之，作此詩。

祖洲返魂香，方士唐荒語。以死回母生，只聞一孝女。牀前紅斕斑，尚留額血痕。巫陽在何許，不予此女魂。

弢甫集卷六

詩六　古今體詩三十五首

遊虞山二首

中峰迢遞亂雲低，一道松聲一道溪。僧閣流連過卓午，放生雞向隔林啼。

山莊紅豆已成塵，猶話尚書老病身。當日魂消一株柳，露條風縷不勝春。

長歌送李介百昌祺歸

芋魁豆食不易得，出操一管當力穡。此田小稔此口亦足糊，不如農也自得行胸臆。我家住在腰鼓城中東苑中，君家門逕紆回通。故林未許着形影，齊驅之出如旋蓬。旋蓬信捲西復東，天南地北各不同。君嘗盤嶺險涉建溪水，我嘗跨河冷泝燕山風。悲君身宮坐奇厄，天末歸來影成隻。噫乎！皇天老眼何懵騰，竟忍虐此厖眉之書客。我雖落魄身較强，氣羸胆羸故態狂。耆見君顏足黯黮，顛語欲得君飛揚。君時領之涕一破，今古茫茫雜弔賀。濁醪且博醉如泥，那知舊恨如天大。更喜今秋客路仝作遊，尚父湖停鴨嘴舟。篝燈青熒照醉臉，夜箭欲沉談不休。欸語促膝滋味稠，和調心膓病亦瘳。雄談轟轟笑啞啞，星河倒激當軒流。有時興發屐響遒，天風吹上虞山頭。狂歌河海俱震盪，快哉二鳥鳴相酬。文人合并鬼所妬，惆悵君歸難久聚。海頭剩我苦唫身，風色蕭蕭冰雪暮。咄嗟嚙毫生活常苦勞，君今辭去意亦豪。敝裘破帽有風調，悲歌慷慨歸吾曹。惟我夢歸熱火熬，扁舟送别心忉忉。皚皚親髮稀復短，遊子罪大將焉逃？羨君舟發疾如矢，廬墓讀書計良是。我有親養胡不歸，負薪負米斯可矣。不爾負郭十畝亦可租，春雨一犁健手扶。君之隣舍有二盧，耦耕併儗相招呼。歸與歸與樂復樂，時價爲我問烏犦。

寄聖書

高館時相憶，周旋數汝才。叢談春雨過，散步小園開。霽閣垂星影，澄湖豔酒杯。沙頭秋水漲，期我挂帆來。

憶沈琢英璔

何事經旬滯草堂，情懷小别亦蒼涼。憐予病不隨春了，念子愁偏似歲長。吟過花逕鳧拍拍，夢醒竹屋雨浪浪。客齋冷處留青眼，苦向湖波望短航。

望家信不到

正月出門草尚微，楊花楝花今亂飛。海角雲空月自湧，沙頭水漲魚何稀。平安誰報故園竹，單袷已更遊子衣。燕尾船輕疾如駛，艄公胡不載我歸？

小泊舊港

舊港人家凉復凉，緣灘垂柳更垂楊。艤船恰得小茅店，注酒宛如寒玉漿。尾掉黄魚港水活，花飛白稻天風香。愛茲鷄犬一村静，起柁却看煙渺茫。

古怨歌

西風振鳴悲，葉墮青桐樹。隨風又飄颻，不知南北路。葉去何由返，人别何由聚？

鷄鳴歌

月光淡淡星光稀，汝南鷄聲報重闈。博山爐中桂火微，金缸沉沉凝寒輝。杯行既醉沾裳衣，花幃止煖香霏霏，安知簾外嚴霜飛？

遣興和予齋

拋却茅廬一水濱，仝君結束傍風塵。喜添夜雨聯牀興，暫駐河橋走馬身。楊柳烏啼如有恨，扁舟漁釣豈無因？青青樓角鐘山色，拄頰朝看爽氣新。

瞻園榴花歌

中山王，十世孫，孫名宏基治瞻園。園中花木百種繁，一種赤燄光乾坤。亭臺岩洞參錯與布置，上下種植百十根。朱門炎威隨劫散，平泉緑野摧長垣。大功坊宅改官廨，鐵券不存嘉樹存。嘉樹百種豈盡存，春露空洗枯椿痕。有樹有樹脱落珠璣子，子活作樹如雲屯。炎精不死孕於土，熊熊光氣根渾元。薰風一嘘離火迸，狂花萬朵燒霞暾。潑以大雨轉烘熾，横空爍爍明朝昏。頑雲陡合當晦夕，燭龍啣照下天門。客來喜覩絳仙舞，四面豁達開重軒。琉璃之鍾琥珀酒，對之連作長鯨吞。醉看小樹火齊錯，大者天半拖朱旛。平池瀲灩影倒入，百尺深杳通仙源。紅氍毹襯一茵碧，落英鋪到蘅蘪菅芷蒿莎蘋。却憶魏國花滿邸，賓從雲集傾芳尊。美人當筵玉喉囀，管吹鸞鳳弦撥鵾。澄鮮閣迴日方午，芳秀亭高蘿可捫。當時芳菲亘四季，豈獨夏木紅繽繙？揭來銀榜换標署，一枝巢拆無復論。惟剩一林照耀舊岩谷，攢飛小鳥鳴啾喧。嗚呼！金陵月下傷心豔，寂寞中山萬古魂。澄鮮閣、芳秀亭、一枝巢，見《瞻園記》中。

登燕子磯

風送輕帆拂翠微，泊船賈勇登危磯。巉巉怪石半空矗，洶洶白波終古飛。海月江天一鴈度，金陵鐵甕千山圍。誰能無事學垂釣，坐向此間長息機。

燕子磯謁關壯侯祠

磯石崔嵬屹似城，磯頭祠宇夕陽明。西川只續三分統，上將空垂百戰名。古木朝昏鴉聚散，大江南北水縱横。至今風激濤聲怒，一片吞吴氣未平。

髮塚行爲桐城張吾未純作

桐城西北有山山名船，其陰一塚張氏阡。此塚何塚塚瘞處士髮，其子純也述之涕潺潺。悲乎水發雍正丁未年，桐城秋漲浮鮫涎。純也謀葬適遠出，祖妣與考之柩隨波漩。妻抱幼子死於溺，神魂滚滚遊黄泉。純也跣奔向天慟，到江求柩沿濤淵。求之二十八日始辨祖妣柩，哀哀考柩終茫然。終天之恨恨難宣，爰瘞遺髮片碣鐫。維純之考篤孝行，有生事父至性纏。父嬰膈疾需醇酎，盛暑遠搆衝炎煙。爲采蘆根抵江岸，二百餘里時往還。喪畢終身不醉飽，此意悽惻尤拳拳。酷哉陽侯漂厥柩，忍使先德亦逐洪濤湮。髮塚瘞自庚戌臘，及今壬子歲屢遷。

遇予白下語嗚咽，逭悲妻子隨逝川。嗚呼！水勢暴漲蛟肆虐，其時人民廬舍盡棄捐。恨無澹臺子羽周子隱，拔劍悉斬諸蜿蜒。坐使危湍翻一劫，泯没誰賦招魂篇。我作髮塚行，轉欽純也賢。純考處士諱永錫，其骨則失行則傳。純妻朱氏子三戟，亦備書之志所憐。純今老矣尚作客，古心磊砢窮益堅。猶有二子延先祀，歸把一樽澆墓田。君不見，日者崇明上海諸邑又被海波蕩，靈風蕭瑟悲遠天。

九日感舊

湖山夢斷客中身，樽酒空思酹此辰。黄葉黄花爛秋色，一亭一榭胥前塵。遺編曾滴英雄淚，荒峪疇銘草莽臣。烏石峰尖雲散後，登高作賦更何人？

同張君登高

瞻園秋色爛如霞，岧塢仝盤細徑斜。石沼清涵雙鶴影，茅亭高出萬人家。簾收郭外鐘山翠，帽插風前野菊花。猶剩大功坊底井，武寧寂寞一長嗟。

石屋嶺

攝衣陟岧嵉，一境清遠目。宿雨洗高旻，涼風振群木。懸蘿翠尾禽，眠苔雪色鹿。螺皴數個峰，玉削一叢竹。流泉灌下田，白雲媚空谷。虛襟照南高，靜機入幽獨。晚欲卧煙霞，未須伯夷築。嵌邱神所構，枰枕已置屋。

九　溪

連朝涼雨瀉，發興尋九溪。潺潺漱碕谷，清瑩如玻瓈。松栝寒映日，沙礫浄無泥。悵然來遊晚，秋草今已萋。

十八澗

磴道十八盤，未若此澗曲。曲曲清瑶流，秋泉灌注足。長瓶一僧汲，圓渦雙鷺浴。略彴通夷庚，緣源苦不數。

風篁嶺

蒼筤拔嵌巉，亭午陽光掩。秋樹鬬清森，衫襟碧于染。半嶺天籟吟，琅玕冷磨颭。霎聽碎瀑聲，飛濺萬雨點。倏忽翠掃空，殘雲落西崦。虎溪續笑譁，龍泓絶塵玷。昔時開山人，菟裘指厓厂。

龍井寺

荒橋生隱心，破寺匯泠趣。無風竹自摇，不雨泉常注。古磵流白雲，晴階暧綠霧。禪席换巾瓶，爐烟猶裊炷。鳥飛苔磴秋，鹿過花宫暮。茗柯馨本山，粥鼓響常住。題鑱多缺訛，留意不若寓。山林跡縱睽，石壁嬾留句。

滌心沼

夙昔愛清泠，瑩眼宛良覿。適來杳無心，末由取而滌。止觀匯圓潭，皎鏡不湍激。泠鑒憺忘歸，萬慮此俱寂。悠然見疎髭，微霜慵手摘。棲岩吸寒泉，冰顔洗愁戚。湖雲接賓鴈，孤影度的的。撥蘿向月林，回首池烟冪。

寂　堂

人生苦行役，騖騁瞑不息。清遊無程期，宴憩水精域。幽窟静聞見，僧來相對默。秋星散虚空，未覺天黝黑。一燈燁宵明，靈曜虞泉匿。香藴未開花，聲戢已棲翼。塵几餘梵夾，微妙飽蠹蝕。冲泉啜自佳，澹泊有所得。

照　閣

昏黑到上頭，聊取憩吾足。萬形倏已暝，未勞眼往屬。深山夕氣寒，虛牖雲溼燭。侵坐破孤清，流螢一箇綠。冷塢猿吟低，細澗泉溜續。攢林疑風雨，蕭摵匯空曲。未知東溪光，海上出團玉。

潮音堂

山堂坐寥廓，仙唄自殷起。餘善送泠然，散入空冥裏。霜樹雜流響，風泉清溢耳。蕭晨心偶會，一息悟無始。秋冷山骨青，苔滑不可履。蘿逕翠盤回，梵放逢開士。

方圓庵

四山秋樹疎，綠埋一庵淨。偕來石逕稀，蕭寂塵跡屏。脱葉當南榮，反本見真性。淅淅物聲乾，皛皛天宇靚。醜石蹲礧砢，壞柏倒瘦硬。虛堂擊瓶罍，白日飢鼠横。挂桁破緇衣，延壁疎苔映。眼屬荒寒墟，興趣入幽敻。龍鸞渺塵劫，張雨《遊方圓庵》詩：『空山一室内，舉目皆龍鸞。』宿雨岩泉迸。止榻度深宵，高空看冰鏡。

投餘姚張明府

瀕海建吾邑，魚鹽利頗盈。沙棉白如雪，穫倍於香粳。一從潮蕩析，拮据勞經營。明府來何暮，撫字心和平。比年元氣復，景象還豐亨。顧惟水利重，尺澤所必争。前墾汝仇湖，黔首亦已驚。厥姓四十八，下田藉滋生。盛夏一不雨，念之心忪怔。猶幸新湖存，蓄瀉留一泓。所以湖塘堰，例役東頭氓。新湖塘係四十八姓代之築，以其承廕湖水也。近傳併議墾，婦孺涕濯纓。廟謨闢曠土，本以資民生。詎貪數圩稻，廢此萬井耕。依依父母仁，疾痛摩童嬰。側聞語温煦，歡呼動柴荆。風謡出隴畝，庶以達精誠。

渡黄河

落日孤光淡，渾河九曲黄。獨爲天地險，持比海潮强。禹力全歸壑，堯封善決防。平原無砥柱，古塹剩宣房。白月翻高浪，秋煙湧大荒。神來驚水立，蛟舞擺雷硠。渺矣探星宿，終焉入渾茫。川祇呵護穩，廟算補苴忙。糧漕千夫輓，官鉦一葦杭。風檣慣欹側，雨岸易頹唐。捧土神猶旺，乘槎意已忘。無心争利涉，底事屢迴翔？前渡箜篌急，頻經鬢髮蒼。祇餘忠信在，不畏怒濤揚。

讀孟子二首

際會時難見亦難，君王常在雪宮寒。尋思出晝緣何事，莫是當年用賈驩？

東西湍水勢湯湯，排抑功高配禹王。一滴曹溪等游戲，後來誰與砥瀾狂？

涿州道中雪後曉行口號三首

茅店三更曙色通，不知大雪滿車篷。征途不碾紅塵去，亂舞銀沙驟玉驄。

萬里寒光動曉星，高原立馬辨旗亭。却看粉本乾坤裏，芳草河堤一線青。

白塔崚增聳碧空，林端樓閣玉玲瓏。渾忘督亢陂前路，一帶山川入剡中。

贈別藍君之任廣州

天地灝灝流元精，誰其翕聚標崢嶸？洪鑪鑄物隨意鑄，豪傑之成要自成。古今巨室費整頓，幾人出力扶八閎。時平非無偉業建，鼇極既正須牢撐。使君堂堂出閩海，壯年盛氣轟談兵。飼鴨小兒亂天紀，佐佑連帥臺灣平。淋漓大筆書東征，將才史才身合并。功成幕府轉韜晦，記室軍諮不署名。名自諸生貢天府，上殿條奏群臣驚。天生我才爲時用，一腔熱血凝丹誠。即今一麾指嶺表，黃堂高映珠江清。珠江人物庶且富，賢守只抱如傷情。岩棲海泊種雖雜，猺人蜑户皆吾氓。土産穇糧未足給，苦向隣省求香秔。勸令春田下穀種，毋貪估利抛農耕。微聞近日米價貴，糶糴或向商船争。常平倉穀覈名實，此事平日勞經營。城狐社鼠跡已斂，要使伏莽消其萌。煩苛姑息兩不着，乃見使君仁且明。使君平生志拔俗，夫豈徒哉五馬榮。便蕃賜物九重下，殷憂一念緣蒼生。我送使君自日下，春風遠道摇雙旌。沈香浦上停官舫，懷古端應酹一觥。

畫蘭

南陔有舊叢，當春發華滋。何人涉朝露，往循而采之。中廚潔飱膳，玉盤充芳蕤。雖無甘與旨，愛此色養爲。嗟予作遊子，芳塢春風吹。猗彼華與萼，夢想香披披。誰爲寫一叢，一叢抽百思。懷哉束先生，示我補亡詩。

弢甫集卷七

詩七　古今體詩四十一首

謁遠祖御帶公祠

有唐宣廟時，吾祖官御帶。奉使勤民事，瀕海功永賴。逝而爲水神，舲迴砰擊汰。傳芭滿湖江，揚靈九州外。枌榆歸祠堂，子孫永保艾。當年海氛上，賊火中宵會。有赫卓神騅，颯颯摇雲旆。荼火列中田，驚潰紛狼狽。練長實吾考，保聚功亦大。壞壘逢遺老，指點發深嘅。木主配祀宜，涕並椒漿酹。惟考勞用宣，惟祖恩徂賚。松檜動泠風，精爽迴不昧。低空水鶴飛，照夕霞如繪。

奉題族父應侯先生國祥照

先君與翁善，誼如親弟兄。先君歸自杭，翁起笑而迎。兩翁作鄉語，把酒開柴荊。歲喜晚禾熟，蕎麥亦豐盈。語長飲却少，燈至顔已赬。先君墓柏翠，翁淚猶濯纓。步履老矍鑠，藤竹辭扶撐。輩行長一族，以式我後生。小子瞻翁面，不語心怦怦。

奉題族母周孺人照

吾族有賢母，不愧鐫管彤。母賢何所似，古媛少比蹤。叔娣葉孺人實少寡，憐其遘閔凶。助育兩藐孤，恩與所生同。鬻産度荒歲，食貧不芥胸。藐孤長復夭，涕淚仝潺淙。荼蓼與分茹，廚下何雝雝。婉承君子志，友于挽頽風。完貞表叔娣，乃以靡他終。母今獨皤首，殘髩似飛蓬。

題陸莘田先生章垂釣圖

鴛湖有一士，陸姓字紹成名之謨。儒行窮而光，童子欽英名。嗟予至斯晚，不及瞻先生。厥弟戴笠翁，風格亦耆英。典型今稀有，炯若晨星明。蒼蒼葭菼内，一竿垂深泓。釣艇艤不動，秋水照眼清。延緣許我見，緬想笠者兄。

示琢英

翠竹寒生白板門，濱湖煙月影村村。已存畎畝蕭然志，未答君親罔極恩。多病猶難抛筆硯，長貧端不計兒孫。青燈惟汝從吾久，苦覺情多一共論。

葛嶺問仙亭

搴蘿訪仙蹤，半嶺小歇脚。一亭結搆牢，磴石鬼斧削。新泉溜翠壁，如綫四縈絡。瀺瀺昨夜雨，冷匯盈一勺。寂聽湛心魂，塵累已浣却。歷歷湖南山，秋螺寫寥廓。清景易亡逋，夕佳坐而獲。尋山類解牛，得徑奏刀砉。攬翠詎云多，更上勞芒屩。

葛仙庵

冷翠滴巖扃，晝閴迎吠犬。絶境吸湖江，水光滋澹演。杰閣俯層松，細徑幾羸轉。青珉鑱遺影，羽服苔花篆。神仙妙見幾，道風幽可闡。大藥非丹砂，嶺雲日夕卷。營營餐腥腐，對翁意自覥。幽伴約數登，不辭雙足繭。庵有碑，鐫葛翁像。

葛翁丹井

巖冂瑶草青叢叢，忍飢酌泉懷此翁。幾人就照晚鬢白，一掬可濾名心空。玉聲漱落裏湖冷，丹光湧如初日紅。數弓隙地許我借，連夜便縛香茅篷。

初陽臺遺址

奮陟寶雲山，山椒平如蓋。耕雲種瑶草，數畝香晻靄。高臺餘廢礎，登臨發深慨。萬象等浮漚，寅賓亦蓬艾。寅賓亭在三茅寧壽觀。海底騰金鵶，乾坤撥茫昧。飛甍麗中天，想像壯觀最。落日烘霞嵐，晚風動松檜。未入茶塢遊，煙蕩湖裏外。

净慈上方晚眺

薄晚登上方，竹閣經聲息。西晻漏餘霞，層雲冪如墨。不知東旻空，初地滿月色。薈林寂無喧，已定暝栖翼。後山松風起，虚濤冷佛國。

雷峰塔下拾得華嚴經石刻數行并序

舊在塔上四圍，吴越王錢俶記，今頹剥盡矣。予所拾數行，書法頗娟逸。

危構壓湖滸，費六百萬緡。尚未慊初志，姑爾標嶙峋。驕彼許元度，彈指成梯旻。落成鐫華嚴，八面嵌青珉。自詡精進幢，合十贊嘆頻。王俶嗣偏伯，財力殫生民。瑶坊出宫監，豈信多寶身？劫火一以飛，金碧成泥塵。劖字盡陊剥，赭標烟空蹲。數行瓦叢拾，雨餘盥刷新。書法空娟逸，念之不足珍。顧此片石在，愚誕跡未湮。脂膏作功德，炯鑒諗後人。

慈雲嶺

嶺路朝雨餘，緑艸尚含潤。衝滑先樵登，芒屩類輕俊。湖江二雪練，林岩阻重峻。海雲陡飛鳥，烮嶠亂奔駿。秋宇豁蒙密，穎脱凌千仞。鼉風捲回潮，鴈沙起圓陣。樹色净卦塍，陽光灼心印。前功溯涒灘，開鑿厲乃刃。篆名紀月日，摩厓蹟可認。人雄起盜販，江山氣爲振。漠漠寒冥空，決眥一鳥迅。

石佛院

禪寮積幽荒，古壁秋雨濺。天晴沙蚓啼，風勁寒稷戰。佛身鑱蒼厓，新苔緑到面。塗金半剥蝕，圓髻蛛絲轉。傍窺洞門黝，滴溜冷若霰。誰鐫石像記，額篆猶可見。舊篆額有『新建鎮國贊延遐齡石像之記』十二字，文已磨去。彼徒贊佛牙，贋托仁皇撰。白雲汎高空，閒心與游衍。

攜琢英登湖心亭

奇絶湖心湧數楹，亭成面面俯空明。飛仙凭檻雲中立，攜爾乘槎鏡裏行。壺嶠中央天影倒，瀟湘無際浪花生。今宵皓月堪乘興，懷抱秋高分外清。

謁于忠肅公墓

澶淵震天威，讒者目孤注。豈如土木變，一擲喪革輅。偉哉司馬公，决策安玉步。明年元景泰，順正告踐阼。光擁翠華歸，辱異金繒賂。奇功在社稷，萬祼炳竹素。寂寥南内年，骨肉艱調護。復辟本谿天，名爲奪門誤。冤痛釃碧血，一抔並岳墓。何處踵文成，一哭青山莫。『赤手挽銀河，君自大名垂宇宙；青山埋白骨，我來何處哭英雄』一聯，王文成公所題。

謁文信國公祠

山河水飄絮，何處着公脚？黄冠歸故鄉，反正志猶昨。柴市悲風生，西臺淚波落。于墳隣公祠，正氣共噴薄。

朱節母 詹氏

淚血過清晝，簪蒿入暮年。鸞孤虚幌月，虎伏若堂煙。同穴伏虎山。毛裏看猶子，心魂繫所天。旌門知有録，吾友把如椽。括庵有詩。

乙卯録别

惆悵當筵不舉尊，曲房紅燭影昏昏。他時莫把羅衣浣，中有交加别淚痕。

秀州紀别凡舊遊經宿之地雜憶成詠得十五首

雙湖細浪白縱横，殘照西風欲别情。猶有霜黄幾絲柳，不堪攀折送人行。

裴公島上日將低，蝸壁蜿蜒拂舊題。水鳥山禽渾惜别，雲帆欲挂盡情啼。

千个篔簹羃沈庵，故人彌勒記同龕。浮生踪跡萍開合，回首明明月一潭。謂介百。

開落藤花往事空，轉蓬又度幾秋風。虚齋倒影銅官塔，研席猶留塔影中。

奚橋舊舘水雲低，棹泝回汀客意迷。夢裏難忘良讌會，金櫻花豔玉東西。

南船北馬苦間關，人去人來未得閒。思煞生香浮几榻，一宵春雨過瓶山。

客來聽雨過簾櫳，二水瀠洄鎖大虹。苦憶桐川老秋士，黄花催别太匆匆。謂玉巖。

烏篷七尺小浮家，凉夕頻銷蠟炬花。一片秋聲連海角，南湖催散鵜鴣沙。謂静軒弟有元。

春草堂前碧甃芳，愛他諸謝夢池塘。竭來攜得江東弟，也解清吟伴我狂。謂浩賓弟應義。

橘花如霰映書燈，橘子紅酣夢到曾。風起聞湖寒浪湧，愁心亂似雪湍騰。

畫意詩情在雪蕉，油𤓰不雨亦瀟瀟。蟬聯石塔浜中語，坐爇銅槃得幾宵？

滮湖一望一魂銷，煙雨迷離舊恨饒。重過當年生訣處，寒波添淚欲成潮。謂徐東美觀。

新霜騍背曉凌兢，五上長安策白藤。却惜球兒小裝束，隨爺飛渡一河冰。

京華煙月伴吟廬，花管分題得意初。齊灑魏塘懷舊淚，更無心賞老尚書。

東西鴻爪偶然留，銀燭光前話舊遊。東馬橋東一揮手，滿川烟月使人愁。

夜渡揚子江

黄昏鳴艣發沙汀，一片江聲入杳冥。京口商帆千疊雪，瓜洲漁火兩三星。浮生跋涉華年逝，往事悲歌涕泗零。常愛金焦照雙眼，此來辜負插天青。

攜浩賓弟及兒子繩球登青培蘊真堂有作

何處一爲别，重逢情黯傷。共餘縗上血，轉益鬢邊霜。書在孫能讀，吟成老更狂。寒沙有鴻鴈，風急暫迴翔。

寥落京華日，依依一榻親。杯乾勞手勸，裘敝遺僮紉。話舊邗江月，衝寒驛路塵。長征挈兒子，惜别感情真。

郯　城

明星三五照征驂，古道逶迤重過郯。野史有亭空筆禿，晴雲傾蓋與誰談？靈光古殿看猶巋，碣石徵車到此慚。寒樹濛濛春色動，那堪回首望江南。

平原道中大風作

連日暄煖天無風，殘年已覺春融融。今晨陡聞噫氣作，出門掀舞征車篷。僕夫皸瘃出寒涕，烏羊裘敝披蒙戎。茅店稀熬價頓長，小户亦欲傾千鍾。曦輪凌兢不敢上，跼蹐弭節扶桑東。塵沙豈止十丈捲，漫空白霧昏濛濛。行離泰岱尚未遠，回頭不見突兀撑青空。且喜前車後車已出險，不愁崎嶇确犖顛頓陂陀中。嗟我車如鷄栖馬如狗，到此意氣猶吐干霄虹。簸揚不畏南箕口，一任南海北海鼓怒聲逢逢。吾生慣遇風伯故相戲，扁舟斷岸相撞舂。横江欲渡不得渡，中宵惡浪翻魚龍。又嘗炎歊六月匹馬衝，火雲烈日天爲紅。漿翻白汗雜垢膩，觸熱那論風雌雄。往者出京洛，飛飈摧倒松柏桐。我行車翻軸亦折，骯髒不肯悲途窮。昨年塊依先人馬鬣封，大海吹裂千艨艟。哀號環護幾封樹，不惜捲我屋上茅三重。况兹五行羸旺有定理，造物例以風鳴冬。所幸前途恰有故人在，投鞭爲我一洗塵埃容。

看球兒躍馬

騰身飛控翠麒麟，肯向青雲拂後塵。却語兒曹休造次，春風緩帶是何人。
孟門處處飽經過，却想英雄海上騾。任汝康莊乘興去，一鞭超越百陂陀。

河間雪一百韻

皚皚河間雪，令我泣沾袪。問我泣何爲，欲語咽嚨喌。往在赤奮若，我行向神都。大雪過此間，不知我父徂。我父堂前寢，我身天一隅。我父目不瞑，我足泥中趨。我夢連夜噩，我口寐驚呼。我肉熱以沸，我汗襟背濡。我頭涔涔然，我心割昆吾。彷徨間遠道，燕趙齊魯吴。誰知恨終天，我死有餘辜。父老不能養，父衰不能扶。父病不能侍，父逝不復甦。哀哀父逝日，我弗號庭除。含飯無由視，空生不肖軀。生慙高子羔，死則隨臯魚。無益縗麻服，三年隙過駒。天地識我悲，雪擁前年塗。良友識我悲，爲我減朝餔。從弟識我悲，淚絲迸清矑。門人識我悲，環啼擁我輿。穉兒識我悲，竟日停嬉娛。僕夫識我悲，相顧聲嗟吁。征馬識我悲，跼行三踟躕。我悲何能休，音斷松間墟。攬涕登高原，萬里開輿圖。何方見我父，凝想霜眉鬚。凝想成狂癡，泣血亦已徒。欲從黄泉下，省我父起居。却念老母在，鬢白顔亦癯。常當依膝下，胡爲復馳驅？我父抱醇德，潛光居草廬。至行比曾閔，青竹宜特書。十三喪母氏，無人勑中廚。大父染噎疾，關鬲阻不舒。父爲炊白粲，肥豚與之俱。膏滑進一飯，疾篤終難袪。肉糜與肉汁，手自熬風爐。窮思到羊脂，一匙伺所須。如此四寒暑，精誠縶曦車。終焉抱鐺哭，淚血竟已枯。此宜請於朝，旌揚聞八區。餘生出苦塊，忍痛趨天衢。皇帝新嗣位，孝治媲周虞。覬邀錫類恩，天褒鐫琪玗。我師臨川公，大筆韓歐如。銜哀求表墓，千秋信不誣。何當礲山骨，圓首而方趺。眼前見突兀，丹篆光臨摹。衝寒首北路，微志緣區區。同雲低轉暗，舞片瀰空虛。弭節古衡漳，蒼茫混河渠。出門昧南北，車轍交盤紆。依稀回首顧，故鄉想枌榆。支河合海凍，廣甸連沙鋪。幾尺馬鬣封，一夜皜黄壚。荒寒氿中野，無復温衾幮。回憶土岡卧，壙側茅爲誅。諸生雪涕對，墊舍延春蕪。蓼莪爲之廢，拜奠羅樽壺。我饘粥於是，苴杖經臘腰。晨昏墓門繞，寢門意不殊。前年初負土，穿塋恨齟齬。斷竹復續竹，銜尾群竄逋。去年颶風作，新柏摇根株。號林百迴旋，强立冬榮敷。依墳墳土煖，匪獨歆一盂。別墳墳土孤，曠若定省疎。得毋過野牧，跡踐牸與羭。得毋叢嘯舞，類引貛與狐。况此雰雰下，邱隴形模糊。離離數封樹，重壓寒梢無。年時慟哭地，寸寸滋青膚。今晨淚亦赭，抔土虛沾污。復念我老母，望遠倚門閭。慈母手中線，密密縫我襦。慈母眼中淚，點點滴我裾。正慮此遠遊，霰雪行赼趄。素華被原隰，寒色凄有餘。禽獸號曠野，不辨日已晡。我體劇骫髒，母心憂饑劬。杳杳思僕馬，云何不瘏痡。我年生非弱，四十昨已逾。母愛若嬰孺，梨棗私阿奴。阿奴去眼時，送之踰户樞。雖有弱弟存，顔足承怡愉。顧獨惜阿奴，氣味苦于荼。矧携阿球出，如分掌上珠。短小未勝衣，廼令涉崎嶇。凄凄遊子意，輾轉縈蜘蛛。阿鐘少多病，彳亍憐惷愚。參差小兒女，纔得離呱呱。病婦在牀第，何以奉老姑？仰觀道傍樹，上有孝烏雛。雪中出覓食，歸以奉老烏。覓食亦不遠，歸飛不須臾。氄毛爲蔽覆，煖似貂襜褕。我生不如烏，空名識字夫。我欲竟此曲，此曲悲嗚嗚。泣語爲人子，勿似不孝孤。

弢甫集卷八

詩八　古今體詩三十八首

咏冰二首

蒼茫萬里塞寒光，結得層陰百丈强。大壑生來鍾灝氣，窮冬鍊後具剛腸。心澄象外千秋鑑，齒冷塵寰一盞漿。自是炎天仗調燮，好令茅屋受清凉。

厲斧横侵河伯宫，凌人應候鑿沖沖。品須珍重仝鹽虎，語漫驚奇向夏蟲。六月頑堅成骯髒，千年精白動昭融。怪來心事清如水，熱惱渾教一洗空。

屯田司廨對雨五首

亭午曦輪駐絳天，曹司束帶汗如泉。誰鞭潭底雄龍起，飛送跳珠到檻前。

千門琉瓦瀑飛同，官閣遥連玉宇風。起望溟濛煙霧裏，碧城佳氣轉葱葱。

園陵掌故疊如山，當暑勾稽少得閒。雨灑珠邱雲影濕，蒼梧凝望淚痕斑。

緑槐夾道浄無泥，吏散才聞翠鳥啼。上馬籠鞭迎爽去，西山雨脚半收齊。

瀟瀟對雨省江天，媿脱青簑賣釣船。却愛同曹好吟伴，不妨小隱隱屯田。

病中雜咏八首

涼宵腹疾卧難成，海水真添玉漏聲。一樣梧桐梢上月，照來癯骨倍淒清。

秋雨如塵草又芳，近阡渾恐上牛羊。未將誓墓文先就，慚愧當年内史王。

桂醑何因奉玉缸，迢迢歸夢冷秋江。年來銀海無多水，纔一看雲一濕窗。

鼉江縹緲白雲夫玉岩，催逐秋風到九衢。兒女含愁猿鶴怨，却憐羸病得人扶。

尚書秋病小堂清，風砌鬖鬖落馬纓。蘄簟湘簾添客卧，藥鐺香氣掩茶鐺。涂存齋先生天相。

妙贊詼諧未用莊，友人作《中山狼贊》語最奇雋。輸他小筆亦雷硠。若論我齒寒於水，不到中山獵後狼。

侵晨一雨洗炎蒸，午展桃笙瑩似冰。方覷秋窗清夢穩，不知紗幙轉多蠅。

常參怕後禁鵶飛，曉枕驚心慣倒衣。多爲清羸占風調，并齋官馬不教肥。

題夢遊黄山圖

吾愛樂彦輔，説夢何名通。萬境無因夢不到，睠此名山蒼翠心神融。屯田曹長南溪翁，本是天都靈秀之所鍾。當官直氣森噴薄，幽懷忽夢黄山中。黄山攢簇青芙蓉，迴溪深洞寒煙濃。春光澶漫花似海，窅然大化觀鴻濛。撑空老樹妍且雄，繁英千縷黄金容。不知仙葩何名字，但見流蘇瓔珞歷亂垂茸茸。留住一日可當一百日，況有白雲萬頃堪耕穖。吾聞黄帝鍊丹此山中，丹成白日驂飛龍。容成子與浮邱公，從帝仙去凌清風。千秋霜露閟弓劍，橋陵屼起山巃嵸。昨年龍馭升蒼穹，園陵大典心甄綜。鉅細案牘如山崇，退食常過日下舂。烏髭數莖倏已鶴，傳神端藉添毫工。我望龍髯攀不及，曹司晨夕掘趨同。同治龍輴轉硿礲，中夜悲歌泣世宗。却嗤魯鈍無寸功，禮成欲去巢雲松。題詩試此仙郎筆，送我天邊六六峰。

九日感舊簡玉巖

永恨方家峪，奇光萬丈埋。紅萸誰醉把，遺艸未編排。夢寐東皋路，凄凉聖水涯。游蹤不重聚，淚點此頻揩。却想人如菊，曾傾酒似淮。拄藜過古磴，灑墨在荒厓。呼嘯嘉晨引，登臨數子偕。寒風禁袓褐，好月戀荆柴。老死書中蠹，枯黏壁上蝸。儀型虚皂帽，意興失青鞵。雲況離雙岫，塵方冒六街。秋容新病瘦，山景故鄉佳。白鶴歸何日，丹楓落滿堦。鴻鑪悲異物，燕邸覓同儕。相與追詩叟，寧惟動旅懷。可憐良讌會，無復舊高齋。

泰陵詩

千官來穰穰，晚出禁城闉。寒焰燈竿接，平沙輦路遵。山鳴移萬騎，霧塞暗三辰。羽衛先排列，宮車晏轉輪。靈旂正前導，大樂只虛陳。祖奠重堦上，兒啼率土濱。紙錢飛似雪，儀馬望如銀。墻翣兼明器，冠裳雜遠人。仍然建黄屋，無復播丹綸。地過雷音杳，天含雨意新。長號聖情戚，備禮睿思勤。中夜追先帝，悲歌屬小臣。龍髯攀不及，日角仰何因。性道親聞妙，恩波下逮頻。分曹居黯黯，展事走踆踆。謚號誠無並，園陵固有神。猶傳哀痛詔，不薙倮猺民。嗣服瞻惟肖，彌留意孰親。宗工寧易秩，廟算合周詢。陟降聯群廟，寅清飭四隣。殷憂念蓬户，善述戴楓宸。初就橋山日，難期鴈海春。馨香升閟殿，英爽在高旻。紫翠熊羆夕，青蕪象鳥晨。松聲空曲轉，霜色草頭勻。雲氣蒼梧遠，清秋淚滿塵。

酬和墨麟醉歌行韻

問奇跡斷眠空壚，誰能索莫潛書龕。春風泱漭踏何處，人海細瑣堆螺蚶。摇鞭直排我友闥，有客先到譁高談。杯前喜我影參入，不須呼月剛成三。小奚揚揚添滌器，凹金彎角窪瘤楠。無事齊拚作牛飲，無功之鄉恣遨探。狂言帀歲扃嚨齶，只緣拱揖簪朝簪。今夕主賓認我輩，驚瀾陡覆滄瀛涵。驀甚汲黯氣不滅，饑死臣朔心猶甘。公孫主父是何物，字涅青史名奚堪。況復齪齪横驕酣，污吻莫洗湘江潭。落筆耻矜賦草就，運籌當使羌苗戡。未怪雄心請脱穎，却嗤名士投空函。朝暮蹴飛軟紅土，馬上虚挹西山嵐。曹司期會若山重，曰旅而進同趨趯。東閣暄和冰雪薄，官梅半坼香苞含。悵望千秋高韻歇，誰發詩興勞研覃？劇喜故人吟卷積，墨香浮架飼仙蟫。扶輪更得好吟伴，一時大雅雙驔驂。嗟予年來兔管秃，强與此事中懷慚。還輸詩思括奇險，青天萬仞開魚鼉。拓戟可曾邀杜甫，植棹忽復逢劉惔。文章崛奇交磊落，彼已俱覺酸鹹諳。亘古聲光三不朽，狂思籠取何其貪。精神强悍耐盤錯，春帆休颶湖波藍。人豪詎爲富貴縛，夢亦骯髒雄槐邯。推遷難緩羲和馭，出處肯放乾坤擔。禁樹鶯聲已可聽，遑攜斗酒兼雙柑。當筵姑一大酩酊，燈晃髮影青溦毿。薝蔔林中叱撥去，我徑倒榻留花南。

河東崔母少寡奉姑鞠子全貞而歿以其夫之客死于楚也故爲楚聲以哀之

秋蘭兮怨思，幽篁兮淚滋。夫君兮不歸，睇沅寥兮曳靈旂。泛三湘兮歷九疑，魂之來兮何遲。夫君有母兮垂鬢絲，晨飧夕膳兮鮮肥。藐孤三兮均哺之，矢同穴兮終如期。駿霧豹兮雲螭，遨松楸兮長不離。李之子兮嬪于崔，告河東之女兮汝師。

輓朱君

渾沌一以鑿，中央無停機。嬴劉局遞變，懷葛風已微。吾丈古眉髮，不愧儒冠衣。自具榮叟樂，更餘卜子肥。老讀三代書，竹間闔雙扉。游世未盡興，清氣超然歸。吁嗟不可作，攬涕將何依？

馬忠勤公殉節詩

擊賊陳公殞，孤臣遂與俱。承家原裹革，報國竟銜鬚。故事鐫青竹，新碑壓緑蕪。雙忠巍廟在，頑豔動悲吁。

送墨麟分察江南

人生無賢愚，得時斯爲虎。得時或倒行，得時虎亦鼠。張眼盡今古，默默持此語。自非心相知，未肯輕洩與。觥觥吾友氣，盤互起俯浦。十年把麾出，西爽欣安堵。應手摧冰山，大吏莫予侮。新恩整峨冠，分察江南土。江南洵樂土，土風待匡補。古者薙水規，善治存舊譜。子才窄滄溟，誰能量以甈？蹴太行孟門，意已無巖阻。巧拙注瓦金，寓言吾有取。前功不足嗚，後氣更須鼓。還喜親舍近，白雲映江渚。江鮮以時進，耆顔酡緑醑。顧我闊略人，與綰垂垂組。建明在何所，中若春千杵。飢寒最細事，吾意詎遑憮？勞勩分所當，吾體詎知苦？一寸暗遲廻，媿此身空許。瘦骨方剛彊，忍想清溪篙。只念垂白母，無能報㲉乳。燕吴三千里，夢煞斑斕舞。私幸捉子臂，豁達傾肝腑。遊宦自有方，影散春前雨。此後吾獨行，嗟睘睘踽踽。知有一言留，昔人重贈處。

寄備三

觴詠追顛倒，朝霞認夕曛。輕帆先落葉，佳句寄停雲。谷鳥春求友，江鷗早别群。遥天明月夕，何事不思君？

姬人程沈氏守志詩二首

珊枕無多夢，瓊樓黯不春。雙鬢渾白盡，七十四年人。

玉指深閨斷，蛾眉泣主恩。春風尚嗚咽，往事話曾孫。

贈别王近顔者輔

十年不對面，相見無怍色。相見復相離，慷慨情何極。此意誰足當，實惟君也得。君從天長來，意氣如絃直。風塵目睛射，清濟初相識。同車上京華，傾寫赤胸臆。子誠掇皮真，我亦謝雕飾。才地雖差池，古義同匡飭。諸生上雲陛，器宇見嶷嶷。特詔令海豐，乳字宣臣力。上官攢蟲沙，觸忤怒不測。一官敝屣然，凜凜萬夫特。埃塵邁知己，冠佩親拂拭。寶劍豈終埋，貝錦無停織。勞苦性所甘，馳驅指西域。軍需咄嗟辦，沙磧徧跋涉。氣震塞垣表，奇才破偪側。九重聞英名，快令群喙息。重起牧吾民，曰汝爲汝翼。天地有炎火，專用待螟螣。當其族生時，嘉苗根節食。君如寒潭清，忌者中以墨。忌者自不仁，翻謂召杜刻。浮雲蔽白日，不獨我心惻。連年走甘肅，恐君瘦且黑。堂堂八尺軀，轉覺神充實。下馬作露布，上馬能擊賊。彊項未足奇，奇才老經國。君今往赤縣，求瘼低憑軾。何以恤氓蚩，何以勸稼穡？何以鋤强梁，何以理溝洫？遇民則柔克，遇吏則剛克。君才夙有餘，臨事斷不惑。天下仰望深，吾弗能默默。吾有一寸心，感事意不愜。喉中物難探，微願終抑塞。録録復録録，素飽行自効。詩人多夸語，自比契與稷。衆論雖不許，忠愛固天植。我仇嫉軟媚，我病犯剛愎。遲廻聖明朝，忍遽北山北。愧無分毫補，洪鑪負陶埴。老母髮垂霜，烏鳥情孔亟。決計采陔蘭，庶用供子職。君爲親民官，利弊耆興革。丈夫輕别離，何者長相憶？古人亦有言，努力崇明德。

和馬君遊西山詩韻六首并序

春杪，馬君以遊西山詩見貽。予愛之而欲和，未果也。比偶小暇，檢步高韻，時則已清秋矣。

宿卧佛寺

馬頭見西山，側想梯其麓。秋嵐澹容與，一道盤林谷。散客遊虚堂，不勞主僧肅。鴨脚幾片黄，鵶翻墮空曲。偃然古先生，苔髻冷蛾緑。感嘆疲津梁，與伴白雲宿。巑岏雨後青，萬象清心目。還聞山窗幽，夕風戛叢竹。

退　谷

秋掃衆峰出，孤雲自在行。谷口足音窅，蒼鶴遥相迎。松泉四山合，回飈擊虚亭。振衣立天表，遠目寒空青。安得築吟室，終焉此巖扃。寮寮懷古逸，千載薜蘿情。

五華寺

湧翠千山疊，凌空一寺開。白蓮秋社裏，烏帽逸人來。風雨孤僧定，元明浩劫催。何當捫絶壁，劚却姓名回。

香山來青軒中

巉巉青不極，來抱此禪扉。衆壑冷秋色，一峰明落暉。白雲空際遠，朱果雨餘稀。遥意桂花發，幽人寒未歸。

曲磴道上洪光寺

盤盤過巖凹，上有青蓮宇。雪留松頂鶴，風磴坐而俯。雲飛嶺樹秋，鳥下齋鐘午。有時窗冥濛，亂灑豆花雨。倏放殘照明，晴嵐五雜組。

法海禪寺

檜柏竦一林，飛梁壓空構。秋雨鳴急淙，丁東水樂奏。滿户白雲生，几榻滃可袖。紛吾祇卧遊，粉壁睨皴岫。夢去西峰曉，煙空露搏鷲。

和馬君病中憶故園梅韻

迢遞别鄉園，支離宿孤帳。是身爲蝴蝶，飛到寒枝上。寒枝絶磵横，數點凌空放。病子千里心，白月助怊悵。何以解清愁，松醪青盎盎。

題謝梅莊濟世首夏軍中學易圖

百年萬事總敝屣，赤肝陡激匪得已。芒芒軫蓋須扶撐，開闢及今幾男子。褱中磊落君其一，匹馬當年穿塞出。恢台纔斷一河冰，凌兢猶凍層空日。尋常蜎縮牛馬毛，軍營六月圍豐貂。材官羽騎若虓虎，到此意氣何由驕。惟君剛耿不動魄，視若等閒茲一役。把來先天後天圖，坐徧西山北山石。聖垂彖繫韋作編，斯文憂患意不刊。我知君憂亦復大于山，勢與杭靄齊巑岏，澆以蒲桃一斛終難寬。問君何所憂？所憂不在飢不在寒，不在七尺埋置塵沙端。亦不在家山萬里雲漫漫，亦不在賊火夜半星攢攢。是時首夏當純乾，一陰欲進方磐桓。快心一夬忽復姤，排之不得空長嘆。春明春樹連天緑，鵷鸞春向臺端復。春雨迷離一片雲，孤臣淚盡蒼梧哭。屈軼神羊安在哉，惠文冠在拂黄埃。賜環湔祓新恩重，詎忍長吟歸去來？况復天門九重蕩蕩開，守關虎豹無疑猜。此時奮舌動天意，斗樞旋轉乾坤廻。君莫謂封狼之皮已寢處，四海蒼生各環堵。憑城怙社者何物？誰其埽清了斯舉，我心惻惻我顔憮。我歌慷慨君試聽，陀羅海遠不足驚。

喜桑伯子寄生至

槐街一雨洗紅塵，十暑相違鬢已銀。白鶴清姿那便老，黄鶵新釀總能醇。秋風先到飛連鴈，玉觀重遊失一人。謂青培。狂興漸因人事減，浩歌却記往年春。

題畫三首

傍水疎林碧一涯，平隄路斷接雲沙。茅亭柱插秋江底，三面高空見浪花。

澄波如雪捲空明，淡抹青煙遠岫横。渾似樟亭秋渡晚，一痕螺翠隔江生。

一泒秋光似水澆，雲根竹屋冷瀟瀟。殊憐芳草重新緑，已過清溪第幾橋。

弢甫集卷九

詩九　古今體詩四十三首

呈張季直元方

當風愧詠伐檀篇，猿鶴荒荒憶惘然。貧裏酸寒僮僕笑，病餘憔悴故人憐。掠陰輕燕來清晝，嘯雨靈椿似去年。屯田司廨有椿一株。迢遞昊天幾千里，夢魂飛繞白雲邊。

題因樹屋圖

在刑部獄中，椒山先生曾居之。友人被繫於此數年，事白後爲此圖。

浩氣何人薄太虛，容城往事汗青書。秋林蕭瑟煩君到，猶有清陰罩若廬。

秋日過周君書齋

出郭鵶始噪，初日開天光。遠烟浮蒼翠，近樹辨青黄。正喜市聲宥，不覺馬跡長。小村見瓦屋，犬護雲木莊。停我訪友車，登君讀書牀。到眼數叢菊，茗碗涵清香。松風吹客語，坐對澹相忘。住處領未竟，僕夫趣奔忙。乃知林居子，其樂未渠央。

寄餘姚趙明府七首

賢者事割雞，亦用牛刀鋩。我爲邑之民，利弊夙所詳。地繁吉貝花，紡布白如霜。沙田雖豐稔，未足經年糧。辛苦舟車運，争羅於隣疆。昨者海波溢，沿海罹其殃。十年培元氣，猶存小痍創。至今父老語，痛泪沾淋浪。我欲罄土音，土音悽且長。侯如弗厭聽，續吟引吾吭。

吾邑地未隘，一十有五都。沿海增塘塹，捍護資良謨。其内百萬頃，水利講灌輸。有湖曰汝仇，蓄洩備所須。首事未深思，誤闢爲菑畬。四十八姓田，承瘥愁乾枯。利一害已百，曰咨盈海隅。前年不懲患，復規牟山湖。未斷奸民舌，萬衆立噪呼。厥議幸中寢，驚魂始獲蘇。此實命所繫，弗訾愚民愚。迤邐新湖塘，代役忘飢劬。争此涓滴水，有若甘醍醐。聖主曠蕩恩，山東下詔書。升科有未便，悉除新田租。願主剷湖議，怙恃憐呱呱。豪猾覬開墾，上刑辜有餘。秋冬固堤堰，修築通川涂。前賢立法善，有堰必有夫。美政各修舉，我民有寧居。

何者爲民蠹，鄉曲藏險奸。上司充厮役，勢挾千萬端。詛訟工反覆，黑白恣欺謾。一土有一豪，一豪有一官。里胥黨附之，良善何由安？亦曾經小懲，不改舊肺肝。謂此非元惡，法網遂屢寛。宥此衆螟蟓，我心爲之寒。

國家設官職，大小有專司。煌煌甲令禁，佐貳受民辭。况屬百夫長，弓兵汝所治。太平修武備，濱海添水師。訓練行伍外，何得傍侵爲？窮鄉遠官府，有事趨報之。翼以土奸滑，武斷縱横施。具辭申至縣，曲直欺氓蚩。縱然早寢息，中産無餘貲。事權宜歸一，端在下車時。

篤行先君子，先贈公著孝行，却海寇，臨川李穆堂先生題贈曰：『古之篤行。』奇孝自童時。大父患噎膈，風爐手親炊。肥豚和白粲，持作飯與糜。久之奉肉汁，更爲熬羊脂。密伺胸氣順，徐進一二匙。羊脂又復却，抱鐺血漣洏。康熙甲寅際，海氛晝漫瀰。慷慨集鄉勇，練長公私推。誓師於祖廟，先遠祖仲才公，縣之燭溪人。唐宣宗朝官御帶，奉使海昌。没爲水神，至今子孫環祠而居。先靈默護之。神兵列哨口，寇見驚宵馳。三載始解嚴，隣堡免阽危。至今沙中叟，喃喃喜陳辭。尚欲奉栗主，配食御帶祠。是宜聞九重，褒旌下彤墀。藐孤出草土，上請猶稽遲。雖邀恩綸贈，顧惻祀典遺。治内有先民，跽告明府知。

姚江奔大海，兩潮湧瀺灂。萬山四盤迴，攢簇青嶽嶽。鍾靈産一儒，大道推先覺。遺書壽穹壤，古德完渾璞。肫肫孝感公存齋先生，特筆表實學。故里與荒邱，照耀豐碑卓。徐侯聞之起括庵，山骨任礲斲。想像寒煙墟，秋苔壓斑駁。工成倚明府，道風末云邈。他日祀瞽宗，有待丹樣桷。

客從海鄉來，語侯清且良。窮海得父母，赤子眉開張。今年沙壠熟，有穀堆滿倉。花利復三倍，老幼采擷忙。顧維桑梓私，每飯耿不忘。迢遥聞得所，加餐快中腸。寒宗執本分，秀樸業有常。絶無竿牘飾，耕讀安時康。兩年倚京華，望雲思彷徨。遲須一廛受，清謳寄海鄉。

送徐括庵元肅復之太平兼呈予齋

自古豪傑有本性，錚錚百事雄鬚眉。宇宙相望若傾蓋，徐君磊砢今見之。屈君爲宰履吾浙，牛刀恢恢烹伏雌。此來報最掖庭上，赤子得乳天容怡。尚方賜衣映冰雪，重臨亟慰邦人思。國家升擢樞柄在，國士詎計官崇卑？苦心彌縫復元氣，要使晚近流淳熙。群公委佩自都雅，親民獨恤民寒飢。盛時不作舂陵咏，有感亦放華星辭。更喜天台之山含靈姿，琪花翠羽紛葳蕤。千峰鬱盤萬瀑噴，黄岩已過纔坦夷。君治之邑洵清美，田疇澶漫山逶迤。我有故人此職司。朋友名成指千載，日夕相與陳良規。我未識君憶我友，曾經草屩踏巉巇。窮冬風雪鳥飛絶，獨馳疾赴千里期。我友招君識面大拊掌，謂我衝寒繭足成一奇。噫乎！我膽亦復紅如司教，以膠投漆誰能離？兩賢希有天作合，邦人有父更有師。吾輩豈肯蝗廩粟，行處繫心於曦，交無新舊惟取義。不虧論心慷慨一言足，丹雞白犬徒爾爲。感君氣誼堅相持，遂我素願感不訛。我有先師傳實學，河東餘干續以東海陲。亦有孝感公，敬慕題兩碑。亟思巧匠斲山骨，君直任之無然疑。高義奚翅百朋錫，羽翼大道非君誰？乃知文人循吏未足盡，君品偉哉轉俾高名垂。霜風滿郊木葉盡，抗手論別記此時。抗手論別記此時，他年相見添霜髭。

臨川李母吴太夫人輓詩并序

乾隆二年八月十五日，臨川吴太夫人疾終於家。太夫人，吾座主穆堂先生紱之母也。先生時官詹事，奉命祭告夏禹王、明太祖陵，瀕行，奏請歸省。禮成，遄歸。至九月五日抵家，而已無及矣。先生痛飯含之莫親，顧音徽之不沬，譔行略，并溶封。所膺誥勑之辭，先生所爲《御書北堂鶴算扁額記》，諸鉅公所爲壽序文，先生所爲求壽言引，具梓焉。以乞銘誄於當世之蓄道德而能文章者。調元伏而讀之，仰太夫人之德，淑教懿毓。先生爲國朝社稷之臣，文章之伯，奉使歸遲兩旬，竟不及見，益有以觸。調元之心之恫，蓋調元之喪先君，實不及親飯含。子之賢不肖雖殊，其不及一見，抱終天無窮之恨，則一也。先生有輓先君詩，又爲文表先君墓。調元感不朽，非他門下士比。顧魯人無文無能，爲太夫人銘誄，又非賤幼之所敢也。竊爲詩一百十七句，以志哀而并序調元所以詩太夫人之意。其辭曰：

太夫人，李之嬪，吴之子。孝乎孝，生色養，歿哀毁。女有此，男子子，類有泚。女而女，婦而婦，母而母。内則禮，義方教，籠而有。才子五，一名世，隻無耦。儒門户，筆耒耜，經菑畬。學以成，排金堂，立玉除。外節使，内卿列，身溶居。三仕已，一得喪，屹不動。喉舌奮，眉鬚張，心肝捧。稟母訓，執臣節，荷天寵。帝曰咨，志八旗，汝允釐。帝曰咨，疇詹事，惟汝諧。帝曰咨，館三禮，汝予治。帝曰於，予皇考，陟配天。用昭告，偏群神，肅明禋。惟南鎮，惟金陵，使方竣，馳江艘，水滔滔。秋烏哭，秋月黑，秋風饕。子歸遲，母先逝，搶以號。搶以號，聲未咽，血已滿。幾大耋，不少延，景何短！蒼蒼天，薄薄地，塊黯慘。憶憲廟，揮宸翰，燦琳琅。賜予渥，珍駢羅，出尚方。上北堂，悲不見，涕滂洋。太夫人，中書誥，實三錫。太夫人，子孫曾，珠的皪。鄉賢母，前截髮，後畫荻。鄉先正，陶歐陽，史册光。歸後起，既事功，又文章。子有是，母之賢，孰與方？歲唧悲，中秋月，淚如水。悲復悲，不一面，旬日耳。魂感傷，作此詩，門下士。

重和馬君遊西山詩韻六首

朱君約遊西山，僕病未能也。伏枕無憀，重和馬君詩韻，用當卧遊。

宿卧佛寺

童齡志獨往，興發穿林麓。誤褫青荷巾，屐響離空谷。薄寒况中人，風牆草肅肅。緬彼西山西，虚嵐結心曲。一巖覆卧者，秋換空堂緑。因依方竹牀，晝抱孤琴宿。痺我遊山脚，遮我看山目。徒羡籥雲翁，飛捻一枝竹。

退谷

冷徑松葉滑，過澗獨鶴行。谽谺折流泉，磊磊仄石迎。盤登溪竹上，徑造雲中亭。想見雲中人，秋衣隱遥青。惝怳神清洞，緑篆方新扃。神仙縱非虚，狡獪初無情。

五華寺

古棟懸崖置，寒嵐射日開。青黄秋樹雜，今昨故人來。龍氣前峰上，曦車白露催。陂陀吾買得，坐月必千回。

香山來青軒中

自來躭寂者，犯冷叩雲扉。下界瀰青氣，東林漏白暉。山高霜信早，天闊鴈聲稀。衆鳥遥憐汝，瞑栖薝蔔歸。

曲磴道上洪光寺

蠏緣空翠間，禪關豁天宇。不知乘凌高，忽爾衆山俯。晝林雲爲瞑，夜榻月當午。飛瀑一道雪，落葉四山雨。遐哉古善卷，不識腰下組。

法海禪寺

群嵐鋪海濤，霧閣蜃王構。照眼地衣寒，清魄潮音奏。去者盡浮邱，末由挹其袖。白雲終自嬾，微出仍還岫。病枕夢鄉山，湖西翹一鷲。

和馬君秋日有懷西山韻

延望西山佳，胸中有邱壑。雙屐何時蠟，至竟空言託。爽氣開天關，秋風振林薄。圓冰當高空，纖雲了不着。此時峰頭眠，一嘯鸞音作。冷夢結冰雪，清怨聞猿鶴。之子藐姑神，微吟見綽約。悵懷空山花，無人自開落。

送梅莊糧儲湖南四首

亮節重忠孝，二者常難兼。斯言不謂然，血性從闚覘。一腔之所攄，伸天通幽潛。仕可爲親養，請外夫何嫌。塵勞任州縣，臣子心歡恬。皇帝以孝治，盛事史筆拈。不見謝侍御，恩命方新霑。有友愁獨處，風詩稱葛蘞。

葛蘞實蔓生，君行我獨處。欲別三踟躕，豈爲失儔侶？人非麋鹿群，焉用此常聚？却憶未別時，日夕詎聯武？況君遂孝養，外臺良得所。此別歎何爲，深衷鬱如許。問我鬱何爲，迸淚不得語。

得語者外臺，視糧擁鳴騶。視糧良獨難，何術平徵求？可憐辛苦粒，貯之如山舟。是月日夜分，送子於道周。角甬而正概，丁寧王政修。行部粲粲亭，爲酹元道州。爲問邦伯内，得有此人否？盛世無掊克，我心滋懷憂。

懷憂心孔多，反哺我所切。我亦中原烏，反哺何獨缺？我固無處嘑，我聲用塞咽。我哺自可反，不哺復何説？翩翩南飛烏，老烏顧怡悦。得食哺老烏，念之我情熱。我歸雖無食，重與老烏别。趣歸苦相依，覓食向風雪。蕩蕩中原天，南天路闊絶。交語立須臾，哺貴白且潔。

梅莊《西北域記》云：『軍中烏比中原産者大。啼，亦飛堉斥之。烏乎，烏乎，汝即不能不啼，其俟反哺畢乎？』篇中衍述此意。

九日感舊

吴山頂上醉唫餘，終古荒凉水竹居。海月不浮婪尾盞，洞雲猶護擘窠書。高人自昔躭黄菊，清氣何年散碧虚？恰是秋城風雨後，依稀寒食迥愁予。

病中雜咏八首

愁人時節是清明，露滴松阡夢未成。劇怪紛飛白蝴蝶，翻風學作紙錢輕。

病益思親病益愁，纔教闔眼見霜頭。浮生甲子知餘幾，夢裏分明續一籌。昨夢家母與一籌。

四年三度上京華，蓬鬢新霜故故加。老去名心澹於水，爲看羈宦涉風沙。謂予齋。

南北因依老惠連，十年多難一燈前。重經春草人躭病，何處池塘不可憐？

天涯池舘苦多情，漂泊微軀一寄生。多謝春風甦病骨，許教留命聽啼鶯。

却思舊病黯驚魂，草土餘生一縷存。亦有荒沙諸弟子，茅廬風雨坐黄昏。

官曹何惜一人歸，久擬春陔映綵衣。倦枕朦朧剛睡着，連江赤馬去如飛。

支牀瘦骨玉槎枒，煙裊青燈夜正賒。猶有娛人寒食月，紗窗斜影送梨花。

馬文毅公殉節詩

日澹烏金鋪，斕斑碧血重。揚沙文信國，擊笏段司農。真氣千行草，清吟獨秀峰。魂兮招得未，桂嶺墨雲濃。

何履上名世得子簡贈

番番何先輩，陶元淳湯右曾同應舉。一名上京兆，年過半百許。生兒更較遲，同人競致語。長者今長成，少亦隨肩序。問年齊絳老，用以識乃父。出爲六舘師，國子賓賓聚。談經煖重席，聲振大昕鼓。兒當傳素業，峍屼諸生伍。標格話龍超，意氣看彪怒。儒林重耆宿，代起光交譜。亦有瞿先生之駿，心貌與俱古。鳳老雖不聞，我心爲一撫。

方　鏡

體製宜圓亦作方，天生本質况純剛。從心鑄就都成矩，正面看來不是墻。豈有虚空翳塵土，免教顛倒着衣裳。誰含兒女團圞意，别映秋眸一鸞光。

寄括庵志感

先師讀易讀且耕，沙田大類圖縱横。空堂默識畫前義，片石涕流門下生。堯夫不擬子雲草，苞蓍迴壓靈芝莖。布衣司空有神契，雙南金比明府情。

别近顔

苦憶蘭陔夢正賒，君恩便許早還家。宦餘轉覺心如水，病起驚看鬢有華。老計久拚成獨往，客途真免問三叉。桃花春水今全漲，亟欲從君借釣槎。

己未歸道河間作

岸谷開生面，風塵失壯顔。懵騰追雪夜，慟哭過河間。鈴鐸天邊騎，松楸夢裏山。征袍慈線在，歸舞戀斑斕。

妖夢當年踐，傷心急景徂。重經黯遊子，百感謝征途。冷棧鳴疲馬，空巢望老烏。何人認題字，來往一踟躕。

遊丁仙洞四首

松潮盤瀉玉虚宫，吹到仙岩藉好風。洞口無人殘月曉，白雲穿透碧玲瓏。

靈窟嵌空宛轉登，題名剛在白雲層。桃笙也是人間物，展向金庭冷似冰。

清名底用注飛仙，無際青山世外緣。獨鶴他年遊不返，杭州城郭故依然。

百年灑落對枰間，數子輸贏亦等閒。比較向平先一着，未須了局便遊山。

弢甫集卷十

詩十　古今體詩二十八首

磨石研

何人割紫雲，一片落吾手。晶瑩豈謂然，貞朴良可取。到處欲汝携，未須體魄厚。磨之斯適用，雖磷亦無咎。礪石自他山，細意礲治久。摩挲輕且堅，試墨光深黝。囊以青氍毹，寶愛等瓊玖。置諸雜佩間，取用在左右。哦詩與注易，寂寞從之叩。他年往空山，相隨許爲友。後賢徵故事，一洗鐵研醜。

秋日玉巖招同渠眉錢坤一載泛長水遊姚園二首

清遊約屢爽，連雨紛如麻。黟雲催解駮，高空漏曦車。招邀屐聲厲，沙逕衝高窪。逃虛不多侶，齊上煙湖槎。風萍漂何所，荒荒一水涯。秋園露白未，雜樹青羅遮。泠響戛檀欒，靈氣皴谽谺。小山團團馥，早桂亦已花。吟訪水周堂，姚尚書園堂名。故基懸秋瓜。浪花漾空碧，澮淹鷗所家。却顧枳笆外，小舠横菰葭。築居水中央，結夢空復賒。溪翁久占此，流憩生咨嗟。選境清難得，葉舟去復迴。朱鬃鬱相望，未若荒池臺。生香洩秋氣，流水蠲飛埃。梧桐挂我衣，好風徐徐來。雜坐陂下上，黏損新莓苔。最憐割鷲雲，幾片青嵬嵬。東西魚自戲，童兒洗樽罍。移登曉樓上，園中樓名。詄蕩青天開。浮生意沉冥，所得惟此杯。水花出豔靚，村蝶翻黄灰。主客一群鷗，百過無纖猜。長水未遄别，柔槳尋灣洄。

偕玉巖遊范湖招渠眉作

沿緣少伯湖，空亭一分憩。斯人去渺然，野水澹容裔。高蹤動微吟，清賞招吾契。一老穿林來，翩翩振葛袂。悠然論古心，五湖好津逮。功成意亦偶，不爾亦蟬脱。虹氣散秋空，波光明夕霽。群魚戲萍間，一鴻鳴沙際。歸人影已稀，西風暗凄厲。煙汉有扁舟，吾亦從此逝。

行望臯亭山

朝空翠倚疊，秀絶臯亭山。晴初曉嵐薄，霜後秋林斑。遠松寒羃䍥，怪石清孱顔。岩巒勢相屬，洩雲交往還。炊煙起碉谷，澹淹縈柴關。老農腰鐮出，貌癯神自閑。嗟余沿塵陌，飛霞邈難攀。興阻瘦笻竹，眼冷青髻鬟。山泉照客鬢，素絲不可删。連山徒曠闊，虛想茅三間。

泊武原

寒色滿平楚，樹頭風葉鳴。仍爲苦吟客，熟識武原城。鳧鴨知天氣，耕漁不世情。廿年塵夢黯，僕僕此浮生。

奉唁墨麟居憂叙別

斯文有同氣，魂夢心相於。訪子苫土中，相視一悲吁。霜風吹練冠，寒色生階蕪。循陔顧賤子，白綘看華趺。采蘭供晨羞，即事良饑劬。風塵憶初面，對映顔敷腴。藻思互推激，高吟動皇都。人事有聚散，一心皦不渝。前年寓蕭寺，滄酒滿眼沽。春風送行蓋，不得長歌呼。側聞知己語，謂我介且孤。頗憶潛夫潛，得保愚公愚。年時素驥過，微霜點吾鬚。平生志獨往，顧養方踟躕。一凌天際峰，末由攬我袪。我袪不足攬，眷眷情有餘。百年幾良覿，所傷非離居。相思輒命駕，有使常寄書。

聞琢英歸自瓜洲

煙艇一爲別，五年駒隙過。清緣失瓜步，退計戀漁簑。蝸篆心情冷，鴒原涕淚多。故園朋舊在，吟醉意如何。

渡錢江

吴舠狎濤浪，覆没驚昨朝。雨風冷蕭瑟，遊魂不可招。我何旬日中，五汎漸江潮。前渡波湧雪，一葉皃飄飖。柁工捷有神，濟險氣不驕。浮沙今歘漲，去岸二里遥。牛車聲嗚悲，艱於逆水橈。滄田跡信幻，達觀神理超。隔江遠煙白，水光寒泬寥。

渡百官江

沙路兼乾溼，牛蹄雜後先。雲烘千嶺樹，舟漾半江煙。茗椀清瞳注，茅亭倦足便。年光捲飛瀑，催老石厓前。

津夫草堂落成

泠風拂衣返，蓬屋舊所安。了無新修葺，秋雨漏未乾。夫君隱於市，小築當考槃。茅棟構良固，菜圃闢亦寬。雜花十數種，修竹三兩竿。掃除半畝地，月白留盤桓。無事飽脱粟，老遂憩息歡。酒醽把盃飲，調古横琹彈。缺寄草堂貲，笑我清且寒。爲報濮川逸，哦句嘔心肝。謂陳俯恭梓。

古詩二首

南山共命鳥，並棲寒樹枝。和鳴度陰雨，短翼無差池。結髮爲夫婦，同心百事宜。如何遘迍艱，不共宛轉爲？薄暮出門去，深閨尚未知。隣老傳行跡，舟發河之麋。踽踽無僮僕，苦慮體單羸。侵冬天氣寒，衣薄風淒其。道途親故稀，接對拙言辭。婦人畏多露，路夕無由追。通川有波浪，魂夢遥相隨。早歸免相失，苟幸無渴饑。

昔人别有見，婦言戒勿聽。婦言亦宜擇，槩棄非持平。良人如絃直，世路多欹傾。微聞古賢寓，慎密功乃成。常恐失坦率，警勸懷深情。我言類葑菲，豈謂清且明？顧兹義黽勉，願鑒區區誠。結褵自一夕，百歲同死生。雙棲身婉孌，交勗心合并。省此危苦辭，外患庶不嬰。烏鳶飛下上，江渚波縱横。君行甚激烈，妾心方怔營。

鴈媒

江南有鴈媒，同類專相賊。其初一羈俘，馴養遂見德。看雲不飛去，戀此腥臊食。媚主効小忠，惡性發殘刻。秋風動關塞，吹送連翩翼。就中種類繁，厥族如舊識。孤影翻野田，招邀一何力。舉頭仰嗚呼，情欵吐胸臆。細草藉芊茸，流水浮清湜。四顧闃無人，伴侣堪遊息。連群碧霄下，翔集意頗得。稻粱恣俯啄，接翅歡何極。誰知平碧中，禍機藏不測。其上鋪青蕪，其下布罝罭。旁穴暗偵伺，羅者巧伏匿。衆客昧周防，黠主離此域。卒然駭土崩，掩取曳徽纆。趙卒紛蹂躪，秦坑亂填塞。一網舉無遺，毒甚弋人弋。策功頗自矜，賣之無作色。耳餘並宵小，禄產本奸慝。凶終堪齒冷，誘殺豈心惻？詎如行序親，密計肆羅織。之蟲又何知，隷也實鬼蜮。役使作機詐，聞見罔不盡。吁嗟南飛影，春來幾行北。莓苔菰米叢，未便認樂國。水户畜一媒，價且百金直。我欲取而烹，偷風庶一革。

西齋暮懷

窅齋神魄清，風雨驚飂飂。徐起闢前牖，墻蕪餘落日。淅瀝鳴枯枝，摧飛抵箭疾。尚有長樱蕉，離披響瑟瑟。寒蛬語不豪，牀下低啾唧。歲暮繁霜零，草木齊結實。勞人百慮煎，堅匪金石質。暝色到眼蒼，冬氣侵肌溧。去景明朱霞，來程暗黟漆。有悵雍門彈，無裨金丹術。高鴻沓南翔，微月炯西出。翳燈照孤影，惆悵此擁膝。

蘭陔堂詠懷

遠出不得養，幡然歸蘭陔。蘭陔雖有蘭，蕭颯寒風吹。朝采不滿掬，暮采存霜荄。羞饍未足供，循陔空爾爲。入門顧老母，顔衰髮皚皚。窮冬闕甘旨，頤養將何資？母俯謂阿奴，清貧故自佳。汝安固窮節，我心爲之開。東家羅鼎烹，難叩所從來。未如此菽水，潔白無疑猜。怡然對童孫，書聲出茅齋。齋前林烏下，五步三徘徊。意似營返哺，覓食來空堦。感念此微烏，瓶罄同情懷。分以一握粟，啣啄毋遲回。秋禾四方登，我甑匪難炊。茅容亦何人，默愧祇自知。

杭州府學舍後發地得表忠觀斷碑二片爲作長歌

杭州學廨土花碧，博士閒園數弓闢。園丁舉鍤鐵錚鳴，忽得崚嶒兩叚石。是石肇勒元豐年，淋漓玉局揮修椽。新宮之前壓贔屓，礱來山骨四片堅。何年轉徙頖池側，缺囓地底埋荒煙。其一左方綴小字，神物重摹存欵識。懸知波磔歷紅羊，斷文零落前塵事。只今新廟枕湖湄，舊觀典型森位置。穹碑完好字較肥，此本神明迥遒異。亦知傳刻各不同，古本未可追元豐。穠纖態度辨苗髮，老眼不受塵沙蒙。坡公論書左瘦硬，翻謂杜陵評未公。試觀此本却骨立，意所不期神爲通。我感斯文顔一憮，五代十國喧戰鼓。石鏡鄉前起異人，堂堂開門作節度。電掃羅平無剩聲，猶發濤頭萬枝弩。錦衣大樹秋忽零，券鐵一方浩無主。殘碑出土省遺聞，望之疑帶龍山雲。安得岐陽獵碣十，盡使排列光氤氳。

殘　菊

園卉跡如掃，猶餘一叢菊。凄風動深寒，淡煙羃幽獨。窺籬凍蝶稀，經砌踆烏速。半乾數枝葉，不敢苔蕪緑。孤露迴照空，摧頽耿拔俗。任受嚴霜零，却謝塗泥辱。夕英雜蔫鮮，欲采不盈掬。忍效靈均餐，留伴清心目。

省先君墓

孤墳鬱岧嶢，遠目辨處所。心先步屧到，奔飛沿枉渚。藉草悽拜起，冥冥若我撫。生存反必面，凝想涕如雨。周遭視元堂，疚心竄狐鼠。經營憶泣血，躬負此抔土。緣何舍之去，頻年闊羈旅。遂令城社蹤，月黑恣嘯舞。柏樹手所栽，柏子已如許。霜枝蒼翠蟠，倏更七寒暑。幾節親祭掃，沾灑捧雕俎。港西望高曾，塘北望妣祖。荒荒煙氣白，咫尺先靈聚。茲辰一展省，家廟陳椒醑。冬祀得及時，齋宿隨諸父。結念邱壠間，環護情延佇。誓將挈家返，傍林結茅宇。四時繞童穉，永爲薦馨主。旦晚兒南旋，痛苦識此語。日落千盤迴，暝色起平楚。

先君墓柏

群柏初種時，根梢僅三尺。今茲繞墓圓，鬱鬱蟠空碧。挺拔過人長，張王嫌土窄。凝然後凋姿，豈懼霜霰迫？得地靄峭崒，佳氣騰日夕。已見翠實繁，欑蔟滿枝格。一枝屼孤高，日月光相射。車蓋擁童童，正中照幽宅。其餘環左右，磊砢具骨骼。朱霞映文章，寒雨流膏液。蓊蔚仰生成，陰森棲魂魄。往者海鵬風，萬木齊顛坼。我時抱林號，偃蹇幸脱厄。風詩咏蔽芾，遺民猶愛惜。緬懷嘉樹傳，咨賞存故跡。剏此宰木重，永永靡無斁。毋俾樵牧傷，實惟子孫責。從此榦千尋，貞堅等鐵石。漬淚昔手栽，壅土哀思積。補植向祖塋，瞻望情脈脈。昂霄互峥嶸，寒通煙霧白。峨峨臨川公，墓表撰輝赫。椽筆灑千言，字字同珙璧。鐫摹待國工，斵珉博且碩。翠趺蹲前林，一徑墓道闢。經營見兀突，庶幾我心懌。踟躕立斜陽，蒙羃飛仙跖。辭歸屢回首，阡隴暮雲隔。

夜　雨

夜長不能寐，纚點打瓦閣。檐溜乍瀉奔，洶助風聲惡。空窗清入心，孤衾冷到脚。醒醒酒力過，睒睒燈花落。癡僮鼓雷鼾，荒村斷寒柝。然疑省去留，是非悟今昨。初服仍奔馳，故鄉轉漂泊。愁當晏歲逼，事豈常情度？麥畦忽萬滋，蕉塢增蕭索。物態固難齊，霶霈任冥漠。

雨不止

元雲深墨凝，跳珠散平陸。寒氣冪朝昏，濁流漲山谷。已聞壞堤堰，實恐壓墻屋。稻畦雖大稔，甕牖豈俱足？無食飢腸鳴，無衣凍破肉。對此蒼茫天，誰復哀煢獨？清池亂芳艸，空陂倒叢竹。汀鴻暝嘹唳，沙鷺冷拳跼。高舘闔牕櫺，長烟裊燈燭。我量稱小户，怪底費醽醁。點滴入宵聲，枕上聽琴筑。

霰

信宿苦連綿，猶未斷雨脚。薄暮急霰零，欻爾響腷膊。迅厲先聲馳，颯爽快陣斫。中間雜霏霺，容與覺小却。飄風聒烈烈，後勁更陡作。瓦溝瞰罅投，墻背橫空掠。撲衣未覺繁，着面一何惡。窮陰亘遠天，祁寒入深幕。知幾泝曩哲，雨雪旋錯寞。天地歲崢嶸，江山勢遼廓。振我敝縕袍，借君新煖閣。萬事吾弗知，一壺早已涸。

大風

大塊積寒噫，動地發驚飈。中宵浩呼洶，巨靈亂砰礚。乾冷過雪霜，銛利甚箭筈。村翁煨榾柮，村婦紉毛褐。元冥候未知，迍賤氣已活。我生志清曠，快意事沙汰。萬籟有時鳴，一氣不可遏。既濟虛唱喁，不平互推奪。結衣手忽龜，出户耳直割。頗疑海水冰，詎怪山木拔？扶桑不倒拆，奮啟紅靺鞨。

題汪憲章先生最遺照

崎嶇萬山巔，一官落戎僰。其俗好鬬很，抹額辨掎掊。公乃使之冠，揖讓頓修飭。至今昆明傍，故老思遺德。闈門儼朝典，古訓是法式。一子生崛奇，世系增輝色。嘉醴出氿泉，靈源不可測。

贈沈君

槐街塵夢省奔忙，水竹清緣問故鄉。底用空尊憂北海，故應割肉壯東方。小窗掃蠹兒能辨，大手屠龍老未忘。同是韓公門下士，江山鴻筆話潮陽。

雪後訪人

自緣訪戴未迴舟，清興端應並子猷。噩夢初醒千日酒，奇觀須上一層樓。誰能坏户成高卧，試與凌虚作勝遊。赤日西來寒照耀，相將豪咏到東頭。

臨江哭爲括庵

臨江哭，哭何人？海内知己晨之星，一星飛墮東海濱。光芒飄忽流天垠，元穹氣薄黯零落，九原之底明焞焞。壯君虎步出金陵，同時奇雋實響臻。鶴洲博士氣噴薄，相與豁達開心神。不愁位壓百僚底，乘時謁帝攄經綸。眼前萬輩盡脱略，登高遠呼心所親。今時然諾徒紛紛，千春歇絶雷與陳。千春不絶雷與陳，鶴洲與我交結真，君欲參之意何勤。素心得數幾晨夕，以膠投漆無舊新。君今長夜不復晨，此意千劫難沉湮。秣陵之書吾未報，洪河注淚波瀚自許契稷匪夸誕，肯與齪齪爲等倫？不爾鴻濛縱獨淪。丈夫挺挺八尺身，上佐堯舜活我民。一夕蓋棺欻已了，冤恚欲訴於蒼旻。昨者青門攬袠巾，轟談入夜寒生春。金鞭拂雪未忍別，長歌激越驚衆賓。擬添霜髭續相見，山窗剪燭當頻頻。百年談笑杳莫再，數莖病髮空如銀。大江茫茫煙霧昏，群靈如雨回江濱。魂來魂去騎游雲，我欲攀雲邈無因。文章小技劣許與，當時把作瓊瑰珍。作詩哭君君應聞，更作驢鳴送君去，壤蟲盤繞區中塵。

弢甫集卷十一

詩十一　古今體詩二十五首

庚申開歲五日邀玉巖備三集蘭陔堂用陶詩作起句

開歲倏五日，霽雪飄平林。開我藝蘭徑，惠然來素心。一二童時交，鬢變欣盍簪。當時釣遊處，煙蕪不可尋。以兹生百慨，匏尊勸齊斟。勿云此酒薄，風味良清深。不見膠與漆，多化辰與參。夔曠大合樂，塤箎難爲音。微願矢獨往，異夢而同衾。得知此林廬，復幾聞春禽。眼前其一醉，敝屣千黄金。

陳情詩上盧公并序

獻歲發春宜聽鼓，應官而去；上堂拜慶仍作歌，將母而來。都緣離裏之情，乞達由中之請。伏念調元生於白屋，乳係母之躬親；呱矣黄頭，病依母之懷抱。邐迤沉緜者三載，涕洟拊畜之千方。竟日忘餐，綴心肝於文褓；靡神不禱，泥首額於閨幃。行則扶牀，惜伶俜之在眼；

立而束髮，積憂悸以成身。洎乎就傅而還，苦作餦餭之計；間或廢書而泣，莫爲甘旨之謀。本僑寓之衣冠，又凋零乎親友。浮名蹭蹬，舊業蕭條。百凡家緒之艱辛，並累庭闈之顧慮。抑猶泝深恩於罔極，實有爲中壺之所難。憶康熙攝提單閼之交，值吾浙饑饉流離之歲。時先贈公客遊於外，唯我太君代匱於家，了無儋石之儲，以備饔飧之給。斯時也，二百緡而甞斗粟，道傍餓者駢闐；七八口之聚蝸廬，膝下丱兮婉孌。有緜作布，有布作襦，慈線留手中之跡；無虀食鹽，無鹽食淡，齋廚乏釜底之羹。嘗總持數片之麻，曰盡此則晨炊可得；遂聽徹五更之漏，至癯然而假寐不遑。把釧拆花鈿，日糴太倉之米；牽蘿補茅屋，不資鄰壁之光。記阿奴方在成童，嗟吾母勤於教子。青熒燈火，鬖髿之鬢影常依；稠疊書籤，鴉軋之機聲相錯。窗前雪滿，初不知寒；缸內煙銷，眠而報曙。攜予季于堂下，望吾父兮天涯。此生我劬勞，從未有如吾母之顧復，而食貧辛苦，亦未有如吾母之備嘗者也。既而馬首塵紅，大有四方之志；嶺頭雲白，空含千里之悽。京洛十年，蓬飄不定；斑衣五彩，夢想無因。倉皇別我高堂，僥倖成兹一第。方喜近長安之日，已悲隕少微之星。篋有征衫，點點猶存血淚；庭餘寸草，依依只向春暉。恨莫挽於終天，情倍殷於愛日。捫疚心而承顏不出，稟慈訓而結綬以從。豈敢棲遲，勉圖報効。隨班趨走，希毫髮之裨朝廷；秉燭勾稽，遇山陵之成典禮。濫廁含香之署，罪恐積之如邱；偶吟陟屺之詩，心已惄焉若擣。瓜期甫滿，荷服思旋。詣大府以訴私情，謂母年之已老；叨名卿之加温語，指禄養之可迎。留我備員，數四懇辭而不獲；馳章入奏，九重制可之方宣。維時味死以聞，遂有省親之乞。廼諸大臣群驚其冒瀆，惟聖天子特予以矜憐。既授之官，又給之假。此如天之聖德，澤沛同春；而結草之臣心，涕零如雨。忍半通之遽解，請四月以爲期。豈其誓王墓以中留，實欲奉潘輿而北上。其如仰瞻慈鬢，既無一寸之不絲；近侍寢門，焉得三冬之勿藥？赴部而心驚魂夢，勢恐誤公；倚牀而耳聽呻吟，情難去膝。況對支離之弱弟，例宜終養之有人。已感移咨，不圖封駁。顧吾母自去秋以後，衰同雪裏之萱；念老年有夙疾之嬰，懼比風中之燭。夫雲飛北闕，戀戀者，臣甫之心期；而日薄西山，奄奄者，母劉之氣息。惟聖朝以孝治，憫臣子之烏私。蘄俯察乎微忱，用仰干乎大德。慨焉具疏，邀破格之恩憐；泫矣銘心，甚磨崖之感鏤。俾得維持湯藥，調護晨昏，深被陽和，漸蘇寒喘。荷皇上鴻鈞之再造，沐明公大惠之頻施。衰齡多一日之延，賤子沕千秋之感。仁人孝子，原素涵錫類之思；知己感恩，更代進陳情之表。三代同朝鼎盛，祝公爲楓陛之元臣；百年就養春多，許我作蘭陔之孺子。

宮漏曾依畫省聽，早傳御輦向慈寧。春暉煖暎週寰宇，温詔親啣重六經。開府推恩承孝治，循陔乞養仰皇扃。雪消鈴閣無私謁，話到陳情眼最青。

湖南人家有玉蘭一株高數丈偕玉巖往觀花蘂稀疎纔放邀仝作

路轉黄妃塔，芳艸平如砑。數折邇荒垣，瓊樹抗風榭。隔簷望眼明，皚蘂一枝亞。之子宛高邱，就見泝精舍。霏微三素雲，神光自縞夜。璐珮遥目成，珊珊遲未下。似厭雪瀰空，踈朵翻蘊藉。遊逢汗漫春，孰若清香乍？數藥馥晴煙，詎爲鮑所化？欲知山家盆，紅泉挹新醅。醉吸窅無言，芳氣空尊瀉。明春綠波生，扁舟省斷汊。

謝盧公即請旌先君詩并序

竊惟春秋名例，最難邀特筆之榮；左右服勤，總莫報劬勞之德。遄辭盛典，此意已鐫心版之中；旋發幽光，一言敢進閣鈴之下。日者循陔乞養，含情仰瀆清威；因而來諗作歌，封事乞通宸聽。得蒙許諾，願已遂乎斑衣；聿賜稱揚，德更昭乎彤管。是母是子蒙給四字額，方驚顧乎衮褒；有君有臣，並根原乎孝治。在老母寒闈辛苦，事足千秋；在小子没齒感御，情餘載拜。猶飭查夫事實，將上請乎恩華。樹之風聲，封之石窌，竟勤惓而至此，轉鏤戢以何窮。雖例有未符，敬請收回成命；而心乎獨寫，已經叨被洪鈞。況乎道左喧騰，不數門標通德；楣間輝映，何殊臺築懷清。必徵諸天下後世而有聞；斯酬我知己感恩而不忝。母歎然曰：『老婦何足以當之？兒勉旃哉！』明公之教，在是矣。原夫生當盛世，沐浴清化者有年；回憶前人，諷詠遺言於在昔。顧汝躬爲陋質，希抗志於古人。臣壯矣而百無能，忍自隳其硜硜之微節？古何者爲三不朽，寧虛擲夫冉冉之流光。豈曰能賢，當思爲孝子名臣之後；如其不類，曷以對大人君子之前？吾年在桑榆，意祇期於同穴；汝品爲瓦缶，恧莫答乎知音。無廢先人，庶以畢庭前教子之願；便爲佳士，乃不傷閣下知人之明。人亦有言，母以子貴；吾爲此懼，名者實賓。豈備官未之聞耶？亦奉令可無罪耳。是固然矣，抑有愴焉。今夫蘅蘭之香，久而彌烈；忠孝之節，誠則必形。蓋吾之食貧習苦不足言，若考之積德累仁何可泯。念藁砧之樹立，偉節有三；聞戚黨之追思，令名不一。肉粥養親，一也；團練感神，二也；醫活千人，廉辭一介，三也。其他美行，未及屢書。即此大端，足憑公論。今者都人士，奉恩詔而請旌；恭惟大中丞，采輿評而入告。此其時矣，可無言與？夫字灑如椽，愧榮光之下賁；聲傳通國，悲潛德之久湮。豈敢干之以私，亦云道乎其實。天旌有待，由汝名節之弗光；父善未彰，養我鼎鉶而猶鬱。母言如此，知不孝之罪通於天；公意見憐，仰至仁之心錫爾類。母子相依爲命，聲與淚俱；松楸載錫之光，恩隨春至。是用備陳三德，于焉瞻戴二天。嗟我先君，童齡喪母。時大父病嬰反胃，我先君痛若椎心。火爇風爐，所熬者肉糜、肉汁；藥虛金匕，侍寢于四年、五年。窮思蘄進乎羊脂，篤疾莫延乎烏哺。抱鐺一哭，喉塞無聲；搶地連朝，神昏不食。卧倚廬而血漬，見食器則兒啼。鄰家盡廢相舂，弔客聚觀流涕。此則先君之至性也。若耿逆之蠭午，爲康熙之甲寅。舊籍姚江，爭防海寇。衆共推爲練長，爰申誓於祖祠。維我始祖，字曰仲才。在唐宣宗官爲御帶，有黎陽郡王之封號，爲海濱黔庶所欽瞻。一夕戒嚴，寇兵欲上。交衢燀赫，儀馬紛陳。儼袍帶以遥臨，煒金燈之四照。彼師其遁，吾土以寧。鄰堡數千家，炊煙相望；潮塘百餘里，徒御不驚。胡能被此神庥？斯實得之誠感。三年竣事，當途識其能軍；一棹薄遊，長揖何曾受爵？此則先君之膚公也。錢塘僑寓，遂爾誅茅；秦緩能醫，却非賣藥。療人間之奇疾，妙比洞垣；庵户外之豐貲，義疎金穴。病者若迎夫春氣，謝之莫取乎秋毫。所以年幾八衮而考終，群哭立雨中而不去；紼執千人而會葬，遠送過江上以如歸。此則先君之仁德也。蓋源皆出於不匱，恩則見其善推。孝之至而神乃通，心苟存而人以濟。故鄉父老，欲配栗主於先祠；開府徽猷，求達楓宸之奏牘。今上宫廷侍養，鴻慈普被春暉；先臣草莽遺賢，隱德宜邀綽楔。肅然起敬，生前蒙潁水之式廬學使劉公凡；信而有徵，殁後得臨川之表墓少司農李公紱。六詩三箠，千載一時。惟公能闡幽表微，則史且揚芳流藻。先御帶威靈遍寰宇，西湖曲奏神絃；先府君魂氣薄層霄，東海家聞尸祝。自可察鄉人之議，原非盗處士之聲。雖貤贈已沐覃恩，而褒旌未膺祀典。皇天后土，鑒先子之平生；夜鶴曉猿，望聖朝之恩澤。伏惟閤下移孝作忠，立身行道，久深仰望，絶少因依。已見艸廬之間，高懸華采；并期先子以下，咸拜隆施。不惟存没均沾，抑亦神人胥悦。其事則懸于煌煌節度，其恩則戴于世世子孫。敢竭誠以疏引，雖鈍筆其能已乎？謂有作以伸懷，則巴人有深愧矣。

春滿斑衣百感生，慈闈老眼乍增明。大書已見懸垂露，特疏還蘄奏抱鐺。歸鶴待盤華表影，啼烏不斷故園聲。松岡雪涕龍章下，光照中丞萬古情。

沈烈婦汪氏

妾有夫，向黄壚，夫行弗亟妾與俱。觸棺絶粒未許徂，一杯之滷妾所須。妾身分明拜舅姑，同牢而食數月餘。堂前有叔娣，膝下無藐孤。妾可以死無踟躕，未能代養語嗚嗚。血濃墨淡留妾書，妾今逝矣從吾夫。

春日渡江用高青邱渡浙江宿西興民家韻

捩柂春湍豪，雲陰黯將夕。中流如汎鳧，煙樹辨江驛。既濟爭牛車，案衍浮沙積。邅廻時使然，浩歌聊取適。輿竹掠荒亭，駕空閣雙石。近覿過江山，揖翠欣即席。忘形面層青，未用區主客。颯颯雨沾衣，暮靄江城隔。

晚發西興用青邱早過蕭山歷白鶴柯亭諸郵韻

泛舸出溪墅，遠浦漁榔鳴。離離江樹暝，滬火疎星明。榜人暗招呼，一艬穿孤城。市樓夾春水，中通往來行。居人暮沉湎，雪釀流泉傾。湘湖田溜急，落塘響波聲。隔岸相應啼，沙禽不知名。冷堠乍聞柝，深宵報水程。江寒客篷溼，雲薄村月晴。家山入夢遠，荒雞到耳清。滉瀁汀路外，漠漠墟烟平。

夜過錢清用青邱次錢清謁劉寵廟韻

宵霽江光白，微瀾漾汀口。越人善操舟，銜鷺孤篷走。連罾驚撥剌，蘆屋語漁叟。芳洲春浪滿，鵓鴣愁雨久。峭寒動客枕，惜盡壺中酒。暗知墟井過，緣岸吠村狗。

曉次越州用青邱登蓬萊閣望雲門秦望諸山韻

春山未肯晴，溼煙颺樹杪。船頭散疎雨，江城初破曉。層空壞重雲，兀立塔勢矯。草芳雊雉多，水滿浮鷺小。東風氣力勁，帆疾過飛鳥。朝色曖千巖，奇秀當門繞。鏡光溢百里，一片青未了。禊亭人語空，樵徑仙蹤杳。在處作清遊，孤鴻漾天表。

雨望夏蓋湖

湖面晝濛濛，雨脚挂天半。墨蒸夏蓋雲，散作白汗漫。崩浪跋神魚，荒陂叫飢鸛。芳草渚田生，界水平如案。圍空漲春嵐，入海青不斷。萍翳繪此圖，推篷納奇觀。孤舟逆風吹，篙力破湍悍。松巖趁驛亭，煙中人語亂。

五夫舟行

汀塢寫水竹，海鶴巢雲松。石橋空波偃，活泉沸淙淙。衣簑水田立，毋乃谷口農。行舟一犬吠，岸斷煙溪重。古虬滴春雨，唐荒失秦蹤。殘花黏去棹，清景沿緣逢。罨畫澹相屬，層嵐秀前峰。

望獅山

好山如舊識，對我放遥青。迤邐緩撥棹，佳處當迴汀。太初自一氣，偶結青猊形。豈伊費搏鑿，妙治歸空冥。東偏峰勢轉，春煙發秀靈。超忽變態屢，天錦開雲屏。故鄉依海曲，此路夙所經。漆髮映山翠，倏已抽星星。惟餘霞外思，一見塵眼醒。

宿田家

信意緣春源，不覺煙塍晚。茅茨生客留，沽酒迴墟阪。新月静荆扉，寒花縞沙堰。夜半漏鄰燈，童起看牛飯。

津夫畫梅

疎花看若空，怪底暗香發。誰與伴孤清，青天一明月。

夢先君二首

已孤眇何怙，舊庭悽獨倚。寰區走易遍，曷由追杖履？中宵忽夢見，疾趨前拜跪。宛愬平昔居，蒼顏顧而喜。骨肉紛在旁，歡若初歸里。真畏復却去，凝矑私注視。堂隅藹晴暉，轉照烏皮几。乾坤有此境，倚着休更徙。胡爲不少延，承顔片刻耳。涕零呼我父，月白窗鳴紙。我父棄我去，驚呼杳何益。微生贅人間，此夢得幾夕。悲來詎有涯，歡逝了無跡。空號霜柏林，白日撫窀穸。陰寒承淚地，生艸宛血赤。永懷邱墓鄉，暫至影如客。旅泊江城隈，欲歸乏長策。哀頽念老母，顔鬢失光澤。足知繞膝歡，奈此屢空迫。輾轉至明發，哀疚難塞責。

贈　友

頗盡新知樂，還含舊國情。園廬忘主客，尊酒話平生。書閣連雲曉，江城帶雪晴。相將春塢坐，百徧聽流鶯。

寒食哭浩賓弟

春艸叢生雨似煙，池塘寒食淚涓涓。東樓得續連枝夢，也當今生未了緣。

泛舟出長泠港

漠漠洲渚迷，沙禽叫相屬。舟人昧川涂，別汊誤已數。儃佪出前浦，沿源凡幾曲。煙樹兩匡分，春江雨中緑。滮滮陂塘水，噴飛漱鳴玉。二麥際天青，萬頃漾遐矚。故鄉去遲遲，幽思紛綸觸。欲攜阿鐘歸，耕稷安土俗。

次錢清謁劉公廟和青邱韻

日斜雨工散，高臺轟港口。簫鼓蕩春波，舟夾群龍走。是日龍舟四集。揚靈褭風旂，水祠集村叟。萬古投錢瀨，清風吹永久。四面秧田青，羅拜陳豚酒。我亦郡遺民，釃奠臨芻狗。

舟過白鶴浦望山

遠山紆畫屏，近山修眉嫵。巖腰十數松，羅羅青可數。瘦石鼠尾皴，巉峭入畫譜。是時晚晴初，翠潤過春雨。返景漏層雲，灼崖紅一縷。俄而夕烟蒸，白漫氣騰釜。棧空秀靄連，赭龕海門户。輸與垂綸翁，柳下闞釣浦。

謁林處士墓二首

水窟青嶼孤，未許他山近。煙坡勢坦迤，單峙含秀韻。冷落幾樹梅，無人偏存問。荒亭簷瓦墜，秋苔污雀糞。遶巖陰磵凹，濱湖古木僨。平淺一阿邱，天豈于我靳？聚菰以爲粻，采菊以置醖。竺西廬未結，雲眠亦隨分。

吾愛王子衡，遠哀少谷逝。李諮葬和靖，衣緦爲出涕。高舉映穹壤，是豈攀聲勢？誰穿薦菊泉，水仙配殊贄。從享許由傍，曠典須特制。日夕半煙墟，霜柏滿風砌。縞衣去不還，湖山自清霽。起語六一翁，寂寥詎無繼？

明宜城邱公闔門殉節詩

嗚呼崇正末，國事壞不支。宜城登政府，僅得一月期。玉殿寸寸蠹，犯手將奚施？大盜煽荊襄，長驅風火馳。侃侃防禦計，收燼猶可爲。收燼竟莫爲，家國隨煙煤。黄沙陷白日，烈骨爭灰飛。讀史探禍本，嘅弔紛涕洟。當時夫己氏，奉之保傅師。元辰大朝會，冕旒欲拜之。思陵亦英明，枋用乃不疑。千秋東閣疏，空空存其辭。

簡郡使君

秋來天氣佳，梧桐滴疎雨。雨歇白雲流，澮渰如垂縷。拄頰對青山，雙矑冷天宇。焦尾時一彈，清聲出環堵。逶迤御板輿，小園退殘暑。公等翊昇平，色養叨我許。晨昏戀蘭陔，未愛入州府。况思古之人，曰澹臺子羽。

下户銖兩貲，老幼實係命。貧民生愈微，富民爲之浚。哀哀彼氓蚩，公庭心膽震。笞榜畏及身，含詞不敢竟。一夫或失所，仁者引爲病。猗歟良牧夫，庶獄惟其慎。我念屬蒼生，風謡扇隆盛。惻惻使君心，上答堯舜聖。

弢甫集卷十二

詩十二　古今體詩三十九首

泛小舟赴湖南草堂

出郭塵事屏，巾舄野航受。澄湖千頃水，一洗多生垢。雲巒照眼明，萬象俱芻狗。夙齡愛巖棲，真境落吾手。輟棹鶴渚灣，吟屋垂深柳。琴書位置便，況有盈樽酒。商量伐竹樹，看山開户牖。大夢寓槐安，小隱訪谷口。却詢釣魚舟，路似花源否？

壑　庵

嶄巖白雲堆，幽壑神所闢。一庵撫有之，淙峥逗靈跡。梧竹雨瀟瀟，踈響破澄碧。空廊俯瓏玲，谺竇驚崩剨。坦邐地半弓，窪尊可觴客。清水一霞生，坐對芙蓉夕。

幽居洞

詰曲上陰陂，巖穴殊窈窕。雨歇散流雲，人稀下飛鳥。石牀滴寒淙，青滏苔錢小。幽人意徐于，斜陽類清曉。仙鼠掠虛岑，泠風戛叢篠。宴坐聽遥鐘，心與谷音窅。

南山亭

湖山夕景佳，兹亭領其要。西塢起生煙，東峰餘落照。遥嵐如海波，澒洞浮仙嶠。葉葉釣篷歸，掃鏡延清眺。緑樹抱重扃，凉風動虛竅。竹所亂螢飛，巖陰獨鶴叫。塵域吾弗知，首作雲將掉。林月雨洗餘，澄輝特娟妙。

觀摩厓家人卦

偉哉涑水書，辭嚴筆亦正。空山留此蹟，萬古鬼神敬。淋漓襲氣母，磅礴衝斗柄。蒼厓獵碣古，老腕純鈎勁。晚天煙靄重，溽雨苔花盛。光怪出嵌岩，熊熊照幽敻。

晚覓琹臺二字不得

琹臺久煙蕪，大字聞鑱石。渴尋顛米書，神明想猶昔。俗書如無鹽，緑屏漫刻畫。天女下層城，詎止簪花格？苔昏蹟已漶，煙凝光復夕。神物有昭晦，欲睹難强索。摩厓古隸存，精氣暗相射。迢遞下空亭，月漾湖波白。

湖南草堂顔以摩厓雲壑二字亡友括庵跋感而有賦

在昔北山移，俗士欺雲壑。攢譏理應爾，今我顔不怍。摩厓有此書，好事俾響拓。取以顔艸堂，盛美不嫌掠。高空列屏風，水墨爲誰作？啣杯對煙雲，朝夕變態各。跋中意。語清腕亦遒，妙奪元和脚。迸淚追蜀州，幽吟事如昨。

湖南草堂舊是葛先正屺瞻講舍

司農湖南講，從者累數千。布袍映泉石，徒步風倏然。清遊入靈竺，浮榮等飛煙。斯人今則亡，風流照遺編。盛事久零落，精舍主屢遷。刺船入葛港，古水名猶傳。故物貞父筆，挂壁銀鈎連。湖光收不盡，佳賞分前賢。楹帖「收盡湖光春色，挽回太古浮風」，爲黄汝亨題。

夏夕寺前散步

嵐合四山暝，古寺鐘初歇。亭影動清池，已晃波間月。孤雲散高天，微風動深樾。流螢喜客過，數點上巾襪。壞塔形模粗，煙中秀硉矹。夜闃現澄明，心清悟超越。滑過白石灣，香入青蓮窟。暗覺星河秋，涼露沁肌髮。

携琴篪晚步湖上二首

琹兒雅好亭，予問兩兒：『眼前景，汝何愛？』琹曰：『愛亭。』篪曰：『愛水。』涼風四面至。隔林暑氣清，到檻嵐光翠。坐看山月明，正爾可人意。

篪兒雅好水，萬象涵清虛。空明寫圓月，活潑游鯈魚。相看兩不厭，請結湖邊廬。

雷峰亭上

波光挹虛明，湖風涼到面。怪石蹲亭坳，趁憩腰脚倦。林深亂蟬嘶，垣荒一蝸篆。柳寺緑漪園，松屏白雲卷。佇想日啣山，霞綺浮瀾絢。娱人富清暉，須盡煙雲變。

與客遊壑庵

一從棲南屏，諸境爲我有。客來與盤遨，幽尋此爲首。細徑穿林霏，石壑瀦深瀏。巖窪小龍泓，清寒試盥手。一枝風折蓮，妙香入佛牖。洞外界蔬枰，竹裏安茶臼。蒼厓亦可廬，雜樹亦可棲。有意結僧隣，便作耕稷耦。

偕登南山亭

洞門盤窈曲，忽造虛亭上。晴湖天日開，陽光羅萬狀。巖氛紅扶疏，谷樹緑滉瀁。空冥寫攢螺，生綃着數舫。爾我不自知，葛巾入屏幛。浮邱諒難期，佳辰聊滁宕。城中類火甑，熱毒不可傍。咫尺歸蕭齋，竹牀頗清曠。

虎跑僧送泉水

湖水已澄甘，未若虎跑冽。滿汲出層岡，餉我勞觸熱。大瓢貯瓶甕，傾瀉白勝雪。狼藉戒青童，愛此澆吟舌。活火煎風爐，松毛手自爇。留僧試雲腴，色香汎清絶。除煩瓦閣凉，析酲碧甌潔。品泉非桑苧，幽事亦可悦。

草堂夕詠

將秋蛩響急，既雨荷氣清。歸禽隔巢棲，活泉遶舍行。山閣遠燈上，林磵孤煙生。村沽取薄醉，霽照開虛明。露坐來溪友，誰能掩柴荆？雅懷問釣遊，洽此幽居情。隣犬既盡識，野鷗不寒盟。凉夢飲湖渌，高吟對霄峥。巖蕣有數味，風篁不一聲。寂寞自適意，焉知身後名？

夏景園廬和韋

空堦苔色静，高林蟬語多。竹榻午夢醒，慧日青峨峨。冷光瓶灑雪，驟響瓦翻波。山扉生晚計，終焉此層阿。

園亭覽物和韋

樹深山鳥樂，雨歇渚花新。渴脣漱清水，汗手冰寒筠。北窗有静侶，盡屬羲皇人。

慧日精舍

盤紆盡仄磴，精廬在巖椒。鳥影下寒壁，松聲轉空寮。疎檽挹西爽，千峰秀層霄。一峰白雲吐，峰忽已消。一峰一峰嬗，徐復青岧嶤。山房疏幽泉，泉色汎清瑶。高林掃炎暑，孤嘒鳴元蜩。虚龕客趺坐，枯磵猿騰超。目清塵跡窅，心寂冷趣饒。夷猶瞰湖月，借宿吟凉宵。

準提閣

連岡徑忽夷，危構架寥廓。樹杪湧全湖，寒浄鏡光拓。夐出飛鳥上，層層偃林薄。雷峰左肘蹲，孤塔狀頽削。嶧蜀諸遠山，青窅煙漠漠。萬景匯小窗，幽覽意冥寞。照屋小嵌巖，尻股恰可着。石泓一勺清，真率木瓢酌。下視吟舍低，數間翳雲壑。晚嶂一燈明，悟是松顛閣。

晚登雷峰觀落照

斜陽射赭塔，巘崿皆金光。層霄蔚彩翠，一逕摩青蒼。峰霞然合沓，湖漪散滂洋。金牛方隱見，踆烏暫翺翔。投壺天帝側，張樂軒轅旁。路逢皇初平，縱横叱群羊。霓旌澹偃蹇，羽衣紛飄揚。秋山蟋蟀響，鬼火冬青凉。倒景倏已滅，弦月遥相望。搜吟沾夕露，癡坐盂溧陽。

夕遊虎跑

颼飀一徑風，松泉競清響。盤沿渡石梁，面壑林扉敞。日落山色濃，秋近節氣爽。寂静憩諸天，新凉納方丈。石亭甃澄泓，香臺逼緯象。竹几寫微吟，匏尊得真賞。幽樹暝禽棲，空階白月上。客自愛清遊，衝煙復孤往。舊識龐眉僧，相送出灌莽。意行欺猛虎，彭觥策鐵杖。

枕上聞曉鐘

杜陵類達道，晨鐘發深省。今我棲近寺，每曉煩相警。一貧幽趣滋，一疎塵跡屏。惟作白華吟，垂雪心耿耿。傍湖魂夢清，交秋枕簟冷。默數百八聲，聲聲入淵静。空岩谷音遥，落月窗光冏。妙境湛虚明，天機相與永。

水心寺

青攢山外山，白漾湖中湖。此間起池閣，波光周四隅。有來棹小艇，水面爲康衢。亦復度略彴，輪蹄影絶無。噉花魚千頭，掃煙柳數株。開軒赤日澹，秋氣先菰蘆。葺屋水中央，夙願久已孤。經營詑先得，讓彼金仙徒。月行不出沼，恍現甓社珠。今宵水明樓，清夢追飛鳧。

大雨

大聲翻盆來，湖山晝冥晦。邱塍已黄埃，焦卷飛灌溉。檀欒一園竹，顛風盡舞態。迎涼失消中，决溜洗荒穢。餘點猶撒菽，油雲散靉靆。稚兒誦新詩，清音出閣外。對此夕景佳，青山幾人在。桔槔卧沙畦，眼冷看秋菜。

霽夕

一雨滌炎毒，几席生新涼。天風透竹閣，飄飄吹我裳。溼螢千點緑，歷亂前池光。清豪階蛩語，澹遠水芝香。默坐起遥思，薜荔延山房。太初不可作，南屏跡久荒。圖經手自勘，佳遊未全償。明朝沿溪澗，飛泉落滂滂。

西湖改名高士湖

我有一尊酒，酹之高士湖。緬昔石川子，邀遊太初俱。仿彼沔川舊，曾改郎官呼。郎官雖自好，未若高士殊。巖居况有塢，湖水相縈紆。一瓢兼一鶴，清伴未云孤。秋空横鐵笛，吹裂小蓬壺。南屏參我跡，嘆息斯人徂。扁舟汎湖水，隨身一物無。但能作高詠，驚起眠沙鳧。

虎跑僧續送泉水

我數飲名泉，頗能别泉味。山僧擔相送，未待飲之既。翻嫌調水符，續取覺詞費。今年嘆旱天，秋暑尚可畏。城中百源乾，瓶罌不輕乞。鑿井議自公，千鍤導觱沸。今杭秋城在處開官井。而我注滿甌，清吸沆瀣氣。重問大慈山，木樨着花未？

石屋洞

我昔遊天台，凌空愛樓嶼。牽迫難久留，却想至今懊。此屋類南鄰，散策時得到。但須帚策勳，荒穢跡一掃。碁殘江雨餘，石枕堪寄傲。幽窟漾渟泓，仄房開窔奥。月洞迴清輝，青鞋與黄帽。環山萬樹蟬，秋淺暫聒噪。

雨後登南山亭

秋雨盥衆緑，草木浮清光。空明見湖面，平堤白泱泱。漁灣一舠出，落葉摇瀟湘。晚煙起村舍，流水穿僧廊。炎節有代謝，物態豈能常？元蟬聲忽幽，一絲寫清商。華鯨數催暝，松杪收頹陽。冥搜亭上立，風灑薜衣凉。

仝玉巖登南山亭

一亭久單賞，今與君共之。泬寥湖漪净，澹淹林光滋。連雨山谷潤，萬物含清姿。餘威灼秋暑，陰洞明朱曦。磵樹黄一葉，摇落憬自兹。凉風散衆樾，攢緑方參差。志士羞苟得，好景取不訾。坐餘無盡意，重遊復何時？

雨後登南山亭

黑雲奔輪歸，白雲氿泉出。争道亂虚亭，往參意恐失。既至跡如掃，山缺銜落日。磵竹碧叢叢，秋氣迴蕭瑟。坐石數歸鳥，壞葉感我膝。新瀑倒穿煙，未若流光疾。澄湖啟鏡函，裹外清暉溢。穆穆接金波，淼然水天一。

雷雨薄暮小霽倒景射慧日峰作黄金色

疾雷驅雨至，巖谷俱震動。薄晚簷瀑衰，亂雲尚流永。陰霞射到景，一峰金寵嵸。負天鵬背闕，戴山鰲首聳。的皪翅鬣黄，海衆耆驚悚。草木琉璃映，煙霧潮汐涌。倏復歸虚無，長虬孰遮擁？唧照破晦冥，異事非鑿空。

登九曜山

攀躋慧日頂，高岡若連棧。離立塢石圓，碩果天所産。飛策升九曜，危嶂不可剗。巑巑南北峰，秀色一髻綰。主賓面育王，一氣結巙㠑。秀巉青天高，光射明星晥。何人癖看山，以頰拄手板。却歸坐秋窗，揖翠獨把琖。

普度親庵并序

葛屺瞻爲母報恩，捨宅作庵，自爲之記。

葛公講學人，所居化佛場。親恩以是報，作記垂千霜。猶勝王半山，捨宅度子雱。當時議祀典，得從兩廡傍。秋陰移古檝，午聲送清吭。高枕冷翠納，净甌苦緑嘗。一雨入虚谷，叢玉鳴浪浪。吾廬着處是，卧吟擬艸堂。

夕照庵

秋畦冷頹陽，隣僧指破殿。佛身苔花皴，幢脚蛛絲罥。陰風倒母竹，新雨長孫莧。張王蛇藤青，古棺積廢院。宇宙生總浮，逝者疾流電。北望魂羈孤，凝思淚如霰。亡友介百櫬尚留京師夕照寺。

普寧寺舊址

石塔零落餘，斜陽滿初地。菜畦匹方罫，數枰晝青翠。碎蝶聚散輕，娟娟弄寒吹。荒墟想布金，萬事飽興墜。鐵作窣堵坡，烟消没故鼒。參寥不可遇，並湖獨延跂。遠槳劃煙波，傍舍鳴霜荔。天際數鴻冥，默含無盡意。

月夜登南山亭

圓輪穆無聲，萬象入清泠。石構淩高空，夜遊燭省秉。四山颯鳴秋，群木動疎影。澄湖如好女，當鏡轉深靚。明河挂簷角，白浸寒星耿。鬼語移楓坪，烏啼墜桐井。岩虚響乍砯，洞黝光屢冏。老猿坐招手，引我跨重嶺。

雷峰亭上遇驟雨

秋暑有餘灼，油雲黑一縷。食頃湖晝晦，釃點疾如弩。虚亭缺週遮，杉漆翠衿舞。殷殷連山蟠，豐隆震天鼓。朱光抱南麓，怪樹着雷斧。下上動溟茫，意怵神靈聚。迴飈送奇凉，廓然見天宇。浮煙動青螺，攢空一一數。不辭巾屨溼，皴法參米譜。米友仁有《湖山烟雨圖》。

弢甫集卷十三

詩十三　古今體詩四十首

沈辭立先生修誠自禾至草堂以詩二章見贈奉答

先生天所遺，杖履到嵐谷。看雲八十秋，蒼白飽經目。身長耆英社，胸羅獻徵録。邱園歷塵劫，野史舊聞熟。賞我循陔歸，貽詩掃兔禿。秋蘭豈足養，聊得從初服。覯止喜朱生，相將留草屋。道故白景趖，清尊試浮菊。籃輿可近舁，南屏暖松竹。百歲從清遊，題名次巖腹。

同予齋登南山亭尋準提閣遊慧日精舍三首

今朝霽風日，山氣益蕭爽。雲歸銷微曖，木落遞清響。葉舟散明波，鴉軋鳴遥槳。林疎見寺紅，隔湖瞭若掌。人立亭宇空，鴈飛天地廣。寒圃凈蔬稜，幽洞捲蘿幌。諦視涑水書，鍥壁鐵畫朗。嗜古竹垞翁，夙遊具真賞。筍石惟一株，松屏更百丈。早秋君未來，孤蹤日數上。

凛秋草木衰，雲根露微徑。緣厓學猱升，賈勇洗蹭蹬。蕭寥山閣鎖，殘僧委破甑。惟拾一湖秋，林表鏡光瑩。打頭病葉飄，拭汗坐石磴。却溯弱齡跡，卅年塵夢醒。松顛憶偷遊，犖确不畏瞑。迤西踏平岡，策竹趁餘興。破靄山鳥飛，雲窩一聲磬。

小松濤響清，徑轉蘭若見。犬識生熟客，桂零前後院。峰坳舊石溜，絶少秋雪濺。崩雲忽覺豪，槁竹絶類狷。露畦晚菘長，雨檻緑莎徧。風細拓幽檽，涉瞬嵐霞變。人非買山隱，時近納日餞。空青采煙華，澹白噍春片。寂聽東林鐘，下巖猶未晏。

育王山

濱江延層青，氣象屹汝獨。鼓鋭攀松藤，螺盤入雲族。天清叫孤鴻，山虛響群木。雙高羅寒襟，三折盡遠目。秋空標識孤，一峰類釜覆。崎嶔上上頭，恨不棲叢竹。緣郛行如蟻，細逕斷來躅。唯聞隔谷樵，丁丁動巖軸。

玉虛觀

峰頂藹蒙蘢，雲木藏道觀。南牖納微風，憩石屏漿汗。當階日月池，水涸逢秋旱。倚爐跛道士，烹茗以松爨。引客上星臺，古罌鐵花燦。連山結尻股，白雲散汗漫。丹房秋雨零，破壁黄泥墁。寒堦脱葉深，颯沓栗鼠竄。宴看潮起滅，意忘小劫換。出塵亦由人，世紲詎足絆？

同予齋飲湖樓

黄葉散巖足，緑條斷湖湑。惜此一尊醲，互勸心所親。中年傷哀樂，孰能全其真？陶洗賴山水，不事絲竹新。與子結契來，廿載遵沙塵。愧慚魚與鳥，放志左兹辰。新涼生高檻，商風激白蘋。未須論後會，當盃無虚廵。迤邐望雲壑，曾不隔城闉。醉歸蕩夕月，相將上釣綸。

梅花嶼是陪元歎先生飲處

湖光轉清新，公歸遂不復。却追洗金螺，煙樓尚爾矗。戴笠過段橋，雨點飛碎瀑。下上明霜楓，猩紅出朝沐。虚檻發高吟，錚錚音在谷。風流清穎尾，霞舉孤山麓。豈伊千載去，昨月疑仙躅。悽過黄公壚，迸淚等撒菽。秋魂不可招，颯颯風吟竹。

冷泉亭坐月

泉月併作秋，妙境清入骨。下杓崩雷轉，暗厓古香發。石危不可磴，木斷大可筏。豹聲數犬嘊，人立一猿突。泬寥輪已西，倒巖影踈樾。衣色凛飛霜，襟冷坐猶兀。風寂鈴不語，雲滃塔忽没。隔洞聞經魚，孤僧跏奥窟。

宿借秋閣

夜樹辨虚窗，月色猶在嶺。暗泉落寒滴，近竹摇碎影。涎蝸四壁乾，露鶴一聲警。清話强僧陪，跋燭趣更秉。藤榻初着膝，夢遊恍屢省。疥綴遊客詩，古塵黯弗屏。安得白社人，對案寫清景。峥嶸抱冬心，松雪皓耿耿。破凍上霄梯，天地極清冷。秋風日夜深，幽趣當續領。

曉登飛來峰

清曉躡靈峰，白雲生我脚。日杲霜樹明，露泫秋藤落。林鵶先客起，石鷲抱苔削。飛梁亘空巖，冷跡着猱玃。松色翳盤岡，淙流響倒壑。穆遊天地初，百洞鬼所鑿。凌虚嘯青冥，木葉下遼廓。颯然冷風回，東林數聲鐸。

呼猿洞

神房入深黝，日高窗霤曙。窙豁小有天，清光炯殆庶。氣孕太古寒，幽深滴如濾。仄罅透松風，激雪泠然去。石脚猙虎蹲，雲口呀黿呿。秋山颯多響，木落鳥驚遽。邃谷裊荒藤，連臂挂且覷。長嘯僕亦能，猿父知何處。

韜光丹泉

雲根一坳水，蜥蜴之所伏。舊傳回道人，燒藥此棲宿。丹光如芙蓉，的皪照冥谷。巖穴中枵空，酒民容枕麴。久視亦何爲，委運忘淹速。草木秋風催，溪山清景逐。登高覽元化，萬象新我目。烹泉良復佳，傍厓恰可屋。

劉讓宗維謙自華亭見訪過塘棲坐船頭快吟得句云客醉孤舟月蛩吟兩岸秋不覺下水舟人未之知也尋覺急迴舟讓宗尚浮水面引之登過草堂話此事爲足其詩贈之

客醉孤舟月，蛩吟兩岸秋。何人追太白，高咏擅風流。未許騎駺逝，還來汎蟻遊。浮沉身世在，我亦一輕鷗。

方家峪上菊公先生塚

元廬護雲嵐，宿艸秋更緑。風流渺山河，清淚一溼目。杰士蹇不遇，老死葬厓谷。餘事作詩人，竹素留清馥。天空澹孤月，露白疎群木。魂來我不知，靈風吹肅肅。今秋南屏棲，荒峪近往復。古歡不可追，寒泉薦芳菊。

映壁院俗名梳粧臺。

搴莽入空櫺，負屋得峭壁。石泓蓄深寒，倒映清歷歷。遺宫甃地道，堙洞窺幽閴。臯亭一瓦解，何處避鳴鏑？梵閣想梳臺，宫礎埋沙礫。易墮景陽鐘，唄音破岑寂。古水光如刀，意難割愁戚。舊山朵朵青，秋堙瞹輕羃。

松風石室

滑磴盤磽确，石室頗清妙。野薔秋不花，盤墢青窈窕。數曲繞垣低，松山面幽峭。虚簷入松風，催發唒然嘯。莓臺屧跡絶，荒冷蟪蛄弔。山廚起炊煙，一縷出蘿蔦。倚樹寂無言，深塢自斜照。

鳳麓寺

清遊如流水，逢坳注盤礴。青林古僧居，看竹例插脚。曲房烟靄侵，結構傍崕崿。山心愛幽森，茗話入恬漠。不知秋風夕，桐子窗前落。覆地雲下堦，窺人月到閣。小住良復佳，晚歸亦不惡。度嶺乞一笻，紫玉鏗然削。

鳳麓泉

一窪照衰興，清沁居鳳麓。改邑不改井，宋社久已屋。愁腸未能湔，聊瑩弔古目。往來故宮月，水華變淒㶿。白帝運金寒，秋氣坳泓蓄。泛菊山醅香，陶巾從之漉。

夕度萬松嶺

秋月已上嶺，清輝隨行屨。湖波一灣白，雜樹皴煙霧。光開四際暝，江山宛米聚。振衣立虛亭，泠然發超悟。緣陂數茅茨，影動村犬護。商飈轉遥屏，倒壑松聲度。緬想冲晦廬，柴門隱竹樹。芳草没前蹤，露飛溼寒兔。徐處士宅在此嶺，見《北窗炙輠録》。

濂溪先生祠

湖上風月多，吟弄趁遺搆。入門黯荒凉，斷瓴委階甃。苔龕栗主欹，下上饑鼠鬭。有司墜不舉，破窗秋草茂。琳宇鬱相望，千柱壓群岫。低徊舊宫閟，自應壞積溜。圖藏夜壑舟，力難負之走。天邊太極巖，虛光四通透。前池霜倒蓮，餘香沉緑皺。依微吾與意，歸路猶可覯。

尋白塔舊址不得

秦坑猶未憯，楚炬亦未酷。何來西蜂蠆，肆螫無量毒。當年一瓶蹲，俗名一瓶塔。魂號曲江曲。褥匣三泉曉，鬼燒秋原緑。盪毁又一賊，至元間毁于張士誠。炎崑無剩玉。園陵慳麥飯，萬古同壞局。淒淒尊勝巷，埋灰掃殘躅。稗史義唐林，冬青照寒旭。快哉石像揞，宜學斷斯獄。

葬冢婦沈氏屏風山麓

吾兒黯腹痛，不語吾知之。矧兹賢孝姿，王姑紛涕洟。紫翠渲屏風，元堂閟在兹。雖無新封樹，環蔭天所爲。下陂漱流水，涓涓去逶遲。渫雲擘新絖，落月懸清規。雪夜寒寂歷，群鳥鳴參差。百年倏鼎鼎，同穴期吾兒。無窮向平債，得了終何時。順運理人事，看山洗深悲。

梵天寺三首

江天净如掃，森影寫雙塔。幢字緑相映，秋雨過雜遝。崇基高下荒，壞户夜不闔。殿瓴落豐草，白日毚兔踏。鑿石妙蓮華，景射金匼匝。晻薆杪欏陰，柏子粲于蠟。遥山赴東溟，一氣青合沓。流觀衆妙存，散步起怖鴿。碑鑱小詩清，天機出寒衲。廢殿東一碑刻宋僧惠詮詩。真想宛在兹，落葉寒颯颯。

東院闃無聲，應户一僮小。荒凉坐古佛，飯几下飛鳥。北窗鳴秋風，石塢獵叢篠。陰壁羸獨活，冷砌蛬已悄。殘僧如飢烏，覓食出林表。廬空無長物，吾意滌膠擾。廣階類方池，多受月色皎。榻此納清寒，擬看上方曉。

曦車忽而西，禪寮轉獨叩。入門雙柏在，蒼勁謁耆舊。焚香坐秋廬，心清滅諸寇。將老神充實，素髮未用耨。白雲寒容容，靈源洩虛竇。往來抱故山，茅簷與滃覆。破寂海濤喧，千巖響奔輳。起看雪練飛，手拄椰栗瘦。

和厲太鴻鶚移居韻四首

清秋雨灑碧苔餘，近覓橋東水竹居。地類青城吾不唾，泉縈細石子能渠。已教料理疏松逕，未擬誇張榜草廬。熟識南村舊鄰好，相將踪跡武陵漁。

鵶鵲招呼滿樹顛，林中散步拉臞仙。秋池影寫青銅鏡，晚酒香浮藥玉船。僮熨生衣慵未着，龜支舊榻醒猶眠。筆耕辛苦麄温飽，糞視人間使鬼錢。

洋州風竹映溪斜，罨畫村莊賸客誇。琴雅清如姜白石，釣汀凉映水萍花。情知退谷無多伴，世守平泉有幾家。蘚暈侵堦餘鳥跡，先生閉户寂無譁。

秋堂清迥足音聞，敢謂巢由謝放勳。時一中之原不惡，身將隱矣復何云。催飛霜塢楓千點，添養蘆塘鴨幾群。深竹團茅吾未改，東臯煙月要平分。

崇聖院

碧鮮一院竹，淅瀝動雨意。隨喜向孤園，遊屐暫引避。緣堦秋草濃，閒房極清閟。前輩渺音塵，翰墨餘芳翠。有嚴調御贈素上人詩軸。萬慮散遊氛，聞鐘宛深致。蕭森樂當年，蟬蜕非有爲。霽峰冒輕嵐，落葉颺徐吹。看山飫新得，焉知老將至？

响佛庵

叢篁映天緑，一石現佛像。拖娑萬個影，妙作清净想。摵摵黄葉飛，晴空江雨響。蘚磴躋高平，看雲界泱漭。鹿坪一花開，僧樓群鳥上。颼颼竹爐鳴，苦茗給心賞。持詫桑苧翁，半盞秋意爽。他日續清緣，屢到勞吾杖。

九日登南高峰

良辰不可辜，況兹風日美。絶頂覽秋光，一江白于紙。沙雁聲落雲，湖樹影在水。飛泉布忽挂，攢峰屏疊倚。人生無愚賢，情識憂患始。幼耄驚電流，此山終古歸。峴首與牛山，感嘆本殊軌。未若兩冥冥，舒嘯青霞裏。浮邱去我遠，虚邈謝瓊蘂。洗眼鉢盂潭，坐看夕嵐起。

先照壇

大槐仝鼾夢，天愍昏瞀積。地底轉靈曜，出海乾坤白。空中號天鷄，神光此先闢。迅疾御飛輪，晶瑩挂環璧。日月息華池，元精耿激射。宵半淩孱顏，照見一腔赤。圓景口夜移，烏兔苦崩迫。楓含初醉容，燕作已歸客。佳節引登臨，林嵐忽已夕。未知從今去，當着幾兩屐。

丁人洞在天池洞右。

天池窈而深，此洞更修廣。昔人遺鉼竈，宛作花源想。中包小墟落，谺竇不盈丈。奥房透寒暉，元牝斷幽響。穿深營趺居，張空結圓網。黝仄不敢窺，排空試以杖。吾公在壑谷，歡宴神思蕩。豈如宅煙霞，葆真得素養。老樵獵乾薪，饞猿拾脱橡。天地留荒廬，霜濃陰木長。

偕友遊滿覺壠點石庵二首

曲塢來已遲，桂謝衆香散。偃蹇山之幽，秋色碧雲斷。溪横獨木橋，樹倒千尺岸。緑草寒更萋，鬢髮晚忽换。崎嶇塵路夢，借醒巖石畔。松靄鳥翻飛，煙華日零亂。懸崖霜萬樹，丹黄漸參半。荒池尾曳泥，敗寺喙畫墁。客意耦我閒，物情供静翫。幽洞響水樂，熟蹊猶可按。

到庵聞丁東，山水自終古。空岩秋氣盛，落葉滿庭户。佛樓架䢗䢔，虚檐響接武。耄僧雪盈顛，荒院等瘠土。寒深授衣天，破衲手紉補。接筧泉涓涓，不勞汲瓶甒。馴猿喜似人，崩石怒于虎。漲谿雲不訾，插壁竹可數。依岫結層軒，積溜欹苔柱。會須挈榼過，對牀聽夜雨。

丁婆井

危壁滴琤潺，彷彿水樂意。漾演蓄蒼麓，終歲清景閟。泉德類高人，窅無出山志。有時喧浴鵠，未許奔渴驥。園夫日搰搰，用力灌寒翠。抱甕豈不勞，似謂厭機事。巖潨流暗脉，滂沛秋雨至。澄泓瀦上方，留潤枷紗地。

三益庵

山下泉如環，山上泉如玦。甃貯瑛瓊瑶，白日印光潔。包絡一陂陀，廬竹吟騷屑。方丈闢高空，萬象覩起滅。露英夕可餐，水荇秋可擷。衝寒披鹿裘，佇看江天雪。

方丈後石池可愛復作一首

高下石泉三，即此成三益。陰崖一坐鑒，清迴映心跡。新泓雨後盈，靈源巖罅坼。秋氣灝厖凉，孤光澹虚白。千頃滄浪情，縮寄二三尺。心賞渺誰與，俯見吾影隻。

弢甫集卷十四

詩十四　古今體詩四十三首

春日江上獨行四首

曠蕩出門去，春山眼中粲。要眇寫神光，疋練横清旦。遥青剡中巖，佳賓我乎舘。義難招之來，雲沙嗟目斷。瑶玉弄溪流，澄江未一盥。磊磊灘石圓，臨漱雅任誕。餐秀自朝夕，生面不厭看。青鞵何所得，佳處詎容贊？

江邊聳浮圖，朝嵐縈窈窕。紆徐徑平岡，其下圍風篠。我欲盤虚空，意恐驚飛鳥。却顧海疊烟，浮空白淼淼。山脚攢蜂窠，撞春力不小。骨母砥濤頭，陡峻一峰矯。蕩潏泝嚴瀧，三浙波了了。老漁蜻蜓舟，釣雨一篝窅。

草青定山春，東風冷騷屑。鮎口截衝波，墟里靄明滅。惜哉失清遊，不見寒江雪。朅來感江妃，蘅皐捐玉玦。松鼠啼青林，新吭送尖咽。行行越沙溆，危橋卧雌蜺。連山青盤盤，皴法轉奇絶。欲擕顧長康，清暉論曲折。

江山四應接，不覺穿遥村。孤花明空磵，石上走虬根。野樵衝虎過，泠翠飛松門。遠天雨意散，清聞鵓鴣言。麥田鳴決決，碧流春水渾。依微還山雲，芳嶺曖高屯。思翻水仙操，睥睨青桐孫。世無禽夏友，幽賞祇默存。

雲棲洗心亭

入山轉幽邃，徑緑千篠篍。西坳一池水，有亭俯清虚。唼荇魚策策，打瓴雨疎疎。春燈上塔外，夕烟過澗初。寺僧擔薪歸，濕翠兼松樗。今夜棲蘭若，我心方晏如。

宿雲棲

環山竹樹碧蘢葱，一宿香臺聽夕鐘。祇謂嶺頭猿叫嘯，不知門外虎行蹤。香盛齋鉢湖田米，翠爇茶爐雪磵松。明借一筇扶客去，白雲留在最高峰。

度白沙嶺

尋山意不孤，仝行有竹杖。絶險賴扶將，梯空神倍王。連峰碧巑巑，巉峭鬼工創。濱江啟門户，入峽堂皇壯。削成倚重冥，排奡壓疊嶂。寒陂樹鬱盤，曉竇雲奔放。何人腰脚輕，往踏屏風上。對面即屏風嶺。崎嶇下巖根，芳草春泉漾。

望屏風嶺

去年住湖南，南屏照吟屋。霜空著丹黄，秋光冷雙目。竭來簕白沙，對面春山簇。淋漓劈斧皴，水墨披横幅。叫雨飛時禽，攢宵秀古木。陽厓新緑濃，芳月浮嵐馥。峥泓靄鈎連，烟岡故平矗。林猿下飲處，飛流匯深谷。一厂藏巖腰，誅茅居可卜。

過金沙澗

空波湧金碧，非復故沙澗。連雲石綽楔，落成景已晏。僧圃灌春蔬，漁舠横翠亂。雪樹遠山低，花水平橋漫。延佇澹無依，一聲北歸雁。

與朱排山楓期湖上予後至有作

芳夢結春山，清心數宵漏。未雞瓦閣鳴，餘雨散豌豆。拓櫺望東熹，元雲魚浪皺。寒襲青氊衣，穿衢滑簷溜。步出西城闉，幽人迎把袖。負慚杷上來，勞動闕門候。邁往志雲窩，宴却心兵寇。雨晴意總佳，芒鞋暱相就。勞生催白髮，客歲星過霤。西溪雲盡香，沿緣足吾齅。

埦泉

渟泓兔兒泉，甃蓄醐醍白。愛寫癯影明，芳草紆遊屐。天光發澹演，方廣四五尺。中涵一片霞，識是太古石。清暉相嫵媚，鱗皴漾青赤。幽竇蟹眼生，蜿蜒疑此宅。終古在山心，冷潔見高格。霜空挂寒冰，潭潭精氣射。洞酌來樵漁，洗面斷熱客。

西溪看梅二首

秦亭揖客入，蒼翠瑩目睛。回溪度横彴，碧流瀉春聲。勁樹羃寒緑，東西竹雞鳴。溪湄一株雪，獨立無將迎。溟濛水雲暗，虚空自孤明。晻暍衆香國，離群葆凄清。豈希謚貞白，冷癖繇生成。藴真野塢老，淡漠民無名。清遊飽新得，目擊憺忘情。

冷香浩無垠，虚舟泛花海。放乎石人塢，瀰漫萬花匯。鴻濛孕大文，揮洒出真宰。本色謝雕繪，靚麗壓衆采。兹晨天嫩晴，平碧籠翠靄。張王際天白，猶有玉蓓蕾。倒壑泉淙淙，崩巖石磊磊。屐齒折不憂，如鐵孤藤在。可憐城市翁，没齒未津逮。

望法華山出雲

昧旦雨浪浪，陰晴晝未定。横渫姤羅綿，法華轉幽勝。一峰氣上騰，蓬浡起飯甑。澶漫數峰鋪，春湖浩延亘。龍下窅無心，麇至詫不脛。飛白谺然開，翻墨忽而瞑。鴻濛勢欲吞，春山意未醒。靈活半腰迴，清峭一角賸。迤邐數縷出，急瀑送清聽。超忽重岩消，修蛇辨微逕。我欲策孤筇，一往破淖濘。觸石探真源，所有遍持贈。

永興寺

蘿逕轉石橋，香刹已劫火。尚留二雪堂，驚鼠隨瓦墮。沙彌喜客至，爲啟青銅鎖。廊簷黯塵灰，繩床不登可。空階碧磴横，苔深位置妥。討春倦腰脚，信意科頭坐。老樹相扶將，春妍着花朵。沉冥植花人，梅塢築磈硪。馮具區墓在梅塢。禪燈消熒熿，清歌散婀娜。夜半壑舟移，溟茫元氣柁。

洪墳松樹

迤邐東穆塢，夾道松輪囷。陰森三二里，虛濤捲高旻。春風吹雨過，溜濕蒼皮皴。繞徑葉細滑，清芬滿苔茵。墓前石羊虎，無聲卧荒榛。翁仲苦缺齧，翠碧繡冠紳。參霄詎無恙，圍拱綿冬春。大者幾牛挽，小者摧爲薪。烟墟兀斧跡，岌岌千龍鱗。尚書播勳業，碑詞已漫湮。悵望白栗山，行歌逐樵人。

晚出東穆塢度金山嶺望餘杭諸山雨歸夕照庵二首

參連夕氣佳，圓峰七十二。遥嵐淺凝靛，晚髻施新髲。轉面烟螺横，離立更位次。雲中白道紆，疎松小如箸。却沿花溪遠，橋崩春水駛。笠夫導客前，一竹入空翠。登嶺建高瓴，他山藹隣比。巖源溯天目，初祖兒孫媚。彷彿洞霄宫，青霞蔚奇意。際天萬雲巒，尺只收盈視。卧壠石辟邪，憩坐雙脚跂。何方送飛雨，灑袂忽而至。

雨抛幾點飃，松檜亂清響。却看遠山青，烟螺指諸掌。夕鳥盤峰尖，石滑不可上。前横濕翠濃，翩然迴竹杖。有會步遲遲，方山寄遐賞。單椒秀平疇，介立意不黨。小憩嶺下亭，樵子歸三兩。東南數峰暗，崦嵫薄開朗。陰霞疊魚鱗，水墨契真想。纖絺疎復密，穿林拂鶴氅。暗香泱漭浮，生路誤一往。暝投古寺宿，燈窗極莽蒼。

同排山仝宿夕照庵二首

晚雨澌澌下，巖幽萬木參。豆房停蠟屐，梅譜檢經龕。白話殘僧樸，清齋早筍甘。相將過永夕，朝旭半空含。

理公歸隱處，厓古石苔荒。賸客留聽雨，清吟與對床。風聲隣虎穴，塵夢斷羊腸。老衲今相識，春旗許寄將。

出西溪看落花

昨日白在枝，今日白在地。青山一夜雨，如霰夾溪墜。方畦汎流塵，餘香不可篲。開落渺何因，春風冷廢寺。家野雪參差，清光倏如駛。生憐絶碉身，雲卧終古意。亞空蕊未坼，飛着一鳥翠。元工妙雨晴，無迹寫芳事。

度桃源嶺

梯烟度層岡，草青石徑細。東偏雨氣散，春空露一髻。徐放衆峰出，攢螺秀天際。嶺首戴孤亭，江練横明霽。依約越嵐重，陽光互開閉。却看西溪樹，映水低如薺。巖阿壘怪石，太古結根蒂。汝壽保堅頑，人命苦浮脆。插脚入白雲，百年幾坐憩。窈窱洞門陰，雨過長薜荔。

排山對飲湖樓

好風輕拂檻，早柳亦已黄。松醪注尊釃，春味和心腸。雪盡放暖翠，雨過浮新香。勸酬移芳晷，滿飲明湖光。兹樓登已數，景物滋蕃昌。映花檢雙鬢，未肯銷微霜。孤亭水容與，遠塔烟蒼茫。醉望舊吟舍，晚屏雲錦張。

哭墨麟

吾生膠漆數本稀，寥寥散布琴上徽。昨冬括庵魂旐歸，臨江遮哭張白幃。亂濺一斗紅珠璣，失聲今又漬裘衣。墨麟一箇不可鞿，乘景忽與塵土違。糢糊淚睫將焉睎，東奔絶岸雲濤圍。寒螺簇簇青窻扉，海山海水回靈旂。我欲從之斷因依，子氣衝斗狀不頎。子才豪横弩發機，摧殪强貴如㹠豨。西乳羌㚟童嬰肥，讒口不獲施呵譏。峨冠重拜東驂騑，吟毫日夕收清暉。剛稜憂我讐脂韋，夜夢招赴横江磯。陔蘭秋采香菲菲，弔子縗練登堂闈。駭驚病虎形模非，心爲英雄涕潸揮。欲别不别三嗟欷，廿年三聚療渴飢。恨不六合相追飛，時之交道蓋已微。爾我壓蛩其庶幾，曹蜍李志禄位巍。白鬚不死猶牙緋，碧翁顛倒徵祥機。子死不煩宗祝祈，武原蕭瑟薤露晞。素槳空劃蘆之碕，瓊華采采誰同嘰？大雅廬室遊蚰蜮，由拳錢載穿林霏。相逢話舊情依俙，當年吟醉追京畿。

藕花書院內祠故浙撫王國安。

陳跡省南屏，湖莊窮瀲灧。翳此水竹隣，清遊補所欠。壞墻攢修青，冷塢坼圓艷。春木漾烟沙，坐卧凫翁占。殘僧供香茗，勝於緑醥釅。蔽芾懷風詩，塵窗翰藻掞。傳芭走村巫，湖上靈旂閃。飛飛夕雨催，不辭巾角墊。

見太鴻家隣墻杏花作

花信數暗催，連宵酥雨浹。晴初躡芳塢，硃蕾隣墻頰。春色主人借，客復工應接。亭午日華明，攢紅不勝捻。登墻窺宋玉，未信歛笑靨。微辭若爲通，脉脉情詎愜？流鶯不惜聲，巧囀出花葉。徙倚賞年光，錦坊謝遊涉。豪家壓玉欄，過瞬成小劫。私覿良復佳，一再紆步屧。隔院香漸濃，難留一雙蝶。

登越山

巖壑盤紆翠靄重，清秋草木尚蒙蘢。樓基零落空飛翼，山勢蜿蜒自卧龍。江渚雲沙翹一鷺，石壇風雨舞群松。五湖照去耶溪月，何處堪尋少伯蹤？

渡百官江易小舟

依依故鄉路，一葦亂舜江。江面非闊遠，風湍激奔瀧。行客競利涉，沙岸相舂撞。臨江虞帝祠，神鼓秋逢逢。敝屣帝天下，陋彼巫言哤。髣髴白雲陰，三妃裊靈幢。小憩重華亭，水石聞寒淙。斜陽澹流影，魚艓無篷窻。夕風起湖溆，飛過白鷺雙。

十月十五夜月

中天麗孤圓，疎朗白榆列。冷光散元冥，霽魄亘寥泬。浄宇一輪行，深宵萬籟闃。縱浪形影癯，撥棄身世拙。苦愛迎晶輝，甘禁受凛冽。悟入天地初，清機不可説。森寒瓊霄虚，静窈玉鑑潔。一氣涵海山，高深景不滅。瀏連此境佳，明恐蟾兔缺。

十六夜月

東溟白輝上，未覺輪小虧。高天掃氛翳，清虚渺無涯。前墀迴空闊，孤影延徘徊。悠然接炯照，宛覿心所期。東西瀰川陸，娟娟常我隨。寒深高舘静，清霜在裳衣。今夕非昨夕，流光不可追。勿嫌冷沁髪，偏明黑間絲。虚求大藥餐，昭昭寖已馳。冬蓂一葉下，遞凋固其宜。枯林烏雀冷，寂寞懸清規。

十七夜月

昏鴉甫安棲，欻爾鏡光發。浦溆明微瀾，篠簝動疎樾。華星入漢飛，孤雲向空没。千里共澄輝，川廣何由越？憶昨草堂歡，聯影如蛩蟨。虚白映窗櫺，清夢猶恍惚。良會安能常，生離一何卒。繁憂知幾許，金波漾溟渤。霜氣冷三霄，山痕青一髪。乖違數使然，素魄有圓闕。

寒夜犬聲

寒夜聞狺狺，聲大信如豹。未知見底物，欻起向空叫。惺忪候籓籬，猛迅出藜藋。群然逐聲影，百吠祇取鬧。客睡纔朦朧，倏使清夢覺。披裘出前楹，宵景展孤眺。寓久頗熟識，低垂尾頻掉。曠野濃霜飛，中天白月照。我欲延幽人，繁愁釋繚繞。

寒夜吟

景短天易暝，風冽水初凍。星攢萬點嘒，玄穹逾曠空。書燈死分翳，隣機悄不動。雞栖伴惺忪，僮語含睡夢。剔蠹恨半黏，投鼠快一中。麑裘透嚴寒，鴨爐過暴烘。客居雅興孤，月出清影衆。荒陂嘯魍魎，枯林結霧淞。乾坤一傳舍，今古迭相送。鬢髮有時變，黃鵠誰能控？適意想誅茅，息機甘抱甕。長腰且素飽，焦尾亦嬾弄。擊缶吟頗豪，荷鍤飲殊痛。緬懷茹芝翁，雲卧依岩洞。霜霰滿溪橋，曉看玉蝃蝀。

培墓土

犖厚在謀始，古者不修墓。當時渴經營，功力未餘裕。元宫不數尺，落落環封樹。陰風蔓草縈，寧免侵狐兔。况我去故鄉，望隴嗟修阻。歸來踏寒霜，痛淚落顧步。今晨畚鍤興，喧煖殊凝沍。俄頃增岧嶤，馬鬣瞻永固。翠柏當更繁，根節資培護。僉云一雨過，鬱鬱騰烟霧。明年寒食祭，載繞回塘路。諸孫齊拜掃，影在荒阡聚。春風白蝴蝶，灰飛莽回互。嗚呼嘯舞群，穿穴亦已屢。哀哀生我親，遺骨存茲處。山川雖間之，魂夢常延慕。爾毋此竄跡，愍我涕如澍。異類感良難，誰守荆榛暮？驅除苦無策，踟蹰不能去。

渡百官江

獵獵回風亂落鴉，百官江上布帆斜。寒雲半鎖岩腰樹，濁浪平淘岸脚沙。雨雪連朝迷客渡，塗泥一尺困牛車。莫嗟行路難如此，好就津頭賣酒家。

哭琴兒

兒生不好弄，端謹頗類祖。形模宛小同，私願覷繩武。自從我失怙，銜恤夢我父。醒觀兒動止，遺影恍若覩。我罪邱山積，我兒鬼伯取。我兒一以逝，祖孫杳終古。豈惟哀兒殤，痛淚濺如雨。昨我病京華，命危繫一縷。兒淚墮連珠，怵惕難出户。奔波走南北，憂樂幾散聚。好潔惡囂塵，先我歸黃土。

金洪元音信端人，與汝情特厚。幼穉留客齋，撫愛過於手。孤燈照旅榻，謂浩賓弟。霜夕聯床久。南歸望燕鴻，貽牋等瓊玖。兒請以淞箋貽元音。洪也喜騰冲，病深開笑口。足知兒至性，古義敦世友。案頭所讀書，斕斑心血嘔。遥與故人訣，草青骨當朽。汝父行有遺，降割不汝壽。悲風吹蕭條，一哀送廣柳。

寄懷季直三首

下直仝車暮雨天，燕葱胡餅亦堪憐。何人得似張夫子，懷抱令吾一輾然。
東閣官梅絶夢思，思君烟淡月濃時。魂來魂去三千里，只要江天曉漏遲。
誰教官馬未還官，待漏東華曉月寒。一自春風吹影散，無人温語共凭欄。

謁禹陵

南鎮朝群后，來同萬國盈。堯封分岳牧，舜海彙蓬瀛。輯瑞防風戮，垂衣藻火明。璿璣窺日月，柴望秩嵩衡。疏鑿開三統。隨刊總八紘。龍門五丁闢，鼇極九州平。癸甲辭家食，庚辰按水程。支祁江底鎖，河漢地中行。緑字看疇演，元圭告績成。教民豐草茀，誓衆有苗征。天禄占先定，王舟負不驚。謳歌揚甸服，貢賦入陽城。冷穴金書閟，新圖玉帛呈。川祇千載護，雲氣兩階生。窆石凌空矗，梅梁亘古横。園陵黯蕪没，岣嶁粲光晶。栝柏環丹嶂，龍蛇捧畫楹。安瀾思舊德，拜下肅峥嶸。

重有哀一章

末俗志婚宦，孺慕移厥初。至性有沈生倫敘綱，戀戀白雲廬。應舉聞親疾，連夜歸舟挐。侍寢以爲寶，榮名擲土苴。吟壇秋判袂，頻年音信疎。乾坤元氣薄，怛化歸太虚。姚瑆山輝亦禾士，孝弟埋荒墟。斯人竝已亡，噫乎天祝予。

題鄭君觀瀑圖二首

雪波百道捲空明，髣髴秋河瀉有聲。底事留將青眼對，知君酷愛在山清。

怪石嶄巖選一邱，偶然得意寫飛流。圖係鄭君自寫。忘機較勝台州掾，只似人間水上鷗。

浙江文叢

桑調元集

〔第二册〕

〔清〕桑調元 著　林旭文 點校

浙江古籍出版社

序

壬戌之秋，門人請定予詩十四卷、文六卷。詩先鏤板成。尋宅憂，無心及文字，門人不敢請，仍委敝篋中。積日月踰十年所，所作又多于前數倍。兒子請合編之授梓，憂散失也。嗚呼！是無能之辭，烏足貴惜？惟是平生涉歷、友朋諈諉之跡具見于是文。雖不合清規，顧弱毫所摭紀，不可遽就湮沈。

曩亡友朱予齋，因拙草藁中有傳序其尊甫、誄其母夫人之辭，遠自平泉寄剞劂之貲，慫予竟其事，于以見孝子之用心，欲表揚先德潛光。雖以予之不文，謬有譔述，不聽没諸覆瓿，冀藉以彰于世。其纏綿悃欵，使人怦怦難恝諸懷。况吾倫紀之因依，事境之振觸，有攄其鬱結尤耿惻不忍灰棄者乎。然則姑板此，勿論其言之不能文與灼然不足行遠，亦無辭剡藤之夭閼爾矣。

昔朱子躬承道系，其各體著述，俱遠有師承。散行效董江都、曾南豐，尤能根極性命，用真氣排奡，大昌厥辭，有擅名作家不敢方擬焉者。調元忝出餘山先生門下，既燭理不明，履道不熟，而于斯事又實無分毫工夫。第率胸臆爲之，漫浪傾吐而已。然知者鑒予清夜之慚惶，固不在是也。爰釐爲三十卷，書一語弁諸首。

乾隆二十八年癸未中秋日，桑調元自序。

弢甫集卷一

論

辨君子小人論

治天下之要，莫急於用人。用人之要，莫急於辨君子小人。君子小人，未易知之而辨之也。以帝堯如神之智，成湯天錫之智，宜於人無不燭其隱而觀其深矣，而於伯鯀、尹諧，猶幾幾乎失之。故《虞書》曰：『知人則哲，惟帝其難之。』《商書》曰：『其難其慎。』蓋深慮乎人之難知，而所以覈品於心術之微，程材於事爲之著，姑以試其可久而得其真者，如此乎其詳以審也。故鯀殛諧誅，元德升而十六相隨舉於巖廊之上。百工以釐，庶績以熙，三宅三俊與咸有，一德之氣類相感。敷求哲人，旁招俊乂。近則協於厥邑，遠則丕式見德。堯與湯卒不損其知人之明，而成帝王之上。理其要，在克辨乎君子小人，任勿貳，去勿疑，惟和惟一，以有此美也。

君子小人，道消道長。其乘除由於陰陽之氣運，其扶抑由於神聖之事功。事功所以持氣運，而氣運即隨之轉，故神聖不委諸氣運也。神聖之事功，辨君子小人而已矣。君子小人克辨，則小往大來，賢人出而氣運昌；君子小人失辨，則大往小來，賢人隱而氣運至於極壞。予竊稽《大易》，觀《否》《泰》二卦之象，相對相反，慄乎毛骨爲之竦，而心神爲之怵以悸也。《泰》之《象》口：『天地交而萬物通也；上下交而其志同也；内陽而外陰，内健而外順，内君子而外小人，君子道長，小人道消也。』此克辨君子小人，之所以著其休也。《否》之《彖》曰：『天地不交而萬物不通也；上下不交而天下无邦也；内陰而外陽，内柔而外剛，内小人而外君子，小人道長，君子道消也。』此失辨君子小人，之所以形其咎也。勢之成也，如冰炭、白黑、薰蕕、涇渭之相懸。開通閉塞，關繫乎天下萬物之數；而内外消長，其初祇肇判於一幾。然則小大往來之間，辨之不可不早辨矣。

一君子進而衆君子由之以進，正與正相合，其道德性命根乎稟受、成乎學問者，本並出一原。故同升諸公，衆正翊贊，師師凝績，勢之所必至也。一小人進而衆小人由之以進，邪與邪相引，其權謀術數逞乎嗜欲、熟乎營求者，亦並出一途。故朋比爲姦，衆邪黨附，師師非度，亦勢之所必至也。《泰》之《初九》曰『拔茅茹』，《否》之《初六》亦曰『拔茅茹』。君子小人之相連並進，各從其類。三陽在下與三陰在下，其乘時用事之勢，已各不可遏。然一則幸其征，惟恐其不征也，慶之也；一則勖其貞，難乎其爲貞也，危之也。

君子之素爲君子，非一朝一夕之操持；小人之變爲君子，豈革面革心之神速？默覘氣運者，於泰初之彙，欣欣然喜；於否初之彙，惻惻然憂之矣。君子之得時則駕也，所設施皆中行之道。寬裕有容，苛察之能弗矜也；果敢有爲，振作之氣倍厲也。思深慮遠，經綸必極周詳；秉道嫉邪，投契不容昵比。故擴『包荒』之度，鼓『馮河』之勇，絶『遐遺』之愆，著『朋亡』之正。《泰·九二》之『光大』，豈小人曖昧狹隘之所可同年而語哉？從來君子不依藉乎小人，而小人間貌附乎君子。故《泰》之《二》則曰『朋亡』，《否》之《二》則曰『包承』。小人而順承乎君子，亦小人之有意向者也。而君子之氣類固殊焉：進以禮，退以義，據理而答，不惡而嚴，固嶽嶽懷方以處之。不然否何以云亨，而群之未必不終亂也。

夫平陂往復者，運也；艱貞勿恤者，道也。《九三》處《泰》極之時，而君子憂盛危明之心，正於斯見之。不敢任乎氣數之自然而動色相戒，持盈守滿，制治保邦之謨謀出焉。使不以道力持乎天地之際，其何福之能食？君子之明於憂患，而不使其心之一息放逸也。安以是保，危以是持，亦何時而不用其兢兢也乎？《泰》之《三》固以其處於極盛而思其艱，《否》之《三》不以其無能肆害而忘其懼。小人志於傷善而蓄而未發，其蓄焉者故在也。《否·六三》之『包羞』，豈其志不欲騁哉？有識者能無爲君子寒心哉？君子非懼其禍之將及己也。君子以身任天下之安危，則護善類而防邪慝，固不容於不深長思也。至《泰》之《六四》，而小人群然得志矣。同惡相濟，合謀害正，印纍纍，綬若若，翩翩下集，睢盱之態，尚忍言哉！天運之可挽也，是《否·六四》之『有命』也。人事之當盡也，是《否·六四》之『離祉』也。君子志願得行之時，即君子疇類獲福之時也。觀於《泰·四》之『不可復爲』與《否·四》之『堪與更始』，而知泰之難恃，一跌而遂至斯極；否之可回，一振而咸與維新。然則泰未即爲休，而否未即爲咎也。其故只争乎君子小人進退之機，而休咎倚伏之勢如圜之轉，可畏也。

懿矣哉！君臣同德、上下交修之朝之予人欽慕也。柔中虚己，保泰下賢，惟與碩德感孚，不爲讒邪所間，願伸於大君，祉遍於萬類，是《泰·九五》之象也。且夫王業，未有不致其憂勤惕厲而能久安長治者也。『其亡』何其危，『苞桑』何其固。撥亂而反之正，思患而爲之防。《否·九五》之『休否』，夫固有以致之。戒天禄之永終，怵天命之難諶。無疆惟休，無疆惟恤。陽剛中正之君與弼直謨明之臣，其交相應而互相警，多在於此。故其盛也，萬幾有兢業之思；其壞也，天子有無愁之曲。君子之匡贊其君，則必陳四方水旱盗賊，以聳惕乎勵精圖治之心；小人之蠱惑其君，則必致多端聲色狗馬，以恣行其執迷不悟之事。此其大相逕庭者也。夫泰之終爲否與否之轉爲泰也，氣化盛衰，人事得失，反覆相尋，固理之常而無足怪。故有『城復於隍』之嗟，有『否終則傾』之喜。然所重者在人事，則不可聽其將然而莫爲之。所命亂而猶必告命，則不付之於無可如何。『否傾』而出於『先否』，則非安然而得其攸濟。

夫陰陽之消長，君子之消長也。其來有萌動之幾，故其乘而起也，日盛而莫之止；其轉有旋撥之紐，故其隨而返也，終變而不久處。於盈作易者，於陽之復，君子之升，則迎而喜之，於是乎有『大烹』之養，有『好爵』之縻，有『晝接』之榮，有『觀國』『賓王』之美；於陰之生，小人之進，則遏而絶之，於是乎有『公餗』之覆，有『鞶帶』之褫，有『勿用』之戒，有『負乘』『致寇』之譏。《泰》卦於君子多危悚之辭，懼泰之難終保也。故《三》則惕之以『無往不復』，《六》則傷之以『城復於隍』。《否》卦於小人多戒勉之辭，冀否之猶可支也。故《二》則許其『包承』，《三》則幸其『包羞』。然君子難進而易退，守十年不字之貞，秉舍車而徒之義，此素履獲吉，不亂於小人之群，而國家事遂不可言矣。小人易進而難退，受不足敬之服，蒙非據而據之醜，此比匪有傷，竟成不戒以孚之謀，而衆正人斥逐殆盡矣。

予嘗觀上下千載君子小人進退之際，而知否泰之所由生。雖曰天運，豈非人事哉？唐虞時『八元』『八愷』中，惟庭堅與五臣之列，殳斨、伯與、朱虎、熊羆名見於四岳、九官、十二牧之外。四岳、十二牧，同亮天工者，其名且失傳。《魯論》專舉五臣爲言，以謂舉其大者數人，爲前後代之所莫能匹，則固已彰其勢之極盛。而其次而降焉者，數之不勝數，亦不必悉數之也。當時天之生才，固極其多且美，而聚其多且美於朝者，何無一之遺也？是其氣類足以感而召之。一君子進而衆君子俱進，一大君子進而六德三德之君子無不進，則小人無所容其身以售其姦，故曰『何憂乎驩兜，何遷乎有苗，何畏乎巧言令色孔壬』也。

三代皆籲俊掄材，而孟子獨稱湯之立賢無方，是豈無故哉？有商用人之法，不拘族系，不採虚聲，自耕築起爲大臣而不之疑。懋官懋賞，惟其賢惟其人。凛上帝之簡在，謹衣裳之在笥。《汝鳩》《汝方》，《尚書》雖列其篇目，而其文既逸，然《伊訓》《説命》諸篇可考也。其時之賢路開通，官常整飭，收之也博，覈之也精。商六百祀，爲精明强固之天下。周祚雖過八百，弗緌衣、虎賁、趣馬小尹，皆庶常吉士。僕御侍從，罔匪正人。賢才之氣脈盛，故國家之氣脈如之。周公仰思而未合，其殆爲是與？故吐握致勤，辨論致審，及也。周道親親，世卿稍覺倚重。賢才之氣脈長，故國家之氣脈亦如之。

漢治最爲近古，求賢之詔屢下，責郡國以名聞。河南守吴公治平爲天下第一，而所薦者爲賈誼。舉者賢，則所舉必賢。君子與君子爲類，不信然歟？韋彪《貢舉議》曰：『士宜以才行爲先，不可純以閥閲。然其要歸，在於選二千石。二千石賢，則貢舉皆得其人矣。』其亦知此意也乎？何武辟鮑宣，史高辟匡衡，周景辟陳蕃，王涣辟仇覽，辨於其類也。蕭何薦曹參，丙吉薦西河太守杜延年、廷尉于定國、太僕陳萬年，大臣以人事君，猶有克知灼見之遺風焉，則其類先正也。

唐魏徵、王珪之徒，在太宗左右，事之大小，無不議論諫諍。當時邪人庸人相參者少，雖有如封倫、李義甫輩，太宗又能識而疏之，故能成貞觀之治，宋曾鞏嘗欣慕而樂道之矣。而魏徵上十漸之疏，猶懇懇以昵小人、遠君子爲戒，斯辨之不容以不瞭然者也。元宗用宋璟、姚崇、張九齡、韓休輩而治，用楊國忠、李林甫等而敗。憲宗用杜黄裳、李藩、李絳、裴度等而大業振舉，用皇甫鎛、程异而隳之。裴度耻與鎛、异同列，上疏曰：『臣若不退，天下謂臣無耻。臣若不言，天下謂臣負恩。』而帝不悟也，是何其明於始而暗於終哉！則克辨之難，在有意中興之主且猶然也。中間若德宗用崔祐甫、陸贄等而安，用盧杞、裴延齡而危。曦光乍開，重霾疊閉。

嘗與李泌論即位以來宰相，曰：『盧杞忠清彊介，人言杞姦邪，朕殊不覺其然。』泌曰：『此乃杞之所以爲姦邪也。倘陛下覺之，豈有建中之亂乎？』帝猶謂亂爲天命，非杞所致。贄奏人主擇輔臣，輔臣擇庶長，庶長擇僚佐，得人爲易。帝不聽。又謂延齡誕妄小人，不可用。帝又不聽。其後若穆宗時，牛李分朋，更相傾軋。敬宗時，李逢吉用事，所親厚者八關十六子。其暗而莫辨，更不足言矣。

宋李沆咸平間爲相，帝問治道何先，對曰：『不用浮薄新進喜事人最爲先。』其辨之固已明矣。王旦、寇準不知君子小人之必不容並立，故卒爲王欽若、丁謂所傾。真宗不知君子小人之必不可雜進，故治卒未純。婺州吕本中謂知漢唐小人易而宋難，知熙寧後小人易而前難。知之者，惟王旦、李沆耳。然旦固不可謂之真知也。蓋辨之明若斯之難也。仁宗時杜衍、富弼、韓琦、范仲淹在廷執政，歐陽修、余靖、王素、蔡襄爲諫官。退夏竦以從清議，舉措得宜，此石介《聖德詩》之所爲作也。其詩曰：『衆賢之進，如茅斯拔。大姦之去，如距斯脱。』蔡襄亦言於帝曰：『一邪退，則其類退。一賢進，則其類進。衆邪並退，衆賢並進，海内有不泰乎？』至和間，趙忭上言，務欲朝廷別白君子小人。帝納之。斯可謂之休風矣。神宗亦勇於有爲之主，誤信王安石，更有傳法之韓絳，護法之吕惠卿，而國紀已大壞。至哲宗元祐間，司馬光爲相，吕公著、范純仁輩同心輔政，宇内復治安。而其後枋臣誤爲調停之計，致使楊畏、章惇、李清臣、鄧潤甫、邢恕、蔡京等諸姦横發，至有詆司馬光姦邪，當先辨者。顛倒是非，一至於此。徽宗建中靖國間，邪正雜進。權給事中任伯雨曰：『君子小人並用，終於君子去，小人留。』不聽，由是蔡京、童貫之毒氛熾播，刻立黨碑，而北宋已墟矣。則全無辨别之故也。理宗時，梁成大等附史彌遠，正人盡遭擯斥。朱瑞常既劾魏了翁、真德秀落職，成大貽書所親，曰：『真德秀乃真小人，魏了翁乃僞君子。此舉大快公論。』小人之無忌憚，有不顧人齒冷者。以程伊川之賢，而指之爲姦者，出自蘇軾，且引以爲己功，其他則又何説？

由是觀之，其克辨也若此，其失辨也若彼。而否泰之運，迭爲倚伏於其間。且一朝之事，一君之身，而克辨與失辨，前後或殊，則泰否亦從之而異應，不可以不慎也。

夫人固不易知，知人亦不易。小人之中，有其言辯，其行堅，其見聞之博，足以出人之所不能；其情貌之深，足以欺人之所不見；其智術之巧，足以移人之所好而不悟；其才藝之美，足以行人之所難而不憚。誠有如明鄭曉之所云者，則其爲小人，尤不易知，所宜辨之又辨者也。漢武帝知霍光之忠，而不能知上官桀之詐，此固有難燭其姦者矣。或有慮人之難知，而欲以術鉤取之，則又不可。唐太宗時，有上書請去佞臣者，帝問：『佞臣爲誰？』對曰：『願陛下與群臣言，或陽怒以試之。彼執理不屈者，直臣也；畏威順旨者，佞臣也。』太宗曰：『君源也，臣流也。濁其源而求其流之清，不可得矣。君自爲詐，何以責臣下之直乎？』太宗此言，可謂深知治本矣。又嘗謂魏徵曰：『爲官擇人，不可造次。用一君子，則君子皆至；用一小人，則小人競進矣。』徵對曰：『然天下未定，則專取其才，不考其行。喪亂既平，則非才行兼備，不可用也。』

夫太宗之言是也，魏徵之言非也。《易》曰：『開國承家，小人勿用。』豈謂草昧雲雷之日，布經綸者可不必期於君子，而爲苟且之計耶？後世之治不古若者，率由此也。夫開國之始，即宜專用君子，矧其在承平也。予嘗謂獨智小數之夫，一長可取或一言之合，概以爲才，而置之要地，則氣類相引，輕薄儇巧之徒雜然並進，而官方大壞矣。善乎，張横渠之言曰：『弓調而後求勁焉，馬服而後求良焉，士必愨而後智能焉。士不愨而多能，譬猶豺狼不可近。』此辨人才者之所當先審也。崔與之上疏理宗曰：『天生人才，自足供一代之用，惟辨其君子小人而已。忠實而有才者，上也；才不高而忠實有守者，次也。用人之法，無踰於此。』斯言得之矣。

若夫辨君子小人之方，古亦有之。臯陶曰：『亦行有九德，亦言其人有德，乃言曰：載采采。』亦既核其實矣，而必觀之，彰厥有常而乃定。李克曰：『居視所親，富視所予，達視所舉，窮視所不爲，貧視所不取。五者足定之矣。』五者不能遍觀而熟察之，則視所舉而舉者之品定，視爲所舉而所舉之品亦定。總不離乎類聚群分之説而已。李德裕言於武宗曰：『致理之要，在於辨群臣之邪正。夫邪正二者，勢不相容。正人指邪人爲邪，邪人亦指正人爲邪。人主辨之甚難。予以爲正人如松柏，特立不倚。邪人如藤蔓，非附他物，不能自起。』夫特立者，君子之以義理爲身之幹，小人之所不得而假借者也。張浚曰：『不私其身，慨然以天下百姓爲心，此君子也。謀求之計甚密，而天下百姓之利害我不顧焉，此小人也。其言之剛正不撓，無所阿嚮，此君子也。辭氣柔佞，切切然伺候人主之意於眉目顔色之間，此小人也。樂道人之善，惡稱人之惡，此君子也。人之有善，必攻其所未至而掩之；人之有過，則欣喜自得，如獲至寶，旁引曲借，必欲開陳於人主之前，此小人也。』君子小人，無時無處而不相反，此亦言其入朝之概爲然。《魯論》所言周比、和同、驕泰之類，不一而足。究其處心積慮，於公私義利間盡之。視所以，觀所由，察所安，聽其言，觀其眸子，人焉廋哉！抑蕙荃化爲茅，百鍊剛化爲繞指柔。君子之失足爲小人，一須臾頃耳。陽和布煖，鷹化爲鳩，識者猶憎其眼，則小人之純變爲君子，誠難也。此則流品雖難猝辨，而卒無不可辨焉者也。

顧君子嚴氣正性，未見其可欣喜而輔成君德，其益無窮。小人則能先意承志，以悦人主之心；乘間候隙，以中人主之欲。雖覺其舉動之非端亮，而暱而不能割，其害亦無窮。朱子曰：『君子小人，迭爲消長。直諒多聞之士遠，則讒諂面諛之人至。』蓋人臣之賢不肖，關國家之興亡，而實有天意存乎其間。若人君果能遠小人、親君子，則讒諂面諛之人亦無不遠，直諒多聞之士亦無不至之理。則本源之澄澈，在君心矣。《記》曰：『王中心無爲，以守至正。』夫惟一正而後可以合衆正，一正而後可以卻衆邪。所謂取人以身者，此也。

弢甫集卷二

序

儀禮集編序

《禮古經》，篇五十六，漢出孔壁，爲完書。劉歆欲列諸學官，諸博士荒，固莫置對。唐時猶存，後亡之。所存十七篇，尚賴明經、學究專科經注並習，未庋閣也。王氏新經，眩亂設科，專《小戴》，而《禮古經》益否晦。然《禮古經》爲經，而《禮記》訓故之特重於他禮經。學者抱守殘缺十七篇中，獨《軍禮》亡耳。吉、凶、賓、嘉，小大於是焉稽，通辨而推行之。有周盛時之閎典，斌斌如矣。且所存原不止《士禮》，融貫精腴，可上下行於世。吕枏嘗偕其僚合公侯伯及士子，習行於太學。人識是經之寶貴，其行於今蓋寡，特不之行耳。

予鄢友教南屏山，禾之盛生來，從事是經，不輟寒暑昏曉。生精敏，送難鈎元，暗與古合，多抒特見，發前箋之所未嘗。經奥之抉，疏訛之糾，砉中理，解刃之游且恢恢然。既數年，生用功益勤，而專做何晏、范甯，臚先説而衷之己意，裒然成編，分卷如經之舊；前卷綱領，標其凡；

後卷附録。勘正監本、石本，補顧炎武、張爾岐之缺，鄭、賈、楊氏之圖之失，胥正之。高識炯炯，辨經與記之參錯。熊朋來目《儀禮經》後即記，惟《士相見》諸篇無之。敖繼公疑有之。而逸生則謂《士冠禮》舊自記，《冠義》以下爲記。然此乃《戴記·郊特牲》文耳。準諸例，自『若不醴，則醮用酒』已下即記矣。《士相見禮》舊無記，準諸例，自『士見于大夫』以下即記矣。其注或連傳經爲傳隔之類，悉與更定。諒哉言乎，庶乎經之功臣已。

昔范祖禹奏陳祥道注解《儀禮》，乞下兩制看詳，備禮官討論。詔從之。今上崇右經術，世豈無范祖禹其人？而生爲陳祥道，詎忝乎？抑此自論實獲，固百世之業也。韓子曰：『獨抱遺經究終始。』歐陽子曰：『學者當師經。』生其務篤於經，是師求意，得心定、道純而充實，盡終始之，究得聖人之意。次第釐訂群經，而《周官》、大、小戴本，是經表裏，當先就緒。予老矣，猶及爲生續序之。生名世佐，字庸三。

毛詩明辨録序

昔文中子以《春秋》《尚書》與《詩》同目爲三史，上下千餘年，朝野之得失存焉也。而《詩》之微婉、善感人心，有過於《書》法之謹嚴、告誡之沉懇者。姦人之雄，悍夫之蠢愚，示之衮鉞之寄，渾噩聱牙之編載，或恬弗之恤。而下里清謳，無心之唱歎，入乎其耳，觸乎愴焉，有痛之真，輒涕泗迸流，怦惻不自禁。故興之善物歸焉。顧人代荒遠，其采貢存删之故，通儒莫能究晰。

史遷謂古逸三千餘篇，歐陽推《詩譜圖》，又當不啻乎是。然季札所觀，雖次序與今異，而全詩亦止此數。故朱子亦謂夫子固未曾删，特刊定而已。舊自《齊》之下，即歌《豳》，歌《秦》，然後歌《魏》；而今以《豳》爲《風》殿，退《秦》於《唐》後。論者探夫子之微意，言人人殊。而鄭氏《詩譜》，則且《檜》先於《鄭》，依《邶》《鄘》先《衛》之例，《王》在《豳》後，與《雅》《頌》接。雖未爲無所見，然經自聖人定後，議論所不敢到也。王魯齋直欲去淫風三十五篇。陳少南要廢《魯頌》，噫，其甚矣！學者生古人之後，其疑之不可通，闕之斯已耳。

沈君艮思，學贍而思勤，於經史並有著撰，而《毛詩明辨録》先板行，屬序於予。予受而讀之，見其貫穿諸經，左右咸逢；又身歷邊地，考古風土之遺，辨晰名物，致爲精覈；即音韻，亦細與折中。而大旨發明朱子之《集傳》特詳，意思名通，不執一見。朱子雖不主大、小序，而菁英要靡不搴掇。是録亦羅其元要，罔有缺訛。其洵不爲毛、鄭佞臣，而多於前功矣乎。夫前人志有所觸，發之於聲詩，明者能於千百載下，善以意逆之，而知其在高山，在流水。是三百篇留，牙生之操得君起，而爲其子期泠泠絃軫，識聽其真，以之拈説匡稚圭之所不是過。而興、觀、群、怨之藴奥，益抽闡發皇而不可以已，是四始六義之一快也。其群經之纍如珠貫，史論之靡靡可聽，殆弗可測量已。君名青崖，大興人。

春秋三傳明辨録序

古子沈子邃於春秋學，其後裔艮思君起而昌其緒。覃精研思，積有年月，著《三傳明辨録》。爬疏晦塞，探闡元微。通三家之郵，啟全經之奥。於聖人筆削之義，若隨素臣面承音旨於緇帷也，若引高赤之儔，以難以解，重席之間，齗齗如也，若與杜、何、范氏專門討尋，泝董、劉，沿啖、趙，匯百十名家，下上其議論也。

夫不通群經，不足以治一經；不知史法，不足與談經術；不博研象緯、山川、方名、器數之宏賾，不足窮遐極幽，俾微言大義之可考而彰也。君條貫群經，《詩》《易》並有撰述，又史論縱横，誅姦發潛，旁羅衆妙，叢書無所不究，於古今輿地特詳，繪列國圖瞭如指掌，著書富而用心勤如此。自來箋疏《三傳》，不乏恢奇。而劉原父之《權衡》、程積齋之《本義》爲最善。王子思通《易》與《春秋》，更擅史論。張元德作《地里沿革志》，説經鏗鏗。君兼之矣。前後以例論《春秋》者林立，幾成聚訟。至窒礙輒多流遁，或厭苦之，則徑欲破除，獨抱遺而究終始，二者皆偏也。《魯論》序言志，先顔淵，重德也；問將伐顓臾，首冉有，責與謀也；於晝寢則名予，於聚斂則名求，蓋重貶斥之。孔門弟子，親見聖人華衮蕭斧之用，遂爾傚仿。謂名字進退無關係，可乎？其他記事，直書見義，二十篇中亦不屑屑一例，此可知《書》法所自矣。然則聖筆神明變化，詎可窺以一成之見哉？正例、變例，衆説紛綸而出。名通之見，彙同異而折其衷，如飲上池水，洞見臟腑癥結，故治之也中。後有好學深思之士，不且於是耽之成癖與？

擬明史列傳序

劉君芳草，以史氏家居，撰《擬明史列傳》五十篇。其所傳，類皆文章、忠義、志業、魁閎之侶。有明三百年，日星河嶽鍾聚之奇，已撮其標；而氣運興衰、朝常國是終始之由，亦略見於是。不必覽全史而具知其體要，蓋卓乎紀載之良也。

夫人者，國之紀也。洪武開創之初，劉青田、章龍泉輩應運而興，如人氣體强固，精神折衝，宜乎蹶陳殲張，代元而有天下，撥亂世反之正，比踪於漢唐宋之隆，功業如此其煌煌也。中間扶拄鰲極，代不乏人。而金川門破，駢闐善類摧殘。雖一時威勢呿張，而殄瘁之機已伏。沿及璫禍横流，膏殷碪鑕，糜爛沸湯，英魂毅魄悲嘯於覆盆昏曀之天，其慘酷有不忍言者，而明社已屋矣。吾嘗論其邦家元氣之傷，不傷於靖難、奪門，而傷於屠僇方、鐵、景、于諸公；恒幹之亡，不亡於流賊縱横，而亡於鎮撫司慘毒繆、周、楊、左諸君子。如尫羸垂盡，外潰内訌，又安能苟延旦夕殘喘哉？此一代人才，或榮或悴，邦祚之炎熄因之，皆所謂磊磊軒天地不可磨滅者與！而其間文柄獨持，壇墠迭起，噓噏其生氣於爛煤破楮之餘，非惟文雅風騷之結習不忘，其關係於朝家之運會甚大。

昔歐陽子愛司馬遷善傳偉烈奇節，欲學作而怪無可書。及得一壯其事者，次第之，又自謂未知其文能如遷書，使人讀而喜否。今有明一代之人之偉烈奇節，較歐陽子之所謂壯其事者且百之，而君手提衮斧，觸事激昂，歌哭淋漓，罄攄其胸中如是鬱蟠不可柔馴之物，一寓之龍門排纂之體，則人之喜讀其文，爲之叫呼起舞，更宜何如也。君辭榮最早，年近耋矣，而好學不倦，以承以啟，孜孜述作，豈獨其文可傳哉？君名青芝，襄城人。

萬子迂談序

勝朝江州萬淺原先生，起家進士，爲西曹，歷外臺，官至左布政，以執禮不阿拂衣歸。優游林下三十年，年躋耋餘，著《萬子迂談》。舊刻淪于兵燹，其孫朝紀重鋟之，屬予訂其亥豕，乞弁一言。

予攷先生居比部，却嚴分宜子請託，治滇楚閩汴，紆籌兵食，慮懇而識周。凡三涖閩，值寇倭交訌，全莆城者再，閩倚爲長城。然則先生夙藴，已略見諸行事。所談絶不迂，顧志氣犖犖，于世不爲桔槔，一時權嬖莫之逞。終始淬厲一節，甘以泉石老，即謂之迂也宜。當隆萬時，早潦洊臻，流寇已蠹大厦，乃有一木復撤之，身退不用矣，猶以力所克，爲築堤、興學，德在鄉邦。家訓《女誡》見于篇，具可爲法。六經皆有劄記，而于《樂》尤攄特見。謂『聲依永』乃樂器之聲，不從蔡氏之注，確指四清聲。糾，宋陳氏疑爲無用，欲去之。謬謂黄鍾管九寸，寸皆九分；若以十，則三分損益，不可行。蔡西山謂大吕、夾鍾、仲吕，當用倍數，此惑于律管候氣之説。

夫用倍既非三分損益之法，播之五音，仍止用半律，非自然之數。候氣止可用之冬至，寅月陽氣已出地上，午月且自上降下，安有飛灰之理？著論萬言，卓乎可傳。曾與李于鱗仝曹司。韻語亦琅琅可誦。蓋先王實抱有爲之才，遭時孔棘，而爲嵬瑣所尼，故其題築廬詩云：『心懸魏闕三千里，身在匡廬第一峰。』知人論世，誦讀其詩書者，咸嗟惋之。

予爲濂溪書院山長，與其廬隣近，嘗步屧過之。見堂中楹帖，猶鐫其先大夫句『裒裒聽瀑之軒，諮訪軼事愾焉』，興仰止之思。其子姓，多從予遊。而朝紀獨流傳先集，誦厥清芬，俾光烈播海宇。微特祀于其鄉，見先正之言立也。先生名衣，字章甫，淺原其號。

性理粹言録序

開封司訓某君，甫臨學廨，輒出其夙所輯《性理粹言録》以教弟子員，而問序於予。

予惟宋五子性理之書追配《論》《孟》《學》《庸》，如日月江河之經行於天地，萬類之所資以生成者也。新安施氏，復取有明薛、胡、羅、高四先生之粹言，以類相從，系諸後。其條目一準《近思録》，規模大而節目詳，不煩經營，而成建章千門萬户之體勢，可謂語之詳矣。君以其書浩繁，窮鄉僻壤，不能悉購。且瓊林瑶圃，盈目皆寶，入者不知所取也。乃約爲是録，庶幾擇之精焉。居恒以此教於其鄉，今司訓是邦，梓而行之，以廣其傳。其汲汲於昌明正學，不負厥職，有迥異於衆者。夫天下之人才，出於學校；學校之陶冶，繇於師儒。正學不明，師儒之勤者，亦祇以科舉時文課弟子。夫科舉時文，未嘗非正學之所統貫，而祈嚮一差，苟焉富貴利達之是徇，幾忘其所有事。朱子有言：『學校之政，不患法制之不立，而患理義之不足以悦其心。』用慨然於設官之徒費廪禄，思得一當職者，教之理義。今此條具在録中，誠千古陶冶人才之大關鍵也。

嗚呼！理義原具於人人之心，教者一實心提唱，學者必蒸蒸向風，翕然丕變。况中州道脈，承伊洛之淵源，湯、耿諸先生講學之流風未遠。省會之學校，又爲各州縣之倡。吾知手是録，以鼓勵群才，振興絶學。俾凡爲士子者，端其祈嚮，進而抽闡諸儒先之大全，以力求實踐，將蘄至於聖賢之域不難。吾於兹有厚望焉。

弢甫集卷三

序

李穆堂先生別稿序

《傳》稱不朽者三。自來殊尤魁碩之士，隨其才性成就，各有所立。其實事業文章，不本乎道德，則騖謀駔詐之所經營，不足謂之功，洸洋無實、妖淫阿曲之辭，不足謂之言也。古之大賢，本元深固，雖跧伏窮巷，勳業不得施，無著述之流播，亦煒然有聲光於穹壤，不可得而湮滅。其出而光濟於時，肩任區宇，勳庸紀乎太常，德澤流乎蒼生，又以其所渟蓄之菁英，溢爲文辭，大者媲謨訓，並雅頌，次亦足發抒萬有之性情，檃括百代之藴奥，咸有資於實用，而不爲無益之撰述。自三代以來，曠數百年，而一覯猶傾蓋。然若穆堂先生三不朽之盛，以身兼之，則豈非皇朝之名世，應休運而篤生者乎？

先生中年始達，揚歷中外，勇以天下爲己任，屢折復起，終始一節。凡所建豎，在人耳目。七十懸車，從容進退。身名並泰，休有烈光。其本深實茂，盤礴鬱積於中，抑自有不容已於言者，炳烺班布。海内學者，翕然師尊之，惟恐望門墻而不得入也。先生初稾，行世已久，續有別稿之刻。其瓌瑋大篇，包絡川岳，峥軋霄漢，奇出乎無窮，而昔年所謂三應之作，亦列焉。蓋先生率爾操觚，必歸於正。鴻鑪鑄物，小大受範，有非人工之繪畫雕鎪所得而倫比焉者。其中殷殷利物之思，發乎至誠，滂沛乎毫牘，足爲經世之訏謨。天下後世，必有用其所指陳，以溥厚澤而垂永久。豈與迂生小儒蟲篆鞶帨之技，屑屑較工於字句乎哉？

夫理、道、性，生而有之。熟研諸心，疏觀諸事，明白不惑，沖融有餘，足乎内，流乎外。不必比擬古人，而盎然發舒，自各如其所得之淺深，所養之氣之大小。臨川文獻甚盛，鄉先正之振聲接武，傳世而行遠者，後先相望。先生代興，超然獨騖，以視昔賢，誠所謂同歸而殊塗，一致而百慮者也。調元固陋，以蠡管之見跂先生爲人。因讀先生之文，而妄爲測之如此。

空同詩鈔序

詩本陶冶性靈，而性靈觸撥，一時或横溢莫可制。聖人欲授之範也，故曰發情止義。若千古偉人之生，心胸皎若雪日，根元忠孝，世俗嵬瑣之見，不入乎其中。一有感於倫理世故，纏綿菀結，若有物焉，蓬勃不可按抑，宣爲聲詩，滃然蒸浮，如山川出雲，瀰漫碧落，自然回薄萬狀。古今作者，淺深各有所得，而統宗籠蓋，萬舌同聲，首推少陵杜氏。蓋醞釀深厚，忠義形見，忽不自知傾注所至，其妙躋巔奥，何嘗不由才雄學贍？顧原本發皇自性情之正，爲之所由，與雕蟲篆刻、羞壯夫之顔者異矣。

有明弘正間，李空同先生立起詞壇，奮袂大呼，寰宇響應。同時以明秀逸健狎主齊盟者，究莫之敵。後稍稍異議，至錢牧齋昌排不已。夫崇擁之者，專詫其雄深絶特；而嫉其名聲，又以撏撦剽割爲誚讓。皆未究其根柢所自，未可爲知先生者也。孟子之誦古人詩也，主乎知人論世。先生發跡在孝宗時，早直言敢諫，戚宦切齒，出力欲擠之死，幸不玉碎。主明臣直，青史至今以爲美談。洎至武宗，顛覆典刑，權璫肆毒，明社岌岌。先生憂時愛主，厲志士仁人之大節，忠憤激發，奮筆代韓文草疏，身家頂踵，毫不之顧。憾者之凶燄，百倍壽寧。及身之火，頻撲頻燎。其懂而獲免，天也！而先生拳拳忠愛，獄中竄所，荒閒困躓之區，攄懷咏物，贈答往還，罔不繫心廟堂，悲吟時局，變風變雅，繚繞其憂傷哀憫之思。嗚呼，何其摯也！林貞恒詆鄭少谷仿杜，謂時非天寶，地遠拾遺，比之無病呻吟。牧齋呵之，可謂能知人論世矣，而卒不知先生。先生之於杜，身世魄力，悉與脗合，徒摘其一句一字之沿襲，誚爲北地雲霧，豈通論乎？彼無其性情，而才與學又遠不逮，漫爲優孟，予亦病之矣。

先生之八世孫辛燿從予遊，道其父欲刻先集之詩，以廣厥傳，因檢行笈鈔本授之，釐爲一十六卷。夫豈謂持擇之精善，庶不没先生之真，俾學者知世有少陵，自有少陵之詩。先生其許我乎？

鶴洲殘稿序

詩無真可寫，敝敝焉以雕繪爲事，雖卷軸塞穹壤，其中固無詩也。匪微無詩，抑無人。先生生大家，性孝友，豪於結友。中年薄宦，奇貧，見於詩辭，有甚於拾橡栗自給者。其孤清介立，不於人俯仰，風概可想見。予嘗謂士貧賤，不可得而衣食，則士貴；詩寫其貧賤，不可得而衣食之情，則詩清。先生天質超妙，存詩不多，幽敻獨出，閒倚聲爲小詞，亦婉麗入人心。其胸中之所有，灑於楮墨，終古不澌滅也。先生之子嵩齡，出先生詩詞殘稿，屬予訂而序之。予掇其菁英，各釐爲一卷。先生行似薛包，困似袁安，早年似郭泰，予特於其平生之清味有挹焉。古云執鞭所忻慕者，其在先生與？

坳堂詩集序

先生之詩，絶空依傍，直吐性靈。潛居蝸廬，獨吟自豪，絶不與人競名，抱知希我貴之意。殁後二十有三年，厲樊榭過調元所，雒誦之。目其五言，出屈翁山上。睠慕風節，以平生不識景丈爲恨。嗚呼，先生殁不多年，已得一揚子雲矣！後世之揚子雲豈少哉？然先生俯仰寄意，吾寫吾真，今後世之子雲有無，固弗之計矣。原藁分《菊公》《坳堂》《醉翁》三集，今統標曰《坳堂》，嗟先生之志也。集故富，先略爲撰次八卷。

香草齋詩集序

客春，予應道山書院之聘，别雷學使翠庭。學使閩人，手條列其鄉之儁哲姓名，盛推黄君莘田，予心異焉。汪徵士槐塘夙遊閩，亦向予津津齒君爲是中之鉅才長德，而詩之駸駸及古，匪今所多有。予至之日，即訪君廬。怪石嶔蹲，老藤蟠蔭，烏九尊敦斑斑然，蕉葉之研墨氣未乾。君古須眉，啜苦茗吟其中，兀然山澤之臞也。促席論詩，一見即成衿契。予出户必詣君，情味相得如昆弟。君善病，予亦中海嶠嵐瘴，右臂幾不仁。急辭歸，别君帷榻間，依依不忍捨。予酷愛君詩，惜無書人繕録。君輒舉平生所著《香草齋集》授予，屬訂定。予歸，事箴砭。病良已，秋走南岳，歲暮抵舍。今年來江右，主濂溪書院，携君詩行笈中，至是乃得卒業。

閩詩派導自二藍、林膳部、高翰籍與王皆山輩，號十才子，力仿唐音。鄭少谷以矯峭變之，而高霞居、傅前邱與屬和，其後曹石倉、謝小草仍操其土風。君才思滔滔，多師爲師，清麗綿芊，而風骨凝然，獨超衆嫮。其繅抒性靈，自溢其清真于灑落之餘，不樵陶、韋而合。蓋如其標格，以爲聲詩，杰然足振南中風雅之緒。蓋有以見吾翠庭、槐塘之不輕推許，而名下士之無虚若是也！君掇皮皆真，相對俱見肺腑。自爲孝廉，頻上公車，不肯趨徑途，卒蹭蹬不得志。其時長安要津，莫不傾倒君，而持節嶄嶄如是，牽絲出粤東，强項倦折腰，湫屜一官固宜。而爲粥食餓者，不敢出嗟來之聲，舊愛至今在人口。集中惻憫時艱，彷彿元道州舂陵之作。吾有以知君之爲政，不負夙昔之志也。既歸田，窮且老，生事益微，風雨獨吟，不問户外事。而名公之知君者，擁節至是邦，必式廬，鄭重邀吟唱。陳蕃、昌黎以欵接孺子、玉川爲華。而二三老成，皆兒時釣遊之侶，琴歌酒賦，相與倘徉于山椒湖漵之間，信足以破岑寂之孤踪，洽衰遲之清興已。予獨悵不得常與君數晨夕，共賞析。數千里外，聊寫此素心，序而歸之。

盛氏詩序

人足跡僅出入里閈，無高山大川、灝瀚磅礴之觀以拓其心胸，無重關壞壘、故宫荒陵之墟址以發其悲涼憑弔、峥嶸感慨之思，無羈愁落拓、况瘁不自聊之境地以推激其抑鬱磊砢之志氣，則才亦掩遏不盡攄，而作爲詩歌，末由沈雄疎宕以罄露其精光。故動忍增益，微特道德功業然也。

公生於禾，少涉桂陽，間關歸自楚奥。領鄉薦，數試春官，不得志。往返齊、魯、燕、趙水陸之涂，復遊甌粤，出函谷西絳間所在，弔古悲歌，閲涉益深，詩益縱，才益以騁其奇。晚爲學正於湖之安吉州，意致故蕭涼矣。中間過吾郡之西湖，瀟灑吟嘯，光映泉石。而《硤山訪孫公洞詩序》，彷彿淵明《桃花源記》。遊方之内，渺然有塵囂外想。重憶孫公洞詩，清絶似天隨子，殆厭薄世俗，有超摇高舉之志歟。予與公子交，屬訂遺稿而序之。詩若干卷，然則公之轉徙崎嶇，少壯東西遊走，抑塞以終老，固未爲不幸也。公名楓，字丹山。

刑鑒序

聖人不得已而用刑，非欲傷殘之。固生全是務，蘄其同歸於善，以成平明之治。而末造深刻之吏，巧鈎距，密文網，逞其鑿空之能，以草菅無辜。下多冤人，上成繆聽，法令滋彰，民氣慘痛，於是有水旱、癘疫、兵燹之災，而國亦隨之壞。嗚呼！是曷可鑒也？

按察使嚴君，先是作《刑鑒》一書，首列王言，見我朝仁厚積而德教成，太和洋溢於宇宙者，固有所自。上述經訓，次述仁言。駢羅法戒，一本正史，信而有徵，使柔良之心油然生，而殘酷亦畫然有所懲。猶恐其未之怵也，取古今濫刑之受奇禍者臚陳之。天道好還，不寒而慄。以附録終焉。此非惑於因果報應之説。福善禍淫，聖人明訓，外氏竊之，以恣其繆悠之談，其實本之吾儒。昭昭不爽，庶尤之報，天罰之極，《甫刑》已書之策，聖人固有取焉。彼不畏天罰而叢庶尤者，亦可以少悟矣。夫人身有瘡疻疾痛，呼吸關通，呻吟朝夕，食不甘味，轉側牀褥，神魂慘悽。況完好肢體，鮮潤肌膚，生加鉆鑽，重予箠楚，斷莫屬，死莫生。此其至痛，言之傷心，長民者奚忍不欽恤之、哀矜之也哉！

昔朱子奏劄，請詔儒臣博採經史，暨今古賢哲議論及於教化刑罰之意者，聚爲一書，以教士與官。事未及行。此書固足畢前賢之遺志，標百代之良規，以佐洽好生之德。君今方外臺，長準人，用心平恕，以素所自得施諸官。且使天下讀是書者，釀仁心而重民命，溥衍厚澤於無窮也。

淫鑒序

《記》曰：『男女，人之大欲存焉。』欲横而不可止，雖刑法之峻，曾莫之制。聖人有憂之，躬修内行，以厚示之别。復以禮防之於未然，使習知所守，而不敢驟焉以决其閑。故内外多貞慤之行，而俗以大淳。上古之民樸，儷皮爲聘，婚姻正而風氣厖，犯淫慝者無聞。后夔娶元妻而不祀，自是以降，色荒之戒作，始有無别無義者，敗壞其間。妹喜禍先亡國，而褒、妲接踵。下之淫風流行，士女之眈，至不可説。《春秋》所紀淫亂之蹟，益奇而穢。至叔季，遂莫可究詰，有心世道者所爲愍惻也。

君先作《刑鑒》，既屬予序之。又作《淫鑒》，述經徵史，列格言，終之以貞淫之報。其思悲而慮深，其言森竦而可怵。聖賢禮教，備極詳明，古今事跡具載。人禍天譴，毛豎魂驚，所以消人邪心，納之禮義者。在平素，懇苦無乎不至。今身秉常憲，流播此書，使民知廉耻而重犯法，誠協中之一助也！先君子有言：『人罹重辟，十之七八，禍由女戎。其一二，犯他罪名，窮其根元，尚多暗起於是。甚可畏也。』嗚呼！詎不信乎！顧尤物移人，中公巫臣雖明知其不祥，而卒溺桑中之喜，殺族隨之。愚者忽經訓，忘史鑒，與之言及身與子孫之慘禍，則惕然色變。故修吉悖凶，百殃百祥，咸由自作。言之確鑿，庶可寒淫人之心，而挽其覆轍。是著書者之苦心，固有所不得已也。若君子愛其身如瑛瑶，不忍玷缺，循理塞欲，固有本原。昔程子以忘生徇欲爲深耻，陳卧子不肯鑠精神於粉黛，三立是務，孳孳不遑，又遑論温柔有鄉，且重冒帷薄不修之耻乎哉？然則君之爲此書，重垂鑒戒以云救也。

弢甫集卷四

序

湯文正公家書序

言之垂世而行遠者，期於旨遠辭文。顧君子道義藴於胸，直攄其所見，而卒爲凡立言者之所莫能及。蓋操觚率爾，惟正之歸，自足以法天下而傳後世。故又曰：『言不貴文，貴於當而已。當則文。』

睢州湯文正公，德業彪炳海内。其遺書巋然與有宋諸大儒並世，既傳而習之矣。而公之孫滌齋，復刻公官京師所遞家書一册，調元受而讀之。見公之肫誠，上受國恩，惟懼不克報稱，而特以雝和謙謹飭後昆。凡師友親賓，誼從其厚。下至臧獲，亦罔不曲引之就範。微獨可爲家訓座銘，而官箴士誡，胥於是乎在。雖恒言俗語，不必綴緝章句，如執筆學爲文之所爲，而理精意摯，粹然儒者之言。嗚呼，足以傳矣！

周元公謂治天下有本有則，端本善則之道，在誠心充溢而灌注以和親。公家有雍熙之軌，而出撫江服，入侍禁闈。裨補於國是民瘼，頎乎其至之心，漸涵朝野。尋常家郵所及，一字之濃，漬乎楮墨。其根源之所從來者，深且沃也。吾嘗讀《周元公全編》，其家書具載不遺，語即米鹽，悉與《圖説通書》相表裏。吾於公家書亦云。

紅崖草堂詩集序

吾嘗讀人之詩，詩類多曹蜍、李志，則以作詩之人多曹蜍、李志之人，吾安從責其詩之爲廉、藺哉？兩間扶輿清淑之氣積厚，乃毓廉、藺，艱難而希有。故論交千載，一代之人之廉、藺可指而數也。一代之詩之廉、藺，亦落落布立於古今壇坫之間。蓋天地之心之所最珍而吝予。實則氣力克辨，亦止此，故絶不多覯。

萬君西田，志堅而才雄，平生萃精力於詩。年近五十，始領鄉薦。既老，一對大科終不遇。浮沈史館，出爲莘縣令。僅三月，卒於官。卒後十年，吾始來大梁書院。君之子圃持君《紅崖草堂詩集》乞序於予。予受而讀之，見其奇氣鬱勃，如雷崩濤立，震蕩天地，而清微窈眇，則又若泠風吹空，孤月在水，飄然氛埃之外，渺不可即。蓋其人固慷慨恢奇，思有所建豎於時，而壈坎不得志。故勁絃無懦響，其視人世蠅營狗苟之爲不值一唾，故持身特峻潔而介立，清音之孤發，有由然也。君既晚不達，得一同之地，思爲古循卓，以大攄其所欲爲，不幸三月死矣。其治譜粗見，莘之人至今能道之。自少爲諸生，目擊昏墊流離，沈痛惻怛，以歌詩代監門之圖，欲陳根氏，略見於此。

信乎！詩之廉、藺，非廉、藺之人弗克爲之矣。今古廉、藺不多有，並吾世而有君，弗獲一面。追君依史館、對大科及謁選時，予俱在京師。以未通名相識，交一臂失之，爲無窮之私恨。今於秋空月明，油窻颼然，抗聲擊節，讀君之詩。知君之清氣在乾坤，終古不散，必於太虛中聆吾之聲，鑒吾慕悦之思，其許吾爲人間一知己矣乎。君名邦榮，襄城人。

胡拙翁詩集序

詩窮後工，豈不信哉！以予觀故太史胡拙翁詩，清妙溢於心腑，天然傾吐之述作，若陶、韋之與同遊也。其沉思雕鎪，又日月斬新，道人之所未經。人知其工，而不知蕭閒是放，淡泊與遭，適成其爲窮者之辭也。拙翁壯舉於鄉，强而通籍，入承明著作之庭。達雖稍晚，不可謂之窮。顧銜繫條冰，嘗除夕瓶罍洗如，所知餽一兔，燔以分歲。尋以憂歸，遂鍵户不出，沉吟日夕，閲五、六寒暑。不腥膻之慕，而味乎藜藿。衣薜衣，冠籜冠，徜徉於雨陂烟渚之間，得山水禽魚樵牧耕漁者之情性。而一二淪寂之侶，剥啄荆扉，聯牀倒斝，醉輒競洩其嘻笑牢愁之音。雖躬踐清華，實蕭然秋士也。未幾而乾坤清氣，即還太虛矣。嗚呼！是烏得不謂之窮乎哉，而詩乃工？

昔歐陽永叔序梅聖俞詩云：『年今五十，猶從辟書，爲人佐。』當在署忠武、鎮安兩軍判官時。又云其後十五年，病卒京師。蓋已陟都官矣。以聖俞之才，經屢薦，僅得一召試，賜進士出身，非趙概等十餘人師錫於朝，何由編修《唐書》以終老耶？拙翁能平步致身，遇較優於聖俞，而卒不獲和聲鳴盛，以抒其所蓄積，且年不杖鄉而歿也。天之於拙翁何如哉？然不窮，則詩未必工。惜乎其佳篇散軼者多，不得如聖俞之詩之有類次之者也。公子瑞麟，克以詩世其家。從予遊，求序其先稿之僅存者，乃咨嗟而書之。拙翁名安，字静庵，拙翁其號，襄城人。

張圖東詩集序

昔蘇子瞻序王定國詩，以發乎情止乎忠孝爲詩之正；若變風變雅，則發乎情止乎禮義而已。夫舍忠孝無所謂禮義，顧可區而二之耶，烏得以之言正變？唐成伯瑜言詩之正變，風、雅、頌俱有，條辨甚明。吾以謂時有平陂，音旨自别，初不必截然界畫。變風如《鄭》《衛》。《定之方中》有公劉遷國之遺，《出其東門》秉義去《漢廣》不遠。不獨《干旄》《緇衣》，著好賢之熾也。是亦可謂《鄭》《衛》之正風。若《豳·七月》，謂之變，不可也。魯之《駉》、殷之《那》，未必非正頌。《周·小毖》，其不謂頌之變乎？惟禮義本乎性，生形而爲忠孝，各極其正變之旨，而得其情之真，斯則三百之根源也。

予客中州，得交圖東張君。君過予，論詩彌日，下上古今作者，絲牽繩貫。其衡也平，不爽銖分，蓋於是久且深矣。君生清門，於門才中特雋拔。當康熙末，長安行卷、温卷，鱗次響臻。君獨不得一躍名場，其不肯爲桔槔俯仰，風節棱棱可見。而胸有崢屼欲吐之奇，所歷人境合離、年時哀樂之故，一發之於詩。少讌遊明聖之湖，壯浮淮黄，北登薊邱，南涉桂林，晚而弭節乎嵩洛之間。自趨庭以至陟外臺一境，自爲一集。養邃而氣和，不爲劖絶陡峭之音。春容夷愉，以抒寫其欲鳴。尤工於道衷曲，綿至婉麗。攬當境之精微，穆乎若春風無聲之被面，瀏乎若冷泉激雪之沁肝脾也。嗚呼！此豈無所得而然耶？其植根於子臣肫懇之胸，而攄露之耶。其油然繰正變之緒，適歸於安雅者耶。夫惟情之真者不腐，此掇皮皆真矣。彼馳騖一時、獵取浮名者，能與之共千古耶？君以予知燥濕之絃也，屬予序，而序之。君名學林，字念耕，號圖東，丹徒人。

張紅洲詩集序

聲詩盛於唐，騰聲風雅之窟，所在代興。魁碩之士發揮三才，操持萬象，攬洪纖之物色生態，抉露無遺。又特具磊砢不可抑遏之氣，振觸古事今情，誅姦發潛，訇轟激蕩，不可以已。舉中之壘磈，作崩雷，自喉間出，乃成穹壤之奇。擲筆豪吟，浩然自得，此時直可遺身命，又烏知富貴紛華爲何物？此詩人之一快也。而造物之忌，即中之，其得窮有自來矣。

予與張君圖東論詩神合，乃出示其從兄紅洲之遺草。紅洲以縫掖徵入金門，飫禁厨，被宫袍，修秘殿書，不可謂不遇。然竟阨於春官，遲回出宰孝昌，注上考矣，而卒蹶，且羈滯不得賦歸來，類湘纍之憔悴顑頷以終。天之於紅洲何如哉？當依光日下，其伯父文貞公方秉鈞軸，又其時風會，多有爲求奇材獻所益者。而其家群從負熒煌鴻藻，俱不得志於有司。紅洲於文貞公歿後，始僅僅得舉京兆，此足以見沙隄之無私交，而門才之不詭遇，爲絕無而僅有也。紅洲居長安桂玉之地，窘既若東方生，而罷官澴川，亦絕無送老資。前後奇困，幾同拾橡者之所爲。華髮蒼浪，望大江之船帆，經石門之風雨，夢想故園，渺不可即。嗚呼！其不謂之窮矣乎？平生咏歌，多情欵，尤達事理，善持論。胸有不可，往往借史編陳跡，以寫其盡傷之心。雖在廢棄，猶關心見聞疾苦，忘我躬之不閱，怛然若痛之在己。吾又以知其詩之本元，至深且厚也。唐以來詩人之達者，若高忠公、范石湖、王弇州輩。一代指不多屈，而窮者接跡若一轍。紅洲有此編，足以壽其聲光，亦可以無悶矣。紅洲名弘敏，字訥夫。

參知公詩集序

文辭之精者，無如《詩》。探三百之源，凡發乎情，必禮義之止。麗以淫者，君子弗言也。般倕之巧，偭越矩規，不能成一器。故親《風》《雅》者，恒多師以爲師。建章千門，中天百尺，無豫章楩楠之材，不中施斤斧。然則萬卷不破而下筆有神者，無之。性情正矣，才思瑰奇矣。諳昔賢之例，總歷代之規，庫羅之於胸，笥儲之於腹，自謂秘妍之抽騁，惟吾欲爲。乃終其身無一篇神解，無一句自得之趣，則又以謂詩有別腸，不可强而躋焉。且夫天機清妙之詩之洋溢乎毫端也，睇天地之遐曠，披雲物之鮮新，有會於中，啫然而作，矢口於意之所不經，而爲拈斷數莖者之所汗僵而莫之望。此蓋有天焉，非惟人弗能至之，即作者亦不自知其所至也。

參知公早歲特達，其奉使于中州也，行部所至，時而爲豪吟，爲密咏。觀其心，忠孝肩民物，和聲鳴盛，懷古登臨，夷愉激昂，各極其淋漓觸撥之致。而浮雲名位，繢藻景光，物外遠神，彷彿朱弦疏越，泠然唱嘆之音，公殆自此遠矣。公方富於春秋，炎暉事業與時炳烺，豈沾沾焉與誅茅拾橡、冥心孤詣之夫殫陰、何之用心，角屈、宋方駕之能哉？蓋動乎其天，不蘄然而然，鞭梢颿脚，涷雨飄風，黄塵之所蓬勃，清流之所環帶，興酣落筆疾抒，寫於河聲嶽色、烟雲杳靄之間，即此聲詩小道，亦烏能量其所至乎哉？調元辱公贈詩，且徵拙序。竊誦窺覘之所得，而嘆公之性光空明，爲不可幾也。

南臯生詩序

詩言志，志不存乎倫理，而徒摛風雲月露之詞，豈足以稱詩哉？蓋體非麗以則，雖疊卷盈箱，焉能爲有無也？南臯生所作經義，代聖賢立言，獨自抒其纏綿悱惻之性，令人讀之顔動而耿心脾。惜所在散失，惟聲詩尚存敝簏中。觀其繅寫性靈，根元孝友，語無弔詭可駴愕，而肫諄濃至。其情真，其詞和而爽，其幽思鬱結，亦了了可見縷脉。絶去蒙曖黲昏之狀，既正厥志，而言非無自而攄，卒爲絺章繡句者之所莫能掩其工。充壯年，學力方駸駸而未之止，惜乎其遽擲筆而還乎太空也！予爲編定三卷，試帖數十章，儕書院諸生受簡爲之，多爲當途名公所咨賞。亦有適興隨時效作，又綜列一卷。許許州酉峰，曾與稧辰酬唱，念舊識之淪亡，悼英才之殞折，敦篤乎風騷古誼，而鋟板以永其傳。嗚呼！其邀契匠之嗟稱，曷有窮哉？

弢甫集卷五

序

昭忠録序

忠烈之光，燀燀天壤。雖鼎遷社屋，大節不與之灰燼。其深入乎人之心，頑艷並爲之激發，愈久愈煒煌，不可得而磨湮也。明政不綱，國至天啟已寸寸蠹。莊烈帝承其極敝，志乎撑扶而著手輒誤。大盜逼乘輿，國祚以斬，則不知人之禍速也。有一高陽相國而不能用，卒使之家居，死丁難。其忠義之氣塞蒼冥，不能支有明大厦之傾，而萬世之天柱地維賴之尊以立，讀史者心書傷有餘涕焉。方流寇躪河南，鄭州右通政魏公在林下。先末雨修州城，練鄉兵扞禦，賊來洶洶，不可障。城破，不屈死，時年垂七十矣。鬚戟張駡賊，聲如洪鐘，類顔真卿叱呵希烈，耄益壯。歿百餘年，人猶多唏嘘數行下。狀其忠憤，生氣凜凜，如初飲霜鋒時。人固有一死，設溘先朝露，曷以表其挺立昂然不可奪之節哉？然則越二年，見黑霧黄沙之滿燕薊，虞淵之日以沉，亦必殉節死。其悲恚入地，當更何如也？

予嘗過鄭州東門外，伏謁公祠下，里老猶爲予指公殉節處。予慘慄放招歌，長歌以當哭。公之礽孫雲從，從予遊，請予立傳。復裒集諸誄、銘、碑板、詩歌、文辭之爲公作者，彙爲一集，名之曰《昭忠録》，而予爲之序。

王澹園詩序

予之初識君也，自己未秋，予以循陔陳情，乞君轉達。其後以旌先君孝義事，數得相見。五六年來，予嘗往來錢塘、餘姚間，雖獻歲不一投名刺相問，君不以予爲簡也。今年秋，君出詩一編見示，問序於予。予讀之，見其氣象清遠，方百端倥偬，翛然一寄興於湖山之外，釣篷梵榻，亦與流連，類此中別有所得也者。而水旱之憂喜，今古之懷思，盎盎注流於柔翰，極悱惻不能休。吾知君之惠澤在民，而不知君之能詩。人知君之能詩，而不知君胸中懇乎慷慨，鬱盤浩浩乎無所係也。

昔劉須溪目韋應物居官悶悶，有恤人之心，其詩與孟浩然意趣相似。今觀其游涉山泉，超詣物外，而斯民之康，俸錢之愧，不以掃地焚香置也。元結《窊樽》《石魚湖》諸詩，不必歸老江海，便有引竿刺船之致，而舂陵二三策，不啻秋月華星之照宇宙。明府遭際隆平，與道州固懸如穹壤，而體天子之仁恩，不忍事追呼，一意存活，則獻其辭，詎不足以當國風之採？而揮琴財賦之疆，憂理人之乏術，此意特與蘇州近。然則深山採藥，飲泉坐石之風韻，聱叟漫郎之襟期，吾又安從窺君之藴也？官於杭而富湖山之吟咏者，白傅、蘇公不必漫爲摭比，君之詩、君之心存焉矣。抑近日西泠盛風雅，而獨向迂慵背世故之人索一言以爲序，其亦以予爲知君之心而能味其澹泊矣乎？

轉蓬集鈔序

士有不得志，不能躬耕，則聊爲鄉塾師，束脩之所入，不足供饘粥，其或無以爲養，無以爲禮，誠有足傷者。然啜飲盡歡，斂葬稱財，君子猶謂之孝與禮。以其暇彈琴詠歌，猶足以自樂，即不幸饑年不能存，骨肉猶相聚於家，有以致其愛恩，無憾也，曷爲而漫遊哉？

吾友張田毓，與茅君同寓舍，劇稱君之貧病而工詩。予過訪之時，伏枕就旅榻相見，手其詩以歸。窮愁之作過半，好大言，雖不副其實，然憤時傾吐其一身之不謀，惘惘然有恤天下人之心。傷不能養老母，厥考尚在淺土，楮墨有涕淚痕，是其志可哀而取也。遊幕府，骯髒寡所合，卒大困。田毓既客他所，君病或差或劇，予不暇常相見。尋有人言君瀕危者，予急往視。病果亟，乃悉出其詩稿，託予選而録之，越夕竟易簀。

先是，病中作悲歌，言刻詩、題墓二事，不知誰何了之。君歿，予爲題其隴碣。越三年乃克。删存其詩稿百五十篇，分三卷，授之梓。君率胸臆爲詩，故以窮得工，惜未盡其才。假使君得善地以養其生，有藥餌以扶其羸病，病可已，益肆力於風騷，以發抒其所欲言，當更蔚然精詣。而今止於此，悲夫！

君集故名《轉蓬》，予哀君之志，欲謀養葬以出，而轉蓬卒不返，故仍其名。追恨其客遊之非計，幕之遊爲尤非。且天生才而窮之至是，既不得如孟溧陽、賈長江之稍伸其眉，其寃且更甚於方干、羅隱，何也？客之負才不遇，讀其詩而悲之者，當何如也？

禾中雜咏序

雪舫周君往視事於禾，涉旬而返，手詩一帙示予，屬爲之序。

夫古之得志而行其道者，其涵負已形諸設施，不必其文辭之鳴，草屋之潛。夫幽居而澄照，憀然有感於中，不能不詠歌其志。故《風》之作，感物而動，動又噓吹乎物，而所感至於無窮。變而爲《騷》，其憂思益以深，而其言益要眇，洄瀁而不可以已，故工於窮之説著。雪舫早通籍，其門才並華耀於時，仕路平進，亦無憂乎弗達，非類乎窮者。競一詞一思之妍秘，而握管即弗能休，蓋其才有足多者。吾觀其所述作，自屬之於長，同官爲寮，從遊之門下生，往復唱酬，虚而能受，善陶冶其性情。聽村氓謳諺，課量晴雨，惻乎有憫民之心。披榛弔古，忼慨激發，又非僅憮寫景光，徜徉烟水者之所爲。中年不無傷於哀樂，間或結其纏綿之思，怊悵之音。吾所知於雪舫者如是。

抑吾聞韓子汲汲於致身，頗見之詩文，其後身歷中外夷險，俱偉有建豎，赫然驚人，以謂心乎憂天下而不能山林獨善，卒踐其言而不慚，雪舫之志甚遠。願益厚其本根，以抒所欲爲。豈直操泠泠之絃，問世之有無牙、曠哉？

十笏樓詩集序

歲己未、庚申間，予與盧子敬甫留餘姚之新城，寓徐氏十笏之樓，與君昆季朝夕談讌，歡相得也。時舜江南北諸名士畢集，相與爲琴歌酒賦，往復過從。主人賢而好客，夜鐘殘月，春雨簷花，傳觴卜夜不聽休。敬甫豪於詩，逢興會，輒落紙颯颯如飛。君兄端雅，類衛洗馬之清羸，恬吟密咏，翛然自持。而君神色遒上，若懸鼓之待撾，探奇觚，起角逐，杯闌燈灺。予亦比東諸侯，提一旅來會。聞鼓而進，致師詞壇，一唱一酬，遇得雋，諸君子讙呼咨賞，聲動屋山。天日晴朗，著屐登客星之山，漱龍泉之水，層嵐環翠，參和墨痕。嘗試上舜江之樓，喟然長嘯，雪波浩淘，魚龍迴集斷岸。韻無日不拈，客無日不從，而主人與醉吟無倦容，何其樂也！

六七年來，風流雲散，諸名士或出或處，希接音塵。君兄北渡江淮，歷燕趙之區而返，中年傷於哀樂，不幸兩目翳翳然，若輕雲之蔽月。敬甫客甬東，因人作遊，過蕙江蘭墅，望昔日讌遊之處，舴艋如梭，不得稍泊水滋，一問故人。而予伏處虎林，效閉門種菜者之所爲，雖時或激發作候蟲時鳥之鳴，而鬢髮已星星矣。

今年秋，君過予林居，手其平生之吟稿，問序於予。其顏不待酒而韶，其興猶昂藏飛動，不減把鑿落、弄參差、凭欄嘯咏時神致，其吟情之壯浪，豈顧問耶？予獨不能無唏嗐於中，爲序今昔聚散之感而歸之。若其詩之工，世固不乏賞音，無俟予之贅論也。

大梁試帖序

唐試帖爲八比權輿，馭題有法，西河毛氏既覼縷之矣。僕來大梁書院，課日四書題二道，更詩題一道，與唐帖經日試詩同例。以五言六韻、韻得題字爲宗，蹈其常也。間有官限韻，則遵之。其馭題法，謹操繩尺，不使或軼。唐近體，凡酬贈登臨，引韻無離題發義者。題繁重則四句、通首完題不等。逸才不耐故常，時或破格。至試帖，必無不合格者，謂之破題。頷頸腹尾，分賦合賦，要以兼綜變化爲能。不兼綜則題意割裂，中無變化則板耦如泥塑，且滋合十之病。落韻或頌颺歸美，或善禱攄忠愛之忱，或負其異於衆，或自鳴不遇以寓悲惋。試帖多諱忌，無諷刺，或激昂所至，亦不自禁。古人最重干請，試帖未免有情，惟克占地步，斯可矣。若就題單闡一義作結，或補題所缺，或以背爲向，要無汎設。其沖澹夷猶，獨寫遠致，則自得之妙也。其法多與今八比合，顧體裁得矣。必陶鎔書卷，精運心思，興會所至，一氣鼓宕，矩範束之至嚴，而此中神妙，踴躍奮迅而出，有不自知其所以然者，斯爲極筆矣。

匝歲所課積帙，遴其尤雅者，鋟諸木。初學有一字一句之俊，與施修潤録之。僕亦時有作。唐光化間，鄭谷覽省試帖，不慊，輒作一篇，奇工。此擬程、擬墨之始。僕則慚之矣。江浙遊學之士數人，一體録入。幼兒繩箎隨侍，篤喜學詩，所作多，所收較盈，非謂其能之也。次兒繩球，以省覲至，一與於會，附録焉。題不綴『賦得』二字，初唐便如此，崇簡也。得詩一百七十八首，釐爲四卷。杜老目文章爲小技，於道未尊，是固然矣。抑技與道之小大，亦視其人之自爲。從來典禮製作，大書深刻，苟矯誣不經，識者賤之。山謡村曲，一言衷諸大義，涕龎頑艷，吾烏能小之哉？僕願與高才生精心研入乎此，即此是學，不徒嘘鄒、枚之寒焰爲矣。

洞庭集自序

客歲杪，予汎扁舟東西兩洞庭間，洪波寒涌，雜樹冬榮，憑眺連句，背冬涉春。元日重登縹緲峰絶頂，支藤獨往，以猿鳥爲儕侣，嘯吟自適無礙。寺僧詑予無事淹留度歲，以爲偏愛孤寂，而不知予攬巨浸層巖之奇景，目不給賞也。是山夙無三斑足暢清遊，無所恐怖，轉窮鄧尉、靈巖諸山，看萬樹梅花，有生眼所未經。登高弔古，至湖州長史故墅而還。所歷景並奇而曠，然最勝無如西洞庭者。三面環湖，危峰突出雲表，下臨滉瀁。一夕月將午，偶拓窻，大呼奇絶，得『月墮水中央』句。似覺心腑澄空，滿眼皆詩。惟七言歌行足攄歷落之清興，故所作皆七言古詩云。

嵩山集自序

予性好遊，有遍五嶽之志。歲戊辰來中州，嵩山雲嵐固應入吾屐底，顧忽忽蹉跎至今。山中友人貽予書曰：『名山如好友。子客中州而不嵩遊，是交一臂失之也。』予遂發憤，賃一柴車，無朋儕，無傔從，所至停軌於坡陀之足，獨策一藤，窮幽極峻。意有所得，則嘯呼作爲歌吟，淋漓題厓壁，不著名，衹署『獨往生』，自前遊天台、雁蕩、洞庭之勝已然。喜老而濟勝之具尚在，汲汲遍佳山水，足果汗漫遊之諾。道所經古跡清景，輒一詩與收拾。中有寄吁慨不能已者，物外人未得竟。無心肝，吟畢即置之，要不使胸中留滯。予早就恬寞，於世味久雪淡。間齒及衰遲，亦怵於没世無稱之實，非畏景之晏也。詩不求工，聊記吾目前遊踪已矣。

華山集自序

今秋本志遊華嶽，夏間負痾，願乃息。中秋時，適老友朱排山使至，邀仝作此遊。排山之子今醴泉，就迎養。夙與予爲西泠山水遊伴，遂規爲禽向也。予病良已，興勃發。時秋雨連綿，道泥濘甚，所至陷淖中，顛頓萬狀。渡灞河，幾入彭咸之所居。達醴泉，而排山忽病足，不良於行，天殆欲成吾獨往之蹤也。乃回軥至嶽麓，雨淋漓不止，默禱於嶽廟。詰朝，火輪躍出，照耀萬蓮華，簇簇可數。金天開豁，静掃氛翳，獨跌萼浮空，妍鮮如新出滄池中，實乾坤奇景也。予勇攀鐵索，上撫蒼龍背，吟眺三峰頂，瀏連不忍還，恨不餌黃精，長避靜石室間。兹遊極險悸況瘁，而此中所得殊多，足以償吾勞矣。雖絕無謝朓驚人句，存之。

弢甫集卷六

序

汪氏家譜序

顔常山、張睢陽之家而有譜，把其卷，熊熊有光；思其人，凜凜有生氣。世世子孫，揚其祖之奇忠大節以爲榮，而學士大夫悲歌之，贊嘆之，以爲千古人倫之楷法。其名久而愈芳，其蹟遠而愈揚。蓋家乘與國史相表裏，故其上薄霄漢之光氣，得使百世之人共仰之也。

吾悲乎有明萬曆間江南下注司巡檢餘姚汪秉之忠節，而獨其家之譜書之也。巡檢以士兵禦賊，矛洞胸死，不異顔常山、張睢陽。其時，上官抑之，不以聞。雖有御史王立賢表其閭曰奕忠第，而跡未大著天下，後世未由得而咨嗟稱道之也。巡檢之曾孫布衣鑒修其家譜，大書之。嗚呼！布衣修其家之譜，表其祖之奇忠大節，以示子孫，以告天下之學士大夫。天之不没巡儉，使有仁孝之子孫，發其潛德之幽光，理固有不爽焉者。

然布衣隱東山，居敝廬，衣敝裘，濁醪麤飯，將蕭然物外以終其身。雖能奮筆以修其家之譜，傳其祖之奇忠大節，天下之學士大夫猶莫得而徧聞稱述之，使其祖之名與顔常山、張睢陽等也。是上官抑之，而國史遺之之罪也。吾故表而出之，欲俾其祖之名與顔常山、張睢陽等，且冀修《明史》者採而書之，以與其家乘相符合，不終泯泯也。若布衣修譜之有條理，元元本本，以用其仁孝之心思，固不俟予之贅言也已。

熊氏家譜序

家之有譜與國之史同。史崇闕文，故荒幽不可詳書。法如郭公、莒子，蓋其慎也。其峥嶸横出，則特筆淋漓，以爲邦之榮，家之芳。標亮節足張其聲光者，登諸譜系，赫赫燀燀，其族姓遂出簪纓甲第、裙屐門風之上。

吾觀光州商城熊氏之譜，竊獨有感也。熊氏出陸終少子季連之裔孫鬻熊，其後熊繹國于楚，至勾亹王，世以爲氏。前明時，熊氏族望豫章之進賢爲盛，由進賢遷商城之胡太里。作譜者爲康熙壬子孝廉、令綏寧、諱奕久者，創之，著世系圖，條分繩貫，簡而明，覈而有法。先譜毁于兵燹，紀載得諸大父前明司寇公、諱奮渭者口述。司寇公知先祖名僅五世，先塋僅四世，故今譜斷自司寇公之父孝廉、令陽城、諱偉者始。先則紀世次而已，不可得而詳也。綏寧公生十月而孤，母夫人張太君遭亂流離，撫教藐孤有成，與司寇公之母蓼太恭人苦節之貞，後先映發，並閨中之傑也。綏寧公孤苦奇貧，坎壈百端。觀其自述，殆令人氣塞。然剛方峭厲之氣，卒無忝厥祖。吾獨韙夫司寇公之勁直不阿，氣崚嶒上薄雲漢而耀日月也。當天啟不綱，魏閹盜柄，太阿倒持，楊、左諸君子奮舌迭出，憤擊聲殷殷如雷霆。公于是時爲工科給事，上《亟納舉朝擊邪之疏》，不報。洎典試山左，以趙高對二世、仇士良告同列發策，遂落職。禍不爲楊、左之續，幸耳。崇禎初，起兵科，累晋兵部侍郎。早移疾歸，代過商周，優游宅里，年九十有六考終。天之培護直臣，俾身名完善，如此乎其壽而康也。嗚呼，是豈特譜系之光乎哉！

公之曾孫孝廉啟究及予門，求序其家譜，爲具道其作譜之原起，并書予之怦激不能已云。

陸氏家譜序

自宗法失而士夫之家少土著。家不土著，譜不可得而成也。源遠而流益分，數傳而後子孫有莫知祖考之名者矣，况行履乎！予族世居餘姚之孝義鄉，先君子文侯先生僑寓錢塘，志乎歸，而未得也。嘗命小子調元他日必歸乎姚，爲姚人續，營邱壟必於姚。先人之敝廬、先疇之畎畝，在姚者世守之，弗敢失也。蓋聚族於斯久矣。先君子之志乎歸也，重土著也；先君子之重土著也，維宗法之壞於既往，而完家譜之美於將來也。故調元謹守邱壟於故鄉。

鄉之舊姓曰陸氏者，系出齊滑王次子通，封國於平原般縣陸鄉，子孫遂以爲姓。宋之末有諱大觀者，爲秀夫之從祖。秀夫奉二王至餘姚之柳隩，留從祖以存祖祀，遂卜居姚之雲柯鄉，後復從雲柯遷孝義。自得姓以來，迄於今七十有三世矣。其六十八世孫復以明經爲司訓，實能遠稽近考，以成其家之譜。有分譜、合譜、本支譜。發凡起例，用意勤而序事晳。予既偉其克成厥美，而益念土著之家之爲舊姓子姓之世系祖宗之法戒。族聚則易覈，衆見則不誣。世脩而不缺，則尊卑明，賢否别，情義聯，得宗法之遺意焉。吾姚諸鄉，率多土著。先君子嘗言：『吾鄉之風俗，最爲近古。吾魂魄眷戀而不忍去。』觀於陸氏之譜，足以見吾鄉樂土之可依，故家喬木之可貴，而司訓之賢之可爲士夫法也。

東山志序

志一統、志九域者，其筆不容不簡。省志稍詳焉，府志加詳焉，縣志又加詳焉，而莫詳於一山一水之志，羅幽賾以紀其勝者。然簡而該，則不略；詳而知所裁，則不蕪。此地志之書，亦必具作史之三長，乃稱善也。

餘姚之勝區曰東山，晉謝文靖公棲遲於是，明謝文正公生長歸葬於是，鄉先正之有德善功烈，輝映於余支。汝仇之渟泓，雞鳴牛屯，茅杏之蒼翠，間者代相望也。郡邑之志有不能詳焉者，是不可以無志。文正公之族孫某，綜甄志之。其事實，其筆覈，用心可謂勤矣。其先太常某，志上虞之東山。上虞之東山，文靖公世居之所，其人物多載謝氏，類家傳、訓序之體。吾則亟善之，以爲孝子慈孫之心，在發其先人潛德之幽光，以補郡邑之志之所未詳。况此志之紀載，不止謝氏也哉。予占籍錢塘，家世本餘姚。遠祖御帶公祠宇之在東山者有二，《志》所云一在臨山西門外石山壟、一祔四門之龍王廟是也。祖之事跡，他志載之而不詳。先君子文侯公嘗命小子調元爲碑，以揭諸廟。尚未果，故此志亦未能具書。

昔孔子時，惟魯克存典籍，故稱望國。其時，觀《易象》《春秋》者，韓宣子也；觀樂者，季札也；述太史盟府之所載者，展禽也；命周人出御書者，南宫敬叔也；命宰人出禮書者，子服景伯也。孔子嘗之杞，得《夏小正》矣；之宋，得《坤乾》矣；與左邱明如周，觀書於周史矣；又嘗以車一乘、馬二匹，與敬叔俱至周，問禮、樂於老聃、萇弘矣；郊射、明堂、朝廟之制度，靡不考矣；得百十二國寶書矣。而少皞氏以鳥紀官，猶無考也。郯子曰〔一〕：『吾祖也，我知之。』乃學焉，而得其詳。蓋考古若斯之難也。吾祖爲邑之燭溪人。燭溪密邇，《東山志》於邑先正例不及旁載，而二廟實在東山。傳所謂『法施於民則祀之』，例得大書《祠宇志》中。夫汲汲咨採，惟恐或遺，乃深有合於好古敏求之志。故以吾家乘及他書所載吾祖事蹟具告之，俾此志之有所考，以補其缺焉。

謹按：祖諱憲保，字仲才，餘姚之燭溪人。唐宣宗時官御帶，偕稱姓者，奉使海昌，歿爲神。初祀上虞羅巖山，賜額『靈濟』。宋建炎間，助禦金人。張浚聞於朝，建廟。思陵南渡，檥舟海濱，獲濟。思陵德之，封顯應王，配食海昌長河廟。元至正間，塞黄河，加封。明景泰、嘉靖間，又塞河，廟祀張秋。神兵却島夷，廟祀杭之聖塘灣，又祀貼沙河，乃封顯應黎陽郡王。先是，祖妣潘夫人亦加惠順封號。此當得備書。祖行九，有兄八人：長諱通保，封顯順王；次諱漢保，顯勝王。；次諱定保，封號無考。；次諱國保，顯政王。；次諱鎮保，封號無考。；次諱全保，顯惠王。；次諱志保，顯昭王。；次諱義保，顯烈王。皆宋時封。此當得附書。

校勘記

〔一〕『郯子』，原作『程子』，據《左傳·昭公十七年》改。

有濟録序

歲壬申，關中數月不雨，無水泉引灌之所，野草不青。時被災尤者，凡七邑，醴泉與焉。天子仁聖，既溥予撫恤，又加賑者再，又特恩降中旨，賙賜有加。大吏惟皇仁是廣，殫心籌民天，令親民官勸蓋藏之家出粟，以惠鄰里，分别請敘功，予旌門有差。醴泉朱令承德意，懇苦勸厲，真摯形顔，睦婣任卹之心油然而生。首有義士，捐粟如千石，爲粥以食饑者。令乃大聲標舉，城市先響應，遍郊坰村堡，遠邇激發，争輸恐後。下至稍足糊口之户，亦勉出斗斛以助賑。令爲設粥廠四，炊以釜甑，給以瓢罌，井井有法。胥徒不得因緣爲奸，而就食無蹲沓。有婉婉姹孺，攜盂挈瓶，歸而以哺其老羸之不能來者；又有散比閭以粟，藉之舉火，又貸粟而不取其息，所在多有。于是一邑之民無菜色。此足以見烝民好德之良即心而具，奮迅踴躍而出。醴泉之俗之厚，爲尤難得，而足稱美也。患已濟，令條綜樂善者之姓名與其所施之多寡上官，褎旌華衮之言。令所自書案牘之尾，合爲一編，附邑乘之末，示後來，以垂諸不朽，用旌既往之迹而噓善氣於無窮。取程子『存心愛物，于人有濟』之語，命其書曰《有濟録》。

桑子過而善之，曰：『嗟乎！此關中大儒所言《西銘》之理，推而見諸設施者也。』天下疲癃殘疾，煢獨鰥寡，皆吾兄弟之顛連無告。同邑民饑而乏食，各隨其力之所能爲，推而與之，毫不之恡，于仁體流露最爲親切。蓋聖朝百餘年涵濡之久，民風駸駸淳古，故承流以宣化。如此乎其感動之神，下令若流水也。夫爲善最樂，愜足乎吾心。本不蘄及身之福澤與子孫之流慶，而天道福善，若操左契而不爽。吾又以知豐年降康，醴泉之民集慶有餘，而施無不報，有由然也。然則義民心乎愛物，彰彰有濟，如是，豈必一命之士爲足以推施其志！令之廣勸民爲善，其取義至深遠矣！令名家濂，字性之，予同邑門人，以進士令兹邑。予以遊華過此，喜而爲之序。

送沈君之震澤序

瑶琴無絃，牙、曠不能聽其音；匏樽無醪，伶、籍不能嘗其旨。非統非指，鏗然而鳴；非糟非釃，醺然而醉。蓋得其意焉。予椎，不能詩。翳然林水幽清，風月頫仰之間，頗得詩趣。今春憩江浦，新篁繞户，窻延空青。山、嵇之友，把臂林中，則沈君其人也。蕙茝襲芳，琳瑯映秀，長宵不寐，坐發清興。鳥棲初定，輕烟近浮，東溪新月，團暎竹光。天息蒙翳，白雲微綴，柳風無聲，緑絲蕩摇。時聞遠蛙鼓吹，疊作疎鐘一聲，神清遠矣。於斯時也，促膝影連，舒心無極，同趣不言，清韻合調。是雅音少知，醉鄉孤侶，而余與君獨成倡和。意湧新致，則泠然而會，豁然而開，若與心謀。清虛縈繞，新詩滿懷，直可忘疲，致足怡矣。

今君將之震澤，言余曰：『余先遊震澤，面商陽美竹林立，古塔岑聳，遥睇流矚，蒼然暝色。背太湖，湖水衍溢，廣縱萬頃，水鷗乘和，遊鱗躍波，輕船緣岸，蘭杜繽紛。外則澒洞怒盪，飛浪雷驚，跳沫雨駭，吞吐川壑，摧蕩陵谷，草澤烟沉，沙渚霞映，景無所殫。左則湖脉連注，支流洄渡，古寺鐘磬，響徹林表，龍象蹲伏，林刹鬱茂，若華没耀，雲暗通川，長橋月暎，漁子榜歌。其右則康莊，古邱兀起，竹木翳如，市廛連接，颷聚塵合，盈視平隰，桑柳迷亂，雞棲樹杪，犬吠柴門，川陸遞發，古渡雲平，野塘霧溼，春氣融暢，繁花的皪，群木葱蘢。誠足滌拓襟情，遊騁心目。』余笑曰：『湖之浩演，桑竹之陰曖，山之窈，雲霞之輝爛，禽魚之飛沈，月之明，烟之浮散，皆詩意也。子行矣。慎毋欲炫高山之操而張其絃，矜長鯨之吸而歠其釃也。』

弢甫集卷七

壽　序

似笠先生八十壽序

五倫皆天倫也。父子、兄弟之生之出乎天，人皆知之。君臣以義合，夫婦問名而聘娶，朋友傾蓋論交。於是有參之人合之説。此三代以下，道不明，倫不惇，舉世滔滔，日即於窪而莫之砥也。夫無逃於天地者，君臣。一與之齊，終身不改。爲夫婦，猶不謂之天合乎？生民之始，物萬而人一，無羽毛、鱗介、爪牙以自衛其生，群相親愛，嬉嬉與遊，踆踆焉奔走喘呼，患難之與恤。四倫之睽闕，藉之彌縫匡救者，朋友也。人合焉者，吾未見其有是也。跂行喙息之倫，莫不愛護其同類，則莫不有朋友焉。微獨黄鳥之嚶鳴，邛岠蟨之齧草而負之走也。然則《傳》何以稱人倫？曰：倫，人之所自盡也。故人之人之者，責其爲人君，爲人臣，爲人父，爲人子，爲人昆弟、夫婦、朋友之謂也。其合，則皆以天也。《虞書》不云乎，『天敘有典』，『天秩有禮』。明乎，其皆天也。我惇我庸，則其人自爲之云爾。道不明而倫乖，横目之民遇父子兄弟，汎汎然如江萍之適相值，而又烏知朋友之誼之根於性生哉！此不知天之過也。

先生，天下之信友也。自少出門與人交，相見以心，無長幼、新故、遠近、貴賤、疎親，一從之遊，悉規之於善。尤汲汲於拯人之災疢，不顧手足、毛髮之濡焦，盡氣力往奔救，至老而不倦。先生之父馨聞公著《獨行》，予爲《獨行傳》，以告諸世。先生承其家，爲名家後。及見幾社、復社之舊人，故風節磊砢，處細事亦鶴鶴，不苟其心乎。赴人之緩急，以然諾爲邱山，固天性使然，而又不入於負氣任俠者之所爲，醇然一衷於道義，兹其所以不可及也。人有凉於其友者，先生義形於色，曰：『是烏賴有朋友？』其人大慚，改前之爲。乾隆元年夏，先生爲友事，忽至京師。見者驚喜，比之鳳至麟遊不是過，尋即超然去。蓋聞先生之風者，薄夫敦而與世無求，老而爲其友跋涉。調元目擊心識之，而以爲先生古義之邈無匹儔也。今歲夏五，爲先生八十生辰。調元幸得過從先生，聞古老之逸事，式瞻儀刑，親承音旨，樂於心而不忍去，去而不忍忘也。乃爲文，以介先生之眉壽，其亦天倫之樂事也夫。

袁石生杜孺人雙壽序

君子高年邵德以爲榮身，以其居之安貽之於其後，故神明泰然，無外物以摇其精，至耄而獲康彊之福。其妻子亦不咨咨，惟温飽之是適。金翠之粧，犀筯鸞刀之供，弗艷也。鮮衣怒馬，不以爲華也。游之乎真素之源，養之乎醇和之府。善氣蒸蒸，昌其世而吉之逢，固自有以召之，夫豈偶然哉！

袁君石生代褎然舉於鄉，擅名書畫。其先君州使君膺仁皇帝之知，君亦膺憲皇帝之知，俱以翰墨邀御題第一。君令德平，攝歷城、商河，民母依之，乃翩然解鼅，鍵户蒔花以自娱，年七十而有嬰兒之色。繼室杜孺人，有萊婦之風，樂初服以偕老。前三年，年六十，至是九月、十一月，初度之辰，後先稱觴以爲壽。

予至汴，交之深者，惟君最。尋常出門，輒過君家。曲巷蕭清，門徑楚楚，緑葉紫蕤，交蔭階牖。入其室，古彝鼎斑斑然，瓶罍巾拂與響拓續皴相映發，茗飲清談，依依不聽去。予性耽簡澹，未嘗就人家一飯。君時欲觴予，予以謂不若清泉一甌之有味，顧重違君情。嘗小集，中饋殷濃之意，見乎杯槃之精腆。雖一鬬飣，殆甚於蒸殽折俎。内外之賢而好禮如此。炎歊之午，冰雪之晨，襟期之振觸，肺氣之纏牽，一見君便脱落，直以君爲忘憂之草。君於予亦爾，故兩人相得無間。君有以資老，近得一孫、一女孫，更無不足。於，君所夫才而韜，宦而不靳達，饒田廬而薄奉好施，天欲豐予以名位，而君與孺人儉取之，宜乎厚畀之壽，積所餘以流其慶也。

古所稱知足不辱，知止不殆，静可延年，有穀以貽孫子，君悉有焉，復何所須乎哉！予於兹不可無祝詞，侈陳此以祝君，相與哆然開口，舉觴徑醉，亦不自知老之將至也已。

金氏七十雙壽序

予鍵户齋居，久不預人事，遠近所嘗相識，罕書跡往還。比京師友人比部金澍與其弟吉士洪孝廉潢致書於予，乞予一言，壽其兩尊人。蓋夏五爲其父毓崑君七十生辰，而母夫人在春正也。予輟翰不從俗酬應，又年時中有所感，凡親知生辰，例不往。而君固予所愛重而不能忘者，不可以無言也。

先是，曾爲君之母譔八十壽言矣。君習韜鈐，起家進士，侍周廬，歷官滇黔間。奉母之言，母以紡吉貝花作布，導夷僰，至今衣被六詔，功德不細，夫人實共成之。協鎮尋甸，晉階一品，高氣節，蟬蜕金紫。顧夙夜專教子以儒術，文藻蔚然，門才魁三輔。孟、仲、叔先後成進士，具宦達。季登賢書，幼及孫並蒸蒸起京兆，禮闈奏名，金氏輒與，可謂鼎盛矣。

予曩在京師，旅而進主君家。君子若孫，多從予遊，待師至忠且敬。飲饌極腆潔，凉房煖館，冬夏静深，所謂星帶草堂者也。予下直，景每晡，食已，即秉燭，環萃諸生，講論經義至宵分，以爲常。予子弟、姪甥、女夫，咸在供給，無倦容。臧獲嚴事唯謹。予請急歸，不出。予女夫因世講，如予在草堂時。中間更歷憂樂，情纏綿不已，夢魂遥牽縈，數千里不隔几席。君故嘗就予暇對啜茗，作曲室談。嘗親持脯羞，勸食問勞，懇懇如骨肉。别數年，積思良苦。會君次子溶自御史臺出閩中，奉君往道武林相見，班荆歡甚。兩家兒曹，向童丱共几硯，俄已冠，依依捉衣袂不忍釋。已闢養堂於漳州，聞康强無恙，至是君與夫人年七十矣。度漳州娱親官舍，僚屬賓朋稱颺雜沓，其樂可知。而比部輩侍母夫人於城南之邸第，館省能文之士，侈祝嘏者定不乏。而獨遠郵書於寂寞之濱，索及無能之辭，而予不敢不勉應之者，亦自以與君親厚無間，即其家之致敬於師，予所躬受焉者。徵其内外肅恭，子孫之賢而好學，於以知君與夫人富貴壽考之自，使山中人猶不能忘之，其視華軒絡繹、簪組登堂之稱頌爲何如也！遂書以爲序報之。

黄來初先生七十壽序

邵武黄君弢谷以進士起家，令仁和，政成，居上考，升牧無爲州。尊甫來初先生適以是時壽七十，君得代，將之任，以間獲歸覲省，拜慶於堂，甚盛事也。

古無祝壽之文，惟上壽爲壽而已，是亦祝壽之權輿也。祝爲人父之壽之文，尤不概見。予考之《詩》，所言壽考，壽豈黄髮台背、純嘏難老之類？凡稱頌君子者，不謂之祝爲人父之壽，不可也。祝壽不必於生辰。《七月》之六章曰：『十月穫稻，爲此春酒，以介眉壽。』八章曰：『十月滌場，稱彼兕觥，萬壽無疆。』而五章序十月，有改歲之文，意周正已行於豳俗。故酒曰春酒，而值歲將改，周而復始，於祝壽之禮，宜是臘月祝壽最爲近古。十月，周之臘也。今先生之壽辰，正當夏正之臘。貞下起元，壽如環之無端。最近古而又適合古與今與？其殆無弗宜與？

夫躋堂稱兕，出於下之頌其上。今君之惠澤，貽於吾邑之民。吾邑之民戀戀不忍舍，欲留之，弗得。田夫野老、芻童漁婦，愛戴之而及於其父，情縈牽焉而不能去諸懷。曩者先生曾就養邑署，既而翛然遄歸。熙春之臺如霞，天池之山如畫，榴軒酒田，徜徉杖履，忘其年之至於古稀。則吾邑之民之懷思之者，眇若松喬之一見，殊令人仿像其眉鬚之古，且羡無爲之民得新承甘雨惠露之施。他日開養堂於州之治，先生採紫芝，擷稻孫，與州民皆遊毛公之洞，登陟九華之樓，康强壽考，樂且無疆，尤吾民所思之而不能忘。

調元與君爲同門友，亦邑之民也。爲道田夫野老、芻童漁婦之所欲言而弗能者，以祝先生，則亦猶是躋堂之義也。抑吾聞古之勤勞王事，誼不得顧其私，故四牡騑騑，於將父有所不遑。君以殿最遷擢數千里之遠，得寧親以歸。先是已叨恩，封如其官，綵衣稱慶，適遇懸弧之辰，視古之倭遲周道，彷徨懷歸爲何如也。春酒既熟，斠以奉之。

族父甸集先生壽序

士即伏處隴畝守一經，於親也篤，於取與也嚴，志氣温温，容貌朴茂。蓋得一斲元氣之達官，不如得一培元氣之處士。固以所重之在乎是也。

吾族父甸集先生，早歲補博士弟子，彈琴詠歌足自娱，不汲汲仕進之干。家僅自給，人之有求者，量周之，不濫不嗇，曰有節所以有恒也。多男子，朴者教之耕，力作以時，故常稔。篝燈以課秀者之讀，讀聲琅琅出林竹外，則大喜，不令讀者預家事。遣子有元從調元游，讀至宵分不輟。予勞之，趣之寢，則作而曰：『吾父望小子有立，懼有忝也。』其辭色懇苦然者。先生接人色和而語莊，人心醉之。調元囊歸姚，數見先生語先緒不去口，遇族子弟悃悃，誠長者也。精神内歛，動止如三四十歲時。别三年來，聞神采炯炯。先生年已六十矣。夫善人有後仁者壽，此理之常，確然無疑。有元尚脩文行，行大有聞於時。先生正康强壽考，足觀後昆之興起。豈惟族之昌，抑亦國之光。調元不獲隨族子弟執觴，謹郵此以爲序。

朱清江李孺人雙壽序

予籍錢塘，祖居古姚州。歲渡重江，歸宗祠，必取道蕭山。通川過乎邑城，市樓燈火，兩岸喧闐，烏榜紅舷，啣尾絡繹，迤邐至於錢清之江。經漢太守劉寵之廟，泊舟展謁。登一錢亭，流連風景，其水澄清浩瀚，菰蘆演漾，與瓜畦禾塍相映發。一碧千頃，文魚聚散，游泳可數。當水光月色，漣淪上下，發清嘯，作微吟，徘徊不忍去。里人膢臘報賽，汎龍舟以娱神，簫鼓震宕，旌旗鮮明，衣香人影攢簇於祠下，承平樂事，有簾舫水嬉之風。田土沃而物産豐，魚稻充牣，男耕女織，俗習清美。居人率多仁壽，黄髮垂髫，嬉然自得，古桃花源不是過。

臬曹朱君實居其地，世有清德，席豐厚，能賙恤其里黨。君少孤，克自樹立，游於庠。雍正初元秋闈，幾獲雋而失之。遂慨然筮仕，欲有所發攄於時。初受任朔州倅，旋歷閩省邵武，調臺灣。雖職居參佐，上官奇其能，歷署邑篆，所至輒有聲。比來河南晋今職，奉檄馳驅，據鞍矍鑠，年向老而才力甚壯。秩未滿，東行興發，思向山陰而上小舟，遂飄然解組歸。配李孺人有閫德，白首相莊，出處俱得其内助。君之歸也，有孫可弄，有飴可含，有書可讀。湘湖之腴田，歲收足以自給。初無求於人世，而人世以不盡其才，縶維之不得，爲可惜也。

明年攝提在孟陬，爲孺人設帨之辰，而君以陽月懸弧，俱年七十矣。同官慶古稀齊眉之盛事，計來歲稱觴之期，欲得予一言以爲之壽。予既賢其引年而歸，外庭中閫有以娱老，却自顧非仕宦而縻於此。故鄉山水之窟，夢寐縈懷，亦决志言旋。夙愛先賢遺愛之地，吾友鈞遊之鄉，思卜居爲鄰，扶杖逍遥，翠竹白沙，信意吟和，而内子與孺人通門問訊，婆娑語笑，執翿由敖，其樂陶陶，將必有日矣。爰書而爲之序。

錢母王太君壽序

爲善蒙福，理有固然，而數或不可知。獨貞節之母，其子必賢且才，而食報也豐，有决不爽焉者。斯義也，先正嘗發之，而原其所以，則貞節者之歲月，涉歷艱難，微特矢靡他，皎乎冰雪，挺乎竹柏之爲奇也。户牖之飄摇，支以孱寡婦之手口；藐孤之撫，危如一髮懸千鈞。比諸貞臣之罹憂，殆甚焉。故蒼旻之鑒之也尤邇。且其爲教也，母而父之，恒嚴以爲慈。有嗃嗃，無嘻嘻。食以堇，衣以敗絮，學宫之傍，而荻之畫。子立之身，百事迫之前也，故達。

予與嘉定錢松交，見其人愨而能，言不支，行不逕，遇事燭照而不矜鋒穎。予敬而兄事之，因以知其母夫人王太君之賢。太君之寡也，松兄弟俱稺，哺以乳與糜，與餦餭粔籹，保有故宅，遺書撫教之，以至於成人，亦云勤渠矣。况遭家多故，厥緒棼如。當是時，外罔之風雨洊加，雖哲夫猶不易爲之枝梧，而太君綢繆所至，備殫拮据，卒能周護喬柯，聯綴斷縷，不擾神色，而家難以紓，外内帖然，固非尋常茹荼集蓼者之所可同年語也。今松既以纂脩《古今圖書集成》策翰墨勳，出膺民社，折復起爲淇令，益敏於爲政，歷盤錯，起謳歌，循卓之猷駸駸日上者，太君教也。於是太君年已老矣，明歲月正上元爲太君七十有三之初度。松惟日是愛而親是娱，以予之夙知之也，書來徵予一言以侑爵。予何以侑太君哉？予惟舉太君苦節之磊磊者，昭諸管彤，俾松無忘其艱難，更奮焉樹立，彪炳於皇朝，彰太君之德之懿。既書以歸之，復執筆以俟將歲祝之以踰於期頤，颺松無窮之業，而侑太君無算之爵也已。

朱母沈太君壽序

世咸謂父嚴而母慈，是固然矣。實則正家之道必能嚴，而後慈可稱也。《易·家人》之《傳》，不惟以嚴君謂父，母亦謂之嚴君。父君乎外，母君乎内。父君乎外，而士之生也，志乎四方，有不遑家食焉者。母雖無攸遂，而代有終，正位乎内，成内助之美。家人利女貞，以此也。家人之言暖暖然，行煦煦然。十爲恩掩者七八，恩一勝則不得其正，惟女殆有甚焉，其何貞之能利？故恩取乎明。物莫明於火，離火之明，得之乎中，虛内之主也。六二位乎此，所謂内之嚴君也。嚴斯明明，斯正貞者。正也，明乎内而家正。風乎國，風乎天下，莫不自兹出，乃見利貞焉。嘻嘻則吝，嗃嗃過於嚴矣，而未失。夫固舍嚴無以爲慈之道也。

禾朱氏之母沈太君，持家以嚴，其夫子在，時出遊燕、楚、秦、晉間，太君代匱，家政井井，訖習辛持門户，教子義方，稱克家。今三孫且杰然成立，能文工書，知名於時。無專成者已，莫不代之成。備甘旨以奉君舅君姑，潔脯修於明師，羅酒漿以待賓客戚屬，而自處極約，肅然爲中饋，主内言不出，歷久如一日。至是太君年八十矣。予客禾，交朱氏，其族黨於冬月介太君壽，徵一言於予。予謂母嚴而子若孫俱賢，家無不理，斯謂之善成其慈，爲人父之止於慈亦然。若太君之克盡母道，予甚欲天下正家者之模之範之也。樂得而稱之，以爲壽。

尚母張太君八十壽序

近今在三之誼蓋微。北直南宫尚生連輝，不遠千里，驂兩馬，駕柴車，命其子御之，涉河至汴，省予丁大梁書院，道舊論文連日夕。生鬚鬢皚然，與予衰遲相對，情味濃至。憶乾隆戊午，予點水曹，同曹張君季直最相得。生爲其表弟，因緣及予門。是秋獲舉京兆，明年予請急歸，遂不出。書問絡繹，欲擔囊走錢塘，尋予林居。聞予年來友教四方，東西無定所，且好遊名山，笻枝稀挂壁，乃不果來。昨上禮闈試，遇浙士，輒問予近狀。場屋頻遇予門弟子，大喜，呼同門生，詢知予復主大梁書院。今開歲，遂果夙願，蓋别已二十年矣。生老而好學，試春官，侘得侘失。以侍母夫人張太君于北堂，踏省門，志不怠。太君以孝慈爲禮宗，流徽管彤。其尤難者，君舅有侍姬，性未平易，治命遣之。太君曲將之以雝柔，仁漬于閨門，薰然成和，久而自化，竟歡洽，不令去。其臻遐壽，而子孫蕃昌，有由也。今年嘉平月，值八十生辰，生拜起，乞予一言。于其歸，用書之以爲序。

吴母胡孺人七十壽序

吾嘗閲世，見家之興、後之昌，率由母儀。壼德之含宏，故氣運特久而滋。大士夫之經世也，磊落英多，綜大紀而不暇及乎其微。故委折纖毫之必周，非至静而用心慈恕，莫能優柔體恤，俾家人外内之具得其宜。此其維持爲甚密，而其葆護而煦養之者爲甚深也。

吾前十年，曾序吴生母孺人六十壽矣。其時高增需次儒官，高埈爲諸生，勢隆隆起。吾知所以爲之券者，以先是佐君子出粟賑饑，活千人者，必封也。居無何，高埈舉於鄉，高增司訓會稽。會稽人士藹然如秉宣文君之教，群仰有賢母矣。至是母孺人年躋七十，長居上考，次與計偕，待詔公車，授邑令，綰墨綬銅符以歸，拜佳慶，國人榮之。予適應友人聘，來中州，二子以書來，乞序母孺人七十之壽。

予惟母孺人之德淵懿温厚，卓爲浙西士大夫家之規範，有不可一書而罄者。予嘗主其家，内言不出，僮奴卑謹而忠愛，吾知母孺人之治家嚴而有恩也。予忝賓師，飲饌酒漿必潔且腆，吾知母孺人之能養且祀也。二子名在仕版，不令一日輟學，諸孫滿前，童幼且能誦《十三經》，吾知母孺人之以詩書之脈裕後昆也。吾友旭昭君，輕財好施，遺産不欲過豐。而高增營甘旨，經紀厥家。俾高埈專學業，登賢書，以光大家聲，而高埈亦克成厥志。浙人至今以爲美談。且方年壯志雄，勳業正未可量。嗟乎，此母孺人教之也！夫劑之也和，其達之也必順；載之也厚，其發之也必大。而遠循是以往，其佳慶寧有底乎？遂書以貽之。

李母袁宜人五十壽序

銅山李使君，以分治河渠，丞開封郡，常櫛沐風雨於工所。官事家事，井井就理，則內助袁宜人力也。宜人性仁恕，持家以禮而恩浹臧獲，貴而能恭，富而能儉，居安而能勤。相外庭起家，分郡符。有四子，從吾遊者三，而長尤賢。宜人從世母、從嫂兩世，厲冰霜之操，膺崇臺綽楔之褒。宜人命子乞予撰合傳，以表其幽貞。海內莫不知袁氏之有雙節，其貴德識大體，有迥非釵笄之所能及。

今春正五十初度，衆親賓咸欲爲宜人稱觴，而客歲失其伯子，情有不釋然焉者。伯子才而好學，婚之明年，及予門，非召不歸，歸輒旋踵詣學舍。除夕開歲，往返祇數日。此固其子之精心於問學，亦以見北堂之訓，恃如其怙，納之義方，其子之向學不必如樂羊子之須勸，而其婦勉夫勤學之懿可知也。此又其陰教之行也。乃天顧早奪之，其茫昧殆弗可解。然吾聞伯子遺言，勖其婦善事尊嫜。又從予四年稔，見予罕爲祝嘏之文，而懇懇預求一言以壽其母，則伯子固未嘗失也。大梁書院爲中州英才薈萃之藪，是中州英才知有伯子也；中州諸執事月有試，嘗拔之冠其曹，是中州諸執事知有伯子也；就試京兆，日下名公卿交刮目，名士争願與之交，是日下名公卿、名士知有伯子也。俟其弟生兒，以後伯子，讀其手澤所存之書，煜然大發其潛光。信乎，伯子固未嘗失也！宜人其可釋然晋一觴矣乎！於是衆親賓侈傳予文，以爲宜人壽，且以是爲左契焉。

盧敬甫六十壽序

調元平生兄事無多人，惟敬甫交最篤，亦最先。自總角坐同席，吟同研，出入早晚必俱。居東苑中，嬉遊嘯歌之地，形影無一日離，里之婦孺所稱爲雙先生者也。長，俱有室。以貧，出授經謀養。分合無常，然猶歲時伏臘，兩家往還若織。既而調元走軟紅，奔波世途，絆羈浮名，僕僕無寧歲。洎請急歸，而髪之鬒者已半素。始一意匿影衡廬，與敬甫追兒時歡如故。顧或仍以衣食，牽往東西，不獲恒聚。當調元出遊，時累敬甫送別寄懷，怊悵稠疊。而敬甫性落拓，早無意干進，雖踏場屋，汎汎如萍浮江湖，見有棲泊處所，了不繫著。曾一對大科，至京師，尋浩然歸其數間之草堂，著書哦詩，以舒放其天。中間哀樂頻經，晚益貧，能不累心，益用廓廓，無纖芥於其胸。偶覓得杖頭，輒偕所善，買郭西小舟，汎葑香柳陰之間，酣呼笑謔，不知日之已夕。烹魚湖樓，沽酒姥肆，遭雨借青箬笠，過段橋，迤邐入城闉，見之者以爲仙。

昨秋，調元因故人招，入大梁。客居岑寂，屢書邀敬甫，將同登吹臺之上，嗣慷慨懷古之遺踪。敬甫有以自樂，莫肯來也。今年之四月，敬甫六十生辰。予垂老，猶倚風塵，不獲登堂奉羽觴，而書此爲壽。見調元與敬甫，少親厚無間，初不異趨如此，而迄慚其道之能自肥。且才子文弨，著述代興，魁然有聞於時，爲無央之樂，同人罕有及之者已。

弢甫集卷八

傳

汪玉然傳

汪樹政，字玉然。考秉，明萬曆間江南下注巡檢，禦賊死之，監察御史王立賢表其閭曰奕忠第者也。時癸丑六月，賊掩至，夜火四起。衆欲走，巡檢持不可，率土兵力戰，矛洞胸死。公子樹敏，從陷陣，奪父屍，矢損一目。而樹政年十六，亦奮呼從，梃中足，足折。賊怒巡檢拒敵，併力攻，特急。樹政從父兄，殊死戰，衝突烟焰中，不少慴，卒協獲屍歸，賊不敢躡其後。事定，上官諱抑不以聞，旌恤之典缺如，遂歸鄉里。後樹敏一出爲輝縣丞，樹政竟服賈，養母終其身。著《勉旃録》訓子，大指言五倫俱歸於孝，語質而理足，與經傳合。其曾孫鑒既爲巡檢立家傳，而屬其友桑調元傳公子。予惟公子大節在從父兄鏖戰，故連父兄書之。秉字懿卿，樹敏字襟春，餘姚人。

桑調元曰：父元殞，兄一目眇，而身折足。以擊賊語，全而歸之者，其必在是矣。公子從父兄，執干戈以衛社稷，其不爲童子錡之續者，幸耳，豈不偉哉！卑官死禦寇，弟子輿尸，而上弗知，有明末造之事可知已。嗚呼！

朱先生傳

先生朱姓，諱彝爵，字宁臣，秀水人。父貴陽守，諱茂時，年七十有四生先生。少穎異，能文，年十四爲諸生。明年，娶揚州守陳公女，有壼行，余嘗誄之者也。又明年，居父喪盡哀，弔者涕下。魏塘夏季思者，先生師也，乃言曰：『爾亦知孝之有大焉者乎？爾兄耄而爾少，慮有乘閒搆釁者，苟小有言，非孝矣。』時伯兄年踰七十，先生少且慧，父奇愛之，人咸意室中之藏之爲所私也。乃晝夜號，居喪次，不一入室。婦方有娠，亦如之。既葬，聽伯兄撥産析居，箱籠了無長物。既而伯兄檢視，珍玩、古書、遺金具存，曰：『人言妄也。』欲分之，以病篤，不果。而先生食貧，無片言。仲兄爲叔父後，産屢秏，始終周給之惟謹。謀禄養生母王，以貢謁選，司訓杭州。有張生者，爲其叔所訟，理諭之，得解。丁生母憂，尋走京師，思一展所學，以友事轉入秦，得疾歸。先是，爲同里李君尅期馳秦中，取官文書還，釋其罣累事，義聲震士林。至是更爲友勞勩，遂不起，年四十有一。德是、嵩齡，其子也。

桑調元曰：吾客鶴洲，見孝廉嵩齡居母喪，何其哀也。德是早殁，嵩齡嚴事寡嫂，撫兄子如子，急友難若己事。嗚呼，先生教之矣！使先生得所欲爲，以教家者教天下，俗不歸厚乎哉！

忠節魏公傳

公姓魏，諱尚賢，字禮孟，號明賓，鄭州人，明萬曆丙辰進士。初通籍，志捐軀報國，授大理評事，轉中書，恤刑畿輔，多平反，活爲盜誣者三十餘人，晋吏科給事。彗星蚩尤旗見，應詔直陳數事，詳《名臣奏議》中。又與曾林若疏請釋劉光復。鎮撫司久缺刑官，因淹繫踵斃衆，家屬數百人震哭長安門外，與楊惠世疏請鞫釋。光宗即位，十六日不視朝，與孫朝肅等上書宰輔，請册立東宫甚切。至熹宗立，議崔文昇進紅丸，宰輔不應私爲出脱，忌者遂出公知保定府。檢有神廟時加派銀八萬兩餘，悉還之民，殫心弭盗。復左遷順天府通判，尋升户部員外郎，轉通政司參議。乞養，不許。轉右通政。

逆璫魏忠賢故進退公，示招邀，且遣人啖以美官，乞聯譜爲昆弟，以姓名宛若輩行也。公裂眥曰：『若刑餘，直冰山耳，乃欲污吾宗系乎？』疏婦寺子姪，秖可賞金帛，不可濫玷爵秩。逆璫益啣之。挺擊事起，救高攀龍、劉宗周、鄒元標甚力。萬璟受閹毒廷杖，與陳長祚奔闕救，弗及。魏大中下鎮撫獄，搒追誣賕數萬，無敢近者。公攜大中子學伊入視，諭獄卒善視之。上《速殛元兇以雪忠臣之恨》一疏，逆璫怒切齒，方欲甘心於公。會莊烈帝立，璫敗。上三疏，一逮獄，一獄死，一追贓。又言：三案，天下之公議；《要典》，逆璫之私書，宜急投水火。帝悉然之。

崇禎五年，以憂歸，遂不出。布衣蔬食，絶請謁，教後進。時流賊猖獗，出家貲倡修州城，以磚易土。賊薄城，部署鄉兵擊賊。城陷，群擁至東城樓上，斷公一食指，脅屈膝，公大聲怒罵曰：『賊奴，吾大臣。恨不碎汝首，可辱乎？』遂死之。時十五年五月初四日也。年七十九，葬州南魏家河。

桑調元曰：公立朝挺挺無所阿，又以飽喫官飯、受成俗吏爲耻，故所至盡心職業。嘗曰：『事期有益於國，功不必歸己；言在能明其是，過不必諉人。』其根本從來遠矣。長身玉立，美髯拂拂。出身初即期報國，卒峥嶸駡賊死，不負堂堂七尺。嗚呼，偉哉！

循吏梁公傳

公姓梁，名澤，字恒白，號采山，廣東順德人。父器圃。先生與陳元孝、王蒲衣、族兄藥亭唱酬有名。公生奇穎，又家學，工詩文、分書，未弱冠舉于鄉。時貢士試春官，未分省，行卷爭投徑途。公秉節嚴峻，屢躓，乃謁選，得浙之海鹽令，慨然以卓魯自矢。恫瘝民瘼，孜孜求興利除弊。功令編保甲，革里胥，行順莊。他邑率多陽奉，或治之而棼。公實心釐剔，妙中機宜，政乃成。徵粮令民自操斗概，監司遣人下縣，倚勢作威，公笞之，申報上官，媿謝之。海潮嚙塘，先事綢繆，得晏然無恐。聽訟明恕，曲諭以禮義。暇集士子衙，齋飯脱粟，講論不輟，陶成甚衆。攝秀水、平湖二邑，不以暫理易素志。吴有倒好之諺，呼爲『梁天青』。太守與公殊意，見公一處以正直，恢恢無掣肘。時高安相國朱文端公撫浙，首稱梁令善，標之爲則。文端公内陟都憲，特薦之，行取辭。縣士民遮道攀戀，數百里不絶，有送至滸墅泣别者。至京，丁内艱，尋以前令民欠波累，重至舊治。衆扶老攜幼，擁拜如曩日。會蠲積逋，放還，惜不竟其用。公怡然吟嘯歸。康熙庚子秋闈，公爲參詳官，本房得朱嵩齡、陳佑，鄰房薦馬維翰、杭世駿，以道義、文章、經濟見于時。調元列乙榜，出公門下。頃修邑志，邑人懷公舊愛，争就調元，屬爲之傳，用質言之如此。

桑調元曰：天生奇才，或湮沉下里不著見。著見矣，用之而效，又得名卿薦剡，類圭璋之特達，復以牽累見遺。

今上思揚、馬之才，旁求切至，卒無有以之應詔者。調元感公平生氣鬱塞。嗚呼，若朱文端公，安可復作哉！

吏部侍郎俞公傳

公俞姓，諱兆岳，字岱楨，世籍海寧，筮仕宣平校官，七遷至吏部侍郎。有識略，治跡焯焯。令大田，民有送妹嬪壻家，不返。前令誣服壻，纍係多人，公悉脱其械。齋宿城隍祠，夢朱旗書『犨』字，鞫輿丁，得實抵法。調臺灣，平土寇，戎弁張文武勞圖貴富，公陽喜，圍爐設讌，火其狀，曰：『殺人邀賞，必有天殃。』卒誅止渠魁。移開州牧，以憂不赴。免喪，補松江同知。鋭鋤奸，與守忤。會朱文端公軾出視塘工，公曰：『必以石，民乃不魚。』文端然之，薦董其役，堅如錢江老塹。升青州守，前忤者適提刑，召伶觴公酒，方行，立起曰：『山左旱，餓莩枕藉，宜急綏流亡，忍對笙歌終讌乎？』提刑慙愕，思重傷。公乃引疾。憲皇帝心知强項，徵入見，拜通政參議。江南海溢，遷太僕卿，往築塘捍禦，亘八千餘丈。工竣，今上嗣統，擢開府洪都。初，公捐臺灣耗米萬餘石濟賑，條免蘇松浮糧四十五萬石，至是請汰南昌糧銀以萬計者七，汰大江沙糧銀以萬計者一，汰潯贛兩關陋摧銀以萬計者九。教民節儉，俗以殷裕。陟少宰，過里門，時嵇閣部曾筠總海塘，分司者壞民田墓畚土，公以告，弊立除。入銓堂，後撫訐免糧事不實，下刑部，直其謾，將復用，而公以乾隆戊午六月卒矣，壽七十有七。用進士終大竹令，招復流户，遺策折吴逆機牙，曰宣琅，公考也。寡字二孤，穉者裁十一齡，鬱爲時棟，旌不以例，曰吴太君，公妣也。子三：良模、鴻赤、敦仁。俱仕。敦仁與予爲同年，同年之從孫思謙從吾遊，乞傳公。予惟公勳在史宬，以邑乘須登公，特書之。

桑調元曰：公之休烈多矣。予獨念天行潦旱，堯湯所有，惟長率屬不憚濡焦救之，乃可氛祲弭而釋民之咨。顧徵歌選色，競姱嬉之讌，溝中瘠罔聞知，聲嗷嗷耳不之惻，公蠹傷于中，讜言觸諱，寧擲郡章去。斯其爲仁者之勇哉！而遭逢克知灼見之朝，尤令俊宅感涕于無窮也！

景先生傳

先生姓景，名星杓，字亭北，仁和人。父邦鼒，字三岳，豐於財，性任俠，出貲爲人排大難三，人呼爲『景三俠』。先生生而磊落，不拘小節，常集畫艦數十，招詩人、酒徒、劍客遨遊禾之鴛鴦湖。故通音律，方洪飲，援篴作數弄，隔湖人傴耳嘹亮。有奴曰：『青猿最趫捷。』酒酣耳熱，起射林薄間，命青猿疾取箭爲樂。赴友難，白晝刃人都市中，散萬金如流水，難得紓，家業洗如，意頗侈以爲豪。已而幡然折節讀書，葺屋城之東臯，花木叢竹環蔽之，不見廬舍。屏妻子，獨居三十年，名曰『拗堂』，自爲之記，詆世事多失直，吾拗之。畸人騷士叩扉，劇談茗飲終日。顧壯志不能遏，謂豪傑非天生，乘時得志便見奇節。論世事成敗輒奇中，慷慨吐論，聲如洪鐘。精心種菊，秋光瓌麗，爛如華蓋流蘇。花時，達官貴人、孌童艷妾趾相錯，類不見主人而去。因自號曰『菊公』。尋厭其喧，遂弗種。散菊種數百於東城，數年後人猶呼爲『景氏菊』。賣文爲活，連遇歉歲，奇窮，義不苟取。元日，盎無粒，粟屑、薯蕷爲食而已。不問晴雨，恣遊湖上諸山，憑弔古今，詩成自歌，震蕩林木。所著有《菊公詩》五十卷、《拗堂詩》八卷、《醉翁詩》二卷、《菊公詞》八卷、《拗堂詞》一卷、《松風詞》一卷、《拗堂文》十六卷、《文羹》一卷、《山齋客譚》十卷、《蜨史》三卷，俱手録，書法絶類山谷。晚器後進，桑調元慨然許託焉。庚子秋，疾作。故妻王孺人已下世，子二，留次子侍疾。易簀前一日，命檢詩文稿授調元，屬『他日編存吾集，寧簡無繁』，枕上咏《别同好》詩，浩然而逝。其日爲重陽日，壽六十有九，葬方家峪。

桑調元曰：先生豈詩人哉！自著令以程式取士，奇才不得盡達，竟槁項黄馘匿窮山，藜藿不充而死，如先生其一矣。聲光未滅，猶以其詩傳。悲夫！

繡甫湯公傳

公姓湯，諱斑，字繡甫，睢州人，文正公潛庵弟也。湯氏始祖寬，在前明世以軍功著，閱數傳，文學蔚興。公曾祖希范，祖敏。父祖契，生二子：長文正公，次公。公少聰穎，兩冠童子試，補諸生，食餼，以歲貢選授開封府滎澤縣學教諭，康熙五十八年八月四日卒，得年六十有五。娶袁孺人，克佐公孝養，子四，孫若干。

文正公起大科，出爲節使入爲卿，太夫人軒太君在堂，奉養晨昏，惟公是賴，故得一意盡瘁王事。嘗一省兄京師，一於吴門即遄歸，孝友聲聞通國。方公喪父時，纔十齡，兒啼，哀毁如文正公。長，讀書立行，一以文正公爲師。仕路聲華，牽引子弟，率易登巍科，膺膴仕。文正公又聲望動巖廊，既嶄嶄卓立，無纖芥私營。而公秉承家學，砥節端正，恬然義命自安，雖文譽騰踔壇場，終其身不得一第。居鄉里，意念抑抑自下，人不知爲貴介弟。急師門之厄，脱諸圜土。園通友人墓道，改營阡隴，瘞遺骼於高壤，不使沈沮洳。汲汲敦善行若不及。嗚呼！士豈以昭晦論，此足與文正公濟美矣。

桑調元曰：予至睢州，拜文正公祠堂，因世講得交其孫曾類，謙謹守禮法，不侈世家，不營競，不以能文章自豪，上有先正之遺風焉。况公親兄弟，師友一堂，其粹然樹儒門規範，以教於家，以型於鄉，宜哉！

王繩巖家傳

君姓王，名作霖，字雨臣，繩巖其號，一號怡齋。晋太保祥之後，由江淮遷於杭。曾祖之謨，拔貢爲令。祖茂芳，歲貢，有著述。父曾期，中書舍人，碑刻行世。君生三歲失恃，育於祖母，性至孝。少即工書，年十七修書藩邸，弱冠爲諸生。尋丁外艱，家多凋喪，撫兩女弟，叔母邱嫂群從，孤寡咸無缺養。乾隆初元試，入實録館。戊午竣事，賜宴及文綺白鏹，授主簿需次。至乙丑，選丹徒。厲清操，習勞勩，上官廉知之，檄辦版圖黄册，蠹弊一清，滋以爲能。攝丞上元，制府引爲白事，勢不倚，私不行，百務井井，竟積瘁歿於官。嗚呼，君誠可謂偉男子矣！

自廉節風微，士夫出身便爲私圖，智昏多藏，往往以墨敗。苟倖而免，罔顧名檢，巧營金窟，宦與市通，其沈壓百僚之底，漁錙銖者，無論也。君不卑卑，官杰然，義無苟取，有敏幹才，渴爲時須，且内行修，孝友純明，研詩、文、書，法其家學，能變而之古，心聲心畫如其人，體貌温温，儒雅可挹。歿於乾隆丁卯六月九日，年僅四十有八。悲夫！子三：長，某，亦工書；次，廷佐，諸生，從予遊；次，某，後其兄。

桑調元曰：予昨送君之官，君喟然謂末吏之雜爲可羞，思一洗齪齪狀。予韙之，作詩壯其志，君果克踐言死，以清白遺子孫，所遺厚矣。予獨嗟善者之不留爲世範也。

都事張君傳

君張姓，諱邦曜，字旭明，號曉亭。其先宋劍南節度使南軒公始遷浙，至聖三公遷山陰之張家塾。考諱允謨，生四子，君行三。性仁厚，于親故最篤，無大喜怒，甘清貧。初筮仕山東，丞歷城，署令郯城。兩詣京及河南，招飢民回籍，安集得所。調河工，察隄閘泉源水勢，著勞績。勘東阿災，散賑。紀大功二，爲中丞巡捕官甚見信任。值辦西邊軍需，中丞擇縣名之佳者，如招遠、清平、霑化等，君與聞之。承辦各州縣畏赴行，間私萬金求解免，君悉卻之，但告以部署已定，毋恐而已。丁憂，服闋，補黄縣丞。盜以平，擢河南布政司都事，署郡丞、别駕者，屢稱練達。自康熙庚寅至乾隆癸酉，老而解組，歷官四十餘年。事上官不阿，寮宷待以坦白。

其尤著在康熙五十一年，沂水妄人田文如誣同縣趙瞎子九十餘人不軌，并及官弁。仁皇帝特遣官逮問，時中丞蔣公陳錫遴幹事之員，衆推君，即檄委并授王命旗，治官弁之違約束者。歷下至沂水，四百里餘，君馳間道，一晝夜至。衆驚神速，且載王命旗，懼即擒戮，城中惶遽，罷市。君廉其事誣妄，大聲曉以無罪，一就訊立雪，且被誣僅九十餘人耳，衆何洶懼爲？遂安堵，市如故。將按召册内諸有名，令請治鞫具，君曰：『無庸。』日集僚友行館飲酒宴樂，或懼得罪，逡巡引去。隸以數人至，録姓名里居，即縱歸，約隨赴省。人情大定，自束身詣庭下，縱如前。四日畢集，有與册内仝姓名者十餘人，請與俱，絶後累，一路聽散處，不問，官弁亦隨行。既至，司臬欲囚衆，君不可，請仍委收領，如逋亡，甘功令。比讞，不失一人。得田文如誣狀，坐之，衆盡釋。其被誣及親黨子弟赴省偵視者，累數百人，悉手香諸署前，歡呼動地，泥首謝，既而並云，云泣下，觀者咸感動。脱其時不廉實豁達推誠如是，愚氓或竄匿，且激變。矧長途縲絏無辜，至復拘幽囹圄，綴民叛案，其被累有不勝言者。宜上官奇君之胆識，益加器重。臨淄人碑諸口，至今以爲美談也。

君罷官，貧病，不克歸，卒于十九年八月初三日，壽七十有三。娶俞孺人，子四，孫三。長子翰先君卒，遺孤肇淳，懇苦向學，庶能起厥家乎。

桑調元曰：予至汴，識君。廣顙豐頤，鬚髯若雪，對予作鄉語，煦然長者也。初不知君臨事變，機警胆决，處之恢恢有餘。使得居高位，定疑難，建偉勳，當聲施爛如，而卒沉下僚以老，至窮困不給也。予能無悲憤菀結于中乎哉！

陸莘田先生傳

先生姓陸，諱章，字莘田，一字息村，世籍平湖。祖諱懋德，遷嘉興之春波里。考歲貢生，諱濤，遷王溪，行載府志。妣孫孺人，子三：長諱之謨，次諱惟寅，先生行三。幼遭大父喪，克哀毁，及宅憂，躬行古禮。古禮之實亡於今，名爲三年喪，僅衰麻在身數日而已。先生家自初殯洎練祥，朝夕一溢米，枕苫塊，盡哀杖而起，見者怵然汗有泚，始識居喪如是，俗以歸厚。伯仲同爨，終身不私一錢。陋室論道，怡然自得，金窟笏牀之户，莫能如也。家雖貧，遇親友急，必勉周之。歲飢，糾同志巨姓，出粟煮糜以賑，全活無算。先生力綿而志殷，籌畫幹濟，力居多。補諸生，蹶秋試，佹得復失。值選拔，學使已注，意有尼，以年老中止。泰然安義命，略不介意。訓後學篤信程朱，隨所見導以實學，不專攻舉子業。對童蒙亦如成人，盛夏衣不見體。自伯子歿後，殷殷以身提唱，語和而莊，學者樂親炙，咸師尊之。娶屠孺人，繼譚孺人。生三子：長寶忠，後伯子；次寶信、寶禮。俱先卒。先生終於乾隆丁巳五月初八日，壽七十有四，私謚非古，故略而不書。

桑調元曰：予初至禾，禾人士稱召成陸先生，見理明而處事斷，洵儒流之圭臬。蓋即伯子也。自稼書先生倡道於浙西，楊園先生翼之，餘山先生則特立於浙東。若召成先生，所造卓卓，流風未斬。予不及見召成先生，見先生，得遺範焉。老成盡謝，少有表彰之者。嗚呼！是誰之責乎？

蒿廬孝子傳

吾友方君渭漪輔，休寧人，以諸生貢成均。遵先命，課子特勤，生七子，不遠千里及予門者四。歲戊辰，予應大梁聘，過吴門，時君方廬墓，欲望若堂而未得也。比旋里，聞君已旌于朝，衆藉藉所謂菖廬孝子者也。君之子環，跪請爲之傳。傳曰：

君考化居于吴，愛佳山水，欲仿傍要離塚。舊事病痢，傍徨寢舍治飲，子煩撋裳席，扶如厠，凡三十七晝夜。彌留時謂君曰：『曾祖、祖二世未葬，祖母年高，弟稚弱，諸從父貧，汝其成吾志。』君涕泣受命，遂瞑。哀毁柴立，扶柩歸。事祖母、母盡色養。母殁，尋承重祖母喪，哀毁如初。完弟婚，翼之成立，不幸客死，經紀其喪，撫幼孤如子。從父、從子之不給者，生養死葬，盡禮。曾祖考妣、祖考妣，俱營葬于本邑，獨任之。守治命，卜吉壤于吴縣蒸山，奉考妣就窆，結草舍于塲，上食如生，存者三年，哀至則哭，聞見者莫不感動。君長身玉立，美脩髯，至是慘瘁，淚滴處春草不生。夫廬墓以事親，不得復云爲名。手撫宰木，若嘘呵生氣，以蕃昌其枝柯；稽顙片石，光緻如鬗，又如衽席温温然。

不孝孤調元辭先孝勇公之隴，北上至河間，大雪，感愴有句云：『依墳墳土煖，眠起盤旋三尺土，若定省晨昏，喘息呼吸之通也。』又云：『别墳墳土孤，若旁無侍子，龍鍾之老，杖履左右無扶掖，時憂顛仆也。』居常省墓，遠見馬鬣，若久離膝下，歸覲趨拜，吾親見而喜也。依倚墓傍片刻，若喁喁敘别來事不休，惟恐子之去也。拜辭隴上，數數回顧，淚眼昏眵，吾親目送，步遠一步，至路轉弗見，惘惘有失也。不孝孤振觸至此，不禁淚涔涔然萬行下也。

桑調元曰：予别君十年餘矣。君長于予，俱年近古稀。君矍鑠，不難臻期耋。予則疾病侵尋，復遭慘戚，魂侍吾親之日當不遠。安得即成良覿，絮語矐首之子之哀思乎？

曾孝女傳

孝女曾氏，名衍綸，山東長清籍，居歷城，牧郴州尚增之女也。母張宜人病瘓，孝女年十五，隨之官，侍湯藥，眠食寒暑不暫離。會寢舍老嫗遺火，漏四下，始燄燄及帷幔。女踉蹌啟户喊呼，衆鼾睡，拔關擂門，驚噪起。遽轉搶入房，勢已熾，冒炎烟。掖母，母故癱，身奇重，盡力弗克起。頭髮焦有聲，慟哭籲救。老嫗及侍婢薄床，眼眩瞑赤，烏亂着面，狂奔出。母麾女去，女撲母身上，兩臂擁母，首膚爛灼，猶呼救不絕口。衆號之出，曰：『母死，何以生爲？』烈焰中叫母，哀慘轉急，既漸微燼矣。實乾隆戊寅年十二月二十四日丑時也。詰朝，撥灰諦視，女堅抱母，兩尸合并，體魄胚凝，磊砢若黟炭，然見者莫不酸鼻。父以翰林出令蕪湖，甲子年八月二十日孝女生，許字歷城毛公子，均州人。立祠于郴江寺側，例得請旌於朝。

桑調元曰：予適在歷下，孝女柩至，萊陽周守一爲予言之，相對雨泣。予嘗讀李翺《高愍女碑》，翺自謂豈出班孟堅、蔡伯喈下？至今覽者涕泗沾襟，其文能使烜赫不滅，良然。予弱毫非翺比，而獨嗟二儀浩氣鍾于弱女子。蕪湖而生此孝女也，蕪湖之光也；郴州而死此孝女也，郴州之光也；長清歷城而魂歸此孝女也，長清歷城之光也。異哉，孝女之行而不家聞户知也！於是奮筆作《曾孝女傳》。

弢甫集卷九

傳

獨行先生傳

獨行先生者，其高、曾三世膴仕，有名。祖上舍鳳，娶前明馮祭酒夢禎女。馮二十有一歲稱未亡人，至八十有六終，先生爲之請皇朝之旌焉者也。考文學大遇，上舍卒乃生，子五人，長即先生。年十三喪母，肫肫見至性。大母特哀憐之，刲股療大母，疾歿而哀有加。家貧，客遊梁，盜發其母殯，先生聞故，盡氣力號奔歸。一省父，即刺血淋漓，書牒投之官，蒲伏郡省庭，肩一囊，重趼上下旅宿。歷二年，所盜得矣。有司治，不盡法則，復大慟，期死訟。走京師，却歸。一省父，父適中痰，聞聲一張目，瞑矣。先生痛恚發狂，慟昏仆甦，欲自殺者屢，救者、見者淚霰下。既渴葬，乃嗚咽曰：『不孝罪山積。母殯罹慘毒，讐未復，復喪吾父。身不即殞，更何意人間世爲？』乃屏妻子，斷滋味，絶吟笑，歸空寂以終身。初，先生少補校官弟子，覃研著作，文譽翔起，又以世著名德，思濟時自見。至是灰一切，悉焚所作詩文藁於墓前。顧少子修誠可儒，遠托友教之學，而令長子修端農而食。蕭然從此逝，終已不顧。獨往探江右諸山，轉遊燕，却入閩，旋徙荆楚。中間間一過家，亦偶客交親幕。磎刻自處，托於禪，比苦行僧二十年，竟客死武昌。所善楚督，使人護其喪以歸。卒年五十有九。妻先一年卒，先生不知也。先生姓沈，諱蕙纕，字馨聞，秀水人。

桑調元曰：古之獨行人，跡類奇而孤，其或不得已而然，志隱隱可泝也。激而之乎禪，以自廢其中，恫乎有餘悲焉。若先生者，不其皭然與？

湯屺南傳

湯然，字屺南，睢州人，文正公嫡元孫明經雲麓公之長子也。少端重如成人，爲博士弟子試，輒冠其曹，遂選拔，辛酉舉於鄉，計偕洊列乙榜，注選教諭。性至孝，痛母早逝，受室之夕，私抱持其弟，泣甚哀。壬戌，需試中書，留京邸。忽心動，急馳歸，父果病。亟侍湯藥，數十晝夜不少懈。僮僕勸之小休，泣弗應。咸感動，爲盡力。居喪致毁，營葬必誠信，尫羸泣血，君子以爲難。弟燮穎異，父奇愛之。父歿後，尋病卒。哭至沈痛，群從唁之，曰：『吾心已如死灰也。』天才奇敏，文筆開朗無纖塵，萬舌嗟賞如一，名動日下。海寧相國陳公以世好特延見，不再往，彌加器重。書法秀逸，畫尤蕭閒淡遠，故承雲麓家學，又座主華亭張南華少詹指說六法，直駸駸參駕古人。爲詩、古文、詞俱工，嘗問業於秀水張瓜田徵君，所業益進。四方聞名，徵求者響臻郵筒，絡繹相望。處世温和，類以情恕，至大節，挺挺不撓。善持論，片言解紛，動輒微中，或問教弟子法，曰：『當先動其天良。』其孝友至性過人。感事盡傷，得心疾，居恒憂鬱，獨居涕被面，忽忽不聊。既伶俜偃卧，胸耿塞如有物不化，於夢中號呼父母、弟，嗚嗚嬰兒啼，枕函縱横流如河，凄迷不醒，醒益慟，弗能止。數數夢號呼兒啼，遂不起。易簀前數夕，有友人就，作竟夕談。詰朝，猶力疾書，其和外祖觀察王公詩，竟爲絶筆。乾隆十五年十一月二十九日卒，得年三十有四。子一，若埰。

桑調元曰：屺南嘗過從，予與談藝，纔引端，即了解。以予所見，高才生聰悟濬捷如屺南者，絶無僅有。予方欲引與究明絶學，續文正公遺緒，而屺南死矣。屺南之死，死於孝友，不忝文正嫡元孫。世顧僅以文采風流目屺南，獨予知屺南。而天奪屺南之速，屺南之所成止於斯也。悲夫！

茅商隱傳

茅君名逸，字商隱，浙之會稽人，父兄並諸生。少能文，不屑屑舉子列。好爲詩，大言欲濟世，人目爲夸，不之恤。喪父，不克葬。䫉苦謀養母，屬兄且課讀供菽水，辭家遊幕府，期以十年歸，當羅甘旨，盡頤養，而營厥考馬鬣之封。客中州，出入郡邑幕，伉直少諧，館穀不足糊口。浮沈久之，既無所遇，念母老、兄艱瘁，恚無以爲歸計。又睨時之爲多不可意，輒憤形辭色，欲抒所擘畫，無自得，效一洩之歌詩，作顛草書，狂吟中夜。旅困，數空匱，劇悲怨，病作。良已，顧窮不自聊，益困，益病，益懟。憊數日，知死所，益嗚，聲悲。夢囈，號其母以歿，乾隆十五年六月二日也。得年四十，不娶，無子。先篋藏白鏹三金，雖絶粒，病窘萬狀，緘如故。託鄉友并衣裘歸以遺母，可哀也已！鄉友爲葬於汴城曹門外母社之墟，予大書題其墓，刻其詩《轉蓬集》三卷，行於世。

桑調元曰：予識君，由同邑友張明經琨。明經老遊梁，予亟勸之歸。君歿時，明經授經他往。予選刻君詩，明經歸矣。予以詩爲清緣，知君困，欲爲君規一幕下托足地。訖君歿，不可得。嗚呼！吾固悲才人之失職，浪遊且落拓，困依幕下，終失其所爲悲復悲也！

省庵翁家傳

省庵翁，姓朱氏，諱寶文，字豸公。始祖千二公，籍海寧，葬花園，呼『花園墳』。朱氏八世祖遷錢塘，占今籍。翁生而孝友，年十七喪父，毁幾滅性。無何，兄病且劇，憂形於顔。及卒，哀稱其情。兄無子，己子生，以爲兄子。子殤，又生子，距兄歿十三年矣，卒爲兄後。事母李孺人盡孝養，家被火，中落，力致甘脆。母性嚴，怒家人有過，輒不食。翁長跪曲解，必得歡乃起。嫁女弟奩餙豐厚，母顧而色怡。二女嫁從儉，所親以爲言。翁嘆曰：『婚事稱家，且吾女安得視吾妹也！』居母喪，類孺子慕，而克慎終，君子以爲難。嫂詹孺人年二十八而寡，旌門得請，如典禮，嚴事之以終。卜考妣葬，葬有日矣，穿壙得沙石，乃號慟，不克葬，一夕鬢盡白。久之，復得地，下有古塜，亟掩之去。又購地，地爲族祖塋餘壖，後人貧而割售，初未之知也，尋知之，立歸焉。又購地，去家五六十里，家人以爲遠，翁愀然曰：『是誠遠。他日不且以遠疎省視耶？』復棄去。最後得地於五雲山之麓，躬事窀穸，以兄嫂祔，眠食山中匝月，巍然若堂，既完且固。至是，心力殫矣。先未克葬時，與人言，涉井椁窆石，淚若霰。服食疏樸，佳辰未始出遊。親朋有讌會，謝不赴，或强之，則涕泣告之故。垂老而傳，家事不令關白。把卷宴坐，踰二十寒暑，神明炯然。娶何孺人，耊齡齊眉，賓敬不衰。乾隆甲子上元日，無疾而逝，壽八十有一。子楓、棆，諸孫甚盛。爲兄後者，楓也。

桑調元曰：歸熙甫曰：『余論東園翁，悉載用拯之言，蓋以爲其家傳不得而略焉。』余論省庵翁，載楓之言，而特著其孝友。自世以奇節相耀齒，及庸行則忽之。士夫内行之有慚者，多矣。余書此，以云救也。翁倡捐貲，掩骴於九曜山，親親錫類之餘耳。余言其弗略矣乎！

梁岐山傳

梁翁岐山，名鳴鳳，考城人，世農業。曾祖傑，祖之仁，當前明寇熾，克存其兄之遺孤。父永福，善事繼母，子四，翁其長也。貧能養，躬耕大樊集，白髮奉親，爲孺子慕，聚諸弟，怡怡如也。率長子宣力農，教次子賓力學，食餼於庠。翁年七十四卒，卒時母董孺人年九十四矣。母方在弟鳴珂所，翁彌留嗚咽，遺教曰：『我無狀，不克終事母，翻貽母悲哀。恐大耋餘哭子猝不測，我罪戾滋大。我死當祕，弗使母知，云偕諸老人朝名山未歸。顧諸弟及妻趙氏善事母。』嗚嗚語不成聲，氣遂絶。歿後家人詣董孺人前，去縗絰，承顔如初。踰月，葬已，董孺人尚動定康强，杖履猝至，長幼惶遽，諱如遺教。里人咸相嗟異。

嗚呼，翁不愧力田孝弟矣！世之下也，競以貲雄閭里，稱富商大賈相高，而卑農夫喬傺。不知古儒者匿采於野，類多事躬耕。漢設科農，貴與士等。若翁之藝黍克孝，耄而不衰，豫順於家，敦龐於俗，晚而聯枌榆黄髮，作百年長樂社，宴飲過從。鄉先生之致仕者，願與爲布衣交。博士争式廬，以式後生小子。此俗之所以駸駸復古也與！

桑調元曰：翁之孫曰源、曰漣，從予遊。寒畯之門，且以文學興矣。原其祖之植德孔固，有穀以詒孫子。其所從來者非一世，欲弗興，得乎？

馮翼廷傳

馮贊，字翼廷，汝州郟縣人。九歲喪父，哀慟尫瘠，孝其天性也。事寡母李氏，盡色養孺慕，耄而益篤。歡奉甘脆，不假手子婦。母年九十失明，晝夜侍牀褥，湯藥躬親，未嘗偶廢離。祝天身代，根於至誠。閲六年，弗懈。母好施予，分財與群從，賙恤戚黨，並先意承志，無所恡。滑縣周某，饑年攜家流寓旁舍，周病卒，一藐孤始孩，妻李氏號擗欲殉。乃爲之殯葬，給贍孤寡，孤壯爲之娶，今有子矣。他嗜義多若渴。創石橋於老瓜營三，侯家莊一。尤慷慨爲人所難，蓋動稟慈訓爲之。孝義聲聞通國，而母之善益彰。卒年七十一歲，名在太學。乾隆十有四年，詔旌其門。

桑調元曰：馮君生，髫齔違其父之撫愛，何其不幸也！顧人世母子團圞，稀有逾耆艾者。君著其母之膝，盥以淚，哺以餦餭，長而克經紀厥家，備潔白之養曜首鬖鬖。孀齡至大耋，而子年亦過古稀。舐目還明，反哺勸飽。却憶素幃燈黯，煢煢兩影，凄迷幼耄，相尋寢舍，互倚爲命者，餘七十寒暑。又無仕宦陟山之嗟，服賈遠牽車之苦，時時氣聯喘息。冬景之暄，愛日之長，孰有如君者乎？

李來泰傳

李策奇，字仲標，來泰其號，夏邑人。祖邦禎，發窖金，輸築河隄，全活邑人。考孝廉汝健，有令聞，家範謹肅。公少穎悟，下筆傾其座人，恂恂自持，克遵禮法。髫年入泮，既冠，舉于鄉，爲前明萬曆癸卯、庚戌見賞于湯霍林，瀕得而失。丙辰，韓若海載之貳車，論者惜焉，公一不芥意。擁萬卷，鍵關課子，篝燈洛誦不稍輟。或風之謁選，慨然曰：『家居亦爲政布德教，詎須名位哉？且士各有志，不可强。』卒不折彭澤之腰。内行醇飭，孝聲騰溢，送往尤盡哀禮。與兄弟分財，甘受凉瘠，復推濟其荒落者不之倦。撫教庶母弟策雄，予以膏腴，課之爲諸生。遇猶子兆繩如子，三粥産，卒給之。戚黨亦多待以舉火。歲丙子後，洊飢旱，人相食。公素儉約，積粟八百石餘，至是大散賑，哺餓夫無算。達官下車考鄉望，巍然被褒嘉。太邱練司馬君豫嶽嶽持人倫，亟許公爲真孝廉。癸未以疾卒，得年六十三。子若孫數傳，益光大其名德之積厚矣哉！

桑調元曰：夏邑爲宋栗庵、沈龍江、吕新吾諸先正樹圭臬之鄉，其淳朴甲于旁郡。洎德徽漸遠，風教稍淩夷焉。公砥名立行，挽時趨復之古，賑荒特其一節耳。生長名家，翔涌文譽，不奢不矜，以承鄉先正之流風，不亦煒與？

方松崖家傳

君方姓，諱倬，字樞臣，松崖其號也。其先得姓於周方叔，唐元英先生隱鑑湖，四葉，遷祁門，又十一葉，遷休寧之珊溪，珊溪之望遂著，十五葉，至君。考諱某，妣王，生子四，君爲伯，叔、季並早世，君撫猶子，視子不啻。少讀書，貫大義，不屑絺繡章句。與仲樂莘化居溧陽，基本廉讓，業日益饒。治家儼若朝典，不失雍熙之軌，訓子弟以孝友，躬爲之率。宗祠後搆巍樓廣庭，獨肩之。於親族之孤惸，婚嫁殯葬，百意賙卹。有貸君數百金者，貧莫之償，即歸其券，其人爲位於城隍祠，祝君長生，則立去之，耻以義市。一遊太學，不干進。子姓能耽誦習，列膠庠，腆予之膏火有加，用爭礱淬力學，攻文有聲。方氏家塾，蓋斌斌焉。君既於叔、季嗍鴒原之痛，而幸與其仲俱居溧陽，白髮相婆娑也。烟晨月夕，弟勸兄酬，嬉遊歡讌無間，年皆七十餘，和樂且孺，里人艷之如仙，素高鄉望，群呼爲『兩長者』。君體最强，偶感疾，輒訣家人，晝夜之道了然，惟戒弗爲佛事而已。夫敬祖宗、收族屬、友兄弟、教子孫、賤利貴、義爲善、不近名，有一於此，足以風末俗、垂令聞，况首邱不惑於浮屠之説，挺然有儒者風，豈徒稱善人於鄉里間哉？君娶於王，前卒。子二，孫八。君殁於乾隆九年十二月廿九日，壽七十四。

桑調元曰：君之孫浩遊學於杭，從予遊。去就京兆試，往返踰七千里，冒霜霰捉馬檛，復止於杭。歲云暮矣，弗聽歸，仍從予遊。遊學如常，聞疾，亟急馳省，而君已易簀矣。浩隨其尊人，自溧陽扶柩歸休寧，道於杭，衰絰踵予門，求傳君。而浩以治命從予遊，遊學故反不及面，涕泗交頤，嗚咽述君行如此。嗚呼，予其可無言乎哉！

方樂莘家傳

予既傳方君松崖，丙寅五月六日，樂莘君卒，君松崖之仲弟也。兄弟四人，叔、季早卒。與松崖友愛奇篤，族著珊溪，市隱瀨水，總角至白首，伯仲怡怡。尚義好施，急人之急，尤敬宗收族，鼓勵後昆向學。平生風概，競爽松崖，予所謂群呼爲『兩長者』，鄉望素高者也。君少試童子，冠其曹，入成均，不希仕進，善心計業以饒，爲人指畫多中，無所私，人樂近而欽畏之。松崖之殁也，君過時猶哭，遂清羸成疾，疾猶唧哀，遂形神慘瘁，不自知七十老翁之自傷其生也。遂黯然有首邱之志，歸珊溪數月，卒。遺令諸子曰：『吾幸從兄九原，無所苦。念宗田雖贖，恐歲久費不足。汝曹能益捐二百石田，則大善。治喪弗用浮屠，吾先人已然，毋替家法。』卒年七十二，距松崖殁二年耳。嗚呼！叔世倫理偷薄，期之喪，名存焉而已。三年之喪，食稻衣錦，恬不爲怪，又何從推施其仁愛，其本匱也。君哭兄而至隕其生，其孝親、敬祖、慈子孫，以賙恤儔類，無所不厚，有自來矣。君諱鼎，母夢雲成『鼎』字，故名。字樂莘，又字再伊。生四子，長萊，次某某。孫男十人，長濂，次某某。君之族姓考妣，於《松崖傳》詳之矣。

桑調元曰：《書》云：『孝乎惟孝，友於兄弟。』觀君之篤於兄如是，松崖之於弟，蓋可知也。松崖之孫浩，君之孫濂，並從予遊。兩長者之孝友純明，其誠有以爲子孫法哉！

陳廣田傳

君陳姓，諱永治，字北山，廣田其號，漢太邱五十八世孫。先世自餘姚遷杭。考太學生，諱嘉惠，文與字有名。妣楊孺人，子二，長即君。孝友端慤，動必以禮，弱歲補校官弟子，試輒前列，蹭蹬場屋十七次，薦不售。專精醫，盡傳張獻暉之術，贊獻暉著《醫法心傳》一書，自著《靈樞素問注》《百病主治》二書，足與抗行。强年喪考，極盡哀禮。營母養，游京師、山左、江淮間，尋依子舍不出，色養備至，怡怡篤友愛。喪妣已踰不毁之年，執喪如初，人嗟嘆爲老孝子。愬苦營葬祖、考、妣，盡封馬鬣。嚴寒大雪，在山中浹旬，誠信无悔。今年三月，疾作，蓋積勞受寒溼所致。君以畢葬恔于心，從先人地下，無所苦。飲食不進旬餘，清明如常。彌留作遺教：首禁佛事，人體魄仝歸于盡；治棺毋過厚，附身以布素；卻親友賻賵；治喪毋用酒肉鼓樂；月即出殯，須葬我青芝塢祖塋側，魂魄得長依祖父；喪儀惟具銘旌，大翣用旛幢，近佛用頭沓，則僭；百事以禮，毋從俗。翛然而逝，乾隆乙亥三月二十二日也，壽六十有六。娶楊孺人，子二：廷書，庠生；良策。孫，師儉。君平生謙恭儉樸，錙銖不苟取。與人交，淡若水，德光自煦煦照面。身介立，炎門不一投足。所著經解、詩、古文辭，藏于家。

桑調元曰：予與君，于交游並慵。雖相識不深，知予子婦抱奇疾累年，君一治，立廖，始奇君術。叩所學淵淵，奇不止此。崒然古心貌，端人正士也。予方幸暮年得一舊益，俄聞君逝，潸然出涕。俗之流日下，漓淳不知止。君又往，孰與砥其滔滔乎？

黄澹園家傳

今分居嘉善之黄氏，隆師迴出流俗。予次子繩球席其家塾，興德以狀求予傳其考，不獲辭。君諱治安，字思民，澹園其號。黄姓系出江夏，其先有新安守元集公，卒葬黄墩，家焉，十餘傳，再遷祁門古林。階承德郎、諱大順者，君曾祖也。階奉政大夫、諱鳳翔者，君祖也。授中憲大夫、太平府知府，諱鍾，是爲公考，並祀于鄉。考守蒼梧太平，留公侍大父母，盡色養。中憲四子，君行一。考没時，季甫生，撫教成立。執喪哀毁，孝友有聲。拓宗祠，廣祀田，厚族人，自奉薄而博周人急，其性然也。

雍正庚戌，博士大尹以學宫之就傾也，謀新之殿堂廊廡、賢宦節孝諸祠以及衙齋費不貲，經始殊艱，君出獨任。鳩庀有恪，不惟其貲之輸，策堅緻永久，輪奐耀雲日。落成，體貌孔肅，池藻生光，髦彦蔚興，所關于人文不細。先是，承德以郡無試院，士子跋履江陰、旌德間，特慨然創搆，世藉其蔭。君歲修葺，益號舍，潔几席，數十年滋勤厥事，有司宴然受其成多。士就舖抒毫，免上雨旁風之患，不知君實縈不匱之思，踵而增之之力也。歲戊申，都編户逋賦，纍纍破産，鬻償不足，公悉與代輸，户得完聚，里胥絶跡，村厖不驚，欣欣有更生之慶。義聲動郊閈，而君無德色，晬然古長者也。

君于乾隆十五年八月卒，壽六十有八，階資政大夫、布政使司參政。元配許，繼室方，贈封夫人。繼室後公三月卒。子十三人：興仁，湖南衡州府知府；興讓，荆州府同知；興位，太學生，早卒；興禮，廣東佛山同知；凝道，山西河東道；興德，庠貢生；興悌，太學生；興祖，需次主事；興教、興儒、興化，俱太學生；興倫，需次州同；興睦。女四，孫男三十四人。興位子孝熹，泰興縣知縣。孫女三十九人，曾孫男七人，曾孫女七人。可謂蕃衍矣。

桑調元曰：富而好施，求之今人中，不乏古道。獨注心于膠宫頖水，于章縫之士，謀其適而加之敬禮，子孫奉以爲法，樂與詩書爲緣，後必有發其聲光于子墨之林者。吾于黄氏有以券之矣。

臧文學芸自傳

文學姓臧，諱承灝，字杏士，芸自其號也。得姓於魯臧僖伯，先世自無錫遷長興。明有諱瓊者，進士，仕參政，官給諫時疏論萬貴妃，劾輔臣萬安、西廠汪直，載郡邑志。曾祖貢生堣如，與參政並祀於鄉。祖廩生宸獻，父貢生錫申。母章孺人，生六子，文學行三。少喪兩兄，能曲體親志，善屬文，父奇愛之。冬睡嘗以手捧父足，滌厠牏惟謹。布袍敝，私語母新其袖，父怒不之許，終身遂却華衣。年十八喪父，毀幾滅性。母泣語曰：『汝若是，吾與汝伯仲之孤寡及穉弟，曷賴耶？』乃抑情，懼傷母心，委婉承顔。時家室漂摇，風雨洊侵，卒能拮据捨持，完故家喬木，人咸欽其意度老成。補邑諸生，文譽翔起，家課方嚴，幼叔父與小弱弟並接跡黌序，撫教肫摯，共甘苦，爲婚娶，終始一節。食指既繁，母命析箸，美田産悉讓寡嫂，與弟分其餘。尋居母憂，力任喪葬，盡哀禮。相幽宅高燥，自言精魂注于是，如入窀穸，燭其情形。他告以吉地邀福，弗易也，曰：『親安，子姓安矣。』適丁氏女兄早寡，無子，貧無依，迎歸。生吾養，殁吾葬，撫所後孤成立。屢躓場屋，遂息意，友教門弟子獲雋去。輯《四書講義》，詩宗龜堂，著有《午莊集》，所業時文，吾友趙燃乙序其遺藁，行之。卒年五十有七，乾隆壬申十一月十二日也。娶朱氏，貢生德度女，逮事君姑，以孝聞，佐養教内外戚屬，傾奩匣。先三年卒。子一，榮青，進士。

桑調元曰：進士君述其父行，傷其父不獲登朝，又家貧無奇節震人，所得爲不越家庭之常。嗚呼！士讀書植品，達則攄其偉抱，窮以束脩圭璧之身型于家，式于鄉，又奚欠焉？善無不報，闇然日章。子以終、賈之年，排金門，特達，將續參政公煒煌之遺緒，鼎嘉橋宅里不益發其潛光哉！

弢甫集卷十

傳

馬墨麟傳

君諱維翰，字墨麟，號侶僊，姓馬氏，海鹽之㑹浦人。生而器識宏達，穎悟超常兒，九歲能詩文。康熙庚子舉於鄉，次年成進士。諸公争邀致之，不往。雍正甲辰，特選爲吏部稽勳司主事，轉員外郎。試陜西道御史，掌河南京畿道，陟工科給事中，監督倉場。出四川清丈田畝，先川南，次川東。轉户科掌印，留莅建昌道。上官搆之，君通揭部科，解職赴部質，復元官。乾隆丁巳，起江南常鎮道，丁外艱，得中風疾。庚申五月四日，卒於家，年四十八。

憲廟注意人才，命柄臣選諸進士之賢能者。君眇小丈夫，不得與，氣憤直前，曰：『今日選賢能耶？賢能安從見？選魁梧狀貌耶？國家事非仗此辨。顧選意何居？』柄臣奇之，選留吏部。甫視事，發胥姦，予杖。故事：馭銓曹胥，飾體貌，犯重付法司，輕革黜，不杖也。君杖之，銓政肅清。攝他司，益整暇，所至有聲。其清丈川南、東也，糧浮於田必請減，相要害，改黎州千户所爲清溪縣。兑占桑昂邦寺部跳梁焚掠，及烏蒙，我師會剿，君駐打箭爐，供糗糧芻茭，絡繹不匱。雪冰山積，鑿徑纔通馬，苦寒裂膚，與厮養同飲食辛苦。捐俸佐軍需，論事悉中機宜。西夷平凉山數百里地震，疾馳勘災，條上之，散賑得實，建昌人感之雨泣。三渡水，摩歩蠻殲廠，夫方進勦，君力陳營兵不輯，開各廠病蠻狀，遂得請，罷廠撤兵，撫各番，誅止其魁，全活無算。在蜀七年，意不阿上官。既被搆，赴部質，時親王總部事，極威重，捽免冠。君以兩手按所著冠，抗聲曰：『奉旨不免冠！』醮問故，則又抗聲曰：『旨解職，非革職也！』乃趣具疏請革職。會憲廟賓天，事旋白，復原官。

君遇事勇，無所詘。居恒沖和坦易，雅近情。事親孝，迎養於蜀，先意承志。贈大父、封父如其官，禄分族戚，視友如性命，好獎士類，居常鎮，品目江南人文，文教風動。所著詩、古文，精悍如其人。入蜀後，所詣益進，同時浙西以壇坫自矜許者，舉莫之及。已刻詩十二卷，未刻詩十卷，古文十卷，《舊雨集》二卷，藏於家。《舊雨集》者，君裒其平生所交友之作也。

桑調元曰：曩予讀君論勦撫事宜諸篇，贊畫如神，筆挺挺踵《史》《漢》，以謂經濟文章兩不可澌滅。頃，君之子某持狀乞予傳君。予遊山，久乃歸，某又從所親南去，無從索其家藏稿。古史傳體類，援述人書疏，以見其平生。予欲述君文而末由也，姑就狀及予聞見傳之。君文自爛爛如日月，予獨以君之忠直才略不得竟爲可惋恨也。予請急歸，君書來賀。予以齟齬之身，乃今得免玉碎，而君不久即下世矣。悲夫！

美玉吴公傳

公姓吴，諱瑜，字美玉，嚴州建德人。性肫摯，事親竭力，至勞苦，不使親知之。兄弟怡怡，群從三十人，均愛如手足。年飢助賑，視力所能爲，不之惜。又爲粥于里中，餓者來繩繩，手操瓢以食，聲不嗟而容有頩。平居人有急，傾箱倒庋，率以爲常。自奉極儉約，冬一裘，夏一葛，不渝儒素風。子謙鈷令滎澤，奉歸清俸百金壽公。公曰：『吾誠知此金潔白，顧吾家居，粗足娱老。汝倖沾寸禄，曷若將此金買田滎澤，膳孤貧以廣皇仁乎？』亟封還之。至今邑之被恩者，感頌不去口。從祖無子，生事葬祭具得禮。所親張拱三者，義不就人一飯，食于公二十年。没，葬于家塋側，屬子孫無缺祀，人尤以爲難。壽六十有九，生兩受封，晋贈僉事道，如子官。乾隆十一年，詔祀于鄉。

桑調元曰：吾聞古有義烈區明，須就謝仁祖索食者。公能使所親安之終身，邱隴亦得所因依，非獨公長者，乃其所親亦誼士也。家法綿延，俗日以淳龐，豈猶不古若與？

介亭湯公傳

公湯姓，諱準，字穉平，號介亭，睢州文正公諱斌之四子。少岐嶷，有遠志。年十三，書『聖賢自可期』五字于片紙，文正公喜而勖之以正學。遂體究儒先，默識貫穿，基本于身心踐履，不務講學名，嘗曰『爲學不在多言』，蔚然文正公堂構也。器宇昂藏，中含澄濬，一時遠邇負盛名者咸爲心折。顧試輒躓，貢成均，不希榮達。雍正初元，州牧欲舉公賢良方正，峻却之。闢臨漪園，俯清池，畜白鶴，陂阜掩映，竹樹扶疎，昕夕吟嘯其中，悠然覺身世之兩忘。篤孝友，居憂不見齒，視諸兄疾若在身，欲炙艾分痛。四十鰥居，旁無侍姬。雍正十三年六月二十七日考終，壽六十有五。所著有《臨漪園詩稿》二十卷、《文稿》八卷、《贅言》十卷、《文正公年譜》二卷，行世。娶侯孺人，子三，孫四，祔葬于棘故城文正公賜阡之次。

桑調元曰：予讀《贅言》，多近裏著己，不作惝怳高明狀。文正公初師夏峰，晚年深有得于子朱子之學，一歸確實，故其庭訓涵濡爲至真且切也。嗟乎，斯可闡微也已！

司訓孟君傳

君姓孟，名承謨，字丕顯，睢州人。幼穎敏，受《孝經》《小學》，輒志躬行。本生考鄉飲賓珍奇愛之。序當後叔父璞，依膝下兒啼，弗忍離。本生考命之曰：『先王制禮，不敢廢也。且汝出爲後，吾子汝，汝父吾，天親豈有間哉？』乃泣受命，就爲後位。營考葬，哀禮兼盡。母疾，一日疾馳四百里，以醫歸治，得愈。宗族稱其孝。侍所生父母疾，數十晝夜與兄承烈親湯藥，不少懈。喪葬必誠必信，罔有悔。兄體先志，推與家財之半，君固辭。戚黨鑒其忱，與酌分，而初志各得。白首和樂且孺，群以爲難。再從弟承志少孤，撫教之成立，列膠庠。而承林以非同宗，弗使之後。力學淹貫，尤邃於三《禮》。弱冠補博士弟子，旋食餼，數困場屋，以貢選裕州訓導。諸生有見侮豪胥者，胥懼君伉直，進百金求曲庇。君怒麾之，白當事，直諸生，士氣大振。丁内艱，廬墓泣血。服闋，除陝州學，竟不赴。喪偶，遂鰥居。開家塾，延名宿，成就四方英彦。晚葺屋，廣貯卷帙，顔曰『書香』，課子若孫以自娱，州刺史罕識其面。子曦，孫永茝、永棻、永芳，曦、永棻從予遊。永棻庚午魁其經，舉於鄉。

桑調元曰：矍相之圃，爲人後者不入。惡乎！其求爲之也，受重者必以尊服服之，全乎其爲之子也。同宗則可爲之後，否者烏乎可？君戀戀所生，於所後也篤，特嚴乎弗可爲後者，誠深於禮教哉！兄弟怡怡，穀詒孫子，蓋其流慶長矣。

李生傳

生姓李，名振藻，字光庭，江南銅山人。從親之官河上，聞予主大梁書院，來從遊。性沉默，寡言笑，終日扃户伏几，園圃不窺。既而偕其兩弟及予門，雞鳴起，漏三鼓不休，居恒誦讀，已，寂無聲。篤好詩，手録古今名家各體之尤，積成卷帙，風雪苦吟。予嘗夜參半偶啟户，四顧寥闃，望其牕，燈熒熒也。歷試詩文，常冠其曹，名在太學。今春就京兆試，日下英雋雲集，覽其旅邸揮毫，莫不傾心下之，争相與愛重。既報罷，趨學舍如初。秋，病痁，歸，爲庸醫誤投藥，九月初十日卒，得年二十三。娶燕氏，無子。初既娶之，明年來學，非親召不歸，歸不三日返。

每歲小除夕，始偕其弟歸。開歲二日，雒誦琅琅在學舍矣。如是者，凡四閲寒暑。一歲相離旬日耳。攻苦力學，其家腆給之飲饌，常縮節之，以賙同舍生之急。盤餐不過蔬具，亦未嘗見其著鮮衣也。彌留，神清朗，以不得終事父母爲孤生我恩，勖其妻善事舅姑。早夭早寡，命也。其母明年年五十，習見予之不汎序壽也，乃額榻遥請曰：『得吾師文壽振藻母，振藻瞑矣。』無他語，遂逝。

桑調元曰：哀哉，生之夭也！生歸而病劇，鴞鳴於樹，向其所居學舍匝月。既歿，於月黑風饕，彷彿聞悲嘯聲。諸學子咸隕涕，不驚以伯有，其汎愛縈人心，睠然思之深也。生之精魂猶依依學舍，予能無祝予之悲乎哉？

南臯生傳

南臯生，姓張，名濟川，字東之，仁和人，端甫之子也。予向有別業在東臯，闢餘山書屋，友教四方之士。生居南臯三里而近，池陌縈紆，桑竹掩映，沿緣女墻，村墟明瑟。時問字者，率不遠千里，英雋響臻，兩兒偕承庭訓。生從予遊，論文講學，烟晨月夕，吟讌流連，參相得也。性端厚謹默，口不臧否人，人咸畏愛之。或干以非意，恬不與校，暇輒來聚講，群呼爲『南臯生』。十餘年來，諸生騰踏天衢，入館閣省署，出綰郡邑符，而生與兩兒淹青衿中。予勖以志業，遇合則俟命，乃倍相鏃礪。生從其父，受江右林學使之聘，往閲文，甄拔多杰士。會予主大梁書院，父挈之來遊，偶與課，書院當途交口稱其才。教讀大河南北，争先延致之，與名輩相唱酬，聲益翔起。今年館於輝縣之孟氏，百泉故多佳山水，而主人夙搆省園，有池亭花竹之勝，生題咏殆徧。同操奇觚者，莫與抗行。夏，忽病暑，遂捐館舍，時乾隆十九年六月望日也，得年三十有六。易簣時遺筆告主人，謂不能終事父母、畜幼弟，不孝不悌，毋厚殮。筆法遒勁。前數日，予猶接其手書，悵不克偕吾兒侍聞緒論也。同母女弟歸吾次兒，稔知生四歲，母陸孺人患咯血，見紅輒驚號，喪時哭不絶聲三晝夜，見者流涕。逮事曾大母錢太君遘危疾，願減己算益壽，疾果愈，復延數載。大母吴太君猝中風卒，父遠客，治殯事必誠必信，不貽父悔。孝事後母顧孺人，無異所生。娶名士王曾祥女，生一子，早殤，女二。所作文多散逸，存詩四卷，許許州茨板行之。

桑調元曰：生篤信予。賞晰奇疑，必以予言爲折衷。所業詩文，他老師宿儒可否之，不遽爲慙喜也。暌離困躓，疾病羈愁，夢寐依歸。惟予晚近師弟子之誼微矣。生乃篤在三之古義，有石徂徠遺風。胡天祝予，而竟早世。悲夫！悲夫！此已足千古矣。

熊烈婦傳

烈婦黄氏，商城人，祖總戎瑞，考國學嗣益。少失怙，事母孝。年十九，歸同邑生員熊學乾。事孀姑如母，紡織操作，篝燈佐讀習，勤不踰閾，和敬娣姒，御下以慈，戚黨交稱之。閲三年，舉一子，殤。夫素患咯血，至是悲，病轉劇。罄脱釵珥營醫，湯藥親嘗，朔望默籲神以身代，私隕涕，五年如一日，夫竟不起。哀慟絶水漿，矢投繯立殉，母、姑力解，得免，時康熙壬辰六月也。是年九月，號泣葬夫畢，復自縊，血迸，耳目口鼻赤，淋漓幾絶，奔救乃甦。見者澌澌淚下，百方慰勸，輒慟訣曰：『夫亡無子，何以生爲？與其飲痛延視息，孰若早從夫地下？』絶粒數日，不死；仰藥，不死。防者益力，乃陽事紡績，澹澹如平常。明年三月晦夕，乘閒竟縊于靈側，年二十有七。次早，衆臨視，顔色儼然如生，已致命遂志矣。邑合上其事于大吏，以格于例，不得旌。今恩詔予旌，其得請也宜。

桑調元曰：烈婦之畢命，多在于夫。屬纊之辰，椎心呼搶，慷慨從死，如歸其常也。乃若視飯含不得殉，封窀穸不得殉，繼之絶粒、仰藥。自夏徂春，隔歲而卒如其志。如江流之千折必東，此豈一時激昂之爲？其矢志不移，貫金石而泣鬼神，定識定力然也。要其五年侍疾，憂悸勞瘁，蓄積有素矣。嗚呼！志終婦道，一死百了，旌不旌，曷計焉？

袁氏兩世節孝合傳

銅山袁氏，姑朱氏、婦董氏，年二十四而寡，皭首完貞，同。薄産不足供饘粥，辛勤紡績營甘旨，以孝事尊嫜，同。無子，艱難立子，以後所天，盡瘁撫教，同。歲時膢臘，中間無人承祀，姑婦煢煢相倚以縞素，兩嫠奉蒸嘗者垂二十年，同。姑以婦少，不忍再立嗣，而以子畜婦，婦以時無可爲嗣，須有待立嗣，而以身代子奉姑，凄風苦雨，寒閨弔慰，同。乾隆四年，得天旌，同。姑守節四十三年，已畢志同穴矣；婦猶鶴髮鬖髿，經黯淡孤幃三十餘霜，巋然在也。初，姑有三月遺孤，未三歲而殤，尋立嗣，終舅姑養，撫兩世之嗣子，傷已；婦則無子，於孀姑病篤先一年，始克立嗣，姑殁而嗣子方孱幼，抑又悲矣。朱氏考，沛縣處士其閶；夫，需次縣丞鑑。董氏考，豐縣監生曰俊；夫，儒童渡。嗣子桂有，生周晬而孤。長嬪於耿，亦寡，誓守志者，其女也。

桑調元曰：以予所聞，銅山袁氏姑婦並弱齡守貞，苦辛立嗣，中洊臻饑饉，交加雪霜，集蓼茹荼，無聲飲泣，疾病沈綿，纍纍死喪相繼，手薦豆籩拜，後無黄口藐孤，抑何不幸哉！洎後嗣再續，宗祏終延。賜坊巀嶭，雙矗海天，冰寒玉潔，接跡爲女宗，照耀管彤，永永名臚祀典。袁氏族望彌甲於江南。嗣子桂其勉承先緒〔一〕，登進於時，以丕增大母與母之奇光。嗚呼！兹非其厚幸與？

校勘記

〔一〕『桂其』，上文作『桂有』。

祥符陳氏雙節傳

祥符之陳有謝氏、王氏，以貧而完貞，盡撫教之道。謝之孫宗舜，爲邑諸生；王之孫龍標，舉武科。天固必昌其後，而吾獨追其風雨幽閨、嫠影相倚、寒燈紡績、食蓼茹荼數十年爲可悲也。謝歸宏義，年二十二而寡，守節三十一年歿。王歸宏禮，年二十五而寡，守節三十二年歿。謝于歸時，夫即病瘵，刲股以療其夫。無子，欲殉，其母止之，勖以撫嗣爲重。待兄公舉子倎，已後之而殤，悲不自勝。夫之弟宏禮子佾復後之。佾固王所出，長子也。次子倖，方周晬而孤。王泣，欲殉，謝力勸撫孤而止。時二孀悲啼共一室，家赤貧，無所依藉。撫藐孤，歲時潔奉祀，營葬其夫，並出自女紅。謝撫佾如己生，王訓佾事母如所生，尤百方體恤謝，如同根，真摯形顏。謝常省母，所親以年饑乏食，勸之改適，遂鎔鉛吞之，得救解，竟以是嬰疾不起，戚黨並以爲難。

桑調元曰：宗舜從予遊，求傳其祖母甚殷。謝再撫孤，其同穴終以志殉。王哀謝之早寡，而旋以身歷歲寒，同挺冰霜之節。予勉其昆弟發憤自立，競爽濟美，以罄發其先之幽光。天之昌雙節之後，其可量乎哉！

王李氏傳

王李氏，滎澤諸生李輝女。輝祖韜與其弟桂，手刃父仇，刲肉以祭，自歸獄，卒得原。歲饑，輝家就食南召，會同邑王汝盤與俱。汝盤幼侍母疾，以孝聞者也。知輝女賢，爲長子家熒求婚，許字之。既，汝盤歸里。輝轉客裕州，卒。汝盤亦喪妻，攜家熒及次子家興播遷四方。久，家熒年二十有一，氏少一歲，貧不克婚。舊陽信令吕鼎祚言於嘉祥令王麟度，使就婚裕州。

甫九日，偕歸。道遘疾，尋卒。氏哀擗至痛，顧舅病叔幼，生無所藉，乃跪慰舅曰：『媳即兒，弗戚。』舅漫應之，母兄來唁視，試微探，輒大慟，曰：『非惟不可嫁，且不可死。』强之歸裕州，曰：『李家女，王家婦，死依舅耳。』冀舅出一語留之，竟默然。遂利刃割左股，深寸許，一塊赤淋淋擲地，曰：『吾志也。』母驚號曰：『爾信能養舅乎？』曰：『能。』忍股痛，晝夜績冷屋以爲養。舅病傷氣，進寬解，强無哀容。值桂玉，時飯不足食舅與叔也，而後食，食故餘。舅初見餘而飽，嗣每食必餘，覺之，趣同時食。度釜中物無足飽舅與叔者，食少告飽，或陽病弗食。卒共讓，不下咽，相嚮哭，極哀。聞者凄惻。邑孝廉王博捐館金周之，好義者踵至。衆請於官，給盈餘地二十八畝，而縣尉諶虞臣請於令梁溥，又給如前數，又益四十四弓。舅養以足，而氏執女紅不須臾懈，叔讀書稍輟，泣儆之學以勤。初周之，受必泣拜於内，既足養，遂峻却。行且謀叔娶，待立後，以畢志云。

桑調元曰：嗚呼！是豈特數日同牢，之死靡他，足奇哉！羸者舅，弱者叔，儉者歲而節孝之志行，能使戚族、通國、他州邑上守令、下士夫、里三老莫不一意感動，而大義區明，有挾書册偉鬢眉所不能見及者，兹其性然與？崇臺綽楔，汗簡數行，可誒而覩其奕奕也。

朱節母詹太君傳

孺人姓詹，其先本姓方，後外舅，從詹姓，贈徵仕，諱學曾。女也年十九歸于朱，贈文林，諱某。事舅姑如父母，舅病，醫云宜食淡，烹飪不下鹽豉，而味彌旨。鄰火延及，與娣婦何孺人共扶姑出，家具惟剩一縷金箱，孺人物也，悉以供姑。先是，曾出奩佐嫁娶，一無所私，針紉佐養舅疾踰年。火後，依母家，餉姑無虛日。生子勝，殤。事夫疾甚謹。年二十八而寡，矢殉，投繯者再，救得甦。未匝月，哀毀得疾，卻湯劑，母與姑連晝夜百方恤護，少閒，泣曰：『病累兩大人若此，脱死當若何？自今請忍死，顧安得後吾夫乎？』尋叔生子乾，撫如己出。乾又殤，慟哭，執初志，慰以再嗣。久之，娣婦有娠，踰期未産，憂悴形顔。閲二十月，生楓，爲未亡人已十有三年矣。置楓于懷，喘息呼吸，積憂勞育成六尺。楓向學，已弱冠矣。孺人以家計累叔，慨然曰：『古人善養，不盡以禄，其治生宜。』楓嘗夜讀，孺人輒喜，謂學原非爲科名也。楓病痁，泣止母夜視，乃頷之，私謂女兄曰：『母夜分不能來，是衰之徵。曩雖固止，不得也。』女兄曰：『母夜至，問頻頻，戒家人弗言耳。』楓乃大慟。其老而顧復如此。雍正乙巳，得旌，載省志，年已七十。又十年，終，乙卯七月二十有二日也。孫家濂，成進士，令醴泉，貤贈如例。

桑調元曰：予交楓，言及母，未嘗不潸潸下也。其喪本生，又未嘗以降服減，哀不治舉業。有《排山詩集》聞于時，母之撫教勤矣。家濂卒以儒起家，節孝之昌，積世而彰，尤信。

朱母何太君家傳

孺人姓何氏，父諱某，嬪于朱省庵，翁配也。孝事君姑二十年餘，喪哀祭誠，治家有法，待下有恩，戚黨以爲禮宗。省庵兄自公未壯早歿，未有子，詹孺人一志身殉，孺人則固止之，請俟舉子後兄公。已得子矣，詹孺人以爲子，年就傅而殤。詹孺人志如初，孺人則又固止之。又得子楓，卒後之。娣姒卒同終事姑，同居雍肅六十年。詹孺人天年終，卒以節孝旌於朝，孺人成之也。孺人舅氏黄翁，翁之父母祀無主，莫爲之葬，且失柩所在。孺人則命楓周訪得之，祔黄祖塋，黄族人不可，則又奉金以供黄族祀，乃克葬。孺人有孤姪，撫嫁之如女。子二：楓、棆。楓後世父，子家濂，有雋才。女二，孫五，曾孫一，數十外孫曾。年九十有一，乾隆庚午開歲五日考終。

桑調元曰：調元傳省庵翁，道翁孝友章矣。《説苑》曰：『孝衰於妻子。』《易通》曰：『家人離，必起於婦人。』人未嘗不乃心孝友也，婦人離之，妻子衰之，兄弟家人間，恫乎有難言之憾焉。省庵翁之孝友，出乎其天，而又增孺人内助之美，俾娣氏大節照耀管彤，被崇臺綽楔之榮，年踰大耋，子孫繩繩，太和絪緼，光昌有自，豈偶然哉！

仲婦張氏傳

仲婦張氏，吾友端甫本之女也。生周晬，母陸孺人歿，與兄濟川仝哺育于大母吴太君，曾大母錢太君並絶憐之。少端静，友愛其兄篤摯，數歲知私哭其母，一兄一女弟交相悲憐，事後母婉順。喪大母，哀毁。年二十有五，歸吾仲子繩球。勤繡紉，精烹飪，吾家居授徒，數十人聚講舍，佐理井井。小兒女布素衣，冬夏俱整潔。球兒連年從客中州，間歸遄返，必製衣履奉予。

乾隆十九年十月二十有六日，以産疾卒，得年三十有四，球兒不及殯也。生子二：勳傳，八歲；曾傳，五歲。女二：長，七歲，許字禾中沈壽；次，纔生十九日耳。哀哉！濟川居常與對語，各泫然涕盈襟，母殁久而悲思不澹。洎客死輝縣，家人秘不使知。病亟，見其母與兄俱，曰：『兄殁，胡不我告？我當隨兄侍母去。』乃卒。卒後，吾妻汪宜人涕泣告予曰：『仲婦賢孝，顧初來竊繫隱憂，殆不能成子姓。越二年有身，憂頓釋。先是，仲兒病臟癰，累年左右管起膿血，淋沾不絶。婦謹護其病，得良醫以瘳。親黨中遘此病率不起，良醫亦罔効，蓋婚後尚爲處子者年餘。其苦心如是。既生兩孫，又以産卒，吾何以爲心，兒安能不悲復悲也？』予聞而益哀之，爲之特書。

論曰：娶婦爲子姓，吾兩孫仲婦出，宗祊賴之，抑猶似續之常。獨持大義，瘳所天痼疾，活所天，卓然有古列女風。又惓惓死生念母，非獨其兄孝子也。

季子繩篪傳

予季子繩篪，字軒竹，行五，性篤孝，有氣誼，幼無玩好，衣食辭華美。嘗除夕與壓歲物，置几上，不復問也。予友教餘山書屋，病危甚，沈明經右鈞診視。兒時年十三，出跪右鈞前，雨泣曰：『我父病至是，必先生審良方急救，只在今日。』右鈞且扶且揮淚曰：『讀書人家子也。』仝堂相顧涕下，僮僕且感動。是夕有起色，兒侍側，目未交睫也。早歲群經成誦，爲詩文輒驚老宿。成童補校官弟子，從吾入大梁書院。鄂中丞虛亭課士，奇兒文，招面試，益奇之，贈筆墨，即賦詩謝。嘆曰：『大器也。善成之。』蔡學使葛山還朝，亟稱其才敏解正。陽怡齋招課其子，試童子卷八百，細與評隲，或謂其筆墨之費，通邑士子德之，合詞請主講書院。會秋試，歸，束脩外，卻怡齋厚贈，志守吾家規也。所親登上第，曰：『是無足異，惟人品學問不及古，吾疚也。』予爲先孝勇府君營石綽楔，令析箸，各爲生。長兒繩鏞有痼疾，株守薄産。兒對長兄嫂曰：『勿憂。吾束修所入，義不獨贍。』秀水顧生夫婦歿，無子，數棺在淺土，兒首倡醵金葬之。值其從予潯陽，董廉訪定巖延致家塾。予遊北岳未返，苦邀之往虔南，固辭。予遄返，遣歸。母病痪，每夕侍至五更，不忍離。陽出寢門外，聞喘聲即繞牀褥，經年不懈。予再入大梁書院，久病，乃差次兒繩球歸，述予狀。逼歲除，即束裝曰：『安可一日闕侍左右耶？』母命開歲啟行。途中乘馬病重繭，度闕山，省覲予顏，私涕透重襟。居無何，兒疾大作，彌留曰：『兒不孝，不克終事父母，反遺父母戚。他日願祔邱隴側，庶魂魄得長依侍。』口呼父母，兩晝夜不絕聲。予止之，曰：『兒不能絲毫報罔極恩，此時得多呼幾聲，畢兒戀慕，明即不聞此聲矣。』乾隆二十三年四月二十五日，歿于大梁書院。娶汪氏，文學晴江溶女。子二：詩傳，四歲；徽傳，裁半歲。定巖選《菲泉集》詩十卷、賦文二卷，序而鍥行之。衆私謚『文孝』，予謂私謚非古。沈司臬萩林題其墓曰『五岳詩人之季子、文學軒竹桑君墓』。

調元曰：予初赴大梁書院，行河長口，遇甚雨，肩輿先至獨山。兒車泥濘，距三十里，不獲聚。逆旅各愁賦長歌，次曉追及，喜相慰也。洎攜柩返，過獨山，大雨注如囊時，人馬迷中野，天將暮，幾露宿，欲賦竟不成章。悲夫！悲夫！

弢甫集卷十一

碑

大梁書院新建奎閣碑

兩間元氣磅礴，凡理大博物之處，體勢隆盛，類有神以主之。下至小道精能，菁華蔚茂，技之至者通乎神，況人文興起，關貞元之運、邦國之脉、古先聖賢之統系綿延託以不墜者乎？中州河洛圖書之所自出，萬古文明於是焉闢。人文盛而神靈聚，光氣尤彪炳於天下。考《天官書》《孝經援神契》，咸以謂奎主文昌。夫天文昭回，雲物班布太虛，皆造物者默運之，造物不自以爲功也，則於此寄柄於奎之神，理固有可信焉者。

大梁書院固中州省會育才之地也，歲庚午初夏，諸生請建奎閣。予與諸生捐貲經營之，踰月而成，乃敬奉奎神像於閣上，以時享祀。是秋，獲雋十人，榜首至第五得其四。明年禮部試，三人成進士，衆咸欣欣以爲美談。予謂鍾靈毓才以光昌文運，微特科名絡繹已也。道之著見爲文，文昌則道與俱昌。宋乾德五年，五星聚奎，爰啟濂洛關閩之盛。尋墜緒而遠紹，匪異人任。維神有靈，凡篤志於濂洛關閩之學，立心以直，不爲詭隨，率爾操觚，必軌於正。早夜深造，以求自得者，神啟其衷而錫之福。吾與諸生惟此是勖，以牖神智而迓鴻庥，或出或處，俱希有益於時，有聞於後世，神默佑之功，不更彰明博碩乎哉？且夫豪傑非天生也，士苟能辨志卓立，孜孜闇脩，以躋於有成，堅苦一生，自足千古，則天地鬱積之元精，悉以其身凝承之，然則己之一心開明，即神佑之所歸也。諸生並躍起，請書予言，勒之石，而鑱諸姓名於碑之陰。

新脩關龍逢墓碑

直臣爲國之元氣，常憲由之以貞，過舉由之以改，喉舌所争，腹心手足俱賴之維持，乃克神志清而骨力挺，以成精明强固之治。故殺直臣者，國必亡。自古直臣，首夏之關龍逢，殷之比干繼之，其名懸日月，光烈照宇宙。遺隴並峙中州，光岳鍾毓之氣，殆非偶然。

入函谷關五里許，關龍逢墓在焉。歲久不治，廉察河陜張君特謹修之，若堂之封，巍然完鞏。而比干墓在殷墟大陸之阡，長松數百參天，封自周武王，宣聖手爲題碑，昭回穹壤。上中巡，親摛全藻，所以發舒忠直之氣者，度越萬古。此僻在荒莽之墟，千百年墜典，一朝光舉，用以仰推睿謨，盡守臣之職分，攄望古之殷懷，其關係致爲閎鉅。屬調元書之碑。

大治之創爲首善，亂之創爲首惡，《書》稱受罪浮于桀，吾以爲承三皇五帝之治，桀顧力肆矯誣，恣爲淫虐，而殺直臣一事，尤爲喪國基本，不謂之首惡不可。猶之伊尹説湯伐夏，獨得稱聖之任。何者？創非常之原難，踵前事之師易也。然則公之以直諫播先聲也，固其奇偉首出者矣。嘗試推公之心，非惟九死不悔，直欲以就戮之慘動桀之悔萌，或竟幡然改轍，挽曷喪之夏日，免放廢于南巢。此公之至願，希冀萬一，而卒莫之遂，所爲抱痛九原者也。殷之興也，成湯從諫不咈，高宗從諫則聖。一興一亡之跡瞭然。《詩》曰：『殷鑒不遠，在夏后之世。』《書》曰：『厥鑒惟不遠，在彼夏王。』所陳若合符節，嗚呼，徵也夫！君名學林，丹徒人，工詩，其必有揚徽垂誡之篇，與《詩》《書》相發明者乎！

杞縣新建志學書院碑

書院爲一黌地，泮璧之區，教澤鴻溶，而昕夕親師，習業有恒，觀摩熟而成材易，莫書院若也。杞之有書院也，於前明莫之考。皇朝順治末，吴令守寀即尊經閣、敬一亭遺址創爲之。康熙末，寧令佑於玉泉街重建之。洎乾隆初，令茲土者輒移之學左，而書院失其故所。

昨歲壬申，安溪潘君調茲邑，慨然謀興起人文，捐俸爲倡，購巨宅，新其規置，書院以成，榜其門曰『志學』。門内齊厨左右列，入重門，講堂嶂如，兩廡各爲學舍九，又進爲樂道堂，東西齋顔以『希聖』『紹賢』，築養心亭於其後，清池演漾，芙蕖卷舒，足以發吟風弄月之趣。羅四庫書實之二西齋，延明師，選英雋，資之膏火，遜志敬業，魚魚雅雅，弦誦清鏘，禮儀肅共。時臨講席，風聲遠馳，墜典畢舉，乃屬予爲之記。

予肆君之以『志學』揭之名，俾士睎乎是而不苟於利禄也。杞故爲伊尹所生之鄉，然必學顔子而厥志乃充。周元公之翼士而進之賢聖者，舍是無所置其力。伊志宏大，顔學精密。不宏大，則不能視天下無一物非己，而自任也輕；不精密，則於己治之疎，而其道不足以推而通其要。一仁盡之，聖則安，賢不違，即令名不失，亦必於是求之。士一其心而不雜乎他，則作爲文以發明精蕴，非華膴之梯媒、時乎得志，決不肯以身家榮肥頓喪其生平。誠如是，大道之光昌有日矣。豈特區區科名接踵，詫人文之盛乎哉？君之志學，夙有本元，故立教以此爲抽闡其義而書之石。君名思光，字涵亭，戊辰進士。

弢甫集卷十二

碑

大梁書院建五賢祠碑

儒者嘗言，一爲文人，便無足觀，亦薄其徒侈才藻，鶩雕章琢句之爲，其行義不可聞也。若攄其宏負，峥嶸激發，大有關于招揭天常、世運治忽之故細，亦拈舉動容，深入人心之隱。如三百篇之風，聖人删之爲經，敢少之乎哉？

五賢祠聯中州風雅之脉，俎豆之于吹臺之傍。始唐高、李、杜三公慷慨登臨，後人慕之，而作三賢祠。空同、大復兩公壇坫有明弘、正間，聲實彰耀于土中，遂增署五賢，久之湮圮。乾隆十有九年，司臬沈君慨舊跡之淪，過大梁書院，謀所以復之。書院東故有書屋，規度軒偉，予謂祀五賢也宜。君即捐俸脩堂，皇製龕帷，顔簷額，擇日潔奉牲醴，安栗主于堂，墜典以舉。時空同八世孫辛燿拜謝于階下，喜大雅之景光久而彌炎，後裔誦先人之清芬，有餘榮焉。其興起斯文之功甚鉅。

夫『知人論世』本真乃出唐天寶之亂。杜公、高公走間道，一謁帝于彭原郡，一及于河池，亮節如日明。中葉權璫盜枋，李公奮筆代草疏，何公封事偘偘風生，俱身名挺特。獨青蓮公傳聞異辭。《新唐書》稱公于祿山反，轉側宿松、匡廬間，璘起兵，逃還彭澤。至宋人次第公集，直云『璘敗，坐繫潯陽獄』，則逃還彭澤之節不著，而且謂史誤前哲，亦早有辨其非者。予特以杜詩證之，而知公之志行不可誣也。杜詩于王維，則表其緣主而病，庾信之收，心跡可原。于鄭虔則卹嚴譴之傷心，悼台州之得罪，初不以『忘形爾汝之交』曲爲解也。獨于公，比諸還漢之蘇武、不事秦之黄公。宿松、匡廬間，何殊持漢節茹商芝乎？復大書『楚筵辭醴』，與逃還彭澤之特筆合。顧此義誰陳？當時之法已用，所爲冤痛于『梁獄上書之辰』也。杜之詩，不誠謂之信史矣乎！然則《唐書》杜詩烺烺可據，初不必援子儀再造唐室，指其救免之功爲足掩罪也。皭然五賢，垂輝千春。其著述之根原並磊砢如是，兹其難能可貴也與！嗚呼，來者多賢，可以興矣！君名廷芳，中辭科，由翰林累今官，仁和人。

吴公祠祀田碑

古之鄉先生，仕而表著其德善功烈，老而陶冶其里之後生，俾德業是考問，没而流風迤邐以長，依依有弗諼之思。故祭于社，有司主之。其潛采不耀于時，孝友罔間人言，爲衆之所矜式。睦婣任卹之行，戚黨賴之，以濟其乏。鄉望魁然，鄙人薰之而善良。昔我有先正，載在祀典，其芳澤均不可泯也。

公生有厚德，好施鄉人。久而思之，既上其事，得請于朝，祀于其鄉，以子僉事君謙鈷貴膺封者再，晉贈如其官。天之發其幽光，已烺烺莫之閟。峑峨特祠，矗于丹崖緑水間。僉事君復以分遺，續置田三百畝爲祭産，請于總督喀公、巡撫雅公，檄所司載入府縣志。田毋得他鬻，以永奉歲祀于無窮。嗚呼！爲善無不報，積之而發其光熊熊。直道之行流注于民心之同，自古而然。朝家操激揚之枋，彰善于既往，俎豆尸祝之，以爲都人士風；厲節使大臣以及承流宣化于是邦者，炳然書諸方策，著于令甲；鑒孝子不匱之思，以爲類之錫。俱宜大書特書，屢書不一書，而調元竊有恫于是也。先贈公以煮肉糜侍父疾，練鄉兵，退海寇。與邀天恩之旌表，調元規建石綽楔于通衢，老病力耕研田，奔走四方，頻年志不得遂，是子之賢不肖有殊，調元所爲泫然感愴不能已。已而令德祀百世，固理之灼然不惑者。偉哉！此祠祀之緜緜，其亦山高水長矣乎！公諱瑜，字美玉，嚴州建德人。

王澮園明府去思碑

澮園王明府視事於錢塘七載，民懷其德，一旦以詿誤左轉，邑之人争奔趨於當事，乞留。以方有命，引見弗得達，則相與伐石西山，踵予門求文以爲記。予謝疴家居，不聞户外事，而明府之廉且明出於誠心之盎注，固予所飫聞也。

明府之乳民也，引赤子近几席，煦煦然若慈保之提攜食飲之。胥徒不假之虎冠，甌窶之氓來堂下，問所疾苦，使得盡語，毋或結轖而含㾓恫、遘膠葛，亦弗忿疾於頑，以色聽微櫛其譸張，委蛇刃解，情既得，則又惻然有哀矜之心。若已陷之於辜，於歲征剗除無藝。聽村氓之輸將，不令一小胥呼擾。衆德之，駢闐供，惟正恐後，不累乎長上。間有逋户，或語以笞榜，則愀然掩耳不欲聞。嗚呼，何其仁也！辛酉甲子之秋，濤江衝涌，固塘岸，常不遑食。餘杭南湖受天目萬山之水，隘不能瀦，疾風甚雨助汎溢，塘塍四決，灌上下鄉田廬。明府乘瓜皮艇勘災處所，雨澌澌被面，衣盡濡，與農夫村婦喁喁泥淖中。賴天子仁聖，數散籽予賑，盡心力惠窮檐，毋實蠹腹。其豈弟類如是。

今夫父母之於子也，朝夕撫畜我，顧復我，忽有故委之去，則驚呼叫號，涕泣牽衣不聽行；或父母轉席豐腴適心志，雖攀之不得爲己悲，而念我父母猶稍稍慰，苟或非所宜然而然，則益縈紆愁思，依依環之不忍捨。然則今我邑人之依依縈思於明府也，烏能已乎哉？抑予更有慨然於中者。明府嘗報最循卓，以部曹注仕版矣。使即上徵軺，大抒其經猷，發跡於時，內臺垣卿列，外方岳監司，應赫然休有烈光，徒以需次逡巡獲蹭蹬。予既睇宦波之蕩潏，而又嗟賢俊之不及時大用爲可惜也。然天高聽卑，行將入覲闕廷，必且以治行終長者，懋膺榮擢。我邑人戀戀於明府，明府亦先侍其尊人、御史大夫、司臬於浙，吟眺湖山之名勝古蹟。踰十年清緣未斷，或邀蒼昊之私，重剖符至止，則此行也，父母孔邇，其終有以撫我矣。遂群喧然請書之石，石有時而泐思無時而諼也。明府名緯，字象文，號澹園，鑲黄旗漢軍舉人。

弢甫集卷十三

對　記

太極似何物對

太極似何物乎？太極無物亦無似，物於物而不物物，非太極也，不恒似而時似，非太極也。天下無獨，必有對，惟太極無對。故包乎萬有不滯於有，立乎至無不淪於無。無而孕有，斯非窅無；有而體無，斯爲妙有。夫子言《易》有太極，有而不有；周子言太極本無極，無而不無。有而不有，不有者乃其所以爲有；無而不無，不無者乃其所以爲無。無者有之對，有者無之對。凡物之所謂有無，非太極之所謂有無也。必求有無於融化有無之際，而太極之有無可會矣。故朱子曰：『太極之妙，不屬有無。』此其所以無對也。邵子謂道爲太極，而程子有『惟理無對』之説。邵子又謂心爲太極，而朱子有『惟心無對』之説。然則太極之爲無對也，昭昭矣。

無對則不可以物言，不可以物言則不可以似言。竊嘗觀太極之圖，太極不可得而圖也，不得已而强圖之，稱太極之名，太極不可得而名也，不得已而强名之。故觀其圖、稱其名者，必探其不可得而圖之妙與不可得而名之精，斯則聖人之意也。夫書不盡言而固已盡言矣，圖不盡意而固已盡意矣。是在善會者自得之。以物喻物，物而不化；以似擬似，似而不真。而况以物喻無物，以似擬無似者乎？張子曰『《大易》不言有無，言有無，諸子之陋』，亦謂有生於無。及『有物先天地，無形本寂寥』等語，毗於有無之方所，故目爲陋耳。若有無隱顯，通一無二，何必不言有？如孔子言『《易》有太極』是已。何必不言無？如周子言『太極本無極』是已。且『極』也者，本借屋之脊棟以取義，而特繫之以『太』，明乎尊而無對，非凡爲『極』之可比也，然則『極』固已借物之似以爲言矣。『極』而繫之以『太』，則仍無物之可似而已矣。夫『皇建其有極』『會其有極，歸其有極』，見之於《洪範》。『無極』二字，見於《老子・知其雄章》。《汲冢周書》有『正人莫如有極，道天莫如無極』之語。柳子曰『無極之極』。康節曰：『無極之前，陰含陽也；有極之後，陽分陰也。』其言有言無，意各不同。而夫子與周子之言，則固不毗於有無之方所，而相爲表裏者也。且搆形似之語以形容太極者，昔人亦不乏其說，如『槖籥』『元珠』『磨盤』『水銀』『果核』『水車』『月川』等語，不一而足。曷若『無形而有理』一語之爲明徹也，而又何物之可似乎哉！

姚氏山園清課圖記

古能文之士、清逸之流，記園亭林麓之勝，類多手構别業，嘯歌遊處其中，自鳴其適志者；或輿屐所至，流覽某氏之名園，觴詠連日夕不能去，興酣落筆焉者；亦有高臺曲池，莊院巨麗，千里飛書，序其落成之月日，駢羅之景物，乞名人記之，鐫諸石以爲勝概者。此其大都也。騷人秋士，牢落風塵，欲息其勞筋而不得，則幻想清幽嶄絶之壤，意爲布置締築，以寄其無聊之思，而先爲空文以記之，殆畢世而莫之遂也。而俗流之羈紲名場，腰組綬，首冠簪，老死溺没，無自出拔其力，可以闢栞臺棋墅，華榱文棟，奇花美草，陂水以爲沼，壘石以爲巖，破千家之産爲之，終其身不得一至，僅於其圖乎指目之，雖揮毫伸紙，膏唇舐舌，津津道林泉，而飲冰莫解其内熱。噫！其可哀也已！

由拳姚氏出其先人《山園清課圖》，求予文以記之。圖列其子孫群從，雖平居嬉遊，子弟必執經從。峰巒洲渚，松篁菰蒲，鬱乎蒼蒼，有山林江湖之觀。由拳爲澤國，無崇山峻嶺，而圖中之攢霄拔地，若武夷、天台之盤矗，輪囷之奇材，礅硿之奥阯，非人世間圃榭之所能籠而有也。然則爲斯圖者，亦追其清峻之志品，寫其寓興焉耳。夫寧居井絡，身未嘗作勞薪，無繫於金紫之緌鏇，力可以搆小園，蒔花種魚以自樂，而有慕於巖壑之幽峭，坐石徜徉，灑然自得，其襟期依約可想。吾故樂得而記之，以當客中之卧遊。其群從之舊往還者宛然，開圖識之，若笑相視而莫逆，予獨無概然於中乎？

馬氏墓田記

章邱諸生馬荄述其二親保先世墓田事，乞予爲之記。荄之言曰：『寒族自文學始祖遷于縣西十里之温家莊，歷七世，共五十餘塚葬于村北，先塋由來久矣。荄之父與母居常言：「祖壠不可不培護，乃子姓根本地。此公産，慮族衆有赤貧者無以爲生，或議動摇。予家苦無餘貲，計惟粥日用器物得值，以給族人，歸吾世守，乃可常保。」大父老而傳，父遠出。歲飢，族人果議棄塋地。母亟以此指跪禀命于大父，大父韙之，粥值得白鏹二十五金，給族衆，立券，隴以永存。至今馬鬣纍纍，封樹茂蔭。父歸省墓，泫然以謂幸克成初志。此保有墓田之顛末也。大母嬰篤疾，二親徬徨營醫藥，衣不解帶者八閱月，卒，盡哀禮，事親並務竭其力。乾隆戊辰，邑大飢，大尹命貸各村倉穀，須保者，不時納即責之償。富豪悉畏匿。里人無保者不得穀，向吾父曰：「以累子。」父慨然任之，散給惟均。衆感德，穀稔，悉完納，不煩追呼。母爲外祖總兵官諱進明之女，少婉順。來歸，經大喪，訓四小姑内則、女工，辛勤佐送嫁，宗黨稱，無閒言，皆從仁孝植根。不肖荄淹滯章縫，兄純仁、純義、純智、純哲，俱無能起家，以表揚二親。求吾師記墓田以彰潛德。』語跪，跪泣如雨。予聞而肅然敬仰，且感荄之誠也，爲書其所述以貽之。

其始祖應友，庠生。父名玥，字燦然，藉田農官，年過耋老，與孺人李白首相莊，今並康强無恙。行見焞等鍾祥振家聲，以大發其幽光。本深末茂，理有固然已。抑觀農官之高祖廪生思禄著《家訓》十三篇，知其世德燕詒者遠矣。

弢甫集卷十四

書後

書東山志後

予既序《東山志》矣，顧按志中分一十七門，有『鄉彦』而無『寓賢』。予惟東山以晋謝文靖公棲遲於此得名，是山以寓賢著也。明謝太傅、少宰父子引退林臯時，葺亭臺池隖之勝，攜賓從爲雅會，四方遊履響臻，同邑之達官、隱君、騷人、墨客相與觴咏爲歡者，率多名輩。明丁末運，高人避地至此，其詞賦嘗散見於志中。夫至自四方者，以此爲蘭亭梓澤之遊，桃源栗里之避。即同邑如蘭風、開原、孝義諸鄉，步屧過從，雖不等於遠地之寓公，然吾所志者東山，則凡非東山之土著，不謂之寓公不可也，則志『寓賢』也宜。凡地志體例，類載『藝文』。此志末卷登詩篇，而文則不録。志詩篇之小序曰『《嘉泰志》之末，復綴輯古詩文一卷，不忍佳文之委棄』云云，然則《嘉泰志》固並輯古詩文矣。且志藝文非獨慮佳文之委棄也，古跡之無考者，往往藉遺文逸句以當文獻之徵，故趙、歐陽搜羅金石文字，雖斷銘殘篆，莫不椎拓而綜録之。古賢率爾題名，志日月於荒崖絶澗中，採之亦知人論世之一證，斯以知文之宜録。茍爲古之所留餘，悉宜一一攟拾，并毋論其佳與不佳也。如『隄閘』志沿革，非撮舉諸碑記，何以悉其顛末？末紀國朝雍正甲辰年七月十九日丑寅二時海溢，溯海溢前明正德中，徵諸馮憲副蘭詩有『壬申秋七月十九日將曙』之句，前後月、日、時悉巧合，此足以覘造化盈虚消息之機，憲副之詩足當詩史。此《志》從而攟拾之，上備史宬之採擇，下爲百世後攷古者徵信之藉，洵精且覈矣。

夫文之當攟拾亦猶是也。少宰搆東巖别墅，臚其景二十有八。稽舊志之所載，覈諸石刻，彼此異名，《志》中兩存之。吾則謂辨舊志之譌，賴此東巖一片石耳。天下有手闢别墅，劌其佳名於石壁，而所書有舛誤者乎？惜乎其漫漶不能盡識也！夫流連烟月，吟弄景光，其異同之名，本無關輕重。然由是推之家國天下之故，其或取證於斷銘殘篆、荒崖絶澗之鐫題者，豈少哉？施武子志會稽，有識者謂其太簡。《鎮東軍墻隍記》，顧徵君寧人於卧龍山西岡得之，《志》不載，張淏《續志》亦不載。《東山命名辨》中謂施公《嘉泰志》假手於人，記載未備。乃此《志》録詩而遺文，毋亦簡而未備也乎？且留心攟拾，豈惟在碑碣哉？吾遠祖御帶公封號事跡記諸舊志者殊略，家乘無可取證，嘗詣西湖桑九郡王祠拜伏，畢，仰瞻栗主，則御帶公兄弟九人封號具存，獨行三、行五兩公止書郡王。出，視墻坳有一碑陷墻中，摸剔可辨。碑立於萬曆三年戊寅，海昌進士刑部四川司員外郎沈友儒撰文，末系《神絃曲》二章。碑記多與家譜合，惟封號只書御帶公，并不經封號備書之八公，僅書諱而已。又概言宋封王爵而顯應等。封號賴栗主存之，則家譜之所取證焉者也。試於東山擴拾遺文充栗主之類，若祠堂、墓道、坊表、鐘鼎、楣梁、旌幢、龕壁、橋埠、烽燉等題識，撰記俱博收之，以資證辨，庶足爲完書也已。明朱伯賢右卒葬蘭風鄉，其遺跡或在牟鸓、桃灣、老塞諸山，未可知。夫窮摭鄉先正遺蹟以著之篇，固作者之責也。爰書其後而歸之。

書莊翁與子書後

莊君出其父前後所與之家書兩帙示予，屬予書一言於其後。予讀之畢，作而曰：『嗟乎！翁之慈，君之孝，其弗可及矣！』翁嘗書其先人詩示君，又幼藏其先人所與之家書，至老而寶翫之，以終其身。予因以知翁與君之慈孝，夫固有所導之也。

抑予有惻惻於心者。始予年未弱冠，以家貧，負米江介，離家只五六十里；次至海濱，蓋三百里；而遥次至京師，蓋四千里而近。中間漂依山左，近棲泊禾中，或遠或近，曾不能依膝下，手菽水以承歡，而吾父母之髮已皚皚白盡矣。嘗客京師，以元日至浙江公所，肅恭升堂，遥拜吾之先人，祝吾父母嘉慶。蓋依人作活，禮不可借他宅以拜吾先人。惟吾省公所，吾先人靈爽庶一式憑焉，因於此祝吾父母嘉慶。望白雲而延佇，思親舍之迢遥，意蓋悽然未能堪也。去歲客舍除日，得吾父手書，喜而躍。是夕守歲，燒紅燭，敬對之達旦。噫嘻！不爲游子，疇知游子之幽憂愁思有如是耶？調元生不肖，志行不光，無能博升斗之禄以養，又家無負郭之田，不能衣襏襫，持耰鋤，力耕以供子職。塵埃衮衮，南北奔波不一役，明年又不獲已，擬事遠遊矣。吾父母日益衰老，而遠遊仍不可以已。三千之罪之莫大者，不肖又安所得而逃之？前四五年，吾父手作書，點畫猶清朗，近則吾父之眼益昏花，點畫有糢糊缺齧者，而諄諄訓不肖持身讀書，益反覆懇苦不能休。予又因以知爲人父者之慈其子，固無有弗至焉者。而爲人子者，則誠有肖有不肖也。君聽予言，其亦有惻惻於中者乎？

重書莊翁與子書後

自來名賢之家訓及書誡、詩箴，語於庭、揭於座之格言，非獨其詒謀之遠也，天下後世之聞其言者，亦多所警動焉。予讀莊翁《與子書》，慨然有所激於中，而感其教我之宏多也。翁之言曰：『英雄作事，大都在不如意處自爲磨勵，然後能有進步。』又曰：『昔年有作用人，二十外三十内，平生事業無不一一料理。』又曰：『苦志讀書，奉養不必如此豐厚，但得此愈要早晚攻苦，不獨可以消受一生，得力全在於此。』至哉言乎！何翁訓子之切，望子之深，欲其奮激志氣，厚培事業本根，博練平生之材幹。慮不如意，則正可資磨勵；一聞豐厚，則又愓其懷安，重期以一生之得力。肫肫乎如此，其至也。

夫艱難困苦，天之吝而不輕予於庸庸者也。庸庸當之，亦摧頹其氣，銷鑠其志，而無以自立。故天常以之私豪傑，豪傑承天之私而動忍增益出焉。予生三十有六年矣，向亦未嘗經極險悸之境，而漂流頓躓，徒步單衣，衝冒於酷暑祁寒之候，躑躅於荒涼懊恨之區，捫心囓指，潛自酸辛。所謂『勞苦饑乏拂亂』之遭，所在多有，而至竟義理未熟，才識不長，豪氣因事漸平，本志則未克乘時而立。嗚呼！予之庸庸而必見嗤於豪傑審矣。天非絶無意於予，而予之負棄天甚矣。酒闌夢覺，披衣奮起，未嘗不顧影悲歌，激昂涕下。今聞翁之言，益令我心驚面熱，汗浹背流也。其他言可採甚多，予特舉其有警於予者，表而出之，抑期後生同志之並警乎此也。

弢甫集卷十五

書

寄上陳榕門先生書

調元之省先隴而歸也，不敢寧居，謟俶裝赴汴，而明公已移節閩中，不及追送前旌，一奉清誨，然疇昔教言猶在耳。至書院，得所留惠後學諸書中，有明公雕本，殷勤訓廸，如聞謦欬，雖萬里猶覿面。乃進諸生於庭授，使誦習，以毋庋閣爲戒。首小學、《近思録》、經傳、《養正遺規》，次正史。約諸編課程，寧簡毋繁，期於恒久漸進。退而肅恭披卷，率先諸生，以之自鞭，於衰晚庶暮而炳燭，猶勝闇行。

伏惟明公撫中州僅半載，士民熙春陽中，忽違依怙，相遇龐眉總角，罔不嗟思。蓋仁心之灌漬於人者，深且浹也。調元返江鄉祖籍姚州，目擊旱荒，凋瘵之餘，饑羸相望，傾囊以賙親故，不能果一日之腹，心傷涕流。始悟古聖之任，非惟不饕富貴，并不遑計及勳勒鼎鐘、名標竹帛，只目前萬衆嗸嗸，直當如救焚拯溺之急。調元迂愚，自耽屏跡，有負昔聖賢牖隙明之恩，無分寸効於時，觸心之疚，惄焉如擣。方今天子仁聖，紆顧閩疆，特命鉅人碩德往，拊循其衆，計所以戢寧之者，必無乎不至。海濱鄒魯、考亭夫子之遺跡在焉，本朝李、蔡二先正振興經學，綿延道系，又逢明公以躬行提唱，俾翕然歸於確實。鰲峰書院之風聲，環海仰望有加。調元悵不能揖讓其間，聞緒言而被餘光，曷勝躑躅，抑又悲夫習俗之敝也！士大夫交煽風流，以道學爲諱，彼非以道學爲不美之名也。望道學至峻不可攀，人之從事於斯者，第相率而爲僞焉耳。夫僞誠可嫉，嫉僞道學而甘心爲真放辟邪侈，如之何其可也！

調元少遊餘山先生之門，奉緒餘爲同人抽闡，恨樹立不光，所詣牿疎，無能一挽川瀾之倒。及來書院，揚皇靈以敷教，又中州風氣淳朴，庶竭其愚，一興實學，而倡莫之和。功利之習中於人心，士之投贄而來者，志於苟得而已。言及於道，則相顧眩愕，蓋湯、耿諸先生之風渺矣。昔蘇子瞻亦宋之賢者，謂『腐儒亦解愛聲色，何用白首談孔姬』。嗚呼！孔、姬未嘗屏聲色，亦惟於聲色發中其節，即協乎道已，不克由聖而禁絶。人之談此，何説也？又云我必欲破他『敬』字，已不能持敬，而以謔浪笑傲爲横流之決，又嫉正人君子之持敬，而必欲破之。士風之壞，率因乎此。調元誠私心痛之。子游宰武城，尊聖訓，以學道爲治。治與學無二轍，舍道無學，舍學道無以爲君子小人。而末流日讀聖賢書，操觚爲八股之文，辨晰津津，至立身行即，輒背而馳。人何自而有真儒，世何自而有善治哉？調元前奉别時，言不敢抱咫尺之義偷安里閈，自顧齒危髪秃，略無表見，誠得承明公之下風，助宣文教，藉以昌明餘山先生之緒，正在此時。而事勢無恒，卒不獲罄伸其志。夫登高而呼，其勢加激。必上有提唱之人，風會易隨之轉。今亦不敢妄自頹棄，力所克爲，期於必盡。人不能以道學自擔，獨不當學爲人子，學爲人弟，學爲諸生耶？隨其才質而誘廸之，科舉八股無非道，俾終無背焉，斯可矣。調元之所夙夜矢心，以仰答明公之知愛者如此。且先聖賢之典籍，點點俱濺心血，於鑠有神，其聲光如日月之照臨，風霆之鼓動，景星卿雲之昭回，甘雨瑞露之霑溉，誠覆被漸涵之，久當必有砉然得其性靈而旁搜遠紹之者，是則調元之所望彌賒，而竊爲軒蓋者也。炎暑勤勞，伏惟萬福。

答魯君論詩經韻書

前論《詩經》用韻之變，見古人屬詞之工。頃辱惠書，覆按所語未協，直謂不當以韻言。僕性惷愚，又荒學殖，何敢言詩？然有疑於中，不敢不盡陳，以求剖析也。

三百篇用韻，漢唐後謡諺歌行之詞，縱横百出，權輿於此，其韻亦不止於兩頭中央等例。秦碑三句一叶，漢語一句兩叶，並已導源於《載見》《靈臺》諸詩。其尤奇者《陟岵》，『子』、『已』、『止』韻，『季』、『寐』、『棄』韻，『弟』、『偕』、『死』韻，横溢不可名狀。凡此皆韻之變。韻變而音節亦變，不待言矣。他文無韻，固不礙詩。而無韻則不成歌，不成歌則比音無節。樂之始終條理存乎音，音之節存乎韻。詩者，樂之章也。人聲則以韻爲歌之節，絲竹等器則以韻爲音之節。唐人稱拍板爲樂句，一字之聲，數轉乃成，非拍板莫之節也。韻則爲詩之句入樂，即隨詩之句爲句，非此無以節歌，非此亦無以節群音也。《鶡冠子》曰『五聲不同均』，西河毛氏釋之曰：『宮、商、角、徵、羽聲本不同，且即一均之中，亦必取聲之不同者而彙於一宮。』蓋以不均爲均，而韻名焉。故古人爲詩，即二句三句無同聲者，而其宮則同。僕嘗考唐人之詩，兩句聲不雷同者，惟杜、韓能之，他則未免相犯。賦者，古詩之流，不歌而頌，亦必用韻。西河亦謂古文排比數句，並宜著韻。引『麀有肥馬，野有餓莩』爲證，『馬』『莩』，古韻也。夫雜文不必韻猶且著韻，況於詩而可無韻乎？劉勰云：『異音相從謂之和，同聲相應謂之韻。』和者，和也。一唱三歎，雖不必同宮，而亦可和韻者，均也。必衆音彙於一宮，而乃能均。許氏《說文》『韻』字，古與『均』同』，此之謂也。《國語》立均出度，必五音之均立而後萬聲之節奏乃出，無韻則度無從出，樂於何節乎？顧西河謂『聲之不同者，彙於一宮』，劉氏又謂『同聲相應』，二語似岐而義則一。蓋劉氏之所謂『同聲』，即同宮也。如虞廷賡歌『明』、『良』、『康』三韻皆同宮音，『明』、『良』爲『陽庚』之通，『明』叶『芒』，則『庚』歸『陽』，是所謂同聲相應也。『明』、『良』、『康』三韻不同聲，所謂取聲之不同而彙於一宮也。二說本合，而其中別有不同者。毛氏爲『五部三聲兩界兩合』之說，必謂五部、三聲、兩界、兩合所不通者而偶通之，斯謂之叶。其本通者，何事於叶？故『明』不必讀『芒』，自可與『良』爲韻，以此爲聲不同而彙於一宮之的。亡友劉讓宗著《詩經叶音辨譌》，駁之曰：『據此則《關雎》首章「鳩」、「洲」、「逑」同尤韻，反不入格乎？』語甚雋快，然不同聲而彙一宮之說，自確不可易。假如二句詩『芒』『忙』、『康』

『糠』、『洲』『州』、『逑』『求』聯叶，即犯同聲之病，而西河必以庚陽並叶爲不同聲，則難免於讓宗之所譏矣。曩與讓宗面質此義，讓宗深然之，而《辨譌》書已板行，以未及載鄙説爲恨。且即同宫之中，又必同等，乃爲細密。讓宗謂亭林顧氏引楊慎，指《凱風》『夭』、『勞』二韻，以『勞』叶『僚』，爲才老多事，不知蕭韻係收音三等，閉音四等，豪韻係開音一等。朱子從才老之叶，欲其歸於同等，正古人用心精細之處。然則韻之必細爲叶，無論今韻古韻。詩之必以韻，言不誣也。《周頌》多不叶韻之文，他詩亦間或有。朱子疑其有和聲相叶，以三嘆爲和聲。如劉氏『異音相從』之旨，正自是世代湮沈，求之不得。豐氏《魯詩世學》顛倒改竄牽合之，誠無可取。此於無韻中求韻，豈謂詩祇以音言而不以韻言哉？

讀足下文鈔，論韻學三書大概亦宗西河。其中即有『古無所謂韻』之説，似本西河之言『切韻聲類，原自難拘』『何嘗以之上繩六經、下檢百氏』等語，而即斷以爲有音無韻。竊詳西河此語，謂律韻雖嚴，不宜太瑣耳，未嘗謂詩之可不以韻言也。西河指今韻爲律韻，歷序韻書原流，以此爲平水劉淵所作，且云：『劉韻則何足據？』無論今韻併非劉韻，邵青門辨之甚覈。青門謂元陰氏兄弟始併上聲拯部，删減三千一百字。而『五部三聲兩界兩合』之説，西河之所舉以言毛詩者，仍不能不據依今韻。其五部從今韻而分爲五也，其三聲即今韻所分之聲也。舍今韻則兩界何由劃？舍今韻則兩合何由成？自云由裸而求衣冠，而衣冠實裸人國之所給。然西河祇言今韻不足據，未嘗謂毛詩不以韻言也。故又謂就字本音約略相按，則在倉頡造字之初。

其字音、字義，原即與用韻若合符節。雖起古人於地下，亦若有不自知其然者。此所謂元韻也。偉哉，斯言炳烺直如日月！夫豈獨倉頡造字之初有此元韻，即盤古以來，倉頡未造字之先，元韻亦自在天地間。蓋因造字而見，非因造字而有也。韻書雖始於魏晉間，而亘古之韻非晉魏間人所能鑿空而造。且使鑿空而造，則六經百氏，當無一弗齟齬，而千百載下，又誰能轉輾宗述，講求精密，奉此私智所撰之韻乎哉？

近世言韻最著者，亭林顧氏、西河毛氏兩家，李文貞近宗宣城梅氏，邵青門遠訂上海潘氏。崑山三徐，亭林之甥也，謂亭林、西河，各持其説，難於通兩家之郵。及《字典》出而西河之霧已披其半，而『五部三聲兩界兩合』之説，讓宗亦謂發人未發，有功韻學。僕少讀杜詩，至『真』、『寒』並叶，聚訟者訖無一當，得毛説而豁然。特其持説過堅，閩人陳季立逢此罵會，固不足言其訾謷。朱子集矢於吴才老，則寃也。西河明目張胆，云古文讀字，從無定準，又云一字二音可通用，又云協音不拘字義，都歷歷有證據。而《候人》『祋』與『芾』協，朱子以末部有『芾』韻，『祋』字兼註帶音，即訾之曰：『末韻之「芾」，是蔽芾，非韍芾。』出爾反爾，吾不能爲之解。足下以古音之亡歸獄於朱子用才老韻，毋亦沿西河之流而揚其波耶？僕固陋，不敢詆前輩，亦性不喜詆前輩。曩與讓宗在南屏書舍促膝至夜分，鄙意欲從『五部三聲兩界兩合』探其源，而準劉氏同聲相應之説，仍細加叶。蓋作字母等韻者，知以切韻聲類求之而不知其源，知五部三聲兩界兩合之源，必謂於聲之絶不同者，既屬相通，不必再叶，亦殊欠諧。質之吾讓宗，以爲何如？讓宗笑曰：『是西河、亭林之調人也。』來書中舉『奕奕』『秩秩』等疊字，『棘心』『吹笙』等抽折，寧都魏氏已有是説，此固無有以韻言者。緩調、急調，恐亦只是文法之工，若謂情有舒慘，韻亦有緩促，則《常棣》末章談笑而道，其果慘而促乎？《四牡》末章屏營將母，其果舒而緩乎？且遲其聲，初不關詩句。無論何詩，皆可遲聲。太真於《清平調》終，遲聲以媚。彼詩之叶韻與《四牡》同乎，異乎？論韻學第三書中指示從入之途，遂可旁及貫通，若堂上辨堂下得失。

竊見李文貞公謂等韻與經世互有得失，推之多有未密。萬里上官氏謂司馬公《指掌圖》及《蒙古韻》皆不出了義字母區域，而盛推邵子以聲起數之精，乃仍有言其未密者矣。稼堂潘氏師亭林，又與衛爾錫辨論添減字母，自謂天然條貫。而讓宗謂字母天造地設，斷不可更張。足下才高識明，於韻學言若易然，又有『詩不以韻言』之創見，僕竊不能無疑也。求不我棄，解其癥結，而正其紕繆。幸甚！

答趙然乙書

白澤祠一把袂，僕時方在疚，不得展意序舊。尋復訪前旌，已遄發矣，悵惘至今。白雲在天，想望無極。僕以性迂才拙，終養後遂無意復出，開門授徒，用供饘粥。暇則青鞋布襪，獨往東南佳山水間，窮幽邃，縱意嘯歌，聲蕩林谷，時或作擘窠書，淋漓巖壁，與紫翠相糾結，歲以爲常。昨秋應故人之招，猥主大梁講席。竊意身無毫髮裨於時，或以平生承學之區區，公之吾徒，小播教澤，庶稍逭天壤間蝗粟之誚。德凉學固，冗不見治，遂思即引去，苦爲當途縶維，稍待秋風凉冷，徐還敝廬。所蘄群公接武夔龍，宏潤巖廊。比如僕者，亦田間之一蒼生，俾晏然歌詠虞唐，心乃大快。頃見哲兄明府於中州，歡然道故，喜接手書，藹如良覿，急詢邇日動定，知早灑然投簪賦歸田矣。在先生，道高而神恬，出處一節，進則抒藎忠以補遺忘，退標魁閎名德以儀刑鄉之後進，均有所佐佑於世道，表見不虚。獨海内仰望丰采，思竟其用，爲時棟礎。讀曩者所上封事，若黄鍾大吕之鳴，噌吰天地。今先生爲霖之手斂治田園，則蒼生望轉喁然耳。明府遺愛於浙西東，邦人思之比父母。僕爲故民，身被厚蔭，忍匿盛美而不揚乎？行見嵩人來暮之歌，與浙汜去思相映發矣。伏惟炎暑自愛。

答劉芳草書

瓜田徵君造訪歸，得先生手教，珍重逾於瑛瓊瑶。近又於徵君齋頭見尺素，叨念及鄙人緒冗心庬。久闕奉報，且感且慚。僕於文藝，夙無師承。中年東西遊走，進退漫浪，竟不獲潛心於此。晚復塵昏，荒落滋甚。讀所著《明史列傳》，表章忠直義烈，楮浮生氣，令人杭聲擊節，神色並振，古所稱不朽之業也。抑磊砢不可磨之情性，亦煜煜軫蓋間矣。僕雒誦餘，劄記疑義，不圖輒達左右，正藉引容光之照，得消闇汶。而先生不鄙棄之，遂許附諸蘭簿之末。顧兹凉菲，其何以堪！屬委作序，自當撰上，蒲牢在前，不敢發聲，是以遲遲。見賜哲兄群從大集，經術文章爛萃高門，或映徹九泉，或標撮群彦，何觸目見琳琅珠玉也！

僕濫主斯席，抗顔而爲人師，德力不自量度，夙夜疚悔，亟欲引退，蒙當途縶維，義不可即去。然行止雲浮，究未可定。僕少爲餘山先生門弟子，老未聞道。旅進宦學者，如干年，旁騖詞章者如干年，今須鬢星星矣。中夜以思，千杵撞胸，苦心誰質？歸將掃半畝之宫，課童子數人，供朝夕饘粥。究心先師之遺緒，不敢著書，以欺後人。希小有得，以稍釋平生之愧負，於願足矣。秋爽萬福！

重答劉芳草書

頃得手書，獎飾拙序踰涯分，赬汗不敢承。顧蒙許調元一知己，死不恨。調元感次骨，何遂得此於先生，又寧敢外耶？疑義蒙縷解，訛字並賜採納賞晰，不殊接席，何快之如！抑垂問拙序中語，實無他深指也。

大著《列傳》，類取匡濟忠直，特筆表之，以爲一代人物事蹟關目，故遂可括全史。若唐、李、王、盧、歸、徐、李、何、康諸君子，亦有事功、氣節可書，而所謂登壇設墠，劌滌卑瑣，特與慷慨釃墨，眉須戟張。至論震川，許其撰述當不在歐陽子《五代史》下，惜用違其才，淋漓惋憤，光氣怒生。嗚呼！此非文章氣類之感，異代如覿面者耶？非奇才碩學，天阨之，俾不達，達亦不盡抒其能，有弗能已於激昂者耶？不然，《列傳》僅五十耳，於旋斡乾坤，撐拄名義，誠不可泯滅，而持聱牙之筆，嗚毫颯颯，遺經獨抱於荒江虛市間者，寧必動容正襟，盡氣力憮繪之耶？此不謂先生之結習乎文雅風騷不可也。且文章之關運會，審矣。功德配以立言，其業本甚閎鉅。時無宿學鴻生發抒乎日星河漢之文，并一朝功德亦闇而弗光，此先生於有明匡濟忠直特表之，使凛凛千載者也。此唐、李、王、盧、歸、徐、李、何、康諸君子，先生又爲之生面特開者也。然則先生之學之才，後之知人論世，立起嗟咨於襄城白頭寂寞家居一史氏，可知也。然乎，否乎？幸更有以教我。天寒，伏惟珍愛。

答查藥師書

曩錢坤一道足下天秉高奇，於門才中特著翹穎。嗣覯《汴源書院學規》，規橅閎遠，節目細密，益嘆夙學之有本元，而勤勤誘進英髦之心之蟠固不可以已也。即思具尺素通問，以旅緒振觸，又抗顔爲師，持勤補拙，劼劼不暇。越始衰之年四五稔，精力頓疲茶，故百務簡略，未及披慕悦之忱於左右。然心乎奇士，不一日置也。辱先賜書序悃欵，詞氣若河流東下，汪汪不可涘，知肆力於古甚邃。書法亦蒼古，比於陳遵。尺牘之可寶，惟推奬過實，使人赬顔汗浹。叨惠雕本《韻語》，喜，燒燭讀至宵分。窺見腹笥手椽，攬勝懷古，才情涌溢而出，與坤一聯句奇麗，五言高處往往似小庾，繼今爲之不休，其又可量所至哉！許滎陽明府久屬神交，悵咫尺不得良覿鄭、劉。風雅之邦，有此賓主唱妍酬麗，僕之濃羨，何翅汝陽之逢麯車於道口涎垂也！

蕭晨方盥，得家書，作洪喬者紆程始至，故續遞書畢入，此獨稽遲。開緘得西穆先生訃，失聲一慟，紙面雨溼。云六月病暑，數日遂不諱。兒子蠢愚，不知當言卒日，又恐衰遲感傷，故後函絶不復及，究不知以何日終。天乎，何奪吾西穆之速也！西穆里居，見面垂三十年。前歲長至日蒙招，同同里盧玉巖論交金牛湖之四賢閣，各賦七言古詩一章，三人約爲昆弟交，數數過從。今歲，周、盧申之以婚姻，盧之女孫，僕外孫女也，許字周之孫，書札往還甚懽。猶憶去年人日，西穆觴玉巖與予於書齋，匆忙言序查氏詩，即送之行。今讀來教，有西穆先生序正之語，殆即爲大集元晏耶？老成徂謝，心交當共此悲涕。僕竟日不食，作答時怦怦心痛，并檢定交詩，拙稿是正把握。開歲爲期。不宣。

再上陳榕門先生書

自從星沙得聆説書，平實之明訓，體之於心不敢忘，因知一舉動亦必歸平實也。夫道本平實，天之行生昭昭在人聽睹間者，無一不可按驗循是，以達於人之云爲，更何僻詭之可尚？道一而已，岐之則已非。故不平則陂，不實則洸洋恣肆，入於元虚寂滅而不可究詰。《中庸》一書，專爲隱怪者作隄防，而後世横流之潰决已。楊墨佛老之迭出而莫之止，而助揚其波者，更甚焉。嗚呼！則皆不平實之流，至於斯極也！古大聖賢早能不惑不動心，以上達無窮。

調元少遊餘山先生之門，白首無成，年踰六十，猶未能卓然自立。顧從静中嚴勘身心，閒中細閲世故，始知萬事有命，上哲能立之，俟之下學，必知得徹，乃可以爲君子。《論語》末章編書確有微意，近稍稍覺小有把持。昨年濫席廬陰濂溪書院，思大闡元公之教，學者頗有所感動，尋以主者去而義不可淹。思返故里，適大梁舊席專伻招致。今春復赴此，忽抱風疾，許久始瘥。方患劇時，於去來頗無怖戀，惟奇痛難忍，思古賢處此，必有以自勝，乃深愧平昔之用力疎也。

餘山先生遺書大篇，舊已校定，今收輯散亂，諯事編摩，謀授剞劂，名曰《餘山先生遺書》。謹前已陳一二，曾入清鑒，極蒙印契，隨當繕録全編，并調元抽闡鄙論亦附篇末，將統求是正。餘山齋沐，西向敬求大序一篇，以昭示來學，俾斯道有光。感激恩私，非小子之所敢專承也。餘山先生踐履確實，揮發淵微，東南倡道，實與稼書、楊園兩先生如鼎三足，尊奉在海隅學者之心。昨翠庭雷公深知而佩服之，調元質雖窪愚，不敢阿好。惟大君子垂察。瀛寰望君實之身以乳我蒼黎，伏惟眠食萬寧。不宣。

弢甫集卷十六

雜著

卻巧文

壬申秋孟，炎氛熾赫。烏下虞泉，西林蟾白。桑子露坐招涼，遠睨空碧。門隸過焉，云：『今茲七夕，將歸飭媌娙，㸷設几席，羅陳瓜蔬，拳膝頓頷，假靈帝孫，天巧創獲，神光合離，銀灣湍湱，其迓鴻鼇，智濬巾幗。』桑子莞爾曰：『面膏髻丫，騃癡求索，覬擅組紃，希利刀尺，景闇鍼穿，事同戲劇。』哂而麾之，披襟脱幘，風乎堂密，頹焉意適。交睫朦朧，星芒亘射，恍覿錦裶，翩來靈跡。

乃言曰：『帝孫鑒汝，汝拙之魁。操一骯髒，履百嶮巇。老不更絃，踵前之爲。凡汝所爲，帝孫稔知。髫齡十四，餘山是師。引跂考亭，循是階梯。世之所迂，汝趨步之。樹身爲的，集矢攢譏。是謂拙學，道與時乖。文章小技，絶嗜古辭。《爾雅》斯攟，時好匪追。噫彼妄庸，怒目裂眦。專非其是，欲成之虧。跫音有人，解后賞奇。譁稱私汝，益肆詆諆。是謂拙製，俗不汝諧。釋褐分曹，徊翔冬部。掌故橋陵，檢稽旁午。晨驂侵星，夕案秉炬。敗轂羸蹄，泥塗淋雨。糲飯藜羹，齋厨轢釜。嵎負者虎，穴居者鼠。不鼠不虎，獨立無所。是謂拙宦，蟬蛻冕組。行路悠悠，兄儔弟侶。徵逐讌遊，强親笑語。貨之輒取，觴之輒茹。滃滃訿訿，臚登蘭譜。汝一切否，矜慎許與。是謂拙交，宜汝踽踽。書林兀立，學子分行。笈負景從，齗齗一堂。毛膚裨販，駢躐朝廊。高官逐逐，神已澌亡。二三峻拔，執義堅强。唾視婞阿，經行煒煌。或滯下僚，或淹文場。服者螻屈，叛者鴟張。是謂拙教，德命相妨。嚴哉庭訓，紓納義方。手十四經，雒誦琅琅。急非所先，謀豈云臧？彼《兔園册》，挾之騰驤。齟齬鑿枘，身罹咎殃。遏絶詭隨，復誤家郎。是謂拙詒，荆户厖凉。汝之前君，亮節熚熚。童侍父疾，躬熬肉粥。羊脂噎哽，抱鐺喑哭。海氛漲天，練師祠屋。賊艘連檣，宵遁讋伏。孝勇皇旌，名鐫青竹。規石綽楔，汝志虔篤。費溢千金，衣食嗇縮。舌耨筆耘，硯田蘄熟。不以銖分，波累親族。弟子結駟，故人厚禄。酷羞佽助，矢潔於玉。烏頭嵲嵲，何時雲矗？是謂拙營，嗟老而禿。餘拙不貲，數難更僕。帝孫哀汝，命錫汝福。破鑿中央，奏功忽倏。疏瀹巧源，襟顔勿恧。惟圓惟輭，百巧具足。稽首致辭，前稱下民。腑臟惷愚，帝鑪所甄。剷斲剛稜，施斧無因。學攀狷介，闇不爲鄰。文傷箕簸，斗不能神。撫躬道直，券取賤迍。多謝諸少，不我雷陳。黔非吾徒，皜則日親。教兒芳潔，貴於朱輪。血誠締構，標拂霞旻。愚公移山，志結千春。屬於孫子，終建嶙峋。衆拙之府，儲積輪囷。神縱欲福，功難響臻。葆我大拙，完厥性真。靈耀欻去，返於絳津。帝孫嗟咨，于欠伸。閒斂拙手，上負星辰。闞攄黼黻，默塞經綸。敬謝靈匹，寶拙終身。』

賦授不鈞。轇轕萬衆，愛巧如珍。閴寂孤生，棄巧如塵。餐蘗食飴，存乎其人。蘧然有覺，徐

招　魂

予亡友朱嵩齡予齋，秉心正直，負經世才，司教台州之太平大府，屢欲特疏薦達，宵人尼之，竟不得志，侘傺以終。爲作《招魂》一篇，敘其平生交好。歿者魂可引嘯呼存者，與予同放小招。事俱摭實，聊以寫哀。

蓀有生之濩落兮，升灝氣于清穹。趣修文于冥漠兮，昚玉佩之瑽瑢。慮蛾眉之見嫉兮，類人寰之莫容。乍興盡于紫虚兮，飄精爽于四方音仝。乃招曰：『魂兮歸來！無往東瀛些。狼山聯綿，霜毛猙獰些。海門蕩潏，洪濤舂天音汀些。蜃氣嘘結，白日晦冥些。毋殁不及視殮，哀啼若嬰些。歸來歸來！如臯不可以羈身音丁些。魂兮歸來！無適南荒些。巉巖大庾，矗若劍鋩些。礀州險奥，骸骨多不葬兹郎切些。羅陽鑱天，死與麇鹿仝坑居郎切些。墨顔纏絰，病羸尫些。歸來歸來！高廉不可以投蹤即王切些。魂兮歸來！西陲不可以遊些。崎嶇嶠潼，地常破壞維陬些。灞滻滛滛，沉没飽蚢鰍些。厥考入關，攖疾歸不救居尤切些。歸來歸來！毋往罹災將侯切些。魂兮歸來！北都不可以淹些。金門屢蹶，駑傲驥以驂驔些。灰煤從風，面目涴黖些。冰霜砭骨，敝羔鬣鬖些。五侯七貴，跡不交參些。督亢凌兢，桑乾瀺瀺些。歸來歸

來！息轡銜些。魂兮歸來！無上重霄些。帝居深嚴，玉宸無繇朝些。頭簪嵬峨，僭李貓些。腰鞓晶熒，猛靈獒些。當關索魄，猩語而狼饕些。歸來歸來！任彼宣驕些。魂兮歸來！無下九幽些。鬼門黝戞，其路阻修些。紙錢綷縩，買導前驅居由切些。衆厲餧而争噬，不吐口音嘔些。富埒猗頓，挾貲以役朋曹徂侯切些。盱睢跳踉，聲咿嚘些。歸來歸來！焉可逗遛些？魂兮歸來！無滯平泉些。米廪傾頹，寄栖數椽些。鹽虀不贍，土銼無烟些。有美子喬，徐元肅。魂顧寒氈些。入棺寂寞，疇周旋些。回睠故鄉，道里千些。黄巖拗嶺，插重元些。夜壑移舟，萬有捐些。空號皐甫，逝飛龍之翩翩些。魂返故居，無遷延些。魂兮歸來！道姚州些。東山高士，汪鑒。卧層邱些。萬樹梅華，環石樓些。傾倒瓊漿，酣獻酬些。魂兮歸來！經西泠些。瀇漭水烟，擊汰揚舲些。上客談諧，汪錫祺。廣座傾些。博物寓公，周復旦。識天星些。有温者容，沈填。照瓊瑛些。素心吟嘯，會群靈些。胥山同姓，朱楓。藉香蕢些。東臯舊侣，盧存心。酹湘醽些。閔予躑躅，恨填膺些。溯遺響于西風些，尋故蹟于南屏些。歸乘回風駐雲旌些。魂兮歸來！入裴島些。菲菲鶴洲，羅芳草些。崎嶔怪石，曲徑繚些。葱蘢古木，蒼藤繞些。苔階净緑，啄飛鳥些。秧田延碧，犂野老些。南湖樓舫，烟波淼些。真如塔火，霜月皦些。晻靄雲沙，躍鴛鴇些。涵淹蘆蕩，發荷蓼些。歸收萬景，供哦眺些。魂兮歸來！舊宇寧神些。芬苾宗祊，從先親些。敬恭瑶案，對如賓些。長溪逸老，沈脩誠。篤愛如琪珣些。書笥經筒，萃儒珍些。陸奎勳、陳佑。磨盾賦詩，馬維翰。來幹人些。雁山遊伴，周坦。樂仝群些。青霞徵逐，聯芳鄰些。城南徵士，張庚。追寫真些。州東碩生，張仁浹。緬音塵些。纏綿甥盛百一姪朱孫稻，望颷輪些。一死一生，見交情些。鱗鱗貴富，昧平生些。自古有然，曾何足懷悶眉兵切些。歸來歸來！聊放志於衡門典因切些。

亂曰：書博士兮作官閥，和璞獻兮輒遭刖。紉蘭佩兮睇天闕，猘唁唁兮憎且齕。蘊芳馨兮不得發，巫咸莫問兮終古銜冤。魂歸來兮長水潺湲，青蠅爲弔兮白馬奔，蓀大度兮包怨恩。

濂溪書院上梁文

蓮華峰下，文光映南斗之傍；楓葉江頭，教澤播潯陽之派。盈虛有數，逢人傑以地靈；風月無邊，宜夏絃而春誦。心平書院事，等諸建學爲先；手厥易通道，乃可立人之極。必根源之研究，惟光霽之昭臨。泝昔賢程邵張朱，並衍元公之脈；相此地陰陽動静，渾如太極之巖。氣毓扶輿，地當爽塏。山重水複，用擇名區；月吉辰良，爰升高棟。喜藏修之得所，覩開繼之有因。一爲文人無足觀，非美斯愛，愛斯傳乃藝而已；行有餘力則以學，惟直則公，公則溥其庶矣乎。雲霞遂以蔚蒸，後學從兹興矣；庭草于焉交翠，先賢實式憑之。

兒郎偉抛梁東，窗草綿芊生意融。暘谷一輪晴日麗，扶桑萬道曙霞紅。

兒郎偉抛梁西，澄潭霽月映玻璃。元辰翠岫雲成蓋，寒夕璇霄氣吐霓。

兒郎偉抛梁南，美滿光風漾彩嵐。坤軸自應蟠道系，離垣豈止盛朝簪？

兒郎偉拋梁北，九派文瀾動江國。含宏灝氣灑襟懷，耀遠奎光拱辰極。

兒郎偉拋梁上，蓮峰高峻同瞻仰。眼睇乾坤意轉舒，手捫日月神尤王。

兒郎偉拋梁下，濂溪清泚長涵瀉。培士林中大選掄，鑄人爐裏新陶冶。

伏願文峰光麗，學海淵澄。萬笏鍾靈秀，出晞賢之士；千冠萃美醇，攄載道之文。尋舊緒于圖書，斯爲至矣；發新知于師友，不亦重乎？期濬導乎蒙泉，共昭宣夫聖蘊。

桑氏家訓

子弟須樸誠，毋輕儁。門風須清白，毋赫燀。言須温厚，毋尖酸。行須慈祥，毋刻薄。衣須布，毋華美。食須蔬，毋肥甘。己有微長，須韜斂，毋炫露。人有隱惡，須掩覆，毋宣揚。篤守謙恭，受無窮之益。緊持廉恥，嚴有主之防。學業須專攻，毋龐雜。工夫須綿密，毋間斷。倘入仕路，拔本澄源，毋妄取一錢。常時里居，安分守己，毋預外一事。恕以推情，勇于改過，受恩惠毋忘，被横逆毋校。友毋雜交，人無輕信。糧無遲輸，婚毋早對。博奕飲酒，是最下之污流。昏暮乞哀，是不肖之穢臭。資質雖愚，毋早廢書册。用度雖絀，毋苦累交親。毋作幕客，毋爲吏胥。殯葬毋用僧道，宴會毋用優伶。祭祀須誠敬毋慢，醫藥須詳慎毋疎。毋結盟兄弟，毋認乾爺娘。毋賽會迎神，毋拜斗禮懺。器不妨舊，毋嬾脩補。屋不嫌卑，毋慵掃除。毋輕就暱好之家止宿，毋遽留疎遠之客居停。毋放債圖利錢，毋借物飾體面。毋愛當竭之力，毋縈非分之思。書雖叢殘，毋拋毀。田雖瘠薄，毋棄捐。無義之親朋，淡淡往還。有德之師友，依依親近。拈絲粒當思來處不易，撫髮膚當思生我劬勞。阡隴毋妄希吉地，早入土爲安。婚姻毋仰攀高門，惟積善有慶。婦女毋弄筆墨，傳出字跡。孩童毋縱生性，養成驕癡。淫詞小説，見即燒之。孌僮艷婢，立即去之。人不節儉，終至于貧窮。人不勤勞，終淪于卑賤。祇願正人常光臨説正言，不願邪人偶引去作邪事。孝友是一團和順做成，嫌隙是滿腔拂逆釀就。不蘄家有敗行檢之達官，只期世生護元氣之善士。吾言已諄復矣，汝曹其聰聽之。

桑氏家訓約言

忍嗜慾，節衣食。慎交遊，嚴取與。吾子孫其世守之。

弢甫集卷十七

學規

大梁書院學規

夫讀書植品，士之所有事，而非實勝之是務，則終無由立。人即知識開明，一心所窺者淺，故必充之問學，而知乃日進高明。顧千言萬語，祇使收已放之心，約之入身，以爲向上之尋，斯下學上達之功見。倘文與行二之，則全無一是。幸而軌轍求合，抑猶虞其塗澤爲之，則根已全虛，雖自諭文之淹通、行之魁特，終其身無分毫之實獲，爲尤可哀也。故立誠爲學者之關中河內，舍是無以定其基址。『子以四教：文、行、忠、信』，可括《論語》全書，并可括《十三經》，傳古今無窮之書。其中審端用力之方，自有節目次第。循序而進之以漸，雖資性未敏，亦或先或後，或疾或徐，駸駸赴乎是而莫之量。僕賦性芚愚，規模迫隘，祇求近裏著己，所可力者，懇苦自鞭。竊舉平生向學之方，縷縷爲諸生告焉。

一、辨志

學莫先於辨志。志如懸的，萃心與力中之，苟其的一差，誤中之害莫可詰。亘古今惟『三不朽』撑拄天地，此外别無有。人今與諸生接，甫啟口，輒進之於『三不朽』，或不能無驚疑，然無以爲也。德不能及孔、孟、程、朱，而忠、信、廉、潔，一節之表見，一行之執持，不謂爲德之立不可也，此豈謝弗能乎？功不能經天緯地，溥利群生，而隨處存心，一民一物之克濟，寧不云功之立乎？此豈謝弗能乎？立言不必定援筆著書，傑然成一家之則。漢東平王只『爲善最樂』四字，其言立矣。此豈謝弗能乎？矧由是而進，即蕲至於古之不朽非難。中州風氣淳朴，前聖遺澤最深且厚，近爲湯、耿諸先生講學之鄉邦。諸生之志，固辨之不可不早辨也。

一、立本

立本之道，在孝弟慈。人孰無父兄，人孰無子弟？我有父兄我事之，我有子弟我撫教之。孝友子諒之心油然而生，得之性而無待於强，惟注力在察識擴充，俾滿其分，斯貴耳。嘗見士夫之於父母，養非不足也，禮非不具也，而或且旁移其慕，曾不若野人之於父母，肫肫濃至，天性爛然，則是野人之父母較之士夫之父母爲重也。忍不忍也，故君子之於孝弟慈注力也篤。移之忠，移之順，推諸子，惠萬民，莫不基於此。未有不厚培其本而枝葉能蕃昌者也。《康誥》

言『祇』『恭』字，與《大學》合，先後聖於此恒警動言之。蘇長公謂今之人有書而不讀爲可惜，予謂今之人有親而不知事爲可惜也。此予與諸生言及此，能無怦怦感惻於中乎？

一、窮經

聖人之心存乎經，不凝神静氣以窮之，則聖人之心不可得而見，而經乃晦。更穿鑿附會以瀆亂之，而經亡矣。窮經之大致有三：曰博綜，曰折衷，曰自得。先之以博綜，所見廣而參稽有資，則疑義從之生；然後會衆説而折其衷，則至當歸一而論乃定；久之動乎天機自得之妙，不待游刃而豁然中開，非侈謂前賢之牖而我得其精也。芻蕘之所見，犂然有當於聖心，是天之聰明散乎衆人之心者，時而呈露其義，未始經人道，而一拈舉之，確不可易，斯樂莫樂於此矣。士通經乃足用，自來之引經斷事見諸猷爲者尚矣。即一操觚而不本之於經，則根氐薄而論説皆膚。韓、歐、曾之古文皆大醇，而朱子尤醇乎醇。時文中王、唐、瞿、薛、歸、胡諸公之所爲，俱灝衍不可崖涘，經熟也。窮經之方，自少及多，通其少而多者徐由之貫。《十三經註疏》、崑山徐氏所刻《經解》之外，逸簡甚衆，窮年皓首，莫得其端，此多而無紀也。今就《四書》專經，條分縷晰，融會貫通，不墨守斷爛之講章，時有心得。一經畢更及一經，群經可次第程功，不苦其難，不憚其煩，不好奇以妄爲之説，則經義如脱穎，豈獨錐末之見已哉！

一、學古

古之器至堅厚也，而細緻爲今之工巧所不能過。古沈而今浮，古用力深而收功遠，今慮淺而欲速，無惑乎不相及也。人不學古，則其人也凡近，或遂至嵬瑣而不足論。文不學古，則膚庸拙僿，紛雜無章，甚且勦襲雷同，文壞而士品亦喪，可惘也。《易》曰：『其旨遠，其辭文。』夫旨遠矣，辭即不文，庸何傷？然且謂不文不足以行遠也。故理道已明，行文要自有矩矱。《六經》之文，天地之大文也。天地之大文，陰陽寒暑推移變化無端倪，而按諸通復往來之度，井井不亂。《六經》之文，文成法立，不以文鳴而爲文之至，故其妙與化工埒。古今之文之卓然成家者，莫不取則於是，是豈無工夫所得到哉？程子謂無子厚筆力，不能作《西銘》。夫《西銘》之理直詣精微，而非操筆力如子厚，作之無由，此足覘行文之須用功取法矣。孔、孟生於今，必應舉，應舉必爲時文，爲時文必期合程度，而斷不舍馳驅之範以詭遇，可知也。吾平生論文持六字訣，曰：『出落清，柱意明。』出落清，則如建章宫，千門萬户，自有次第；柱意明，則肢股中血脈貫而不容左右互易，此其大較也。其細微曲折，當俟講文、閲文，詳悉指畫，而揭其大旨如此。此非一人之私言也，古法如是，吾與諸生共學之而已。

一、博習

人之質性，有專講習時文，日猶不足者。而聰明奇雋之士，隨地不乏，徒以時文可取科第，既已優爲之，而遂不他及，其所成亦遂止於是。學術文章不盡其才，致爲可惜。夫窮經爲本，固人人之所宜務。而諸史群書、詩、古文辭舉，足以開廣識見，裨益性情，俾德器深以醇，才猷閎以達。朱子天秉絶人，其於道學根氐、經傳淵源，既已契先聖之心得，集群賢之大成，所作傳注如日月經天，江河行地矣。《綱目》一書，上續《麟經》，皆天地間之大文。而旁通博覽，於書無所不精勘。所作詩、古文辭，卓然爲南宋大家。皆學力深邃，遠有師承，非由臆作。此以知大儒通三才，綜群術，斷非拘墟自域、抱殘守固爲也。諸生中有才地超群、孜孜好學、志爲宏通博碩之彦，裕廊廟之徽猷，發山川之鴻藻。承學之人雖愧淺陋，願以所聞於師友者共講明而切究之。此内實源流相貫，非僅侈梁園詞賦已也。

一、静

爲學莫先於養心。心凝然不妄動，漸幾於澄澈，以之窮理而理明，以之處事而事當，以之執筆爲文，而淵然之思探入深微，俾出之晃朗而無纖毫之翳雜，單微所縈能穿溟涬，胥由此也。天地古今之精藴，决不翕聚於浮動之胸，故人須沈静，而器識斯廣，學業斯宏，他日之所成就亦遠大莫可測量。一日之間，務期默多於語，止多於作，則氣漸寧謐，諸事就安詳，而静可幾也。孟子曰：『養心莫善於寡欲。』周子曰：『寡之又寡，以至於無夫耳目口鼻之欲。』聖人所不能冥心以處也，而猥云至於無，不幾折入於二氏之門徑乎？蓋澄然無事，動輒不踰乎矩，則欲無非理，即謂之無欲矣。下學之所不能驟臻，則寡之，斯爲善術。故聖人主静，君子慎動。若心無檢匣，浮躁飛揚，神疲而識昏，氣粗而言庬，不惟器宇遠於儒者，即細與之論文，亦豈能有所入哉？

一、恒

天恒覆則恒清，地恒載則恒寧，日月恒照則恒明，聖人純亦不已，故貞。夫一常人，心有斷續，詎便妄幾乎是？然不可不勉强秉持，以注於是也。無恒不可作巫醫，南人之言，大聖取焉。不恒其德，或承之羞，左右前後，紛紛藉藉，齊以羞進，《易》以謂『其來不可禦』也。其集莫之窮也，故或之。或之者，非疑之也。有先招之者矣，而奚爲不急用？吾占考之俗諺，則如彼；徵之經言，則如此。無恒固無一而可，而人顧以或作或輟之功，掛名從事於學，文與行亦安能有獲？凡人苟有所爲，精神常聚則光華自生，吾嘗試之矣。書之難句讀者，日日往復之，而疑意忽開朗，即得其理解；事爲之難合者，日日經營之，而機緣忽凑，訖有所成就。故其方莫善於恒，有恒者之不二其心，其於可否無所擇。聖人猶與其質地之堅確，况衷於道而俛焉日有孳孳不已也。吾願與諸生綿密以之。

一、整

凡人心志整則無非僻，舉止整則無傾邪，事務整則無紛庬，文思整則無雜亂。竟日課程，限定作何誦習，整飭不紊，則日起有功。當讀書時，思講求作字，即謂之務外；當讀此書時，忽欲研究彼書，亦謂之放心不收。若義理觸發、旁推交通者，不以此繩，否則皆執持不定所致。讀一書，自序文以至終篇，首尾勘究，不令一字放過。案頭惟專對展讀之書，餘列他几，不更紛陳。若時當次及，則掩此卷而更易之。程子言敬以『主一無適』爲訓。『主一』之謂敬，『無適』之謂主一，此直致功於內。而復恐心之出入無時而難爲操也，更以『整齊嚴肅』爲言，而吃緊處首在於『整』。整則無適矣，無適則主一矣。杜絶諸妄端在一『整』，此吾有見於『整』之一法爲親切而有味也。課文之日，尤貴乎整。浮游耳目，濁亂心神，輕爲交接語言，此不整之尤者也。釋回增美，願諸生深得力於整，弗以吾言爲河漢。

一、勿聚談

廢學百竇之滋，總由於聚談。昔夫子所嘆爲難者有二：一爲『飽食終日，無所用心』之人，此不過頹惰之流，自棄而已；一爲『群居終日，言不及義，好行小慧』之人，其滋害爲特甚。夫麗澤之益，朋友講習，專在於賞奇析疑，則道日益明，文日益進，此不在聚談之列。若聚談，則多説一句無益之話，少讀一句有益之書。既已雙失之，且『不及義』『行小慧』，勢所必至人品淪敗，將不可窮究。學者惟日孶孶猶恐不及，安得有餘閒聚談？即稍有餘力，亦須静坐凝神以涵養德性。平生所痛懲者，在聚談一節，是用動色相戒。在諸生，肄業於斯，自必厲志精進，決不蹈此。而特揭明戒者，防微杜漸，區區過慮之苦心也。

已上諸條，爲法者八，戒者一。能盡事此法，則無所庸戒。一或稍不戒，即足以敗法有餘。循法爲之，有無窮之益。吾翹首拭目相待，深爲諸生願望之也。所戒或忘，便有無窮之損。我心惻，我顔憮，不願諸生之出此也。僕來自浙汜，諸生居中州，不遠數千里相聚，所事何事？此中固有至情關切。教之所以爲教，學之所以爲學，詎等汎汎悠悠？期諸生爭自濯磨，相與有成。處則爲經明行修、束修圭璧之身，出則建致澤徽猷、彰黼黻鴻業，用以副聖天子振宣文教之隆，賢執事樂育群材之盛，並崢嶸自立，鬱爲時棟，吾亦與有榮施焉。尚其勉旃謹旃。

道山書院學規

竊惟士人立志宏遠，『三不朽』皆吾分内，顧收斂身心，厚築基本，先自切近處用功，循序漸進，以馴至於高明光大之域。愚自少從事於斯，今老已冉冉將至，益覺下學工夫爲不易盡。年來友教四方，專揭近裏着己規模，共相鞭策。惟蕲言可共明，行可共守，雖姿在中人以下，亦易遵循，弗離繩檢之内，將來充積日新，光輝發越，作磊磊軒天地之人，亦不越此。敢以素所用力之處，明白指陳，與諸生交勉之。

一、遜志

古今講學，首自《説命》開先。時敏修來由於遜志，道德中固着不得一毫盈亢，即功業文章都無窮盡。自鄉國天下以及尚論古人，層累增高，何處可容滿假？使挾區區佔畢之見，輒高自位置，大道程途先已蕪塞。坐此病者，率多儁異之士。天之生才不易，人之成材實難，何忍屑越自棄，致爲可惜。試斂心静氣，虚而善受，自必精勤深造，天下第一流人物，舍此誰屬耶？至聖嘗言『何有於我』，又云『我無能』，又云『是吾憂』，大賢若無若虚，達者慮以下人，俱不止謙冲之意，直是義理，本是無窮，敏求詎有止境？故地位愈高，心志愈遜，愈遜則愈高。一滿假，即止矣。凡事不日上，即日下，其後頹敗有不忍言者。聖門狂者次中行，人多不識狂者真面目，試叩狂者之志是何志，狂者之言是何言，直欲將古人一擔上肩。其所謂古人，即堯、舜、禹、湯、文、武、周公諸大聖。狂者欲一氣進取，志大言大，乃於道理上争，多非於意氣上自負，特行不掩而目爲狂。若一味盈亢，是顛是妄，非所謂狂矣。嘐嘐之概于此，可細心體認。遜志自得最是學者一生受用處，故首言之痛切。

一、植品

士先四民，晞千聖，其大要在五倫着力。自來稱天倫，稱人倫，此各有實義，當晰何謂天倫。父子兄弟，固以天合；若君臣之義，無所逃於天地之間；夫婦一與之齊，終身不改；朋友聞聲相思，傾蓋如故，至久要不忘。俱有天存焉，故五倫皆天倫。此非予之私言也，『天秩』『天敘』發自《皐謨》，朱子亦嘗言之，苟昧乎天之由來，一倫未盡，即悖天矣。何謂人倫？《傳》言爲人君，爲人臣，爲人父，爲人子，兄弟、夫婦、朋友可即此類推。《中庸》言『五達道』，不加『親、義、别、序、信』字，欲令人顧名思義，緣名責實，一爲虚位，即不成之爲人。人道最大，上可參天地，爲三才，否則下折入于異類。異類且猶有隙明，葆之弗失。彼無親者媿虎狼，無義者媿蟻蜂，無序者媿鶺鴒，無别者媿雎鳩，無信者媿黄鳥。人而不如異類，烏乎可也？明乎天之自然而不可易，人之當然而不可離，認得真，做得徹，乃可俯仰無媿怍。只因心麤眼翳，自謂由朝至暮，我有何過，及細細檢勘，方知一日之中，于倫理有多少不盡分處。一念放過，百念莫贖。圭璧之身，稍有玷缺，終身負疚。尚其冰兢自愛。

一、研經

經者，聖人之心血灑於紙上，萬古的皪鮮明。人自束髮受書，即已雒誦，乃童而習之，白首不知其義，非不講解也，剖晰至精，只作一場話説，終身毫無干涉。間有博通《十三經註疏》《通志堂經解》，瀾翻滚滚，侈然自負爲通儒，及考其行事，是處背謬，直是不識一字。王阮亭作王彦章詩感嘆英雄，惜其爲朱温盡節。愚謂當時之臣類多長樂，莫怪其盡節于朱梁。彦章武人，識得一『忠』字矣。又如蔡順采葚、丁蘭刻木之類，委巷之子，識得一『孝』字。子夏有言：『雖曰未學，吾必謂之學。』蓋指此也。《四書》列《十三經》中，朱註至精至當。苟沉潛研入，反之于身，其違背處，生無限慚惶，其脗合處，生許多快樂。雖尋恒語句，一番舉似一番新。精心熟復，愈咀含愈覺有味。蓋此中義藴，如瓊漿玉液，汩汩乎來若是。吾嘗中夜以思，有不知足之蹈之手之舞之者。使囫圇讀過，書與我暌隔，雖盡四庫五車，何益？此非謂不必博綜，特念一生誦讀，得一句一字，真知實踐，親切殊常，乃可稱爲研經。逐漸體驗，心志開明，隨處受益，貫穿群經，勢如破竹，即就現在所得，益加涵泳，有一段融洽意趣，其樂陶陶，庶幾學古有獲。

一、攻文

文所以載道。雕飾曼辭，了無裨益，况涉於淫邪耶？故文無難易，惟其是爾。理道折衷，至精至細，所貴講去其非而求其是。自正學微而異説起，不取鎔經義，任意撦撏，擇焉不精，去道愈遠。須根極有宋諸大儒之緒論，而博採積策之醇，以自鑄偉辭，當必菁華蔚茂。顧行文要自有矩矱。朱子於詩、古文各遠有師承，非師心傾注，初不欲以文名，而卓然爲南宋正宗，則法固不可不講也。時文發揮聖賢義藴，以理爲主而氣輔之，其中成規森列，要不可偭越，一一宜講究精詳，大致不外『出落、清柱、意明』六字之訣。成、弘、正、嘉、隆、萬、天、崇以及國朝之體裁，悉具於禮部頒發選本中。各取其資之所近，服習揣摩，平奇濃淡，並堪競爽。敏者兼其所專，次亦獨成一格。範我馳驅，自然有獲，詭遇亦時失之，其可不端所習乎？

一、養心

人參三才，籠萬物，惟一心爲之。心得所養，則光明洞達，至虚至靈，亦何事不就理？一失養，則昏濁瞀亂，無一而可。故養心爲最要。孟子曰：『養心莫善於寡欲。』耳目口鼻四肢百體各有欲，一心之微，何堪衆欲之攻。聖人聲律身度，動不踰矩，故人心即是道心，無所謂欲也；沉溺之人一念來復，欲仁仁至，只此一念合於道心，平旦之清明，幾希不泯，微乎其微，餘便不可問矣。學者用力操存，惟在寡欲。欲固人所不能無，一時未易雲凈冰釋，則寡之一法爲吃緊。倘智慮竭於營求，精神鑠于粉黛，意思昏于徵逐，志氣墮於宴安，擾攘終身，訖與草木同腐，可不謂大哀乎？何如剗除紛雜，俾坐多于行，默多于語，静多于動，心體漸澄，以之看書而理澈，以之作文而意精，酬酢萬事，井然不亂，則養心之道得也。

一、警惰

萬種病根都起於惰。一頹惰，不可收拾矣。户樞不蠹，流水不腐。精神日用，則日出奮迅淬厲，心如明鏡之不疲於照，材力若刃之新發于硎，天下事都以一『勤』舉之，了無難處。若畏避退縮，志氣奄奄不振，父兄師友空施鞭策，便是心體中痿痺之疾。至聖于無所用心之人大聲激厲，直謂博奕猶賢乎已。先賢于飽食終日、無所猷爲之人，愍其所事不踰飲食宴遊，卑瑣與下民一致，怵目警心之論，聞之當蹶然而起。湯盤『日新』之銘，從一『苟』字奮發，便可擔當宇宙間繼往開來之巨任。吾請躬自援枹，與諸生一鼓作氣。

已上芻言，爲法五而爲戒一。不汎作臚陳，意在真實礲錯。此邦爲子朱子倡道之鄉，流風餘韻，漸被良深。恭逢聖道光昌之日，增設書院，加意作人，賢執事並同心振厲，大播風聲。末學濫竽講席，雖所見淺陋，不敢不竭其愚，是用砥礪諸生爲有體有用之才，處爲衆式，出爲時珍，俾海濱鄒魯不墜先型，於兹有厚望焉。

濂溪書院學規

西江爲先賢過化之地，《白鹿洞學規》揭示聖經要旨，規模宏大，節目精詳，天下學校俱當奉爲圭臬，愚更何庸綴語。第生平自省缺疚，或恐人亦蹈此，不憚苦口敷陳大都，寧爲謹嚴，毋爲通脱，局量不免於拘，而繩趨尺步，庶不至于顛躓，謹以素所致力之處質言之。

一、不欺

天人之道，一誠盡之；學問之道，一存誠盡之。無妄之謂誠，不欺其次也。爲學自不妄語始。司馬温公以此教劉元城，元城初若易之，及身體力行，始覺畢生難副。温公平生所爲，無一事不可對人言，只是不欺而已。《中庸》言『誠者，天之道，誠之者，人之道』，與《論語》言『忠信』，《大學》言『誠意』，《孟子》言『至誠而不動者未有』，若合符節。孔孟後，道統中微，江都昌黎延其緒，至周子爲吾道中興之祖，發圖書之精藴，總歸一誠。誠者聖人之本，而思者聖功之本。『思曰睿，睿作聖』，自《洪範》發之，孟子直言『思誠』，而周子乃大暢其旨。妄人不知有思，能思則已向善，然必至通微，而思之致克盡。《論語》言『再思』『近思』，《中庸》言『慎思』，是就一事一理上立思之範；孟子、周子之言思，是舉全體大用。殫思之功，直至孶孶務實勝，乾乾不息于誠，無非一思之所蟠緯，而其益乃畢收。

諸生生周子卜築書堂之鄉，流風餘韻猶存，今又興復濂溪書院，去先賢之世六百有餘歲，近先賢之居不踰咫尺，咸思立起振拔，從不欺用功入手，勉勉循循，以求無妄之復。愚與諸生，其敢不勉乎！

一、事親

人子于親，生之膝下，喘息呼吸，一氣關通。人有親而不知所以事之，本實先撥，枝從而亡。莫説倫常道德一齊破壞，即富貴福澤亦無處盛載。孝子之奉其親，視無形，聽無聲，纏綿懇摯，至于斯極。今有親而尋恒視之，即不至十分悖逆，而澹澹若等閒，是何天性之恩之凉薄也！父母之于子，顧復肫肫，至子長成，而身耄老猶不稍替其恩勤。獨子之于親，區區孺慕瞻依，一往不可復追。由壯盛以泝孩提，渺然如六季想黄農之世，是可痛也。夫仁恩本乎錫類，忠可移君，順可移長。妻子合，兄弟翕，而父母順。朋友不信，非孝。倫理俱由是而篤。極之，不敢妄斷一樹，妄殺一獸，仁愛之三坎斯盈。一出言，一舉足，而不敢忘父母。父母殁，思貽令名必果。終人子之身，皆事親之日也。

諸生讀書植品，思行道揚名以彰父母，無一時一事非事親切務，毋茫昧此義，俾士子之于親，反不如野夫村婦，目不知書而至性激發，猶能愛重其所生也。

一、尊經

經者，聖人之心之熱血洒在方策，水火所不能磨滅，佛老所不能溷淆，壞屋故堆中騰日月光，吐寶藏氣，足以牖長夜之靈明，啟群蒙之聞見，不可不尊奉之也。尊奉之者，匪徒呻唔佔畢，誇博洽已也。一生讀聖賢書，須還叩己心有幾句得力處，方徵實際，否則讀完一經，依然舊日心情、舊日行徑，直是懵然不曾開卷，良由塵俗塞其神明，無緣濯故見而發新機，雖讀盡五車，何益？即偶有觸發，于我心有戚戚，隨過隨忘，塊然故我，豈所謂學于古訓有獲乎？甚至瀾翻佐其譃浪謬解，浚民脂膏，是謂侮聖人之言，尤君子所動色相戒、痛心不忍言者。必一心凛承，終身佩服，雖淺近之語，有得于心，爲真實受用。况經義炳炳烺烺，昭揭中天，照見自己幽隱病痛，消癥結而砭膏肓，何快如之！身入寶山，觸目見琳琅珠玉，何可空手回也？吾所謂尊，如尊德性之尊，拳拳服膺而弗失，是所望于同志。

一、攻文

文所以載道。言須有物。果有物充牣其中，雖風雲月露之辭，何嘗不感人心腑，爲千秋不刊之述作。如八伯光華糺縵，《七月》鬌發載陽，退鷁隕星，張弧載鬼，亦不爲怪，俱可闡明内聖外王之蘊，不然挾《兔園册》，繁稱遠引，摭拈累幅，祇目之爲陳言而已。况時文代聖賢立言，談道理各有梯階，論天人各有分際，研精抉奥，絲毫不可踰越，非澄心體會聖賢語氣，雖雕飾曼辭，去之愈遠，况勦説雷同，恬不知恧乎？且時文自有軌範，先正名文具在。題出而情生，文成而法立，胸儲書卷，腕運銛毫，勿横騁才情，須細循法脉，一切禪元外道之論，不敢攙入其中。吾所謂攻，非徒專治求精雅，宜駁去膚浮，透露精藴。上者足以羽翼經傳，明道覺世；次亦引人潛心考業，閉門造車，與軌合轍，不蹈師心自用之失。雖極變化而不離乎宗，美斯愛，愛斯傳，按之俱不詭于道。此固不可粗心浮氣，襲取而得之也。

一、不浮

浮動之胸，名理不集。故聖人主静，以立人極。静非杳冥寂滅也。先定之以仁義中正，則有主而實，無欲而虚。聖德之默成，賢學之深潛純粹，胥在于是。主静，即主敬之極功也。學者爾思憧憧，不能澄定，外既波靡，内亦坐馳。故浮者多躁，鎮之使安；浮者多矜，抑之使下。斂其飛揚跋扈之氣，進以優游涵泳之功。能重則學亦固，以約則失自鮮。然後德器成而志業確，但守蒙以養正之規。山下出泉，方静而清，不致汩亂。以之應事而慮精，窮理而疑晰，研經作文亦昭朗不翳，滂沛如流，身心何等快樂！昔程子見人静坐，便謂其善學。收攝心神，使歸于寧静，乃能咀含理味。若徵飲聚談，露才使氣，吾不願諸生之偶蹈之也。尚其嚴重自愛。

已上五條，皆近裏着己之言。愚少時游餘山先生之門，教以立志大，存心細。今老而無成，忝主斯席。泝先賢圖書昭示之遺澤，承群公振興文教之盛心，務蕲與諸生勉于實學，文行交勵，出處有光師友，並身有乎道義，爲天下尊且貴之品。其義至重，其聚至樂，毋以吾言爲迂而忽之也。

弢甫集卷十八

墓誌

觀察虔南定巖董君墓誌銘

君姓董，諱榕，字念青，號定岩，北直豐潤縣人。曾祖諱純心，祖諱銓，父名湧，官長洲令，妣杜太君，俱贈封如例。君以宅太君憂，哀毁昏迷，于乾隆二十有五年四月二十有七日，水死於南昌舟次，享年五十，詳予所作哀辭中。

君生而至孝仁厚。甫就傅，行坐手書諦觀不輟，博聞彊記，工書法、詩、古文，下筆葩流，與江南北鴻生狎主齊盟。乾隆丁卯拔貢，廷試第一，遽綰綬河南，未得書名淡墨，橐筆石渠，嘗以之不足于懷，其實古豪俊初不係此。予每劇談，廣君意，功業雖未竟，其才舉炳烺，可登汗簡者已。澤被生民，祝綿畏壘，足不朽于人間世。况文采不可磨滅：作《九歌》追步屈宋，詩、文集等身；作《周易觀象》，未畢；撰《芝龕記樂府》，行世。根源忠義：刻《周子全書》，搜採極博；及《聖學入門》，具闡攄實學；刻《體仁録》，薈萃吕叔簡《刑戒》、先儒恤刑格言，黄虞臣《宦海捐賑，未全納之穀，立飭停止，具報上官，悉免之。南昌檄赴星子縣，勘開玉瑚隴、糧艘避險形子救災民千數出，又以連日乏食垂斃，捐六百金，均給之。奏聞謂有古名臣風金華，災後尚徵河北岸口決，奉檄查陽武、封邱、祥符、延津、新鄉、滑縣災，手填印票，詳分賑恤，遇沮洳，駕艓罔入圃田，永除張橋淪没。功既成，鄂公名新河爲『庚午渠』，曰：『牧之功德，吾民永賴矣。』黄圖，啟請撫軍襄勤鄂公：濬金水河，環城如帶，入僕射陂，闢稻田三百餘頃；濬賈魯河，由薛家償之。鄭州瀕黄河，多沙阜，三十六陂久湮，計疏淤澤，當免水患，成沃壤。公餘精心相度繪嗟稱董令真民之父母。夏邑卑溺，有乾隆四、六、七、八、九等年逃户尾欠，波累親隣，爰竭貲貸新野水溢，捐粥賑饑，勸富商巨室協濟，四越月，至麥秋乃已。上命三使軺省災，民以實對，並各詳報上官，重委勘，竟如君議。又慮莠民私毁界址，以沿河最敬龍神，立小廟十餘，訖永定。地，前以委勘者挾私，令東西分界，民咸苦之。君就商於孟令，議改津南孟北，孟令以成議格。守，遷江西南昌、九江，陞虔南觀察。遷擢俱膺特詔。其最著在孟津縣民與孟縣民争黄河灘州。翠華中巡，辦大差三十有七處，置頓嵩陽，三賜宴并珍物便蕃。遂即真、許州，陞浙之金華

治履始攝陳州，倅令于鞏，歷孟津、濟源、新野，調繁夏邑，陞陳州别駕，兼鄭州、陜州、許昕夕不假寐；撫愛弟楙，不殊同母；與人交，或加之非意，委曲周旋，卒感激，誦君德。

猶弗起；太君老病少睡，侍至四鼓，苦命之退，猶遲徊；踰年無稍間，或理官事，即肅冠佩出，連慈航録》、《治譜》在是矣。内行醇摯：封公歸自潯陽，隨至彭澤界，涕泣跪送，鵠首望帆影不見

勢。知隴前之洲北則德安，河南則章江，入湖之水暴漲，冒過洲上，退即洲出，隨濬隨淤，難通舟楫，末由避險。况玉瑚隴爲咽喉，蓼花洲爲中腹，永利橋爲尾閭，腹尾皆易擁，鑿隴且有傷民田，報弗便。時主者意頗鋭，調君九江，終細審君言，寢其役。豐城水决壋入城，君馳往救護，得寧，請更立脩壋規條。屬境有飛尖船賊，悉擒獲，論如法。厲禁贛俗錮婢溺女，婢既得不愆期，更置廣生簿，民生女，俱小字廣生。録南安大庚囚，苦心平反，顔髩俱悴。所至彰癉古今善惡：濟源請廟祀明末邑尉李應選，罵賊死。節旌萬里尋親孝子何兆祥；許州脩穎考叔、蔡順祠墓，漢前將軍關公廟中退曹操像廊下；金華表吕、何、王、金、許遺書，並禮其後。尤以尊崇學校，興起人文爲己任：鼎新夏邑黌宫；各境内書院並脩葺優禮；創濂溪書院于匡廬之陰；開晞賢路；架濯纓橋；搆太極廬、聖藴殿，祠奉元公，以二程子配；列『光風』『霽月』『生意』『灑襟』四亭于各峰之巔中；建雲岑樓；築師道堂，首延予爲山長；造須友堂，奉勞餘山先師。諸生至臘杪大雪，猶燈火熒熒。贛亦有濂溪書院，院後筆峰屬僧寺，買歸之，輪奐一新。故君殁，遠近士民盡流涕。君階中憲大夫，分巡江西吉南贛寧，兼水利道，攝贛關事。

娶王氏，舉人石柱公女，例封恭人。子二：光益、光端。女一。君從弟揚經紀其喪，予偕送雙櫬歸君里，以某年月日祔葬板橋新阡。封公率童孫凶服稽顙，求誌銘。非調元，誰當爲君誌銘者？君篤愛予詩，乃爲詩以銘之，曰：

予生慎契托，稀踈結佩纕。况復遠權勢，慵親綬與章。曩爲大梁客，四友聯文場。磊落馬石蓮，峨峨圖東張。通家惟沈氏，與君並徊翔。把麾金華去，悵望天一方。予從南岳返，延之升講堂。尋恤篪兒天，遠泝贛水長。欸洽書帷内，吟醉豐臺傍。嗚呼君逝矣，送櫬還湞□，維彼三君子，路祭釃椒漿。申唁太公前，委命于穹蒼。矢願課藐孤，琢玉成珪璋。誌銘落吾手，泚筆涕沾裳。所寶垂令名，此外何所望？若斧是君室，千秋固且康。上從先靈遊，下發昆來祥。他年天門上，雲旗互飄颺。訪君一晤語，俯世遺粃糠。

古春沈君墓誌銘

君沈姓，諱萬椿，字蒼期，號古春。其先嘉善人，遷嘉興硯溪，君祖某也。君考鶴菴公，妣邱太君，生三子，長即君。

孝友性生，立心仁厚，身儉約而厚施于人，克以德圭臬其鄉，親志是養，承歡罔弗至。鶴菴公量宏達，憂人之憂。君先意曲體，往佽助，力不遺餘。客來情話連昕夕，饌必精腆。里中兒體寒生粟，鶴菴公目憐之，即給之絮襖，後乃施寒衣以爲常。女兒既嫁，慮二人苦思之，謀近居，便於歸寧。進菓餌，必備分餉親之僕婢，終身飲食優異，雖有過不加之色。篤愛同氣，幼服食即讓甘美，兩弟偶出外遇風雨，心輒怦怦，必歸始釋然。有疾病，徬徨營醫藥，不幸相繼早世，哀擗治喪葬，殫瘁心力。以次子大璋後季弟諱萬榮，撫從子如子。娶於陳，終始賓敬，既喪，方中年，不再娶，亦無侍姬。人方之王右丞，却不以净因。鰥居教子，嚴整汎愛，相接煦如春風，語必導之以善，相戒奢華，謂不惟省費，實惜福。歲飢衆乏食，君作糠餅，先自食，及家人，而分所親升斗，以不能徧賙爲恨。時時助人沐槨下窆。有謀葬者，乞吉壤於君田，予之，聞其孝且貧也，并歸其值。某姓以冤擬大法，其三子，二應流徙，一尚幼。君憐之，與資控理，得直。願爲役終身，君卻之，而賙卹其家。里失火，將及君屋，君冒炎烟入，捧栗主，幾不免，他物不一顧。燄既熄，紛紛扛負，還其家具。其重不克舉者，沉於河，環守之，舁之出，檢點毫無遺亡。蓋夙感其德，爲之救護如此。

以太學生考授主簿，殁於乾隆二十年四月初五日，壽八十有一。配陳孺人。嘗掃墓治具，君姑邱太君泣下，謂老病不能親上舅姑冢，又自傷其親墓，兵荒後子姓遠徙，缺拜掃。孺人即告君，謀省墓，屬子孫永無廢祀。勤紡織，手紉所施衣，助成君志。雍正十一年六月初五日，先君卒。子三：長庠生圭璋，早卒；次大璋，出爲後；次峨璋，監生。女二，適知縣吴高增、監生金廷琛。孫四：燾、熙、熊、燦。燾、熊、燦，大璋出；熙，峨璋出。熙後圭璋，熊後峨璋。孫女九。以今歲某月日，孤子等奉合葬於秀水羽字圩之原。大璋及予門，予女孫許字燾，泣請銘。銘曰：

積厥善，衆心薰。盛德感，古罕聞。封若斧，善士墳。後炎炎，氣烟煴。

文學張樸堂墓誌銘

君姓張，諱鍠彦，字景琦，樸堂其號，宋横浦先生之後。南渡，始祖浩然遷仁和臨平鎮之亭溪。八世祖中復，嘉靖壬子舉人，潯州司李，婚于艮山莫氏，遂卜居焉。子一陽，萬曆己卯舉人，桂陽令。子奇玲，萬曆己酉舉人，避權璫，不仕。子太學生驊是，爲君高祖，廪貢生。肇祉，有文譽，君曾祖。太學生振宗，君祖也。考文學國榮，孝而能文。妣趙孺人，舉人薦詞科永嘉教諭驪淵女。

君生而穎悟，文規先正，下筆立就，補校官弟子，九戰秋闈，不利，無戚戚容。熟史事，旁究雜家者流，罔不通曉，尤精形家術，試奇中。脩内行，舌耕養親，具甘旨，距考授經地遠，月數省。節縮束修所入，葬三世十棺、宗人數十塚。外舅處士世俊，外姑丁孺人，予族父母也，無子，爲合葬艮山，期世祀之。蓋惓惓于莫氏之鬼，不使餒，而并祀先外家之粟主者舊矣。祖塋在峻嶺，或遠六十里餘，老遇雨雪，必躬祭掃。君爲大宗，雍睦而恭，持義甚嚴，克正族，周恤三黨不少悋。處世不激不隨，課生徒五十載，多成就，盡誠導之以正。最惜字跡，嘗上書當途，禁陶器字。平居諄諄以此相勸誡，教子義方，務脩行明經，毋黠庠序。體故憊，病三月，將易簀，遺令勿用浮屠。終于乾隆十四年正月十六日，享年六十有八。

娶吾族女兄。子二：灝，庠生；汶，爲從弟後。女二：一適錢塘庠生朱學周；一早卒。灝以十六年十二月朔，奉葬于臨平亭子村祖塋之次。予以親知，嘗接君，温温德光照顔，義當銘。銘曰：

吾族父，雲昇公。睇良山，馬鬣封。撰墓表，涕沾胸。厚所厚，風義崇。爲君銘，納幽宫。天可必，興厥宗。

湯府君廩貢生滌齋墓誌銘

湯府君，諱之暄，字亮宇，號滌齋。始祖諱寬，曾祖諱祖契。祖文正公，諱斌，先系載文正公弟繡甫傳中。文正公起家進士，復登大科，歷官工部尚書，祀名宦賢良祠，膺上謚。以理學事功炳彪海内，學者斗山尊之。考行四，歲貢生，諱準，生子三，公居少。

性孝友，肩世家典禮罔闕遺，胸次灑落，娱詩文以終老。色養二人，克承厥歡。侍父疾，日夜不離寢舍。喪，盡哀禮。伯氏早世，啣悲經庶務，不以之累仲氏，撫兄子如子。仲氏耽醉吟，慵治生，洊歷儉歲，俾不匱衣食，與篤情好，無間言。女兄適蔣氏，與伯仲分地三頃膳之，歲奉其租，他日用物咸備，廿年如一日。兩自出成立，始歸其業，比乃訝徭役之頻，蓋曩代爲理，初不知之也。曾祖妣趙恭人祠節烈，文正公祠賢良，捐貲累百，次第完治榱桷，于病中趣成之。營祀田，修邱隴，支供往來，達官謁奠，悉謀于族衆，置田如干。文正公遺書板漫漶，獨謀重梓之。聞方公望溪録文正公佚事，以謂南中紀載頗多湯氏子姓，宜蒐訪，遂矢南遊編纂。適歲饑，且病，未果。

居恒接人和煦，遇義所當爲，輒毅然直前。族有藐孤，爲家奴所欺，勃然合族人直之于官。有群從，夫婦繼歿，子幼，宵小覬覦，爲區畫，命某撫其孤，得帖然。丁丑夏，仲氏疾亟，公夜起，步蹉跌，傷首，遂中風。及聞歿，痛不克往視殮，槌牀大慟，命子往襄理。周身具，還報，復長號不已，有句云：『地下雙親如問訊，道暄指日侍冥塗。』遂不起，乾隆二十有二年七月二十日也，享年五十有六。以食餼，爲明經，早謝省門不踏。宅後有臨漪園，爲厥考舊墅，時加葺，不令蕪廢。疊山濬池，雜蒔花竹，搆精廬數椽，課子孫絃誦其中。春秋佳日，興到嗒然而吟，下上今古，以攄其磊砢之懷。著《咏古詩》一册、《國朝見聞録》二十卷。方寸不攖聲利，易簀前一夕，口不能言，索紙作書，惓惓以祠宇、墓田、神道碑、遺書爲念，遺令顧群從、姑表。

娶袁孺人，太學候選州同諱璸女。子二：長拔貢生，揀選直隸州判珂；次瑞。女二：一適蔣庸；一許字孟某。孫三：纘高、顯高、念高。今卜某年月日葬于城東之新阡。孤子珂以調元有世好，以服來乞銘，爰按狀書之。銘曰：

孝乎孝，友于兄。結念篤所生，遄追及九京。節烈文正光埏闥，丹楹峨峨矗紫冥。逍遥臨漪謝浮榮。欲考德，視兹銘。

進士知縣改教授分嶽周君墓誌銘

君姓周，諱守一，字季和，分嶽其字。先世淮南人，明初遷萊陽。高祖諱伯達，進士，官巡撫，祀於鄉。曾祖諱世祐，蔭侍衛。祖諱止，庠生，早卒。祖母趙太君，苦節，旌表。本生祖諱正，進士，浦城知縣，著有《取此居》詩、古文集。父諱星顯，浦城公第三子，歲貢生，中年鰥居，力學不遇，著《四書東軒精纂》，生二子，君其次也。

生而孝友，居母喪，哀毁柴立，率婦事祖母，奉父，並善承志意。父以居内憂，哀痛成疾，侍藥餌七年如一日。卒，與兄盡哀禮。性沉默，攻苦，紹家學，試輒冠其曹。辛酉，學使按臨，七試古今學，俱冠十邑，遂拔貢。甲子，舉京兆，遄成進士。徐謁選，得蜀之南部令。路經梁、晉、秦、隴，周觀戰耕、屯牧、險要，吟弔興衰、故跡。過落鳳坡，酹龐士元墓，賦詩，蜀人及行旅騷士萬舌傳之。既之任，地交秦蜀，犬牙彈丸一城，着亂山中，井絡稀闊，距市鎮遠者，墟里類不過三五户。俗呼盗爲『嘓嚕』，時縱横出没。君躬履郊墅，練鄉勇，實心編保甲，村置一鼓，一鼓鳴，群鼓應，攢簇遮邏，嘓嚕望風遁。歲卻鹽井陋規千餘金，示永禁絶。日坐堂皇，斷讞必以情。夜檢案牘，斗插屋瓴不休。立社倉，勸種樹，災賑親勘户口，飢羸蒙實惠。閲寒暑者再，無匝旬宴坐署廨。時吏治尚强悍，多交結武弁。武弁者，蜀所謂海查也。草履縢纏，黨連莠民，告密要路，變亂黑白。君廉，得一武弁奸發，摘罷之。衆海查側目，欲中以奇禍，不得罅。蜚語四騰，卒最强悍而殿循良，改授濟南府教授，不得盡其用。顧擁寒氊，教士以敦品勵學，監濼源書院，英雋從風，鍵户勤脩，故負文名。

自未第及需次時，里居寓邸，所在名公卿延設講席。謝銅章，淹滯川中，長官争邀致。至是濟南名士，不遠五六百里，負笈景從獲雋者，指不勝僂。平生受當路禮聘，商訂文藝，無一語及私，歸然舊德之望也。嘗慨然語高才生曰：『兹吾少時舊遊地。憶與朱景韓、曾南村、李秋崖諸公握管追逐，謂磨礲奮發，當不似今日爾也。比意氣都消，素髮毿毿，重與諸君作文字，緣世味真如嚼蠟。』予來濫席，闡明勞餘山先生實學，君叩生死義，予舉先生遺書示之，曰：『人之死大。聖賢精氣渾合于日、星、河、岳，助兩大，生成忠、孝、節、義。一節克立，分麗四時之氣，歷久不滅。常人無以自存，則漸微漸泯。强梁負屈者，能爲厲，不能久也。』君病甚，予就問，以未能揚先德悽傷，予解以時命，且言晝夜之理，乃起謝曰：『吾今願爲餘山門弟子矣。』易簀時，神氣清朗，洒然而終，乾隆辛巳八月二十九日也，享年五十有八。所著詩、古文辭如干卷，藏于家。

娶張孺人，庠生諱樋重女。子三：勤家，廪生；勵家，庠生；勛家，太學生。女二，孫七，孫女九。以某月日葬于某原，預自誌墓碣，末系以歌，曰：『土花兮碎縷，耿漆燈兮悄獨苦。漏盡兮聲鐘，不復爲人兮踽踽。寒食過兮野棠開，家人歸去兮紙灰舞。留恨石其嶙峋兮，天蒼茫而無語。』諸孤以誌銘請，即用其韻而銘之，曰：

纂紀文章窮脉縷，哺乳嬰赤祛疾苦。古道蒺藜行罥踽，青鸞引歸刑天舞。天門詄蕩萃古賢，往摇玉佩與欵語。

彁甫集卷十九

誌銘

張君墓誌銘

君張姓，諱懋賞，字士政。其先休寧人，考諱某，遷於海鹽之賁湖。生君始四歲，病革，語君妣程孺人曰：『吾家世居休寧，祖宗墳墓在焉。我死，子幸有成，當歸葬我於休寧。吾志也。』程孺人以孱嫠哺襁褓之孤，僑寓零丁，撫且教，甚篤而有方。君少讀書，强記誦，志意卓犖，不事章句。性至孝，以少孤，弗克事考，常就母問考平生，動作狀及，摩挲故物，皆飲泣。依依母膝下四十餘年，盡色養，藹慕如嬰兒。垂髫時，聞母之述考治命，志歸葬於休寧也，仰抱母而哭，母亦撫之哭，俱失聲。既長，日夜謀歸葬，顧以力絀不克舉，則默自椎痛。中夜起坐，枕函襟袂盡溼。喪母後又七年，始克如先志，卜兆於休寧之汪塘山。君時抱疾，狼狽扶柩往，至則憊瘁已死。死一日，復甦，乃克成葬。先墓無遠近，咸識之以石。尋還秀水，占籍焉。先世皆不仕，君亦淡榮進。名在太學，所親監河工勸之仕，不應。教子讀書立行，語不及富貴利達。

好施予，視人急猶己。中痰，不能語，以指就衾，畫『厚』字示子。卒年七十有六。娶於程贈光禄諱某女，繼室汪諱某女，後君一年卒。子天麟，太學生，將以某年月日葬於某原，而乞予爲之銘。予嘗主君家，識君君子也，顔和而語肫，不可以不銘。銘曰：

君之考，死而戀祖宗之邱墳也。君之妣，茹荼撫孤而式於笄裙也。治中饋以待師友者，君之嬪，而子有文也。然則樂而藏斯，而人倫無憾者，君乎！

故鄧州學訓導金山書院山長宋君墓誌銘

君姓宋，諱錀，西五字，其先山西洪洞人。遷祥符，爲始祖者，大公也。六傳至對廷，有隱德，生增廣生，諱燮，君祖考也。以次子鏻貴贈奉直大夫，旌孝崇祀，諱豐，君考也。妣白太君，贈宜人。

君幼端重，奉直親課諸子，君共學，友愛無間。弱冠入郡庠，冠其曹，旋食餼。奉直性方嚴，能曲意承歡。侍病數月，殫勞瘁。居喪致毁，不以貧儉其親，卜葬必誠必信。事母亦如之，母就禄養於粤，春秋高，躬迎之歸。從母寡而無依，養生送死，盡恩禮，立季祭。會以合族賑恤貧乏，片言解紛，穹然樹鄉望。

以明經筮仕鄧州訓導。麾鄭生之獄貨，脱靳生非辜之文網。奉檄築刁、嚴二河隄，胥吏不能因緣爲姦，不私羨金。康熙間，學正段維宸、張垓後先捐俸修學宫，君繼之，州人士臚其事於石。君訓士嚴，兼主講金山書院，士憚之，漸涵久而翕然悦從，依依不忍去。自師道不立，家塾、黨庠、術序、國學師、弟子相習於媮，壞棄規檢。毋論明經修行，茫然不知置力，即區區佔畢，亦罔尺度可觀。下至責贄修，逐遊讌，樂群敬業之風滋渺矣。君獨以嚴顔正論相爲鏃礪，律己潔白，約髦士於準繩，真意盎流，俾處則圭璧自愛，敦厚風俗，出則發攄其所蓄，以利澤於時而收實用。惜乎小用之而澤莫之究也。然風聲鼓動，自一州以至寰宇，苟盡如君之飭厲，英才何患不育，儒風何患不蒸蒸蔚茂乎哉！尋以病乞休，屏居郊墅。乾隆庚午三月二十八日卒，享年六十有七。所著詩有《乙未續稿》一卷，藏於家。

配王孺人，前工部侍郎贈尚書諱某曾孫女、太學生諱无尤女，謹言笑，却紛華，操家勤而事尊嫜以孝，先君卒。子一，丁奇，需次教諭。女四，孫三，孫女二。將以某月日合葬於某原。丁奇介族父某持狀來，泣求予銘，而鄧州士有哭拜繐帷，謂分師弟而恩父子者。嗚呼，可以銘矣！銘曰：

教維嚴，師儒官。師以親，學以安。賓賓學子淚汍瀾，我爲此銘名不刊。

庶吉士李君參梁墓誌銘

君姓李，諱薛，字參梁，夏邑人。其先籍山西洪洞，遷是邑，自諱宗賢始。數傳至諱邦禎，發窖金助堤工，以次子孝廉諱汝先贈知縣。季子孝廉諱汝健，子策奇，亦孝廉，散賑八百石，予爲之傳。子六，次諱若裕，是爲君祖，世稱孝友先生者也。子諱應煇，爲君考，贈如君官。子三，君居長。生時，故開封郡守薛諧孟入君祖夢，故以之名字。

君性絶敏，少就傅，歸，君祖問所讀書，曰：『三十而立。』問何謂『立』，應聲曰：『如山之不可動揺。』君祖奇之，曰：『此子異日當卓然特立也。』讀書不出户，限二十餘年，穿穴經史，篤愛《朱子語類》《近思録》等書，揭古箴於座右。好成就後學，娓娓講論不倦。貧不能從師者，引至家，飲食教誨之。事親至孝，伺動静起居，恂謹如穉子。父素患痰，臘月疾亟，氣上逆，不能言，伸大小指，衆莫喻。君泣曰：『是爲伯姊孀、季弟幼也。』考遂目瞑。哀至，輒從者三年。盡詣謝，弗得。隔數十年，君卒訪謝之。君考念家乘未脩，君協脩成，乞長洲韓文懿公序。簡端爲文，直抒性靈，自成一家，則所著古今文，藏於家。康熙庚午鄉舉，魁其經，庚辰成進士，改庶吉士。闔户不事交接，習國書，講求經濟，究史策務，不負秀才時志願。居日下，頻遞家問，悸縈夢寐。聞母患創，會歲終鎖印，不及請急，遂棄官踉蹌歸。憂鬱成疾，癸未正月二十一日，先母氏月餘卒，得年四十有七。吏議私歸罪，掌院韓公以孝思情急入奏仁皇帝，詔弗問。

娶傅孺人，永城庠生諱培初女。子三：誥，監生，已卒；詩，拔貢生；講，廩生。女一，適永城監生喬欽。孫秉鈞、秉乂、秉哲、秉鋕、秉鑑、樹楷、樹條、樹庸、樹穀九人，秉鈞、樹庸、樹穀並庠生，樹楷、秉哲並監生。孫女六人，曾孫六人，曾孫女八人。至是距君歿五十一年矣。孺人當連遭大故時，喪盡哀禮，體恤君幼弟及君幼女弟，克終君志。君考妣遲卜窀穸，遺令欲得贈典，乃以禮葬，卒援例，遂厥志，封若堂焉。孺人父母，亦置林地十六畝，永永承祀。收撫族女，營嫁。恤飢年老嫗，予之衣。售地者，以祖塋在上，還其券，不責值。歿於乾隆丙辰年五月三十日，壽七十有七。君與孺人贈封如例。于乾隆十九年某月日，子若孫奉合葬於黃家漊祖塋之次。講與樹庸及予門，以狀來，泣求銘。銘曰：

急省母疾未及請，棄官馳歸出至性，特免吏議陛下聖。君學懋，邃《尚書》。孝乎孝，君陳如。弟友于，妻刑于。終膺綸封光元廬。銘深刻，石不泐。

武鄉縣知縣學山李君墓誌銘

夏邑李氏多及予門者，乃持武鄉令學山君行述，乞予銘，遂不復辭。

按狀，君諱援，字方謀，號學山。始祖宗賢，自山西洪洞遷夏邑，數傳至邦禎。邦禎生孝廉汝健，汝健生孝廉策奇，行誼見予所作《策奇傳》中。策奇生孝廉可秩，學行聞鄉邦，有《芒山堂集》行世，君祖也，歲貢。生翃，贈如君官，君考也。子三人，君行二。

秉質穎異，具卓識。弱冠爲諸生，高等，食餼。屢躓場屋，乃就教諭，臨漳士風一振。畢母喪，以急公授江西上高令，厲清操，子視黎庶三載，政成，當報最。丁外艱，服闋，補山西武鄉。

武鄉僻處岩隩，素稱難治。君課農桑，興學校，煦民如家人父子，賞罰明信，俗用丕變。城南瀕漳河，當孔道，夏秋山水暴漲，多淹溺，乃急捐俸築橋，亘數百丈，患以寧，至今人呼『李公橋』。奸民張成魁仇監生李繁芝，夜刃其兄金魁，移屍繁芝門，結詭證搆繁芝。君鞫繁芝恂謹，不類兇人，疑有冤。成魁肆横，若銜極冤狀。君精心簡孚，得實，成魁慴服，駭汗呼：『天理昭昭。對神君不敢匿。』置諸法，萬舌稱快。攝沁邑，脩常平倉廒，例苛派，私潤囊橐。君捐貲爲之，一無擾累。地丁耗羨例加徵十之三，君屏除之，沁人父母戴君。官山右十餘載，旁邑碑惠政于口。

性孝友，官臨漳，聞母彭太君疾，立假歸省，奉湯藥。後聞訃，見星奔，號慟不欲生。上高凶問，至哀毀如喪母時，終身以失奉二親含飯爲恨。析産獨取瘠薄，賙貧乏，恤姻黨，汲汲爲善若不及。

君生于順治戊戌四月五日，卒于康熙辛丑十月十九日，壽六十四。娶孺人牛氏，孝廉玘女，逮事君舅君姑，盡婦道，賓祭惟謹，撫藐孤盡力。生順治己亥四月二日，卒于乾隆辛酉九月二十三日，壽八十三。子二：長仁，監生；次人鳳，側室呂氏出，監生，繼卒。女一，適歲貢生孟瓛。孫二：日暐、日迺。仁將以某月日奉君與孺人柩葬于某原。銘曰：

世不古若民相賊，茂宰辭聽參以色。鞫得其實殘口塞，剸兄嫁禍常憲殛。脂膏不潤簠簋飭，長虹跨岸漂没息。漳河行子誦遺德，銘照幽宮光不蝕。

故龍川知縣盛君墓誌銘

君姓盛，諱熙祚，字晴谷，宋名臣文肅公諱度之後。五傳司諫諱瑄，南渡居錢塘。又四傳，爲元制置使，諱天祐，子諱轅，贅朱張，雙姓。遷嘉禾。又八世，至贈承德郎諱洪，生進士，東昌守諱周。東昌孫，進士，臬使，諱萬年。臬使曾孫，進士，官桂陽，諱民譽，君祖也。舉人安吉學正，諱楓，君考也。生子八人，君行三。

考病學廨，君與伯兄侍牀簀，日夜撫雙足，目不交睫半月，彌留受遺令。雖伯兄爲家督，奉繼母，撫教諸弟。弟少者，生爲遺腹。搘持拮据，君實任之。尋詣京師，館貴游所，出入南北，文特瑰奇，而試不利。元配朱孺人殁，續婚於故少司寇馮公。公方令長安，際西北用兵，軍需旁午，賴君若左右手。寄籍商南，補校官弟子，食餼，例改歸，乃捐貢，籍嘉興。馮公遷牧膠州，欲爲君捐教職，固辭，不得。袖其貲入試，而卒返之。會馮公緣長安詿誤，君經營南北備至，獲開復，授廬州知府。時例，得薦一人任州縣，公遂以君名聞。雍正六年秋，引見，天語嘉獎，試用粵東，署靈山令。盡塞利竇，海疆鹽多私販，祇取足銷官引，不争羡錢，民甚德之。移吴川，君以先人於明神宗時立監司勦倭功，祀於電白之迎恩街，欣往拜祠下。其祠在邑内者，重新之。聽訟曲諭以情理，公事一無累民，邑大治。題龍川俗健訟，嚴禁食斷腸草之嫁禍者。建尊經閣，實以載籍，置祭器、樂器，文教蔚興。修縣志，舊《吴川志》久失脩，併攟輯成完書。以勞勩病，氣上逆，聲亟喘不絶，兩目上視，筋虹起，旬餘獲差起視事，滯案一清。顧頻已頻作，卧理之。獨檢驗不憚深山窮谷，風雨寒暑，必親往。精力素强，染痾久，肌肉盡削，遂乞休。瀕行，士民截鐙相屬。馮公林居及殁，養葬厚。分清俸，贍給兄弟子姪完婚娶。厲絃誦，贖舊宅，使骨肉團居，遍賙親友，而分子田宅，不令贏餘。歸，養痾數載，以哭伯兄，疾轉劇，迨至不起，終於乾隆十七年八月，得年若干。

妣吴太君，繼鍾太君，元配司訓朱公女，繼少司寇馮公女，並贈封如例。子三：百一，增廣生；百朋，監生；百二，庠生。女四人，孫十二人，女孫七人。先是卜吉於南菜先塋之旁，葬其元配，今其孤以某年月日奉君合葬焉。狀來乞予銘。銘曰：

予始交君自神京，由君妻弟朱嵩齡。僑寓天壇倚油檽，三人聚影燈青熒。並試太學趨玲瓏，崇文城門晚愁扃。相扶沙路看昏星，交憐迍賤澆湘醽。卅年飄散風中萍，平泉靈旂臯青冥。昨哭裴島風凄泠，君黯卧痾在軒屏。捉手生訣清涕零，驚呀惡耗汲上聆。又弱一箇無延停，我今尪存支離形。詄蕩蕩思追飇軿，東天荒忽雨群靈。比秣陵書書此銘。

運判蓼塘席君墓誌銘

君姓席，諱襄，字成叔，號蓼塘。其先河南人，系出唐禮部尚書文襄公諱豫，徙吴之洞庭東山，自唐武衛將軍諱温始也。至有明，中舍晋階僕少，諱本楨，是爲君曾祖。諱啟寓，官虞部者，君祖也。諱前席，需次中舍者，君考也。中舍與其兄師當湖陸清獻公，板其遺書，傳世行遠，承學唯謹。以仲子按察副使貴，贈兩代如其官。祖妣吴氏，妣徐氏，俱贈恭人。生三子，幼者君。

生而明慧，七歲失怙，哀若成人。自少能擘窠書，運帚于地，如舞渾脱，爲文日進。以侍母，之兄官舍，僕僕南北，廢舉業，居内憂，偕治喪葬，哀禮交盡。初卜築城西，以邱嫂樂幽居，遂推讓而就曹溪别業，因先世所遺老宅增葺之。乃籍青浦，循例謁選，入，得分司鹽驛于浙。上官咸器重之，攝令湯溪，峻卻商户贄，規邑行餅鏹必鎔以輸官，胥匠朋比爲奸，君任民便，自封投匭。辦萬年吉木，倍蓰于他邑。遄裹糧入山，厚其值而事早集。上官滋以爲能。山邑無陂澤，遇暴漲輒漂没，不雨即涸。時值恒暘，君步禱，甘霖四沛，其已成災，力請蠲。是秋又苦雨，上游水溢，横刷金巖，桐廬尤甚，而湯溪亦困。乃亟按行，請恤不輸載。于新令，仍協辦賑，罔有濫遺。去之日，截鐙于道，有泣下者。賑桐廬，復煩君行，躬勘户口，均給。精敏無匹，補運副。凡二十一場銷引，歲以數十萬計。釐剔朗朗，頻繁監掣，陳鹺要數十條，兼攝泉局，前後上官信任彌篤。適前中丞挂吏議，牽連鹽道及兩分司，去官。君飄然解組歸，搆精舍于後圃，招賓親，落成歌呼自得。有句云：『峰則有九，徑則有三。遇花而賞，命酒輒酣。』先是，嘗偕群從遨游湖上，西墅起樓數楹，醉吟烟月，瀟洒徜徉，其素性然也。事從父如父，友愛諸昆，脱數千金與之如芥。青浦飢，出五百金煮粥，利濟人汲汲如不及。殁于乾隆丙子十有二月七日，享年五十有二。任分司杭、寧、紹、温、台運副。娶顧氏，庶常秀野孫女、候選州同知萸寮女，和敬如賓。子一，紹容，候選部員外郎，加三級。君階奉直大夫，配例封宜人，以子階，當晋贈如其官。女二，孫二。君宦于浙，命子及予門，有知舊。今孤以某年月日奉葬于某原，衰絰稽顙請銘。銘曰：

磨龍賓，策海王。借我寇君活羸尩，攀轅有圖遺愛長。宅此幽墟，雲來以昌。

太學生葉君宜臣墓誌銘

君諱啟憲，字宜臣，葉姓，宋石林公諱夢得之後。先世自新安遷居洞庭東山，世爲東山豪族。七世祖心川有文名，勝代貳鄉榜，卒不達。曾祖景瑞，妣周氏。祖長吉，早歲不禄，妣朱氏守志，相繼殁。考國宏，生六齡失怙，育于祖父母，孝聲聞戚黨。嘗客六合，買一婢，詢知爲前令女，不責其資而遽歸之，時高令榜其楣曰『義薄雲天』者也。妣沈氏，生子三，長即君。

幼端重，篤于所生，克先意承志。長，化居華亭，竭力供甘旨，歸侍寢門有常期，依依膝下，不忍别。年逾强仕，狀若孺子，宅外内憂，毁瘠見骨，扶桐竹起，幾不勝喪。忌日，嗚咽如初奉諱。尋常與親友道故，及考妣軼事，輒涕洟滿面。營窀穸必誠必信，傾貲盡所得爲，自以爲兩親棄養，人子所得殫心力，惟此而已。族父某業鹺于杭，負國帑累千。君故相左右，人危其波及，趣令急去之。君獨慷慨區畫，代償千金。有仇其族父者，義其所爲，聘之經理鹺務，啖以利，毅然不往。持己以正而謙以接人，家庭嗃嗃，課子雒誦甚嚴。子錦從吾游學，不令一日廢，見其列膠庠，曰：『一衿何足言喜？』能承先志也。心極隆師，吾嘗接之，色煦而意肫，吾亟呼爲長者。君名在太學，乾隆癸酉正月二十有六日卒，壽七十有一。

配陸氏，先君卒。子三：長如鼇，繼殁；次如鏡，監生；次錦，庠生。孫二。以乾隆癸酉五月十有一日葬于白浮山，孤子泣請予銘，予夙重君，其奚辭？銘曰：

估其業，儒其行。孝于親，根厥性。義形于色，獨也正。勒吾文，券餘慶。

海鹽錢君孺人朱氏墓誌銘

禾之士錢載遭其母夫人之喪，泣踵門，稽顙乞予爲之銘，曰：『不孝載生六歲而生母下世，方兩歲時，即育於母之懷。及失生母，父方遠遊，留京師六年，門户惟母是搘。弟妹並幼，撫之均。一家故食貧，母以儉勤，精心代匱，日用無由饒而未嘗輒至於絀。母歸吾父數年，即連居姑舅之喪，哀毁得疾，自是不能有身，爲疊置側室，恩意周逮。值家緒糾紛，佐吾父，却漂摇之風雨，完故家之牖户，同心黽勉，外内以寧。同居娣姒兩早寡，雝肅無間，爲助理嫁娶，諸兒無常母。母之舅氏倪居圩匯，無子，愛女甥特甚。村廬竹木駢羅，桑麻蔚薈，母嘗喜居之。歲時躬親祀事，必豐必潔。吾高祖孚於公以諸生疏魏忠賢十大罪，唐藩稱制，擢爲御史，所遺緑紗豸袍及犀簪一，居恒展視，勖後昆以忠孝。棄養之日，箱篋無長物，惟存此而已。載年已長，每讀誦至宵分，茗未嘗不温，果餌未嘗不具備也。』言已，聲嗚嗚，涕雨下。予乃喟然曰：『信矣，夫母之慈且賢也，於子之戚徵之矣。』遂書之。

孺人姓朱氏，系出新安，入籍於禾，祖昌來以子振貴封文林郎，舉鄉飲大賓，壽終大耋，列郡志。考拔太學生，妣倪太君。孺人年十七歸仝邑太學生錢炌，無所出。子三：載，副榜，側室陸氏出；莊；星。女二，側室丁氏出。孫四。壽六十有三，卒於乾隆辛酉年某月日，以次年某月日葬於永安湖祖塋之西洲航山麓。今遂并營生壙，側室陸氏祔焉。先是，太學君以先塋丙舍山水可樂，語孺人百年後當同穴於此。陸氏卒於康熙癸巳年，得年二十有八，生子載，不爲無年矣。銘曰：

登高邱，望遠海。樂哉藏斯，無有後悔。先可依，姬可隨，夫也規之願弗違。有子而才，爾熾其宜。

弢甫集卷二十

墓表

族父雲昇公墓表

公諱世俊，字雲昇，吾家遠祖唐御帶公籍餘姚，苗裔世爲餘姚人。公曾祖岐，娶於汪，繼室。某子大鳳，娶於褚，生子五：心華、心懷、心還、心誠、心泉。心還娶於沈，生子四，長即公也。次子龍、如球、百勝。

公六歲出就外傅，能兼誦家塾所授書。既長，家赤貧，年二十七喪父，盡哀禮。時藪澤寇出没，慎游寓，愛西湖山水，僑居於杭。夙精醫，求毋弗往，不責報，報亦不却。顧獨工削履楦，對客操斤，閒敏立就，神氣恬然。就購特昂其值，信手推予親識，不錙銖。蓄而養母，長得豐腴。有欲學其技者，曰：『始吾爲斯楦也，手木而心尺咫之，至於再，至於三，熟視既得矣。急揮斤追之，猶人而弗天也。爲之三年，神始凝，以楦遇木，木迎吾斤，而楦成，吾弗知其所以然。』學者終絀。故人潘君客死台州，遄奔往，免而扶櫬歸，泣曰：『是無子無親戚，吾喪主也。』

窆之於其鄉。御帶公功德被民，爲水神，所在祠禱杭之寶石山陽。祠久將圮，聞於守土者，新之，遂以公奉祠，春秋執事有恪，灼然玉舉於賢裔中。年六十五丁母憂，爲孺子慕。

娶丁孺人，歸安字三公女，無子，先卒，一女適仁和諸生張鍠彥。度所後無可意者，慨然曰：『吾祖吾父，繩繩有後，吾可弗後。』生於順治癸巳年九月五日，卒於雍正丁未年九月二十四日，壽七十有五。丁孺人順治乙未年七月二十四日生，雍正癸卯年十月十五日卒，壽六十有九。女夫於乾隆戊午八月二十六日奉柩合葬於艮山之北麓，鄰張氏之阡，將世祀之。懼久而湮也，外孫諸生灝狀其行，請調元爲之表。噫！其胡可以弗表？

族子調元曰：公與吾先贈公仝出燭溪派，仝以醫濟人，仝寓於杭。調元自童時，見兩翁聚首，挑燈作餘姚鄉音，或望雲樹，涕交下，不知其所以也。問於先太宜人，太宜人色黯曰：『欲歸依餘姚先壟，不得也。』先贈公既歸葬餘姚，而公坏土留於此，潛采弗彰，百世下誰知有公者？故著公世次生卒特詳。其孝義，舊人多能道之，而托跡於技，無心而不可與謀。公何人哉！

增貢生湯公容齋墓表

公姓湯，諱之昉，字晴嵐，容齋其號，睢州人，文正公潛庵之孫，副榜封朝議大夫渭厓公諱濬之子，母袁恭人。先世詳文正公弟繡甫傳中。朝議公生八子，公行四。

生而端重，質稍魯，故學彌確，誦習終身不忘。入州庠，補增廣生。朝議公年高，公兄弟或遠宦，或卒，或幼，慨然綜家政，承歡堂上，撫諸子，恤孤寡，一身肩之。援例貢成均，無意仕進。洎事親盡色養，疾營醫藥，至廢寢食。伯兄孟升公清宦京師，餉遺相屬。姊氏早寡，倍友恤。洽比親族，初終如一，賙匱之，無吝無德色。友人胡文學貧，老而卒，餽贈弔賻有加。從子卒，方卧病，家人秘弗聞，偵知之，嗚泣枕上不止。性和而介，當途聞其名，争式廬，未嘗一干謁。時片言解人紛，不稍涉利，鄉望益峻。近老成，縱質庸未克大成，亦可收放心，免大過惡。』其篤守文正不失足。毋濫交，專親詩書。嘗以祖訓督子弟學，曰：『少年宜苦。苦則志定，志定將來家規如此！宅朝議公憂，誠信治殮葬，竭盡哀禮。會雁行相繼徂謝，子婦及從子先後短折。十餘年間，九遭凶戚，殫瘁心力，形神並凋。乾隆十一年三月朔卒，享年五十有五。

娶劉孺人，州同諱如翰公女，逮事君舅君姑，烹飪必躬親，以孝謹聞。撫嫁從女，子子如己出。韓僕婦婚三日而其夫遠出，十餘年不歸，引置左右。矜惜得所，疊經哀悼，勞苦佐外庭擘畫。公殁之明年二月十有二日，克葬於林家店之新阡。後六十日，孺人遂卒，蓋四月十三日也，享年六十。子五：長雲祥；次雲讓，甲子舉人，後伯兄；次雲錦，先公卒；次雲程、雲翼。孫男五：過、逖、遷，雲祥出；适、遵，雲讓出。孫女二。以是年十月四日合葬焉。嗚呼！士夫著見，以功業文章相高，而内行或忽爲平近。當庭幃衰老，晨昏喘息，動須扶侍，伺察入微，支庶繁而用廣攉持，疾病死喪俱賴，曲至中禮，以罔有唏悔，此非性情摯而才識贍，内外同心，至死黽勉未易，周浹倫理，代匱無缺遺也？

公伯兄爲調元庚子座主。辛丑過公里，拜朝議公及公於堂，肆筵甚盛，意有他客，私緝御，知爲特設。蓋調元實與朝議公俱副榜，故禮數優異，此足徵養志之一端也。夫聖賢大道寓諸庸，爰按狀表而出之，以謂無忝理學後昆，不信然乎？

崇信縣知縣王府君墓表

古期喪皆得去官持服。賈逵以祖父，戴封以伯父，韋義、楊仁以兄，譙元以弟，陳重以姊，輕組綬而重喪服，具得以伸其哀。明洪武定承重祖父母丁憂之制，皇朝乾隆詔令遇本生親喪，得離任，持其所降服。所以教天下以孝，曲體人子之哀思，俾風俗駸駸復古，民德歸厚也。十七年，河南武陟令王君肯穀以本生父梅川府君憂去官，服喪服稽顙，乞予文以表墓。予於君爲同年友，君以爲人後不得持三年喪，貌黝然哀毁，義不可以辭。

按狀，府君諱承曾，字嗣徽，梅川其號，系出太原，由茂陵遷醴泉。副康熙甲午鄉榜，雍正甲辰舉於鄉，丁未以會試明通榜，授岐山教諭。六年考最，中丞碩公薦，升甘肅崇信令。乾隆丙寅攝高平，甲子爲臯蘭武闈參詳官，戊辰以疾致仕。今年七月九日，終於籍，享年六十有七。文思夙敏贍，所著有《克己集》《蠡測集》《遊洪堰小草》《三龍集》《芮谷集》，藏於家。

其令崇信也，地故瘠，民貧且愚，男女不知耕織，乃規度城北汭河夾岸可營水田，捐工勸墾，開引水渠，灌稻畦百頃餘，歲收豐稔。又刻《紡織圖説》，製百紡車散民間，教之婦功，民衣食以饒。初，居民市瓜蔬，率遠走得之，涇州平凉吉貝之布值等紈帛。不兩年，諸物充牣，他邑且駢集趁虚，雜樹陰濃，蔚然映城坰廬舍。嚴保甲，境内厖不夜吠。禮教聿興，絃誦之聲户接，進膠庠士，導以脩行明經，口洮洮不倦。如司教岐山，如家居爲文社師，如爲邑書院山長，時士風大振。崇信歲歉，代輸民賦千金，衆歡呼且雨泣。聽事必攄誠感動，訟以平。攝高平亦如之。中間中丞黄公特列薦牘，格不行。總制尹公特器重，謂可御史，未及薦，移節去。上官同寮交口稱碩人長德。鄰境涇州靈臺被波潤，躋堂頌祝。謝政後數年，舊民猶自其邑詣門羅拜，對涕洟，戀戀若赤子慈母之不忍捨。嗚呼！此豈可倖而得之與！

曾祖諱九牧，前明進士，官曲沃令。祖諱膺啟。考諱孫璋，諸生，妣張氏，官教諭時，得貤贈。娶汪氏，以肯穀前令臨漳得封如本階。子三：長即肯穀，出爲後，癸丑進士，官縣令；次肯構，監生，早卒；次肯穫，監生。女一，孫一，孫女四。肯穀所後祖考諱孫瑋，三娶，元配張氏，繼李氏，繼劉氏。劉太君年十九而寡，無可後，待十餘年而肯穀生，撫爲嗣孫，得天旌。五世祖妣閻太君、祖妣張太君，並守苦節，得旌，載省邑誌，人呼王氏三世貞節云。曲沃公釋賈大司馬漢復爲諸生時寃獄，官軍聞警，圍醴泉。公縋城見大帥辨白，賈大司馬亦疏救，一城民賴以全。闖賊入關，不污僞命，被榜掠索餉，尋知公清介，義釋之。其家世濟美，有自來矣。

夫爲善無不報，貞節之後、忠孝之門，率多光昌。府君爲吏，開衣食之源，大興教化，厥功隆，事皆足以爲俗之勸也。乃表於某原之阡，使觀者興起焉。

懋焉。肯轂仕，遵治譜，闢養堂，迎事於鄰之治所，居喪不以降服減悲哀，於以見府君之光裕特

萬文學蓮村墓表

文學萬蓮村，葬有年矣。予爲濂溪書院山長，見其子朝紀有勞于書院，前太守董使君榕顔其楣曰『功在二黌』者也。予心韙之，則斂容却立，曰：『先君菑畬于是，小子敢不終畝。』遂肅衣冠拜，泫然求表其考之墓。予不忍辭。

按狀，君姓萬氏，諱方傑，字元酇，别字蓮村，德安籍，居德化。先世進士，官左布政，諱衣，以忠直幹濟著。子孝廉，官監司，諱嗣達，忤魏忠賢者，君高祖也。特恩賜進士，官繕部，諱堯一者，君曾祖也。祖諱邦敦，父諱映彩，皆諸生。君生而穎敏，工文。試學使，未午納卷，即入泮，旋食餼。早喪母，事父以孝聞，撫母弟方順。研經一室，怡怡如也。好施予，恢復祭産，豪强避跡。先人遺聽瀑軒，君復肯搆，晴雲宿檐，雪流繞户，名花文石，與圖書參列，故家喬木，蓊蔚溪橋間。延從兄方英教族之佳子弟，築讀書精舍，資以膏火，及他姓髦秀，多所成就。方英殁，藐孤朝銓稚而零丁，視如己子，卒成立爲諸生。從弟方筠，彌留託以二子，撫教亦如之。其勤勤于家塾，樂成人美如是。

夫周急恤孤，慷慨好義者類能之。獨心乎引掖絃誦，俾賓賓娟學子燦列書林，繼芸香于奕

葉，扇毫素于芳隣，其風徽不可沫也。用書之以爲表。

主事橡村朱府君墓表

朱府君，諱緗，子青其字，别號橡村，歷城人。考諱弘祚，舉人，仕至總督閩浙、兵部右侍郎。諱美先，其祖也。諱仲卿，其曾祖也。諱志高，其高祖也。三世祖妣及妣俱贈封加例。娶王安人，側室李孺人。子四：崇勳、崇道、崇典、崇禧。女三。平生淡榮進，循例授主事，如相如之爲郎，非所好也。優游里居，未入官，卒於康熙庚戌五月初七日，得年僅三十有八。康熙丁亥十月二十有九日，葬于府東鳳凰山之塋，配祔有年矣。今孫曾甚盛。予來主濼源書院，孫彤從予遊，乞表其祖墓，遂書焉。

橡村生負雋才，經史罔不佃漁，旁及天官壬遁，恢恢有餘力。獨等閒視科舉，文專致力聲詩。從開府嶺南時，宗鉅公竹垞相與切劘酬唱。歸歷下，升阮亭王公之庭，撰述皆公爲之序。性純孝，侍兩親寢門，盡子職。考分督河工，薨逝，見星而奔，扶櫬歸。尋奉妣諱永州駕部，兩弟俱遠宦，獨瘁于湯藥，既克葬，遄成疾不起。

先是，築雲根清壑之堂，楓香之閣，花木扶疎，簾櫳幽靚，四方名士屨交趾錯，讌會賡吟無虚日。阮亭以謂金粟道人玉山雅集後三百年來無此樂，諒哉！予習見豪華貴胄帬履蹁躚，從事聲色狗馬，固不足齒。即築琴臺，營棋墅，品法書名繪，自矜高雅，亦未遽得爲清士。若此天才洋溢，流連六詩三筆，又虛心是正于名公，卓然成名山之業。所刻《嶺南草》《楓香集》《吴船書屋》及《雲根清罊山房》《觀稼樓》諸詩，大都扇明人流風，特以韻勝。苟加之年，盡抒其雄駿，何難與邊、李相馳騁後先？今持是亦聲光不可磨泯，爛煤破楮，爍爍鵲華間，雖名位不稱其涵負，于大雅之林，復奚憾？况性情敦厚，上溯十九三百之本原乎？彤舉于鄉，蕲繼先祖父業，微特公侯之必復其始。用表諸阡，俾騷壇艷稱焉。惜乎，吾不及與敦盤之會，含毫吟嘯於其間也！

弢甫集卷二十一

行狀

餘山先生行狀

先生姓勞，諱史，字麟書，學者稱餘山先生，餘姚人。世居海濱之勞家埭。曾祖見山公，諱伯龍。祖起虞公，諱儀鳳。父元贊公，諱弘毅。俱耕讀不仕。母陳孺人。

先生生而端凝，不與群兒伍。容貌魁碩，秀眉廣顙，光氣煜然照人。既就傅，讀經書，塾師删其注，以己意默誦，遇難字，翻字書切究。家貧歲儉，早出家塾，躬耕養二親，盡誠奉事至壽終，群稱篤行。居常夕荷鋤歸，輒展卷至夜分不倦。或誚其將應舉耶，元贊公曰：『讀書窮理，自正務。詎必科名？』嘗就塾倚户外竊聽，聞説經義，至『克治身心』『敦飭倫常』語，竦然動容，及參論行文佻巧法，俾曲就題目，頭屢掉去。塾師偵知之，召問故。曰：『文以發揮聖賢之理，此恐本意無之。且當年創始作經義，不應有此繩尺。』群瞪顧嗟異。

年十七，反復朱子《大學》《中庸序》，嘆人心之波流，傷異端之簧鼓，慨然立志爲真儒，以斯道爲己任。一意發，必勘辨，公私舉動，纖悉必求納乎禮，奮勇力行，若致命赴敵場。人有以道學目笑之者，愀然曰：『顧不能力進乎是，爲深恥耳。』聞有朱子《近思録》，往縣中坊舖購求不得。適有人自紹興郡城歸，攜是書畀之，喜劇，讀數番，僂立起，設香案，北面稽拜，曰：『吾師在是矣。』握管斷句讀，覩其手澤，勁若鋼鐵，内求諸心，森竦自責。顧天命之性，若君之詔臣，父之付子，兢兢惟恐隕越。一廢職，即膺嚴譴不可逭；一墜家業，即窮無所歸。研精《大易》，取《啟蒙》《本義》，參究横、圓二圖奥旨，有疑義未晰，仰呼『吾朱夫子在天之靈啟我昏瞀』，寢食魂注，不暫釋。上虞顧氏延爲蒙師，其家多藏書，悉發其架籤，日夜閱覽，自經傳及子史，悉覃研，尤聚神於《易》，薈萃諸儒先探賾鈎元之論，兼綜理數參互考索，獨見朱子爲至精至密，冥契四聖人淵旨。年二十四，所學大進，名所居齋曰『須友』。常静夜兀坐玩《圖》，精思有所得，書之，如横渠先生之用功刻苦，而沉潛涵泳，不敢求速化，闡先儒引端之旨而竟其緒，亦時有己見，豁然中開，亹亹紬繹，出前賢論説之所未嘗。月白窗明，萬籟幽寂，此心澄然，抱遺經，究終始，證諸目前人事物理，往往脗合，悠然自得，精神愈生，遂雒讀沉吟，徹旦不寐。如是歷有年所，自言：『余於癸酉歲，于道有所見，亦是零星。及今丁丑，細翫《大易》《河圖》，識所謂理一分殊，殊覺省力。翫邵子所云「脚踏天根始識人，手探月窟方知物」，覺萬物森然具在，且覺吾心之象，五竅居中，宛一《河圖》也，省力甚矣。』蓋癸酉先生年三十九，至四十三而歲在丁丑，恍然有以得其要領。觀象徵事，觸處見理，左右逢原，覺全《易》在胸中，融釋脱落，妙悟元微，迎刃而解。剖别艱深破碎之論，折虚憍而張者，按之無物，咀含故常，味汩汩然來，意境聿新，若初聆聖賢謦欬發明。性有先後天體用之分，指人受胎伊始及分娩墮地時所秉受，其氣質之清濁醇駁，于此別等差。程子謂言性不言氣，不備。備晰及此，尤無剩藴。

著《格物録》，貫徹三才，羅絡萬象，于身于物，近取遠取，高深極于天地，幽隱窮乎鬼神，莫不弋墜之九霄，鈎出之重淵，明形色天性之不離陰陽動静之互宅，造物行生混闢之有常，元工變化錯綜之無定，舉纖毫，無遁情，仍一一歸諸確實，不落影響。斯誠精深曉暢，獨繅微緒，而令萬人灼見者也。著《邇言》，就日用提揭要旨，以示門人，大小叩俱鳴，皆心得精語。教子弟，謂文可不攻，書不可一日釋。勤把耒，暇讀書，不妄言動，農而士矣。洞徹古之學者，一生祗此脩己、治人兩端。不論窮達，俱有當盡之心，當爲之事，俛焉日有孳孳，奉一心爲嚴師，不令一綫輕易雜出。學以剛健篤實爲本，溯曾子、子思、孟子、朱子，惟志氣剛健，特立不撓，克自樹立。計審端致力，歸根立命之地，總歸篤實較然。不欺其志，自不妄語、不妄動始，極之誠立，無歇手處。天人之理，一誠盡之；聖賢之功，一敬盡之。居敬工夫，必整齊嚴肅，始有把握，而喫緊在居處恭。

先生年至艾者，腰骨挺挺，終日夜正襟危坐，無倦容，而氣體舒遲，從不形疾言遽色。欵接後學，和顔悦色，委曲盡誠開導，見未達，必旁喻曲證，相説以解乃已。故進叩者，望見生嚴憚，就聆談論，仍樂其藹藹可親，不忍去。在坐無久暫，慢易非僻之萌自消。雖傭工下隷，俱引之向道。以謂盡汝當爲職分，務實做去，終身不懈，即是聖人。僕身雖賤而道彌尊，纓佩人或操行穢瑣，即不汝若遠甚，毋自菲薄。販夫貿遷近里居，不忍著僞；芻童牧豎折棄矰繳機穽，非食用常物，不加掩取。鄰族一時風尚。婦人以艷粧炫服爲恧，即童娃出汲，亦目不斜視。近斥鹵郊坰，人有相雀角，懦者力不勝，拉就質先生，輒自屈服，願殺鵝置酒求免。殺鵝置酒，姚俗也。或强梁騁利，辨徑同詣先生所，一見羞赧，囁嚅不出聲，先生因機婉導，歸諸正，輸心聽受。邑令某素敬先生，嘗就問政，對曰：『愛民。』問民何以愛，對曰：『惟利民者是務。』令亟善其言而不能用，卒以之敗。嗚呼！先生一布衣，無絲毫勢力凴藉，以道德光明，至誠感人，信從者衆。韓子所謂『薰其德而善良』者，目覩非虛，乃不僅如王彦方鄉人之稗莠者畏其知，而居堂皇，涖氓庶，顧心折，蓬茅賤士欽仰德輝，聞藹如仁義之言，悦從歎服。闇者求于明，僞者獻其誠，此豈偶然也哉！

先生終老田間，無由展攄其所學。嘗論聖功在操存其心，王道在不私其利。井田不可復，在講求水利；封建不可復，在擇賢久任；學校須慎簡有德望者，隆其體，使爲之師，課實行，而不徒文藝，則人才輩出，窮居殷然與天下相流通達，必民不失望。體用具備而不迂，老尤深詣聽言，遇事輒判仁與不仁，其精强有自來矣。

從叔有範，年小於先生，食餼邑庠，文譽騰踔，問藝多英雋，人有以外事纏牽，不能峻却，先生委婉盡規。初若視爲常談，用益肫懇，詞色殊苦，乃覺心怦怦動，久之幡然有省，詣先生講席，請以師禮事，列弟子行。先生曰：『叔父第矢心聖賢，黽勉實學，有見聞，詎忍不罄告？斯禮所不敢承也。』嗣後，敬叔父、敬師，各盡其道。乃不徒矜尚舉業，務反求諸身心，名德遂光。遇先生門人，禮讓敘情欵，曰：『吾同門也。』

禪人樸實者，潮塘盧氏子。參于叢林，夜趺坐，邏僧過，舉佛號不應，加之竹片，自云通身汗下。往甬上，來謁別，乞先生送行序。先生告之以『哀哀父母，生我劬勞』『欲報之德，昊天罔極』『大孝，終身慕父母』。非終父母之身，乃終人子之身也。故一出言而不敢忘父母，一舉足而不敢忘父母。終其身皆慕父母之日，即終其身皆事父母之日也。汝昧此身之所自來，而忘父母之恩勤，從事寂滅，甘心二本，吾不强責汝爲儒，盍歸而爲父母之子乎？』樸實聞之泣下，拘于其教而不能出。有所親養之官署，至病革時痛哭，云一無所得，徒棄父母不事，爲名教罪人，死當以囚服斂，勿召僧送殯。儒者哀其志。先生道明德立，遠近師尊之，來學者益衆，就事提撕，專務倫常日用，鞭辟近裏。

時王學盛行，士憚爲居敬窮理之學，喜趨徑捷，凴倚良知即可以至道，遂詆朱子爲支離。其立教曰『無善無惡心之體』，體若本無善，如何鑿空發得出『有善有惡意之用』？孟子謂『乃若其情，則可爲善』，惡乃陷溺其心而然，詎可並正指爲用？『知善知惡是良知』，似矣，然安得人人如陽明子，見地高，就所見行去無誤？不靠實即物窮理，則『致』字無着，而所知亦不精。『爲善去惡是格物』，謂致知在誠意，可乎？朱子『在即物而窮其理』一語，攧撲不破。陽明子欲徑捷『知行合一』，曷若朱子『知先行後』『知易行難』二語之爲精確，得『博我』『約我』之真脉乎？且陽明子姿秉剛明，亦自由學有聞，學者姿與學俱遠不逮，而遽欲超詣，自反失所依據。陽明子忠藎國是，戡靖禍亂，此便是真道學，足配兩廡，而所提唱未爲平實。其門人更揚其波，龍溪、心齋竟入于禪，《傳習録》已漸漸蹉移。至《王門宗旨》一編，頹壞無隄防，恐亦非陽明子所忍見其流弊。朱子之學遞傳至何、王、金、許，至河東、餘干，切實無弊。楊園、稼書兩先生，承一脉緒系，導學者于大中至正之歸，縱下學未能至極，亦循循在途轍中，未至流蕩而無所坊，以得文行忠信之真傳也。陽明子《越城稽山書院尊經閣記》，從『心』『性』『命』『四端』『五倫』説到《易》《詩》《書》《禮》《樂》《春秋》，具有條理，終推言經之當尊。與夫聖人作經之意，更舉離經畔道之人，以勸以戒，詞意懇惻。集中所説道理，純粹無踰此文，真能洞見道體而深得一貫之微旨。近世之譽陽明與毀陽明者，俱太甚而未爲允。西河毛氏矜其辨博，痛詆朱子，此多見其嚚張，初何傷于日月？其敘王學流派，自有明來幾偏天下，縷覼不遺，學王者侈言其盛，此見尤固。臨濟、曹洞鐘板喧鳴，聖道自昭揭中天，曾何加損？

時紹郡俞太守卿宗王學，行部至姚，見客星山王文成公祠，鞠躬稽拜；孫忠烈公祠，三長揖；吕文安公祠，睨其像而已。先生偶在城，太守素耳先生名，折簡招致，謝不往。乃就見，盛推文成公學術。先生待言畢，徐對曰：『鄉先正表表，千古事功掀揭，誠吾道中柱石。』言未竟，太守遽言未可以事功概其道學。先生曰：『道莫大乎忠君國、拯生民，舍事功更無道學。且文成公與孫忠烈公仝撐拄天地，扶植綱常，皆吾鄉杰出人物。明公當一體表彰，以興起懦頑，明示標準。』太守意雖未合，不能不屈服。同宗副都介巖公之辨延先生至語溪講學，大約端蘄向于知行，嚴辨别於義利，導學者以切實爲己，聖賢之道伊邇，祗在倫常上隨時檢勘。人曠蕩自由，輒謂已有何愆，不知自雞鳴而起，至辰刻已，不無幾多妄念、幾多妄言、幾多妄動。先儒謂檢點一日間於人倫上有多少不盡分處，此宜著猛省。聽者神竦，老成英妙争欲式瞻儀型，親承明訓。

先生晚年涵養益冲粹，色和而莊敬，語正而温醇，人人願近有道，薰然開耳目，若坐春風中也。介巖公惜楊園、稼書兩先生不接席而語，輝映德光，使吾人矜式。夙知吳興有卞君，談理深微，見解明迥，往訪之。與語殊不愜，細叩夙所論説所自來，云得之邢姓者，不肯言其名，意是隱君子，歎息而去。歸姚，渡百官，江舟東下。時先君攜調元還故鄉省邱隴，舟亦迤行川涂，望見鄰舟中端坐一耆儒講論，弟子左右侍聽甚肅，心異之。至驛亭堰，待拔堰，叩知爲餘山先生。率調元詣堰傍草舍敬謁，且請遣稚子過先生舟受教，許之。方論格物致知，調元謂『物即明德中殺列之品類，故天下無性外之物；知即明德中逗露之靈光，故孩提有不慮之知』。先生訝，詰此語誰教汝，具道素無師，昨冬有孝豐錢惕菴先生名之泌來杭，寓鄰寺，得相從講解逾月，聞此乃領之，重爲剖晰。舟抵岸，先生以調元爲可教，府君即命受業于門。進拜，留語三日夜，聞所未聞，快然開明，怵然憬悚，教以立志大、存心細，誠聰明慎勿誤用。調元生已十五歲矣。

屬寄惕菴先生書，其略曰：『今之篤志爲實學者，誰乎？自功利之習深中于人心，士讀書作文，講明義理，辨晰亦非不精，衹以爲梯榮之具。師以是教，弟子以是學。一得志，惟榮身肥家是圖，沉溺于聲色貨利，拋卻聖賢懇苦守待之本旨，其秉心有不堪言者；一不遇，即怨尤叢集。孟子謂「今之人修其天爵，以要人爵，既得人爵，而棄其天爵」，今之要人爵者，并不是脩天爵，惟將聖賢道理作好時文，即外爲塗飾，亦不過作口頭應酬語，初未嘗砥礪廉隅。某嘗目擊而深悲之。數十年來，欲求同志之友共切劘，興起斯道，使人心習尚盡歸於正，苦寥寥不多見。比聞桑生述先生志皦而行卓，教學者以窮研克治，如聞空谷足音。』云云。既而惕菴門人郎鑕至杭，云惕菴先生已于新歲易簀矣。奉所寄書歸，焚繐帷前，約明年仝至姚，從學于先生。至期詣謁，相顧語至泣下。先生謂鑕質魯，但遵所聞，充所見，一志力行，得寸則寸，終不失其軌。

又明年，三謁先生，命多留數日，講解疑義，訓飭諄復。臨別，直送至埭口，云：『吾壽不過三年，汝恐未得繼相見，故爲此叮嚀。』調元驚涕，謂先生身極强健，調元歲當從父歸姚，何爲作此言？先生曰：『脩短有定數，去來有常理。汝慮家事纏牽，未得脫身，然終望汝重來相晤。』灑涕而別。嗣連歲先君客遊，艱家計且多故，侍慈闈不忍暫離。癸巳新正，先生完長子婚，傳家事。元宵招門人汪鑒聚處須友齋，語是月吾將去。鑒大驚，見先生體甚康，稔先生不妄語，即日自寓舍移侍函丈。汪鑒者，父薄宦滇南，卒，萬里扶柩歸。至漢川，幾覆舟，號哭，志與俱沉。忽飄風，薄沙岸，得免。衆呼汪孝子者也。性尚氣節，返姚從學久。先生謂英氣即客氣，必陶鎔歸寧静，始可凝道。至是惻惻，侍先生啟居。先生方遍從親友家飯。與老者言，言教弟子；與幼者言，言孝弟于父兄；與衆言，言忠信慈祥。有來候者，亦欵洽盡歡。至二十三日，令治木。因家貧，慮倉卒，可便爲之，稱有無，不須過美。飭諸事從家禮行。自喪先生父母，時早不用浮屠、酒肉俗，已有效法之者。二子與門人惶惑，請夜不息火環侍，揮使去，數日來飲食眠起如平常。二十九日，日高舂，趣具湯，沐浴更衣，移床至正寢，炳燭宴坐，尚神清氣定，卻飲食不進。親舊俱集中庭，二子謝乞弗擾。乃泣跪請遺命，曰：『吾平日教汝諄至，第守之弗失，更何言？』對鑒曰：『調元何不來也？調元何不來也？吾遺稿可付之。』乃就寢，齁齁熟睡。親舊俱散，獨二子與鑒侍側，伺動定。至次日寅初，聞喉中痰聲起，二子與鑒急薄枕號呼，逝矣。實康熙癸巳年正月三十日也，距生於順治乙未九月初四日午時，得壽五十有九。親舊聞故嗟異，哭聲載路，至庭不絶。含飯時，顔色温腴不改。是年，四十里内松柏俱凋瘁。

娶陳孺人，幽静居壺内，奉養、祭賓豆惟謹。四方學者至，隨所有設食，不露支詘之迹。外庭徹旦談論，中夜具粉餈湯茗無厭斁。調元頻年就訓誨，躬親受明恩，至漏將盡，聞隔屋機聲猶軋軋。先先生四年卒。子二：長廷栻，恭謹僕訥，娶童氏；次廷模，後先生數月卒。

殯既權厝，汪鑒捧遺書至錢塘授調元，始聞訃，與同學友盧存心就書齋爲位，拜哭，三人皆失聲。存心，夙慕先生之道者也。先是，正月晦夕，調元夢先生自一宏邃大殿宇趨出，執調元手，言：『汝稚子，踽踽欲適萬里程，吾何能釋懷[一]？』殊撫恤形顔。調元驚寤，心動，疑不祥。語存心，存心慰言先生屬念之殷云爾，乃果山頹木壞。調元自此安仰安放矣！嗚呼痛哉！後十年調元入成均，瞻仰大成殿，宛如夢中所見規模。先生嘗言，深山窮谷中，果有人篤志力學，造詣深純，必脩身見于世。縱遯世，不見知以没，其神魄必在先聖左右。第未曾奉配兩廡，不分受明禋之享耳。如王安石、王雱父子，何曾敢溷入櫺星門？此以知先生神魂在先聖左右，審矣。

遺書間莫辨草稿、字畫，所言《大易》横、圓二圖義，媿未能測識，不敢妄補綴。中年苦縛塵纓，心氋眼翳。至歸老匡居，静翫微言，始編成卷帙。書有《格物録》，有《大學中庸廣義》，有《邇言》及辨論雜文，今總標爲《餘山先生遺書》，刻之以傳世行遠。先生言人心静極，即能前知。如董五經知程先生來，消息甚大，及叩其中，實無有。釋子禪定能照鑑正如是。然無即物窮理工夫，一應事即昏瞀，坐空山中能知未來，及衣紫開方丈，寸心憧擾，昧然罔覺，禍患臨頭，始云孽障到，致可哀愍。故前知無足異。先生三年前即知全歸之期，至期從容飭家政，别親舊，無疾而終。平素晛幾占事，無不奇中。數根于理，非如京房、管輅、郭璞等專精數學可倫比。蓋從源頭貫徹，故百家支流，如納音、納甲、星經、葬經、醫卜之類，一覽而曉，并識其致遠恐泥處，由流遠與源牴牾之故。故遺書中所言陰陽變化，從《易圖》確實指陳，無惝怳之談，無穿鑿之弊，又懇切引人向大道，繼往開來，闡明天人精奥，與談機祥迴别。《太元》《參同》潛虚語，多幽隱；《皇極經世》較醇，亦尚有鶻突。先生言四時行，春、夏、秋、冬相遞禪，是天道根乎太極，一氣循環，俱不貳實理流行。邵子以皇帝王霸分屬之，是直以霸爲功用之正，天道詎有是駁雜？當時二程子何不匡正？乃知先生持論醇乎其醇，誠粹然大儒之言也。先生遺命勿請祀于鄉，故後學不敢公舉。又云古者生無爵，死無謚，私謚非古，故不敢以陳文範、孟貞曜私議易名。

子婦童氏，先生同志友憲文先生諱懋德之女也。年十五歸廷栻，不匝月居喪，哀禮見儒門矩範。時廷栻盡却所親賻賵之儀，與婦同心，早夜力作營喪葬。七年而廷栻卒，無子，赤貧，誓守，哀慟不敢殉，將營舅姑與夫之葬。待立後承祧，仍不受一毫佽助，塈而閉户織紡。於雍正元年葬舅姑于河圈，植石楠作宰木。時族衆以地近海不半里，慮洪波衝齧，曰：『此先舅所定葬地，治命不敢違也。』大司空孝感存齋涂公天相知先生平生，屬縣令以『潛修實學』表墓，復碑揭故里。肩販過此，必駐足流連，嘆息曰：『勞夫子不再見矣。』明年七月十八日，潮溢，蕩民人廬舍，沿海數百里水，獨不没河圈，上下村堡賴以存。夫柩以在淺土漂去，乃號泣特祀，先訣族衆。胞弟子卿與俱行，曰：『若尋夫柩不得，赴海不復歸矣。』衆力阻，謂故塚且多壞，填塗白骨，矧浮厝？且歿時貧，不能具好棺，茫茫野水，何處覓汝夫柩耶？曰：『吾夫柩自可辨識。因木不美，故歲索綯縱横纏千百道，當不散。倘漂没，矢死不苟活也。』數十里外，因草繩絆樹枝，懸着不去，哭舁歸，哀感行道。乾隆甲子始克葬。立從子汝鏊爲後，守耕讀家風。己巳年，公舉得旌表，郡杜太守甲以『索綯奇節』表其門，見聞者俱謂兩家儒風不墜。副都閩汀雷翠庭學使鋐興學於浙，最欽崇《遺書》，謂可繼宋五子，以『山仰餘光』顏祠楣，稱後學。趣調元早撰行狀，欲作《遺書序》，而遽騎箕矣。惜哉！豐潤董定岩觀察榕守九江府時，創建濂溪書院於廬山之陰，延調元爲山長，讀《遺書》中闡明《易圖》精義，與周夫子《圖説易通》合，特建餘山先生須友堂于周夫子祠側，興起後學。調元詩所謂『乾坤此舉萬萬古，須友祠楣偕初終』，又云『餘山精靈陟丹構』，是也。定岩初宗王學，因與之細讀《遺書》，且舉睢州湯文正公答當湖陸清獻公書相證，云：『某少而失學，長無師承，晚乃知朱子之學切實謹嚴。』語不及孫徵君。初，文正公辭官歸，師孫徵君夏峰于蘇門山。著論發揮王學，解王門立教之旨，於上三語特詳明，至『爲善去惡是格物』一語，懸置無所解。作徵君墓誌銘，推尊其師宗傳，溢於毫素。晚年顧心契朱子，一歸醇正，宜何所取法，乃悟，遂欲效文正公之宗朱子，作《聖學入門》課程，爲餘山承學之人矣。仁和沈萩林司臬廷芳續竹垞朱氏《經義考》，推先生邃于《易》學，卓爲經師、人師，遂自稱私淑門人，于山東濼源書院建朱子祠，以楊園、稼書、餘山三先生從祀，大昌朱子之學，以上泝先聖之傳。調元方濫席濼源，共相鼓勵，士莫不感奮。黄勉齋先生作《朱子行狀》，閲年久而始成。調元徧訪門人故老，遲之又久，始齋戒泚筆，其神怪事悉不録，具質言其實。朝廷他日徵求儒林耆碩遺跡，上之史館，俾有據以傳信焉。

門人桑調元謹狀。

校勘記

〔一〕「釋」原作「故」，義不通，據《碑傳集》卷一二八《勞先生史傳》改。

弢甫集卷二十二

行　狀

似笠沈先生行狀

嗚呼，秀水似笠沈先生逝矣！予有母之喪，齊衰而往哭之。先生孫元杲凶服至門，泣請予狀先生。予在疚，不能屬辭。顧自以夙昔過從談讌甚洽，曾語予，他日當有筆墨累子，予不敢負心諾也。爰即予見聞，狀其概。

先生姓沈，諱修誠，字辭立，似笠其號也。先世南渡，居會稽，三遷家秀水之長溪。至僉事公謐、副使公啟原、修撰公自邠，三世起家進士，治行文名俱炳焯。修撰子太學生鳳，爲先生曾祖考。妣馮孺人，前明祭酒夢禎女，皇朝以節旌其門。太學歿之四月，子文學大遇生，是爲先生祖考。妣包孺人。文學蕙纕，先生考也。至性奇篤，事詳予所爲《獨行先生傳》中。妣高孺人。

先生生六歲，母口授經，絶穎慧。年十三，父挈之入楚，寄所親就學，徑獨往，窮江右巖壑，棄家不顧。時先生齒雖穉，知父激幽憤自廢，號挽不得，酸感旁人。母奇愛先生，遽數千里外爲客兒。家故艱，兄修端僅長先生一歲，伶俜繫母氏憂。嘗中夜飲泣，轉奮起，懇苦力學不少休。尋歸，客蘇州。弱冠，寄籍崑山，補蘇州郡學弟子員。既壯，省父，北走燕。父將入閩，請從之閩，父止之，命就館以養母。因遊楚，父自閩遥令秋試畢而來聚于楚。歸，適會母病，不即行。丁母憂，毁瘠踰禮，秘不敢聞于父。亟迎父歸自楚，而父所善楚督已遣人護父喪還矣。先生慟欲絶，營喪葬，備極哀瘁。平生篤于内行，遵治命，建曾祖母坊于先塋之側，以父純孝請旌于朝。事兄終身，盡友恭。寡嫂依以居，爲立後授室，厚分田宅。事陶氏姊如事兄。族黨蕃衍，恤貧乏，教孤幼，虔享祀，舉以身任之。

重意氣然諾，以友爲命。客秦中，總角交朱苧塍先生病亟，親送之濟寧，及考終于家。李晴峰鹺使左右手倚先生，每事諮而後行，近脂膏不之潤，後教其藐孤。年垂八十矣，爲奔波南北，扶其顛厄。兩家子弟嚴事先生，拜牀下。予目之動容。高安朱文端公撫浙，下交先生，訪以興革大政，不避猜怨，指陳，如革里書，其尤著者也。有寡婦子馬某，持一米囊，豪右指爲其家所失物，就刑鞫，將誣服。先生爲直之，當事弗聽，慷慨義形于色，卒白其冤。素負經世才，足迹涉燕、齊、秦、晉、梁、楚間，爲人作封事及擘畫巨事，動中機宜，一規以義。天嗇其遇，竟以明經終老。文筆迅如下瀨船，詩蒼勁絶俗，惜鼂采夜光之無人摭拾也。性强記，通古今，道勝國軼事、江南北耆舊衣冠容貌，娓娓宛在目前。至忠義激發，鬚戟張眼，爛爛如巖下電，使懦夫亦神王。嗚呼！今不可得而復聞其語矣！

先生生于順治辛丑五月二十有七日，卒于乾隆甲子八月十有四日，壽八十有四。娶徐孺人，先先生卒。側室許氏、張氏。子道熙，許氏出，孝友純慤，爲中殤。族子年多踰强艾，難乎爲後，乃擇于族孫。著族孫爲後，説告于祖而後之，即元彔是也。撫盛氏女爲女，適丹徒主簿朱源。張氏出一女，適諸生于啟元，亦先卒。

予後生，親炙先生之風義，不能忘也，亦不能詳。謹狀。

金公行狀

雍正戊申某月日，蒓漪金公以疾終，其孤泣述其父之行，而乞予狀。予以公之篤行，禾之人士時道之也，乃徵信而狀之。

公姓金，諱兆篁，蒓漪其字，宋文肅公後。當元至正間，有諱國賓者，自漳州遷於禾，始爲禾人。歷九世而至公之高祖伯韶，年十五，領萬曆丙子鄉薦，著述有聲。曾祖元石，副天啟辛酉鄉榜。祖子治，庠生。父道雋，太學生。初，元石生五子，長子治，次子彝。子彝以明諸生殉國難者也，生三子，長太學生道闇，次道雋。子治無子，以道雋爲後。公本道闇次子，道雋年近四十，未有子，配沈氏殁，以公爲後。公居母沈孺人喪，盡禮。已而道雋連舉六子，膝下森然林立矣。公諸事善體親志，家故饒於財，當析産，悉以腴田大宅讓諸弟，而己所願受分田，最磽瘠而又最少餘，蓋藏一無所問。别僦屋以居，至爨烟屢斷，亦安之。公之子實爲長孫，析産時有長孫田百四十畝，亦讓弟士端之子曰潮者得之。遭父喪，率子盡哀成禮。居無何，潮殤。族衆有議及長孫田者，公遽止之，其不忍傷先志如此。篤念所生，往來承侍色笑，並得其歡心。

及居本生母張孺人喪，以降服故，感痛尤至號慟。堊室中寢枕卑溼，兩足成痺，幾不起，食淡且逾年。本生父命之食，始稍進鹽酪。而日夕哀，終不止，久之，竟損一目。其創鉅，其痛甚，其慕也孺。禮制雖有定，而至性孤行不自知，其哀之至於斯極也已。本生父之將終也，以公之長子於諸孫中最長，而祖業無分毫授，議畀之田三十畝。公復輸爲祭産，而出其豫貯柏材之乾美者以治棺。先後喪，哀戚如一。嗚呼，是誠可謂之篤行矣！

公生於順治辛丑某月日，至是卒，年六十有八。配郭氏。子二：長某，舉人；次某。女三，孫男三，孫女二。公易簀時，諄諄以孝友爲訓，此足以見其志之所存。狀之，俟采風者録焉。

弢甫集卷二十三

誄

朱母陳太君誄

嗚呼！梱德之賢而孝，克持大體，樹故家橅範，如吾友秀水朱嵩齡之母陳太君，蓋罕矣。太君，司訓宁臣先生諱彝爵之配也。考諱祚昌，世居杭，以進士爲郎，出守揚州，歸，遷於禾。妣徐恭人、沈恭人，生母鮑孺人。年十七歸司訓，逮事君舅中憲公。中憲年七十有四得司訓，奇愛之。司訓少英穎，年十四補校官弟子員，明年授室。洛誦、理家務，皆太君左右之。又明年，居中憲喪，太君方有身，號泣盡禮。司訓年最少而兄耄，嚴事之如父。太君於娣姒間，抑然下之，外內無間言。及析居，司訓孝友純明，事有爲人所難者，太君同心處約，就新構之堂宇，橅故廕之喬柯，黽勉弱齡，揞持儉歲。司訓學既成，名聲騰踔四方，英俊之士接軫到户，家儲空然，太君脱釵珥治酒食立辦，座客連句夜歡洽，不知其家無有也。司訓負才屢躓，亟謀養，以貢謁選，典教於杭，問字者溢黌舍。欵禮名儁，佽助貧乏，太君贊襄弗之倦。奉司訓生母王孺人孝養唯謹，壽晨捧觴前，王孺人曰：『戴恭人不及受斯奉，我何福堪之？』尋遭變，哀毁如喪中憲時。太君以嗣息之未蕃也，爲司訓置妾陸氏，無所出而歿。而太君所生子二，長德是，次即嵩齡。女三，俱適名族。前後十餘年，司訓走燕、趙、秦、晋間，少家居。而延明師課子，飲饌必豐必精，躬織紝績紡，率女事女紅，菲衣惡食，畢婚嫁，瘁心力爲之。歲戊子，司訓爲友事勞苦得疾，歸自秦中，遽捐館舍。太君哀慟至劇，轉念司訓家自太傅文恪公來，代有聞人，司訓祖大司寇諱大啟卓爲名卿，考貴陽守諱茂時處膏不潤，以清德遺後人，而司訓不展所藴歿，先緒不可不續，乃茹痛課子益力。不幸長子德是又賫志卒，痛益甚。顧獨課嵩齡不少懈，及康熙庚子舉於鄉，益勖之脩文行，毋忘先德。嗚呼！何其思之深也。太君少事親以孝聞，結褵三載，喪考。考有子，先卒，孫又羈寓遠方，太君乃迎養生母鮑孺人於家，喁喁語寢門，歡承色笑。鮑孺人年八十猶康强無恙也，而太君於雍正六年某月日以疾終矣。嗚呼哀哉！

余自去夏至鶴洲，拜太君於堂。客鶴洲逾年，見太君老而彌勤，儉而好施，遇臧獲俱有恩，裁家政以大義，言笑不苟，族屬咸欽服之。予既知之稔，乃敬爲之誄，曰：

太君嬪朱，善承尊章。事姑如母，隆厥所生。先後飯含，藉苫居憂。髻髽帶絰，日夕哀號。穆穆中閨，卑謙是守。禮不敢渝，冢婦介婦。析屋而居，張公之浜。支持釜碓，傾奩倒箱。司訓之學，穿貫今古。篝燈佐讀，沈沈漏鼓。司訓之交，俊及顧厨。治具供客，折鈿所爲。司訓驅車，四方遊歷。倚爲代匱，苦辛蠶績。孌彼妾媵，爲司訓謀。縈之葛藟，有木伊樛。司訓服官，膠庠爲家。未知安定，有此助無？抱才入穸，司訓不禄。天乎何辜，酷降凶毒。茹荼訓子，賢必代興。通議中憲，先烈其承。一子早摧，課益勤止。庚子鄉書，儒門蔚起。下有三孫，丕仔丕脩。丕儐肩隨，撫誨劬勞。老迎母氏，孺慕弗衰。鴛湖赤鱗，手鱠進之。載遷鶴洲，梧竹之下。風雨蕭然，綢繆牖户。婺光賈矣，奄逝於今。距生之年，六十有三。有煒太君，母慈婦順。作此誄辭，管彤徵信。

朱母顧孺人誄

雍正十有一年冬，調元廬墓餘姚，得吾友秀水朱君予齋所作《亡妻顧孺人誄》，孺人以是年十一月二十四日病歿。憶去冬，予齋約予北上，予以先府君夙有痰疾，寒恐劇，辭。孺人贊予齋曰：『夫子盍往杭，視桑翁眠食無恙，同行乎？』予齋遂如杭。先府君疾作，調元怔惶無措，予齋傾行橐，百計營醫藥，調元得專侍牀褥。疾幾危，予齋助調元治木，如調元心。疾差，新正四日，始偕行。予齋與孺人之德如是。今調元在墓次聞訃，既痛先府君之終棄不孝，而感予齋與孺人之德，獲延先府君之壽算。而悼孺人之深，不禁淚潸潸下也。

孺人世籍海鹽，崖州知州諱弘之女，杭州府訓導諱彝爵之子嵩齡婦也。妣許安人，生妣某孺人。崖州公于七子十女中，愛孺人賢，一飲食弗離，多與之衣飾珍玩。年十二，考疾篤，私泣禱。居喪，哀毀特甚。歸葬，悉以囊所蓄衣飾珍玩佐之。精女紅，日可織布三疋。年十六歸予齋，出所織，盈箱。奉舅姑，改歲製履獻，佐理井井。有媵婢及笄，遣嫁之。財無私蓄。訓導公之學署，故廣交遊，鬻産不給，孺人盡所有付質庫。訓導公卒，予齋與其兄俱病，孺人亦病。當治喪，斗米錢二百，百口聚食，孺人支拄之。姑陳太君命分爨，受産無多。太君多病，罄盡，徙居別墅鶴洲草堂，風雨蕭然，無怨色。予齋之兄歿，孺人曰：『兄公歿，寡姒毋庸爨。』乃合爨踰時。予齋嘗病傷寒，不治，孺人刲股進，得瘳。左既創，以隻手治藥餌、哺兒女百餘日。予齋舉于鄉，臘杪猶未與計偕。孺人曰：『夫子行矣！姑吾奉之，家吾操之。夫子行矣！』行之日，家無宿儲。予齋滯京師五年，困而歸。孺人殫心持門户，猝遭姑喪。予齋遠館，視含飯弗及，殯殮盡哀禮。予齋從所親于粤東，久始歸，畢葬事。而葬孺人生妣于崖州公墓側，孺人相爲擘畫焉。姑之生母鮑，迎養于家，年八十餘，姑歿而孝事之不衰。孺人兄子楫，少孤，教養之，俾從予遊。調元館鶴洲二年，拆釵鈿，供賓客生徒酒食，而内常不充藜藿。手樵園中枯枝作爨，傷荆棘，濺赤。夜過半，猶聞機絞聲，人聲則晝夜寂不聞。嗚呼！吾所尤感痛不忘于心者，則去年冬也。孺人享年四十有七，歿之前，予齋得太平教諭官，例贈孺人。子二，丕仔、丕儐，娶莊氏、顧氏。女二，一適庠生盛百一。誄曰：

嗚呼，孺人其賢矣哉！孝于親，孝于舅姑，孝于姑之生母，世未之有也。慷慨好義，吾友之祖，吾友之考也。吾友繼之，孺人爲之耦也。賓客在堂，議食議酒也，匪侈也，守門風之舊也，而已食或不飽也。族子彌甥皆曰吾母也。夫也視兄子猶子，孺人視猶子之婦猶婦也。銅簪入棺，吾烏知金玉之爲寶也？夫官太平，孺人之死也先之；父官太平，孺人之生也後之。

理乎，數乎？天不可叩也。疷者吾妻病，幾隨秋草也。孺人遺之藥與金，乃克杖而起也。而孺人止如斯之壽也。爲斯誄者，㷀㷀號墓之孤子，孺人之夫之友也。

錢母王太君誄

歲丁巳之杪秋，錢茂南松明府貽書於予，徵其母夫人王太君壽序，以明年月正上元爲太君七十有三之初度也。其汲汲乎謀所以侑爵承歡者無不至，蓋孝子愛日之誠如是。予既爲文以歸之，閱月而太君以疾終。使君有自淇來者，言明府求其治母疾，憂形於色。官舍蕭然，其廉而貧可知。太君歿而毁至骨立，其哀又踰於尋恒焉。明府至性過人，爲士慤，爲官清且明，爲子生盡孝養歿盡哀。微太君之教，不及此。太君之苦節懿行，見於所作壽序中。予獨傷明府之求予文以壽其母，七十之生辰已過矣，今歲之生辰亦過矣，乃遄謀春秋介眉，距開歲無多日，而卒不及。嗚呼，可悲也已！予用特誄太君之德，以彰於世，且以志明府之痛，而藉使君還唁之。使君者，彰德同守李儀卿光型也。使君不妄言者。其辭曰：

太君賢，生於王，嬪於錢。瞟之望，光爗爗。女也婉，婦也虔。母也辛且艱。冰霜地，風雨年。筠柏之節貞以堅。當年家多難，我室不毁我子完。深沈出中梱，程嬰杵臼然。教子熟圖書，排纂千萬編。宰百里，烹小鮮。襦袴謡，遍里廛。豆芋謡，沿河壖。誰知萊蕪之甑常無烟。母教之，卓可傳。青竹書，青珉鐫。母鬢白，不復元。西飛烏，東逝川。子泣無聲血淚濺。欲拜慶，不少延。錦屏掩，繐帳懸。祝嘏誰？桑調元。作誄誰？桑調元。

覺羅孝女誄

乾隆十七年十二月十一日，覺羅孝女終於兄樗亭中丞浙之使院，得年二十有八。明年，歸葬於京西之阡。姑生次八，瓊田貴種，名以學誠，字以丹奉。幼墮嫗手，幾碎珪珙。長堅不字，紅妝輟擁。事太夫人，櫛縰笄總。密意婉容，藹承慈寵。壬申之臘，冰霜縞隴。清氣超然，歸于厖澒。春閟泉扃，靈衣飛動。煜煜遺編，儒林齎捧。嗚呼哀哉！乃作誄曰：

二儀儲精，興京盤礴。於惟秩宗，天壽平格。慶流節府，濤江釃澤。有齋季女，瑤臺皓鶴。暫下塵寰，羽儀翠閣。結戀嬰兒，北宮子若。鬱金不御，組璣胥却。問視依依，寧親至樂。習勤遥夕，不廢絲緘。泠泠逸響，一彈素琴。弱齡委懷，憩於書林。樺烟繼晷，芸香辟蟫。曹大家手，朱紫陽心。素言一帙，道妙研尋。緬古名世，仰止嶔岑。標撮諸老，當代瑶琛。綜甄家訓，咀味清唫。慨焉論治，裨贊崇深。心尤弗諼，門才祖德。貞烈揚芬，託諸副墨。思編女鑑，成書是勒。證史疏經，筆斷不惑。惜哉隙駒，悲泉忽匿。晝夜去來，夙涵清識。萱枝泫顔，荆株黯色。江甸娥媌，衎悽曷極。古藐姑山，在畏吾村。霧翣逶迤，雲旂翩翻。青松隧路，紫苔石門。璚姿春瘞，映徹九原。體損德完，韜其粹温。女中曾閔，巫陽予魂。靈風漠漠，澹沲帷軒。幽蘭不笑，明月無言。嗚呼哀哉！

弢甫集卷二十四

哀辭

謝曰欽哀辭

嗚呼！美玉不完，嘉苗不實，矞雲不凝，文鵷不育，物美易壞，是固然矣。生而不永，不如弗生。蒼蒼者天，其可問耶？餘姚謝生歿於雍正十有二年之七月，春秋僅二十有六。佳士無年，千秋同哭。用悲英雋之銷沈，吾徒之凋瘁也。乃爲辭以哀之，曰：

謝氏書林，門才蔚興，汝曰曰欽，質則高兮。早搊奇觚，文陣握殳，詩城破郛，氣則豪兮。余門立雪，翻然折節，聞道而悦，才則韜兮。學殖無荒，力牖厥明，企於先民，蜕喧囂兮。予身衰麻，泣血嗚嗚，與廢蓼莪，唁居憂兮。環柏青青，先君子塋，春奠一觥，賦小招兮。佻佻子衿，四沸哇淫，汝寂以沈，絃獨操兮。人誰不死，汝則殀矣，賦命固爾，又安逃兮？吾徒之魂，集於帝閽，義序同門，並遊遨兮。脩文有班，王達崑山，揮手人間，雲旗飄兮。鴛湖之濱，編珠是珍，爲盛世臣，死含毫兮。安濤徐觀，烏程鋑翰，錢塘逝湍，紛難留兮。王盛俊才，安爲之魁，徐孝孔哀，一字褒兮。汝往後先，何多讓焉，從顏子淵，足千秋兮。而我轉孤，傳失吾徒，吾道非歟，增號咷兮。

董君定巖哀辭并序

觀察虔南董君定巖，以至性居母喪。予赴弔，君持泣曰：『不孝必死。君來或倖生。』予見君朝夕一溢米，絶鹽蔬，哭無時，面深墨，毀瘠。據《禮經》規切，仍悲不自持。將舉殯，伏泣竟夜。瀕行，昏仆地。予急以參納君口，良久乃甦，一長號下咽，續進米湯。喘定，以白布纏胸背，夾健厮掖之匍匐出。語官民黴祭，望丹旐即酹酒，毋觸之哀。抵舟五里許，周道數千人，肅然無聲候過，紛雨泣。輿隸咸呼『孝子，孝子』。舟行，益病且哀，予危言强諫。君稽顙前，謂不孝一旦從吾母泉下，求君撰吾母誌銘。嗚嗚不成聲。長途溽暑，度不能及豐潤，擬馳請封。公臨素舟，庶一見得節哀。先是，封公令長洲，以代償倉穀，稽滯累年。君年十八，乞省父，弗之許。苦思成狂癡，乃令往，即愈。嗣宦中州，未得遂迎養，疾發如初，徑投劾歸。上官惜其才，留調理。二親至，遽霍然。至是既執母喪，又以父家居篤念，疾三發。至南昌，薄晚，醫私語予曰：『五臟壞，六脉散，治無及矣。』予猶就唁數千言，君頷之。詰朝黎明，因自啟船篷，無欄檻，誤墮水，江漲溜急，遂殁。乾隆庚辰四月二十有七日也，享年五十。嗚呼哀哉！予送雙柩歸君里，撰太君誌銘，焚君繐帷前。

予惟君以過哀成疾，昏迷水死，雖情踰于禮，然視世之居喪，靦然食肉飲酒，居内如平常，僅受弔時縗麻在身，即知哀戚，移時已懈，求其齊疏饘粥，百不得一焉。若君之慘痛迫切，一往不返，又篤念老父夙疾復乘，竟不脱縗絰奄逝，頑艷老稚聞之，莫不流涕，詎不足風世砥俗哉？予爲文以哀之，其辭曰：

君胡溘逝兮，曾不少留。殘魄東昇兮，斜漢西流。麾白鼉兮，駕素虬。導天吴兮，衛陽侯。泝彭湖之浩浩兮，通汨羅之滺滺。嗟夫君兮獨往，隨靈均兮偕遊。炳死忠與死孝兮，洵終古之匹儔。夫誰以禮苛繩兮，遂至性其何尤。翩翻裊兮丹旐，溶滴櫂兮素舟。望舊鄉兮繾綣，臨枉渚兮夷猶。睠懷歸兮幽燕，浩揚靈兮浦漵。返城郭兮游魂，遶庭闈兮省父。激陰雪兮林柯，颯悲風兮牖户。倏而去兮忽而來，出不辭兮入不語。倚蘅皐兮遲徊，依貝闕兮延佇。歘大去兮超遥，放小招兮愁苦。供之兮葯房，要之兮椒糈。心欽欽兮思君，目渺渺兮愁予。文魚兮紛媵，蜿虹兮下垂。江妃歌兮海童舞，薜荔幔兮芙蓉旗。奉母氏兮安坐，侍下女兮宴娭。沿邅廻兮叢薄，汎窈冥兮游澌。躡清氛兮神靈雨，列如麻兮仙夫晞。天門開兮詄蕩，瓊佩捐兮陸離。總駟轡兮瑶之圃，蕩鼂艓兮蘆之碕。竦雲冠兮郢士，迎玉樓兮吾兒。君最契賞亡兒縄篪。共吟嘯兮無斁，從翶翔兮奚辭？緬章源之瀰瀰兮，作新廟之翼翼。君肇禋兮聶都，神居歆兮血食。耆騎鯨兮洪濤，應肸蠁兮澤國。騰衆語兮喧闐，曰君靈兮降陟。類柳子之羅池兮，標昌黎之碑刻。詎握管兮騁虚辭，殆傳芭兮感遺德。矧儒雅兮風流，信聰明兮正直。繇天帝兮分符，統波臣兮効職。肅惟馨兮虔南，遠歸藏兮薊北。續些只兮臨風，滋涕泗兮沾臆。昌黎文人，已訾其不實。予豈知而蹈此？姑以妄塞悲，故及之。

張學洙哀辭并序

張學洙，字魯溪，世爲祥符人。其起家進士，贈尚書，有《滋蓺堂集》行世，崇祀，諱一桂者，六世祖也。進士，官通參，崇祀，諱都甫者，曾祖也。父爲吾友蔚庭孝廉菁，著《洪範諸圖》。子三，學洙行二。生有風儀，類南人。性孝友，恂恂謙謹，聰穎能文。予主大梁書院，一見即稱爲令器。乾隆庚午舉于鄉，主司共欽其寶。河陝廉訪張公圖東延爲召南書院山長，特加禮異。乙亥十月二十有九日，病卒，得年二十有九。娶石氏，無子，以弟學海子杲爲後。至是已四年矣。予頃抱季兒繩篪之戚，蔚庭過予，相對涕下，憐同病。才子無年，生人之至痛也。意欲得予一文，不敢請。予因泚筆追哀之，其辭曰：

元精鍾萃兮，育子而才。年胡不永兮，降割崔摧。有美邦彥兮，生有令儀。飭冠佩於宴閒兮，秀照席之瓊枝。服勤所生兮，伺無形聲于庭幃。事因母如母兮，藹兄弟其孔懷。秉心若谷兮，恒禮讓于朋儕。詞條蔥蒨兮，摛奇彩之陸離。名早在鄉書兮，爲藻鏡者之所共推。匪微不見忌于同人兮，群喜其騁轡于中逵。圖東具人倫之鑒兮，汎壇席而邀之。滕呼曾子兮，黃並目以顔回悲。蒿里之斂魄兮，偏早折夫英姿。埋玉土中兮，士林之所咸哀。孔鸞鎩翮兮，休留盤若在初歿兮，流光倏馳。逝已四稔兮，命不可知。天不可問兮，鈎吻華滋。荃蓀枯絶兮，飛。稚時。當予疾之難治時。追我子之克孝兮，亦此恨之同齎。各言其子兮，嗚呼！紛感念而涕洟。齡甫十三兮，跪倉扁而雨泣盈頤。嗟至性之感動兮，見者莫不沾衣。遺文之滿篋兮，與操簡於平臺。俯汴流之急逝兮，身竟歿夫旅羈。憶燈窗之互映兮，曾講習之情諧。神魂其聯袂兮，仰天門之蕩開。敘世好於冥漠兮，謝時俗之喧豗。蔚庭謂予爲同病兮，予更加茹毒於天之涯。病依龍鍾之父兮，死不見乎母與妻。呼茂才爲官閥兮，又焉足芥乎細微？壯者不可保兮，能冀成立乎孩提。寫兩心之盡傷兮，知予文之悲以增悲。

弢甫集卷二十五

行　述

先府君行述

嗚呼痛哉！終天之恨，爲人子所同號慘。不孝調元以遠淹京轂，遲之久，始得凶問，椎胸釃血，呼搶立槁死猶恨晚。惟府君孝勇大節尚未彰聞朝野，用忍視息，略陳梗概。

我桑氏系出唐遠祖仲才公諱憲保後。公餘姚人，生爲名臣，殁爲明神，祠宇遍東南，載在祀典。今餘姚孝義鄉下祖廟，土人世世祀之，子姓環居于廟之旁。七世祖子尚公諱志高，以族蕃，析居于塘之北，爲北宅桑；而居塘南者，爲南宅桑。娶胡孺人。子廷瓚公，諱珪，是爲我府君之高祖。娶顧孺人。次子公達公，諱景明，娶熊孺人、何孺人。子旭扶公，諱得祥，娶韓孺人。子升三公，諱貴卿，娶馬孺人，是則我府君之考妣也。世耕讀不仕。府君諱天顯，字文侯。兄弟四人，長諱天助，次諱天位，季諱天穎，府君行三。

幼愛端坐，不好弄。年十三，喪妣馬太君。家赤貧，父老且病，遂廢書治生以營養。父患反胃，不能飲食，府君取肥豚和白粲炊飯以進。肉飯不能進，則進肉糜；肉糜不能進，則進肉汁；肉汁又不能進，則融羊脂在釜鐺，伺氣順時，稍稍以匙進之。年十八，喪考。凡病反胃年餘，率不起。府君竭力侍湯藥，得延壽算四五年。五六十年來，族黨中有善養其親者，人或稱之，其子必歉然曰：『我何足言！若小壽伯，年少家貧，煮肉粥以養親，是難能也。』間有不善養其親者，其父母怒呵之，曰：『汝不聞小壽伯，年少家貧，煮肉粥以養親耶？』小壽者，府君小字也。

康熙甲寅，耿精忠反海上，有警，衆請于官，爲鄉練，推府君爲練長。時年弱冠，辭不獲，乃約衆齋宿禱祖廟，曰：『我祖夙昭靈應，環祠而居之子姓，宜永蒙祖庇。祖既血食兹土，社下衆姓猶之子姓也，其咸藉神庥以有寧居。』乃即廟中，申明進退守禦之法，衆皆如約，更番防哨海口。日夜勞勩，躬爲之先。九月一日，海寇且大上，寇忽遠望見燈炬旗幟排列，擐甲者左右翼，中一人盛袍服，立馬當要路，輒驚遁去。沿海居民具見之。斯固昭我祖之神靈庇佑，亦府君之精誠有以格之也。終練務晏然，鄰堡亦藉無恐。後海頭有高阜數處，潮不能嚙，是昔日防哨之壘，土人呼爲『桑公墩』。

嗣十餘年，先世父、叔父俱歿，府君煢煢孑立，營前後喪葬，備極哀瘁。娶于上虞，爲吾前母張太君，生子廣仁，殤。遷居錢塘，張太君敬順，盡婦道，而早歿，歸葬餘姚。續娶于烏程，爲吾母王太君。泫然手一古鏡，授王太君，曰：『此舊物也。善藏之。』府君治生，但取衣食裁足，意不在富。嘗以其贏餘賙貧乏，久之，逋負府君者多，生事日蕭條，府君不之悔，曰：『貧固吾命。』王太君勤儉佐府君，惟府君所欲賙者，賙之。自奉至清苦，人所難堪而處之恬然。歲杪往問人逋，見其家如洗，憫然分薪米與之，不自知卒歲之無多儲蓄也。性沖澹，一無嗜好。市中湫隘囂塵，酬酢畢，輒點勘諸藝術書，于醫家用力尤篤。鈔諸書，作小楷，始終點畫端整。人有諮府君藝術者，應之不拒。著奇驗，略無德色。于醫最鄭重，斟酌方劑，爲名宿所服，治奇疾，辨色即喻。有神術，非世醫所通曉。有名醫奇府君術，從之學三年，顧治法時變，終不能殫究。風雨冰雪之夕，一叩門求府君治急疾，披衣即行，治立愈，全活甚衆。然府君於此未嘗取分毫也。府君意非矯情却謝，慮貧乏者咨且不前耳。

生不孝調元，年已逾四十。次生燮元，年十四而殤，性極孝友。府君教督調元甚嚴，夜課漏不三鼓不休。貧無力延師，扃一小樓，命調元讀書作文，不聽一日廢學。語調元曰：『汝攻苦，猝難得解，如是異日苟幸疏通，人叩汝，當盡誠告之，勿吝也。』不孝鼎元治生，一以存心仁恕爲訓。餘山先生勞，諱史，字麟書，研精斯道，爲躬行實踐之學。府君率調元歸餘姚，遇于驛亭堰，心仰之，遂移就先生舟，徐聆談論，深嘆服，命調元曰：『先生學有本原，人之模楷，汝其師之。』調元從學于先生，獲聞古先聖賢緒餘。先生論性，謂有先後天體用之分。著書如干卷，得受而講習焉。歲庚子，調元名列副榜。壬寅，從國學考，補八旗官學教習。府君手書誡之曰：『官事雖至小，求副其實輒不易。矧爲人師耶？』雍正丙午，調元舉京兆，勖之立品讀書，益當努力，無躁進。調元等婚後有過，猶命跪庭中，予杖。

晚年傳家務，静坐終日，腰骨挺然。所坐一白椅，經數十年，光澤如髹漆可鑑。寢興有度，飲饌有節。不輕言笑，人咸敬畏之。然接人甚和中，無纖毫畦町。望之雖嚴憚，而彌復可親。里有某婦，貞婦也。惡少播蜚語，激怒其夫，其夫笞之幾死，必欲出之。府君往，正色諭之曰：『汝婦正且賢，鄉鄰莫不知。奈何以浮言乖大義？』其夫重府君言，知府君不苟言，遂感悔，爲夫婦如初，蜚語亦息。日進惟菜羹，嘗手檢菜把，鄰兒譁，睨曰：『何爲日日喫菜？』府君嘆息曰：『孺子，菜乃喫得長久。』里人入户，見無人，取物納懷中。府君與調元從屏隙見之，亟摇手嘿息以竢，聽恣取去，命調元終身勿洩，曰：『彼貧，遂至此。吾不能早周急，可愧也。』

同里先友汪公元錫有花癖，花開傳觴作高會，必邀府君往。時或至，府君所茗飲清談而已。盧公天羽寓意于禪，與府君杖履往還，蕭然有物外致，終日談，無一語及家事。二公俱以古君子，比德于璠璵。景公菊公工詩，數過府君，見府君兀坐淵凝，亟嘆爲有道者，贈句云：『桑公交洽訂婚姻之好。』蓋心折之深也。汪公元珍，元錫從弟也，嗜酒，積學，試輒躓。府君引慰之，曰：『窮達，命也。姑盡此瓶。』相與觥籌交錯，不知月之上竹，露之沾衣，酩酊盡歡乃散。林丈美生，豪俠伉直，欽府君爲人，折節爲醇和，里稱長者。羅丈仲吉，年五十喪偶，欲續娶，謀之府君。府君曰：『君有子，成立矣。嘗觀人家乖睽，多由後妻。盍已之？』後羅丈踰耆耋，飫見續娶者，夫婦道苦，家且索，大言語人曰：『吾得大快樂，皆桑公賜也。』族父應侯公服已窮矣，府君與式好如母弟。餘姚、錢唐，時相往還，夜雨聯牀話不休。族子若孫，並依倚如親枝。表姑之夫徐公文伯精于醫，性謹飭，遇劫手輒諮府君。府君放膽處劑，立起沉疴，駭服以爲神。

嶺南梁釆山先生令海鹽，庚子科，調元出先生房。見府君，曰：『公積德，生此高才郎。』府君竦然却立，曰：『不敢承，抑昔人種德。』曰：『吾子孫必有爲三公者，吾不德，要不敢不勉爲善，亦庶幾。』曰：『吾子孫必有爲端人者，高才能文章，兒固未能爾，然亦非所望也。』先生嗟咨而去。潁川劉元歎先生過草堂，見府君輒投契，浹日盤桓不忍別，目府君器宇深澄，類古之清德可師者。盧公之子存心、餘山先生門人汪鑒與調元總角爲昆弟交，進拜于牀下，勖之道義，敬恭禀受如子弟。秀州同年友朱嵩齡過問通門，退與人言府君品概，見見聞聞，俱令人肅然起敬。初，黄巖總戎林公本直聞府君之能爲練長也，將引用之，邀致甚力。府君曰：『吾非知兵者，特以族黨故，勉爲保聚耳。』卒堅謝之。府君明數，學方田粟布，會古意而布算明簡，且識事機，克持重，當事聞府君名，交欲延之幕府，悉辭不赴。歲甲辰，府君壽七十。調元將謀所以稱觴者，府君止之，曰：『汝乞名公卿、賢士夫詩文以壽我，曷若汝勉于文行，得令名以壽我哉？』調元聞命悚惕，遂止。時方舉鄉飲賓，衆推府君。府君曰：『吾固無德以堪之，且吾衰老，耽静憩，其寧吾病體。』力辭乃寢。府君平生無意親仕宦，而淡榮名如此。

志欲建宗祠，作家譜，曰：『有祠藉以妥先靈，因之歲時合族，幽明于是乎聯綴，且爲後昆能識族中親疏支派，使先人德善不泯滅，斯爲孝子慈孫。』歲歸餘姚省墳墓，嘗流涕顧不孝調元等曰：『吾力不能歸，汝等其成吾志。他時必葬我先人之側，吾魂魄依此土也。』調元等泣而識之，不敢忘。尋常與人言，爲錢唐方音，獨歲時享祀祝告及課讀開吟，必餘姚土音。餘姚鄉人至，毋論親疎，必稱情欵洽。姊適樓公服言，早年守志，不幸撫兩世之孤，年踰八十，完貞以殁。府君始終顧恤之，嘗語調元等曰：『汝樓氏姑一生苦節，何可泯也。』歸計既艱，蹉跎未及請旌，調元等彌以不能承府君志爲恨。烏程舅氏義忠公，蚤孤貧，以力農成家，少與弟相失，中年百計尋之歸，分田宅與之，時稱孝友王家。府君欽重其行，謂調元等曰：『是誠識「孝友」二字矣。子夏有言：「雖曰未學，吾必謂之學。」正謂是也。』命子孫以爲法。蓋府君孝友之性，觸處流露，倍加肫摯也。

自先祖以來，内外長幼，褁衣下裳履襪必以布，世守爲家法，惟靴許用絲，曰：『此承祭見賓之盛服，宜致美也。』嘗訓不孝調元等曰：『人生以孝弟爲根本，更嚴取與，慎言語，節飲食，斯可以爲士矣。居鄉不納閒錢，出仕不攜官物，夢寐何等清恬。食一入口，不得出；言一出口，不得入。大可懼也。論刑辟，十之七八，禍生女戎，其一二他犯。細推根原，尚暗由此。』君子以爲名言。有偷兒連夕入户，坐守驅之去，後夜分穿穴入者再，府君以鐵擊地，厲聲曰：『偷不可爲也。遇他主人，汝畢命于此矣。』偷兒感悟，泣拜于地，曰：『從今死不敢爲偷矣。顧無貲以營生何？』府君憫之，予以十緡，卒改行爲良民。除夕，尋常設椒盤，雜以蔬果，顧吾母王太君曰：『此上福也。極貧賤，既以度歲爲艱。彼貴者規朝參，富者事握算，此時心尚未得寧。

曷若吾與汝早團聚兒女分歲哉?』蓋安分知足,家人並怡然自得,無外慕也。平生未嘗佞佛求仙,緇黄到門,有求輒與之,曰:『此貧户,非圖作仙佛,亦廣闢養濟院耳。』堂廬卑陋,必灑掃清潔,惟不許板壁糊紙,斥浮飾也。衣雖布褐,垢必澣,敝必紉,曰:『觀此足知内政。』女子以烹飪織縫爲事,不須嫺文墨。或謂知書足悉古今賢哲,識禮義。府君愀然曰:『噫!閨壼筆墨傳于外,自屬非宜。』凡借人書,紙爛補之,綫絶更之,不污油煤,歸以完好。家藏書亦然。衣服巾櫛器用,置有恒處。雖黑夜,倉卒就取,百不一失。調元等自兒時服教,率事事整飭,庭内儼若朝典。

昨冬,府君病阻關鬲,調元等彷徨侍湯藥,不忍離。尋愈,進飲食,神氣日振,趣調元赴春闈試,曰:『吾非欲汝博一第以榮我,顧念我祖宗累世清白,宜有所發揚,以徵先德耳。』復屢趣行甚切。春正之四日,調元涕泣,勉就道,亦竊幸府君飲食轉進,節入春和,可保無恙。至十六日,府君體覺清快,起坐中庭竟日。詎意緣此過勞,疾復作,幾半月,竟超然而逝。而不孝調元遂長抱無窮之恨也。嗚呼痛哉!嗚呼痛哉!大歛之夕,雨如注。不孝鼎元昏迷中聞户外號奔來送,至塞衢巷,哭立雨中,俱自言蒙府君治其奇疾得活者也。不孝調元方荷皇上隆恩,召對性理,賜進士,授額外主事,而我府君已不及見之矣。嗚呼痛哉!凶問至京,爲五月八日。家書附鄉人余君,君留滯山東,至是始達。不孝調元悔恨,憒恨就道,不獲維持寢門,親視飯含。復痛凶問稽遲,不早見星而奔,號依喪次,徒爾棲泊寓舍,盼家書不得,魂夢驚噩。今即心腑崩摧，急追府君于地下，亦永永懊恨無及。嗚呼痛哉！臨川李穆堂悲府君之徂謝，爲書『古之篤行』四大字，輓句云：『平生出處兼通隱，志在希文宰相醫。』可以知府君之爲人矣。嗚呼！調元罪大痛深，不可爲人子，至於斯極，復何意靦延喘人間世也！

府君生于順治十二年十月十四日卯時，終于雍正十一年正月二十八日戌時，壽七十有九。調元等扶柩自錢唐歸餘姚，于是年十月七日葬于大塘南廟路港東岸之新阡，與港西岸及塘北祖隴咫尺相望。遂竭力捐倡，合宗人貲，營建家廟于眉山巡檢司城之南，成先志也。元配張太君，繼王太君。子二：調元，娶汪氏；鼎元，娶俞氏。孫六：繩鐘、繩球、繩琴、繩權、繩篪、繩度。孫女二。不孝調元神魂飛散，昏亂摭述一二。惟大君子哀而賜之銘誄焉。

附墓表二首

臨川李紱

雍正十有一年春，浙江錢塘處士桑君卒，其長子調元試於禮部，以通知性理蒙特恩，賜進士，授工部額外主事。聞訃即哀號，南歸治喪葬，疏食水飲，絶肉食者三年。既免喪，赴工部，其飲食如居喪時。或勸之，則流涕謝曰：『吾求吾座主臨川李公表吾父墓，必得公文，而後畢吾心喪也。』余聞而哀之，然方司邦計，卒不暇以爲。又數月，左遷，少閒，乃按其狀而書焉。

君先世居餘姚，唐時有仲才公諱憲保者，有功德於民，鄉人神祀之，君始祖也。曾祖諱景明，祖諱得祥，父諱貴卿，並不仕。君諱天顯，字文侯。生而凝重，愛端坐。年十三喪母，父患反胃疾，君棄書册，治生以養。鬻肉爲糜，或鎔羊脂以進，百方求所以宜胃者，父疾延數歲，始卒。孝聲聞里閈。有語孝行者，必曰：『何如桑郎小壽？』或父母訶其子不順者，必曰：『獨不聞桑小壽之養親疾耶？』小壽，君小字也。既冠，學書計，精數學，勇於爲義，鄉望益高。康熙十有三年，逆藩耿精忠反，連海寇犯浙東，海壖震動，咸團練入保。君所居鄉推君爲練長，辭以少，不聽，乃率衆誓於仲才公廟，曰：『吾祖神靈必相佑。然非信賞，必罰。神不據我也。』衆皆曰：『諾。』一夕寇果至，率衆往拒，見神亦盛服，立馬交衢，賊大駭，不及戰而散。咸謂君精誠足以通神明，益奮勵竟事，無警。聞其才者，欲延入幕府，或請授以武職，卒謝不應。既而曰：『吾遂無所濟於人乎？』試治醫方，即精邃。遊錢塘，寓居焉。治疾奇中，有求必往。卒之夕，來哭者塞庭，後至者立雨中不去，聲載路，皆其藥所活者也。生平以去邱墓爲歉，歲必歸餘姚省眎。卒之後十月七日，調元等遵遺命，葬君於餘姚之大塘南廟路港，與先壟相望，以成君志云。

三代而下，鄉三物之教不行，士苟志於富貴利達而已。自戰國時孟子所見，已比於東郭墦間之乞群，然失其本心而不悟，孟子所爲哀之也。君孝行聞里黨，才名著於官府。乃招以幕務，不應；任以武職，不受。已足以激頹風，又汲汲於濟人，非僅如石隱忘世者之所爲也。可無表而出之乎？

君生於順治十二年乙未十月，得壽七十有九。娶妻張氏，繼娶王氏。子二，其次曰鼎元。孫男六人，女二人。乾隆元年，朝廷贈君如子調元官。因爲論曰：唐始推恩臣工，封贈其先世。孝之則，類之錫也。顧仕止有時，恩雖覃，或得或不得也。今天子至仁，在籍者皆及，非常格也。而君適遇焉，贈工部主事，古冬官之職也。兩配並安人，榮有室也。是何脩而致然耶？君之德也，表兹隧道，石無時以泐也。

江都馬榮祖

錢唐篤行君子桑弢甫調元屬余爲厥考文侯表墓，既力讓，不得，遷延六閲月，竟未就也。余與弢甫名聲相聞，今上丙辰召試保和殿中，始於殿中識面。先是，弢甫成進士，授工部屯田主事，歲在癸丑。其父已於正月卒，相距三千里，寄書中道沈擱，閲五月乃克聞訃。以是痛毒尤深，謀所以不朽其親者尤篤。余兩人别既久，庚午遇於大梁，弢甫主講席於此已四稔。承學者無慮數十百人，人人自以爲得師。士夫蘄傳其先人，多相率拜請作傳誌，惴惴以不得當爲懼。瀧岡之表，弢甫應自爲之，而顧以屬余，余用是益瑟縮，不敢輒作。一日遊華歸，坐余獨倚樓，譚諧正劇，忽棖觸前事，仰天長號，淚涔涔濺几席，一署盡驚。余爲愴焉出涕。屈指其父之殁已二十有一年，《記》所謂『非終父母之身，終其身而已』者。非是父，莫生是子，遂毅然奮筆而傳之。

翁諱天顯，文侯其字，世居餘姚。遠祖仲才公仕於唐，殁爲明神，載在祀典。族姓環廟而居，悉安耕讀。自翁遷錢唐，蕲新其堂構，督其子弢甫辛苦問學。學成名立，卒光顯其前人，世咸嘆翁有子。翁童時以孝聞，後以捍衛鄉井，辭功不受賞，遂以孝勇大著於時。家酷貧，無以爲養，廢書治生，力爲善行，至老如一日。翁行三，昆季相繼殁，十三喪母，十八復喪父，零丁孤苦，爲天地之窮民。父患反胃，飲食鮮進，謀所以療父疾者靡不至。五六十年來，里中有稱善養其親者，其人輒顰蹙曰：『我何敢望小壽伯？』有不善養其親者，其父母詈之，即曰：『小壽伯亦人子，若奈何不效小壽伯？』小壽者，翁小字也。甲寅，耿精忠反，翁年甫冠，衆服公義勇，請於官，推翁爲練長。翁既爲衆推，誓以身捍賊，默禱於祖廟，即誓衆廟中，導以進退更番之節。約束既定，一軍屹然。九月一日，海上賊舟大至。忽遥望空中炬燭天旌旗，紛簇如雲擁，左右翼擐甲突出，戛摩鏗然，中一人盛服勒馬立，揚鞭指麾，遂驚遁。海上居民具見之，皆咋舌，以爲誠感。至今海頭高阜矗立者數處，潮上不能嚙，即昔日防哨出没地也，土人因呼『桑公墪』。

翁既學治生，尤精岐黄術，窮探古方，自以意酌量損益，望色洞臟腑，立起奇疾。他名醫折節就傳業，顧治法與時變化，竟莫能得其關鍵要領。風雪酷暑中，一聞剥啄，披衣拔步往所，全活無算。不取直，即有與者，緣手散盡。臘盡，或無以卒歲，意恒晏如。一夕，里人入户，四顧無人，取物納懷中。翁與子從屏隙窺見，亟摇手屏息，任恣取。既去，戒子勿洩，曰：『吾不能早周急，令至此，可媿也。』又偷兒連夕入户，坐守驅之，後夜分穿穴者再，翁以鐵器擊地，厲聲曰：『偷不可爲也。』其人躍出，伏於地，曰：『自今死不敢爲偷。』顧無資以營生，奈何？』翁憫之，給以十緡，去，卒改行爲良民。弢甫業以文章發皇其篤行，同學生無與抗行，或謂翁曰：『翁積德，生此高才郎。』即惶遽却立，曰：『昔人種德，謂後世必有爲三公者。吾不德，亦庶幾後世有爲端人者。高才能文章，兒何遽能爾？然亦非所蘄也。』年七十，有司議舉翁鄉飲賓，力辭，謝曰：『吾何德以堪之？』後九年而卒。其務實退讓，皆此類也。顧翁雖遷錢唐，卒未嘗一飦忘故里。尋常與人語，語皆錢唐；至歲時享祀祝告，則喃喃操土音。每至餘姚省墳墓，顧弢甫泫然曰：『吾力不能歸里，汝其承吾志。』又思建祠、作家譜，曰：『祠以妥先靈，且得歲時合族。有譜則後昆能識支派之所從來。他日幸葬吾先人側，吾魂魄應惓惓此土也。』弢甫泣受命，卒如翁言。大殮之夕，雨如注，號奔而來者，塞衢巷，哭立雨中，良久不忍去，則昔日受恩與起奇疾者也。臨川李侍郎穆堂輓詩云：『平生出處兼通隱，志在希文宰相醫。』其爲名公卿愛惜若此。

弢甫集卷二十六

祭　文

祭盧天羽先生文

嗚呼哀哉！公高士也。息於竹林，寓於蓮社。公何往乎？騎雲上天。門開蕩蕩，公遽游焉。公於考妣，孝思若結。考爲茂宰，志秉炳列。晚而生公，即爲藐孤。撫之教之，生妣氏朱。妣誦金經，命之箋註。箋註乃成，泫然孺慕。壯一遨游，幹濟多方。幡然高隱，善刀而藏。林他山賡和，其音則雅。數子流風，於今蓋寡。若陶子師，若湯西崖。若沈澗芳，歌呼與偕。林皋之下，醉吟轉洽。坐者歌詩，隨者荷鍤。其尤善者，爲馮少渠。爲景菊公，爲王玉樞。俱先物化，頻揮老淚。空谷音跫，靈光殿巋。嗟予小子，憶束髮時。才子存心，予兄事之。升堂拜公，公謂可教。偉哉古人，勖之則傚。爲詩古文，手予砭箴。存心與予，集號同心。數間草堂，罔間寒暑。攻錯玉石，依倚邛岠。公之愛予，愛存心如。愛予器予，爲播令譽。予躓公惜，予奮公喜。匪期通達，期有爲耳。予年既壯，屢蹴塵紅。碌碌者予，此意愧公。公與府君，情味繾綣。二老龍鍾，無幾相見。兩家子姓，姻戚通門。兄公之子，壻公之孫。孫年雖幼，能讀書矣。公之厚德，垂裕在此。予遭大故，煢煢孔哀。見星而奔，衰絰歸來。已矣先君，冀公壽考。疇知蒼天，不遺一老。茲來一慟，衰絰在躬。吾弔乎哉，沈痛在中。予與存心，相視泣血。疇昔之晨，哀哀永訣。枯已枯淚，斷已斷腸。風聲撼木，白日無光。因我先君，哭公入痛。恍兮惚兮，靈幃如夢。輾轉因公，哭我先君。二老往來，闃寂無聞。予持存心，一慟欲絶。兩面涕淚，互沾衰絰。存心持予，痛不欲生。哀哀煢煢，我弟與兄。入骨之傷，生無爲養。今具椒漿，靈其在上。

祭馬龍馭文

嗚呼！君其竟揮手人間耶？子夏有言：『雖曰未學，吾必謂之學。』其君之謂乎？君孝乎惟孝，友於兄弟；教子以義方；於朋友也，性命相於。急人之急，兩娑千萬，直等錙銖。敬愛文人，掃賓榻以待，潔腆勅乎中厨。疇昔館予。從渡江而東者，不乏英雋之徒。若盛世佐，若朱家濂。學成名立，後先騰踏於天衢。匪浮名是榮，實經術博灝，詞藻敷腴。並嘗藏脩於君之廬。予友李君介百，繼予講席，君禮待之如予。介百客死京都，君邮其寡孤。孤幼也賙之，孤長也教之，歷十年餘，而古義弗渝，即此足以大書特書。宜乎君之子文麗，入庠序而蔚然爲儒。眷亡兒以嘉姻，不幸早夭，感痛若没之初。吾之官北上，艤舟真江之浦。君邀把盞歡呼，出百金以賻吾。吾奉先君遺教，不敢受親朋之餽，歸而奉以爲壽，而君弗納此區區。頃予遊梁，再過真江，慨然道故，仍別酒之沾濡。俄驚聞怛化，不禁涕淚之淋裾，欲奠一觴，而匏繫客途。今遣兒子繩球持椒醑以酹生芻，即以賻吾者奠君，庶禮尚往來之義與！君賻吾紓文綬，予奠君歸黄壚。浮雲逝，白日徂。一俯仰，千欷歔。嗚呼！嗚呼！

祭沈古春文

嗚呼善士，鄉邦之望。如何不淑，耆老忽喪。衆人雨泣，矧予交親。溢湧老淚，用弔幽淪。生而篤行，信古君子。以予所見，罕得有此。篤行維何，孝于其親。子曰色難，根諸性真。孝乎惟孝，友于兄弟。弟走風雨，望歸潸涕。念悲其遠，心在女兄。引居密邇，昕夕歸寧。兩弟不禄，擗踴沈痛。手營幽宫，兒哺以湩。如賓相敬，妻實刑于。傍無姬媵，中年鰥居。一心纏綿，厚注倫理。波厥仁恩，惟力是視。朔風破肉，鄰兒衣單。親意憐之，予襖禦寒。寒者孔多，廣施厥襖。婦手針紉，德心繚繞。偷兒入室，資以青蚨。卒爲良民，古彦方如。誌銘予手，書不能徧。鄙人聞風，薰德而善。碑郭有道，乃無愧辭。觀其善報，徵厥隆施。里火不戒，入捧栗主。凡茲家具，輕于一羽。頃之焰息，牽扛歸廬。衆請點檢，不没錙銖。來非號召，樂爲扞護。此何以然，感德之故。古未有是，德誠懋哉。睦婣任卹，從孝友推。傳非楮墨，衆口不朽。予所唧悲，不重執手。壬申春夕，再赴中州。瀑雨浪浪，門纜扁舟。樺燭高燒，既醉而別。別胡其遽，相顧情熱。予仰令德，松施女蘿。待團圞宴，拄杖婆娑。昨歲杪歸，滮湖墨黑。欲訪不前，惡耗心惻。予仲兒婦，賢孫外姑。棄小兒女，猝歸黄壚。此情悢悢，悲不我獨。肫摯姻親，罹虐何酷。新正期晤，對攄老懷。閩嶠趣行，夢繫天涯。予病遄歸，正堪聚首。聞已上仙，淚灑一斗。老成凋謝，哭匪由私。湖鄉後生，孰模楷之？况兩家孫，年俱黄口。一喪外姑，一喪大舅。予心振觸，哀以增哀。番番二老，緣慳往來。薄奠風前，生芻一束。有酒在尊，有淚在目。嗚呼哀哉！尚饗。

祭同曹伍君文

嗚呼！以君之品之才，而年止是耶？君之奮跡也，兄弟同舉於鄉，同對策於大廷。人皆以爲華，而君曾不之誇。簡畀古冬官之職，尋以憂去。服闋，不遽起，蓋戀戀太夫人之色笑於家。昨者君之孟出宰山右，而君復歸青瑣，日接席而不我遐。今之夏五，君忽焉歐血，漸羸瘵之有加。值泰陵工作方殷，典制實鉅且繁，賴君之小心勾檢而獲終事之無差。既而君之家室適至，意服食料理，當霍然病已。撥羈思之紛拏，俄悲夫佳兒不育，翻抽哀緒以如麻。芼芳虀於一匕，搜靈藥於三椏。庶二豎可祛而去，而豈謂人間興盡，徑乘清風而籋紫霞也乎？

嗚呼！君年僅三十有一，瞻前路之方賒。今中道逝矣，痛志業之不竟。竟年光遒盡，疾於赴壑之脩蛇。既陳夫公奠，又申之私悼。念邸寓之蕭條閴寂，類塊處之匏瓜。且歲多淫雨，濛濛沾溼，延篆壁之行，蝸蹇驢孱。僕蚤驚心於省漏，晚凝睇於市燈，而崎嶇困頓於盈尺之泥沙。青綾被冷，月落河斜。計旦晝之職業，而幸心之無瑕。蓐食而出，苟無饑渴，又誰爲之顧恤？以比夫飯來開口之神鴉。迨魚軒至止，蠟映窻紗。噫相見無幾日耳，而生也有涯。君之令子夭者，應候乎泉臺，而存者號望乎靈車。君之嬌女，索父而啼，迸乎丹砂。有母而眼枯心痛，有兄而衰，有大婦少婦而髽。嗚呼！人生無蔕，原漂宕乎人海之浮苴。顧椒焚而蕙歎，其能免乎同曹之涕泗而咨嗟？

祭張東升文

嗚呼！惟君志行之醇篤，氣節之剛方，非祇爲閭里之賢，而蔚爲邦家之光。雖氣壓百僚之底，而挺挺不撓之梗概，孰能掩其磊落而昂藏？尋恒膺一命之榮，名點乎仕版，即志存乎苟得，而滿谿壑於槖囊，匪微末吏也。即侈然臺省館閣，挂籍聖賢，亦罔恤乎名節。而蠅營狗苟者，其常睢盱阿諂，承奉權貴，并要路之奴隸，亦極意邀結門館，而甘心列爲雁行。又孰秉乎正氣，持乎直節，爲中流一柱，砥萬派之瀾狂？惟君也。天與異稟，森灝氣其噴薄，而競聳乎龍眠之巀嶪，争洶乎大江之滂洋。慨慷激發，擲一官如敝屣，而伸常憲之紀綱。君以笞豪門之奴罷官。嗚呼！如君者，求之古人中，豈可多得？誰執史筆而書竹簡之煒煌？引歸東苑一區水竹之居，正可適志而徜徉。蒙眷以嘉姻，方幸小子得親承英傑之論，而受誨於東廂。胡昊天不弔，遽返真氣於瑶閶。有藺者肴，有椒者漿。陳辭告哀，靈其來饗！

祭張丈聞蒼文

嗚呼！惟公生禀正氣，剛直性成。自童年就傅，已見頭角之峥嶸。雄才豁達志經緯，於世務不局，局於縫掖之書生。公嘗謂毛錐生活，雕蟲篆刻，非壯夫之所營。通達時變，前籌借箸，爲名公卿之所倒屣而争迎。歷秦、晋、楚、粤、齊、魯、燕、趙、梁、陳之郊，身行何止半天下，俱磊磊落落，策畫必盡其丹誠。大筆淋漓，爲人作封事，以上告於彤廷。其利黎蒸也，膏液滲漉，暗澤潤乎柴荆。小有弗合，决然捨去，不可以一日留，而視千金若芥子之輕。蓋嚴氣正性，有古烈士之風，而不受乎塵俗之攖。家居孝友，事親竭力，克視聽於無形無聲。值鴒原之黯慘，遂鞠育乎猶子，不啻膝下之童嬰。以撫以教，膠庠接跡，並卓越乎髦英，佇摶扶六月，直上乎九萬之程。觀所後之哲嗣，恂然式穀，卜昌後而著乎令名。調元夙依姻戚，覩嶽嶽如公者，誠佩服而心傾。胡昊天之不弔，遽騎箕而上征。嗟時流之波靡，失里閈之儀型。吾悲夫正人逝而末俗圮，豈徒以私痛而淚如涑雨之零？冀靈爽之昭鑒，歆椒醑之芳馨。

弢甫集卷二十七

祭文

祭盧母楊太君文

嗚呼！太君泊然棄養，其何之？太君猶吾母，調元猶子，而今其焉依？太君之賢，古列女如是者亦希，雖范、班之筆，莫與狀其至仁之音徽。宗黨戚屬，無論知與不知，咸相與感嘆而歔欷。而調元之稱述，又何所私？匪惟無所私已也，而悲傷涕洟，且不暇乎稱述之爲。

調元生十餘年，而得與太君之子存心訂千載之交期。兩家子弟互拜於堂下，藹然兄弟之怡怡。太君飲食之存心與調元均一，而曾不異乎生我之恩慈。有丸者熊，亦分餉之。而辛苦勖存心、調元之爲子而才，逮各有室家。而馮之淑媛爲存心之先妻，調元娶於汪，亦棗脩相見，而不啻奉姑嫜以盤匜。太君視調元猶子，而視汪猶子婦。二門之内，省問之軌，齊出乎雍熙。馮育子而汪育女，訂子之昏早在乎母之懷。兩兄弟宛同一父母之生，而娣姒亦繾綣於中閨。悼吉光之遽殞，吾女猶未及乎笄。吾母先太宜人與吾妻哭之也慟，而太君更何如其悽愴。一十年來，太君之孫巋然成立，舉於京兆，而珮聲歸到乎鳳池。夫豈謂區區之世榮足以光乎太君，而實太君坤厚之德足以肇夫遠大之基。太君以撫子也撫孫，以撫子婦也撫孫婦。吾莫能名其恩斯勤斯而閔斯。人言少渠之外孫，白雲之子，弢甫之女之夫，持不律横掃者爲誰？非太君之德，又孰能鍾毓此孫，而妙摛乎焕爛之文辭？而况曾孫孕七月而生，天亟送此書種之奇。太君年登八十有五，考終之夕，猶訓子孫以忠以孝而明大義，如日星之垂。嗚呼！是豈可得而湮没？惟調元知之深，言之確，久旱之天，淚如寒雨之灑。自吾母之棄養也五年，於兹時依依於太君之帷。今太君又逝矣。上天下地，調元真煢煢無恃，而以心喪纏吾之悲。嗚呼哀哉！尚饗。

公祭臨川李母吴太夫人文

於太夫人，我師之母。我師之母，亦我大母。師名世才，陶歐陽友。母生名世，孕氣獨厚。育方幾大耋，俄終綺牖。母之篤生，榮溪之湄。歸侍郎公，莊敬齊眉。公好客遊，家政母爲。育男子五，母爲之師。匪惟藝文，道德睎古。師也學成，聿起南土。五經紛綸，首被鄉舉。釋褐登朝，奮超儔伍。作督躋卿，如芥斯取。取可捐可，巍班芥如。所不朽者，大書特書。書不一書，虎僕其濡。爲國名臣，爲時碩儒。浩然吾養，戟霜眉鬚。頻折頻起，帝詔親除。臣骨自鯁，臣身不孤。穆穆金波，承華是直。一皓天留，巋然舊德。今之韓愈，僵走籍湜。退食齋心，趨朝正色。悉由母教，以盡臣職。中間建節，迂道里門。光錫宸翰，加有恩言。欲其多壽，拜天之恩。尚方之珍，賜予便蕃。起居八座，以上酒罇。榮賁三朝，實有錫命。南北養堂，頻繁拜慶。山谷上塚，清詩疊詠。騰踏門才，斗南綿亘。惟憲皇帝，升配禮成。銜命祭告，妙選列卿。南鎮建康，師幸南行。省覲孔亟，得請於廷。使事既竣，浮鷁兼程。孰夢倚閭，胡噩而驚。江天蒼蒼，江月明明。江樹靡靡，江風不寧。嗚呼天邪，不鑒精誠。僅兩旬耳，遽速雲軿。煢煢我師，哀哀在疚。泣血椎心，痛徹昏晝。往不可復，若星過霤。終天之恨，恨莫殫究。某等釃涕，詎比常倫？三浙之溢，説經斷斷。其源有自，西江瀹淪。母實導之，沿泝特親。仰望望舒，其色如銀。陳詞滴淚，雨泣無垠。

祭朱母陳太君文

嗚呼！太君之德，生秉柔嘉些。有媯之後，胄則華些。翼翼門楣，幡則雙而馬則五些。十七于歸，翠翹金縷些。於朱是嬪，從祁祁之下女些。維司訓之婦些。維刺史之子婦些。維尚書之孫婦些。潔作羹湯，奉君舅些。氣下色愉，姑則夫之生母些。如賓如友，倡無不隨些。接娣姒兮，謙謙懋令儀些。下逮妾媵，被恩施些。門有車有騎，治食器些。中厨洗如，付質庫以其釵珥些。贈報之雜佩，取諸笥些。僕夫整駕，君子遠之四方些。女事織紝，男業縑緗些。躬嘸粗糲，供師以脯膾酒漿些。杭之郡官，儒官些。從以魚軒，花映講壇些。問紗帷兮，所須樺燭燦銅槃些。前後執喪，永號縞幕些。哀哉娠而塈，下弔有白鶴些。倏所天之隕兮，荃焉能不怨乎皇穹些？陶嬰黄鵠，中年不雙些。篝燈課子，淚淙淙些。曰先緒其克承，他又何求些？歲值上章，鶚羽初高些。詢孝廉船，宛在鶴洲些。有美文孫，粲粲珠樹些。上有所生之母兮，迎歸而還哺些。語而絮些，慕而孺些。綵綵之鬟，俱素些。葱蒨名園，包裴之島些。故家喬木，千章十抱些。爛爛芝華，采采以娱老些。禮以爲宗，問通門些。倏雲軿兮上征，紛涕淚其沾巾些。肴芬酒冽，跽陳於華軒些。靈其髣髴，歆此俎尊些。

祭朱母顧孺人文

嗚呼！天道茫耶，昧耶？孺人之賢，而年竟弗遐。孺人之賢，賢夫誄之。三黨曰然，姬姜之師。調元亦敬作誄，誄厥内則。誄文在紙，淚則沾臆。沾臆之淚，大德其忍忘哉？感深存殁，予心用是哀哀。酒絮雞炙薄奠，將誠欲道予感激。不更誦孺人之平生。賢夫予齋，調元兄事。嫂事孺人，蓋兄嫂其真不愧。我無兄嫂，我有兄嫂。賢哉兄嫂，嫂胡不獲與兄偕老？疇昔之歲，館於鶴洲。賓客生徒，玉漿瓊羞。鶴洲三年，花鈿盡坼。花鈿盡坼，孺人不惜。古者截髮留賓，祇勉供一朝。以古視今，孺人其勞。勞其小者，孺人德大。大德維何，予哽咽言之淚四溯，予心傍徨。

昨年之季冬，予齋將攜予北上。予辭以親老，弗獲追從。孺人語夫，盍往於杭？視老人康强，獻歲其偕行。遂往於杭，予考疾作。助營醫藥，罄倒行橐。當是時也，瞀亂予懷。生我者父母，助我者予齋。考疾漸減，日進飲食。考壽有一日之延，亦予齋之德。予齋之德，孺人之德。微予齋，其疇助予寢門晨夕？考疾既減，趣上公車。獻歲四日，於焉首塗。塗經於禾，艤舟草堂。柏盞椒盤，猶得一嘗。迨見星奔歸，予不可以爲子。煢煢予枕塊，而婦病欲死。婦病欲死，又遠繫孺人之心。何以惠之？惠之以葠。又何惠之？惠之白金。白金與葠，艱難謀致。婦病不死，孺人之賜。廼孺人亦病，謂即克瘳。嗣聞沈綿，予夫婦私憂。天乎何酷，難以理論。酸風黑月，有訃到門。嗚呼！孺人卒不起矣！極知勞瘁，馴至是矣。三黨之悲，涕瀰瀰矣。矧予夫婦，悲無涘矣。感與悲俱，疇能已矣？噫乎！予齋更何倚矣？維靈其享此薄奠而來格乎。嗚呼！

祭盧母李孺人文

嗚呼！孺人之賢，其無間於宗黨戚屬之口者，如出一口之稱揚。而吾女亦歸於城南之氏族，其知之也尤詳。孺人之温恭淑慎，動遵禮法，洵足爲楷範於姬姜。何昊天之不弔，遽殞乎賢淑，俾内外之感嘆而悽傷。

孺人之來歸於我息溟也，吾亡友海門爲之蹇脩。珈冠珠佩，嗣徽音於燭房。從所天寢門定省，極孝事於姑嫜。芳則芼之，鮮則鱠之，時洗手作夫羹湯。迨壂而當大事，則必誠必信，以執乎姑之喪。微特姑也，於庶姑亦存歿禮，意之周詳。息溟負才不偶，篝燈伴夫雒誦，屢經毷氉於厖凉。相與慰乎時命，而無幾微之怨乎穹蒼。黽勉有無，食貧且甘之如飴。而支持井碓，且罄拆乎釵梁。雜佩問報吾吟社之侶，嘗過從讌咏，中夜聞食器之鏘。

生有四男，子子岐嶷，輩立類封胡遏末之輝映乎東廂。外庭之教之也勤矣，猶復熊丸，分給乎北堂。海門之歿於京邸也，其藐孤疇依與？爲經紀而慷慨盟心，卒訂密戚於潘楊。斯固吾息溟之磊砢不群，亦孺人爲之贊襄。操内政之整肅，以冬以夏，針紉潔治乎巾裳。親賓上下，誠家室之具宜，罔不謂閫德之幽静而慈祥。

吾女王姑楊太君之耄耋也，孺人左右維持，不啻王姑之扶將。楊太君老而目雺，時時就慰省之，而曲承語笑於幃牀。太君之逝，終始盡哀禮於繐帷之旁。吾女之歸，嗟禮教之未嫻，而孺人誨之恤之。噫！兹恩意其又可忘？吾女從夫於日下，聞太君之訃，一慟幾絶。今復聞孺人之訃，其哀以增哀，定崩痛於心腸。

嗚呼！如孺人者而早逝，吾安能叩乎天道之茫茫？況遺弱女，猶在童穉，其誰爲之撫惜而檢理乎奩箱？然善無弗報，而終聞後之熾昌。嗚呼哀哉！尚饗。

弢甫集卷二十八

賦

憎己賦并序

昔賢作《閔己賦》，致不聊矣。顧其意少骯髒，且或似蕲人之憫之也。竊謂其賦可不作。予固不願爲人閔，即己亦不之閔也。乃若自憎，則有焉。作《憎己賦》。

上天下地兮，前古後今。聖賢豪傑兮，肩立如林。顧我何爲兮，綴生於漸江之潯。宕漂人海兮，載浮載沈。有體如痺兮，有舌如瘖。噲其會食而操筯兮，頽乎入息而就衾。蚩蚩無知兮，以默塞而爲心。神明弗我佑兮，師保弗我臨。志與氣其閉抑兮，又何論乎磊砢而巖嶔？百年鼎鼎兮，幼耄相尋。駕飛黄之上駟兮，疇追及乎分陰？予年其既壯兮，志四方而辭家室。親老其弗能養兮，徒疚徒怵。弱季其伶仃兮，嗟弗能爲之恤。嵬峨一壯夫兮，呻佔畢細故。糾紛而膠葛兮，撫此歲月其坐失。我性自疎兮，人謂弗暱。我身躭勞兮，天置諸逸。我才弗優兮，境益之絀。我智弗達兮，命逢其窒。訓客兮，或忘甲乙。按數兮，或爽六七。倀倀東西兮，或寐逵術。悠悠旦暮兮，或憎時日。先師其有嗤兮，長而無述。謂我爲饑兮，寄食年年侏儒。

毋我笑兮，腹已果然。謂我爲寒兮，冬披黑豣。攬衣且過骭兮，賸有舊氈。謂我爲憂兮，繩綱弗牽。雖落拓而無患兮，優焉游焉。謂我爲疾兮，體骨中堅。雖黯黯於風塵兮，庶幾形全。聲色狗馬兮，早謝厥緣。窮通得失兮，俱委於天。奚儓儗而偃蹇兮，志難宣。睠宇宙而長懷兮，涕如流泉。

不黠不癡兮，匪少匪老。民各有心兮，予亦蓄兹微抱。束髮而向學兮，惟古義其窮討。久無所標建兮，庸視履以自考。罔立厥德兮，罔明厥道。罔樹厥功兮，罔揚厥藻。靜操一絃兮，自知涇燥。烔持一鑑兮，自覘醜好。浮名爲糞兮，令聞爲寶。身弗克紹於先正兮，惄焉如擣抱。咫尺之小義兮，孰能動乎穹昊？我行其敢憒憒兮，我心草草。

踽涼而無向兮，予亦拙謀。遵迂疎之軌轍兮，乘寂寞之輪輈。不鬱鬱其久居兮，更勞勞其焉求？吾將往躋於名嶽兮，舒長嘯乎崇邱。激天風於遼廓兮，盪吾胸以銷憂。吾將往凌於滄海兮，發浩歌於洪流。洶濤瀾於萬里兮，放吾矚以遨遊。顧獨往而弗顧兮，何延佇而遲留？欲登高而無梯兮，欲浮深而無舟。吾不能馳烟而驂虎豹兮，又不能衝波而駕龍虬。復徙倚於塵坱兮，悵息意於冥摎。形等土木兮，名同贅瘤。己實引爲憎兮，於人乎何尤。或反道以趨鶩兮，益起穢以承羞。姑爲世所詬厲兮，惟默企乎前修。

雞肋賦

猗翰音之品族，固充庖之所珍。供雕俎以肥膬，陋茲肋之具陳。雖偕熟乎翠釜，未堪和以芳辛。辱鸞刀之割剖，分取薄乎饔人。何一體以登几，乃珍賤之殊倫。羌支離以存骨，難勸餉於上賓。荷君厨之未遽棄兮，置之鼎砧之側。遇饕餮其猶未好兮，入瓊筵而寡色。命易牙以燔煎，維此下箸其焉食。匪滋味之有貪，感昔言而心惻。棄之如可惜兮，食之又無所得。念一臠之苟取，非正士之夙期。叨區區之予畀，可彊起而嘗之。不希飫乎雋永，未望療乎輖饑。際孟夏之食菽，謂與此其適宜。情固鄙乎染指，物亦謝其朵頤。嗟君子之投匕，異需雲之取象。虛丈人之欸洽，愧茅生之孝養。憶伏雌之有烹，歌扊扅而愾慷。嗤齊廷之食跖，窮饌玉而侈蕩。恥口腹之累人，乃今免乎口爽。感南鄭之舊事，群且躔乎曹公。留杜子而作鎮，回鞭鐙之瓏瓏。彼楊脩之嚴裝，誠偉見之略同。惟有棄而有取，能識務而稱雄。寓微旨於口實，悲棲遲之罔功。更皇皇其焉求，亦今古之所恫。

亂曰：至人無累，不爲物役。泯棄取之成心，又烏知所遇之肥瘠。

扶竹賦

康熙丁酉，家園産一異竹。下合節，上分竿，接葉交柯，亭亭並立。昔劉氏於東陽，洪氏於寧海，咸有連理竹之瑞。東陽、寧海，浙地也。浙固多異竹哉。王子年《拾遺記》云：『竹之美者，有錢塘之扶竹焉。』余居錢塘而家産此，此則扶竹也已。爰爲之賦曰：

猗與修竹，環兹北樓。緑影上捎乎碧漢，青光俯映乎瑇流。葉解清飈，亂翪毻之翠羽；梢摇明月，影簾幕之瓊鈎。勁節虚中，瑶玉之竿峻拔；香苞嫩籜，琅玕之管新抽。龍孫躍瑶壇之曲，犢角穿石磴之幽。其始也，一一駢頭，若稚子錦裯之秀；紛紛削節，若瑶姬玉指之柔。其後也，矗矗嶔崎，若巉巖之排峭石；森森行列，若軍壘之列長矛。俱各差池異狀，長短不侔。

爾其覩陰陽之鍾異，具配匹而呈奇。莖同生以並出，節合抱而相持。抽凌雲一寸之心，清標得侶；竦拔地千尋之榦，貞操能齊。含翠新梢，交比殈央之翅。膩香春粉，雙沾蛺蝶之衣。筍既連生，形比同功之繭；竿猶對植，狀如合巹之巵。含胎則并包乎奇偶，發枝則宛具夫雄雌。雨洗嬋娟，韻並超乎塵俗；暄籠窈窕，影不見其參差。盟托冰霜，寒歲相扶以共立；情踰膠漆，平生那解夫相思。苔色濃兮根互結，露華渥兮葉同滋。怨復怨兮遠相别，樂莫樂兮長不離。

彼夫天帚垂青，黿斑暈碧。黄岡大者如椽，淇澳美兮如簀。高柯從泰岳含霜，修篠自梁園壓雪。籠篛之産十圍，篔簹之生千尺。或怪變雉頭，或細名鶴膝。篻簩之韻凄凄，篘篏之竿篧篧。山名鼓吹，簫管植於空林；壇播陰森，宫商奏於仙石。莫不寄嘯傲於高人，賦碧鮮於詞客。

別有篠枝蕭散，筆篋青葱。蜀郡則籦籠篁筡，吴都則桂箭射筒。由梧檀欒而蔽日，蒼筤姌嫋而含風。勁則標會稽之箭，方則珍大夏之筇。篠簜比瑶琨之貢，箖箊試寶劍之鋒。密密叢深乎雲母，参参挺拔乎龍公。雲愁山鬼之巖，幽篁一徑；月冷湘娥之渚，斑淚千叢。亦各清姿拔萃，秀色凌空。

孰與夫同柯婉孌，共笴綢繆。實惟合體，乃靚雙頭。精瑩可愛兮，筠無染恨；繡蕩相交兮，枝可掃愁。哀彼孤生兮，霜根特長；悲彼苦節兮，鐵榦獨修。笑彼綿林兮，空然斌媚；陋彼叢薄兮，亂無匹儔。浮筠生兮風互折，篦簩茂兮毒交稠。紛垂絲兮絲綰怨，環護居兮居罹憂。荷天工之妙合，成此君之好逑。翩兮嬋娟之並，天然嫣婉之求。

吾思夫蹟著奇徵，行標芳躅。子孝動天兮，冬笋茁青；臣忠貫日兮，萊篁聳緑。林結金蘭兮，朋好聯翩；叢輝花萼兮，弟昆敦睦。誠爲立美節之稜稜，扇清風之穆穆。若夫琴韻思和，蘭閨願淑。諷雅曲於《關雎》，企芳踪於挽鹿。詎冀緑筩之有意，似解人歡；偏憐碧篘之多情，都成眷屬。自昔東陽寧海，曾聞連理之篘；於今東苑幽居，親見合歡之竹。此米家畫内之所希傳，亦戴凱譜中之所未録。倘其化龍而同去，絶勝葛陂；如其作鳳以和鳴，何殊嶰谷。豈似柯亭製笛，人吹離别之音；當令嬴館裁簫，仙作纏綿之曲。伊旋生於子母，願濃成慈孝之陰；羌載産於公孫，或繁列雲礽之族。系之以歌曰：

烟雲一碧新梢長，中有異質同扶桑。珊珊琳瑚削此篁，一節一目俱相當。皇都陸海春茫茫，烟啼露壓遥相望。信美吾土多春陽，同心相感大厥祥。長春之管映閨房，中林和歌歡未央。

除夕觀花火賦

維夕其除，曰春已迎。赤奮謝乎更籌，攝提貞乎斗柄。候三百六旬之初景，漏響半沈；驗七十二候之餘灰，鼓聲三竟。主人敬，合客歡，宛如家慶。張六曲之屏風，懸九枝之燈檠。紅燃榾柮，嘘煖氣於賓筵；緑泛屠蘇，洽濃情於觥令。其既醉止，各盡厥歡；有物於斯，請觀其盛。衆賓離席視之，蓋火樹銀花之競勝也。

於是載辭酒監，爰命火正。鼓二儀之橐籥，覩萬象之交迸。則見其朱光乍起，紫燄交加。炫乎階齒，照乎簷牙。其始作也，亂抛珠豆，紛茁銀麻。璀璨兮綻金枝之蘭蕋，晶熒兮飛玉瓣之梅花。其小縱也，曳千絲之紅錦，撒萬顆之丹砂。煥爛陸離兮，赤氣沖融乎日月；輝煌蓊蔚兮，絳氛擁護乎雲霞。其大放也，瑞瑞璘璘，若赬霓之貫蜃市；訇訇磕磕，若赭驃之曳雷車。赫熾突衝，若火牛出陣之烈烈；烜爗輘轢，若燭龍啣照之衙衙。寧徒等於遝沓毰毸，階墀舞朱羽之鷺；磾礹的皪霄漢，掣紫金之蛇也哉。

爾乃驚聞爆竹，過千乘萬騎之殷轟；倏現星橋，揚九斿五注之旖旎。垂垂綵縷，高懸乎瓊貝瑶珠；孑孑彤竿，遍灑乎犀錢玉果。珊瑚碎鐵網之枝，菡萏擎玉池之朵。迤邐芒角，乍射東而射西；絶熾炎精，忽旋右而旋左。是固奪偃師之巧，魚龍曼衍而争呈；試天女之奇，花雨繽紛而悉墮。渾疑仙窟之樺烟，非比塵寰之爝火。

維時仐觀眩目，熟視怡神。類絳火樹之煌煌，輝兹華屋；比蔓金苔之燦燦，照此朱茵。得借餘輝，詎用燃藜作照？非矜奇焰，寧云燒蠟代薪。守歲同歡，重斟醥碧之酒；朝元必肅，將蹴軟紅之塵。薰九天兮天復旦，照乙夜兮夜嚮晨。賤子何知，擬賦扶桑之日；群公有興，同看京輦之春。

東海釣鰲賦

有大人兮，以天地爲蝸居，以古今爲駒過。視五岳若犧登於俎，觀二曜若蟻行于磨。尋六合之音塵，落九天之咳唾。美哉夸娥，尚二山之能移；嗤彼秦王，何一橋之難作音做。凌雲之氣匪高，超海之志匪大。右顧鼇叢之區，早折五丁；左瞻龍伯之國，又弱一箇。爰乃長蚪弗駕，遵東海而徜徉；巨鰲思釣，就南鎮而踞坐。

且夫鰲之爲物也，秉離之精，而骨則磊落嵚崎；居坎之宅，而脊則突怒偃蹇。横幾千里，而賦蹣跚之形于陰陽；伏億萬年，而吸溟濛之氣于混沌。鬲則如墨雲之鋪，目則如赤日之烜。半天晦黑，由其一閉一呿；平地陸沉，由其一側一反。章亥之足，可于其背往來；巨靈之掌，難于其身推輓。

爾乃神物可取，若臨淵羨魚之不禁；釣具方攜，如見兔顧犬之未晚。其釣維何，墜波底一彎之月；其線維何，挂天邊萬丈之虹。爲朒爲朏，鈎自垂乎昏曉；乍晴乍雨，線自颺乎西東。障尾閭而置罶，刳石筍而爲筒。小艇纜牽乎井絡，長竿柄揭乎斗宮。羌儲餌兮既久，翳投食兮殊豐。磔千秋之元惡，烹萬輩之群凶。籍之不容倖脱，數之不可勝窮。聚之腥臊臭腐，堆之磈礧崇隆。擴束而至，囊括而空。是皆不容于覆載之内，畀之大海之中。

將以引其欲之饞饕，厭其齶之齮齕。已而洪濤沓翻，三山淪没。熚赫乎陰飈陽燄，鰲頭怒肆軒昂；骪骳乎地軸天樞，鰲足横施搪揬。其見餌而驟攫也，若鐘鐘龍爪之拏虚空；其得餌而大嚼也，若崿崿狠牙之噬肥腯。其乍吞鈎而近前也，若砰砰弓弩之機齊開；其欲脱鈎而逸去也，若號號鬼神之聲殷發。

于時大人乃眉舒齒粲，掣諸波兮輕盈；意静神閒，入吾手兮倏忽。遂擬斷其骨兮以支四極，無俾駢厥首兮以戴十洲。既而迴顧世人，多以貪而賈禍；念兹一物，更無知其何尤。乃釋其自纏之線，乃脱其自上之鈎。瞥縱之入海而去，復令其冠山而遊。大人乃遊心于元始，釋意于冥捜。視大海兮杯勺，視大鰲兮蚖蟄。

弢甫集卷二十九

四　六

教習公讌序

同人結綬，情比苔岑.;別館橫經，禮如膠序。恰迴風兮舞雪，當勝友之如雲。玉宇瓊樓，遠近鳳城之圖畫.;珠綃象軸，後先虎觀之聲名。争迎鶴氅之仙，催瀉螺心之酒。原夫教習之初設也，雲籠殿陛，播先皇綸綍之音.;日映橋門，萃俊士組纓之選。大昕釋菜，元子親師.;午夜拈芸，小侯向學。入成均而接武，緬前輩之儀型.;引屬國以觀光，添我朝之掌故。

斯時也，玉河已合，瓊席方開。鋪瑶屑於天街，長留宵月.;望紅牆於帝闕，誤認朝霞。樺燭烟飛，下鵷鸞於臺閣.;青油幕駐，來簪珮於蓬瀛。隨車指縞帶之翻，入座促金樽之倒。喜觀滕六橫空，播灑以紛披.;達擬曹參隔舍，歌呼之震蕩。幸叨陪乎末坐，忽有感於中懷。肉奮絲飛，門外已深三尺.;酒酣耳熱，筵前願進一言。

惟茲迹略雲泥，遂爾誼聯膠漆。當年石鼓，群公曾手自摩挲.;此日綸扉，天子正宣其出入。以爲陳跡，疇則無心？看宫花苑鳥之相親，路向層霄而轉上；憶帽影鞭絲之如昨，情經浩劫以難消。謙謙既挹乎虚懷，藹藹還舒夫煖眼。譬之龍爲霖雨，尚不忘碧水之寒潭；鳳集梧桐，猶自念丹山之舊穴。群赴曾孫之宴，光照幔亭；喧傳老子之文，氣浮函谷。若夫東華走馬，頻瞻尺五之天；太學看碑，尚隸三千之籍。相逢弟子，並出韓門；閒話賓親，常通鄭驛。敝車羸馬，當風未厭酸寒；酒賦琴歌，即席與叨唱和。顧凌雲青嶽，豈岡阜之勢能齊？出旦金烏，匪參昴之光可配。亦云大雅，許與同源；詎謂小山，不期承蓋。嗟乎！臯亭木落，歲月星馳。金炬沙隄，往復濯龍門下；錦囊斑管，徘徊買駿臺前。歸矣靈光，顧同行其孰在？遐哉閶闔，思獨對以何時？人雖磊砢而崎嶔，事或悲歌而慷慨。然而天留碩果，成二十四考之勳名；吾豈匏瓜，得三十六宫之春氣。亦可襟期朗暢，不須繫白日以長繩；意氣激昂，直可望青雲而平步者也。

調元少而失學，壯不如人。四庫縑緗，仰企古人於夢寐；九衢冰霰，俯慚今我之浮沉。不憂臭味之差池，端賴風流之提唱。抽毫對雪，請俟鄒枚作賦之才；把盞趨風，尚餘高李登臺之興。

西湖景物序

東浙名區，甲於天下；西湖仙壤，秀絶吴中。旁帶羅城，疊作烟波千頃；前襟江水，别爲花柳一洲。地獻畫圖，人呼蓬閬。兩水瀠洄其際，形似鴛鴦；千山飛舞而來，名標龍鳳。塔蹲峰頂，截風雨以將飛；亭出湖心，湧水天而矗起。峰連吴岫，粉堞雲通；徑接白隄，畫橋烟鎖。層層紺殿，優曇祇樹之林；面面朱欄，楊柳芙蓉之館。正爾陰晴堪賞，濃淡相宜；矧此炎景如焚，火雲方熾。丹山碧澗，高臨清暑之臺；翠柏青篁，幽覓招凉之宇。波涵淼淼，舟如野鶩之輕；風引颼颼，人比秋菰之冷。金沙溶漾，淺映玻瓈；碧荇參差，橫牽翠帶。荷粧未老，連朝露粉尤紅；鷗戲不驚，萬片雪翎盡白。蕭蕭葭葦，洲中秋色先呈；鬱鬱松柟，嶺上清陰不散。

爾乃奔騰龍窟，洗騊駼騏驥之群；游戲魚梁，下鸕鶿鴛鴦之隊。銀湍珠沫，濺飛浴鵠灣頭；玉乳金膏，滴瀝呼猿洞口。捫蘿以上，躡壁而登。夫其仄逕巉巖，陰厓靈怪。峰峰樹擁，齊聽蟬鳴；穴穴風迴，疑聞虎嘯。臯亭黛抹指，顧在層雲飛鳥之間；葛嶺煙橫去，來自碧磴蒼苔之外。湖光若練，樹頭掛一片晶輝；山面如屏，天際展千重繡彩。江奔萬馬，潮聲過靈隱之樓；潭起雙龍，雨勢動韜光之壁。泉華噴落，僧家枕簟清凉；木葉飛來，仙客衿裾縹緲。樵歌滿路，大都半嶺而還；磬響諸天，頻自層空而下。虹殘遠郭，净暑氣於郊坰；霞蔚前陂，冪嵐光於林麓。南屏古寺，全隱歸雲；西崦人家，半啣落照。若夫鐘能催月，柳盡棲鴉。水魅山夔，吟弄溪橋之月；雲裳露舄，褭褭河漢之天。石屋藤牽，星斗玲瓏窻牖；玉岑苔滑，烟雲繚繞階梯。絕壁高吟，宛如鸞嘯；扁舟橫笛，欲使龍驚。此誠賦不盡於渼陂，畫難工於輞水者也。

嗟乎！流水閱人，高臺懷古。金牛隱見，思漢跡之蒼凉；石佛嵯峨，笑秦踪之荒誕。薪摧古木，檜少永嘉；塵化高僧，塔存慧理。翻經作社，相傳靈運之亭；摘句驚人，空指賓王之寺。別有牀空竈冷，猶然塢問仙翁；鶴去梅荒，尚復廬尋處士。山圍故苑，曾彈内院琵琶；水落新畦，不照平章燈火。名額既苔侵古篆，粧臺亦雨洗殘脂。蘇子成隄，顧而曾樂；參寥有井，游豈如初？乃若舊宇生風，唐宋三使君之蹟；殘碑蝕土，岳于兩少保之靈。弘奏疏於漢京，虹吐忠州之生氣；歸祠堂於魯殿，天留徽國之遺型。是達人不慕紛華，或僅心耽風月；志士求無磨滅，尤能氣壯山川者矣。

僕者生長於斯，魚鳥都能親我；睠懷自昔，烟嵐亦復撩人。泛舟錦帶之橋，波光自碧；載酒風篁之嶺，山色常青。歌舞想當年，將毋視爲尤物；登臨期我輩，或有感於斯文。

三月一日盧息溟招集數間草堂序

春深小苑，纔迎百五之時光；人聚衡門，詎數尋常之主客？端居多暇，荷良友之招邀；永日相將，合同人爲歡笑。時則泥沾蠟屐，宿雨初收；風襲麑裘，輕寒未散。破蒼苔之磴，細路逶迤；開紅藥之軒，曲欄宛轉。地隔塵囂而得静，天逢晻靄以加妍。披度幙之春風，柳眠乍起；轉烘簾之午日，花醉將醒。誠可舒嘯咏之幽情，發觥籌之雅令矣。

爾乃吟成大叫，意氣昂藏；興到連浮，襟期豪爽。在諸公，才盈八斗，允號大家；在賤子，量過三蕉，未甘小户。無妨酩酊，姑中聖而中賢；有意流連，遂卜晝以卜夜。俄而燈移牕外，竹影交花；人醉筵前，茶香醒酒。翻觸十年之舊事，慷慨橫生；暗生千里之離心，悲歌復起。兒時賡和，雅稱總角之交；壯歲浮沈，苦負登車之志。何況論文有約，常思渭北春天；剪燭難期，絶悵巴西夜雨。彼夫右軍超曠，移情俯仰之間；坡老名通，寄嘆盈虛如彼。昔人同感，達者興懷。然而濠濮論心，雖是知音難得；竹林把臂，仍呼我輩不羈。此則疏觀生物，聊爲隨處之徜徉；休計索居，且盡當前之欵洽者也。

於是重斟犀角之杯，酒波倒捲；競擲鼠鬚之筆，墨陣横排。既敷衽以相宜，即閉門而亦可。數間同聚，盧仝之吟作結交；三友環看，桑户之笑成莫逆。倘諸賓有興，醉且無歸；賢主多情，援而知止。則三春正盛，先成一夕之快談；上巳非遥，徑請連朝之痛飲。

桑伯子詩序

風騷之作，情性所流。故誦之可想其爲人，而作者原藉以言志。流連境地，發興良奇；橅寫景光，竭情斯妙。得意疑爲神助，驚才本自天生。岑寂懽娱，激昂恬適。隨其一唱三歎，歸乎異曲同工。

伯子士望攸崇，吾宗之杰。少即爲名公所推激，天令作詞伯以徜徉。豈詩必窮而後工，乃律則老而益細。昨者曾爲梁客，逌然時發郢吟。過舊苑而磊砢作歌，意自得也；登高臺而慷慨懷古，誰能和之？況乎小筆風流，逸情雲上。掣鯨魚不遺翡翠，賞秋菊又有春蘭。莫測長才，具含深致。若夫治安之策，即在聲詩；草莽之臣，特抒忠藎。是碌碌十九人之列，無此謨謀；而洋洋三百篇之遺，獨存元本者也。綜平生鴻製，未窺全豹，先見此一斑；問海內名流，豈無他人，不如我同姓？

棣華樂府序

棣華樂府者，盛氏四丈、七丈、八丈之所作也。同調得朋，近喜連枝之並；倚聲協律，各存百闋之多。睇厥門才，豈止標乎鼎足？齒其家數，咸有感於風心。追話當年，雅傳勝事。人如冠玉，賦並鏘金。掐譜肩隨，方滌紅絲之硯；當筵喉囀，遽橫紫玉之簫。春催映肉之花，寒勸殢人之酒。兔華圓缺，虬箭沈浮。艷句消魂，鵑灑方啼之血；濃情書夢，蠶牽到死之絲。恬吟既刻燭而成，俊賞亦擊盃未已。古猶今也，旗亭頻唱雙鬟；兄及弟兮，墨苑詎徒聯璧？吳頭楚尾，那堪《水調》之悲；趙北燕南，偏惹《柘枝》之怨。雨飛今舊，夜夜懷人；亭數短長，年年作客。睨無情之烟樹，蕩有限之年光。沈碧波中，送來黯淡；軟紅塵底，訴出飄零。此則芳草黏天，斷腸辭就；羅裙窣地，團扇書殘者也。

移鵲尾於案前，窺豹斑於管內。欲效顰而不得，竊置喙以何傷。謂四丈緘愁隱約，傷春蹙南國之蛾；吐調蒼涼，叫月斷西風之雁。七丈《子夜》《吳歌》，嫋嫋三日遶梁；《霜天曉角》，嗚嗚一聲入破。八丈盎流古韻，湘靈瑟則江上峰青；冷瀉幽情，鮑家詩則秋墳鬼唱。無論豪蘇膩柳，俱屬妍辭；比於瘦燕肥環，總爲尤物。如斯之論，寧不其然？乃一則苦啾黑貂，十上頻聞氉氉；空儀丹鳳，九苞頓失毰毸。一則嘔出心肝，天上之召歸何亟；不勝羅綺，人間之看煞堪嗟。過七丈以論心，屬一言之弁首。龍門捧袂，低徊久之；象軸題辭，唏嘘而已。

日者梳涼月，滿把商飈。吟牖方開，觥筵未散。提鉛握槧，空馳傖父之光陰；減字偷聲，不作少年之生活。已印雪鴻之爪，重燃蠟鳳之灰。在逝者黯度前塵，神仙已葬；而生則拚犁慧舌，綺語難銷。往來蟹簖魚莊，醉醒笛村棋墅。悠然而去，依依縈棹之白蘋；鏗爾以吟，歷歷記歌之紅豆。

張氏印譜序

雪晴小苑，鳥跡剛留；日上南軒，客蹤重到。頻窺石鼓，悵予生之已遲；新入寶山，訝天才之莫及。吾友張也，名早播於文壇；我心寫兮，時則觀其藝圃。車渠瑪瑙，鐫鐵筆以成章；雪藕冰蠶，印丹砂而作譜。靈書鬱律，似曾往叩龍威；奇字璘瑞，何必不爲蟲篆。雖云寓意，自有得心。人共服其多能，是誠堪與道古。

周官則有掌節，《左傳》亦載璽書。印有官私，秦之前已經發軔；篆分大小，漢以後始覺濫觴。蘇季子之金章，歸於何處；馬相如之瑶篆，尚在人間。佩亦何常，傳之其偶。顧或斯或籀，詎嘗雜施鐘鼎之文？爲玉爲金，亦未礲取峰巒之石。因心作則，踵事增華。緬想斯風，變於何日。而況任參僞體，且二篆之不分；縱號專家，於六書乎何取？典型邈矣，感慨係之。

然而荆關畫苑，恒借標題；趙董書家，偏資鑒别。拾得古通侯之印，祇比於折戟沈沙；諦觀諸墨客之章，直不啻撥雲見日。審知真贋，妙别毫釐。豈惟儒雅芳名，文鐫秦漢；抑且官家别璽，欵認宣和。隨爛煤破楮以流傳，映錦軸金題而輝耀。宋則晁、姜諸子，元惟頫、衍兩家。遞有甄綜，咸成譜録。而或者識精考古，技遜攻堅；别有畸人，擅兹絶藝。相沿家派，三橋能繼其祖風；獨樹前樵，雪漁允推爲巨擘。詢諸當代，未乏名流。共知敻出尋常，聊爲數其一二。有若穆倩則旌竿早竪，默公亦旗鼓相當。華亭之英，曾標葛起；如皋之秀，乃有許容。顧亓山試問何如，陳石樓頗稱杰出。凡兹老輩，固自超群；在昔鉅公，雅多好事。用激揚其聲價，並吟諷以歌詩。舊德雖徂，餘風未謝。

嗟乎！螭虎辟邪之紐，後人姑惟意所爲；龜鸞垂露之書，古帝亦隨時而作。要惟精於繆篆，運彼銛鋒。擇其善者而從，不離古文近是。一波一磔，吾欲觀已奏之刀；如琢如磨，君豈有未攻之玉？

易氏印譜序

才情駿發，藝事流傳。翳惟風雅是親，未謂聲名之濫。心聲心畫，須蠲恒似之形；海水海山，堪領澹忘之韻。道也進乎技，斯事絶非偶然；志乃凝於神，解人自此遠矣。即如傍工繆篆，不過游戲生涯。而稽古精嚴，眼辨三倉之體；問奇博奥，指陳二篆之源。詎有鴻生而謁蟲跡？斯固通材之攸擅，抑觀銛鍔之所成。譬彼禪風，臨濟、曹溪之異派；又如繪事，摩詰、思訓之分行。並濬靈心，以揮妙手。秦漢之氣，括真意於鴻濛；天水之波，散綺文於潭谷。蔚爲宗派，斷自元明。趙王孫以迥秀之姿，鐫高名於龍虎；子昂圖章邊作龍虎文，係『天水』二字。文待詔以聯輝之美，傳清業於冶弓。往哲風微，蘇爾宣、丁源公渺乎誰嗣？時賢玉映，許、葛其殆庶幾。摩倣而得天然，謂雪漁之弗可及；游行而含仙致，惟穆倩果無與儔。蓋其意所不期，砉奏刀而入聖；微乎獨造，怳離物而存神。谷園學之，亦虎賁之形模彷彿；彦明佳甚，程氏。則虬髯之意概縱横。品列正奇，宗分南北。乃若禾之真木，徐氏。杭之介菴。張氏。昔也虚谷聞跫，今已靈光失歸。鄉之先輩，一藝其可忘諸？海内名流，多材是之取爾。

於斯時也，乃有人焉。才著專兼，名居吏隱。詩文書畫，克世其家；台蕩湖山，恰羅諸勝。猶出一編印譜，屬題數句巵言。夫其有玉能礲，願借他山之錯；發硎不頓，妙爲虚刃之游。壓龜紐於鴻爐，扛龍文於健筆。志士鍊成心鐵，暗自摩挲；鄙人試運毛錐，未辭刻畫。要以上乘既得，知其半夜傳衣；神品斯標，留此夕陽粉本。其人爲誰？則湖湘易氏也。

爲河南士子謝恩科

孝思錫類，賡天保定爾之章；壽考作人，上聖主得賢之頌。祥鍾慈慶，屬流虹繞電之期；

運仰文明，追詢岳闢門之代。況事則繩其祖武，而恩爲簡在帝心者乎？克行曠典，端在昌時。欽惟皇太后祚毓有娀，德齊太任。宮中堯舜性彌，鞏固乾坤；天上苞符彩掞，升恒日月。徽音嗣美，協康彊逢吉之休徵；聖善揚芳，啟俊乂在官之雅化。

欽惟我皇上孝邁虞周，文昭雲漢。承顏椒掖，握自天申命之圖；選雋蘭臺，歌復旦重華之景。甄陶萬類，物自荷乎皇慈；和順千方，德無加於聖孝。兹逢聖母，福凝萬壽，歡騰長樂之宮；遂爾恩科，詔下九霄，喜動大來之日。聿標駿烈，式廓鴻規。閏仿《虞書》，期三百六旬伊始；壽探周策，萬二千五百有奇。莫大乎尊，莫大乎養，成豫順而著黄中通理之徽；必得其名，必得其壽，表坤貞而熙鴻號無窮之美。翩翻起舞，鶴如太乙之仙；的皪高懸，珠似文昌之氣。臨軒策士，臚傳捧一朵紅雲；視膳問安，上壽醉九重春色。惟帝賚旁求乎天下，同瞻文德誕敷；惟皇來自服於土中，尤覺湛恩汪濊。昨者鸞輅過軒轅之洞，親受芝圖；今兹龍光照王母之壇，遥稱玉斝。聖德高逾崧岳，顯厚載而善則歸親；恩波廣溢洪河，占彙征而功惟法祖。收中原之豪傑，隨上國之衣冠。春氣融和，梁苑振蟾宮之步；秋風薦爽，燕臺參雁塔之題。摛式歌且舞之清詞，抒生甫及申之灝氣。若南河、北河之水，挾萬派以朝宗；若太室、少室之山，向五雲而繚繞。鄒枚授簡，頌聲喧文雅之臺；元愷升朝，才子出高陽之里。紫禁之萬年，枝煖蘐庭，開閬苑之花；黄鐘之六律，音和嶰管，采淇園之竹。卜年卜世，則臺邊蓍草神龜，上覆黄雲；有翼有馮，而岡上梧桐翩鳳，朝迎紅旭。覽春明之物色，早逗陽春；觀豫省之人文，丕揚和豫。灘渙汎清寧之繪藻，圖書浮河洛之榮光。燦映北辰，千里雲連芒碭；瑞呈南極，一天星聚潁川。翕受敷施，自時中乂。才收岳降，三川之色似霞蒸；衆効嵩呼，萬歲之聲如雷動。從此青雲騰踏，共矢忠君報國之誠；紫氣蘢葱，遥陳地久天長之祝。

答沈樗莊書

海内知名，風格迥超流輩；夢中傳筆，詞壇每見佳篇。憶蓮社于當年，竟至失之交臂；訊萍踪於異地，乃能相知以心。欣會合之有時，惜分離之太遽。追風莫及，已馳櫪馬之韁；觸暑遄歸，轉遘河魚之疾。腸回九曲，日似三秋。呼兒烹鯉，書有加餐相憶之言；如岠依蛩，情傳得草聞聲之喜。未願封侯于萬户，快成知己于一朝。天下談士相聚而言，詎曾有此？十年聞名而不得見，是則然矣。

古如可作，君以太白、子瞻爲歸；儗不于倫，僕豈荆州、廬陵之侣耶？要之擅厥長才，索暗中而亦得；讀其麗製，信名下之無虚。豹僅窺乎一斑，狐早集夫千腋。擬沽十千之酒，爲論四六之文。聞其年陳討檢有云，骨騰肉飛，詎乏驚奇於儷體？就此時而論，酒酣耳熱，一爲主客之歌行。寧惟觀屬對之能，所貴極横行之妙。毋呵小技，具識苦心。昔嵇相國欲薦君於詞科，乃安期生輙游仙于海曲。結念非存霄漢，留蹤疇計雪泥？時得雋有椒園，此舉差强人意。省歸來於栗里，吾生自樂天真。身則焉用文之，足固未嘗刖也。夫窮通有命，奚忍拋萬卷之書？得失捫心，當别作千秋之事。所見門才卓絶，並御二龍；若其天性翛然，獨推一鶴。爲數江鄉之彦，不辜汳上之遊。有若馬石蓮崛起于韓江，張圖東騰冲于徒浦，張瓜田春容於樵李，查巖門奮迅于鹽官。四君皆到中州始交。當前指僂，皆爲我國顔回；此外心傾，其在神交阮籍乎！謂沈房仲。曩者無縞紵之投，是以未識也；今兹詢東南之寶，豈其易盡哉？

嗟乎！吾意肫然，豈止昌黎之拜東野！君言過矣，且謂從吾之學陽明。第稱疊席於經師，泚然流汗；況奏聚星於太史，恧矣赬顔。爲營石綽楔于通衢，故擕管城子於遠道。兒曹弄舌，未如小鳥之綿蠻；長者瑩蹄，偏指新駒爲叱撥。均叨獎飾，詎敢承當？恭惟至性至文，應屬旌門之巨筆；是父是子，彌振泣血之深衷。抱沉痛於終天，難湔罪戾；賁大文而入地，用表幽潛。再拜乞夫華褒，千行隨而雨下。悲可知矣，尚何言哉？若夫詅癡符不堪覆乎醬瓿，光明錦斯可懸諸國門。固宜俯憐梨棗之災，仰望瓊瑶之報矣。至若讀書有種，預期遥集之成名；學《易》何人，共卜商瞿之得子。願琹書之有托，佇弧矢之高懸。禱祝之誠，殷拳于是。伏惟珍愛，以慰思存。

爲家君壽盧天羽先生八十楊夫人七十序

老人星現，朗映秋分；紅女線添，喜迎長至。以兹佳候，爲懸弧設帨之辰；維我通門，有舉案齊眉之範。會耆英而年齒，於今日耊；傳賢媛則音徽，亦古所稀。百歲期頤，天錫之以純嘏；十年以長，地行厥有雙仙。於胥樂兮，何其盛也！

恭惟先生韻則高騫，道惟偕隱。家世爲四傑之一，詞華且七步而三。理味可娱，静者之心多妙；時榮非好，逌然之嘯何長。出入墻東，優游硯北。與漁樵而争席，倍覺忘機；集芰荷以爲裳，聊堪適志。此微獨清德可師也，蓋亦有賢耦之助焉。恭惟夫人慧解法言，恪遵内則。孟光擇對，釵只留荆；靖節續昏，人並如菊。既相將以却聘，遂雅意於安禪。在先生，妙註金經，逃緣有托；在夫人，如揮玉軫，倡乃能隨。室中虚白自生，松下清齋與共。歡然偕老，敬之如賓。乃若有子而才，爲時之彦。操筆承其家學，登壇冠乎人群。諺亦有言，後進領袖有裴秀；吾卜其遇，高文典册用相如。流風其殆庶乎，富貴恐不免耳。

僕鄰數間之屋，實聯兩世之交。不量力而答兒，令論學以取友。堂開三益，叟則招之使來；集署同心，兒以扶焉得直。雞鳴風雨，蠹食詩書。攻苦交深，並給熊丸於柳母；唱酬自洽，載賡鳳曲於桐孫。第令摩厲以須，安問樵蘇不爨？以爲可教而辱教，中才亦望有成；擇其善鳴而使鳴，奇士夫誰與敵？一彈指頃，二十年來。子又生孫，頭露嶢嶢之玉；老寧再少，鬢餘皎皎之絲。童子何知，倏壯而有四方之奔走；老夫耄矣，幸晚而成二老之往來。賢者是兄，愚者是弟，無多友簿之金蘭；男願有室，女願有家，中以孫枝之蘿蔦。心乎愛矣，顧而樂之。乃秋冬之仲彌佳，翁與姥正當初度；而《豳》《魯》之詩偕美，酒與壽俱咏曰朋。瞻灝氣之所鍾，月呼端正；按春陽之始復，天無改移。走也不文，拜而進祝。介眉壽，則群斟盃緑，飲此何辭？

問頭銜，而翁號書蒼，讀之不倦。猶有誇張少年，處吾則尚少三齡；未須料理白頭，人婦亦行將七十。兩家子弟，年年陳醽醁之觴；百世婚姻，藹藹合團圞之宴。中梱仝爲人瑞，任鄰翁揚東里之美談；連宵正賞月明，知老子動南樓之高興。

金母馬太君八十壽序

輝輝寶婺，如皓月之中天；葉葉水芝，點青錢於半沼。庭來舞鶴，占紫氣以翾飛；客有歌驪，望白雲而遄返。踰一月則夏維書五，便逢縣帨之辰；當八旬而歲必論千，宜有介眉之作。於是臨風贈策，命僕夫姑駐征蹄；即席揮毫，博下女齊開笑口。大年有頌，小住爲佳。

太君望樹銅標，德含玉質。十三爲婦，嗣宜家宜室之徽；左右承顏，得君舅君姑之志。侍尊嫜之奇疾，匝年而湯藥親嘗；成夫子之賢名，畢世之笑言豫順。猗歟樛木，御其下以彌寬；煦彼鳲鳩，視所生而倍摯。流黄織素，率先誡女於勤渠；紆紫拖金，豈止教兒以宦達？令子毓崑君，起家韜略，直周廬扈從之班；爲國干城，表邊塞詩書之將。雍容鷺堠，題名登百丈之山；迤邐魚軒，視膳過雙江之水。既而移官尋甸，前將軍則鈐轄專城；並轡元戎，太夫人則綸封一品。羽導歷紅苗之寨，扇以仁風；冰心暎白玉之壺，賨兹清節。雅歌終日，欣接文儒；禮射連營，宛成揖讓。悉承慈誨，以戢巖疆。抑有美焉，尤其大者。

今夫霜機軋軋，最崇布素之風；玉手摻摻，足溥女紅之利。廼聯膝如雪，空收吉貝千堆；

而比户戒寒，莫貯巾箱尺幅。太君則肇開風教，廣播經綸。躬爲織女之師，手授紡車之式。妙穿梭於腕下，遲落剪於窻前。於焉杼軸非空，襁負歸來。緩緩氓蚩，有抱裙裾裁處；垂垂女子，乃生載弄之瓦。庶人以上，皆衣其夫。豈非功可媲夫西陵，類興蠶績；俗則沿乎南詔，紀在饔編者乎？且夫臣忠子孝，北堂之懿訓昭然；武達文通，東第之榮光赫若。孫枝挺拔，彤廷字對三千；比部平反，丹管條陳十二。况晋備鷹塗之選，更駢羅蟾窟之香。列在膠庠，共羨章縫子弟；起拈翰墨，自稱騷辯門徒。小者誰何，固已盈庭競爽；生而岐嶷，寧惟五世其昌已哉？

僕者因依華省，寄泊高齋。自古論交，叨附紀群之雅；從吾講學，庶幾翺籍其尤。相期空冀北之群，相伴有江東之弟。矧攜來兒婿，疊呼小友於階除；而相厥孫曾，俱授遺經於鐙畔。既忠且敬，久抗顔而爲子師；曰壽而康，用介福於其王母。因不辭而撰序，書用榴皮；亦舍此以何能，芬揚萱草。乃若小人有母，嘗結夢乎蘭陔；聖主如天，即沛恩於椒闕。許之覲省，得伸寸草之心；於以旋歸，正熟蟠桃之歲。它日者奉潘輿而北上，依依罐首交親；割郈宅以同居，藹藹錦绷圍繞。雖内言不出，端令範於閨門；而賓至如歸，洽芳鄰於世講。兩家合奏，按束生續補之詩；百歲期頤，會孟氏三遷之里。仰慈幃之並健，喜子職之常供。顧而樂之，必有日矣。爰擘花箋於裴野，群看建烏楔而來；遂銜芝檢於萊堂，予且著斑衣而去。

吴母胡孺人六十壽序

龍淵千頃，扁舟如在滄浪；漁笛數聲，舊客借醒塵夢。際圓紅之方杲，睨澄碧以殊寒。海蜃嘘來，晴飛煙雨；雲虹駕處，冬汎春波。葭吹將見天心，蘭臭恰逢地主。斟浮浮之新釀，色灔翠濤；懸的的之華星，輝明寶婺。羡標英於西水，繇稟訓乎北堂。如吴母胡孺人者，有足稱焉。

孺人毓自清門，所生則名書國乘；嬪于良士，著代而德懋閨庭。蓋洗手作羹，藹雙承乎色笑；而驚心嘗藥，敬曲體乎姑嫜。時且閱乎冬春，身弗離夫左右。極甘鮮而進匕箸，詎常時瀡滫之供？問痛癢以就牀幃，效細意抑搔之舉。躬欲代之而不得，患已入於膏肓；力既竭矣而加勤，孝則根乎天性。是可爲天下法，奚止風浙右之媌娙？無以報新婦恩，直可媲山南之祖母者也。

抑吾聞之尤其懿者，則賑荒不一而足，種德殆莫與京乎！曩者屬饑饉之頻仍，惻然見流離之填溢。時則賢雄倡議，因而仁里同心。散米以濟鄉邦，爲粥而食餓者。其規畫抑何井井，既拯救之有方；其捐輸不厭多多，遂全活者無算。而夫人則仁心爲質，嗟菜色之紛紜；婦道無成，贊藁砧而慷慨。傾箱倒庋，罄銖兩以相經營；援困扶災，倍尋常之爲任恤。可不謂好行其德，助發粟於倉中；洽比其鄰，鄙持籌於燭下者乎？

竊嘗見夫釵笄恒謹，操其筦鑰。心存阿堵，慳爲難破之天；家有兩娑，守則常稱曰虜。夫受其制而不耻，物期有濟而無由。所在皆然，良增永歎。而琳宫寶刹，輒隨喜以布金；錦纜牙檣，時宴遊而饌玉。不知射晴空以紺碧，何功德之可言；墮芳徑之鈿珠，更嬉遊之足戒。然則聞賢媛之風者，其亦回薄俗之弊哉！況復性含静一，徽極柔嘉。終身舒不怒之容，遇事有常貞之德。以兹式穀，卜五世之其昌。邇者介眉，值六旬之初度。

僕也過宣公之里，暫繫吾舟。登陶母之堂，遂爲斯序。蘄鶴鳴於二子，雋發其同；序燕喜於百年，屠維伊始。金樽注緑，佳辰來不速之賓；錦幖裝紅，他日捧重封之誥。女當添線，占鵖景於璇窻；僕尚賡詩，譜鵝笙於華黍。

張母劉太君六十壽序

鳳鳴六琯，肇啟黄鐘；鶴算千齡，先週花甲。起居翠閣，太夫人色笑暄然；廵歷茆檐，東諸侯聲施煜若。煦煦陽春之脚，德易流行；霏霏寸草之心，暉難報答。芳叢味俊河之魴，蚕進盤匜；愛景光妍冬之日，晴烘簾幙。香飛錦帨，霞簇斑衣。太君禮嫺内則，教秉義方。家本從龍，奮跡三韓之外；嬪而挽鹿，流徽二曲之間。女誡母儀，是皆然矣；官箴家訓，弗替引之。却揚北海之高風，爲話南軒之舊雨。聊資開口，以助介眉。

曩者鄭氏階頭，多生書帶；江生夢裏，方綻筆花。來往朋遊，盡寰瀛之名士；朝昏談讌，罄藝圃之清歡。玉笋連催，青浮竹葉；銅槃列照，紅吐芙蓉。擊鉢賡詩，花塢俄看月上；圍爐道古，罽簾詎識霜飛？藉非陶母殷殷，剉薦截鬟而不惜；奚自陳賓藹藹，闔門投轄以忘歸。蓋聲華已並八厨，而契托惟迎三益。故爾門庭不雜，因之翰墨日新。既肆力於詞鋒，復精心於繆篆。孝廉船在，已標才子之名；《金石録》成，亦見雅人之致。

憶賤子擔簦日下，在看碑太學之年；與郎君把袂風前，草修禊蘭亭之序。竹林繁露，商奥義則絶不窺園；木葉秋雲，賞新吟而時邀題扇。飛黄嵩騁，何人如渥木之駒；結緑須攻，視我等他山之石。是母是子，不去口以稱賢；孰主孰賓，並忘形而爲友。彼一時也，於胥樂兮。

既而飛舄東臨，值行春而載榼；將車北上，恰道舊以班荆。蕭蕭冰雪之辰，鹿鹿風塵之際。紅氊錦幰，相映璧人；蓆帽旗亭，亟呼詞客。道旁良覿，彌深兔苑之交情；車上同行，猶顧雞壇之儔侣。謂朱予齋、周肆三。意良厚矣，僕豈忘之？此仰睇停雲，大有懷人之句；而遥斟春酒，可無侑爵之辭？爰操側理以書，用獻北堂爲壽。人歌天只，群戴蘇天之天；兒咏母兮，更依杜母之母。板輿御處，時看滿縣之花；鈿軸封來，奚止一通之誥？河山十二，棠陰近莅乎小東；賓客三千，萱翠遠踰乎大耋。

盛母鍾太夫人七十徵詩啟

春深欓李，花明祓禊之堂；歲熟蟠桃，鶴舞長生之宴。一鈎新月，暎寶婺於瓊霄；幾曲清流，汎羽觴於翠渚。人集繁華之日，冠蓋如雲；天迴和暢之風，芝蘭滿砌。芬揚彤管，允徵懋德於珩璜；韻譜瑶笙，宜掞新詞於華黍。

太夫人少嫺女誡，躬作禮宗。習高山流水之音，式含静好；迨旭日泮冰之歲，彌著柔嘉。其來歸也，春續鸞膠，居室而嗣爲家督；秋攀蟾窟，蜚英則升在鄉書。映雪軒窻，佐清吟於寒夕；采蘋澗沚，主禋享於齋辰。進厥羹湯，奉尊嫜之色笑；遺之雜佩，來夫子之朋遊。仁類鳴鳩，子則飼之如一；誼隆葛藟，根有庇以加蕃。蓋承郡符藩服之家聲，大體之措持不易；而操酒榼詩筒之内政，同心之黽勉殊勞。苟惜我釵瑱，則戚黨之艱虞孰拯？亦屏兹羅綺，斯門庭之清約可師。

乃若安定作儒官，旁舍之横經甚盛；孟光爲淑耦，後堂之舉案相莊。絡繹生徒，煦春風於廣座；繽紛食器，輝夜月於中厨。相逢白髮之門生，猶話絳紗之舊事。與聞經義，便稔徽音。此名不後於宣文教，實遵其内則者也。

既而玉樓作賦，諸孤藐以差肩；石闕啣碑，少子生爲遺腹。斯時也，荀龍有八，庭前之食指綦繁；陶鵠不雙，鏡裏之愁顔獨黯。故家喬木，綢繆緑野之堂；斷杼零紈，似續青箱之緒。空闈畫荻，凌冬之影帶清霜；静夜辟纑，照壁之光凝寒冰。先辨禾塍之税，户不驚尨；争攤柳篋之書，案惟剔蠹。於是泮璧成爲家塾，蕋珠刊列名經。服官傳仙令之聲，封鮭勵藎臣之志。孫曾譁沸，中外駢闐。溯昔稱未亡人之始，纔三十有六齡；迄今爲曾王母以來，已七旬之初度。

竊嘗徵之女史，惟撫孤教育之爲難；洵不爽乎天心，俾逢吉康强而未艾。層巖積雪，益堅松柏之心；藝苑歌風，大播蘅荃之氣。可無巨作，以頌遐年？伏願鳳逸高才，龍跳奇筆。介兹眉壽，即留蘭亭醉本之珍；稱彼兕觥，不數金谷芳園之會。千篇錦帙，春暉明上巳之天；百歲巍坊，綽楔表高陽之里。

吴君傳

君諱文煒，字旭昭，姓吴氏，嘉興人。以諸生貢太學。少便能文，時向春波浣筆；晚非得志，一令天府知名。吾所樂得而書是，在炳然之美。則康熙壬寅、雍正壬子賑事，爲最著焉。天災流行，堯湯所有；民生休戚，邾魯相聞。顧論策於救荒也無奇，而存心於愛物者有濟。君其勞矣，衆實賴焉。

其初賑也，旱魃爲虐，隔年之蜡饗不通；監門有圖，中澤之鴻哀殆遍。粒珍如玉，形瘠於鳩。當事咨嗟，勸爲粥以飽餓者；君言磊落，請散米以肉骨之。並扇仁風，不經蠹手。户稽其口，人予之糧。對貿貿而忍道嗟來，發陳陳則固云周急。念流亡者衆，輸則争先；謂鄉黨宜親，賚之恐後。三日宿於賑所，四方聞而踵之。

其再賑也，海田則螟螣薨薨，江省亦波潮汩汩。目此人民之蕩析，心乎兄弟之顛連。鳩同志十有九人，礲香秔五百餘石。福城寺裏，漏澤院中。男女分攜，旄倪量給。其來轉夥，攸濟靡遺。惻乎偏予長腰，流者不吟瑣尾。開賑於二月之吉，竣事而一人不傷。無食之民，免轉乎壑。有司曰善，爲表其閭。即一事亦堪傳，活千人者有後。子二：高增、高埈。得文譽，有父風云。

桑調元曰：禾有陸氏紹成，哲人早謝。其弟莘田，風範斯存。在君家石塔之浜，尋前輩皐比之帳。緑蕉摇於砌畔，清茗啜於杯中。予有往還，君緣晋接。伊惟曩者，曾是藹然。與耆老爲因依，貽後昆以楷楷。蓋尊師敬學，亦綦難哉！其樂善好施，有自來矣。

吴母胡孺人傳

孺人姓胡，太學生儆菴之女。嬪于貢生贈知縣旭昭，高增、高埈兩知縣之母也。封孺人。乾隆十九年十月二十三日，終于阜寧縣署，壽七十有五。歸葬秀水。子二，女五，孫男十，孫女八。

生而淑慎，孝于庭闈；嫁更温恭，宜其家室。事君舅君姑，等所生而克謹；遭杖桐杖竹，迭送死以纏哀。沐櫛連三月之間，挽鬘在十旬之際。哀勞過甚，尫病不支。因孝感而獲痊，倍辛勤以佐讀。名一登于天府，勸慰淹沉；時兩值于飢年，贊襄賑濟。啣感在萬人之口，代終出慈母之心。五夜書聲，授熊丸而教子；十年壇席，腆脯酒以供師。僕亦曾擁皐皮學焉，並成麟角。儒門鵲起，仕版雁行。一則秉鐸過江，秀競千巖而雨化；一則牽絲隣省，仁敷百里之雷封。節孝搜揚偉矣，大儒祠祀；脂膏謝潤潔然，小市價平。肯構生輝，鐫聖賢之像；登瀛競爽，成寒畯之名。凡茲南國嘉猷，悉稟北堂懿訓。徐歸同穴，下報所天。年已過古稀焉，事則爲今烈矣。

桑調元曰：天必報人之善，家惟利女之貞。贊賑而𣂏粥盈瓢，昔則食諸餓者；膺封而疊衣在笥，今茲安且燠兮。船是孝廉，簡能而紆墨綬；官于學校，報最亦綰銅章。女夫淡墨書名，孫子青衿成列。母之流徽遠矣，吾之點筆諒哉！

答王方伯聘主大梁書院啟

明公英鍾吳會，光映崧高。日下摛文，三筆耀龍鸞之采；天中沛澤，四郊沾禾黍之膏。爲豫之屏藩，帝心簡在；將晉之節鉞，衆口交推。策對萬言，早歲貫天人之秘；謳聞列郡，中州洽風雨之和。門才自鳳洲以來，有此登壇蔚起；公望握麟符而後，即爲開府儀同。治以勸學爲先，然後民知敬學；意惟尊師是急，俾之人自得師。不圖睢州夫子之鄉邦，濫以浙右鄙人爲山長。

追維曩日，曾依謝傅庭中；參附齊年，並出歐公門下。遂承許與，謬勞席設鱣堂；特辱招邀，亟擬規傳鹿洞。殊慚荒陋，豈敢抗顏而爲？深荷勤拳，難違刮目之待。却憶巴山夜雨，來看梁苑秋烟。豈其地固相宜，或亦天爲作合。蒙施聘幣，儼具緘書，光賁臨之，愧叨而已。

伏惟人文日炳，德教雷行。懷四書院之主賓，藉以昌明絶學；承八大家之流派，因而振起鴻文。叩之則鳴，于我何有？教其不逮，非公而誰？多士群企乎飛騰，佇快覩扶摇而上；吾兒初學夫繢藻，亦從遊濰涣之間。勉副嘉招，已覺奉清光之不遠；附塵拙集，亦足觀微志之所存。

答張圖東

頃承手教，感荷心知。如高文乃盡態極妍，在拙跋豈同工異曲？正爾飛花點溷，難飄空際之香；豈其妙曲驚魂，出自爨餘之響？古駢體原重五經粉碎，僕效顰曾無一語入元。不免相因乎陳陳，安得生新之蔟蔟？殆有可憎面目〔一〕，何來速化神奇？祇益多師，細講别裁之體；殊慚今日，惟觀屬對之能。不遠秋闈，談須拊掌；想多夜夢，望苦回腸。冰鑒有孫揚，良馬自群空冀北；風流屬張翰，步兵早名震江東。盤敦壇前，其相合者有兩；櫜鞬道左，可許立而爲三。辱承七夕有懷，寵以一詩見寄。韻則依之而和，句雖倍而難酬矣。

校勘記

〔一〕「憎」原作「增」，據文意改。

爲濂溪書院請題求宸翰

元公倡道，舊居廬阜之陰；書院育才，新建濂溪之上。惟開府事多師古，注心于食墨之先；亦分曹謀屬僉同，併力在鳩工之際。自去秋卜築，方雲搆于岩阿；洎今夏落成，即翬飛乎霄漢。賢關乍闢，先標入道之門；聖蘊宏開，高擬傳心之殿。濯纓橋畔，泝伊洛之源頭；太極廬前，尋孔顔之樂處。繞周遭之邱壑，神則充周；列高朗之亭臺，襟惟灑落。爰諏吉日，遂集生徒。祀事孔明，虔駿奔乎在廟；德心克廣，欣于邁以從公。物有其容，禮成而退。青燈的皪，並駢集乎齋房；絳帳翩翻，每環羅乎講席。虹霄雨霽，横天邊之秋水晴川；龍洞雲歸，挂林杪之疎星淡月。泗濱春滿，日可尋芳；三尺寒深，人思立雪。聚四時之光景，著萬古之文明。覩雍容揖讓以相先，喜游息藏修之得所。有吾與點意依然，吟且弄之天機；匪我求童蒙美矣，静而清之道脉。龜趺屹立，穹碑照燭乎雲岑；蠹簡編摩，《大序》闡揚乎《圖説》。

昨者遥臨棨戟，瓣香晋謁乎賢祠；今兹辰告訏謨，封事請頒乎御筆。以周子爲道學中興之祖，宜予表彰；以書堂爲庭草交翠之區，當思振起。洪惟聖人，首出契間出之英賢；獨稱茂叔，生知啟學知之統緒。公乎入奏，求銀榜之高懸；帝必曰俞，出乾文之丕焕。衆之所望，今也其時。況前太守，系出廣川，在此地經營慘淡。仰大中丞，時之安定，俾群倫鼓舞歡欣。垂厥千春，在斯一疏。將見雲蟠五彩，護奎畫以紛綸；氣曜三辰，映璇題而燦爛。陟降先賢靈爽，挹光風霽月以無邊；濯磨後學心思，比鹿洞鵝湖而有耀。清鏘絃誦，添和潺湲流水之聲；都雅章縫，增輝縹緲浮嵐之色。成人有德，朗如玉山上行；童子尋師，煖在春風中坐。靜則虛，動則直，于聖學其庶乎；德爲藴，業爲行，以文辭者陋矣。講習深而感思遠紹，師道立則善人多；陶鎔久以上應旁求，賢才輔而天下治。蓮華峰峻，蹤前修而仰厥高山；竹葉杯香，告成事而酹兹清酒。光炳乎日星河岳，宸章揚厲以無前；群瞻夫文物聲明，公德昭垂乎不朽。

書張圖東詩後

讀新作，仁漬寸丹，倦舒雙白。懷蘇州理人之術，含漫郎刺艇之思。看今又來之花，褢哀紫陌；待幾回圓之月，徙倚西樓。三百古詩中，情綜群怨；十九寓言内，意取逍遥。哀彼嗷嗷，公其與之安宅；作此寂寂，我欲完厥唾壺。多方以惠及之，一笑自遣而已。況奚啻萬事之足，又新排一卷已成，即此可欣誦而忘倦。凡今出群誰是，于後必傳無疑。

再書圖東詩後

篇三致意，輒復奇工；日九回腸，彌增篤愛。此真西子，堪執定鏡而求；誰鼓焦桐，弗有刺船之慕。前跋語，本無心爲四六；于藝林，且不齒于尋常。猥舉名賢，謂且鼎立而三矣；倘臨大敵，將毋戟持失伍耶？無不我可，其醜遂忘；有若君才，厥妍獨聘。春去也，陳迹以之興懷；詩有之，長言又加咏嘆。如篇中所云者，是可忍，孰不可忍？即物外偶見之，人言愁，我始欲愁。特出一奇，横標二快。食蛤蜊而殊難如意，有杜康亦即可解憂。用供軒渠，莫嗤率爾。

三書圖東詩後

聞鳴聲悲，頻唤奈何；覩語言妙，正復絶倒。詞必出自己，去陳蓋其難哉！市可麾如兒，出新真無窮矣。從東來而見夫己氏，欲哭乃有長歌；誰西懷而見彼美兮，當歸在兹望遠。物不得其平，吾爲此懼；世那知其故，識者猶憎。有感于斯，誰能遣此？

四書圖東詩後

此乃爲和平之響，絃已新更；前不無噍激之音，俊故難忍。然三百篇，旨歸忠厚，何嘗删有北之投？況尋常語，妙入詼諧，頓遣作向西之笑。雖五味令人口爽，亦拚喫河豘；且一曲令我情移，而翩招雲鶴。論逐兔于仕路，寧必争韓盧之先；知作佛在詞壇，夫豈落靈運之後耶？

五書圖東詩後

短句最工，古詩尤妙。滄洲不遠，冥心于解組之時；世路多難，揮手在懸車之歲。從兹攜幼入室，寧有蓬心？舊曾求牧與芻，能無蒿目？高臺留鸞鳳之嘯，豐草引麋鹿以遊。既得遂初，其氣自夷而曠；却教懷舊，其言猶愴以思。掌有雙珠，真看萬事之足；門羅群雀，了無一塵之驚。惟鴻影冥冥，感蕭凉于文苑；顧雞栖落落，憐漂泊于吾徒。翳此事之共推，等盛筵之難再。音飛空外，思裊天中。汴泗交流，今夢隨木蘭舟畔；金焦兩點，他時尋鐵甕城邊。

弢甫集卷三十

四　六

請旌史烈婦談氏

竊惟從容就義，杰士所難；婉孌捐生，貞心獨摯。欲了未亡人之事，遂徵如皦日之心。夫豈有爲而然，要亦孤行其是。逝矣相從於地，慨焉求表其閭。

秀水縣故史談氏，賢而且孝，烈以全貞。少依母氏之靈帷，兒啼骨立；間傍兄兮之書案，《女誡》心通。長而來嬪，猗歟婉順。鬒髿是挽，哀能執舅之喪；盤鱠親陳，敬盡事姑之道。曾無數歲，俄失所天。號慟摧城，更何心乎苟活；慘思同穴，撫著膝之藐孤。時則勸止之君姑，付以應嗣之猶子。希延一綫，黯守空闈。遂留寡鵠之生，以望鷇烏之長。天乎不禄，殤也堪悲。彌堅身殉之情，尚攬手縈之緒。久寒孤影，猶棲弄玉之樓；擬化春魂，趣作韓憑之塚。爰卒瘏以卜地，獲銜恤以爲塋。不日成之，吾事畢矣。堂存白髮，有冢婦以承將；土掩黄腸，從吾夫爲得所。乃於葬之明日，竟爾赴乎重泉。蓋當馬鬣之封，已定雉經之志。惟義所在，視死如歸。距藁砧初歿之時，於兹五載；及烈婦云徂之際，正值季春。生惟二十有五年，殉則下旬之三日。

晏然不動聲色，沛乎可塞蒼旻。預留絶命之詞，完得靡他之節。誰其激者，自謂當然。詎因沽厥貞名，而能具斯定力？峥嶸若此，嗚呼烈哉！稔悉芳徽，尤悲獨行。不忍俾之湮没，仰求賜以題旌。逝者抑又何求？僉曰不可奪志。謂人生如輕塵弱草，何辛苦至斯！論一死於泰山鴻毛，其蓄積然也。標兹勁節，如松柏之有心；激彼頹波，屹江河之砥柱。

請旌盛節婦倪氏

心如松柏，經苦鍊於霜寒；香播蘭蘅，實首關乎風化。所以烏頭綽楔，聖朝之褒錫彌隆；而白首空幃，惇史之表彰是急。

秀水縣盛倪氏，乃心貞淑，厥行孝慈。生自清門，嬪於右族。高堂頤養，得湖鯽而鱠銀絲；中閫眉齊，對梁鴻以舉玉案。克相問安而罔懈，唯聞佐讀之爲先。何期白玉樓成，藁砧長夜；青銅鏡掩，翠閣無春。方痛失乎所天，便欲隨之入地。且號且踊，一顧一悲。斯時也，龍鍾之君舅，老踰七旬；鶵鷇之孤兒，生纔九月。苦無叔伯，危在宗祧。知瞑目之爲難，擬殉身而不可。於是衷諸大義，茹厥深哀。慘矣未亡，同穴矢終身之志；孱焉作苦，寒機有徹夜之聲。漂搖風雨之廬，凜冽冰霜之歲。常營甘旨，承顔盡養老之心；滿抱辛酸，瀉淚堪𥓓兒之面。婦而爲子，既養葬之俱誠；母以兼師，亦撫教之有道。蓋五馬雙旌之祖澤，沿溯非遥；而千鈞一髮之宗支，綿延不墜。操持有體，望中之喬木添陰；閲歷多艱，摘後之卷葹獨活。昔哺以泣，今弄而含。其乍作孤鸞也，祇二十八歲；其常爲寡鵠也，俄三十餘年。故郡誌煌煌，特筆表共姜之節；鄉評藉藉，同聲揚孟母之徽。此誠志激清波，盟存皎日者也。夫以信而有徵之節操，請當之不愧之宸褒。念嫠緯之艱難，鬢已絲絲如雪；憫孀閨之黯淡，涕曾點點成冰。亟揚彤管之熒煌，匪石具彰懿行；早俾賜坊之嶕嶢，如雲群慕禮宗。

申請旌盛節婦倪氏

操勵冰霜，久矢貞心於寒歲；光争日月，急揚潛德於空閨。事爲雅化之所先，情乞恩褒而恐後。

秀水縣盛倪氏，堅貞天植，純懿性成。弱歲于歸，戒雞鳴兮昧旦；高堂佐養，奉魚鱠以維時。無何鳳斷雙飛，乍痛所天之摧折；鸞成獨舞，莫名此日之悽哀。夫歿而殉厥身，擬黄泉之可見；淚枯則繼以血，奈白髮之何依。蓋系則單傳，舅過七旬而曰耄；而脈延一綫，兒生九月以稱孤。强遲窀穸之追隨，劇苦門庭之撑拄。代侍鳩頭之杖，忍涕承顔；連封馬鬣之墳，挽壑負土。呱呱黄口，長而與以熊丸；黯黯青燈，養則出於蠶績。孱焉克立，幸承皂蓋之宗祧；泫矣含思，隱繫藁砧之窀穴。

此蹤希孟母，都人群仰芳鄰；而節比陶嬰，郡誌大書懿範者也。用重陳夫節操，敢上請乎恩華。蓋至難者撫藐孤，最苦者爲嫠婦。始自廿八歲守孤幃之月，已遽詠夫柏舟；又幾四十年飛兩鬢之霜，宜早封之石窌。鴛湖波映，仰聖化之用光；烏楔雲連，俾完貞之丕著。則直道行於三代，休風媲乎二《南》矣。

請旌計節婦王氏

苦節之貞，於孀閨爲特重；藐孤是撫，俾宗祏之綿長。死總靡他，誓古井波瀾之不起；生而弗愧，比程嬰杵臼之所爲。在弱女子爲尤難，斯古管彤之深貴。

秀水縣節婦計王氏，賦姿本粹，秉節彌堅。年在及笄，隨地著柔嘉之範；眉齊舉案，移天彰敬順之風。見廟而還，嗟先舅先姑之弗逮；執巾以侍，信宜家宜室之與偕。無何天乎不弔，慘舞絶乎青鸞；人則未亡，愍悲鳴乎黃鵠。顧膝下遺雛之待育，乳抱呱呱；矢心中同穴以追從，血灑點點。孤幃月冷，年猶未滿三旬；兩鬢霜濃，時已倏更二紀。斯則酸心之最甚，而亮節之炳如也。追夫子相莊之歲，見兄公早逝之辰。黽勉鹽虀，支持伏臘。謙而善下，奉家婦以如姑；勞且能先，躭仔肩於一己。聞人言之無間，藹娣姒之惟和。亟襄窀穸之封，益著閨幃之懿。尊嫜克葬，得吉卜於牛眠；祔窆同營，亦旁成乎馬鬣。蓋外庭病瞽，既倀倀其無之；而中閫賢明，乃井井而弗亂。吁其瘁矣，僉曰孝哉。

爾其敬以兼哀，想音容而流涕；豐而且潔，湘釜錡以昭虔。教子綦嚴，總縈懷於式穀；從師致敬，先食報於采芹。雁序能文，雞壇接武。寡婦之子有見矣，通國之人皆稱之。禮以名宗，女還有誠。蒿簪闇淡，却羅綺以終身；蠶績辛勤，照金釭於遥夕。時或齋居素食，哀感忌辰；從無禮佛朝真，戒從彼法。通有無於親黨，加培護乎善良。喜群從之英英，勤於向學；恤孤嫠之黯黯，厲厥完貞。顧睞不惟其窮，解推務從其厚。有夫之姊，無子而孀。亟迎養於寒閨，十餘年所；遂送終於窀穴，一力任之。既身與經營，復兒爲祭掃。可謂死生攸賴，恩禮俱隆者矣。

是用發潛德之幽光，邀聖朝之盛典。伏祈訪覈亟予旌揚，則風化繼於二《南》，而德施流乎萬禩矣！

請旌張節婦衛氏

苦含荼蓼，矢孀居一片之心；寒練雪霜，表天植千尋之節。懿範傳諸簡册，隆褒受自裙笄。有美必彰，於今爲烈。

秀水縣節婦張衛氏，毓質高門，結褵弱歲。巾車挽鹿，著淑德於唱隨；翠釜烹魚，播孝聲於姻戚。時親操乎井臼，既習辛勤；亦雅愛乎布荆，惟先節儉。何圖所天無禄，頓成黄鵠之不雙；搶地興哀，直似青鸞之欲絶。便欲隨之長逝，更何惜乎餘生。然孤兒方上係宗祧，而夫子則旁無昆弟。擬殉捐而不可，知撫教之爲難。爰乃飲血踟躕，殫心搘拄。機絲軋軋，苦爲潼乳之謀；燈火熒熒，用續箕裘之緒。繐帷風冷，廿八齡初恤縞衣；奩匣塵濃，六十載常憐蓬首。年已幾於大耋，事足炳乎千秋。死誓柏舟，共欽芳潔；生斑竹淚，用表幽潛。藐孤已踰六旬，身每依乎膝下；單影恒棲一室，言不出於梱中。

俯念窮嫠，亟彰苦節。先焕貞名於雙闕，旋徵節壽於百年。則典禮旌揚，佇報昇平之人瑞；而姬姜法式，争傳圖畫於女宗。

請學使旌節婦唐何氏

嘉興縣節婦唐某氏，賦姿淑慎，秉節堅貞。早聞女史之箴，實奉大家之誡。知親心而善體，僉曰孝哉；執婦道以能柔，嬪而賢甚。堂陳春酒，歡侍君姑；盤進江魚，禮存介婦。燃燈佐讀，事蠶績於深宵；操臼耽勤，警雞鳴於昧旦。至敬有蘋蘩之潔，惟和得家室之宜。詎圖命厄所天，痛玉樓之遄賦；魂消爾日，期窀穴以同歸。哀欲城摧，淚如河注。方椒漿之手奠，指嵩里以身從。謂冢婦承顔，可委厥堂前之養；而慈姑正色，輒付以膝下之孤。爛漫諸雛，牽母衣而號慟；零丁一脉，資疇乳以生全。乃茹血以躊躇，姑挽髢而支拄。純孝而勤供滫瀡，勸餐則宛代藁砧。深哀而重繫絰麻，視含亦克襄娣姒。既以婦而爲子，更能母以兼師。苦雨飄揺，寒冬凛冽。念兩髦而矢死，無一隴以爲生。於是唧方寸之悲酸，冰紅點點；踰尋常之辛苦，織素聲聲。謀粔籹以止啼，折海圖而得煖。練裙竹筍，俾愛女以于歸；古架牙籤，課孤兒以成誦。以十年之晝荻，得二子之采芹。凡教之以義方，俱本之於苦節。箕裘克紹，讀父書而手澤存焉；襁褓有成，慰夫志而臣力竭矣。溯杞妻一慟之始，時年則剛過三旬；追孟母三遷以來，此際已久踰二紀。

雖未符成例，難邀綸綍之褒；而屬在芳徽，忍没冰霜之操。乞詳學使，恩賜匾音。使下里之窮嫠，叨當途之華衮。則輝生嫠幗，獨彰菴蔍既摘之心；而望係禮宗，群勵松柏後凋之節。

請學使旌節婦張左氏

竊惟節厲冰霜，一結褵而終身不改；心如松柏，矢同穴而之死靡他。婦以代兒，奉尊嫜而終老；恃而兼怙，撫嗣子以成人。昔已形單，舞青鸞而欲絶；今兹髮白，歌黄鵠以不雙。完貞既在乎葦門，華衮宜加之銀榜。

杞縣節婦張左氏，少稱淑慎，老秉堅貞。生自清門，太沖之藩堆筆札；嬪于舊族，仲蔚之徑滿蓬蒿。不御鉛華，鄙畫眉而描螺黛；惟供甘旨，敬洗手以作羹湯。挽鹿來歸，祇見和柔之色；鳴雞戒旦，雅聞静好之音。雍容處娣姒之間，藹然和氣；揚詡在賓親之口，籍甚孝聲。倡隨未滿乎十年，存殁忽分於一夕。所天不禄，遽長棄乎蘭閨；入地相從，誓遄追乎泉路。膝下只伶俜之女，懷中無提抱之孤。醽點點之紅冰，方悲沐槨；下茫茫之白日，遽欲磨笄。斯時也，指扶杖之白頭，顧念舅姑需養；付承祧之黃口，僉云似續可延。于是隱忍椎心，踟躕飲血。機絲軋軋，用爲滫瀡之謀；刀尺頻頻，藉作餦餭之計。數經歉歲，資糠籺以爲生；虔事寢門，備芳飱而無闕。杖兼桐竹，挽鬈而聲咽烏啼；隴植松楸，負土而墳成馬鬣。裙裝竹笥，遣女嫁以勤渠；巹合匏尊，畢兒婚於辛苦。延宗祏於一綫，式穀似之；報藁砧於九原，臣力竭矣。其始伴孤栖燕也，在二十七齡；其終稱未亡人也，歷四十七稔。勁節允堪爲内則，高年已過乎古稀。視膳而立庭幃，衆謂有子矣；含飴而弄襁褓，於今抱孫焉。

年與例符，宜上請九重之旌表；事因力絀，特仰求一字之褒揚。伏惟風教權衡，人倫軌範。宣聖朝之雅化，標厥管彤；發嫠婦之幽光，表其宅里。天而爲杞，補媧石以終完；星恰名張，類匏瓜之無匹。墨花揮洒，抒特筆之輝煌；紅篆屈盤，揭窮簷之燦爛。將見昭垂史册，東樓之文獻攸徵；師法姬姜，南國之徽音永嗣矣。

贛江修禊序

錫香粥白，際一百五日之韶光；燕語鶯啼，催二十四番之芳信。春方入暮，日未成句。渡水湔裙，時已過乎上巳；尋芳印屐，節又值乎清明。鑽火青楓，杜子美之清吟可誦；流觴曲水，晉永和之故事堪追。爰依直指之光，用作遨頭之宴。殆欲臨流而賦，遂教命駕以遊。

斯時也，緑葉紫莖，采來洲畔；金絲翠縷，插遍簷前。人趁新晴，天開宿霧。濯枝雨過槐街，不動纖塵；趠舶風收蕙渚，惟摇細縠。紅牙按拍，喧比户之笙歌；珠勒纏鬃，溢亭衢之車馬。滚畫毬於蹴踘，落花飛絮成團；彈鐵撥於琵琶，裂帛輥雷競響。兔葵燕麥，禁烟疑介子之田；馬磨牛醫，上塚效龐公之俗。樹頭樹尾，歷亂殘紅；山北山南，紛飛灰白。晝漏咽銅龍之點，春香消寶鴨之熏。輕上籃輿，出郭已無塵事；逌登桂艇，擊空便泝流光。帽影鞭絲，翠幕齊排銀榜；茶香酒氣，畫樓盡捲珠簾。青帘飄颺林腰，綠幘延緣江口。各攜親近，諸將亦至於軍中；相與晤言，名士咸游於亭上。紅遮人面桃花，小港之村；碧送馬蹄楊柳，平橋之路。近泝鴨頭而下，晴横兩岸之烟；遠沿龜尾而東，熳聳層巒之翠。南連五嶺，森列瑶簪；北下雙江，交縈羅帶。迤邐城郭，矗章貢之樓臺；繚繞關津，通粵閩之舸舳。於是杯傾瀲灧，吸殘琥珀之漿；笛弄蒼涼，吹出龜兹之譜。攬芳菲於瑶溆，盱錦繡於銀灣。鸂鶒鵁鶄，洗翅依依於蕩槳；蘼蕪荃茝，揚芬襲襲於行厨。才子乘春，恰遇群公假日；佳人拾翠，復逢仙侣同舟。

因兹禊事之修，屬有畸人之感。紛吾酒半，却思江上前塵；翳爾鬱孤，屢過花邊小劫。狼烟當日，焰烘葛姥之城；羽檄連雲，警徹梅銷之嶺。摧蛾眉以化燕，卸兕甲而爲猿。怨何如乎，悲可知已！今則春草池塘，争擒麗藻；夕陽花塢，雅集群英。乂用平康，涉蘅皋而汎蟻；咏歌勤苦，睇桑陌以祈蠶。聊抒爲政之閒心，不等蕩舟之樂事。旁觀生齒，垂髫黄髮熙熙；密邇知心，賢主嘉賓藹藹。下臨無地，舒盻睞以無窮；覆幬如天，識優游之有自。觥籌交錯，曰今日之遊樂乎；桴鼓不鳴，蓋天下之平久矣。

嗚呼！生也有涯，誰則有彭聃之壽？没而不朽，乃堪增史册之光。地屬爽鳩，滚滚興衰之迹；人非麋鹿，茫茫聚散之期。惟灑落襟期，不嘆蜉蝣於天地；亦昂藏意氣，彌生龍馬之精神。身雖寓於蘧廬，跡自殊於槐坂。此德功炳焕，名常欽宇宙之垂；文字滂洋，流豈患江河之廢也哉！

調元漂萍處處，閲如水之光陰；弄墨年年，厠趨風之壇坫。班荆道故，曾並轡於中原；傾蓋論交，又題襟於南國。浮雲落日，天氣則不定陰晴；蔓草平原，心情亦頗傷哀樂。荷故人之欵洽，振今我之蕭騷。雙綰烏紗，謝氏庭前之玉；分操斑管，江生夢裏之花。刻羽引商，迭和陽春白雪；撫絃動操，一彈流水高山。徐返凫舟，重斟犀盞。沙汀烟暝，點漁火之星星；粉堞雲迷，指譙樓之歷歷。開熒煌之晚市，晃浩瀚之春波。已聯浮白之歡，足暢踏青之興。輿儓雜沓，渡頭紛簇紅燈；衙鼓鼕隆，月下迅回金鐙。不作傞傞之舞，胥歸抑抑之堂。堂係王文成公所題。暫遣乎人世悲歡，矜繁華於是日；興懷乎古今俯仰，係感慨於斯文。

豐臺清讌序

波浮鴨緑，初經曲水流觴；醅泛鵝黄，又對仙臺華月。峥嶸八境，蘇子瞻題句之邦；晼晚三春，王逸少騁懷之日。則有廣川賢主，亟開玳瑁之筵；滿座高朋，齊映芙蓉之幕。翳此幽棲小築，仍虔院之芳蹤；宛如故國平居，署豐臺之雅號。疎排六枳，籬編麂眼以玲瓏；老挺孤松，户映龍鱗之焕爛。平岡迤翠，分曉勢於香爐；曲澗縈青，漾春波於彭蠡。幾片雲根矗地，歷落嵚崎；十圍鐵榦參天，輪囷夭矯。結棕棚於天半，不須畫棟連雲；横板彴於溪邊，已見紅欄耀日。綿芊芳草，依窄徑以紆迴；苒荏新蒲，占斜塘而晻靄。和風習習，襟翻乳燕以輕颺；遲日曈曈，吭引鳴鳩而婉哢。露苗烟甲，界畫楸枰；雨籜風枝，鼓吹竽籟。汲澄泓之巨井，飛玉液而灑銀瀧；墁繚繞之長垣，映緋霞而輝縞月。漆園葱蒨，栩蝴蝶於夢中；射圃晴明，懸豹熊於的上。亦可襟期閒適，追莊叟之逍遥；志業恢宏，慕文成之俊偉矣。

乃若七姬貞烈，萬載芬芳。崇樺桷之熒煌，交薦沚蘋溪藻；飾釵笄之端靚，晃摇羽蓋霓旌。亦有精應房星，靈鍾天駟。雲雷畫壁，羅俶詭之戈鋋；螭虎華龕，幕莊嚴之帷幔。外則鬱孤雲渫，騰緑耳於璇霄；光孝烟清，吼蒲牢於金地。廉泉道氣，常瞻霽月光風；竺嶺禪機，漫説雷轟電掣。玉岩遥聳，嵐通睥睨之間；崆阜高蹲，靄散艑艖之外。江流淼淼，雄關夾鎖西東；林影森森，危塔孤撑遠近。此則從而寓目，藉以開懷者也。

于焉洗滌金罍，遄飛三雅；接聯瑶席，催捲百分。只須飲吸長鯨，未用歸騎駿馬。懵騰耳熱，狂爲倚劍之大言；磈磊胸横，奮激碎壺之壯志。冲霄有氣，空負南狐東馬之才；就日無因，尚遲風虎雲龍之遇。徘徊客路，飄蓬梗於天南；依倚官齋，望烟嵐於嶺北。鄉關遼廓，私憐夢以當歸；酒賦喧豗，共喜主能醉客。臣今老矣，數莖白髮難抛；僉曰壯哉，一笑韶顔尚在。若夫駢羅萬卷，家藏繁露之書；統領諸州，手握雙江之節。值炎暉之歲月，勵汗簡之勳名。乃敷衹以論心，忽拱宸而凝睇。蓋以萼榮萱砌，屏開就養之堂；張王椿庭，灘異還鄉之水。風飄榆莢，垞隔刺榆；雷迸竹萌，城遥孤竹。前望岧嶤大庾，寧如碣石恒陽；遠臨浩渺天池，未似滹沱滄海也乎！用是寄懷鄉國，粗構池亭。鸜眼犀紋，即等朔方之石硯；紅英絳萼，便同北地之花園。閣憶無梁，佛寺之旃檀彷彿；塔思有角，相輪之金碧依俙。得古物以摩挲，何殊商鼎；陟空坳而眄睞，輒擬陳宫也歟！是則某水某邱，儼童子釣遊之所；一觴一咏，續群賢會集之期。于胥樂兮，此一時也。

僕者性實迂疎，自許膏肓泉石；才尤淺薄，休言詩賦江關。叨夙契於素心，遂交加乎青眼。參横月落，劇思夢到羅浮；草長鶯啼，尚爾身留章貢。顧豐盈犀角，尋師指杏樹之壇；而美滿螺心，勸客拆梨花之甕。既情諧於膠漆，復盟洽於鳧鷗。載酌龍頭，群抽虎僕。在諸公，不有佳作，何伸雅懷？在賤子，敢竭鄙誠，恭疏短引。詎數綿津舊事，允爲潋水佳談。郢曲俱成，底用罰依金谷？吴箋獨擘，殊慙序比蘭亭。升圓魄於東山，映長庚於西崦。泓然墨瀋，倒流峽之詞源；頹厥玉山，扶滿身之花影。飲須知節，毋沾夕露於衣巾；興自無窮，早訂芳筵於櫻筍。

浙江文叢

桑調元集

〔第三册〕

〔清〕桑調元 著　林旭文 點校

浙江古籍出版社

弢甫五嶽集

總序

遊嶽必五者備而後可暢雅懷，非徒婚嫁須畢也。夫畢婚嫁，則家累不攖心，斯可以發遊興；巉嵒洞窟，輿騎所不能到，是必得濟勝之具；舟車遼闊，行李往來，遊貲宜裕；幼弱不知遊，壯盛有所營，龍鍾之老不任此，則必及遊之年；樵夫牧子，日夕攀登，卒無一字，必吟眺足發川巖幽異，乃爲不負山靈。

予家婚嫁極簡易，有生不省家事，於禮成日，惟飲酒。昔侵曉送女出閤，即往丁仙洞，有句云：『比較向平先一着，未須了局便看山。』山情故自勃勃，體素便登涉。盛年遊山，輒徒步往。故人葉惺齋相遇於雁蕩之馬鞍山，見予赤脚踏流泉徑去，詫爲奇事。筆耕所入，足辦行裝，鄙性不輕就親知一飯。自辛未發軔嵩山，時年五十七，中間一年不遊。華泰衡恒，凡六年而遍，於今六十有二矣。筋力雖衰，尚堪登躋嶽頂。性癖耽吟，登高懷古，胸中有如許物，必傾吐乃快。衡恒路益遠，興益豪，所作益多，初不計工拙。五嶽巔奥，俱遍灑墨跡。凡所涉歷，陰雨開霽，虎豹遁藏，邊塞苦寒，亦較常年暄煖，豈敢謂感通嶽靈，蓋一物荷皇天之慈而已。頃過日下，視女病，纏牽於懷。向平之累之不易遣乃爾，然不廢予遊。五嶽惟華山最奇險，過青柯坪，攀鐵索上，死生直在呼吸，然奇景步步，超越意表。嵩二室、泰兩觀，其幽勝在盧巖黄華洞。衡山回雁雲麓，首尾迤八百里。恒山孤峰陡峭，統領萬山。昔人謂嵩山如眠，泰山如坐，華山如立。予益以二言：衡山如行，恒山如蹲。斯足盡其勝槩矣。

予意興在遊，亦因以求訪異人。華山蒼龍嶺上，李道士爲予言：南頭一處所，值雲氣開朗，人民廬舍阡陌，了了在目，狀類桃花源。予庶幾一見之，悵望彌日。衡山見一人，左股大於身，中心惻惻。而所謂異人者，竟不可得，豈魁傑深藏不可蹤跡耶？抑塵俗不堪密邇耶？豈心羸眼翳，交一臂失之耶？抑天地標奇於山水，氣力不能鍾毓耶？

《五嶽集》共得二十卷，遂僭號五嶽詩人，前之題名『獨往生』。惟恐遊之不及遍，今幸天遂予之初願。遊之佳處，予當境自得之。所存詩，真雪鴻之跡哉！

乾隆丙子十一月月幾望，五嶽詩人桑調元自序。

嵩山集序

予性好遊，有遍五嶽之志。歲戊辰來中州，嵩山雲嵐固應入吾屐底，顧忽忽蹉跎至今。山中友人貽予書曰：『名山如好友。子客中州而不嵩遊，是交一臂失之也。』予遂發憤，賃一柴車，無朋儕，無傔從，所至停軌於坡陀之足，獨策一藤，窮幽極峻。意有所得，則嘯呼作爲歌吟，淋漓題厓壁，不著名，祇署『獨往生』，自前遊天台、雁蕩、洞庭之勝已然。喜老而濟勝之具尚在，汲汲遍佳山水，足果汗漫遊之諾。道所經古跡清景，輒一詩與收拾。中有寄吁慨不能已者，物外人未得竟。無心肝，吟畢即置之，要不使胸中留滯。予早就恬寞，於世味久雪淡。間齒及衰遲，亦怵於没世無稱之實，非畏景之晏也。詩不求工，聊記吾目前遊踪已矣。

乾隆辛未後重午日，桑調元自序。

嵩山集卷上

詩一　古今體詩九十四首

嵩遊口號

中州山水暢乘凌，手攬蒼厓萬歲藤。蓋卓一峰雲氣擁，灘高八節浪花騰。遊參禽向吾應得，飛逐猿猱老尚能。最惜春風餘幾日，回看苑樹緑層層。

登　車

微雨浥輕塵，登車發興新。清遊始中嶽，好景屬閒人。地擅三川勝，天留幾日春。猶餘花柳色，紅翠眼邊匀。

出郭三首

出郭已清曠，林坰無市聲。村花疎掩冉，野麥細縱横。溝溢前宵雨，雲催卓午晴。金明池上柳，含翠送人行。

今歲春寒峭，郊原百物遲。桃花紅未雨，楊柳碧纔絲。騁望聊乘暇，耕耰恰及時。連晨和澤遍，天地本無私。

葱蒨當韶景，柴車迤邐行。春原千頃緑，黄犢一聲鳴。老洫農爲塹，新亭客記程。無心雙隻堠，道左自將迎。

雨憩韓莊

連村畦水緑，一雨湔客房。蔬枰色薆薆，屋山聲琅琅。紅英散風牖，翠縷摇煙莊。威紆暫輟軛，安隱聊傾觴。寧知野服濕，且對春物芳。空濛極郊甸，滿眼羅青蒼。

水月庵

萬象從教净破除，也知水月是空虚。如何不用茶毘法，留取人間一土苴。寺有僧真身傅金，尚存。

雨中絳桃

緋桃開一簇，雨望轉嫣然。潑處火逾熾，濯來錦倍鮮。行迷武陵水，夢斷瓊臺煙。翻喜春光晚，能令騷客憐。

雨行中牟道中

元雲冪天末，澍雨飛隴頭。芳田野雉雊，春聲最和柔。花下艤漁艇，水中行客輈。邐迤坦橋度，瀄汩方塘流。我馬嘶煙樹，我僕睇譙樓。逆旅却如歸，凉景還如秋。

見漁舟作

一水瀠洄好，經過略彴平。漁郎何處去，煙艇此中横。故國心潛觸，塵途眼乍明。西谿久抛却，夢斷棹歌聲。

訪官渡

官渡知何處，蒼茫想舊城。曹袁遺壘失，煙雨緑蕪平。大地幾龍戰，空天一鶴迎。無窮家國事，物外詎關情？

中牟曉發

宿雨已盡收，曙光猶半黯。轣轆客車馳，寂寥村户掩。縈青柳千條，飛白鷗一點。桑柘早日寒，郊垌遠煙淡。春水漾汀沙，微風響葭菼。行子愁朝飢，出鑪餅可啖。

白沙鎮

驅車白沙鎮，夾塍緑楊堤。急送春風盡，都緣萬縷齊。天晴鴉噪喜，塗亂馬行迷。野菜花如繡，東園想故蹊。

列子祠

我生亦好遊，獨往意汗漫。先生繕性熟，脱棄塵跡踐。官粟不妻子，野屨只里閈。言類接輿狂，形異琴張慢。窮老隱深霧，元豹無人見。圃外度靈風，拂水泠然善。

鄭　州

輪蹄來往各争程，臏客閒心獨寡營。春水新波流汗漫，原田陳跡莽縱横。際天粦麥無窮緑，過雨塵沙分外清。此日遊踪師列子，泠然也自御風行。

逍遥公故里

宦遊淹塵跡，誰復還林屋？歎息逍遥公，别占幽棲谷。星罕飛山莊，煙樓跨澗隩。恩遇逐雲龍，榮華一蕉鹿。雨泫東巖花，風嘯北溪竹。故里夕陽寒，波光動群木。

庚午渠

僕射陂前水，瀰漫四散流。只今千派漲，却有午渠收。麥浪青浮野，楊絲翠映溝。迴波春浩蕩，飛去一沙鷗。

謁子産祠

兵争王澤竭，波蕩民風頽。慨想能爲國，閎濟非公誰？荒闉祠宇在，下馬拜階墀。白日隱高樹，春風吹綱絲。何人嗣芳躅，令我紛涕洟。翩翩吴季子，投分固其宜。

燭之武退秦師處

吾惜燭之武，縋城能退秦。才奇空已老，事急有斯人。遺堡風梳柳，殘碑雨洗塵。番番懷蹇叔，千載共沾巾。

須水鎮

須水晚煙翳，極目寒蒼蒼。遠樹澹春色，空波明夕陽。分林下鳥雀，識户歸牛羊。林墟看漸暝，野逕覺猶長。柴車帶星影，茅舍延燈光。户小不勝飲，新泉浮一觴。

曉發滎陽

侵曉纖驪駕僕夫，道傍煙柳影模糊。明星煜煜光於月，清露濃濃墜侣珠。午夜捫心完素志，十年回首愧塵途。楝花風入陶嘉候，春色堂堂惜暗徂。

漢祖繫馬槐

歷亂鴉飛曉樹林，蒼凉無復古槐陰。時平久失成皐險，氣盛猶爲廣武吟。繫馬終然成帝業，斬蛇早已定天心。憒王誤割鴻溝界，不逝烏騅淚滿襟。

京叔段

叔段懷中物，如何敵寤生？憯惟啣鄭志，侈自壞京城。白日黄泉下，荒墟蔓艸平。同根還可念，嘆息豆萁情。

弔石季倫二首

自古金爲祟，誰教穴季倫？讒應恨孫秀，讖自痛安仁。荒艸纏幽磵，殘花綴古春。繁華消歇盡，嗟爾墜樓人。

銑溪何足問，往事歎金墉。世亂幽囚數，財雄禍患重。翔風石崇婢名抛艷態，步幛失遺蹤。洛下青山曉，微聞遠寺鐘。

滎陽道路多闗峻阜中隘僅容車長或里許感賦成咏

客行滎陽道，土阜高插天。是中通一徑，雙轂不得旋。左右立峭壁，飛猱愁攀緣。顧瞻脩且狹，形勢車箱然。車箱苦難出，氣結何由宣？來者一以阻，倒行讓誰先？春雨零十日，泥濘倍迍邅。冥冥怪鳥叫，汩汩衝波漩。一夫或爲暴，要害搤吭咽。入廼驚幽谷，出廼超重闗。如何開闢初，天成此險艱。智勇了無施，誰能鏟孱顔？塵途每多隘，惆悵爲此篇。

廣武吟

樹木何蓊蔚，岡阜何巑岏。下臨不測谿，横漲飛驚湍。地形信險隘，彫虎扼雄闗。昔人圖霸王去聲，轉鬭京索間。隆準運方厄，戰敗成皋還。九天龍失躍，智井潛泥蟠。鴻溝盟一渝，大號建瀛寰。成敗勢已定，乃嗤沐猴冠。汜陽即帝位，威加良已殫。狂言詆孺子，咄哉廣武歎。

汜水潘涵亭同登元武臺望釜山黄河太行虎牢伏蛟諸勝過竹院茗話約詰朝遊竹川不果赴有作得八首

之子絶俗人，清心謝塵壒。把袂梯層空，目盡河嵩外。青螺秀雲坳，白鷺渺沙瀨。回飇激石檽，杉檜發仙籟。天際立松喬，瀏觀别有會。元武臺在城内。

蒼蒼萬雲巒，翠分嵩少支。釜山蒸暖靄，群峰鬱參差。落景霞嵐合，天績紛葳蕤。春空裊青髻，一氣澹淹之。妙契清遊人，山心結在玆。釜山在正南。

大河自天來，并合群流渾。水氣黄日月，九折喧雷奔。登高望洪波，渺然一練痕。冥茫玉門渡，終古如帶存。逶迤汜水注，春靚横厚坤。慨想古豪傑，駐立至煙昏。河在西北。

行山影落日，際天一髮青。修靄自横亘，不辨峰巒形。山東二百州，亭毒包元精。河流界一綫，遠勢列幛屏。縣山抱玉玦，缺處軋霄崢。蒼然暮色至，乃與萬象冥。行山遠隔河外。

周王獵東都，實至古崤關。桓桓七萃士，搤虎拖斕斑。玆地信險要，壯勢凌孱顔。古來争戰地，生草血色殷。承平踰百祀，吹角列戍閒。春山淡夕照，半嶺樵歌還。虎牢在西。

亭亭伏蛟山，鋪翠不可歛。夕日明高青，春厓發群艷。松色一坪深，雲陰半坳澹。依微芳艸蘘，下有仙人窆。伏蛟山在西。

青冥下危梯，一亭立坦迤。雨苔濃作花，春竹澹如水。空檻夕陽低，孤城暝煙起。羨我遂初衣，微嘅寓深旨。萬事浮雲然，柯茗有實理。竹院在元武臺後。

仙邑有靈區，一川映疎竹。曲池春不波，叢�露如沐。題字上脩青，流觴下寒淥。遂約御風行，深遊躋白谷。嵩雲遥相招，幽韻謝戛玉。會當續清緣，裹糧來不速。

曉發汜水二首

汜水平不流，微瀾一何靚。凌晨曖輕煙，浮光自娟浄。沙禽獨足拳，凝静侣禪定。冏冏東光生，遠波動清映。群山明髻螺，寫入白銅鏡。

曦輪出未高，山脚猶薄霧。濛濛侣白雲，瀰漫映芳樹。巖坳轉陽光，五色紛纂組。連山何崔嵬，千仞皆積土。點染施天工，本質添秀嫵。春山無定姿，暄妍半隱露。

陶　穴

春巖碧叢叢，麥光翠欲溜。人家陶穴居，山腹成架構。屋下自晨炊，屋上自耕耨。衡從無町畦，雜莳緑如繡。時邀風掩扉，夜絶星過霤。足知上皇民，淳樸多黄耇。

晚春感興

春深碧草縟，蝴蝶紛交飛。林日翳茅宇，水風凉袷衣。衰鬢幾絲短，芳郊群緑肥。花事垂欲盡，愁絶春安歸。

洛　水

浩淼臨洛水，春瀾清且長。霏微芳樹岸，沿緣泝流光。頻年局曲室，不見浮舟航。今晨面淥漪，篙竹森連檣。北客燈照蝎，得歸喜洋洋。官人愛新綬，遊子思故鄉。我客亦已久，對此轉茫茫。

杜工部故里

青山入鞏洛，秀色超塵寰。鍾英産詩老，悲歌成史編。契稷輒自許，高李空隨肩。東郊傷瘦馬，西川拜杜鵑。我行敬草樹，式此南瑶灣。嗚呼斯人逝，吟者無其賢。

三田故里

三田如荆樹，本自懽同株。如何中離異，頓使連枝枯。離者輒復合，枯者仍榮敷。遺風成雍睦，足爲鄉里模。曠林不相能，帝遺各一區。歷山憂未解，于田泣嗚嗚。周公與管蔡，零雨涕淚俱。可堪粟布謡，漢文心煩紆。有生遇乖違，飲痛無賢愚。李樹代桃僵，交讓同悲歔。相輝良不易，華萼愁蕭疎。精誠感草木，涕下沾衣襦。

望宋陵作

洛水春蕩潏，邙山高崔嵬。山水映終古，人事多興衰。陳橋黄袍擁，鼎業東京開。群姦不破碎，靖康釀奇災。宋社既南遷，艮嶽生蒿萊。盤回七陵氣，蕭瑟蒼山隈。臯亭飛白燕，舟覆無遺骸。江東燐火冷，鬼哭冬青哀。升高睇珠邱，漭泱隔風埃。其誰腸木石，不識昆明灰。

訾王山

停車拾苔級，直上訾王巔。紺臺兀雲構，伊洛横檻前。嵩高岫無數，青天寫烏鬟。赤日西照耀，金碧輝斕斑。山川到洛下，風秀如吴闗。羈懷藹紛積，釋在隔河山。

鳳凰臺

層邱翠峍屼，上有鳳凰臺。歸昌叶玉琯，不獨岐山隈。流雲罨灌木，飛雨湔蒼厓。後王幾龍鬭，中土紛塵霾。緬想德輝覽，雅韻傳喈喈。啣圖告聖瑞，八百基爲開。

北邙山

嵯峨北邙山，伊古爲蒿里。起塋象祁連，沙平一塊壘。玉鳧夕閟泉，金椀朝出市。哀哀殉珠襦，冥冥没皓齒。新墳聳巖頭，故墳壓石底。故鬼不足哀，今古同一軌。皇陵崇矗天，生前憑玉几。臨安一播遷，王氣清如水。我登鳳臺巔，北望尺有咫。靈風颸然來，日暮松聲起。

温泉

散步奉仙澗，温泉漾淺淥。間心任冷暖，淪漣已悦目。汩汩下前溪，飛漱一條玉。鷲根落冷泉，春淙夢斷續。小住意彌佳，愛此流波燠。上流濯我纓，下流濯我足。

干輔嗣墓

夷甫慚取節，深源怪書空。陸沉坐此輩，貽笑曷有窮。先生善談易，理窟開溟濛。片語啟微妙，承學之所宗。從祀漢唐儒，本以經術崇。何人議典禮，輟主兩廡中。暴秦任商鞅，傳以二世終。清言寧致患，此言亦爲蒙。要當論箋故，不與向郭同。荒叢别蘭艾，颯然來清風。

曉發偃師

衆星光磊落，一鐸聲郎當。煙籠垂楊岸，露滴芳草塘。輕車行轣轆，馬復遊龍强。朦朧閲幾堠，始動咸池光。惜經輔嗣墓，未謁邱墟荒。歎息吾誰語，斯人久淪亡。

許睢陽墓

九死睢陽戰，飢羸不易心。許公埋骨處，猶自陣雲深。

碑杜當陽工部墓處二首

遠祖與聞孫，文章勳業存。九原相映徹，都在土樓村。
當陽癖春秋，工部耽佳句。誰知弔古人，煙霞已沈痼。

懷二程子祠作

二賢生有宋，浩蕩鍾元精。濂溪覽風月，妙契吾與情。倡道自中天，昭昭日月行。嗟彼猥薄子，妄欲虧其成。忌諱談孔姬，畏之如拘囹。清渭不可污，祇自流濁涇。故里如鄒嶧，統系千秋明。何當陪執爵，廟祀肅維馨。

棗園渡二首

問渡棗園邊，春波草色連。兒童誇蹻捷，牽馬上平船。
水漲浮橋拆，津頭艇子寬。喜儂遲問渡，艇子比橋安。

龍門

亦自成天闕，中州此最佳。春流合伊洛，桃汛下黄淮。蕪没六朝寺，雲崩千丈崖。禹功疏鑿在，明德遠堪懷。

禹王池

山泉流渟浤，方甃爲之瀦。春深緑苔藻，歲久孳黿魚。清極不可唾，羸餘聊用輸。澄寒吐石吻，形勢瀑布如。喧瀉吕梁洪，亂濺驪龍珠。禹功信永賴，想像開鑿初。屢起湔老眼，飽看殘年書。

賓陽洞

深空賓陽洞，妙答人語響。鑱此丈六身，要令信者仰。山雲白浮浮，石泉清盎盎。古之逃虚人，天然蘊真想。

香山寺

龍門香山夾大川，左右飛翠銜波漩。交流伊洛嚙頑堅，朝陽夕陽精鐵然。賓陽黝洞伊闕連，一根筇竹谽谺穿。渡河一葉輕洄沿，白公創寺涯東偏。清閑微之引勝緣，梵王巨刹標危巔。十寺强半陳跡湮，此獨兀突撑中天。時巡聖主臨澗瀍，罕罼縹緲靈山前。樓臺屼起金碧鮮，奎文焕爛照坤乾。銀鉤勒石蛟龍纏，紫氛騰騰護雕櫋。琳宫增耀垂千年，王城邑子頂禮虔。桃花仕女來珠軿，衆香寶地肅芊芊。孤園隨喜何駢闐，畸人覽古踏蒼煙。亭臺高下行蹁躚，醉吟翁草翻遺編。紗巾草履思古仙，乘化歸去留荒阡。山川陵谷縱變遷，清文不没清光延。序文持比金谷賢，俗塵侶得犀辟蠲。西厓湯公右曾風雅藹孤騫，栽培封樹清墓田。退谷汪公士鋐筆勢尤翩翩，擘窠大字精雕鐫。重之不異珍珠船，晚春光景飛榆錢。攢鋪一徑楊花氈，悠然倚樹聽流泉。坐看長河落日圓，平沙宿鷺紛聯拳。薄衣白袷聳吟肩，詩成揮在銀光箋。好事或作蛇蛇憐，清遊不用姓名傳。形模高顇闊兩顴，濟勝未覺腰脚孱。去矣疾若箭離弦，一彎明月松間懸。

懷安樂窩有述

寸心有微尚，遂與功名疎。所貴中有得，混跡在樵漁。風流想人豪，程馬心相於。洗然事安樂，一窩常晏如。春風洒衣袂，流水穿屋廬。我行缺升堂，末由拜階除。白雲望空際，信意自卷舒。

曉發龍門

赤日東崖上，光生伊洛流。逶迤遵輂道，迢遞上嵩邱。鴉語散清曉，馬行緣緑疇。前行問佳境，仙嶺欲登緱。

緱　嶺

縹緲登緱嶺，豐碑倒景明。人言王子晋，夜度紫鸞笙。春盡繁花落，空山一鶴鳴。神仙眇何許，邱隴緑蕪平。

緱山晚眺

緱山秀孤矗，不與群峰偕。意含閬風遠，淺碧無塵埃。前臨萬嵐岫，一一石笥排。雙峰作門户，洞達當中開。陂前列芳畛，净緑鋪春階。二麥等瑶艸，披拂泠風來。登高一睇望，宛上昇仙臺。清境難久駐，微月光徘徊。

轘　轅

飛雲過轘轅，山蹊翠曲折。溪磵滙湍淙，春流鳴决决。迤度縮嵩橋，横波卧雌蜺。麥疇緑如染，葱蒨藹可悦。坦脩馳道通，峭隘鏟嵲嶫。沙平嵩嶺口，石滅古車轍。來往遵夷庚，無復巖關設。惟瞻少室峰，青山粲行列。

少室峰

峥嶸少室峰，支分三十六。晴暉遠聯綿，層嵐青簇簇。近愛王子峰，瑶艸藹豐縟。石泉泄陰竇，涓涓清可掬。逶迤少陽源，芝田遍滲漉。氤氲嶽有神，晻曖雲成族。冷翠少林飛，穹圓鉢盂覆。深院午鐘清，春山萬重緑。

少林寺二首

千秋少林寺，道場開達磨。惟有數株柏，奇古堪摩挲。

古柏既磈磊，凌霄亦輪囷。空山此主客，閲盡古今人。

會善寺

紆經翠柏原，幽詣青蓮宇。清暉恰可中，煖景不常午。石竇噴龍泉，香臺下鴿羽。塔影照筠房，雲氣生洞户。陰巖樹色寒，廢竈煙痕古。欲坐戒壇西，長廊聽春雨。

嵩陽書院

書院嵩陽舊，規恢耿逸庵。先生澤寧斬，後死道誰擔？興廢唐宫屢，存亡漢柏三。穹樓峙雲表，最喜貯緗函。

漢　柏

元氣盤鬱嵩之陽，有柏離立參天長。問年直在彭聃上，嬴劉何足論興亡。一株鐵幹蟠蒼昊，蒼皮鱗皴白骨老。東頭飛柯百尺枯，巨斧斫斷虬龍爪。佳哉生氣何婆娑，枝條蓊蔚形嵯峨。半人喜得習鑿齒，全人凝視哀駘它。其一磅礴更奇絶，周遭七圍薜皮裂。輪囷空腹雷火燒，風雨濤奔穿洞穴。是中廓落可容人，盤根不動何嶙峋。空明豁達透日月，正直昂藏驚鬼神。古來英君稱漢武，封禪曾經過中土。猥加封號大將軍，千載猶録群芳譜。通天臺上祈仙靈，金盤承露凌高旻。劉郎亦是秋風客，茂陵松柏摧爲薪。巍然此樹形模久，螭篆龍文互轉紐。仙宫梵宫幾劫灰，人生安得如汝壽？汝邀天幸更堪論，三株僅有兩株存。君不見書院空階餘石壘，當時共拂蒼煙痕。

啟母石和韻

吁嗟啟母石，嵬峨殆亦偶。是物應星精，寒光射珠斗。氤氛連雲根，淋漓襲氣母。驚砰秋雨滴，鋭挾雷霆走。狀類劈斧皴，元工無好醜。緬惟開闢初，儀象元黄剖。大擘巨靈掌，細唧精衛口。海枯爛不免，金流爍亦朽。此屹黄室間，跡著延光後。鴻烈比齊諧，志怪標談藪。碑銘紛傳疑，宇宙無不有。

中嶽廟

嶽廟矗雲起，正當黄蓋峰。高瓴森鐵鳳，古篃貯金龍。寰宇青嵐拱，中天淑氣重。聖朝嚴秩祀，不踵漢登封。

見嶽廟垣外一柏樹甚奇

參天萬峭崒，溜雨千鱗皴。此樹太奇特，擁腫纏腰身。

周道峰寄袁石峰舜裔

蒼藤拄到萬山巔，滿眼春濃漢時田。谷口耕樵寧識我，雲中雞犬亦飛仙。冥茫一帶渾河繞，開落三花少室連。寄語梁園隱君子，茅龍騎取上青天。

放歌行登峻極峰作

崑崙祖脈青龍從，兩戒巖嶨争豪雄。河山環拱此隩宅，崧高拔起天當中。灝氣呵噓對噴薄，離合太少分西東。華蓋童童赤霄上，旍旓瓔珞垂高空。霞氛輝赫照帝所，瀛寰萬嶺齊朝宗。神房白晝起煙霧，嵌竇騰湧陽光紅。岱衡恒華儼列笏，天門詄蕩開鴻龍。石樓千尋駕紫翠，丹梯逕絶風雲通。菖蒲九節雜瑶艸，繽紛石上香茸茸。神仙慌忽善狡獪，風袂難把浮邱公。漢武登封集靈瑞，茂陵煙樹蘙蒿蓬。金繩玉檢復自誑，若呼萬歲驚愚蒙。今皇睿識高萬古，陋彼封禪誇神功。稽古典禮時廵狩，燔柴秩祀臨中嵩。乘凌周道至峻極，飛龍直上第一峰。乾坤磅礴發天藻，穹碑鐫鑿厓磨礲。野人夙願遍五嶽，發軔此地標遊蹤。青鞋布襪便登陟，半空巒磴盤孤笻。二十四峰羅舃底，咫尺少室雲嵐重。放眼層空周八表，齊州極覽煙濛濛。飛光倒影射絶壁，日車弭節踰高舂。芙蓉萬朶金明滅，一披奇觀排心胸。默禱神靈毓申甫，永贊鴻號熙無窮。煙庭樾館天結構，草堂作計栖盧鴻。

嵩山道中三首

盤盤上空冥，圓笻鏗白石。雲破高登崖，去天不盈尺。廢竈翳春苔，荒荒羽人宅。陡絶深巖坳，一泉窨寒碧。空山闃無人，元鶴宛主容。

鐵壁皴幽蘚，古錢緑且團。衺延大小峽，蒼柏凌巑岏。風磴斷百仞，猿鳥稀游盤。層梯鑿寒翠，引置青霞端。仙籞在碧落，樛木森勾欄。

古壇積雨圮，頽陽明廢墟。空坪奔元鹿，境絶無人居。榛蘽隱片石，苔厚扶寸餘。青山信所適，滿意延清虚。天風颯然至，拂拂飄吾裾。

龍　潭

一勺涵坳泓，沈沈陰罾閟。急雨拔湫飛，遲日抱珠睡。巖根腴不枯，煙華泠逾翠。幽絶渟春淙，泠然澹人意。俯仰跡已陳，虞泉過白驥。晚色静年芳，深潭一花墜。

玉　井

崧巖瀦玉井，古甃宛天成。寒漿汎圓瓢，真源通方瀛。扳蘿飲猵子，洗藥蘛仙卿。寂寥素綆汲，演漾常冲盈。天空春雨響，夜静月華明。跰蹮鑑眉髮，冥思涵孤清。

中天池

翠沼天中央，泠甃太古石。不識帝臺漿，漫謂春泉脈。冥生雲族寒，孤浸曦輪白。漱流沿芳陂，一渦照凝碧。

玉女擣帛石

呼鳳銜長梭，織作光明帛。擣之煩玉女，留此一片石。片石的皪含晶瑩，叩如哀玉聲泠泠。仙巖一用娉婷力，九霄環珮歸瑶京。武皇當日慕通靈，蜚廉桂觀高峥嶸。勝日之車畫雲氣，承露之盤標金莖。發船遣入蓬萊島，觀跡親臨緱氏城。九節丰茸翠蒲長，三能璀璨華星明。王母盛作七夕會，從官齊聽萬歲聲。牽狗遠叨老父問，捧書近覩青童迎。文成馬肝諱死密，五利羽衣封爵輕。崑崙道從公玉帶，神鼎策授公孫卿。上元夫人降雲軿，偷桃兒竊窺風櫺。龜臺玉女不知數，丹籙一一聞僉名。却顧擣帛女，窈窕來殊庭。解后中嵩上，顔若苕之榮。得毋許飛瓊，或爲董雙成。鳳尾羅，鵠紋綾，人間機杼不足稱。瓊海鮫綃割不盡，銀灣雲錦羅千層。安得將此帛下散，三老孝弟各各紛携擎。臙脂塞轉嫖姚將，笳管軍回驃騎營。長安萬家砧杵歇，紅閨玉筯休縱横。晚歲纔有輪臺悔，沙場莫救寃魂縈。龍城百萬看速死，鳳闕一人祈長生。黄金可成河可塞，無奈陵樹俄青青。只傳太室山頭跡，彷彿落月聞敲鏗。

玉女窗

石㰅宛天構，拂曉回芳飈。晚蕙發煙藹，老檜垂春條。日輪映清曠，天門隣虚寥。幽洞龍宅廢，古壁龜文飄。昨宵微雨過，四牖凉蕭蕭。淹回度九夏，仙塢無炎歊。

石　室

太初誰鏨鑿，一室架石棟。鶉居入幽潛，龍眠際曠空。見聞生道心，偃仰息塵夢。春歸樹色繁，月出檐影動。横几五絃清，貯醆三漿凍。韓盧不我待，浩歌下巖洞。

高登崖

層崖開翠窟，崎嶔度危梁。一澗清瑶流，石髪梳春芳。林影白日寂，鳥跡青苔荒。悠然詣石室，闃絶澋丹牀。灰寒頽古竈，靄煖嘘神房。乳泉樹杪滴，藥艸巖根香。坐覺萬緣絶，吟嘯餘清光。明玕削叢篠，回風語琅琅。

嵩　窩

碧嵩鬱盤繞，佳絶留清窩。南迤轉微逕，窅曲旋空螺。青松翳磵户，白雲飛巖阿。日晡出仙鼠，春深垂女蘿。半嶺色純黛，落照金光多。山窗寄小隱，老子其婆娑。

金壺峰

一峰琢黟玉，杳靄蒼雲平。陽坡春欲盡，芝藥留餘榮。飛空鶴自適，狎人麋不驚。有時好風度，灌木傳清聲。明月深相照，白雲藹將迎。元言遺道德，緬懷古先生。道書老聃號中嶽古先生。

野猪坡

太室廿四峰，峰峰何嵌巉。撥雲尋仄磴，羸旋性所耽。偏愛一陂陀，坦邐便平聲幽探。丹梯挂霄漢，翠棧盤松楠。谷鳥破煙曉，巖花飛春酣。重取㵪泉逕，下上吾能諳。

玉鏡峰

山靈露光怪，虹氣升九天。元精凝崧嶽，時湧一鏡圓。傳聞沆瀣夕，寶月凌虛懸。高穹净掃翠，萬木寒無煙。玉輪出清宵，塵界涵新鮮。巖穤方幽闃，宵景澹初弦。

萬歲峰

陛下千萬壽，曲將臣子私。登山事望秩，稽首祝鴻釐。聞呼萬歲三，頌禱義弗虧。無然信方士，輒指登仙期。瑶芝翠可食，神宫黯陊基。春風度遠谷，艸木紛葳蕤。

松濤峰

朝嵐濬窈靄，邐迤聯群峰。遠聆聲謖謖，岑椒秀孤松。古身女蘿裊，清晝神霧封。千年憩元鶴，九霄蜿蒼龍。春驚風雨至，倒壑鳴淙淙。高步出宇宙，曠蕩舒心胸。巖阿遺老友，巢雲伴春冬。

定心石

連峰勢崎嶔，蹲石隣巖洞。窮探憩腰足，坐見天宇空。夕節樹影凉，春襟嵐氣重。平生獨往心，聲利不能動。游蹤浩不羈，散材老無用。終焉倚青壁，因之結茅棟。磵泉聲泠泠，激耳回飈送。

浮邱峰

宿雨斷宵鳴，朱暘朗朝霽。游禽破新煙，崩石纏古薛。修白拖巖泉，疎青戛風笙。緬惟浮邱公，遺迹隨軒帝。鼎湖飛龍杳，鴻冢留塵世。荒哉求仙心，未用挹其袂。嵐氣接東巖，清蒼杳無際。

東巖

翠擁嶽門户，巘嵔東孱顔。日車昃鳥道，雲蓋欹松關。風飄神靈雨，波没蓬萊山。玉書千載閟，霞梯幾人攀。謫仙才冠古，騎鯨去塵寰。修文寓黄室，憂嫉娥眉班。

嵩山集卷下

詩二 古今體詩一百七十首

黄蓋峰

東岱比中嵩，黄蓋爲梁父。淩霄峰勢獨，峨青照神宇。靈通山澤氣，崇闢天地户。籠山霧作巾，灑空雨如弩。雲破青冥開，風回翠柏舞。澹澹掃修嵐，聯娟秀眉嫵。

芙蓉巖

苑囿開帝所，燦出青芙蓉。初日乍照燿，華鄂紛萼重。雨流白雲氣，霞爛黄金容。千仞滴曉翠，一朵浮清空。神秀潤艸木，暉彩奔星虹。天梯垂嶽麓，月夕來青童。

青童峰

山深破寺寒，天迥疎星曙。清光動曉嵐，獨對澄吾慮。泉新出澗流，鵶蚤銜煙語。黛影析峰螺，朱暉昇日御。岧嶢神嶽頂，蓊白雲生處。曖見兩青童，飛入層空去。

雞鳴峰

秀嶨映霄漢，煙清碧嵬嵬。天荒陰木聳，磴峻明星低。麏鷩薄險走，鶴健凌空飛。怪石蹲白澤，高穹跨青霓。夜半咸池光，破冥號天雞。重闉亂春夢，清景何由追？

懸練峰

飄風激飛瀑，跳珠沸空潭。奔衝石凝碧，倒漾天蔚藍。映空羅五色，眩轉初陽含。龍拔千丈湫，水挂一重簾。想像康王谷，經過雁蕩巖。冰花凉盥頂，晞髪脱吾簪。

盧　巖

艸堂没榛叢，徵君棲石厂。秀拔萬仞巖，蒼翠深皴染。崩崖下懸瀑，銀漢倒瀲灩。陰竇鳴淙淙，日色冷西崦。潭磴跡荒凉，古緑苔千點。期仙仙不來，松雲去冉冉。

追和盧徵君嵩山十志十首并序

僕向誦徵君《十志》篇，慕其地居幽峻，辭吐清貞。今跡其處，追和之，不仍其音節，作古詩十章。

草　堂

維嶽啟陾宅，艸堂搆在玆。夕煙縈谿阜，春星映茅茨。塵跡浮雲幻，幽光少微垂。真境完白賁，靡者斲喪之。徵君移舟壑，金仙占堂基。清風灑六合，終古無成虧。

倒景臺

衆山紛合沓，曠蕩開天門。浮蹤白雨洗，奇意青霞屯。春巖馥草木，高臺淩閬崑。蒼茫接倒景，瀟灑蠲塵根。明月親孤影，清露湛芳尊。迥與人世隔，闃寂寧心魂。

樾　館

巖隈手誅茅，闢館蔭疎樾。煙破轂烏飛，葉響盲飈發。涷雨清谷神，氿泉浸華髮。午食不願餘，齋厨烹露蕨。咄彼盪者流，因山畏十笏。剥啄巢務賓，夕逕候蘿月。

枕煙庭

秘庭半紫虛，氤氛枕寒煙。芳靄縈衆綠，清暉薄重元。月上映縞鶴，風飛飄翠旂。智慧謝機士，逍遥忘大年。洞牖疎星入，巖階暗溜穿。凝神内不鑿，游憩擬終焉。

雲錦淙

急瀨潄瓊液，豪湍衝石稜。霞日照縵縵，雲錦羅層層。雷動龍湫拔，雨過銀河崩。波文五雜組，寒溜一條冰。幽淙激天籟，匪士豈吾朋？苺錢漬飛沫，獨翫心魄澄。

期仙磴

神仙縱非無，儒者意不屑。德晞白璧完，名謝丹臺列。超遥山澤癯，窅眇刀圭訣。帝鄉故非期，元言差足悦。松子躡紫煙，桂父飛絳雪。今宵風月清，幽磴遲鸞轍。

滌煩磯

苔磯一瑩目，靈府煩全滌。波聲下玉渠，風勢翻銀礫。煙蘿畫不成，水石氣相激。漱玉抱回溪，飛珠凌峭壁。日色澹幽幽，智者神俱寂。洗心碧澗流，何處含忻戚。

羃翠庭

荒蹊蘿影交，曲逕松子委。巖隈風色寒，一庭羃幽翠。飛泉界喧遊，空谷忘機事。苔磴緑春錢，芝田媚晚穗。清森艸樹陰，罨畫川巖意。濛濛夕牖暝，山月忽而至。

洞元室

巖坳洞元室，石構因自然。朝看渫雲出，暮看飛鳥旋。即景飽新得，何事談空元。捐情委破甑，寫意在無絃。貴賤謝物役，修短隨化遷。無邪清百慮，寂處全吾天。

金碧潭

澄潭發鮮光，焕燿涵金碧。巖葩映日春，林蔦飛煙夕。低滉一天青，倒射千山赤。新水碧羅羅，羈禽寒礫礫。達士潔孤心，世生纏百役。倚石憺忘歸，深宵印團璧。

崖口五渡

群嶂權奇奔，斷群到崖口。渌瀨走沙深，翠壁流雲陡。苔磴缺崎嶔，風湍飛左右。源漪裝雜花，坪絲漾疎柳。芳樹歸游禽，夕陽影樵叟。欲置白茅堂，林中安磑臼。

測景臺

古臺聳崟岑，土圭正日景。入貢均六服，中乂遷九鼎。苔荒石表欹，雨霽天星冷。深春芳氣濃，娟月寒輝靚。 垣竹戛清聲，階桐散疎影。 升高睇煙嵐，隱隱環嵩嶺。

古陽城

泱漭古陽城，神禹從兹避。 巍然揖讓德，邈矣謳歌思。 干戈競七雄，壇場紛六季。 瀔洛沸雲川，禾黍抽煙穗。 清潁環春流，碧嵩疊遠翠。 畹晚惜芳晨，楝花如霰墜。

箕　山

箕山峻何極，碧嵩讓岧嶤。 許由聖之隱，巢樊共超遥。 漠然視萬乘，棄之如一瓢。 默存性貞固，早激風頹澆。 禪元非所安，古塚留巖椒。 空山明月静，微風息煩囂。

潁　水

一泓清可憐，春繞箕山足。 鱗鱗映白雲，瀟瀟滋翠竹。 煖戲泳嘗沙，輕浮追屬玉。 如聞洗耳人，泝流牽我犢。 龍卧有青山，蟬蜕無黄屋。 澄波流至今，高士見不數。

棄瓢巖

脱然清士志，一瓢亦棄之。 幽巖足棲遯，焉用天下爲？ 斯風一以邈，高步何由追？ 單椒冒嵐靄，古道生藋藜。青林羃翠幄，白月懸清規。飈飈激空響，吹隕千涕洟。

洗耳池

古賢抱至潔，聆言輒洗耳。風清寂寞濱，月滉淪漣水。了了鑒霜髭，泠泠冰玉齒。儵遊春雨餘，鴇散夕陽裏。吁嗟叔世污，末由洗其髓。往來人閱川，一瞬流波駛。

牽牛墟

稱名貴遠志，論居惡下流。清川引赴吻，超絶高士牛。置彼洗耳水，牽飲溯上游。野陰延翠麓，遺墟緬榛邱。村谿夕照澹，林屋春煙稠。石上宛犢跡，月映青苔幽。

懷賢詩三章

許　由

若稽古隱士，節操何廉貞。長辭唐堯去，自樂箕山貧。養性閒日月，逃名潔精神。山川遊汗漫，盤石志嶙峋。甘瓜施深谷，高林連荒榛。巖陬結茅屋，願作由東鄰。

巢　父

巢父忘姓名，高眠是真隱。冬春栖一巢，心跡入無朕。方嗔士洗耳，肯使牛污吻。風池曳水衣，雨石生寒菌。偃月有幽墳，神理箕山近。誰謂邈鴻荒，賢愚同泯泯。

樊仲甫

我生愛狷潔，不見樊仲甫。跂脚想真人，澄心照池主。秋落箕山霞，春飛犢泉雨。弗聞舜禹禪，祇與巢許伍。至道不邱墟，浮榮如糞土。清風吹不歇，萬古萬萬古。

平洛水

委蛇平洛水，春流方涣涣。淼漫下五時，雪波濺石岸。慢縈葭亂廻，飛衝鳧鴨散。河口急潺湲，巖根動浩汗。煙華汎翠漪，日影翻清漢。沙瀨鏡塵顔，槃礴一漱盥。

劉碑原

春原多艸木，烟靄紛葳蕤。野雲帶村砦，溪水環茅茨。飛光射樓寺，贔屭蹲劉碑。佛身翠珉泐，螭首青苔滋。石亭架砐硪，古綠延堦墀。征衫涴白汗，流憩風颸颸。

石　淙

三澗實泓峥，西迤粲奇石。窮幽遇夙欣，入阻羅厀獲。造物施天巧，雲根碎崩砉。嶔崟肖物狀，飛動誰刻畫？秀作三神仙，滄波蕩日夕。湖穿洞石幽，峽束春淙碧。灰滅三陽宫，净洗蒼崖跡。頹照如有情，淹洄獨往客。

車箱潭

石林插水窟，奇絶萬笋迸。崖潭形侣束，風泉力相競。垠嗑虎牙銛，潨射牛努勁。巖嵌白鴉飛，洞罅文魴泳。倒樹瘦更堅，旋螺冷逾靚。漾日浪紋圓，挾雨淙聲横。千波赴車箱，一溜塵泥屏。月夜散清暉，獨悟光明鏡。

石淙山雨

油雲羃四際，朝彩匿圓靈。車箱波活活，巖阿雨冥冥。天意布時澤，陽氣舒春霆。初聲洶窈窱，餘點飛岧亭。浪花散浮白，石骨明深青。雙崖步苔磴，屐齒承微馨。

北　崖

虛竅厲風濟，雨散開陰霾。拂雲宛可袖，鑿石故堪堦。趁流鮪潑潑，鳴樹禽喈喈。餘春渚花媚，新霽林旭佳。煙波省遠夢，洞壑輸幽懷。碑字已漫漶，挽水湔青崖。

南　崖

山深麇鹿遊，天晴鶺鴒喚。幽淙激石飛，陰靄當空散。死樹龍骨摧，春螺佛髻盥。罨燒水蕪平，欹蔭松日旰。蘚字剝題名，蝸涎涴揮翰。幸垂青雲梯，樵斧不斬斷。

天中閣

中峰近倚蓋，傑閣危建瓴。春星繞分野，神嶽羅真形。靚縈河洛帶，翠列熊箕屏。天空霽月白，夜靜寒煙青。群靈聚清閟，一鶴冲天冥。微風度殿角，鏗然韻流鈴。

中天街

有巖嶽靈地，杳靄飄清香。嵐光映春碧，雲氣流曛黃。金節輝照曜，玉井甃潢洋。神霄傍雞犬，閟閣森鸞凰。地瀉碧月冷，街佀銀河長。今宵振襟佩，微步天中央。

盧鴻故里

渺矣清風洒，艸堂千仞高。且無司馬悔，得遂許由逃。巖上青松冠，雲中白鹿遨。終南有佳處，捷徑笑塵勞。

密縣道中

細雨幾絲颺，僕夫慵早行。柳侵官道暗，山映女墻平。小鳥綿蠻語，油雲靃霸生。白松何處是，步訪愜幽情。

天仙洞

土岡逕詰曲，沿緣詣仙洞。游絲罥破帷，古礎承欹棟。白松幹卧地，青檜枝羃空。一溪石色幽，四天雲氣重。荒土没黿跌，高冥渺鸞鞚。冷院墨蹤留，書摩王次仲。

哀白松

白松摧已久，巨幹卧槎枒。一種賁無色，千年生有涯。紅羊成浩劫，元鶴渺仙家。老朽空山裏，摩挲足嘆嗟。

見殘李花

今歲春光晚，荒陂識李花。空留一樹雪，飛點幾重沙。馬映團團月，人歌緩緩車。他鄉自開落，狼藉好年華。

雨行二首

黯黮看天色，車行我僕愁。雨纔沾席帽，寒復攬羔裘。霧氣鋪如海，篷聲省在舟。吾心遊汗漫，淹速總無憂。

澌澌方雨急，殷殷復雷鳴。夾道柳增翠，落溝泉有聲。迷離村店近，高下水蕪平。未晚投鞭宿，辛劬僕馬情。

夜坐口占

點檢征衣濕，微寒勸舉觴。春憐人夢遠，雨引客愁長。盤礴山川氣，浮沉翰墨場。誰能孤燭夜，兀坐不思鄉。

見一墳封木甚盛感賦

封樹葱蘢甚，誰家有此墳。却嗟先隴遠，不見翠氤氲。浪作飄蓬客，空傳誓墓文。也如親舍在，凄望海東雲。

潮　河

潮河一派水，出自欒巴祠。玉澗馬頻飲，瓊漿人未知。塗經新雨滑，杖過古橋危。前望謝莊店，空林煙火遲。

車中懷篪兒

蹀躞馬行穩，縱横車轍多。黟雲疑是嶺，窊道欲成河。晴樹鶯歌脆，春田雉雊和。吾兒念遊跡，凝望意如何。

道中書所見二首

陰晴渾不定，野景鬭青蒼。斜漏雲中日，遥明澗外岡。窯居民俗古，蓐食客心忙。頗覺暄和驟，風來洒面凉。

清晝暄加永，陰雲野未齊。提筐登麥坂，持斧倚桑梯。沙阜黃如犢，潭渦翠没鷖。征途歷夷險，未覺辱塗泥。

曉發中牟

中牟城中曉市譁，中牟市中人如麻。中牟人侑青精飯，入市争買朱藤花。

嵩洛雜詩 一百十六首

畢娶何須學向平，笻枝到手萬緣輕。千峰冷拂苔花石，是處題名獨往生。

老去情懷數散愁，彭聃光景亦蜉蝣。長楊葉老圓荷小，縱是春過也合游。

訾家莊北艸萋萋，楊柳煙籠一帶隄。沙户不愁瓜蔓水，波聲飛落小潭溪地名。

煙絲搖漾綠鬅鬙，溪畔人家挂小罾。三十六陂春水闊，東流官渡照衰興。

一豹皮留色煒煌，兒童名震鐵槍王。當時老計多長樂，莫惜英雄死爲梁。

京水流離遶碧瀾，三臺誓死泣龍鸞。遼金也有春明夢，斜月經過毳帳寒。

底事天生草澤豪，元黃戰血灑成臯。畸人不帶風雲氣，也激長歌下虎牢。

平生愛放剡溪船，夾岸龍孫拂曉煙。可惜王猷清興阻，青鞋不到竹竿川。

東巖皴法認披麻，黑石峻嶒色侶鴉。幾載不臨芳草渡，船人休唱浪淘沙。

白袷衣臨洛浦寒，横塘細艸露珠團。蘋花十里無人采，一樣春風皺碧瀾。

連朝洛浦蕩清暉，夢裏家山數載違。思煞波心飛土翠，即魚鷹也。一湖春水遶苔磯。

卜洛成周世代遥，陵遷谷變閱先朝。只今楊白花飛急，河北河南雪不消。

昆昭臺峻拂虹霓，内苑葱蘢萬木齊。鶴駕不來雲氣散，春風無復水晶泥。

姬宗零落憚狐還，九鼎危如一髮懸。快意風雷攄老筆，青編章武紀元年。

世眼惟知前席榮，治安策上漢廷驚。洛陽自昔多名士，終古何人侶賈生。

滄漭城西古樹迷，尸鄉土室想幽棲。龍争虎鬬渾閒事，只有仙翁自祝雞。

川雲海氣黯蒼茫，赢得昌黎奠一觴。怪底紛紛銜璧去，幾人安穩作降王？

白馬西來竪刹竿，花宫丹碧入雲看。阿誰通取金仙夢，休怪繙經竺法蘭。

日飲無何計自良，蘧廬占籍醉爲鄉。洛陽多少名賢在，獨遺幽人愛杜康。

書生投筆壯心顔，萬里封侯衹等閒。邛阜總歸塵一窖，何須生入玉門關。

不見都亭骯髒人，中原蹄跡黯前塵。至今行到埋輪處，一片飛霜入晚春。

樓櫓盤空百戰場，無情春水照興亡。花邊小劫如塵夢，青蓋何年入洛陽？

悄悵君王賦感甄，愁輸眉意寫聯娟。凌波不見驚鴻影，唯有春風度洛川。

塵生土甑意蕭蕭，此段風流故自超。金谷園亭盡蕪没，清名留得范丹窯。

典午宫城閲廢興，幽淪重見宋家陵。一般南度匆匆去，寒雨荆榛冷漆燈。

房老消沉石友徂，風流底用齒齊奴。豪華金谷灰飛盡，贏得芳聲是緑珠。

洛下蒼鵝出地騰，金墉落日淡觚稜。六朝淪覆渾如許，無數青山侶秣陵。

龍虎威名早歲强，羃羅晚計太郎當。關中不解争先著，殘局端應侶憤王。

鞏南空自設盟壇，光禄亭臺夜雨寒。惆悵金龍池水麗，有花都讓別人看。

一道香塵白日迷，侯家戚畹簇輪蹄。濯龍門外煙蕪冷，處處春田布穀啼。

洛陽花柳繪承平，珠勒輳鈿夾道行。百尺紅欄照流水，春人凭立最分明。

京洛名花天下稀，内人艷照綺羅衣。繁華催逐春波逝，長樂宫中萬瓦飛。

佳氣遥連禁苑東，華池清籞映簾櫳。上陽春樹樵蘇盡，一帶青山繞故宫。

銀燈歌舞幾承恩，複道斜通内苑門。春望望春宫畔樹，啼烏原是美人魂。

黄臺春晚翠參差，正是甘瓜引蔓時。不識人間可哀曲，遺民猶唱種瓜詞。

煙含春野緑迷離，莊上遥思海鶴姿。水榭風亭饒自在，誰知憂國鬢如絲？

獨抱遺經在洛東，持箋發憤告天公。水南水北彯纓去，只剩先生破屋中。

島賀仝义壁壘分，窮愁亦足張（去聲）吾軍。峥嶸萬古潮陽筆，當日低頭獨拜君。

蕭瑟伊原木石荒，爽鳩遞禪一山莊。平泉自是春空影，欲繫浮雲笑贊皇。

王城雲日麗晴輝，如水鈿車一道歸。簪得生香花幾朵，雙雙蝴蝶上頭飛。

夾馬營荒冷碧苔，金銀佛寺拂雲開。琉璃井是咸池水，一勺曾經浴日來。

何時歸去及春華，放浪浮生信有涯。未識天津啼血鳥，重巖滿眼杜鵑花。

嶙峋高閣切雲開，賓主風流未艸萊。春滿林塘煙靄動，猶疑花外小車來。

姚魏香濃撲玉缸，笙歌沸處簇油幢。花工巧擅醫花法，細細琉黄點氣窗。

鼠姑含態午晴初，窺艷流鶯下綺疏。居士空留花品序，春光已是刼灰餘。

年年芳事付流塵，暫破羈愁到洛濱。瞥見當堦紅藥影，借人亭舘賞殘春。

臨芳古殿水蕪荒，猶憶宮花滿洛陽。粉萼香蕤千本艷，一叢奇絶卯心黄。

葱蒨西園鶴蓋停，池波作雨灑青冥。春人多在懵騰裏，安得飛濺醉臉醒？

陸沉天地委神州，誰向新亭作楚囚？多少東都亡國恨，都隨伊水入河流。

天中崒屼漢家阡，封樹迷離羃曉煙。當日黄雲接巫峽，猿聲叫斷姓劉天。

禹功疏鑿舊乾坤，晴日遥飛彩翠痕。行到洛陽天際望，青山中斷是龍門。

高臺幾載視平蕪，悔别家山倚客途。一到龍門醒眼界，翠微樓閣侶明湖。

細馬驕行踏軟沙，争船人語渡頭譁。緑楊絲罥龍門口，便有疎籬賣酒家。

舊人瞥見值何戡，問訊教停渡口驂。惆悵風前懷故主，落花如雪望江南。

華裾織翠影匆匆，千頃琉璃映若空。遲日遊人珠汗落，愛他蘋末起清風。

水檻苔龕迴絶塵，莊嚴寺外即通津。青山夾出玻瓈鏡，照徹空亭自在身。

衝破蒼煙拄一笻，春淙倒捲白雲峰。賓陽洞擊馮夷鼓，百道飛泉盡玉龍。

鵓語催升曉日團，隔川人影簇遊盤。一池方廣浮萍綠，環繞春波卍字欄。
隔浦流雲動曉山，青螺疊㠐鏡中鬟。斷崖插岸凌千尺，誤認具區消夏灣。
舴艋輕衝白鷺沙，聊乘暇日覽春華。不羞鏡裏星星髮，也逐遊人踏落花。
紗巾艸履信淹留，只有閒身得自由。伊水春來清滑笏，可無一葉釣魚舟。
大辨才從徹悟餘，香山居士本文殊。漁洋倦眼披金屑，失却光明大寶珠。
千春事往水滔滔，鴨綠初看漲一篙。白傅風情消不盡，夾隄楊柳間櫻桃。
風前得便即抽簪，成就先生老醉吟。勳業縱輸麟閣上，合教詩句播雞林。
流丹鑿翠占幽扃，川勢橫環石脈青。九老吟魂春不散，靈風吹過素雲軿。
獨客因依青豆房，月臺乘興縱清狂。醉中橫把龜茲笛，吹裂龍門萬仞崗。
懶睹機鋒吸老龐，琳宮千尺俯臨江。曉煙收盡清光溢，眼冷西南水一窗。
山色波光潑座來，雲中石疊九蓮臺。浮生重到非容易，更上香山看一回。
伊闕朝橫翠靄間，柳花飛點畫中山。小車穿入楊林去，回首清波玉一灣。
穹碑高出九層臺，古字年深繡綠苔。空外鶴飛踪跡杳，一池清水似蓬萊。
高閣朝元聳碧霄，星冠羽帔颯風飈。却憐新月臨窗白，夜夜深吹洞簫。
少溪流水響潺湲，嶺上春鶯獨不言。自是時平關失險，一痕煙影抱轘轅。
衣紫沙門一派傳，空山鐘板動諸天。是非休問西來旨，絕壁誰能面九年？

柏厦枵空絶壁捫，燒丹尚剩藥爐痕。寒猿導客如相識，一逕螺旋入洞門。

青鳥歸飛冷石臺，微聞清淺報蓬萊。菖蒲九節漿盈盞，倚峽待仙來不來。

小逕穿松又踏沙，零紅耕破野人家。少陽河畔春聲雜，萬樹流鶯兩部蛙。

嵩陽真氣燦成霞，漢柏陰中駐翠華。幾片落紅浮斷澗，行人唤作御溝花。

争劫俄憐世局殘，仙棊閒布在層巒。抽身一着空天地，幾點疎星落石盤。

嶽廟金人陛楯官，松陰雨立不知寒。却思淚落如鉛水，怕向層霄捧露盤。

萬仞凌霄滴翠寒，神房工匠署胡寬。中天賢俊生申甫，留得丹青畫壁看。

黄蓋峰前妥嶽靈，金龍玉簡御香亭。神宫屈戌餘清閟，難得叢篁一院青。

二室春飛彩翠濃，幽巢未便覓雲松。騰空倚仗親兄弟，踏遍東西六十峰。山中人呼杖爲親兄弟。

漢武登封不記年，油雲疑是爟壇煙。東巖微辨升中路，幾頃春蕪翳時田。

昨宵春雨下烟霏，碎瀑輕沾薜荔衣。未用珠簾遮洞户，巖泉一道捲空飛。

盧巖一雨百泉新，瀑點如珠迸淚頻。天半飛湫追雁蕩，傷心遊伴已成塵。謂朱予齋。

未得長閒結草庵，芒鞋暫且躡雲嵐。心如五渡溪邊水，一派銀瀧遶石潭。

紺石縈回細逕斜，葱蘢珠樹蔚青霞。鐵梁峽口茅亭小，一縷淡煙僧煮茶。

鐵梁大小石縱横，似步空廊屧有聲。世外多情一明月，直陪孤影到三更。

幽居恰有好巖扃，苔氣還連石氣青。第一潭坳春水滿，曉天寒浸兩三星。

層巒雲木曉相參，初地苔花掃石龕。獨往青山無一事，空明濯足九龍潭。

珠斗離離挂碧嵩，一彎弦月墮如弓。鶴聲衝過西岩去，大小石樓空復空。

白雲曉散集靈臺，玉女青童去不回。仙意只如緱氏跡，飄飄疑自阜鄉來。

欲卧嵩高萬仞雲，一峰獨秀帶斜曛。黄精便作金丹餌，白髮如絲不用耘。

塵世那堪噩夢長，松濤吹醒意清凉。紛紛亂落風前子，可作潛夫竟歲糧。

飛空明鏡挂中天，下界溟濛一片煙。夜半不眠無伴侣，只留孤鶴在松巔。

金壺墨汁涴仙衫，紫氣千重護玉函。我欲雲眠不歸去，石窗留作著書巖。

高登崖上碧雲深，風際時聞簫管音。截取琅玕三兩尺，横空翻作水龍吟。

幽磴元雲冷石幢，朝曦紅透玉妃窗。鸞音忽發高空裏，衝破青嵐鶴一雙。

放眼初凌華蓋巔，天風吹袂意翛然。鄉園遥望齊州裏，依約東溟一點煙。

新宫千仞躡丹梯，袂把浮邱路不迷。一曲參差吹未了，踆烏欲墮萬峰西。

催散林鴉曉色分，萬峰如黛翠氤氲。天公忽作魚龍戲，曼衍嵩高一片雲。

小隱西溪卜築遲，年光屢負白雲期。含情飛玉泉邊水，恰照羈人鬢裏絲。

鬼谷幽深白日晡，長留冰雪冷春蕪。何人遊説賫金印，未是青溪道士徒。

縠紋萬疊細瀠洄，盡赴車箱谷口來。潭面掃空金碧影，祗教倒寫石樓臺。

春波噴激語潺湲，恨煞行雲散錦還。净洗摩崖碑上跡，清流不改石淙山。

清漪小塢石堂偏，補漏編茅蓋一椽。輸與山僧饒净福，春淙飛到卧床前。

箕山春水碧于蘿，飛落千盤洗耳河。恰捲高空雲霧净，少微一點映澄波。

九州只侣一瓢捐，何處遨遊不灑然。留著峰頭三丈土，絶勝天上葬神仙。『三丈』字見《路史·餘論》。

石橋新漲下浮槎，官渡崩流激浪花。寂寞袁曹争戰地，一灣芳艸覆春沙。

雪滿平田造字初，屈盤天地大文舒。青蟲葉上雕奇篆，也學臺前鳥跡書。

魏國河山坏土存，千秋只有布衣尊。一杯手酹荒煙裏，今日何人肯閉門？

地接金明御苑開，君王常在百花臺。靈芝甘露年年見，莫逭宣和刼數催。

荒陂碧艸恣游盤，那管昆明刼屢殘。其奈青城春黯淡，吹來陣陣曉風酸。

夢殘銅輦賦蕪城，地老天荒一種情。腸斷雪香亭畔句，遺山原是庾蘭成。

霽湧紅缸午復陰，閒中歲月任駸駸。劇憐信宿春歸去，榆莢楊花一尺深。

也愛宵分撫七絲，華陽亭下月明時。廣陵遺譜今猶在，眼底何人是孝尼？

蒲盧亭

郭南瀦一水，四面皆蒲盧。摇輕柔櫓疾，浮空小亭孤。春氣涵净渌，波光散虚無。掠陰翾翠鳥，戲水騰文魚。芳飈回檻外，葉葉清響俱。凝思汎秋雪，眼醒西溪圖。

重過白華寺

白華一破寺，秋草春復青。荒堦水决决，虚牖風泠泠。前塵遺古殿，積雨飄危瓴。題詩陳跡在，觀空客夢醒。適來孤花笑，暫憩片雲停。殘僧耽幽寂，清晝緑苔扃。

歸　興

高歷中嵩萬仞强，更看洛浦好風光。漫郎本自爲聱叟，客舍還應似故鄉。十日乳鴉飛出苑，一時新水渌過塘。匆匆未暇論遊跡，與餞殘春趣舉觴。

抵須友堂

煙光冷暖遞氤氲，徐洗行塵酒十分。飄地榆錢不知數，浮波花鴨自成群。迎人講樹窺梁月，伴客吟笻帶嶽雲。荏苒旬餘春已夏，挑燈重與細論文。

華山集序

今秋本志遊華嶽，夏間負痾，願乃息。中秋時，適老友朱排山使至，邀仝作此遊。排山之子令醴泉，就迎養。夙與予爲西泠山水遊伴，遂規爲禽向也。予病良已，興勃發。時秋雨連綿，道泥濘甚，所至陷淖中，顛頓萬狀。渡灞河，幾入彭咸之所居。達醴泉，而排山忽病足，不良於行，天殆欲成吾獨往之蹤也。乃回軿至嶽麓，雨淋漓不止，默禱於嶽廟。詰朝，火輪躍出，照耀萬蓮華，簇簇可數。金天開豁，静掃氛翳，獨趺蕚浮空，妍鮮如新出滄池中，實乾坤奇景也。予勇攀鐵索，上撫蒼龍背，吟眺三峰頂，瀏連不忍還，恨不餌黄精，長避静石室間。兹遊極險悸况瘁，而此中所得殊多，足以償吾勞矣。雖絶無謝朓驚人句，存之。

乾隆壬申小春月幾望，桑調元自序。

華山集卷上

詩一　古今體詩四十八首

華遊口號

華嶽五千仞，鐵絙雲際攀。野夫乘興往，樂事破天慳。古意金城外，仙踪玉井間。無勞關尹候，風雨入函關。

馬力本榮祖建獨倚樓于閿鄉署内邀予寄題作

閿鄉令宰仙者儔，蜃嘘獨倚之飛樓。樓中萬景匯奔赴，邀我寄題樓上頭。我今老病才力薄，詫子如杠筆力遒。提師倘摩屈宋壘，免胄豈止輸頭籌？要與江山增勝概，筆花恣洒多名流。此間浩湃雪泥跡，指爪亦倩孤鴻留。寰中豪儁得幾許，金臺蹴踏名聲稠。窮通老少各遭際，懵騰省記縈思抽。峥嶸六合嘯雕虎，不爾萬里没素鷗。誰與寂寞傍松菊，亦復連翩賜瓚卣。獨怪鴻才照京國，行路相識多悠悠。中朝定自足青眼，東序訖不登天球。坐久得魚纔一寸，有似侯喜垂綸鈎。權奇一駿委下駟，娉婷衆嫮慚高邱。嶷然神骨今已老，青銅不掩霜髭羞。我遊物外是非泯，寸田默默常耕耰。四照清暉足娛客，往登靈嶽消閒愁。湖城本屬山水窟，河潼尤號帝王州。秦人霸圖獲陳寶，驪山禍本升黄虬。卓地朱旗摧白虎，臨關紫氣邀青牛。秋光極目天界净，憑臨悉向螺𢳆收。決計清遊復覽古，不勞擇吉龜告猶。闌風伏雨秋颯拉，物外不聞鬨魯鄒。徑思横掃新堊壁，不妨抛礫參貢鏐。騰騰高興拄鐵杖，彭觥千里衝秦郵。此時直前不見戴，故事詎比山陰舟？東西大地類湖海，萍蘋聚散波心浮。且問真源尋白帝，車箱笴箬窮遨遊。滿携雲嵐出關路，飄飄歸袂把我不？高揮絲桐播徽猷，廣寒宫殿玉斧修。良夜縱酒期賭飲，清言玉人相對酬。王風蔓草莫删定，大雅不絶如懸旒。六代繁哇掃巨手，千秋文選涵清眸。寄聲有客來凭檻，横笛吹徹霜天秋。

覓車吟

朝覓車，車影不見西日斜。暮覓車，徹夜夢聽聲咿啞。咿啞之聲曉不聞，朝朝跕脚看秦雲。秦雲窈窕輸美人，與予目成寶津濆。邅廻欲往期不信，頻勞悵望雲中君。雲中君映華山秋，縈林拂石光油油。白帝宫中萬玉女，招要璐佩紛夷猶。嗟予塵土苦滯留，青天白眼瞪悠悠。三朝三暮倚庭户，僕夫不我膏行輈。吾不能如叔卿化白鶴，翱翔蓬海頃刻周。飛凌赤霄上，下憩雙石樓。又不能如老子騎青牛，關門紫氣泱漭浮。遠入流沙道，近過三峰頭。荒唐兮父逐日去，縹緲列子御風遊。綿綿碧草却佇立，皛皛秋煙生遠愁。丈夫未須擁八騶，柴車豈亦如封侯。躇階而走忽大笑，咄哉此事從人謀。一枝過頭杖，梁園斫取鐵笴修。一緉看山屐，阮孚蠟就金齒遒。人生有待不自由，老夫行矣復何求？

登車行

登車樂復樂，得遂禽慶遊。尋嶽此發軔，不畏雨洒輈。前年呼嘯凌嵩邱，今年更上太華之峰頭。雲臺石樓天半聳，待我踏雲攀梯鉤。一峰一蓮開，一蓮一莖抽。層層包裹萬趺蕚，合作蓮房一朵收。元氣如波大地周，嶽蓮擎出中央浮。寰瀛嶺岫皆菡萏，根蒂一氣連維陬。我欲弄芳葯，香氣沾巾裘。得似千歲龜，永巢蓮葉不？生不用封萬户侯，但願五嶽次第窮冥搜。天門日觀近東海，當年恨不直上臨之罘。恒山氣聯王屋太行尾，便可擔簦策杖攜粻餱。惟有衡嶽火維足妖怪，彩翠隔斷瀟湘流。一年遊一嶽，陸用小車川乘舟。或騎茅龍上天飛，或采蘋花得自由。諸君幸勿爲我憂，明星玉女備洒掃，一笑且度三峰秋。

雨憩韓莊

高空淒有滄，亭午氛靄昏。纖絺續散亂，滮滮愁霖繁。飢鴇沙中叫，卧柳風際翻。中逵納野溜，平陸飛潺湲。馬行苦蹉跼，滛潦濺雙轅。韓莊暫釋鞅，草店羅芳飧。圓黄浥早菊，細緑淹秋蕷。南望白華寺，隱映煙篠村。念昔桑下宿，感歎浮屠言。

雨中登御風臺

緑陂芳草圃田平，薛漬荒臺萬古情。老矣重教衝雨過，泠然猶想御風行。煙雲破處遠山碧，鴻雁下時秋水清。今我衰遲終不嫁，許披野服謁先生。

圃田行

陂塘水激激，蒲葦秋冥冥。緬昔中興主，周宣振皇靈。江漢六月揚天兵，淮瀆太原歸經營。纘承文武正區夏，股肱方召存典型。明堂整頓還舊觀，四征方岳無不庭。天王翊戴徧荒服，珪瑁合符趨彤廷。岐陽籀篆鐫獵碣，康侯侍從瑲璁珩。東都車馬來滔滔，雍容和鸞革垂鞗。會同王城勢舄奕，行狩甫草聲超遥。左右三驅横鞬櫜，中原禽獸羅儦儦。射夫如雲弓矢調，割鮮咄嗟盈大庖。桓桓七萃盡猛士，尚聞故跡遺虎牢。醨空秋霖莽瀟瀟，原田蕪没連蘅皋。黍禾貿貿邱墳高，白兔撲朔黄狐嘷。列子臺前雁影下，僕射陂中蓮葉凋。此間講武無人識，躑躅懷古心忉忉。

鄭東門

鄭東門口濤聲喧，洪波争道湧一門，一門轟傾九河渾。我馬不得上，我車却欲翻。鞭撾馬尾曳車靷，屹若移山不動崔巍根。僕夫鼓嚨胡，舉號哀如猿。漫天秋雨還傾盆，四野黯黮愁雲屯。招呼衆壯士，踏波濡衣褌，輪蹄雜擁頭如黿。邪許舉著力，勢擂鼉鼓聲揭掀，砰訇震霆升兩轅。欝怒奔駿上崑崙，超忽飛龍入天閽。險艱太行久蹭蹬，欻歙澶溪横騰騫。我緣感事增歎息，區區滛潦焦思繁。况際堯時盛汎濫，倒覆四海沉乾坤。疾驅投店火照昏，解車釋馬舒殆煩。涂沽稀熬酒名共酩酊，高歌擊破黄匏樽。

掀淖行

皇天滛雨積，野潦流縱横。平地穿𡑞成壕坑，躪阡破畛改故道，陂底落塹溪谷盲。馬陷泥濘脚不拔，車入坎窞輪半傾。又一怪事作，僕夫心骨驚。服轅局趣仰哀鳴，邱山不動空撾搒。路值艱屯困馳驟，時當未濟徒屏營。忽奮義舉争扛擎，不召而集攢村氓。砰硼踏水曳輪鞅，欲碾車轡驅雷霆。老夫神王趙壁看，我僕合噪昆陽聲。勇抵三千水犀士，捷下七十青齊城。馬出深窪車轉轂，轣轆一氣馳不停。我前致辭攄感激，勞沽斗酒釃瓶甖。具言年豐秔秫熟，家家新釀饒醁醽。衆舁一車直易與，却謝始覺心和平。聖澤涵濡百年久，風氣淳古還大庭。輪困肝膽更潔白，野處德似秋蘭馨。風謡下備輶軒採，緣情述作掀淖行。

曉發須水鎮

雨氣掃空浄，客心渾自豪。晴看遠山近，涸覺下田高。棗柿經秋熟，烏鴉拂曙號。前行渡京水，未惜馬蹄勞。

廣武原

廣武高原接窈冥，蓬蒿邱隴失精靈。渾流欲撼荒城動，猛雨猶衝故壘腥。亂世河山空割據，清秋草樹暗凋零。狂言阮籍吾無省，只學長歌醉不醒。

樊將軍墓

屠狗争書漢殿勳，高皇猛將信如雲。封侯得與淮陰伍，護主能歸灞上軍。松柏未饒邱隴蔭，風雷猶向野田聞。事見歐文。浮生滿酌休辭醉，巵酒空勞奠夕曛。

重登汜水元武臺

人生有情省陳跡，三年重上元武臺。不緣故人相牽率，此地何因去復來。一條榔栗是舊侶，夙好不復籃輿陪。高秋颯爽湧清興，青山喜不環輿儓。城南萬峰昔騁望，彊半杖破雲嵐堆。波光千頃玉門渡，太行山色青嵬嵬。川巖新鮮幻氣象，千年兀不移灣隈。前時頭鬢白間黑，今更添散霜絲皚。蠟屐徙倚三徘徊，古來龍虎安在哉？成皐京索扼險要，兵戈鏖戰蒼生災。縱挽落天走海黃河水，難向劉項湔餘哀。汜陽故是漢皇即位地，九成不復遺壇垓。叔孫未議綿蕞禮，狗屠劍珮争喧豗。未央宫殿西壯麗，彭城霸氣寒于灰。廣武原頭莽蕭瑟，飢烏下啄青莓苔。一院竹風清若水，飀颼洗我兩耳埃。曲欄乾净石磴冷，夕日已墮紅玫瑰。昏鴉送客噪不歇，記兹履綦更一回。登臨未覺腰脚倦，僮兒解事陳樽罍。

宿汜水奉懷潘涵亭思光

筍輿憶昔入煙霞，元武臺前夕照斜。滿院林風凉到髮，一溪石溜白于沙。晚來人語出深竹，春盡鳥啼依落花。冷客重看汜陽月，露桐徙倚各天涯。

謁詩聖祠

性癖躭吟句句佳，都從忠愛寫胸懷。愚稱稷契非無謂，聖入風騷不可階。老客酣歌拓金戟，生還間道着麻鞋。獨看光燄彌寰宇，堂廡恭親洛水涯。

又一首用王荆公子美畫像詩韻

古今萬詩人，見公死心降服不敢侔。曹劉高適鮑庾李，誰能括盡人間復欲海外求？天寶金甌賊破碎，以此澒洞憂端稠。隨手摇毫擲筩已入聖，何用乘酣騁怪摶攬造物施鑱鎪。琳瑯萬篇固天縱，六丁雷雹不遺收。是中奇景溢出無厓堮，乃是裨海之外大九州。愚兒妄較量，鬼斧當天矛。一生哭豩非身憂，戎馬萬國心咸周。最念麻鞋見天子，兩肘衣露寒飅飅。跡如鵠白不待浴，一洗詩人没頭腦之嘲羞。我欲上續孔子删定遺經三百首，指此浩浩萬古江河流。正冠肅拜階石下，小子自少夢裏從公遊。

黑石渡奉懷張圖東學林

天半崚嶒積鐵蹲，瀕河直下插巖根。渡頭迢遞經三載，帘脚招邀自一村。秋湧波光翻石壁，夕歸雲氣亂松門。高情辜負嵩遊約，郭李仙舟不共論。

宋　陵

洛水邙山擁抱深，七陵煙樹莽幽森。神霄烈日俄頹照，王氣中原竟陸沉。已分青城可埋骨，誰知白墖更傷心。惟餘一片臨安月，映徹金鳧直到今。

白馬寺

蘭若紛紜衣紫僧，繙經稀得似摩騰。金仙夢裏通乾竺，白馬駝來演上乘。鴿散齋鐘飛隻隻，苔生講樹緑層層。龜龍文自中州出，吾道端應感廢興。

洛陽懷古

鼎門登眺勢雄哉，嶽鄙三塗遠色開。卜向澗瀍歸洛食，陝分周召奉王來。清秋風雨雲銜岫，殘夜星辰月到臺。今古邙山塵一窖，當前消受只金杯。

謁周公廟

元公勤篤棐，叔父式儀型。謨烈昭三統，勳勞總四溟。征誅佐旄鉞，制作潤朝廷。帷幕烏流赤，河山社錫青。百年興禮樂，九罭播聲靈。負扆猶堪繪，流言不可聽。誰能懲小毖，獨爲廸前寧。零雨歸迢遞，風雷動窈冥。思纏于垤鸛，悲感在原鴒。寶鼎東都卜，金人太廟銘。土中頻測影，臺上一觀星。山勢朝嵩華，河流接渭涇。經營成洛邑，吐握簡王庭。禾穎方呈瑞，鈞金欲措刑。合襄邀壽耇，夾輔屬冲齡。無逸時陳座，豳風足寫屏。荓蜂全已去，鳴鳥固應聆。世系原封魯，恩波類溢濴。宗功秩元祀，明德肅惟馨。祝史嚴圭瓚，春秋飭簋鉶。丹楹崇閟殿，繡衮儼遺形。欲去頻回首，低徊仰廟瓴。

青要山

山經夙瀏覽，夢結青要山。轅軨放遐矚，千仞秋孱顔。山峻石齒齒，溪遠波潺潺。瘦柏出嶺罅，團蓋高參天。元隺遨空外，白猿挂林間。飛瀑洗巖户，蜿虹拖松關。眠雲餌赤實，中有不死仙。金庭在窈冥，丹梯絶夤緣。委順聊乘化，未用躡紫煙。所嗟清絶境，末由暢躋攀。

畢娶行并序

八月廿八日爲吾篪兒婚期。行次漢函谷關，僮僕具酒餚勸飲，欣然酣醉，縱筆書此。

人生少壯各有營，磊磊布子文楸枰。嶽遊故是第一着，不須貴賤論輸贏。我昔未了局，便已看山行，此意争先向子平。至竟兒未娶，老子心猶縈。解龜時節髮如漆，稚兒黄口聲咿嚶。今朝蓬門已畢娶，兒女家室俱圓成。老妻辛勤育諸息，嫁娶從不牽吾情。巹合陶匏練笥遺，門户亦復勞支撑。萬事不理惟坐嘯，佳辰餉我雙玉瓶。今我遵客路，西華復遄征。行行至函谷，勝跡眼初經。昔人户籍耻關外，漢家制度求恢閎。雄關頓移三百里，楊僕此舉何峥嶸。野夫毫不着意氣，安然即次舒吟聲。忽看滿案羅甑鉶，謂是五郎今日親迎喜氣盈。輪御七香車，堂開雙雀屏。喧喧鼉鼓和鸞笙，滿堂賓客斟湘醽，此合盡醉歡顔赬。吉語不須道，勸醉殊可聽，欣然飲若流泉傾。懵騰雙眼不辨物，衹見釭花吐燄芙蓉生。回尊勸僮僕，汝亦滿滿釃甆甖。久客情親稱使令，在天況復看三星。乘興淋漓潑醉墨，衣袖狼籍烏縱橫。鼻息齁齁作雷響，到曉不復聞雞鳴。

奉懷盧敬甫存心息溟壽朋張端甫本

轣轆征車駐漢關，雲厓霜樹兩斕斑。懸知譏客金樽在，定復論吾樺燭間。函谷何人迎紫氣，洛陽一路送青山。殊憐畢娶今朝是，天與詩人老去閒。

盟臺行

趙鼓瑟，瑟聲掩抑惜不得。秦擊缶，缶聲慷慨亦何有。秦御史，趙御史，大書年月兒戲耳。秦兵一朝來如雲，兩國未戰雌雄分，惜哉不用廉將軍。

未曉行硤石

元雲四冪天無星，野斷宵柝近五更。客心争程促早駕，山石确犖驅之行。一燈明入危坂裏，高低衝突馬數驚。周遭墨黑了無見，彷彿峰影圍黟屏。僕夫偵路獨先照，山淄穿嚙防溝阬。時平毫不畏伏莽，只畏礨磈東西橫。一條銀河亦滅跡，那弗斜挂開青冥。隔巖礫礫驚寒起，叫嘯不知鳥何名。土窑人家鑿圭竇，吠影压柴聞豹聲。盤盤古轍入雲族，凌虛尻股愁跉竮。茅茨倏得賣漿者，小憩破壁蛩螿鳴。天東火毬似暗躍，遠寺百八華鯨鏗。我行岩險有時盡，雄雞亂唤陂陀平。

崤陵懷古

崤南陵青山，一帶如環絙。崤北陵山頭，密樹青層層。一老哭師言有徵，三帥俘囚事可懲。封尸而還不洗敗衄辱，茅津夜渡揚威稜。骨縈銀沙白于冰，荒蹊陰氣寒凌兢。至今秋風秋雨夕，楓林鬼火如金燈。剸割生靈騁霸略，千秋撫事悲填膺。却望文王避雨處，高臺兀突流徽稱。一奩韎韐日初上，往往五色明霞蒸。

謁召公祠

下馬巍祠裏，傴僂拜薄躬。召南敷雅化，洛汭記宗功。分陝過齊履，封燕並魯弓。四朝貞翼亮，一德契昭融。作誥箴初服，陳詩警在公。昴參映三五，瀍澗帶西東。穆卜圖應獻，朝書位已攻。經營先太保，伻嚮率群工。天命年惟永，宗盟姓實同。鼎遷安郟鄏，城築等岐豐。公至乎殷庶，王來乂土中。旅獒原用訓，君奭倍和衷。冲子無遺耇，文人更纘戎。旬宣猶拜虎，夾輔亦非熊。懋敬居無逸，稽謀相有終。廵行遍鄉邑，憩茇念村翁。厭浥瀼瀼露，卷阿習習風。雀毋穿我屋，鳳已集于桐。過客羞蘋藻，流年感草蟲。煙寒鬪鳩鵲，霜肅老葭蓬。澗瀉潢汙水，林留樸遫叢。甘棠猶在眼，千載思無窮。

魏處士草堂

我亦躭清逸，探幽此乍經。却看高士傳，不愧草堂靈。野菊灣頭馥，秋山户外青。澄輝相繼照，總一少微星。

傅君席上食潼魚

潼關老漁撇網河之麋，網得鯉魚尺半紅莚莚。養以清泉沸撥刺，二百里路馳如飛。到時掀騰怒欲去，鬐鬣飛動見者希。高齋恰逢客不速，饔人霍霍霜刀揮。薑橙細芼出翠釜，脂膏腴美流金匙。人生口腹有定分，饞夫結想空朵頤。鸕鷀杓，鸚鵡卮，白波倒捲無稽遲。舞提鐵如意，歌吹玉參差。唤出玲瓏唱我詩，鴉塗爛筆何淋漓。水鄉風味夢依稀，鱸魚墜釣霜後肥。我今客遊五六載，自加纏縛非人羈。白鷺灣頭葦花繞，丹楓渡口雲濤圍。岸疊前峰翠滴滴，船流別浦煙霏霏。殊憐拋擲漁兄弟，冷落秋江舊釣磯。

入古函關

雨後河流一帶傾，輪蹄不斷此中行。何人劇愛尋山水，作客非緣問利名。萬里高秋看雁度，重關夜半想雞鳴。崎嶇終古崤潼路，猶覺英雄氣未平。

關龍逢墓

下拜函關道，看碑涕淚濡。終遷安邑鼎，首樹直臣標。夏日從兹喪，皇天詎可誣？誰能從地下，心更不辭刳。

靈寶道中

雨絲送入古函關，險走重巖細路間。黃下河流方潑岸，白升雲氣未遮山。一行衰柳凄行色，千里秋風冷客顔。西去流沙緣底事，青牛不肯駐塵寰。

稠桑驛

迢遥閨夢阻江鄉，雨雨風風枕簟凉。那有心情呼妙子，曹騰一醉度稠桑。

登獨倚樓疊韻留題呈力本

高齋來往多鴻儔，留題争上百尺樓。雲龍上下有意逐，夢想東野空低頭。野夫一昔冒雨至，登登屐響厲且遒。鳧飛尚未返雲舄，蟻泛亦復呼觥籌。秦嶺中條隱濕翠，渾河砥柱噴飛流。今古英雄幾消歇，獨此壯觀乾坤留。却省行藏鬱壘磈，渠儂閱歷悲嘅稠。少壯幾時一飄瞥，鬢髮歷亂銀絲抽。軟香憶蹴東華道，心事潔于滄浪鷗。黄金赤紱不挂眼，姓名夢勒鐘與卣。我時抱策鍵户坐，一以疎慵謝謬悠。平臺忽叨廢食召，響答天語聆鏞球。漫郎青瑣漫一出，文采豈類珊瑚鈎？重遊龍髯已攀墮，小臣雨淚灑珠邱。初元旅進耻竊禄，循陔采蘭供晨羞。黄間一弛不復彀，研田聊爾勤耡耰。竭來爲營石綽楔，風塵晚傍含羈愁。文章膠漆有定數，與子邂逅乎中州。子雖我長精爽緊，老掀一部髯公虬。一官落拓百寮底，填胸灝氣衝斗牛。惜哉長揚獻賦不見收，銅馬門高蹇夷猶。雄文空復超枚鄒，明堂惆悵遺琳鏐。塵勞州縣屈元亮，不惜折腰束帶迎督郵。知子杜德機，無心汎虚舟。人間萬事浮雲浮，姑與周旋任天游。有時登樓看山去，圜堂吏得溷子不？我行正復如王猷，風竹萬箇看修修。入門盤桓適我願，何須主人相獻酬。况復兹來向華嶽，西睇煙嵐簇簇紛如旒。九節仙人杖入吾手，萬朵青蓮花盈吾眸。當樓嘯呼擲筆去，直攬浩蕩三峰秋。

力本以作同考官出預遣人候僕于靈寶邀入閿鄉署宿獨倚樓臨行重題兼示其孫文雷春聲

華遊歸日擬仝論，情味誰如老弟昆？未伴陳登臥樓上，敢勞尹喜候關門。河聲半夜過吟榻，山色中條落酒樽。一曲元雲吾罷鼓，佇聆新韻和桐孫。

贈文雷

辛苦輪蹄出淖中，湖城暫駐轡璁瓏。心懷避俗陶元亮，眼見傳經鄭小同。早爲尋花冒秋雨，不須看檄愈頭風。丹山此日憐雛鳳，一聽清聲兩耳聰。

謁老子廟

高名本周史，遺跡度秦關。紫氣浮還在，青牛去不還。藏書懷柱下，問禮自尼山。爲谷何其下，猶龍不可攀。惟看持道德，便已脱塵寰。尹喜偕師弟，韓非别聖頑。神仙都幻妄，清净足蕭閒。莊叟宗風紹，彭鏗行輩班。幾曾飄雀駕，亦未駐童顔。大藥寧教煉，丹經盡數删。流沙波自黑，函谷葉將殷。殿閣朝煙散，階基細菊斑。新苔鋪晻暍，宿雨滴淙潺。玉座飛蟲裊，朱藤黠鼠扳。谷神元默裏，嵐色有無間。秋磴稀游跡，畸人攬户鐶。

王濬墓

烜赫平吴日，雄風不可當。石城空虎踞，江艦下龍驤。德讓虚東第，功高委北邙。誰憐孫破虜，百戰肇開疆。

盤豆驛和李義山韻

古驛衝泥轍跡深，更從何處洗塵襟。湖鄉不忘去聲田家景，盤豆尤關客子心。急雨千聲秋瀑碎，亂雲一氣暮山沉。授衣時節寒風勁，夢斷江城月夜砧。

溝阬行

山溜比潮猛，缺罊多溝阬。中央嵌空如洞谷，兩旁窄不容輜軿。乞得鵶頭鋤，劚土填未平。衆舁危得度，失勢一落車輪傾。車輪傾連山，號召稀村氓。僕夫哀號馬悲鳴，褒斜孟門眼前生，十步五步頻眙瞠。周道不如砥，何以通遄征？吾欲上攀閶闔，亟命擘山煩巨靈。并使九州坦迤，塞谽谺，剷峥嶸。更須媧皇五色完，補天漏，勿使瀑點縱横。虎豹守關，嵂屼狰獰，空山蟣虱涕泗零。

公無渡河

公無渡河，白日杲杲不照臨。一河受衆水，十日釃愁霖。崖垠崩塌，平陸淹沉。殷殷何甸甸，白波馳騣騣。回車返轡，躑躅悲吟。嗟我清遊尚如此，何况名利之客憂難任。公無渡河，我涕沾襟。沾襟不爲己，我恐狂夫披髮而往，化作精衛之微禽，怨填木石古猶今。

潼　關

天設金湯陝宅尊，全秦形勝扼重門。五千仞接高寒氣，百二關開濕翠痕。白雨西過鳴響急，黄河東下激波渾。嬴顛劉蹶須臾事，終古咸陽落照昏。

關前望黄河

望中浩渺水雲平，嫋嫋西風雪浪生。危絶乾坤建瓴處，慨然豪傑濟川情。波心曉漾三峰影，關口秋連一片聲。便欲泝流天上去，遠探牛斗汎槎行。

弔楊伯起先生

入關遥慕古人風，一老峥嶸更不同。獨以清名嘘百代，直將勁節壓三公。鱣魚飛下聲光迴，大鳥軒然氣象雄。勒馬高原空悵望，冷煙踈柳夕陽中。

懷朱排山 楓

連朝古驛遍愁霖，遊嶽寧灰一片心。地坦馬蹄行得得，天高鶚首望沉沉。寒生風雨秋將老，遠入河潼客自深。命駕不辭千里瘁，故人厚音感招尋。

勞歌水中行輈作

湯湯周道平隆窊，我馬奮迅翻盤渦。馬頭振鬣争嵯峨，馬尾一掃横鬖髿。古橋欄柱已傾仄，巨石矗突昂蛟鼉。長虹偃仆平不頗，并力挾輈喜得過。砉然一下擊飛瀑，金翅擘海龍騰梭。泥沙填淤行逶迤，僕夫與汝遊九河。衝風起兮水層波，商羊猶復跳一足。天意未肯收滂沱，途長晷短柰爾何。英雄不得九逵騁，却思海上乘青騾。行者不息勞者歌，路轉忽已登高坡。

敷水驛

秦樓傾後驛荒凉，秋雨猶青陌上桑。冷瀉一泓敷水碧，波心不浴野鴛鴦。

華山集卷中

詩二　古今體詩七十七首

過華山門

華山門下雨盈盈，玉女秋期會玉京。十萬雲鬟梳洗罷，漫空盆水一齊傾。

鄭侯廟

憑高坐困楚重瞳，轉餉滔滔勢不窮。圖籍躬收天府裏，風雲手攬將壇中。寒堦的的秋花艷，破廟蕭蕭落木空。千古增輝刀筆吏，巍然獨冠漢庭功。

羅紋橋

華山曉出白雲間，倏忽雲深隱華山。疎雨抛殘三十里，羅紋橋下水潺潺。

曉發赤水

潦水勢方落，征車迢遞行。雲移深樹動，日上遠峰明。宿雨一朝盡，薄寒連夕生。商山留勝跡，弔古劇關情。商山，路榜訛作香山。

橫渠書院

銘揭東西意最勤，煌煌禮教鎮常新。關中倡道成千古，洛下如公有幾人？白日天開曾掃霧，清宵火盡孰傳薪？尋思勇撤臯比坐，此事峥嶸已絶倫。

叚忠烈故里

怒罵聲鏗萬石鐘，殘編神王叚司農。殊憐奮擊污吾笏，詎惜衰年犯賊鋒？草木清秋寒白日，關河前古亂青烽。臨潼買取千鍾酒，忼慨憑澆壘磈胸。

鴻門坂

鴻門坂下路逶迤，玉斗驚撞事可知。疽發彭城從此去，騎歸灞上復奚辭？三霄騰湧興王氣，一劫敲殘敗局碁。樂府莫歌巾舞曲，聲聲欲替楚人悲。

灞　河

秦川八川莽滔滔，浩洶灞水翻秋濤。古橋虹影半空滅，浪搜石脚摧堅牢。掀天蕩潏失津口，青沙白石相衝洶。東西斷塹没牛馬，浮梁空想連千艘。雙輪不動岸傍閣，霖雨颯沓風飄飈。崩厓覓渡倒旅橐，青錢横索供饞饕。扶駕車騾作嚮導，飛瀧怒激魚龍逃。中流砰硼擊千丈，漩渦缺嚙藏坑壕。行輈半仄險折軸，一馬淪入埋頭尻。騾夫驚呀淚如霰，仝行併力牽扛勞。砉如紫瀾湧溟渤，首戴輿嶠沉靈鼇。饑蛟齟齬倖得脱，人馬性命輕如毛。纔喜横流一條濟，重淵複港奔湍豪。瞑色蒼然水面黑，拖掌蠖蹐登蕪臯。柳林沙店昧向背，四野鳥獸哀鳴嘷。明朝滻河重問渡，安得煙浪浮輕舠？

咸寧道中

依然風雨黯如塵，僕馬踉蹌足苦辛。潄谷驚濤奔似鷺，羃煙孤柳立如人。鎬豐南去詢遺俗，灞滻東來涉要津。誰向車中捫虱語，劇思豪傑會三秦。

關中奉懷張關燈宋薪

我初入關車轔轔，慨慕豪傑交三秦。伯起逝近二千載，大鳥無復蹲嶙峋。景略才雖露令僕，一念正朔通鬼神。萬古煙氛掃理窟，橫渠崛起禮教新。兩銘東西神鍼下，痛癢得省愚頑身。揭來習俗又痿痺，四海手足多不仁。大醫王去不復返，慟哭世人心死亡天真。昨者忽來鄠縣張關燈，春見古西京之逸民。神骨歸然睨已老，精爽照灼日始晨。空齋兀坐峙七尺，開口霹靂動赤脣。巨手撥雲放一覽，晦蒙豁達昭三辰。斬刈林中萬荊棘，《撥雲一覽》《荊棘林》，皆其所著書名。欲追魯叟還其淳。一官容易敝屣擲，著書汲汲垂千春。連朝淫雨淋征輪，躑躅泥塗汧渭濱。祗見橫目拖長紳，噫嗟獨影走踆踆。君今滯留在汝水，此間誰復堪主賓？愛而不見搔首頻，使我悲歎濁水塵。獨漉復獨漉，涴濺墊角巾，潔白庶不慚高旻。我甘迍賤君安貧，古道共喜無緇磷。一士倔奇天沉淪，子毋謂，秦無人。

即　景

頹照穿雲罅，天西正沉謬。離鴻聲亦杳，疲馬氣寧驕。前路水波大，隔村燈火遥。柳林千萬轉，盻不到三橋。

迎寄朱性之家濂

感了殷勤意，懷予翰墨堆。游心知夢繞，望眼向秋開。風雨群鴻過，關山一老來。嘯呼期絕頂，驚動嶽靈迴。

李太白祠

未用詩論太白高，天生意氣獨知豪。江中捉得一輪月，胸次翻來千斛醪。遺像飄然挹巾舄，荒坡仰止跧風騷。不驚鴻筆超千古，舊事偏誇獸錦袍。

馬上曉發三橋

塗泥深一尺，雙轂自難行。事到窮生變，路教危使平。揮鞭殊適興，躍馬好争程。回首三橋影，疎林曉氣横。

灃　河

灃水看東注，秋波澹白涵。耕閒思谷口，吟苦類江潭。天遠雁鴻下，野空雲木參。行人愛山色，何處是終南？

渭　河

過午不曾餐，泥行路倍難。咸陽沙作岸，渭水雪爲瀾。鷗上隣船立，人從隔渡看。柳凋秦塞曲，秋思浩漫漫。

咸陽原

喜動晴光露碧霄，行人不憚馬蹄遥。一日身謀鞍轡穩，千年事跡雨雲消。夷陵莫怪秦灰黑，黯淡咸陽土亦焦。

漢高祖廟

大澤風雲奮一呼，手除嬴項總摧枯。快抛酒色收天下，怕誤英雄罵腐儒。炎鼎已消芒碭氣，荒祠猶立虎狼都。丹青畫壁精靈聚，猶憶韓彭猛士無？

曉發雙照迎寄排山二首

雙照籠鞭去，晴雲幾疊横。長途垂欲盡，疲馬實難行。老友頻年别，高齋皓月盈。嶽遊禽向志，共喜不寒盟。

令子看爲宰，親聽緑綺聲。清遊藤杖具，歡聚板輿迎。醉眼花盈纈，吟髭雪幾莖。兒曹窮與達，不繫老夫情。

騎驢

白驢渾喜健，得得劇能行。愧煞高纏轡，輸他小駟名。涉波雙耳矗，下坂四蹄輕。風雨灞橋夕，應添詩客情。

蒙遣騎來迎

平原迢遞跨驢行，馳轡遄教騄駬迎。甘蔗倒餐今日路，醇醪滿飲故人情。袍靴泥濺塵容涴，樓堞雲縈老眼明。十里陂陀秋草緑，一鞭飛入醴泉城。

望昭陵

晉水龍鱗焕，秦城鳳闕崇。虬髯慑真主，日角駕群雄。紫氣埋雙劍，青嵐護九嵕。苔碑虚手剔，悵望夕陽紅。

唐太宗廟

黄瓦如原廟，青泥即御街。臨風思衮冕，照夜想神駒。遺像貞珉勒，群靈古壁排。霓旌飄月夕，龍馭入烟霾。贔屓金源碣，逶迤石闕蝸。消沉三尺劍，陊剥九重階。圖畫功臣閣，歌吟學士齋。峻山成帝寢，舞羽散官俳。昭告當初服，精禋繫睿懷。有乾隆初元祭告碑。清香繚繞馥，曉氣鬱葱佳。秋雨凋林木，晨霜殺草荄。誰爲過唐論，緑字已磨揩。古碑文爲俗子磨去，碑首存『過唐論』三字。

騾　轎

征輪軆轆苦迍邅，轎駕雙騾振策前。十笏周量忘偪仄，一身曲卧覺安便。雨催新婦帷車閉，風送長江舴艋顛。别後相思華陰道，嶽蓮蒼翠拂行鞭。

雨向涇陽

一夜愁人雨，淋浪不可聽。關山苦泥濘，僕馬總零丁。噩夢休臨灞，岐途更指涇。温泉思沐浴，懊恨不重經。

高陵道中

深泥濺馬腹，吁駭日頻經。雲壓城烏黑，天圍野草青。荒林湮鹿苑，潦水泛梟汀。行客心如醉，無勞把醁醽。

種桑所在高陵

一片荒原上，曾經此種桑。秋林風颯颯，陳跡海茫茫。蘇蕙機中錦，羅敷陌上筐。消沉無處所，遠夢繞吴鄉。

渡玉河

雨急鳴金鐸，風高渡玉河。通川波若此，遊子意如何。一字横排雁，孤舟穩載贏。頻臨沙磧口，浩蕩發商歌。

宿安陽屯

踏踏勞征馬，安陽宿古屯。飢鷹啄茅屋，隣犬護沙村。醉客秋醪濁，愁人夜雨喧。夢中攀箭筈，挽索上天門。

醉歌

蘆簾濕熱蠅趑暄，油燈吐燄如霞暾。逆旅重投赤水鎮，醉墨噴薄臨黄昏。科頭箕踞商歌發，侈若淮南自言尊。明朝已抵嶽門户，鐵杖敲動蒼山根。二華攢簇聯閬崑，默禱請收秋雨一掃雲霧千羃䍥，高空訣蕩開瑤閶。九關虎豹雖復蹲，許我鐵索凌空捫。箭筈透迤通一門，仙之人兮藹雲屯。太息市朝暉景短，榮悴祇以朱槿論。周秦漢唐遞更變，倏忽來往烏兔奔。俯視河山兩戒首，渾流一帶横翻掀。萬里落天走東海，銀河瀲灩輸洪源。首陽太華共跟肘，雙崖中斷分秋原。當時咆哮挾怒擘，巨靈砰訇裂厚坤。髖髀砉然牛刀解，至今掌拇留形痕。我去乘凌作長嘯，天風震宕開心魂。層雲蕩胸不芥蔕，眼底雲夢八九吞。福地致身未恨晚，咀嚼威喜充晨飧。青雲鈎梯幾百級，博臺巀嶭中天存。靚深最愛希夷峽，不厭坐卧吟床温。子先酒媪兩茅狗，獨往頗怪招邀煩。二十八潭落帝所，旁睨玉女洗頭盆。神境端須乘興踏，今宵好夢先飛翻。徑當直上三峰頂，往取瀛海爲盃樽。

白泉鋪

瀲灩泉流白，熒煌柿子紅。千峰煙翠下，十里畫圖中。吟塢何人築，仙源有徑通。西溪如入剡，應接興無窮。

華　州

户户蓮峰對，天私此一州。秋陰簷際散，飛翠盞中浮。背郭營耕塢，迎陽造酒樓。歸休吾計得，便可老菟裘。

謁西嶽廟

太華五千仞，崚嶒鍾灝靈。危標森上矗，雄鎮屹西寧。旒挂金天正，蓮開石壁青。齋心存默禱，雲霧納巖扃。

青牛老樹

槎枒一老樹，傳聞繫青牛。霜皮古色駁，鐵幹元氣遒。精靈聚太華，年代繇宗周。樹亦如老子，巋然無匹儔。

嶽廟竹檻

東西兩壇竹，擁護石檻牢。愛兹九秋夕，清響鳴蕭騷。明瑯净如水，洗眼千周遭。夢落清湘曲，蒼翠捎波濤。

古雲臺

一杖入雲臺，芒鞋鼓興來。竄飛松鼠疾，嘶斷塞鴻哀。破殿秋光炯，空林霽色開。玉堦人跡絶，扶寸長青苔。

玉泉院

滿眼羊脂玉，流爲澮白泉。湔奔來雨後，清快瀉階前。月湧希夷峽，秋涵小有天。孤懷一相映，魂夢繞澄鮮。

希夷峽

墜驢一笑後，釋慮堪安眠。龜息入恬漠，長寐餘千年。生爲初栩蝶，死作已蜕蟬。一棺此焉瘞，萬有隨之捐。我今去翁久，欲會知無緣。徘徊石門下，白日淪寒煙。飛鳥相左右，白雲與周旋。清光散明月，秋響奔玉泉。人代日已邈，神理長綿綿。逍遥遍八極，還下三峰巔。

桃林坪

百折始到坪，入山纔五里。林中白霧生，疑入公超市。豐草軟鋪茵，橢石横列几。一聆瀑布音，清曠悦心耳。人間萬紛華，不如一溪水。

桃林坪憇宋道士房

攜來筇竹杖，步步踏嶔岑。不拔塵中脚，焉知静者心？竈安嵌洞冷，床置絶巖深。贈我蟠桃核，規爲硯水涔。

張超谷

作霧及五里，持較三里賒。更有漫天手，張超詎足誇？

瀑布行

芒鞋踏過桃林坪，春天瀑布飛驚霆。阿香推車轉絶壁，危崖直欲從之傾。秋霖一灑五十日，銀河落天走東溟。萬派匯赴龍泓口，老湫怒拔崩巖陘。濤瀾盤礴湧水府，二十餘里鳴轟轟。青天無雲白日杲，滂沱雨勢翻滄瀛。千仞峰巔白虹下，條條界破青山青。洪河大海奠窟宅，嶽頂奔瀧危建瓴。大小上方舞溯湃，一瀉蕩滌芙蓉城。兩山削成鐵堂峽，擘開氣力超五丁。玉井真源通脉絡，瓊漿萬斛輸縱横。莊嚴帝所九閼闢，水簾高挂金天庭。晴霞絳旭光照耀，五彩交羅眩目睛。横溪亂石大於臼，砰訇推盪填凹阬。中流昂背蹲虎豹，浪打不動何猙獰。却憶一笻破台蕩，石梁龍湫夙所經。摧巒拉谷恣猛悍，今復對此眼乍醒。白鹿龕邊響宏壯，震聾兩耳神忡營。偪仄荒蹊跨重磵，十八盤作之字行。東西揭厲赤雙脚，鐵杖拄過聲彭鏗。開闔丹崖與翠屏，窮探極覽衝竛竮。時憩陂陀濯我纓，愛此蕩潏瀟湘清。逶迤穿出玉泉外，下合渾流連濁涇。欲瀦澄泓在嶺腹，一掌遮留呼巨靈。

雲屏坊

萬山深復深，苔磴次第破。絶嶂倚天開，雲屏誰所作音做？老樹紛龍拏，怪石獨虎卧。青天挂白虹，奇哉瀑布大。

桫欏坪

我登桫欏坪，不見桫欏樹。張王聳喬林，疎陰轉亭午。秋日淡朱光，微寒動玉宇。坐對上方峰，雪瀑横空注。

小上方

隔谿見鐵繘，裊裊垂空長。鑿壁不容趾，把之升穹蒼。雪端幾間屋，懸架千仞岡。陡絶非人境，猶云小上方。

大上方

此峰雲作頂，千仞斷塵界。雲英潤瓊蕤，白日騰光怪。其下翻銀礫，傾河舞淜湃。危哉鐵索垂，裊空學猿挂。

十八盤

威紆十八盤，步步升雲岑。一溪千萬折，潺湲抱崎嶔。石本不解語，水亦無競心。水石一相激，砰訇揚清音。况飛雨後瀑，轟雷下千尋。聞喧意轉寂，耽此入山深。

青柯坪二首

身到高坪上，青柯映緑蕪。因貪獨呼嘯，不畏萬崎嶇。屢踏石頭破，衣捎溪口濡。晚來横白氣，世界入虚無。

支峰俱拔地，小樹亦攢空。奇絶千華裏，噓來一氣中。河争黄羃䍥，雲漲白溟濛。寄語拘墟者，生憐作壤蟲。

寥陽洞

谽谺寥陽洞，煙徑數屈盤。坪上太古木，青柯不雕殘。石壁微有字，苔氣横迷漫。雲屏户外列，水簾天際看。偶逢道人語，松風答清寒。秋陂曳杖去，送客飛珠湍。

水簾洞

今秋霖雨多，水簾常不捲。帝所絶纖埃，猶垂千尺練。洞户不分明，玉女時隱見。四更殘月來，一鈎挂東面。

北斗坪

拂曉一巖青，參差挂北斗。瑶壇毛女跪，秋苔扶寸厚。肥菌兒臂滑，瘦石鬼面醜。雲穿古洞深，天偪危梯陡。獨立空翠間，孤松與吾偶。商顔接中條，寒烟點培塿。

拜斗壇

石壇毛女拜，修鬟沾煙霏。道人偶一見，倏然松杪飛。仙踪乍滅没，呀豁開巖扉。惟留一片月，際曉流清輝。

毛女洞

瀑泉落幽磵，松風回遠林。耳根蕭然凈，如聽玉姜琴。洞門人跡斷，秋苔蔽重岑。女中有逸士，山高水何深。

玉皇閣

白雲在天上，飛閣連雲開。神工爲慈聖，架構凌崔嵬。深藏貝葉龕，高湧蓮華臺。鑿翠有遺跡，前劫飛寒灰。

過回心石攀鐵索上

悸摩回心石，勇豎精進幢。瑲琅撼鐵鐍，直上如懸橦。翠盤九曲棧，瀑飛千尺瀧。竦身輒復又，仄足不可雙。陰厓冰雪冷，照我潔白腔。

千尺幢

仰瞻千尺幢，飛梯挂穹嵌。凌霄架閣道，穿空出重巖。不知開闢初，誰與施鐫鑱？陰苔磵腹繡，秋日洞口銜。巀嵲通天門，白雲爲封緘。坪柯簇如薺，仙區隔塵凡。

百尺峽

苔石一小憩，載度百尺峽。流雲上下行，峭壁左右插。洞穿屋霤明，谷入車箱陿。欹磴仄足頻，曲阿轉身恰。手挽鐵橛牢，乘凌汗透袷。清風爲我來，涼爽不用箑。探幽體忘疲，陟險意已狎。千仞蒼山高，尺五青天壓。

二仙橋

昔我遊天台，曾度石梁橋。嵌巖此横亘，窄石架重霄。仙靈連袂過，山鬼一足跳。瀑泉挂素練，松風捲寒潮。孤雲隨去鶴，落日逢歸樵。喜挾濟勝具，絶徑恒騰超。

由青柯坪至白雲庵題壁二首

青柯坪後去，仄步轉層巔。山合疑無路，雲開忽到天。衣裳楓露濕，笻竹石苔穿。草茁香爐上，仙人窟宅偏。

兀突迴心石，次且客不前。身攀前嶺尾，趾壓後人肩。鐵索千尋挽，巖竅一道穿。今朝路奇絶，徐步上青天。

俯渭巖

白雲鋪萬頃，靉靆侵巖路。一氣灝瀰漫，連峰莽錯互。忽如廣陵潮，千群奔雪鷺。風回捲寥空，俯見秦川樹。

猢猻愁并序

地名猢猻愁，謂路奇險，猢猻亦愁也。好事者鑄三鐵猴，置巖坳内。

冶鐵作猢猻，一父帶二子。爾猶怖險艱，愁容宛相似。我行緣青冥，陡窄劣容趾。語爾不須愁，未入世途裏。

雲臺峰

雲臺高入雲，石壁四面削。梯空上層巔，白雲生我脚。瀑響半巖松，嵐蒸一坪藥。石臼仙所遺，茅堂誰爲縛？苔荒闃無人，雲中下一鶴。疑是焦先生，翻然入寥廓。

卧牛石

秦鞭鞭不動，宛似青牸牛。不隨老子去，偃卧荒山陬。

仙人砭

奇險仙人砭，欲度魂驚沮。下臨不測深，巖腰縈一縷。鐵索非下垂，尺橛横支拄。爬沙作蟹行，仄足不敢俯。夤緣一失墜，頓作厓下土。畸人遺生死，心眼無巖阻。絶壁摩空青，晴嵐攬雜組。俄出碧霄上，徙倚重巖樹。渭川遠水明，秋光冷平楚。

上天梯

昔者遊吴下，側身上天梯。對此了不怖，巉絶吾能躋。

升嶽道

尋山性成癖，垂堂意忘懲。磵石苦囓足，涉水寒凌兢。陰幽出嶂峽，湍汗援金絙。懸橦手併握，抛却胡孫藤。仙矻緣郭索，性命何所憑。砉見高掌矗，瀑響雷車軦。雲蒸蒼龍背，捉搦橫空乘。絶巖千仞接，靈嶽由之升。緬古萬乘主，冒險營攀登。其誰陳叵測，忠愛抒厥膺。畸人自骨蹻，勇夫亦氣矜。履危實儌倖，愼勿誇猱騰。

蒼龍嶺

梯雲乍到東峰前，巉巖揷漢標崇巔。斷陘千仞俯山脚，一條搦嶺通重元。歙欻蒼龍陡躍出，之而爪甲驚蜿蜒。鼓鬛直上氣奮迅，雲蒸霧湧將横騫。帝欲時乘施駕馭，巖腰終古蟠連蜷。金鱗耀日射倒景，形勢飛動當空懸。三峰若無此嶕嶢，南北連綴無由緣。我行矯首睇穹脊，踴躍攀之上九天。便到峰頭探玉井，手摘十丈新開蓮。洪河夕蕩紅靺鞨，終南晴湧兜羅綿。濃淡蒼煙冷漢畤，縱横秋水浮秦川。路半掀騰欲飛去，高據其背神恬然。冥心不趁風雲會，遨遊試倚太清邊。老子既涉流沙遠，陳翁愛向石室眠。且跨虛空騁獨往，相期汗漫周垓埏。升天底用騎茅狗，雲中傲睨呼子先。

韓公投書處

搦嶺信險陡，駕石淩蒼蒼。亘空無所倚，落底千丈彊。韓公賈勇上，欲下魂怔惶。分與家人訣，作書俯投將。公生有自來，騎龍下天閶。詆佛震殿陛，驅鱷清潮陽。學者山斗仰，固宜戒垂堂。我養草木年，可老空山岡。于世了無用，幽怪恣徜徉。飈梯三百級，横跨天中央。縱使絶陘詣，安神不悔狂。

將軍樹

磊砢標古節，鱗皴抱奇文。空山年代遠，猶存故將軍。

世果有花源行并序

華山中晴明亦多雲氣，隨風騰涌，倏忽萬變。周遭峰岫俯環，川原時隱見，出没山中。李道士言，晴雲開豁時，南頭一處所，無城郭，竹樹青曖，阡陌交通，廬舍人民，了了在目，宛若淵明所記桃花源。纔一晌，雲嵐即遮蔽。約略在華山之陽，歲或二三見，或二三歲始一見。雍正間，嘗有人裹糗糧，梯山伐道蹤跡之，竟不可得。予因以知神界所在多有，特偶開露，不容塵屐到也。意殷然南望，庶幾見之，爲作此篇。

花源只在萬山中，大雲遮羃青濛濛。人間是處有靈境，天地秘惜胡由通？華山道士爲予說，向南一區徑路絶。晴雲浄掃萬里空，鱗鱗廬井標巖穴。四際如環不如玦，芳陌縱横娭稺耋。奇蹤未必定神仙，太古山林斷塵轍。琪林瓊草藹菁葱，飛閣危甍架嵂崒。洞中詎是避秦人，物外誰能馳漢節？分明陽景亂紛披，倏忽陰霾過一瞥。道士行年八十餘，老聃裔孫飄白鬚。雲巖縹緲覿瑶圃，陸海髣髴臨元都。下界地寧出汧隴，上皇民自遺几蘧。何人開伐踵康樂，白日夢到回華胥。三神飇風引駭浪，七聖具茨迷荒塗。幻蹟不同蜃氣結，真形欲倩毚毫圖。雞犬幾曾傍藥鼎，屋舍宛爾存巢湖。探看難遣青鳥使，飛去那得斑龍車。我聞此言慨歎久，秋字泬漻空矯首。華陽福地可潛身，太清若士慵招手。倘許飛步逐雲君，便應服食依氣母。眼底世界盡三千，胸中雲夢吞八九。鴻濛奈此閟洞天，咫尺偏令蔽跟肘。連山若錦想像中，一塢藏春開闢後。玉堂伴宿杳難期，金篦刮膜看何有。須知乾坤幽窟本尋常，不隸版籍還耕桑。桃源之説非荒唐，霞嵐疊疊烟蒼蒼，有時披露豈渺茫？恨不常年高卧白雲頂，相與流睇三峰陽。

單人橋

險窄单人橋，未容連袂度。穹脊露金鰲，煙空快獨步。

宗土祠

有嚴宗土祠，蹲在三峰肘。手薦瀑布泉，潔似三漿否？步入金鎖關，群仙爲抗手。洗眼蒲池隈，振衣蓮峰首。竈遺龍蜕岩，床安龜息叟。全真德不孤，白雲爲我友。

白雲謡

華山萬山蒸白雲，白雲雲氣時氤氲。萬山白雲合，一山白雲忽復分，矗矗孤出凌秋雯。高盤一段髻，斜拖數幅裙。縹緲美人敻不群，雲容幻出雲中君。揭而來兮倏而逝，藐姑綽約飄清氛。瀰漫一片白，八極恣揮斥。萬族盤遊方内外，周遭似覺宇宙窄。垂垂遠落大鵬翮，隱隱半露神鰲脊。金鴉飛墮夕陽夕，遮斷千山萬山赤。騰空乍矗千寵嵸，雲臺北斗掩幾重。東頭繚繞仙人掌，西頭滉瀁蓮華峰。忽焉納歸氣海底，青天放出萬朵金芙蓉，團團一輪懸秋空。俯燭華陰城邊灝靈殿，樓臺千尺攢青紅。人民雞犬連新豐，彎環黄帶縈關潼。太行中條列睥睨，海山指點東海東。一絲灝氣俄而吐，靉靆垓埏莽回互。回頭已失南天門，直下不見秦川樹。兜羅綿繞青鞋步，身在兜羅綿裏住。似煙非煙霧非霧，烘以夕照五紋羅，一幀乾坤横綺素。我思登眺蓬壺浴洧盤，蹴踏崑崙娭懸圃。木公金母知何處，元精元氣無恙無，徑從華頂騎雲去。

落日俯渭川歌

洪河九曲東入海，眼底三曲黄奔衝。秦川八川渭川洶，一氣總匯船司空。渭亦九曲與河合，全身蕩潏蟠關中。今秋秋水浸天白，圓輪夕墮臙脂紅。日光波光兩激射，霞嵐千道烘層穹。赫曦倒景照滄漭，蜿蜒連躍斑文龍。燭銀交貫爛金色，一條紫焰燃鴻濛。我在蒼龍背上立，奇觀砉見開心胸。絳霄神物岌欲動，直恐奔去隨雄虹。倏然披豁覩萬象，净掃晦翳回飈風。咸陽城郭抱邐峬，華陰草樹連臨潼。龍門南下一帶束，聯絡衆派齊朝宗。是時紅盆仄對面，全秦繡畫明秋容。轉瞬瀰漫白雲海，島嶼没入龍王宫。踆烏疾去將下舂，翻疑暘谷晨葱蘢。扶桑弱水迷西東，惝恍世界瞻曨曈。陰陽蔽虧乍露影，大川首尾穿氛髳。蒼茫百變一炊頃，絶奇藻繢煩神功。忘却吾身處域内，撒手天岸抛孤筇。蓮華仙掌頂尚赤，畢景鼓勇登南峰。

華山集卷下

詩三　古今體詩七十首

南峰

平生積夢華山遊，今日飛上南峰頭。南峰天門開浩蕩，峽勢環束晴雲浮。賀老已踏碧霄去，廢窯嵌空遺巖幽。道人神完自不死，豈有銀海通仙洲？痴煞祈靈向太乙，存仙殿圮空山邱。長空雪棧斷人跡，指爪我與孤鴻留。菖蒲茸茸長石漵，玉井潛匯瓊漿流。不知乖龍底處去，一窪古水寒老湫。寶旭峰尖看日落，朱絲萬道霞嵐稠。倒映渾河簸駭浪，黃琉璃滉猩紅毬。八川紛綸赤破碎，金光四散瀰神州。是時白帝凝垂旒，號令嚴肅行清秋。乾坤白藏納萬寶，歲功告成咨蓐收。商飈颯颯鳴飕飂，橫拉一氣催歸休。灝靈宮中大讌享，兒孫長幼羅匹儔。明星玉女駿奔走，洒掃雲霧清維陬。東瀛作酒仙掌抔，恒岱衡嵩相獻酬。鴻濛濆鬼紛雜沓，朝宗帝闕五色虬。半天泱漭白蟾細，荒忽絳河揹旂斿。我從五千仞上立，天池濯足飛銀漚。不用厓邱接肩袂，獨自來往登雲樓。全真巖坳闢石室，姑且避靜辭喧啾。

太華絶頂

浩蕩秋風動海隅，菖蒲池畔一筇扶。蜀滇隱約千峰簇，河渭奔騰九曲紆。渭亦九曲入河。矯首雲嵐神獨王，側身天地影還孤。希夷熟睡何時覺，塵俗渾難着此軀。

仰天池

手弄仰天池，其深不見底。何處問真源，即此一泓是。

細辛坪

萬古荒寒區，光潔無草木。惟看細辛生，秋深一坪緑。委運謝服食，逃虛净耳目。登高臨萬象，坐閲景光速。既老誰復少，無榮自不辱。悠然憺忘歸，川原冷清旭。

長空棧

險絶長空棧，無人此往還。梯登一長嘯，散步白雲間。

避詔巖

避詔既有巖，答詔復有詩。深居苦難静，乞睡還費辭。况别華嶽去，鶴氅將毋緇。亟攜舊朧。來年决計向衡岱，元氣呼噏天南東。

西峰疊韻

華峰三峰恣遨遊，西峰勢壓天西頭。周遭千朵青菡萏，一朵高出煙浮浮。此名蓮峰形奇肖，根蒂清香瓣葉幽。萬頃白雲湧香海，衆香國是芙蓉洲。趾繞全秦一大物，古人白骨堆高邱。小戎駟鐵變習俗，文武風氣全無留。嬴劉顛蹶若轉瞬，夕日一片金光流。華清宫殿矗雲起，温泉水滑瀦靈湫。岐薛春遊隊仗滿，虢韓朝入珠翠稠。催花亂擊天公鼓，乘醉慣打三郎毬。華萼夾城下小苑，荔枝飛騎來南州。煌煌萬國拜冕旒，梧桐楊柳春復秋。霓裳散序聽自好，舞馬登床爛不收。盧龍賊騎馳飉飂，艷笑香魂一哭休。王孫身體竄荆棘，龍種失勢輸凡儔。錦江豈復似渭水，乘輿播遷西南陬。馬嵬不掩土一抔，鈴聲雨聲悲相酬。玉蓮湯殿滴禍水，金蝦蟇化長黄虬。管絃亦復斷凝碧，詎容安史拖星斿？眼見驪山小劫盡，星潭秋冷翻珠漚。指顧人間倏變滅，霜空蜃氣消飛樓。鎮嶽宫高降白帝，翠龍玉軑鳴啾啾。

玉　井

靈源二十八，此爲第一潭。俯照我須鬢，風飄雪髿髿。花藕俱不見，渟泫玉色涵。瓊漿自在酌，莫問泉廉貪。穹樓矗雲際，金碧斜陽含。乘凌秋氣迥，目盡天西南。

鎮嶽宮

岧嶢鎮嶽宮，直壓飛雲頂。爽氣豁金天，澄泉涵玉井。仙人高掌開，司寇峨冠整。蓮華爛浮空，一朵青煙冷。依微滇黔山，破碎夕陽影。石欄在層霄，獨立秋光迥。

玉井蓮歌題玉井蓮圖寄力本并序

力本先世，根源扶風。既以石蓮名其堂，復倩能手圖玉井蓮，邀仝人詩之。今晨予登蓮華峰，鑒于玉井，覓韓公所云花藕，俱無有。忽憶力本所諈諉，乃知十丈如船，不必舍石蓮堂他索。遂不自知其興之所至，而作是歌。

世間那有十丈之花如船藕，此一段奇屬我友。我友本是玉井蓮，下種韓江根株連。老在淤泥心潔䌷，發舒藻彩何鮮妍。萬華迴出清水上，都去雕飾存天然。磊砢節目尤玲瓏，比干心竅將毋同。神秀原自灝靈鍾，千年家世根扶風。今日我登蓮華峰，披豁宇宙開鴻濛。發狂大叫景奇絶，燁然秋綻金芙蓉。金天爛漫浮青紅，沉沉玉井涵清空。玉女捧出三漿濃，二十八宿羅心胸。玉井樓高五千仞，薜蘿衣向樓頭振。尊嚴帝座呼吸通，颯颯秋風捲蓬鬢。李白一去一千年，吟嘯何人騁雄駿。是時赤日從西來，千山萬山金光開。石樓大小青嵬嵬，洪河脚底黄瀠洄。天清烟净睇海色，咫尺雪浪浮蓬萊。峰形瓣瓣綠房坼，香氣馚馥霞嵐堆。湖城去此百餘里，恨不招君仝上雲中臺。琥珀之酒傾千杯，蒼顔染作紅玫瑰。興酣下筆癲如雷，掃除萬事清浮埃。蓮華與君仝胚胎，高倚本根亦雄哉。

碧天洞

嶽頂得幽窟，一碧天光傾。松響空外遞，檜陰石上生。獨坐面峭壁，惟覺清虛縈。仙宫枕肘睡，無夢亦無營。

瀑布巖

西巖瀑布壯，灑落青霞端。崩雷動絶壁，倒海飛驚湍。下注玉泉峽，白月流清寒。五旬秋雨大，爲我成奇觀。

明星峰

娉婷玉女立，明星在其西。烟嵐日往復，聳翠肩相齊。高秋朝白帝，旍旓曳虹霓。肅穆萬靈集，仙馭淩丹梯。日出鸞鶴散，空中聞天雞。冥冥下方路，塵霧何低迷。

香爐峰

香爐對中峰，紫煙紛泱漭。暘谷仰氤氳，冰輪低朗晃。西綻玉蓮華，東矗金仙掌。倏忽時相遇，滕薛敢爭長。我拄九節筇，直似飛而上。却把浮邱袂，天風吹浩蕩。時大風把道士袂。

玉女峰

亭亭玉女峰，峰形何窈窕。白雲繚繞之，黟石盡娟妙。天東睨海浪，一峰領其要。溟茫無端倪，浮沉失圓嶠。却俯咸陽原，秋草不掩燒。仙人遲不來，巖梯半殘照。

玉女祠

靚深玉女祠，白雲飄歘歙。穿巖一條泉，飛濺青苔濕。絳節朝帝回，高居在崟岌。清巖白石階，不踏崔羅什。

東峰疊韻

雲將掉頭方東遊，火烏燃灼千山頭。東峰白漲水銀浪，對面一朵蓮花浮。玉女曉起欲朝帝，洗頭盆水清而幽。瀛海溟茫去咫尺，煙霧包裹蓬萊洲。六鰲年深骨已朽，蒼翠沉没方圓萬石驚雷動秦邱。秦皇漢武褰裳望，秋川逝波苦難留。只有金精元氣在，砰訇瀑布雲巖流。一雙地，白日急雨飛龍湫。帝臺秋林轉葱蒨，青坪一色枝柯稠。踆烏顧兔影如織，峰頂歷落抛雙毬。氤氳素氛不見底，濛濛萬里迷皇州。明星高下懸珠旒，神光灼爍當高秋。仙掌參差森五指，拂潢捫斗不遺收。雲車翕集風飂飂，危臺老仙博未休。叔卿道廣作地主，白鹿黃麟紛輩儔。月落河斜玉局散，鐵子擲下青岩陬。露凝金盤得幾抔，凉和瓊屑餐相酬。九莖肉芝滿煙隴，前峰偷喫斑文虬。希夷石室睡不醒，參星夜夜過華斿。千年更變數晷刻，起滅世事浮泡漚。我睇海天一長嘯，聲響遠激層城樓。俯視壤蟲繞地軸，昕夕擾擾争呶啾。

石　龜

石龜昂其首，盤跚岩之幽。中岩一道裂，自昔金簡投。下視窅無底，直通黄河流。爾龜此養息，十朋不足儔。了無鑽筴用，永免刳腸憂。

仙　掌

仙掌空中矗，白雲互參差。絶巖人不到，未用相招麾。嗤彼金莖直，秋霄氣淋漓。一朝露盤拆，故跡無復遺。茂陵封樹盡，仙臺空崔巍。晏坐睇秋色，孤鴻來何遲。

棋枰

仙人對一枰，剥啄雲巘裏。着殘秋月曉，清暉映潭水。縱横局不收，飈車已逝矣。樵歌迤邐來，巖前拾數子。

舍身樹

凌虛蟠怪樹，孤根入巖罅。俯臨百仞厓，横卧吁可怕。常恐風雨鳴，一夕龍變化。安得如汝身，千年倚太華。

老君洞

意欲去流沙，暫憩華山頂。著書亦賸事，聊答關尹請。藥爐更何爲，委棄秋巖冷。人間有雞犬，猶覬舐丹鼎。

修羊公

咄嗟修羊公，高卧叩不答。金碧通靈臺，不如破石榻。

古丈夫洞

我懷古丈夫，衣掃薜石拜。獨作避秦人，高踪躡神界。寥廓有冥鴻，塵網何由挂？一洞天地寬，弗謂十笏隘。

牛心谷

掩曖牛心谷，緑槐不可芟。緬懷楊夫子，講授開緇函。清秋古岩上，夕雪明嵌巉。我欲安石几，借作讀書巖。

上華山連日晴霽喜疊前韻

盈頭白髮天道公，連辰私我暄霽中。蒸霞半天炫谷口，紅射牕罅添豪雄。菡萏層層挂鳥道，中邊欲把鈎梯窮。鴻濛噴薄白雲氣，欲掃未掃迴飈風。跨險已過仙人砭，蒼龍直上天門通。下界自陰上晴豁，火毬一團燒虛空。倚岩鏦錚撼鐵索，了無怖恐心神融。明星東麗仙人掌，玉井西瀦鎮嶽宫。千葉蓮華棄不茹，吟顔自發丹砂紅。抛除萬累向物外，祗放歌嘯明深衷。乾坤秋成納萬寶，滄海一粟存微躬。古老崢嶸攀不到，飄飄禽夏將毋同。昭琴不鼓成虧泯，希聲詎以文綸終？但取星潭一汪水，净湔老眼光朧朧。一峰擬住一百月，俯語雲將吾未東。

華嶽百韻

太華岧嶢氣象雄，天生陡峭壓寰中。三峰形勢容分鼎，五嶽精靈實合形。鎖鑰憑陵關内外，咽喉控扼陝西東。金莖端正仙人掌，絳節尊嚴白帝宮。指拇差池伸自異，兒孫大小拱還同。九州延袤呵噓力，六合凌乘造化功。濯足河流衝砥柱，盪胸雲氣接鴻濛。秋來爽氣金天豁，海底真源玉井通。十二旒垂凝睟穆，五千仞矗兀巃嵸。官家歷代精禋肅，珪幣盈庭肹蠁隆。少皥乘權鑾輅冷，蓐收用事庾倉豐。悅敷兌澤叨重潤，厚奠坤靈慶代終。太乙胚胎聯脉脉，長庚躔度晃曈曨。金行肅殺都摯斂，柴望虔恭罔怨恫。窽未鑿時憐渾沌，山經移後快愚公。繡絺稠疊虞巡會，爟火熒煌漢畤烘。丹桂團團輝廣漠，白榆歷歷映昭融。恢閎禹甸泥乘梮，磅礴堯封水汎洚。疊現休祥毋降割，潛銷氛祲只延洪。懷柔各派區涇渭，謨烈仝符表鄗酆。操縵膠庠伐椅梓，彎弧苑囿挂豜豵。壇場藉用菁茅匭，瓚卣斟浮秬鬯鐀。炳蔚孫謀詒以燕，崢嶸公望卜非熊。烏飛兔走年光逝，虎鬪龍争戰陣攻。軹道降王空櫬璧，沁園貴主失簾櫳。簡編臚列爲人鑑，歌舞消除是女戎。長樂鯨鐘沸鏜鎝，華清羯鼓振鼙鼕。中條商嶺皆培塿，丞相通侯盡蠛蠓。淚落金人寒弔月，汗流鐵馬夜嘶風。唐陵漢寢頹原久，閬苑瀛洲望不窮。渭水故都荒薺緑，咸陽焦土野棠紅。寧秦皇矣昭臨監，蔭晉佳哉布鬱葱。原隰榛苓思渺渺，小戎駟驖韻渢渢。華胥國喜遊軒后，封禪書嫌取所忠。薇蕨首陽稀採摘，桑麻杜曲競耕壠。終南門户迤環衛，直北車書遠達聰。遼薊杓明逢運泰，滇黔箐浄弭兵訌。蛟螭纏向雄雌鍔，鑾鳳鳴諧律吕篇。窣堵波蹲學螺髻，兜羅綿散捲雰雺。屏藩湯沐朝汧隴，伯仲壎箎揖岱嵩。古丈夫應偕綺甪，船司空自瀉崤潼。錘鑪煉石陶甄妙，圖畫披麻渲染工。瀑布雷霆擊砰磕，銀河濤浪破沖瀜。崚嶒築磴摩晴旭，靉靆舒波蕩顥穹。線縷沄沄環灞滻，肘跟簇簇俯荆峻。獮猴得意扳垂蔓，鷗鷺忘機戲在㶟。世事茫茫趨暗景，時名赫赫扇浮埄。壺公幻影飄飆滅，毛女輕鬒綽約鬉。翠棧丹梯升岌岌，琪林瑶草撫蘘蘘。驚人謝朓慚奇句，遊嶽禽生愛薄躬。宇宙難逢希有鳥，廣輪多見可憐蟲。孤生有客裁椽竹，絶調何人鼓爨桐。蠶則績能抒纂組，艾而張恐觸罦罿。庖羲圖象文誠富，鬣缺形模道轉充。九節杖高便平聲跨越，五銖衣薄倏飛翀。上方祇長青柯柏，下界剛飛絳葉楓。白鹿龕邊香薆薆，黄龍潭側響潨潨。烟迷弱水歸青鳥，雨歇扶桑斷赤虹。賀老室幽鑱窈窱，焦仙臺迥切霻靇。彈絲縹緲還招隺，沉餌嗟唏罷釣鮦。危岫層層孟門路，老湫處處吕梁洪。綆修懸汲連縋險，磴窄摩攀陡鑿空。仄踐谾砿臨窟穴，暗穿幢峽出衕衕。祠瞻宗土巍榱桷，橋度單人亘蝃蝀。螃蟹横行緣峻碥，蜉蚸直上撼枯樱。支當淅瀝披髦闟，遮蔽霏靄戴篾篷。樹號舍身增眩瞀，崖名擦耳倍怔忡。楸枰博局侵霄漢，蘆荻籌場掩草芃。探得牛心圓磦砢，麗于龜背凸崆巄。襬褷杉檜擎雙纖，繚繞幡幢綴五總。箭筈盤盤歌捉搦，蓮華瓣瓣篆雕礱。琅玕抹翠嵐生塢，鸊鵜驚寒雪到籠。蜕委蜩螗依木葉，栩翻蝴蝶入花叢。前除暫憩馴鳥鵲，絕頂初登挈僕僮。別院休糧常闃寂，閒庭種藥每莖茙。倦偎苔蘚勝猩褥，小醉醍醐比酪酮。霰鏤魚鱗鋪瓦縫，飈掀羊角裂衣緵。琴徽帶潤囊封錦，硯匣留塵帚拂騣。斑駁昔邪滋沆瀣，繽紛威喜照曈曨。氛埃避靜虛生白，耆艾全真少似童。碑別古文搜岣嶁，佩抽長劍倚崆峒。肉芝殊類延齡菊，船藕何如塌地菘。麄飯盈簞甜芋栗，偏衫細衲煖貂鼨。嗤携符籙祛魑魅，懶寫音書付雁鴻。行氣法傳生伉健，步虛聲杳入清沖。向平婚嫁完兒債，張翰蓴鱸繫客衷。坐守庚申耽寂寂，催過甲子悵匆匆。他鄉樵磵千尋繘，故國漁磯百尺篊。紺雪元霜抛杵臼，黃雞白日唱玲瓏。嶔崎台蕩曾扶策，浩渺淮江慣纜罭。未用當秋悲颯颯，若教消夏滌爞爞。椎囊乍處寧誇遂，劍鋏頻彈最恥馮。自把經書傳伏勝，詎勞學校議荀崧？驍騰讓作纏鬉駿，跧伏甘爲斷尾狨。文武火燒心上汞，陰陽炭鑄世間銅。臨牕誰換琉璃檠，挂壁慵張霹靂弓。眼爲貪奇須刮膜，耳因厭鬧不治聾。塵中處所堪通帝，老去工夫始養蒙。鹿逐乾坤經擾攘，蜃噓樓閣閱朣朦。倏然獨往無踪跡，免得人呼避詔翁。

得圖東見寄詩和韻迎簡

直上三峰太華秋，泥濺巾舃幾旬留。故人話我追仙跡，今雨看山是壯遊。蹭蹬非關趨要路，瀏連寧復爲身謀。誇張晴絢烟嵐景，萬朵芙蓉一舉頭。

又酬和一絶句韻

孤心映雪虚空白，九月廿四日華山雪。巨掌當山擘破青。二十八潭都化酒，只須長醉不須醒。

關中懷古疊韻四首

夕陽故道黍離秋，文武遺風那處留。孟水白魚曾躍入，岐山丹鳳憶來遊。周楨締造興王業，豐芑消沉翼子謀。聖德群靈夜朝拱，烟深畢郢古原頭。

并吞六國氣横秋，準擬皇基萬世留。博浪沙中渾膽落，轀輬車上只魂遊。祖龍一代窮威武，逐鹿群雄騁智謀。枉鑿三泉錮銀海，驪山殘破月當頭。

草澤英雄奮梃秋，風雲灞上一軍留。離宫甲帳朝零落，原廟衣冠月出遊。率土平來三尺力，劫灰消盡六奇謀。瓊霄仙露和盤拆，淚滴金人渭水頭。

烏飛啄屋下延秋，驪岫香殘禍水留。夜雨淋鈴千古怨，春風隊仗五王遊。羅衣釃淚歸何處，玉輦蒙塵不自謀。細柳新蒲依舊緑，吞聲野老曲江頭。

宿盤豆驛力本遣人治具賦謝用李義山盤豆驛詩韻

河水濺濺不復深，急思會面照清襟。看山來往三千里，候騎東西一片心。前遣人候予于靈寶，兹候于華陰。大華旒垂秋滴滴，鼎原龍去暮沉沉。盤飧狼籍沾僮僕，爛醉誰聞隔院砧？

又遣肩輿見迓于盤豆驛仍用前韻

匝月塗泥轍迹深，肩輿迢遞豁煩襟。群騶呵殿非吾事，遠驛招邀見子心。高李豪吟仝慷慨，陳雷古誼不消沉。秋鄉風景江南似，村塢遥聞笛與砧。

尋玉孃湖不得

秋色滿平蕪，驚寒叫子烏。一彎殘月細，何處玉孃湖？

遊華嶽歸重題獨倚樓疊韻呈力本

我生篤慕禽向儔，獨上仙掌雲中樓。瓊盆倒瀉星潭水，旁看玉女朝洗頭。萬峰濕翠漬衣袖，御風遄返流光遒。重登兹樓洵酣笑，兼卜晝夜催更籌。盡拓油牕納風色，周遭遠近峰巒稠。黄河繞城水帶束，白嶽横空烟穗抽。宇宙中間秋氣滿，着此兩片雪色鷗。昨喜猱騰腰脚健，拜謝嶽靈疇啚卣。雲臺天門通帝所，霓旌羽蓋紛飇悠。灝靈殿壓五千仞，天風蓬勃鳴笙球。博臺高高出雲表，嵌巉未用施梯鈎。身騎茅龍徑直上，巔頂似踞崑崙邱。仙人叔卿欲我館，飢進瓊蘂充香羞。素心委運薄久視，白髮底事加耘耰？驚人豈有謝朓句，呼嘯一豁人間愁。天心地肺互脉絡，江南不少山水州。清泉白石轃窟宅，杉檜千丈蟠龍虬。城郭稀見蘇耽隺，畫圖諦觀宏景牛。丈夫及早身可收，何須矍鑠舒壯猶。大九州外境荒忽，裨海難信談天鄒。寰中邱壑吾得到，高厓瀑布懸白繆。徜徉水墅還山郵，往來飄若不繫舟。人生本無蔕，客踪益復浮。未用大小論鵬鷃，適志便是逍遥遊。一緉芒鞋一筇竹，子能伴我吟眺不？簪纓薜蕤殊風猷，溪南老子耽清修。耕漁兄弟最村朴，老瓦盆可交錯酬。千首詩輕侯萬户，聲名官職原贅旒。意蜕塵埃信吾友，笑而莫逆凝雙眸。凌虚招呼廣成子，白雲縹緲飛千秋。

悲歌行疊韻呈力本并序

力本閲拙集，極賞祭盧天羽先生文，猥謂一片血淚，純是天地元氣，結成此種文字，不可以時代論。予既感知己之奬飾，竊念不孝孤生，無爲養，沉痛入骨。其時兩家孤，情事正同。省記舊跡，悲來填膺，不覺失聲一慟，非倚醉狂抒痛也。因走筆疊韻成此篇，時乾隆癸酉九月之晦夕。

維揚馬君遷如儔，高名高過文選樓。假使與古共騁轡，亦應見許出一頭。誰論海内述作手，持較中論尤加遒。予文枵空了無有，絶類量沙虚唱籌。君乃高呼張氣勢，挾之駸駕健者流。就中雒誦祭盧文，一紙殷殷天地聲爲留。噫予撥觸沉痛稠，獨繭哀絲千萬抽。當年煢煢兩在疚，紅淚紅似芙蓉鷗。翡帷砂版具夕奠，雙魂在上釃二卣。不孝孤不可爲人子，欲追冥路冥且悠。直寫哀悰告魂座，君胡指此文價仝圖球？省記茹毒有如毒草茹，腸爲寸寸斷，吻爲段段鈎。生養苦無雞豚味，死葬不成馬鬛邱。循陔采蘭朝暮采，白華絳趺以爲羞。古來孝子供子職，耕田竭力親犁耰。我時不行無可養，遥望白雲生悲愁。負米遠馳江南北，往往擔簦入皇州。歸來上堂不復見，規種五粒騰松虬。縱復一朝竊鼎食，上塚空爾陳椎牛。以此椎心括髮痛，欲死不死痛淚不能收。通門猶憶兩落解，頻打毷氉命不猶。落魄偕行至稷下，盧爲辨奭予談鄒。霜蹄雖已蹶騮駬，寶氣猶復明琅璆。一月寄書過一束，寢門踈曠勤星郵。皇穹不鑒予精誠，忽焉夜壑移藏舟。兩翁曠逵了晝夜，其生其死如休浮。浩浩一氣返旻灝，上征詄蕩天門遊。管鮑陳雷古來有，有此互沾縗血不？只此豈復論才猷，文苑料不施删修。君胡指此文價仝圖球，黄金萬鎰猶不足以酬。千行熱淚急雨迸臉波，豈止紛挂千珠旒？不爲片言賞譽生感激，要自滛滛舊血飛濺糢糊眸。驚動霜林萬烏起，哀聲相應啼清秋。

留别力本疊韻

乘興新爲華嶽遊，歸携嵐靄此重留。野夫名媿陳驚座，地主才過趙倚樓。爛醉先期踰十日，高吟此度足千秋。由來湖海多豪士，得似元龍意氣不？

又遣人郊外治具却寄用圖東詩韻

酣歌一夕已千秋，縹緲飛樓底用留。往復連朝費迎餞，唱酬一路接朋遊。向平婚嫁知予畢，皇甫文章即子謀。近屬其作文序。他日相期采芝去，醉眠若箇碧峰頭。

過訪即留別疊韻呈圖東二首

浹月東歸已背秋，高齋情話小淹留。來從舊雨還今雨，吟過嵩遊復華遊。有子知君無不足，畢婚于我更何謀。江南夢裏紅千樹，預約看花並馬頭。

晚傍風塵又一秋，故山歸夢繞稽留山名。菊還有意枝枝發，萍本無心汎汎遊。居傍草堂渾可卜，飲深良夜不須謀。浮踪歡聚知難得，感念青燈照白頭。

登臨虛亭疊韻

陽月催過萬景秋，臨虛恰共白雲留。河山環抱群龍合，風雨蕭疎一鶴遊。疲馬羸僮元浪跡，狂歌痛飲亦良謀。古人不見東流逝，涑水曾題百尺頭。

奉酬圖東見寄疊韻四首

離情一日抵三秋，却悔當筵未久留。兔苑繁霜勞遠夢，草堂微雨失仝遊。天懷澄澹遥相照，人事蒼黄不與謀。東陜今稱風雅窟，吾生並世總低頭。并謂力本。

通懷季野貯陽秋，塵路誰何齒頰留？願作雲龍隨地逐，曾騎茅狗上天遊。省開白眼招人怪，辨得青鞋出世謀。獨往難忘舊吟伴，芙蓉頂上重回頭。

兩鬢霜華鏡裏秋，韶顔豈爲老夫留？也知嘯父工長嘯，若説遊仙是小遊。二華不寒疇昔約，一笻寧與友朋謀。兹行奇絶平生冠，贏得題詩箭筈頭。

講堂倏忽六經秋，風雅因君尚繫留。王績鄉中惟是醉，華胥夢裏莫非遊。梁園落拓酬賓戲，曹社更番任鬼謀。晚景恐教兒輩覺，來年六十已平頭。

千秋鎮

辛苦千秋鎮，泥深馬腹邊。無謀堪出險，有客肯扶顛。浩淼行難盡，崎嶇往復旋。方知濟時彦，未可放歸田。

自義昌驛至鐵門

已過義昌驛，斜陽行不前。如何赭白馬，復着黄金鞭。世路固難已，客心空自懸。東奔鐵門路，難似上青天。

宿窯店

鐵門終未到，窯店且安居。隣舍求蕢豆，荒園摘韭蔬。主賓皆逆旅，天地一蘧廬。藉草鋪重褥，酣眠自宴如。

新安東關謁吕忠節公墓

縱横劇賊滿中原，洛水難禁萬馬奔。退傳節旄空自落，東萊講席尚然温。周公有鬼憐英魄，福邸無聲泣斷魂。一徑松風連隧道，虚濤吹冷涕洟痕。

管鮑分金處二首

世上無相識，根源重在金。分時多著眼，貧底少知心。高誼音誰嗣，窮交淚滿襟。桑調元

朱嵩齡仝管鮑，忼慷古猶今。

鮑叔無窮誼，能令管子安。無猜斯足貴，多與未爲難。此友成千載，相知豈一端？分金猶有處，霜草白漫漫。

感管鮑事重賦二章

生我者父母，知我者鮑叔。吁嗟天下才，堂阜不爲辱。起家薰沐餘，功名上青竹。分金義不小，恩情均骨肉。戰三走亦三，母老非退縮。論相不之薦，報德殊凡俗。俾仲成一奇，此誼千秋獨。

生我者父母，助我者予齋。怔惶嘗湯藥，通門夙夜偕。蹌踉見星奔，非君已黃埃。公車三我顧，乞養趣循陔。文章誠小技，丁寧盡厥才。蛾眉召謡該，撫愛芳潔懷。愧我了無奇，此誼誰與儕？

重謁詩聖祠

重過祠宇肅衣冠，恨不同時異代看。迍賤文章多涕淚，亂離臣子有心肝。草堂才大推詩聖，工部名高壓史官。不爲驚人耽述作，寸心千古只求安。

漢高帝繫馬槐

雜亂千章裏，標奇獨漢槐。高皇今已矣，古木尚雄哉。霜露經秋冷，烏鴉入暮哀。腐儒騎瘦馬，寂寞首重回。

厄井

漢主泥蟠地，蜘蛛亦效靈。祇教追鹵莽，誰與測沉冥？白日藏龍氣，清泉下帝星。滎陽無改邑，士女汲銅瓶。

鄭西門感劉將軍聘之崇會大捷處有作疊鄭東門韻

鄭西門頭寂不喧，輕輿早入逆旅門。客中酒不論清渾，倒入胸中翠濤翻。却憶道左豐碑書大捷，細字石泐摸剔龜趺根。乃知崇禎年間力禦寇，虎頭燕頷臂則猿。當時中原流寇萬騎方衝奔，田家喪却老瓦盆，河南河北兵車屯。飢腸那充馬齒莧，赤體詎遮犢鼻褌？桓桓劉將軍，快劍砍賊如解黿。高村陽和二地名迭斬馘，連天鐃鐸橫沸掀。雲隨殺氣鳥避轅，西追我馬猛勢軼，似踰月窟超崑崙。此宜露布達帝閽，築壇推轂令鵬騫。天戈雷轟倒鬼斧，便可疾掃貔虎繁。乘勢雲中下鼓角，煙氛直靖西南坤。徒倚嗣昌辦劇賊，赤日倏墮虞淵昏。嗚呼！明社已屋緣底事，舉錯令人增鬱煩。舊局敲殘我何與，呼燈再沃玻璨樽。

明鄭州魏公明賓尚賢昭忠祠詩

有明敗局寇内訌，一劫頓使楸枰空。煤山之禍古無有，春朝敲斷龍樓鐘。先時中原躪萬騎，汳上訇決黄流洪。哀哉杯瀉福禄酒，新安浩氣升長虹。管城城東門乍破，堂堂授命銀臺公。公首可離膝不屈，嶷然峙立標中嵩。當官幸脱璫餤烈，天留七十霜髯翁。終焉奮厲霹靂舌，怒駡殷地聲隆隆。快刀先斫食指斷，銜鬚温序何其雄。蘼蕪一片跡不滅，天狗下舐斑斑紅。塞天氛祲告鞠凶，蚩尤飄飖彗蒙茸。成仁志氣有元本，激昂封事明丹衷。赤手欲扶鼇極正，末造自壞蓬萊宫。昆明未覩劫灰黑，碧血已滴重泉中。誰謂賢愚死後泯，彼蠢蠢者誠沙蟲。魏家河邊骨已朽，奇芬却與旃檀同。我放小招弔毅魄，楓林颯颯鳴悲風。雲旂出入淡偃蹇，神靈荒忽天西東。亭成野史著特筆，大節於爍昭清穹。傳芭擊鼓秋色裹，城頭哀怨何終窮。

白沙鎮

逶迤東向去，甫草路猶賒。連騎捎黄柳，孤鴻下白沙。鄉遥斷音信，客久擲年華。蓬梗浮秋水，茫茫未有涯。

僕射陂

僕射陂前景色清，煙波一片尚盈盈。風蓮爛葉翻翻倒，水鸛寒吭磔磔鳴。獨上荒臺提筆掃，狂呼明月把杯傾。雨晴往復都乘興，不繫舟看自在行。

白沙鎮見一船感賦

荒浦一舟横，烟波動客情。草青迎棹過，沙白送人行。鄉國頻繁夢，關河數十程。何緣便歸去，弦月柁樓明。

還憩韓莊

却過韓莊望，南村竹樹遮。吾徒還毾㲪，謂張上池。世事漫嗟呀。旅鬢寒烏帽，僧廬憶白華。謂白華寺。東瞻汴城近，也算客歸家。

宋太乙宫

有宋昇平日，熒煌太乙宫。天書何誕漫，封禪自西東。素女霓旌拂，仙官絳闕通。靖康城欲陷，厭勝醮壇中。

奉酬圖東書華遊長篇後原韻

梯霄上二華，青柯俯列巘。天門開詄蕩，鬼斧鑿幽秘。懸瀑倒千巖，響取轟雷霹。鐵絙撼鐺琅，驍悍洗呀瘁。雲崩露厓窾，不盡嵌巉致。元工摶土手，真宰煉石意。眶睫砉開張，毛孔森怦悸。峭拔信天成，光怪獨予畀。直踞三峰椒，妙揭第一義。浮空石蓮華，秋色羅衆異。倒景燃雲海，金光萬道恣。所嗟筆鋒鈍，陡落失銛利。一緘空中來，六丁遞奇字。空谷足音跫，古殿靈光巋。吴劍抽干將，趙穎脱毛遂。詑似讀異書，蝌簡啟玉笥。詞壇築中天，一軍驚拜帥。層城撮仙標，廣場掃蕪累。氣方一鼓作，才更八斗費。庖丁捉牛刃，恢恢有餘地。宵誦殷屋山，銅槃膩燭淚。歎彼詞波渾，識田早淪漬。未得元氣强，那免客形悴。此中檢根由，俳優坐妖媚。大老邃工夫，志至連氣次。操觚旁門塞，綰組熱逕避。巖柏挺直幹，海鶴翻勁翅。已卜物外廬，行謝塵寰轡。生兒交瓊柯，著書貯金匱。新題運仙掌，凡腕斷希冀。詩胆破劉乂，詎止攻余媿？

抵須友堂

冒雨登車作華遊，自操濟勝百無憂。世情多在亨衢蹶，詩意須從絶境求。袖拂三峰嵐氣散，杖歸一室水痕留。老夫正有清狂興，群嶽巖扃次第搜。

泰山集序

今歲九日登高，鐵塔十三層頂上，覩黄流一線滉瀁行，山色青濛濛浮檻外，餘祇荒沙澶漫不暢。臨眺遠目，遂動登岱嶽之興。攜拄策即行，飛凌日觀峰。雞一鳴，觀日出，洵寰中第一景。出丈人峰後，覽黄華靈巖，窮嶽之勝，歸謁孔林。孔林于雍正年間謁者，舊矣。儒家祖塋，禮當肅恭。重省詣聖賢林廟，覽古跡殆遍。欲往鄒縣重謁孟廟，不果。僕夫取道誤，出城武，訪曾廟，不得，然亦足盡天下大觀而無憾矣。且遊且吟，有作又積帙。適新修大梁書院落成，五賢祠亦丹雘光彩，龕帷具備，專待予歸，練時日送栗主。且碑已礲就，趣予援筆大書之。予明年擬游南北嶽，將辭。此去轉眼爲陳跡，固宜存之，以紀歲月。

乾隆甲戌良月之望，桑調元自序。

泰山集卷上

詩一　古今體詩九十六首

泰遊口號

日觀須凌第一峰，登高發興引遊蹤。小春天氣陽光煖，大塊文章嶽色濃。獨客南來偏伉健，群山東向盡朝宗。人間多少閒恩怨，不到禽生曠蕩胸。

留别袁石峰舜裔

莫定畸人物外蹤，夢魂飛入碧霞重。浮雲形似世情幻，秋樹色添遊興濃。白練横過天際馬，烏藤直上嶺頭龍。憑將一斗喻糜汁，洒遍天門日觀峰。

留别沈荻林廷芳

嶽麓鐘聲夢裏聞，早於金闕識蝌文。予庚子歲夢至一廟，楹帖榜『帝出乎震，人生於寅』八字。至癸丑，詣嶽廟，具如所夢。一登臨欲吟秋色，十往來惟望夕曛。到眼霞嵐皆異采，近身猿鶴總仝群。知君不少詩千首，應羡横胸蕩白雲。

遥别張圖東學林馬石蓮榮祖

簇簇籬花正鬭新，忽生豪興動征輪。天東兀突攀靈嶽，關外連翩憶故人。浮世遄教圓甲子，閏年先借小陽春。不愁客路無相識，白月追陪意劇親。

登車行

樂復樂，又登車。一年遊一嶽，歲月不空徂。太山朝雲騰太虚，超遥倏忽如招予。石菊黄斕斑，霜楓紅扶疏。渡河古轍沙盤紆，湯湯汶濟清而姝。馬蹄蹀躞青未了，直入碧霞縹緲之高居。天門開向南天上，三十六盤雲中趨。飛踞日觀領其要，火輪湧出雞鳴初。霞暾歷亂絢繢彩，絶奇滉瀁金光鋪。一泓周遭浸地軸，鰲極終古牢撑扶。巑岏峭嶂近拱揖，指顧分列周秦吴。齊州九點羅方輿，元氣泱漭根虚無。群嶽連綿接遠翠，巨手爲展真形圖。東偏咫尺凌蓬壺，仙人隔水堪邀呼。蜃吐青紅作妖怪，白日樓閣凌空嘘。秋蟄魚龍鞭不動，豈敢漫禱追髯蘇？陸海熒煌炫萬市，幻影出没滄溟如。登高遠觀放心眼，今古浩劫俄乘除。秦皇漢武殫威力，東門悵望何貪愚。誰傳古皇七十二，紛紛石礎金繩俱。大書深刻摩厓字，苔皴石泐形模糊。云亭社首自巀嶭，何人封禪存遺書？浮雲一過浄無跡，只容吟眺供娭娛。遊山當着幾緉屐，此去闖破青石閭。隔年成言定不爽，鴛湖錢載知老夫。丈人峰頭許高卧，踏壁扣石歌黄虞。僕大在路且整暇，我行無事姑徐驅。

宿蘭陽

僑居幽默在丹房，一豁秋襟出大梁。天入白藏臨曠闊，峰攢青社向蒼茫。投空林裏鴉聲大，行夕陽中馬影長。是處松醪堪醉月，初程泥飲宿蘭陽。

留侯墓

博浪陡一擊，飛聲震乾坤。副車中雖誤，已褫祖龍魂。大索澁蹤跡，杳然何處存。餘事與炎鼎，封留焉足論？赤松與黄石，物外可晤言。寂寞一抔土，不傍咸陽原。秋煙莽莫辨，遥睇釃清尊。

子房洞

谽谺子房洞，一卷清且幽。因依黄石在，縹緲白雲遊。智勇風雷動，功名竹帛留。英雄知退步，胡不引韓侯？

漢高祖廟

一劍成王業，英雄沛上多。興隨芒碭氣，歸作大風歌。螭斷穹碑首，鴉攢古樹柯。良平祠墓近，靈馭月中過。

陳思王祠

思王志小雅，怨誹形詩篇。蓄意在遠遊，慨慕方蓬仙。白馬與贈別，玉體毋輕捐。洛水漾微瀾，胡爲賦感甄？乃知萁燃豆，猶未急相煎。建安才名冠，深覺斯人賢。奸雄産寧馨，盛藻長流傳。凄凉去華屋，冷就山邱眠。丹楹黯零落，林鴉噪凉烟。

陳曲逆祠

百世此廟食，里社如公稀。誦言宰天下，均平願無違。傾心交絳灌，安劉定指揮。厥謀迥殊衆，迭出胸中奇。乃知智者心，從默涵深機。王陵獨廷諍，偪偪未云非。

壕水行

周遭秋波流湯湯，考城之城波中央。東西城外堤一道，蕩潏左右如浮梁。浮梁難遣凌空起，城磚填築沙水裏。中窪處所若斷虹，我車濟盈苦濡軌。今年夏五之望騰螭蛟，中天雷電風雨交。五更飛湍汴城入，西南一帶沉堂坳。天黑悽聞鬼神泣，堤崩屋坼嗟何及。老夫幾犯滅頂凶，黔首焉能側足立？雨晴倒漲濁水流，攢眉不解何緣由。傳聞汎溢他州縣，眼見氛祲兹爲尤。柳下老人語嗚咽，夏秋水風冷騷屑。當時三版幸不沉，滔滔勢等黄流決。城中稚耄都怔惶，大家小户無完牆。黍麥經時價昂涌，忍飢急欲輸官糧。噫吁嚱！五行災沴古來有，回斡化機巨靈手。箋天殆少地上臣，漫道天關虎豹守。只今洶洶漫坑壕，衝風歘吸翻雲濤。鵜鶘鴰鶬飛且號，水寒煙淡求其曹。一輪素月霜天高，搔首感歎增鬱陶。詩翁空比契與稷，徒耗幾斗松花醪。

飼鴨詞

考城壕水如長河，勢欲走海揚白波。野翁作計此飼鴨，成群散亂棲盤渦。沙平浪静鳴相和，隍邊隈隩踏淺莎。唼喋魚蝦飽軟美，入口不吐蜆蚌螺。尋常水面掠短翮，毛身蹣跚飛跛躄。豈知一夕衝風忽怒號，倒拔鄱陽洞庭響砉騞。風饕浪洶氣勢豪，鼓舞襹褷動什伯。擘波決起互厖轟，直湧空明千百尺。砰然山倒震洪波，萬雨聲中崩霹靂。東邊陡落西横騰，分曹賭勝争凌乘。訇天蕩潏大瀛海，鼇呿鵬擊聲相應。飛廉歸去收憑陵，四面影息秋波澄。倏忽晻暍暝烟凝，照破團團一片冰。日夜浮游此窟宅，種類孳息盈不億。灣陂富可比封君，野潦滛滛翁亦得。鴨鴨汝自呼其名，戲稱汝能超凡翎。汝莫自矜能言可入貢，誤信詠諧甫里生。

宿考城

水繞孤城汎溢餘，尚留泥潦濺征車。翻波鵝鴨喧壕塹，下坂牛羊入里閭。一昔客蹤安僕馬，三秋市價貴瓜蔬。寄聲太史操青簡，莫漫齊將大有書。

考城逆旅壁揭寧人負我毋我負人字一幅感而作歌

寧人負我毋負人，美哉此言如飲醇。世恨中山狼多滿地走，不惜獵人手底紅染輪。豈知蹄毛不足校，大塊孳畜群牲牲。惟須立脚厚繩己，愓息人禽判一身。赤心端合播仁愛，白眼不勞生怒嗔。詎謂皇天有美報，决當爛漫舒天真。以此揭壁告諸往來客，足使斗室暄如春。我尤欲贊化乾坤平譽咎，人己熙熙兩不負。

曉發考城

闗垌潦水尚横流，改轍縈紆古隴頭。負戴稻粱穿市曉，拖挐楊柳映隄秋。人趨平野追風驃，車過高坡上瀨舟。前向渾河重問渡，向禽不係旅中愁。

劉家漊渡河

朝旭晴懸古渡前，劉家漊畔散寒煙。片帆横截乘槎水，孤鶩斜飛隔岸船。舊日蒼茫追瓠子，新霜歷亂點華顛。乘風破浪渾閒事，老去臨流一慨然。

曹縣道中二首

日中猶未食，行者迺知艱。人馬同飢渴，風沙老鬢顔。田家安播穫，客路飽閒關。所幸心無事，清遊總是閒。

渡河三十里，猶未及曹城。秋鶻盤空下，村雞報午鳴。野荒途莫問，沙厚馬難行。尚有乾餱在，無須羡鼎烹。

未曉行二首

昨晚倦先宿，侵星争此程。樹偏當澗立，馬爲失群鳴。燈火隣車借，風霜朔氣迎。披裘執鞭弭，辛苦僕夫行。

穿入柳林裏，望來煙氣濃。光芒星替月，骯髒馬如龍。曷旦烏頻喚，賣漿家未逢。行幾三十里，遠寺始鳴鐘。

月

皎皎茅茨月，清暉媚旅人。群情看自別，吾意獨相親。一瞬十年事，孤踪千里塵。遥期青嶽頂，更爲照嶙峋。

月下行二首

宵分起視月，漸次欲團團。整駕仍侵曉，披裘爲却寒。溝塍横樹影，斥堠矗旌竿。迢遞遵周道，星稀夜向闌。

鐸鈴先後接，蚤起理應齊。草短跑寒兔，村深叫遠雞。荒煙生隴上，孤月墮天西。清景開圖畫，無人攬筆題。

獨山

元工生使獨，鼠尾細皴殊。落落青松秀，稜稜紫石腴。也教僧占去，曾有客題無？莫怪偏鍾愛，吾生性亦孤。

望衆山作

獨山何介立，遥見衆山圍。踈樹連青靄，寒雲映翠微。冥心際秋昊，到眼溢清暉。岱嶽分神秀，氛氳攬化機。

宿濟寧四首

舟車天下會，旁午濟寧州。轉漕還南去，看山自北遊。清圓明月夕，衰白鬢華秋。此地堪吟醉，青蓮剩酒樓。

吾兒歸故國，屈指到金閶。回望梁園月，吟充古錦囊。老夫發遊興，清濟照行裝。往歲仝來路，商歌意不忘。

龍山一輪月，遠照濟流圓。作客分鄉縣，遊山及老年。吟從岱宗發，書向虢臺傳。禽夏償吾願，須成五嶽編。

若問吾家事，耽詩亦少陵。球兒清興屢，箎子苦吟曾。晚歲心逾壯，違時氣轉增。南池多古意，欄檻失仝凭。

南池謁杜文貞公祠

千古大文根忠誠，詩公獨欽杜文貞。當時奔波值離亂，涕念君國悲濯纓。一飯何曾暫忘却，金盤玉箸憐紅櫻。衣露兩肘謁行在，光照汗竹何峥嶸。踈救豈私房太尉，要爲朝廷收老成。哥舒後愚前勇鋭，誰能預保完令名？無端索瘢苦不已，文人抵死工相輕。漁洋持論吾不平，三大禮賦施譏評。若使委蛇李林甫，何至忌刻沾微生。鴻裁詎合絀君相，深文曲詆欺聾盲。似妬文彩動人主不惜，如雲大翅垂青冥。仰公大名垂宇宙，神靈浩蕩周寰瀛。即如南池一泓水，藉公洒句騰光晶。城隅秋水奉遊讌，任城主簿纏深情。遺跡昭冥關氣數，表章盛世揚芬馨。萩林兩持使節至，入雲祠宇標朱甍。詩史藎臣勒御筆，紫氣黑夜捎天星。重是心肝至尊捧，夫豈徒以其詩鳴？我曾遥題志仰止，鞠躬今拜池邊庭。凉秋九月風穿檽，木葉如雨紛飄零。少陵臺上倒醽醁，酹公三爵還自傾，浩歌無人獨吟賡。靈風颯下公其聆，秋波震宕魚龍驚。孤蹤寂寞亦常事，寸心得失皦皦明。古今此地迭憑弔，着我撫節横敲鏗。

謁謫仙樓

謫仙百尺存高樓，樓矗任城城上頭。狂歌一曲動天地，商聲激越當深秋。謫仙意氣横九州，奴使力士輕王侯。脱非四明狂客具特識，誰知謫仙混跡塵中遊。楚筵辭醴身早抽，萬里夜郎還長流。鴻才落魄有如此，愴然涕下誰能收？登高壯觀豁兩眸，古今萬事浮雲浮。功名富貴豈長在，只須葡萄千斛傾新篘。老兵亦可作酒伴，何必孔巢父與元丹邱，而況八仙六逸迴不侔。昔年此地酣醉留，酩酊得有千場不？眼前橫目二足俱悠悠，呼公不起無朋儔。世人只知翰林供奉貴，詎驚光燄萬丈獨與南池杜老爲匹休？知公胸中雲夢吞八九，了不芥蔕夫何尤。八窗盡拓洺冥搜，天風落木寒颼飀。圓靈不動清光皎，曾照綺席行觥籌。時無金貂換酒與我飲，取醉質我青兕裘。大瓶小杓歷落澆吟喉，翛然自斟自獻酹。屢舞僛傞醉不覺，老狂消盡萬古愁。他時天門開詄蕩，訪公一過揚雲斿。相從吟醉吾何求，嗚呼，相從吟醉吾何求。

曉發濟寧

大閘逶迤度，馳驅我馬良。霞暾破清曉，槐柳夾康莊。白首孤吟壯，青山萬慮亡。搖鞭僕夫語，今夕抵寧陽。

曉行寧陽道中二首

曉行天氣肅，裘襲冷森森。空際飛星彩，堤邊寫柳陰。微風迎素鬢，圓月照清襟。宇宙一何曠，窅然生遠心。

木落月明候，吾遊于物初。太清消滓穢，萬類寄蘧廬。遠岫眉逾淡，寒潭鏡總虛。奇哉此幽景，湧出五更餘。

雲　山 山名

一山遥突起，形勢軋霄峥。千仞雲騰涌，孤標玉削成。盤阿明月墜，秋樹淡煙横。此内耕耰好，茅茨稱隱情。

張果老山

詢名張果老，縹緲矗仙山。松石寧嫌淺，心神好是間。孤棲涵道氣，幽境在塵寰。情慾拋婚宦，須知即大還。

望　嶽

向空瞻嶽影，拔地聳巖巖。天海一迴抱，雲嵐千吐銜。神居建高屋，遠勢走驚颿。明去凌巔頂，無須姓氏劖。

張家口渡汶水

汶水浩湯湯，浮沙映日黄。行程淹馬足，客夢省津梁。利涉誠難遇，清遊了不妨。漸車經澤腹，吾自上舟航。

曉赴泰安

迢向山城去，惟餘一舍遥。途纔入磽确，樹久颯風飈。月色豈長好，秋陰難遽消。還思禱靈嶽，爽氣豁今朝。

謁嶽廟

名山推五嶽，泰岱獨居先。勢峻東臨海，功高上配天。地封禽父國，碑勒鼠兒年。廿載重瞻拜，霜髭不復玄。

嶽廟階心柏

正對金爐聳一株，人從翠蓋兩傍趨。高撑月地心原迥，獨立雲階影自孤。葱蒨形模元氣擁，崔嵬枝幹嶽靈扶。唐槐漢柏年雖長，得似當中挺拔無？

扶桑石

嶙峋離立指扶桑，不用乘桴着日傍。神巧鐫鑱穿窈窱，嶽靈盤鬱結嗙磄。彎弓欲挂滄波影，緤馬堪收世路繮。誰候雞鳴來騁望，咸池想像欲生光。

嶽廟階西石高蹲如塔

崚嶒片石矗崑崙，形勝西偏竦處尊。湧出堵波標塔影，觸來膚寸識雲根。元精耿耿華文歛，横理庚庚古意存。靈嶽氤氲原一氣，丈人峰勢許仝論。

漢　柏

炳靈殿側晝陰昏，石上龍蛇蟄古根。西北風回竽籟響，二千年受雪霜繁。官家往事過塵劫，鵶鵲新巢長子孫。却省仝遊人已逝，對君涕淚洒天門。

唐　槐

槐根歷亂走逶迤，槐腹枵然更崛奇。風際千聲鳴窸窣，月來雙影弄參差。已空窈窕丹青户，曾拂翩翻日月旗。聖世並沾新雨露，延禧葱鬱萬年枝。

嶽廟感舊三首

並馬東來射策年，岱宗青靄拂行鞭。雲嵐生氣初春動，臺殿靈光落照鮮。槐柏半枯探古跡，云亭疊禪檢遺編。重遊悵望天門路，淚湧清秋雨後泉。癸丑春，仝朱予齋公車北上，謁嶽廟。今予齋歿七年矣。

一夕飛過大小東，仙閭便是蘂珠宮。玉臺絳節瞻天上，緑字丹楹揭夢中。豈謂文章神亦助，庚子闈題《行夏之時》，吾屬思有省，即用夢中楹帖行文。也知呼吸帝原通。只今空對扶桑石，不得摩挲語笑同。

周生復旦，字肄三，善天文河洛數，早卒。閎博辨星文，奎斗天垣指向君。其奈英雄聚蒿里，空將時命問靈氛。孤生只剩蕭騷竹，膚寸都成黯淡雲。猶有夢瓊餘息在，一哀可得九京聞。

阻雨有禱

憶昔山前矯首頻，往來覿面失相親。蓬山引去風中舸，剡曲空回雪下人。纔辨青鞋攀絶磴，苦教白雨灑高旻。嶽靈乞把油雲掃，放出秋空日一輪。

喜　晴

果掃煙雲净，當頭旭日紅。飛拈靈壽杖，直上碧霞宮。松磴翠逾潑，海天清若空。重叨嶽靈眷，遊華事原同。

登嶽五首

浩浩出門去，曠懷誰與言？此行登岱嶽，獨步上天門。觀海鯨須掣，培風鵬孰騫？憑將今古事，搔首問乾坤。

新霽梯雲麓，憑虛上上頭。迎眸小天下，濯足大龍湫。歲去烏三足，塵揚貉一邱。何須因白練，東望起鄉愁。

一入紅門去，盤空六六紆。昂霄松骨挺，横澗石稜麤。靈爽通群帝，秋光攬八區。高吟登日觀，浩蕩撫鴻罏。

山脚根東極，蒼茫灝氣浮。緑文仙篆籀，紅市蜃臺樓。擘海翻金翅，凌空躍火毬。垓埏供一覽，奇景拾高秋。

山勢青驄馬，奔騰到海隅。州烟黟點九，山月白輪孤。方士言迂怪，神仙事有無。猶存封禪跡，秦漢一何愚。

白雀泉

岳麓寒瀦雪色泉，羽衣曾此照褊襹。丹光夜出巖邊日，卵色秋涵水底天。白鶴不乘明月下，驪龍如抱寶珠眠。青桐芽自春前採，惟嶽中岩谷有此茶。試汲銅瓶活火煎。

紅門

秋冷胭脂石，朝迎暘谷暾。高高瞻絳闕，下士入修門。

飛雲閣

凌虛閣勢切高雯，眼底輕飛片片雲。青嶽嵐光秋窈窕，紅門日氣曙氤氲。海天澄澹空相映，齊魯蒼茫迴不分。封禪紛紛迷往跡，望中何處是亭云？

孔子登臨處

孔子居東山，小魯試一登。洎乎陟泰岱，心目暢凌乘。于焉小天下，高躋百萬層。誰謂天在上，無階不可升。丹梯穩着足，峻極横憑陵。

高老橋

幾條瀑布下巖椒，重鎖潺湲跨石橋。陂陡未須回駿馬，風高忽自掣寒鵰。天門路已過青澗，御帳坪猶在赤霄。漉漉清流渾不斷，頓令心眼滌煩囂。

水簾洞

一雨奔飛百道添，仙閭不捲水晶簾。天邊亂唾生珠玉，臣處幽居在讓廉。澗腹秋清元鶴洗，潭心月冷白龍潛。洞中環珮無消息，瑶草沿源長緑纖。

巖巖亭

一亭卓立表巖巖，紫翠千重落日銜。對面徠峰争兀突，上頭嶽殿擁尊嚴。黄流佀帶由來繞，緑樹如萍不可芟。纔得凌虚開眼界，塵寰所見盡卑凡。

馬棚崖

浮雲乍散白蘢葱，一氣穿過倒壑松。穹石横排堪隱馬，飛流直下劇奔龍。煙霞晚絢晴巖色，冰雪秋填冷客胸。杰閣摩空還徙倚，天風蓬勃響笙鐘。

摩空閣

高崖千尺已摩空，架閣飛凌冷翠中。海色動摇秋水白，嵐光渲染夕陽紅。輕身騰躍追猿狖，遠信飄飖任雁鴻。等是東西浪遊跡，愛從嶽頂寄霜蓬。

東百丈崖

萬里晴光動翠崖，盤空百丈躡青鞋。鞭苔鸞鳳追仙侶，沉痼煙霞屬我儕。碧磴參差排石屋，丹梯巀嶭上天階。洞門蘿薜長如許，小住清秋亦復佳。

西百丈崖

西巖宿雨洗氛霾，斑駁新霜錦樹排。咫尺帝居雲裏闕，憑陵弟畜磵邊崖。高空寥廓盤仙驥，古石荒寒棄女媧。欲借林僧青竹杖，起觀滄海暢秋懷。

回馬嶺

環道重重入嶮巇，縱饒叱撥也難騎。籃輿拂蘚終愁滑，芒屩穿雲不厭遲。萬里秋風吹客髩，中峰陰雨晃靈旗。還思昨歲攀登處，絕壁千尋鐵鎖垂。

黄峴嶺

黄峴憑陵石磴高，蒼藤七尺上磽嶅。劇愁詩老青鞋破，欲借仙人白鹿遨。漢碣苔濃皴古字，秦松雨暴助虚濤。飄飄襟袂難輕舉，凉拂天風也足豪。

步天橋

兹山形勢與天齊，重疊天門步可躋。蠟屐登登凌碧漢，彩虹蜿蜿挂丹梯。身臨泰時連雲峻，眼見秦松帶雨低。曾上蓮華最高頂，單人橋入萬峰西。

快活三

惆悵梯空上蔚藍，傾崖駿馬已回驂。步天橋迴千重磴，觀海峰高萬丈嵐。亭觀東西行客怯，石盤新舊僕夫諳。雲階坦迤叢山店，飛步同呼快活三。

御帳巖

一片飛來石，凌乘御帳巖。泉聲帶風吼，月色映秋劖。帝力鍾靈秀，神功削翠嵌。登封人不見，苔字蝕鐫劖。

大夫松

風雨驚飛洗翠巉，鑾輿難覓碧油衫。始皇帝倚雲中蓋，五大夫加世上銜。勁節原能傲霜雪，清標端不落塵凡。高斯早已污碪斧，尚有秦官老此巖。

處士松

昂藏誠獨立，溷以大夫名。石鐫『獨立大夫』四字。處士無慚色，空山老此生。精靈依岱嶽，封爵謝秦嬴。莫化神龍去，騰飛上玉京。

朝陽洞

窈窕朝陽洞，暘光此早臨。一窪滄海水，半壁閶風岑。雲吐呀然口，塵空道者心。蘿陰下飛鳥，十笏亦幽深。

半山亭

路半仙巖矯首觀，飛身已到白雲端。芙蓉秋爛千千朵，蘿薜晴摇六六盤。壘石莓苔迷漢檢，攢霄風雨護秦官。一亭迥立高空上，不散層陰卓午寒。

小龍峪

衆水匯石峽，倒傾萬斛珠。蟄龍在窟底，一噴一醒無？

龍泉觀

奔泉不斷洒珠璣，高觀新苔繡石扉。夜雨平添秋水漲，青天乍見白龍飛。深深洞底投金簡，洶洶巖坳濺薜衣。坐冷斜陽不歸去，四山暝色動烟霏。

大龍峪

將刀斫瀑布，不斷千丈流。乍使乖龍怒，傾天拔老湫。

十八盤

慢緊十八盤，盤盤飛鳥上。一生喜遊山，當着屐幾緉。

龍　洞

洞底通滄海，神龍窟宅深。幽潛如有意，穩卧懶爲霖。

新石盤

石盤此新闢，逶迤輦道存。五雲飛不散，似爲獨承恩。

對松山萬松歌

東山無數松，西山無數松，兩山相對青蘢葱。上有觸石白雲之滃滃，下有傾峽流泉之淙淙。宗生不知幾千幾百歲，長養造化施全功。登丁樵斧所不到，層梯斬斷懸高空。有時嘯呼臨天風，蓬蓬答響和笙鏞。虛濤自瀉蜃海外，偃蓋尚拂虹霄中。既不受嬴家大夫封，亦不追陶逕處士蹤。非仕非隱無倚着，位置超妙叨天公。烟霞彩翠繞厥趾，日月光氣蟠其胸。皇天本性喜正直，森然行列參蘢嵸。其中東山頂上一株尤兀突，青林萬樹誰能同？崢嶸體勢峙天地，攙空領袖超群雄。自是乾坤餘力養此蒼髯翁，鎮壓鰲極收鴻濛。銅柯四出本孤梃，皴皮外潤由中充。崔嵬增壯嶽門户，蓊鬱撑住天西東。惜哉吾鄉萬松嶺上歷塵劫，蒼山無復當時容。誰知飛來此巔岫，潑天翠色綿春冬。大小攢簇非人工，青帝扶植雙高峰。嗚呼！青帝扶植雙高峰。

泰山集卷中

詩二　古今體詩九十二首

上南天門

門開詄蕩最高層，兩腋清風掖我升。赤日輪隨霄漢轉，青霞氣合洞雲蒸。三天誰道無階上，八翼徒聞有夢登。何自懸崖能撒手，詧人機息慣乘凌。

孔子望吴門處

登臨遺跡此間存，古木蒼藤尚可捫。千仞雲峰起東嶽，一條白練繫吴門。秋凌霄漢清光迥，夕望鄉關落照昏。我亦後來狂簡士，不因奇陡震心魂。

青帝觀

泰岱巖巖閟殿尊，萬靈生氣此間存。天門南北俱朝帝，蒿里賢愚盡歛魂。晚節風塵原鶴立，閒居歲月且雲奔。一枝笻帶煙霞氣，五嶽峰頭可並論。

碧霞宫

碧霞宫殿映秋旻，璀璨金膏結搆新。瀛海三神紛揖翠，軒轅七女一登真。黄華舊自通仙氣，白鶴渾疑降羽人。北望天空山畔路，至今石屋聳嶙峋。

孔子崖

老乘秋興凌天街，飛身直上孔子崖。一條舊削紫玉杖，一緉新蠟緗絇鞋。十八盤衝雪磴滑，幾千丈叩雲門閾。天闕徑同咫尺近，聖域詎遺毫釐差？晴巖恰遇好風日，遠海盡掃濃氛霾。心頭空曠絶芥蔕，眼底廓落無垠厓。生而不顧黄金窟，飄然那戀青絲緺。喜發嘯歌遂野性，鄙營大藥留癡骸。凉雨浄洗數石筍，衝飈吹落千松釵。窈窈青堆嶽影矗，疎疎黑點州煙排。七襄繆繞委織女，五色鍛鍊勞皇媧。落落孫枝挺漢柏，煌煌帝典燔虞柴。高餐明霞謝腥腐，清聽飛瀑除繁哇。娭遊久愛侶麋鹿，推擠豈復煩朋儕？萬事盡付東逝水，一夢未醒南柯槐。曹蜍李志爾自得，王倪齧缺吾所偕。大聖從容詣獨絶，小子狂簡行非乖。但念韋編鐵擿把，不數玉檢金繩埋。水晶簾挂月比鏡，玻瓈盌瀉醅如淮。道士助我香茅縛，增置平天一小齋。

嶽巔石

數片崚嶒踞嶽巔，體鍾神秀此居先。脚根高拔由旬地，頭上平臨尺五天。氣象森嚴排峭碧，丰標嵂兀冠蓬玄。魯邦詹取巖巖勢，穹表摩挲大字鐫。

古封禪臺歌

玉皇頂上方石生青苔，云是古封禪之地，當時兀聳中天臺。蓬蓬白雲從之起，三年乾封良可咍。借問封禪者誰氏？傳聞漢之武帝是。武帝雄風不可當，開邊萬里心未已。幕南蕭條無王庭，嫖姚驃騎揚旆旌。的博蓬婆殫威力，三邊惕息俱屏營，封禪乃是古不死之名。方士面謾如童嬰，文成五利公孫卿。登臺凝目三山外，招呼羨門安期生。庶幾惠我翩然至，相與縹緲馳雲軿。豈知金策探十八，顛倒讀之空狡黠。縱似彭鏗年紀亦有窮，賢聖同盡誰能脱？軒皇丹成去鼎湖，浪説騎龍升天衢。橋陵寂寞剩鴻塚，神仙久視皆虚無。武帝之前有秦始，并吞六國横無比。金繩玉檢處處埋，滈池君已見告矣。三千男女浮巨航，徐福民伍行稱王。岱輿員嶠渺何許，秦東門外徒褰裳。金城擬作萬世皇，刻石紀功驕煒煌。封禪之後十二載，軹道銜璧看秦亡。秦亡狂暴不足惜，漢武何爲踵其轍？茂陵荚陵封樹青，傾城顔色仝灰滅。由來萬乘復何求，祇憂零落歸山邱。亦知大藥未易得，萬一希冀臨之罘。嗚呼！欲求長生豈在此，堯舜至今猶不死。

玉女池

碧甃清寒白日淪，當年玉女此修真。平涵嶽頂秋前雨，一洗昆池刼後塵。歲久杳無歸雀影，月明疑有弄珠人。借爲墨沼題詩去，攄寫雲嵐氣象新。

桃花洞

嶽巔小洞闢谽谺，深隱金庭道士家。夜静時來元鶴語，秋深不放碧桃花。浮銀鑿落侵苔冷，弄玉參差到月斜。泉洗摩崖碑上字，墨痕響拓古龍蛇。

唐元宗摩崖碑

千乘萬騎東北行，踵禪社首封云亭。張説諂諛首序頌，七十有五蜚先聲。高宗六之今七矣，升中建號標峥嶸。阿瞞手自紀巨典，字大如掌鑱金銘。自云慈儉謙足寶，檢玉差不誣神明。秦災風雨漢污録，似以薄德嘲劉嬴。奉觴前稱萬歲壽，此舉駿奔呵群靈。上帝儲恩不可恃，轉眼天寳隳彤廷。一日搏殺三乳鷇，兩京傷殘萬童嬰。五色隊仗裂錦繡，八姨珠翠遺丁星。神武皇帝功德圮，浯溪碑更垂光晶。三德忽隨燎燼冷，壇場雨潑無餘馨。此厓牢固遠牧巔。脱身歸來景未晏，滄江白日偕樵漁。萬事糾紛擲土苴，悠然栩栩還蘧蘧。但期五嶽峰巔有我跡，淋漓涴作巖前書。長留詩卷豈敢必，要自喉間直吐心神舒。寄聲恒衡兩靈嶽，扁舟向南車向朔。層冰春消融，重雲晴解駁。布韤青鞋衝确犖，次第青霄一笻卓。

望海亭

中峰屼立勢開張，東望煙濤入混茫。蜃氣秋銷露蓬島，雞鳴日出指扶桑。盆翻風雨孤亭冷，柁鼓乾坤一水長。試泳聖涯雙眼豁，比觀滄海更汪洋。

仙人橋

三石遞横疊，喚作仙人橋。白雲上往復，青猿下騰超。空山寡拾取，掃跡無漁樵。

舍身崖

聲色歛群魄，利名坑萬骸。智愚身競舍，不數此巔崖。

月觀峰望月

光生顧兔本從西，月觀峰頭望不迷。琢出圓冰輪影白，搗殘靈藥杵聲低。飛騰碧海纖阿御，孤另青天后羿妻。玉女三漿斟餉客，未沉宵漏凍玻瓈。

丈人峰

鴻濛元氣結胚渾，南面三重啟嶽門。萬笏齊朝青帝貴，一峰獨仰丈人尊。東西日月横空度，下上雲濤帶雨翻。兀立蒼顔終不改，天長地久體同存。

天柱峰

合沓青嵐勢並豪，白雲破處露巖嶅。鍾靈地矗千峰秀，聳翠天成一柱高。環海煙嵐收尺幅，連山松柏小秋毫。深秋時節逢摇落，萬里罡風正怒號。

登絶頂四首

盤盤磴道鏟崎嶔，高下亭臺映石林。直上天門與天語，側聞龍洞有龍吟。泥金事杳籠青氣，觀日峰高照赤心。忽聽傳聲動巖壑，秋空長嘯快登臨。

秋晴日出氣葱蘢，御墨高鐫第一峰。碧落天開青帝宅，白茅人誤漢皇封。傍巖松憩千年鶴，迎輦雲成五色龍。當代聖明超萬古，虞周典禮繼前蹤。

萬山祖脉自崑崙，東到滄溟泰岱蹲。紅躍一毬凌日觀，黄流如帶下龍門。中巖雨駐鸞旗迴，亭上乾坤四望通。巖洞元君仙去久，只今惟有碧霞宫。詞人憑眺古今同，蹤跡俱隨逝水東。山色青猶過稷下，雲光白已散封中。峰頭日月雙懸濕，絶頂乾封鳳篆昏。千古朝家無限事，白雲興滅了無痕。

題嶽廟道士房

群峰飛翠落重檐，明月光生動竹簾。遮雨松邀秦帝避，洩雲山屬魯邦詹。海天遼廓臨秋杪，樓閣峥嶸壓翠尖。聞道仙崖有黄獨，長鑱劚取煮來甜。

狂歌行日觀峰觀日出作

日觀峰頭不可廬，天風浩蕩飄衣裾。斗閣燈明夜分起，森森寒逼貂襜褕。我生好奇百不挫，往復碧漢盤崎嶇。一笻衝突却虎豹，圓冰半箇懸殘樞。星辰咫尺手可摸，絳河歷歷排秋榆。滄海一泓白滉瀁，水銀鎔作東頭湖。乍聞天雞一聲喚，海水浮動黄琉鋪。釜蒸萬道彩氛湧，五色包裹紅扶疎。猩毬欲上不遽上，一痕迸露燒清爐。倏忽天關開豁地維闢，海底騰上金畢逋。徑圍十丈朱輪如，火鞭飛策羲和車。陰飈陽燄八面潑，紫瀾洶洶魚龍趨。扶桑枝頭銅鉦挂，汝南時夜三號呼。人間始見暘谷燦，六合清霽披雲衢。延佇凝想元黄初，渾沌始剖元精嘘。河山大塊已奠定，鴻濛一氣黟糢糊。真宰不遺飛踆三足烏，萬象何由劃昭蘇？即今虞淵下頽照，大槐坂上昏群愚。一團陽精聚造化，鼓韝朱火燃鴻爐。畸人發狂忽大叫，詫此奇景塵寰無。脱非忍寒上巔頂，天地大文爲誰舒？赤心耿耿明空虚，陽光對照靺鞨珠。此時卓立三天都，清寧與我合一軀。有生得此一大快，他景不足爲我娱。浩歌激越聲氣矗，乾坤震宕傳八區。驚動蓬瀛老仙伯，爲我擊鼓吹笙竽。骯髒原非山澤臞，煙嵐獨往胡爲乎？神仙富貴焉足圖，老我昂藏一丈夫。高吟千首吐胸臆，不厭寂寞形神孤。紅盆碾空下界曉，壤蟲擾擾争錙銖。

北天門

碧峰嶽後更巑岏，北啟天門下醮壇。碣石孤根波裏没，崆峒黟影曉來寒。鷩飛翠鳥三珠樹，踏破浮雲獨足盤。絶少閒人作遊伴，參差野雀振秋翰。

亂石溝

一溝險難踰，磽确堆亂石。數月行人少，秋苔寸寸碧。

獨足盤

險于十八盤，只可容獨足。將進不趦趄，此間無僇辱。

回車嶺

一嶺苦嶔巇，石斷古車轍。鐵笻落吾手，獨往衝凹凸。

鶴　山

晴霏紫翠滿空山，鶴羽繽紛不可攀。攢影百千凌石屋，飛聲咫尺近天關。由來秋夕寒知警，豈爲塵途倦始還？欲結茅齋傍青壁，嬉遊終老伴蕭閒。

明月嶂

秋高明月懸，魄在冰壺濯。宵深落厓底，一輪如可捉。

黄華洞

北下盤陀仄復斜，深秋滿眼爛黄華。洞門寒滴仙巖翠，泉塢清磨聖水沙。白石無塵堪隱几，亂山有路不容車。元君煉玉功成後，渺矣乘鸞入碧霞。

後石屋

盤跚獨足仗孤笻，紫翠憑陵鶴蓋峰。後石屋深留福地，北天門迥斷塵踪。重巖飛墮牛心石，大麓紛攢麈尾松。玉女昇元從此去，黄絁同聽一樓鐘。

元君手印

傳説元君印，天然玉指存。瑶籤曾啟笈，翠壁偶留痕。九轉臨仙竈，三清闢帝閽。碧霞升舉後，靈跡不勝論。

石床

洞府一石床，元君此坐卧。滃然冷雲流，靈風忽吹破。

石樓

石樓閴無人，但聞鶴語響。我獨闖層空，彭觥振鐵杖。

牛心石

昔踏牛心峪，秋雪明巖扉。今探大小石，片片秋雲飛。

洗鶴灣

競向奔流洗，仙禽潔羽衣。空灣何所見，一一入雲飛。

靈巖寺

嶽陰覓路轉煙霏，古寺靈巖闢翠微。塔影高蹲金骨地，鐵花寒繡水田衣。元龜石背千紋裂，紅鶴泉頭一道飛。已飽僧厨香積飯，空亭日晏憺忘歸。

朗公石

岧然朗公石，傍無侍者存。獨立空山裏，元機寂不言。

鐵袈裟

何須入坐道蘭奢，静傍靈巖老衲家。初祖有衣傳不得，無人能着鐵袈裟。

獅子巖

雲中昂其首，蹲在靈巖西。誰能持白羽，肉一青狻猊。

魯般洞

神房與阿閣，石户自天開。般爾漫嘗巧，來此胡爲哉？

抱靈亭

一洞晚寂歷，四山秋窈冥。忽羅千種色，返照抱靈亭。

通明竅

誰鑿通明竅，窺見南天門。有時日輪午，穿透煖翠痕。

莵裘

嗟哉禍機伏，空復營歸休。幾人遂終老，能得到莵裘。

孤山

萬山攢簇裏，忽見此峰孤。天闢蓬玄境，寧無一士逋。

桃花峪

萬株桃樹互盤根，青帝常留煦育恩。不見落花紅雨亂，猶看着葉緑雲屯。千年結實迷仙種，一峪成蹊破蘚痕。却想生香逐流水，漁人遥指武陵源。

仙人閭

試把孤笻叩，訇然啟石閭。金床連玉几，吾欲著吾書。

介　邱

依古登封地，東巖是介邱。拂天來萬乘，惟有白雲留。

登仙閣

吕公一登此，石閣標峥嶸。蛟虬識汝字，何用隱姓名？

重登乾坤亭

心胸萬里盪雲開，烟景渾如浪湧來。九曲黄河縈侣帶，一泓滄海瀉盈杯。嶽遊已遂禽生願，秋賦猶慚宋玉才。自是乾坤清曠處，老夫欲去重徘徊。

下南天門

天門高敞向南開，秋色都從四際來。瀑下倒飛雙峪底，雲興浮動萬山堆。先登捫葛凌空翠，獨立扶筇破石苔。回首重瞻青帝觀，千尋絶壁起樓臺。

五花崖

薜茘懸崖步步捫，五花晴靄落雲根。侶爲連幛横天闕，直作層城蔽嶽門。絶頂霞嵐通彩翠，下方林麓擾塵昏。何人倚劍秋空裏，遠吸滄溟氣吐吞。

白雲洞

落斜一徑躡雲根，觸石瀰漫萬岫屯。絶頂盪胸揮八極，懸崖撒手下三門。回翁來往仙蹤杳，嶽帝氤氳灝氣存。信是神功雨天下，貴從膚寸問真源。

鳳凰臺

鳳凰已絶影，千載留空臺。秋空掃寒碧，白雲飛去來。

蜕仙巖

翰林爾何人，居然蜕塵世。我來登仙巖，一鶴秋空唳。

王母池二首

白石甃方池，一勺瀦清源。固應西王母，晝下雲旗翻。劉郎生好道，邀之傾芳尊。群仙趣會讌，亦復招上元。飲以三危露，授以微妙言。年豈限金策，久視銅龍門。如何茂陵樹，冷着秋烟痕。

賸客撫石檻，照影清泠淵。蘋萍帖水面，秋老猶鮮妍。試將木瓢汲，瓦銚手自煎。擕來日注片，韻味俱超然。白鬚一道士，久甘此靈泉。一甌吸澹白，不羨龜臺仙。清風生兩腋，呼我老玉川。

萬仙樓

仙人本是好樓居，飛湧危標入碧虚。三面錦屏秋點綴，群真玉像古裝梳。谽谺洞穴遺丹竈，窈窕烟雲帶綺疏。勝境横當嶽門户，鍾鳴日暮返樵漁。

顔子坡

此間非峻絶，只算一高坡。所苦瞠乎後，其如卓爾何。奔塵心未已，望練髮先皤。天下從看小，巔厓正待摩。

普照寺

鐵鳳翺翔帶暝烟，上方鐘磬落諸天。居僧齋供伊蒲饌，過客寒思藥玉船。秋老行吟依竹石，月明不寢聽風泉。讀書未遂殘年願，臨眺躊躇仰昔賢。

投書澗

一澗潺湲快決渠，古賢寄跡此投書。行來一逕迷黄葉，坐倚層軒半紫虚。寒傴空山頻警鶴，清翻秋水不生魚。浪遊莫問平安信，千里鄉關夢久疎。

讀書臺

荒巖猶剩讀書臺，秋晚登臨亦快哉。並有賢名標泰嶽，獨尊師道在徂徠。千秋著述歸經傳，一代風流起草萊。今日何人能接跡，空將笻杖卓蒼苔。

竹林寺

秋風獵獵氣蕭森，一寺深藏萬竹林。香實虚無供鳳食，碧篇髣髴作龍吟。奔瀧澗壑穿僧舍，過嶺雲霞照客襟。安得身騎仙鹿去，傲來峰頂暢登臨。

淩漢峰

一峰高幾許，平臨海客槎。夜來銀浦畔，手欲摘匏瓜。

謁魯兩先生祠

孟韓既没古道蕪，兩先生起躬闢除。披斬荆榛汰瓦礫，行行逵術重廓如。泰山初自平陽至，曲房四十猶鰥居。箋注春秋吸經髓，發微剔去乾蠹魚。范富噌呟出薦口，布衣躡屩登天衢。高賢用舍隨所置，射工側睨何睢盱。詔寫遺篇庋秘閣，詎比猥草文園書？偉哉徂徠産於是，元精爍爍騰鴻鑪。巖事杖履萬目仰，穴地羞殺陳良徒。慶歷一詩殷雷響，光摇圓蓋瀰方輿。我手殘編抗聲誦，壯氣頓戟霜眉鬚。幾片朽骨天球重，讒夫逕欲掀黄壚。寓公鄉賢雙崒嵂，名稱屹配天東隅。沙蟲堆堆浄灰滅，麈尾一掃無留餘。整冠肅拜古祠下，滂滂涕淚横沾濡。纔放浩歌遽鬱塞，誰能爲君鼓嚨嘲？

傲來峰

桄梯斬斷半天限，樵徑虚無信傲來。風撼竹林鳴浩蕩，雲通嶽頂簇崔嵬。仙居縹緲青霞鬱，秋景熒煌絳葉催。明月宵深淪石底，鶴鳴猿嘯自清哀。

天紳巖

一霄秋雨洒高旻，樹杪争流百道新。净洗空青過御帳，奔飛修白挂天紳。鸞泉漱玉遥通脉，龍峪噴珠大有神。最愛水簾晴不捲，都從此處瀉奫淪。

白龍池

池水潭潭漾落暉，神絃颯拉響巖扉。白龍陡自重淵起，時雨驚看萬瀑飛。月冷水簾秋正蟄，雲迷洞窟暮方歸。石舟吾欲撑空去，捩柂開頭渤海圻。池有石舟。

仙影崖

崖間孤影最分明，何事遲歸白玉京？高踞一峰凌漢立，輕辭旬日御風行。波摇東海秋光冷，月照西巖夜色清。萬里碧霄原有路，飄飄應作步虚聲。

長春觀

長春觀裏鬱葱蘢，老鶴深巢百丈松。石磴飛濺秋雨急，珠簾高捲翠嵐重。上清像古金泥黯，中統碑殘碧蘚濃。猶勒吉思皇帝勅，全真化去渺靈蹤。

天書觀

高居上帝仰青冥，嶽麓天書事不經。豈謂澶淵須洗辱，遂令鵶吻忽揚靈。醴泉湧地猶勞奏，陰字鑱碑亦製銘。丹鳳樓前仝一轍，琅琅神語已先聽。

醴　泉

醴泉隨地涌，觱沸本無源。但得真心奉，何妨拜手言。天書良焕爛，御帳劇翩翻。齒冷王欽若，輿夫酌瓦樽。

朝元觀

朝元絳節幾時迴，杖破殊庭滿砌苔。萬樹秋聲都掠地，一翁寒影獨登臺。洞門寂歷青松在，霄漢虛無白鶴來。天上神仙新舊葬，人間何事漫生哀。

酆都峪

蒿里溟茫薤露深，高秋白日氣陰陰。人間舊唱凄哀曲，山側尤傳激楚吟。關節誰能到包老，閻羅猶自説韓擒。西山餓死東陵壽，冥報渾難問古今。

女兒茶

陰崖摘且焙，片片青桐芽。攜將聖母水，烹取女兒茶。玉女池名聖母水。

紅娘子

何來紅娘子，艷色如臙脂。一從咀瓊蘂，歌舞在瑶池。

白騾塚

登封上馳道，奄忽塚嵯峨。白騾既已踣，入蜀乘青騾。

社首壇

社首金泥故跡殘，宋家重望彩雲端。天書垂貺還宜答，玉檢新封尚未乾。仙樂鳴鏗陳九奏，御坪擁護集千官。空留片石龜趺没，秋草凄凄冷碧壇。

蒿里山

蒿里秋蕭瑟，幽岑晝杳冥。北邙潛衆魄，東獄歛群靈。骨積成堆白，魂飄未了青。丰姿常折玉，根蒂失浮萍。桃可捐三士，山還斃五丁。穹然軒帝塚，憤絶霸王廳。尚復傷其餒，何須視不瞑。豪華銷任俠，艷冶瘞嫱娙。一入重泉路，疇登不死庭。賢愚看共泯，今古詎留停？荒誕搜神記，虛誣累德銘。珠簾抛宴寢，金椀出元扃。薤露歌齊唱，槐柯夢未醒。百年流水逝，一瞬電光熒。幾見虹升氣，偏聞鮑混腥。神仙天上葬，涕泗隴頭零。莊叟舟藏壑，陶公影答形。涅槃終滅跡，丹竈豈延齡。素驥渾難駐，黄雞不可聽。弔蠅飛自集，歸鶴語誰聆？大業超千禩，微言紹六經。崇壇標杏茂，曲室鬱蘭馨。但得生無忝，應知没亦寧。優游乘化盡，聊復倒千瓶。

朝覲壇

朝覲班聯五等崇，傳呼萬旅到山東。時巡典禮稽虞后，孤注讒言及寇公。豈有天書垂嶽麓，特勞陰字勒壇中。阿誰自詫非常事，扈從黄麾意氣雄。

陰字碑

城南立石勢嵯峨，宋代東封跡未磨。碑上龍蛇篆陰字，壇前狐兔竄陽坡。雁嘶壞堞行行斷，苔繡荒亭面面多。亭碑俱五面。眺古何人誇壯觀，凭欄忼慷發高歌。

望仙臺

徒向祖洲望，飛仙誰復來？　雄心一朝盡，猶賴悔輪臺。

萬歲臺

亞獻乾封年，禍伏武皇帝。後來應靈符，疊疊紀萬歲。天册萬歲，萬歲登封，通天萬歲，皆武后年號。

泰山集卷下

詩三　古今體詩七十四首

梁父山

拔起天南輔岱宗，側身懷古一相從。魯人有事應先旅，秦帝無端亦疊封。跡繞碧峰誰策馬，氣横青甸宛如龍。潛夫抱膝耽岑寂，日暮高吟意頗慵。

梁父吟和太白韻

我作梁父吟，長懷方子春。海山窈冥失島嶼，海水汩没無涯津。成連訪其師，刺船去海濱。牙生獨得海山海水之古意，七條冰上彈紛綸。萬古鍾期只一箇，無言讚嘆心相親。又懷榮啟期，天生萬物幸爲人。更幸有生生在中國中，不乞金丹西王母，不求大藥東王公。九十帶索行歌風，鬅鬙白髮飛秋蓬。乘化待歸盡，安貧樂道何其雄。此間烟月浩無主，矯首仰天見河鼓。河東河西，癡牛騃女，不耕不織含滛思。秋期已過涕如雨，誰教罰向營室居，聘錢久逋天帝怒。嶽帝感我之丹誠，借我丈人峰頭高卧永不傾。我不管小兒女，銀河一片支機石；亦不管古帝王，金盤千尺承露莖。有時起來騎白虎，飛蹴七十二峰無所苦。拋棄塵埃良足豪，神仙富貴輕如毛。冷笑長源一品啖煨芋，曼倩三次偷蟠桃，何況銅山金穴聚溷猥且勞。今年已六十，曠蕩了不悲。只須脚踏霞嵐遍五嶽，底用手攬風雲際一時。大笑狂歌李太白，歌不全科兩得之。

肅　然

玉檢金繩瘞肅然，登封荒誕跡駢闐。分明有道時巡地，茫昧無懷始禪年。二月燔柴於舜舉，相如《封禪頌》有『兹亦於舜』句。一編遺草所忠傳。聖朝望秩遵虞典，不問三宫舊洞天。

云云山

傳聞古封禪，七十有二君。秋空一輪墮，暝色飛寒雲。

亭亭山

鼎湖駕飛龍，昇仙渺何許。空瘞泥金書，荒苔竄黠鼠。

介石山

既已禪社首，又復禪介石。自倣古登封，亭亭更繹繹。

徂徠山

維南錦幛列崔嵬，蒼翠奔飛曙色開。羅列兒孫朝泰嶽，抗衡賓主屹徂徠。沿溪竹色摇風立，繞岫松聲瀉雨來。一自高賢曾卜築，清名萬古動巖隈。

獨秀山

天畔孤標聳碧峰，青蒼盤鬱歲寒松。徂徠鍾秀生原獨，魯甸當秋翠且重。千點苔痕皴篆籀，一莖烟氣裊芙蓉。桂林亦擅高名在，萬里還須徧客蹤。

蓮華峰

碧巖雲净秀紛披，菡萏高高一朵垂。插海岧亭曦景耀，當空爛漫露華滋。乾坤不見秋芳老，風雨難將晚翠移。太華峰頭追往事，曾臨玉井坐題詩。

謁石先生祠

先生剛直今古稀，煌哉慶歷聖德詩。豎儒舌咋更頸縮，崩喉直吐瓊琚辭。讒人氣塞恨至骨，便欲發塚施金椎。豈知正氣伸萬古，籍甚名字標徂徠。奇光卓午日照耀，峻望插漢山崔嵬。我拜名賢百感動，一端偶舉超等夷。孫公昔治春秋學，往從講堂泰山陲。有嚴孔給事就見，傍執杖履遵庭墀。升降拜起相左右，明扶往謝咸如之。弟子事師極儼恪，以身昭揭隆古儀。流傳數學俗一變，魯人到今口嗟咨。嗚呼炳烺在三義，頗憂叔季生氛霾。百工技藝志衣食，居肆傳習猶知師。而况章縫挾簡策，江河日下能爾爲。短垣身踰莫之恤，舊坊手壞其可噫。懵不聞風至老死，縱過此祠知爲誰？

周明堂

中古制度備，文郁推宗周。明堂闢青甸，朝見東諸侯。巖巖孟夫子，正大鋤陰謀。是時七雄鬪，王政久不修。昌言救塗炭，急豁生民愁。有能師文王，代興夫何尤。小儒拘墟眼，皆䜹苦不休。時勢至戰國，得似春秋不？ 憚狐轉瞬滅，王綱絶懸旒。遺基不盡毀，緑苔扶寸稠。念之氣鬱塞，憀慄悲懔秋。

漢明堂

咄嗟漢武帝，闊達規明堂。圖陳公玉帶，蓋茅師古皇。相如草封禪，侈心耆開張。射牛卒行事，金繩秘璚章。介邱上萬乘，鳳旆雲飛揚。升高向蓬島，神仙渺相望。丙辰禪還坐，群臣奉瑶觴。羽衣授封印，一潰不可坊。茂陵烟樹盡，故碣留崖岡。盛禮想朝會，當年何煒煌。

曉發泰安

驅車南向去，回首曉蒼蒼。日出霞嵐紫，霜飛草木黄。禮庭追闕里，古意仰靈光。轉眄經年卅，前踪半渺茫。

石浪行并序

離泰安府城六十里，至姜公橋。因汶河石作脚，平甃亘數十丈，闊可容車。橋盡當中流巨石，坦迤礲平與橋接，亦可數十丈。石盡復爲橋如前。南岸一帶，列無數石片，側起北向，疊疊如波濤狀。自府城一路來，强半陂陀綿亘，車行确犖顛頓，至此作回瀾倒捲，蓋皆嶽之趾也。橋兩截，中接以石，奇矣，而尤奇莫如石浪。作《石浪行》。

岱宗兀突三天門，憑陵日觀齊閬崑。嶽麓澶漫六十里，陂陀磽确皆雲根。汶水湯湯穿石脚，一道洶湃秋江翻。姜公橋亘岸南北，卧波鱗甲龍蜿蜒。中流忽斷石横阻，巨斧鑱鑿神功存。未聞銀河中間可坦步，毛填不用烏鵲髠。天公無心出奇怪，兩頭湍勢驚雷奔。中特崚嶒石板削，天然足曳車哼哼。長虹一氣遠聯接，七十餘洞波吐吞。奇哉皺透巉巗屯，狀若疊浪鰲頭掀。一重一掩皆北面，朝宗岱嶽肅且温。卑幼跪列雲來孫，十十百百翠可捫，誰何刻作烟濤痕？想當元黄初剖妙摶弄，元精耿耿含胚渾。雲峰千仞卓挺立，餘氣磅礴流趾跟。觸石出雲雨天下，此亦濡潤通真源。深秋潦水寒潭落，散堆沙礫寂不喧。若使夏漲兩涯没，石梁項脊沉鼉黿。雪瀧歷亂魚復浦，陣圖行列依然存。一拳雖小綴嶽體，萬古凝結無崩騫。我居漸江見水怪，此亦如湧龕赭亹音門。恍惚靈胥盛鼓怒，前潮後潮騰踏來軒軒。石本山骨峙崱屴，胡佀鱗鱗湍瀨飛流噴，我就問石石不言。秦人施鞭屹不動，倒回紫瀾浮鵬鶡，直駕海橋横厚坤。

金口壩

汶水寒方落，猶看噴雪流。聲喧金口壩，勢動古沙邱。棗柿千林午，魚龍一氣秋。車塵蓬勃裏，乍喜見漁舟。

兖州奉懷盧玉巖存心

垂老重爲兖郡遊，支笻獨上古南樓。意中汶泗交流遠，眼底蓉楓一色秋。酹酒重泉呼不起，謂兖州守吴公見山闕杰。飛光卅載去如流。題書遠寄仝懷子，何日江鄉聚白頭？

將謁孔林寄玉巖

萬事難干物外心，畢生吟嘯復登臨。升堂未得如游夏，遊嶽差能作向禽。東閣招賢曾接武，南樓縱目憶開襟。行年六十猶强健，泰岱歸來謁孔林。

南　樓

南樓兀突古城隈，荒堞惟存土一堆。往歲曾爲東郡客，今吾獨上少陵臺。心閒日月滄洲遠，秋晚風雲海岱來。猶有詩翁耳孫在，霜髭道故意遲廻。

杜公臺

少年流浪詣公堂，再拜前陳酒一觴。早已文章知得失，幾曾裘馬縱清狂。盧生客枕縈甜夢，杜老家風表擅場。不盡躊躇懷古意，此臺亦是魯靈光。

見兔爲一鷹二犬所傷

淺草平沙失所憑，暫拋三窟亦須懲。一鷹眼疾雲中落，二犬蹄輕隴上騰。發指由來稱疾足，下韝偏欲與争能。人間搏噬知何限，撲朔迷離未足矜。

曲　阜

舊俗由來禮教嫻，金絲遺響出松關。樹陰遠接芳隣孟，日色秋高陋巷顔。大聖登臨小天下，微生曠蕩老人間。向來只爲耽吟誤，成就畸人物外閒。

恭謁聖廟

追憶當時聖廟災，雍正甲辰，予客兖署。值聖廟災，手挽水澆熄壇檜。曾經飛騎向東來。手澆壇檜連筒水，眼見庭松一炬灰。躡屩重過秋晼晚，升階新仰象昭回。平生學道慚無得，贏得霜絲兩鬢皚。

金絲堂

窈眇金絲遞奏清，蕭然古壁尚聞聲。焚書秦帝灰塵滅，壞宅恭王耳目驚。衢路草荒迷五父，堂階樹古集諸生。當時車服無由覩，嘅慕風前對兩楹。

詩禮堂

峥嶸堂宇氣氤氲，中國侯王漫策勳。詩禮一編承世業，章縫千古範人文。釋迦李耳非同道，聖子陳亢豈異聞？緬想閒居曾獨立，秋陽悵望忽斜曛。

夫子手植檜

庭前留古檜，手植自宣尼。重露周朝浥，芳根魯甸移。鳳舒形張王，龍攫勢之而。歘歙臨風葉，鱗皴溜雨皮。文看成左紐，條佀布重帷。杖履從容過，詩書輾轉披。公卿多仰望，弟子晚追隨。階席俄森秀，宫墻久蔽虧。元精標挺拔，灝氣貫淋漓。大力何由徙，奇材信在兹。渾難識矇瞽，端謝撫般倕。賜楷憐孤立，回楠許並推。不妨飛燕雀，詎敢撼熊羆？嘉樹群勞譽，甘棠倍繫思。崚嶒横鐵石，縹緲度金絲。雙本交盤鬱，千年獨憖遺。潤寧資汶泗，屹自鎮梟鼂。涼燠原同地，榮枯各異時。曾縈南北轡，歷豎漢唐碑。日月非無運，乾坤亦有維。常瞻天柱矗，或等哲人萎。幸保堅貞體，終殊朽腐姿。護他經在壁，用我禮爲基。劫火存黟幹，春風長緑枝。倏偕壇杏長，仍共谷蘭滋。晻曖捎丹桷，婆娑弄碧墀。誰容參枳棘，正賴覆苞蓍。燀赫來鑾輅，逶迤拂翠旗。三辰齊照燿，萬象盡葳蕤。泮假鵰鴞集，廷看鷟鸑儀。生機昭代茂，美蔭閟宫垂。往者炎烟發，因之迅馬馳。衝飈吹烈烈，寒水潑澌澌。數尺留誠急，連筒灌不遲。新陰童子繞，舊事老翁知。物盛青蘇骨，吾衰白點髭。蒼然動環珮，仰止對罘罳。聖澤綿延矣，神靈繚繞之。栽培深寶貴，封爵便喧卑。遥逐三千列，剛逢六十期。葱蘢良足喜，荏苒轉堪悲。晏歲峥嶸甚，裵褢不忍辭。

杏　壇

緇帷昔講學，群賢此盤桓。芬菲數杏樹，花枝動春寒。區别施化雨，栽培護層欄。托根良得所，成林不爲難。芳運有代謝，小劫遭摧殘。補植發新穎，敷榮還舊觀。永依手植檜，遺澤存瑶壇。

闕　里

元精闕里萃扶輿，學子賓賓滿屋廬。喜得群蒙長夜旦，直將天地大文舒。赤虹流降重霄氣，漆簡紛傳壞壁書。怊悵漸江悠忽老，未能生近聖人居。

謁顔廟

巍宇碧霄聳，因依先聖靈。巷深移午日，井冷動天星。隣接三遷里，壇親獨立庭。寧嗟髪遄白，萬載壓彭齡。

陋巷

誰識春生氣，都歸陋巷中。心齋渾自得，瓢飲豈知窮？秋月懸來白，微雲掃處空。高名標綽楔，千載有誰同？

題曲阜旅壁

風俗多師古，千年聖澤餘。禮庭容講習，陋巷足安居。龍檜瞻壇樹，蝌文啟壁書。此邦無釋老，寰海莫能如。

恭謁孔林

我儒原本瞻祖塋，孔林十里修峥嵘。周遭碧甃象城闕，今皇展拜抒精誠。芳草綿芊輦道直，流泉漸汩輿梁平。煙籠雜樹映文楷，雲構刻桷蟠丹甍。先聖堂封鬱中峙，泗水沂國交廻縈。古壇無嗣祔兆域，樵斧罷遺摩新硎。翾翾影絶飛野雀，嫋嫋枝不纏荒荆。霄雯陟降入五夜，時代呵護攢群靈。高墳纍纍列碑碣，後裔世世聯光晶。夕陽半照殿角紫，秋雨一洗莓苔青。洙川南自横大帶，魯城北如奠兩楹。橋陵遠難比鴻塚，泉宫近未儕幽扃。高山仰止緬古昔，席間函丈追平生。坏土傍依一間屋，三年獨居萬古情。見説心喪共繫經，感此眼淚紛濯纓。寒霜悽愴滿葛屨，思堂欲去千屏營。

孔林百韻

孔子崖登萬丈強，孔林十里曉蒼蒼。喬松行列森旗纛，文楷精神足雨暘。城北逶迤迎隧道，殿南綿亘接輿梁。葱蘢盡去荊榛絆，豩豝寧容鳥雀翔。雜樹深蟠枝晻暍，繚垣密甃石磅磄。衣冠鼎盛東家裏，林廟平臨北斗傍。馬鬣秋烟紛漠漠，龍門晴日照煌煌。揮絃久絶文王操，築室猶餘子貢場。拾級曾來登納陛，摳衣重至拜巖廊。叔孫門外空勞毁，翁仲烟中立不僵。撲朔踰溝迷白兔，荒寒發地出羵羊。省牲閟殿虛縈思，釋菜成均耿不忘。騶宋五王加位號，泗沂二代合蒸嘗。清朝有道新巍煥，聖主親師最喬皇。駐蹕亭移馳道仗，櫺星門轉羽林槍。武當繩處欽貽厥，文值崇時詣祼將。肅穆曾孫陳簠簋，雍容髦士奉珪璋。郰田香薦紅蓮稻，顔井清㪺白玉漿。禮邁一牢輝瓚卣，躬勞萬乘歷池隍。仲丁祭外元辰吉，旁午騎來上駟良。日照鷺翿階北面，煙浮龍衮殿中央。芬芳前捧盈尊酒，繚繞常持一瓣香。鵠立賓賓排胄子，駿奔穰穰集齋郎。格思緬憶群居席，仰止還過數仞墻。博士傳經綿譜系，上公封爵襲冠裳。諸生弦誦喧寰宇，四氏章縫列上庠。鴟吻雲霞紅的皪，龜趺苔蘚緑蒼茫。低徊車服懷輝耀，扈從簪裾識濟蹌。攢簇杏枝文炳蔚，盤拏檜樹色榮昌。天容張幕捎旄羽，橋勢垂虹度佩璫。井邑故基蟠曲阜，亭臺舊址歸靈光。尊嚴司寇瞻遺像，神秀昌平訪古鄉。道岸誕登標嵲嶂，聖涯游泳泝滂滂。山穹顔母成雲搆，洞窈坤靈置石床。紱彩挂麟聞闕里，練痕繫馬望吴閶。首隆圬頂形惟肖，項侣臯陶貌特颺。松柏甫徠環鬱鬱，煙波汶濟繞湯湯。中和壑静源頭活，文德林深藻彩揚。道德參三函宇宙，事功育萬駕虞唐。養營釜禄嘗爲吏，殯覔堂封合葬防。萬古尼山高泰岱，一泓洙水大瀛滄。三千士接緇帷畔，六七童隨禮器旁。兼總金聲連玉振，光明江漢映秋陽。化裁通變無名著，規矩方圓不器彰。或問淵騫俱在寢，人言游夏並升堂。雕殘朽木何曾棄，鑄就鴻罏忽已亡。萬世土應持地載，四方鐸已振雷硠。無言天意行生燦，不舍川流晝夜長。仕魯兆行期一變，夢周魂斷失方剛。往來歌哭徵鸜鵒，長短毛身覩鴰鶬。潛躍祗占龍在野，雝喈那得鳳鳴崗。經綸徒擬雲雷壯，區別惟看草木芳。矍相分明示正鵠，舞雩流憩步林塘。難行吾道殊悽惋，未喪斯文致愾慷。空復南游申冉有，可堪西狩獲鉏商。筆誅不貸姦諛死，手訂堪賡雅頌章。官禮詳明昭郁郁，宫懸繁會奏洋洋。篆來蝌蚪寧逄劫，負出龜龍已破荒。六籍都經修月斧，兩儀端不墜珠囊。楹間夢奠音容杳，壁内藏書紀載詳。寬碩硯留珍手澤，消摇杖委痛心喪。學庸似續延孤緒，鄒嶧師承共一方。廊廡超升聯俎豆，簡編焕爛比琳琅。千秋鄉愿傳衣鉢，五尺童蒙换肺腸。卓爾苦難融似乳，闇然惡彼巧如簧。異端忽覺魈魑見，同類居然劍戟戕。管晏恩非浹肌髓，申韓毒已中膏肓。他鑣馳騁由楊墨，隤岸湍騰是老莊。卿况蘭陵開謬誤，臣斯上蔡播災殃。凌夷戰國争兵甲，吞噬函關入虎狼。壞宅恭王聽絲竹，焚書暴主載轀輬。治安策上謀猷寢，平準書成搉筭忙。繁露天人原統貫，河汾將相太矜張。隱文秘笈方堆几，梵夾瓊籤正疊箱。入夢金仙通竺國，飄空笙鶴指丹房。熒煌朱色淆紅紫，葱蒨青苗亂莠稂。濟世存心拯蒼赤，傳宗溷跡雜緇黄。昌黎屹作狂瀾柱，營道真爲學海航。伊洛淵源分衆派，考亭節目總宏綱。許吴坦坦遵前軌，胡薛殷殷守舊坊。何事軒波偏大起，頓令逵術少平康。改頭換面誰能識，入室操戈不可當。學蔀端須除灌莽，儒流何自挽風檣。挺身諸老扶輿蓋，下手塵途掃粃糠。不道賢關違咫尺，總緣宗鏡翳毫芒。勝朝傳習虚分晰，昭代疏明劇炳烺。講席喤喤震聾聵，書林一一正披猖。早年私淑當湖陸，晚歲聞知繪水湯。疇肯迂疎從樸學，翻訾矯激背周行。餘山屼起升高崀，餘山先生姓勞，諱史，字麟書，餘姚人。小港涓流到斷潢。消盡蓬心忘濩落，矚來蒿目感蒼凉。取裁狂簡知誰是，志效删修不自量。伊昔明師尊皜皜，于今矇瞽恨倀倀。豈期凝邈爲時範，久識安貧亦士常。青帝靈能護陵谷，素王宅不患滄桑。殊嫌志行同夷隘，獨喜林泉得點狂。鄒魯鄉淳群所向，春秋臺迴遠相望。禮庭鞠跽增留戀，聖墓瞻依倍悚惶。小技文章等絺繡，大成德業昧梯桄。乾坤鴻塚留東魯，太極圖從此内藏。

廬墓堂

天地黯黮元氣羸，泰山梁木壞且頹。緇帷接跡三千士，獨呼賜爾來何遲。消搖曳杖類遺令，凄值兩楹夢奠時。寢疾七日遂永訣，心喪三年仝唧悲。崇封堂斧魯城北，燧火日月如飈馳。紛紛治任入揖哭，慘慘築室難遽離。手植文楷已尋丈，攀號日夕涕淚滋。廬居諒弗出連騎，墓祭定復啼如兒。嗚呼古道多凌夷，遷喬出谷蓋已稀。了非先王倍而學，謂是故人不敢疑。在三大誼久弱喪，一綫不絶如懸絲。試觀里户聚稠密，更撫雜樹紛葳蕤。失聲憀慄已切至，獨居纏綿尤倍之。平旦幾希未遽泯，得弗暫省顔忸怩。突兀留此一間屋，以爲薄者施砭規。粟主大書端木子，拜跪嗟唏百世師。

子貢手植楷

孔林楷樹影紛紛，端木親栽迥不群。剩有根株蟠厚地，已無柯葉拂重雲。元精不死千年物，老幹猶生左紐紋。六載築場封植此，攀號靈爽共氤氲。

洙水橋

平橋正對若堂秋，石甃無塵輦路幽。萬樹松林俱夾峙，一條洙水自西流。明明日色蒼苔冷，淅淅風聲落葉稠。追溯淵源千載後，聖涯浩蕩信堪游。

謁少皞陵

遺墟存少皞，封樹九秋寒。鴻塚騰龍氣，青編紀鳥官。天垂滄海迴，地接聖林寬。道古思郯子，洪荒跡漫漫。

謁周公廟

井泉深廣漾青漪，遺澤猶涵百世思。負扆勤勞輔沖子，閟宫曼碩作奚斯。雲霞霽色明瑶席，松柏清陰轉玉墀。最仰元公光制作，當年祀典並先師。

防　山

一片青山擁護深，高秋萬木影森森。佳城灝氣騰清漢，溝水寒聲下碧岑。浩浩泗河從北遶，荒荒白日向西沉。山陽還見元精聚，和慶風雲更作林。

啟聖林

合葬于防古木森，萬年啟聖德崇深。廟封王號加章服，墓祭公孫溉釜鬵。泗水環流秋色遠，筆床高架夕陽沉。伯皮即在東南祔，靈爽相依共一林。

伯皮墓

啟聖林前祔，高墳氣鬱葱。秋陰連宰木，神道合玄宫。女長從歸适，兒賢喜得忠。防山崇閟殿，一體祭原同。

顔子林

陰森萬樹曉烟參，手澤千秋挺石楠。浩瀚宏源臨泗北，鬱葱佳氣聚防南。鴻爐帝鑄何曾喪，陋巷人憂或不堪。當日山林曾厚葬，堂封馬鬣護雲嵐。

顔子手植石楠

大賢留手澤，雙挺石楠枝。葉不秋風隕，根原化雨滋。千尋遮丙舍，十抱鎮坤維。應並宣尼檜，芳標萬古推。

尼山

名山滿域内，靈嶽捎虹霓。有若王者貴，崇壓五等圭。尼山匹如聖，峻絶不可梯。先師此間毓，精禱應璇閨。圩頂形惟肖，乾坤露端倪。因山得名字，人地雙嵬嵬。小子夙仰止，氣象高天齊。敬恭對草木，嚮慕穿林溪。青松捲濤回，白雲襲裾飛。石洞閟奥窔，怏惘窮攀躋。

顔母山

一峰碧霄矗，雲氣連尼山。白湍走急瀨，沂水聲潺潺。精禱感顔母，誠通杳冥間。篤生我夫子，六籍勞修删。膺此萬世土，帝王莫能攀。廟饗永無極，犧尊翠斕斑。

坤靈洞

一洞幽深入窈冥，千秋萬歲仰坤靈。漏穿倒影明寒几，回激衝飈響石櫺。虎豹横蹲陰磴黑，莓苔濃漬雨床青。鴻爐浩氣天然搆，開鑿何須役五丁。

中和壑

秋泉赴逶迤，美哉此壑水。嗟彼愚溪愚，乃以愚辱矣。

智源溪

可愛一條泉，秋空激清響。觸石忽倒飛，白雨散蘿幌。

觀川亭

一亭領其要，快翻青玻瓈。其上瀉幽壑，其下鳴清溪。

文德林

蓊蔚成青林，衣照寒雲色。風廻碧磴秋，淺深俱有得。

洙　河

洙河大且潔，乃受盗泉波。未受爲盗泉，既受爲洙河。

泗　河

既遶魯城北，又遶防山林。縈抱非他處，潺湲一片心。

洙水書院

洙水亘其南，清秋鳴活活。恭惟删述地，群蒙聖手發。事功賢堯舜，光耀揭日月。皇哉銅馬帝，龍衮接毛褐。東巡坐講堂，教窣探理窟。洎乎至正間，書院標津筏。堂階我願拜，惆悵鎖門闕。鬱鬱四大字，洙水書院四字。寒煙壓穹碣。伊誰擘窠書，山長豁識達。

孔　硯

一硯删修獨策勳，形模朴古恨空聞。春秋臺點千行墨，日月光昭萬祼文。白葉何須搜石髓，紫袍未用割天雲。堪嗤昌谷真踈淺，寬碩胡爲不足云。

矍相圃

言訪矍相圃，散步西東陬。澄浤俯石井，鑒影寒悠悠。登臺睇千古，賢聖不我留。如堵省往跡，一片青蕪秋。男弧蓄亮志，侯鵠懷前修。旄期誰不亂，吾問點與裘。

泮宫臺

宗邦克秉禮，望標泗上侯。僖公振弱緒，會師東南陬。泮宫士于邁，德心成壯猶。好音化飛鴞，淑問從獻囚。芹藻宛在眼，繽紛芳且柔。臺根土花碧，一水逶迤流。其旂㫟茷茷，要眇風烟秋。

靈光殿故址

維昔漢中葉，盜躪關西東。兵燹歷塵劫，舊觀隮彤宫。靈光看獨巋，賦藻摛豪雄。始因僖基兆，治室侈魯恭。丹柱㷔奔電，飛梁指蜿虹。圖畫叙煥炳，光晷含穹崇。到今密石盡，緑蕪翳土濃。周章渺文考，掃跡四望空。延佇緬雲搆，颯颯來飄風。

兩觀臺

臺標兩觀入空冥，古雉門邊草不青。少正卯難逃聖法，夸毗子倖逭天刑。千秋未盡疎文網，七日驚聞下迅霆。見説埋輪原有地，飛霜一夕滿都亭。

麟　臺

般般獨長毛蟲群，首戴肉角身斑紋。唐虞世爲有道出，此外郊棷絶不聞。朅來一遊昌平里，與挂綵紱捎祥氛。云何西狩竟獲此，雜堆衆獸高邱墳。鉏商不識魯人怪，麟兮麐兮誰能分？夫子往觀反袂拭，非時那復承華勛。黍離既降春秋作，慷慨絶筆于斯文。素臣續書孔某卒，掩卷涕泗濺沄沄。荒臺礎仄石字裂，弔古躑躅臨斜曛。聖功筆削照宇宙，遺編光氣騰秋雯。嗚呼！我心別抱千秋感，聖眼之麟俗眼麐。

萬人愁碑

一碑萬人愁，官家喜稱意。其奈金兵來，不及鏤文字。

辭聖廟

天迴無梯不可攀，曾思躡級叩賢關。自觀滄海難爲水，豈學邱陵便至山？儒服一人標故國，宫墻數仞冠瀛寰。重來尚有諸生識，垂老低徊未忍還。

曉發曲阜

意亦遲遲去，秋蟾缺復斜。煙昏女墻没，野曠聖林賒。夢戀緇帷地，遊驅薄笨車。何能留卜宅，老傍魯東家。

懷孟廟

魯邦既詹一泰山，鄒邦又詹一泰山。巖巖氣象屹相對，終古並峙東海邊。猶憶城南廟中拜，飛光倏過三十年。陰森玉階古松柏，蒼鱗拏攫騰青天。升堂只一樂正子，錢唐與參廊廡間。靈宫傍侍亞聖母，古坐如跪形恭虔。夢寐舊遊記歷歷，揭來更欲親帷筵。倦指修途隸不力，故里空復懷三遷。當年崛起紹闕里，煌煌仁義垂七篇。正如中天得皋禹，二謨炳焕虞書傳。又如景亳得尹虺，偉哉誥訓光聯翩。更如散望在岐郢，羑里牧野相後先。乾坤始開師弟局，散宜生師太公。高衢日月丹書懸。生近聖居聞見接，密傳道統晶輝連。我爲雪涕望鄒魯，古人不見心茫然。千載芳隣失重詣，踟蹰夕照塵沙前。

憶南池二首

絶愛南池地，深秋一鏡清。沿源人影倒，飛掠鳥身輕。垂象宸章燦，摇波古樹明。亭臺失重過，悵望若爲情。

新詩定誰好，須讓沈三兄。謂萩林。詞翰升堂掃，風流萬古情。草春秋復緑，霞曙晚逾明。

劇欲携尊去，狂歌一再賡。

獨飲二首

揮杯聊自勸，小酌亦醺醺。豈到華胥國，而須誓墓文。嬴螟豪弗見，蠻觸鬬寧聞。餘瀝沾童僕，從他鼻息齁。

惟操木瓢酌，安用瀉金螺？遂發豪吟興，還書醉語多。仝酣謝伶籍，屬和寄羊何。明日醒須解，依然卷白波。

馬　病

回輈過濟水，我馬苦元黄。晴上丹林日，寒沾白草霜。塵途方浩浩，世事亦茫茫。所喜無期會，馳驅未要忙。

大風揚沙

浮沙一尺強，忽挾大風揚。帶葉聲蕭颯，連村色渺茫。往來人面覥，崩迫馬蹄狂。庾亮塵雖滿，難汚是潔芳。

金　鄉

車指金鄉道，風沙蔽客矑。秋深霜葉爛，天迴日輪孤。雞黍村猶在，范張交已無。還思署門者，古道早荒蕪。

曉發金鄉

出門天已曉，迢遞上征車。晴日林梢動，輕烟郭外斜。蘧廬元逆旅，萍汎即仙槎。那作并州戀，因依處處家。

夕行城武道中三首

日沉猶不息，我僕誤爭程。荒徑逢人問，昏星照客行。馳驅疲馬渴，依約遠燈明。欲速何由達，端應學老成。

城武城南路，行人夕更稀。村尨相向吠，林鳥早知歸。橋仄幾傾軸，風高故獵衣。暝行無住着，何處覓郊扉。

僕僕頻南北，中年飽險艱。舟車逐昏曉，風雨度關山。老去機全息，遊行意倍閒。投鞭得村店，濁酒且開顔。

曉行城武道中三首

僕夫催早起，結束動輕輈。夜坐得非薛，曉行寧是劉。沙深勞馬足，霜重冷羔裘。弦月欣相伴，荒途豁旅愁。

已覺新霜冽，還迎旭日和。生成因物性，天地足恩波。楓柳俱飄葉，松筠不改柯。老夫遂遊歷，且得慰蹉跎。

首路趨曹縣，紆回遠半程。僕夫良况瘁，老子自閒行。蓐食防飢渴，恬吟憶友生。群才聚東陝，新舊足風情。謂張圖東、馬石蓮、張經德。

訪曾子祠不得有述并序

城武城外聞有曾子祠，係曾子仝冉有、仲弓以文會友處。侵曉未得訪謁，悵望書此。

輿夫争程曉駕輿，月照林岫煙糢糊。曾子古祠在何處，塵途悵望虚摳趨。當年以文嘗會友，簪盍仲弓兼冉有。大文原自闕里舒，傳習仝堂殊墨守。遺書舊有十八篇，其八已亡十猶傳。大學一篇經傳備，煌煌日月懸中天。更有孝經作者聖，引端亦復由天性。天經地義萬古昭，豈止小節修温凊？躬與兩賢細討論，三霄光氣開暝昏。德行政事並磊落，至今神聚櫺星門。就中振觸忽雨泣，往不可還奔電急。力能備養不逮親，刑牲家祭悲何及。放曠天涯不肖軀，松楸舊隴今何如。城武南頭風撼木，車中哭殺老臯魚。

曹　縣

曹亦一都會，富庶忻在兹。市廛聚百貨，塵起連車馳。回輈再經過，木葉縱横飛。浚壕轉微波，歸袂披寒颸。清遊形不悴，達觀神更怡。明諍主不寤，吾弔宫之奇。流離挈妻子，來奔良可悲。

河隄即事

欲渡渾河急，金鞭不住揮。長堤平若掌，駿馬去如飛。倜儻流朱汗，璁瓏撼玉鞿。馳驅隨爾僕，吾自息塵機。

渡河

却俯洪河水，洋洋亦美哉。臨流看徑渡，吾命豈邅廻？登陟三天上，憑陵一覽來。從人呼作達，漫道濟川才。

夕行考城

萬事從人作音做，休言已定天。衝波偏鼓楫，薄暮轉加鞭。遠樹連堤抱，明星照水懸。投揭謀一醉，竟至考城邊。

發考城二首

滛潦今年大，荒城尚未乾。烏鴉噪初日，楓柏照清湍。糧糗還堪飽，風霜已作寒。生民衣食計，端賴撫凋殘。

滉瀁映天白，抱城秋水多。寒聲飄欅柳，生趣集鴽鵞。壕口崎嶇路，漁灣欸乃歌。江湖渾在眼，客思渺煙波。

新修大梁書院落成

白練遥觀陟岱頂，洪波却落還汴城。層雲如海胸已盪，飛暈耀日眼乍经。却憶五月十五夜，疾風甚雨驅驚霆。不見蛟龍撼地軸，但聞牖户嗚湍聲。匡床鬆几似艇汎，連甍墍壁隨濤傾。急乘木筏隴滅没，回看書院波縱横。筆硯遄移傍丹鼎，章縫相率栖金庭。背秋涉冬一水盡，自堂徂基二釁成。土木豈不殫况瘁，金錢要自勞經營。耽耽神明復舊觀，賓賓弦誦安儒生。穹樓奎宿動光曜，方池藻彩流芬馨。一堂討論心共素，七年淹泊顔孤頳。月烏飛繞向南樹，霜鶴叫嘯看東溟。松柏桐皆作時棟，華嵩泰已攀霄峥。南船北馬各便利，恒衡相望烟嵐青。

書院落成五賢祠

五賢祠舊傍吹臺，歲久碑板俱沉埋。萩林到此往拜謁，故跡已掃昆明灰。慨然過我謀復始，書院有屋高崔嵬。移奉栗主到此地，定應陟降歆尊罍。即日便輸廉吏俸，從新丹雘連雲榱。豈知蛟蜃壞廬舍，一例墻壁遭摧頹。金膏水碧再照耀，朱龕黄幕齊安排。妥侑群靈練時日，待我遊嶽初歸來。繚垣外見鴟吻矗，歘吸疑有靈飈吹。杜公大名垂宇宙，詩聖首出光昭回。萬間願庇風雨怒，一飯肯忘去聲江湖哀。李公詞賦懸日月，役使力士如輿儓。休論斗酒十千價，且須一飲三百杯。高公漁樵孟諸野，慷慨擊筑兼彈碁。歲晚高名動寥廓，方駕曹劉欲過之。崛起崆峒迥自奇，一嘶北地群馬雌。峥嶸手代韓文草，詎止鞭笞壽寧爲？天生大復珠玉姿，郭泰早年千古悲。舍人封事筆如鐵，兩雄豈但標聲詩？四賢皦皦並素絲，俗於謫仙獨然疑。我據正史直其事，頓令冰釋傳聞辭。逃還彭澤鴻去杳，暫遊天寶鳳來儀。寄李一篇證詩史，矯然風節無磷淄。嵩邱礲取三丈石，淋漓潑墨書之碑。緯星照天嶽峙地，大雅聲光瀰兩儀。大雅聲光瀰兩儀，聯翩繼起其誰哉？

抵須友堂

已陟名山泰岱雄，猶瞻林廟魯邦中。火餘龍檜秋深緑，海底烏輪夜半紅。寧止啟期三樂具，直教平子四愁空。明年擬別諸生去，策杖真成五嶽翁。

衡山集序

萬事有定，惟情之所鍾，天必從之。春初，應南閩道山之聘，嶽遊之期宜有待。適以病歸。病已，蹶然起，曰：『是殆天成我之清遊也。』遂泝錢江而上，度常玉，泊蘆溪，過萍鄉，檥舟衡山。登祝融絶頂，連日開霽，窮極巖幽，回帆梯嶽麓，訪朱、張之勝，弔屈、賈之靈，浮洞庭直下。故人爲九江守，邀登廬峰。會濂溪書院新成，留予爲山長。予樂其山水之清佳，元公卜築歸老之隩區，願躡其遺蹤而養予之志也，許就焉。仍汎長江，拂金、焦而歸，約開歲耑赴。因病得遊，因遊得居佳山水。且築餘山先生祠堂于濂溪之上，將以大昌舊學，匪特佳山水之可娱也。天置予于是，既聚所好，不怪多取。遊歷之境繁多，詩遂得四百餘篇，蕪不復芟，取記一時之興也。

乾隆乙亥嘉平月吉，桑調元自序。

衡山集卷一

詩一　古今體詩六十三首

衡遊口號

衆累似蟬蜕，翛然衡嶽遊。開雲知有處，長嘯一登樓。北渚兼天湧，南溟抱日流。形骸從放浪，凉爽及高秋。

留别潘魯欽泗

南望衡山發興新，霞嵐千里鎮相親。寒催鴻雁傳書信，夢逐瀟湘送旅人。風雨秋清蘇病骨，江湖月白净緇塵。潮生看我扁舟去，鐵笛横吹過富春。

留别族子萬年本建并示兒子繩簏

族子亦猶子，事我惟樸誠。與兒苦戀别，憤悢攄至情。憂我病初已，汲汲事遠征。火維奠南岳，山川秉離明。乘輿策杖往，老願遂向平。萬事貴適志，未用留柴荆。喜兹藥餌具，兼之僮僕貞。秋江白浩浩，潮上即揚舲。顧語且雪涕，慎毋忝所生。

遥别張聖書天麟

大江白于雪，皛然天地秋。衡湘一氣接，木落風颼颼。臨行得君札，知我事南浮。上言水程遠，厥疾况新瘳。藥餌問加減，苦勸維江舟。下言君兒病，憂思鬱且稠。我行不可止，對此增離愁。人生岳遊罕，纏牽不自由。豈惟婚與嫁，足累向平儔。嘆息張帆去，夢繞鴛水頭。

感舊奉懷亡友朱予齋嵩齡用杜公追酬故高蜀州人日見寄韻

君去塵寰不可作，弟畜無人淚横落。當時雁蕩共猱騰，青山俯仰成今昨。我今策杖往衡山，萬里秋光恣空廓。白首相如誼等閒，黄金買醉情疎略。老來意氣斂昂藏，天畔形神甘寂寞。後凋何處挺孤松，累百惟憐喪一鶚。雷陳膠漆近休論，禽向遨遊意尚存。祝融石廩騰穹顥，雲夢瀟湘浸厚坤。狂吟牽率湖山動，獨往沉埋日月奔。秣陵書信投泉路，平地巉巖起孟門。交期于我今誰重，舊德惟君古所尊。南遊擬作長沙賦，北望重招裴島魂。

奉懷亡友汪津夫鑒周穆門京疊韻

四賢閣上攄新作，隔江少微星已落。還看圓泖閃靈旍，雲散風流總非昨。朋簪會合在青冥，蕩蕩從教遊曠廓。相逢楊德祖與孔文舉，慎勿大兒小兒恣脱略。人間無此好男子，令我獨居獨往滋索寞。近論詩句亦無人，才子東皐失厲鶚。萬樹梅花無復論，津夫葬處。一塢青芝誰過存？穆門葬處。對月空憐三五夜，得朋那望西南坤。所喜軒轅帝許廣樂聽，魏夫人借飈輪奔。朱陵窮探後洞户，祝融直上南天門。山開雲氣感正直，天假神柄瞻雄尊。一杯手酹錢江上，秋光晃朗，疑是我友縹緲之精魂。

登舟行

往遊嵩華泰，軃軃驅行軜。今朝指衡岳，鷗鴉棹江舟。江舟飛逐秋潮去，直上巖陵灘畔路。遠遊難捨舊漁竿，披簑往釣瀟湘雨。瀟湘夕捲水花來，洞庭葉下波瀠洄。大放騷歌動天地，特與屈賈湔餘哀。衡山地荒足妖怪，巀嶭開雲樓尚在。韓公精誠感岳神，仰見兀突青空成一快。我今方作五岳遊，南岳勢壓天南頭。兹山燀赫照離火，敲鏗鐵杖穿巖幽。欲爲山川發靈異，擘窠大字岩前留。爲我睇南溟，堪作墨瀋不？七十二峰揮洒遍，乘興踏月臨羅浮。竇露壇邊就虞帝，不希瑪瑙之甕沾渴肺。神禹碑蹲岣嶁尖，字青石赤搜巖祕。樓臺忽起朱陵宮，朱陵洞主開房櫳。水簾觀闕並幽窅，玉童引看金芙蓉。灊霍仙岩爲岳輔，天樂飄空度烟霧。雲旓蕩摩争我迎，或駕赤虬驂龍虎。吾觀浮世增慨慷，向禽作計誠爲良。君不見鳳雛無凡毛，覽輝翱翔何其高。焉知鴟鴞得腐鼠，侈然意氣偏自豪。君不見狼子多野心，摩牙跳梁誰能禁？焉知騶虞避生草，粹然名德衆所欽。大鈞播物好惡雜，眼前萬形紛合沓。逍遥物外謝塵緣，寥廓天風吹颯颯。棹歌一曲翻滄浪，不問楚水吴天長。梔榠開頭從此逝，雁書底用傳衡陽？

定　山

扁舟直上大江間，芳草青青過定山。空際一螺攢窈裊，雨餘孤翠洗孱顔。秋看樹色新摇落，人逐潮聲數往還。誰肯耕墢白雲裏，阿邱便已隔塵寰。

桐　廬

波心月色照桐廬，絶愛人家水竹居。秋草重岩匀緑遍，楓林一雨墜紅初。了無雉堞圍江縣，時有漁燈出井閭。此地今年來往數，野翁情興總蕭疎。

謁嚴先生祠

梅家擇對古今無，光彩門楣意獨殊。仕宦端須慎要領，綸竿豈肯負江湖？岩前滚滚秋濤湧，臺上茫茫夜月孤。笻竹一枝遊岳去，微生不用執金吾。

釣　臺

策杖還登古釣臺，孤舟重繫乳岩隈。招邀明月三霄近，激越長風萬里迴。富貴溺人心蕩矣，山川娱客興悠哉。清顔不愧桐江水，老把漁竿鬢髮皚。

蘭　溪

輕帆又落縠紋前，漁火星星接暮船。書寄蘭江一雙鯉，夢回竹屋幾重煙。艄公遶郭争沽酒，市女挑燈疾數錢。偏自山陽笛聲起，獨教野客涕潸然。

龍　游

龍邱峰色翠蜿蜒，秋樹青黄接遠天。山米長腰炊玉軟，江魚穹背斫銀鮮。客情冷過唧蘆雁，人夢飛隨下瀨船。今日曉淪停步驛名月，明朝寒破上杭烟。

舟中大雷雨歌用杜公渼陂行韻

天公知我耽瑰奇，迅霆響裂千山陂。大雲遮斷赤瑪瑙，倒景穿射黄玻璃。溟濛遠海奔龍入，滿吸滄波飛雨集。傾盆猛勢洒天漿，四維八埏俄遍及。姑篋通川黯不開，蓬蓬風起噴浮埃。天兵斫陣逐北去，回輪捲地還復來。蒼茫神鬼渾難測，銀瀧濺船不可拭。嘾礠乍劃半江紅，霳霹濃垂九天黑。空中白波湧若山，鰲呿六極浮沉間。訇轟推盪仄坤軸，倏忽浄掃開天關。畸零餘點抛明珠，千岩瀑布喧奔趨。今秋蛟唇圻厓谷，雷雨震驚無處無。雨餘江月忽而至，蕩漾清光可人意。吁嗟風波犯險如客何，雨晴異景江湖多。

八月十六夜月用太白把酒問月韻

今夕明月如珪時，四海八荒皆仰之。月光完蝕有定分，却令欣戚人心隨。光明寶珠無玷闕，清川晃朗金波發。離離北斗入江低，晶晶浮雲向空没。婆娑桂樹涵古春，白榆歷歷爲芳鄰。誰修天上清虚府，誰作瀛寰澹蕩人？澄暉一掬寒於水，照見霜鬆白若此。待予高登七十二峰頭，呼君湧出東溟裏。

常山道中大雷雨歌疊韻

境非艱虞不成奇，墨雲陡蔽東西陂。盛怒雷聲擘山嶽，大笑電光明瑠璃。古寺破篷人争入，四海水立瀰空集。滂沱似載奔車輪，咫尺行人避不及。猛溜衝決隄塹開，崖崩千丈流黄埃。紅氈裹背首尻濯，遠道之人胡爲來？銀竹森森窅莫測，老眼眵昏空復拭。洶洶前潮後潮白，莽莽千山萬山黑。况復惡風吹倒山，飛屋失木砰轟間。鳥巢迸落草萍驛，鷺堠崩塌屏風關。奇哉半空雲破懸火珠，依然周遭霧湧螭虬趨。西邊日出東邊雨，此間道路晴有無。僕夫阻隔尚未至，世途豈盡如人意？酷戲其奈天公何，却驅文辭入筆波濤多。

舟發玉山

萬疊青嵐一水濱，曉浮舠子出通津。過山已作江西客，遊嶽原爲物外人。遠道旅顔增老醜，仝舟鄉語叙情親。却憐懷玉先賢地，講席千秋氣象新。

廣　信

廣信城邊艤小舟，暮烟縹緲映飛樓。仙宫九子風鈴語，鄰舫一聲江笛秋。渺渺關山隨去雁，飄飄身世等浮鷗。人間是處堪游釣，莫問兒時舊水邱。

河口

秋靄平空淡若無，商飈獵獵響叢蘆。巉巖翠色狻猊九，諺云九獅渡河。鴉軋清聲舴艋孤。南去賓鴻淩楚塞，西流玉水入彭湖。市樓遶岸含飛動，冷客仍如泛泛鳧。

弋陽

弋陽溪上捲晴烟，倒映空明萬里天。石室幽居知閴絶，寶峰秋色正蒼然。朱陵有夢雲屏裏，白髮無情水鏡前。沙鳥慣看流浪客，衝波不避楚人船。

仙人橋

貴溪秋映發，連山走巃嵸。谽谺闢洞户，石梁亘虚空。蕭晨煙霧凈，豁然天光通。仙人雲中遨，焉用步垂虹？我欲梯空上，草木披蒙蘢。題詩在岩腹，吟嘯絶陘中。

貴溪

貴溪溪水水清潺，沙岸東門厲石班。千里人隨青草遠，寸心我與白鷗閒。烟波繚繞秋城外，霜樹參差曉岫間。一片仙雲横縹緲，望中何處藐姑山？

將進酒和太白韻

君不見纖兒一朝富貴來，意氣驕豪山可回。又不見壯士憤氣衝冠髮，手淬龍泉光似雪。沉冥便可遺死生，一任大化無留停。畸人高睨乾坤獨往來，萬事不顧唯啣杯。横行絶漠掃欃槍，麟閣英名懸日月。蘿幌雲扃俱可卧，松風磵水俱可聽。身世早已成大覺，志節何用標獨醒？九還丹珍一杯酒，雙敝屣脱千載名。帶索行吟樂復樂，未須儔侶仝談謔。對月揮杯勸孤影，暢哉自斟還自酌。笑彼惹人物色披羊裘，空山茗艼焉知愁？

殘月疊太白把酒問月韻

寶奩乍啟四更時，水明梔樓窺見之。多情慣照遠行客，江東江西常相隨。熒煌象緯羅天闕，睒睒太白光争發。休論遶樹鵲無依，猶見入河蟾不没。秋風摇落追芳春，千花難與孤松鄰。白月經過等閒視，望舒却似無心人。彎彎蕩漾澄江水，殘月新月都如此。古往今來歷劫多，消磨如鏡如鈎裏。

安　仁

秋花滿眼照銀瀧，也錫嘉名署錦江。啣蘂蜂偏過翠幔，當壚女慣倚文牕。風梳衰柳絲千縷，波躍鷩魚尾一雙。客子不知秋欲晚，日師犀首倒罌缸。

黄金守風

一輪日照黄金埠，水面滉作黄金容。盲風衝波若山湧，水花破碎金芙蓉。我耽清遊本無事，不愁𨻶岸維江艭。一山積翠高巃嵸，往梯巔頂支孤筇。遠峰如靛勢繹絡，極天秋色寒清曈。壯觀曠宕盡宇宙，古人已往蘊蒿蓬。此地乃隸餘干中，餘干先生人中龍。在田不躍潛其蹤，居業一編紹六籍，炳烺元氣儒所宗。千秋論定配兩廡，布衣秩祀非虛崇。餘山先生姓勞名史，餘姚人，學者稱餘山先生。起海東，十七秉耒沙田農。苦心研易契羲畫，早令萬象三才通。熒然鉅德照草野，有若暘谷明曈曈。不須汗青壽萬古，遺書磊落皇墳同。賤貧自可垂不朽，豈等滅没隨沙蟲。吁嗟僥倖富貴侈氣體，顛倒貨色迷心胸。哀哉不顧旁人齒爲冷，猶復哆口賢聖欺愚蒙。魯叟一去二千載，諸老先後徒彌縫。登高望遠發涕泗，若輩終古稀聞風。蓬蓬大聲鼓不歇，雲將掉頭逢鴻濛。且避沙塵伏篷底，瓦杯不放村醅濃。

鄱陽湖

烟汉溟茫是處通，抽身不在利名中。天浮彭蠡湖中水，帆引滕王閣下風。八月遊踪如海客，百年心事付冥鴻。醉來留得韶顔在，未用丹砂訪葛洪。

瑞　洪

水樓户户倚欄干，篷火星星照石灘。旖旎誰家簫管急，喧呶鄰舫酒杯寬。水天下上秋光迴，身世虚空客夢寒。憶泛金牛湖裏月，烟瀾點破一漁竿。

漁　舟

漁舟聯絡艤湖漬，唱晚遥從隔浦聞。罾影挂殘三丈日，櫓聲摇破幾重雲。斜飛孤鶩霞成綺，乍動潛魚水涣紋。沽酒醉眠無一事，世間名利不如君。

鄱陽湖歌

三日行經鄱陽湖，白水倒浸青天衢。沙洲芳草縱横鋪，風帆八面牽川涂。川長風軟勞水夫，櫓聲嘔啞劃清虚。瑞洪一過滄溟如，烟波浩渺萬頃餘。船船烏鬼啣白魚，前飛鴰鶬後鵜鶘。翻波得雋鳴聲麤，行舟向背迷方隅。夜看北斗旋天樞，一鈎殘月舒望舒。驚起魚龍洶奔趨，我舟縹緲如輕鳧。向空長嘯爲娭娱，慨焉懷古意激輸。淮泗真人大澤呼，跨湖一戰成雄圖。彌空旍旆燦火荼，黄龍鼓震排舳艫。垓下列陣烏騅殂，昆陽瓦飛横掃除。居庸關外馳氊車，三興土圮平姑胥。閲江樓高雄帝都，三百年來元氣痡。漏舟人囀歌喉珠，無愁一曲只須臾。鍾山石城莽邱墟，康山廟在烟模糊。英雄一去往迹徂，水雲激宕歸空無。七十二汊唱晚漁，且倒波心雙玉壺。

徐　汊

蕩漾清川落日孤，微茫水驛路縈紆。彭湖烟浪經行處，徐汊人家湧坐隅。寂寞魚龍何處蟄，翩翻雁鶩向風呼。老夫作達無心計，好汎虛舟浩渺區。

滕王閣

一帆直抵滕王閣，飛湍萬疊珠噴薄。長洲舊館跨虛空，繡閣雕甍照城郭。檻前滚滚章江來，翻風動日江光開。憑陵宇宙得壯觀，激昂意氣凌高臺。當時豪華駐帝子，妙舞清歌艷江水。舊劫飛灰掃地空，寒波孤鶩衝天起。奇才冠古王子安，長川風送曾無難。千秋勝會赴江閣，高空牛斗垂闌干。天高地迥悲横集，閶闔九門不可入。空抱凌雲萬丈才，秋江寂寞螭龍蟄。炳烺論士推裴公，持議四傑偏朦朧。人生通塞有定分，爵位豈足論英雄？君不見安貧更知命，堂堂立言勁且正。童齡器識壓老成，揮毫况復才華盛。赤水三珠此獨殊，當筵風調傾萬夫。何慙鍾期賞流水，豈效阮籍悲窮途？我來恰逢九秋節，秋水長天方一色。茫茫萬里對長江，酹酒風前三歎息。吾聞韓公雅愛三王奇，亦復瑰偉絶特驅文辭。誰識畸人狂嘯臨江渚，鵶塗醉墨留新詩。

莖草禪林

扁舟尚繫章江潯，棹過螺墩恣幽尋。螺墩鬱葱翳萬樹，中有莖草之禪林。林間叩門如啄木，金地金沙浄心目。衆花爛爛秋錦鋪，最愛深黄幾叢菊。開士喜客無俗塵，茗椀一吸生芳津。更上香臺面水竹，坐覺魚鳥來親人。物外情懷本放曠，乾坤清景入吾杖。但期瀛寰幽異豁然開，不論平川與疊嶂。此間禪窟藏精廬，石林水府蟠靈區。一泓隔斷楚商市，蘆洲松島清凉俱。坡公巨手書涵碧，好事重教復陳跡。難没千秋澹蕩心，銀榜光摇水雲白。微生夙願臨滄浪，卜築幽居水中央。唏嗟緣情生衆累，終令此計墮渺茫。病餘猛勇遊南嶽，眼底撲緣辭齷齪。夢想岩棲宗少文，祝融峰置藤蘿幄。更憐羅媛有同心，入山偕隱深復深。四壁雲嵐繪圖滿，衆山響應龍脣琴。野夫興在丹霞上，布韤青鞋且獨往。林僧未用識姓名，白雲無跡過方丈。

舟發南昌

章江門外一孤舟，破曉雲帆不滯留。縹緲仙人餘舊館，峥嶸孺子憶南州。波心出没群鷗戲，天際飄颻獨客遊。此去衡湘尚千里，雁聲嘹亮動高秋。

南　浦

一枝柔櫓動江濆，南浦輕飛片片雲。碧草春波遥憶别，長天秋水淼難分。文章昭晦關時命，風景温凉飽見聞。是處烟沙堪寄興，渚鳧汀鶴總仝群。

牛米潭

十里青松卷曉霧，鳧鷺飛滿高家渡。舟人指點生米潭，乃是漁郎深入處。漁郎縱棹本無心，清溪一曲蟠雲林。誰知此通天寶洞，窈深仙窟從參尋。白髯仙翁氣量窄，呀豁洞門拒塵跡。桃源人家尚有情，酒食争持饋來客。漁舟一葉廻輕煙，悵望葦間渺沿緣。爲我謂漁郎，慎勿栖仙山。賣魚沽酒酒如泉，多情明月陪醉眠。有時興酣脚扣舷，高歌一曲勝得仙。豈羡姓名著丹籙，趨蹌紫府鳴玦環。倏然乘化便應盡，何用大藥留朱顔？况復天上神仙幾回葬，那能久視矜長年？松子桂父今安在，惟有秋花錦石與我相周旋。蒼蒼石門路，冷翠洗秋雨。人間靈境無處無，所嗟有累不得住。

市　汊

市汊沿緣火小洄，雲濤烟浪似蓬萊。横鋪江練天邊繞，倒映霞城水底開。燈影遠看僧刹上，酒香近過客船來。悠然散策空陂裏，愛竹玉猷未擬回。

豐 城

江壍憑陵甃石堅，茫茫白日下通川。乍看鴉背金光閃，直訝龍宫寶燄燃。獨角犀牛猶厭勝，潛身水怪莫飛涎。千秋歎息張雷逝，劍氣休教上燭天。

寶劍篇

早春過延平，想像龍精雙合并。晚秋過豐城，仰望牛斗冲光晶。神鋒世希有，匣中夜夜生銅吼。當風魑魅亂坑壕，着壁雷霆驚户牖。沉沉映月芙蓉浮，三尺凝寒秋水流。一掃欃槍玉宇净，肯與小用酬恩仇。鴻罏鑄汝比正士，何人結佩相終始？對之凛凛無邪心，鬼胆森寒敢偪視。君不見百鍊剛化作繞指柔，試問風胡與薛燭，還似魚腸聲價不？拭不須華陰土，等諸頑鐵何勞數；瑩不須鸊鵜膏，撫此鉛刀焉足豪？吁嗟乎！龍泉太阿至神物，出土砉騰衝，入水無缺折，光芒一片白於雪。三千鐔鍔無顔色，不負張華雷焕識。

豐城劍池歌奉懷馬石蓮榮祖兼寄張經德映緯

泱泱劍池水，秋曉磨青銅。劍去已千載，雷騰不可逢。中州千里懷我友，老去塵勞苦趨走。白刃恢恢足解牛，紫氣鬱鬱猶衝斗。張也利器新發硎，未曾出匣晝夜鳴。從來神物感氣類，昨年會合肝胆傾。星離雨散無常聚，今春悵望延津路。寒芒交瑩失清秋，寶環重攬知何處。嗚呼！丈夫立身有若含景蒼精龍，一生心事明昭融。不論埋藏與騰躍，所貴剛健全其鋒。眼見吴鈎忽缺折，吹毛無復當風吷。已滅荆軻一片心，猶詫崔涯三尺鐵。吾欽歐冶鍊金迴不群，奇光耿耿天下聞。故人珍重脱贈我，持去決斷衡山雲。

樟樹鎮

吴商蜀估走騣騣，廛市無關物外心。老體扶持須藥物，鎮聚天下藥材。秋容點綴得楓林。一天遠影衡陽雁，九月寒聲楚户砧。不見當年古樟樹，數行衰柳映江潯。

臨　江

白銅鏡面拭汀洲，萬里難馴浩蕩鷗。夢想團臍橫簖口，眼看縮項墜槎頭。星摇漁火烟中艇，雷撥鵾絃水上樓。落日澄江風景好，謝公詩思涌清秋。

川徐分處

秋水清泠正滿篙，濯纓高唱興偏豪。大川亦復臨岐路，賸客何須賦續騷。天入衡湘鴻唤侶，江奔閩粵鷺翻濤。飄颻只在蘆漪畔，最愛鳴榔見汝曹。

清江

露宿風餐耐客情，孤篷返照半輪明。閣山烟靄真如皂，江水波濤倍覺清。草色深青渾不死，月痕澹白恰哉生。浩歌激越秋空響，莫遣魚龍夜壑驚。

初二夕月感舊

推篷乍舉首，一痕掛青冥。方當旁死魄，倏已哉生明。彎彎出西極，晃晃摇東溟。懸鈎映翠幙，磨鎌發新硎。微暉動魚榹，冷影過梟汀。螺心漾醽醁，蛾眉妬嫱娙。遽啅報喜鵲，勝垂含轡星。日緣再中候，雲以復旦賡。用持比符彩，堪並楊光晶。朔虚促環照，氣盈溢元精。青女鬭娟麗，黄姑挹凄清。兩頭何纖纖，一水方盈盈。先期奩微啟，斜照輪未成。斫桂斧遄握，搗藥杵已鳴。籬綻千頭菊，階抽二葉蓂。鯉魚風正起，茱萸囊欲盛。舒此廣寒色，牽彼幽閨情。我覯光耿耿，觸緒心怦怦。憶昔赤奮若，偕趨良鄉程。雍正癸丑春，予仝予齋北上。二月初二夕行至良鄉，見月。夾鐘應熛律，不夜臨層城。適當初二夕，蟾兔藹先迎。揭來廿三載，鶗鴂催不停。新月露碧漢，故人歸元扃。風流遂雲散，雪涕還雨零。懸知同皓魄，終古留精靈。

大風

濕熱蒸南土，憑陵吼北風。巨靈持橐籥，大塊鼓鴻濛。日月沉霾裏，乾坤滌蕩中。掀江舞蛟蜃，飄樹撼羆熊。欻歙迎天籟，吹嘘就帝功。傾欹及銅柱，翻倒入龍宫。虎嘯聲何壯，鵬搏勢轉雄。横奔鳴烈烈，盛怒起蓬蓬。玉麈揮髹几，金魚閉綺櫳。簷飛震瓴甋，岸壁坼艨艟。零亂詩書畫，摧殘松柏桐。艱虞經破冢，安穩駐孤篷。噫氣談莊叟，污人避庾公。騁狂矜席捲，播暗喜塵蒙。颯拉眼愁眯，喧豗耳幸聾。兕裘還欲攬，犀盞不教空。明發張帆去，清遊興未窮。

快哉行清江揚帆作

開頭日出清江口，衝波浩浩江風吼。不見烏篷映天飛，但覺蒼山夾岸走。昨者江行十日來，鄱陽湖面天光開。漁舟點點蕩烟汊，高歌晚和鴻聲哀。路入章江棹沙水，落日霞明一匹綺。乘風破浪窈莫期，買魚沽酒淹沙市。今朝十幅蒲帆張，船頭湍聲擺雷硠。浦溆空闊波滂洋，捎濆撇漩水手强。去若箭疾神揚揚，决起百尺鶩鶖鶬。一縱瞬息可千里，便欲立抵新喻疆。竹坡斫取九節杖，醴泉斟飲三危漿。風狂浪洶帆不正，船舷半仄風力横。砉然轉篷帖波起，奔飛快意輕性命。有客失聲口嗟呀，竦睨危檣憂怲怲。老夫宴坐心魂定，飽經險阻夫何病。下碇翻憐白日昏，題詩敢倚筆鋒硬。

雨　舟

江風蕭颯雨冥冥，遠岸山根洗更青。吴客心閒惟理曲，郢兒手快自揚舲。秋生寒氣侵三户，老放狂歌弔獨醒。縹緲吟峰在何處，墨雲狼籍掩空亭。

新　喻

睥睨臨虚帶水環，危樓飛湧出重關。霜前寒色催疎柳，空際秋容着淺山。晴日不消雲氣白，清波獨照鬢毛斑。煙濤百里袁江近，放眼須登絶壁間。

吟　峰并序

宋吴鸞、吴鳳兄弟，吟嘯此峰，築亭其上。悵未及登訪，賦此以志雅慕。

絶代風流占此山，高名千古動江關。毫攄五彩雲霞色，坐對一亭冰雪顔。時聽塤篪度空外，不留鸞鳳在人間。誰知我亦耽吟嘯，未得維舟暫往還。

放歌舟過鍾山洪作

碧江夾岸青岩衆，鍾山洪裏篙師送。大環回合羃錦幪，靉靆白雲剛補空。秋旻萬里卷霧露，赤日當空豁夢夢。高風歘吸孤帆縱，蘋萍柁劃如破葑。山田高下牟麥種，犂鋤鏦錚磽确動。嶺坳何人結茅棟，窈曲天成小有洞。地偏心遠絶市哄，磵道秋寒冰雪涷。盎餘粟粒供鶴俸，添植梧桐引栖鳳。隣舍往來得二仲，岩栖閴寂清味共。直堪老死安吟誦，散材原不爲世用。山中明月儘可弄，何苦局促纏羈鞚。客歌小海流鶯哢，我惟危坐作夏統。塵纓萬緒斷紛綜，續撰劉伶酒德頌。江化新醅壓馬湩，鯨吸長川飲始痛，一任人過捉卧甕。

分宜

百丈垂虹對縣門，人家樓閣倚城垣。九秋草木飛霜冷，三楚波濤激雪喧。遊是逍遥休覓伴，澆非魂礧亦拈尊。鈐山精氣鍾靈異，芳臭千秋每共論。

鈐山行

鈐山拔地青嵬嵬，岡巒盤礴何雄哉。此地定有異人出，光氣亭毒凝胚胎。彦回始亦稱名士，天教老作中書死。矯飾難留名德光，姓名終古污青史。逢君妙絶工青詞，玉清壇高身奮飛。朝散紫宸更宣勅，綸扉黄紙翩翻馳。門前炙手手可熱，由竇呈身競填咽。豈惟火齊金盤堆，鶴山門舘深交結。何人憤欲誅姦强，安得寶劍出尚方？夜書彈文動鬼哭，容城老子空堂堂。相君三里霧，司空五里霧，兒子智慧勝乃父。遮天障日無不爲，一門聲勢爭趨之。門生義兒布天下，冰山一倒裂萬瓦。滿堂本盡是譏誚，何由得有忠義者？咄嗟朱門已除戟，高樓大宅猶驕溢。西市鼕鼕鼓聲絶，司空意氣方纔畢。相君秉鈞陰謀多，一錢不名叢詈訶。雖云文章艷孔雀，孔雀其如有毒何。嗚呼！鸞鳳苞彩輝青冥，曷不都生練子寧？

江石篇奉寄張圖東學林　并序

今春入建溪，疊作《江石篇》寄圖東。比道分宜，江石散布，略如建溪，復作此篇。圖東於僕詩，若奇章之愛石，仍奉寄，乞品第之。

亂石散澄瀛，亦復蹲嵽嵲。透底穿雲根，刳中斵山骨。奔忙灌口三，漂淪夾右一。烏尤出江心，牛首昂天闕。狻猊項領高，鸜鵒眼睛活。壺中九華攢，灘頭八陣列。誰叱雨工起，欲射於菟突。曲折湘山轉，窈冥岱輿没。褊心不可磯，側足苦被齧。五丁紛鑿碎，一劍中斷裂。滛澒愁作堆，艄公喜是鐵。句豈鬭石奇，遠請定甲乙。

昌山洪

繚繞昌山翠，奔洪亦有名。煙波一回薄，秋氣滿縱横。黄菊重岩綻，霜髭滿鏡生。授衣時已到，憀慄楚江清。

袁　州

一棹沿洄郭外堤，宜春芳草緑萋萋。高風催葉秋空裹，白鳥迎人楚水西。老訪名山比膠漆，寒衝遠道豈塗泥。此間亦有桃源洞，子驥幽尋定不迷。

袁山乃高士袁京隱處

吾愛袁高士，岩居不世情。山川因得姓，隱逸獨留名。白日林泉曠，浮雲富貴輕。投簪何可得，只見縛塵纓。

震山乃詔君彭雲隱釣處

白石滄江路，幽棲有詔君。誰於塵網外，獨以釣臺聞。萬事拋流水，孤懷寄片雲。獻嘲謝南嶽，何處勒移文？

袁江落日歌

袁江落日半天赤，倒影空明千百尺。誤認扶桑夜半暾，裨瀛萬道鋪輝赫。須臾澶漫開金光，帝孫五色雲錦張。流蘇瓔珞綴纚纚，變現華蓋垂天閶。珠宫貝闕入紫邏，疑放陸賁山上火。魚龍驚踔赤鱗燒，眼倒魂翻亂掀簸。深紅不隔武陵原，氣瀰遠近蒸霞繁。欲唤漁舟撥棹去，潛行隈隩尋其源。幔亭將散紅雲宴，霓旌翠羽光零亂。萬里蒼然暝色來，素娥乍覿嬋娟面。瓊霄皓魄將上弦，寒生溆浦摇秋煙。清光一幅展蕲簟，江妃漢女愁不眠。我漾白蘋停舴艋，江湖浩淼收清景。宜春美酒倒渴羌，晚汀酣漱玻璨泠。沙平水息萬籟静，蘆灣漁叟響笭箵。下士默塞老軒屏，妬我吟遊怒生癭。

江心石并序

宜春南可三十里，有巨石當江心。上廣下削，石脚嵌空，遠望如鼓，不詳何名也。此石又具一變態，爲賦長歌。

江心磊嵬矗，合唤小金山。芙蓉一朵爛秋旭，孤根衆竅穿潺潺。厓窾稜層疊皺緑，仙山縹緲浮群玉。削成石脚插崩濤，煙靄成堆盤九曲。遠看筍簴架龍宫，鼉鼓高懸倒景中。風饕浪涌怒澎湃，大聲震蕩鳴蓬蓬。形模鐫鑱厭細瑣，手摶巨塊當空墮。大地風輪歷幾回，剥落乾坤留碩果。乃知灝氣不可量，造物變化成文章。嵚崎歷落衆格備，獨教體魄舒磅礴。我尤對此心神壯，魁奇突過丈人行。一柱中流砥激衝，四面横空絕依傍。閒中却憶柳柳州，楚南多石談謬悠。豈知鴻鈞蓄餘力，元精汗漫不遺收。飛來白鵠頂上遊，恨無壯丁鑿梯鈎。安得敲鏗一杖上上頭，呼嘯萬里天風秋。

西　村

西村岸偪仄，翠石何巉巉。數片青瑪瑙，引興梯空嵌。櫟樹蔽犛牛，修枝不可芟。悲泉下日馭，遠岫孤光銜。隔江深谷黑，樹色迷楓杉。荒墟遊魍魎，非仙亦非凡。沙上見人影，波底印秋毚。離家已匝月，海鏡重開函。

淺灘引

邪邪。惡灘阻者淺邪。短長篙斷折，左右槳欹斜。以身拽舟，艱於拽車。邪邪。長年三老衆口呀，十步九頓興歎嗟。灘水淼淼如長蛇，雄飛雌逐翻鴽鴽。悲風淅瀝，哀聲杈枒，安得洪波汎海槎？後灘浪峭激，前灘石交加。天寒日暮，手脚爬沙。十里路，百里賒，踏波齊進搴浮苴。邪邪。

林家坊

燈明酒肆始維艭，秋菊香清撲玉缸。無賴浪花飛水碓，多情月色到篷窻。冰絃隔屋撩羈客，烟柳籠村護吠厖。明發萍鄉知不遠，便含騷思下湘江。

衡山集卷二

詩二　古今體詩一百首

蘆溪九日奉懷袁石峰舜裔

野曠天清一倚闌，遨遊不識路行難。東吴船泊蘆溪遠，南浦人來楚水寒。旅思重陽抛酒伴，秋聲萬木動江干。還追昨歲登高會，雲散中州感百端。

古歌三章并序

江行得軼事，作歌志之，以遺采風者。

求婢得妾，掘溝得鐵。此鐵乃具神鋒姿，一投大冶忽復躍。曰莫邪願以我爲。恰喜君心有鐵一寸，鑄作干將妃匹之，雌雄相合無參差。

求金得妾，得妾勝得金。美人窈窕戴玉簪，年未破瓜情更深。長妾爲翔風，少妾爲續命，愛窺嬌面江心鏡。江心鏡，面生光，團團照妾還照郎。

君不見蘆溪兒，昔時憔悴今華腴。迎妻驅柴車，迎妾舁綵輿。妻簪乃用著，妾箱疊疊紅羅襦。還爲少妾置少婢，婢堪作妾妾應棄。

高岡

登高恰喜度高岡，盤曲青山夾磵長。遊子消摇乘竹輩，家人想像佩茱囊。利名岐路多楊泣，泉石清歌獨楚狂。烏帽飄飄吹不落，天風送我入萍鄉。

楊岐山乃楊朱泣岐路處

淚洒朱公寄意賒，紛紜南北路横斜。六州應檢心頭錯，千里都由脚下差。但步青雲身易誤，况汙黄土眼重遮。清遊衡嶽從兹去，大道無岐莫嘆嗟。

舟發萍鄉

艓子銜波乍解維，秋江南去路逶迤。休論香水萍流遠，多恐衡陽雁到遲。林壑盤紆還嶽麓，鵾鵬搏擊自天池。平生癖好惟奇古，第一須探峋嶁碑。

香水渡乃楚王得萍實處

古渡流香一水湄，芳萍紅想映朝曦。楚王喜得江中實，杜老思充客底飢。寂寞魚龍回夜壑，飄飖舟楫渺前期。秋風木末芙蓉晚，采采而今欲遺去聲誰？

九疑山因似九疑得名。

簇簇峰巒似九疑，青嵐向背靄迷離。江妃便擬彈湘瑟，山鬼多應詠楚辭。菊影蕭疎明月夕，楓林摇落晚秋時。天邊何處蒼梧野，雲水茫茫繫遠思。

洞仙橋

一夕浮舟訪洞仙，水寒煙淡石橋前。置身邱壑離塵土，濯足江湖動遠天。倒景霞明雨重綺，横空月上九秋弦。眼前萬事俱抛却，但覺禽魚引興偏。

留風灘

喧啾煤市繞長灘，巨石横蹲湫急湍。木落蒼山秋疊翠，風淪白日曉增寒。流萍送客曾何繫，下水行舟了不難。自古騷人愛香草，紫莖零落采湘蘭。

湘東

高峰崒兀壓江陲，户似蜂房宛轉爲。橘渚日嫣紅的的，蔗田風戰緑披披。獨遊且倒盈樽酒，舊事休翻幾局棋。恐有湘東遺跡在，欲從荒草覓殘碑。

醴陵

長虹綿亘接岩陬，月色燈光滿市樓。颯拉神絃喧古廟，悠揚漁笛下空洲。江郎夢裏毫攄彩，角鯉池邊水及秋。思煞清香千斛酒，教人留戀古潭州。

疎雨

楚江月白暮烟霏，疎雨無端洒客衣。青篛篷邊拋點點，水楊絲下故飛飛。連宵清夢縈靈嶽，一片秋陰接翠微。却憶湖莊孤艇泊，高荷大芋滴依稀。

石坳水歌

君不見石坳水，惡灘亂石堆數里。虎倒龍顛氣不平，霧湧雲蒸勢未已。滔滔江水清且淪，盤渦激怒衝嶙峋。呀啄狼牙自齒齒，崩奔鹿角何侁侁。攢簇江心列島嶼，一舟轉側千巖阻。

訇轟那得萬張篙，劖削空思五丁斧。盤踞要津縱復横，東西專礙行人行。巉巖地勢亦偶爾，未必天意欲使檣櫓横摧傾。廣陵潮響驚人耳，砰濤如破雷門矣。誰知澎湃亦虚聲，只緣峭急軒波起。奇哉長年與最能，長篙陡轉仄石稜。巴船恰從峽裏出，雷風戰鬭空憑陵。我從黯淡灘頭過，豪吟不爲驚灘挫。此間直如衽席行，榜人唱歌老夫和。須臾出險波粼粼，扁舟蕩漾浮通津。回頭也閲平陂跡，嶔崎歷落可笑人。

渌口

渌口蒼茫夕照殘，烟波一曲繞紅欄。水晶盤貯淮塩白，瑪瑙盌凝衡酒寒。秋浦遠浮鷗色净，水樓高宴客聲讙。却憐舟子争程去，夜宿月明何處灘？

朱亭

空亭欄檻出層阿，秋水魚鱗皺碧波。寒雁飛飛衝極浦，流萍汎汎聚盤渦。三湘北渚騷情遠，千里南雲客路多。江國扁舟從放浪，孤踪日夜傍黿鼉。

山門

中天皓魄照山門，深淺沙洲野水昏。策策秋風喧木葉，依依江草漏燈痕。雲霞路近催雙槳，吟嘯情豪倒一尊。料得清宵來夢少，仝心白首幾人存？

黄石灣

江水清泠泝北灣，時平斥堠總蕭閒。沙頭一片迷黄石，風際連群下白鷳。蘭茝秋香浮月渚，雲霞晚景媚松關。素書拋擲何須問，看遍湘南萬疊山。

鱓魚灘

濟險先聞戒舵工，一條水檻限西東。舟人呼灘爲水檻。潮聲洶湧疑龍伯，灘勢奔騰識鱓公。月夜消寒宜醉酒，秋江破浪喜乘風。老夫厭作猖狂態，遠涉川塗未便窮。

觀湘洲

兀峙波心氣象殊，一洲林麓莽盤紆。初騰曉日川光湧，乍散秋雲塔勢孤。近嶽千峰連紫翠，觀湘九面汎鷺鳧。經過未插登臨脚，遥問山靈快惘無。

登嶽八首

軋軋籃輿去，星馳望嶽門。蒼山凝黛色，茅屋帶煙痕。紫蓋雲中矗，芙蓉木末繁。秋光媚吟客，萬象放妍暄。

層巖行迤邐，茗飲憩紅亭。雞犬依村静，松杉夾路青。陽光蕩東極，雲氣接南溟。衣白山人去，誰何萃嶽靈？

千載韓公跡，開雲樓尚存。留題赤帝廟，直上南天門。雁叫高空斷，鵬搏大海翻。寰瀛須一覽，身踞祝融尊。

連峰方陡峻，到耳澗聲清。石廩米如聚，水簾珠倒傾。聞鐘知寺近，扶杖與雲平。老覺吾衰甚，猶餘選勝情。

雲梯千萬轉，纔到半山亭。日氣銜楓赤，秋光倒海青。上封猶渺渺，下界已冥冥。輸爾巖棲者，常看斗插瓴。

寓公誰最偉，方廣過朱張。霽雪明寒日，清詩落石房。衣冠映光嶽，風氣闢衡湘。我亦雲邊坐，空令意激昂。

山行渾不倦，出入破烟霏。海月團團上，秋雲片片飛。神工開石室，吾意卜巖扉。連夕衡峰頂，清光映少微。

清溪三十八，屈曲下高峰。天迴垂朱鳥，潭深隱赤龍。乾坤開眼界，雲海盪心胸。不盡瀏觀意，青霄卓一筇。

開雲樓謁韓文公祠用公題衡嶽廟韻

精誠亘古聞韓公，秋雨陰晦千巖中。默禱乍開萬雲族，劃若決斷龍泉雄。當日蠻荒苦竄逐，早知人厄非天窮。不爾青空翳積氣，誰令解駮馳飈風？群陰黯結皇甫李，浮雲蔽日翻難通。公心一片照宇宙，争光日月懸秋空。披呈琅玕叫閶闔，灼然高明攄有融。穹樓爽塏剩舊跡，苔蕪浄掃開神宮。我來鞠跽拜階下，靈旂怳裊秋林紅。有生去公一千載，依歸傚慕存諸衷。文章遠仰起衰手，志節尤睎正直躬。昨者曾遊華與岱，跳珠頓止往跡同。今來衡山大暄霽，吟眺清興焉知終？下士倖邀嶽神佑，微物感荷皇天功。知公神靈無不在，泰山北斗標穹朧。七十二峰户外列，晴嵐繚繞南西東。

隱松巖

萬株松影裏，中隱碧瑶簪。曉色連湘樹，晴光映嶽嵐。鳥聲空翠墮，鹿跡石苔參。未用嫌山淺，端須卧草庵。

清凉寺

輿丁翻白汗，小憩已清凉。記莿新開士，安禪古道場。高松入雲碧，老桂倚巖蒼。一院秋花滿，風前笑客忙。

近嶽寺

靈嶽嵐光近，香茅結一庭。圓螺山髻秀，方罫水田青。晴久苔乾砌，風疎葉滿櫺。行人非問法，且爲喫茶停。

擁腫行并序

衡嶽道中，見人有左股大於身者，是造物之沴氣也。予哀之，爲作此詩。

大鈞生物萬不齊，受氣差異成支離。騈枝瘤贅猶自可，未有擁腫如爾爲。蓬萊左股大於地，積蘇累塊失位置。乾坤灝氣廢運旋，萬里磅礴空贔屭。我聞賈子言鬱陶，一股之大幾如腰。豈知蓄眼未曾見，一身沴戾何由消？非關少見多所怪，奇於橐駝呼腫背。恫瘝雖只在汝身，我心惻惻增吁愾。蹣跚不進難比人，平居胡能効屈伸？病非徒腫又跖盭，淋浪涕泗尤傷神。鴻爐銅炭如何鑄，我行欲叩長沙傅。不嫌莊叟太荒唐，無用憐茲五石瓠。

謁嶽廟

衡山最荒遠，絳闕聳旻天。南極神功鎮，重華秩祀虔。火維妖怪熄，奎藻日星懸。未用韓公禱，雲開萬仞邊。

開雲堂

正直通靈嶽，陰雲萬疊開。火維騰熾烈，天柱兀崔嵬。浩氣還馴暴，雄文獨起衰。丹楹猶聳峙，南極並昭回。

霽雪堂

一自成嘉會，遂令吾道南。雪光凝萬壑，霽景上層嵐。聯屐田心窈，孤臺嶽麓探。此堂存古意，勝跡有誰參？

嶽廟銅鐘

東序銅鐘在，凌虚筍簴懸。洪爐嘘橐籥，鉅響徹重玄。神聽朱陵洞，銘標泰定年。仙都經劫火，法物至今傳。

黄帝塩三章并序

古祀南嶽廟神，傳有《黄帝塩》樂章。今其辭亡久矣，作此補之。

日吉兮辰良，肅祀事兮孔明。潔齊兮視濯，陳犧牷兮椒漿。神之來兮歙赫，冕日精兮袍朱光。乘赤龍兮萬騎從，群官兮下紫閶。熒煌兮絳火靈，安坐兮滿堂。

樅崇牙兮樹羽，靈鼉吼兮雲和拊。衆樂兮浩倡，紫螭連蜷兮赭蛟舞。戴參靈兮乘赤蚪，冠啟明兮駕龍虎。霍灊會兮神如雨，齊樂康兮饗尊俎。

位離宮兮秩南訛，奠銅柱兮寧珠崖。火鄉兮乃粒，炎海兮不波。銓德兮鈞物，威堂堂兮蔭峨峨。神宴娭兮朱顏酡，曳星旓兮馳電車，千秋萬歲兮擊鼓傳芭。

銓德觀

眼底一清曠，仰看天宇寬。殊憐酌瓊液，聊喜近黃冠。客夢金庭冷，仙音玉笛殘。吟遊終我老，莫問大還丹。

架鶴峰

碧峰秋窈窕，寒翠明霄崢。憩石青樹蔭，梯空白雲迎。澗泉落淺瀨，厓烟散杳冥。細菊發新艷，老桂留餘馨。照巖月鏡皎，滌徑松濤清。真人架鶴去，薜荔懸虛亭。

黄庭觀

黄庭留古觀，傳自魏夫人。鍊玉非無地，馳飈自有輪。靈仝碧霞跡，净掃紫虚塵。遂使修真女，仙宫入夢頻。

紫虚閣

杰閣何年建，嶙峋切紫虚。松生飛翠處，灰死鍊丹餘。青鳥去瓊島，白雲流玉除。元君一冲舉，孤月冷仙居。

飈輪亭

刀圭何用覓，祇欲乞飈輪。列御都無跡，盧遊迥絶塵。青童候圓月，白鶴去清晨。徙倚空欄畔，寒花與客親。

蘂珠宫

仙山幽絶處，最愛蘂珠宫。紫府無人到，青霄有路通。葱菁繞琪樹，塵坱斷秋空。古洞臨陽谷，誅茅寄薄躬。

仙　關

九真巖畔僻，一徑入仙關。日冷青松塢，泉鳴白石灣。乾薪老樵拾，倒蔓黠猿攀。迤度石梁去，山中還有山。

雲岫峰

盤盤入仙窟，一峰滃秋雲。已遠山下路，欲接雲中君。修梁架碧澗，絶磴凌丹雯。嶠寒落飛翠，天静斸游氛。喬松播虚籟，靈草含清芬。白鶴去不息，悵望空斜曛。

九仙關

登真遺勝地，巉絶九仙巖。碁石秋逾冷，簾泉迴隔凡。靈墟散雞犬，幽徑暧松杉。長嘯臨高閣，遄催落景銜。

紫蓋院

空院何人住，丹爐冷舊烟。桃源秋寂寂，松澗月娟娟。壇廢青牛去，宵清白鶴旋。臨風思伴侣，最愛鐵瓢仙。

紫蓋峰疊韓韻

爵位不須封上公，但願跡遍名山中。參錯群峰拱南嶽，紫蓋不朝如争雄。洞天福地廣布列，横空一杖吾能窮。魏夫人此闢絳闕，群仙出入乘罡風。斑龍紫鳳每彙集，洞靈一氣真源通。傳法不希鄧彦達，但借飇輪馳高空。白雲既得穿溟涬，赤氣亦可凌冲融。桂樹扶疎南竹大，並許高攀赤帝宫。閬風影沉弱水黑，赫曦光湧扶桑紅。飄飖遠挹雲霞氣，皎潔全明冰雪衷。曳泥龜尾自適己，曼淥蛾眉不有躬。巢父樊仲近未有，曹蜍李志難强同。造物賦予任厚薄，人生志行期始終。仙舟並謝郭有道，醉鄉要逐王無功。此位南離孕精氣，上映朱鳥光曈朧。道士屢進玻瓈盌，醉看明月升天東。

金簡峰

天帝啟神禹，錫之玉簡書。功成勒諸石，雲霧藏靈區。青苔翳厓壁，大文秘莫舒。穹石剨中斷，神劍揮昆吾。泠泠玉沙水，甘香壓醍醐。暗瀉翠巖腹，鐵瓢不可𣂏。仙老惠一啜，沁腑冰漿如。飈然天風過，萬籟鳴笙竽。

朱陵洞

虬松歷亂騰秋烟，穿巖絡澗飛清泉。烏藤一枝破寒碧，踏到朱陵太虛之洞天。洞天深窈不可入，水簾倒捲青雲濕。明珠萬斛天半傾，砰轟驚起潭龍蟄。秋飈怒聒勢轉雄，巖頭千丈挂白虹。羲和西來日車仄，炫現五彩羅虛空。虛空明滅金光射，騰騰助湧霞嵐赤。銀河乍蹴巨石翻，聲傳林谷雷崩坼。靈臺牖户遮靈湫，是中一徑通羅浮。我令蝴蝶爲先導，去與博羅老仙共遨遊。遊方信意無内外，遠拂紅桑近紫蓋。笑彼秋田乎青邱，徒吞雲夢不芥蔕。高吟追和白玉蟾，清宵海鏡開塵奩。驂逐青鸞白鶴駕，飛凌七十二峰尖。

水簾

洞户窺窈曲，掩映瀑水重。飛瓊亂寒碧，濺雪無春冬。石刻『飛瓊濺雪』字。珠霧雜而下，磵壑鳴淙淙。有時老湫拔，陡怒巖坳龍。秋河倒崩決，一洗青芙蓉。群靈就帝讌，天半酣笙鐘。山祇集溟涬，瀆鬼來鴻濛。晶簾挂不捲，出入迷神蹤。蒼茫動落景，急雨拋晴空。

冲退醉石

心清水簾前，愛此一片石。鬼斧削琦玗，翠滑平如席。朱陵老洞仙，醉我流霞液。徑來枕手臥，一覺墮巾幘。四際天幕寬，瑩眼秋月白。翛然身世遺，萬里對空碧。

香爐峰

香爐雲中秀，秋色明丹峰。縹緲接紫蓋，氤氲連祝融。神光洩乾竇，陽燄昇離宫。有時横絳氣，回薄天九重。金芝爗照夜，琪樹翠凌冬。近隣朱陵洞，瀑響聞淙淙。

朝日峰

踆烏起暘谷，奇彩紛煒煌。窮秋倍晃朗，色净梧桐岡。當時負暄老，坐曝茅簷光。黄綿煦台背，四季如春陽。傳聞赫胥氏，玉體于此藏。今古同邱墟，邈穆嗟鴻荒。

洞靈宫古楓歌

洞靈宫前古楓樹，歲久盤鬱成龜形。鐵根隆起昂首黑，霜皮細坼皴甲青。仙源曳尾岌將動，洞門踏足突欲行。霎時嘯呼大風雨，厓崩谷響晝晦冥。有元衣巾籥雲上，直攀天闕排群靈。帝遣巫陽驅之下，命守古洞依珠庭。鎮兹二十五福地，永免刳剔垂千齡。鄧郁之借靈臺映，魏夫人過飈車停。寒簸海風亂葉落，密洒湘雨交柯横。楚南冥靈結作伴，吐納深息含元精。上覆黄雲蔭靉靆，近倚紫蓋承岩亭。豫且匠石兩不顧，天荒地老全其生。

鳳皇峰

桐生在何許，維南有峻坡。炎精煦嫗足，千尋鬱嵯峨。來儀感朱鳳，苞彩栖喬柯。鳴應昭華琯，噰噰音最和。淳漓一以判，遐舉崑山阿。高岡舒遠眺，秋烟渺湘波。

碧雲峰

山氣如凝靛，半空青嵬嵬。黛潑兜羅綿，垂光紫金臺。間以霜楓樹，焜燿雲屏開。天公作繢藻，丹碧秋昭回。老人星忽現，掛在東巖隈。行歌下蘿逕，明月松間來。

黄華觀

飄忽黄華老，幽居錬玉顔。泠風來海上，仙羽蜕人間。丹竈沈雲壑，青松抱石關。支笻歸去晚，乘月弄潺湲。

劉根藥巖

昔汎具區艇，玉壇訪劉根。淹留度殘臘，橘塢清香繁。今來遊衡嶽，復有仙巖存。雲坳採靈藥，寒露晞朝暾。跧跡九真觀，鬱鬱青霞屯。秋泉石上瀉，誰與洗心言？

棲真峰

兹峰孕靈氣，秀産雲母石。滑潤如琪玗，光瑩明月夕。蒼耳蔚芳叢，真陽萃精液。仙人采作糧，身輕生羽翮。連山如波濤，盤渦隱窟宅。金床此栖真，獨坐清心魄。

靈藥峰

纖塵飛不到，石室鑱空山。鹿跡參芝澗，鳥語喧松關。嶽雲杖頭過，湘煙舄下環。飄飄新野老，挈伴遊此間。泠風杳玄跡，白月留清顔。吾亦謝世鞅，採藥期不還。

石室隱真宫

仙宇塵難到，天然石室幽。風清驅虎穴，煙渺指麟洲。飢煮青精飯，寒紉白鹿裘。隱真懷古老，月夜步虚遊。

壽　嶽

惟南本壽嶽，佳氣浮萬重。鬱律兩大字，鑱鐫紫蓋峰。道君揮御筆，仙巖岌蛟龍。流離青城月，神貺倏已終。聖人自多壽，耄期令德崇。所以伊耆帝，善祝稱華封。

壽澗

潺湲南嶽水，澗亦以壽名。修帶環嶽廟，穿橋碧泠泠。吾聞古仙訣，有水堪延齡。丹砂映寶色，甘菊浮菁英。吸泉錫難老，洗藥資長生。此澗清不竭，下溉秋田青。生民遂乃粒，歲歲登香杭。用以寧胡考，豈別求聃彭？

赤帝峰

一峰矗起紫霞端，嶽廟當前映曉寒。指點荒墟炎帝塚，抛殘仙着石棋盤。火星燭漢垂光曜，秋隼凌風振羽翰。煉玉仙人何處去，高空惟見月團團。

芙蓉峰疊韓韻

赤精子訪古仙公，一片講石遺此中。苔花濃翳壁窠字，波礫飛動蛟龍雄。勇剔荒榛捫翠石，盤虛一徑旋螺窮。懸崖瀑布亂噴薄，明珠四洒吹天風。久晴尚復老湫拔，渾疑巖竇靈源通。白垂九秋虹飲澗，清奔五夜月照空。攙天萬木未黄落，南極氣暖如春融。仙真一去鸞鶴杳，經壇掃盡無頹宫。下春欲墮黄金餅，翕赫明滅芙蓉紅。選尋幽境此最勝，鬼鑿巖扃洽寸衷。徑欲茅蓬手自縛，卜取菟裘老我躬。餐霞食柏儘足給，嬉遊況有猿麋同。供養煙雲頃刻變，乾坤靈景無初終。眼前吟賞飽新得，方士服食終何功。狂飈欻吸催急景，回睇紫靄交明朧。短笻拄歸銓德觀，華鯨已鏗嶽廟東。

擲鉢峰

翠巖身可隱，雅愛此一峰。泉水清且冷，長留虎跑蹤。澗花秋歷亂，石林晚菁葱。旅衣飄落葉，回飈度疎鐘。高空下夕照，近繚烟霞重。思大擲鉢去，嗟哉落鈍鋒。

福嚴寺和南軒先生韻

古寺躋雲麓，芒鞋破蘇來。蔬枰童子摘，松麈老僧栽。筧水長相接，風扉忽自開。空山秋氣盛，猿嘯極清哀。

寄隱庵

隱身巖畔静，一宇結香茅。浮世原如寄，幽居絶似巢。孤雲喜同住，萬慮已全拋。此處安吟研，秋窻竹樹交。

嬾殘石

李侯訪嬾殘，夜撥牛糞火。領相亦等閒，半芋啖自可。愛渠辭召詩，脱棄人事瑣。冷笑擲鉢翁，紅塵插脚頗。

謁李鄴侯祠

荒祠繫馬酹椒樽，曾守杭州舊德存。夢省十年爲宰相，空留萬軸與兒孫。星光烱烱輝南極，仙骨珊珊步紫閣。若向青編論往事，千秋只有白衣尊。

書　樓

侵霄危構面雲岑，三萬牙籤那處尋。新軸當年稀觸手，舊樓過客遠開襟。美人終古隔秋水，學士有誰栖故林？飽飯白頭窮典籍，此情未遂一沉吟。

謁胡文定公祠

一出寶章閣，翩然南嶽遊。山居淹日月，家學治春秋。講席蟬聯擁，儒門燕翼謀。窻中五峰列，勝地足遲留。

集賢峰

日出集賢峰，烟霞匯萬重。霓旌下閶闔，雲構壓芙蓉。唐宋群公在，精靈一氣逢。書堂吾拜謁，亦得比追從。

衡嶽觀

道院流傳古，壇基碧草荒。爽留封嶽地，幽闢降真堂。仙去遺爐竈，雲生繞棟梁。虚簷飛冷翠，紫蓋岌相望。

烟霞峰

烟霞一峰秀，煖翠凌空浮。岧岧晚山碧，秋樹羅清幽。陰厓隱虎豹，陽谷騰猿猴。仙宫嶽靈近，縹緲臨東陬。夜過翠龍駕，玉軑鳴啾啾。松濤起寒塔，月冷小伏牛。

緑蘿庵

振策睇白道，欲上烟霞峰。巖阿隱蘭若，緑蘿曖蒙蘢。清幽儼白社，喜不聞山鐘。石室坐寂歷，一甌茗椀供。飛鳥似狎客，下踏青苔蹤。野雞不復見，碧潭秋溶溶。舊名野雞潭。

華蓋峰

翠石疊媥駮，土孕炎精温。金光晝的皪，葉葉靈芝繁。芳甘露未晞，採掇供朝飧。步出華蓋上，相逢古羨門。登真在無欲，要言了不煩。世故莽役役，慨嘆勞心魂。

青岑峰

秋岑含秀色，旋螺入雲青。清泉穿澗下，蒼松抱巖生。鮮飈激虚谷，淡煙沉孤坪。連雁去碧漢，一猿吟翠屏。荒岡覆脱葉，逕晚無人行。西林日初落，東林起鐘聲。

僊巖峰

白雲蔽深窟，静穆留仙居。石凝洞中髓，苔篆巘前書。朱陵啟神牖，劉根遺藥罏。陽光燭幽窈，秋色涵清虚。一尺翠禽尾，百丈喬松株。我欲掃石榻，餐霞眠隩區。

翠鷲峰

迢迢秋月下，一鷲蹲湖西。翩然曳杖出，靈石虚攀躋。南遊攬嶽翠，獨躡青雲梯。彷彿洞壑冷，夢裏清猿啼。巖扃啟仙侣，王生手同攜。流霞恣斟酌，未用分刀圭。

石囷峰步劉隨州韻

石囷騰彩嵐，翠映斜陽晚。湘江碧如蘿，幾點秋鴻遠。烟含雜樹暝，白月忽到眼。清風掃寒空，餘雲冒螺淺。

大善寺

門徑清疎甚，居隣嶽廟西。黄華笑秋晚，白鴿語幽栖。梵放空堂静，雲凝古木齊。坐來心寂歷，報午一聲雞。

訪曠峋嶁敏本不值留贈

逶迤嶽南路，言訪故人家。階下羅芳草，池邊映晚花。盟心天柱月，歛手玉堂麻。看竹王猷過，山林跡頗賖。

寧波亭

要路當山麓，都無白練澄。陸堪浮作海，谷已化爲陵。大地波全息，空亭石可凭。舊時銀榜在，題自破門僧。破門即彭禹峰所與遊者。

絡絲潭

紛綸若絲絡，潭遠百迴縈。瀌瀌衝波下，泠泠漱石鳴。琴彈流水曲，泉愛在山清。十里秋空響，潺湲洗俗情。

半山亭

半山亭已廢，茅店駐孤笻。倦足聊堪憩，清泉故喜供。風聲號萬木，雲氣冒層峰。遥指三霄路，乘凌到上封。

祝高嶺

盤盤祝高嶺，翠磴千紆回。輿夫苦登頓，聲似清猿哀。我下拄緑杖，苔磧衝巖隈。十步九憩息，梯空信艱危。往歲攀太華，幢峽穿雲臺。猱騰一何捷，璫琅撼蒼厓。人生洵易老，轉眼嗟吾衰。上躋鐵佛寺，啜茗聊裵褢。

鐵佛寺

像教來中國，思堅信者心。空山留鐵佛，法苑演珠林。苔竹諸天净，秋光一逕深。雖非蓮社客，坐愛白雲岑。

己公巖步杜公韻

長留己公跡，端賴少陵詩。僻地寒生早，深巖月到遲。鷗輕時矯翼，蠶老自纏絲。獨往無人識，賡題野叟詞。

兜率寺次韻

木石無心即是禪，風傳齋磬下諸天。綠蕪寒色摇秋竹，白谷清聲瀉瀑泉。窻鳥喧争轉幽寂，檻花孤笑最鮮妍。晴雲與我相期約，愛向空林及早旋。

白雲庵

絶愛茅簷僻，編籬傍嶺根。白雲飛不去，怪石寂無言。獮玃窺生客，蠨蛸網古門。眉毛渾欲白，長老幾人存？

白雲庵外翠石數堆一石鐫中有素書存五字喜而賦此

我從建溪楚江覽奇石，洪波衝激形崩劃。乍踏衡山山半坳，嶔崎邀我停遊屐。數堆蒼潤高蹲蹲，翠色欲流五指捫。白雲低映車蓋影，緑樹反走蛇龍根。連延幾疊石浪起，紺滑一片横坦迤。儼作牙鬚虎豹狰，渾如跟脊岡巒巋。我與題名作小山，欲添叢桂蔭孱顔。王孫久留不歸去，嘯吟坐卧于其間。何須俶佹驚人目，愛此幽清枕空谷。泉穿寒溜欲成川，氣吐白虹疑孕玉。東偏鬱若青霞屯，人言中有素書存。留侯已逐赤松去，空留寶氣明西崑。可惜奇章不得見，品評甲乙徒流翫。不捻笻杖遍名山，天地元精空散亂，手爲摩挲發三歎。

飛來船

飛來船已去，遺跡火場存。地名下火場。鼓枻浮元氣，開山屬破門。小庵依石浪，古木入雲根。始悟寧波意，休令蛟蜃喧。

石浪庵

石浪起層疊，祇林開磵阿。試看船去矣，其奈陸沉何。人海驚波定，風輪小劫過。姜公橋畔路，舊夢省狂歌。昨年遊岱至姜公橋，作《石浪行》詩。

丹霞寺

道傍蘭若古，縹緲是丹霞。冷砌飛烏下，空庭落葉賒。曾聞燒木佛，未見雨天花。路指層峰峻，遄行日已斜。

衡山集卷三

詩三　古今體詩八十八首

南天門

崎嶇躡萬級，廼上南天門。落照千山動，遊雲一氣奔。彭觥金作策，巀嵲石爲垣。破凍敲冰者，猶留鐵畫痕。石鐫『破凍敲冰，千古奇遊』八字。

上封寺

古寺稽衡嶽，開先是上封。真形圖寶鼎，殿上香爐鑄《五嶽真形圖》。清氣動晨鐘。月静三千界，雲生第一峰。靈區難再到，欲下且從容。

望月臺

早起登臺望，天西落月圓。移時留玉鏡，許久挂金天。清動銀河浪，寒凝碧岫煙。高凌祝融頂，曉景最幽偏。

望日臺觀日出二首

高空圓月在，萬木冷煙參。山影當離次，陽光出卯南。朱氛千道火，碧海一泓潭。晃朗層巖曉，雞鳴不待三。

去秋登日觀，夜起太蕭森。箕斗三霄挂，煙嵐萬嶺沉。飛毬霞氣擁，高殿赭光侵。耿耿今猶昨，陽明燭我心。

望日臺禹碑和韓公韻

唐賢不見岣嶁碑，龍畫螺書意想奇。七十七字長沙出，青天忽覩雲霧披。嶽麓南鎮競分布，春江雷散諸蛟螭。此峰架臺覆青字，五更日躍踆烏窺。大書深刻十三石，古篆釋文並列之。當年文命治昏墊，呱呱遑恤兒漣洏。久旅忘家奔竄舞，羽淵顧慕流深悲。

祝融峰疊韓韻

名譽高揖辭群公，一筇拄到衡山中。兀突雲峰七十二，祝融拔起尤豪雄。横空飛鶴不得過，侹險走鹿力所窮。不須邱崕接肩袂，兩腋習習秋生風。南天門開徑直上，咫尺帝座良可通。豈惟南溟近跟肘，九點煙都一覽空。日當清曉明且麗，時逗小春温而融。層層樓閣切星漢，憑虚湧現朱陵宫。玉佩輕摇礀松碧，珠簾高捲峰霞紅。真形圖辟鬼魅跡，逡巡酒愜畸人衷。靈山足舒曠宕眼，要路那堪磬折躬。婚嫁已教向平畢，卜築還希宗炳同。子昂古琴不須碎，借鼓元雲曲三終。但得五嶽吟連帙，便似九轉丹成功。恒山君已邀我屐，崆峒戴斗光葱朧。留題石廩紫蓋遍，寄謝神僊東海東。

天尺庵二首

直踞祝融頂，景光晨特奇。日升紫韎韐，水滉黄琉璃。高視收寥廓，冥搜破險巇。去天纔一握，清氣入心脾。

獨立超人表，秋風動客衣。石房寧畏撼，鐵瓦不愁飛。峰簇黟千點，天空碧四圍。望中三楚盡，煙際洞庭微。

祝融峰頂偃松歌

祝融峰頂有偃松，枝柯盤曲如伏龍。峰高九千七百三十丈，倒身蹲踞巔厓中。千年老蟄雲霧窟，九萬里撼扶摇風。鶚視大鵬屹不動，鐵幹偃蹇山岳重。直插孤根厚地底，元氣凝結石巃嵸。東溟積水浩呼洶，金輪團團搏木棒。支離叟卧天半身，早見黑夜騰金輪。三足之烏走汲汲，幾度清水揚黄塵。南天灝氣流冲融，磅礴不挺壯士胸。乾坤養汝有餘力，許汝高眠第一峰。嗚呼！寓形天地獨永久，不騫長並南山壽。

會仙橋

會仙在靈境，一道往來通。壇舊追青玉，梁今跨赤虹。履綦印秋蘚，衣袂動天風。迢遞南臺寺，經過絶澗中。

南臺寺和南軒先生韻

拔起雲峰入碧天，幽人正愛抱雲眠。周旋林壑寧爲我，放浪形骸即是仙。世事前期茫似海，朋遊老去散如煙。香林來往渾無着，好似沿洄水上船。

大柱峰疊韓韻

西居金母東木公，八柱高擎穹灝中。此峰傳聞第六柱，建標撑拄南天雄。青雲梯磴鬼斬斷，猿獮欲上攀躋窮。清秋晴明絶涷雨，碧霄曠闊嘘盲風。萬山攢簇劍戟亂，一氣繚繞雲嵐通。巔頂無人表獨立，只有白日懸當空。千年樹石積碨礧，太古冰雪難消融。鍾乳自滴虎豹洞，桂影直拂蟾蜍宫。緱仙吹過鸞笙紫，嶽帝廻㲹龍旗紅。訇然雲扃霞户啟，掃除石室盟幽衷。膠葛詎牽塵中侶，逍遥且寄物外躬。至誠欲追甫白遠，勞生早謝張邴同。獅子巖前路巉絶，洞叟甘茹芝華終。溺身驕滛他自得，立志曠遠天無功。朱陵羅浮洞窅窅，少微南極星朧朧。青鞋何地不取適，掉頭仰看雲將東。

天柱寺和朱子韻

峥嶸天柱裏，鑿翠竦祇林。背日霜楓亂，盤雲石徑深。秋苔攙虎跡，泓澗起龍吟。墨洒陂陀上，尋幽不動心。

安上峰

衡嶽地荒遠，幸無瘞玉蹤。侈哉秦漢主，未及議登封。有虞南廵狩，曾駐安上峰。書紀如岱禮，祀典稽秩宗。五月緬至止，群后倶來同。舊存古樟樹，密蔭輝山龍。豈等暴風雨，趨避岩坳松。歲久失老幹，末由仰青葱。舜溪有遺澤，終古流無窮。

安上峰諸石刻

兹山多篆籀，鑱鑿散巖嶅。緑蘚蝕點畫，空煩剜剔勞。擘窠偶辨識，佳處時一遭。琴臺想逸韻，筆墟緬銛毫。數行蟾石漶，野火遺山樵。鬱鬱舜樟字，縱書大且豪。窮探出圭竅，如撫瑛瓊瑶。惜哉缺響拓，古刻遺叢鈔。

琴　臺

古構掃寒灰，秋波露瀰瀰。當時松風清，遥夕響焦尾。音寂月在天，斗柄插石底。蛟龍蟠紫壁，波礫勁結體。却憶聖湖南，雲屏涑雨洗。手剜琴臺書，逸氣揮顛米。

筆　墟

臨川王内史，退筆瘞煙霞。兹留毛穎墟，過者久嘆嗟。老秃三千輩，衹足供塗鴉。當其銛鋒淬，一一如鏌鋣。巖坳鸞龜篆，落手健畫沙。浮雲冉冉過，古緑皴苔花。

蟾蜍石

活脱一蟾蜍，墮自清虚府。風吹化爲石，老伏雲巖塢。横鑱絶壁詩，雨繡蒼蘚古。偏傍半缺訛，蛟鼉斫快斧。空山風氣寒，秋光蕩玉宇。冷滴方諸水，爬沙月當午。

舜樟歌

若稽古帝舜，五月南巡至南嶽。安上峰頭駐翠華，苞彩葳蕤鳴朱鷟。巨樟亭亭如羽葆，垂輝五雲蔭宸幄。此樟生秉衡嶽精，鬱葱上拂高天青。鴻荒雨露滿柯幹，栝柏讓汝先旉榮。掃雲大書舜樟字，筆運如杠有深意。荒墟特揭重華踪，光耀霞嵐走魈魅。唐槐漢柏焉足誇，張王厓谷彰驕奢。况復祖龍冒風雨，五夫松樹巖間遮。後來南離元氣薄，根株滅没山蕭索。猶存古篆識其處，想像撑空照雲壑。我爲躑躅舜溪傍，元德南薰解阜長。萬古昭回屬典籍，不在草木留炎方。

舜溪

渟泓堪瑩目，古澤泝重華。不竭瀦甘井，一名舜井。無聲漾碧沙。寒流滋木石，倒景入雲霞。時有野人汲，秋坳清一窪。

雲龍峰

雲龍秋氣冷，栖真留陊基。青城古道士，一去無還期。人命若朝露，迎陽尚未晞。傾身苦障篼，愚者良可嗤。日夕放情志，亦惜空娱娭。此中默自照，白月涵清暉。

明月峰

明月不下山，長留此巖壁。雲來石房陰，鳥散松林寂。翠坳結小庵，竹聲鳴淅瀝。幽厨覓泉通，曲磴秋煙羃。飈飛千尺楓，日冷百圍櫪。前睇小嵩山，日與清暉滌。

小嵩山

二室吾曾到，三花手亦攀。停車思舊夢，悵望小嵩山。

蓮華峰

我昔遊西嶽，高登蓮華峰。全秦大物繞跟趾，玉井樓上開心胸。南浮今鼓瀟湘柁，赤帝元精萃離火。火中亦湧碧蓮花，四水灣環擎一朵。淙淙不斷鳴泉流，千盤石澗何清幽。巑岏八山共根蒂，結成菡萏青浮浮。藕花心藏方廣寺，遊屐曾引名賢至。梵宇横開嘉會堂，雪月千秋弄寒翠。寺前絶壁鐫清詩，龍蛇古篆紛繞之。我亦高吟動巖谷，驚起鳥雀穿林飛。老僧殷勤欵吟客，邀我留題洗衲石。煙暝初動上方鐘，骨冷魂清禪榻夕。明朝直上天台尖，如插雙翅凌巉巖。後來好事誰訪古，話我杰閣臨松杉。

方廣寺

方廣何幽邃，荒階有鳥蹤。泉流香積所，月掛妙高峰。霽雪清吟古，秋苔綠字濃。嗟予生太晚，未得一追從。

謁二賢祠

輝赫二賢跡，來過興樂江。冰花承客屐，雪色照僧窻。吟唱留衡嶽，風徽動楚邦。擇之陪杖履，分獻酹雞缸。

嘉會堂

當年涉冰雪，嘉會遂名堂。共説斯文在，應知吾道昌。清吟鑱石壁，幽興接繩床。詎料真儒跡，翻留青豆房。

洗衲石

人言古尊者，猶留洗衲石。今也愛紫衣，莫浣緇塵跡。

補衲石

細剪山雲補，坐紉舊衲衣。摩挲一片石，知不是支機。

桬欏泉

張王桬欏樹，清陰覆石泉。一汪澄月魄，餘瀝漬苔錢。洗衲經尊者，添鉼貢佛前。懸知嘉會日，蘸筆寫新篇。

天台峰

初日照錦樹，振策天台峰。澹白一輪月，敲落東林鐘。依然方廣路，瀑泉鳴淙淙。石梁不可見，風吹落葉松。惟此地有之。青苔鳥爭下，碧溪人不逢。迤西入古寺，曉行蓮華中。

天台寺

昔放天台杖，曾經度石梁。一峰飛到此，古寺與相將。樹色寒初照，泉聲落上方。也隣方廣寺，客思極蒼茫。

妙高峰

方廣一區坦，步步升妙高。白雲流磵底，赤日明巑岏。俯臨無縫塔，相輪鬱岧嶢。群鳥啄碧蘇，飢語紛喧囂。天風吹短袂，秋氣寒蕭蕭。元鶴海東去，飄忽不可招。

白石峰

林巖映白石，冷翠凝秋螺。頹陽一返照，蒼碧紛交羅。樵收磵底薪，鳥掛風中蘿。潭潭後洞窈，神龍潛深渦。明月上東嶺，白雲生層阿。曲徑無人識，松濤和行歌。

國清寺

三寺頽過半，幽溪入國清。青苔千佛冷，白石一峰晴。巨鑊鐵花繡，古鐘銅字明。行燈僧名今已滅，懷古莫傷情。

雲密峰禹碑疊韓韻

元圭既錫始勒碑，蝌文特較黿書奇。雲密峰頭密雲披，負以靈鼇蟠以螭。用義山句。高辭皇墳人得窺，夏書渾渾顧漏之。却思頡誦仿鳥跡，鬼湅雪夜號漣洏。東序圖書蕩灰劫，祖龍坑外增吁悲。

禹　溪

雲密峰坳水，猶傳大禹溪。寒銜青瑪瑙，清滉白玻璃。古窟龍蛇徙，荒山栝柏齊。秋泉照碑石，曾紀錫元圭。

石廩峰疊韓韻

朝三暮四嗤狙公，天物充牣石廩中。紫蓋天柱並巢嶕，連延騰擲俱稱雄。石樓更上覽千里，瀟湘洞庭目可窮。其上天倉閉洞户，萬寶成熟鳴金風。風穴呵嘘橐籥鼓，雷泓砰磕源泉通。金仙歷劫有興滅，承天古寺掃跡空。藤徑榛墟撥笻杖，樂遊信意何融融。仙蹤亦隨白雲散，令威難尋玉清宫。藥鑪灰冷文武火，臺傾無復丹光紅。獨往尤資濟勝具，萬緣不入空洞衷。晴暄連日得天幸，承平累世丁我躬。腰鐮既喜黄雲刈，滌場亦慶緑野同。八蜡遄通歌吹起，三時不害農事終。耕收並自普民力，開闔何須占歲功。長腰楚米下江漢，吴商賽火明朧朧。我騎白豹上峰頂，眴眴禹甸瞻南東。

雲居峰

危峰入層雲，鳥道盤空窄。喬林秋色開，幽洞陽光射。樵者久爛柯，仙翁自煮石。寺蹲獅子林，坡剩金牛跡。長松怒簸濤，飄風響裂帛。客心澹無際，一亭坐凝碧。有凝碧亭。

紅花峰

紅花彩焕爛，千丈凌丹梯。神芝晚塢燁，翠鳥秋山啼。崩石蔽乾竇，蒸雲洩坤倪。蕪没洞門觀，碧草寒萋萋。松薪樵子拾，芧栗狙公齎。靈源不知處，怊悵夕陽溪。

雙石峰

窈窕秋嵐姿，雙峰天際矗。長松隱雲坳，古寺依巖麓。緣藤竄蒼鼠，俯澗飲白鹿。溪光動危橋，烟氣秀群木。蟹行斗絶徑，螺轉枵空谷。獨立玉虹亭，洗眼看飛瀑。

岣嶁峰禹碑疊韓韻

鴻荒鐫鑱第一碑，神靈創制何恢奇。脛毛既盡荆榛披，火焚山澤驅蛇螭。鄭樵生晚尚莫窺，何况崔融禹錫與退之。我亦懷古情凄洏，湯盤孔鼎器滅没，空誦其詞黯傷悲。

響石

荒荒岣嶁尖，瓏玲有響石。受命衡山君，輒應嘯呼客。似答語轟轟，亦和笑啞啞。吁嗟時之人，各具喙三尺。有悔舌須捫，無言耳免逆。我欲與石居，高吟共日夕。

後洞山口和朱子韻

繚曲西巖路，松門翠靄深。泉飛雙澗白，雲過半山陰。飢鳥連翩下，清猿自在吟。窮探何所得，幽静惬吾心。

碧蘿峰

瓊輪蟾仰望，澄暉透玄明。奇哉造化手，圓空宛天成。緬想元黄初，一氣分清寧。誰何巧搏換，肖物流真形。詎謂此偶爾，秋魄凝精靈。祝融一遥下，蘿月東光生。

白牛堂在上封寺。

老桂蟠深徑，蒼藤繞古廊。重持玉鳩杖，直上白牛堂。元化松成石，清機月似霜。伊蒲供一飽，甘寢就繩床。

上封寺前老桂歌

上封寺前萬桂樹，太古以來隱雲霧。鐵根糾結石巃嵸，火維磅礴精靈聚。清夜嘯呼風雨來，連山摇動疑奔雷。夢魂驚覺拓牖户，潑天月色鋪青苔。金銀地寫杈枒影，大瀛海移祝融頂。虯龍天矯出空明，翻波飛舞秋光冷。形模偃蹇枝相樛，清寒地位寒颼颼。吴剛有斧斫不得，盤踞九千七百餘丈之峰頭。樹樹如山鎮巀嶭，鱗皴露漬蒼皮濕。赤帝宫中日月長，元氣溟濛恣呼吸。憶遊泰岱多老松，老松與此筋骨同。天教共秉後凋質，獨喜不污去聲嬴秦封。光天壇作藏春塢，此樹此壇並萬古。赤精子與同輩行，歷劫空山相爾汝。

祝融峰和韓韻

祝融峰頂朝雲起，食頃鋪滿乾坤裏。驀地風來迅掃空，一團月墮西巖底。雷池澮澮波不驚，息聲免惹乖龍嗔。雲海收回風穴閉，硏羅萬里秋天清。

乾坤勝覽亭長歌續短歌

昨年我登日觀上，放歌震宕乾坤亭。祝融峰頂今覽勝，七十二峰無剩青。縱目直過天池外，羊角鵬摶何足怪。蓬萊左股指羅浮，離離南斗横空掛。却看瀟湘洞庭青烟浮，秋波一溜寒悠悠。九疑雲氣潑曉黛，重華不返湘娥愁。泰華恒嵩遥拱揖，霞嵐一氣相嘘吸。元嶽怪我遊獨遲，會向芙蓉頂上立。我今行年六十餘，眼看萬事浮雲如。一身漫浪終何得，安問子孫賢與愚？老去同心渺何許，空山麋鹿渾堪侶。恨不雲眠若箇峰，長與林泉成太古。只今衡嶽踏青鞋，白衣山人安在哉？色難塵寰啄腥腐，獨酌虎爬泉一杯。虎爬泉水洌且深，一杯酌我清我心。石室金床隨處有，是非了了判昨今。天台雁蕩吾曾到，石梁龍湫動長嘯。秋光冷漾東海邊，碧雲一片飛晴昊。寸心感慨懷舊遊，衰淚灑空廻白頭。躡風高舉尋吾契，只有平生朱鶴洲。

雷池

雷池倍深窈，寒碧照穹巖。娥影月輪墮，仙書苔石劖。垂蘿猿就飲，落葉鳥爭銜。信有神靈在，坳泓迴不凡。

風穴

歘吸土囊口，訇然開石扉。急催陰雪散，倒送瀑泉飛。山嶽呵嘘氣，神靈槖籥機。衝寒吾不怯，一任亂飄衣。

黿石

衡嶽峰頭石，元黿首欲昂。十朋聲價重，千歲壽年長。氣納雲英足，圖皴蘚色蒼。未須鑽汝甲，吾意信行藏。

虎爬泉

一泓寒滉瀁，傳是虎爬泉。漱玉泠泠白，濺珠箇箇圓。銅鉼僧慣汲，瓦銚客親煎。却憶故山寺，酌來清可憐。

高臺寺

古寺依神嶽，身臨絶頂來。連筒注秋水，一杖卓高臺。日月清暉合，山川曙色開。雲堂擊清磬，空外韻悠哉。

穹林閣和朱子韻

金光一溜炫湘東，海日初凌殿角紅。人在翠微深處立，更無塵土有清風。

獅子泉

狻猊雲際下，翠石巧鐫形。下有寒泉注，淵然德水渟。洗心從濸汿，鑒影俯清泠。侵曉僧雛汲，將花供净缾。

靈禽峰

空山藹和鳴，笙簧鼓仙曲。紅碧競鮮明，秋羽飛翩翩。帝樂張洞庭，韻流湘水淥。靈禽得遺響，清鏘奏巖谷。静聽坐磐石，泊然平衆欲。音寂神亦凝，明月照林屋。

祥光峰

鶴鳴晚山空，秋氣動林樾。馳煙來羽人，劚翠闢仙窟。鮮霞巖椒採，巨珀松根掘。石泉瑩清瞳，陽阿晞鬒髮。眈幽虛白生，習静天光發。靈田攬奇輝，晦夕吐明月。

巾紫峰

一往入嵂峍，層曲盤翠微。遊當秋晃朗，空憶春芳菲。已失杜鵑紫，惟見蝴蝶飛。遐哉古文命，升高睇九疑。重華去冥漠，蒼梧雲不歸。潺湲石澗水，泠赴流杯池。虛亭憩客影，滿眼涵清暉。

開雲嶺

兀突開雲嶺，當年默感通。千峰掃陰晦，一氣展青空。獨往當秋霽，高吟上祝融。野夫荷神貺，亦得御清風。

雲　獅

嗟爾含蠕動，如鼉石上栖。之虫竊名號，亦喚小狻猊。

雨　虎

於菟因雨出，似蛭非毛群。生擒詎云勇，浪詫裴將軍。

寶露壇

維昔高辛時，丹邱獻甘露。盛以瑪瑙甕，涓滴勝瓊乳。舜遷諸衡嶽，寶壇壓煙霧。南巡賜百辟，有若遍大酺。其下起月舘，清宵望顧兔。斯言豈謂然，聖德滋延慕。幽荒拾遺記，聊用資掌故。皓魄麗中天，遺蹤渺何處。

偕隱行奉懷宗少文作

吾慕宗少文，老偕羅氏婦。衡山深處結茅廬，巖壑相將同皭首。嶽中不用對三花，門前底事栽五柳。祝融天柱隱雲龍，諮議參軍擲芻狗。老來萬里謝閒關，但令滿壁圖名山。冰絃一鼓動衆響，斗室激耳鳴琮潺。宜言飲酒共醉醒，畢世卧遊于其間。舊隱當年在何處，白石青松藹雲霧。躊躇懷古動深情，獨往荒山淹草屨。老妻亦復捐塵慮，每約相携採藥去。深山何地不桃源，采入蒼蒼烟水暮。葛洪夫婦燒丹砂，劉綱倡隨共仙槎。老夫不希名姓登丹籙，且願挈婦凌青霞。巖扃幽靜儘可家，黄精爛煮香漬牙。嬉遊無事隨麋麍，遂與山林成主客，免向城市聆囂譁。

岣嶁追枉詩札却寄兼懷王近顔者輔疊韓韻

論交四海憶孟公，訪我故人南嶽中。所居南嶽嶽南路，光氣盤礴生魁雄。山重水複入幽邃，引我清興方無窮。石梁一道跨虹影，虚濤萬斛鳴松風。雲迷岣嶁最深處，不逢樵者何由通。户外方塘漾碧水，一鏡秋皎涵虚空。豈其到門不見戴，正爾逢人空問融。洒墨敢題凡鳥字，鑑影嗟俯馮夷宫。我已飛躡萬山翠，君猶悵望斜陽紅。尺書忽若獲青字，完璧祇用卿丹衷。謂却所贈。凌雲萬丈詫巨手，滄海一粟捫微躬。等身著作日已富，聯床談笑胡能同？盍簪無緣朋並散，思賢有操歌難終。寧忘三人對影地，正擬一日抽帆功。手書報章自稠疊，眼花蠟炬交朦朧。相思倘命千里駕，幽居寥闊尋墻東。

霍　山

南嶽實阻修，三湘憚沿泝。雄侈漢武帝，亦沮登封步。秩祀移霍山，豈謂神靈聚？要當副名嶽，龍虎驂雲輅。起望金斗遥，蒼蒼但煙霧。明辭祝融君，往拂凌霄樹。

灊　山

灊山亦嶽副，請命于軒皇。輝赫赤蚪車，輔佐臨朱方。我登衡峰頂，咫尺摩穹蒼。萬靈萃南極，霓旓蕩飄颻。灊君秋會讌，神來服紫光。安得飛仙挾，從騎駿龍翔。

回雁峰

回雁峰稱南嶽首，百里雲扃悵失叩。雁麓參差錦樹深，石鼓嶙峋碧苔厚。一峰形勝臨蒸湘，江聲夜聽波茫茫。合江亭洒昌黎筆，萬古緑浄流清光。遥想朱陵啟後洞，水簾倒挂煙霏重。太虚有路引仙靈，清夜無聲度鸞鳳。我步靈臺望渺然，珊珊佩響洞門前。月影通明不得入，却怪扃鐍從何年。一杖衝煙我未老，他年靈境終須到。且往梯登嶽麓峰，道鄉臺上晴雲掃。

舟發衡山

晴看靈嶽勢開張，括盡秋容翠一囊。回首雲霞縈萬疊，迎眸波浪破三湘。童蒙香草拈芬馥，仙老星槎汎渺茫。尚惜雁峰虚涉歷，墨花不洒到衡陽。

石灣洲

葉隨流意渺然，煙波明滉夕陽天。阻風早向灣洲泊，中酒遂偕鷗鷺眠。漫客行程任淹滞，冥心到處總安便。由來踪跡同漁父，飄兀蘆花淺水邊。

三江渚

一色丹楓照遠汀，微風縐碧水泠泠。扁舟艤在三江渚，客子倒殘雙玉缾。缺月蟾蜍偏自白，深秋蘭茝有餘馨。平生夢繫瀟湘好，沙溆從舒老眼青。

斑竹磯

斑竹磯邊檥客舲，炊烟曖曖帶林坰。晚風吹浪回湘浦，明日張帆下洞庭。鐘磬清泠來遠寺，鳧鷗自在汎寒汀。月明誰復彈瑶瑟，腸斷當年帝子靈。

朱　亭

騷人往復在天涯，省記江亭散水花。無那清秋阻風雨，未教信宿到星沙。夜深似聽湘娥瑟，月黑難浮海客槎。不斷沉吟哀屈賈，湖南懷古一長嗟。

貫田

貫田雜樹末飄零，氣暖南州耐蔚青。兩岸林廬雲羃羃，一江煙浪雨冥冥。餐將秋菊爲仙餌，讀得離騷是楚經。人事若教都愜適，風應分送往來舲。

四季山

崚嶒數片小山幽，也似蓬壺傍祖洲。飛浪常時穿窈窱，神工底事費雕鎪？景探靈嶽紅輪曉，夢繞長沙碧樹秋。鵬鷃何須論大小，逍遥是處總堪遊。

招靈灘

横江矗起何孱顔，洶湧欲看波連山。長年三老好身手，客乃寄命超險艱。夾峙巃嵸陡入峽，排列縱横劍戟插。猛蛟逃遁氣不驕，獰象憑陵勢難狎。半流颯遝掀衝風，黑雨萬點飛虚空。聒浪砰天乍崩砉，勁弩直射冰夷宫。眼看檣傾桅復仄，前舟呀叫無人色。雲濤白日倏晦冥，神鬼蒼茫意莫測。我仗平生忠信存，扁舟不愁波吐吞。沉湘詎少魚腹葬，巫陽不下空銜冤。天陰啾啾哭聲繁，慌排烟霧頭如黿。誰何手奠椒漿尊，秦篝齊縷招其魂。

湘石

湘石淩空架，突出標巑岏。上有冥冥之烟霧，下有洶洶之波瀾。黑雲狼籍楚雨大，碧樹簸蕩秋風寒。野翁結茅錦石端，坐觀檣帆往復還。客子遠道來問關，舟子盪槳何時閒？唯我蕭然無一事，南浮只爲看山至。晴明杖破祝融嵐，迢遞衣揹嶽麓翠。前行向背窮九疑，瀟湘緑净摇清漪。斑斕淚竹臨江活，秋蘭紫莖香菲菲。月明懺悅遊湘妃，文魚鱗鱗交媵之。紛吾浦溆沿邅廻，揚舲擊汰歌楚辭。此間窅窕濕翠微，大雨歸去小雨飛。崢嶸黄牛聳翠峽，縹緲燕子淩江磯。山靈川后喜郢客，幻出烟景供娭媄。

小麥港

小麥港頭秋雨微，數家臨水開荆扉。漁翁嗚榔出口去，水鳥得食淩空飛。遨嬉烟浪忘去聲遲速，寄謝朋儕無是非。薄寒中人趣茗艼，未用倒篋尋生衣。

株州

濩落心情老去孤，愛浮大瓠入江湖。萬形變化從時彥，一醉懵騰得故吾。塞雁風中行斷續，湘山雨裏翠模糊。荒州寂歷煙波晚，待兔何人尚守株。

小姑山

月暗小姑山，濛濛隔煙浦。偷嫁荷深憐，不嫌小家女。相與情顛倒，傾身奉郎主。明開江心鏡，羞眉更覺嫵。

大姑山

大姑曉粧成，渾憂嫁不售。一夕忽目成，楚雨飛滿岫。湘水緑綺衾，嬌癡倩郎覆。似聞妬小姑，烟空螺髻秀。

湘　潭

湘潭郭外繞千家，無數檣竿矗水涯。久客藥殘囊裏裹，深秋鬢益鏡中華。鶺黄催瀉盈尊酒，鷺白看分隔浦沙。一片烟嵐含雨氣，青峰何處辨琵琶？琵琶，山名。

昭　山

一山嶒崒靄煙嵐，秋樹祇林暝色參。鹿苑層霄隱金碧，蛟宫千尺滉青藍。高邱尚有愁雲覆，清井懸知德水涵。騷客豈如禪入定，可能無意弔昭潭？

鵞　潭

深窈鵞潭漾碧漪，坳泓不住曉風吹。峰開雲霧髻初裊，燈映江波星倒垂。夜半猿聲清斷續，烟中鶴影冷迷離。女蘿蒙密神靈聚，上有丹青孝肅祠。

包孝肅公祠

千古威聲震耳聾，森森緑樹繞祠宫。當時關節真難到，在世閻羅孰與同？蒼鼠飛騰掀古瓦，怪鵶叫嘯舞靈風。人間不少黎邱鬼，空見鵞潭賽火紅。

建江湖

一派湖流入建江，望中烟樹碧幢幢。芙蓉薜荔風中亂，鸂鶒鵁鶄浦口雙。舟子喜晴抛篛笠，巴人愛唱叩舲窻。千秋幽恨懷沙賦，不斷騷情繫楚邦。

猴子石

石猴蹲踞肖形奇，誰運鎚爐鑄汝爲。未繫金環歸洞府，猶看玉魄仰江湄。無聲免下巴人淚，失侣還增朔客悲。差幸天高風急候，宛然父子不相離。旁有小猴。

衡山集卷四

詩四　古今體詩六十五首

長沙

雅愛湘江景色賒，不嫌卑濕到長沙。寺樓映水明於畫，楓葉經霜艶似花。騷客含情須弔古，遊人選勝即爲家。况看雲麓峰頭在，策杖豪吟詎有涯？

南嶽宫

雲樹城南曲徑通，淡烟疎雨曉濛濛。僕收椰栗移行李，僧具袈裟見寓公。茗色泉清涵白雪，鐘聲秋曠響寥空。爲遊南嶽浮湘至，僑舍還教到嶽宫。

嶽麓峰

衡峰盡處攀雲麓，秋林寒碧穿岩谷。箵簑千箇掃穹蒼，玉泉一派飛鳴玉。梯雲鼓勇登其巔，灘湘南北盡目前。緑滉微茫洞庭水，黝凝晻靄蒼梧煙。回首嶽頂盤旋處，祝融天柱横煙霧。神輿回轉赤龍鞭，靈臺下拂焦明羽。秋波蕩漾橘州隈，層層宫觀丹霞開。星沙帆落浦中雪，城郭蜃結雲中臺。芙蓉千仞凴虚立，宇宙中間百感集。日車難遣壯士翻，滄海空思長綆汲。萬物元機欻出入，百歲春秋一呼吸。古往今來傾蓋間，有數名賢標巀嶭。燭天光燄騰朱張，如椽大筆題道鄉。道鄉臺高矗霄漢，使我弔古心徬徨。諸公名與天俱長，清遊遷謫留耿光。我獨浪跡經炎方，空洒靈岩一斗墨，日落遠睇天蒼茫。

道鄉臺

臺勢飛凌百仞巔，道鄉名比日星懸。休論風雨孤帆度，且喜龍蛇大字鐫。雲麓標題非偶爾，蠻荒竄逐亦悠然。山僧遇我塵中客，許借匏尊酌玉泉。

玉　泉

名泉涵玉色，石眼漱潺湲。秋氣昇林壑，清流漾麓山。妖精遁形影，幽客浄心顔。品第邀桑苧，茶經不可删。

道林寺

道林勝地已荒凉，竹徑紆回到梵堂。野鳥争巢亂煙影，殘僧力穡足秋糧。溪山却喜涵真趣，鐘磬何嫌冷上方。岳麓寺猶違十里，玉泉南亘翠厓長。

岳麓書院

雲麓山氣横扶輿，人文上燭朱鳥墟。朱洞闢院茅始耡，山長周式士之模。藏書杰閣捎天衢，考亭南軒古真儒。元精耿耿一氣噓，碑字照燿千驪珠。瑩入心腑清光舒，長沙講壇洙泗如。廓然大道九軌驅，賓賓衿佩一千徒。泮池流水穿階除，千柱耽耽環齋廬。供饌充給田膏腴，後來古礎纏榛蕪。陳綱掃地開林閭，舊觀差復寧如初。雜蒔竹木規風雩，琅琅絃誦安厥居。黌門坦迤尋修途，秋林晴翠流泉紆。紅垣繚繞落葉疎，崇道祠下恭摳趨。鞠躬拜起心踟躕，我亦南浮煙水區。祝融絶頂盱精矑，蓮峰方廣雲拂裾。嘉會古堂三嘆吁，二賢跡與穹壤俱。雪月皎皎澄冰壺，當時景光清詩摹。愧我獨吟聲豪麤，徒然老戟霜眉須。打頭颯颯楓葉枯，誰知涉歷經微軀。前賢過化芳澤敷，湖南萬象猶涵濡。惜哉金碧矗紫虛，冷落無人空日晡，回首躑躅蒼山隅。

憮然行疊韻并序

岳麓書院講堂爽塏，齋房精整。今生徒遷於城南，此蔓草盈堦矣。觀院外山水盤紆，風氣完固，洵屬藏修隩區。徒使岳麓寺千載鐘板不墜，爲憮然者久之，乃作此篇。

嶽麓書院誰權輿，朱公首闢爽塏墟。五百頃把春農鋤，列屋供饌恢鴻模。黌門十里成亨衢，大開壇席延師儒。育才一氣春陽噓，寔學不求象罔珠。六經抽闡大文舒，紫陽提唱光炳如。駸駸大道追前驅，小大于邁聖之徒。中間摧圮重掃除，六百載並依精廬。星沙此地寔上腴，前賢勝跡寧教蕪。一自城南啟門閭，講堂齋房拋置初。冷落壇墠若廢雩，林木聚散烏鴉居。周垣雖繞草滿塗，山川林壑空盤紆。前時主者作計疎，湘洲風浪愁奔趨。一葦問渡偏踟蹰，豈知藏修貴隩區？山深喜不搖清矑，殿呵底用騈簪裾。遂爾中廢良可吁，守祠單丁無耦俱。春秋祇一陳尊壺，贔屭穹碑手孰摹。青苔半蝕點畫麤，掃壁留題拂鼠須。慨思賢聖幾凋枯，但留佛寺黄金軀。祇林葱蘢色榮敷，亟復舊觀無淹濡。亭樓丹碧庶勿虚，依然弦誦連朝晡，無力悵望徒向隅。

謁崇道祠

倡道來南極，遂成鄒魯鄉。並延千聖脉，高闢一賢堂。靈爽留天壤，光輝仰棟梁。何人振遺緒，絶學復光昌。

謁道鄉祠

峥嶸道鄉字，臺仰紫陽題。岳麓清風接，祠堂古木齊。荒江餘照燿，謫宦不淒迷。獨往空山裏，丹楓滿故蹊。

謁六君子堂

熒煌六君子，先後接芳蹤。岳麓營壇席，書樓振鼓鐘。煙含青草暝，鳥破白雲封。最憶周山長，風雩共景從。

中庸亭

衰周生隱怪，述聖作中庸。講席存餘論，儒門得正宗。荒烟籠遠水，明月下高峰。此地今蕪没，其誰覓舊蹤？

岳麓禹碑

元夷使者收禹碑，洪荒真蹟韜瑰奇。乾坤神物不終秘，倏露至寶沙重披。鐫摹蝌蚪鎮岳麓，黑夜雷雹驚豹螭。我思包山靈書世莫窺，左神煙霧覆護之。洞門失扃鬼竊去，昔遊臉湧波漣洏。乃知天地大文匪易守，一摹青字消餘悲。

李北海書岳麓碑

名喧李北海，競瞻眉宇奇。碑版走天下，高蹲岳麓陲。法書鎮禪窟，龍象生光輝。吁嗟閭邱劫，佛力不脱之。金璧胥唐捐，可用醒氓蚩。

岳麓寺和杜公詩韻

岳麓古寺煙景殊，青嵐縹緲波縈紆。赤火毬躍海中島，白銅鏡拭天邊湖。沙門獅象蹲初地，巨靈橐籥鼓大罏。塔藏聲聞辟支佛，月湧大寶光明珠。鹿女走沾雨花去，鴿王飛繞風旛俱。琳宮巀嵲森鐵鳳，祇林蒙密遮金烏。優鉢曇開播芬馥，妬羅綿散歸空無。鸞嘯忽傳林谷動，猱騰詎用竹杖扶？木芙蓉可供採擷，酒檮杌免施譏誅。未厭羽觴倒霞液，亦愛石銚烹雲腴。魚龍沙水九秋蟄，鳥獸風雨三更呼。須臾瞥過百年眼，滄海淹留一粟軀。閒房坐卧意自得，長生久視誰能圖？屈平沉溺足幽怨，賈誼遷謫傷羈孤。半日偷閒笑局促，一覺清夢安徐于。虎兮堂高且隨喜，扁舟去住憑野夫。

岳麓寺不鐫杜公詩碣亦一缺事作此以諗好事者疊韻

詩聖述作綵色殊，裂下星機雲錦紓。手題岳麓道林寺，詞瀾倒翻洞庭湖。玉泉赤沙萬煙景，一氣搏攬投洪鑪。初地金銀爛照燿，飛射顆顆驪龍珠。白毫光尚有興滅，萬丈燄與名山俱。虎岑已入涅盤去，古寺歷劫馳兔烏。鴻篇永永鎮佛國，不隨幻化歸虚無。謂宜洒落龍蛇跡，穹碑卓立人天扶。敲火礪角着牛牧，定遭鬼責兼人誅。大曆到今一千載，胡爲闃寂勞嗟吁？藝林不標一片石，禪窟徒裝丈六軀。未見奇文篆鐘鼎，何異法物抛球圖。誰與好事補勝跡，急礲山石蹲給孤。洛誦響拓定填咽，坐見海衆來于于。嗚呼！何時眼前兀突見贔屭，表出浣花叟句由潛夫。

上陳公榕門弘謀用岳麓書院韻

光氣所貴瀰方輿，文明尤燭南離墟。經訓畬畬千耦鋤，道系專標人楷模。時值昌運騰高衢，榕門先生今大儒。一麾士氣從風噓，濁水照以明月珠。正史衍義大文舒，炳燿規戒琳琅如。在官亦復範馳驅，陶甄不遺斯人徒。學從妄語先掃除，涑水集散學子廬。一編近思咀道腴，此叙先生纂刻諸書。餘山門下舊學蕪。汴上講席開堂間，柏臺咫尺拜謁初。諸生童冠隨舞雩，夢繞松楸思林居。二月遄歸雪載塗，叮嚀約還情縈紆。天慳清緣遂闊疎，移節閩嶠失步趨。闢山帳望久踟躕，尺書遠道明區區。重臨關中眄雙矑，身隔龍門難捧裾。道山銀榜仰嗟吁，道山書院門牓，先生所題。精魂所結形影俱。湖南煙水如蓬壺，豈徒衡湘清景摹？迎公鎔我氣質麤，鴻鑪鑄人殷相須。久遺世故忘菀枯，要乞砭箴施我軀。肜襜初駐文教敷，朱張古澤重沾濡。寸心深患滓太虛，魯陽戈揮晚景晡，老睎有聞侍坐隅。

陳公座上知朱性之家濂消息疊韻

前年冒雨駕馬輿，華遊獨入鶉首墟。西人方秉種麥耡，過訪老友清臞模。有子爲令升雲衢，風流爲政本于儒。哺字凋瘵摩且噓，流離饑歲米如珠。勸賑分濟眉全舒，男負女戴欣欣如。意與杜母名齊驅，筮仕不忝爲吾徒。遣騎迎入躬汛除，解裝幾日淹吟廬。養堂並勸羅甘腴，去登三峰踏秋蕪。昨攀東岱青石閭，逍遥一杖遊如初。還謁孔林過魯雩，遂辭中州返里居。今春轉問南閩塗，扶病往復仙霞紆。關潼阻隔緘書疎，老健遄向衡湘趨。却梯岳麓吟踟躕，喜逢玉節星沙區。引入廣座加青矑，飄飄爲把蘿薜裾。齒及茂宰嘉且吁，蔚然官職聲名俱。皎如清冰瑩玉壺，有碑在口勝鑱摹。當書上考才非麤，遷擢要地時所須。醴泉膏澤物不枯，公府遠念物外軀。只道汴上重席敷，豈知遊屐草露濡？千山萬山凌碧虛，望遠起對西日晡，宵夢馳自天南隅。

陳公以實學傳燈匾言顔餘山先生祠堂仲夏雷公翠庭鋐題山仰餘光額疊韻謹記

鉅力撐扶蓋與輿，昭揭潛德揚幽墟。餘山先生少秉鋤，大闡周易標型模。浩然元氣還霄衢，陳雷二公當代儒。閩粤道氣横交嘘，山輝韞玉川媚珠。正誼明道追仲舒，觥觥踐履前賢如。説經鏗鏗推並驅，大聲振起章縫徒。眼前學蔀悉捐除，如砥直趨周孔廬。紛華不敵道德腴，講壇書院清荒蕪。有嚴祠堂在井閭，禮庭拜跽儼如初。客遊山川過皇雩，長沙有皇雩山。野服入謁專城居。實學傳燈光照塗，龍蛇飛舞點畫紆。表彰相須遇不疎，歸上銀牓群靈趨。感動學子行踟躕，仰瞻輝耀滄溟區。先時仲夏煒射臚，肅捧四字正冠裾。山仰餘光起嘆吁，恨不一堂談論俱。大書雙懸告濯壺，紅印屈盤篆籀摹。梓材樸斲榱桷麤，有生無悶誠何須。精氣不隨草木枯，斯文責在守待軀。廟壖松柏愛芬敷，凄然霜露春秋濡。名賢稠疊表豈虚，日曜群蒙永不晡，小子涕泗天海隅。

悲歌行謁賈公祠敬題并序

祠爲公故宅，並祀三閭大夫。舊有治安堂奉公，獨醒堂奉屈公。今二像並坐，主客不分，是司土者之責也。爲作長歌吊之，别作一詩吊屈。

賈傅乃是王佐伍，區區管樂何足數。道術正是董江都，志慮純如葛忠武。規模悉仿三代前，漢策當與周書傳。君如漢文不得用，古治不復天使然。長沙遷謫纏坎坷，充塞乾坤此恨大。深交絳灌是何言，卑論何曾值一唾。當年大計規治安，風前展書感百端。就中厲俗尚廉恥，令我壯激輪囷肝。吁嗟四維由此壞，末流横决吁可怪。衣冠也復闖儒門，聖賢籍裏名空掛。湘川寥泬當高秋，古今天地長悠悠。呼公不起瞻公像，哭抱公足悲涕流。洛陽天生此年少，千古龐眉虚老耄。前席空憐問鬼神，茫茫客思臨江吊。

賈公井

此地俯遺井，差堪揄涕痕。不教王澤竭，賴有古泉存。寒滉星沙影，清通湘水源。微馨從濯取，拜手薦蘋蘩。

弔屈大夫歌

雲冠璐佩誰徙倚，楚之孫兮庸之子。繁憂浩渺懷君門，君門狺狺猘犬存。江潭孤影誰復弔，女嬃申詈漁父笑。問龜不知仰問天，紫壁淋漓空復然。懷沙吟成日月白，汨羅直下三千尺。夫君去與重華遊，九疑連綿雲爲愁。煙波茫茫葬魚腹，梧楸迷離山鬼哭。帝閽招復遺巫陽，周號上下兼四方。華軒女樂陳鐘鼓，荃亦何能釋愁苦。漢廷遷客啣離憂，哀辭迢迢托湘流。東風飄送神靈雨，冤魂交語長沙渚。雙斟桂醑酹蘭堂，小招疊放醽浪浪。湘纍曾作頌，寂寞吊高邱。

橘　洲

香發清秋橘，斜陽照一洲。魚龍寒水蟄，樓閣碧空浮。南岳千峰麓，東吴萬里舟。湘纍曾作頌，寂寞吊高邱。

定王臺歌

定王昔作中天臺，西望宫寢攢崔嵬。漢制分封當就國，秋雲斷碧王心哀。王心纏綿露天性，曠隔晨昏雙淚迸。高臺久圮抔土存，仍教百尺標形勝。我感帝子增忼慷，千秋馮吊臨清湘。今人生從白板屋，偶爾富貴耑淫荒。惟思黷貨兼漁色，意態驕痴恣溺惑。誰能念母默悽傷，綵佩明璫兒自得。倘令生長瓊瑶宫，千乘萬騎裂土封。渚宫蘭臺樂忘死，快意不辨風雌雄。嗚呼此地留巀嵲，唐姬生子名不滅。玉几金堂詎解憂，孝思一片江千折。

江神廟歌

橘洲臺閣凌空起，金碧熒煌映江水。蜃王噓氣似朝霞，驚遁魚龍窟宅徙。琳宫天半鐵鳳蹲，閣黎鐘鼓鳴朝昏。金地沙鋪大堤估，剎竿燈照湘江魂。一樓侵漢標拱極，簷端夜滉瑶光色。三面秋波動蔚藍，雪帆萬疊摇江國。自從闢殿祠江神，神閣綽楔尤嶙峋。鴟吻突高三百尺，水怪屏息波鱗鱗。當中金字書栗主，此意尊嚴最近古。方花柱礎屹丹楹，雄龍捲尾瘦蛟舞。我對江神面不慙，無田早已抽朝簪。自愛青山踏巑巑，寧羞白髮垂髿髿。遄放一葉衝江潭，布帆無恙風西南。晚汀隨處潄餘酣，再拜無求辭神龕。

奉留别陳公疊韻

鼉江星沙歷舟輿，訪公僑寓楚村墟。枉沐旌麾草不鋤，更從談讌親範模。至言引我康莊衢，説書平實崇先儒。一物亦被和風嘘，祇恐魚目混明珠。得聞竅要方寸舒，餘山先師陸張如。浙西浙東同途驅，門庭親炙忝爲徒。童齡一心志袚除，講壇當日開茅廬。不曜外美含中腴，只今祠屋蹲寒蕪。遺風嚮慕依鄉閭，吾與點意憶厥初。髣髴風浴追沂雩，鉅公椽筆表里居。豐碑光照松阡塗，祇緣道脉心蟠紆。湖南光氣紅扶疎，手導學川横奔趨。昨瞻岳麓千踟蹰，中庸亭應掃荒區。多士萬目環矚矑，姚州迢遥仰襟裾。表彰四字欣且吁，燈傳實學精神俱。先生以實學傳燈，匾言題餘山先生祠。歸當潔蠲薦尊壺，銀牓大書恭鐫摹。社櫟生成材地麤，老去擁腫非時須。深山歲月信榮枯，仔肩墜緒慚薄軀。沛然德教甘膏敷，還望他年涓滴濡。往歸今已寔我虚，雲帆欲挂日未晡，離情波繞湘江隅。

城南書院疊韻留别陸君

确犖山石來筦輿，城南一徑開荒墟。書田廣闢新芸耡，一準岳麓崇規模。側近睥睨侵虹衢，講堂濟濟盛文儒。兀突樓臺疑蜃噓，仙才統領集蘂珠。騰踏衆駿意氣舒，剪剔五花伯樂如。隆隆殷耳鑣轡驅，洞主本屬東馬徒。清鏘璫佩下玉除，飄然謝直承明廬。已箋藻思何敷腴，詞條老手搴繁蕪。我熟君名自里閭，相携高步金門初。當時龍見憶始雩，衝雨遄别長安居。踰時往復軟紅塗，槐街走覓情纏紆。一從賦歸音問疎，客遊稀復下風趨。千里明月望踟蹰，衡門水竹拋一區。家居旅食空凝矑，揭來湖南耆把裾。鬢鬚皓白交驚吁，浮蹤喜得暫相俱。苦欲醉我雙玉壺，湘江水墨不可摹。天高沙冷鴻聲矗，捨此煙景更何須。暮天摇落秋林枯，東西仍汎萍蓬軀。子留勝地化雨敷，别淚底用衣襟濡。道故慰藉良不虚，桑榆妍煖看晚晡，招呼吟譃西泠隅。

城南書院有感作并序

城南書院古額，係張公紫巖所題。自儒派别驅，好詆朱子，謂紫巖行狀出朱子手，津津舉殺曲端、敗于符離爲口實。辭成于紫巖，所以周内朱子也，用慨然有賦。

真儒統系繼孔孟，欲詆每苦無其端。偶窺行狀喜得間，牽連指作平生瘢。符離敗將誠失計，枉殺曲端吁繆盭。中興到底數名臣，功罪不掩春秋例。豈其敗類同汪黄，乃以黨惡詆紫陽。行狀臚陳自取節，寧將罪案陳朝堂。議者之口不内省，濡毫只艷黄金餅。諛墓千言皆子虚，不顧觀者齒爲冷。南軒道脉由五峰，岳麓連夕論中庸。紫巖易義亦炳焕，詎緣子聖蓋父凶？飛矢如蝱有意發，痛啣正學攢誅伐。侏儒觀場亦隨聲，衆毁何曾傷日月。城南書院泝厥初，鬱律門榜張公書。振興文教不具論，感事三嘆增煩紆。

合并行疊韻贈陳君

桑户莫逆視子輿，大都生同水竹墟。蓬蒿三徑時教鋤，遊方内外偕形模。各天遼闊萬里衢，山澤誰尋列仙儒？欻然會合雲龍嘘，形穢側近玉與珠。對看雙眼青交舒，誰謂傾蓋膠漆如？騷雅攬轡叨齊驅，寸心並與古爲徒。當前萬事悉破除，豪吟便爾震林廬。壯君才藻殊華腴，湘江秋盡采蘅蕪。高冠切雲追三閭，摛辭豈復輸古初？藝林後輩如禱雩，沾溉詞源動不居。餘波綺麗瀰川塗，一瀉滄溟開鬱紆。念我遽别旅跡疎，苦邀曲室步屧趨。意氣許與無踟躕，知己床闥聯八區。下上千古遥瞪矑，昔人恨不把我裾。悠悠天地動悽吁，喜得並世几席俱。歌呼放志乾千壺，直抒胸臆無臨摹。筆摇五岳寧云麤，王侯將相吾無須。墨瀋滔滔睎不枯，今日委君七尺軀。如蘭之言芳意敷，狂書石上頭髮濡。天寒虹氣亘碧虚，盤桓朝霞連夕晡，夜深月上東江隅。

去矣行疊韻却寄陳君并序

陳君邀予談藝，約掃曲室，不見一客。既赴，主方出而客忽直入。遂行，却寄此篇。

以神爲馬氣爲輿，四海八荒非遠墟。心之紛亂立芟鋤，行雲變幻無定模。須臾立語臨交衢，拉邀乾坤一腐儒。風騷同氣相呵噓，的的留看盤中珠。晶光皎若明月舒，欲不畼就將焉如。亭午整駕趣疾驅，準擬把臂曹劉徒。翛然野客來前除，芭蕉葉響風中廬。頻進茗椀吸雲腴，子猷看竹繞庭蕪。裒褏幽境登仙閭，清緣欻斷願違初。魯東門外如郊雩，享祀鐘鼓驚爰居。我獨超遥尋冷塗，神雖綢繆形遂疎。原非倦羽慵追趨，衝風吹破難踟躕。他年或到貴竹區，山川瑰奇饜客臚。銅鼓山頭捉雲裾，長嘯林箐消唏吁。金牛湖得雙影俱，兩隄孤嶼如方壺。四時佳景堪吟摹，我試與子言其麤。淺深有得心所須，湖山映發潤不枯。湖心亭子遲君軀，一帶裙腰草色敷。兔毫飽向清波濡，今宵殘月空涵虚。一鴻寥廓冥寒晡，多情勞望青天隅。

別岳麓峰疊韻

幾日小舟泊山麓，跫音舉足鳴空谷。石坳噴落的皪珠，潭心湧出團圞玉。却憶飛上祝融巔，七十二峰羅舄前。閬風連結西崑翠，羅浮摇宕南冥烟。衡岳全身覘處處，迤八百里生雲霧。蒸湘緑映石鼓山，雁峰昂首回飛羽。此山兀峙星沙隈，梯登晴日烟光開。直穿楓柏上絶頂，慷慨懷古臨高臺。一筇迴拄青霞立，目盡三湘萬景集。岣嶁碑從古壁探，玉泉水把匏尊汲。文章一片静機入，清氣乾坤恣噓吸。不羡紅顔羽翼生，浩歌獨放凌崟岌。今晨欲去雲帆張，流連却顧山水鄉。况别儒宗增繾綣，烟波繞郭千徊徨。洞庭浮玉秋水長，何時重到迎清光。魂夢迢遞天一方，長留宇宙吾何有，南遊萬里心茫茫。

舟發長沙

北風連夕苦淹留，喜得波平放客舟。纔别赤沙雲麓去，遄爲青草洞庭遊。江風滿眼迎朝日，洲橘何心頌晚秋。踪跡不教漁父笑，滄浪有曲和吟謳。

湘　陰

一片湘江水，悲風滿碧潯。秋潭千尺窈，哀怨萬重深。有猘憎芳佩，無人知此心。投書汨羅底，痛淚賁涔涔。

汨羅江

蓀憔悴兮中洲，期黄昏兮靈修。喟信讒兮不寤，徒延佇兮罹憂。國無人兮毁敗，猶嫉妒兮不與我同謀。懷此都兮宗國，忍他歷兮九州。世溷濁兮難處，從彭咸之所居兮，泝重華而遠遊。緒風寒兮慘慘，煙波夕兮漵漵。體葬兮魚腹，魂飄兮湘流。銜哀傷兮敬弔，具椒醑兮蘭羞。心憒恨兮跽陳辭，靈睠顧兮願少留。乘回風兮倏逝，涕潺湲兮不收。

屈　潭

下拜湘纍廟，銜哀一水隅。來應乘白驥，去定哭蒼梧。荃襲芬芳氣，羌多溷濁塗。靈胥濤噴薄，寃似此潭無？

湘靈曲望黄陵廟作

縹緲黄陵廟，乃在湘中山。舟人遥指點，悵望煙波閒。重華竟不返，淚漬江上竹。淺深斑不滅，恨凝湘水渌。九疑連綿似，何處尋孤墳？翠華泣終古，目斷蒼梧雲。月明拊瑶瑟，哀怨曲三變。冰絃清似語，曲終人不見。秋光寒盡落，秋色遠凄迷。黄猿去無跡，唯聽鷓鴣啼。嬋娟帝子靈，杳靄湘江浦。木落水微波，渺渺獨愁予。

湖　口

孤棹出湖口，波瀾摇遠空。秋光連下上，川路失西東。入手頻浮蟻，迎眸續度鴻。憑虚成一快，輕御洞庭風。

檢行篋得黄莘田任枉札林蒼巖正青贈詩奉懷賦寄用杜公蘇端薛復筵簡薛華醉歌韻即用其起句

文章有神交有道，合并豈復論遲早？烏石山雲傾蓋團，當風結佩紉香草。惆悵春歸人亦歸，飛光倏過經秋昊。故人詩札比琅玕，開篋沉吟見襟抱。相思空對楚江秋，不眠聽徹清砧擣。閩南仙才良有數，長卿枚叟俱黄稿。傾心交結重千秋，垂髪相知欽五老。黄林與游陳劉三君爲五老。乍會俱看吟興濃，將離更覺人情好。高深一曲素琴彈，耆英聯社金尊倒。陳雷膠漆近已稀，羡君古誼終相保。海山月白夢魂來，安能高舘仝傾杯？我今南鼓瀟湘枻，天長水闊何遼哉。形骸雖似失群雁，意氣本屬仝岑苔。天風吹落洞庭葉，助我颯颯吟聲哀。

君　山

秋水明如鏡，單椒秀絶倫。風輕近亭午，林古吊春申。湖色連青草，山光湧白銀。通川流日夜，閲盡古今人。

秦王赭山處

馮陵八極遊祖龍，指揮列鈌奔豐隆。架橋已驅海上石，避雨復封岩前松。迷離追逐溝兔影，俶詭圖畫江神容。湘神何神弗效順，洪濤洶湧掀盲風。立命赭山恣威力，射天縱暴將毋同。鞭笞四海騁厥志，烹滅六國夷其宗。長城巨防遺北築，金繩玉檢勞東封。豈知徐福工面謾，三千男女浮艨艟。蓬萊明滅絳宮闕，褰裳延睇之罘東。銅柱鏦錚殿陛上，副車糜爛博浪中。沙邱尚未兒爲戲，滈池早已神告凶。湘山萬古留崷兀，有水難洗狂愚蹤。靈妃自鼓雲和曲，江天縹緲攢青峰。

青草湖

四際圍青草，中央洶白波。高秋澄日月，清晝橫鼉鼉。懷古釃尊酒，臨風發櫂歌。九疑何處是，吾欲吊湘娥。

洞庭湖歌

洞庭湖波際天闊，紅日波心出復没。渌烟滅盡發清輝，飛湧空明一團月。昨宵湖口泊小船，看波到曉不愛眠。今晨似汎海槎去，令我鼓舞興欲顛。南風正正一帆懸，行歌鼓枻度大川。平行簟席失險阻，鎔銀走汞翻流連。沅湘自古多香草，九秋已晚芙蓉老。潛夫不替昔人愁，無限騷情付杳渺。孤舟千里若乘空，喜無惡浪翻蛟龍。前洲幾堆白浩浩，後湖一片青茸茸。五湖煙景已得四，只有丹陽尚未至。恒山一岳會深遊，終須攬盡山川翠。岳靈到處放暄晴，川后亦遣濤瀾平。天意俯遂向禽願，肯把幽興辜平生。列子真成御風返，蓬窻屢傾琥珀盌。出冂飄颻乍落帆，波聲已小湖光遠。

岳陽樓

三楚標形勝，危樓峙岳陽。天圍秋水白，日倒去聲洞庭黃。屢病清顏老，孤遊野興長。江湖浮大瓠，身世久相忘。

岳陽樓放歌

岳陽樓在城頭起，岳州城脚插湖底。秋鴻嘹唳塞上來，一聲叫斷洞庭水。洞庭水闊兼天浮，乾坤半浸天南陬。暮烟直羃瀟湘浦，落日倒滉辰沅洲。釣艇如萍散復聚，風餐露宿鳴榔去。月明浩渺碧波空，天上人間兩顧兔。飛身直上凴危欄，浩歌聲落層雲間。東盡扶桑西弱水，飄飄欲振淩風翰。芒鞋竹杖衡岳返，木落沙寒秋色晚。乘興耽爲萬里遊，遍踏名山不辭遠。世人生挾名利腸，塵中到死横奔忙。猜疑老夫太曠蕩，獨就仙叟談蜣螂。志趣我亦殊仙叟，不妨泥飲共濡首。若餉囊中九轉丹，何似風前一杯酒。

燕公樓

如椽誰得把，大手振燕公。助以江山麗，因之翰藻雄。波衝千堞壯，雲散一樓空。獨上馮欄立，遥天數去鴻。

臨湘

臨湘摇倒影，清曉碧漻漻。秋色渾無際，迷魂不可招。紫蘭叢欲敗，斑竹淚難消。江上峰青處，輕舟眺望遥。

赤壁

狆犬兒郎餧虎口，江陵直下夫何有。激昂短歌意氣豪，臨江横槊釃杯酒。馮陵兀起紫髯公，志承破虜雄江東。一劍錚鳴斷很石，奇兵飛出生雷風。將軍智勇年方少，燒天烈焰江波照。北軍百萬舳艫空，衝風疾捲鴻毛燎。踉蹌憧免走曹瞞，猛火翻令心胆寒。吴戈如霜不一擊，那得當塗折老奸。二喬自在雲鬟掠，不爾春深鎖銅雀。風流顧曲有周郎，天借東風振雄略。熒熒光氣標赤烏，勢分鼎足成伯圖。是時英雄迸如雨，我獨心折亮與瑜。騰躍卧龍翼蜀主，始基．片荆襄土。終看漢鼎得三炎，紫陽老筆書章武。青蓋深嗟入洛陽，黄猿符瑞已消亡。一輪明月照赤壁，烟波浩渺鳴漁榔。

嘉 魚

清霽煙墟歛，孤城水一涯。奔流飛客棹，銜肉舞神鴉。米舶衝風遠，魚罾挂日斜。秋空迥無際，行雁落雲沙。

武 昌

兩涯樓閣對嵯峨，煙靄蒼茫碧樹多。幾日北風淹客棹，一灣西塞競漁歌。歸雲影亂低迷霍，斷岸聲喧倒湧波。却憶東吴雄振旅，照江飛蓋錦盤陀。

黄鶴樓

黄鶴飄飖不可留，凌虚長嘯此登樓。禰衡文字真爲累，陶侃功名亦是浮。帆影帶回湖口月，笛聲催散漢陽秋。扶筇獨往平生願，是處江山作勝遊。

浩歌行夜登黄鶴樓作

客言漢江宵景好，鼓勇復登黄鶴樓。重雲如墨蔽皓魄，對岸燈火明星稠。遥知管弦市樓沸，吴商蜀估傳觥籌。大别山頭雜樹暗，夕嵐暝漲寒悠悠。江光一溜白滉瀁，漁榔已息聞清謳。仙人乘霍去不返，三層危構馮虚浮。羽流對客把玉笛，崩雲逸響鳴高秋。横空霹靂倏解駮，吹開白月懸當頭。却看水天色飛動，蟄龍吐珠光不收。慌忽煙中漢女出，微步縹緲凌波遊。洞庭瀟湘一氣接，驚寒遠去鴻聲遒。八十八窻大開闢，空明如在蓬萊洲。我爲浩唱元雲曲，飄飄短袂攜浮邱。南城咫尺庾公榻，亦有人舒清嘯不？凭高四顧有餘興，還思鄂渚移扁舟。

南　樓

睥睨飛凌履響遒，剛逢明月滿南樓。昔人曾發清宵興，今我還爲勝地遊。杯到千巡孤影醉，笛當三弄萬家秋。鼠鬚飽漬留題處，可有人傳老子不？

陶侃宅

言訪陶公宅，蒼苔故跡留。辛勤嘗運甓，慷慨遂登舟。動地秋風落，環城漢水流。誰懷八州督，枯柳滿江洲。

漢　陽

郤月城臨夏口開，無情江水碧瀠洄。昔人獨自成千載，老子唯知把一杯。高閣晴川凌駭浪，名山大別湧愁堆。漢皐神女空貽佩，交甫閒情漫往來。

晴川閣

岧嶤飛閣俯晴川，黄鵠磯頭接暮煙。西日影沉三楚樹，北風聲送九江船。揮杯大醉渾忘老，抵節高歌直放顛。何處追尋神女跡，秋空明月漾波圓。

鸚鵡洲弔禰處士

鸚鵡洲，吾弔禰處士，一杯手酹漢水頭，當風起作商聲謳。百鷙鳥不如一鶚，斯言真寔非謬悠。大兒小兒命融修，此外萬萬輩，誰足入君眸？筆不加點賦立就，足使君文名轢萬古，才藻凌九州。吾不恨黄祖殺汝，恨阿瞞老賊謫君爲鼓吏，衣君以單絞岑牟。君揚枹奮擊淵淵出金石，氣高萬丈誰與儔？人皆謂君狂，吾獨謂君效明夷柔順，不獨文采紛葩流。崑山鄧林勞夢想，言語悽惋情綢繆。不堪世齷齷，嫚駡夫何尤？矯首向天仰問君，此辭得與青藤老子駡曹一曲並博軒渠大快不？

大别山

南國青煙裊衆螺，霜飛大别奈愁何。楓寒有葉渾如燒，漢廣無風亦自波。欏導内方來疊翠，鎖穿陰穴激盤渦。山之陰有鐵鎖穴。獨携笻杖登峰頂，驚起栖烏動嘯歌。

太白樓

縹緲一樓矗，風流千古長。郎官曾欸譏，遷客此飛觴。走拄赤藤杖，沽傾金錯囊。獨斟成爛醉，自得老夫狂。

舟發漢陽

飄然去此汎洪波，帆拂晴川閣下過。鄂渚仝舟仙跡杳，羽觴獨酌客顔酡。沙因寒免行空皎，風爲江豚拜浪多。好向潯陽覓吟伴，清齋應得和琴歌。

黄　州

衝烟初日照黄州，水樹溟茫翠靄流。雉堞雲生迷曉岫，烏竿風動轉寒洲。眼看破浪飛蘭檠，夢想題詩上竹樓。詎有利名牽客思，江山勝概未全收。

竹　樓

兀起高樓勝概偏，黄岡取竹大如椽。謫居翻得騷人賞，默坐全將世慮捐。沙冷亂看群烏下，風高正把一帆懸。明年浪跡知何處，漫叟身同不繫船。

雪　堂

雪下堂成分外幽，遠辭玉局赴監州。霜清應踏黄泥返，月朗重爲赤壁遊。遥酹一杯山色曉，横衝孤艇浪花秋。古今跡並飛鴻似，莫計東西指爪留。

蘆洲哀漁父

秋風慘慄兮，吹叢蘆。白日昭昭兮，寢已徂。蘆中人兮窮士，子不渡兮復何須？子既渡兮，無反顧而踟躕。川波杳渺兮，送子以賤軀。楚江二漁父兮，志趣何殊。一濟艱危兮子胥，一笑憔悴兮三閭。覆舟沉兮恩甚，鼓枻去兮情疎。吾度蘆洲兮，紛涕洟。具壺漿兮，爲楚聲以招之。吾不汝非兮，滄浪之水。吾爲此哀兮，蘆之漪。蘆之漪，悲復悲。

樊口

傳説潘生酒，争停樊口船。空憐蘇玉局，秋月下前川。

蘄州

艓子如鷖趁急流，奔飛雪浪下蘄州。晴空霧散開閒幔，水國寒生試小裘。八尺簟從秋後卷，三年艾自病中求。眼前人事拋羈束，到處誰馴浩蕩鷗？

浙江文叢

桑調元集

（第四册）

〔清〕桑調元 著　林旭文 點校

浙江古籍出版社

衡山集卷五

詩五　古今體詩一百一十首

九　江

連夕奔騰下水艭，琵琶亭上闢高窻。翠飛廬嶽盤千髻，湍激潯陽播九瀧。關塞雁鴻投遠浦，漁舟燈火散空江。故人舊愛風騷客，定擘銀箋倒玉缸。

庾　樓在府治中。

有客秋乘興，憑凌上庾樓。盃中孤月墮，窻外九江流。塵壁題鵕管，寒空攬兕裘。欣逢賢地主，欲作判年留。

奉和董定岩榕相度濂溪書院韻二首

杖入雲岩裏，蓮華照眼明。圓峰當户合，活水繞田清。卓午光風轉，深秋翠草生。陽坡新面勢，千杵動雷鳴。

卜築濂溪復舊模，亭臺高下占名區。書堂雲氣晴飛棟，講席風聲早濫竽。定岩留予爲山長。繁露玉杯傳世學，餘山銀榜續印須。餘山先生齋名須友，今將構祠堂于此。清懸太極岩頭月，照向廬陰掃緑蕪。

陪定岩濂溪書院視工四首

出郭已清曠，兩湖明鏡澄。浦舟浮葉葉，岡竹插層層。草徑修蛇蜿，篔輿脱兔騰。書堂新卜築，陪歷記吾曾。

迤度垂虹去，村家結草篷。樹明亭午日，衣漾小春風。青黛看山近，丹黄取徑通。未嫌岩谷淺，步步入雲中。

舊俗含淳朴，熙熙樂事饒。牛驅西澗牧，薪墮北山樵。斷翠捎千縷，深清汲一瓢。最憐溪路好，幽曲不知遥。

乍見層霄矗，蓮華一朵青。中間闢幽徑，四面起高亭。舊挂濂溪月，新成翠草庭。龍潭偕眺詠，勝地眼初經。

夜投龍潭寺同定岩作用韓韻

松炬吐燄明翠微，下澗騰岡火龍飛。黄昏期到龍潭寺，豪興寧容食言肥。疾雷打門破僧夢，給園隨喜如此稀。携來絲瓶苾芻倒，香積厨堪止渴飢。嶺脚盤盤雲氣泄，滃流階面侵入扉。佛樓喧轟人語響，歷亂怖鴿穿林霏。蟾潛海底天墨黑，推窻不見千山圍。獨屨見跋睡魔死，夜坐薄寒添衮衣。置身百尺藤蘿上，豈有世故爲之鞿？千載狂呼太白起，廬峰窈窕邀同歸。

瀑布和定岩疊韻

入溪初聽鳴聲微，清流汩汩銀瀧飛。灌注下田千百頃，土膏滋潤青苗肥。峰回乍駭激湍壯，水晶簾垂密不稀。扳蘿倒飲老猿黠，盤窟冷卧潛蛟飢。傾崖漱谷陡一瀉，訇然震動開岩扉。萬壑衝撞雷虢虢，九天噴落珠霏霏。宵衢秋霽蜿虹掛，滄江峽束雲濤圍。凌空濡蘸骯髒筆，倚石浣濯塵埃衣。還疑支祁擘水府，鐵鎖掣斷鐺琅鞿。夜深月照煙靄破，潭潭洞穴神龍歸。

留别定岩疊韓韻

九江夜夜明少微，白雲遠帶丹楓飛。我有怡悦不須贈，知君道寔能自肥。蓮峰兩日插笻杖，醉吟情味時所稀。新詩鮮脆似萍實，咀含信足忘輖飢。今年恰逢四十五，元公四十五歲卜築廬山。濂溪乍闢書堂扉。架岩鑿谷位置妙，攬結夕靄兼朝霏。千秋追還吾與意，空亭卓立青嵐圍。陪遊緬想古光霽，飄飄把我風中衣。蒲帆遄掛湓浦月，捷若快馬瓏璁鞿。雲鶴無心任來往，矯翼八表翩翻歸。

留别張君步韻二首

廬嶽霜濃木葉稀，南雲何處尚相依。雁鴻嘶斷煙中浦，薜荔摇殘月下幃。吴岫嵐迎孤客返，湓江風送一帆飛。懸知歸路逢群彦，籍甚才名問陸機。

高才邂逅輒相知，秀句朝餐飽我飢。流水淙潺聞逸調，白雲縹緲指前期。喚玲瓏唱誰能那，駐孝廉船更不疑。來歲賡吟聯主客，喜看騷雅各清規。

留别蔡君步見送韻

因依群雅客心安，况接鄉音共一壇。松柏經霜彌覺茂，與予同庚。江湖行路不知難。小冠子夏空凝睇，與予同名，予適病目。白社遺民總達觀。一片清寒滄海月，明朝獨向庾樓看。

留别高君疊韻

孤帆端挂敢懷安，回首清光月滿壇。湓浦風高行自疾，庾樓花滿會非難。酒從北海樽中瀉，史向東林傳裏觀。君爲忠憲公元孫。知我新遊衡嶽返，雲嵐猶把杖頭看。

酧定岩得大府留予主濂溪書院垂示之作疊韻

宋道學傳惟元公，手揭魯日懸天中。嗣洛關閩掃穹碧，開先發矇超群雄。道州山川應圖象，嗚呼混闢其無窮。膠西耳孫舊莫逆，高步綽有前賢風。廬陰相宅志復古，昌明絶學標易通。虹衢登丁動畚鍤，鑿岩駕棟凌高空。書堂中高亭四拱，工匠雲構天和融。香爐面陽暐天漢，陰湫潭洞龍爲宫。噴飛瀑珠濂溪白，絢爛霞綺蓮華紅。崇卑位置合造化，皇天默牖君侯衷。杖歸衡岳雲滿袂，請敷重席安微躬。慚呼餘山門弟子，大府折簡謀僉同。乾坤此舉萬萬古，須友祠桷偕初終。書院構餘山先生須友堂。經營斷手百事集，般倕妙借神靈功。我捫峰月望光氣，太極岩上霄朧朧。緑池清香待静植，且教往復錢唐東。

重留別定岩疊韻

遺經欲闡微言微，潯陽暫止孤帆飛。千鎚響動蒼厓麓，岩泉清泚山土肥。浮嵐面勢神指畫，書堂舊觀形依稀。省憶雲岑對隱几，濂溪洋洋曾樂飢。峨祠列舍矗雲際，四亭面面開風扉。匡廬溢浦大闔闢，吐納山翠昇江霏。連峰左右氣完固，宛似太極圓圖圍。欵我老住元公宅，夢流光霽芙蓉衣。餘山精靈陟丹構，星爲旌旆虹爲璣。海東嗷鴻恍惻耳，來春重至今遄歸。

奉酧諸君重見送疊韻

離筵既散解蘭艭，並惹鄉心亂旅窻。雜樹有花飄玉屑，孤鴻如箭擘銀瀧。群公豪氣冲南斗，獨客高歌動大江。川路往還乘野興，甆罌底用玉爲缸？

定岩出關見送疊韻却寄

浮波一葉下輕艭，月黑孤蓬早閉窻。關口熒煌來列炬，沙頭歷亂濺飛瀧。已教醽醁傾千盞，未用琵琶撥九江。預約明春重握手，仍斟今歲未開缸。

舟發九江疊韻

葉盡波寒解客艭，煙消猶見庾樓窻。奔飛帆影揁吴楚，夢斷吟聲鬬嶺瀧。遊屐雲中下南岳，書堂天半俯西江。暫歸還作廬山主，親舊多應勸緑缸。

湖　口

彭蠡無窮水，茫茫浸太清。寒光摇兩槳，雲氣入孤城。波浪憑虚湧，胸襟到老平。吟遊過湖口，所得是空明。

大孤山

峭嶸彭蠡口，卓立飛雲孤。波聲應鞺鞳，塔影涵糢糊。連雁破杳靄，一螺浸空虚。天寒光氣羃，景曉晴光鋪。風濤度浩渺，霜木知凋枯。雙鐘迤明秀，翠斷澄浤湖。

石鐘山歌

石鐘山勢何孱顏，大湖風起横翻瀾。水石震宕怒相搏，噌吰鞺鞳聲振天。帝張廣樂衆器全，鐘聲乃在群音先。想當元黄初冶鑄，陰陽炭入鴻爐燃。巨靈鼓槖籥，模範鎔山川。乾坤法物鎮常在，擊之一十二萬年。野夫放浪天地間，登高長嘯空谷傳。大聲相應水上作，華鯨鏗破彭湖烟。南北筍簴雙高懸，大鐘小鐘徹重玄。周景魏獻何足齒，知音不數玉局仙。渾茫元氣資節宣，體用自具寂與喧。風恬浪静音響息，縹緲有似海上之神山。

彭澤奉懷陶公

陶公輕解組，歸思劇飄飄。詩酒從吾好，形神並覺超。菊看秋露墜，柳任好風摇。今日聞羈宦，寧惟事折腰。

小孤山

四面天在水，浮出青巑岏。乍疑汎瀛海，引作員壺觀。黛螺遠際點，翠髻空中盤。神光渺難即，秀色真可餐。岧亭帶薄霧，縹緲臨微瀾。大孤宛却立，邢尹同時看。輕帆過彭澤，恨不梯層巒。終焉御風往，獨立朝雲端。

彭浪磯戲作

今年大小姑，先後嫁彭郎。彭郎自言尊，驕比楚襄王。妃色孰殊衆，細腰摇明璫。暮天雲雨足，還希夢高唐。

林中鹿并序

舟中聞甬東客談林中逐鹿事，作《林中鹿》一章。

虞欲逐逐，林中即鹿。鹿入人手，虞乞分肉。鹿不汝有，肉不飽口。爲我謂虞，盍潔汝守？

東　流

東流抱山轉，城郭水雲端。江上詩情遠，天邊客夢寒。老難抛雀髮，問許把漁竿。旅服無塵土，篷窻映碧瀾。

黄石磯守風

黄石磯頭泊，朝朝盛北風。來帆過奔馬，滯客背飛鴻。清醒愁參半，懵騰酒一中。歸程何事急，且作信天翁。

安　慶

行樂曾何待，逍遥在客間。帆開黄石浦，雲起皖公山。一浴體無垢，獨行心倍閒。渾如浙江口，沿岸踏歌還。

桐　城

小艇仍須繫，横江不可行。魚龍舞中夜，風雨撼孤城。忠信濤堪涉，文章老未成。山川憐皖口，好爲放新晴。

荻　港

寒港瀰漫動遠涯，蕭蕭敗荻影横斜。同雲萬里天將雪，積水千盤客汎槎。想像孤軍屯虎豹，寂寥往事化蟲沙。遥憐星霣梅花嶺，五丈原頭並嘆嗟。

九華山

片帆挂清曉，霧中過九華。朦朧見山色，未得維江艖。秀岑矗窈窕，奇洞含谽谺。尋幽屐未到，凝想空咨嗟。雲房隱深曲，月澗流清窪。疑有老僧在，獨自棲煙霞。

蕪　湖

南指孤帆疾若飛，蕪湖緣岸闢郊扉。家僮貪買新蒭酒，行子思添故篋衣。米價關心論貴賤，土風到眼習輕肥。老蜑歲久無留影，還向沙頭問舊磯。

蕪湖夜大雷雨歌疊韻

荒江風雨又一奇，春天巨浪喧空陂。神兵鏦錚戛鑌鐵，龍宮砰磕敲晶璃。漲如海穴神鰌入，鷩鷩百怪躨跜集。隣船君聞大纜斷，檣傾舳仄吁何及。篷窻四面扃不開，盆翻衝瀉黃篋埃。巨靈併力作氣勢，苹翳驅駕飛廉來。長年三老憂莫測，吴商越估涕頻拭。如椽之炬頃刻灰，指掌不見天墨黑。嵯峨列艦高如山，鐵貓輕宕江中間。狂沙亂奔蜑磯廟，危岸摇動蕪湖闗。我心默定涵元珠，翻波一任魚龍趨。明看碧溆紅亭在，萬態惶惑歸空無。吟遊不知老將至，履境平陂信天意。江行奈此驚險何，詎若陸海風濤多？

廬江大雪歌疊韻

天工試手標新奇，紛紛玉戲抛江陂。涷日弢藏紅韎韐，遥天裝合白玻璃。水軍組練無聲入，萬里合圍勢並集。元冥號令一夕傳，滕六飛馳已遍及。同雲四塞黯不開，乾坤下上無纖埃。窻罅飛花撲點點，忽如捲地春風來。洲沙深淺浩莫測，滿篷壓重渾難拭。闃寂空村語不囂，檣竿翔繞飢鵶黑。崔嵬斥堠堆若山，林野總在空濛間。咫尺地隣蜑磯渚，三百里阻龍江闗。還聞急霰亂投珠，江田無路難爲趨。青州從事不可覓，欲博爛醉終虛無。迢遞鄉闗何日至，繁愁縈惹羸僮意。新詩劇想和羊何，老夫野興今宵多。

聞近顔卜居江寧未及過訪疊韻奉懷

素書擲還黄石公，赤松追逐烟霞中。神仙飄忽底處覓，即在退步之英雄。抱奇落拓憶我友，直道不問達與窮。才略滔滔匯滄海，意氣浩浩驅雷風。單車過嶺粵人喜，徒步出塞漢節通。百年仕已識强項，赤日照燿浮雲空。終奈貝錦不停織，故山景物看暄融。山澤閒行服野服，踏遍梵宇兼仙宫。近聞幽栖在白下，石林暎射朝陽紅。南岳書來曠吉士，亦云夢繞魁梧躬？千里並愁廬舍遠，一日稀得琴樽同。龍江關外布帆落，悵聞夜柝清漏終。旅途冰雪迷所向，短僮瘦杖難爲功。獻歲重過决走訪，孟陬攝提貞朧朧。兒童譁報客不速，來自錢唐東復東。

龍江關守風走覓近顔里居不得悵然疊韻

黄醅爛醉眠艄公，軒波大起龍江中。着屐鼓勇訪我友，横衝鐵杖心何雄。關津覓渡走遝拉，瓊瑶踏破途寧窮。沿緣睥睨三二里，寒樹颯颯飄回風。晴飛玉屑亂撲面，白下門取一徑通。大城遼闊昧處所，祇見鍾阜堆霜空。淅瀝橋冰忽已碎，峥嶸樓雪全未融。道傍側耳聽僕各，鐸鈴冷語金銀宫。白谷溟濛短景白，紅牆誤認朝霞紅。林廬難覓爽塏地，雞黍徒想殷勤衷。僮憂踆烏將暗墜，逆旅誰納羈栖躬？江潯急須拖堞返，曲室那覷團爐同。吕安空復相思切，王猷早遣清興終。縱思題門向底處，率爾命駕曾何功。峨舸排列幾莫辨，沿流夜火紛朧朧。同心離居悵若此，客夢猶繞江城東。

燕子磯

二十餘年别燕磯，復看石勢凌空飛。梯登犖确何其巍，倒摇枯柳煙霏霏。中流宕漾寒日暉，樓臺帶雪壓翠微。北風歘吸摇金扉，砰硼拜浪騰江豨。蔣山縹緲過雲旂，龍盤虎踞臨舊畿。六朝金粉草露晞，金川逝波浩東歸。漏舟歌舞金縷衣，漁舠葉葉横蘆碕。舊遊如夢省依俙，大功坊裏連屏闈。飛光轉盻馳驂騑，秣陵人去空涕揮。剩我白頭絶因依，音塵一斷人事非。白波洶洶青天圍，輕帆疾去若發機。往尋裴島泝清輝，回首雁影江天希。

真江雪月歌兼懷舍弟冀銘鼎元疊韻

真江夜景幻神奇，雪月晃朗連千陂。星光忽自亂螢爝，玉色不復分璪璃。貝闕鮫宫不可入，依俙海市萬寶集。寒聲礫礫起灣隈，鴳鶕鸐鴞追飛及。清虚之府蟾窟開，一輪鏡浄原無埃。恍聞霓裳羽衣曲，雲外飄飄仙樂來。新河千丈深難測，湘簟平鋪翠如拭。離離回轉斗樞明，沉沉潛伏蛟螭黑。依微一髮江南山，白輝滉瀁青冥間。舟子懵騰卧船尾，行人蕭瑟迷鄉闕。寒空高懸光明珠，如晝不見魍魎趨。藐姑仙人何綽約，瑶臺獨立渾如無。素娥玉妃連袂至，侑我清樽殊快意。連枝其如阻隔何，瓊林瑶樹空復多。

金山歌

三神山浮大瀛海，一峰飛墮京江濤。帝遣留此作壯觀，其下首戴一巨鼇。憶昔歸乘瓜蔓水，截江半渡維輕艘。起攀欄檻躡塔影，浩歌一放平生豪。驚濤飛洒枚乘筆，波面組練戰始鏖。喧轟聲勢動天塹，奔騰萬馬雷怒號。便欲飄然汎槎去，往觀扶木盤根牢。所嗟人事尚羈紲，未漾日傍恣遊遨。十餘年間一轉瞬，鏡裏白雪生顛毛。朅來新從南岳返，雲嵐猶著大布袍。好風吹度洞庭水，扁舟蕩漾信所遭。要汲中泠復踞頂，千丈素綆手自操。冰甆滿注洗雙眼，紛紛輕薄看汝曹。汝曹何曾值一笑，置之直上登妙高。曠覽江天盡萬里，大江日下流滔滔。

憶次兒繩球

憶昨京江問渡時，扁舟東下重逶迤。懸知夢繫萊堂綵，莫慣沉吟騎省詩。洛下朋儕嗟聚散，江南風景苦流離。還憐骨肉京華遠，雲裏書傳雁足遲。

圌山東一首奉懷圌東兼寄石蓮

煙雲景聚圌山東，圌東詩老家其中。詩老今在東陝窟，萬錦灘邊詩興濃。我昔梯登太華返，投轄夜汎琉璃鍾。邀約蘭橈蕩京口，吟眺直上江天峰。尤愛松寥徑幽絶，往訪焦仙參吟筇。瘞鶴銘看體完好，龍蛇跡動荒榛叢。昨年歸題甘露寺，碧紗底用居僧籠。留待飄飄雲袂過，以手拂拭塵埃蒙。今我來自南嶽頂，北固雲氣迎孤艭。大江雪月擁浮玉，狂歌起踏金芙蓉。却憶石麟迭抱送，兩兒秋水明青瞳。齒牙清歷誦好句，庭除樂事何融融。仙姿真見黑白髮，吟壇詫此矍鑠翁。别來中州僅匝歲，如雲冠蓋隨飄風。大河以南幾千里，天西一點孤飛鴻。丁卯橋寧引獨往，乙亥歲已嗟重逢。人生會面洵難得，況復日御臨高舂。鹿邑老子今何似，爲我問訊青牛蹤。

乘　興

是處灣隈滯客情，今朝一笑破江程。連天雪嶺嵐無色，下瀨風帆浪有聲。遊遍煙霞原結習，歸逢鷗鷺又尋盟。天教老體多强健，乘興長爲萬里行。

止水歌無錫弔高忠憲公作兼寄公元孫時乘

有明稠疊璫禍烈，末造惡氛瀰乾坤。魏左諸公盡糜爛，東林魁杰焉能存？高公定力盟止水，義不受辱身彌尊。波將洊及捐佩去，兀立中沚真氣噴。正如洪河矗孤柱，獨砥萬派狂瀾奔。鬼雄恒幹不腐敗，帝遣巫陽問鉶冤。雲旂上征曳縹緲，直排虎豹登紫閽。亟殛元兇已得請，立命信邸褫其魂。大厦已壞不可拄，黄沙黑霧頽陽昏。孤臣忼慷早畢命，不見馬阮修怨恩。玉樹歌殘結綺散，空留雪浪掀江豚。胥江湧白屈潭碧，一氣浩浩通清源。當風我作小招放，俯臨泱漭澥涕痕。自古公侯必復始，况植忠義爲本根。寄與商聲歌此曲，蓉湖流慶歸元孫。

吴門上繆文子曰藻先生

數年睽隔一升堂，老去情懷繫最長。白鶴新顔留伉健，青雲舊夢付溟茫。烟霞南嶽光全霽，風雪東吴景倍荒。絲竹東山多歲月，關心憂樂那能忘。

哀歌行輓葉愳齋士寬

知交聚散由清緣，難得終始情味加纏綿。憶昔與君始相見，歡然把袂從平泉。維時予齋壓在百僚底，脫略禮數呼齊年。寺僧贈我一箇親兄弟，振觸悲慨揮長篇。君爲抗聲抵節連叫絕，推我直上李杜風騷壇。偷遊雁宕相逢馬鞍嶺，赤脚看蹋流濺濺。題贈所知去名姓，越境眺覽情幽偏。歸來折簡問吟伴，邀致數間破屋老玉川。玉川高視出人表，獨肯相從日日酬唱於其間。主賓因依十餘載，兩人草土亦復相周旋。羨我解龜生碧草，醉吟吟醉便得仙。具區峰浮七十二，招君着屐仝盤桓。見星而奔血漣漣，皐魚對泣秋風前。感此誓墓不復出，終披野服全其天。中州作客歲時淹，嵩華泰岱登危巔。攜束游草定遠寄，知君神魂縹緲追逐靈嶽之雲烟。扶病近自仙霞返，耆聞騎雲去重玄。予齋與君先後逝，痛淚幾斗流汍瀾。爲述交情痛難宣，史筆別自臚青編。但聞六州父老得噩耗，齊聲兒啼滄海堧。南嶽新歸詩滿槖，何人賞我吟情遊興老欲顛？生芻一束詩一紙，哀音欲絕牙生絃。嗚呼！哀音欲絕牙生絃。

存歿口號五十六首并序

初題一首引端，振觸牽連，續得五十五首。借古事以寫今情，與杜公體例各別，然就所拈舉擬合，非無因也。

手煎團月憶盧仝敬甫，心愛真龍是葉公惺齋。尚把甆甌破孤悶，罷看鱗爪現虛空。

陳寔清光行處聚古銘，汪倫至誼別時深梅津。真人太史思重見，潭水桃花杳莫尋。

深情張老存家事浦山，高論朱公著絕交予齋。古語空教規作瑱，今情誰是漆投膠？

金子連翩傳婺學江聲，景公要眇著騷辭菊公先生。何王前輩風流在，屈宋餘波綺麗爲。

丁子定文歸大雅敬身，周郎顧曲擅風流穆門。心情鄴下由來愜，才略江東獨自優。

盧生高枕猶追夢息溟，李白狂歌早得仙海門。炊熟黄粱知已覺，吟成白紵定誰傳？

王濬樓船飛薄險近顔，馬援銅柱兀摩空墨麟。勢當風利渾難泊，標建蠻溪果自雄。

樂府張文昌最妙圖東，交朋陸餘慶多情介石。詩中善繪時流態，方外寧寒舊日盟。

馬卿詞賦凌雲氣石蓮，黄憲心情千頃陂岜谷。自喚相如存雅慕，人呼顔子豈虚推？

盛孝章能標挺拔庸三，鄭康成是老編摩筠谷。有名人惜飄零甚，通德門如閴寂何。

耽詩張得吟峰趣聖書，結綬朱啣宦海情魯沙。千首編排揚藻色，一官趨走盡浮生。

起草婺源汪學士西顥，登壇北嶺厲將軍樊榭。老嫺詔令空叉手，靈閃雲旗未策勳。

文如張鷟原中選芸根，老却馮唐不見招山公先生。滿眼青錢殊的的，傷心白首太蕭蕭。

杜陵杜有詩名播白蘋，子沈子聞經義傳長溪先生。愛改新詩移永日，嗟推至隱隔重泉。

沈詩共許三兄擅萩林，胡絹曾無一匹遺韭溪。變律裁成原足貴，酬恩淚下更爲誰？

朱樟時俗誰能染排山，張仲賢侯分外欽長民。詩寫玉欄三島夢，人憐孝友一生心。

汪公善保烏聊地晴江，盧氏貪爲汗漫遊湄園。鐵佛歸來知我命，壤蟲盤繞豈君儔？

世情脱略方三拜文濤，吟品崢嶸章八元苧田。愚谷光輝胸灑落，半天人語氣雄尊。

張衡愁寫煩紆日經德，宋玉悲生摇落時以粟。照眼瓊瑤千里報，關心草木九秋衰。

詩豪端數黄山谷莘田，鄉望宜推馬少游龍馭。圖綴西江原有派，車乘下澤又何求？
鶴梅眷屬林君復蒼岩，邱壑房櫳謝幼輿文若。千載湖山歸地主，一時圖畫異蘧廬。
天人策裏争傳董定岩，忠孝王家競説錢茂南。繁露分頒澤宫内，姚黄不進闕廷前。
許抒評論看流俗觀初，邵放吟哦見性天開宣。月旦汝南高自占，風流洛下更誰賢？
推袁渾覺今無比石生，訪戴應知興不窮眷瑶。寫出幽心在風際，厲將雅志入山中。
謝安老去歡寧減梅莊，徐庶平生友盡高括庵。陶寫桑榆偏自得，知交龍鳳並人豪。
周自有才甘茗艼鶴儕，盧還有杰恨沉綿韞玉。名聲未必兄居重，文彩何妨友占前。
梅賦芬芳攄宋璟萊衣，水經幽曲著桑欽青培。清吟獨把春風筆，妙注還須子墨林。
王常繞闕輕飛舄澹園，張願封留早息機季直。仙邑尚泥丹灶在，層城已逐赤松歸。
陳君晚遇何須感金鑑，馬氏諸常孰最良思山？千載情懷碎琴壯，一家才韻白眉長。
錢賦湘靈殊妙絶𢹁石，家磨鐵研亦徒然浩賓舍弟。峰青江上神應助，日出扶桑世不傳。
張公銘在東西列關登，陳子床看上下分憲圖。學泝關中存緒論，氣標湖海出人群。
朱雲雄辨西京裏性之，楊震名高太華前東崖。折處便教慚五鹿，飛來空自兆三鱣。
才藻潘安仁最麗魯欽，江湖王季友長貧傅霖先生。優游自寫閒居興，寂寞終湮老瘦身。
直言自昔懷余靖紹文，重寄端應屬褚公熊徵。文正由來丹悃合，敬宗豈謂素心同？
坐聽霖雨懷桑户静軒舍弟，家在東山問謝玄青霍。琴操彈來孤舘月，棋聲敲斷一樓煙。

歷按歌工吴季札敬齋，常拈記筆盛弘之徵黄。從教延令論韶濩，不獨荆州叙歲時。

筆底記來懷沈括奉宣，座間驚起重陳遵自曾。蒲盧小物還堪識，尺牘鴻裁也足珍。

盛彦平居露天性奉思，沈遼少小有才名友璜。纏綿孝思依萱砌，歇絶風流委管城。

前溪沈約清無似琢英，宫體徐陵麗絶倫東美。革帶減圍惟是瘦，玉臺遺詠尚然新。

許詢談與支公洽琬綸，周子心惟叔度傾際飛。試問俗塵何處染，自然鄙吝不教生。

墨沼争傳王逸少荻簷，仙舟雅羡郭林宗又叔。頻拈醉本欣開眼，一讀碑詞痛入胸。

白首湯巾逢客路蘭墅，黄墩汪轂徙江鄉昆怡。知心友合聯師秀，積善兒應似彦章。

湯思退著淳熙望東暘，周伯仁高汝潁名肄三。應甲門才出珂里，空懸斗印入瑶京。

共識梁侯經籍重百川，誰將湯璹省元誇屺南？名標七序箴流俗，才壓長沙表世家。

周家自有蓮堪愛汝南，王子惟知竹可看右侯。香滿濂溪遠沿泝，渌連剡曲斷游盤。

錢藻長懷濯纓志茂秦，安惇雅抱讀書情枚發。壺漿出郭知誰迓，名宦他年惜未成。

周子充才渾自雅惕崔，陳如柔志早思休竇崖。平園花竹傳新咏，風物羅浮失舊遊。

眼見陸機纔入洛疎村，心傷張翰不歸吴南皐。一篇文賦傳應遍，千里蓴羹餉得無？

高情覓句陳無己載誂，力學爲文李習之光廷。自閉門來真絶俗，一從吾後獨親師。

王龍標自饒佳句載揚，顧虎頭還具巧思作舟。忍俊難藏郢中曲，矜奇的是晋人癡。

高吟趙倚樓佳句然乙，低唱張三影好詞蘇潭。把臂一聲長笛處，斷腸雲破月來時。

莊周作論都成達永思，鄭谷吟詩亦得名悦山。小閣繩床蝴蝶夢，荒江落日鷓鴣聲。
嶙峋瘦骨李商隱坤四，縹緲修髯汪水雲慧如。清麗文思誰與匹，神仙畫像渺無群。
項斯自具温醇格文波，沈濟天生峻拔才倫叙。善播雞壇群口説，經窮蠹簡寸心該。
鄭虔苔屋荒蒼暈聞遠，姚合芝山覓紫華山輝。相約落花春酌酒，難忘燒竹夜煎茶。
仙才自得茅盈訣湘客，茶事偏縈陸羽心皆吉。歲底嘉平臘還到，江南桑苧老難尋。

迎寄盧敬甫存心息溟壽朋

白頭翁，總角交。葭倚玉，漆投膠。衣愛新，人求舊。新錦袍，舊昏媾。病馬卧，健鶻鶱。霍然已，離哉翻。人千里，屐幾緉。親兄弟，老藤杖。維衡山，在炎方。開雲嶺，霽雪堂。煙霞窟，矢獨往。芙蓉園，失仝賞。五岳遊，一生心。畢婚嫁，追向禽。望九疑，懷三益。月空明，雲蕭索。南北巷，東西林。阮舍夢，廬山吟。往復還，繚而曲。十日霖，數間屋。樂莫樂，仝隊魚。悲復悲，西逝烏。過吴趨，吟楚只。酒奠椒，淚瀉水。日及花，歲寒松。靈光巋，谷音跫。二心人，口戕口。仝懷子，手握手。

太湖落日歌疊韻

太湖一幀晚景奇，熒煌金碧皴山陂。蔚藍天墮一紅鏡，水晶宮碎千黄璃。陸離萬象涵虛入，榮光休氣紛綸集。羲和御日操火鞭，夸父虞淵追始及。斥鹵桑田久已開，蓬萊行復揚飛埃。却看三萬六千頃，赤城横建霞標來。浮空島嶼渾難測，兔輪新把皴綃拭。三百六旬躔度周，七十二峰倒影黑。縹緲有似三神山，雲濤煙浪空濛間。女牛星辰落震澤，闔廬城郭蹲吳關。蠙胎蕩漾齊吐珠，龍堂夜啟群靈趨。龍威丈人守洞窟，琳札肯借窺觀無？東西洞庭我昔至，甫里吟留無盡意。莫惜人生能幾何，眼前且賞清光多。

奉懷沈萩林廷芳兼寄樗莊維材步杜公寄高適岑參三十韻

情緣追聚散，氣候閲温凉。魂夢雖親密，關河自阻長。三人曾共對，二妙最難忘。别憶山千疊，歸仍水一方。烏私旋寢舍，鴻舉謝班行。合浦思光耀，分湖隔渺茫。泥融飛燕子，花煖簇蜂王。矯首虚延望，回腸寔暗傷。仙霞紆跋涉，吴岫轉徊翔。伏枕愁眠在，封書遠寄將。駑蹄遭病蹻，隼羽入秋强。勝地争迎翠，前賢横被殃。衡湘覩開霽，屈賈弔淪亡。桂樹方凌日，芙蓉已拒霜。樓臺煙似畫，螺髻黛凝粧。薄醉行偏好，清遊滯不妨。蒲帆捎北固，蠟屐下南疆。獨往形骸放，留題姓氏藏。盈虧憐月兔，呀豗笑天狼。蘭芷猶餘碧，塵沙總是黄。遥臨儋耳外，劇戀洞庭傍。却省聯豪興，徒懷近耿光。蟹肥供客饌，鱸美勸親嘗。孤館經新雨，平臺豈故鄉？終朝搦斑管，何處寄繩床？少得論心快，多應爲口忙。頻勞問徐穉，寧免老馮唐。駢體真無敵，連枝迥異常。袞師期毓秀，阮籍許偕狂。安得雲叢聚，松肪可作糧。

迎寄聖書

取友那免雜好醜，平生真契懷端人。由拳往復熟遊地，獨于子也情彌親。九頭盤天月色黯，過門不入吾何憾。衆中覓此孤鳳凰，短羽差池生百感。嗟子有生何迍邅，袍映草色青眠芊。有才無命空白首，夢夢老眼眵皇天。胸吞雲夢不芥蔕，填空灝氣寧舒噫。寂然清晝掩荆門，底用鯨鵬供一嘬？娱娭金玉繁敲鏗，所愁病作司業盲。賴有金篦可刮膜，焉知在側尚有嬴與螟。我遊南岳張帆去，探奇濟勝其殆庶。臨行接得空中書，病起遠遊勞子慮。豈知我身健于龍，直攀天柱登祝融。回舟疾下洞庭水，一酹屈賈生悲風。團團皓月明積雪，萬里江光不可涅。中霄大叫卷白波，魚龍翻海真奇絶。君兒初説憂沉綿，料得弗藥已霍然。不爾誦我囊中豪横句，定若枚乘七發開心顔。莫嗤老興多狂顛，故人知我與我相周旋。三十年來一炊頃，此後那得更有三十年。急呼風伯送我一帆到長水，酒杯擊破歌我山中歸來篇。

迎寄金繪卣志章

心朋聯結有時候，遲早詎肯輕盍簪？穆門識面四十載，直待耄至輸心談。四賢閣上一會後，纔得幾面幽墟潛。膠漆已萬古，死生真意銜。與君又遲十載合，白頭散亂絲鬖鬖。我病時勞觸熱視，殷勤煦沫魚喁噞。病起劇憐眼界踢，上天下地巡虛簷。陡然發興往衡岳，决眥一鶻衡天南。我不追逐率子廉，亦不酬和白玉蟾。但捉鐵脚道人袂，飛身直上九千七百餘丈之峰尖。横把心胸盪雲海，發狂大叫驚猩貍。搜索禹碑摸奇字，望日臺射陽光暹。兀蹲雲密護龍氣，岣嶁缺畫青苔添。七十七字鑿岳麓，並摹古本蒼厓嵌。想見兒號不遑恤，身承帝咨漁池參。補亡手作黄帝塩，萬靈聚聽朱簾奄。銅鐘噌吰管匏沸，蚪虎駢駕來霍灊。跰躚賈井湔屈潭，洞庭疾下牽湘帆。小招一放白月黯，女蘿山鬼趨𧽤𧾂。岳陽樓，黄崔樓，天半矗起何巖巖。杜孟兩公擲大筆，東西立壁分鐫鑱。題在上頭震崔顥，太白擱筆猶懷謙。由來矜名較駿足，虞勝不放瓏璁驂。我獨振腕起，塗鴉異眠蠶。吾聞逍遥不論鵬與鷃，負天控地途各諳。彼大言炎炎，我小言詹詹，小大並見天機涵。豈其怯胆忽變勇，敢對大敵揮戈鋑。彼哉情性喜謗讒，我不與交接，耳目俱清恬。傾心吐向龐眉老，挑燈草就不復芟。遄歸南村數晨夕，奇疑賞晰無猜嫌。素心炯炯遠相照，皦日不藉神明監。

衡遊歸興借杜公久居夔府將適江陵詩四十韻

吟眺衡峰上，歸經震澤隅。疏觀供笑樂，長嘯散嗟吁。追逐徘徊隺，因依上下鳧。晴霄舒白眼，僻地捫青膚。瀑谷泉奔鷺，滄溟月湧珠。雁回江嶺遠，霜墜澗林枯。極浦連檣並，荒溪接彴無。松門從往復，奈苑足嬉娱。爛醉情懷放，狂歌意氣輸。層層凌蘚磴，皛皛入虹衢。縱浪偕芻豎，淹留類賈胡。私縈宗炳志，不負向平軀。龍洞苔全拂，毵毫墨飽濡。有題成夕詠，無用謝時須。憶躡浮雲破，飛凌絶頂趨。虬枝蟠古桂，虎跡踏秋蕪。佛閣金銀焕，仙岩錦繡紆。祝融懸月魄，天柱轉星樞。麓寺千竿竹，湘帆幾幅蒲。東磯泊黄鵠，西崦下踆烏。殘柳江州曉，空烟漢水晡。霞嵐挹廬阜，冰霰歷吴都。鐵甕重城峻，金山一點孤。朝昏滯丹浦，信宿到姑蘇。遊寓民爲逸，家鄉谷是愚。難尋醫俗藥，莫問鑄顔鑪。世事渾多幻，人情半屬誣。厭看轇葛跡，畏近嶮巇途。太息夸毗子，長懷正直儒。聊烹小團月，宜汎大樽湖。酒債尋常有，吾年六十逾。行踪戀清境，魂夢遠塵區。老子哀仝傳，江神醜繪圖。堅貞留雪柏，摧折卷風梧。羽異孤鶱鳳，身輕一擲盧。可堪污皦皦，只自附塗塗。分首曾何惜，盟心早已殊。橘甘踰化枳，馬怪老爲駒。麇鹿山中侶，漁樵物外呼。終揮雙袂去，祇仗老藤扶。瓦銚苓堪煮，石房茅可誅。猶餘恒岳在，便想涉嶔嶇。

抵修汲堂

吴楚煙波漾一帆，歸來猶夢碧巉巉。吟登韓子開雲嶺，約住元公太極巖。鷺下飛泉喧澗谷，螺旋絶頂俯松杉。恒山明歲扶笻去，五嶽詩人好署銜。

恒山集序

今秋將自濂溪往恒山，夢元公謂調元曰：『貞有二義。萬物遇蓐收，成實脱落，元冥受而藏之，則得其正而包涵元精也。固基本發生，貞義斯全。』寤而思之：恒嶽主貞，太陰伏爲北方，一陽生爲朔方，如晦朔，然貫通，復動静終始。史稱恒氣上青下黑，青黑謂之黻黻，形兩已相背，北字形亦爾。水鹽淡，智是非，倫夫婦。辰亥子宿元武，龜縮而伸，蛇盤而舒，二物相交。渾源、曲陽嶽靈兩在，都兼二義。是夢良非偶然，遂溯江漢，過河汴，道京師，瞻仰雲中雙闕，感激遲徊者久之。物外行蹤，不一踏朝貴之門。即出居庸關，抵渾源州，直上恒宗絶頂。萬里塞山，嶧蜀奇特，一覽在目。轉詣曲陽，得朱墨石刻恒嶽圖，録其故跡，記以詩，殆嶽靈之假手於我乎？却出信陽，下漢口，歸濂溪之上。中間憐弱息之沉綿，驚執友之淪没，重逢舊雨，遍歷三雲，宇宙出色，諸古人一一悲歌憑弔，老懷亦傾瀉矣。念少爲餘山先生門弟子，先生之學與《易》通，圖説表裏，志老憩雲岑之樓。默尋蹤仁山知水，禮園義圃，間遊於混闢無窮，其樂不可言也已。

乾隆丙子建子月望後三日，桑調元自序。

恒山集卷一

詩一　古今體詩五十七首

恒遊口號

策杖恒山去，雲流石磴中。真成遊五嶽，不羨作三公。川陸秋程爽，炎涼俗慮空。江州一輪月，煩送醉吟翁。

留別董定巖榕用白傅琵琶引韻

經年來作書堂客，濂溪水木秋明瑟。一夕乍喚武昌船，空山暫輟誦與絃。九江主人出送別，脱贈青天一輪月。知予好入名山遊，一生興爲霞嵐發。遍遊五嶽問爲誰，盡道纏牽婚嫁遲。眼中禽尚了不見，仙源空擬窮遊宴。畸人踏破萬峰雲，不獨廬山識真面。芒鞋竹杖馳先聲，荒寒元嶽遥鍾情。乾門坤軸縈幽思，憑陵一愜平生志。總元之天最後登，醉題足了清遊事。半肩行李銀鹿挑，仝調無人絃撥幺。洞門白日風吹雨，青林烟冷猩猩語。淙淙澗木横琴彈，素流激石千百盤。龍泉本是天漿瀉，金尾神魚躍出灘。飛石窟邊徑路絶，青兕黄熊啼不歇。驀地風濤欻歙生，倒壑捲作秋潮聲。巨石碚礧天半墮，千巖萬谷崩雷鳴。群公廟堂攄碩畫，蓋代勳名書竹帛。皇天許我作閒人，志與層霄白雲白。往年發軔由天中，三花古樹含春容。洒掃瑶壇呼玉女，鐵堂少室連宵住。秋登太華仙掌巔，鈞天樂奏雲韶部。金精元氣一囊收，雲臺老仙不敢妬。踆烏夜騰日觀峰，紫海紅霞浩無數。黄華洞窈石床空，薜衣豈有淄塵污？祝融峰頂昨秋眠，高空月白鶴笙度。方廣還探冰雪蹤，鑱壁蛟龍岌如故。偕隱惟思宗少文，雙仙不羡劉綱婦。大茂元都夙有期，携筇今向恒山去。吾身故似不繫船，襄流漢水秋波寒。西風刁調滌殘暑，萬木颯颯號江干。却憶庾樓仝燕息，四面草蟲紛啾唧。此行重上江漢樓，翩翩黄鶴成舊識。便乘白雲歸玉京，一覽海色淩層城。萬里相思具尺素，懷君一寄空中聲。迢迢直北望雲漢，定鬱奇意青霞生。華陽臺高旭日麗，一群玄鳳相和鳴。浩歌獨立兩厓上，縱横世路抛欹傾。塵寰擾擾倮蟲聚，喧囂海沸誰能聽？且喜蓮峰雪瀑大，山居耳目俱開明。一指天峰更遐舉，飄然如御泠風行。潯陽江頭小佇立，北風催挂雲帆急。詎擬驂鸞上紫清，丈夫原不臨岐泣。回頭古堞夕陽微，茫茫九派烟光濕。

酬和定巖送别韻二首

一年遊一嶽，光景不留停。湓浦翻秋月，恒山指客星。垂雲看羽翼，飛石仰神靈。列子行還返，泠風送去軿。元精鍾北嶽，挺拔一文雄。斗下瞻鄉國，江頭餞寓公。行遊乘逸興，吟弄繫清衷。父老懷明德，謳歌繞碧嵩。

登舟行

今秋向北嶽，禽尚願畢酬。天機一動信倚薄，揮手徑上潯陽舟。潯陽逆泝出沔漢，大槳往劃襄河流。惜難枉過長沙渚，重攬瀟湘洞庭秋。且喜雲夢落吾手，方九百里衝波遊。子虛烏有競哆口，我吟真實非繆悠。峴山一墮弔古淚，非關碑字深鑱鎪。兩年闊别汴梁路，平臺賓客知誰留。岡東巨筆老逾健，詩筒夢想馳星郵。石蓮萩林拔脚去，梁園老輩無枚鄒。端甫愛讀石峰畫，風吹墨竹寒修修。牢落樗莊苦汎梗，非谿歿後尤飄浮。蓬池久絶浦山跡，襄城芳草牽離愁。關燈老不返鄠縣，巖門底處長夷猶。峻拔山東張映緯，陳生宜振陸生攀堯氣並遒。多恐此時盡雨散，老子躑躅虛停輈。太行山高石犖确，滹沱水落平如油。鴈門碣石各幽險，五臺一氣連維陬。一條笻杖卓精鐵，石窟桂樹枝相樛。天風欻吸播震蕩，飄颻雲佩揚清謳。幾人親登兩厓上，天慳破盡容冥搜。墨池倒翻北海水，横洒白虎之峰頭。麟閣功名勒鼎卣，鳳池藻彩輝龍蚪。豈如嘯傲此絶頂，起狎麋鹿眠林邱。衡嵩泰華列雲表，環瀛風景一覽收。手酌天漿把北斗，凉沁心腑澆吟喉。閒中緬想古逸老，故事不省何緣由。御風列子了無待，暮年嫁衛知何求。長源久矣拋相印，一麾晚肯臨杭州。得毋緣情縛衆累，一念坐失冥鴻謀。我今永謝移文勒，草堂不惹塵纓羞。九江主人情綢繆，恐予遠浮浩蕩鷗。萬里難馴意固爾，濂溪一水清而幽。元公卜築昔老此，蒼巖新架雲岑樓。餘山先生諱史，字麟書，餘姚人，學者稱餘山先生。緒論奧，歸擬圖書仝闡抽。哦詩注易本吾事，山川膠漆心相投。囊歸雲氣散洞壑，天然爲我營菟裘。

奉懷亡友朱予齋嵩齡及汪津夫鑑周穆門京

吁嗟友道微，古義罕復敦。平生一予齋，膠漆焉足論？維子始覯止，健翮天池騫。孰知老蹭蹬，儒官送吟魂。我訪平泉道，霰雪回春暄。相携入鴈蕩，絕壁青霞屯。碧霄銜烟鶴，靈巖叫月猿。龍湫下天半，浩瀉星河源。寺飯燒冬笋，巖坐藉芳蓀。遊時狎麋鹿，吟輒和篪壎。至今散書帙，雨迸涕泗痕。向子遊五嶽，故伴無復存。每看瀑捲雪，悲思激潺湲。相依失蛩駏，故痛默自捫。其前有津夫，其後有穆門。交並洽終始，誼實如弟昆。穆門經世務，器識重璵璠。津夫秉高節，壺中納乾坤。倏然厭轇葛，乘雲去翩翻。二三同心友，玉樹埋九原。我欲竟此曲，哽咽不忍言。起援舊焦尾，絃絕聲彌吞。

編定黃莘田任詩集寄閩中奉懷兼寄林蒼巖正青

寰中數風雅，大作最炎炎。編次廬陰下，封歸閩嶠尖。高朋推素履，厚意仰撝謙。憶昨來烏石，相從拂翠簾。詩城孤聳堞，月鏡幾開奩。談笑聯茵席，情懷比鶼鰜。藤蘿捎疊石，花蘂照前檐。茗啜芳馨永，吟操紀律嚴。輸心盡傾倒，飫眼得窺覘。濃瘴俄教染，微軀難久淹。沉綿還互問，別淚已雙霑。曲室無窮戀，鴻篇舊所忺。遲回探篋笥，慷慨授緗縑。豈謂文須定，懸知韻早拈。青山臨謝朓，黃菊對陶潛。竹塢凉颼動，蘭臯夕露漸。盍簪紛捉臂，揮翰各捻髯。山荔經時熟，湖蓮照日暹。釣移漁子艇，醉覓酒家帘。射策頻驅轂，揮絃一駐幨。丹衷對廷陛，蒿目恤閭閻。吊古搜碑碣，懷人賦葛蘞。河山秋渺渺，星漢夜厭厭。亭舘多題咏，舟車足口占。年光寫暄冷，景物括洪纖。騄駬奔塵駿，芙蓉出匣銛。小巫喪神氣，勍敵畏韜鈐。珍重如持璧，驚奇可已痁。陽春和原寡，諷誦酌應添。遠夢神魂密，華章意態恬。清音發鸞鳳，隔歲逝烏蟾。緘送連城返，縈思二子兼。翛然拋手板，長此事腰鐮。德望三山振，才名五老僉。歌聲出金石，家食慣虀鹽。晶晶停雲汎，絲絲碧柳摻。恒巖標巀嵲，江雨洒䨨[雨韱]。禽尚清遊遍，烟霞俗骨砭。天峰攀雪柏，水沚漾霜蒹。幽賞從茲遍，冥搜頗不廉。邊沙方北走，海色向南瞻。古錦奚囊滿，還應寄典籤。

奉遥别盧敬甫存心息溟壽朋二首

是處堪藏夜壑舟，柁摇元氣信沉浮。湖山留作衣冠塚，老子無心學首邱。

兒時憶逐好朋儕，影散秋風冷舊齋。料得豆花棚下月，照他蛬語沸空階。

琵琶亭疊白韻

湓江去住都爲客，萬里秋空氣蕭瑟。琵琶亭畔一檥船，想像滚撲嗚鵾絃。江水瀠洄如惜别，庭前沙洲圓似月。千條楊柳作音做秋聲，習習商飈空際發。無人問我子爲誰，曲櫺徙倚情逶遲。古人船舫不可見，焉知此地曾留宴？鵁鶄鸂鷘歷亂飛，滔滔逝水奔江面。咿鴉斷續聞櫓聲，舟人指點空復情。天涯淪落含客思，我獨滌蕩舒情志。乘興方爲汗漫遊，空闊心中無一事。烟波一幀錦繡挑，桂樹叢生荷茁幺。霽霞散綺過殘雨，凉生四砌吟蛬語。回憶去年指一彈，湘江直下恣遊盤。張帆影掠漢臯曲，鼓枻吟到潯陽灘。清遊處處真幽絶，浮屠桑下曾宿歇。亭存古跡豈無情，何必親聞水上聲。風流白傅高詩格，老元短李輸先鳴。青青方罫蔬枰畫，掩映江光一疋帛。當時古物了無存，只有瓊輪碾空白。瓊輪正着碧霄中，水花雲葉澄秋容。玉宇淒凉憐素女，長在廣寒宫裏住。叮噹雙杵擣元霜，却思妙舞霓裳部。人間粉黛凝晚粧，含顰應把嬋娟妬。風月消磨成古今，天上寧無劫灰數。臨風唤起老吟翁，清暉不被塵氛污。元和到此一千年，添酒回燈恍前度。江頭相送是何人，怪少詩篇爲道故。將無借寫遷謫懷，才人悵爲厮養婦。新愁一夕月飛來，舊跡千年雲散去。由來勝地聯樓船，曼淥娥眉玉艷寒。寶瑟清歌大堤上，金尊銀燭小長干。江州閴寂波聲息，別樹羈雌夜啁唧。商婦琵琶知有無，漂淪之意吾能識。不然公孫劍器莫與京，老杜初聞自郾城。後來夔府得重見，李十二娘諱有聲。瀏灕頓挫詫獨出，感激豪蕩由之生。如何曹穆高弟子，教坊首以色藝鳴。香喉共道珠成串，玉貌還聞城欲傾。贈之長句無名姓，鐵撥檀槽率爾聽。轉徙江湖得題目，寓言十九知分明。司馬青衫爲誰濕，聊用慷慨爲歌行。江亭振衣浩獨立，高吟快拍闌干急。月高煙冷景淒清，秋露秋花泫然泣。賸客忘情解纜行，墨瀋倒翻銀壁濕。

龍　平

飛甍切穹顥，危檣矗廣洲。傲舞岸傍柳，清歌川上樓。雲霞媚將夕，梧竹凄已秋。一輪歛餘景，九派連奔流。弭節綏去棹，濯醆嘗新芻。烟波界繡壤，野蓼明荒陬。萍蘋本無蔕，漂轉似客游。

蟠　塘

蟠塘流水曲，一洲抱縈紆。檣竿歸極浦，茅茨映新畬。南圻蔚蒲稗，東墅延瓜蔬。稚耋羲皇上，雞犬秦人餘。墟煙夕藹藹，檜柳秋疎疎。風吹曲潭浄，月照寒沙虚。盥濯肌髮爽，酣歌心顔舒。夏畦苦亦樂，嗟曳侯門裾。

道士洑

雲根插駭浪，木末號驚風。連山洞壑裏，一氣波濤中。乘凌聳險仄，偃突當奔衝。漁舟沉大網，井屋攢高墉。瀨旁土墺白，柳間寺門紅。霞暾一照曜，霧靄披溟濛。不知何道士，曾此縛茅篷。翠色滴松柏，丹光爛芙蓉。是中小有天，恍疑仇池通。我欲選幽窟，一寓棲遯蹤。侵晨吸沆瀣，清景收無窮。

巴河出日歌

雷聲砰訇起軒波，拂晨鼓柁行巴河。浪高勢急捲如雪，湯湯萬里來岷峨。長年三老身手捷，衝風一葉捎盤渦。騰騰渚面發陽燄，半天赤氣横噓呵。須臾火烏上暘谷，影動蟠木交枝柯。霞光艷赫照幽宅，倒景陡躍鮫人梭。浄滑琉璃悉破碎，珊瑚靺鞨森駢羅。日觀峰頭祝融頂，紫氛赤暈經眼過。此如身汎大瀛海，金盆捧出雲濤窩。蓬萊三山似盡没，群仙絶跡誰婆娑。掃除衆宿匿光影，瓊霄並麗留羲娥。興來抵節舒浩歌，從容晞髮臨陽阿。朝暾煜照顔如酡，上界官府禮法苛，凌波自在如予何。日高絳綺散空際，餘綵猶帶林煙拖。平行飛越三江口，泠泠秋水青銅磨。砉然一縱帆脚轉，大江白晝驚鼉鼉。雲中已見黄州近，往登竹樓高吟哦。

竹　樓

去秋汎江漢，初日經黄州。風帆倚急浪，未暇尋玆樓。烟横睥睨曉，懷古心悠悠。桂棹此容與，振策淩阿邱。舊搆委榛莽，返照紅將收。空積如椽竹，得逢好事不？妙記攎文彩，珍比珊瑚鈎。人生有不朽，千稔清名留。

雪　堂

雪堂亦久圮，浮埃擁頽基。空尋玉局跡，無復銀鈎垂。當年新卜築，瓊瑶映軒扉。東坡好雲日，曉夕含清暉。風流一以歇，勝槩不可追。空階細草積，碎礎青苔滋。天風散欅柳，落日懸朱規。沙中卧斷石，莫辨前朝碑。

陽　邏

陽邏崖石怪且龘，崎嶔斷續蹲巖隅。入手一峰拔危竦，鑿石作路盤崎嶇。上頭飛壓元穹閣，水天滉瀁横烟蕪。微茫雲樹極楚塞，斜陽倒射開畫圖。我獨好奇躡巔頂，一凭古檻高歌呼。磅礴碩果墮江口，鑱窟駕作村翁廬。洪濤舂天風拔木，屹立垣墉鐵不如。水心突起一圓月，爬沙活脱緣蟾蜍。披麻壥堨一氣接，綿延數里堆沙墟。市樓峥嶸插千柱，闌杆百尺凌空虛。吴商蜀估恣歡宴，燒燈瀉酒鳴笙竽。檣竿如林高下矗，篙鐵穿眼無處無。最後連嶂湧奔峭，體勢結束完形模。風旗翩翻動斥堠，正當石浪迴旋趨。日夜衝撞波浩洶，沙尾空曠飛鷺鳧。歷覽皴文眼已飫，好醜摶埴歸鴻鑪。

登黄鶴磯和鮑明遠韻

鮮霞絢晨旭，凉飔鳴早秋。榜童學楚舞，估客揚商謳。優游心跡曠，漫浪身世浮。黄鶴絶還影，清川奔逝流。洲溆檥輕棹，樓觀攀舊游。撫此一尊酒，忘彼千歲憂。

黄鶴樓疊昨題浩歌行韻

武昌柳迓重來客，輟棹起登磯上樓。江天空闊豁曙色，霞暾倒映朱氛稠。天公景物妙變幻，兩重新綺争頭籌。叢桂初含秋氣爽，流萍習汎川涂悠。洞庭彭蠡此吞吐，快意不作商聲謳。白波如山大激蕩，塵心滌盡浮名浮。去年高踞祝融頂，回帆直下瀟湘秋。逆溯襄河鼓今棹，一筇拄到恒山頭。南北山川萬餘里，烟嵐盡向囊中收。豪興由來喜獨往，盧敖若士寧仝遊。百年乘化任歸盡，冥搜未覺流光遒。一日可當一百日，此間本是神仙洲。尋恒誰識羽衣過，笙鶴下自崑崙邱。後來登臨萬萬輩，亦話五嶽詩人不？三層檻上重吟拍，逍遥眇比坳堂舟。

晴川閣疊韻

晴川煙水萬景聚，此閣似勝仙人樓。依微樹影漢臯遠，歷歷蒼翠雲中稠。郎官湖頭秋色皎，呼起太白行觴籌。千年不遣風月散，乾坤清氣何其悠。意比青山懷謝眺，予亦對月能長謳。牛渚吟成調自絶，獸錦袍奪名終浮。誰脱金貂换美酒，與爾飲醉三千秋。獨遊五嶽愜素願，到處登臨上上頭。祗恐江山勝槩在，烟光未得清矑收。黄鵠磯頭畫檻對，隔年挈杖重來遊。一生當著幾緉屐，烏几拍碎吟聲遒。才人命薄身苦累，萋萋草緑鸚鵡洲。一笑萬事浮雲散，起望遠海登高邱。試問秋江一輪月，可憶留題老子不？身倚層霄醉不下，明朝漫放襄陽舟。

漢口望湖南奉懷陳榕門弘謀先生

緬懷清絶地，願正大方家。霧樹愁思切，烟波跂望賒。昨年梯嶽麓，良覿在星沙。接引情無已，周旋禮有加。山川復淳朴，風教滌浮夸。烏府澄秋魄，鳧舟檥浪花。朱張流遠澤，屈賈動長嗟。緯絡真儒脉，沿緣大道涯。傳燈昭日月，先生以『實學傳燈』四字顔餘山先生祠。握管競龍閱歲華。

蛇。遺緒原承學，箴言總拜嘉。相期探鹿洞，底事汎仙槎。廬阜雲岑迴，湘江帶水遐。今兹往元嶽，聊用折疏麻。倚薄晴川晚，踟蹰畏日斜。衰須扶老杖，迷乞指南車。漫跡終何得，空慚閱歲華。

柳毅祠

雪波碎擊怨終風，沙渚迷離散雨工。何處寄書煩柳毅，經年消息斷龍宫。

將進酒和李長吉韻

閒情鍾，密意濃，金鯨瀉酒蠟膩紅。青琴碧玉花艷目，鸞帷四季皆春風。左挾瑟，右擊鼓。越女唱歌吴女舞，盛顔不愁白日暮。行移桂舸居蘭堂，煖睡紅綃飛夢雨。世間仳離醉豈知，入手金多散如土。

吴趨曲疊韻

葡萄酌千鍾，龍涎坐處濃。峨舸大艑金燈紅，五尺旗尾摇相風。船頭坎坎初伐鼓，十日厭看金縷舞。閶門曉發滸墅暮，知歡醉愛伴誰眠？桂花滿席飄香雨。低鬟綏視倚舲窻，吴娃不戀長洲土。

滄洲曲疊韻

糧艘載萬鍾，漕河煙靄濃。妾依老嫗四五月，開眼日日迎炎風。紞紞張灣鼓，連船榜人舞。小車裝送不分明，依微樹色雲天暮。抱持幼女泣如雨，願依老嫗仍南歸，不然死作灣頭土。

雉朝飛

雉朝飛，隔隴橫挾群雌歸。當飲而啄，當飛而宿，東西衝決意氣獨。自矜毛羽迴殊衆，奮飛春明萬花谷。一雄逐逐，群雌粥粥，野田平碧罘罳伏，勿炫繡襠誤一觸。

烏生八九子

烏生八九子，爲我謂老烏。子多食少哺不足，霜林况復毛稀疎。老烏南飛聲何龐，是處唧雌尾畢逋。觳音微，忽已殂，子殂傷母啼嗚嗚。連殂數子母血枯，老烏別有新生雛。口哺飽以玉醍醐，翼覆煖似貂襜褕。爲我謂子母，愼勿怨老烏，新雛舊雛命故殊。

火港拈花禪林

昨年曾到莖草之禪林，今年又到拈花之禪林。彼爲螺曒此火港，江西湖北各據一水潯。我非于汝緣獨深，漫叟所至聊相尋。芒鞋笻杖是處縱行脚，打包僧亦興味仝蕭森。青蓮花自火中出，書堂一老有此淤泥不染心。不須拈此作微笑，清香縹緲與吾莫逆投盈襟。此時餘暑灼人足熱惱，翻漿白汗絺衣淋。老僧知我隨喜意，解衣一浴快若没水之沙禽。物外微軀本無垢，臨風晞髮抛吾簪。我生結習耽清吟，秋蟲夜沸何能禁？寥天缺月叫從東海出，清光照破薝蔔林中陰。虚堂蓮漏何沉沉，客去闃寂萬籟音。孤舟涼冷秋氣侵，星河倒掛天横參。

莊　口

行行至莊口，始識川涂岐。昔下長沙渚，一帆湘江飛。今溯襄河流，雙槳沔陽移。遠遂向禽願，清含山水暉。白月常在眼，淄塵不染衣。此生信知津，詎受沮溺譏？生當堯舜世，優游未云非。非存潁水節，自息漢陰機。

鯉魚塘

舟過鯉魚塘，白水秋泱泱。不見波心撥刺琴高鯉，但見岸傍起伏初平羊。山丫斥堠儼壁立，紅竿遠見旌飄颺。秋風欻歘乍鼓浪，中流崩響驚雷硠。賴有我生忠信在，波濤軒起庸何傷。昨年我浮洞庭航，魚龍偃伏雲帆揚。稽天巨浸渺垠堮，一炊頃過如騰驤。何况區區一浦溆，横流遠接襄江長。揚舲發浩唱，興欲凌瀛滄。茫茫大九州，何處漾舟一到扶桑傍。周遭眼界踞塵世，恨不滌蕩驂龍翔。回首黄陵磯頭石杳渺，轉瞬東風灣口波滂洋。篙師勇擊汰，漁子紛鳴榔。今秋秋水盛泛溢，河伯意氣横鴟張。惜君不見東海若，倏旋面目慙大方。呼僮徑倒巨觥酌，野性自遂狂夫狂。

白灘湖

白灘湖彷彿，瀟清湘碧涵虚無。青天浸斷失圻岸，白水倒映連宵衢。前飛鵁鶄後鷖凫，唧魚出没銜波呼。秋水漻漻清見底，蘋萍蕩漾捎菰蘆。靈均哀怨汨羅口，賈誼遷謫長沙隅。幽篁山鬼吊寃魄，承塵鵩鳥傷羈孤。豈如不預世間事，來往追逐煙波徒。向子底須覓遊伴，王郎祇自成潛夫。有鳥有鳥呼提壺，此言可用傾千觚。醉鄉咫尺不脛至，户籍久占安微軀。扁舟進止隨所如，客程何事飛奔趨。喜無聲名動海内，何人知我霜眉鬚？嗑笑也欲歌皇荂，郢曲雜沓參吴歈。引商刻徵擅絶調，聲高白雪胡爲乎？退谷行踪信自美，愚溪淹泊良非污。此行直抵萬山下，沉碑潭底誇雄圖。身後之名了無用，當陽作計良區區。

舟行蘆中

行舟入蘆溆，一道清逶迤。隈隩葉稠疊，拂棹相因依。倚風不鷁退，逆浪如梟飛。襄水今秋盛，白波浩無涯。中洲隱微徑，居人遡洄之。水棲類雁鴨，艇泊臨窗扉。晚飯飽菱芡，生事憑漁磯。飄飄元真子，吾與爾仝歸。

仙桃鎮

楚澤巨鎮標仙桃，雲口夢口横奔艘。石隄鱗次萬家屋，水市雲集千林篙。湨泀波馳抵箭疾，舟車飛輓忘塵勞。土著心情競居積，估人意氣矜錢刀。陽阿激楚唱婉婉，吴鹽蜀麻來滔滔。銅鞮遠自接襄水，珠珮近復通漢臯。醁醽酒把白甌泛，艅艎舟遺黄頭操。蘆枝啣餘過雪羽，稻芒輸後羅霜螯。獨客遠來月皎皎，一帆直下風颾颾。詩城未敢築巀嵲，醉鄉久愛耽酕醄。水國殊憐煙溆冷，山塢却愛松林高。背塢幽棲鎮寂歷，懸崖小築何堅牢。畫圖置我在巖壑，俯仰隨人嗟桔槔。此間願作張仲蔚，門外三徑遮蓬蒿。

彭石河

滔滔漢江流，落日孤光動。霞生浦自明，風定波猶洶。樹蟠廟壖深，石甃河崖鞏。烟溆渺溟濛，雲瓴極寵嵸。鷗塘舸舳迷，鷺堠旌竿聳。楓青滉淵潭，黍黄被疇隴。天星一道飛，川月四更湧。高興不知疲，清吟答秋蛬。

岳家口

椋柁自彭石，朝烟白一縷。舟師際利涉，及此未亭午。晶晶過雪帆，鱗鱗比烟户。出網白魚跳，捎幔黄蝶舞。山楂結實鮮，水楊挂絲膴。麯蘖酌一巡，茄瓜摘無數。凉颸吹鶴髮，白浪洗鷗羽。問知浦口姓，令人思忠武。

新豐堤

關西有新豐，雞犬識所歸。江南有新豐，沽酒揮金巵。沿波過蕩槳，落月停驂騑。此間修堤亘，遠樹青霏微。殘陽照漁艇，好風吹旅衣。綺霞臨水散，白鷺傍人飛。素心滌塵慮，净眼涵清暉。孤帆去不息，極浦雲依依。

犬逐鷹并序

蚌湖多寶灣一帶，漲沙千頃。犬見一鷹，掠地奔逐，欲噬之。飛且下數四，狂逐不已。予目犬之至愚無知而希妄得也，作此詩以哀之。

蚌湖秋水漫兩涯，案衍千頃成荒沙。禾黍青青盡蕩没，農人極望生咨嗟。日暵水乾沙一片，茫茫空闊開江甸。一鷹掠地犬見之，盡力奔馳疾于箭。垂及趣起高飛揚，遠顧所往增徬徨。羽翮翩翻忽已下，逸足四逐奔尤狂。狂奔日夕猶不止，眼飽心飢憊欲死。謬學虎視殊耽耽，毛血豈曾膏汝齒？終焉絶影遠奮飛，向空矯首何其癡。舟人漁子共譁笑，蹴踏塵沙空爾爲。誰家惠養應畜爾，媚主低頭還帖耳。狺狺入夜護小村，未用苦摇求食尾。倏看飛者覷横吞，飛沙十丈輕追奔。詎思豪家嘗食肉，亦欲大嚼過屠門。鷹犬由來足倫比，發縱指示如人意。臂韝手掣共擾馴，奇哉反眼戕同事。犬乎犬乎爾誠能，平沙淺草争蹺騰。草中狐兔任猛噬，酬功得食從驕矜。胡爲背主逞私獵，縱然攫得嗤剽劫。老鷹戲爾誠可憐，狂逐安能勝趫捷？嗟爾貪饞慼爾頑，誤爾恰在多寶灣。

沙陽

蒼蒼堤樹裏，烟色渺沙陽。地接新城近，波連舊口俱地名長。飛篷映天白，落日倒河黄。水宿頻淹泊，秋風夕轉凉。

石牌水陸道場歌

石牌古木環沙坡，鐺琅鐵索連艦舸。旛竿十丈飄婀娜，靈壇掃地建巍峨。毾㲪匼匝錦盤陀，彩繃流蘇垂文紞。榜揭虛皇號森羅，尾署受籙臣誰何？紫府列銜比朝珂，紅字屈盤印濕窠。綠章封事文縷覶，象牙作笏滑治平聲磨。伏奏金闕袍繡緺，禹步作法旋烏韡。鈴鐃一振金鉦和，逢逢沸天鼓鳴鼉。參差斜吹管排鵝，鐘磬競響雜銀螺。靈官巡羅煙樹窩，仙界法比人間苛。鞠跽威儀詭殊科，琳籤真誥體類蝌。散縚宣揚白曰趖，紙燈燒燭沿襄河。星星萬點如紅荷，粔籹香蒸玉山禾。法筵施食手摩挲，琅琅呼召萬靈過。襏衣綷縩紛婆娑，扶携雜遝鬐與皤。錦襦玉貌顰青蛾，武士鏊兜前執戈。貴遊金紫曳纖緺，歘吸靈車馳馬贏。殘形憯戚騈跌蹉，披髮狂奔舞僛傞。濛鴻濆鬼踏漩渦，陰風窸窣鳴林柯。錢財賫送賽馬馱，五方回遶疾穿梭。施主信奉心匪他，眷屬邱姑叢嬌娥。雲旗雷鞭無逶迤，舌作霹靂驅群魔。秋根葉落楓香多，青燐閃爍明松蘿。高低邱塚白楊掩，孤魂煢煢歸山阿。人神雜揉理則那，土風尚鬼楚語訛。行舟下碇收戙戩，圻岸聚觀肩相摩。履跡稠疊平淺莎，道士卸巾醉顔酡。耳聞悲啼笑口瑳，伊古孝子悲蓼莪。殯葬不忍聞虞歌，國殤厲壇尊酹犧。歲時逐疫鄉人儺，先王正道絶淫頗。異端蠭起誰觝訶，後惟有愈前有軻。嗟予無力障頹波，目擊狂惑涕滂沱。榜文頻書『邱姑、二姑、三姑』，疑如古邱嫂之邱。

安陸

千秋安陸郡，勝代署承天。統繼高皇重，情私濮議賢。商風摧草木，落照動山川。白雪樓還在，其誰郢曲傳？

碾盤山

碾盤山，江邊兀起如規圓。朝朝暮暮磨紫翠，今日白頭昨日玄。老翁耕種碾盤上，少時恍在皇初年。兒孫今已成老大，事類三叟仝耡田。山前葦洲湍回旋，一條橫起浮通川。初時軟沙水激宕，近俱壟闢禾綿延。青塍緑疇波中間，東西相望帆沿緣。蓬萊鳳麟渺何處，此似清淺滄波然。世事興滅如秋烟，紅桑碧海在眼前。衝瀨往來利名客，老死刼刼趨險艱。自在誰如鷗鷺閒，風清月白灘頭眠。有時浮沉碧漪面，成群拍拍往復還。疾雷殷地聲闐闐，大雲垂垂覆瀛壖。萬靈都隨風雨集，橐籥鼓動洪鈞權。妙運乾坤出巨手，皇天從之如轉圜。况復區區此碾盤，樞軸不動一氣旋。未輕著手徐引去，物外日月常安便。物外日月常安便，經綸區宇多才賢。

宜城

襄郢連程遠，宜城一水間。篷邊楓葉雨，浦外棗陽山。減食憐僮病，浮波愛鷺閒。祇須沽美酒，爛醉旅情删。

杜康造酒臺

杜康真可意，客爲洗瓊杯。徑向宜城裏，還尋造酒臺。深緣結伶籍，知己是尊罍。自得懵騰趣，多儲麯蘖材。沉冥堪度日，茗艼詎聞雷？百榼誠歡甚，三蕉亦暢哉。鄉應耡畛域，邱儘疊崔嵬。且用寬檮杌，那能捨秀才。載呶良用誡，獨酌不須催。綠蟻當浮取，金魚恰换來。消憂惟有此，一任玉山頹。

卧虎崖

崖儼於菟卧，荒荒落照暝。曾無渡河意，尚有負嵎形。逆浪愁三老，衝沙泊一舲。艱危人世路，吁駭飽曾經。

小河口晚風揚帆至東津

萬事緣隨速與久，薄暮停舟小河口。篙工晚飯納涼眠，高歌已醉宜城酒。沙灣陸續檥隣船，接柁連檣排鷁首。魚鱗細浪卵色天，明霞紅映千絲柳。須臾旗尾風舒舒，歘吸巨靈鼓大鑪。軒波舂天陡激宕，流銀走汞翻江湖。長年驚從柁樓起，艅艎隻隻争奔趨。同聲邪許拽篷脚，巨帆十幅高張蒲。帆懸風正浩呼洶，浪花噴薄船頭湧。興會何如宗少文，無恙行人出破冡。有如萬馬競攢蹄，一氣蹺騰橫鼓勇。又如快意汎溟洋，海若天吴吾不恐。是時纖月揺瓊鈎，星光炯碎暝烟浮。前行燈火影蕩潏，入水化作長黄虬。飛廉効順回石尤，雷硠聲勢驚陽侯。旬餘闐溽此一洗，鴻毛疾下萬斛舟。川涂蕩蕩飇馳速，正喜張弓飽帆腹。觀音閣上琉璃紅，一瞥回頭鳥過目。襄江墨黑碍沙洲，落帆且就東津宿。明朝撇捩到樊城，人生知足斯不辱。

峴　山

峴山横郭起，漢水入江流。雲日相暉映，烟瀾不可收。孤亭堪駐足，空翠正盈眸。墮淚遺民盡，關心勝槩留。羊公長不没，碑篆渺難求。陵谷追高岸，衣冠累古邱。昔人多代謝，我輩獨來遊。鴻雁衝沙落，魚龍蹴浪浮。樊城蟠巨鎮，夢澤遶中洲。冷寺飛丹葉，殘僧藹白頭。甘泉瀦玉液，苦茗瀉冰甌。登眺移清旭，歌吟及素秋。還思後賢至，知有老夫不？且領當前景，聊將醉墨酬。

甘泉寺

縹緲甘泉寺，祇林在峴山。冠公湔冷眼，丁謂照慙顔。世事多遷變，人心足險艱。坳泓喜清沁，洞酌辱議頑。遷客御愁恨，騷人信往還。筠欄青宛轉，蘚石翠斕斑。静聽螺螄裹，凉生葛袂間。流連忘去聲歸去，乘月弄潺湲。

隆中

草廬方伏處，抱膝正澄觀。梁父襟情遠，隆中局量寬。指揮隨羽轉，騰躍罷龍蟠。策擬中原復，心期漢鼎安。皇靈重建號，將略獨登壇。西蜀扶黄屋，南陽别翠巒。荆襄遺恨失，汧渭出師難。七縱聊恢綱，三分豈奠磐？運移炎祚冷，志屈陣圖殘。食少勞還劇，籌紓力已殫。一州苦疲敝，五丈最辛酸。空洒英雄淚，江流恨渺漫。

龐德公故宅

襄陽耆舊内，最重姓龐人。瀟洒携妻子，相於忘主賓。芝華堪作餌，木石亦爲隣。上塚隨時俗，耕巖愜性真。貽安誠足寶，偕隱鎮相親。富貴三春夢，英雄一窖塵。江山留故宅，身世悟前因。恍覩鹿門老，青天月似銀。

杜公里舊名杜甫里，予改之。

客久穿巫峽，歸應向洛陽。僑居習池畔，也號杜公鄉。清景臨江漢，幽栖憶草堂。公家碑不昧，此處里全荒。耆舊仝書傳，騷歌獨有光。遺編成國史，賤子仰壇場。愛汎襄江水，休論漢殿香。三秋登峴首，一曲和滄浪。野興攄難盡，流風泝更長。從欽詩入聖，頗覺老逾狂。東郡雲千里，南池水一方。靈鍾犖川上，賢冠吹臺傍。遊跡都相向，吟情耿不忘。峥嶸千古事，述作在文章。

王粲故宅

籍甚騰文譽，同時數仲宣。春風樓尚在，秋水井依然。作賦抽斑管，從軍跨錦韉。端應並群雅，却笑踞中堅。才子原無忝，依人亦可憐。行游殊汗漫，歌咏謝拘牽。自得銷憂法，誰慳假日緣？悲君足漂泊，生值亂離年。

高陽池

一斛清泠水，高陽有舊池。習家多置酒，山簡滿浮巵。我亦酤醽醁，相將倒接䍠。秋顏成茗艼，歌曲信參差。人代頻徂謝，風光詎改移？頹唐騎駿馬，笑煞郢中兒。

沉碑潭

秋潭渺千尺，底處覓沉碑。深谷渾難測，貞珉聊爾爲。高名原自振，駿烈豈傳疑？癖著春秋傳，名同宇宙垂。龜趺休贔屭，虎僕洒淋漓。實録無嘉績，諛文有愧辭。森森排石闕，公等一何痴。

萬山廢砦

一筇尋古磴，獨上萬山巔。流水曾何極，沉碑故窅然。此間存廢砦，終古帶寒煙。貔虎風雲散，蟲沙歲月遷。層阿消壁壘，當日列戈鋋。天地經龍戰，邱墟有兔穿。襄陽秋樹裏，峴首白雲邊。長嘯青冥上，秋聲巨壑傳。

孟亭

朋好延清興，凌空搆孟亭。吟應抽翠管，醉定倒湘醽。漢水秋逾白，襄山晚更青。盤桓排石磴，栖隱近巖扃。古訪龐公里，隣依杜老庭。雨餘松滴翠，風際鳥梳翎。新霭開虚壁，殘虹飲遠汀。當年詩老洽，江漢聚精靈。

孟浩然墓

吾愛孟夫子，用李句。端居最洒然。清芬斯足貴，白首獨稱賢。明主原非棄，新詩盡已傳。逍遥過摩詰，傾倒在青蓮。耆舊人皆仰，松雲自愛眠。長懷中聖日，莫問上書年。妙取山中適，無須床下憐。吟偕輞川伴，隱是鹿門仙。抔土留三尺，銘文映九泉。襄陽名炳蔚，雲夢氣連綿。再拜澆杯酒，烹陳縮項鯿。

漢水渡

大川經禹鑿，漢水入江流。峴首横臨渡，滄浪順汎舟。雨雲天氣黯，日夜客心愁。惟我閒無事，孤踪任去留。

恒山集卷二

詩二　古今體詩六十六首

樊城二首

武昌柳下放舟行，半月郵籤滯水程。遥望梁園渺天際，秋風秋雨泊樊城。
未得征車轣轆推，偏教騎馬到平臺。鄒枚笑問緣何事，重學書生寫券來。

發樊城

輕飈拂短袂，清旭臨征鞍。首塗實綿邈，上馬姑游盤。古井冷泉溢，衰柳青絲殘。孤村草店圮，一道沙河乾。迎凉動鳴嘒，掠陰振飛翰。遄行别襄漢，聊用羈心寬。

桐　樹

樊城一以遠，沙路千折盤。荒鋪存古屋，桐樹久摧殘。柳摇翠陰薄，瓜瑩清漿寒。連塍吉貝白，列道古柏攢。滌場歲功稔，察眉人意歡。亦知非吾土，信美快遊觀。

柳　堰

威紆入柳堰，曲渠沙水清。過澗犢迤邐，占樹鴉縱横。投鞭夕照下，晞髮凉風生。瑩甌吸苦茗，滑匙炊香粳。秋空蟾蜍白，夜砌螻蛄鳴。不寐瞻河漢，西流窅無聲。

白河渡

客心競利渡，浩淼臨白河。卧柳崩古塹，衝風起横波。航頭馬怯上，沙嘴人語多。裝囊委隔岸，挨柁凌盤渦。秋陰黯白日，潦水漫青莎。雨雲垂大野，烏雀攢深柯。咫尺阻滔濇，俄頃愁滂沱。我行喜既濟，後渡嗟如何。

新野謁先主廟和杜公韻

磊落英雄業，端歸信義人。劉天仍世系，漢詔播絲綸。西蜀存皇統，南陽起相臣。一戎難底定，百戰歷艱辛。羽扇軍機密，金刀國事屯。氛看瀰潁許，檄不下函秦。愍帝方更謚，炎暉尚有神。孤騫雲際羽，相得水中鱗。早獻黄陵瑞，尋依玉壘春。當塗移祚速，章武紀元新。創業三分在，勞師六出頻。益州雖鼎峙，天下尚煙塵。失計連營蹶，貽謀仲父親。惠陵禋祀缺，昭烈惠陵缺祭，告禮官，宜疏舉祀典。世祖閟宫隣。籌筆空扶運，屯田罷算緡。譙周千載恨，盡瘁負綸巾。

瓦店

瓦店村墟净，疎楊夕照斜。棗園青磊落，蔬圃翠交加。塵滚先歸馬，林喧後至鴉。倒身輕展簟，冰齒速浮瓜。虚牖來明月，高簷散綺霞。傾尊勸孤影，横笛出隣家。蒸濕如梅雨，飄香綻桂花。羸童猶染病，幽室即爲家。名嶽方縈夢，長塗未免嗟。翻思銀漢客，天路可乘槎。

南陽懷古疊韻

南陽鬱佳氣，白水起真人。收復高皇物，恢張漢殿綸。孫隗真小醜，鄧耿是宗臣。薏苡休讒謗，蔓蕪足苦辛。瓦飛威並震，冰合數寧屯。炎鼎還興漢，雄都不向秦。規模寧遜祖，氣度不無神。穹昊高飛翼，寰瀛活涸鱗。龍墀方出日，鳳紀復頒春。已見威儀舊，寧知膢臘新。驅除良易易，傚擾莫頻頻。纔振中興旅，俄清六合塵。雲臺諸將偉，星瀨故人親。赤伏收三統，朱旗靖四隣。故鄉蠲户役，大地富民緡。秋雨尋遺跡，蕭凉折角巾。

臥龍岡懷古疊韻

從容論氣象，儒者見斯人。莘野分耕耒，磻溪擬釣綸。生憐嘔血事，死作鞠躬臣。籌策惟紓難，馳驅弗憚辛。軍營動雷電，廷陛撥蒙屯。東向空思洛，西攻不出秦。天心渾失眷，將略本如神。猿鳥還驚顧，鯨鯢未戢鱗。威聲銅鼓震，恩澤錦江春。北地心雖黯，南陽業自新。出師名號正，拜表涕洟頻。江石猶排陣，樓桑已作塵。龍岡當日起，魚水劇情親。直使孫曹畏，寧惟管樂隣。垂名千載史，養拙一竿緡。下拜空階肅，風前整葛巾。

博望

張騫信奇士，志輕萬里程。時逢漢武帝，區宇恢八閎。久稽身毒國，得脱仍西征。失侯乃奮激，絶域再請行。嗤彼驕癡子，閨房戀媌娙。春香飛夢雨，日高睨簾旌。我經博望驛，感懷意氣橫。蒲梢來天馬，遺種思在坰。

趙河

一水下湯湯，凌空少石梁。遄行堪策馬，徒涉共褰裳。倒影穿林紫，浮沙繞岸黄。山臨裕州近，波瀉趙河長。午食惟葱餅，宵眠只竹床。酒斟椰盞釅，藥煮瓦鐺香。夕月當窗白，秋風拂簟凉。煙波縈客思，清夢在滄浪。

舊　縣

羅山舊縣草芊芊，行客無情一慨然。物外襟顔原自曠，病中主僕互相憐。迴遭城看于隍復，蹀躞蹄擦出塞穿。茅店今宵須早宿，藥鐺携取手親煎。

葉　縣

透遲過葉縣，僕馬並瘏痛。雲水携耕侣，塵沙涉客途。柳風飄斷縷，荷露瀉圓珠。無復王喬在，荒陂下野鳧。

襄　城

石梁横亘岸東西，水面憑陵踏馬蹄。風勁已看秋柳墮，霜寒不斷夜烏啼。孤城月上三霄白，廣野途經七聖迷。欲哭徐陵披宿草，何當庾信手仝携。

哭劉芳草青芝寄張瓜田庚

交誼原存譜，文章信有神。長謡悲引領，大雅絶扶輪。憶共瓜田老，情聯蘭臭真。差肩三叟在，未面一心親。結夢因依熟，緘書往復頻。襄城遥命駕，張丈早聯茵。比德叨投玉，論交滿飲醇。中州徐會我，古道藹過人。清切迎鑾地，追隨把袂辰。風流一以散，雲逐渺無因。炳蔚横昭彩，飛騰偉致身。石渠辨同異，金匱析紛綸。儒術包經史，家聲領縉紳。殊憐蓴樓晚，不戀玉堂春。泉石偕昆季，琴尊遠俗塵。討論消歲月，挺拔比松筠。老去靈光巋，門中內則循。編摩擬遷固，聞望等荀陳。白首窮三禮，青燈過八旬。早年花筆燦，餘事錦機新。經抱玉川子，人呼祁孔賓。儀刑失耆舊，神理不沉湮。空奠生芻束，終亡郢匠斤。題詩報鴛浦，天末並沾巾。

贈萬灌夫圃

古有文章契，今看意氣醇。殷勤攬瑠佩，倉促過城闉。馬首雖相見，途中未得親。遄追襄野道，直至潁橋濱。契闊經時久，因依露性真。西田生令子，萬邦榮之子。東觀待斯人。儒術承先緒，家聲邁等倫。緇帷從學地，梁苑説詩辰。謂隔春風座，重移秋月輪。邀予返元嶽，許爾奉清塵。執友如韓愈，淪亡實愴神。遺文編李漢，劉青芝之壻。涕淚益沾巾。宿草思仝視，生芻必具陳。渡頭揮袂別，後會豈無因？

黄帝問道處

軒皇求治道，枉駕勤訪之。言尋廣成子，曾詣崆峒陲。大隗何處所，襄野此逶迤。遠勞方明御，七聖途皆迷。異哉遇小童，乃復知具茨。請問爲天下，去其害馬爲。片語握樞要，稽首呼天師。皇初去今遠，故跡無留遺。漫山長秋草，落日寒荒陂。

文王化行南國感而有賦

流行置郵速，孔邇戴周文。協氣延江漢，和風被汝墳。羔羊承雅化，卷耳播清芬。主治雎麟意，宣猷周召勳。糾桓及干櫓，貞一到釵裙。鼠雀簷楹静，豭豵藪澤群。彼穠抒麗景，如燬淡炎氛。美俗厖無吠，佳辰賓有蕡。鵲巢春煖煦，麕野翠繽紛。芣苢盈衣衩，蘋蘩漾水紋。騶虞避生草，喬木靄重雲。蔽芾棠陰茂，參差荇葉分。白茅隨地長，黄鳥隔林聞。大烈丕平聲承武，終身服事殷。二南風列首，九罭德俱薰。恩渥舒魴尾，功成過虎賁。靈臺開遠色，豐邑映晴曛。翔洽端由此，千秋仰聖君。

子路止宿處

不知夫子跡，獨著丈人風。物外多情者，吾欽荷蓧翁。芸時忘苦樂，隱去渺西東。闊絶君臣外，雍然長幼中。拳拳亂倫議，皦皦潔身衷。雞黍田家足，煙霞杖底通。相將二子遠，難得一宵同。粉本花源記，幽清意不窮。

沮溺耦耕處

殷憂夫子聖，沮溺獨悠然。得耦紅塵外，偕耕綠野前。誰迷津畔路，難謝世中緣。鳥獸非儔侶，耰耡實静便。春秋無治國，楚蔡有閒田。借問饒烟景，遄行渺水天。避人心最苦，招隱意何拳。千載相關處，寮寮栗里賢。

子路問津處

亦知流不返，天下盡滔滔。問渡蒼茫晚，迷津往復勞。執輿形自瘁，避世節誠高。有道期何日，同群屬我曹。耦耕煙滿隴，行告水平皋。落景征人倦，荒原宿鳥號。秉鋤腸已木，攬轡目猶蒿。想像容顏憮，奔波客意忉。

潁封人墓

春秋賢者衆，吾重潁封人。蘊藉含天趣，纏綿露性真。數言能悟主，一飯不忘親。術解何曾匱，機宜倍覺純。莊公嗟太忍，鄭志憯無倫。克段摧鋒疾，奔共掃跡頻。城陰從此寘，姜氏見何因。繻葛輕加矢，周禾滿積囷。天王且於邑，母弟益酸辛。悔尚萌平旦，從教動悃忱。及泉原有誓，出隧不無神。永錫情難已，如初樂更新。寒沙迷舊谷，古墓出荒榛。落日蝥弧晃，踟蹰駐客輪。

許昌懷古疊韻

不得奸雄志，稱王定幾人。睢盱傍睨鼎，狡獪總持綸。政豈由天子，名偏附老臣。明知鴆鳥毒，默茹蓼蟲辛。偪迫多連蹇，流離足險屯。可堪遷在許，不異劫歸秦。勢已成三國，虛教主百神。藩憐觸羸角，肆待索枯鱗。慘矣牽弩日，傷哉愍帝春。綴旒終自絕，受禪一朝新。撫手山河定，經心戰伐頻。乘時争割據，失勢委埃塵。衣帶遥傳詔，宫廷近孰親。降封公是爵，趣死鬼爲隣。潁上過頭杖，湖邊數尺緡。何須預人事，疎放脱烏巾。

許州聚星書院會張端甫本兼寄定巖

南人苦鞍馬，願得小停車。况復親知在，相看意氣舒。文星照清潁，禮教紹横渠。賢牧論心舊，名流入院初。深談倒醽醁，永好贈瓊琚。喜子清緣合，憐予勝會虚。九江烟際舸，繁露篋中書。異地從飄梗，當風失把裾。雲飛閶嶠外，雨散汴梁餘。人事縈懷黯，朋儕見面疎。關山嗟渺矣，膠漆復相於。舊好腸應繞，新詩錦不如。醉吟秋興發，山水野情攄。旅跡雖流轉，離愁却掃除。天峰指恒嶽，地主别匡廬。過訪聯瑶席，歌呼繞綺疏。前途還浩渺，後會更躊躇。此夕班荆話，緘題寄鯉魚。

端甫話朱排山楓曾過許州知其葬先人畢仍往醴泉奉懷有作兼示其子性之家濂

秦中一爲别，契闊五年餘。故國稀消息，他鄉悉起居。言停許昌騎，仍駕醴泉輿。大事封堂斧，輕裝别里閭。凉風下賓榻，細雨剪園蔬。喜見朋簪盍，愁思旅袂疎。容顔吾老矣，興會爾何如。肯構成佳士，分符播令譽。清標渾玉映，煖氣更春噓。但自臨花縣，何須厠石渠。同聲重循卓，雅意淡遷除。相彼夸毗子，空參傫直廬。規繩輕偭越，貨色恣佃漁。志節寧如古，身名損厥初。眉軒忘愧怍，齒冷足欷歔。詎若能爲宰，依然不負渠。鄉邦稱籍甚，父子總相於。往歲扶笻過，官齋掃壁書。民歌今有袴，客豈出無車？叨僱騾轎送予。禽夏閒心在，恒宗逸興攄。新遊來得得，昔夢省蘧蘧。塞北龍沙路，關西鶚首墟。明燈仝話舊，夜色映蟾蜍。

朱仙鎮岳廟疊韻

南渡饒名將，中興尚有人。長城翻自壞，漏網罷彌綸。國仰無雙士，忠攄不二臣。堂廉群讒笑，父子獨愁辛。直擣威名震，偏安氣勢屯。兒童猶駡蔡，校尉欲殲秦。鐵騎方張膽，金牌忽愴神。北盟攖利齒，南渡迫窮鱗。湖岫花誠麗，冰天草不春。十年雄略廢，一德密謀新。黔首流離衆，中原蹂躪頻。難還兩宫駕，誰掃七陵塵。紫殿光雖燦，青城影孰親？熊羆摧猛士，豺虎壓强隣。苦偪東南域，虔輸百萬緡。朱仙當日慘，慟哭血盈巾。

汴城寓袁石峰舜裔宅奉贈

夢中燈火繫樊樓，風雨懷人苦未休。應念兩年歸故國，難忘一老住中州。淋漓醉墨看君潑，瀟灑清言待我酧。早識向平遊嶽去，飄然物外是良謀。

喜張圖東學林至汴城迎寄

高才久凌替，古義孰撑扶？賴有圖東老，能知物外徒。九江成契闊，千里動嗟吁。頃向恒山去，重過汴上趨。弘農猶遠隔，良覿渺難圖。只擬音書達，終憐願望辜。懸旌摇不定，負弩報前驅。昨見燈花燦，晨聽喜鵲呼。精誠動天地，會合在斯須。笑口開何遽，愁眉散鬱紆。論文當往復，把袂極歡娱。沈約憐何遜，謂萩林。清吟不獲俱。馬卿去梁苑，謂石蓮。授簡失相須。舊伴當風散，離憂駭浪輸。知君方闃寂，過我慰羈孤。好句傾心吐，清醪滿眼酤。蔗竿狂起舞，墨汁醉沾濡。互欲詢今事，專思認故吾。何勞走銀鹿，亟唤駕驪駒。邂逅真奇絶，纏綿有是夫。同功新作繭，喝采巧成盧。翻慮牽官事，中腸轉轆轤。

喜馬石蓮榮祖已歸田兼呈圃東

解組聞吾友，懸知歸興濃。塞翁非失馬，老子直猶龍。值此身名泰，兼之情性慵。二分延月色，一縣剩花穠。田舍無佳産，眉鬚有好容。聖湖邀眺覽，邗上想過從。並着雷塘屐，還浮花港舠。君孫洵書種，我子仰儒宗。快意拈吟管，隨時把酒鍾。得完和氏寶，早歛太阿鋒。抛却無窮事，遊于若箇峰。還招東陝老，分捻一枝笻。

聞石蓮辭官時喪子寄此唁之

只知賦歸去，從此一身輕。不道遄傷逝，幾令老喪明。皇天安可問，太上詎忘情？贏博揮悲涕，休留放惡聲。單傳哀欲絶，耄及恨尤盈。玉已看埋土，金非得滿籯。天言大靈述，家學小同成。猶幸傳遺緒，終須續令名。聖猶遭鯉死，客孰效驢鳴？獨倚樓頭會，千巡酒勸傾。青雲失佳器，白首哭浮生。東向邗溝望，能無淚濯纓？

圃東攜尊過石峰宅小集

平生嚴一飯，素性秉硜硜。曲室知心遇，清尊到手傾。能詩仰張籍，咏史愛袁宏。借宅依賢主，攜觴宴友生。幽踪來不速，良覿巧相并。細話風塵事，全攄肺腑情。崎嶇八閩險，浩渺九江横。瘴癘南天重，煙嵐廬阜輕。微軀嬰疾病，高卧返柴荆。濁酒從元亮，名山逐向平。新遊趨北嶽，舊夢省東京。虢國違千里，梁園阻十程。何期寓高館，恰喜過前旌。燦爛燒華燭，淋漓倒大觥。暫時停短策，奇耀焕長庚。霜雪沾衰髮，波瀾挹老成。平臺去司馬，變律少雲卿。壇坫聯賓從，騷歌獨主盟。吾徒藉陶冶，藝苑合鏞笙。廣列春風座，分標月旦評。陳生蒙許與，陸子被將迎。父執施恩煦，兒曹牖隙明。通門加繾綣，寸臆總迴縈。文裸憐英物，聰明發駿聲。詩篇傳大業，才子出高閎。稂莠秋飈捲，蟲沙夜雨清。人情多變幻，天道有常貞。分陜昭嘉績，懸車保令名。風流信千古，月上已三更。纔送襜帷去，頻聽街鼓鳴。流連今夕醉，晏歲特崢嶸。

汴上奉懷沈樗莊維材兼寄萩林廷芳仍借用杜公三十韻

汴水波聲遠，秋宵月色凉。故人俱間隔，離思倍悠長。良會渾如昨，清言耿不忘。高名仰同姓，旅跡竟殊方。湖海抒鴻藻，天河斷雁行。蓬池何索寞，烟景剩蒼茫。壇坫追詞伯，縑緗貯墨王。有才標炳蔚，無命默凄傷。紫陌騮先騁，謂萩林。青冥鶚未翔。只今雲已散，念昔日相將。我别中州後，身行萬里强。閩山嬰瘴癘，聖水禳災殃。劇疾俄羸累，清遊若捕亡。祝融峰頂月，廬阜樹頭霜。潭瀑珠璣濺，巖花綺綉粧。醉吟殊自適，去住幾曾妨。嶽嶺貞元殿，關溝險峻疆。榆林千里接，松岸一邱藏。直上捫星漢，横衝過虎狼。沙浮龍塞黑，日落雁門黄。

載酒仙臺側，題詩石窟傍。長城凝翠色，曲室發丹光。縋險懸橦下，探奇肯綮嘗。懷人經此地，僑舍在何鄉。薜荔揺書幌，珊瑚架筆床。常時操縵好，盡日吮毫忙。興自貪看竹，情仝賦采唐。冰輪過三五，酒債等尋常。公等欽名雋，吾生笑老狂。恒宗遄獨往，不少禹餘糧。

汴梁懷古疊韻

火照陳橋驛，黄袍擁一人。冠裳資翊戴，掌握掃紛綸。趙普興朝相，韓通舊國臣。孤兒忍欺負，五季最含辛。驢墜時方泰，鵑啼運復屯。夢華嗟自汴，新法暴於秦。搜括堆花石，摧傷哭鬼神。山殘翔鳳翼，池沸駭鯨鱗。閬寂樊樓火，荒凉艮嶽春。早看丹籙委，無復韻紗新。轅去天邊杳，盟從城下頻。鄢陵照烽燧，梁苑亂氛塵。韓岳勳仝廢，汪黄意總親。東京失鐘簴，南渡愴臣隣。旒冕艱天步，金繒費國緡。寶津重弔古，醉墨漬衫巾。

改唐人詩一絶示友

仗劍行千里，微軀敢一言。曾爲大梁客，不受信陵恩。

謁五賢祠

氣向中天亘，輪將大雅扶。五賢萃精爽，六義定規模。往者巍祠矗，年深舊迹蕪。掃壇嗟泯没，停騎一踟躕。才彥來持節，風騷本合符。移從吹臺側，近與講堂俱。五賢祠舊在吹臺，已廢。司臬沈欽林移祀書院。榱桷新瞻仰，帷龕共拜趨。重來失膠漆，早去統枌榆。雪爪留陳跡，壇場奠永圖。乾坤生炳煥，草木割昭蘇。老杜先聲振，青蓮逸轡驅。悲歌心獨苦，删述志何殊。詩史標千古，仙才蓋八區。高名動寥廓，藻思壯敷腴。散帙追人日，論文在酒壚。詞源噴浩瀚，花管潤凋枯。叄樹開元旆，分張弘治弧。豪應黑白髮，奇可四三都。名輩差肩立，空同奮臂呼。揮撝凌貴戚，代草刻姦諛。大復天然秀，林宗歲早徂。舍人上封事，辰告表訏謨。鍾吕聲全發，丹青色不渝。熒煌繞螭首，贔屭立龜趺。偕把隃麋酒，分明篆籀摹。獨教心跡白，一洗古人誣。節槩横霄漢，文章謁大巫。分騰靈嶽氣，聯綴緯星珠。諷誦開瑶軸，明禋荐玉壺。龍門還壯觀，虹彩映高衢。運會時當復，流風德豈孤？和稀翻白雪，噓笑唱皇荂。似續長宗古，磨礲共握瑜。先生推此事，後死責吾徒。佇立中原望，光芒射斗樞。

奉留别石峰

金石深情固，煙霞奇意屯。吟遊爲事業，道義有根源。兩載嗟暌隔，中州繞夢魂。今來向恒嶽，還復到夷門。把袂留車騎，開軒倒酒尊。新花窗外滿，舊句壁間存。活潑幽篁影，縱横醉墨痕。冥心遊物外，逸興寄雲根。片紙千金直，洋州一派論。延賓賞秋月，行樂闢芳園。洛誦時教子，含飴喜弄孫。衰遲憐白髮，久語過黄昏。雨散諸儔侶，天留老弟昆。扶筇行處密，聯席坐來温。爛漫天真露，纏綿古道敦。深投過膠漆，篤愛比璵璠。謬謂儒流振，孤看風雅騫。含青雙眼對，坦白一心捫。矍鑠能騎馬，逍遥喻化鯤。微痾顧僮僕，安養寄邱樊。賜以盤飧食，加之挾纊言。疲駑從偃息，健鶴遂飛翻。琴酒辭精舍，風沙歷塞垣。因依同骨肉，放浪閱乾坤。話及仙遊枕，遥思客到村。千山逾代郡，十日訂平原。預遣持乾糗，親看駕短轅。無窮攀送意，汴冰激潺湲。

渡黄河

洶湧乘槎水，奔騰入海流。茫茫三十載，渺渺一孤舟。早向波濤涉，今爲汗漫遊。平生仗忠信，萬事信沉浮。氣壯衝風渡，心存捧土謀。魚龍中夜舞，日月四時遒。鰌穴潮常接，龍門浪不收。隄防功欲策，舟楫願寧酧。幾度臨隤岸，孤懷動遠愁。狂難將手障，急遂把身抽。劇爲澄清喜，殊含蕩析憂。神祠奠圭璧，估舶奉尊卣。爪蔓依然下，桃花無恙不？罶桑應底定，淇竹事綢繆。九曲沙還刷，千金壺孰求？猶提斬蛟劍，不下釣鰲鈎。物外閒心寄，人間浪跡休。東西雖滚滚，來往自悠悠。堪笑狐濡尾，遥看蜃化樓。曾登太華頂，獨覽大川秋。冷對空明兔，誰馴浩蕩鷗？尋源曾有使，博望久無侯。冰憶强車渡，泥看獨漉稠。慨然思古杰，兀爾倒新芻。濁汛驚奔鵠，華顛老秃鶖。此行上恒嶽，仍復過中州。汴上花何麗，平臺客孰留？歌筵小垂手，鄉信大刀頭。踪跡隨萍梗，繁華等泡漚。斜陽寒滉瀁，浩唱發中洲。

行至延津車馬入深溝作

野水洶湧漫平聲康莊，延津城外軒波揚。兩行列樹表古道，驅車一綫由中央。隸也不戒坐車首，游戲自在揮鞭長。後車大呼勢危急，六轡不及遄收韁。深溝咫尺砉然陷，砰硼水濺千丈强。駿駣馬頭倏盡没，平沉篷背浮湯湯。蒼頭性命在呼吸，呀號涕迸秋雨滂。脚踏轅軥聳身上，健手恰恰叨扶將。老夫凶已至滅頂，翩然躍出如鳧鶬。行裝百物棄不顧，忙中攫得古錦囊。一編吟藁喜尚在，此戲雖酷猶非殃。濕衣有似袛鐵甲，淋漓數里奔踉蹌。同行顧老早投店，借我衫袴開緘箱。剪紙招魂慰驚恐，豈知我意如尋常？死生修短有定分，順命底用生校量？水死諒不在平陸，嶽遊未畢寧先亡。有生奇險飽經過，平地澒洞開溟洋。詎止區區入坎窞，如非無底龍宫藏。往日三蕉却小户，今須牛飲連千觴。縱酒高歌恣豪横，滿几醉墨污淋浪。

衛輝懷古

康誥存書策，賓筵入雅詩。風流垂奕禩，徽美著當時。萬里孤雲迴，三秋落葉遲。悠悠俯淇水，祇願釣竿持。

淇澳

淇澳澄洑處，青冥倒影摇。一泓留古水，萬疊瀉清瑶。菉竹消沉盡，疎楊斷續飄。人懷星弁在，地覺梓材饒。酒誥流風永，賓筵世代遥。釣竿思籊籊，舟子賦招招。圭璧光華映，泉源景色撩。迤邐虹氣亘，蹀躞馬蹄驕。聖筆垂千祼，天容淡九霄。秋光渺無盡，蕩漾碧漻漻。

淇縣奉懷亡友錢茂南松二首

苦憶錢淇縣，琴堂至孝聞。上元爲母壽，隔歲索吾文。愛日香春酒，悲風黯夕醺。旋教揮誄筆，血淚迸紛紛。

黔黎思杜母，仍復涖中州。皀影來何暮，駒光逝已遒。教兒須向學，念我在彌留。腹痛驅車過，唧悲剩白頭。

古朝歌地

伊古朝歌地，涵濡聖化頻。沬邦明已久，淇澳美相因。湎酒嚴存誥，初筵輒誡賓。磨圭渾恐玷，藝黍總能純。愛土寧違祖，牽車亦爲親。梓材勤用斲，疆畎朗教陳。物産椅桐茂，光含菉竹春。風移曾歷世，水監孰如民？文考光於日，殷囚念至旬。大家居克達，遺俗早還淳。

百度遄由舊，群黎丕作新。聞名嗤墨子，何事遽回輪？

斮脛河

不忍從兹涉，名傳斮脛河。鬼聲喧夜哭，王氣冷朝歌。白日秋空黯，悲風此地多。毒逋遍寰海，淵藪萃盤渦。披髮狂難已，刳心慘若何。魴魚少游泳，貔虎遂經過。流血方漂杵，前徒竟倒戈。腥聞猶自穢，未許滌澄波。

鹿臺故址

商受留遺址，荒郊黯夕曛。貨財光燦爛，寶玉氣氤氳。園囿羅牙爪，洿池蔽祲氛。鉅橋仝暴斂，沫土積腥聞。伐密臨衝捷，戡黎奔告勤。全抛九圍式，遂策一戎勳。大賚周寰宇，東征仰聖君。鹿臺終自散，象齒適教焚。億兆歸如水，三千湧若雲。由來存覆轍，殷鑒省詩云。

殷六七賢聖君故都

元鳥祥初發，生商降自天。成湯光肇造，相土烈洪延。開國除三蘗，經邦表五遷。武丁終善後，太甲早從先。一德阿衡訓，交修説命篇。涉河新井里，都亳舊山川。翼翼清威振，丸丸翠色連。故家森物望，遺俗藹周旋。大戊興中葉，盤庚續盛年。典刑留琬琰，師保定坤乾。寢廟松梴色，壇場柏社烟。啟心昭日月，運掌總垓埏。王享珙球萃，猗那磬管宣。聲靈敷有截，憲典奉無愆。自昔從繩正，由來秉鉞虔。龍旂承六七，虎賁下三千。祖德雖昭聖，孫謀貴象賢。殷宗泝輝赫，駿厲至今傳。

殷三仁故里

厥罪浮於桀，洪威肆獨夫。典刑全滅裂，賢聖早凋枯。微子胡先去，湯孫有後圖。比干殉直諫，箕子竟爲奴。靖獻趨原一，顛隮事各殊。賓王非得已，祿父只如無。悽惻狂頻發，哀傷心獨剖。商辛就淪喪，牧野召征誅。修禮歸東夏，來王失亳都。釋囚生亦慘，封墓死何辜。抱器存宗祀，陳疇闡道腴。三仁情黯黮，七竅血模糊。舊史悲風起，遺墟落日晡。停車憑弔處，濺淚似連珠。

比干墓

聖人埋血處，抔土燦光儀。斮脛誠爲慘，剖心更益悲。殷憂緣叔父，直諫過微箕。七竅生寧異，三仁死獨奇。鹿臺增暴斂，象箸長驕痴。甲亂家惟索，寅恭俗弗遺。毒痛胡可忍，弔伐豈容遲？戈向前途倒，旄從牧野麾。一戎底定日，四海永清時。封墓哀何極，懸旗悔莫追。携將宣聖筆，題取太師碑。地下龍逢友，郊前虎士馳。白魚新紀史，元鳥舊徵詩。縱使周弓韔，遄教商鼎移。行人齊仰止，繫馬重淒其。祠屋靈風滿，千秋灑涕洟。

古頓邱

一片風沙地，相傳古頓邱。氓蚩成後悔，躬悼誤前謀。送涉聯新愛，乘垣動遠愁。賄遷殊有喜，絲貿豈無求？將子情中變，良媒願枉酧。女耽誠可醜，士貳亦堪羞。信誓三年斷，秋期一日休。涕漣方自絕，咥笑又誰尤？抱布將何適，漸裳不可收。長唧思返恨，空屋食貧憂。旦旦寧回顧，湯湯已各流。復關徒繾綣，淇岸失綢繆。詎是同心匹，原非偕老儔。玉顔難永保，黄隕付飀飀。

孔子擊磬處

殷憂宏願豈硜硜，搏拊傳宣試一鳴。門外任過行止跡，心中寧昧淺深情。淇泉流水纏歌韻，天地清商繞磬聲。頗怪幽人辭重荷，不將一蕢易蒼生。

宜溝謁先賢端木子祠

孔門論授受，達者得升堂。用杜句。曾唯原同貫，顔知庶可望。已能融學識，奚止悟文章？宏偉行連騎，名通等百王。却牢雄發口，去餼黯回腸。道誼由來篤，師恩炯不忘。三年增黯慘，七日早悽傷。慇至還廬墓，纏綿獨築場。生原從曠野，没更戀宫牆。此事真彪炳，吾歌特激昂。宜溝仰祠宇，尊俎有輝光。聖學追流派，凝思涕滿裳。

嵇侍中墓

延祖身何出，遺孤志可通。絶交嗟叔夜，啟事賴山公。入世生逢難，登朝死效忠。宫廷雜痴黠，宇宙擾華戎。開國仝曹氏，承家用賈充。羊車經月夜，鱸鱠感秋風。消息孤危際，公私禍亂叢。緑珠誇色艷，金谷以財雄。到市哀潘岳，浮江趣阿童。蕭墻憂在内，典午勢將東。甲繞金鏞裏，戈揮翠輦中。帝衣濺點點，臣氣亘熊熊。舊里松楸鬱，遺墟堂斧崇。堪悲侍中血，勿遣浣殷紅。

扁鵲墓

三尺沙邱在，綿綿神理留。醫堪標技絶，災不爲身謀。清飲上池水，寒生高樹秋。國能今未有，痼疾向誰求？

湯陰岳忠武先塋疊韻金亡後，理宗自湯陰遷忠武墓於西湖，故此名先塋。

及見金亡日，湯陰憶偉人。先塋移若斧，新詔下如綸。大義明如日，精忠勸作臣。湖邊標炳焕，地下慰悽辛。已覩前灰滅，其如末運屯。蜀疆難保漢，周命迄歸秦。莫駐南奔足，空傷北顧神。衝風無奮鬣，竄海有驚鱗。雖踐中原土，虛頒正朔春。華胥夢何短，色目勢方新。戰鼓秋聲咽，邊烽夜報頻。留都空駐蹕，行在轉蒙塵。白日終須墜，皇天實少親。爪牙誰禦侮，唇齒憶亡鄰。帝艦漂沉葉，朝綱斷爛緡。還悲黑龍首，衝髮上冠巾。

湯陰謁岳廟

篤生忠武地，廟貌極清嚴。故國靈風肅，先塋蔓草芟。峥嶸聳榱桷，盤鬱挺松杉。大字留青碣，豪吟送紫巖。北征神共王，南渡恨重銜。戮力方摧敵，椎心忽被讒。班師緣一德，和議定三緘。聖水空留蹕，妖星罷掃欃。臭應污鐵鑄，芳自勒金函。馳道鑾輿駐，穹碑御藻劖。明禋列犧象，舞佾奏韶咸。元惡神明憤，精忠天地監。湯陰雲漠漠，吴下月摻摻。衮鉞春秋筆，留題竊發凡。

宋施將軍全廟

將軍誠大勇，義烈表千秋。一校猶攄憤，盈廷合抱羞。橫提太阿劍，直斫佞臣頭。閣畔消氛祲，橋邊激怒流。非卿國士遇，爲報兆民讐。遺廟隣忠武，晶光照九幽。

羑里城

羑里城邊路，雲霞燦若屯。長懷西伯聖，私嘆鬼侯冤。憂患形神寂，文明氣象暄。易中推造化，心上體乾坤。龍馬遥參攷，羲皇默討論。先天易方位，後聖究根源。卦象三才括，樞機一畫存。分爻觀象細，掛扐探蓍繁。易簡斯爲得，圖書豈憚煩？幽拘臣節順，衣紹父書尊。鐵摘年須假，韋編手自翻。九師紛末學，十翼總微言。繼事嗟黄鉞，齋心戀玉門。通成地天泰，盲憶日星昏。除烙昭明德，專征戴主恩。來王終北面，歸老守西藩。回首朝歌里，全身畢郢原。須知稱至德，鍾毓會貞元。

周文王廟

萬古文王廟，三年羑里城。拘幽曾有操，遹駿豈無聲？一意將柔順，終身戴聖明。舊邦惟服事，新命且專征。易象從兹演，風詩到處賡。悽傷伯邑考，宏濟散宜生。孟水看魚躍，岐山聽鳳鳴。寧期崩厥角，遂遣祼于京。㰘桷於昭象，閶閤孔邇情。當塗真國賊，齒冷比忠貞。

安陽謁韓魏公祠

賢俊乘時出，東京偉烈聞。臚傳天聖榜，史奏赤霄雲。坐畫安邊計，連標定策勳。戎經昭果毅，元老効忠勤。威望寒西賊，英猷扈大君。樞機贊綸綍，堯舜出笄裙。曉影珠簾撤，朝儀雉扇分。宮闈仗調燮，廷議息紛紜。開濟和同列，匡扶迥出群。富公偕枋國，范相並能軍。晚節黄花馥，清尊白傅醺。安陽擁牙纛，晝錦麗榆枌。餘事詩搴藻，完人史誦芬。山岡韜鳳彩，碑碣焕龍文。老圃寒秋色，遺堂藹夕曛。空慚游滄莽，泉石攬清氛。

贈别陸疎村 攀堯

與子欣相見，情懷具率真。憐予衰邁甚，垂老遠遊頻。五嶽平生願，孤吟現在身。尊罍勤注玉，鬢髮散如銀。舊事渾疑夢，長途暫息筋。論心愛良覿，促膝值蕭晨。高舘依如昨，新詩可滌神。揮毫何敏捷，吐口出清新。内顧猶無室，憂思總繫親。懸知負米日，即是倚閭辰。每念東陽瘦，深知原憲貧。空囊撫羞澁，獨影發吟呻。莫嘆羝藩觸，從教龍性馴。尚須依寢舍，弗久倚風塵。一夕南州榻，千秋大雅輪。吾徒足狂簡，此事表儒珍。壯盛心逾下，芳芬德有隣。光芒希李杜，鏃礪合張映緯陳宜振。踪跡瞻今我，規模跂古人。處窮才益練，守道氣逾振。秉燭過經夜，回車訂幾旬。明朝促分袂，回首在漳濱。

九日發安陽

安陽好景值重陽，馬首欣瞻旭日光。已荷天公催轉轂，尚煩地主勸飛觴。漳濱衰草人千古，鄴下秋風雁幾行。堪笑牛山揮涕淚，酣歌自得老夫狂。

渡漳河

漳濱水半落，填淤數里賒。淺渦不没脛，深溝尚淹車。瀕河蕩客影，鼓楫飛鷗沙。隔岸黄峍屼，雜樹青鬖髿。英雄没頽照，詞賦飄浮花。古人不可作，臨風生嘆嗟。

古鄴下

驅車出古郡，洒翰破長箋。鄴下紛騰踏，漳濱渺溯沿。西園蓋成陣，平樂酒如泉。高會南皮去，清遊東洛旋。危臺聳銅雀，孤館坐芝田。羊叔寧如伎，陳王故感甄。何人敢平視，有客踞中堅。肉過屠門嚼，箕從釜下燃。彈棊矜入妙，傅粉學争妍。禽委中郎喜，蒲生新婦憐。龍興章武號，虎鬬建安年。魏國山河定，陳留禪詔鐫。亮瑜生並世，舜禹事喧傳。擾攘黄初歲，凄凉白馬篇。居然建曹社，無復戴劉天。安漢嗟誰信，爲周詭自全。犺兒笑劉表，猘子憚孫權。鼓吏寧堪謫，中宫忍被牽。短歌偏慨慷，疑塚倏連綿。横槊臨江上，分香宴寢邊。車前懷故舊，塞外贖嬋娟。差覺强人意，聊堪綴史編。奸雄天命在，才子彩毫宣。懷古臨秋渡，踟蹰夕照前。

銅雀臺

空宮閉蛾眉，秋光浩無主。玉樽既虛陳，冰絃爲誰撫？憂來起登臺，漳流渺終古。色冷西陵松，陰森鬼嘯雨。

疑塚

齒冷營疑塚，荒原蔓草稠。阿瞞徒自詭，如鬼用深謀。陵憶熊羆守，雲含銅雀浮。仗悲簾幙夕，誰望暮田秋？魏國無抔土，漳河有逝流。人偏工發掘，天豈許長留？縱把窮奇瘞，終貽鮑肆羞。先塋標鄂國，遺壠指忠州。兩處存封樹，千秋奠圀卣。忠心懸日月，朽骨若天球。竟夜床頻徙，環廬衛最周。生猶惴華屋，死莫保山邱。鄴下溟茫跡，畸人放曠遊。問心費憑吊，驅馬過悠悠。

恒山集卷三

詩三　古今體詩八十四首

磁　州

此州形勢壯，睥睨拂高天。遠岸臨漳斷，穹樓拱日懸。商飇下楓柳，寒水倒蒲蓮。旅思重陽後，清樽那處傳。

杜喬故里

車過杜公里，夕烟蕭瑟横。固原同慷慨，匡亦最峥嶸。外戚權薰灼，中涓勢合并。人亡良可痛，邦國遂旋傾。

趙王城

錙視千金意洒然，邯鄲圍解憶當年。帝秦齒冷辛桓衍，助趙心雄魯仲連。古道荆榛寒雨絆，荒城狐兔晚烟穿。買絲還把平原繡，遥酹清樽向九泉。

黄粱夢仙宫四首

夢裏心情槩可知，由來富貴長驕癡。人間滿眼盧生在，正是黄粱未熟時。

榮華得意入瑶閶，乍落風波噩斷魂。耐取一炊光景過，底須人世問凉温？

秋水澄潭寫我真，繁華諸事不關身。神清骨冷渾無夢，睡起仙宫一欠伸。

老去天教作向平，自從畢娶萬緣輕。倏然五嶽雲烟裏，一枕遊仙夢不驚。

學步橋

紅橋天半亘，老馬向空騰。借問當時步，其誰擅國能？邯鄲踪尚在，匍匐意難勝。餘子毋輕學，因聲寄壽陵。

藺相如回車處

藺公標豁達，古義不蒿萊。兩虎寧私鬬，高車遂獨回。二賢聯氣誼，千載仰丰裁。洪量江湖納，清衷日月開。端須共匡濟，豈忍蓄嫌猜？和協諧廷議，紛争笑黨魁。璧歸函谷外，缶擊澠池隈。睨柱何雄絶，登壇實壯哉。相謨資穆穆，將略表恢恢。並使王威振，休教國勢頹。晏颺何足筭，蜍志亦堪哀。凜凜存遥慕，奄奄任衆咍。陳人埋煨燼，生氣薄雲雷。遠道排疎樹，秋風漾積埃。長卿心折在，吾意倍徘徊。

大義存孤處

精誠咸懇切，孰易孰爲難？但保真孤在，寧知軀命殘。悲風經禍烈，皦日不盟寒。趙氏何功德，邀披義士肝。

豫讓照眉處

豫讓身爲癩，相傳此照眉。毁容妻不識，厲節爾如斯。白日舒虹氣，秋風蕩水湄。堂堂標國士，肯抱二心爲？

沙河道中

沙逵何澶漫，彌望黄浮浮。回飇墜飛雨，累積成高邱。人行苦没踝，動懷顛躓憂。跼趣馬蹄澁，焉能掉鞅鞦？邪許衆力併，焉能挾輪輈？攀躋尺寸上，艱于淺瀨舟。餘潦蕩清瀾，篆紋寫鐘卣。陽坡欝生意，蘆銛秧針抽。乃知世途險，非必孟門陬。不畏石犖确，畏此如脂柔。

豫讓橋

豫讓留奇烈，長虹亘太清。尋仇一刃厲，答主寸心明。百折誰憂死，孤懷豈愧生？陰風悲飲器，駭浪恨沉城。感激曾何極，摧傷最不平。漆餘存癩體，啞復黯吞聲。乞市妻難識，過平聲橋馬忽驚。獨思忠智伯，不碍事中行。恩遇邱山重，殘軀片羽輕。寧忘國士報，詎等衆人情？劇苦頻謀失，疇甘貳志萌。擊衣形踴躍，伏劍氣峥嶸。入地埋英魄，呼天動血誠。長聞豪俠士，涕纇濁河傾。

邢臺

郊坰一清曠，青葱夾榆槐。大道直如髮，輕車轉若雷。沙乾馬蹀躞，波淺鷗瀠洄。晴空白雲映，平野斜陽開。秋畦茂蕎麥，一片白皚皚。僕夫乍釋策，今夕投邢臺。

車行月下二首

疎影動林樾，掩映飛車行。衆星光磊落，一水寒澄泫。新披氈裘煖，近照篝燈明。五度上京華，雜慮慚牽縈。今晨嶽遊去，窈然天機清。露下鶴方警，宵長雞未鳴。我心抱孤潔，白月爲之盟。

車中續殘夢，惝怳遊華胥。川巖藹幽邃，花木紛扶疏。薜荔製奇服，樓觀崇仙居。潺潺澗泉落，皛皛山雲舒。青猿果作餌，白鶴松爲廬。兹鄉無何有，俄而覺蘧蘧。盈眸清景溢，皓魄懸空虚。

内邱道中

内邱頗坦直，平沙亦駢闐。縱横陷車轍，長短參撾鞭。僕口呼已燥，馬蹄行不前。風塵色黯黮，道路時迍邅。修縈水如帶，衆濟裳須褰。勞薪度軋軋，哀壑流濺濺。威紆既遵陸，濡滯猶涉川。遊方謝營擾，隨處差安便。

柏　鄉

放浪了無涘，機警故有鋒。古聞柏人地，驚惻隆準公。柏鄉我戾止，坦坦舒心胸。小户不三爵，早已頳酡容。澄暉上夕月，微雲動商風。高歌震庭木，空階墜梧桐。疎響滴新露，亂語喧凉蛬。虚櫺寫秋影，焉知清興終？

九月十三夕懷定巖

寓形在宇内，吾生良有涯。去留心已委，緒豈紛如麻？白鷗汎江水，不專一片沙。人情苦覺好，青眼相交加。浮屠去桑下，三宿生咨嗟。况我仝懷子，篤愛不我瑕。闢兹佳山水，下上羅秋花。靈岑築縹緲，石洞開谽谺。卜居從之老，濂溪以爲家。嶽遊果夙願，策杖登江艖。今夕兩匝月，道里迹已賒。却憶庾樓上，影掛星河斜。夢魂把玉醆，吟唱聲同譁。明明江州月，照我携鞭撾。知君遠見憶，辛苦驅巾車。

渡趙州河

河水淺渺瀰，正堪度行輈。輕若杭一葦，疾若擁八騶。不踰絶險後，知此安穩不？菁葱遠樹引，晻暍輕烟浮。金鴉起暘谷，白鷺奔空洲。明霞飛的的，清暉蕩悠悠。回首尚瀏翫，翻惜車音遒。

趙州大石橋

飛梁大石架，古水傾南河。夏汎當暴瀑，白浪翻盤渦。傳聞仙靈跡，里語叢乖訛。强車踰百石，人馬一何多。身爲利名役，老死横奔波。楊花春捲雪，楓葉秋辭柯。路塵不少減，十丈紅駊騀。焉知有禽向，悠悠此中過。

趙州僧院

聖賢垂六籍，日月昭升恒。禪機若電掣，繆迷了不懲。神通致卑鄙，無稽口煩騰。其高語心性，苦空夫誰能？隱文固常談，猥詑得未曾。妙聞第一義，争推趙州僧。彼家拾餘唾，張皇最上乘。車馬馳不息，利名填塵膺。且坐喫茶去，斯言良可稱。

欒城

欒城一都會，畿輔喧人群。跕屣趾交錯，賣漿聲相聞。清香瀉緑酒，妙曲徵紅裙。笙竽沸落日，車騎騰如雲。獨往市廛外，散步烟水濆。楓丹亂秋野，霞綺明高雯。田犢歸緩緩，林鴉噪紛紛。月上返逆旅，悠然遠塵氛。

侵曉車行

晚秋天氣肅，閉置張帷車。篷隙月皎皎，鬃尾風舒舒。池隍經由處，車箱熟睡餘。栩自化蝴蝶，嚇任猜鵷雛。清聲聆僕各，適意耽徐于。寒雞叫野屋，陽烏升天衢。纏牽去外物，行道無煩紆。

渡滹沱河

真人起白水，奮勇揮天戈。師中值左次，其奈臨流何。堅冰頃刻合，萬馬奔滹沱。天興銅馬帝，川祇敢揚波。倉卒蔞蕪亭，王業艱辛多。我行水方落，漲沙阻漩渦。濁流摧古岸，兩度浮航舸。行旅足登頓，悽聞勞者歌。

阜城驛

郊畦斂夕照，關樹凝秋烟。迢迢阜城驛，鱗鱗都市廛。樓閣碧霄裏，冠蓋黄圖邊。廣場列貨寶，大道聯輜軿。陳珠唱小海，秦青撥繁絃。五花過飛電，百壺送流泉。承平聚樂事，任俠矜少年。燕坐物外客，汎覽區中緣。物我各自適，并忘寂與喧。

新樂河

河面修且廣，牛馬幸不淹。振策驅車去，差免帷裳漸。殊憐朝涉冷，緼縷衣愁霑。水風響激激，深淺頻窺覘。細礫燦如珠，新霜白於鹽。河西墮皓魄，淡淡摇秋蟾。重沙一以濟，林隙飄青帘。燒春注小盞，群飲喧茅簷。

新樂

五夜霜花點敝裘，葡萄河水動寒洲。數行紅樹烟中曉，一片碧雲天際秋。未入霞嵐先結夢，已完婚嫁尚啣愁。次兒喪偶，長女病。人間何處無明月，獨遣清光旅店留。

明月店奉懷定巖

明月今宵恰恰圓，經過茅店客心懸。懷人正爾逢三五，沽酒何辭費十千。盧皁澄潭秋瀉瀑，庾樓遠樹夕含煙。催人排馬塵中去，回首江州思渺然。

定州奉懷石生

淅瀝霜郊正捲蓬，定州偏自占清風。雁聲歷歷浮雲外，馬影蕭蕭夕照中。摇落秋光千樹碧，分明旅思一燈紅。如珪却憶梁園月，高舘清樽十日同。

雪浪石和蘇公韻公自注：石中作海獸形。

塞山萬疊連雲屯，天峰拔起恒山尊。割取一片元嶽寶，歲久氣擁莓苔昏。倘非坡仙手拂拭，流落塞北黄沙村。廣陵驚濤洶八月，砥柱巨流衝三門。諦視雪浪作氣勢，直令銀海摇精魂。就中怪物橫䰩䰩，軒簸欲蹴扶桑根。天吴海若世未見，誰其皴此恢奇痕？乾坤刻畫迥異畫工手，難共吴道子與王維論。惜哉巨製等近玩，有似幽景供瓶盆。斌斑文彩不泯滅，代更歷劫身長存。

清風店

倦抛鞭箠駐行車，兩腋清風到客居。小户三蕉醺醉後，他鄉一枕黑甜餘。長途老馬能無憊，斷影新鴻只自疎。物外閒遊心尚爾，嗟君物役更何如。

清風店重懷定巖

團團明月上東陬，習習清風引北輈。寄遠書成須雁足，戒寒時到攬羔裘。放歌獨倒雙瓶酒，飛夢長隨九派流。此夕明燈照孤影，一庭黄菊動離憂。

十五夜月

皓魄麗霄漢，遍地舒金波。含情逐軨軾，送客清光多。璚輪際秋晚，六十二回過。縱令得壽考，浮生能幾何。永憶我父母，八旬雙鬢皤。杖履愛良夜，桂影翫婆娑。流光倏已逝，無復攀庭柯。蟾兔有盈缺，時照雙滂沱。志營石綽楔，何時兀嵯峨？松阡一片石，大字虚鐫磨。

憶昔上京華，岵屺陟且歌。哀哀念罔極，及今悲蓼莪。放浪遊嶽去，煙霞覽崇阿。土苴視萬事，遑更恤其他。有男昨喪偶，有女今沉疴。向平婚嫁畢，緒猶纏坎坷。顧此那能了，運任平與陂。惟昭先大節，耿耿嗟蹉跎。素女鑿方寸，應爲顰青蛾。

方順橋

宛轉飛梁駕，清流帶玉川。秋林移旭日，午墅散晴烟。花鴨浮波浄，斑騅上道便。白雲空際去，吾意倍悠然。

清苑奉懷舊令趙曉村杲兼寄王近顔者輔

劇邑絃歌治，寰瀛一曉村。從容除像教，寬大感君恩。野服歸青社，銅章下紫闥。京華雲散後，舊事與誰論？曉村，汶上人。乾隆初，特恩起復爲令。予因近顔與訂交。

清　苑

畿南標壯麗，雄城屹崔嵬。潺潺響秋水，抱郭清瀠洄。凌空矗朱刹，日射金銀開。岑樓勢拱北，鬱葱氣佳哉。往來車擊轂，大道飛浮埃。到京不三馹，樹色連楓槐。璚霄仰日近，雲霞煜昭回。微芳有葵藿，傾陽依草萊。

十六夜月

中天月既望，玉輪猶未虧。客子起問夜，瞻仰親容輝。如何集氛翳，濛濛掩蔽之。秋昏初相見，彎彎寫蛾眉。皓魄漸弦上，日夕慰相思。澄暉倏欲滿，異彩幾如珪。昨者挂圓鏡，朗鑒分毫釐。流光繞飛鵲，射影動潛螭。歡然洽良覿，漏永承清規。西巖暫相送，期約來無遲。今宵匿不見，情好俄乖違。徬徨入房坐，悵吹玉參差。願得撥雲霧，終然奉光儀。素娥不我顧，披豁嗟何時。我欲竟此曲，此曲清且悲。踟躕絶音響，淚下沾裳衣。

安　肅

曉行不復見銀蟾，車度蘭皐野水漸。今日轉憐風色冷，此都却喜菜根甜。冥心無緒縈箏柱，老眼先明到酒帘。踈柳絲絲正摇落，那堪寒雨灑簾纖。

雨行固城道中奉寄懷圃東

風際纖絺散復斜，固城周道净塵沙。琅琅撒菽鳴車幕，點點飛珠濺馬檛。心訪仙山元浪跡，身過人海等浮槎。知君定賦停雲句，遠憶清遊興獨賒。

定興

昨日跳珠亂，渾難到定興。泥塗今蹭蹬，神駿漫蹺騰。秋水凫鷖汎，朝烟竹樹凝。蕭然無繫著，隨分我猶能。

涿州

地接京華近，吾生六往來。秋晴雲氣繞，天迴日華開。物外心期曠，塵中鬢髮皚。悠悠三十載，舊跡此裴裒。

涿州道中望西山

涿鹿經行處，西山映夕陽。千峰晚嵐翠，一片亂雲黄。神物潛潭洞，幽人卧石房。長安往來者，撲面軟塵揚。

琉璃河

河流清見底，滉瀁碧琉璃。冷照行人鬢，新添幾縷絲。柳飄秋靄斷，烏下夕陽遲。一片盤陀石，綸竿坐釣宜。

良鄉感舊

京邑初程地，池隍近日邊。盧龍接雲氣，涿鹿匯秋泉。挾策追前事，遊山及晚年。彎彎新月子，可向夜臺懸。

蘆溝橋

樹色蘆溝映曉寒，虹梁飛亘石闌干。瞻天尺五城南是，別路三千灞上看。月露橫空團桂濕，秋波漱壑下桑乾。莫論射策銅龍事，白首重來感百端。

京師

分明昔夢入修門，影憩滄江薜荔村。重向雲中瞻鳳闕，遍遊物外戴君恩。天橫北極葱蘢氣，雨灑南陔涕淚痕。默祝鴻鼇從五嶽，昇平長御萬年樽。

長歌

旨蓄禦冬，重裘禦寒。親交不薄，遇人艱難。其雨其雨，獨漉獨漉。不憂日出，但畏泥濁。反鑑索照，於何有光。登枝捐本，則失其常。鳴鶴在陰，使我心悅。教猱升木，使我心惻。非父不生，弗納於邪。無母何恃，亦孔之嗟。人亦有言，自貽伊戚。素絲染黑，蒼蠅點白。長歌當哭，短垣自踰。詛爾三物，載鬼一車。成事不説，破甑不顧。貴者自貴，故無失故。

謁文信國祠疊韻

照耀青編色，成仁取義人。誰扶斷鰲柱，虚罥掣鯨綸。四際皆元土，孤懷剩宋臣。零丁惟貯苦，破碎備銜辛。敗績多踰險，勤王莫濟屯。孔明難復漢，商皓耻依秦。符合疊山志，悽傷炎午神。聯翩遭鎩羽，摧拉作窮鱗。風雨他鄉夕，鶯花故國春。江潮那如舊，服色已更新。戎馬崩奔後，關河涕泗頻。終釃柴市血，始斷檻車塵。正氣蒼溟塞，悲歌沮洳親。黄冠歸未得，朱鳥詠誰憐？南海沉航艦，西臺傍釣緡。英雄齊慟哭，瞻拜濕衣巾。

就金叟毓崑懷瑋飯道舊

翁今年八十，矍鑠有誰如？未用家扶杖，寧須出駕輿。交聯紀群際，事憶主賓初。華屋重敷席，明燈並授書。飛星春砌白，斜月夜牕虚。老子揮毿管，童蒙剔蠹魚。春明催散影，寒食迴愁予。噩夢聯翩作，悲風輾轉噓。鴻先飄斷羽，謂亡弟浩賓。蘭又委浮苴。謂亡友李介百。馬帳沉灰後，龍門跛浪餘。石家羅瀫冕，竇氏艷鄉閭。叟五子列科目。就養汀漳去，經過水竹居。東廂叢子弟，南國訪樵漁。未厭論心數，其如會面疎。耽遊向恒嶽，道故駐征車。繾綣蒙邀致，慇懃趣譙胥。廉頗息鞍鐙，叟武進士侍衛，爲協鎮。謝傅藹庭除。密坐鋪茵褥，芳筵備醢菹。青門暫延佇，白髮轉躊躇。出没看烏帽，遲回傍綺疏。年光嗟倏忽，情味戀相於。願祝登遐壽，兒孫保令譽。

輓沈寓舟 青崖

嗚呼子沈子，駒隙過何遒。高義標千古，潛光入九幽。翻磨徐穉鏡，虚返子猷舟。是處文爲理，當時仕劇優。嘉聲存陝右，遺愛在中州。禮重昭人望，情疎失自謀。罷官憂絶塞，歸老喜滄洲。儒術終難泯，班資只索休。精心明易象，大筆注春秋。早見詩經闡，兼聞史論抽。鴻裁良已炳，晚節又何求？磨蝎爲身厄，吴回獨汝讐。參元燼家室，展季即山邱。局促人間路，峥嶸天上樓。流離任昉子，闃寂邵平侯。葛帔誰喞恤，青門祇寄愁。喪虚左驂贈，淚溢兩行流。轉覺晨星少，悽哀剩白頭。

德勝門

廿年舊跡在京華，北望城闉未度車。老去方爲遊嶽客，南來直欲到天涯。過逢軒冕心如水，迎睇雲山眼不花。迢遞居庸關外路，蕭蕭落木噪寒鴉。

居庸關

雄關巀嵲鎖居庸，睥睨烟霞一萬重。東注水聲留禹績，北來山勢護堯封。陂陀石蹴千群馬，宫闕雲蟠五色龍。遥望秋林斜照外，天低恒嶽最高峰。

關溝

關溝未涉歷，地險先知名。初從南口入，已得西騾驚。車脚衝犖确，坡頭鬭硼砰。深坑倒仄勢，怪石攢殊形。駊騀怒驤驟，偃突哮虎猙。鐵軸乍破碎，古轍紛縱横。有時下峻坂，砉然震飛霆。未踰八達嶺，纔度居庸城。呀呀僕喘汗，蕭蕭馬哀鳴。途半秣蕡豆，日昃餔羊羹。明霞晚蓊蔚，遠樹何葱菁。風雲護斥堠，巖巒拱神京。一線通坱圠，萬石轟輜軿。淙脉垂黝白，煙華汎丹青。長城故崒屼，短策勞回縈。逶迤坌道接，浩渺沙磧平。招魂漫剪紙，洗愁急呼觥。眩眼尚自怵，噩夢何由寧？預愁北口路，歸日心怔營。

八達嶺

横衝鐵軸石孱顔，一嶺峥嶸碧漢間。紫塞風高聲淅瀝，青林霜重色斕斑。雕搏坌道開平野，馬度關溝出亂山。自駕驂騑遊歷去，暮雲斜日客心閒。

長城故址

嬴政恢雄略，長城列巨防。經營發閭左，延袤跨漁陽。漠北千重戍，關中萬世皇。驚沙飛博浪，翠岫赭清湘。仙艦隨風引，儒坑掃地藏。終看鑄鐘鐻，倏已返轀輬。銀海浮梟雁，金刀殄虎狼。邊溝填役卒，軹道出降王。雹爍阿房跡，雲崩函谷疆。休論趙高鹿，罷牧芊心羊。秦土灰埋黑，劉天氣亘黃。闃然收暴横，過者莫憐傷。未遣蒙恬築，先徵胡亥亡。憑陵排塹谷，倏忽覆池隍。雪虐寒鴉泣，風饕古木僵。千秋存炯鑒，仁義作金湯。

坌道

霄漢高城列，青黃古木齊。山雲流上下，關月照東西。險石行方盡，平沙望不迷。艱辛馬蹄脱，投策醉如泥。

宣化奉懷近顔

故人昔涖此，賢守森丰標。乳民戢暴横，三尺繩科條。骨鯁忤親貴，浩氣干雲霄。挺身往對簿，直辭沮讒囂。彤廷爲昭雪，改官嶺南徼。終焉被三黜，解龜心志超。聖主思陽城馬周，詔舉升中朝。奇才莫入告，坐廢誰見招？驌驦齒歷歷，鷛鷞羽翛翛。驅車過故治，寒沙颯風飈。

耆老述舊德，涕迸如秋潮。

鎮朔樓近顏所修築留題一律

鎮朔樓高近碧旻，巍然形勢壓城闉。天浮溟海隣龍伯，地入邊沙集雁臣。省記衰顏同甲子，近顏與予同庚。營成壯觀又庚申。樓創於嘉靖庚申，乾隆庚申復新之。客蹤南北渾相背，良覿差池未有因。

懷來道中

群山走合沓，空翠飛孱顔。疎楊類麈尾，飄拂秋塵間。白雲汎靉靉，清浪流潺潺。映日沙色暖，經霜草痕斑。已衰葉自落，未倦鳥先還。行行馬蹄疾，御者敏且閑。客遊此間樂，早憩林中關。

土木疊韻

玩寇輕戎輅，頽綱用椓人。六軍無紀律，孤注失經綸。景泰宗祊主，中樞社稷臣。南宮雖寂寞，北狩極酸辛。翠輦看遄返，黄沙亦暫屯。申孫善謀鄭，晋惠不留秦。更立非無識，旋歸自有神。絓驂驚踠足，縱壑喜舒鱗。重浴咸池日，仍遊上苑春。奪門兵甲洶，復辟冕旒新。應念悲風急，休嫌夜雨頻。倘非代主器，誰與靜邊塵？已薄君臣分，還疏骨肉親。哀纏王振歿，危怵也先隣。史册雖存號，園陵竟惜縉。悲歌吊忠肅，千載一沾巾。

沙城

沙城土信美，群山鬱參差。中峰竦孤秀，左右烟邐迤。西南下赤日，巖岫啣半規。一泓帶寒水，滉瀁青琉璃。明霞散夕綺，浮光動淪漪。道傍矗古碣，大字多漫漶。亂堆荊榛荒，壟隧俱耘耔。蕭蕭白楊樹，零落餘秋絲。貴賤盡滅没，身名知爲誰？緬想古賢達，佇立頻嗟咨。

東八里屯

連山洩雲奔，一峰流水住。巖嵐無定姿，絢亂飛雲處。錦雯散魚鱗，纓帶鮮霞暮。川溜野瀰漫，激石湍飛雨。流泉入軌轍，波及從西澼。乾磧闢平疇，宛轉雙淙注。瀺灂濺晴沙，汩澌穿秋樹。作客山水區，賞心隨處遇。北塞苦荒寒，誰領峥泓趣？

殘月

前宵已下弦，及今似新月。四更起行人，一彎照車轍。天道有盈虧，人事多完缺。塵土聚貉邱，空明仰蟾窟。凛凛霜色寒，皜皜玉光潔。荒塞闃無人，獨秉孤清節。

太平莊

荒莊駐太平，未夕息鞦韆。蕭瑟茅店孤，空闊秋天朗。屋上曝馬通，簷前頓車輛。晚林噪百千，輕塵滚三兩。策杖散空陂，怡情恣獨往。白鷗汎清溪，翻波矯玉掌。吾與爾周旋，天機全浩蕩。

七里店

宵響滴疎雨，曉色蒸明霞。嵐寒淺冒岫，日煖初烘沙。群羊散陂隴，雙鵲依槎枒。刈穫被原隰，播種隨隆窊。乾磧信奔馬，廣坂容飛車。神清眼若鏡，跡曠心無瑕。秋光萬里浄，一碧凝天涯。

懷安道中

微雲白晶晶，遠樹青漪漪。秋空澹無色，午日清揚暉。土堠迭迎送，巖岫相因依。輕風舞脱葉，薄寒生旅衣。沙陂策馬去，野店行人歸。客心無倚着，悠悠從載馳。

枳兒嶺

修逵引轍跡，峻峽如堵墻。巖阿轉曲折，車騎穿中央。翠屏倐披豁，雲錦森開張。疑城儼屹立，仙源恐潛藏。礲磨白石磊，界畫青畦方。晴空發嵐彩，遠岫凝烟光。沙輕馬蹄疾，日斜人影長。坰關定咫尺，僕夫遥相望。

道中遇兩崖壁立中僅通車處感而有賦

昔出滎陽道，道隘僅容車。兩崖屹相對，一綫從中驅。往來不並軌，僕夫先傳呼。此間亦復爾，匹馬回奔趨。世路多險窄，初不存形模。靈臺有窒閡，誰爲曠蕩區？連年訪靈嶽，萬里循坦途。逍遥振策去，是處寬有餘。

望塞外山

遠勢若疊浪，翠湧塞外山。顧作一萍葉，流汎於其間。邊垣亘萬里，亘古成雄關。飛鳥自出没，浮雲常往還。東西接尉堠，嵐彩聯玦環。域中名嶽五，靈秀已躋攀。尚思出大漠，浩蕩開心顔。

上花園

蕭后臨朝日，遼家鼎尚分。花園香晻暍，粧閣翠紛紜。走馬穿沙入，啼鶯隔樹聞。鴛鴦聚銀濼，蛺蝶簇金裙。國倚君王后，營操娘子軍。假糧堆疊疊，甘井溢沄沄。瓊液探春宴，瑶函納欵文。孀娥光黯黮，雌霓氣氤氳。舊苑無芳土，邊垣有斷雲。行人揮策過，悵望對斜曛。

花園前沙水

秋濼白泱泱，刀明古水光。相看走駰駱，猶自浴鴛鴦。縲帶花園側，環流上谷傍。曾驕羅綺影，已滌粉脂香。遼國悲春短，蕭娘飲恨長。一泓東逝急，不盡照興亡。

天　鎮

雄城望投憩，尚餘數里程。茅店已屢過，沙轍猶遄行。牛羊下隴坂，鳥雀歸林坰。巖腰落照斂，馬首鮮霞明。勞勞振短策，爛爛瞻長庚。五嶽畢尋訪，萬事拋纏縈。願追植杖翁，荷蓧歸柴荆。

假糧堆

堆堆屯積處，米粟指交加。豈有芻糧峙，多教葦蓆遮。新軍籌轉餉，故智效量沙。虚囷愁覘實，堅營莫示瑕。尚看人宿飽，預遣士無譁。自是兵行詭，終虞國用賒。淒凉遼后跡，零落野人家。荒草秋奔馬，枯楊晚噪鴉。朔風原隰振，西日塞垣斜。茅店炊烟起，遄投客子檛。

遼后甘泉

蕭后軍行日，天城映彩嵐。諸源少甘冽，一勺此清涵。乍報飛流溢，懸知洞酌饞。銅瓶斟處滿，玉帳飲來甘。觱沸神泉湧，陰森古木參。前塵過灰劫，野老聚毘氈。改邑猶留井，行人偶駐驂。相從照容鬢，其奈雪毵毵。

陽　高

雪中聳雉堞，樓閣飛乘凌。裘皮市燦爛，逵術車輣軨。北臺何瑰麗，邊垣屼憑陵。其下瀦泉脉，澄甘一邑稱。古來兵燹擾，殺氣愁雲凝。時平户齒聚，瑞靄明霞蒸。荒寒種黍秬，砂磧橫溝塍。北風轉淒厲，烟墟指白登。

北臺

北臺形勢鬱嵯峨，淅瀝西風響薜蘿。寒入白登秋氣勁，翠横紫塞暮嵐多。邊垣萬里明駝走，城郭千年老鶴過。烹飲清甘泉一勺，不須懷古重悲歌。

白登

萬里兵戈拓版圖，荒凉墟里左烟蕪。秋山遶郭連天翠，曉日凌空出地孤。帳下壺漿捧歌女，沙中矢鏃拾耕夫。蕭蕭蔓草繁霜裏，猶見當年戰骨枯。

平城

漢威加海内，猶自困平城。黑暈華星黯，青坡冷岫横。精兵圍冒頓，猛士憶韓彭。詭撼閼氏寨，虚屯細柳營。六軍差免覆，七日乃能行。白草連天遠，黄河繞塞平。雄心思用武，老識誡窮兵。尚憶英雄主，輪臺一詔明。

細柳營

風沙振原野，傳自漢家營。是有安劉策，應高破虜名。空然屯細柳，猶未解平城。玉帳嚴戎律，牙璋重老成。群知亞夫肅，不愧丈人貞。詎等兒爲戲，寧容盜弄兵。青山屯虎豹，白草竄鼯鼪。寂寞荒原裏，猶看猛氣横。

大同

篝火趣遄行，單車泠鐸聲。霜凝九秋野，寒偪大同城。病肺成衰老，冥心忘旅程。衣裘微覺薄，僮僕苦思貞。白草鼯鼪竄，枯楊鳥雀鳴。風沙殊晻暍，道路最欹傾。絶塞無人到，靈山有夢縈。陽烏騰海嶠，猶喜景光晴。

贈龍蓮峰雲斐用元遺山遊龍山詩韻

出爲靈嶽主，高咏方曹劉。駊騀亂雲奔駿馬，張王穹林蔽犛牛。曉對恒山洒椽筆，靈山何以當鑱鎪。我來恰得逢秋霽，車幕不用張青油。風騷同調喜識面，便拄鐵杖探巖幽。一逕蛇盤詣石窟，天風蓬勃鳴笙球。飄飄如白鶴，直上天峰頭。手拔倚天劍，決斷浮雲稠。獨立高空睨澄碧，但覺衣袂寒颼颼。嘯呼激越動天地，砰轟林谷聲不休。自喜清遊逐禽夏，非敢高步追許由。山靈頗似喜我至，老仙石室殷相留。流霞倒瀉玻璃醆，萬景醉遺雙矑收。歷落群山滿塞北，空際簇簇攢銛矛。醫巫閭看一氣接，海色摇宕層城樓。閏年難得值九月，天公爲展重陽秋。駕巖鑿谷縛茅屋，何人隱此耽清修？我生早已脱塵坱，野翮不願羈絲韝。欲乞圖經按洞壑，壯觀一一窮吟搜。中嵩始遊太少室，坐藉緑縟芳蓀柔。眼見青童曉飛去，芙蓉巖畔烟浮浮。青牛老柏蟠蛟虬，老子不與人間愁。身騎茅龍到玉井，摩挲石蓮吾何求？岱巔夜半看日出，元氣宕漾乾坤舟。蓬萊三山且淪没，浮世那懷千載憂。昨歲火維攬妖怪，瀟湘洞庭汎輕漚。祝融天柱梯登上，齊州九點一覽周。頃溯九江上漢沔，徑指元嶽驅行輈。人海重過物外客，欺販雲壑心所羞。軒車朋輩嬾省視，雙足不向高門投。南口遄趨居庸路，陂陀犖确踰關溝。老訪名山志獨往，若士不共盧敖遊。九垓汗漫適我願，特地來尋渾源州。仙才原有數，合并一唱酬。銀蟾淡白懸新鈎，奇境惝怳非謬悠。詩歌亦等雪泥跡，孤鴻傳説經高邱。

同蓮峰哭盛庸三世佐

以君爲伯樂，明眼識驊騮。不道悲風急，俄看白日遒。群公誰薦引，下邑委沉浮。緑綺清音遠，湄潭治績優。復教南詔去，借遣麗江留。書院千金建，文明萬古謀。猺童尊俎豆，犵老賤鍪兜。揖讓興荒服，弦歌遍遠陬。輿圖九垓闢，雍正八年收。象郡通聲數，龍場足匹儔。貢金自鑾驛，驅轂上皇州。奉使無私顧，趨程不逗遛。催歸鳴杜宇，歛魄唤鵂鶹。愛弟先期没，微軀一哭休。母妻俱不見，僮僕迥含愁。鴛渚啣悲湧，真江帶恨流。英雄齊短氣，宇宙塞繁憂。儀禮精箋解，群經互闡抽。考亭遺舊緒，閉户獨冥搜。磊落書千卷，淒凉土一邱。廟堂徵實學，綸綍遍旁求。翻使黎邱鬼，成爲竊國侯。臧孫賢共蔽，郭子注防偷。槀未藏金匱，人遄予赴玉樓。珪璋無特達，冥漠有文修。罷攬江花筆，難尋夜壑舟。顔淵許驂乘，卜子引同遊。實遭天喪，渠教入地幽。招魂吟楚些，弔影照秦籌。何處驢鳴送，他年鶴返不？聲號天北角，淚洒海東頭。相對仝嗚咽，誰能不怨尤？一時饒黯慘，終古著徽猷。史舘誰編纂，儒林足炳彪。光芒騰萬丈，身世豈蜉蝣？

渾源州署有環青樓蓮峰請改名予題曰面恒紀之以詩

危樓突起面恒宗，環簇城南縹緲峰。秋色横衡惟有鶴，嵐光迅舞總如龍。一輪杲杲當空日，萬樹青青倒壑松。明發獨支笻杖去，墨花遍洒翠厓濃。

恒山集卷四

詩四　古今體詩一百八首

登嶽十二首

泱漭城南疊翠痕，巍然聳峙一峰尊。天開石窟神靈聚，雪積陰崖虎豹屯。紫塞雲山連大漠，清秋日月照寒門。快留萬里攀登跡，禽尚心期許共論。

嶽路清高步入雲，置身霄漢絶塵氛。飄摇羽節歸瓊島，恍忽霓旌拂錦雯。元鶴銜天横獨影，烏羊量谷下連群。嗜然起作孫登嘯，散入秋風萬壑聞。

崇靈面勢闢金扉，松檜清香繞殿幃。嗟馬文昇虚秩祀，嶽廟請移渾源州，自明馬文昇始。喜龍雲斐實憑依。今知州。連蜷虬馭秋霄迥，要眇鸞笙月夜微。群嶽神光天際接，平臨辰極獨崔巍。

會仙府傍石巉喦，賸客衣巾染翠嵐。玉宇清寒秋閏九，瓊鈎澹白月初三。神旂摇曳中峰上，王氣葱蘢斗柄南。絶頂無窮煙景麗，夕陽巖畔夕陽含。

并州作鎮按圖經，閭闔貞元仰嶽靈。雙闕霞光環日紫，五臺嵐氣插天青。覽輝儀鳳來南嶺，擊浪神鯤動北溟。真訣休從茅氏覓，澄心宴坐即金庭。

清虛石室半床分，烏几閑披玉笈文。秋靄萬山龍氣上，斜陽一徑虎風聞。耕墣牛飲穿沙水，樵採人隨過嶺雲。巖畔青松枝淅瀝，前宵殘雪白紛紛。

靈山晴日翠嵐濃，雲氣奔飛宛似龍。藏北寶符墟趙社，如西典禮炳虞踪。一條泉湧空明眼，萬里天開浩蕩胸。誰餌黃精除白髮，難留冰雪舊時容。

落日蒼茫指顧間，幽并形勝壓常山。三宵月照飛狐口，千里雲奔倒馬關。衣冷紫貂風力勁，地磽黃磧草痕斑。只今魏尚容高卧，奕葉承平斥堠閑。

圖列真形各不同，乾坤纘藻出天公。琴棋臺迥光臨日，龍虎巖虛冷嘯風。窮髮荒墟延漠北，朵顏舊部抱遼東。憑陵壯觀開胸次，寰海秋光入望中。

仙臺鑱鑿斧痕留，一杖凌空上上頭。大茂天關摇海色，總玄洞府架荒邱。未聞齊履過無棣，豈有共工觸不周？今古人稱名嶽好，幾曾親到渾源州？

何人獨立向層巔，倚劍崆峒望八埏。山氣黑青凝雁塞，井華甘苦別龍泉。史遷言：恒氣下黑上青。龍泉二穴一苦一甘。邊人歌舞雲中社，秋馬悲嘶代北天。曾是古來征戰地，光華日月散晴烟。

巖壑青攢萬樹松，霜根雪幹盡虬龍。北榆林接三雲氣，上曲陽飛片石踪。塵跡溟茫辭果老，仙顔靚麗駐昌容。莫嫌詩語麤豪甚，五嶽全登第一峰。

兩崖石孔俗傳魯般所鑿

兩崖萬石孔，靈跡傳魯般。神川昔通道，磁峽初開山。鑿石啟谺豁，架木凌孱顔。巖坳置雲棧，嶽路升天關。寒竇水滴瀝，古色苔斕斑。五丁殫神力，嘆息勞且艱。

神川

神川何瀰瀰，澶漫平地流。布石通步屧，衝沙度行輈。濁經鹿豕過，清斷黿魚游。有時溢磵曲，架木穿巖幽。一溜曲折瀉，四際縱横周。尋源不知處，風日寒悠悠。

青磁窯

迢遞青磁峽，細路緣巖陬。怪石嶔崎矗，野水縱横流。鸛鶴叫烟壑，松櫟穿雲樓。磵曲沙田熟，谷口柴門幽。遠山燒色夕，隔塢舂聲秋。古窯久已廢，覆雪寒悠悠。

大磁窯

迤邐大磁窯，數家烟火隣。文石自欹仄，錦樹猶鮮新。菊表霜下傑，松留古時春。寒衣裝吉貝，隙地刈荆榛。巖穴象結搆，樵牧成主賓。劇疑武陵路，山深堪隱淪。

懸空寺

峭嶂淩千仞，層層着梵宫。梯登仍踏實，架構自懸空。石壁藤蘿罥，雲牕鳥雀通。萬山聲並作，長嘯半天中。

嶽　門

雲中見嶽門，嶙峋雙綽楔。芒屩方初登，松徑已屢折。曲澗響流泉，遠峰明積雪。溪沙漾碎金，厓石立精鐵。古觀聊小憩，清茗喜頻啜。扶笻上白雲，彭觥響凹凸。

三元廟

仙院地無塵，結搆依巖麓。前檐闢嶽門，後山滃雲族。沙色漾流泉，谷聲應伐木。林懸秋日清，鳥啄新苔緑。幽户網蠨蛸，空埸轉碌碡。一叢立刺桐，無花堪悦目。

步雲路

不步青雲步白雲，年來萬事斷糾紛。霞嵐燦爛空中色，鸞鶴飄飖世外群。木客偕遊酬唱接，嶽靈通謁姓名聞。松風只要盈清聽，琳札何須十賚文。

望仙亭

層巖入仙路，高築空中亭。一泉拖脩白，四山匯遥青。欹石危欲落，飛鳥去不停。槲葉墜雨點，松鱗結虬形。商飈颯蘿幌，荒苔繡巖扃。半霄過鸞鶴，軋軋回雲軿。

白龍洞

古洞斷崖口，白龍舊所宮。垂蘿翳烟靄，谺石穿房櫳。飛猱下古木，濕苔滴幽淙。清暉晃仄月，虚濤響長松。有時龍氣上，前山白溟濛。油雲遍六合，雨點漫秋空。

紫芝峪

燁燁瓊芝滿峪中，金光白晝透烟空。露華凝處披三秀，鶴子啣來啜一叢。仙餌絶勝炊玉軟，神丹未用鍊砂紅。丈人偶坐顔精爽，似是商山綺用翁。

巖鐫恒宗兩大字

恒宗何岧嶤，迥出萬象表。鬱鬱兩大字，擘窠椽筆掃。踏天遣五丁，鑱鑿力不小。飛動蛟龍纏，擁護烟氛繞。黑夜現神光，照燭乾坤曉。迢遥鶴背仙，雲中首重矯。

翠雪亭

一亭依萬松，翛然類洒雪。懸濤簸虚空，回飈捲騷屑。坐聽山中陶，行御風前列。清暉信足娱，元機不可説。蕭閑天付與，放浪自怡悦。林西逗微明，新月挂玉玦。

快活林

恒山萬松立，懸濤簸秋江。一峰簇華蓋，夕翠飛幽窻。鳥影下寒壁，苔色延空缸。鮮霞墜片片，急雨鳴淙淙。金沙初地静，白雪僧眉龐。宴坐快活林，獨樹精進幢。

虎風口

咫尺神霄近嶽宫，拂衣縹緲上虚空。千尋細躡蛇盤徑，一嶺横生虎嘯風。樵子已歸松岸外，羽人相望石樓中。烟雲好處初經眼，正在仙巖落照紅。

得一庵

地得一以貞，恒山奠坤軸。卜築總玄天，青崖著茅屋。白月懸曲瓊，清泉漱鳴玉。濕雲生古礎，暗烟蟠華燭。巖花浥露斑，階苔經雨渌。老衲獨跏趺，經聲出松谷。

金龍口

秋老恒山錦樹交，金龍盤踞在巖坳。嵐横絶塞攢螺髻，烟晃中峰曳鳳旓。洞口仙禽簇鸞鶴，空中天樂沸絃匏。不須乞取刀圭藥，願借雲松此地巢。

茶　亭

扶策度嶽嶺，幽險吁初經。穹石偃龍背，落景翻鴉翎。晴雪洒衣白，雨苔沾屐青。鳥聲下絶壁，人影升空冥。倦足倚風磴，縱目周雲屏。此間啜苦茗，恰喜孤茅亭。

松　岸

雷轟絶磵水淙淙，古岸深蟠萬樹松。巖側無聲蹲虎豹，空中有勢攫虬龍。寒生秋色栖元鶴，遠瀉虚濤下碧峰。老汝奇材恒嶽裏，不教輕受大夫封。

介　石

石性本堅貞，況乃字以介。荒寒依嶽中，剛耿出塵外。光晶難焕發，廉隅詎損壞？磽磽非所矜，硜硜亦何害。乞俯與我盟，端欲向君拜。奈何縱復横，模稜不爲怪。

真武廟

玉座苔花餌，黿蛇伏壇前。黑旗七星燦，元冥一氣旋。古藤長洞口，長松周廟堧。晚雲漲靈穴，遠水明神川。孤鶴映微月，疎鐘度寒烟。流霞許縱飲，得醉同飛仙。

謁嶽廟

元嶽標貞固，乾坤道在恒。面南居正大，位北體嚴凝。出地光懸斗，垂天翼化鵬。兩崖濃潑墨，吟眺記吾曾。

恒嶽頂有祭告碑題龍集康熙四十二年字蓋元年始稱龍飛也顧杜詩龍飛四十春語可通用此爲得凡例之正

穹碑卓立翠孱顔，祭告熒煌紫誥頒。五色雲蟠龍集字，康熙四十二年間。

貞元殿

貞元萬古運，樞機在恒宗。地維轉元鑰，天心見黄鍾。坤乾户闔闢，黑青氣溟濛。靈跡覿石窟，御香來天峰。畸人破萬里，把杖登龍嵸。道士具羽服，一逕穿虬松。導入崇靈門，納陛趨神宫。鴻鼇跽默祝，義不私微躬。聖主千萬壽，樂歲億兆豐。清寧有真宰，佐佑資元功。

奉和蓮峰謁嶽廟原韻

權衡終始帝功成，大茂神靈聚玉京。星野垂輝元武動，天門御照燭龍明。三邊秋色重陽展，萬象春機半子生。看把驚人椽筆在，群峰蒼翠掃縱横。

附原唱

蘄水龍雲斐

恒嶽高峰陡削成，嵯峨聳翠護神京。石飛古窟虞巡遠，玉瘞崇邱漢祀明。樹逼炎天猶雪積，洞臨深谷自雲生。元功朔易持坤軸，磅礴并州一氣横。

懸　橋

一道架虚壑，高步凌層霄。南雲護洞窟，北翠飛巖椒。朱欄夾炳焕，丹宫鬱岧嶢。側足類響屧，仰手捫懸杓。烏鵲散河漢，鸞鶴回風飈。時聞皓月夜，飄空度瓊簫。

寢宫

蘭臺奉嶽帝，桂宫妥靈妃。高居麗太乙，邃宇象紫微。恒山别名蘭臺府、太乙宫、紫微宫，見《括地志》。碧霄明松桷，清香繞蕙幃。八琅房中樂，五銖侍女衣。秋空下絳節，午夜過雲旂。帷龕仰肅穆，未敢開金扉。

還元洞

雲氣度飛橋，曦光轉邃洞。虚白自然生，紛華詎能動？菊英帶露餐，瑶草耕烟種。泠然列子行，栩栩莊生夢。不德以有德，無用之爲用。帝鄉不可期，清言庶堪諷。

后土夫人祠

拂雲奠圓礎，鑿石架高瓴。皇祇祠后土，富媪資坤靈。神光照晦夕，生氣藏元扃。雲君裊珠旆，星妃集鈿軿。飛石留洞窟，懸橋度峴陘。化工胎萬物，籩豆奉惟馨。

飛石窟

古石淩空飛，恒山留故窟。一片乍掀騰，千里横超越。嶽體詎崩騫，靈穴自教窣。青鳥下翩翻，白雲流飄忽。漢祀千餘年，虞巡十一月。圖經志恢奇，洪荒事髣髴。夕景明巖腰，秋氣冷山骨。起望上曲陽，天低遠没鶻。

白雲靈穴歌

巨靈穩持元氣柁，大力默運乾坤舟。東峰谽谺闢靈穴，擘窠大字深鑱鎪。我坐龍泉觀，滄白啜一甌。道士陡指白雲吐，對面倏忽泱漭浮。勢如洪濤浩呼洶，摧擘島嶼翻滄洲。大地山川不逕露，一氣掩薄昆侖邱。黄沙紫塞入杳冥，周遭靉靆漫維陬。是時曦御晚弭節，空中摇宕猩紅毬。轉眼踆烏底處匿，白光漲溢天西頭。昔曾脚踏滕公嶺，天台氣似鴻濛遊。萬象倒映琉璃界，滉瀁宮闕連之罘。又曾身騎蒼龍背，溟茫涇渭不可求。青蓮華影早滅没，玉井迷却千尋樓。未如恒山鋪氣海，黟點混合吞齊州。神靈荒忽景晝晦，燭龍不照寒門幽。大裨瀛從眼底湧，荒唐莫詆談天鄒。微軀倚著嶽頂上，自南徂北漂一漚。驀然凈掃衆峰出，天風席捲鳴颼飀。秋星磊落掛樹杪，一痕纖月懸銀鈎。妬羅綿消卵色濇，青空萬里寒悠悠。

三清殿

綵雲籠絳闕，麗日燦金支。玉殿三清列，嵐光百尺垂。神林驅鳥雀，仙路守熊羆。寶篆收丁甲，雕梁插斗箕。秋空脩月户，夜半過參旗。葉響懸瓢樹，泉香洗藥池。雹明天笑處，雪湧石飛時。尚白消心火，還丹掃鬢絲。龜臺縈赤氣，象簡上青詞。雨洞龍歸早，晴松鶴下遲。古庭蟠薜荔，童丱弄參差。道士能留客，流霞酌滿巵。

風伯雨師廟

時若徵風雨，條塊不鳴破。無待遺蛇憐，有滰起龍卧。天漿徧沾濡，噫氣失軒簸。調順歲功成，豐稔田家賀。翠崖壓丹楹，朱龕分玉座。清穆總玄天，山祇得輔佐。

碧雲亭

萬里掃寒空，橫雲一片碧。高風絶塞秋，片月孤亭夕。川原暝色來，烟樹餘暉射。歸羽影翾翾，落葉聲策策。翠澗漾金沙，羽觴倒瓊液。蕭條耳目清，終然謝物役。

九華亭

虛亭絶倚著，上方依九華。石痕剥翠蘚，林影明鮮霞。弔月棲蟋蟀，號山走麇麚。寺連上下院，田闢縱橫沙。荔摇風牕影，菊綻霜巖花。孤雲去天末，秋光渺無涯。

潛龍洞

潛龍閴無聲，邃洞靈石破。一汪滴幽淙，覘者不敢唾。倒樹黠猿扳，空厓猛虎坐。琮琤急雨飛，唱喁泠風和。老松插幾根，新月墮半箇。苔花滿空亭，題詩木客過。

潛龍亭

黝深俯龍洞，一亭置巖腹。巖坳白雲生，滃就簷端宿。霜中松蓋青，雨後苔錢緑。探果來饞猿，啣芝過仙鹿。秋氣潔高空，嚴風振喬木。落日萬山黄，蕭森寒遠目。

龍泉觀

道觀知何處，瓊簫隔院聞。雌雄二龍合，甘苦兩泉分。松下苓堪餌，壇前鶴作群。東巖有靈穴，雲氣白氤氳。

烟霞亭

合沓巖岫列，絢爛烟霞生。幽客此攬勝，秋光涵虚亭。蘚痕暈石壁，井華汲銅瓶。日夕嶽增翠，歲寒松更青。側近龍泉觀，茗味嘗清馨。道人不出户，忍飢誦黄庭。

龍王廟

烈日土龜坼，蚴蟉龍氣升。油雲罩霄漢，注雨盈溝塍。四種禾盡熟，屢豐歲畢登。銀壁畫躨跜，華榱聳崚嶒。廣輪仰滂沛，尺木横憑陵。山村賽火赤，社鼓鳴鼜鼜。

玉皇廟

絳闕凌霄漢，有嚴奉虛皇。龍泉供醮水，獸鼎焚真香。瑶壇秋肅穆，霓旌晝飀飀。超遥鶴駕遠，參差鵝管長。屈盤印紅篆，稠疊封緑章。風檽一杯茗，坐久澹相忘。

文昌廟

梓潼爾何神，名號標文昌。歷紀十七世，事業非煒煌。星宫主司禄，瑶殿争焚香。朱衣漫許與，青衿苦奔忙。心殫三條燭，目迷五色章。苔色皴綉綺，松聲奏笙簧。白首抛塵夢，名心久已忘。

題劉道士山房

飛籋烟嵐裏，携笻叩石門。畸人是桑户，道士乃劉根。蛾月清光宥，虬松古骨存。以吾遊物外，劇愛洗心言。

茶　庵

白雲如海湧，庵在秋濤中。雪殘玉島嶼，日射金簾櫳。息機悟無始，澄慮游太空。透遲水歸壑，激楚風入松。道人欵茶話，客子淹萍蹤。一勺龍泉味，品第桑苧翁。

琴碁臺

翠積中天百尺臺，散仙時到嶽巔來。著殘秋月千山曉，彈徹松風萬壑哀。玉軫虛無横緑綺，石盤斑駁長青苔。一從歛手游塵外，衹喜登臨景色開。

聚仙臺

服食蓬累根，昌容生毛羽。谽谺長桑洞，葱蘢果老樹。璚笙鶴背吹，珠軿鸞尾度。曉映玉樓雲，晴散瑶臺霧。杳靄蓬萊洲，迢遞銀河路。嶽帝讌高秋，仙真于此聚。

會仙府

懸厓闢紫府，一逕盤空冥。仄立負巖石，低繞周天星。朱霞映蘿幌，白雲飛松檽。鸞鳴月下管，鳳曳風中旍。浮嵐簇雁塞，遠浪摇鯤溟。群仙高會散，冷睨秋山青。

白虎峰

景晏四山暝，一峰蹲白虎。歸雲疾奔流，落葉響飛雨。朔野緒風號，西林纖月吐。雁影度銀河，星光垂玉宇。曲磴盤層霄，連峰列環堵。石房生夕寒，霽雪明松塢。

夕陽巖晚眺雁門諸山

夕陽巖在恒山巔，飛身直上風颸然。巖頭盤石卓杖立，放眼括盡西南天。黄金輪向平空墮，濛汜欲擲羲和鞭。萬山夕氣等溟漲，紅盆翻動鯨波烟。三關歷亂赤氛擁，五臺赫熾朱暉燃。就中雁門矗雙表，彷彿石闕凌重玄。黄沙紫塞入大漠，飛狐倒馬臨窮邊。白日常時鎮冥晦，元雲到處紛聯綿。喜逢夕照破幽翳，倏使秋景開鮮妍。乾坤大手揭粉本，關山巨幀鋪霞箋。迂倪顛米畫不得，奇觀湧現盈目前。狂呼直使嶽靈動，畸人特荷天公憐。遨遊既幸果夙諾，吟眺兼得逢清緣。拂衣縹緲下山去，新月澹澹松梢懸。

白雲堂

白雲數片出，輕矯如秋鴻。微影綴碧落，翩飄趁回風。幽居息萬慮，宴坐虚堂中。目送雲飛去，清暉蕩昭融。徐看縹緲盡，澹遠惟青穹。心與跡俱滅，窈然遼海空。

天峰嶺

嶕崒天峰嶺，白石蠲埃塵。竦身上梯磴，舉手捫星辰。雲松偃翠蓋，巖蓀展芳茵。新月忽而至，靈禽呼所親。栖遲采芝客，超遥駕鴻人。洞房列几榻，繕性過千春。

大茂山

元嶽在幽都，名山標大茂。雪霽萬松明，雲開一峰秀。青蘿象帷幄，黄精供糧糗。蟾魄射林光，龍泉下石溜。空翠澹秋襟，浮嵐滃曉岫。悠悠宴坐巖，足静心兵寇。

總真洞 即金龍洞

洞户遍恒嶽，嵌巖愛總真。摇風薜葉碎，溜雨松皮皴。兔窟憑依舊，鴉巢結構新。斷槎卧偃蹇，怪石蹲嶙峋。黟雲起邃谷，白雨飛高旻。金光動窈裊，拏攫空中鱗。

集仙洞

九霄鳴珠璫，神靈飄若雨。秋烟曖松虬，寒露濕月兔。風遞紫鸞笙，雲引斑龍輅。泠泠太元泉，颯颯空響樹。元都集群真，翠洞承高步。清淺指蓬萊，揚塵話前度。

藥王廟

肺腑不能語，軒岐久已亡。生多遭夭札，動即侵膏肓。爾佛具神力，海衆消咎殃。躋登臺期壽，超脱中下殤。繡幡飄婀娜，貝葉披琳瑯。藥師果濟世，吾不訾空王。

碧峰嶂

巨斧削一嶂，碧峰何嵬嵬。曉色晃玉宇，秋光抱瓊臺。手扶日月轂，足躡烟嵐堆。龍沙地維奠，雁門天壁開。青霞興復没，白雲去還來。呼嘯震巖谷，萬里長風回。

通元峪

通元契道妙，仙跡標清真。行游虎峪口，來往麟洲濱。澄心謝婚宦，練性綿冬春。鴻冥北嶽影，蟬蜕長安塵。夕陽雖埋照，空巖實隱身。清風洒喬木，不死留谷神。

果老嶺

松子餌辰砂，桂父飛絳雪。相傳大還丹，得躋飛仙列。果老籲虹霄，紙驢等駟驖。屢謝璽書徵，便握金庭訣。翠嶺鬱岧嶢，秋光映漻泬。仙跡渺難尋，白雲向空滅。

果老繫驢樹

老子度函關，傳繫青牛處。果老乘白驢，亦繫恒山樹。塵鞅早已抛，靈踪偶然寓。精氣此鬱盤，柯幹信奇古。野藤颯飄風，濕菌蒸溜雨。佇立思其人，遲回手重撫。

石脂圖

脂膩如雲母，乃在盤石間。神工施狡獪，異質昭斕斑。遂令掞文彩，不復嘲堅頑。鍜鍊女媧手，皴染屏風山。物態孕神秀，嶽體分孱顔。大字鑱巖腹，歲月記往還。

凝翠亭

亭前泠翠凝，秋容淡無迹。松濤倒空青，鳥影下寒碧。窈窈玉宇清，穆穆金波夕。巾舄黏蒼苔，笻杖凌白石。三素過裔雲，九轉流金液。丹訣惜空傳，浮生髮已白。

龍　湫

龍湫吾眼飫，小大遍靈區。瀑懸五嶽外，濤崩千仞餘。砰硼震鴈蕩，噴薄雄匡廬。恒山壑谷靜，龍泉洞府瀦。秋飛千尺雪，雨跳萬斛珠。神川刼汗漫，匝地流谿渠。

滌井

坳泓瀦井華，深通海眼碧。寒瓊瑩清泉，飛雪灑白石。神魚忽跳波，潛龍久安宅。夕照爛鑠金，秋光冷裂帛。黑帝匯真源，元都瀹靈脉。目睫映澄暉，神情並開滌。

翠屏山

秋光澹于水，浩淼潑翠屏。輕飛渫雲白，冷映遥山青。破烟下鳥影，度澗來鐘聲。苔邊印虎跡，松頂明鶴翎。一蓑亂草碧，數片殘霞赬。清源出翠麓，滮水波泠泠。

柏山寺

翠柏蔭古寺，白雲涌高峰。龜趺土陷久，佛身苔繡濃。荒厨尚洗鉢，廢殿休鳴鍾。疎林鳥歷亂，落日煙溟濛。歸笻尋別徑，旅衣漾飄風。門外晚山秀，朵朵青芙蓉。

鎗鋒嶺

層霄列鎗鋒，嶺上排秋樹。縱横野鳥飛，斷續晴雲度。修藤疾竄鼯，荒草深藏兔。白石響孤節，青苔漬雙屨。甌窶南磵田，犖确東巖路。繞麓漚洟河，流向靈邱去。

晝錦山

連峰接馬鞍，合沓類跨踞。秋靄青濛濛，浮雲白淰淰。曾阿縛團茅，幽人足高枕。飢取松肪餐，渴就石池飲。斷崖西日明，喬木朔風凜。荒寒絶塞區，亦復誇晝錦。

馬鞍山

澹淹漾秋光，馬鞍橫翠嶺。曲澗瀉幽聲，疎林動清影。耕烟得平疇，眠雲在修頂。野鵲搆櫓巢，仙翁委丹鼎。星星遠燒明，齾齾寒山靚。烏藤乘興遊，日入燭當炳。

五峰山

五峰鬱參差，三洞深窈窕。狻石繡莓苔，虬松挂蘿蔦。碧霄澹晴雲，翠崦低落照。樹幄羃菁葱，山樓駕[illegible][illegible]。月白聽猿啼，風清遞鸞嘯。言尋植杖翁，相將仝荷蓧。

玉泉山

寒泉色如玉，滉瀁涵真源。三漿出帝所，一脉通太元。幽尋入蓮宇，滿飲擕匏尊。石林映葱翠，風日含妍暄。青霞晚蓊蔚，白鶴孤翩翻。但得清詩思，從兹洗心言。

長桑洞

元英捧仙牒，受命長桑君。飈輪去碧漢，洞户封白雲。松排麈尾影，霞散魚鱗紋。東瀛任清淺，西日從黄纁。放情脱塵鞅，高步凌清氛。終年餌瓊蕊，鬢絲焉用耘？

龍角山

龍角矯天際，翠影横作雙。松飈激天籟，石室開秋窻。壞阡卧斷碣，燒樹刳空腔。山荒隱樵磴，寺古留經幢。巖坳射倒景，澗曲流飛淙。誰祠孟姜女，賽鼓秋逢逢。

鳳皇山

鳳皇覽輝下，冷塞標靈山。衆鳥擁翂䎸，彩雲映斕斑。千仞一引去，九苞何時還。絶巖隱洞户，孤頂開天關。卷龜誰共語，駕鴻不可攀。虚濤足滌耳，箕踞長松間。

横　山

一山勢平遠，黛色璇霄横。燒畬晚熻煜，伐樹晴登丁。泉飛鷺翿白，霞斷魚尾赬。霽雪釀宵凍，寒飈播秋清。但知松濤響，不知桂魄生。來歸有遼鶴，城郭非前形。舊嶂縣在其左。

律呂神祠

遐哉律呂神，荒祠依絶塞。夔曠久不生，元音此間在。

神谿水

神谿水縱横，方石繞汩汩。欲選此盤陀，坐看流明月。

泒　水

西來有泒水，沉伏畏嶽靈。豈如桀鶩子，横去聲欲溢爲滎。

乳　泉

乳泉渾似乳，不哺新鷇雛。微聞飢欲死，霜下啼嗚嗚。

空響樹

北嶽有響樹，南嶽有響石。木石本無情，亦具喙三尺。

神護草

懸知神護草，昏夜守門闕。先到有秋風，直入容明月。

太元泉

一汪太元泉，澄泓漾玉宇。時有玄鶴來，翩翻洗毛羽。

卒　然

卒然狀猙惡，兩頭怖殺儂。終經叔敖手，一呋殲神鋒。

霜　桃

綏山難得一，曼倩已偷三。何似恒山上，霜枝滿意探。

連理枝樹

樹有連理枝，人乏同懷子。傷心詎忍言，淚滴桑乾水。

王不留行

絶域含華滋，微芳入野録。畏逢刻薄人，驅使及草木。

五穫穀

管子稱恒山，四種而五穫。我欲噓春陽，一氣回黍谷。

神　草

神草十九種，服之升天衢。世眼渾不識，萬草並爲芻。

靈寶真文

大禹得靈寶，封之北嶽巔。豈知畀洪範，萬古箕疇傳。

神　書

後漢有于吉，恒嶽得神書。比似幽虚洞，丈人山隱居。

樹下圭璧

樹下啟圭璧，燦爛歸慕容。此豈等禹錫，得寶歌弘農。

玄　芝

下詔采玄芝，竟得十二本。嘉靖奉虚皇，羽衣厭龍衮。

大藏經

白忠詣元嶽，齎置大藏經。其書久灰滅，空復祈仙靈。

燕昭王

傳聞燕昭王，肇始信方士。遂令秦漢君，褰裳瀛海水。

補祀嶽樂章二首并序

《尚書大傳》：『冬祀幽都弘山，貢兩伯之樂。冬伯之樂，歌聲比小謡；和伯之樂，歌聲比中謡。』今以意補其辭。

維冬伯，奠北陲。駕元輅，建黑旂。靈之降，光陸離。歲終始，樞闔開。母群物，都紫臺。歌縵縵，神宴娭。

爚爚皇祇，於昭和伯。星垂元武，風號廣莫。灝氣旋冬，神光照夕。啟列女宫，奠安王石。歌比中謡，功成混闢。鬱邑惟馨，幽都是宅。

欲遊封龍山不果疊遺山韻

風御不追列，天幕仍如劉。尋山有若導大窾，得徑砉解庖丁牛。封龍山高一千丈，太始鬼斧横塹鎪。灝氣晴空忽噴涌，轉眼萬頃雲油油。龍公迅起洒飛雨，傾盆猛勢連并平聲幽。鐵笻曾卓遺山老，揮落醉墨如天球。當時李治張德輝共游歷，皤皤三老皆白頭。泉石清踪徑灰没，荒墟路塞荆榛稠。縱横虎豹白日横，腥風動地鳴飂飂。縋幽鑿險興激越，僕夫色沮遄思休。青雲梯磴已斬斷，巉巖欲上無緣由。幡幢倒折上方冷，殘僧四竄難淹留。金城景色夕晻暍，圖畫一幅空中收。甚欲驅除衆蹄跡，手無利刃兼長矛。天花滅影道場散，鐘鼓已失千尋樓。萱草坡寒石蘚緑，雨餘洗出青天秋。方花古礎委沙礫，大雲寺圮無人修。焉能竦身去，捷若拋鏇韝。摩挲錦石翫丹碧，瑶甕邃曲容窮搜。山夔水魅盡辟易，猙獰哮闞咸馴柔。峰豁川明極兩目，五臺歷歷輕烟浮。起觀赤日下昏霧，飛動化作黄金虬。胡爲咫尺阻芒屩，林壑蒼茫神鬼愁。一峰一峰簇霄漢，濃螺變幻何從求。乾坤真宰鼓元氣，把柁摇漾鴻濛舟。寶山靈境忽然闕，金銀色黯沙門憂。文殊巖亦墮小劫，如觀夢幻并泡漚。人間起滅萬色相，皇天消息運數周。窮塞金元遞興廢，大地倏轉風輪輈。春明不斷子規怨，國破難掩青城羞。蔓蒿凄凉作野膳，氊車疾向冰天投。况復石郎枉建號，遼晋畫界如鴻溝。元嶽奠在天北極，天峰頂上虚遨游。縱令點檢作天子，依然沉没燕雲州。山靈閴寂等閒事，且傾醽醁頻獻酬。茅齋却挂湘簾鈎，治城凝望雲悠悠。妙高臺荒月色皎，無盡之意留兹邱。

恒山集卷五

詩五　古今體詩一百八首

天下名山樓放歌

天下名山欲遍訪，此來恒嶽登危樓。踆烏足下西極畔，抃鼇首戴東海頭。白雲埋山五臺夕，黄沙積雪三關秋。昭余祁落薊邱郡，醫巫閭接遼陽州。南北榆林木葉盡，上下曲陽烟靄稠。萬松盤嶺翠鬱鬱，一水穿塞寒悠悠。茹芝詎慕綺角隱，策杖已畢禽向遊。寰中峥泓富巖壑，老去寥落稀朋儔。却憶平生朱鶴洲，死生膠漆心相投。古歡惟是仗道誼，篤愛豈復參瑕尤。蹭蹬人間老不遇，凄凉地下文爲修。當年把臂入雁宕，孤亭濯足臨龍湫。兔毫沾洒碧霄頂，猿聲斷續靈巖陬。一從興盡去塵土，永令目斷升高邱。牙生絃絶抱索寞，郢人質亡紛涕流。南海北海邂逅無緣由，昨日今日光景難停留。異日天門開詄蕩，相將攬珮重綢繆。知君神魂在寥廓，聽我秋空長嘯不？嗚呼！聽我秋空長嘯不？

恒山雜詩五十二首

今年畢遂向禽遊，獨立天峰頂上秋。斬將封侯疾如雨，可能有此快心不？

懸空寺壓碧雲巔，清磬聲中月墮煙。奉勅工人署名姓，殘碑猶記兔兒年。

青磁擊鼓拜窑神，瓔珞琉璃色色新。苔没琳宮遺碎甋，恍聞龍象泣前塵。

千盤松石路依俙，大茂山頭宛似歸。終古清緣渾不斷，四山猿鳥盡依依。

何來俊鶻繞浮圖，止宿高寒伴野夫。坐攬秋光清耳目，遥空木落一峰孤。

仙山高疊翠巉巉，樓觀三清貯紫函。一掃前塵金碧色，芙蓉明滅夕陽巖。

萬樹松枝洒雪風，披裘晚立上清宫。銀河斜挂玉蟾墮，去雁一聲天地空。

遼陽孤鶴洞中歸，飛下青松雪滿衣。千仞雲端有人宿，夜深燈火照巖扉。

四注清泉繞澗涯，畬田遠近闢荒沙。誤看山下千畦雪，開遍夕陽蕎麥花。

仙臺百尺長藤蘿，靉靆雲生洞口多。忽聽新泉流暗壁，不知飛雨夜來過。

果老巖高夕翠流，羽人相望鳳麟洲。金鴉騰起三更候，海水光摇白石樓。

碧霄危架望仙臺，欄檻秋深長緑苔。我欲澄觀滄海外，數聲山鳥叫雲開。

柏山千仞闢雲扉，苔磴無人鳥自飛。獨上穹巖秋氣冷，翠微深處欲添衣。

霧閣雲牕映紫微，仙巖獨坐羽人稀。松間細路樵歸盡，一鶴寥空帶月飛。

松風吹冷夕陽時，鴉鵲歸來宿滿枝。獨立秋空千嶂晚，河西新月淡于眉。

安王古石冠巖椒，拂蘚留題興獨豪。寄語鄉園隱君子，月明相望一峰高。

虎峪龍泉映翠微，白雲片片向空飛。溪山秋色涵真趣，可要人間識芰衣。

磁窯硤口有人家，雲裏盤空細逕斜。一道泉噴青玉澗，流來紅葉似桃花。

糢糊莫辨萬山尖，秋雨秋風不捲簾。驀地浮雲看净掃，一灣秋水浸明蟾。

樓臺摧破碧嶙峋，依舊雲霞色斬新。一片清暉滿寥廓，青山無語對畸人。

朔風獵獵掃沙塵，八月邊城霰雪頻。滿地芊芊瑶草碧，晚秋留得洞中春。

層巖松桂蔭瑶臺，一碧秋空曉色開。颯颯西風動林角，乍看飛雨萬山來。

世情難得漆投膠，荃蕙無端化作茅。白石青松爲我侶，山中不少歲寒交。

嵚崎石磴轉巖幽，獨把筇枝上上頭。萬里秋空如水碧，玉華山色翠蕖浮。

萬里邊垣落照黄，靈奇山水閟龍荒。太行碣石堪流憩，便擬并州作故鄉。

洞門飛雨洒藤蘿，驀捲罡風疊翠螺。落日横波金作色，爛黄一溜瀉滹沱。

龍山霽雪鳳山霞，一帶嵐光繞塞斜。正似關潼眼中見，數峰開作石蓮花。

野子幢南繡作堆，白雲破處翠嵒開。天空净把游氛掃，歷歷青峰指五臺。

瓔珞流蘇貴主宫，萬龕燈照薈林紅。完顏多少丹青寺，消盡晚山煙雨中。

文殊巖畔雨花香，海衆林民擁寶坊。彈指大雲歸浩劫，封龍山色冷秋光。

風輪宕滁小香臺，天女維摩盡劫灰。并遣世尊金相滅，彌天釋子有餘哀。

磁硤南頭太白宮，雲旂盡日捲靈風。龍蛇詎必傳真跡，照曜荒墟借鉅公。

金元爨舞有遺聲，毳帳雙鬟譜玉箏。興廢盧龍猶在眼，青山黄土自縱横。

英雄燕趙藹如雲，過眼灰飛冷夕曛。北望登高重懷古，平原君與望諸君。

漢家烽火接居延，慘淡樓煩百戰年。七國三邊横險要，蒼茫落日下寒烟。

石磴高凭翠雪亭，遥山萬疊插天青。秋烟不滅英雄氣，時見靈旂出井陘。

雲中霜雪苦寒凝，枯草連天接白登。偏向秋風舒勁翮，至今人説郅都鷹。

生降空上白龍堆，悵望南雲自北廻。雁足能傳天際字，斷無人問李陵臺。

窮海荒凉老牧羝，節旄落盡雪淒迷。茂陵不見蘇卿返，松柏黄昏鳥亂啼。

絶域和親去漢庭，千秋絶艷有精靈。一堆芳草春魂化，孤塚年年帶雪青。

鴛鴦濼上水横波，捺鉢年年獵騎過。雲裏海東青忽下，萬人齊賀得頭鵝。

瀏觀浩劫石欄凭，千里烟消霽色澄。燕子飛殘王氣冷，暮雲遥鎖十三陵。

仙府崚嶒占主峰，塞垣東去抱居庸。葱蘢長白山光曙，日出文成五色龍。

稽顙來朝吐谷渾，窮邊王號去烏孫。何如萬里遼西地，祗當天家右闕門。

曲陽恒嶽亦崔嵬，上聳天風百尺臺。知有葛洪丹竈在，未將一杖卓蒼苔。

想像靈巖上下宫，高臺疊石築泠空。秋山霜後增寒翠，都在青天落照中。

兩地爭傳北嶽靈，清虛山似渾源青。曲陽恒山，即唐之清虛山也。顧公獨騁懸河辯，未信吾家有水經。

老訪名山恣嘯歌，寰中巖壑翠駢羅。峨嵋雪與羅浮月，其那飛騰暮景何。

龍山三老躡芳踪，恨我來遲未得從。料得乾坤清氣在，白雲繚繞最高峰。

華陽臺聳碧孱顏，松檜陰森抱石關。我與秋雲同一懶，無心飛出萬重山。

石房秋色要平分，猿鶴渾難久作群。怊悵遲遲下山去，幾回回首戀松雲。

西風蕭颯鬢華秋，老去還爲汗漫遊。五嶽梯登今已遍，兼須入海事冥搜。

題老子騎青牛圖

老子徑去流沙西，函關方度青牛蹄。東來紫氣騰如霓，尹喜迎候眼不迷。五千文帶雲嵐題，妙用只爲天下谿。是時天王列侯齊，玉瑁罷合五等圭。轉眼七雄轟戰鼙，二周舊國生蒿藜。抽身柱下休卑棲，猶龍之逝無端倪。隨行徐甲一杖攜，芒屩脱棄人間泥。畫師好著昆侖梯，北遊回策思攀躋。

寄贈周鶴儕鶚薦

憶踏春街雪後冰，醉歸恰看上元燈。手中脱贈親兄弟，山中人呼杖爲親兄弟。今年元夕，蒙君留飲，贈杖一枝。眼底無多老友朋。時座中惟宋萊衣。莫惜浮名饒蹭蹬，且耽佳釀恣懵騰。秋江木末芙蓉發，百歲看花水檻凭。今君值六十初度。

北榆林

北榆林，南榆林，秋風落葉秋氣深。我際承平塞垣静，遠訪名嶽追向禽。天寒日短馳駸駸，馬毛蝟縮冰雪侵。狐裘晝不煖，夜卧添重衾。常時飲酒只飲濕，只今歷落觥船斟。却思古來征戍卒，裂膚墮指苦寒吟。疾行飲馬長城窟，啣枚夜渡桑乾潯。鐵衣不脱卧沙磧，月明夢斷城南砧。白骨年年抛塞下，愁雲萬里常陰陰。

别蓮峰

憶昔西園藹飛蓋，偕摛文藻應與劉。一從象外攬真趣，莊叟早憚爲犧牛。人間無益是楮葉，亦復苦心勞雕鎪。頃從匡廬指恒嶽，江漢秋水平如油。北方往還萬餘里，祗夢巖壑探清幽。嶽帝清秋大讌享，九天仙樂鏗鐘球。神谿遠峪動光怪，彩雲移過横山頭。曲陽來同裊元旆，天闕浩蕩神靈稠。玉軑啾啾返嶽頂，黑龍尾蜷聲飂飂。萬寶既成歲功畢，卑尊會酌行歸休。我來一掬玉泉水，縱攬蒼靄得自由。龍池鳳山翠絡繹，拄杖隨處從稽留。九秋已盡接陽月，門王號令淹蓐收。興酣手提蔗竿起，快若奪舞雙蛇矛。景當奇絶發大叫，倒影摇動雲中樓。塞外早寒氣候肅，不見爛漫黃華秋。彌年清景許我逐，誰共張邴追前修。閒放願爲鶴鳴野，爭能恥作鷹下鞲。總玄之天最窈曲，惜不與子仝研搜。潑墨淋漓等會獵，景宗弓燥手復柔。恣與洞天發幽異，星日輝耀煙霞浮。石勢巉巉卧虎豹，松骨矯矯騰龍虬。不須傾倒三百盞，使爾仝消萬古愁。我耽清遊少禽尚，子覓隣好稀羊裘。皇天作合乍得面，沿洄偶住波上舟。纔成衿契遽告别，朔雲狼藉增離憂。人生有情足繾綣，豈其倏散仝泡漚。明朝紛紛木葉落，執我之袪臨道周。秋山畸斜千萬疊，馬首一路迎回輈。神川佳勝略收拾，囊錦不遺山靈羞。乾門坤軸覽闔闢，況得與子心相投。别意短長問流水，桑乾汩汩穿蘆溝。他日清緣尚未斷，移庵福地多壯遊。一條榔栗未挂壁，倘復相逢山水州。班荆天涯是舊識，歌呼十日還相酬。袖中出入看銀鈎，霜皐人夢阻且悠。我其去矣北風厲，往把仙袂尋浮邱。

回望嶽

白雲汎空際，矗起如仙山。欲逐真人跡，散步清虛間。翳翳紫芝峪，昨朝曾往還。靈境怳在目，栖泊歸人寰。翠厓結清夢，俗塵凋朱顏。却思餐霞侣，高風不可攀。

大同二首

嵲屼烽臺壓女墻，風雲萬里護池隍。柳榆葉盡懸秋月，牛馬毛寒被曉霜。直北三邊魚海遠，迤西一路雁門長。征車往復無相識，獨自高歌氣激昂。

雲中相遇五原豪，慷慨交情脱寶刀。榆塞寒光積冰雪，桑乾朔氣散風濤。駱駝沙曠蹄逾健，觱篥秋深調轉高。小隊筝人圍玉帳，銀螺杯暖酌葡萄。

大同道中

輕風掃積翳，薄雲汎層霄。秋山疊冷翠，霜樹鳴枯條。陰圻雪片炯，陽墢冰痕消。衝沙馬蹄駛，捲地蓬根飄。老洫泥滑滑，古道車遥遥。天清滌微滓，人遠袪紛囂。晴看客意喜，醉覺衰顔韶。何來一白鶴，孤踪渺難招。

閏重九發陽高

白頭脱帽自清狂，不畏西風客路長。人爲耽遊輕萬里，天知助興展重陽。北臺留把新篘酒，南口歸携古錦囊。肯與兒曹計窮達，還教老子擾中腸。

桑乾河

驅車至渡口，往復臨桑乾。晚秋水已落，揭厲人方寒。名山既涉歷，大川亦游盤。自非眼界廓，焉得胸次寬？騷人感羈寓，客思增憂端。劇憐并州水，却作故鄉看。我心絶沾濡，行處從瀏觀。蘆溝溯歸路，曉色浮層瀾。

毛家皂

沉沉天欲雨，颯颯風生寒。僕夫已疲茶，駑馬姑磐桓。木落遍廣野，雲興蔽層巒。牛羊墟里返，鴉鵲空枝攢。倦程冀即次，修塗苦懷安。役車就旅宿，行子隨盤餐。良朋詎久聚，濁酒聊自寬。且以永今夕，焉知來日難？

食　糜

南人炊玉粒，葱餅不下咽。獨我能大嚼，北客莫之先。連朝朔風厲，擁鼻寒涕漣。體中苦作惡，肺氣加纏牽。老牙久⿰身危⿸厂危，如山欲崩騫。盤飧百不進，一盂且粥饘。敕厨不勞顧，喚僕風爐煎。玉箸流軟美，飲啜素所便。如此糜自可，何必羅芳筵。任嘲邊生腹，一飽輒思眠。

聚　樂

聚樂非邑治，峍屼留孤城。晚樹悉摇落，秋水餘澄泓。落日方歛赤，遥山自環青。荒郭月皎皎，古屋風泠泠。雞栖絶塒影，犬吠傳村聲。馬解滚塵起，客至炊烟生。于役免飢渴，亦足舒羈情。僮僕良解事，遄沽雙玉瓶。

新保安

好山紛疊翠，高城映嵬嵬。征車若流水，一逕隨潆洄。白雲汎雉堞，靉靆縈中隈。我心澹無際，馬蹄信紆廻。鱗鱗晚市集，擾擾都城開。清景翠晻暍，孤懷杳徘徊。忽見青霞祠，弔古興悽哀。

謁沈青霞先生祠

先生志骨鯁，正氣淩秋空。直辭洩孤憤，伯仲容城公。凄凉之戍所，悲歌叫蒼穹。流亡分溘死，庶望開夢夢。奸回憾不已，箝網傷孤忠。雲中歸祠矗，故老思悲翁。我買一樽酹，慟哭回松風。緬惟鄉先正，典型渺江東。雪涕上馬去，切齒賊相嵩。

岔　道

及晚歸岔道，飛沙滿塵顔。煖湯一頮面，始覺心神閒。盤飧無一物，荒凉逆旅間。隨意飽我飢，起看千重山。崚嶒雲際插，復當從此還。車夫畏軸折，愁思不可删。勿計明日事，皓月臨松關。婆娑桂之樹，天梯曷由攀？

彈琴峽

彈琴入翠峽，皓月今宵圓。澗泉留冷韻，松風去繁絃。悠然自終古，逸響誰爲傳？我來坐磐石，游心於太玄。清暉啟妙悟，未用師成連。泠泠在山水，孤懷忘寂喧。

侵曉行關溝

确犖關溝路，遄行踣鐵蹄。明河千仞挂，落月一團低。坌道衝寒別，居庸冒險躋。孤村猶護犬，十里乃聞雞。僕夫悲蹭蹬，客伴辱提携。蓬海遥環左，榆林正落西。攢峰與天近，雜樹入雲齊。暘谷烏纔上，寒枝鵲尚栖。崎嶇勞黽勉，狹隘苦排擠。怪石偏蹲虎，高城總拂霓。星馳向京闕，秋種畫沙畦。峽想彈琴住，橋慵攬筆題。山容晴瑪瑙，水色凍玻瓈。清越庵鳴磬，頻煩堠擊鼙。聊充記里鼓，誰借辟塵犀。甲乙籤曾列，庚申事可稽。氊車行孔急，野膳默含悽。燒棧誠須火，封關那得泥。俄然甪端見，不斷子規啼。恃德榮長在，懷安恨必齎。聖朝千萬禩，時訪釣璜溪。

居庸關

扼隘一關雄，峥嶸萬嶺中。兼綜口南北，横截勢窊隆。猛獸跧𡾟度，浮雲自在通。陰巖蹲虎豹，大樹撼羆熊。絶頂低垂斗，中隈冷嘯風。洞刳虚窈窱，街甃滑磨礲。落石青駝蹴，孤煙白鶴翀。霞嵐隨變幻，冰雪不消融。出塞龍沙渺，環山雉堞崇。一夫能守險，萬騎失騰空。自古多衝突，邊垣有戰功。于今永寧謐，畿輔盡來同。右臂連宣府，中心衛帝宫。持盈日兢業，聖德在謙冲。

奤奟村

夕次奤奟村，連山合如環。獨缺東一面，蒼翠瀰其間。故老爲指點，隱見天壽山。去此僅十里，明晨堪往還。在昔龍旂祀，閟殿開金鐶。自古有亡國，松柏含愁顔。蒼然暝色至，乘月歸柴關。

望有明十三陵

高原一竚立，遥望十三陵。暝色含丹桷，塵沙掩漆燈。烏鴉噪松柏，麋鹿走榛芃。銀海重泉接，橋山奕葉仍。宫嬪蛾緑閉，國史汗青登。成祖承皇統，原殊代邸興。懷宗終喪祚，竟至杞天崩。隧道田妃葬，靈輀帝寢增。舊聞凄在目，故老涕沾膺。龍起神京奠，鴻圖海宇澄。掃堦驅鼠雀，遣祀潔鉶甑。阿監瑶璫列，群靈玉几憑。賓王還備恪，舊禮豈無徵？閟殿崇千尺，山岡護百層。昌平煙澶漫，天壽鬱崚嶒。夕霧瀰濛漲，陰雲黯淡凝。衣冠月遊地，王氣冷如冰。

清雲寺

榜字金剥落，寺名辨清雲。重門罩雙樹，秋葉交繽紛。殘僧窅不見，歷亂飛鴉群。簷端夕霞映，翳翳收餘曛。蓮座鎮閒寂，鑪烟斷氤氲。空庭寫客影，孤月袪濃氛。小憩坐階石，衣沾碧蘚紋。荒寒足幽趣，意行多所欣。

劉蕡故里

劉公抒大策，炳蔚作唐經。下第人推傑，生才地有靈。貂璫群懾氣，麟閣足圖形。國士投閒散，家奴裂典刑。飛霜毫獨洒，如雨涕交零。譏笑嗟紳珮，殷憂在闕廷。空將忠悃洩，誰把讜言聽？白日迷甘露，清流委濁涇。徒然知勁草，遂爾圮高瓴。賈誼仝孤憤，靈均會杳冥。懷慚餘萬輩，嚮慕亘千齡。枌社斜陽紫，榆林遠岫青。思瞻古祠宇，俎豆肅惟馨。

鄧禹故里

佐佑中興主，雲臺第一功。封侯年及少，開國氣何雄。馮耿差肩立，蕭曹接武同。河山勞克復，星宿應昭融。白水乘時奮，黄塵掃電空。舊京收在掌，新莽捲如蓬。生毓三邊秀，勳加五等崇。歸從元嶽頂，甘作白頭翁。炎鼎思前烈，沙屯走寓公。遠山飛晚翠，冷樹動秋風。故事追銅馬，冥心送塞鴻。枌榆尋古社，遺廟夕陽紅。

沙屯

朔風欻歙起，浮沙泱漭揚。駢車駐逵市，結駟過虹梁。寒泉流汩汩，秋樹鬱蒼蒼。乃知帝城近，遂覺民物昌。來時振馬策，去路沿龍荒。元嶽千仞峻，邊垣萬里長。嚴寒慮冰雪，客子紉裘裳。寧知秋暄煖，不異日載陽。皇天庇一物，遠道逢百祥。連旬經往返，逸興增徊翔。前行瞻禁籞，五雲燦榮光。

寇恂故里

撫字無窮意，慈良第一流。我披循吏傳，誰與寇君儔？桑野經綸密，蘭臺紀載稠。單車河内借，茂績宇中留。懇悃求民瘼，便宜贊廟謀。馳驅經故里，慷慨問新猷。篤想神明宰，群分聖主憂。池隍臨一載，俎豆在千秋。雨露郊原潤，陽春草木柔。漢京宏雅化，肅拜仰前修。

入德勝門

北闉出復入，元嶽成壯遊。峨峨金城内，甲第若雲浮。飛光二十載，朋輩幾人留。中逵藹冠蓋，誰復新相投？秋漫御溝水，各自東西流。蹀躞御溝上，瘦馬驅悠悠。

錢蘀石載携尊見過

客邸荆門閉，其誰剥啄尋。悠悠行道意，藹藹故人心。停騎曾相訪，携尊且共斟。拍浮原素志，歌嘯復知音。縹緲江峰遠，瀰漫海水深。清彈帝子瑟，老撫伯牙琴。雲裹詩人跡，風流居士吟。蘀石一號萬松居士。萬松濤溢耳，五嶽翠盈襟。劇喜青矑對，寧知白髮侵。可堪群聚溷，最忌獨鳴陰。百事從灰劫，孤懷久陸沉。水鳧容汎汎，車馬任駸駸。坐久花銷炬，談深月在林。有情盟自昔，無悶到于今。壇坫名何有，煙霞思不禁。豪情論唱和，逸興注登臨。催擊街前柝，看横屋角參。醉餘徒步去，裘衩冷森森。

潙寧劉烈母胡太君詩

流寇劇鴟張，貞心百鍊剛。生應捐半路，死不到南塘。乳下兒存活，身中刃遍傷。上岡松柏茂，遺蔭遠蕃昌。

促促復促促

促促復促促，凄凄重凄凄。毛裏作生訣，悢悢不能辭。十年違撫愛，幾日親容儀。容儀苦衰颯，滿鬢飄白絲。遠念北堂上，龍鍾血漣洏。依依親手足，悁悁夢見之。泥首謝公姥，愆積如京坻。沉綿累君子，藥物竟何裨。繞床噪且泣，愍此黄口兒。休論縑與素，時命舛不齊。既出又復入，顧戀纏深悲。須臾暫佇立，從此天一涯。死當成永别，生當復來歸。

出彰義門

情懷如中酒，憒騰出國門。遊嶽本曠蕩，衣染煙霞痕。人生有天性，戀戀骨肉恩。苦無金滿橐，搆取三椏根。悽惻聞别語，憤恨縈離魂。參差覩手爪，人事難具論。

車夫指點潭柘寺處

煙中鴉髻雙，中有潭柘寺。昨朝已膏車，憂懊敗人意。一杖破崎嶇，全攬五嶽翠。縹緲望西山，欲往不得遂。天公怪多取，咫尺無由至。萬事有盈虧，詎盡如吾志？

蘆溝橋

桑乾所自出，遠溯渾源州。入塞千餘里，潺湲經蘆溝。如覿故人面，飛湍激寒流。斜陽明曠野，晚煙靄中洲。今夕一爲别，重見知無由。踟蹰駐馬足，嗚咽疑隴頭。

琉璃河

琉璃色青泚，不異蓬萊洲。身度虹霓峻，眼明舴艋稠。篙師恣歌笑，漁父紛盤游。秋沙愛潔凈，午程姑逗遛。誰鑄一枝鐵，直插萬里流。浙浦豎鐵幢，蜀口刻犀牛。古有厭勝法，聊用參人謀。逝波響汩汩，别恨隨悠悠。清瑶俯明鏡，霜雪嗟盈頭。

涿　州

第一名州在，衝繁近日邊。高原開左輔，晴旭麗南天。峍屼金城峙，馳驅鐵軸駢。浮雲沙樹杪，飛鳥驛樓巔。紫氣連京闕，清流斷阪泉。塵凝涿鹿後，地闢有熊前。凈掃蚩尤氣，平臨北斗躔。此間頻往復，辛苦閱流年。

次松林

馬蹄行處疾，未晚駐松林。朔地迎寒氣，遥天愴别心。飛塵馳突騎，搗練急清砧。破寺凝烟冷，荒墟落照深。羈魂秋黯黯，噩夢夜沉沉。待月窺蟾影，因風想鐸音。狂思如意舞，悵憶白頭吟。空自追張邴，猶教累向禽。黑羔裘易敝，緑蟻盞誰斟？安命平生志，繁憂莫更侵。

北　河

滉瀁北河木，輿梁今已成。衹添霜上跡，無復浪中聲。寒葉疎還脱，秋沙軟更輕。征車驅轣轆，漁艇泊縱横。雨脚渾難散，雲頭凝去聲不行。來時路泥濘，歸日歲峥嶸。尚覺離魂黯，寧銷噩夢驚。紅塵飛玉蝀，緑酒瀉金鯨。舊好違黄憲，新愁累向平。休從照容鬢，白髮最分明。

謁楊忠愍公祠

祠仰楊忠愍，經過淚不乾。帝閽排虎豹，霜簡劾仇鸞。九死曾何悔，孤生詎苟安？還須摧猰㺄，獨自剖琅玕。故鬼聲號哭，新章字屈盤。衹期姦破碎，寧惜命彫殘。壯却蚺蛇膽，悲啣烈士肝。香風動枷鎖，浩氣殉衣冠。天遺鈐山倒，人同鳴鳳看。精誠太虚白，悽惻滿城寒。尚有青霞老，遺編並不刊。

塞外落木已盡畿輔尚有餘葉寓目成詠

萬木蕭蕭盡，遥從塞外來。暄和在畿輔，零落尚榆槐。片片淩霄下，絲絲映日開。飛空翻作舞，着地點成堆。掃處携筐筺，行時破蘚苔。霜晨更飄忽，朔氣遞摧頽。時令商飈肅，年光老物催。變衰嗟草木，軒豁出樓臺。歲值峥嶸晏，秋餘憭慄哀。二毛潘岳賦，九辨宋生才。白水漂沉跡，青松挺拔材。芳原冰雪滿，消息候春回。

侵曉發方順橋詣曲陽

恒宗吾已陟，向子願全償。尚有元都廟，分燃寶鼎香。齋心從嚮往，矯首欲徊翔。夢醒瞻窗色，空明透月光。天教停霰雪，時轉凛冰霜。群燎茅柴火，添傾竹葉觴。商風吼村落，寒氣偪裘裳。旅店孤燈迥，征途隻堠荒。華星飛幾點，遠樹列重行。霽覺人情爽，紆看客路長。雞鳴失平旦，鴉翥麗東暘。爐畔勞翻餅，盤中不撤薑。分岐違舊轍，濟涉度新梁。亭午過清苑，殘秋到曲陽。晴空清皛皛，遠景鬱蒼蒼。沙曠車輪疾，塵高馬足忙。縈煙祠樹合，飛石嶽靈揚。回望天峰頂，雲旂下帝閶。

恭謁堯廟

若稽古陶唐，巍祠在冀方。土階映秋色，松棟上朝陽。舜禹連承禪，夔龍儼列行。陰廊蹲白馬，黼座溢彤裳。昏墊平洪水，和聲奏大章。衢歌紛擊壤，華祝競陳觴。漏汭觀型肅，皇天眷命長。順成通八蜡，熙績統三王。厨箑迎風扇，階蓂逐月芳。瞻來雲焕采，採處韭生香。輔翼人倫正，欽明聖德揚。萬邦群丕變，八表溢餘光。考妣追思遠，羲和置算良。恭惟疏帝典，拜手倍兢惶。

靈雨寺

金碧淩空起，毫光映日浮。穿橋流最急，繞寺樹何稠。寶相嚴初地，珠衣爛比邱。高名榜靈雨，結願爲田疇。

雪　花

秋暮增凄緊，飄飖雪作花。先聲飛霰急，隨勢帶風斜。雨意含連夕，雲容冷萬家。遠山頭漠漠，近水口些些。猶未堆高隴，姑教净淺沙。湍催驅轣轆，尚緩積杈枒。茅屋渾愁破，蘆篷劇喜遮。暗經天上日，颯繞鬢邊華。轉覺村墟寂，還看道路賒。悲嘶聯轡騎，喧噪入林鴉。未晚投荒店，争先擲短撾。祇須謀爛醉，詎用發長嗟？夢隔人千里，身栖天一涯。衣裳群抖擻，欄檻密交加。月掩張三影，吟思温八叉。寒多侵毯罽，白待映牕紗。鋪道仝河漢，明朝擬泛槎。

憶女病

久病何緣起，還當遠別離。纏綿兒孰乳，酸苦婦難爲。貧裏營參术，愁邊益鬢絲。龍鍾懷二老，涕淚萬行垂。

磚　路

磚路小村落，逵術沙回縈。茅店大樹古，石井流泉清。社臺平着檻，梵寺高建瓴。豐年競簫鼓，暇日修柴荆。餅餌最圓潔，柿栗饒芳馨。稚髦各自得，主客藹餘情。枌榆遠環繞，樵牧閒吟賡。北山淺疊翠，目送晴雲行。

定州道中

遥山隱千疊，翠靄凌層穹。近矗一峰秀，冷綻青芙蓉。萬木已摇落，槎枒動商風。猶餘淡黄葉，幾樹排疎叢。河流蕩銀礫，日色涵冲瀜。秋沙印蹄淺，飲馬寒泉中。青天過一鶚，决眥歸海東。孤影入遼廓，窅然天海空。

曲　陽

見説恒陽地，飛行走一鞭。沙平微霰後，日暖小春前。雪浪移來石，元都別有天。他年話遊跡，詩老有清緣。

謁嶽廟

古鼎祠元嶽，長松拂紫冥。千秋隆秩望，片石寓精靈。灝氣通雲穴，神居聳德寧。曲陽遊跡到，是處仰真形。

德寧殿

峨然德寧殿，丹構在曲陽。飛石嶽靈寓，望秩延神光。雲雷繪兩壁，藻彩何輝煌。巍樓列鍾鼓，老柏森成行。鉅典正昭代，祀嶽歸崇岡。渾源矗廟貌，金碧摩穹蒼。有司昧禮意，遂令此地荒。有舉莫或廢，伊古昭典常。名山出雲雨，幽都奠朔方。肹蠁兩地奉，駿奔職所當。棟宇顧陊圮，碑板縱横僵。帷龕失炳焕，瞻者爲畫傷。禪宫與道院，巀嶪遥相望。螺鐃極天沸，幢旛颯飄揚。山祇仰正直，分祀宜肅將。詎與淫祠類，委之沙礫場。灝氣出靈穴，白雲亘天長。髣髴光燁煜，靈旂下瑶閶。

飛　石

飛來自虞代，片石即恒宗。分取千尋勢，蹲兹數尺峰。擘窠鐫大字，遺窟想靈蹤。秋發光晶冷，晴浮彩翠重。體凝移秩祀，道遠罷登封。瘞玉還歸土，燔柴正在冬。白雲連靉靆，古柏蔭葱蘢。碑黯前朝跡，祠荒舊國容。明神於此寓，禋享定誰供？畫壁東西暗，苔階上下濃。建瓴殘鐵鳳，祝册失金龍。典禮應無缺，休教廢鼓鍾。

石刻鬼圖爲吴道子筆傳此鬼能驅魔嵌嶽廟壁

片石猶嵌壁，威稜意象殊。心憐吴道子，手寫鬼形模。帶甲飛跳足，揮戈怒磔鬚。唐宫足妖孽，胡乃任睢盱。

嶽廟門有石刻坡公紹興三年題辭括其意作一律欵書『紹興三年眉山蘇軾題』。

文章雖蓋代，開口索誰親？琴酒堪娱意，風塵莫誤身。眉山有才子，儋耳豈閒人？詞翰稱雙絶，驚看妙入神。

石刻坡公題滿庭芳辭手跡已中斷在嶽廟西有賦

真跡嗟中斷，猶蹲嶽廟傍。清聲中呂調，一曲滿庭芳。雪浪寧磨滅，烟雲未渺茫。老坡云爾爾，懷古迥難忘。末有老東坡之句。

祭告碑率皆明代萬曆尤多中惟安文璧所作最佳

碑勒安文璧，雕章五色騰。此來誰可語，片石指韓陵。

曲陽之恒山遊踪未到北望成詠

一峰曲陽北，亦署恒山名。匪徒墮飛石，尊嚴寓嶽靈。岧岧泠空臺，泠映天光青。清虛下上院，飛觀基峴陘。畢昴插高棟，風飈響疎欞。松楠雪後見，雞犬雲中聽。緬惟抱朴子，泠竈遺荒庭。烟嵐失振策，遠夢飛苔扃。

恒山集卷六

詩六　古今體詩一百八首

石刻恒嶽全圖詩并序

曲陽嶽廟西偏，有洪武三年曲陽令朱堅所鐫《恒嶽全圖》。其巖泉祠觀，《渾源州北嶽志》中多不備載。景物變遷，非復曩舊。雖經遊涉，未辨其名。今圖猶髣髴可識，更閱久，將漫漶。欲覓工墨搨，不可得爲。按圖中所臚列，各題一詩誌之。字從其舊文，仍其闕，留本真也。共得詩一百七首。

朱堅令曲陽，洪武辛酉年。恒宗諸景物，全圖白石鐫。乃知元明際，炳焕羅層巔。金碧聳樓觀，峥泓列巖泉。三霄動鍾磬，一氣浮雲烟。朅來四百載，荒寂總元天。祀典雖釐正，形勝殊從前。苟非留片碣，遺跡早已湮。古繪存髣髴，新吟漫瀏連。幽襟重寄慨，聊用弱毫宣。

后土廟

廣生自后土，朔易從冥天。窈窕起丹碧，結搆凌霄烟。坤靈亘四際，賽火明三邊。黄沙日照燿，紫塞星廻旋。持載仰厚德，大化助重玄。川流閲人代，托體常貞堅。

正北嶽

萬山凝嶽體，位北獨也正。磅磄孕氣母，昭回懸斗柄。三關連斥堠，五臺列軒屏。索寞塞草枯，凄厲朔風勁。鳥獸號曠野，松柏得本性。秋深天宇澄，雪霽河山靚。大茂畢歲功，玄宴肅時令。峻極會貞元，幽默呵嘘盛。

唐　河

漚洟瀉古水，波色寒蕭蕭。晴沙抱幾曲，曉水迤一條。匯合桑乾大，流繞飛狐遥。蟾兔映晃朗，宫霍明岧嶤。層灣餘積雪，頹岸颯驚飇。天空皂雕掣，雙影横飄飖。

小茂山

崴嵬小茂山，縹緲仙靈宅。寒凝雪色皚，晴漾嵐光碧。芝巖爛閃金，松塢香生珀。石竇清泉飛，雲坳夕陽射。青苔有鳥行，朱果無人摘。我獨躡烟梯，就訪咀丹客。

望仙臺

一臺聳巖椒，五夜寒月魄。飛仙不可期，凝望空寥廓。玉漿帶雲斛，瓊蘂臨流嚼。石厂足幽居，塵寰稀大藥。長嘯啁如鸞，輕飛詎化鶴？三霄振毛衣，昌容自綽約。

岱疑當作大茂山

鐵笻響彭觥，仙山淩岱茂。急澗琴筑鏗，層厓冰雪鏤。威喜發烟華，鍾乳流巖竇。林動黠鼯飛，草香驚麝走。靈穴滃雲生，虛樓穹石搆。連山有松肪，幽栖富糧糗。

歡喜臺

蟬蛻人間累，輒生歡喜心。海月懸開鏡，松風奏鳴琴。九莖茁秀草，五采飛仙禽。雪波激澗洶，秋嵐半庭陰。寥空放遠目，清暉照重襟。獨立出塵表，高臺愜幽尋。

文帝堨

何神署文帝，傳自道家流。石堨隱松鶴，天星明斗牛。峰烟下上接，溪瀑左右流。瑶牕面翠巘，玉座臨穹樓。羽人去芝谷，樵子過榛邱。其誰夜炳燭，讀書向巖幽。

中闕峰

奇峰屼中高，峭崒雲作頂。晻靄聚神靈，閃爍生光景。夜掛北斗低，夕映西月炯。鬱葱三輔氣，參差五臺影。溟浮鯤浪寬，地闢龍沙迥。一笏卓青冥，獨立袞衣冷。

中壁峰

群岫拱中峰，千仞蹲絕壁。滌耳虛濤奔，瑩矑冷翠滴。篁坡俯青溪，菌閣凌白石。猿掛蔦蘿枝，龍吟風雨夕。樹古已千年，天低不數尺。盤盤鳥道微，窅窅人境寂。笻杖入高空，薜衣照寒碧。仄磴破莓苔，荒荒留我跡。

接鳳峰

何年威鳳來，孤峰颯梧竹。覽輝下慶霄，映彩儀靈谷。翽飛凌仞千，歸昌叶箾六。喧啾百鳥群，翜翿白雲族。縱步上高岡，素秋清景逐。

小安嶺

步步轔𨍰䡾，一嶺如瓴建。白道轉層空，碧雲横曲巘。谷瀉百重泉，沙縈九折阪。高下甫田磽，青黄雜樹遠。癯農荷篠行，老樵負薪返。犢過澗水渾，鶴憩雲林晚。

大安嶺

威紆相見坡，路盤重嶺過。一磵清湍飛，千巖紫翠磨。神霄嶽色侵，冷樹秋聲作音做。空山猿嘯哀，寒沙虎跡大。遠岫嵐全暝，纖林月半破。近尋竹院投，倦就繩床卧。

南神峰

縹緲南神峰，白雲插天半。卓午嵐氣垂，太古石色燦。明霞映水飛，脱葉迎風亂。岧亭碧玉篸，斌斑錦繡段。石脉出靈泉，巖坳藏古觀。仙禽不知名，晴空振羽翰。

列仙峰

高峰近白日，來往列仙俱。鸞鶴下月舘，笙簫飄天衢。青霞藹蓊鬱，赤氣横扶疎。龜臺接西景，麟洲指東隅。静夜嶽靈過，驂駕黟龍車。鶉居此可卜，老我山澤癯。

聚仙臺

廣成去我久，追躡空清烟。仙靈一以雜，丹經遂紛傳。詎悟登真術，徒睎養生年。無爲合至道，有累牽塵緣。繕性即大藥，凝神契冥筌。莫啖安期棗，漫拍洪崖肩。兹臺洵澄曠，遠矚何超然。群仙此焉聚，片月懸空天。

直峪鋪

直峪在人境，山堠殊清幽。南征出右輔，北迤臨邊州。飂飂嶺飈響，汩汩沙泉流。綺散霽霞夕，紅酣霜樹秋。疊石度深磵，架木緣層邱。欣瞻嶽路近，宛遂仙源遊。

夫兒營

荒營列滄莽，自昔憐夫兒。山蹊石詰屈，沙砦烟迷離。風柳亂無緒，霜月寒侵肌。笳角破遠夢，草蟲纏深悲。時平静斥堠，村曠延茅茨。澗谷遇樵牧，行住偕熙怡。

紫雲洞

湖西陟松崗，一逕趁深洞。靈嶽浮紫雲，故園省清夢。嵌空闢崖門，盤古架石楝。削成鬼斧銛，宴坐仙宇空。虎豹嘿然蹲，龍蛇岌欲動。賢愚此來遊，今昔迭相送。皓匪夏園公，隣豈羊裘仲？層霄有去路，黄鶴不可控。

驀死崖

戀樂貪長生，慮患祈速死。咄哉舍身崖，驀爲斂魄里。大惑詎返真，輕捐寧謝累。久視固虚誣，委順得常理。聖賢全而歸，王侯同盡耳。乘化待有終，習静觀無始。

丁香臺

高臺攢丁香，花時攬芳色。鳥翾艷冶叢，人趁衆香國。倚笑春風前，競遶珠欄側。穠纖西子容，芬馥東皇力。芳時一消沉，古礎埋傾仄。造物竭菁華，翫賞何由得？

石樓窩

太始搆神工，石樓穹百尺。啁啾飛鳥晨，晃朗明月夕。古藤下上盤，急雨東西射。把斟逡巡酒，飛下飄飆舄。寒草色青青，秋樹聲策策。欲取作吟窩，晚看千山赤。

⿰亻䳍字書無此字，疑當作蔦。

化崖

顓頊雀化蛤，翩翻鼠化鴽。物類時有變，人命衰乃徂。三良殉秦穆，惴惴殲其軀。莊周夢蝴蝶，栩栩非故吾。藏舟在夜壑，大力負之趍。委心觀斯達，知命樂有餘。超然懸崖上，獨立伯昏如。

六真洞

谺然闢古洞，連翩栖六真。文火滅丹竈，絳霄馳飈輪。秋清嘯木客，月冷啼野賓。修篁刷鸞尾，古松蟄龍鱗。隱文霹靂篆，軟草氍毹茵。我思掃石榻，高臥忘昏晨。

玉童洞

霮䨴藹陰陰，洞門渺何許。神龍善變化，蜥蜴共容與。乳竇透月輪，坳泓通水府。石仄駕嵌空，潭深負巖阻。谷音傳虛堂，皴法著劈斧。驚聞雷雨時，尺木冲天去。

張公尖

世稀子房侶，不乏仲蔚儔。巖居古隩口，户繞清泉流。白雨洗耒耜，晴沙散豨牛。秋春聲歷歷，晚炊烟浮浮。對面滃雲起，轉瞬遮林邱。意行足力倦，坐憩龍泓頭。

李公㟴

卜築清雲坳，沿迤素沙㟴。隈灣翳老松，子姓傳仙李。山色暧兜羅，溪光鋪側理。遥山樹層層，近塢石齒齒。菑畬繞户外，碌碡埋磧裏。樂哉農家流，隔彼諠囂市。

嶽嶺

蛇盤出太清，崚增登嶽嶺。大茂日絪緼，總玄得要領。三霄曙色明，萬里秋光冷。漠北盡黄沙，海東極清景。金氣肅伊凉，火維抱衡永。高吟帝座通，近矚神京迥。白日麗中天，青筇倚孤影。百年直須臾，差喜情懷騁。

昭鳳嶺

峻嶺呼昭鳳，超然百鳥群。高淩千仞勢，迴映九苞文。棲拂梧桐翠，咀含竹實芬。翺翔傅天起，音響即都聞。毓德來丹穴，啣圖帶紫氛。爲儀振符采，表瑞應華勛。阿閣新巢影，華池涣水紋。懸知覽輝處，重見下卿雲。

張果洞

名嶽定栖真，靈踪得果老。緣辭玉闕婚，道契金庭妙。初月照石床，古洞寒丹竈。清暉目與謀，塵埃跡已掃。遺世古之仙，浩劫顏還少。長生吾不希，得意舒長嘯。

寄舟洞

夜壑共藏舟，元氣時鼓柁。憑化倏而還，寄跡無不可。擊汰瀟湘南，乘桴滄海左。游澌紛下上，波潮任軒簸。羲皇上之人，邱壑中置我。幽探總元天，名山諾已果。

清疑當作青龍洞

靈巖矗中峰，清龍洞迤左。層空下丹梯，一逕入紫邏。烟霞夙所耽，几榻置已妥。神自縈清虛，矑寧矚嵬瑣。身世汎虛舟，臯壤留碩果。新月故自佳，遲向西巖墮。

白虎洞

白虎石林西，邃窟何谺豁。冷泉聲咽流，奇樹勢峻拔。風前飛鳥輕，空際游雲活。飲溪野鹿馴，下柯松鼠突。浮嵐翠且重，餘霞紅未没。洞門夕不扃，歸鶴來天末。

希夷洞

先生有心人，墜驢緣一笑。恬寞獨全真，高尚頻辭詔。蟬蜕一何輕，龍睡遂不覺。形解華山顛，神遊玄嶽嶠。林風播清吹，溪月懸孤照。翠峽想嶔岑，古洞窺奥突。寓跡在方外，澹蕩原同調。

上經藏

我爲異學窮根源，鄒聖遏抑洪水湍。青牛早候函谷關，白馬初演竺法蘭。貝文琳札紛流傳，就中道德五千言。參同契共黄庭宣，多心經語差不煩。楞嚴法華争瀾翻，昌黎巨手障百川。其奈洶洶奔狂瀾，陋哉神通説無邊。涅槃觀引浄土緣，他生富貴輪廻旋。白頭丹竈燒汞鉛，點金幻術晞頑仙。謾傳白日昇青天，邀取愚氓信心虔。花香頂禮開法筵，我聞其説一齀然。上經藏閣侵高玄，到今變滅隨飛烟。誰共觝排諸異端，王門宗旨須附編。

下經藏

堅白一以鳴，老莊爲魁桀。後來諸沙門，從此霏玉屑。折蘆掃語言，面壁宗寂滅。至竟鬭機鋒，有觸矜電掣。浪傳不死方，獨騁無生説。我欲火其書，下院已蕪没。

聚仙嶺

咫尺蓬閬墟，來往龍鸞路。白飛嶺上雲，清映沙中樹。歲晚茂松篁，天清散烟霧。晴日照茅簷，流泉繞蔬圃。境静賞心涵，神閒游目寓。萬里碧霄空，群仙渺何處。

殺虎峪

昔聞虎負嵎，落日跳空下。斑斕毛色披，閃爍睛光射。陷阱那能防，雄威倏然罷。梯雲挹清妍，入峪動驚詫。猛噬患已除，哮闞吁可怕。戾氣慎勿鍾，傳是斗哀化。

香臺寺

隔林隱香臺，逶邐遵澗曲。群烏乍翩翾，獨客輕剥啄。樹影清入池，人意澹于菊。憩石寂無言，梯空舒遠矚。松巖日色殘，竹塢泉聲續。流連青豆房，欲伴溪雲宿。

小香臺

祇林水石斷浮埃，得得孤筇破蘚來。吟眺秋空無伴侶，白雲飛上小香臺。

石堂峪

神工搆石堂，山栖洵可卜。雲林負穹巖，烟水縈修麓。採霞夕可餐，種秫秋已熟。明月入我懷，冷泉瑩人目。耽吟清興長，逃虚晚計足。白雲有底忙，不就巖前宿。

白雲洞

谽谺鑿雲根，瀰漫鋪氣海。頭掉遊鴻濛，胸吞不芥蔕。高騰北塞隅，遠覆南溟外。勢崩銀漢流，色映琉璃界。横舒姤羅綿，盡掩連山黛。倏忽納靈源，萬里青天在。

光焰崖

靈嶽有文章，光焰羅萬狀。奔騰河漢表，炳焕雲霄上。榮輝衆所睎，灝氣吾尤仰。扶輿占物華，射斗彌神王。燭龍照寒門，火烏流翠嶂。熒煌千仞崖，孤卓赤藤杖。

石城院

峍屼標疑城，静院落其内。高臨雁塞邊，俯瞰龍沙背。石映霄漢明，堂發霞嵐綵。一痕挂月鈎，萬頃鋪雲海。灰看小劫飛，天臨大羅在。福地類削成，吾將問真宰。

雌竜水

蜿蜒伏爲雌，滉瀁窪作谷。蟄龍窅潛金，飛泉橫漱玉。神靈不敢唾，靚窈盱駭矚。喦石發光晶，草木滋芬馥。陰罶閟潭潭，陽光射煜煜。游氛掃太空，閒心澹無欲。

金竜洞

隱映黃金鱗，濕雲歸洞口。芊茸藥苗青，嵚崎石稜黝。靈山鼠尾皴，古樹龍文紐。雪淙幾滴寒，雨苔一寸厚。秋光空人心，嶽色落吾手。選作宴坐巖，萬事等芻狗。

風山寺

閴寂古招提，清風颯然至。竹樹本蕭疎，烟雲恰開霽。晶明映寥空，鏡凈憐初地。石泉急飛淙，秋山冷疊翠。蕪荒近谷田，苔蝕殘碑字。未及上香臺，獨留無盡意。

公主庵

貴主事金仙，花宮壓𣃁𣃁。徒睎不染身，詎證無生道？禮制一乖違，王姬相慕傚。唏嗟李唐來，澆風沿象教。

滴水崖

淙琤滴水崖，飛泉下峭壁。歷亂汎烟華，紛披滋石髮。一斛散跳珠，千點碎明月。泝遠龍潭通，盤空鳥道絶。仄嶺鷓飛翻，圓邱螺旋折。却憶湖口山，今宵夢超越。湖口縣亦有滴水崖。

斷山崖

巨靈擘山根，巉嵒翠崖斷。淙聲激石喧，嵐色凌霞亂。偃蓋松層層，舞翮鷺片片。蔬枰劃青畦，樵梯挂丹巘。新月一何纖，泠風有餘善。晚對坐忘疲，即景成流翫。

龍　井

龍井俯窪深，倒映天光炯。皎鏡老顔癯，洞酌清機永。石綴幾苔斑，林挂一瓢影。遥思篁嶺泉，香煮本山茗。

會仙門

招集群仙下太清，南天門口白雲迎。龍鸞一去無消息，惟有潺湲澗水鳴。

望仙石

望仙石傍紫霞堆，無數鸞車軋軋來。悵倚之罘秦漢主，雲濤終古隔蓬萊。

三清堂

寂歷三清堂，空林卧法鼓。朝真羽士稀，取鬧鴉群聚。秋散一壇星，月晃重巖樹。璚霄渺雲君，玉座塵斗姥。灰死委丹爐，苔荒冷紫府。薄暮四山暝，松坳狒狒語。

玉壁泉

流泉下玉壁，一泓瀦潭潭。清印月纖白，倒摇星兩三。半山凝純黛，空天映蔚藍。瓊液酌木瓢，翠色滋苔龕。清寒目屢滌，澄鮮神獨涵。龍潭噴雪瀑，遥憶濂溪甘。

小石候字書俗作堠。

游行經小石，風日喜清佳。硜䃲堆沙隴，茅茨倚翠厓。雲霞還綺綉，鹿豕自朋儕。淳朴山川好，渾思縛草齋。

杜仙庵

白石青苔結净緣，草庵曾寄隱淪賢。不須更問丹砂訣，飲水看山自得仙。

松管峪

松管遠菁葱，丹峪形峭蒨。一徑翠色深，幾里松濤轉。遥山野燒明，落日秋烟亂。居人閉柴關，歸樵下雲巇。林懸升降燈，中藏古道院。

雄竜水

陰雲一氣嘘，古水潛蚴蟉。青拔竹節堅，白摧松骨朽。月纖寫蛾眉，石冷捉鬼手。峭壁字模糊，題名昧誰某。

退庵

選幽巖，得退谷。五粒松，幾叢菊。耽醉吟，居讓廉。愚公愚，潛夫潛。石床眠，瓊蘂嚼。心太玄，眼遼廓。維中嵩，始單車。歷二室，攀三花。太華蓮，如船藕。上蒼龍，騎茅狗。日觀曉，天門開。循顏坡，登孔崖。踞祝融，摩峋嶁。雪霽泉，雲開岫。莊生夢，向子遊。崖滴水，洞寄舟。秋閏九，嶽遍五。古爲徒，巖之阻。

王子庵

業白傳王子，一巖方丈開。地偏辭桂邸，山獨愛蘭臺。即恒嶽山名。龍象稀陳迹，元明遞劫灰。金沙漾泉脉，湍響落清哀。

西龍堂

西堂金碧聳嶙峋，萬頃沙田雨澤勻。雲裏連蜷鱗爪現，鼕鼕社鼓賽龍神。

龍尾崗

逶迤龍尾崗，油雲生靉靆。盤旋勢拏天，奔飛欲入海。連山涌波濤，一氣接茫昧。松坳烟色迴，楓塢霜容改。半規夕陽頽，數點秋星掛。忽思管幼安，名士超塵外。

東寶窩

梧桐生高岡，扶桑麗暘谷。元精薈萃多，灝氣氤氳足。蒸蔚爛雲霞，輝媚含珠玉。丹光吐紅蕖，金沙動華燭。苔過白鹿群，樹拂青鸞族。時有駕鴻人，來就東巖宿。

西寶窩

炳焕映西崑，靈山興寶藏。澤霧豹采生，噓雲龍氣上。草木含清暉，水石激幽響。孤烟秀單椒，層霄麗重朗。琪林落照横，金澗明霞漲。久立憺忘歸，天際真人想。

大將軍山

一山氣象雄，旗纛雲中卓。壁壘排群峰，周廬衛靈嶽。率然列陣勢，首尾横常山。曉晴猿鳥静，秋净風雲閒。我昔雁蕩遊，亦上將軍嶺。碧霄萬里空，海色天容冷。

觀音堂

梵宇莊嚴壓碧岑，白雲一片度秋陰。龍泉迸洒楊枝水，石筍排參紫竹林。元嶽天高山瘞玉，上方沙净地鋪金。横穿狼虎叢中過，賸客清遊不動心。

留紙嶺

留紙元都説舊聞，秋空散盡嶺頭雲。七籤多貯龜臺誥，十賚惟揮鳳篆文。築室靈山明霽雪，採芝深峪映斜曛。羽人不道麟洲遠，渡海傳書倩雀群。

杜先生庵

風來林下有餘清，月到巖前分外明。料得精靈在元嶽，千秋風月屬先生。

興化寺

雲巖高起講經臺，瓴甋深埋劫後灰。猶有石幢蒙古字，一行濃緑繡莓苔。

竜泉鎮

竜泉鎮裹羽人家，細路盤空入紫霞。見説春紅三二月，漫山開徧杜鵑花。

真君觀

千丈喬松蔭醮壇，明霞飛繞玉欄杆。雲成龍虎朝昏護，石作龜蛇左右盤。珠斗光含瑶殿曉，霜鐘聲度碧溪寒。欲餐芝术終吾老，不羡凌虚振羽翰。

天王堂

四大天王法相奇，巍然鎧仗闢金扉。手擎寶塔凌空去，臺殿都隨劫火飛。

龍王堂

丹青畫壁起龍堂，雲氣氤氳正繞梁。六月甘霖喜沾渥，三秋爟火賽熒煌。靈山洞壑潛螺女，遥海樓臺接蜃王。猶有雨工沙上集，傳芭匏管奏洋洋。

神　泉

石坳觱沸涌神泉，龍窟雌雄出總玄。玉液空明映珠斗，木瓢美滿漬苔錢。丹光夜發如燃火，月影秋生未上弦。澹白一甌松下啜，續看蟹眼竹爐煎。

救魔峪

翠峪經幢卧碧蕪，惟留澹月一痕孤。催殘十六天魔舞，不救氈車走上都。

覺　院

薝蔔林中蔟寶燈，一條覺路啟金繩。禪僧白足消沉後，無復牛車演上乘。

金龍口

千盤上嶽嶺，坳口金龍蹲。幽巖伏靈怪，黑帝揚威靈。頹岸蟠古木，廢墟翳荒榛。山巃窣堵波，石作披麻皴。秋草映寒碧，夕霞絢鮮新。往來盡樵牧，識是無懷民。

北嶽廟

稽古有虞狩，望秩諸山川。躬舉燔柴禮，盡在方嶽間。朔巡十一月，駐蹕于恒山。曲陽嶽靈寓，移祀毋乃偏。肇始漢武帝，古義遂已湮。北魏初建廟，雲搆太延年。天峰榱桷在，久廢昭告虔。釐正自聖代，鉅典遵虞編。我入崇靈門，光氣生嵐烟。道士手持珓，導擲朱龕前。冥心了無禱，萬事憑皇天。富貴非吾願，修短隨化遷。不煩傳神語，拜起循階旋。就瞻飛石窟，霞嘌射新鮮。俄見白雲湧，一氣瀰垓埏。

銅山子

元嶽銅山在，鴻鑪一氣鎔。標凌五溪柱，響應九秋鐘。

張元唐

何哉張元唐，乃在山水國。隣自卜由東，居原對周北。

懸空寺

獅座落層空，龍樓倚絶壁。初陽入牖紅，宿雲繞砌白。刹竿矗秋冥，衹樹蟠穹石。去天纔一握，負巖兀千尺。炫奇爛金銀，架虚塗膏血。海衆上危巔，終受傾覆厄。

窯　神

古窯臨勝地，肸蠁奉明神。元嶽光誠麗，青磁色最新。萬形消苦窳，一氣總陶甄。煦照胚胎日，呵嘘炭火春。鳩工居峽口，利用等河濱。模範凝群質，氤氲屬大鈞。晚烟添作黛，新月挂如銀。黄土曾摶物，鴻鑪可鑄人。歲時勤報賽，祠屋起嶙峋。

迎仙壇

瑶壇風物似層城，巖石無塵澗水清。抗手群仙天際下，四山猿鳥一齊鳴。

王家莊

磴道縈廻嶽嶺長，王家喜有白雲莊。依稀水木秋明瑟，共許名園比辟疆。

西鬼逃山

鬼行速如風，奔逃西嶺上。山阿被薜荔，秋色餘魍魎。青燐照楓坳，陰雪寒松嶂。旋飈動窸窣，昏月墮泱漭。呼類有訓狐，驅癘無方相。孤魂夜煢煢，鮑家詩獨唱。

柘林寺

巖椒柘林寺，鈴鐸語秋清。白日沙門靜，晴空法鼓鳴。蘿陰轉階砌，雲氣繞簷楹。破衲臨寒補，山僧遠世情。

保子寺

保子心最誠，創寺作功德。爲善乃綿長，詒穀斯燕翼。恩勤父母心，輝耀龍象色。寶殿起莊嚴，福田求利益。徒裝丈六身，唐捐萬緡力。禍首漢明帝，金仙入中國。

黄元子

不識黄元子，應同獨往生。洪荒有高士，巢父以巢名。

嘉禾山

嘉禾呈上瑞，澶漫此山陂。五穫稱皇古，雙岐報盛時。青苗方掩苒，黄茂忽紛垂。阡陌沙分隴，溝塍水滿池。千畦麥鋪浪，一頃豆爲萁。細雨披簑立，良辰植杖耔。田家嫺擊壤，野老喜含飴。邊塞群通蜡，旄倪不阻飢。堯封欣乃粒，禹甸免其咨。白粲秋聞擣，紅鮮午舉炊。介眉斟酒醴，于趾把鎡基。山澗爲農好，團茅卜在兹。

利澤侯

侯之澤溥兮，利徧吾人。禾麥芃芃兮，疇隴畇畇。邊塞靖兮，滅烟塵。家室寧兮，以時昏姻。侯之來兮，光烟熅。雲爲馬兮，風爲輪。牲肥腯兮，醴酒醇。靈宴坐兮，歆明禋。侯之去兮，旂繽紛。睠顧蒸黎兮，弭節高旻。降繁祉兮，綿千春。

常清泉

兹泉喜常清，在山自終古。清涵磊磊石，朗寫羅羅樹。菊滋爛漫花，鶴洗翩翻羽。奔飛濺春淙，瀺灂添秋雨。空山杳無人，我欲爲池主。

真珠嶺

秋風落葉着人衣，白道盤雲上翠微。危嶺一宵鳴雨過，真珠百斛映空飛。流經翠峪芝苗潤，瀉出瓊田藥草肥。已解塵纓無用濯，只憐滿眼溢清暉。

神　林

千章喬木護神居，老幹懸崖百丈餘。秋漲白雲縈杳靄，霞烘絳氣薄扶疎。月中遶鵲凌銅瓦，巢裏雛鴉下玉除。浩蕩天風動遼廓，林中欲把列仙踞。

康太保廟

太保列三公，五嶽秩視此。借問爾大神，功德可倫比？

神　臺

峥嶸絶頂聳高臺，起望秋光萬里來。四際天容低覆幕，一泓海水恰盈杯。迎仙摇曳霓旌下，朝帝飄飖絳節迴。知是嶽靈容野客，不妨長嘯動巖隈。

張太保廟

神號紛紛建上公，連甍接棟起祠宫。應憐上界多官府，勞費人間賽火紅。

松林 闕

塞山勢合沓，雜樹紛葱蘢。惟瞻北嶽上，攢列千萬松。春雨長養足，一一蟠髯龍。之而動鱗鬣，夭矯騰虚空。顧兹直榦挺，要自元氣鍾。却憶對松山，泰岱參寵嵸。勾萌屬青帝，故應翠色濃。朔方臨大漠，凛冽閉元冬。峻拔雪霜質，鉅力標恒宗。泠映飛狐月，浩洶倒馬風。神靈萃大茂，寒碧遮層穹。張王聳千丈，曉晃扶桑紅。鎮壓金龍口，不受嬴秦封。濤移大海水，蕩滌窮荒中。峻嶒歲寒節，僻寄幽都蹤。無心邀賞識，萬古青濛濛。

福聖院

寶蓋金幢歷劫荒，蟠龍古礎冷斜陽。名王貴主俱消歇，福聖空傳古道場。

興聖 闕

興聖遺基一片蕪，雲牕霧閣總虚無。法筵當日鐘鐃沸，香滿諸天接御罏。

定光寺

王子鋪沙到上方，旛幢婀娜散天香。浮雲飛鳥過無跡，金碧樓臺失定光。

三清殿

道家重三清，層霄蹲緑構。冷礎石苔滋，古鼎銅花繡。烟冥紫閣穹，風漾青池皺。玄裳一鶴舞，玉管雙童奏。代炬松葉香，拄杖笻枝瘦。夜坐守庚申，疎櫺月通透。

小嶽嶺

嶢崝小嶽嶺，突起俯衆嶠。體勢分殷輔，名號列太少。飛光低烏蟾，側石卧虎豹。谺谷亂流穿，游氛疾風掃。升雲一線盤，回飈萬樹拗。鼓勇上巖椒，更盡所歷妙。

鬼逃嶺

荒嶺歘潛逃，幽墟栖默默。似畏逢老馗，索魂恣啖食。黯慘寄松陰，愁嘯臨月黑。故衣化塵灰，凉火明苔色。浮生豈無涯，乘化會終極。老在無功鄉，死葬陶家側。

水閗嵒

巽聞傳水閗，激怒氣難平。倒窟蛇龍徙，奔厓虎豹驚。谷陵渾欲變，瀫洛孰教争？天柱千尋撼，雷車萬石轟。掀騰轉坤軸，摧拉到霄峥。直挾衝飈簸，還連驟雨鳴。蹴翻巖壑勢，號動鬼神聲。直似滄溟覆，真愁山嶽傾。餘威横滌蕩，奇響震砰訇。地歷前塵黯，嵒啣夕照明。澗泉秋澮浥，依舊在山清。

開化寺

銀沙一片碧苔寒，梵唄無聲法鼓殘。猶説當年開化寺，如來香像刻旃檀。

沙　河

滹淙元嶽西，灣澴紫塞北。小春煖磧痕，大茂澄煙色。往者一條冰，飛蹴萬馬跡。今兹清瑶流，恍映水晶域。塵消鬬戰場，波縈安樂國。邊民闢沙畬，耕墢泯知識。

題石刻恒嶽圖詩畢有述

金石久消鑠，陵谷多變遷。况兹落邊塞，元嶽尤幽偏。當時聳樓閣，象教崇完顔。綉旛出大内，嶺路來珠輧。巖壑有奇色，照燿生雲烟。繪圖鐫白石，好事由朱堅。是碑傍飛石，靈氣仝盤旋。荒荒委沙礫，轉瞬四百年。嶽靈假我手，一一羅吟編。光怪入肺腑，清暉注毫端。吾詩不灰劫，異跡千秋傳。

恒山集卷七

詩七　古今體詩八十一首

發曲陽

吟望曲陽陲，紛吾别意遲。從看道傍石，多是廟中碑。此舉宜無廢，其誰告有司？荒凉墮榱桷，零落委尊彝。祝册銷金簡，爐烟冷玉墀。晴雲接靈穴，陰雨晃神旗。一氣通天闕，千秋奠地祇。祠官詣玄嶽，祀典正清時。望秩文雖改，明禋禮亦宜。燔柴誠渺矣，肸蠁竟凄其。我覽朱堅碣，全題翠管辭。霞嵐仍蓊蔚，樓觀失參差。陵谷形靡定，元明代屢移。端須紀陳迹，寧復覩前規。回首孤城隱，驅車遠路岐。後賢如考古，應誦老夫詩。

渡葡萄河

澶漫四五里，沙水横填淤。河底恐陷淖，雙輪不敢驅。車夫氣勇决，盤礴波中趨。奮涉不没脛，回身挽輕車。一泓直可渡，大聲揮鞭呼。河邊衆林立，屬目在一夫。長鬣負我渡，輕挾山澤癯。我如鶴乘軒，彼不豕負塗。一時兩壯士，奇勇賈有餘。意並無險阻，登岸只須臾。隔河車雜沓，悵望空踟蹰。

趙順平故里

出師曾拜表，突將列雄名。糾合諸精銳，悲思首順平。眼明辨國賊，膽壯冠軍營。足與關張並，能扶蜀漢傾。揮戈千戰勝，入陣一身輕。人爲炎劉出，公從真定生。曹瞞應短氣，先主得長城。擁護樓桑在，英靈抱赤誠。

郭巨故里

一貧乃至此，顧養獨情深。悽絶兒埋土，奇哉天賜金。里居傳此地，故事感于今。滿眼風何眯，明覘孝子心。

馮唐故里

漢廷詢父老，偉矣識馮唐。易老嗟年事，難升滯省郎。青雲虛特達，白首足淒涼。早謝金華殿，深潛水竹傍。

白馬河

只見黃沙隴，難尋白馬河。千年陵谷變，人事更如何？

鴛水橋懷張聖書天麟

遠道邢臺縣，嘉名鴛水橋。南湖多舊雨，最念阿龍超。

内邱晉明門外燈山閣奉碧霞神女有賦

晉明門口聳，飛閣一何高。燈焰侵虹月，山形駕海濤。瓊簫應引鳳，火樹自連鰲。波色開金鑑，閣前有方池。霞標建彩旄。雲横三素影，樂奏八琅璈。榜『月中天樂』四字。筐進安期棗，盤盛度索桃。花涵净瓶水，鈴挂寶幡縧。豐稔群情躍，承平樂事遭。新春簪是勝，元夕舞翻翿。神女靈踪炳，都人賽會豪。鉦鐃喧競日，卓馬過滔滔。

内邱道中見古廟榜一聯云趙北無雙地燕南第一峰觸興成詠

向禽從放浪，燕趙恣遨遊。把杖回中嶽，驅車過内邱。一峰青靄繞，數片白雲留。沙上霜花滿，林間日氣浮。堠堆經隻隻，驛路歷悠悠。脱葉于今盡，飛鴉是處稠。風尤捲蓬蓆，寒轉襲羔裘。已盡三秋月，長懷九派流。行須穿汴上，盼不到中州。夢裏濂溪水，潺湲拔老湫。

河心

迢遞河心路，荒沙一尺深。羸蹄虛得得，野水尚滛滛。日色消冰叚，風聲動樹林。環山横遠黛，飛鳥遺去聲悲音。寒攬征裘襲，醺思濁酒斟。南天引和煦，朔氣送蕭森。相待無枚馬，孤遊且尚禽。客情渾自慰，仙跡渺難尋。老鬢絲難染，冥心陸易沉。邯鄲前路近，學步載駸駸。

謁漢世祖廟并序

俗傳爲帝夜行柏鄉，問路斬石人處。石人中斷委地，尚留廟中。事不見正史，姑紀一律。

柏鄉傳問路，夜語石人愁。三尺神鋒試，千秋故跡留。天生銅馬帝，地類斬蛇溝。王莽應千叚，妖氛靖九州。

渡漳河

躑躅漳河口，橋梁尚未成。人從高岸望，車向濁波行。遠樹安陽縣，寒風講武城。老來遊物外，空抱濟川情。

次安陽示疎村

渡漳猶振策，遥望古城樓。脱葉高天豁，斜陽野水流。草玄慚巨筆，醉白愛新芻。小陸欣重會，論文夜不休。

重謁比干墓

昔遊入函谷，墓謁關龍逢。柴車此往復，公心剖赤忠。伊古兩直諫，中土輝西東。不恨諫而死，但恨諫罔功。終焉大社屋，莫破商辛聾。一過黯白日，再過生悲風。誰從遊地下，奇節與之同。

百泉追悼張南臯濟川

凄凉百泉上，逝水俯滔滔。門内攄天性，塵中失俊髦。池塘憶東苑，竹樹接南臯。講舍紛聯席，經帷共解縚。寶俱欽璞玉，交並飲醇醪。賦命何多厄，謀生亦太勞。孩提違母愛，奔走逐兒曹。汴上春光早，平臺月色高。飄飖類萍梗，陶寫涉風騷。高舘催之去，清暉賀所遭。省園題殆遍，吟興一何豪。二豎俄交迫，幺弦遂罷操。遺緘傳雁足，端坐擲兔毫。淚睫憑誰拭，哀絲到死繅。吾曾攄一慟，父更咽三號。溽暑誠爲酷，悲風此尚饕。土憐埋玉樹，芒痛掩金刀。孝友孤生篤，春秋一字褒。幽光何日發，感舊涕沾袍。

百泉

百泉沸靈穴，浩渺聚坳泓。湧處金成色，噴來玉有聲。源深星宿洶，湍落洞庭平。渚石蹲如島，山墉列似城。灘揺銀礫動，風漾縠紋生。日月凌空朗，雲霞倒影明。鳥從屏上拂，人向鏡中行。樓起疑噓蜃，杯傾直吸鯨。浴波銜騄駬，唼葉泳鵁鶄。翠篠千竿立，飛梁一道横。生機看魚躍，素志與鷗盟。天氣臨寒凈，嵐光向午晴。只憐流浪去，無復在山清。

孫登嘯臺

幽絶蘇門境，川巖繞邃阿。何人此棲遁，長嘯憶公和。逸韻聞鸞鳳，崇臺挂薜蘿。遺踪訪雲谷，傳響動林柯。嵐汎層層翠，泉回澮澮波。嗣宗狂特甚，叔夜愧應多。輒至途窮矣，其如識闇何。空悲廣陵散，差喜醉顔酡。詎似朔寥廓，無憂觸網羅。長懷考槃地，洵是碩人薖。徙倚欽前哲，登臨發浩歌。寧須買山隱，宴坐一盤陀。

清暉閣

凌霄虚閣起，面面繞清暉。一水揺澄碧，層嵐接翠微。白雲迷佛寺，紅葉點人衣。石磴爲吟塢，苔階即釣磯。星光浮浪動，霞彩映空飛。樵子穿松徑，漁家闢竹扉。沙蒲抽節短，土蕨茁拳肥。草木含靈氣，山川入靜機。回潭魚潑潑，拂檻鳥依依。寒雨池蓮倒，繁霜岸柳稀。前賢此栖逸，空谷有光輝。四眺神俱爽，孤遊願莫違。公和如可作，微爾更誰歸？

壬癸廟

廟貌輝金碧，丹青畫壁新。靈源出壬癸，虛室守庚申。金簡投深穴，霓旌下遠旻。元冥方用事，盛德報明禋。

靈源亭

觱沸靈源湧，洪瀾散百泉。盪摩空際日，翻動水中天。清洌煎茶銚，汪洋溉稻田。沫邦多沃土，神貺出亭前。

恭謁先師廟

仰止先師廟，投笻倍悚惶。摳趨拾階級，下拜肅冠裳。至教垂來永，奎文爛有光。御書『至教永垂』四字。空山陳俎豆，寒日映宮牆。轍跡追三至，淵源溯獨長。遠臣原得主，君子尚留鄉。穎悟思門下，纏綿倚墓旁。性天聞奧窔，瑚璉器熒煌。陶鑄從兹邈，裁成何所望。孫登自棲逸，阮籍太猖狂。擊壤逢平世，觀圖契古皇。風流千古振，安樂一窩藏。頃者徵君起，因之道氣揚。宗傳分派別，吾意迴徊徨。正脉推濂洛，真知叩耿湯。講壇紛錯擁，學蔀闢除忙。墜緒尋洙泗，遺書守紫陽。當湖立廊廡，須友具舟航。小子終無述，餘山耿不忘。還悲幽室瞽，舉步獨倀倀。

謁周程子祠

道脉元公啟，親承得二程。水風吟處細，山雪立餘清。繞砌新苔緑，當簷一鳥鳴。廬陰與洛下，到處繫深情。

安樂窩謁邵子

舊築吟窩在，藤蘿百尺捫。風流千載迴，安樂此間存。河洛從參會，漁樵聽細論。孫登善長嘯，未許占蘇門。

擊壤亭

清吟標擊壤，歌嘯任天真。底用儕詩伯，從教老逸民。空中起樓閣，心上足經綸。魚鳥亭前滿，飛潛意總親。

湧金亭

一片黄金色，飛波湧日輪。熒煌射魚眼，焕爛照龍鱗。適興雙瓶酒，冥心數尺緡。已完遊嶽願，此地作閒人。

噴玉亭

鳴玉潺潺漱，噴來濺客衣。洪波衝岸動，萬疊洒空飛。宴坐忘喧寂，瀏觀泯是非。神情開滌處，蒲稗翠因依。

謁孫徵君祠

舊竹千竿密，高風不可攀。舉幡三輔外，築室百泉間。環海呼聲迥，清流照影閒。宗傳一編在，吾欲質餘山。

白衣庵

葱蘢圍竹木，最愛白衣庵。石銚烹新茗，甆瓶慣汲潭。心清戛鈴鐸，眼冷飫晴嵐。古樸瞿曇老，元機寂不談。

沙門鎮

沙門車度處，野店已晨炊。旭散雞豚社，冰凝雁鶩池。天容小春裏，風氣大寒時。却憶邊垣苦，歸來幸不遲。

濟瀆廟

濟水列四瀆，發源王屋巔。厥流清且勁，别異黄河壖。見伏亘千里，歷下東城偏。上騰四尺許，奇著趵突泉。邐北入于海，靈跡垂虞編。禹導自沇水，主名奠山川。延津古城北，有廟形翼然。土人歲禱賽，駿奔肅几筵。載觀舊碑碣，神異紛流傳。伍奢實主此，名號貞珉鐫。公生殫臣職，建儲光赫燀。直諫浩噴薄，父子羅禍駢。殁而爲明神，精氣亘重玄。豈其訛楚語，祀典臚潭淵。靈胥擁白馬，亦聞作水仙。秋潮怒洶湧，釃酒漸江邊。援毫姑紀此，聊當禮魂篇。

黄河岸

野曠平沙岸，天低遠樹林。寒風重問渡，塵世幾知音。汴上浮沉跡，天涯去住心。老夫惟作達，茅店一杯斟。

入汴城呈石生疊韻

雲中遠見汴城樓，疲馬長途且暫休。舊雨多應詢杜老，故鄉正復似并州。九江夢去魂猶繫，萬里歸來願畢酬。爲有故人家在此，今宵縱飲不須謀。

頻得家書知鐘兒産一子球兒將至洛下篪兒已赴潯陽縷述成咏即寄示兒

乍看逢舊識，頻喜得家書。小字孩提裏，添丁隔歲餘。今兹詣元嶽，昨者到匡廬。濂既嘉名肇，恒還覽揆初。濂、恒，兩孫小名。直供吾笑樂，更博衆軒渠。洛下仍敷席，潯陽亦寄居。殊方憐闊絶，賢主好相於。北道懷驅轂，南鄉夢倚閭。含飴知慰藉，織素尚欷歔。女病嗟無那，孫謀忍忽諸。裝囊營藥餌，經訓作菑畬。期和鳴陰鶴，猶歡涸轍魚。飛騰原有候，攻苦莫教虚。實學爲根柢，浮名是土苴。開心德未立，轉瞬歲將除。妄想徒爲爾，清機孰起予？講堂溪漉漉，吟舍竹疎疎。歸老濂溪上，簞瓢亦晏如。

家書來兒子繩球有志學詩寄此勖之

删述千秋志令名，毛韓自昔一經横。規橅三百龍文鼎，撥置尋常蚓竅聲。鉛槧小儒摛月露，乾坤大義誦生成。不嫌直說吾家事，寢食休忘嗜古情。

聞金繪卣志章王麐徵曾祥相繼徂謝爲作二哀詩

繪　卣

古老驚淪没，天門詄上征。猶存人日寄，無復壑舟横。童丱聞先輩，騷歌播令名。耄耆親賤子，壇坫結深情。藻彩籠群雅，風期獨老成。傳衣從哲匠，倒屣自名卿。聞譽喧京國，飛騰掩衆英。丹衷惟黽勉，素節特峥嶸。鳳閣中朝入，麟符絶塞行。榆林敷惠澤，楓陛鑒精誠。大耋慈親壽，重封錫命榮。蘭陔潔飱膳，萊服宛童嬰。問學隆堂構，丰標冠里閎。三蘇著才望，兩到紹家聲。晚歲何多厄，澄懷了不攖。危途惟覺坦，噩夢那須驚。遇我聯膠漆，從君操水伶。山中仝豹隱，物外共鷗盟。舊德元深仰，新詩且互賡。養痾依枕簟，觸熱欸柴荆。江渚成暌隔，星樓幾合并。君所居在德星樓。春朝憐晤語，别思苦廻縈。靈嶽窮南北，良朋隔死生。秋風訃遄至，河水淚仝傾。華表虛遼鶴，香叢敗楚蘅。龍文抛厲鶚，鴻筆喪周京。零落看耆舊，提携寡弟兄。群公遞徂謝，一士黯悲鳴。誄出安仁手，碑題有道塋。殘生添寂寞，悽愴數歸程。

廖徵

淪亡胡可又，一箇愴重聞。誰割邱遲錦，空持郢匠斤。瑯琊存逸調，吴下仰清芬。雲合多名士，風流孰似君？聲華傾浙汜，標格照湖濆。愛酒仝元亮，臨池仿右軍。籠鵝從恣洒，泛蟻便成醺。時把青荷葉，横書白練裙。公卿能下士，謂學使雷公翠庭。風雨感斯文。碑板勞摛藻，科名未策勳。一心甘寂寞，萬事斷糾紛。春日偕童冠，秋霄睨錦雯。浮生隱蓬徑，至死卧松雲。兔苑耰耡力，毛椎錦繡紋。市門終耻倚，荒歲枉勞耘。憶昨茵相接，移時袂遽分。親知情繾綣，騷雅氣氤氲。異地看明月，遥天隔翠氛。遄揮玉樓草，罷採石池芹。竟以千金璧，埋諸三尺墳。珠盤委壇坫，香火冷榆枌。旅底猶縈夢，歸來已失群。才高嗟不禄，命薄復何云？獨立真爲鶴，同聲指是麕。何人憐葛帔，有子繼香芸。一掬知音淚，頻教酹夕曛。

汴上聞定巖擢察贛南奉寄

遨遊回北嶽，遷擢望南雲。鹿轂秋辭夾，麟符早已分。九江傳舊德，八境播清芬。澤自潯陽洒，聲先庾嶺聞。鳳棲瞻異彩，虎渡紀前勳。暑雨淹行客，清風劇憶君。洛嵩無滯跡，章貢倍離群。小子依旄節，諸生採藻芹。從公方絡繹，邀我最慇懃。樓檻延凉月，雲岑戀夕氛。長吟惟荷賞，滿酌不辭醺。鑿洞開巖竇，飛流破蘚紋。連岡栽翠竹，列舍置香芸。主去移賓館，碑留勒篆文。旅情應寂寞，山翠自氤氲。兩地濂溪院，書堂觸緒紛。

夜別圖東

月出人皆醉，夜闌燭更秉。襲袭氣森森，縈牕光耿耿。白水舊盟心，素髮稀垂頸。君豈戀夔龍，我寧慕箕潁。東陝舍甘棠，北嶽逐清景。出處志弗殊，憂樂趣各領。策杖聊取適，懸車發深省。對影渾如夢，別淚休若綆。匆匆上馬去，出户天星冷。

鬧　店

世情多取鬧，茅店亦譁然。簫鼓豐年兢，閭閻樂事駢。閒心一池水，寒月此宵弦。掃榻渾無擾，忘機到處便。

荀氏八龍故里

閭里有醇德，群傳荀朗陵。三君偕令聞，四長肇徽稱。才子高陽著，真人列宿徵。通家太邱洽，清望潁川澄。十里村須表，單車軾正憑。八龍齊矯翼，猶想此飛騰。

馬融讀書處

臨潁城南路，經過弔馬融。讀書原敏妙，得解最淹通。女樂何妨列，儒流故自雄。後堂開麗日，紗帳捲春風。底事依梁冀，徒教授戴崇。傳經鮮裨益，失足祇悲恫。名節千秋重，炎威一瞬空。康成有光耀，侑食聖門中。

小商橋謁楊將軍再興廟

一歸忠武部，義勇掃氛。不作曹成將，能殲兀朮軍。商橋曾轉戰，宋史特書勳。飛矢攢如雨，揮戈奮若雲。積尸橫曠野，熱血洒斜曛。盡力摧强敵，捐軀報大君。吾鄉存故墅，杭州艮山門外有楊墅廟。此地矗孤墳。岳廟同千古，風悲野水濆。

信陽道中雪

侵晨寒轉劇，霰雪遂交加。正值千盤磴，還添一片沙。遥山俄見白，近樹亂飄花。薄漬經行屐，重凝往復車。衝坡嘶倦馬，覓食下飢鴉。屢閱迎人堠，難尋賣酒家。石將埋塊壘，谷已塞谽谺。漠漠同雲暗，蕭蕭古道賒。寧思訪安道，聊且詠劉叉。處處堪乘興，無須起嘆嗟。

雪中寄圖東疊韻

時起寒膚粟，誰將煖眼加？漫天如急箭，壓地不飛沙。是處偏彌罅，空中倍眩花。崎嶇蟠石角，轣轆碾柴車。盡掩黃泥坂，翻成白項鴉。始知征路客，不及野人家。忽覺盈頭綴，還看衆口谺。客情雖自冷，吟興頗能賒。月晃關雲色，風摇陜樹叉。懸知獨拈盞，念我發長嗟。

信陽旅舍獨酌

旅舍殊岑寂，惟思倒一杯。孤懷何所屬，滿飲豈須陪？霽雪牕相映，寒風户不開。醁醽頻爲煖，柮榾任教煨。五嶽遊方徧，單車往復回。淹留對羸僕，吟嘯阻群才。何處靈山是，信陽山名。空教蠟屐來。追風誰借驃，步月想登臺。漢口途迢遞，江州夢泝洄。連程多凜冽，滿眼少塵埃。萬慮都抛却，繁愁安在哉？方稱杜康德，爲我置黃醅。

信陽謁先賢子貢祠

先賢宰兹土，瑚璉發輝光。聖學欽端木，神祠矗信陽。哲科妙言語，性道闡文章。美績夫何有，徽猷孰敢望？駟連瞻度偉，貨殖使民康。故國違千里，中州濟一方。智能周衆務，達更表專長。鞠拜層階下，低徊古柏旁。閭閻與縫掖，德澤並難忘。

信陽奉懷何大復

空同並驪轡，奇秀本大成。騷雅推冠冕，壇場遞主盟。還看偉封事，不獨擅詩名。晚出能孤挺，餘才孰抗衡？直辭森噴去聲薄，逸氣莽縱横。鳳羽翔千仞，龍泉閟九京。吹臺羅俎豆，書院啟簪楹。前繼三賢跡，高凌七子聲。多師裁僞體，尚友論平生。異代生悽愴，清緣不合并。遺編摛拙序，故里毓元精。此地論先正，流風倍有情。

彭家灣

獨輪行古路，雪濘最崎嶇。甈䡵橋心度，嶔崟石角趨。凍時凌磈磊，融處踏泥塗。寥落悲羈客，凌兢苦僕夫。窄過敧樹畔，危轉峻坡隅。飫見惟冰柱，空期是酒壺。飢禽群聚噪，駿騎倏前驅。小店頻思歇，圓笻不可扶。離城纔一舍，落日已將晡。草木俱晶玉，關河入畫圖。吟情偏勃發，遊興豈全孤？即次彭灣裏，争看白在鬚。

彭家灣阻雪疊韻

投車喜安枕，夜夢怵崎嶇。又值繽紛洒，空思轣轆趨。去留難信意，來往莫尋塗。長嘆多行客，高吟獨老夫。望窮遥海角，坐對衆山隅。景麗移銀闕，神清濯玉壺。淺斟成爛醉，快獵殊添嶽遊好，詎道旅情孤？晃朗當簷立，澄暉映鬢鬚。

想飛驅。狐貉寒思襲，窸窣壓欲扶。臨風惟是凍，留月不愁晡。憶把寒江釣，誰皴溽暑圖？

徒步

車舍從徒步，山蹊積雪乾。雖憐饒况瘁，聊喜得平安。鶴氅加身煖，烏藤入手寒。縠紋縈一水，粉本列層巒。巨壑魚龍蟄，空枝鳥雀攢。蜀薑惟愛辣，魯酒不辭酸。首路猶千里，遊山已萬盤。高吟還自壯，清興詎曾闌？石磴須臾倚，雲林仔細看。撥衰筋力振，耐苦性情寬。未覺經行險，深知閱歷難。人情工變幻，世事足波瀾。白道重關遠，青鞋幾緉殘。吾趼渾欲繭，他馬莫施鞍。屈曲尋隈隩，舒徐刷羽翰。還愁風色緊，飛絮滚成團。

武勝關

武勝關頭路，沿緣上峻坡。山田鋪玉粒，亭壁畫琱戈。霽月團團隱，朝煙澮澮拖。雞鳴通過客，魚貫下行羸。漫道淩兢甚，其如犖确何。崇巒渾似堞，細水不成河。石上車轇轕，巖頭堠駊騀。猶懷吹臺跡，已聽楚人歌。雲斷河南色，林交湖北柯。溪堂清夢遠，雪岫苦吟多。破凍行猶澁，消寒飲已酡。嶽遊遄往復，歲月劇蹉跎。

東王

杲杲當空出，行人意快哉。舒光從雪後，争耀在巖隈。寒鳥飛頻下，群山闔復開。東王村逶迤，南國客徘徊。松竹青成列，雪巒翠作堆。低坡騮下坂，高嶺鶴升臺。粔籹香炊甑，醇醪煖瀉杯。陰餘晴忽見，憂盡樂還來。野水纔消凍，平沙詎起埃？僕夫行甚健，不畏獨輪摧。

三家店

應州南向去，野曠得夷庚。惴過三家店，遥回萬里程。煙山疊攢簇，雪水細縱横。已戰紛華勝，無憂太瘦生。

廣水

遥見村煙聚，先迎窣堵波。渾如千室邑，還過一坡陀。晻曖重關晚，紛綸列肆多。商應連楚蜀，貨並集車贏。逆旅燒銀燭，官人止玉珂。迎眸觀物態，到耳沸笙歌。如水心原冷，圍爐氣自和。殊憐歲將晏，莫問夜如何。惴想浮江艇，仍期到磵阿。雲岑容隱几，潭洞作吟窩。喧聽溪頭瀑，幽攀月下蘿。今宵居廣水，廬阜夢嵯峨。

山烟

應山山色好，一抹曉烟長。翠麓聯綿起，巖腰縹緲颺。瀰漫似雲海，横亘若星潢。冷映高空白，奇烘旭日黄。連岡缺遄補，雜樹密交藏。湧現由真宰，憑陵接大荒。何從覓靈穴，直是護神房。就遠看寒色，升高攬曙光。凝時儼環帶，散處極蒼茫。氣母從舒卷，呵嘘默主張。

河冰

雪後加寒沍，瀰漫忽已冰。還添霜色白，不掩水光澄。落葉鋪千點，生綃冪幾層。冲冲寧許鑿，片片已教凝。徑渡狐疑屢，輕飛鵠立曾。游澌倏紛下，晴旭煖全蒸。澤腹堅馴至，河湑履戰兢。寒紋横斷裂，勁體不模稜。隤岸和銀礫，長川亘玉繩。崢嶸連夜凍，晏歲莽相仍。

仁和店

見説仁和店，聞名想故鄉。中州門屢入，此處路廻翔。嵐湧千山側，冰凝一水傍。殊憐天氣好，不覺土思長。夙契俱零落，清吟獨激昂。三秋詣靈嶽，千里滞殊方。寡和真徒爾，緘題孰寄將？寓身同海粟，泛宅借江艎。溢浦懸明月，匡廬疊翠岡。元公曾卜築，終老在書堂。

小河溪

陂岡經崥岏，沙礫接騈闐。灘石白如許，河流清可憐。獨輪驅落後，略彴度争先。翠蓋孤松立，紅規落日圓。山寒猶有雪，水澹不生烟。犬吠廵籬落，鴉栖踞樹巔。村厨紆左顧，茅店息重趼。客愛醪頻注，僮催茗續煎。曲房燈綻蘂，遥夕月成弦。筠管還孤詠，繩床遂晏眠。春尋芳草渡，情在小溪邊。

松林岡

平岡何岝岃，遍地是松林。晚見峥嶸節，寒標挺拔心。年光頻代謝，物態並銷沉。寥落關河晚，優游歲月深。冰霜增凛冽，天地亦蕭森。中聖凄成煖，懷賢古視今。須知後凋意，卓立冠雲岑。

蘆管雪

朔風穿破屋，雪片到繩床。晚睇茅簷外，遥鋪蘆管塘。僕夫愁遠道，游子感他鄉。凛冽踰前日，暄和望太陽。雖嗟紛颯拉，猶幸異淋浪。轉覺衣裝薄，休論酒價昂。同雲徐解駮，輕絮失飄揚。落已凝群岫，平還羃淺岡。寒欺風際鬢，白過草頭霜。便似山陰道，翛然興欲狂。

奉懷孝感故尚書涂公存齋天相

登朝非巧宦，退谷是愚公。故事金華省，新阡白草叢。學能掃豐蔀，仕不玷清衷。崛起原茅屋，歸休乏綺櫳。君恩矜晚節，臣病息微躬。老返生申里，年齊書亥翁。澄懷平寵辱，雅量忘窊隆。貴已施行馬，翛然逐去鴻。神栖小有洞，官謝大司空。賤子依賓館，當年記考工。素心明白水，青眼鑒華銅。大小經文晰，縱横史論雄。聞談只風月，恩誼等衡嵩。北部班猶點，東山望特崇。依遲京輦外，悵望道山中。幾輛車曾送，重泉信不通。悲傷壞梁木，感激撫焦桐。故里經寒日，靈旂裊緒風。倉場留奏議，經國懇抒忠。炳焕遺編在，訏謨思不窮。

九子墩

如箭風號九子墩，行人裘敝欲消魂。却思樓駕雲岑上，坐看香爐上曉暾。

雙　廟

遠道來吴客，清歌聽楚邦。白雲横翠岫，紅日上明窻。雪盡茅簷口，霜凝古樹腔。荒岡人立獨，空谷鳥飛雙。晴鵓新呼屋，金蟲昨綴釭。苦辛僮足倦，懌悦我心降。野稜横驅犢，沙村數吠狵。今辰猶跕屣，明午想浮艭。迢遞經雙廟，奔飛下九江。晨餐安雜坐，不怪語言哤。

三樹根

洱口遥連漢口村，楚天浄掃楚煙痕。雪泥到處留鴻跡，指爪踏過三樹根。

將至漢口述懷

蓮洞群相望，連宵繞夢魂。荒墩過九子，古樹接三根。雪盡臨荆楚，烟開見水村。同行憩茅店，淺酌舉匏尊。健僕身衝凍，衰翁背就暄。雲巖時獨往，心跡與誰論？瑣瑣多裨販，冥冥只默存。漢江知洶湧，歲月自崩奔。賞曲亡鍾子，懸崖立伯昏。寒風叫鴻雁，宿雨敗蘭蓀。磯口從招鶴，溟中任繫鯤。幾年遊嶽路，九曲泝溪門。巀嶭書堂峻，因依釣石温。紅亭賢主去，翠岫野夫蹲。行矣稀新識，歸與似故園。餘山有遺緒，端欲闡微言。

洱口

行行臨洱口，照眼旅情舒。抵店高春後，離江一舍餘。遥連漢皋樹，已食武昌魚。楝子梅花似，山雞彩鳳如。時光雖凛冽，意興不蕭疎。松竹環村户，牛羊識井墟。此時爲郢客，何處不蘧廬？月映茅茨冷，雲消碧落虚。沾唇香滿盞，理髮白盈梳。勞者猶歌曲，良朋失把裾。枯中有生意，消息一陽初。

漢口

漢口今纔到，經時往復程。舟車正旁午，南北有夷庚。聳峙晴川閣，灣環郤月城。郢兒歌旖旎，蜀估氣縱横。解佩循皐步，同舟泝渚行。仙踪元怳惚，人意自屏營。太白樓空矗，郎官湖尚明。酣呼成雅會，標舉剩佳名。有客輕携策，臨流一濯纓。洲中草空緑，磯上鶴來迎。舒嘯聊乘興，隨波不繫情。頻年三楚汎，寒日一樽傾。踪跡追漁父，滄浪和曲聲。

黄鶴樓

飄飄黄鶴去，樓勢欝巉巖。欄楯凌清旭，階基甃白瑊。高城跨巖岫，遠岸列松杉。煙艇商歌沓，廛闤楚語諵。沔陽流水匯，夏口夕陽御。世代俄成古，仙踪迥隔凡。柳條寒盡秃，棗實吏空饞。絳節胎禽駕，黄庭内景函。遥遺漢皐佩，疾下洞庭帆。亭湧團圞月，波澄上下喦。狂吟聊自適，縱酒不勞監。解渴邀桑苧，當風擘阮咸。青瞳雙炯炯，白髮亂髟髟。翠石摩挲滑，無須姓氏劖。

仙棗亭

悲歌徒纂纂，枯榦矗巖嶅。遥想豳人剥，寧隨禹貢包。亭基餘石甃，月影亂枝交。秋實偕梨栗，村翁瀉斗筲。投懷見心赤，入口免牙膠。絶少如瓜樣，摇來古樹梢。吏隨黄鶴駕，人望白雲坳。未得羅盤案，空思佐酒肴。仙踪多杳渺，楚語自紛淆。方士留徵信，荒唐一解嘲。

湧月亭

月輪起東海，亭勢壓南邦。浩渺明遥夕，團圞湧大江。置身渾絶地，豁眼不安窗。窣堵波移影，陽阿曲换腔。蛟螭回遠壑，商旅下連艭。鶴駕飛仙過，鯨鐘羽士撞。漢陽凝翠靄，湖口激奔瀧。隔岸山如簇，沿磯樹似幢。行踪長落落，事業謝摐摐。但以持螯手，從教倒酒缸。詩憐少陵杜，人是鹿門龐。凍鵲枝栖百，驚魚浪躍雙。巖城擊宵柝，古院閃冬釭。獨立耽佳景，清暉憶石淙。

太白亭

太白曾遊覽，危亭俯水涯。詩篇崔顥在，身世禰衡乖。樓上閒雲影，洲中宿草荄。梅花飛五月，玉笛響層厓。夏口風情暢，長沙日色霾。登臨聊寄興，遷謫不縈懷。空翠遥山疊，枯枝古樹排。官軍簇鑣轡，游女墮簪釵。勝槩留兹土，深情屬我儕。千秋去黄鶴，一輛過青鞋。嘯傲滄洲獨，歌呼下里皆。清瀾翻自漢，濁酒倒如淮。久忘頭盈雪，寧須腰繫緺。遠游浮楚艇，晏坐即蕭齋。憑弔孤懷迴，流觀雙眼揩。霜空澄萬象，景物最清佳。

舟發武昌迎寄潯陽諸同好

武昌至湓浦，信宿下輕帆。樊口餘芳醖，廬陰見翠巖。旋歸尋舊好，遷擢换新銜。玉節違千里，瑶華寄一緘。兒應隨遠棹，僮自把長欃。地主仍相欵，諸生盡不凡。山屏開錦繡，水樂奏韶咸。潭底蜷龍蟄，天邊顧兔毚。雲岑高架構，巖洞冷空嵌。冰溜凝青靄，霜筠映碧巉。緒風吹窈窱，微雪點嶄嵒。户挂來時幞，身更去日衫。迎人村犬熟，絮語野翁諵。預遣塗牆屋，寧教伐柏杉。地爐消薄凍，冬笋解清饞。籀篆留碑記，賓筵去酒監。書堂敷疊席，吟塢啟重函。五嶽存遊草，繁蕪不用芟。

予自武昌挂帆信宿抵九江定巖之任贛南行李已在船矣重送予入濂溪書院快飲達旦留句録别敬和高韻

猶及潯陽唧别酒，遥從夏口趂長風。魚龍浪跋空江裹，雪月光交午夜中。樓倚層霄雙眼豁，人來千里兩心通。墨花重洒濂溪上，高視乾坤孰與同？

息溟枉札垂和遥别韻二首再疊奉寄

北塞南江自在遊，隨方倚着此生浮。人生那得忘情好，一把瑶華憶故邱。

孤鴻銜雪渺無儕，影落廬陰白石齋。忽聽歸昌遺遠響，却思阿閣幾重階。

奉寄雷公翠庭鋐　并序

予出遊嶽時，奉書于公，末云：『敬誦東先生所補之詩于左右。』書到時，公已早乞養得請矣。因有下句。

寰海論膠漆，潛江表席珍。深知叨聖主，顧養戴慈親。書跡詢離索，箋詩寓悃忱。已陳丹陛疏，早乞白華身。偉甚成初志，超然謝要津。熒煌昭淑德，稠疊荷温綸。世守韋賢業，居欽孟母隣。音徽彤管燦，歡笑綵衣新。殊渥歸南嶠，重封拜北宸。輿遵小園路，盤進潔飧晨。榮茂芳萱色，舒長愛日春。折麻貽遠道，應念嶽遊人。

送箎兒歸里

不道行踪滯，猶然駐客艭。無須沿贛水，自合返錢江。更閲明蟾屢，分攜素鯉雙。栖遲遵道路，親故問鄉邦。兔苑勳難策，龍文志必扛。攤書應列庫，握管想如杠。香草騷人佩，皇荂下里腔。炎暉看煜煜，奇響聽逢逢。大器才華斂，深衷意氣降。母衰垂鶴髮，姊病伏螺窗。安慰披斑服，承歡奉玉釭。荆扉耽静寂，塵事謝紛哤。廬阜青霞洞，濂溪白石矼。宅幽盤谷李，身老鹿門龐。遊嶽千峰雪，歸槎九派瀧。吴山青簇簇，楚樹緑幢幢。汝輩須嘗膽，吾心早息幢。葡萄簷下坐，聚影話銀釭。

梁百川曰源爲予寫五嶽詩集寄贈

五嶽詩成未足誇，却憐書格壓簪花。新宮一灑三千字，識是仙人蔡少霞。

歸自恒山題濂溪一絶

玄嶽吾家著水經，此行何止動山靈。秋窻憶感元公夢，歸到濂溪草更青。

抵濂溪書院

書堂溪響繞簾櫳，元嶽歸來憇薄躬。明月當頭千岫冷，故人煖眼一宵同。囊中新草充遊記，架上陳編探易通。詎便笻枝閒挂壁，他山尊處興無窮。

弢甫續集

序

僕德不進，業不修，惟癖性耽吟，以自適其平生。前既刻《弢甫詩集》十四卷，年來所作尤多。鴛湖錢載謂予曰：『惟《五嶽集》單行，餘當收拾作一處。』予是之。合台、蕩、洞庭、中州、閩嶠諸遊草及居恒所作，都爲一集。今老病龍鍾，已輟翰，不事吟咏，深悔誤耗精神。劉忠肅公云：『一爲文人，便無足觀。』吾不幸蹈此，有忝餘山門弟子矣。既已爲之，聊復贅存，記所閱景光。恥過作非，有餘愧焉。

乾隆丁亥重午，桑調元自序。

弢甫續集卷一

古今體詩三十八首

古　詩

束髮志實學，及遊餘山門。聰明勿誤用，親受箴銘言。朋儕一牽率，翰藻争瀾翻。白首竟無得，痛心空自捫。遺書雪涕讀，葉落歸本根。

酬和盧敬甫存心息溟壽朋初春集草堂韻

平生兄事不多人，並喜風光眼底新。金勝簪花光簇彩，瓦盆傾釀色如銀。青氈坐老尋常事，總角交深四十春。情趣休教兒輩覺，白頭一見一回親。

集敬甫草堂疊韻

温語相將就故人，朋遊意氣不争新。清尊滿滿波浮玉，破屋明明月似銀。芻狗已經抛往跡，土牛又見迓今春。一枝笻竹分拈取，照眼青山並覺親。

集息溟草堂疊韻

同調應呼澹蕩人，入林倍覺好懷新。縱横蠆樹從飛火，左右霜刀妙繪銀。狂興齊拚三日醉，浮生稀閱百年春。語君休向關山月，羈旅誰如骨肉親？

幽居洞看梅和季兒繩箎韻

春山萬樹梅，良覿到處新。此間苔洞古，悠然面故人。清寒一照眼，松路蠲浮塵。緣溪影流水，疎密皆天真。空巖發孤笑，荒荒與誰鄰？石室香不渫，窮老逾精神。入宵萬象寂，明月來相親。

雲奇樓望育王山和繩箎韻

今晨肇芳景，天地纔養蒙。熙陽灼螺翠，先明最高峰。蒸嵐出奇彩，妙繪開圓空。群山涌一氣，東走無終窮。遠樹攢修黛，晻曖含春容。凴登攬岩秀，遥天掃氛濛。

酬茅渠眉應奎見懷原韻

來往沙鷗謝是非，滿湖秋水總忘機。陔蘭已敗詩休補，籬菊初開願不違。甫里散人甘螻屈，貞元朝士幾鵬飛。調高郢曲原稀和，新髮空爭白雪輝。

題王譽徵曾祥義橋村齋圖

出山在家兩非宜，妻孥猿鶴遞怨悲。東皋未能躬耘耔，食指何由雪翻匙？遠走村塾爲之師，進退學子以矩規。未侈講坐橫皐比，其肯導攫聲利爲？學川先後勢逶迤，誦如新泉落塘陂。研農歲熟香釜炊，華趺白絳心顔怡。堂堂處子謝忸怩，況收野色供娛娭。方罫水田緑差差，雨鳴鵓鳩朝昏移。洲汀葭蒲莽離披，入秋穲稏黄雲垂。環齋茂樹漲華滋，濃陰波及凉不貲。先生畢課巾烏遺，跂脚北窗哦古詩。瞿塘孟門百嶮巇，顛簸不到支牀龜。朱丸流空倏西馳，玉蛆浮浮杯行遲。掉頭萬事吾弗知，義橋紆左河之麋。輕艖棹破青琉璃，欲往從之屢爽期。我思崑山歸季思，館于城南神恬熙。繽紛書帙竹風吹，槐陰啜茗童冠隨。農歌帆影坐得之，愛而不見空嗟咨，清蹤參逐非君誰？於戲！季思與君孤鳳姿，秋冥千仞焉從追？

題朱君灌畦圖

自來禽尚遊嶽隨倚薄，嗤彼紇干山頭涷白翎。一生只戀生處樂，是身往來海鶴如。青松白石皆可廬，天地四方共一宇，可吾意處猶鄉閭。達哉鹿田翁，前有漢陰老。灌園息機橦，今古同襟抱。宦餘偶憩百川泉，引水穿畦浄如掃。清暉閣前烟景賒，厓垠遠近青周遮。當秋一雨雪浤沸，湍流活活衝圓沙。枝撐亂綴傍塢棗，滋蔓細絡陽陂瓜。是時霜飛萬柿葉，斜陽蒸作川原霞。東頭却望湖山在，風篁石屋性所愛。水邱舊跡追釣遊，嫵嫵江峰秀晨黛。乾坤同調拂衣人，漁弟樵兄仍我輩。飄然别袂風披披，去弄漁舟舞澎湃。野夫乘興更不羈，青鞋布襪信所之。登臨頗挾濟勝具，猱騰不畏雙繭胝。餱糧底須三月聚，青精黄精飽我飢。盧敖若士語荒誕，區中自可環遨嬉。化工皴法特奇詭，多恐蘇門落脚底。寄語巖端長嘯人，秋林鼓吹爲吾起。

和章柱天楹留别韻四首

劫習深纏翰墨筵，依稀結佩自童年。情禪久已泥沾絮，仕隱空餘月滿船。暫返故山無限好，叢生新髮最堪憐。風燈過眼人間事，舊物難抛一片氊。

暢好明湖泛羽樽，休談往事客青門。生無俯仰隨人態，狂有淋漓潑墨痕。漁艇未移江月白，梵鐘初動嶺烟昏。耦耕便約相鄰並，秋雨聲繁薜荔村。

溝塍曲折一邱藏，夕露沾衣濕不妨。谷口棲遲渾欲老，孟門辛苦飽經營。江林霜重烘秋色，籬蘂寒深播晚香。海内故人稀屈指，相逢語笑戀清狂。

空砌蛬吟也自怡，歸昌况數鳳鳴岐。流傳江鮑須千載，寂寞魚龍且一時。仙姥爐頭傾翠釀，秋山木末發華滋。永嘉巖壑多新咏，應許羊何共和之。

題朱源長源滄浪寄跡圖

昨年飄兀滄浪湍，扁舟輕入鷗鷺灘。癡牀不顧達官坐，醉墨涴著東廊瘢。故人薄宦偶寄此，客蹤未暇過盤桓。有若訪戴到忽返，餘興便泛江湖寬。衝寒重來艤杉瀆，故栖已隔荒林端。女墻烟靄水木翳，勝跡移向圖中看。主賓東西兩鴻爪，雪泥吹聒天風乾。北碕片土閲小劫，篁栟幾度灰飛殘。蘄國聲光振炎宋，白雁一過烟墟寒。入雲池館分滅没，跨谷洞山虚巑岏。王璙相惇遞掃一邱貉，何况孫節使與龐都官。長史當年最憔悴，詞川奔激興洪瀾。晶輝未埋檀山里，神瑩皜月清團團。即如此幀貌得此亭古，舊觀儼復神明完。藤窗添我拍浮在，百年幾會留清歡。糢糊煙雨數今夕，暝樹早失川原丹。銀燈吐燄照歷歷，昔夢省凭花前欄。當盃未須算後會，酣作顛草遺簪冠。

吴貞女詩

女結褵，壻御輪。女于歸，羨嘉姻。女結褵，婿伏枕。女請行，暗沾衽。百年好，五日期。既彌留，長別離。虛同牢，甘同穴。從黄泉，留皦日。未亡人，新嫁娘。分明女，拜姑嫜。髧我儀，鬉而祭。抱冬心，紛雨涕。初服縗，終簪蒿。孀月凍，雌風號。鵠不雙，松也獨。處士濳，忠臣蠋。

陸烈婦詩

君徂一何遽，須臾不得留。君徂慎莫遽，待妾同歸休。君先徂，妾後逐。甘心畢命青絲繩，何勞鬼伯相催促。誰謂黄泉暗，月輪下轉明于燭。月輪自妾心中出，有圓無虧光煜煜。軋村有鳥雙嗚呼，雄飛雌從下上俱。霜風叫斷聲嗚嗚，貞魂夜夜環林墟。

送黄皞谷歸閩中

黄葉秋風繞驛亭，凉吹鬢髮已星星。故人往復看漁艇，童子因依過鯉庭。江畔催歸潮正上，雲間懷舊涕同零。君與予同出華亭門下。武夷山色縈清夢，他日應舒老眼青。

李西華友棠入都道杭州同人奉邀小集湖上蒙投長句依韻酬和

臨川明月光無邊，師門十載浩懷想。物外身還不自由，蜘蛛小隱檐牙網。靈谷銅陵跡未經，夢隔川塗空怏惘。胥山耇見公孫面，便擬明湖伴幽賞。劇知蓬島遲飛仙，乞從小住淹吴榜。契托雖緣世講親，文章派别同宗黨。詎誇風月三千首，萬古門才並崇獎。今晨拉上總宜船，訪古嬉春信意往。野夫發興導遊屐，青山雨過鏗投杖。盤回蛇徑籋陂陀，腰脚騰空鬬骯髒。亭虚四照萬景攢，身先一朵飛雲上。忽復中流和櫂謳，濤花雪捲摇菰蔣。狼籍屏風水墨圖，淡濃小米工摹仿。瀰漫春水恰平隄，劃破空青划兩槳。天氣剛逢脩禊餘，選樓何事訾清朗？一代人倫水鏡澄，詞壇掃霧開西爽。憶昔天街穿緑槐，僕面紅香颺十丈。何曾驛舍夢生花，也搦毛錐干氣象。雪邸曾題公讌文，予作《教習公讌序》，公評云『可與子安《滕閣篇》並傳不朽』。滕閣雄篇許争長。龍門巀嶪不時攀，宣武門西河滉瀁。閶闔追從得幾回，倏看使節持英簜。還朝迢遞到懸車，玉陛邱園遥想像。無才不敢點清時，解龜早歲依臯壤。東南巖壑恣冥搜，奇景終年媿獨享。神魂縹緲在雲嵐，晏坐空齋猶怳怳。此地欣陪主客遊，烟渚離離滉浩蕩。落花飛絮滿春衣，只恨千山鶗鴂響。僧廬苦茗一盂香，頓覺浮生捐擾攘。不須芳信趣荼蘼，眼前新緑殊清暢。惜哉缺謁和靖祠，未摘溪毛薦肸蠁。預愁别浦挂雲帆，習習南風吹五兩。船頭記戀落照明，一歌主客臚今曩。

題郭丈庶蕃小照

山啣落日赭，風遞鳴蟬清。遠墟涼烟夕，野渡空翠生。丈人巾舄古，把杖出簷楹。流憩天宇曠，窅然無所營。多男好紙筆，此事勝淵明。籬邊看花綻，鵝黃釀已成。

葉惺齋士寬惠番物三種兼索下句賦謝

紅毛酒

馬軍打門來，遞送琉璃瓶。識是杯中物，渴眼隨之青。杯杓未喚洗，口涎流不停。云自荷蘭釀，夾板紅毛船名來瀛溟。拆緘香溢牖，鼻觀延芳馨。姝色瀉竊紅，瀲灧波倒傾。哆唇就嘗呷，滑辣生未經。覆手滾滴瀝，連連紺珠零。彼土釀法異，嚼秫谿媌娙。生漿待之熟，篾筒爲缸罌。男女大作社，藉草呼螺觥。見周子仁所刻無名氏《渡海輿記》。燒春此足壓，意賤百醁醽。一酌已醺適，再酌即沉冥。三酌齁齁然，兩耳却驚霆。安得置中衢，徧酌横目甿。酣酣萬慮釋，互寇銷心兵。觸蠻枕席帖，瀔洛如油平。坐成華胥俗，熙恬苞元精。亮難使之然，户外任紛争。盡歡且獨醉，萬里交麯生。

西國米

西國月窟西，海衆悍不羈。蠶食兄弟邦，英圭黎、咬嚁叭俱爲所吞，近并蝕呂宋。峨然長蠻夷。我朝四賓服，表上語嗢咿。雍正間事。貢道紆洋海，方物臚赤墀。細米如碎瓊，色紫鏤凝脂。圓蒼漉膏雨，銀磧犂荒菑。連篝散狼戾，流轉東陬陲。日没處所産，日出處嘗之。數升比珠寶，吾甑亦得炊。體性致堅韌，百沸出鐺遲。竈妾調文火，蒸浮成黏黐。如此糜自可，一杅滑流匙。人心嗟姦黠，往往售謾欺。魯鼎自有贋，漫以葛粉爲。不待試湯鑊，輭糯先蒙嗤。而彼饕餮子，餔啜甘如飴。傳聞此策勳，實在胃與脾。見吴青壇《嶺南雜記》。阿球適病起，朝晡餉之宜。青精與胡麻，浪誇澤容肌。明月不足報，世好相陪追。

呵噠子

呵噠爾何物，仙果入海探。照眼出磊落，修圓堆絳黚。想當應手摘，箐林晨露沾。島夷拾方法，密餞芳名僉。靈珀瑩若透，蔗漿漬猶黏。美須奴狻糖，貴欲兄虎鹽。舌生而辨味，難試以未諳。可意默不語，自得中邊甜。蕭齋捻茗椀，微風動疎簾。髹几一盤設，拈取涴摻摻。香韻在齦齶，半晌留噙含。佳處徐徐領，不類口頭甘。休供啖名客，齒利心懷貪。亦莫供屬饜，漫解饞夫饞。小兒詎曉事，拏攫踰兩三。無核喜軟嚼，食案頻窺覘。曾聞如瓜棗，海上恣夸談。安期影滅没，延望空眈眈。豈若故人惠，筐篚熊魚兼。觀頤正須慎，敢廢山雷占。

初秋同人集湖舫二首

人生無時休，得閒亦由己。清晨出郭西，眼明一湖水。况多素心人，臨流笑而視。小舟脱葉輕，飄飖出沙涘。孤橈發清音，中川泠吾耳。新露洗遥青，秋厓觸縟綺。萬木秀扶疎，涼風天末起。遂恐清霜飛，揺落層巖裏。山水澹無言，自寫流光駛。且呼倒罍瓶，共酌松醪美。

松醪瀉不涸，少過湖姥家。自從歲取醉，漆髮爲之華。澄湖至靚妙，未容讚歎加。物我隨所得，當境分寂譁。午暉映殘暑，移楫緣金沙。溪橋盤古木，艤就清陰遮。披披荷葉偃，晚紅猶作花。柳條散萬緑，一黄間鬖髿。秋風始幾夕，秋冥碧無涯。惟應撥吟櫂，弗孤涼景賒。

盧存心敬甫

潭影往而參，窮居欣得己。未用上浮槎，遠泝天河水。疎柳如佳人，晨沐堪平視。絶愛沿西陂，脩竹映風涘。新雁度江峰，聲落秋士耳。泬漻感清商，有懷彈緑綺。柔櫓緣葑田，鷗眠故不起。規載千玉壺，日在無何裏。萬事不復關，卧看行雲駛。誰續曲水觴，曷若秋禊美？

涼波三十頃，著處皆可家。壚間取薄醉，酡顔發瓊華。至妙麯生理，還丹何以加？熙然華胥國，豈復聞囂譁？磊磊澗中石，飛湍漱白沙。偶起踏沙行，手折團蕉遮。野塘人不到，爛漫開秋花。盤跚藉草軟，隨意眠鬖髿。猶有素心人，謂茅渠眉、朱予齋、邵開先、周于度。各在天之涯。臨觴忽不御，欲往途路賒。

盧壽朋息溟

鵬鷃任逍遥，何用分人己？興來招朋儕，共泛城西水。山光澹長留，悠悠今昔視。何妨避殘暑，與泝清泠涘。蟬聲咽咽鳴，不厭聒人耳。秋意静涵波，平鋪一端綺。移時轉沙汀，雪鷺翻波起。爾我胥忘機，俱落空明裏。飄摇一葉舟，送以清風駛。沿緣五柳居，且食鮮魚美。

明湖深漾演，鼂魚之所家。秋風一以吹，渌水凋朱華。輕橈泝回溪，蒲稗相交加。看叉尺鯉雙，漁艇共叫譁。湖南净渺瀰，極望惟烟沙。翠屏未摇落，碧樹環周遮。頹陽動渚面，千紋浮水花。鬚鬢雪相似，素影垂髿髿。悲思海門逝，謂亡友李海門。欲從窈無涯。松林人不起，肯惜濁酒賒。

汪春溶晴江

縹緲湖上山，平生最知己。同調藹有情，往問亭西水。奇絶始秋圖，灑落供吾視。影著瓜皮舠，摇蕩菱花涘。水禽飛且鳴，尖咽頗悦耳。一篙漾晴暉，裂破千尺綺。殘暑林外銷，清風蘋末起。徑須攜詩瓢，置身阿堵裏。得此風日佳，其奈年光駛。喧呼杯中渌，所以懷子美。

轉眼秋氣盛，巢燕欲别家。疎疎臨水木，寥落飛烟華。已覺腰力减，惟餘酒户加。醉中遊懷葛，不省蠻觸譁。所恨良友聚，如團乾澗沙。西行白日駛，誰能一手遮？世艷自翕艴，開落風中花。請看坐中人，絲髮多飄髿。如何不快飲，擾擾營生涯。遥林挂纖月，清景一何賒。

宋慶嘉萊衣

索居矮屋下，終日不見己。相與滌煩襟，從之汎秋水。秋水清且漪，游魚可諦視。篙工信解人，沿洄柳下涘。日景不到舷，吟蜩遥接耳。聯吟皆心朋，清言一何綺。稚令錯觥籌，催捲白波起。蠃螟區中人，共入醉鄉裏。但覺風輪輕，焉知日馭駛？奇凉瑩懵騰，秋光正美美。

窈渺五湖遊，避地從浮家。未如依孤嶼，日夕採芳華。虛無水中亭，員嶠無復加。唫心已岑寂，而况離塵譁。默數銜波鳥，一一起圓沙。登樓舒遠目，不令前山遮。微茫辨浦樹，但怪老眼花。坐有忘年友，謂朱、余二君。鬢鬚青鬖髿。却顧點秋霜，生也固有涯。吾屐亦已蠟，山林跡須賒。

朱家濂性之

湖光屬先生，復不私諸己。愛兹清泠淵，分酌一瓢水。湖外紛膠擾，俱作等閒視。倏然濯吾纓，隨處滄浪涘。揭來清鶴夢，水風徐入耳。流觀天宇高，秋雲薄如綺。疎疎隔汀柳，無人自眠起。餘暑亦灼人，移置冰壺裏。兩槳趨涼陰，意似飛黄駛。相將我與鷗，共占青莎美。

三楹支竹屋，言過山翁家。清風颯然至，殘香飄水華。是時瀉湖淥，不辭觚爵加。移篷入幽澗，一静却衆譁。輕波蕩淺瀨，的皪披銀沙。卓午求息影，徑以茂樹遮。莫言秋意微，開滿水葓花。甘瓜應手摘，翠蔓分鬅鬙。惜未觀魚樂，一遵玉泉涯。吟弄殊未已，此間風月賒。

余昂霄紹文

快兹舞雩遊，清緣弗遺已。飄飄白雲蹤，一色映天水。蕭晨開澄湖，通川縱盈視。無際浪花生，彷彿瀟湘涘。橈轉青山孤，竹風清心耳。偶坐霜髭鬚，古意皆黄綺。玉蛆艷浮浮，手奉翠螺起。悠然醉吟心，冷瑩秋光裏。微尚足千秋，莫問東流駛。試吟滄浪歌，翻入櫂謳美。

竺西擬結宇，有懷處士家。寂寥想清魂，祇此秋月華。後來續遺榮，萬鍾亦何加。層峰祀隱聖，先生欲搆隱聖祠，祀許田，以嚴子陵、林君復配。三人皆錢唐人。冥心謝呶譁。飄飄水上鷗，與分一片沙。忘機狎清暉，早遠雲羅遮。荒灣釣石冷，蜻蜓立疎花。鬱鬱南屏松，青毛落毿鬖。先生舊開講堂于南屏。吟鑱千仞壁，永照湖之涯。游探無盡意，回船興猶賒。

早秋盧、桑諸君集湖上，艤舟金沙澗之陰。予相地自南山來。遇，力邀入舟。予追先君與盧書蒼、桑文侯、王玉樞、景菊公、王文白諸父執時往復兹地，而南湖集社，文酒之盛，尤艷士林。今老成徂謝盡矣。林下後昆，亦復蒼顔白髮，言之齍然交涕。弢甫詩先成，在座咸和之。予以在疚，本不與會，亦强綴依韻，聊以述悲而已。

郭　濂乂叔

幼與盧桑交，紀年在戊己。于時諸父執，集社南湖水。林邱童子從，向長者所視。眼見決詞源，淼淼無涯涘。相遇如弟昆，兩君與我耳。淹雅早推盧，弱不勝羅綺。桑也矯矯姿，野鶴雞群起。惟予最無似，蓬亦生麻裏。秋風四十年，快若雲飄駛。今日蒼顔頹，昔日朱顔美。

飢驅千里道，我乃似無家。蘋萍蕩川津，無根見狂華。歸來何所有，白髭數莖加。抹涕試具陳，四坐姑無譁。故我如轉磨，近事如炊沙。烏兔西飛急，何計相留遮？憶昔少年日，頗暱釭面花。五斗飲不盡，以之沐鬖髿。今看諸君飲，有類南湖涯。老大省陳跡，既去光景賒。

往遊台蕩留别敬甫

天機愛孤暢，人事吁無窮。一雲渫江介，晶晶天南東。靈界敞台蕩，昔夢翺青空。天寒躡雪往，乳贊參幽蹤。朝行石梁仄，暮宿霜茅篷。吟厓老湫拔，白日飛驚龍。餱糧咀黃獨，伴侶鏗圓笻。歷尾兩兒娶，霞端坐家翁。山靈迓先聲，相次梯衡嵩。自厓勞遠睇，川陸氛濛濛。

雨渡錢江

小艇從飄兀，寒濤破險艱。不愁江雨猛，卻喜客身閒。雪捲中流棹，雲昏兩岸山。一竿兼一笠，便入畫圖看。

越中舟行夜雪

行艫寒森沉，際此江雨夕。盲風轉淒惡，打篷響蕭槭。篙子苦手龜，雰雰壓船白。中宵密無聲，斷隴浩已積。時聞近灣隈，凍禽嘶磔磔。緣源輕冰沍，幸未膠廣澤。犯冷闢舲窗，溟濛混川陌。天幕潔無垠，皓歛千巖碧。乘興訪阿誰，愛作入剡客。

題吳君旭昭觀潮圖遺照

衝寒渡濤江，歲暮蛟龍蟄。中流忽復遭邅迴，惡風白浪嗟何及。惡風白浪未足驚，耳邊殷殷鼉鼓鳴。舟人遙指海疊白，倏見銀山千仞直矗空冥生。疾呼捩柁往而迎，江心一葉掀舞輕。嶮巇乍觸濤頭湧，海水怒立舟狂傾。千仞直下舟一縱，浪花之腹濡頂踵。瞿塘呂梁復在前，前者子胥後文種。是時雪水從西來，上遊萬瀑顛如雷。巖灘羅絡富春洶，連朝暴横摧檣桅。鮎口軒然作氣勢，力與馮夷海若争轟豗。合踏波聲動寥廓，横奔逆捲打石脚。水犀組練排虚空，大戰昆陽猛陣斫。如山舴艋一瓦飛，水國溟濛烟霧圍。素車閃曳紅抹額，霓旓婀娜從江妃。濤頭下上驚數過，回潮墨黑連江簸。雪潮合沓猶自可，回潮回簸簸殺我。滿舟號呼涕淋巾，是身那脱蛟龍脣。我愛奇觀神轉王，眸子眩亂肝輪囷。生小觀潮立塘岸，楚軍只從壁上看。慈教出没潮中央，兹遊奇絶平生冠。篙工斡旋如有神，手把一髮懸千鈞。摇摇徐向西陵艤，却看江月光如銀。人間平陂等閒視，恰對圖中景爾爾。掀髯問君君不言，知君平生之意亦如此。

題松門圖用宋車若水遊靈巖詩韻

虬枝入雲盤，雪瀑穿烟墮。磴苔霜餘滑，苔坳髣髴過。此間坐吟人，山靈識清唾。緑磵篆冰華，石牀不可卧。隔林一鼠飛，亂落松子大。空靄青瀰漫，天際歸鶴破。我餐他山霞，梯碧當幽課。夢先凌台宕，芒屩願方果。熊猱與之遊，獨往洗衆懦。明御泠風行，虚濤倏起和。

題客齋壁

大雪瀰天地，寒光照衣裘。短篷振淅瀝，曾川赴清遊。客如野田鶴，林堂一夕留。曙翻泠翮去，孤影銜沃洲。

皚，之罘窮髮寒光來。倚天長劍决氛霾，朱暾放照金銀臺。赤城然映明霞堆，嘯呼華頂傳奔雷。岩湫噴動潭龍乖，高空滌宕攄老懷。一藤銜淖行顛頹，平田瓊屑堙衢街。紅氊裹背三徘徊，勇膽變怯空嗤咍。窮汀歲暮檣竿迴，魚山往還良復佳。浦潊歷歷波澶洄，信宿抵壩颿搪挨。龍頭瀉酒識小娃，江客重至何奇哉。一笑頓釂千尊罍，内江嗚榜催船開。

月夜過錢清江

清暉溢六合，破鑑磨空冥。一灣玻璃水，沙鳥寒無聲。長川浩積雪，遠景湛虚明。風定帆已落，櫓過一錢亭。昔人渺千載，餘此江水清。揭來孤高月，依稀古精靈。問月月不語，金波窅泠泠。寒冰爲我面，對月凝光晶。夜氣入漻泬，四宇天垂青。

曉渡錢江

汀墟月未落，侵寒問早渡。天水遠溟濛，輕帆連檣霧。東光動海璺，稍辨環洲樹。攢白隔江峰，崚嶒影半露。開頭劃寒槳，邅迍泝枉路。憶昨雨瀰漫，衝濤捲颷怒。高岸砉已頹，斷槎逐崩仆。晴波鏡面平，浦口摇單鷺。及岸謝車牛，沙稜堅冰沍。悔不策烏藤，徑向瓊臺步。一怯阻清緣，嘲爲積雪誤。

弢甫續集卷二

古今體詩五十六首

酬和厲樊榭鶚見送獨遊台蕩原韻

我性癖霞嵐，遊蹤恣飄忽。仙墟入夢清，飛渡鏡湖月。片帆挂空江，天風信蓬勃。生厭廣場喧，參軍雜蒼鶻。徑繞萬重巖，孤雲去髣髴。雪松偃層層，石泉鳴汩汩。侵霄桐柏宮，齋心清聖謁。龍噴大小湫，獨往記始卒。汙漫作春遨，沉冥謝天伐。飢采肉芝餐，暝就樓[illegible]歇。好山如名理，得徑窮敎窣。尚睎海外峰，了了青一髮。墮地傍葑湖，秀括山水窟。須凌五嶽巔，壯觀神超越。屐指道里千，空翠先排突。試捻瘦鐵筇，意已無峍屼。昨棹剡溪回，蓄鋭辨布襪。豪留終古論，勇趁今晨發。遲子拂題名，毋俾苔花没。

渡錢江疊曉渡韻

獻歲風雪仍，省覓江口渡。嚮午漏朱曦，一捲遥塍霧。粼粼到岸帆，歷歷映江樹。出門亦何營，富貴草頭露。繫我雙青鞋，往籋烟霞路。大江湍聲豪，偃蹇魚龍怒。悠哉涉川身，雖險不顛仆。半流上奔潮，舟亂衝波鷺。出手操長篙，氣春釋寒沍。既濟越嶠迎，沙乾可縱步。白雲導之前，千山行不誤。

發西興至蒿壩疊發越城韻

春江波已碧，客影漾別浦。新年沸絲簧，越俗歌且舞。堆堆道傍堠，川驛心焉數？鶴浦對嵐坳，龜山出瀧滸。有霽鑑湖雲，映空渫一縷。雪夜憶舟回，清寒月當午。神山空望三，名岳未涉五。矢往雪此言，仙潭汎桃塢。閱宿度重江，南指相風羽。

發蒿壩疊前韻

終古盱江水，潺湲奔響急。蘋萍欻散聚，宛似中流客。雪消江樹清，春動海山碧。風帆健如飛，一毛汎重舶。疾篙轉巖根，水石相砰湱。烏篷映水光，低照明蟾夕。瓦罇徐自斟，游心入恬寞。隔浦翻群鷗，潑潑動寒磧。行止隨舟師，晏然就枕席。

紫石山

一山陡峻嶒，悍脚插江底。萬古湍撞舂，飛流激迅矢。奇石立如人，天半巉空起。犕潤皴異狀，金光一色紫。陰厓飄晴雪，迴風舞未已。長松受樵斤，響振青雲裏。綠蘿挂寒猿，蒼嶺叫飢兕。扁舟不可纜，春屏虛攀倚。

美女山

娟娟美女峰，螺髻高空秀。初霽嵐旭蒸，餘寒冰雪鏤。下臨千尺湍，清響瓊瑶漱。春巖麥乍芳，有鷺倏雉雊。繡隴逐陂成，高下晴煙耨。野梅爛漫芳，只與山禽鷇。西面琵琶峽，天風曲一奏。空曲無陽臺，朝雲不蒙垢。

東　山

東山千仞青，古寺冠其上。絶頂鳴噌吰，餘聲散空曠。際水青松林，一徑通疊嶂。忘機羨游禽，信意煙霏颺。謝公去千載，白雲藹無恙。荒祠空復存，飛鼯竄塵帳。當時絲竹羅，情志故滌蕩。物外詎無憂，此樂非所尚。山澤趣自殊，春空一悵望。

霸王山

霸氣收江東，故山屹猙悍。空祠居上頭，立棟鑿厓竅。面勢襟小山，蒼翠抱迤坦。重瞳起滅秦，夥王何足算。鴻門恢大度，鴻溝劃中斷。不逝騅哀嘶，蓋世氣爲短。大江浩揚靈，天噫洩憤懣。排巖古松圓，陰森卓雲纖。瘦莖戞扶疎，石罅拔箭笴。漁舟繞而西，葉葉去疎散。我榜汎烟波，未遑就薦盥。

江　潭

盤渦面清漪，演漾盈千尺。鷗隨萍汎春，草與波涵碧。浮深快行舟，力齊柔櫓劃。柳根巧施罛，舉手粘圓鯽。沈沈烟月寒，空濛宜泛宅。瀟湘雁已北，背人飛隻隻。我謝憔悴吟，此亦殊楚澤。却疑有元珠，欲使象罔索。

橫石渡

亂石截奔瀧，橫亘一洲淺。客舟類輜重，掀淖輪不轉。衆工卧長篙，湍瀨赤足踐。艑艖乏龍負，邪許並呀喘。浩想娥江寬，徑濟一帆翦。食頃半灘過，力疲嗟往蹇。遲須春水生，吾與鷗游衍。辛苦下通川，更御泠然善。

清風嶺疊前韻并序

陶九成《輟耕録》載，宋臨海王氏過嵊，嚙血寫詩，投厓死，石上血僨起。先，岳州破，賈瓊妻韓氏希孟赴水死，遺詩練帬，有『江南無謝安，塞北有王猛』句。又，岳州徐君寶妻某氏詞題壁，投池死。予因弔王烈婦并及之。嶺本名青楓，因烈婦改今名。

殺青古有録，烺然大節齊。牽連書婦烈，黯黯川雲低。峥嶸臨海王，媿煞儂家西。江邊女貞木，終古冤禽啼。崩厓下千仞，糜身不苟栖。分明血痕債，白石呈坤倪。北騎躪岳州，練帬題慘悽。韓媛屍浮水，有若升仙梯。江南無謝安，宫闕生榛藜。亦有徐家婦，身沉青瑠璃。自此嶺名改，激激清風嘶。

自櫪樹灘行至嵊南郭疊回舟韻

戴家溪灣客行皆，我亦起曳登山鞵。瀕灘曲徑銀沙埋，步健迤折方田垓。回頭不見櫪汀梔，塔西古樹參天排。星子一峰緣翠隈，冰融陰澗流滮湝。茅店憩飲如淋灰，然爐續續添松蘱。野人語笑横掀豗，老狂肩須拍洪崖。行年忘却將黄台，胸空蕩蕩消磊嵬。白雲如蓋一色皚，微風吹送天南來。晴霄不愁紅鏡霾，危巖直上中天臺。齊州點點蒼煙堆，塵區萬事憑黔雷。嵬瑣那計張角乖，處置六鑿遊無懷。彭觥鐵杖不摧頽，土堠一舍乾春街。萬山突兀次盤徊，猛爲舊挫湔嘲咍。孟陬昏熒攝提迴，氣衝巖野煖且佳。緣繞嵊郭南沿洄，水市傭販相摩挨。逆旅檻梅姹仙娃，顔色靚好思遼哉。晏整巾帶澆以罍，安神客窗心眼開。

竹簰行

野翁編竹牢且稠，入水可替蜻蜓舟。囊笘中央置妥帖，撑載主客居兩頭。山溪野溪多空闊，一泫春水青如油。暴漲不須愁揭厲，登簰穩送神夷猶。往來徑度沙颯颯，東西遠汎雲浮浮。薄暮無人沙觜閣，豈有百丈煩牽收？嵊亭之南南渡口，我初試踏如輕鷗。縱使持篙小欹仄，不過溼我青兕裘。須臾既濟上圻岸，悔不信意沿灣洲。桃洞仙姝側近在，玉沙瑶草環溪流。溟茫煙水入深處，世人争豔阮與劉。我欲規作星槎遊，身掠鼇背窮冥搜。飄然獨往清而幽，一覽大荒吾何求。要取紅盆波面洗，浩蕩扶桑得到不？

阮　廟

荒祠躋蘚磑，傳是阮郎家。台路金庭接，春空白日斜。神丹稀大藥，社飯有胡麻。莫訝仙緣好，相留一子嗟。

望台禪院

萬仞天台翠欲攀，偶緣看竹叩禪關。天邊月是同行客，門外春横獨秀山。金地妙香清茗裏，石梁仙路白雲間。青鞵布襪匆匆去，翻遣高僧識我閒。

三　溪

三溪溪身廣，緑水渺東注。略彴板爲之，楮木亦牢固。兩涯横亘長，浪花眩狼顧。安得竹筏輕，碧漪一篙渡。緬彼吕梁洪，神恬了不怖。矧伊滑笏流，詎窘淩空步？隨意趁渦盤，雪羽浮雙鷺。何人釣夕陽，隔溪曖煙樹。

宋克齋石先生書院

無穀死于飢，有穀死于賑。永懷石先生，實惠施耆齔。乃令邦國活，同安道無殣。浙東凶亦然，所在民澤潤。世多迂大儒，小試恢牛刃。晦翁以兄呼，吾道仝門仞。蒼蒼石鼓山，雲表祠壇峻。嘉靖守洪珠爲建祠鼓山。我行式草樹，千載肅後進。銜悲思古遺，天不一老憖。

南明山

石牛鎮西迤步入，朝露未晞草屨溼。天風料峭正吹人，早梅點點春衫襲。荒誕蹤留踞解巖，巨石中斷青巉巉。客來徙倚上月峽，千年老碧摩松杉。白雲莊前翳雲族，騰涌瀰漫藏嶺腹。欻見樓臺金碧明，空界潺湲飛一幅。潺湲飛下夾溪塘，溪塘花氣流生香。人生爭似白鷴静，天與一塢浮青蒼。盤盤磴道行犖确，愛爾嵌嶔號隱岳。空山聞見頓孤清，枯木登登一鳥啄。寺門高榜鬱瓌奇，大字揮題張即之。襄陽顛米不相讓，靈山鎮壓蟠龍螭。一峰螺矗椎仙髻，陽開陰闔逢春霽。巖頭天井窅然深，醍醐香乳瓶溶滴。巖身寶相高穹窿，百尺鑱作黄金容。下生彌勒現翠壁，堆珠積玉施琳宮。壁後規暈如圓銅，恰當佛首輪正中。又傳佛頂芬奇濃，靈芝妙香散虚空。苔龕黑夜光曈曈，潮奔海衆驚愚蒙。縱令天地無不有，正如蜃幻誇神工。野夫放浪看飛鴻，層層絶巘舒青瞳。

赤土塘

日出王婆亭，麥隴氲野馬。東迤轉陂塘，厥土色如赭。煖氣蒸春田，耩風嘘坏冶。黟雲送雨來，淅瀝連林灑。江草溼纖纖，緑潤延芳野。白石響澗泉，渺漫清川下。客遊窅無心，隨方入鷗社。玉羽拂衫飛，爾我忘機者。

斑竹嶺

油雲暗層巖，雨聲斷復續。一嶺草木春，娟曖翠新沐。磴苔青且滑，蛇行上蒼麓。迷離漲輕烟，連叢活湘竹。只見龍孫斑，不見舜婦哭。喬林茅數楹，仄傍空澗緑。帽簷滴未已，輟杖坐厓腹。慮澹聽流泉，奔流漱瓊玉。

雨憩山家

一雨竟不止，過嶺點逾麤。言就山家憩，容膝惟草廬。山家欣客過，竹帚加掃除。雲髻幽且靚，荊薪爇風鑪。瓦甌烹緑茗，山果綴盤盂。村暗鵓鴣啼，勸客留須臾。問客往何方，路滑憂泥塗。殷勤謝高義，風俗入古初。好色不好德，乃豔桃源姝。

慧墅嶺

飄風從東來，飛送四山雨。淅淅響林阿，冥冥暗村塢。慧墅淡生烟，嶺樹稀可數。竹巢墮栖禽，野薪擔樵豎。繞陂雲幾重，懸厓僧一户。升高睇前峰，冷翠揖天姥。

天姥峰

岧嶢天姥峰，千仞雲峥嶸。春空礙白日，遠勢凌赤城。飛流捲巖下，古木穿雲生。清晨野鶴出，半夜天雞鳴。雨烟變暄冷，風藤交枯榮。其西連沃洲，其東面方瀛。便拚脱塵累，結茅依松坪。

天姥橋

瀞汩水聲春，村橋卧青霓。西行入城市，東行窮巖溪。我東迎急雨，不隨雲氣西。兩涯芳草緑，一澗流雲低。傍水小茅店，客憩路不迷。溟濛黄柳亂，鵓鴣烟中啼。

放歌行冒雨入清凉寺作

斑竹嶺頭雨如注，千山萬山莽迴互。客行不向天台城，意向石梁華頂行。浪浪萬點高空播，上下溪聲比雷大。衣囊已拚盡淋漓，黄泥青石排雲過。我生蹭蹬氣轉豪，頗挾濟勝忘其勞。風巖老樹浩呼洶，乳兕亂吼飢猿號。滄海冥冥龍變化，如霧如珠雜而下。一條櫛栗拄烏銅，頽岸崩厓吁可怕。獨行十里稀茅舍，芳草如茵不可藉。空山何處響鐘魚，天色蒼茫愁欲夜。盤盤轉山岡，不得到清凉。却憶入世路，十步九太行。昭昭白日照平地，風波惡于梅花洋。訪求名山自幽勝，感此縱步神揚揚。驀地寺門眼中見，喜得手足輕欲旋。山僧不用問姓名，投策高眠吾所便。

宿清凉寺

泥塗多熱惱，到此已清凉。雨過烟雲活，春生草木香。事從忙裏錯，味覺静中長。華頂今宵月，窺人到上方。

題清涼寺

名山處處盡堪家，筇杖拖泥跡未賒。入社攢眉非栗里，煖湯濯足是彭衙。春空雨點麤如菽，佛髻苔痕繡似花。待叩西泠老居士，謂樊榭。誰先華頂候曦車？

滕公嶺

山路盤溼沙，朝雨灑未止。峭崒滕公嶺，攀磴循其趾。高高嬴轉千崎嶇，足雖蹭蹬氣不靡。到巔須躡一萬級，半腰急雨射如矢。全身已入雨聲中，蓋頭絶少低茅蓬。飛流如雪捲空下，奇哉脚底鳴淙淙。山中人語訛，山名署騰空。果然陡勢攙元穹，况復大點灑溟濛。若非神靈幽意詑耳目，那得天地壯觀排心胸。移時飛雨忽而過，鵬翼垂天半邊破。我行已到山之椒，巨石圓蹲供客坐。但覺凌虛空，不知歷轗軻。東頭氣色先開張，對面海螺青一箇。回首却顧烟蒼茫，依稀連接睦與杭。故人千里遥相望，憶我青鞵踏雪出門去。豈知此際飛上千仞岡，予懷渺矣多忼慷。

雲海歌并序

登滕公嶺上，雨點初收，天將開霽。忽四山雲湧，若萬頃洪波，乘凌回薄，作廣陵濤勢，草木廬舍，萬象隱映。人自嶺下來，若泅者破浪而出。頭項初上，徐露全身，足猶洶洶湍激中。予聞黄山有雲海，未及往觀，此殆是歟？蓋山川之氣欲歸穴，先鋪蒸浮漾，而後納之，呼噏之理然也。食頃，遂飛捲奔收，浄掃衆峰出矣。

遮天雨脚遮層穹，八荒四海煙濛濛。銀竹抛殘絲縷絶，墨幀破碎窺青空。乾坤氣母將静納，忽復嘘吐瀰寰中。四圍騰湧濤勢合，大海連接扶桑東。華頂天柱浮不没，鼇戴略與三神同。參差巖谷互隱見，一氣浩浩回魚龍。僧樓移入琉璃域，鐘鐃震動龍王宫。瑶琪燦爛萬草木，島嶼變幻施神功。下方冥杳聞雞犬，翻疑鮫室潛其蹤。滕公嶺上憩若士，扉屨踏到蓬萊峰。我聞雲海鋪窈渺，蹉跎尚未鏗遊筇。山靈娱我設奇觀，層層已盪空明胸。裨瀛環繞輸不盡，紫瀾奔去吹旋風。瞬息歸墟竟滅影，蒼天萬里開春容。太虚杲杲挂一日，爛然千朵金芙蓉。

山中見一石正方有賦

中巖産一石，天然正且方。削成謝斧鑿，飛墮疑星芒。凝烟肖孤磴，結翠連崇岡。苔花錯繡綺，雨點濺淋浪。媧皇鍊紺碧，已用補穹蒼。留餘委台嶺，位置雲氣傍。誰與此坐憩，八表遥相望。青冥擊鐵杖，殷空聲雷硠。祖龍鞭暴横，千山走溟洋。驅之屹不動，魄小何堅强。匪惟氣象古，亦復形模莊。厭彼嵌空巧，渾朴無雕傷。不眩五文采，黑質而白章。有生遠豪奪，蹲踞安天荒。清陰被松柏，仙老羅酒漿。我行梯萬仞，一卷喜磅礴。摩挲不忍去，久佇天蒼茫。

雙龜石

儷石一何異，形若蹲穹龜。青巖身爬沙，碧蘚紋陸離。日暴雙偃蹇，雲覆無差池。豈伊負圖出，永免刳腸悲。作偶得天巧，藏六真吾師。嗟彼清江使，鑽筴靡有遺。

萬年寺

山門緑樹隱，徐步親到堂堂名。古階映修樾，深院來妙香。金沙燦佛日，潮音回道場。微雲暧殿閣，餘雪明松篁。一雨射廊急，雙流鳴澗長。客心逐清景，去住澹相忘。

竹閣

高閣凌層空，森森對叢竹。鳥語隔林寒，人映虚窗緑。潺湲一夜雨，澎湃重巖瀑。晨岫帶輕煙，春樹延初旭。梵筴罥游絲，粥鼓應深谷。幽人意有無，清談不辭數。

空心樹

寺門杉檜稠，氣色俱蒼古。一株老刳中，離立異儔伍。枝條拂青天，本根盤浄土。心空無所有，形殘不復補。谽谺生意存，窈冥神靈聚。奔竄熟狌貍，游戲攢童豎。流水澗東西，飛光谷子午。荒荒閱僧臘，咨嗟動摩撫。

親兄弟歌迎寄朱予齋嵩齡　并序

山中人呼拄杖爲親兄弟。萬年寺僧贈予藤一枝，感而作歌。

親兄弟，扶陟巉巖度清泚。擔夫樵子如飛猱，千萬溪山騰脚底。横風吹雨聲號號，連山萬仞攙雲高。崩厓巑巑泥滑滑，漿翻白汗淋頭尻。萬年寺僧憐我蹴凹凸，贈我手中五尺鐵。烏龍斫斷古磵岡，脱鱗凝漬元黄血。銅潭石塢隨敲鏗，天半拄出聲彭觥。直下不畏溪坑險，横衝漫欺虎豹狰。親兄弟，爾形磊砢爾顔黝，正直不忍欺矇叟。况我方耽汗漫遊，五嶽四瀛開户牖。峨眉翠落天西隅，羅浮離合煙糢糊。武彝趨赴幔亭晏，窈靄洞庭蟠具區。中原三周華不注，王氣東挹醫無閭。遠遊屈平近東晳，得爾徑往無踟躕。崑崙懸圃不可上，三神縹緲扶桑俱。盧敖若士卷龜殼，齊州九點根虛無。騎雲馭風休措意，地行仗爾時時扶。親兄弟，爾性廉潔皎如日，寄挂百錢不私一。不語不食常我隨，芒鞵詎勞吉日出？身輕飛步凌紫霄，風林亂葉鳴刁調。年時且趁腰脚健，仰捫日月旋樞杓。親兄弟，曾經險阻魂猶悸。入山良獨難，出山尤不易。不用丹雞白犬越人盟，冬雷夏雪永不棄。嶔崎既得資汝力，坦迤聊復可吾意。死生好醜汝因依，免教欹倒來平地。親兄弟，爾首不須贅作鳩，亦謝緑玉窮雕鎪。仙人九節吾不換，與爾式好曾何尤。白雲耕墢去畛町，有時閒植隴上頭。不爾擕之劚芝朮，芙蓉明滅烟浮浮。吁嗟乎！世路崎嶇共倚薄，紅塵白浪了不却。吾不負汝汝從吾，老去終焉在巖壑。嗤彼夸父驚奔馳，虞淵一枝暝所遺。曷若與汝情怡怡，一生緩急堅相持。親兄弟，爾勿陂前學變化，踴躍騰飛動驚詫。茫茫天地我身孤，獨往昂藏惟爾藉。只今台山疊疊偕攀登，石梁飛流險可憑。龍湫一氣破浩浩，雁宕千瀑穿層層。親兄弟，我姓桑，爾姓藤。本非骨肉仝根生，胡爲友愛得未曾？我行汝行立汝立，周公虞舜嗚嗚泣。

九里溪

灣隈泝紆折，九里清瑶流。溟濛白雲合，掩映春樹稠。靈禽戲側岸，芳草滋中洲。烟華散汀曲，泉脈穿巖幽。溪石峭嚙足，溪風酸射眸。蒼崖淡滴翠，遠水空悠悠。

龍　潭

風颺度森寒，葛閬陡削壁。春池杳沈沈，神龍于此宅。垂蘿拂清深，飛雨洗蒼碧。雲氣結爲樓，峰形簇如戟。攢空萬樹青，繚澗孤烟白。日落猿鳥鳴，杳靄陰潭夕。

通元峰

聲利衆所趨，賢愚各有營。入山聞見静，餐霞神魄清。岧嶤通元峰，縹緲御風行。白雲左右飛，緑樹冬春榮。高松鶴久憩，幽蹊鹿不驚。寂寥得真賞，滿眼溪山青。

桐柏嶺

前塗問桐柏，曲磴衝烟霏。躋嶺坦且曠，蕙田香菲菲。芳草繞陂緑，清泉激澗飛。春日照我面，春風吹我衣。坐忘亦餘論，流憩皆天機。遐哉出山悔，吾獨懷子微。

金庭觀

古觀圮緑構，清幽遺洞天。巖瀑飛林雨，海日生爐烟。猿去白雲裏，鶴下青松巔。拂石乾蘚駁，嘯谷泠風還。蕪没金庭跡，緬邈羲之賢。墨池翳荒草，春氣蒸山川。

元明宮

瓊宮黯前塵，荒榛纏古礎。木秀曖烟光，天寒清鶴語。麥隴散農人，蘿徑歸樵侶。井竈宛昔遺，苓朮更誰煮？山色遠聯綿，春心澹容與。仙意類阜鄉，往觀靈跡巨。

石門山

天半石門聳，削壁何巉巉。風雲涌一徑，鳥雀穿重巖。雙闕煖翠合，半嶺頳陽衘。青冥倏闔闢，紫邏分仙凡。洞天接桐柏，瀑雨飛松杉。一笻此津逮，未用清名鑱。

桐柏宮

雪消碧溪漲，雨注丹厓傾。子微去已久，仙宮至今名。荒墟夕煙淡，遠樹春雲平。松陰照衣袂，山翠飛檐楹。丹梯俗塵斷，白鳥天機生。山叟好容鬢，終歲餐黃精。

玉霄峰

九峰並疊翠，屹起一峰削。谷鳥飛翾翾，松雲曖漠漠。客是在山泉，仙爲度海鶴。風磴遶青蘿，石虹架丹壑。土潤秀明瑯，泉香長靈藥。惟存綠樹陰，不見玉霄閣。

清風祠謁孤竹二先生像

嵬嵬桐柏嶺，鬱如西山陲。孤竹遺容在，萬乘敝屣之。古道雖淪替，至人不磷緇。千春長薇蕨，一氣留黄羲。階荒竄黠鼠，林深嘯寒鴟。空堂影闃寂，清風散天涯。

伯夷叔齊石像

何年斲山骨，肖作夷齊形。天然發光澤，卓爾凝堅貞。巖巖伯叔體，泠泠商羽聲。九天聚精氣，百世重儀刑。石泉酌寒醴，露蕨芼春羹。生不君孤竹，詎黯僕射名？道書稱爲九天僕射。徽稱定孟氏，實惟聖之清。哀彼頑與懦，聞風不羞赬。

醴　泉

浤然玉井碧，涌此金漿甘。無源出醴美，有德成淵涵。弗辱愚溪愚，詎污貪泉貪？謟口靳沾杓，吟吻忞汲甑。吸清比廉讓，漱冷消餘酣。瓦鐺蟹眼沸，冰甆雀舌含。神龍化蜥蜴，幽窟居潭潭。

女梭溪

女梭一溜碧，穿自桐柏西。夜雨散已盡，朝煙收未齊。鰟鱮藻邊躍，鵯鵊林中啼。隔雲吠一犬，跨水橫雙霓。喧噴作瀑布，静迤歸靈溪。洞天可遠泝，不慮璿源迷。源出洞天山。

瓊臺

轔過仙人跡，蛇徑披蒿萊。雪潭寒汩汩，霞日高嵬嵬。百重歷險仄，直上中天臺。春生草木秀，曉霽烟嵐開。靈溪蕩瓊壁，緑水周瀠洄。天海氣遼廓，猿鳥聲清哀。洞闢霄漢广，側睨滄溟杯。日月兩丸跳，乾坤一舟迴。萬事土苴耳，身名何有哉？

仙人跡

飛仙了無跡，贅此雙舄遺。踵彼阜鄉誕，方士徒爾爲。乾沙久漫漶，亂草紛葳蕤。雪被樵者躡，雲與幽人期。王喬治桐柏，鶴轡雲中馳。白日永寂寞，延佇來何時。

金爐峰

帝爐色紺紫，日出生雲煙。春光繚積翠，嵐氣侵重元。天雞叫嶺曲，水鵠飛林巔。連山亂羱鶩，驚驅祖龍鞭。此峰屹不動，金猊蹲中天。我策銅楖栗，拾級聲鏗然。留題雲雷篆，記取攀登年。

仙人座

青苔篆石座，仙去餘千年。鴻軒赤霄外，蟬脱瓊臺邊。委順寫清影，登真凌紫烟。飄然脱塵圠，眇爾排冥筌。谷音自不滅，薪火誰爲傳？雲中過一鶴，招手呼孝先。

雙　闕

馬鞍駕虛空，氣輿不可鞚。爬沙下絶壁，白雲競飛送。緣梯仄千盤，蹴磴岌屢動。攝衣掃雲巖，移策攀松洞。乘凌雙闕高，曠蕩四天空。瓊臺藹雲蒸，靈溪破冰凍。雨苔繡濃花，春禽澀初哢。湫拔潭底龍，簫斷雲間鳳。衝烟熟往來，只有張無夢。

百丈潭

凌空老湫拔，直下百丈强。九霄陡河決，雙闕轟雷硠。巖腰海眼泄，石脚濤頭揚。青壁洗急雨，白月摇寒芒。危峽東灧澦，驚洪奔吕梁。奇觀目爲眩，定力神不恇。懸厓伯昏瞀，兀立瓊臺陽。

瀑布嶺

三井溢海浪，終古湔翠屏。一氣灑巖瀑，倒影摇空青。湍聲漱鳴玉，瀧勢奔驚霆。漩撇虎眼怒，沫刷龍涎腥。星宿上浩演，風飇左浤瀠。瀏觀忘喧寂，默坐濺珠亭。

靈　溪

迅自女梭來，穿巖勢未已。日出散曉烟，雪盡生春水。快盪金庭胸，環漱瓊臺趾。穹闕貫當中，龍門夾而峙。鷺翿下復飛，驚湍去何駛。岸卧初平羊，波撇琴高鯉。是溪信有靈，澄瀾不可滓。

弢甫續集卷三

古今體詩六十五首

桃源塢

盤旋水車嶺，一徑趨桃源。柳試細腰舞，鳥哢如簧言。山廚竹裹屋，水碓溪邊村。巖松倒栖鶴，潭蘿垂飲猿。寒澗帶冰簖，滑磴連苔捫。金橋布疊石，玉洞闔重門。雲深一犬吠，知有仙簷存。

惆悵溪

惆悵溪頭別玉鬟，花飛逐水到人間。山中雲液常堪醉，底事思家苦欲還？

桃源洞

洞裏情人世外緣，桃花流水月娟娟。癡心盡把天慳破，既得鴛鴦又得仙。

金橋潭

延緣碧潭曲，斷續白石矼。溪漾縠紋細，峰㠸丫髻雙。霞暉近仙路，波色如家江。瑶草互萋靡，銀礫相春撞。觥船棹汩汩，琴磴彈淙淙。驚鴻不留影，惟見奔寒瀧。

雙女峰

東峰特娟妙，輕烟㠸雙螺。嫮色掩雲君，清光延月娥。明明金橋潭，拂曉開清鏡。淡掃鏡裹眉，窈窕春山映。焕爛黄金屋，璀璨紫牙牀。朝雲不是夢，白石寧無郎。春月照女蘿，春風吹夫柳。胡麻山中飯，雲液山中酒。殷勤相送出，惆悵生離顔。凝爲望夫石，黯向劉門山。

感劉阮事作

名山萃神秀，巖壑皆隩區。矧兹台岳聳，萬靈之所居。石广栖隱邃，風氣留黄虞。緇黄占勝地，佛隴連仙都。彼果事净寂，姑寄方外徒。流俗志淫慝，情緣結元虚。猥説有劉阮，採藥迷山岨。糧盡噉桃實，暫且療飢劬。持杯欲洞酌，蕪菁汎清渠。續流胡麻糝，沿泝逢雙姝。含笑呼二郎，欵接心顔舒。導還銅瓦屋，金銀爛綺疏。左右侍女十，輕紈飄五銖。作飯具脯肉，咄嗟辦中廚。行酒來群嫮，擊鼓吹笙竽。持桃賀得婿，欣兹目成初。牙牀東西列，錦帳贅流蘇。薰爐置鵲尾，煖席鋪龍鬚。邂逅不有躬，蔓草零露濡。細語聲清歷，適願偕歡娛。纏緜踰半載，玉洞花紛敷。芳時鳴鵖鴂，求歸懷里閭。瓊筵復合樂，雲液傾金壺。離鸞與別鳳，聲調含悽歔。溪頭惆悵別，披草循歸塗。雲礽已七葉，零落遺村墟。重來覓桃塢，月照蒼苔孤。杳邈仙子跡，惘惘空踟躕。存此謬悠語，騃癡信有諸。兑兑異吠尨，綏綏同有狐。嗤彼列仙媛，不羞招狂且。曹唐撰佳句，淒麗工繪摹。騁妍寫靈匹，紅樓蜃氣嘘。吾思陶元亮，記傳武陵漁。亦有桃源洞，雞犬緜秦餘。商山緬綺皓，伊人並云徂。躡風尋幽契，俯視山澤臞。豈似導鄭衛，苟合思雲荼。吾思戴石屏，論詩標楷橅。鎔經重于史，六義掃榛蕪。末流亂摭拾，説鈴兼説郛。意惟取新異，裨販誇小夫。經史子集外，有此嵬瑣書。四庫并七略，庋閣輕土苴。瀾狂不可障，大雅嗟淪胥。稠桑藍橋驛，事跡掌故如。玉環比褒妲，杜筆嚴斧誅。義取春秋例，内諱標令謨。黨李而惡牛，猥云狎幂裾。嫱施紛雜坐，議及同衾裯。貴妃有名號，臣子口忍污。嫁名乖若此，上刑有餘辜。肇始永平事，艷思操奇觚。匪惟踵方士，立説怪且迂。荒唐詆韓子，眇芒仙有無。玉堂宿清泠，好事傳畫圖。牛女隔銀浦，須償營室逋。聘錢備納采，婚禮猶弗渝。劉門接阮廟，咫尺烟模糊。初嫁類滛奔，一别恩情疎。梁誌續夢囈，明照僧名事何誣。亦因採藥入，桃墅緣山隅。耆見金橋畔，二女戲濺珠。幻想拾餘唾，色空溷浮屠。作詩附志乘，用以箴狂愚。

鳴玉澗

仙源此泌泝，春澗喧淙潺。清瑶漾九曲，明瑯照一灣。雲霞迭興没，鵲鴉交往還。胡麻續流出，桃萼時未殷。二姝渺何許，一水通塵寰。微風度滑笏，璆然鳴玦環。

清虚菴

細徑入桃源，豔情發金屋。凝思玉姝顔，瀏覽瑶潭曲。當年考亭翁，水簾一寓目。過宿清虚菴，就訪梁平叔。澄襟映光霽，妙趣涵風浴。本色見溪山，此意誰能續？

青　溪

羅絡衆澗水，下注歸青溪。青溪可人意，石净無氛泥。濛濛翠蘿覆，恰恰嬌鶯啼。鮮霞映瓊漱，雜樹盤金隄。乘湍鶩素鯉，隔壠飛丹雞。匯流出横山，分浤灌春畦。紆回逸人阻，咫尺仙源迷。暝投古寺宿，不畏曦輪西。

楢　溪

楢溪湛一浤，迅波渌瀰瀰。陽鳥掠烟回，雪鷟銜湍起。拾橡充飢腸，枕流滌塵耳。挹煖發丹砂，斞甘嚼瓊蘂。直進泝靈源，幽懷緬高士。盤桓顧嵒陰，歡嵒，予改爲顧嵒。千乘脱敝屣。

顧儒嶺

岩亭顧儒嶺，逸志誰攀躋？散策自有隱，濯纓自有溪。相招杜京産，石隱忘南齊。終焉老山谷，嘯咏和天倪。詎堪舍猿鶴，相與縻組珪。築廬好借此，斬斷青雲梯。

顧歡讀書堂

清溪繞茅屋，終古無緇塵。松雲結静侶，磵泉偕幽鄰。杖入東岣麓，緬懷剡中人。眠石接木客，賦芓招野賓。不脱薜蘿衣，自稱山谷臣。六季任擾攘，一邱安隱淪。翠嵒荷耕耒，長爲隴畝民。

司馬悔山

靈境別桐柏，回顧雲木參。三橋浄緑瀉，九峰蒼翠含。偃卧金庭觀，誤捧紫泥函。帳空猿鶴怨，人去林澗慙。抱兹驛路悔，終不簪笏貪。出山未一舍，矢願歸兩驂。坐忘論弗泯，淡游心所耽。冷齒仙宗友，捷徑趨終南。

司馬悔橋

飛橋驛塵動，出山滋悔非。澤雉信飲啄，山梁振毛衣。弗蘄樊中畜，自愛川上飛。胡爲別嵐壑，汲汲馳駿騑。白雲眼空矚，芳草心與違。于役奉紫詔，清夢縈翠微。蓬萊暫朝謁，桐柏終因依。羞彼題柱客，期乘駟馬歸。

寒巖

寒巖風凄凄，嵐氣六月冷。披我白罽衣，踏此青蓮境。置屋不瓦篷，引泉惟竹綆。龍洞儼垂胡，鵲橋謝策脛。潛真故自空，宴坐亦已冥。塔藏寒山骨，石寫閒邱影。仙宮闔不開，夜遊燭當秉。

明巖

穿闇目不盲，履巉足欲齕。谺穴邃一窺，怪磴疲屢歇。嘯詠去三隱，梵放開十笏。屋響遞訇訇，水索垂汩汩。紫邏短策摩，黄獨長鑱掘。漏景入明巖，棲真得幽窟。晦夕坐磐陀，圓光候石月。

萬松菴

伏虎巖前路，行行憩石林。茅菴三徑曲，翠崦萬松深。苦茗勞僧供，清詩動客吟。懸濤飛不斷，滌盡好名心。

曇華亭

像立賈秋壑，華傳優鉢曇。濤聲過銅殿，亭勢壓龍潭。天半石虹亘，日中珠霧含。茗甌現靈異，不救木棉菴。

石梁行

烏藤拄過鐵船峽，孱顔峰脚寒雲插。填坳冰雪滑淩兢，乍見飛流兩山夾。兩山崎崟亘復平，石面廣迤斧削成。一片陂陀偃鼇背，驚濤終古東南傾。傾濤澎湃吼且舞，風聲水聲怒如虎。砰訇一落萬丈强，飛漩盤渦輸水府。石梁横起駕半空，銀河之上眠晴虹。雙厓鑱鑿海門户，一道嵌跨天當中。曇花亭子與天通，雲將掉頭西復東。乘淩一氣游鴻濛，二十二峰開房櫳。金庭玉牖仙所宫，倒景騰騰嵐噴紅。雷車電馬不相待，羽衣婴娜飄罡風。我自重趼踏巒洞，亢亢平行祛怖恐。此間五步劍脊竦，過此坦闊鋪阡隴。負巖多少龐眉僧，看我徑度色不動。潑翻溟波雪洶洶，秋潮狂打山根勇。只貪手捫青天低，不知碎瀑濺到踵。絶壁銅殿光陸離，五百應真棲泊之。化人虛空了無迹，焉用雕治形模爲？苾芻指點意矜詫，智者豈值加哈嗤？却顧轟湍回跳蕩，倏忽化作奔雲螭。雲螭蜿蜒滅不見，厓厂荒荒白日宴。四山猿狖鳴喧啾，萬谷松杉影摩戰。方廣寺内鏗華鯨，華鯨一鏗顧兔生。瓊輪輾出碧霄上，千珠的礫拋空明。蒼蒼來徑曖烟霧，萬象朦朧清景聚。中天明月墮我懷，孤坐無心忘去住。

方廣寺

巍峨方廣寺，形勝壓諸天。下上鐘聲接，噴飛瀑勢懸。道猷初入定，元照此安禪。雲氣連銀地，湖波汎鐵船。石梁霄半聳，銅殿嶺西偏。金雀祇林集，蒼龍彩棟纏。曇華亭翼起，蓋竹洞呀然。貝葉經文燦，莓苔篆字湮。珠衣勤敕賚，旃像妙雕鐫。秋壑檀那施，梅溪慧業緣。應真藏五百，法界展三千。芝蓋香風送，茶甌異乳傳。空門屢興滅，靈境幾推遷。蘿影侵春坐，泉聲攪夜眠。無稽憑梵志，有跡記吟編。饌餉伊蒲净，行攜草屩便。明朝華頂去，清夢繞潺湲。

題華頂方丈

是身如浮雲，風吹過華頂。風回信所之，華頂無留影。

華頂望海歌

連山合踏青巃嵸，天柱争長蓮華峰。望海尖高雲作頂，穿雲直上騰孤筇。仄徑泥沙乾宿雨，芒鞋參錯於菟蹤。龍爪潭呀洞崱屴，老樟倒罊號天風。偶蹴磐石落陂走，砰擊萬仞鳴硠礚。巓厓欹磴牢可踞，佛龕露捲茅三重。括蒼四明近跟肘，朝光嵐抹錢江東。浩渺歸墟納裨海，芥蔕一洗畸人胸。是時曦輪馭青道，嵎夷散盡暾霞紅。金鴉翾霄六合霽，霧雺快掃空復空。元黄續色若灘涣，一泫搖漾寒青曈。春瀾油油浸碧落，榑木下上浮蔥蘢。舊斷鼇骨支坤極，代經三古力已窮。三山湮沈渺何許，其誰往叩東王公？方壺未信揚塵遽，要呵元氣蟠沖瀜。鯨鼉游戲翻窟穴，那顧顛簸鮫人宫。當年徐福工面謾，三千男女憐嬰童。滄波無聲消息杳，之罘萬古烟濛濛。浮槎貫月自來去，倏塗上與天河通。沉冥要躡海客影，騎之獨往如遊龍。此山脚插東海岸，六時光景常晦蒙。天公海若知我意，巨鏡際曉磨青銅。飛凌四萬八千丈，等閒目盡溟茫中。不須若士拉作伴，披披風袂遺壤蟲。

太白讀書堂

夢遊入天姥，曉望升天台。絶冥上華頂，此堂爲君開。巨鼇釣溟渤，群仙呼蓬萊。放情凌八極，舉手捫三能。魏闕一以謝，禹穴探不回。音書啟玉笥，高詠登瓊臺。雲構圮天半，茅縛依巖隈。匡山讀書處，嗡忽神歸來。

羲之墨池

方池居絶蜆，輕冰泮浤渟。當年王内史，濡毫寫黄庭。春煙澹落月，古水瀦凹陘。於菟印苔跡，活東留篆形。前賢剩墨瀋，逸韻光山靈。時有北歸雁，下蘸書青冥。

斷　橋

石梁既陟歷，首塗尋斷橋。披莽出蒙密，簫磵踰磽嶅。金霓劃兩界，玉螭奔一條。難踏巨鼇背，缺童靈鵲毛。驚瀑下潭咽，怒湍噴峽豪。趨隘走石卵，摩空灑天瓢。對峙闢伊闕，直射鳴胥潮。不合大如礪，俯瞰蟠飢蛟。

銅壺滴漏

飛濺石橋瀑，儼作銅壺聲。龍伯瀉濤碎，雞人傳點明。金鐘景陽墜，玉漏長門傾。何似老蛟舞，永激靈虬鳴。正類遠公製，不勞陸陲銘。蓮華轉滴瀝，竹林應鏦錚。柝非擊虎旅，籌還報鼉更。空山絶人跡，曉箭催清鏗。

水珠簾

瑶臺一簾下，百斛驪珠飛。輕盈雜翠靄，的皪明朱曦。雲君曳璐佩，素女披綃衣。纍纍端如貫，姍姍其來遲。鮮飈忽倒捲，細霧仍低垂。仙山蓄靈秘，未許塵凡窺。

徐竹溪書堂

吾愛徐竹溪，朱子心相關。過存在台嶠，討論聯佩環。嵐色淡侵袂，磵流清映顔。書堂翠微上，小徑巖石間。夜吟月出海，春步篁連山。遠憶林擇之，嘉會從躋攀。

龍　潭

神物善處陰，閴然此深蟠。瀦流夕澮澮，輕烟不生瀾。元工瀉時雨，騰上重霄端。跡奮雲雷屯，聲謝魚鼊讙。淵潭獨自滀，窟宅素所安。歸泉窈莫測，止水青漫漫。平涵白日静，遥映金庭寒。子高空復好，鱗爪何由看？

天柱峰

峥嶸標一柱，撑拄海天東。猿鳥層空墜，風雲一氣通。霞低赤城表，瀑小石梁中。我欲攀梯上，搔頭問灝穹。

天封寺

闍黎誇智者，卓錫在天封。磐石清泉冷，靈墟碧蘚濃。雨飛千个竹，雲散一聲鐘。方丈留題處，青來華頂峰。

金地銀地嶺

智顗就定光，金銀分彼己。詎謂沙門空，着眼俱在此。隆樓與杰閣，紺碧凌霄起。不知何功德，塗釁民膏髓。焕爛衆道場，興滅雲烟裏。安得返耕桑，原巘廬生齒。清景亦有初，翠涌佳山水。

高察讀書堂在察嶺下。察嶺，予改爲高嶺。

徘徊古嶺下，想像幽人居。巖谷翠縈帶，竹樹青扶疎。清閟緬書堂，晃朗開僧廬。曦影動蘿蔓，風響傳鐘魚。沙鷺獨拳足，野雀群將雛。今情古與契，人貌天爲徒。烟霞負痼癖，山澤栖臞儒。東睇臨海嶠，渺瀰懷高湖。

國清寺

鳥下山光裏，人行塔影中。巖花明貝葉，溪水雜松風。龍象蹲丹嶂，樓臺入碧空。猶存寒拾鑊，鐵繡饌堂東。

赤　城

清溪南去路，絳氣滿天横。日出明暘谷，霞飛落赤城。春光映台嶠，曉色落蓬瀛。欲借飇車駕，飄飖上玉京。

崇道觀

入雲飛觀在，蟬脱久超然。應召誰能悔，辭歸便是仙。懸知上征日，只似坐忘年。閱徧丹臺跡，惟君最覺賢。

黄　巖

潮生夜半湧江波，飛挂風帆拂曉過。溪送王猷移雪櫂，嶺迎謝客踏烟蘿。繡屏别把青山展，銅鏡還將海月磨。此地先公曾却聘，白雲終古抱巖阿。

路橋

雲開萬里喜新晴，興已遄飛到太平。雪後鴻歸參曉跡，溪邊鷗泛和春聲。杯如手向良朋把，杖似肩扶健僕行。一夜潺湲路橋水，響過枕畔夢難成。

重訪予齋於平泉學廨二首

一杖横衝萬石堆，黄岩已過客心開。猶餘衣上澌澌雨，乍破階前寸寸苔。江月暗教元夕度，春風先報故人來。十年塵事渾如夢，省對明燈把此杯。

物外閒身未放愁，宵分情話那能休。賢愚有子皆爲累，行止如雲本是浮。我自無才空作達，君今知命復何憂？名山勝事從兹始，乘興遄爲雁蕩遊。

依韻奉酬葉悝齋士寬

芒鞵竹杖喜閒行，到處惟稱獨往生。偶向溪山逢妙契，偏於鷗鷺訂清盟。新詩劇賞親兄弟，温語全輸古性情。還叩吟壇諸舊雨，玉川才調最縱横。時薦盧敬甫入其幕府。

明因寺

數弓地闢古禪堂，說法偏臨講武場。舌底箭鋒翻霹靂，耳邊鐸響振鐺琅。老僧選佛元寥落，過客明因亦渺茫。他日重來尋舊跡，去來今省墨花香。

梅花菴奉懷亡友徐括菴元肅呈予齋

續至留題亦宿因，碧紗不罩壁間塵。一甌苦茗含新翠，幾樹寒梅識故人。雪爪全拋行處跡，霜髭同惜老年身。青蓮化去成前劫，初地空憐皓月輪。

即事三首和予齋韻

子車我自徒，年事不同格。我如飛來鴻，雪上留爪跡。

只今我猶健，不妨傍車趨。但恐老將至，亦復不能徒。

緬想越人盟，古道心相扶。底須論車笠，往遊山水區。

惺齋延敬甫入幕和予齋韻

新曲誰知溼燥絃，焦桐鼓罷尚鏗然。牙生恰作鍾期客，流水泠泠入甬川。

江下和予齋韻

春雲弄色半晴陰，黄鳥當風送好音。千老松排高嶺上，一圓峰涌大江心。行看雁蕩珠簾水，吟望梅溪子墨林。君自籃輿我蠟屐，喜從塵外共追尋。

姆坑

村落清幽是姆坑，茅簷沽酒滌杯鐺。絲絲溪柳迎人舞，磔磔沙禽背客鳴。流過一泓春水緑，削成千疊雪峰明。紗巾草履無拘束，僮僕相將自在行。

湖霧和予齋韻

澹沲一湖水，冷浸蒼山根。昇來絶溟氣，羃此遠人村。霏霏霽日淡，暧暧春樹昏。張超散市影，謝公聯屐痕。遄消海蜃吐，欲與江鷗言。沙磯艤釣艇，汩汩澄波翻。

水漲

水漲何洶湧，群乘竹筏行。直下奔龍迅，遠汎浮鷗輕。橢石青磊磊，衝波皓盈盈。篙工態容與，估客心屏營。須臾上圻岸，杳渺疑蓬瀛。有纓不一濯，孤負滄浪清。

老僧巖和予齋韻

老僧昧夏臘，終古雁山口。露頂雪月寒，藉袈霜蘚厚。屼然住着踪，孤寂安禪藪。遠離宴坐亭，失偕記莂友。道場屏雨花，杖錫抛靈壽。後漢佛始通，先秦僧未有。品物形雜流，洪鈞理難剖。圓相袒半肩，恐此亦其偶。

石梁洞

天台一梁竦，雪瀑飛砰訇。此挂卧龍尾，結作垂虹形。枵然闢巨洞，屹若撑虚庭。天光壁罅漏，石氣衣構青。初登跡緬邈，久息神和平。物象失群有，聞見餘孤清。轉尋谷口寺，宛坐風中亭。却睇古嵒窟，白雲爲關扃。

謝公嶺

玉磴滑春苔，青猿導行客。盤盤古雲梯，登登新蠟屐。佳境以漸臻，解人自深索。石虹北礀垂，天闕西峰闢。孤鹿飲凹清，連雁下層碧。幽蹊忽砥平，細草紛茵積。懸蘿半壁青，倒景千嵒赤。貪遊失靈山，却廻謝公跡。

寶冠巖和予齋韻

一蹁謝公嶺，峰巒難悉數。珠旒燦麻皴，羽葆攢巖阻。裊裊三素雲，垂垂五雜組。聚鷸緬懲衛，沐猴還誚楚。漉酒恕醉人，切雲渺愁予。彈莫因王陽，誤實嗟杜甫。珥貂任熒煌，戴籜自輕舉。不斬矗惠文，端合挂神武。相將寶冠嵒，往踏青蓮宇。有寶冠寺基。

含珠巖和予齋韻

媧皇補天餘，一團置穹壁。翹首白雲飛，照眼清暉滌。晨闕聳嶢嶢，神珠懸的的。貝宮詎能胎，驪頷知難摘。結體負青冥，含輝映彩霓。靈巖湧夜光，嵌空不崩砉。

初月洞

彎環挂初月，長在洞門前。春尚明殘雪，寒寧墮曉烟。靈犀虛遠望，顧兔自高懸。皓魄隨行子，離家已再圓。

雙筍峰和予齋韻

一石岧嶤成一嶽，雙峰争長上聲海天角。天公戲運巨靈斧，凌空削作雙筍卓。家生扶竹錢江邊，一節一目枝柯駢。不知原是此靈種，龍孫出地拏雲烟。

靈峰寺和予齋韻

春空縹緲雲無心，隨我直度清溪陰。盤旋缺磴越洞壑，林中鏗吼蒲牢音。逸老盧仝聯馬異，結交山水含真意。山靈亦是我心朋，特地逢迎放新翠。石淙環帶鳴春泉，邃黑恐有潭龍眠。潭邊翠石望三秀，綺園賡和靈芝篇。蠟屐超遥恣游歷，曠觀一洗塵寰慼。川嵒滿眼未寒盟，輪囷肝膽交披瀝。土花踏破青豆房，澌澌白雨噴天漿。仙源不辨在何處，飛空灑落千丈强。倒傾葫蘆催酩酊，醉裏溪山仍管領。詩題醉語語尤顛，意氣昂藏勝清醒。幾行綴在碧霄傍，遊踪萬古留清光。蠕蠕壞蟲都異趣，未須知我兩人狂。

幽棲洞歌呈予齋并序

舊名羅漢洞，高朗秀潔，足稱去聲幽棲。寺僧塑五百應真在其中，失名山本來之清妙矣。予更名幽棲，作歌呈予齋邀和。

幽棲洞，洞在靈峰古寺後。危梯斜倚上重霄，天然石室開翠阜。巖頭梅雨從何來，莫辨真源滴清瀏。白雲終古愛名山，經年不肯出洞口。鑿空架棟神所爲，夜夜虚簷挂星斗。周遭峭壁絶浮埃，任積青苔不須帚。嵌巉切漢起岑樓，石紋細緻如瓊玖。夏凉冬燠百具宜，清吟隨意傾杯酒。僧徒果欲此安禪，乞音氣與跏趺潛户牖。應真五百何爲者，擾擾生憎落窠臼。重爲嵒洞肇嘉名，一日幽栖亦我有。況謀嵒下闢新畬，相約耦耕邀我友。幽栖來者更爲誰，試問應真得占否？

和予齋羅漢寺韻并序

原唱序云：『洞爲天下公物，羅漢誠不得占而有也。洞名改之也宜。寺于羅漢爲應有，且以飛來羅漢得名，故仍之。是名羅漢寺，不名羅漢寺。作詩邀和。』予笑曰：『此以馬喻馬之非馬也。』敬步高韻。

太初積塊肖物象，老僧童子羅重嵒。嵒頭羅漢縱形似，飛來乃是無稽談。摩騰初擕幾貝葉，文人蔓演堆千函。晋時沙門唱名理，老莊途轍粗能諳。後來空説掃文字，機鋒鬬取結習耽。鄙哉罪福廣誘脅，梵筴亦復拋連龕。大舶富商幽閨女，輸金輦貝脱釧簪。佛樓千尺架嵒壑，丹碧璀璨輝霞嵐。相輪高矗窣堵波，妙香四散優鉢曇。鐘鐃沸天作法會，金幢寶蓋流蘇參。愚民爺孃缺奉養，飯僧絡繹來精藍。農一何堪食粟六，更驂鸞鶴毛鬖毿。我觀異教痛至骨，肯教尋味論酸甜。却憐翠滴東西嶺，連山古樹攢杉楠。石房著書可終老，羊裘鄰接幽徑三。

靈異亭和予齋韻

曠望收靈異，溪心湧此亭。春光滿巖壑，天地一時青。

幞頭巖和予齋韻

管寧帶皂帽，不爲丕大中。海天幞頭在，應媿紫髯公。

照膽潭和予齋韻

徹底清無似，寒瀦玉澗涯。先生試就照，詩膽類劉叉。

果盒巖和予齋韻

此間存一盒，欲遺巨靈開。碩果留天地，陽和自此迴。

利牙峰和予齋韻

坎坎伐檀者，河干迥不逢。吾生恥苟食，冷對利牙峰。

靈芝篇題靈芝峰同予齋作

煌煌靈芝，仙人所遺。迎風化石，金光陸離。手鐵如意，欲折瓊枝。煮以銅鼎，飽我朝飢。復恐山靈，寶愛華蕤。留待綺甪，撫翫娱娭。

弢甫續集卷四

古今體詩五十六首

南碧霄洞歌呈予齋

谺豁一洞凌岧嶢，五老面對巖之坳。白雲晴開手相招，碧潭弄日珠紛跳。篆文斷畫如卦繇，雨苔蝕緑明鎪雕。開元去今世代遥，肇始架構開僧寮。曰夏啟伯字不銷，紛紛題名異題橋。跫音喜入空虚逃，我亦數行志所遭。鐵笻一根萬緣抛，狂拉一老歌且謡。句非謝朓亦足豪，正須問天首頻搔。前過五季兼六朝，後有萬載來滔滔。我生其間牛一毛，事業未得參夔臯。朱絃特爲山靈操，靈溪深深靈山高。聊爾放志雲中遨，逍遥宇宙歸吾曹。大鵬負天摶扶摇，鷽鳩控地飛蓬蒿。各有自得非同條，要異飢蝨人間饕。予遊物外辭纏縧，君亦小飲解客嘲。盈頭白髮不須薅，酣呼續續傾春醪。朝登南碧霄，暮登北碧霄，中跨一洞穿飛濤。洞山何處非我室，隨意繩牀淹幾宵。

北碧霄洞歌呈予齋

嵌空巖穴烟雲穿，誰居無事初雕鐫？北洞比南尤怪特，一痕石罅裂到天。有如北溟起鵬翼，未摶羊角空中懸。又如蟠木出東海，柯幹扶立根株駢。一峰小矗倒拔地，内却有路升危巔。路盡呀然牖户闢，佛樓架石長牢堅。當時我欲築吟舍，中央突起波回旋。周遭鴨緑俗塵斷，檻前惟纜元真船。此計坐令眇芒墮，忽見寥繆神悄然。意似上巢非木處，草榻頗得静者便。偏提尚貯黄醅子，醒時吟唱醉即眠。覺來近聽玉杵響，一輪皓月當窗圓。子不用挹浮邱袂，我不用拍洪厓肩。放情已勝丹臺仙，况復雲嵐四繞匝，靈巖萬景爲我妍。徑須留此終餘年，妙處莫遺人間傳。

碧霄洞上夜窗書所見呈予齋

碧霄洞尖雲作頂，穹樓架石度絶境。蟾輪碾入春空寒，下照猙獰千百影。初平白羊莽成陣，突破連群野豨逞。山雞竹兔從空飛，歷亂俄驚鹿走町。須臾倒浪涌野牛，駈駝横逐騊駼騁。猿猱狙玃古鬚髯，黠負背看戲抱頸。腥風動地白額號，猘犬如星雨坑穽。群狼圍合恣跳梁，闖開一象神威猛。恢奇形狀莫能名，獨角騈鬟圜趾脛。最後神熊背嶺蹲，項領嵯峨神氣静。百獸慴伏踞塵沙，有如輯瑞朝五等。凝然良久砉山迴，萬隊雲奔散溪嶺。披裘忍凍悄窺覘，蠟炬如椽不敢秉。金睛爍爍射樓窗，陡覺森寒心魄警。神靈呵護帖尾旋，天西已墮白銀餅。凌晨下洞諦追尋，跡蹄參錯魂猶憬。

予齋以碧霄花雨四字題碧霄洞額屬予捉筆有作見示奉酬高韻

石窗曉拓晴空爽，此間不可無銀榜。碧霄花雨詎繽紛，咳唾如珠誠足賞。洞躋絶頂亦可廬，置身直在千仞餘。兩鴻雪上印此跡，長者留題居士書。

照屏巖和予齋韻

靈峰開方丈，對面列一屏。泥金貝葉字，字字照來青。

五老峰和予齋韻

桑户誰爲友，莫逆惟子來。雲中五老立，耦俱亦無猜。

三賢峰和予齋韻

三賢藹離立，相顧襟情好。兩人往而參，亦可作五老。

五老臺和予齋韻

前列五老峰，此架五老臺。五老相對飲，一杯復一杯。

風洞和予齋韻

噫氣中鬱塞，蓬蓬出洞口。橐籥操巨靈，鼓動夫何有？

白雨峰和予齋韻

飛流落千丈，匯作白雨潭。我欲手挽潭下水，一洗疊嶂千晴嵐。

鬭雞峰和予齋韻

鬭雞矜爪嘴，悄立在層岑。終朝峙而待，未肯化雄心。

鸜哥峰和予齋韻

萬疊好溪山，安穩栖亦足。慎弗矜誇巧語言，翩然飛去靈巖曲。誤他處士殺其身，文彩何須艷人目。

將軍巖和予齋韻

諸峰列部伍，信足張吾軍。戎經昭老將，卓立識風雲。

五馬峰和予齋韻

五馬勢雜沓，中有權奇材。可是南奔日，浮渡烟江來。

真際寺和予齋韻

夕陽映古寺，宴坐山欲暝。惟聞水西風，吹度鄰寺磬。

净名寺和予齋韻

招提標廿四，此處最知名。蓮漏由來滴，星橋永不傾。鎔銅鐵爲之。春前嵐氣冷，空外磬聲清。坐久渾忘去，雲從翠壁生。

鷹峰和予齋韻

石鷹立峰頂，有嘴如鋼鈎。春雁歸自衡陽浦，經過西谷紛回頭。自聽説法一切平等視，更不分別焦明與休留。那肯搏擊破殺戒，一任下界惡鳥横喧啾。

白頭巖和予齋韻

與子策杖凌巖烟，梯磴下土欣駢肩。一嵒白頭出重元，無情之物動人憐。少必有老理固然，我今霜雪亦盈顛。下壽已勝顔子淵，溪山到處恣盤旋。願喫飽飯抛纏牽，醉吟同盡乎天年。

展旗峰

蝥弧周麾神揚揚，詩成拔取百雉强。齊盟李杜昔狎主，展旗誰敢抗顔行？一從帝召歸天閶，委棄在此虛開張。

贈靈巖僧妙聞

靈巖妙聞僧中稀，蛇咬不死形模奇。黑夜蜿蜒甘其肌，毒氣饙餾騰蒸炊。定力忍痛不哀嘶，越七十日隳左肢。砉然病樹脱朽枝，稜層古貌如枯龜。貌枯神腴壽踰耆，廢寺瓦礫堆階基。嵒坳嵌空無關扉，傍虛侍者絶因依。百事直以隻手爲，喜見客至顔和怡。舊儲玉粇倒瓶甋，俄頃具饌飽客飢。火煨出啖白芋魁，跡類嬾殘意却非。十年宰相輕塵灰，渠不溷吾吾不薪。天聰呀洞導之窺，踏雲升頂凌峹崎。拂晨禮佛光熹微，木魚琅琅出烟霏。客睡徐起牀射曦，瓦鐺粥香滑流匙。謂客石房愛幽棲，青精黄獨緑蕨薇。口糧終年不須齎，語言真實抛禪機。彼教業白其庶幾，有杖者錫紫厥衣。侈擁鐘板鳩闍黎，隆棲矗空金碧輝。大鑊飯衆千石糜，生民之蝗集且飛。我懷短策不得施，誰遣總髮加冠緌？散編民伍驅耕耔，盡使淳俗還黄羲。頭陀操行苦若斯，食力已具衣鉢貲。惜哉生不逢孔姬，岸然頭骨空嶷岐，傳去聲高僧爲作此詩。

大筆峰

矗空大筆何熒煌，赤石照耀五彩揚。巖廊縱令詫燕許，未若李杜尤雄强。李杜文章光焰長，韓亦撲筆歌慨慷。三賢入手横去聲揮洒，乾端坤倪俱軒昂。邇後抛擲碧霄下，寂寥終古天蒼茫。

卓筆峰呈予齋

碧霄洞口撫大筆，一枝復卓靈巖前。是處雕章絢五色，屏霞幛擘金光箋。吾兄才略涵溟渤，潤色乾坤仗揮發。斂却天扉盤詰才，只教批抹閒風月。

天聰洞和予齋韻

洞房轉側不十笏，勃窣由來作理窟。此疑渾沌帝中央，鑿破天聰勞倏忽。我抱龍脣向此彈，正聲猶在文王没。罷琴悵望時代遥，起問青天古時月。

屏霞障

金輪湧海底，飛出扶桑上。朱暉千萬道，直射屏霞幛。屏間綵絢赤城標，天光海色紛動摇。何人抽取喦前筆，題罷遠駕三山椒。

聽詩叟呈予齋

平生性癖耽苦吟，舉世無人作賞音。豈無咨嗟漫相許，别調至竟非同心。驀地聽詩逢此叟，千古鍾期詎常有？山水泠泠續繪圖，予齋之尊人苧塍先生與沈似笠先生相契，嘗繪《高山流水圖》。予與予齋約續繪之。獨抱焦桐向我友。

龍鼻泉

神龍蜿蜒歸洞窟，尺木銜山勢超忽。蒼鱗照日開金光，恐復騰空去溟渤。屏霞幛上胡髯然，鼻中冷滴珍珠泉。傳聞湔此眼如鏡，好燭細字消殘年。

小龍湫和予齋韻

諸溪匯流奔下嶺，勢束重嵒不得騁。怒濤盡力破雄關，萬馬齊奔一何猛。遠望惟看疋練懸，誰識砰崖射倒景？風塵論士只皮相，奇才乃與常人等。噴落龍浤更激飛，壯氣未平猶耿耿。雪片拋空三百丈，峭壁横衝朱夏冷。日晅亭午汗沾裘，一到秋潭醉眼醒。屈君喚作小龍湫，未觀其大心神警。

僧拜石和予齋韻

緇流忘清課，倒牀未及昏。此户肖圓頂，膜拜學沙門。沙門雖異教，凌替不可言。孤雲窺色相，獨倚蒼山根。

卧龍溪

觱沸出靈巖，逶迤沿龍溪。圓石走明月，春冰涣玻璃。回飈度激激，細草縈萋萋。亂流鹿涉淺，破靄禽飛低。白髮照如鏡，赤足蹋無泥。經邱泝猶遠，入寺行不迷。威紆徑往復，洄洑潭東西。褰裳自可揭，竹杖勞扶攜。

相逢行山中贈所知 時惺齋越境遊雁蕩，故匿其名。

嶇嶔白道縈修蛇，巒洞疊石排谽谺。犬雞寂静樵跡罕，崇岡遺火燒荒畬。攀捫絶壁蘚被肘，草屩歷落黏輕沙。松坳歇足放青眼，此間熟識惟烟霞。斷無跫音出朋舊，砉然邂逅手對叉。夫君奇絶雲中下，招呼驚散攢林鴉。瑽琤玉佩近攬結，愛我箨笠從風斜。苔茵厚鋪欹坐輭，溪聲山響攙笑譁。陰厓凍餘古冰雪，千尋老樹寒槎枒。物外高談動嵒谷，春生萬象皆萌芽。怪梅張王横鐵榦，頃刻玉迸連天花。僕夫看挹浮邱袂，韻事擬向人間誇。山靈發攄暄景色，喜意騰躍催猿麚。層阿石銚然槁竹，木瓢香汎仙嵒茶。雲嵐四面孰主客，吟窩拚作騷人家。冥搜結習破廉讓，一囊括取風光賒。傳聞三月浮煖翠，漫天躑躅紅交加。賞心濤湧靈嵒谷，鬚鬖不用耘霜華。縹緲分襟渡澗去，赤脚徑踏流泉窪。清緣不盡飄忽意，仿佛軋軋回雲車。

馬鞍嶺

初經馬鞍上，杖策未從容。樵客林中返，行人嶺畔逢。油雲入西谷，酥雨洒東風。正苦石頭滑，一聲何處鐘。

能仁寺和予齋韻

遄行投古寺，挂策倍加閒。薜荔牆邊雨，芙蓉寺裏山。春遊開耳目，夕話洽心顔。明看龍湫去，清緣尚未慳。

和予齋能仁寺後有破浴鑊一横鑄捨嘉福院無碍浴堂中九字韻

浴鑊鑄費千斤鐵，工匠齊扇洪爐火。當時誰捨嘉福院，似注温泉本萬妥。萬物有成必有壞，塵垢空憐壤蟲贏。有湯即浴無即休，我意無可無不可。

和予齋燕尾潭韻

從來飛湍倒壑勢磅礴，砯厓轉石驚雷聞。龍騰九天灑急雨，虹亘一徑穿重雲。寧能尾涎涎兮學燕燕，漫邀公子時相見。

天柱峰

項領標嵬鐵，奔騰盡向東。溟濛消雨脚，兀突峙晴空。翠滴龍湫上，青過雁蕩中。連山渾不斷，許爾獨稱雄。

瑞鹿寺

古寺僧皆去，空階客共臨。危峰當瑞鹿，秀木下春禽。坐對荒凉色，留聽寂寞音。風流成二老，來往亦無心。

錦　溪

錦溪清且湜，沿洄四五里。淡淹鹿峰烟，噴薄龍湫水。湔飛渡海鶴，撇去騰空鯉。細沫簾谷飄，奔瀧鐵城起。風激揮連珠，霞明散端綺。眼喜瑩沙屑，足畏嚙石齒。泝入忘歸亭，春湍綠瀰瀰。

鐵　城

靈境開門户，連峰削不成。真看標鐵幛，不忝號金城。衛護龍湫在，周遭雉堞横。以兹爲保障，千載永無傾。

水簾谷和予齋韻

龍湫倒噴千尋瀑，日月蕩摇星漢覆。輕盈却看挂罘罳，娟妙天成水簾谷。

宴坐亭和予齋韻

龍湫響震昆陽瓦，傳聞宴坐石壁下。詎那化去亭亦傾，人間誰是長年者？

大龍湫歌呈予齋

大聲砰硼天上來，靈湫倒罄長喧豗。摧林擘石響不絕，鐵城内轉崩山雷。下擊淵潭窅莫測，撇漩陡翻香象力。當心石檻一條橫，怒撼靈胥衝偪仄。喊聲四合鳴碚礧，噫氣難洩巨谷中。飛湍阻遏不得下，三千組練屯虛空。良久無聲息水府，突驚霹靂驅涷雨。九天鉦鼓下將軍，齊彎神臂開銅弩。踉蹌疾走莫遁迯，淋漓巾袂濡頭尻。回顧神龍入大海，一氣浩浩奔回濤。回濤震蕩龍伯國，島嶼搖空態惶惑。火毬焰焰絢金光，倒景交羅萬種色。大名三疊傳匡廬，匡廬噴薄得似無。彼激跳珠荷賞識，滔滔車馬來通都。嗟汝韜藏西内谷，只遣山翁看不足。謝公落屐不汝知，未遇卞和空抱玉。豈知後出寰瀛聞，氣吐白虹跨重雲。雁山藉汝長聲價，雪波四散徒紛紛。獨在人間成壯觀，妙處未容衆口讚。山靈終古嘿無言，我坐對之發三歎。

行道廊

白石凌虚削，嵒坳闢幽蹊。行道平若砥，不雨浄無泥。艷思絶響屧，清境邀扶藜。踏蘚過野鹿，穿雲飛山雞。危峰藉猿引，穿徑無人擠。屐堪謝公落，谷容子真栖。曲盤入雲路，高躡升天梯。香嵒聳菡萏，緑房吾得躋。

白雲菴

高僧勞結草，二老喜盤遊。眸注石門外，面臨天柱頭。虎參西谷跡，龍拔上巖湫。可惜遂初老，謂潘稼堂。行踪曾不留。

天棺巖

披榛尋古道，直到萬山巔。鳩杖遥臨海，人棺久上天。深凹緑春草，絶頂繡平田。歎息神仙葬，金丹詎永年？

石城幛

嵂屼霞城幛，石城在其側。相争不相下，各自君其國。

上龍湫歌呈予齋

上龍湫，龍湫槃礴居上游，地形僻險誰冥搜？我觀小湫大湫眼已飽，更見上湫直上噴未休。上湫溢出爲鴻溝，石檻横截當中流。訇轟激越數百丈，倒落巖下有若巨鼇戴山湧出蓬萊洲。大湫終古駭人目，只分上湫一派穿嵒陬。瀛海之外更有大九州，世人祇見杯中一溜波浮浮，此亦何殊芥汎坳堂舟。上龍湫，湫出詎那宴坐亭之上。洪濤舂天倍激宕，直上登巖睨海浪。大龍湫苦隘而妨，詎若上龍湫懸空自奔放。我今與子憑臨拄鐵杖，憑高俱作氣出唱，滄涓海浦恣騁望。吾生有涯隨化盡，底用臨風嘿惆悵？俯視大小湫，豗轟並退讓。上龍湫是丈人行，上龍湫晝夜奔騰勢不已。天地有元機，回旋可睹矣。子在川上有微言，吾心安得常如此？

石碑巖呈予齋

石碑立千丈，視之一字無。山靈待君來，大作蝌斗書。君言前賢擅述作，卷軸奚翅萬萬餘。過此斂手去，不見藻彩輸。祖龍上太岱，隨從斯邈徒。日觀峰頭蹲片石，大篆小篆無鐫摹。矧我才力薄，詎敢操奇觚？謂我高興狂歌呼，隃糜數斗虎僕濡。天荒乍遣破，大文從之舒。我聞此言却悚立，側睨躑躅蒼山隅。剩此貞珉還天地，渾樸風氣追皇初。白雲藹藹出洞壑，一片無心飛太虛。

樹巖和予齋韻

樹巖在地成元形，千尋黛色參天青。蕭相已成未央殿，不敢購此營閒庭。東南參錯屼天柱，霄峥獨留盤古樹。倘使雲際捧銅盤，不必金莖可承露。

雁蕩歌呈予齋

遊人遊雁蕩，誰見雁蕩還，我行悉力窮躋攀。初從石門入，蹴踏亂石嵯巉岊。步步披灌莽，遠造絶岊間。絶岊著足無處所，猱騰滑墜難夤緣。僕隸泥吾行，躑躅愁空山。當先賈勇意氣鋭，隨行躍起衝險艱。斷藤缺石辨舊跡，大呼有徑堪升天。爬沙手並脚，乘凌趾壓肩。是時二老遺生死，伯昏瞀人立層巔。從者引至囊沙背水陣，死心猛赴踵不旋。平沉兮塔寺，横塞兮天棺。荒林寂兮只飛鳥，春水淡兮不生烟。潭龍氣蚴蟉，山羊跡闐駢。既踰峭壁，忽值平田。喜雲開兮見日，類羽化而登仙。雁蕩之水清且寒，中有香草紛眠芊。群雁啑唼，衝波洄漩，呼儔挾子春風前。乍決起于霄漢，復下戲于潭淵，飛鳥飲啄天機全。有生恣曠蕩，君然我亦然。起覽四維周八埏，群仙距咫尺，相望蓬萊邊。顏衰不希紫金丹，應盡便須盡，大笑抛塵寰。亦不希稱述乎後賢，登臨發歌嘯，適興桑榆年。高名底須千秋傳，嗚呼高名底須千秋傳？

別予齋和見送韻二首

聯笻對榻話情親，最喜龍湫洗俗塵。歷歷溪山青入眼，蒼蒼猿鶴老如人。雲天白擁靈峰雪，江隴青迴大麥地名春。佳處潛教歸思動，杯行入手忍逡巡。

已分平生尾曳龜，江鷗泛泛並忘飢。名山只許心長往，良會那堪影遽離。春徑常縈書帶草，雨林頻喚鵓鴣兒。懵騰醉看雙蓬鬢，雪滿河梁欲別時。

予齋送予至樓磜復有贈別之作和韻奉酬

一步回頭一步顧，恨不在此終年留。却憶龍湫雁蕩好風景，清緣只許連旬遊。天涯斗酒坐曲室，再來把盞知何日。海宇豈無舊朋好，未盡知心空接膝。自君落拓平泉居，夢中還往無時無。正似今宵醉樓磜，醒時別去形仍孤。當日淵路聞處贈，只今爾我皆安命。浮生榮悴天使然，衹有清狂堪適性。粗營茅舍在花南，門前五柳搖毿毿。閉門白日寡所向，遲君語笑停歸驂。少壯幾時無那老，最痛萊妻怛化早。撈蝦飼鴨任兒曹，鶴洲別墅幽居好。破屋僅剩叢殘書，可堪負郭無新畬。故人束髮共研席，渠自豪焰張門閭。纍纍衆誚喪家狗，徙倚風塵空白首。丈夫立志寶孤清，衆人溷濁終看醜。酣餘睡起日三竿，布衾多年似鐵寒。管寧寂寞戴皂帽，我知羞殺曹子桓。石房木榻永今夜，柴車難更仝君駕。一別千秋思魏文，謂徐括菴。段干木與卜子夏。

題太真出浴圖

春寒霰雪下驪山，香泛飛泉煖玉環。纔説九龍呵護在，便傳湯殿澀金鐶。

題墨竹二截句

千尺新梢掃暮雲，檀欒似向剡溪分。王猷到處清緣在，寄宅經旬對此君。

雪盡叢篁翠色滋，春波浮動緑差差。扁舟不作西軒夢，筆法渾參魯得之。予西軒有魯得字，孔孫墨竹。

長至日分巡寧紹台道葉惺齋使君士寬以餘山粹學四字扁額上餘山先生先生姓勞，字麟書，餘姚布衣。祠堂禮成謹作長歌二百韻紀之

魯日一噎餘千齡，太極嵒邊開重暝。静掃天氛出考亭，二儀氣運時昭冥。書城作霧緣利名，雒誦匝地各有營。餘山先生生東溟，十七始學惟躬耕。時罕人師師遺經，獨尋古道行嬛嬛。廿四有聞開靈扃，踵追所見升階庭。徐入窔奥神和平，養吾浩然還太清。上助辰曜舒光晶，下被草木滋華英。竭來三紀升新粇，於昭耿耿留元精。乾隆初元闢文明，孝感涂公椽筆

擎。故大司空存齋先生。遠慕布衣表荒塋，四字屹壓千言銘。題曰潛脩實學。煜驚鬼神竄狐鼪，故里更揭碑峥嶸。嗟歎足駐行人行，丙寅辜月雲物呈。日方南至一陽生，小往大來噓泰亨。惺齋使君道合并，髹匾丈六輝珠瓊。巨手題出顏祠楹，形模鬱律氣魄狰。貙虎贔屭昂鼉鯨，芒燄騰騰出棟甍。餘山粹學熙日星，銀榜不懸灝氣横。銀榜一懸光彪弸，小子昭告裒寸誠。先期齋宿潔紳纓，清江載至浩揚舲。沿緣沙堰躬祗迎，喤喤道路鳴鼖鉦。樂備雅奏導衆伶，遠近觀者穿林坰。佇立邱塍隔溪阬，從者雲填衢陌桁。小大肅肅無譁聲，勞家埭口暧杉檉。古樹蘢葱蟠廟瓴，中央懸升正不傾。攻金之工奉鈎釘，天空日皎聞登丁。仰瞻梁椙鬱岭嶒，清酤既獻亦和羹。登降几筵奠尊鉶，將以明德肅惟馨。祝辭琅琅神爲聽，曰後學某欽先型。闡幽用攄仰止情，拜俯灌卣藉香藑。朱絃侑送告禮成，日猶未晡六合晴。纖雲卷盡蛢高青，廟壖人散通川萍。白頭起語衆耳聆，當日講壇開草廳。村無機阱捐罝紭，芻兒田父近一黌。恂恂揖讓無囂争，閨娃端正姿幽貞。恥貼珠鈿矜娉婷，亦有拜識谿童嬰。高顴廣顙追儀型，却憶遺言泫欲零。餘未得面中怦怦，視不欹邪瞭目睛。其畢棄咎如脱腥，彼何人斯志肥輕。氣高南山膺世榮，歌鐘華屋聲鍠鏗。二八迭舞漁嫈嫇，夜氣未泯顏一赬。疾馳賓驛合侯鯖，自許豪俠破拘囹。千觥洪飲傾淥醽，興酣耳熱搊阮箏。名教自樂回狂酲，吁儒冠衣相撩拎。咿唔乾死案頭螢，終年蹭蹬居愁城。慨然聞風懊媿縈，勞神淹博誇識鼮。四庫七略歸品評，可四三都三兩京。鼓吹藝苑和鏞笙，中何所得仍聾盲。惜哉賢智徒聽熒，望而知悔寐乍醒。使君吾道一宗盟，此舉聲教驅風霆。便令多士遵夷庚，雍容步趨節璜珩。中沚春茁莪菁菁，大昌絶學鉏鄙萌。人志孔孟家朱程，肇浙東西周八閎。佐佑文治爲國楨，圖書再負龜龍靈。璇霄千仞翺祥鵰，郊椒遊麟錦斑騂。餘干大儒老柴荆，配食兩廡歆醴牲。居業一編映曦檽，讀胡餘干先生《居業録》，服其議論宏偉切實。知以布衣配享兩廡，斷非偶然。高言萬古軋霄崢。匹夫足師規模宏，先生後起亦天氓。操履確實何觥觥，崇卑興蓋勞扶撐。自作不朽立寰瀛，垂光底用仗史宬？從之一叩大小鳴，太元潛虚弄墨兵。陣遇堂堂抛轒輣，皇極經世如藍瑛。或謷瑕纇非精瑩，須友齋頭手不停。先生齋名須友。説卦窮象包垓紘，細研蟲豸及蜨螟。百卷磊落藏箱籯，大文昭晦隨黔嬴。百世以俟無虧盈，一嫠苦節儀媌娙。先生子婦童氏爲同志友憲文先生之女。年十八而寡，無子，守志。雍正二年海嘯，氏夫棺以歲縛草索，縱横千百道，漂去得不散遠，尋歸葬之。今已得旌。前紹守杜使君表其閭曰『索綯奇節』。出自儒門來鹿軿，入爲操碪出汲瓶。早歲髫挽青髩鬡，奇災海嘯不可禁。夫棺索綯纏縮衡，衝波尋歸葬松坪。懷無蕤孤衣繡綳，老擷溪毛薦宗祊。衆請旌褒下彤廷，有門弟子塵俗攖。虚教承學心骨驚，憶逢驛亭棹長泠。寒侍函丈飛玉霙，蒲牢萬石吼噌吰。輕求發音撞以莛，大聲震耳昏懵惺。一自騎箕訣上征，愍我童騃遠彾行。先生易簀之夕，調元在杭。夢先生執調元手曰：『似汝稚子，獨行萬里程，我安得放心？』後數夢先生教督。頻感魂夢千丁寧，迄今頭髮霜幾莖。坐省愆尤增惶怔，汗背有若攢飛蝱。躑躅世途逐羈傖，清渭倏忽污濁涇。我顏忸怩執礰礰，行藏詎須卜楚筳？菲薄不敢偷鼎烹，遄歸巖壑侶麚麖。簷前青蟲挂書棚，飢腸雷嗚且吟賡。竊主删述難客卿，手攬光怪搏哮獰。娱嬉到老絃不更，愛梯雲巘航烟汀。烏藤一枝踏竛竮，谷音豈謂偕韶韺？江山佳景助淙琤，淋漓草書涴翠屏。玩物喪志懲蚩儜，環絚春秋催蟋鶊。遺書矢欲親短檠，了非圖讖談機禎。不愁雷電下六丁，一蠡只可量坳泓。茫茫向若驚泂瀯，終焉泝此窺涵渟。忍更虚閲瑶階蓂，人未聞道如禽猩。雕詞亦屬隴山鸚，大年縱使齊聃彭。滅若風前韻流鈴，今朝藏事心振振。步歸茅屋月瓏玲，静思痛淚溢爲熒。半生對弈存空枰，納奩翻局敲鏦錚。此著再差徒眙瞠，精光礲淬新發硎。作詩緘寄如椒橙，倘呼左右芼釜鐺。草堂之盧吾所兄，存心在使君幕府，于先生稱私淑門人。結佩自小紉蘭蘅。友生大誼感嗚嚶，老去願作遷喬鶯。使君故自冲天翎，爾我慎勿仝嬴蛉。共須擔荷雪嘲轟，閶闔日鑒回雲旌。

弢甫續集卷五

古今體詩二十七首

答友人送遊洞庭韻

一旬萍偶聚，又散范湖濆。鶴影銜烟出，鴻聲帶雨分。舟疑剡溪雪，身入洞庭雲。明日夢相憶，空波無垢氛。

洞庭觀打魚歌

南潯蓐食初揚舲，風帆倏下東洞庭。嘉平瑄候集商販，魚蠻市鬧東西涇。豐圻湍縮灘稜出，篘簾遠樹牢關扃。水村聯絡過胥口，漁舠鳩列千蜻蛉。長繩繫網截滐播，助撾鼉鼓鳴丁寧。彷彿陊轟水犀戰，波翻圍合晝晦冥。長篙排突短叉挺，貝宮撇漩環拘囹。老蛟騰脱豫且手，昨夕怒徙通精靈。群魚聚泣枉撥剌，飄騷湖背盲風腥。亦有怪物誤失宕，沙潬偃蹇呿回汀。漸漸昏雨珠霧墮，萬頃外聒飛驚霆。莫釐峰插具區底，濤花雪捲脩螺青。嵯峨衆艑矗高屋，鴻網一舉譁建瓴。大魚小魚量滿斗，填倉散倒輕奇零。烟波浦漵砉分背，季娃把櫓争娉婷。灕褷尾鬣等蔬賤，霜刀霍霍新磨硎。船頭斫鱠船尾煮，艤傍茅店沽湘醽。獨客乘凌逐清景，橘洲浩渺浮單萍。金庭咫尺漫栖泊，霽魄圓寫沈珪形。老除毫氣面蒼碧，要觀萬象涵泫渟。巨鼇等閒已罷釣，肯志鱍鱍收笭箵。儻勞蜿蜒夾負艇，信意騎去遨東溟。

林屋洞歌

左神林谷誠幽虛，洞天第九書道書。欲窮岊坳發元秘，滴瀝瓊髓冠巾濡。呀然三門崒窊窱，雨暘氣竇殊呵噓。穹樓嵌空誰架鑿，鴻濛包裹元黄初。丰茸雪鲊肥威喜，食之不異羊鬚珠。金沙的皪乳泉瀵，邃穴往往娭神魚。衝人蝙蝠掠厓竅，朱曦倒射景未晡。石扉訇開候未得，松明再爇無贏餘。銀房玉柱空一到，深壇窈隔三踟躕。靈威素書亦散佚，天地大文知何如。却憩東窗莞而笑，琳札所記徒區區。天錫龜書拱璧在，鈿函持去祇碔砆。百年應盡便須盡，神仙久視吾無須。洞裏真官足膠擾，神禹不死非形軀。峨眉羅浮縱步往，焉用潛達穿崎嶇？此中却遺石牀枕，佳硯净几天然俱。哦詩注易自吾事，差可援止終年居。况有鐘鼓置壁牖，縱弗考擊聊捫摸。丹臺挂名了不顧，遑論腐鼠猜鵷雛。寓言十九贅一噱，南華覼縷良已麤。濃苔一踏神景觀，道士前攬青霞裾。莫向野夫問動静，行止隨分拋孿拘。《真誥》云：「去洞庭，見包公，問動静。」

登縹緲峰放歌兼寄葉惺齋士寬

欲雨不雨嵐靄重，太湖連夕烟濛濛。今朝曦景漏雲脚，催我直上縹緲之危峰。薄醉初放琉璃鍾，天風拂面餘赬容。攀厓踏谷詣絶頂，衹挈一枝堅瘦隨身笻。騰空放眼欲大叫，沆漭齊州盡一眺。身世萬慮都已遣，伯昏瞀人脚不掉。洪瀾陡壁紛盤繞，紫氛垂光西照曜。嶢嶅雪盡露鷹石，山梅顧我忽而笑。七十二峰雲錦張，一峰包在雲中央。雲中獨立振薜裳，四海無人知我狂。毛公空壇冷，包公故山荒。靈威丈人竊書去，鴻雁歲暮天蒼茫。刹竿出林水月寺，云是蕭梁年間長者布金地。地環澄浤三萬六千頃，一片圓冰脱玷翳。我當八窗蕩蕩排空冥，飽向乾坤吸清氣。頓教冰雪入我腸，高吟足了平生事。小青塢徑蛇屈盤，浄域觱沸泉清寒。石甃泠泠漱哀玉，銅瓶深吸喉不乾。頭綱貢荈今已歇，猶餘舊磑林中安。僧爐餉客一椀又一椀，何必谷簾日注使我生清歡。隔嵒仙韻流金鐸，仙風飄空韻間作。不蘄仙子綽約迎，金堂取次瓊漿酌。但蘄籲徧千峰萬峰霞，百年獨果名山諾。娑婆老樹不可攀，姑與盤桓望寥廓。吁嗟乎！洞庭巖岫青嵬嵬，林屋古碑生緑苔。我輩登臨迭相送，昔人履綦安在哉？舉世奔波陸海不一回，此間空疊烟巒堆。神仙才子尚劫灰，却緣底事心顏摧。因聲寄招陽明洞，邊客曷不拂衣歸去來？

復登縹緲峰放歌懷盧敬甫疊前韻

好山登眺不厭重，況獨霞彩萬道開溟濛。參差巘㟅群拱揖，莫鼇對面争長攢東峰。靈山盤礴地脈鍾，晻靄草樹含春容。惜哉夫君隔海嶼，不與飛躡萬仞分吟筇。崦谷槎枒老鶴叫，蔚藍天冷清矑眺。茫茫江海歲峥嶸，畸人頭並雲將掉。洞庭波外滄溟繞，當時十日紅争曜。陽燄愁燒海水枯，抨弓落烏成一笑。國鄰龍伯釣具張，六鼇手掣未渠央。鮫人爲織冰綃裳，日傍漾舟縱清狂。駕乘鯨鼉且快意，白雲萬稜田俱荒。却憂混沌已盡鑿，要補元氣回渟茫。寓跡人寰踏蕭寺，雲窗霧閣臨無地。湖波倒映萬象清，白銅鉅鏡磨塵翳。宫霍瀾淪蹙復舒，濤頭石脚融一氣。坐閲鳥跡巖前書，蝸區蠻觸渾閒事。天東昨挂爛銀盤，石櫺清虚通廣寒。松櫞參天雜橘柚，丹清渲染霜華乾。時聞雞犬雲外落，金牀未許栖劉安。山精木怪亦喜哦，我句只有神官相顧顔不歡。黄鐘中聲應牛鐸，軒樂飄淪久不作。無礙泉噴帝臺漿，懷人姑把金罍酌。盧敖若士不同遊，踞龜誰與相唯諾？長歌激越震空林，天地風雲一驅廓。泬寥意氣仍磊嵬，峰峰衝破太古苔。斬削蒼藤戛精鐵，拔地巑岏何有哉？厓窮東轉聊淹回，墨花疊洒寒雲堆。他年故人好事踵到絶壁下，雲裾爲我題字處處揩浮灰。更遣南頭丙洞老仙守，莫聽蟠霄雷雨横崩摧。嗤然作嘯下嵌竇，人去啾啾猿鳥來。

明月篇

夜寒潑水冰重衾，僧龕不聞蓮漏音。螺窗六扇亮于雪，開見寶珠一顆搖湖心。寶珠圓明何處尋，洞庭山高水深深。浮光豈限三萬六千頃，山河大地一氣涵森沈。無意得之忽大叫，樓臺瀲灩澄輝照。驚起群衲問寒暄，獨客無言惟一笑。是時滄洲烟窈眇，歸墟寥寂淪輿嶠。湖平萬籟息聲塵，蜃氣龍腥跡如掃。瓊輪皎皎凌高寒，冰花無際鋪清瀾。長河盡没渫雲卷，太虛混合波中間。空明一片周瀛寰，靈景拋散三千年。乾坤隔斷大槐坂，豈知此間夜夜當空懸？山林杳冥海水漩，想像子春殊渺然，成連尋之復不還。金徽玉軫傳不得，情移祇抱龍脣眠。霜華斜飛溼扃牖，屋椽低回插箕斗。今宵澒洞掇清光，一掬金波不盈手。

後明月篇

海山暮色來滄漭，白光已見東溟上。照人冷鑑望猶圓，天盤磊磊碁疎朗。靈區真君合大還，水猶凡汞山凡鉛。紅爐之雪月一點，洲藪萬物皆飛仙。太湖得月精光湧，老夫得月心神竦。造化須成此段奇，清輝不惜傾澒洞。無聲忽復移瓊霄，上方百里覘秋毫。老蟾不死顧兔狡，水天滉瀁空迢迢。三更倏歙鯨波漲，蓬蓬怒起衝風壯。天旋海沸横激宕，海若天吴不相讓。包山洞府屹昊根，擊碎空明飛駭浪。此月本是驪龍珠，群龍戲攫鱗爪舒，掀波出没拏空虚。波光珠光散澶漫，高空不動圓輪孤。沙外驚寒叫鶬鴰，浪花如山苦崩斡。夔魈罔兩映墟烟，東西微茫陂岸闊。神禹昔定震澤湍，終古皓魄餘荒寒。僧廚惜無酒一斛，使我醉倒頹巾冠。

神景觀夜起見湖中月是夜立春

不緣看餞臘，歲序亦相忘。醉墨浮春氣，神丹發夜光。星迴天北極，月墮水中央。甫里江湖夢，吟情未渺茫。

縹緲行元日登山作

林屋東西路總熟，猿鶴懽喜候厓谷。識我笻聲未午來，盤空徧向群峰卓。似覺雲霞媚此翁，朝朝曦映千蛾緑。今朝萬象更鮮新，海日湖天明遠目。草木何知歲履端，乾坤春氣浮川陸。好山乾浄無三斑，撲渥狡竄青眠芊。煖香晻晻發陽谷，老梅白擁幽虚天。仙鼠見客忽復起，嬾窺洞户從扃闢。苔碑驚散鳥剥啄，碧字半蝕開成年。空壇松粒顔色古，其下茯苓掘可煮。白雲連天傍人飛，緑毛仙公何處所。絳節珠幢久零落，翻遺袈裟映梵宇。屢飲僧甌無碍泉，甘澆吟舌山靈許。無事久留胡爲哉，白頭老衲何須猜。望蟠龍洞未一到，上伏象嵒纔幾回。隃糜欲磨水一斗，乘興上下洒徧蒼巖隈。舊年欵冬花已開，今年搏黍鳥復來。洞庭橘，色爛紅玫瑰。洞庭柑，磊落金盤堆。老夫縱不爲口實，亦愛清芬投滿懷。龍君龍女不暇顧，石公久待寧忍違。東風入律回天地，今宵何人占象緯？應有少微星，上燭咸池五車氣。春遊屐著眼爲醒，春吟杯到心先醉。醉醒不知老將至，清遊清吟千古事。

龍渚謡

大龍渚，小龍渚。龍宫幽窅龍處所，怪石嵚崟作門户。嵌空穿嚙痕，波濤自太古。湖心一片萬玲瓏，鑿鑿多應出雷斧。春空月黑瘦蛟舞，逢逢乍擊馮夷鼓。芙蓉旌旗蜃樓閃，軒樂鱗鱗排筍簴。烟墟帷帟羃鮫綃，大作新年瀆靈聚。龍公出水張水嬉，貝闕萬族撑之而。龍女姍姍其來遲，珠裳琲珮光陸離。旱冬窪田兆坼龜，河港斷絶行人悲。大舸小艑沙岸閣，具區稽天空爾爲。羊群嬾惰鞭不起，爲問龍公知不知？

後龍渚謡

我作龍渚謡，龍公不之聆。潭潭龍堂入窈冥，髣髴春宵報鼉更。擊魮磬，吹鵝笙。陽侯共宴娭，游澌紛揚靈。海童唱歌鮫妾舞，包山洞庭樂終古，巴陵潛逵通水府。江妃倏忽自去來，揮珠拊沫神靈雨。雲旂偃蹇卷以舒，蕭颯回風動北渚。橘香吹過浮玉山，烟波渺渺空愁予。誰知水縮露石根，縱横虎豹虚岊阻。嵌巉皺透惜不得，巨斧連雲争割取。十十五五轟邪許，老龍雖怒莫予侮。嗚呼！吴兒猛于蜀五丁，鑿石恐侵龍公庭。

三灣舟行

扁舟落水飄如葉，風定回潭小泙渫。輕烟細雨罨畫中，三面青嵐浮嶕嶢。一灣早梅破春寒，香來一灣又一灣。焉得淹洄此消夏，艑艖明月盧可盤。消夏、明月、可盤，皆灣名。天留深窈仙洲窟，只許漁翁出復没。不憂岸上橘田荒，鰲魚滿湖浪吹雪。浮家處處鎮忘機，鸕鷀瀉鶒船頭飛。誰掃横波一磐石，借與老夫爲釣磯。離宫當日嶙峋築，娥池香滿娃初浴。鴛鴦雙宿水殿凉，皓魄團團看不足。采蓮歌聲散越來，巫欐城亦飛寒灰。春光澹淹洞庭曲，野湟脂粉流餘哀。輕篙屢折灣頭路，冥茫溼烟生緑樹。水村遥聞雞犬聲，薄暮角頭峭帆去。

小雨後續作龍渚謡

油雪霆霒瀰圓穹，掀湖驚聒舶趠風。風鬟一奮徧四海，飛流萬谷鳴淙淙。傾盆三日意始足，大江小汊縱横通。春膏滂洋散滴滴，稽首詎止讙吴儂？請天行雨時則可，椽筆紀載厓須礲。颯沓雨工助澎湃，不妨爾族争言功。胡爲廉纖颺如髪，山田不見猛溜泱。蔬枰小潤青猗猗，斷港何由烟浪活。行人空具笠與簑，半日纔得石頭滑。我辭龍渚續作謡，可盤灣頭舟已出。安得龍公立起釃滿空，發憤此言頓一雪。我雖破篷無副衣，不辭淋漓漬巾襪。

石公歌

霞明萬岫紅嵯峨，滿湖輝映摇晴波。石公不語烟中立，千年苔鬓青鬖髿。盤岡細徑平不頗，山村緑樹朝嵐拖。宿氛徐卷連雲障，一峰一峰開春螺。奮策飛登翠嵽嵲，凌空面海看金鴉。化工奇絶縱摶埴，嵌嵒萬狀森交羅。當其冶鑄持槖籥，陰陽鼓氣連嘘呵。鴻爐出手絶補綴，是豈鍛錬繇皇媧。曾聞祖龍暴驅逐，此山不受秦鞭撾。品題甲乙騁胸臆，神物未可分等差。迂倪顛米偷皴法，到老瞪眄誰能摩？歸雲洞口行嶢崅，盧橘花盡茶香多。横跨石梁澗淙斷，重嵒夭矯空垂蘿。欲啟石公假一高陂陀，伐取千丈施礲磨。先君孝勇天褒嘉，石綽楔應凌紫霞。誰能致之東海涯，臨川筆掣韓歐家。李穆堂先生。爲撰墓表颺光華。特書抱鐺古未有，更却海賊揮神戈。眼中規橅堅且瑳，螭蟠大字鐫擘窠。穹碑兀突龜負出，黑夜光氣騰星河。嗚呼！無力致汝徒摩挲，潸然躑躅空山阿，石公石公奈汝何。

穹窿行

椶槎迎睇青穹窿，方壺兩股冶帝銅。雲中彷彿遲吾儂，誰其招者仙赤松？舍舟而徒往相從，翠微劖天梯巃嵸。半巖已躡嵐千重，崎嶇詰曲鏗孤筇。踵及巔頂平疇同，雲阡霞隴堪耕稯。古龕纍石佛所宫，數弓傍借搭草篷。誅茅無人衹薄躬，苦柏結實香鬖鬆。胚凝石脂辰砂

紅，取而食之顏爲童。老眼不須方兩瞳，願鏡細字披氛髼。獨抱羲圖喜擊蒙，吁彼讀書逐嚴
終。薛盤詑指荒臺蹤，東嶺下有朱買臣讀書堂遺趾。是非豈值鼓嚨嚨？看生層雲飛盪胸，太湖濤
烟俯洶洶。莫鼇縹緲兀西東，昨者呼嘯驚魚龍。寒波萬頃摇沖瀜，一團恰墮波當中。瑩照肝
心透虛空，至今夢寐光曈曈。川巖來徑鳥翼通，貪括清景盤高穹。黑盡白絲嫋春風，新年紫邏
暄彩烘。寒癡萬木將惺忪，枯梅已花淡不濃。白兩三點開鴻濛，烏鉢銅坑騰萬峰。藐姑處處
灣塢逢，柔荑踏藉綠丰茸。山僧奇客音獨跫，我足不策誰聞鐘？百丈泉凹翠可礲，草書留洒
寧悤悤。

狂歌行鄧尉看梅作

昔年我盤西溪岡，虬枝周遮數畝長。老梅年紀千歲强，著花横出花塢花中央。我時肅冠
再拜梅花王，光福之里浮白光。連天梅花白茫茫，勢與西溪花塢之花横相當。銅坑銅井春塢
藏，連朝天氣薄春霜。一朝花氣春發皇，萬峰山頭暖翠香。香溢虎山橋外無邊方，漁洋法華渺
青蒼。花氣一氣熙春暘，七十二峰閣上遥相望。峰峰花與波低昂，春波與花湧大荒。洞庭玉
柱輝銀房，靈嵒香徑連屧廊。白龍氣亘秦餘杭，笏林繞羊腸，茶磨横石梁。娜如晴列錦步障，
茂苑水流脂粉塘。天公花事森開張，花山花海春滂洋。春風微和扇徊翔，默鼓元氣如雷硠。
今年春蚤噓凍僵，玉艷得氣先迎將。力大意縱不可量，鴻荒初破舒文章。冰壑雪澗淡自芳，崩

不妨。處子綽約來堂堂，清寒意態和而莊。今日何日，得與子彈八琅。今夕何夕，得與子浮千觴。空山大叫梅花傍，自笑狂夫老更狂。

登靈巖山懷古

飛身賈勇凌孱顔，晴曦焕赫雲斕斑。浮屠相輪七寶剎，攙空千尺飛烏盤。娃宮屧廊劫已殘，秀峰寺亦金闌珊。側身南望箭涇直，射破闔閭城郭千餘年。涇中刀光明古水，黛點香山浮瀰瀰。羅衣舞盡春宵風，春宵，吴宫名，見《越絶書》。種香采香昔于此。香徑可憐荒薜蘿，耕人掘得龍鸞釵。礳村之石不言亡國恨，琢作巨硯潑寫騷人懷。蒼厓大字標琴臺，吴人好事鑱崔嵬。厓紋蛇卧焦尾拆，無絃彈作松風哀。二八通門川陸路，茂苑迤邐接烟樹。苦辛猶憶吹篪人，象天法地經營處。黄金栅楣侵漢高，烏喙爾愚醉不寤。蒼凉胥口一片波，難濺舊痛春流注。翫花池邊踏細莎，春花初發春人過。踞巖有客腸已木，任翻小海揚清歌。君不見，虎氣凄冷餘盤陀，卑猶只給土一螺。五湖誰見傾城蛾，瓊姬奩月沙蝕磨，烟飄紫玉倚女蘿。山椒我極傷春目，落日衹見青山多。噫乎！宫梧净掃無處拾，况復風乾黄菜葉。

宿靈巖寺憶朱予齋

闔閭城外靈巖寺，謝公嶺畔靈巖寺。自來名山僧占多，兩山山寺同名字。兩山都在萬山中，盤紆鳥道風雲通。高名豈是陳驚坐，天生靈秀將毋同。一枝蒼藤破翠靄，多取寧論造物怪。去年春頭雁宕遊，身入連雲看僧拜。謂連雲障僧拜石。故人老興豪且奇，舊遊龍湫起導之。扶將直上天聰洞，就宿絕壁寒蟾窺。道人妙聞手僅隻，靈嵒絕頂屏霞障前僧妙聞，獨居，又只隻手。飯客脱粟留永夕。魂清骨冷境怳然，石樓欻語生虛白。客影吹散春風前，吴西發春又一年。到處雲嵐各奇絕，骯髒遊興還無邊。琳宮金地經小劫，屏霞障前碎瓴疊。此間寶閣亦傾頽，智積梵容披落葉。吴娃昔步屧響廊，嬌歌艷舞春風香。金壺漏盡棲鴉散，風燈百徧看興亡。圓照塔瞑竄狐兔，猶是當年歌舞處。休論鬼火香徑紅，天花道場更幾度。客來孤影凭僧寮，續燃爉炬高花銷。貪翫江南好風景，烟波猶未鳴歸橈。腰脚差强持自賀，筋竹重尋無不可。人間咫尺百險巇，嵒壑不妨衝虎過。五湖人在汀煙生，明日鴟夷仍獨行。可惜春波不同汎，七十二峰空月明。

遊天平山入白雲寺

吴西萬山此雄尊，嶔巇山石狻熊蹲。造化文章不作意，變化一氣隨胚渾。際曉烟螺出湏洞，浮嵐蒸射朱霞暾。飛來一峰墮寒碧，蓬萊半夜失左跟。亦有雷風呼不起，青天横亘驚蜿蜿。嵌坳落趾仄不仆，殊礙騰踔愁猱猿。横空斗立五丈石，盡滅鬼斧剜鑱痕。勇蹴谽谺出冢頂，眼瑩萬里無厓垠。具區春濤雪浩洶，海勢連灌浮鵬鶤。徐揚北圻露晴晝，氛翳净掃開濃昏。仙人一鏡遺臺面，澄照湖水狂摩吞。釣舸灣洄慣飄兀，鑒我漆髮回霜根。石筍萬株莽林立，株株峻拔青瑶琨。誰何得意摶土弄，鴻荒孰能探其源？白雲遮泉在山腹，出山泉自飛湍奔。却回山寺燒石銚，烹汲一盞醒吟魂。僧廚忽具伊蒲饌，家山於越通涼温寺僧紹興人。導客幽荒捫石屋，意可窟此辭囂煩。篁軒少坐便鋪榻，不畏西崦埋金盆。情緣方外難遽割，桑下三宿知休論。

千尺雪歌

龍湫大小崩雲堆，晴天怒轉萬壑雷。匡廬黄巖吾未到，曾躡天台雁蕩來。此間連峰削積鐵，飛空亦挂千尺雪。嵌巉春擊白滂洋，湧出溪坑鳴决决。山泉大匯龍湫頭，明珠百斛傾喦幽。春風捲空忽亂洒，濺溼野人青兕裘。野人對此興盤礴，徑踏飛流赤雙脚。飛流亦似助豪顛，噴落喦前復騰躍。砰訇脚底過奔瀧，繞澗旁人笑我狂。我識山靈無盡意，泉銜石激皆清光。石梁歸來嗟夢斷，無復冰花凉灑面。當前縱未倒銀河，也勝澎湃圖中見。中郎虎賁存典型，誰標瑜亮分尹邢？雌黄諸瀑吾豈敢，一條雪浪眼乍醒。梅黄想像連旬雨，横摧橋谷驚潒聚。盤注顛凹成一奇，風聲水聲吼如虎。惜哉未得久盤桓，攝衣却坐空亭看。水簾眩轉羅五色，絶壁倒射斜陽寒。明朝上蹴重巒黛，欲探泉源出嵒背。薄暮且入法螺菴，喚汲雲溪試三焙。見《漁隱叢話》。

上天梯謡

上天梯，高高天路吾欲躋，縈回紫霞路不迷。迮磴萬岌嶪，崇巔孤崔嵬。始循翠麓升階基，賈勇直上如猱飛。千盤萬轉入陡峭，乘凌徑欲侵虹霓。偪仄容肘趾，蒲伏連尻脽，失勢一落便作山下泥。上天梯，不可上。四際絶因依，一綫生儻慌。九霄峻極無人登，一條精鐵惟汝仗。形勢益峻嶒，意氣轉骯髒。再厲再進，一步一仰，盡力攀登庶能强。天門開，詄蕩蕩，躋及天階平如掌。凝神定魄肅清賞，烟俯齊州青畬畬。上天梯，上九霄。脚踏浮雲破，手捫紅日焦。清虚元氣挹沆寥，天漿許我斞斗杓。咽之沁心腑，清凉以超遥。壤蟲盤盤嗟爾曹，内熱終年劇于痟。紛紛道暍死，誰爲爾煎熬，願把天漿洒周遭。天帝不我足，麾之下九霄。天梯忘却幾千幾百級，下至吴會如潛逃，闔閭之魂不可招。胥臺峨峨，舊見三百里，黄金鏤刻隨烟飄。我歌且謡上天梯，雖不得久留亦足以豪。

花山行

春風無聲散盧粟，亭午汗襦踏厓谷。北歸有客自衡湘，相逢多在天池曲。天池倒影搖玻璃，連群嗷嗷鳴且飛。沙白草青滉嵒腹，我亦因而盥漱之。跫音獨到蒼玉洞，苔上隱文不可誦。絶嵒就隱乞幽深，宋張漢卿居此，號就隱山。栗松子與猿獮共。樂莫樂于泥中龜曳尾，永無憂患隨。翠厂有巢足栖息，千春藏六更不疑。我行愛此好嵒嶨，草木經冬不彫落。萬梅回繞溢清暉，久住香應沁魂魄。轉過石室山之幽，我其以是爲菟裘。焉知大力夜趨負，鴻濛元氣姑藏舟。虎跑神泉湧活活，一勺清泠鑒肌髮。故山忽憶大慈山，何處匏尊不可啜？壁問題字太紛紜，舊碑無人掃濃氛。青邱大手不復作，起看四山生白雲。『壁間不用題名字，無限蒼苔没舊碑』，明高啟《遊天池山》句。白雲蓊蔚能娱客，倚石流連不知夕。夕陽爛照金芙蓉，霞彩烘天半天赤。春山蒽蒨感物華，紅顔底用燒丹砂？羽人沖飛得妙餌，池蓮千葉何時花？相傳晋太康中，池生千葉蓮，服之羽化。

雨中天池行

霞岫丹青看不足，淋漓水墨皴林谷。天公教看雨中山，無窮變態羅雙目。嵒坳一勺春渟蓄，飛泉泠泠漱寒玉。是豈暗有蜿蜒神物蟠其中，忽欲拏空橫坼重嵒腹。空灘一片雍渠沙，山原偪仄嗚呀呀。迷離烟雨急難有如此，令人拄杖久立生咨嗟。荒山索莫無人家，微茫樵徑蟠修蛇。斧聲泠落行踪斷，山前山後開徧早梅千樹花。花氣溟濛漾深壁，霧湧前峰失咫尺。湖光混合天西東，驀見老黿掀破濤頭白。砰然東澗厓崩砉，驚出千年元鶴飛隻隻。倒溪流水濺芒鞋，只有圓笻卓孤客。山魈不知林隙尚有人，歡喜跳踉舞獨脚。一僧結茅依嵒隈，炊烟不起老忍飢。晝晦常聞虎叩扉，木牀折足安石磴，兀爾枯坐長忘機。豈知老夫晴亦出雨亦出，活潑天機不可説。高人豈必瓦爲衣，但弗有求走到頭如雪。閒步何妨泥滑滑，隨身猶帶一枝鐵，橫空一吹岡石裂。更欲吹綻千重萬重墨色雲，喚出東溟一團月。

陽山行

連山一夜雨點龘，水流决决鳴深渠。海中紅盆乍洗出，鮮新光湧春晴初。此山橫石不可輿，况復滑汰青琪玗。老夫手中鐵杖在，彭觥撞破千崎嶇。似是仙人好樓居，疊石盤架凌空虛。其陽則面長洲苑，其陰却坐洞庭湖。踏徧大峰一十五，四飛猿鳥皆相於。山又名四飛。岳園之竹秀拔玉，石眼數莖倒摇渌。黄塵清水不須臾，此君名字留空谷。苦愛在山泉水清，流滴白沙浴白鵠。澄漪寒極不生魚，我纓無塵亦須濯。春山多處差安便，開合隱見青孱顔。洞凹龍氣不復上，老湫猶拔珠淙潺。倒嵒奔出龍塘外，驚波便作江吞天。飢尋香積嵒邊寺，又邀題墨鑱堅頑。彌天鑿齒吾不鬬爾機鋒捷，但餘嵚崎歷落此情不斷如春山。古來哮豪争虎步，射濆清光箭缺注。箭缺是陽山絶頂處。豈獨三千組練强，千隊成禽氣一吐。到今萬岫鬱參差，蒼蒼白日横烟霧。新鶯學語猶謇澀，隔澗聞聲不知處。百年强半晚景乘，青鞋布襪吾猶能。萬事糾紛劍一吷，快意已到白鶴之頂千餘層。物外日月方環絙，空山樵斧聞登登。冥心坐聽清到骨，我何到此忘却攀搦雲中藤。却顧來時自胥口，扁舟不繫枯楊柳。釣車獨掉響聱牙，樵青漁童我未有。辭家飄忽月再圓，攝提早指昏中斗。一路看山到澗西，好山處處猶回首。彼蒼回斡曾幾時，斷槎朽枿還芳菲。只見池臺生春草，焉知此身變化浮雲隨？蝴蜨飛飛共遨嬉，且喜林深池暖香霏霏。春風吹空纔幾日，梅花一片沾人衣。梅花原是古君子，舊交相逢淡若水。招呼明月成三人，東海飛來幾千里。人影花光兩奇絶，我與梅花俱老矣。樂哉此樂當語誰，谷口滃然白雲起。

陽山弔古

金壺漏恨春宵促，滿宮盡醉潮紅玉。冰室有人正卧薪，欐溪火暖歡不足。雞陂好景如流梭，一聲唱曉鼙鼓多。宛轉餘杭西走路，奈此散卒三千何。餘杭山色自終古，山中已平一螺土。夫差葬此山。嵯峨舊恨却難平，猶看白氣如虹吐。西施艶若苕之榮，罡風吹散飄香涇，闔閭城國從之傾。空廊細步不復響，只有八百五十餘丈春烟生。珠襦零落瓊姬墓，月下香魂迷薄霧。荒臺麋鹿亦多情，千秋都逐君王去。春山鬼唱吴宫秋，夫差豈忘而父仇？甲楯容棲不足悔，悔不沉却青龍舟。紛紛緑火松陰冷，舊苑烏啼傍金井。曾照牽絲尾畢逋，西江一片銀蟾影。長洲麋徑春茫茫，千花歷亂春日長。吴歈不識亡國恨，争將歌舞酬年芳。物外含情論興廢，禮先一飯英雄氣。月黑江南放大招，灰飛寂寞銷烏喙。春風幾日開芳菲，林間怪底啼催歸。催歸催歸，爾何强與他人事，曷不自返蠶叢西？催歸臆對笑殺我，登臨感慨計已左。不管春愁滿太湖，便著紅衫下釣舸。

滄浪吟

一緉芒屩黏嵐烟，略彴紆度衝苔錢。子美去今七百載，萍著野水餘荒灣。虚廊曲折影碧篠，韻戛寒玉春風顛。陂陀本割山翠疊，歲久真氣包孱顔。早梅已飛幾片雪，老幹卧照溪光寒。廣陵别圃代易主，賴有亭跡追當年。湍減未得瀦淪漣，春空風月仍無邊。暄辰散帶喬木下，好鳥對客鳴關關。歐公當日跡未到，和吟佳句稱同調。恐試蛟淵然不然，鴟夷豈累先生弔？後來地主僕射章，此地後爲章子厚所有，見《石林詩話》。平地波濤自丁倒叶。知欲題詩慰憔悴，誇張天與殊超妙。不爾滄洲處處都可摇，醉眠豈獨紅蕖緑浪堪浮櫂？作詩饒舌結習存，二公聞之笑莫嗔。丈夫豈必皆特達，且闘尊前見在身。滄浪客作滄浪吟，滄浪亭前醉一巡。扁舟去矣渺無根，我亦江湖獨往人。

滄浪亭書所見懷厲樊榭鶚

偶然照影滄浪隈，風漾釣絲聊徘徊。何人騶唱入松下，烏擁亭面環輿臺。若輩意氣顛如雷，何由妄得吾曹咍？西泠詩老昨者步屧曾過此，望之却立若持便面遮風埃。樊榭《游滄浪亭》詩自注云：『有達官寓此，不得入。』我來亦復值此横喧豗，天公豈其有意污點雲濤堆？物當盛溢若溟漲，造物無力相排推。亭主舊原未許俗客到，故得嘯咏自在沿灣洄。迺今祠屋已網蠨蛸徧，神幔誰與捎烟煤？匹如荒園數易主，舊跡竟爾埋沉灰。一亭興廢關劫運，弔古獨立興嗟哀。終賴高名屼撑拄，數片陂石留魄嵬。壯夫一跌不復起，風流要未没草萊。人間景象端藉佳句焕，傳來磊落參歐梅。假居令僕不得行胸臆，何如坐攬水光月色潑此青莓苔。春波鷗鷺亦悠哉，吟醉相伴無嫌猜，况有千朵萬朵梅花開。生前既不辜清境，一任奔飛烏兔閒中催嗣時。厥後幾箇詩人先後弔，千秋萬歲魂歸來。而我尋幽得徑若牛解，委蛇游刃方恢恢。無窮高興不可敗，豈知眼前有物攖人懷？春空忽墮吾酒盃，徑起鯨吞不須陪。宋公物色分留在，此地係宋商邱公重葺。盡與老夫收拾回。醉題壞壁擲筆去，戲作霹靂驚童孩。

弢甫續集卷六

古今體詩六十四首

送别黄弢谷

秋堂流水七絲清，對撫焦桐萬古情。白日滄江渾未晚，浮雲富貴本來輕。籬邊細路勞頻訪，谷口荒畬愛獨耕。君去莫憂鷗鷺冷，此間溪石不寒盟。

題鏖徵乞食圖

笠子飄兀風披披，吾輩欲乞將安之？焉從得食飽我飢，正復何用得食爲？閉門忍飢自一奇，風流作達亦誰識？金牛湖僧漫弄墨。

步沈園歸漫題

最愛南鄰水石邊，參差步屧破苔錢。滿園草色侵池緑，繞塢鶯聲向客圓。醉眼懵騰尋舊迹，閒心怊悵省華年。歸來獨倚樓頭望，高樹陰濃翠拂天。

輓邵開宣儁

動地風聲萬木疎，風前對泣兩臯魚。謂君與予。養求寸禄謀誠左，暉答三春願總虚。勤教小侯趨朶殿，並推端士表卿閭。儒官未得登除目，只博銘旌死後書。

酬周于度鶚薦

敢戀西湖一濯纓，東園喜遂板輿情。歸心舊似江千折，慈鬢今餘雪幾莖。社裏招呼輸後輩，兒時遊歷等前生。蘭陔孺子勞相問，從此吟箋不署名。

輓孝感涂存齋先生天相二首

平步青雲亦等閒，乘時特達到崇班。正蒙樸學誰能紹，奏議鴻文不可删。總領金華凡幾省，留遺茅屋只三間。故園歸老君恩重，灝氣悠然碧漢還。

一言臌蔑荷深知，堂下難忘執手時。齋院談深秋月白，議堂歸趁夕陽遲。經傳賓館敷重席，道揭餘山樹一碑。腸斷蘆溝橋畔别，惟應泉路罄心期。

微　雨

久晴還霡霂，寒色起烟汀。憶向河涯過，愁從竹樹零。霏微乾土潤，颯沓醉顔醒。悵望重雲在，遥天失翠屏。

哭張樸齋元方二首

平生照徹是丹衷，樸直相於九貊通。漲海疲民呼父母，邊關甘乳哺兒童。星明金闕寒聽漏，雨黯珠邱夕考工。痛哭心知如骨肉，千秋高義有誰同？

薄暮空思拜繐帷，來奔白馬渺難期。盤餐竟日無重進，君日一食。杯酒當年有共持。虚製斑衣娱老母，祇留葛帔泣孤兒。天涯何處南宫縣，北望傷神涕滿頤。

賢女詩爲戎氏族女題

吾宗有賢女，往爲戎氏婦。志敬奉羹湯，安貧執箕帚。夫有幼叔父，哺乳佐其母。翼之至成人，此事古未有。刲股且至再，一爲療王舅。一爲療厥夫，奇行均不朽。終焉撫藐孤，乃令夫有後。辛苦備嘗之，于今已皭首。女列族女行，紀實咨嗟久。

輓臨川李穆堂先生

凝然異骨具嶙峋，中歲飛騰謁紫宸。陸子一生惟舊學，歐公九折更温綸。登壇早擅文章伯，奉國終推柱石臣。迢遞懸車遲易簀，三朝侍陛邁常倫。

走馬蘭臺感故知，雪中公讌序成時。得賢空上王褒頌，有道蒙書郭泰碑。先生爲先君表墓。會葬蹉跎淹素舸，趨朝解后省彤墀。濯纓清淚千行下，晚傍風塵滿鬢絲。

題鄭悦山尚麟春江曉渡圖步韻二首

江頭日上裊游絲，正是春光爛漫時。不道流連芳草渡，一枝柔櫓破烟遲。

春水盈盈帶曉寒，隔江霞彩尚飛丹。便教探取紅千樹，却愛沙鷗不識官。

長歌寄呈座主劉艾堂先生師恕七十

滄洲一老蚤拂衣，天容海色明郊扉。憶辭銅龍之年未六十，追跡二疏古所稀。更十餘霜閲迢遞，秋風吹老淮南桂。簭冠藤杖久優游，纔臨古者懸車歲。儵然纚舫清而幽，塵氛不到烟華浮。超遥只鼓元氣柁，借醒昔夢聽颼飀。少年登嘯蓬山頂，前席沈沈宮漏永。黔閭辛苦萬雲堆，八表盤空下孤影。帝江刑天爭自雄，焦明忍飢棲舊桐。山林鐘鼎兩不繫，社湖明月流高空。富貴當場豈有極，郭郎鮑老紛如織。經眸田竇徒爾爲，回首風塵機盡息。南來北去舟車多，官鉦鳴沸旓盪摩。喧轟寂寞自朝夕，静看曦景移庭柯。欸乃時聞白光裏，洪澤瀰漫兩篙水。不須重乞釣魚竿，君恩許老苔磯矣。意中茅屋意中山，先生自題青棠書屋句。當年夢想凝心顔。何如百年真箇焚香對，村居恰落青棠間。況復衡門有事在，茫茫之緒尋千載。肯將歌舞點東山，放浪空游方内外。『泌水樂飢應有事，莫將放浪了殘生』，亦先生句。小子方壯來橋門，春風到面講坐温。漫郎叨薦漫一出，步趨遄到浮鷗村。白馬蒼茫映草樹，是我回舟遥式處。一自身安愚谷愚，十年不踏長淮路。白髮門生感有餘，新年接得空中書。霜鬢老去徹瑱珥，長蛾再畫胡爲乎？溪蓮愛想濂溪子，江南江北香風起。安得從之風際吟，吟風日日澄心耳。吾聞大椿紀大年，大年春秋以八千。今秋秋首應上壽，不妨致語從春前。人間萬事俱蟬蜕，只有清光在天地。夫子蓉衣我荔裳，攝生不問參同契。

題沈古春萬椿黄花晚節圖

黄華古逸老，籬邊常相親。南山悠然在，對我成三人。田園昨輕别，惆悵淹風塵。山翠斷曉夢，花光徒鮮新。故香經雨發，一老寒依因。龐眉共晚節，不孤留德鄰。無懷氏之民，葛天氏之民。

讀息溟六十感懷詩用集草堂韻寄贈

遂作平頭六十人，傳來詩句劇清新。菴罶自酌無須玉，蓬鬢相看總是銀。作客倦吟荒苑月，因君夢繫故園春。草堂歸復聯三益，老省兒童意味親。

丁卯長至日同周穆門京盧敬甫存心論交四賢閣各拈本號爲韻有賦

吾輩合并自有時，論交大道無今古。千載名賢傾蓋然，落落幾人僂指數。四賢出處塗軌分，心皆潔白輝寰宇。湖山增翠水增清，不靦風流共樽俎。何須配食水仙王，活脱鬚眉自儔伍。處士舉動攀古老，不論荷裳與簪組。齒冷悠悠世上兒，俄頃滿著金蘭簿。越盟車笠亦區區，劇煩植立同掯拄。丈夫垂名動萬年，偉哉此語聞杜甫。不爾彌年逐清景，浩蕩嘯歌身自主。吾少不羈醒而狂，城東盧子聯肺腑。得意無多總角交，廓落何曾設城府。白髮老看意氣平，猶自提攜如意舞。穆門相識廿載餘，踪跡萍蓬意水乳。年逾七十精力强，歌詩行草真龍虎。研田三叟合同鋤，作偶相將課晴雨。今辰團聚豈偶然，骨肉風義存諸譜。流傳江鮑免無兒，此意纏綿結千縷。輝輝雲物午暄妍，一陽道長端有取。詎羞形影潛蒿萊，預恐湮沉腐儒腐。酒酣懷古激清風，粤稽人物臚吾土。亘古逃堯一許由，稽留峰色高天柱。湖頭擬創隱聖祠，子陵君復躋堂廡。力規此舉嗟未能，榱桷何時突兀覩。面熱空教對汗青，長吟落日節頻拊。嗚呼！百年未滿纏天䟧，磨礱晚節亦足豪。

穆門於至日招同敬甫泛湖集四賢閣拈本號爲韻各成長句意有未盡復賦此韻仍前例

明湖水作錢塘濠，曉紅一團翻雲濤。峰尖薄著氛霧䟧。篾篷作響風蕭騷，氣衝六琯灰飛高。元辰發興屬我曹，湍聲漸低息怒號。波心艓子猶可篙，厓木盡禿開霜皋。空光白日流滔滔，濱湖亭榭石甃牢。荷根枯折魚藏逃，衰柳餘絲摇斷緜。並梯傑閣羞溪毛，仙守處士雲中遨。聲光於爍何煩褒，踟躕千載首屢搔。儂輩富貴差不饕，古絃同調庶得操。吾言夸矣罰斗醪，淋漓賭飲沾裘袍。有手祗願持雙螯，盈顛雪霜底用薅？誇張年少予起舞，張丈殷兄掌連拊。凌空欄檻影小聚，舊夢依稀省塵土。身輸桔槔善仰俯，只合彈琴老環堵。南村素心顏不嫵，筆力空令挽銅弩。何異適越資章甫，老去同爲菊松主。數來熟識餘杭姥，喧呼爐頭卧空甒。半酣肺熱吸茶乳，信意往踏青蓮宇。幾番田竇眼前覩，坐看翻覆作雲雨。亦復倏忽變鼠虎，野夫眼冷飛鴻羽。影落江天且默數，晴冬地煖氣蒸釜。直覺春暄烘北户，回船鳴曳嘔鴉櫓。滄浪迭唱自終古，茫茫烟樹湖西浦。

哭汪津夫大兄鑒

冰堅雲淡鳴酸風，短景倏墮流光空。羅刹江頭一哀暮，滂滂淚與江流東。故鄉荒寒瀕舜海，間歲歸尋無恙在。童稚情親四十年，春風春雨遥相待。餘山先生闢講堂，深衣並列弟子行。踰時遂作兩楹奠，失聲相向同哀傷。天涯投分如兄弟，結交盧仝同一體。三人膠漆不可開，重江魂夢通迢遞。我詭禄仕馳京華，後倚官閣前公車。袍韡衝風塵土滿，慚媿處士吟梅花。朝吟暮吟吟不足，更寫梅花千百幅。幅幅梅花意態殊，都著冰霜老嵒谷。自言身得梅精神，吟寫梅花號梅津。梅津終古無人問，自吟自寫平生真。喜我歸來對煖眼，手瀹清泉勸一盞。最愛烟霞獨往踪，姓名多事留青簡。彌留前寄數行書，老病一夕辭蘧廬。倏然應盡便須盡，清影不待梅花徂。錯擬開春渡江水，六州鑄鐵恨已矣。後死形從索莫隳，我是半人習鑿齒。城東破屋仍數間，風雪打頭時往還。海陲黯黮類埋照，相攜哭望傷心顔。嗚呼！蓬蒿舊侶弱一箇，襟袖斕斑交涕唾。一别千秋那處尋，茫茫空剩乾坤大。

虎跑寺

回飈激我耳，流泉清我心。逶迤石磴坦，步入青松林。小池細萍合，怪樹鮮苔侵。諸僧未梵放，好鳥相追尋。酌悟茗柯理，坐轉藤蘿陰。山靈似留客，空翠飛盈襟。

酬汪君見贈步韻

時清藹衆賢，海寓音塵遝。東方一士迂，笙隖雙扉闔。是身春水然，輕逝通川靸。種松如人長，已更八九臘。獨吟過夕雨，石溜流泉答。三徑護濃青，幽蹤賓不雜。酒窗樛影低，棃黄一枝踏。倚著信所便，揭來就壞衲。依依長水月，祇林野鳥匝。静掃轇葛緣，清光借半榻。多年求亡子，建鼓空鏘鞳。性畏户外屨，避之如怖鴿。有求託微波，意與單萍合。入寺讀殘碑，苔崩不可搨。虚堂留新詩，逆風聞艾納。却懷五湖老，茅渠眉。孤情絃颯拉。相將寂寞濱，披榛言志盍。

奉題朱苧塍沈長溪兩先生高山流水圖遺照

千秋洒涕思鍾期，牙生相於固其宜。撫茲泠泠山水曲，當時只有鍾期知。世無鍾期曲空撫，抱琴不彈竟終古。豈無自署知音人，此意難得牙生許。圖中兩翁今已仙，驚識兩翁年少顔。三尺枯桐横石上，高深意遠非人間。裴島蒼蒼葭葦亂，半湖烟雨清漪散。依稀對坐密無言，微聞一彈再三歎。七絲令德識其真，穆然古澹縈心神。彈者聽者妙各喻，天地中間有兩人。兩人同心非漫與，如蘭端藉龍脣語。此段風流不可攀，渺渺西風自愁予。我生不見彈琴翁，徒然仰止青雙瞳。山林窈冥水澒洞，海天悵望將毋同。一翁倚石猶及見，松間杖履親談讌。更番賞我白雪絃，倏去烟霄若飛電。懷賢感舊一沉吟，古道寥寥淚滿襟。十三徽上浮埃暗，空餘白月懸高林。古人今人瀉流水，琴心一片長如此。流傳絶調豈無人，我與鶴洲斯可矣。苧塍先生子嵩齡。嗚呼兩翁呼不起，子朱子，子沈子。

夏貞婦劉氏守志詩

百年婚，十日期。鬼伯相催促，所天逝若馳。入門即侍疾，湯藥相料埋，錦衾角枕徒爲耳。鬖而奉尊嫜，婦在子不死。依稀屬纊容，斑駁沾襟血，食虛同牢矢同穴。凄凄夏簟連冬釭，孤燕孤燕入破窗，十八年來影不雙。

赴大梁書院有述

蕭齋翳竹樹，十年閉衡門。居然似物外，窅無車馬喧。駕言去汴土，暫爾抛林園。跡異塵纓縛，可對鶴與猿。迢迢講席遠，依依釣石温。高吟性所愛，詎騁詞波翻。儒流泝百折，伊洛存淵源。

戊辰夏遊梁留别穆門即酬和見送韻

林居十暑謝風埃，此旦扁舟破浪開。敢謂賢關啟扃鐍，亦思書種育胚胎。梁園雪下教兒賦，嵩岳雲生待客來。虛誚支離爲世用，空山終是老樗材。

留别敬甫即酬和見送韻三首

不挂征帆已十年，行裝重壓僕夫肩。兩人相顧離顏老，斜日清川白髮前。
未能獨往未能閑，消夏湖山枉有灣。最憶冷泉亭畔響，夢迴千里聽淙潺。
同行却省渡河年，往事西風一惘然。起望青青天際柳，杭州直接汴州烟。

謁伍大夫祠

乞食吹簫感奮初，當年人事倏乘除。君親舊恨從頭雪，楚越雄圖到底虛。祠矗雲霄寧毀狄，門臨江郭尚名胥。姑蘇臺自標形勝，麋鹿遊經嘅嘆餘。

舟中月夜有懷五首

夢裏難忘語笑親，征帆催掛蠡湖濱。飛來一片青天月，髣髴容暉覿故人。
龍湫雁蕩省當年，曾共清遊物外緣。知我今番江北去，夢魂應逐木蘭船。
三益過從舊徑存，匆匆敘别把清樽。孤舟蕩漾烟波夕，破屋猶思漏月痕。
總持壇坫主風騷，春興西溪話我豪。烟月平分曾有約，吟朋何日聚東皋。

春煖追飛翠羽過，相呼相喚友聲和。凉風吹散東西影，回首烟村緑樹多。

鯉魚行舟行却寄性之

遼哉風氣淪羲燧，赤肝希復如人意。江舟寂寞念吾徒，惟朱家濂得古義。古義纏綿一片真，有若禾士張天麟。天麟相思不相厭，廿年往復情逾親。球兒性孤寡交友，道逢輕薄不回首。雅與家濂論素心，二人喜得孚盈缶。古交如水淡汪汪，徵逐生憎遊俠場。膠漆情聯總角日，文章道義同糾匡。家濂繇來略嵬瑣，人曰不可球曰可。但蘄共得古性情，不妨意與時流左。老夫久處柴門幽，一朝忽作中州遊。中州人士最真樸，我欲往扶三古輈。豈徒詞賦噓梁苑，先王遺澤猶深遠。賓師當日此淹留，欲把淳風回近晚。臨行惻惻一沾襟，詎爲關山離抱侵？侍席趨庭千里闊，其誰與汝施良箴？男兒德業須早立，老大無成百憂集。少年日月等流梭，莫遣身名殉結習。諸生先後早騰驤，木天柏府蘭省郎。古來貴人傳者少，金紫豈足迴我腸？人生不朽卓自主，高行鴻文動千古。儒風端賴振吾門，家望竝晞繩祖武。七絲流水秋宵清，忼慨聽我彈正聲。師生父子傳古操，功名富貴浮雲輕。行矣扁舟疾若箭，驚波萬頃翻江面。故鄉白月懸高空，夢返書堂宛相見。迤邐江流一水遥，鯉魚尺半放回潮。同心遠憶二三子，爲我兼訊余昂霄。

江行寄懷余紹文昂霄

道誼文章露性真，鄉閭復喜見斯人。匆匆行泝江流遠，藹藹顔如月色親。蘄與兒曹勤琢玉，却思朋輩聚扶輪草堂名。梁園自昔饒風雅，安得偕爲授簡賓？

寄家書題二絶

歸休十載闢松關，嵐色波光熟往還。今日萍踪忽漂蕩，夢魂空戀好湖山。

書寄行舟第一封，欹斜醉墨淡還濃。家人應説平江客，愁聽寒山夜半鐘。

舟行丹陽道中

緣流斥堠道傍存，兩岸高如翠壁屯。獵獵浦風休舉扇，浮浮泉酒試開樽。日烘亭午飛光赭，川過毘陵倒浪渾。前去茫茫重問渡，秋潮雷破大江門。

和篪兒出揚子江疊韻

依舊金焦兩點存，飛雲作頂半空屯。江心有寺蹲孤塔，海口何人汎大樽。笛響吹來涼月皎，漁燈點破暮烟渾。乘潮無數檣帆發，沙岸人家未掩門。

江行寄懷性之

憶昨論詩數雋才，西齋蕭寂子能來。忽看江舸秋先到，已换關山月一回。新學朋游知寡合，故鄉襟抱共誰開？劇憐作賦超流輩，不得相攜到吹臺。

和筤兒雨舟至廣陵韻

暝汎三汊河，萬柳水風戰。星光際野闊，一氣秋案衍。忽聞𩙪浪浪，響急孤篷片。既濟菽纔零，旋來劇于箭。已聞廣陵鐘，溟茫灣數轉。雷塘小劫過，凉雨洗艷羨。溼螢幾點青，的的煙蕪面。吾方懷選樓，銅輦昨夢見。

褎裒行寶應呈艾堂先生

不出邗江已十載，夢繞風軒承唾欬。今朝忽見三十六陂，秋水横到我感恩處所。有若眼刮金篦明，感恩豈在白屋微名舉，衆中嘘薦隆三語。黔川萬里動秋風，木落長安渺愁予。相期高步著作林，三筆排架三山岑。竟負公言媿公厚，空珍敝帚標千金。春過省署聞鳴鵙，歸結茅堂向青壁。納納乾坤雨露饒，膔腫荒墟百圍櫟。公回嶺嶠復綸堂，范蠡扁舟引興長。應許沿緣柳洲路，浮槎曉漾清光傍。昨秋始及懸車歲，豈識荷裳已早製？蒼蒼秋色故山佳，坐閲淮南老叢桂。衝波一葦隔年心，溪上光風快得吟。道出商山拜綺皓，芝華咀嚼開顏襟。却憶涼陰穿講樹，倏過飛光三十度。延譽蒙方終賈流，鬢根今點吴霜素。身既退矣奚所施，著書石室空爾爲。中州故人招我作山長，欲抱遺經往説之。遺經欲説嗟何有，抗顏爲之顏覺厚。自緣承學出韓門，忍僅摛華逐枚叟。百年此地幾趨陪，振觸寧傷遲暮哉。行藏德業如公偉，聲光萬古同昭回。門生端懼寒如灰，師門欲別千衷裹。欲別未別依池臺，泬漻秋氣從天來。

艾堂先生遺瓜藕却寄奉謝二首

咏瓜

秋瓜如斗此最佳，佳瓜，字出《漢書》。不數瓊瑰盈吾懷。金刀一剖嚼如水晶冷，詎怕亭午天氣如焚柴？黄臺離離老結實，中有文章爛五色。媧皇鍊石補處亦復然，天函地負同此陶鈞力。烏篷七尺臨驕陽，江淮之水流沸湯。昨日頭低今眼豁，何異滿吸三危漿。故鄉青山紅樹底，灌取瓜田引白水。桔槹亦是忘機人，吾土不嫌納吾履。此行强起赴夷門，竟忘微生肺氣存。不待秋風蘇病骨，端賴涼露清心魂。白馬湖邊萬楊柳，一片清陰環十畝。閒却龐眉老侍郎，斂將紫閣爲霖手。彷彿青門古意留，風流一段足千秋。他年青竹徵遺事，功業遠勝東陵侯。

詠藕

我家西湖湖水涯，薰風吹開紅白花。拗取花根出湖底，白雪之白無纖瑕。盛來冰盤冰吾齒，嗞八嚨嘲沁骨髓。平生不踏太華峰，玉井之種寧逾此。誰教抛却蜻蜓舟，觸暑遠爲梁宋遊。湖中踏藕諸年少，唱我西泠棹曲不？當風忽復涼心目，僕夫團團截寒玉。寒玉團團脆且多，炎歊頓使消三伏。鮮帶芳泥出白田，株株節目濯清泉。珍重分沾道暍意，入口果見沉疴痊。幸我澁行不内熱，玲瓏映徹中腸潔。縱使流金爍石天，不取盜泉澆渴舌。中宵江漏杳沉沉，想到濂溪一弄吟。試看冰雪全身在，秋月秋風知我心。

和䍦兒舟行納涼韻

江湖行路難，炎蒸篷底伏。汗流苦舟師，急水篙折竹。雅愛清江浦，佳名消煩酷。颼颼飽蒲帆，安坐轉幾曲。飄飄振我衣，爽似出新浴。涼意近迎人，一豁通川目。頗餘北窗致，高卧跧吾足。清夢到山陰，竹色溪下緑。

雨過清河閘

油雲羃寥空，雨氣自遠至。颯颯打窗篷，斜侵想薜荔。纜夫戒上閘，危湍砉初試。身手盡淋漓，衆力劇不易。高岸邪許齊，峽猿迸哀思。雖嗟泥滑滑，猶勝畏景熾。既濟風颸然，餘點雪珠墜。莫羡下灘船，迎涼驟赤驷。

舟行清河晚觀異景作并序

時將下春矣，落日晚霞與蒸雲流電相會，水天交映，作黄金色。俄而烏雲陡升，光氣盡揜。西北天開，澹白皴作水墨狀。碧月清風，淪漣演迤，是化工之極筆也。欣然當境有述，命篪兒共作焉。

天公巨麗擅，奇皴信手施。曦車炎暉曜，弭節臨崦嵫。彤霞翕赩起，萬彩攢紅規。自南雲若燒，一氣混合之。中間砉礰礲，掣電蛇奔馳。山河騰寶燄，草木灼華滋。渡河象背撇，負天鵬翼垂。軒波入倒影，映作黄琉璃。冲融天半亘，水怪驚躨跜。翻動龍王宫，晃見珠陸離。龍王執元圭，龍女吹參差。飛湧雨脚黑，黯黮摇金支。重元漏柘色，掩蔽天西陲。白光敞閶闔，秋雯一幀披。鱗鱗水雲涣，縷疊摇文漪。游戲事水墨，底用丹青爲？青冥素娥出，穆穆篷窗窺。漩空河漢皎，浪静涼風吹。神靈憐觸熱，似欲慰旅羈。亦或發光怪，吟咏供娱嬉。偏于詩老厚，信荷皇天慈。作意詎能覯，清緣恰在兹。捩柁垂綸者，元賞何由知？

河舟七夕

痴騃終古限銀潢，一夕秋期别思長。借得聘錢爲底用，造舟寧恨渡無梁。

夜舟聽雨四首示篪兒

秋雨疎疎滴，孤舟轉寂寥。都來相失地，盡此可憐宵。荒野柝聲斷，尖風燈影摇。凫翁帶雛宿，凉意總飄飄。

清洒湖莊好，歷亂荷芋間。從來添滴瀝，更自助蕭閒。漂泊依新壩，潺湲夢舊灣。何人嗟遠道，一念鬢毛斑。

憶昨心顔壯，塵途涉歷多。秋風捉孤策，大雨渡渾河。舊事從誰説，今吾奈老何。瀟瀟經此夕，兒意莫蹉跎。

擬向中州去，無過効小忠。青雲先輩遠，白雪幾人同。河曲淹疎雨，賓師跧古風。聽來渾不寐，怊悵一烏篷。

月夜舟行四首示篪兒

一片漸江月，隨人最有情。河聲飛箭下，帆影御風行。故國青山遠，征夫白髮明。何哉解清興，吹笛到三更。

纔見光茫疊，平添白浪秋。清聲摇兩槳，浩唱發中洲。漁火時明滅，檣烏自去留。孤帆風借便，便擬及徐州。

草草杯盤夜，離情話老妻。明燈移硯北，殘月到樓西。家事兒能理，謂次兒繩球。征途客不迷。清暉此分照，芳草滿河隄。

憶古梁園好，清宵賦謝莊。當風誰繼作，與雪本同光。千里流暉共，三秋翰藻揚。停杯聊一問，莫笑老夫狂。

和篪兒月夜舟行韻

月光常照壁，弓弛去聲不思絃。豈意重爲客，當歌一扣舷。風清摇健櫓，雲白映通川。宿雁頻驚起，沙紋个个圓。

河流終古急，隱見俯龍堂。飛瀑迎蘭枻，凉風動荔裳。含清飽蟬腹，習静養龜腸。自得高寒意，泠泠汎水鄉。

見河中虚船感而有賦

虚船竟不繫，摇蕩河中央。舲窗閴無人，横卧篙與檣。日夜信演迤，沿緣一水長。水緩姑兀兀，水急從奔忙。來觸亦不怒，寓言兆荒唐。我今遊人世，一葉汎溟茫。風波了不識，飄去隨低昂。星槎諒非儗，萍梗固其常。但以無心往，浮沉定何傷。洪河古衝激，汎溢經𠷎桑。信天得安隱，漾舟清光旁。漩流宕烟浪，或便回江鄉。虛船吾所師，安用生較量？

徐州懷古四首同篪兒作

項羽

我所哭兮在項王，拔山蓋世誰禁當？王固以力不以詐，烹滅暴秦何雄强。侯王分封裂宇疆，號令天下雲奔忙。不稱皇帝稱霸王，千秋此義誠堂堂。咄哉灰槃與警枕，區區朝命朱梁稟。不然井蛙細已甚，千秋齒冷狗脚朕。

虞姬

我所悲兮在虞姬，起兵百戰間關隨。八千子弟連陣没，哀嘶不逝聞烏騅。漢軍得楚死不辭，大王氣盡妾何施。千古虞兮同廟食，范增龍且配享之。有鷺其鳴漢宫雉，罦罿罹入楚軍裏。杯羹垂欲施刀几，彼牝何曾辦一死。

張建封

我所弔兮張建封，毬場略地開西東。帳下健兒身手捷，毬驚仗奮鳴春空。春原雉雊烟濛濛，將軍盤馬彎雕弓。一箭纔發萬人賀，五色離披墮雲中。昌黎杜陵兩生色，欲挽乾坤騁筆力。草中狐兔盡何益，公馬莫走須殺賊。

關盼盼

我所傷兮關盼盼，莫以主恩死羅薦。秋宵原爲一人長，此意不隨塵劫變。燕子樓中宿孤燕，年年孤燕常相見。黄蜂紫蝶春叢亂，雙宿雙飛毫不羨。最無頭腦白香山，論事吟詩顛倒間。永豐之柳行人攀，樊素嫁矣嫁小蠻。

見河心結屋而居感賦

我思葺屋水中央，竊比伊人水一方。壁無塵垢摇波光，來往惟聽棹相將。寓言十九同蒙莊，坐令葺屋之計墮渺茫。騒二十五羅衆芳，騒人亦愛水周堂。蘭橑荷棟葺葯房，至竟佳期空夕張。惟此片土環湯湯，結茅中間凉復凉。周遭垂柳復垂楊，兒童出入不以航。擞然泗水行滂洋，河上仙翁怪莫量。身騎赤鯉參翱翔，彼何人哉作計良。月烟空闊天水長，居無四隣依其傍，濯足空明望八荒。眼明過此意難忘，望之不見徒傍徨。

舟過臺莊四首

此處炊煙聚，舲窗起一凭。舟車紛若湊，主客莽相仍。老閘隮重險，高瓴甃幾層。行人安穩在，秋氣散炎蒸。

諸州凋瘵後，劇市不知貧。麇至迎官客，鯨吞屬酒民。鐸鈴行劫劫，鉦鼓賽頻頻。誰識輕帆駛，悠然過要津。

河干纔有屋，雞犬傍柴荆。側岸牛行穩，荒洲水囓平。漁罾攀上下，麻隴藝縱横。風景看來好，行行慰旅情。

河流渾轉甚，千里接淮揚。舊井交齊壤，地屬山東。峨艑上蜀商。秋疎烟柳緑，午借水風涼。細葛由來軟，宜人在遠航。

舟泊韓莊

逆水因風上，輕帆帶夕陽。一村雞犬晚，隔浦鷺鷗涼。橋外浮湖影，樽前映月光。鄰舟聞客語，今夕宿韓莊。

微子湖

浩渺一湖在，相傳微子名。顛隮天冥漠，行遯水縱横。洲藪居人利，雲霞過客情。遺封連宋壤，流恨渺難平。

桑調元集

〔第五册〕

〔清〕桑調元 著　林旭文 點校

浙江文叢

浙江古籍出版社

弢甫續集卷七

古今詩體七十七首

舟中篪兒事我甚勤賞之以詩

扁舟秋熱苦難平，喜得携兒共遠征。唤取茶瓜寧待渴，扇來枕簟有餘清。詩歌删述吾家事，色養因依汝性情。時念茅堂話行役，故鄉月色近人明。

七月十二夕渴甚飲瓜如甘露念今日爲艾堂先生七十一歲生辰疊前韻重寄謝即用爲壽

尋常食瓜良亦佳，祇道甘美縈人懷。正如酒羌吻未渴，一杯徐飲壓茅柴。老杜酸寒憶萍實，何曾及見斗比大兮日比色。空想充飢剖食甜，北斗挹漿誰得力？嗟我三焦一夕升浮陽，沃之那得三斗冰雪湯。此時捧來哆口作川吸，不羡金盤仙露瓊臺漿。因思暑灼茅簷底，霖雨須翻九河水。當時深倚濟時才，京輔黔閭曾賜履。一從歸老通德門，鉅人碩德田間存。豈無脣焦口燥呼不歇，空回悁脰勞精魂。今日秋堂映疎柳，綺季園公過隴畝。惟南佳氣正氤氲，滿酌流霞商皓手。悔却門生不少留，江淮月色望中秋。含情錯認安期棗，述德還煩即墨侯。

和篪兒計舟抵濟寧尚有餘藕疊韻之作

白馬湖流碧一涯，取藕尚剩無窮花。白蓮花開白如藕，花根花瓣俱無瑕。堆盤菱芡不足齒，愛此超群愛入髓。臂原骯髒心和平，剛折柔傾那比此。明湖記泛采蓮舟，舟泛明湖月下遊。磊砢自然多節目，此中曾有窒礙不？生來諸子爲湖目，湖目青珠藕白玉。白玉青珠衹自珍，終古泥蟠非屈伏。須知芳種出瓊田，長養空明活水泉。有人得飲上池水，安然無病亦無痓。此如至人大火不能熱，秋月寒潭明皎潔。肌膚遥望藐姑神，冰雪交光稱萬舌。秋風疎柳緑沉沉，却顧清波動遠吟。人間有藕終難並，無限纏緜繫此心。

舟過滕縣四首

巖城矗雲裏，古縣枕河干。檣櫓高於柳，鳬鷖急似湍。樓危標翠甋，橋遠影紅欄。迤邐行舟過，兒童倚市看。

遺來風俗好，轍跡駐先賢。地小修城郭，沙深廢井田。市灣三面水，林角一聲蟬。織席營生事，村氓可授廛。

小市徵繁聚，沿緣帶水長。浮橋三板架，去舶一帆揚。女面白銅鏡，童肩黃竹箱。篷窗無个事，徙倚閱閒忙。

長短規滕壤，邦君古子男。浦沙秋水落，烟柳夕陽含。百貨通淮北，三朝到濟南。篙師倚風便，沽酒有餘酣。

望南陽湖

柳樹盤隄古，烟波颸渺茫。三潭思月色，一溜瀉秋光。餘暑時還熱，勞歌意正長。人才從古少，誰復卧南陽？

隔湖觀大雨作

大雲垂垂墨湧螺，東天一角烏嵯峨。空濛雨氣催海立，黑雲白雲肩相摩。須臾飄風動地至，九霄白日傾天河。萬條銀竹注湖面，陸離呼洶騰蛟鼉。當其得意信揮洒，勢若萬馬奔滹沱。隔湖我從壁上看，一軍奮迅麾天戈。篷窗大點遠拋落，乍驚白屋龍投梭。前聲已絶後聲續，天公氣力重噓呵。萍翳斫陣後復猛，精鋭總挾雷霆過。日下高春光倒射，溟茫遥海神燈羅。陽燄燃空秋雨潑，一燃一潑明金波。回潮合沓聲轉驟，截斷其若雄虹何。高衢倏掃氛翳静，青紅二氣天邊拖。澄波平砑風細軟，宕摇楊柳青傞傞。庚星西映月東出，鏡奩秋啟光新磨。

和篪兒月舟漫賦韻

爲憐秋夜好，明月宕征舲。天上懸娥月，波中汎客星。浮生吾欲老，垂鬢汝方青。罾舍沿流是，漁歌不厭聽。

萬里銀河闊，涼蟾映杳冥。客遊如去鳦，孫抱憶添丁。秋隔蘭堂遠，波連草岸青。飛光緣底急，日夜不留停。

濟寧旅懷四首

旁午河橋在，重樓壓水隅。勞人經旅店，此日別川塗。涼雨纔過雁，垂楊正噪烏。秋空圓月在，感動不能無。

最是江鄉月，相隨不世情。臨淮元皎潔，到濟倍分明。客思涼初動，秋懷皓已盈。裵裒西去路，空對伏流清。

二十年前客，曾經共一途。披襟得英傑，謂王者輔近顔。論事戟眉鬚。日下辭歸早，天南夢去孤。揭來消息斷，過此重踟躕。

十年雲卧穩，忘却路行難。擬退今維谷，興歌異考槃。客程空欲速，吾輩敢懷安。天白浮雲薄，巡簷一笑看。

肩輿入舟渡潦水作

纔上籃輿去，仍教下小舟。遲回謝肩舁，浩蕩及川遊。泥淖何辭辱，風波不少留。人間千萬事，非意孰能籌？

過蟠龍橋大雨中行廿里篪兒車淹滯在後薄暮蒼頭追送卧具至旅店

荒凉作懊憹行一首

蟠龍橋邊鳴雨來，茅店穿漏篷傾隤。厲風既濟衆響絶，輿夫輚馬紛徘徊。起行泥淖不一里，傾盆復至横喧豗。蓱翳飛廉騁狂暴，遠應聲勢飛奔雷。低窪深深没腰膝，已聞車陷愁輪摧。肩輿顛簸盡沾溼，道傍舞斷柳與槐。隸也前行不却顧，獨山摇漾暝烟堆。蒼頭赤脚泥濺頸，擔送卧具吁可哀。倦投旅店天似墨，瓶無脱粟甑無煤。具陳村荒不可説，青葱白餅良艱哉。知兒悽惻苦淚迸，一宵何止腸千回。老夫情懷鎮作惡，緘坼露茗烹盈杯。單衾凉簟且倒卧，窺窗月到愁雲開。

喜篪兒侵曉至步徬徨行韻

昨宵已度溟茫地，未省兒車隔幾里。晨銜泥潦及荒村，遠望疲車亦勞止。役夫風氣儘澆漓，人馬車殊不擬隨。致累行人悲獨宿，都教兩處神魂馳。我僕寡難敵衆口，塗泥一任争先走。面似蒙倛知是誰，纍纍正類喪家狗。獨山將到已烟昏，秋雨秋風薜荔村。蘆篷滴漏無乾土，主僕因依欲斷魂。土銼烟疎虚草具，麥飯蔓亭無覓處。攜來枕簟豈安卧，霽月俄看過庭樹。光銷爉炬滅秋釭，鄰寺鐘稀百八撞。死恨村雞不報曉，何緣兒影共吟窗。焚香掃地空思潔，一夜愁深一百月。犀角纔看到眼中，憂虞歷盡償歡悦。雪鬢看變幾莖烏，子鶴妻梅羡老逋。人生有情難割捨，况復父子相嗟呼。

宿冉堌集冉有故里

明燈作宵市，絡繹野翁來。倚户方閒甚，投車亦憊哉。先賢猶有里，後世漫云才。政事何因見，豐碑翳緑苔。

過曹縣

秋水抱城濠，秋城睥睨高。黄塵黧客面，赤日灼征袍。川柳垂垂緑，沙輪得得勞。由來見幾作，未臘已奔曹。

劉董集偶步見洲渚蘆葦中秋荷盛開考其地爲小湖波喜而有賦

晨行得溆浦，是名小湖波。波中青蒼積，葭葦何其多。眼明見的的，爛漫開朱荷。靈妃出通谷，芳塵生翠渦。盈盈渺微步，不見水沾羅。凌波未我即，仙袂飄逶迤。颯然秋風至，霞舉將如何。秋心寄脉脉，精爽儻見過。

考城縣渡河

渡覓小顔口，河流千派黄。胡爲空兀兀，重對此茫茫。沙草柔迎轝，天風快引檣。白鷗吾與汝，盟在永無忘。

和篪兒廟前看荷疊韻

何處妙香至，路轉揺層波。金風吹作意，開向回潭多。宛似娛羈客，欲語風中荷。迎睇忽若遠，澹泞生微渦。朱華冒緑沚，秋水清羅羅。塵途覯驚艷，川色正西迤。弭節舍之去，奈此秋宵何。無心挹嘉賞，雲霞眼頻過。

儀封東關道上左右洲渚開徧白蓮疊韻

葉南與葉北，夾岸浮鷗波。仙葩愛貞靚，似厭施朱多。亭亭出清水，妙綻天然荷。川妃衣上月，白晝映圓渦。鏡平聲籟息，静遠香氣羅。渚宫入不語，要眇神光迤。雪膚參差見，難邀藐姑何。有時乘迴風，三素雲中過。

蘭陽旅店食新作

江鄉早稻熟，先秋已食新。馨香奉以薦，潔粢祖廟陳。童孫亦抱拜，追遠情獲申。朅來客中州，風餐何飛塵。我僕進午粥，渴喜沾吾脣。怪此香色異，新穀礲村民。踟躕停舉箸，拜薦違先親。顧兒隨撰杖，亦作旅食身。憐渠亦知此，懇苦情色真。一游萬事廢，虚名總誤人。

南神堌旅舍瓶中插白蓮數枝疊韻

情瀾渺何許，一瓶分秋波。寥寥三兩枝，清韻良足多。矧乃體貞白，驚艷謝群荷。酒氣不爲觸，小漾螺尊渦。意若水周堂，衆芳堂下羅。寂静明釭照，清影粉壁迤。奈此玉簟近，因依凉夢何。醒聞香細細，續向枕函過。

喜抵大梁二首

一笑從教萬慮寬，汴城已見白雲端。樽規大瓠浮來穩，壺貯清冰映徹寒。名士誰堪作龍尾，故人不擬累猪肝。寄聲明月煩相照，我負錢塘舊釣竿。

作達原堪處處家，金隄任占白鷗沙。凉宵已見樊樓火，舊樣難尋韻字紗。好客猶煩鄭莊驛，爲園須種邵平瓜。仁和門在從容入，懷古思鄉意轉賒。

題須友堂詩并序

予顏大梁書院之須友堂，跋其後云：『餘山先生，姓勞，名史，字麟書，餘姚人，學者稱餘山先生。倡道東南，顏其齋曰須友。調元學先生之學，教先生之教。今來斯堂，亦以是顏之，庶無迷其津矣乎！抑願學者之胥涉之也。』跋訖，記之以詩。

先師起姚江，氣象何峻挺。口手大易圖，異説不敢騁。承學幸及門，苦語寸心警。大水無津涯，卬須上孤艇。我行泝洛學，沿流羨湯耿。正派總仝源，五世澤方永。大書揭此堂，用當晨鐘省。

贈袁石峰舜裔即用其屏間詩韻二首

方瞳炯似碧波寒，矍鑠誰論老據鞍？戶有團雲傾蓋合，人于行地作仙看。新書竹上烟光潤，久語花間日影殘。未用置身邱壑裏，風流一段那能刊。

嶙峋氣象築詩城，早歲詞場便有名。游宦誰教鳧舄返，居閒翻向兔園行。花南舒嘯三秋興，研北流連萬古情。黃鳥莫嫌芳候晚，疎林求友一聲聲。

附酬和步韻作

祥符袁舜裔

餘暑全消白雪寒，肯來竹屋駐吟鞍。新邀一鶴雲中下，舊想三山海外看。老眼剛迎秋氣爽，清心遥送雨聲殘。文壇竝喜叨提唱，河岳英靈意不刊。

築居縹緲在江城，高卧焉知世上名？漫道蒼生蘄一出，却教聱叟得同行。乘閒自湧登臨興，垂老能忘撰述情。萬石鯨鐘懸待扣，寸莛也爲發洪聲。

書沈荑菴隱君遺集後

有明末運丁陽九，喬木清溪開竹牖。鴛鴦水上卧畸人，零落棲遲一杯酒。興來拄策天台遊，東躡武夷南羅浮。峰巔嘯呼動天地，慣令龍怒拔老湫。亂題醉墨巖凹石，劈窠繡蝕苔花碧。詞波如海洶濤瀾，柳七秦三驚失魄。旗亭到處歌雙鬟，完縑斷楮如玦環。天上流傳新樂府，千年風韻留人間。豈知怊悵蘅皋步，蘭成黯作傷心賦。秋塵落日望江南，一哀魂斷青楓樹。桃葉渡頭醉未醒，清涼亭畔雪飄零。世間血性幾男子，草莽忠勇思戎經。乃知鶡冠高隱非忘世，登高一洒銅駝涕。大陸龍蛇鬱未平，橫流滄海誰能濟？東溟渺渺一冥鴻，秋村孤影飛蒿蓬。浙西誰撰獻徵録，蒹葭光炯潛夫中。

沈孝子禮存歌

沈孝子，吾所欽，人所憐，神魂飄忽凌炎烟。噫乎火及靈帷前，以身撲滅縗絰然。縗絰未及解，身與火周旋。肉皮焦爛紅如蓮，三黄之湯胡由痊？死憂傷父心，死且加煩煎，生護母柩生棄捐。母靈毋驚恐，相慰及黄泉。沈孝子，訟父冤，戴盆得雪恩自天。神京卓水道里千，心動馳歸馬足穿。彌留得面母，血淚沾靈筵。補亡不止南陔篇，有生至性何纏綿。爲我謂祝融兮何不仁，乃令孝子命弗延。古祭奠圭璧，後世禮煩，易以窸窣之紙錢。紛作清明祭掃用，遺火往往燒墓田。我悲孝子涕淚濺，痛心蹙額見此灰蝴蝶，風中白影飛翾翾。

又贈石峰疊韻二首

對面清流水鏡寒，時應花底簇賓鞍。眼青迴出山王侶，鬢皓原同綺角看。水竹精廬方築就，雲烟巨幀未揮殘。便須礱取嵩厓石，鴻筆端教好手刊。

書舍雄過擁百城，閉門心跡掃浮名。秋來乍見滎陽作，老去寧辜汳水行。文采一家垂麗則，林泉雙影契真情。焦桐舊曲須頻鼓，只爲鍾期識正聲。

新　秋

儵見金天豁，高原爽氣新。軒窗退殘暑，巾舄耐蕭晨。凉迴河聲落，清幽草色匀。入宵吟興永，好待月如銀。

和雨夜韻

入宵風雨急，旅思頓教生。吟草塗鴉亂，釭花似水清。催寒秋氣勁，垂老壯心驚。聽徹更籌永，空窗不肯明。

送萬灌夫圃歸襄城

迢遞襄城路，西風脱葉前。才人原有後，西田之子。詩句劇争先。冷驛青燈夜，高堂白髮年。斑衣奉新釀，月向桂花圓。

九日携席汲士張上池篪兒登鐵塔憩方丈作

鐵塔兀突天中撑，賈勇共作螃蟹行。一十三層雲作頂，七八九折河如傾。沙邱衺延塚近遠，野田交絡涂縱横。老僧相留坐茶話，菊香暗傍蓮臺生。

題松閒聽瀑圖三首

雲門噴雪下喦烟，松塢回潮亂澗泉。一片宫商山水在，清音非指亦非弦。

曾梯台蕩石樓高，鸞嘯猶餘舊興豪。倒壑晴飛青嶂雨，翻空秋湧大江濤。

位置畸人瀑布中，經過塵事只如風。誰能滿耳餘清聽，不把名心一洗空。

古　詩

愛物蘄有濟，潔身貴無求。細微或失所，閲世寧無憂。未許用吾力，一羽能舉不？窅然四山青，萬事不挂眸。朝陽一晞髮，宴坐喦阿幽。天光遠澄霽，白雲寒悠悠。

集石峰齋和篪兒韻

禽語啁嘲已可人，滄洲名畫况清新。幽齋掃地渾如鏡，老鬢垂絲總是銀。屋角彎環一痕月，螺心美滿十分春。不妨兒輩知陶寫，歡趣流連忘主賓。

題沈孝子墨梅遺幀

淡寫疎花照，寒巖鐵幹存。試將明月挂，招得藐姑魂。冰雪埋空影，龍蛇兀老根。冥冥元霧裏，芳氣塞乾坤。

長至日攜萬圃李振藻及篪兒登繁臺謁程子祠聯句

宴歲憑陵上石臺調元，披襟恰逐一陽來圃。中原形勝留千古振藻，遠目空明盡九垓繩篪。童冠偕遊春又動調元，烟雲活變晚猶開圃。淵源有意尋伊洛振藻，巀嵲程門肅拜迴繩篪。

和答友人見贈韻

窗中騷雅本同聲，况復僑居倡和鳴。誰爲常何作封事，獨教阮籍有狂名。卧騮病骨看欹側，過鶴閒心謝送迎。底物能衝愁陣破，杜康專解出奇兵。

篪兒與諸生借韻作雪詩用禁體亦復拈此

夜半空簷雜雨聲，寒風淅瀝紙窗鳴。行游何處乘高興，僵卧由來占盛名。群雀攢栖枯樹涇，一鵰軒舉大雲迎。喧豗白戰渾閒事，坐看兒曹弄墨兵。

立春日和篪兒韻

又見青幡轉，殘年發興新。奔波成老景，飛雨記先春。賓雁傳書遠，吾兒下筆親。南枝芳信早，乾鵲噪元晨。

己巳元日

梁苑梅花照眼新，蒼浪鬢髮尚風塵。醡頭春雨三蕉葉，海内晨星幾故人。遠別家山勞夢想，老看殘史王精神。天涯小子憐渠最，學我耽吟硯几親。

酬和友人見贈之睢州展座主湯公孟昇之旭墓韻

匹馬之睢渙，悲歌躑躅行。師門殘雪在，宰木暮烟生。寥落荒莊意，栖遲夢筆名。春風重感舊，不斷夜烏聲。

題山陰放棹圖

山陰吾熟遊，水光寒瑩目。回溆倚風篠，高峰見雲木。小舟下樵涇，衝波雪鷗逐。中宵新雨過，四山響雷瀑。悔抛釣石温，清夢斷湖渌。此覿一篙青，拄在剡溪曲。宛對鄉語親，夕汎烟光宿。隔浦聞鐘聲，滄溟上團玉。

雨後許君葵寄題洞庭拙集依韻奉酬

連朝莽風雨，氣味似秋清。垂柳新歸色，流鶯故惜聲。飛鳧留别館，汎蟻想幽情。欲問吟邊事，將毋太瘦生。

我夢舊遊處，旅羈牽遠心。愁如晚春水，流滿太湖潯。新雨斷來客，槁梧存往吟。朱絃愛清絶，肯和櫂歌音。

題巢青閣梅花圖

眼底亭臺識古春，幾多生意閲流塵。最憐撒手歸來後，日與梅花作主人。

抛却家山萬樹苔，春風拂面惹浮埃。相逢老鬢都如雪，莫向花前放酒杯。

寄家書

春早河流泮，南來少鯉魚。遲迴千里夢，稠疊幾行書。枚叟浮沉際，牙生涕淚餘。椒盤思昨歲，朋好聚吾廬。

用韻送任君致仕歸山東

矍鑠如翁老倍雄，雪花且看舞寒空。臣心戀闕唯朝北，斗柄回春恰指東。滿酌莫辭青玉案，遄歸喜近素王宮。猶餘經國文章在，萬丈光騰紫極中。

張瓜田庚寓齋見坤一寄瓜田詩即用其韻簡寄

晛佳山水不得住，故鄉空闢林中廬。客秋子來共茗話，穿榛即送關津艫。遠逐使星倏南北，旅食仍跨京華驢。劇悲素冠暗塵土，微哉生事恒傭書。倦書倒卧依煖坑，夢魂偷返鴛鴦湖。燕鴻連翩自來往，羈旅消息經年疎。書劒飄零形影獨，輸彼田父攜其孥。挑燈兀坐繅旅思，攄寫未遣毚毫枯。昨春我艇攬長水，雨波澒洞翻天昊。混沌到今鑿未已，淋漓元氣嗟逾痡。衝炎轉作大梁客，肺病喜得秋風蘇。迂闊自據賓師禮，空齋一叟常晏如。阿篼隨從職洒掃，紙窗静向南榮糊。此來豈止千里遠，叩我所持利則無。瓜田徵君亦復到，東頭一徑沿威紆。風塵寓舍屢對面，老鬢已白猶餘烏。今朝眉間黄色滿，有客遺之雙鯉魚。見子一篇暖語在，雪中春氣騰墳壚。儻知天涯二老聚，興發立趣巾柴車。漫言清坐無一事，談譙十日誠良圖。

疊韻贈瓜田

人生托跡在寰宇，南北倚著皆吾廬。子今寓齋編黄蔑，浮空不繫春江艫。且傍親知度臘尾，劵紙漫寫書生驢。插架叢堆萬軸富，然脂窮勘葯邱書。昨宵醉歌縱激宕，墨瀋洶溢稽天湖。匡廬峨眉袖拂翠，千莖雪散顛毛疎。獨客蕭涼倒垂橐，但餘綵筆詒諸孥。餘拈繪事亦千古，古賢徵録無凋枯。君作《畫徵録》。開元普門列品格，神俊細辨王與吴。文章燦布灘涣道，僕夫往復寧愁痡。狐裘蒙茸敵冰雪，蟄蟲眼底難招蘇。梁園枚馬不相待，腐毫含嚙淹相如。奔波不嫌此途遠，食貧衹博予口糊。空説遺風重詞賦，取酒之金今已無。劇念嵩邱好嵒壑，石淙少室煙盤紆。乘興往撫三花樹，有手莫挽西飛烏。我衝横波入汳水，逢君恰喜同隊魚。平臺賓客詎足弔，旌旗萬乘俱黄壚。共訪名山計良是，絶勝時貴乘軒車。明朝徑騎白鹿去，任人標作屏風圖。

和瓜田病起枉過敝齋原韻

一從子養病，我闔雙扉幽。跡斷今舊雨，渺焉寡朋儔。今晨策笻杖，枉過花南洲。追昨良讌會，梁竹颯已秋。却思波浩蕩，萬里隨白鷗。汴淮東到海，寧憚阻與悠。非懷乘桴志，風回泛虚舟。浩歌約連袂，秋水寒清眸。

和木瓜詩韻

詎是青門種，纍纍亦字瓜。芬馨發幽獨，標格占清華。髹几堪輝映，金盤足寵嘉。入懷珍拱璧，得法漬流霞。遠嗅簾風動，醒聞幌月斜。報章稱永好，吟唱作生涯。

咏棗疊韻

勝彼安期棗，何須大似瓜。迎眸愛圓潔，入口嚥精華。涣水專鍾美，瑶筐疊拜嘉。味原甘類蜜，心更赤于霞。去核咀來軟，題毫印處斜。清歌非纂纂，百感溢情涯。

送瓜田南歸疊韻

浮生向道無住著，下瀨船在元蘧廬。寓舟特搆屋三間，館瓜田，予顔之曰『下瀨船』。雙輪催向亳州道，長淮川闊摇歸艫。猶勝塵沙面北走，九河故道驅疲驢。乾隆初元省往跡，布衣給札縣徵書。放歸四逐秋風散，散人依舊遨江湖。予亦解韁踏澗草，麋鹿生性同慵疏。意境荒寒等逋老，徑欲梅鶴充妻孥。此都朋儕聚匝歲，急起趣別如摧枯。博望既遣西出塞，季札亦復東歸吴。游梁司馬意早倦，數日作惡容顔痡。公等儒林一華蓋，許我綴絡金流蘇。同心合并老天妒，頓使形影孤鴻如。平皋淅瀝下霜霰，天南天北烟模糊。談經哦句缺商搉，倒衣轟笑邈已無。昨朝江鄉遞尺素，旅人心事增煩紆。客牀輾轉不成寐，寒更聽徹空林烏。逸材多被青袍誤，往往涸轍嗟窮魚。況復耆英續凋謝，文星相率埋泉壚。謂汪津夫、朱予齋、周穆門。差喜客齋鄰袁叟石峰，往復門外停吾車。招邀一話醉分手，金梁送別揮新圖。

寄錢坤一 載疊韻

自春寓書冬始到，知汝今歲僑僧廬。萬人奔波聲洶沸，汎汎只自浮虛艫。古今癖好難理解，有人愛聽長鳴驢。生非彌明脱塵鞅，那得不作人間書。年經憂患雜禪悦，議論略似楊慈湖。機鋒著詩縱横出，交游萬事何其疎。無愁殆類癡飽客，有金即寄啼飢孥。也拈帖括作生活，運轉陽氣萌殘枯。明秋定斫一枝桂，持斧不讓頑仙吴。却顧蒼生眉可察，窮簷財殫力亦痡。趣排金門進高議，要蘄四海同春蘇。詎止通眉長爪比，端須火色鳶肩如。意氣豪奢等閒視，由來楨壞多空糊。乾坤撑拄信有賴，誰指三立歸虚無？極知教子在養正，厲夜取火情緜紆。高岡清聲出雛鳳，寒林孝思追老烏。忠孝名家炳遺緒，巾箱舊物留緋魚。纘戎祖考式穀似，光耀騰爍松間壚。我客大梁夢鄉國，未駕羸馬叨維車。鍵關未必無事業，吾衰甚矣猶壯圖。

已作送瓜田詩見篪兒疊韻有作復拈此重贈

存者夢異縣，逝者傷九幽。豈無叢冠蓋，非我故所儔。君歸侶白雲，亦復酹鶴洲。却顧一蓬梗，宕飄屢徂秋。逶迤長水潋，爲我問盟鷗。芳草寒自渌，春波渺且悠。奈何客游倦，老棄沿源舟。况我背飛翼，酸風射寒眸。

送人歸錢塘

纔得心情舉酒杯，風軒身健興悠哉。忽聽蟬語一聲咽，遄送客帆千里回。龍井香芽留待試，馬塍秋蕚到應開。因君夢逐江淮水，直繞明湖舊釣臺。

和集友人寓齋原韻二首

泠泠山水曲，清聽覺神移。客底容顔改，閒中歲月馳。醉看雲散處，吟到日斜時。又怕離思動，玲瓏唱我詩。

交聯新舊好，語笑有餘歡。客院飄黄雪，家山剪緑團。秋懷香一盞，冷伴翠千竿。暫向蘆洲聚，還同宿雁看。

酬和陸近觀賓見題拙集三首韻

客舍歌呼復此時，東園走覓慰相思。了無情緒空耽酒，但有朋儕便賦詩。前事只如春夢過，弱毫殊媿故人知。却緣雪跡留鴻爪，省舊還憐歲月馳。

三秋寂寞對冰輪，舊日吟壇剩幾人。白首孤燈雙照影，青衫滿屋半成塵。强爲豪横嗟無那，縱遇窮愁壯絶倫。萬事浮沉憑造物，階墀且賞菊花新。

刷風毛羽弄翾翾，那覻搏空上九天。坐撿芸編俄已老，歸嘗鱸鱠始稱賢。江湖五石尊原大，時世雙蛾畫未妍。多謝成連貽妙曲，泠泠三疊海山前。

和朱君留别原韻

秋風疎萬木，落葉滿别浦。此時送將歸，寥空雁聲苦。君情故自達，浮名輕一羽。岀壑欠清遊，韻事端須補。梁園幾醉吟，信美非吾土。何如汎湘湖，鳴棹遵烟滸。含弄集諸孫，釣遊尋舊侣。夢先東流水，浩然莫能阻。嗟予羈影孤，别淚灑如雨。後夜闇相思，寒對冰輪午。

酬和程君松邨見贈原韻

金粱秋草含烟潤，眼底逢君最清峻。塵沙流輩嬾將迎，一鶴雲中老逾儁。聖湖光氣映仙才，先年跡過雲濤堆。清緣有待稱莫逆，桑扈何由欵子來。八咏樓中始相識，剪燭論詩祛所惑。朔風吹斷笑談聲，去留人事空消息。重來把臂疊經年，張沈音書天際傳。倦翮驚飛紛四散，蘆漪爾我同飄翮。大黄一弛不復彀，蕭凉書院聽宵漏。浮沉非宦亦非遊，世路等閒俱白首。痛飲狂歌此一時，雲龍下上姑追隨。羊鬚珠遜新詩好，咀嚼令我忘朝飢。

贈别程君

一謝名場得自由，仍昌詩學在中州。清遊欲憩三花樹，小住渾憐八咏樓。寓沈公署。聽瀑疑傳流水曲，因風肯作置書郵。故園歸去逢殘臘，便折梅花當酒籌。

躑躅行簡王杞縣明府

我行東西樓公舊封國，邦君火急營軍需。大金川邊蠢小醜，天兵所過虔供輸。國家承平休養久，偶爾遣送資兵車。薄蹄控壯士，連錢負儲胥。嗟爾春風雙耳聵，蹇驢亦蒙唤曳青萎芻。郊關浄掃鞭檛影，何從一覔轅下駒，我馬瘏矣我僕痡。沙行歷落千盤紆，一肩行李赬獠奴。剩驅欵段行非徒，落梅細蹴香泥塗。須公櫪上追風驃，杜子美句。杜老請乞詞豪麤。鄙夫不敢尤是效，躑躅且向風塵趨。誰與秉鈞襄廟謨，諭蜀未用勞相如。詩歌小戎士氣奮，細民踴躍供區區。百寧一擾尚如此，渡瀘擒縱須良圖。

弢甫續集卷八

古今體詩八十六首

王依圃先生以具區圖見贈長歌志謝

沙塵蓬勃翻晴空，灘涣浩浩吹回風。重登公門坐曲室，碧沙浄映春簾櫳。亦知名山矢獨往，青鞋尚帶烟霞踪。出示具區圖一幀，白波環激千寵嵸。眼明舊遊看歷歷，洞庭雲氣開西東。憶昨縱涉聯春冬，元日飛凌縹緲峰。莫釐對面近揖翠，萬頃湖盪空明胸。寒夜推窗月墮水，虚空一鏡磨青銅。四山猿鳥盡熟識，老衲獨詫淹吟筇。左神窮探入元竇，幡然絶頂盤穹窿。梅花開過銅坑塢，堆堆白雪香溟濛。留題七十二峰閣，恨不踏徧青芙蓉。竭來擬追禽慶步，五岳發軔嵩當中。三花樹散滿身影，流霞酣飲漱石淙。石公怪我不歸去，昨夜有夢迎茅龍。圖長三丈今忽見，彷佛飈馭逢毛公。何人手辨此粉本，得非子久參王蒙。岱輿祖洲動遠勢，豈止三江一氣相撞舂？昔公廉訪臨吴松，青簾白舫隨漁翁。波光一瀉八百里，周遭湖面帆横縱。山經水志辨訛舛，出入貝闕穿珠宫。規寫險要具碩畫，老眼烱豁雙青瞳。莞爾而笑徑付贈，何啻十賚丁我躬。不須玉鴉叉與并州剪，笠澤苕川一才籠。雲濤烟浪捲不盡，似聞甪頭山嘴星星鐘。

送沈艮思青崖北上疊韻

澤虞平土經溝洫，意左一夕辭官廬。宦海溟茫過瀛渤，平波漂去艨艟艫。波及瓜田急裝動，藤鞭尾秃衝風驢。公指一車無長物，喘汗馱載牛腰書。汴梁野客隻影冷，亦牽歸思錢唐湖。渾河沙頭散黄鵠，四海羽翅從兹疎。遄歸已失菊松徑，邸宅可借聊寄孥。水寒雲淡天欲雪，欅柳飄颯千條枯。心向閶闔身塵土，鄉關那問燕與吴。却喜讀書夙得力，神既充實形不痛。老去馬蹄穿塞出，霜草還藉春光蘇。失侯奉使張騫在，窮愁著書虞卿如。群經要使日月揭，把筆明辨袪含糊。漢唐宋儒需論定，剖析同異千載無。舊坐小齋静研入，古聖肝腑思縈紆。邊沙磅礴等曲室，舐墨續寫唇吻烏。他年鏤板垂宇宙，僕願揩眼讐魯魚。班荆重逢話經義，白首共醉吴中壚。功名富貴一脱葉，不朽鴻業存五車。君恩賜閒感赤肺，鵾飛亦復如鵬圖。

蒙趙然乙青藜用韻題台蕩拙集因敘舊疊韻奉答

班荆追昔别，塵踪半荒忽。倚薄天一方，悵望高空月。蕭閒物外心，振觸時鬱勃。聞君入西臺，矯爲獨擊鶻。翻然向滄洲，浮鷗意髣髴。我抱成連琴，情移海波汩。君飄浮邱袂，天際難把謁。一呼松間鶴，詎憶馬前卒？形骸散槫然，不作直木伐。但愁鵾鴂鳴，坐使衆芳歇。梁園夏木清，南風聲窸窣。前時諫獵人，相逢皓鬚髮。芳塵瑶席凝，是中得詞窟。揮毫乃餘事，藻思特跨越。風流不我遺，無鹽許唐突。首約遊嵩高，連笻上嶢屼。况復逃炎蒸，層冰脚不襪。台蕩跡已陳，兹當軔更發。高步追向禽，浮雲任興没。

疊韻奉簡陳執夫

騂羞底用染蘇枋，蟬噪空思叶彩凰。詞苑頻年滯枚叟，仙源何處問漁郎？行攀崧岳三花燦，夢繫葑湖一棹將。百尺樓高吾欲上，苦遭秋熱汗流僵。

疊韻奉訪執夫

休計摶風及搶枋，亦忘衆鳥與孤凰。座嘲襬襶此間客，舟下江淮何郡郎。茗飲蔗漿冰映在，白沙翠竹月迎將。招凉却憶松臨磵，偃蹇虬螭瘦骨僵。

石峰齋醉歸口占

盤綴椒辛節物稠，故人情厚苦遮留。頻斟淺盞春前蟻，穩試新鞍果下騮。醉出劇宜風洒面，晚歸恰喜月當頭。還餘一事堪惆悵，不得張翁共唱酬。謂瓜田。

次近觀贈友并見示韻三首

索寞身心一古槎，小春天氣詎芳華？無情烏柏猶飄葉，多事紅燈故作花。漸覺風寒宜把盞，誰能歲晏不思家？却憐新舊朋簪合，篤愛相將弗我瑕。

楊林秋晚剩匆匆，似伴羈人黯淡中。三叟鬚眉渾已老，五陵裘馬那爭雄。生涯斑管拈來冷，局勢楸枰對處空。東望滄浪歸未得，可堪獨鶴叫西風。

故鄉原有好湖山，滿目風埃落此間。榼爲消愁連夜倒，荆緣道舊幾回班。巢邊飛鵲將雛下，天際浮雲向岫還。心緒如麻從撥棄，悠然明月到松關。

奉和蔡公葛峰新行部諸作韻

和渡河韻

却省來時路，臨河借客槎。魚龍翻杲日，風浪捲浮花。屹想中流柱，靈祈萬里沙。君行秋景麗，隔浦柿林遮。

和延津道中韻

秋出南燕道，行車積潦邊。黄堆沙作堞，緑種柳爲田。陂澤雲鴻下，郊關堠鷺延。河津沿瓠子，楗石自來傳。

和稽侍中祠墓韻

消息覘天地，山公雅論存。淒哀孤子意，慷慨侍中魂。坏土騰生氣，豐碑繡篆痕。猶傳浣衣里，釃涕弔遥村。在湯陰侍中遇害所。

和宜溝道上喜晴韻

蕭瑟楓林野景蒼，客心乍喜見朝陽。天連上黨峰千點，烟散宜溝樹兩行。聒耳鳥呼泥滑滑，聳肩人涉水湯湯。懸知驛壁輶軒過，題句風清翰墨場。

和謁韓魏公祠韻

天氣秋晴好，祠堂映慶霄。祥徵登第日，勇著撤簾朝。老菊猶開蘂，甘棠勿剪條。安陽公去後，人物莫寥寥。

和遊蘇門山韻

最愛層嵐霽，全消積靄昏。秋風舒一嘯，群木動千村。日晚暄留影，泉深暗發源。何當支策去，乘月弄潺湲。

和清輝閣韻

飛閣凌雲起，清輝望裏寬。淺深嵐簇簇，丹碧樹攢攢。散綺霞千疊，浮空水一欄。依稀靈鷲嶺，泉石得奇觀。

和洗心亭韻

迢遞鄉山夢，雲栖亦有亭。素心涵皓皓，青眼對泠泠。秋色舒蟾窟，清光滿鶴汀。無須學禪寂，難得是常惺。吾浙雲栖寺亦有洗心亭。

和嘯臺韻

登臺作鸞嘯，不數七賢鄉。恰得清風激，哂然逸韻長。蒼山幽且敻，高士壽而康。此處堪歸老，秋花盡向陽。

和安樂窩韻

安樂此間是，何須他有營。静推皇極數，高卧洛陽城。樓閣空中景，漁樵世外情。嗟予千載下，擊壤和先生。

和孫徵君祠韻

舊隱蘇門在，經過弔落曛。學嘗宗陸子，名足竝三君。侍立茅堂雪，高棲竹澗雲。聞孫吾老友，猶自守遺文。謂予同年孫鑄。

和晚宿百泉書院韻

蕭凉存舊院，山水恰秋晴。月洗三霄魄，風呼萬木聲。竹溪塵盡掃，石室火孤明。静裏研經好，渾忘節序更。

和漢函谷關韻

四扇憑臨疊嶂東，風雲鳥道若爲通。五千言出金函裏，百二關開紫翠中。積雪寒堆秦嶺白，斜陽倒射洛波紅。黄圖樓閣飛灰盡，文物西周憶古風。

和羊角山遠眺韻

羊角山頭曉翠流，丹梯萬丈鎮雄州。黄河帶遠盤三晋，太華旒高綴二周。蔽芾棠陰終古在，飄飄蓬梗此生浮。多君行部閒登眺，亭上披雲一覽收。

和回次硤石雪行道上韻

閒中懷古弔衰興，來往當年避雨陵。京輔豪華空復爾，英雄戰鬬莽相仍。雪埋少室三花樹，風合渾河十丈冰。回首征途過硤石，纔行一舍已呼燈。

和過伊闕登龍門寺二首韻

雙厓高夾澗，形勝實超群。伊水千波下，邙山一脉分。鳥聲呼斷岸，龍氣化重雲。欲挽淵騰浪，中天洗世氛。

佛寺金銀氣，晴空射瀑泉。身凌峰頂石，目盡日南天。荒誕三車法，蕭凉六代烟。題名臨絶壁，選勝最幽偏。

和過香山寺三首韻

石樓迴合萬重山，勢壓琳宫絶壁攀。白鴿紛紛飛雪上，青螺了了出雲間。由來事去千年速，難得身偷半日閑。莫慮諸天昏黑到，上方明月照溪灣。

蕭閒想像醉吟時，筆陣雄于十萬師。短李老元誰是匹，紗巾草履更何之。九龍潭遠行游衍，八節灘高坐總持。生作家山死埋骨，不愁烟雨樹迷離。

葑湖浩淼白隄秋，歌席藤陰作勝遊。一道色延芳草緑，孤亭響落冷泉幽。蓬萊浮海晴波漾，松樹環城曉翠流。千載部民經此地，香山遺愛説杭州。

和昆陽懷古韻

符讖紛紛總鑿空，真人奮袂遂成功。轟豗象効昆陽戰，嵬瑣蛙矜井底雄。賊破赤眉戈耀日，帝呼銅馬旆生風。神靈爲想中興代，豐沛迢遥並故宫。

和卧龍岡謁武侯祠五首韻

一岡龍卧寂無囂，顧視清高際泬寥。雷雨奔騰興尺澤，風雲慘淡動層霄。行教公瑾心全伏，坐使曹瞞氣不驕。羽扇時揮仰名士，武鄉勳業自迢遥。

國賊寧能抗我師，兩朝伐叛疊陳辭。橫衝天地堂堂陣，飛動龍蛇正正旗。策合關張惟復漢，事乖舜禹豈容丕？炎劉自值興衰運，六出何曾遜六奇。軍威曾被汗青誣，形勢三分策總紆。渭曲頻年奉天討，隆中數語定皇圖。神機奮迅寧慚武，氣象光明本是儒。陣石空留魚復浦，果然遺恨失吞吴。馳驅志業在規恢，三顧恩深釋耒來。慷慨出師紛涕淚，艱危奉主絶嫌猜。中原誓掃孫曹迹，丞相還過管樂才。已定南方足兵甲，天威到處震如雷。章武元年建號餘，漢儀整肅集簪裾。操原如鬼空窺鼎，髯實超倫喜得書。北地捐軀增惋憤，南陽懷古獨躊躇。休言三國英雄盛，終古乾坤只一廬。

和桃源行憶梁山舊遊韻并序

大作《桃源行》兼敘梁山舊遊，靈境迷離，晃人心目。僕未及遊，勉和高韻。追昔天台、雁蕩、洞庭諸名勝，屐齒曾到。掇拾成篇，聊資嗢噱而已。

讀君桃源詩，老眼明不花。更綴梁山舊遊跡，爛然綺散高天霞。陶潛文筆殊靈異，流水桃花可人意。漁人子驥殆寓言，語類浮空嘘海市。義熙時代等秦餘，世外洞天聊作記。當時往還廬山麓，蓮社雲巒分簇簇。門前五柳未幽深，幻想仙源蔭桑竹。韓公姑且信荒唐，骨冷魂清玉堂宿。神仙終古有無間，渺茫境界無厓堮。意中牆屋起瓏玲，架鑿飛空跨巖壑。豈知萬里鬱蒼蒼，烟水凝眸空錯愕。憶予昔涉娥江波，天台雁蕩窮巖阿。雲中之湫奔飛瀑，嵒下之桂叢生柯。一道飛梁亘雲石，萬條古蔓垂烟蘿。堪笑狂童狂也且，劉晨阮肇皆娭娭。瓊臺等是桑中喜，胡麻漫謂邀仙姝。洞庭更憶峰西東，莫鼇縹緲靈境同。嵌嵒得我開生面，元日登臨腰脚健。無碍泉邊幾度遊，苔龕午共山僧飯。雖然文藻輸龍巒，石壁淋漓敘游宴。踏徧太湖湖上山，濟勝青鞋人所羨。朅來人事多敦迫，境破蕭閒心孔棘。夢斷東南千萬峰，杖頭虛挂青錢百。晴暄拋擲小春天，雪白花開過蕎麥。冬至陽生又復春，風光次第定撩人。人間何處無仙洞，塵蹤躑躅空蕪蓁。蘭亭風物今猶古，梓澤山川樸且淳。自憐閉户空吟倡，一笻難到烟嵐上。枉署頭銜獨往生，向禽夙願含怊悵。愛公神王話前遊，泉聲山色羅奇狀。追想興酣落筆時，傾得流霞當家釀。山靈呵護比龍威，天地大文鐫疊嶂。引余清思動飄蕭，馳騁中原敢並鑣。却歸東海其殆庶，紛敷仍種溪南樹。山水清緣不偶然，扁舟一幅輕帆懸。秋色漫天洒荻雪，春風滿地飛榆錢。太平時節容疎放，長吟無事寧非仙。風塵回首機全息，春歸須及桃開日。更作人間汗漫遊，九十九峰期弗失。

和感舊詩八首韻

大哉天地舟，鼓枻元氣浮。盪摇今古浪，著此一點鷗。賦質甚微細，有願不苟求。放眼窮八極，崑邱上層樓。斬鼇支坤軸，平帖奠齊州。所貴騶與麟，不貴貙與貅。如何韓商輩，挾智驚常流。

大道在真醇，結繩易書契。吾意藉之達，末流尚恢麗。氣鼓後潮奔，學昧先河祭。呂覽懸國門，六籍日凌替。魯叟揭羲輪，終被浮霾翳。禍在秦坑前，一晦竟千歲。殷勤諸老翁，古源自津逮。秋風爲颯然，浪蘂無留蒂。

蜣螂轉糞丸，彼性固不潔。惜哉龍鸞儔，亦溷鳥鼠穴。入室操吾戈，蕩析堪嗚咽。一髪千鈞懸，真系未宜絶。誰作儒春秋，衮斧寄筆舌。漫憂楊墨横，家門自殲滅。矯矯當湖公，皭然白不涅。別派臚宗傳，痛彼筆不輟。

鶴蓋紛交接，異夢常同衾。塵埃漲市逵，邱壑涵素心。有時澹無事，自撥孤絃琴。季子佩六印，所得位與金。

浩浩大海水，浪聒天風聲。三山不可見，神仙渺無情。咄哉秦皇帝，結想在壺瀛。徐福駕樓船，烟島營其生。三千童男女，賫糧送之行。

權奇八駿馬，駕視騋三千。日行三萬里，崑崙在目前。龜臺見王母，矐首忘歲年。傳以神丹訣，永壽當齊天。日照瑶池上，終宴色蒼然。

峨峨千柱宫，鐵鳳翔天半。梵言傳筏喻，濟渡登彼岸。地鋪金銀沙，日射光炫亂。詎知禍群蒙，長夜不復旦。林楷有古枝，壇杏無脩幹。傷心學子路，寒雨荊榛絆。誰將丹雘施，櫺星重巍焕。

吁嗟廣陵散，不傳袁孝尼。文章一小道，聖籍爲之基。立言配功德，貴與古昔期。奈何夸毗子，首路參然疑。鏤冰與刻楮，舉世相謾欺。吾言實苦藥，方經本軒岐。刪述有元本，萬代爲師資。起衰者誰子，我心長渴飢。

送張圌東學林雪中回陜署

陜郊千里羃陂陀，從騎清聲冷玉珂。自愛哦詩題驛壁，天教乘興歷關河。殘年印匣春華滿，當晝車帷月色多。寂寞書齋成小隱，白雲一氣漲庭柯。

圌東垂答送行長句疊韻簡寄

凝華正掩翠盤陀，犯曉嵩鳴月裏珂。使者折梅當魏驛，仙翁結宅傍秦河。人甎照席瓊枝秀，蒙齒及兒輩。烏喜耘田玉粒多。契托梁園修竹在，青青不改歲寒柯。

送圌東後奉懷

年華世故莽相仍，馬踏銀沙霽景澄。熊耳削成千仞玉，龍門凍合一條冰。李何代謝盟誰主，嵩少盤紆約共登。愛聽陽春歌曲好，向西欄檻每長凭。

送友之南陽

幾夕梁園聚，侵星又俶裝。秋濤經北固，寒隴入南陽。鬢歷風霜老，蓬飄道路長。府中如假日，一問卧龍岡。

送程君北歸兼酬寄萬晴初二首

送子氈車去，霜風漸漸寒。逢人過汴上，隨路報平安。

自我去京邑，揭來餘十年。煩君玉河口，一問孝廉船。

感舊十一首并序

空齋闃寂，懭悢不聊。却省平生落落無多知己，十年以來，悼喪頻仍。屈指追思，老懷何能已乎！沈辭立、郭庶蕃兩先生，凋謝亦在近年。義兼師友，當别爲哀詞，不敢同寢門之哭。計自少相識，以文章道義相切劘，爲疇昔儕偶之親密者，得十人，一舍弟亦綴諸末。不論殂歿先後，雜書之。其行履情欸，略見乎篇中。先爲敘述數語，使閱者知哀思之振觸引緒有由云。津夫同爲餘山先生弟子，抱道不出，畫梅飲酒，獨全其真。予齋才大性豪，以弟畜予。交三十年，不一向予戲言戲色。老太平司教，易簀前三日，作見懷小詞，有『憐我惟渠，愛我惟渠』。醉也欷歔，夢也欷歔』之句，酸鼻不忍卒讀。介百容貌辭氣若張子房，嘗同客一達官所，有不可，毅然明日遂行。予畏其風義之果。穆門里中舊識，踪跡殊疎。忽一日，邀盧二兄玉巖，與予論交西湖之四賢閣，相得如昆弟。其日爲歲甲子長至日。津夫相隔重江，恰以是日殁，殆不偶然。默臨動業煜然，詩、古文亦成家。聞予請急歸，貽書云：『予嘗恐子玉碎，今喜得免矣。』知己之語，歷劫鐫心弗諼。柱天生而病聾，司教青田，奉檄至敷文書院，得予送别詩四章，狂喜曰：『此來良不虚，得美官詎能過此？』時大中丞招與商搉詩文，輒縱筆草書塗竄。開宣謀禄養至京師，竟抱終天之恨，與不肖同疚痛。嘗過舍，語次相持大慟，外内驚異。茂南兩爲河南邑宰，予至汴，殁已三月矣。臨終，遺命二子從予遊。括菴見予與予齋交契，請參焉。古道不棄如土，賴有斯人。又叔兄事余，掇皮皆真。族弟浩賓，依依如同胞。予嘗病痢瀕死，惡穢不可近。弟手清牀褥，五晝夜目不交睫。後客死于京師金氏星帶草堂，介百亦續死。于是作感舊十一章，不自知涕泗之横集也。

汪津夫鑒

白首涕汍瀾，兒童罄結歡。忸怩吾浪出，骯髒爾泥蟠。鄉語通宵健，春杯落手乾。東山萬梅樹，埋骨入清寒。

朱予齋嵩齡

痛絶平泉道，銘旌返舊廬。浮生共憐愛，後死獨欷歔。才大班資小，情親會合疎。難將寢門淚，重報秣陵書。

李介百昌祺

飽學終無禄，飢驅未有家。重趼走閩嶠，絶命在京華。兒泣青楓冷，魂歸白月斜。沙河東去路，宿草動悲嗟。

周穆門京

客途良覿少，晚歲宿心親。魯殿形模古，韓陵斧藻新。鷗盟兩湖地，駒隙百年身。尺牘懷藏在，連城絶世珍。

馬默臨維翰

慘淡龍蛇歲，霾藏虎豹文。聲飛京口浪，魂黯海東雲。鮑叔交深合，牙生曲飽聞。漫憂余玉碎，一别死生分。

章柱天楹

生抱枚乘疾，才名四十年。驂螭去瑶圃，唳鶴失青田。道引儒官重，詞争古意妍。相期傳世業，千載定誰憐？

邵開宣雋

輕别走京師，曾無禄養時。星奔杳何及，雷慟互相持。滿漬盈襟血，遄賫入地悲。松楸徒悵望，追逐媿予遲。

錢茂南松

故人已埋照，吾但愴離群。一雁書空寄，千秋袂永分。河陽祀循吏，地下續修文。遣子從遊意，凄哀治命聞。

徐括菴元肅

不覩元龍氣，誰知一世豪。魂歸騎日月，淚落激波濤。古契青松托，清音白雪操。還傷裴島鶴，消息斷霜皋。

郭又叔濂

懊惱侏儒朔，崛奇童子鴻。高談從我發，直道有誰同？骨肉多荒草，關山一轉蓬。明湖秋禊散，聞笛恨何窮。

浩賓弟應義

春雨生芳草，荒邱入夢頻。儒生終不達，客死黯誰親？雪裏飛鴻跡，天邊化鶴身。空留衰老質，魂斷倚風塵。

寄家書用杜公得家書韻

關山苦脩阻，來往滯音書。連夕多歸夢，空齋久索居。親朋應悵惘，兒婦自勤渠。秋稻登場滿，風篁拂檻疎。小堂攢繡葆，隙地閣籃輿。喜溢添丁後，陽生半子初。閒門稀駟馬，遠浦下雙魚。經訓菑畬在，三冬莫廢鋤。

得友書疊韻

北陸三竿景，南陽一紙書。故人休悵望，晏歲且寧居。只有風生砌，何緣溜决渠。客心方寂寞，人事轉蕭疎。名士諮諸葛，賓師滯子輿。灰飛冬至近，裘綴小寒初。自掃毫尖兔，誰歌席上魚？倪寬高座在，素業帶經鋤。

答友書疊韻

毛椎作生事，辛苦抵傭書。冰雪當殘歲，萍蓬少定居。天心寧厄我，世路且由渠。回首機全息，謀身術總疎。悠悠過白日，浩浩涉黄輿。池館淹來久，形容變厥初。海鷗看石虎，村酒换金魚。歸興吾潛動，蕪田劇要耡。

大　風

向夕蓬蓬起，催添萬户寒。乾坤輸噫氣，江海湧狂瀾。拔木郊原動，鳴冬歲序闌。橧巢隨處落，茅屋幾時安。大地吹將轉，洪罏鼓未殘。艱難知鶂退，容易得鵬摶。雜沓連三籟，溟濛墜兩丸。羈人門早閉，兀坐等閒看。

登奎閣用杜公西閣二首韻

乘凌當歲晚，葉盡剩荒林。白日有寒色，青松祇古心。關河形曠蕩，天地氣清深。老計須完璧，孤懷罷碎琴。靈光存歸殿，空谷斷跫音。霧夕文星冷，何人在此吟。

霜乾餘曠野，荻伐只空洲。寒鶩鳴何意，孤鴻去不休。蕭凉倚雲檻，兀突對岑樓。王粲登來慣，鍾儀病有由。螺杯姑滿瀉，蠹簡亦窮搜。象罔原無得，元珠底用求？

贈董定巖榕

千秋古道不榛蕪，傾蓋論交肺腑輸。繁露玉杯傳舊學，芳塵瑶席聚吾徒。士龍入洛才名噪，司馬遊梁客思紆。也與杭州分勝景，喜君封内有西湖。

先母王太君諱日作

客舍冬葅一薦新，芳尊湛渌總空陳。生無以養追前事，泣不成聲度此辰。寒臏征裘慈線綻，夢牽墳樹老苔皴。哀哀時過終難復，罷舞斑衣失古春。

送葛峰還朝

風儀清霽立高齋，承學容教杰士偕。何日客星還聚洛，今晨别酒未如淮。九經曾向鴻都輯，三筆仍從講幄排。先後中州人望在，吾鄉先正説西厓。湯公右曾。

洗竹

去此繁柯葉，兩三竿特清。青蛇池上色，精鐵石邊莖。孤月空明寫，滿窗虛白生。修修存峻拔，無復亂縱橫。

古樹和張司業詩韻

兀立崔嵬在，心空不復春。老鴞呼落月，奇鬼恐行人。頹榦龍鱗秃，陳根兔窟新。槎枒寧便朽，枯處有精神。

前母張太君忌日作

遄逢忌日黯傷神，兩度追思不隔旬。遺訓傳聞慚肖子，慈顔僾見慕先親。二千里外新秔熟，六十年來老柏春。客舍几筵靈爽萃，何殊堂上侍昏晨。

採乾菊花

階下幾叢菊，仲冬花盡乾。黄消籬落艷，香耐歲時寒。滿袖聊復采，落英寧可餐。家山味甘美，鄉思引千端。

黄芽菜二首

遮莫酸寒呼俊味，齋厨日日此爲羹。冬心怒坼烟中甲，沙面驚抽雪裏莖。老子自應便軟嚼，細娘亦説壓南烹。哦詩貌喜加豐在，免得人嘲太瘦生。

敕廚何用傳方法，脆可爲虀爛可羹。清稱冰心涵一片，肥堪雪鬢掃千莖。齒香便足傳詩話，肉食元須鄙鼎烹。倚著風塵忙不了，由來爲口笑平生。

折枝蠟梅

今年長至暖全迴，村户黄梅半已開。不道老夫驚歲暮，却教好事送春來。一枝磬口香浮几，滿盞鵝兒色弄醅。也似天涯逢驛使，愁心撩亂望鄉臺。

相國寺聞鐘

鐘動初更息世紛，香林暝宿静鴉群。殊憐野客偷閒過，也似高僧入定聞。穆穆纔圓當户月，依依不散護階雲。山窗却省南屏住，百八聲殘曙色分。

至日

又向平臺逢至日，可堪司馬倦遊梁。風塵顔狀吾衰甚，親舊音書孰寄將？雲暗朝昏天欲雪，路遥南北雁隨陽。兹辰只想懵騰醉，愁緒休添一線長。

天欲雪

薄暮寒雲萬里同，槎枒老樹只呼風。蛟龍穩蟄洪河底，鵰鶚横盤曠野中。久苦乾沙堆斷隴，快思急雪舞低空。也隨野老祈三白，旅食關心在歲豐。

雪霽登閣

色破溟濛照曙雲，犯寒憑眺出人群。冰堅極浦生青草，玉聳離宫護紫氛。尺素虚無捎雁足，少微寂寞動星文。龍脣一鼓聲清越，天海風濤殷地聞。

雪霽登閣和篪兒韻

瑩目浩已盈，虚檽得先曉。乘凌睇大荒，萬象息紛擾。光生孤日初，寒溢二儀表。清氣合混茫，澄襟散綿緲。冷嶂不生嵐，荒陂卧叢篠。烏蹲類定僧，雲滅若歸鳥。緬彼川路長，山陰興已杳。罷咏招隱詩，清愁正渺渺。素心誰與攄，滄漭徒延眺。

踏　雪

光凝溝隴浩盈盈，已斷風簷淅瀝聲。何似江溪飛棹下，絶勝沙浦踏莎行。軟裘快馬非吾事，布襪青鞵稱客情。危彴無人犯寒度，一笻衝破玉縱横。

虀菜薦新

一甕初開憶草堂，薦來冷脆雜青黄。當時拜後斑衣簇，是處嘗新老淚滂。天下幸看無此色，胸中藉釀作書香。先人留得清滋味，付與兒曹意最長。

殘　雪

急雪飄殘霽景遥，滄溟東日上寒霄。依微留得朝窗白，容易催將卯酒消。雀墮簷牙聲淅淅，風翻林角意蕭蕭。瓊瑶踏碎湖邊路，省記尋詩過段橋。

晨　眺

狐裘犯清曉，磊落餘天星。落月隱高樹，飄霜匝方庭。老烏銜烟亂，驚寒噪林坰。沙汭風凜洌，松枝雪瓏玲。鮮霞爛奇彩，陽光生曜靈。杳靄輝叢薄，參差麗高瓴。陰沍堅澤腹，東原已微青。

弢甫續集卷九

古今體詩七十六首

昨投定巖下句猥蒙次韻重疊見貽謹復奉酬

鄉山寂寞委寒蕪，汴上春雲碧海輸。種樹溪南欣野老，談經硯北媿吾徒。家承忠孝駢推激，句寫風塵散鬱紆。終買扁舟下吴楚，烟波歸老具區湖。

藝林老未剪繁蕪，學海兒寧泝委輸。青眼却叨君獨賞，素心敢與古爲徒。流傳江鮑才多忝，馳逐鄒枚路恐紆。稚子結廬原有請，語在拙集中。只今魂繫聖明湖。

昨酬定巖意有未盡復疊前韻奉簡

南山種豆任教蕪，六尺輿中載盡輸。且向醉鄉填户籍，嬾從文陣簡師徒。蕭閒終歲青氈坐，雄駿專城赤紱紆。自古交情論贈處，主賓酬唱憶鵝湖。

雪片纔沾麥隴蕪，和劑民力在征輸。布陽春令寧無脚，下石壕村實有徒。天遣一州恩最溥，人資兩黼慮偏紆。苦心濟世勞公等，許我清狂乞鑑湖。

昨重酬定嵒有感于長言不足之義復疊韻奉簡

寸田耕耨劇愁蕪，活水源頭幾灌輸。野性多慵防失禮，褊衷希潔恐無徒。討論空效經帷下，老病還憐革帶紆。濩落平生非有用，大樽規取泛江湖。

芒鞋濟勝踏青蕪，曾覽洪濤百谷輸。縹緲高峰登野客，嵯峨大艑集烝徒。幽窮林屋奇書探，春到靈嵒秀色紆。鴻爪雪泥留舊跡，墨花寒洒洞庭湖。以《洞庭遊草》是正。

疊韻寄友

分飛憐客舍，傷逝得家書。黯淡龍蛇歲，謂得近計。凄涼水竹居。遥天酹醽醁，孤影斷雎渠。擘阮聲應慘，游梁計總紆。羈懷同落魄，陽氣此扶輿。安穩寒氊末，遲迴臘月初。栖枝姑繞鵲，翻藻恐跳魚。昨夢蕪田在，春歸及把耡。

雲裏月

初生光本細，况復墮朦朧。誰妒娥眉影，渾愁鶴髮翁。關山仍自暗，庭樹亦徒空。差免青天上，昭彰曲似弓。

排　燈

孤燈常苦翳，一撥一回明。長燄如能吐，繁花底用生？宫紗蓮炬艷，仙樹蟎烟輕。吾意寧期此，因依在短檠。

酬友人過葉縣見寄韻

無賴朔風勁，斷雲停復征。故城仙跡杳，岐路客愁生。津口塵沙暗，茅茨翠靄横。驅車更前去，悔不事躬耕。

友人至自南陽疊前韻

因人動雙轂，不憚往來征。殘雪梁園盡，悲風阮巷生。友有期服。飄蓬愁去住，酹酒涕縱横。辛苦同爲客，年年藉筆耕。

大風揚沙

衝飈動廣逵，白晝驚昏霾。飛揚沙礫下，澶漫臨基階。颯颯天雨土，盡掩青莓苔。倏忽扶寸厚，几案堆浮埃。刁調鳴不已，愁轉空山雷。川原漲天暗，起颺昆池灰。修途斷行旅，眼眯不可開。誰脩五行志，機祥漫占推。飄風不終日，際暝息喧豗。白榆明歷歷，河漢寒昭回。

眼鏡

障裏還添障，金篦枉用詩。一從明借鏡，無復炫生花。冷爲疏觀徹，青緣汎愛加。水晶誰造汝，精巧動長嗟。

喜性之至自杭

曉望東川動計車，冰霜辛苦逐嚴徐。故人有子鳴先路，此日烹魚得素書。晴雨明湖添客夢，菊松荒徑問吾廬。欲知詞賦遺風在，修竹梁園訪舊墟。

月夜携張朱二生訪石峰

空林亂清影，步屧三人偕。迤邐度深巷，槐下尋高齋。栖鵶攢霜樹，馴犬踏苔階。主人鶡冠出，揖坐意所諧。舊客視莫逆，新客並稱佳。諦觀畫書詩，三絶清賞皆。逸毫含古韻，正聲去繁哇。既歡來不速，亦感生有涯。百年幾良會，遥夕過朋儕。冬春暗環組，煖氣動寒荄。微汗霑鹿裘，沿緣返荒街。

留友宿疊韻

相逢情境惡，悲嘅不勝書。對面姑寬譬，終宵免索居。酬詩連卷帙，論價百車渠。肯使天機淺，何妨世故疎。身應浮作瓠，氣欲載爲輿。汩没思中砥，飄摇念本初。途迍疲駿馬，堂冷少鱣魚？除却盈尊酒，煩愁不可耡。

送别疊韻

留題仍促别，尚溼壁間書。一騎嘶前路，連牀指舊居。生涯多臬兀，人事足軒渠。倦益相如渴，狂存阮籍疎。忍教焚筆硯，何自毁輪輿。淚洒岐途裏，情追總角初。在原猶有鳥，激水孰迎魚？兔苑爲農去，含毫當荷耡。

寄懷敬甫息溟二十韻

飄蕭蓬梗跡，放曠竹林賢。羈旅嗟無那，衰遲劇可憐。江流千折渺，月到卅回圓。青鏡從他暗，霜髭不復元。夢魂縈故國，意興省童年。菜圃常游息，花源恣泝沿。斜陽下西郭，芳草迤東田。步屧湖隄熟，行吟月塢偏。惟呼三益友，偕上總宜船。此意歡何極，于今色惘然。枌榆空自憶，形影未教聯。昏嫁何時畢，離愁幾處牽。家人憂用老，世故莽相纏。兒姪誰能立，詩書似已傳。經寒增舊疾，傷逝問新阡。旣毦渾閒事，因依亦俗緣。焉能斷膠擾，那免歷迍邅。行爲飢驅去，歸難穩醉眠。張南並僑寓，汴上一周旋。應念天涯客，峥嵘晏歲前。

奉懷定岳疊韻

連朝大雪掩塵蕪，石溜流泉凍不輸。湘酎連傾浮白手，韓盧飛騁合圍徒。形如土木神嫌寂，態盡風雲思覺紆。只合與君爲禁體，春來白戰到秋湖。許州東湖，一名秋湖。

萬户千門一片蕪，經營意匠少公輸。芳塵自落齊梁後，逸駕寧追屈宋徒。醬瓿因依吾分棄，麻沙鏤刻友情紆。蒙欲刻拙集。苦心憐惜雕蟲技，不遣詩瓢汎遠湖。

高下甌窶不遣蕪，非關科額足征輸。要儲萬户箱倉物，勞勸三時亞旅徒。零雨桑田春駕早，通溝瓜蔓水流紆。嵯峨礲取嵩邱石，庚午嘉名錫舊湖。

寒宵和氣逗春蕪，拊掌高談底藴輸。未用焚香呼玉女，久教執箭伺金徒。上杜詩，下《選》。襜帷並遣諸生仰，村路還勞從騎紆。此後相思何所似，波紋萬疊繞澄湖。

空説田園故國蕪，謀歸老著已先輸。天涯喜得新吟伴，吴下愁牽舊酒徒。霜月金梁心自冷，烟霞石屋夢寧紆。未論杭潁雌雄在，出處從教占一湖。

臺榭由來没水蕪，清詩不泯性靈輸。魚龍偃卧當兹日，枚馬聯翩自我徒。求友先春聲宛轉，懷人終夕意煩紆。梅花堂畔叢香雪，遥妒東西踞兩湖。

修修翠竹映平蕪，一曲清泠潩水輪。杜老愛傳江鮑體，朗陵高出顧廚音皮徒。官齋月白油檽迴，野塢梅芳草徑紆。從此家山烟景外，依稀添繞夢中湖。明明白月照烟蕪，倒屣相將暖眼輸。自喜同心論道妙，不愁獨行少朋徒。詞披虎豹斑文燦，墨動龍蛇體勢紆。浩浩淵渟無盡意，胸中函納曲阿湖。

立春日作

榾拙通宵火，鬖髿拂曙花。孤懷淹客舍，三載及春華。稚子從賖酒，狂夫劇憶家。草元耽寂寞，相伴有侯芭。

春　鳥

立春纔一日，啼鳥盡春聲。趂曉雙飛出，當風相向鳴。暄和林塢好，嬌小羽毛輕。來往堪憐愛，逢人意不驚。

和登峻極峰詩韻

兀突中天秀靄重，難追笙鶴子喬蹤。三花迴出秋原樹，萬象環歸太室峰。翠鳳旗明紅日映，盧鴻堂在白雲封。高才合草巡遊賦，峻極嵒頭扈六龍。

奉答夢公午塘麟贈古詩三首

微生信通塞，大道無隆窊。蘊真諒有在，望古生咨嗟。樊英堅卧病，蟬蜕乎文緺。盧同山木壽，識者爲疵瑕。渾渾棘津璜，寂寂東門瓜。青竹竝不滅，淺深殊臼科。量力守故轍，野服心匪他。皋夔侍松棟，聊用守蓬麻。

咄嗟大楚國，萬目失瓊瑛。寂寥白虹氣，真贋難卒明。卞氏抱之泣，血下沾衣纓。終見希世寶，高聲重連城。有美懷魯叟，藏沽兩屏營。寧知待賈意，安坐神和平。吾玉固自在，終古無虧成。

孤桐餘百尺，鬱鬱生嶧陽。良工精樸斵，緪以五文章。攜奏文陛上，白日下鳳凰。野人撫水仙，乃臨東海旁。吾師去已遠，淡泊存清鏘。常恐新聲滑，古意隨淪亡。敢辱知者歎，情移在溟茫。

大雪和東坡韻

野木槎枒脱盡葉，枯寒點綴漫天雪。掃空六合作廣場，恣洒大文叫奇絶。細霧連霄霰雜下，饕風動地膠全折。大塊胚渾一氣凝，鴻鑪陶冶萬形滅。塔顛鈴鐸噤不語，城角旌竿凍難掣。童心偷攫長爪痕，老眼驚散空花纈。摶换蹲猊聚磅䃣，皴染壓犀飄瑣屑。林巒宛爾入淡描，鴟鵲哄然薄輕瞀。不夜幽光伴我吟，無始清機倩誰説？孤齋寂寞抱冬心，吹裂同雲一枝鐵。

試燈夕

殊憐試燈夕，偏是盛風聲。升降紅蓮晃，因依皓魄明。春星回北斗，故事話東京。火樹經三度，羈愁滿眼生。

以詩代簡寄定邑所親託以謀片氈地故不憚煩共三首

逶迤世路苦多蕪，赤膽輪囷那地輸。仰望雲中飛隼旆，招延海上釣鼇徒。南陽寂寞聲光伏，東壁熒煌景色紓。雷雨乍驚龍卧處，春瀾應激蹴天湖。

昔人交道未云蕪，情悰還從好友輸。賴識風塵噴沫意，不迷烟水問津徒。近招居易心應切，暫借荆襄説恐紓。欲遣螭行天上雨，肯教封著白沙湖。

家山林壑分應蕪，情話賓親對激輸。作客慣陳勞者曲，何門可託義之徒。出《莊子》。風迴鵾路千般退，水到龍津百折紓。安得南州懸榻下，酒波鯨吸向春湖。

圌東見酬疊韻奉簡二首

雲鴻傳字報頻仍，何似同瞻碧水澄。珍過百雙投白璧，炯憐一段照清冰。烟花攬秀春前到，嵒壑臨虚夢裏登。攬秀亭在祥符，臨虚亭在陜州。肯醉荒庭從藉草，狂歌池檻好仝凭。

獻歲春寒霰雪仍，雲晴二月曉光澄。青浮野色連芳草，黄下河流帶斷冰。有興招遊名嶽去，無心規取要津登。幽棲最愛盧鴻乙，樾館烟庭次第凭。

春日喜晤圌東兼蒙邀遊嵩嶽疊韻奉呈二首

老來意興激昂仍，披霧重臨水鏡澄。洛浦風光明似繡，蕭齋情味冷于冰。烟荒兔苑從誰語，春到龍門許客登。猶有當時盤敦在，吟窗翫月幾回凭。

筋力年時骯髒仍，光涵銀海喜渟澄。春明幾處闗山月，人歷餘寒磵道冰。三日羽觴臨水送，千尋黄蓋撥雲登。便應題徧天中寺，縹緲僧欄不厭凭。

疊韻送張東之濟川之汝寧

將何作生活，宿好在詩書。無那輕離别，還勞顧起居。夢魂牽父子，依倚惜儂渠。不厭清吟數，惟愁遠信疎。經行兼楚蔡，著處慎舟輿。汝水縈洄在，吾心悵惘初。春光簇鶯燕，世味淡熊魚。萬事須安分，紛綸客思鋤。

留別鄂公虛亭容安

物外閒人本不忙，三年只一上公堂。夢從歸思濃時熟，情在交期淡處長。未得文壇成氣象，且看愚谷有輝光。天教題徧千山去，回首嵩雲意渺茫。

和許君小寒食原韻二首

忽忽過元巳，吟情殢柳邊。愁侵拋堉節，煖入賣餳天。南浦三篙水，西山一朵烟。故鄉春色好，夢斷自年年。

猶寒憐旅食，强飲在佳辰。老作平臺客，狂呼側弁人。池蟾弦一夕，沙燕壘三春。綿上田空在，堪嗟賞從臣。

寒食用前韻二首

春光何錯寞，荻筍苗沙邊。一别枌榆社，空瞻泱漭天。隋楊初蘸水，梁竹自籠烟。聽徹流鶯囀，殊慚白髮年。

令節成吾老，他鄉及此辰。飛催浮白興，嬾逐踏青人。早潑微微雨，遲燒艷艷春。春來增肺氣，料平聲揀藥君臣。

和許君寒食韻三首

老來諸事嬾，物外一身輕。沙柳垂垂裊，霜絲故故生。粥鐺催杏酪，餳市逐簫聲。風俗東京舊，難忘弔古情。

春風杭汴似，千里接烟花。蕉葉浮新蟻，槐陰落乳鴉。岡形摹鳳麓，籬落夢山家。萬疊西湖水，相思碧一涯。

故國松楸在，烟霞閟九京。殊憐作梁客，未得薦芼羹。馬鬣一抔冷，鼉江千尺清。灰飛白蝴蜨，振觸旅魂驚。

回輈行爲宓書升作

有客南歸枉奔波，回輈千里忽見過。塵顔黯黮驚對面，欲語氣塞悲轗軻。自言羈孤薄禄相，出門陷淖行逶迤。春寒十日九日雨，横風釃點紛滂沱。天公劇喜散急雪，嵒坳澗窟冰峨峨。盤盤磨盤車折軸，關山千仞鑿陂陀。足疲輪仄不得上，石戴古轍凹旋螺。烟昏昏兮緣磴，霖澌澌兮踏莎。高陵樹作幄，平原潦成河。溝泉流惡徑滑汰，漿翻汗脚污衫韠。淋漓蹭蹬日數里，滁州六合泥拖𢬵。傳聞京江斷樓櫓，長塗掃跡稀驢驘。噫吁嚱！行不得也哥哥。僕夫涕湔客瞪視，盱眙轉轂臨盤渦。青錢僱艑艖，白浪掀蛟鼉。傾側檣帆巨港泊，酸嘶鈴鐸荒岡馱，亂鬢絲絲短且皤。重入大梁城，病者求息勞者歌。客言行路難，奈此悽苦何。主言將進酒，一醉蒼顔酡。今宵屢舞酣傞傞，男兒可憐蟲，到處嬰禍羅。宦波世路尤險巇，人間驚悸何其多。

酬定嵒疊韻

賢達寧愁宦學蕪，縱橫急雨四傾輸。公餘清嘯如鸞鳳，吟就長城列卒徒。春晚不教鴻信杳，道脩遥望路亭紆。詩情輕撥艟艨艦，桃水生時泛鉅湖。

水鳥能芸十畝蕪，添丁賦税每先輸。强隨車馬塵中隊，抛却漁樵物外徒。烟柳幾株金縷亂，春波萬疊縠紋紆。因君拈句追陳跡，倦客連宵夢太湖。

走馬休嫌意緒蕪，滔滔才略八溟輸。官勳已見銘鐘字，儒雅猶争槖筆徒。小盞拍浮醽醁釅，大田疏濬水泉紆。詞波往復傾澒洞，却向津頭望後湖。

暮春雪

清明時已過，寒氣却侵扉。驀逐春風舞，輕攙柳絮飛。白花空繞樹，新水暗平磯。不道天公戲，教添客子衣。

鵲上柳枝

東風過芳樹，新緑踠長條。飛來一乾鵲，踏枝空際摇。宛如懸橦女，嫋嫋動翠翹。萬物具生態，嬉春一何嬌。翻飛他自得，青絲影飄飄。故園隔千里，芳夢空迢遥。春林挂圓月，客思寂無憀。

遣懷疊韻寄定嵒

暄和春氣長蘅蕪，望遠登高客抱輸。吟句知君花作骨，息機許我酒爲徒。烟輕曲水園亭罨，山淺夷門步屧紆。劇憶清襟何所似，印文千頃漾平湖。

清遠山川點翠蕪，柳條羃𫎇薄烟輸。班春繞陌遥停騎，揆日疏泉緩庀徒。《文選》：庀徒、揆日。空谷跫音吟意冷，元和新樣墨痕紆。詒來雋永勝香茗，滿飲何須渴夢湖。

筆耒生涯日就蕪，况逢健者望風輸。鄰溪野老常看客，講院先生也從去聲徒。邱壑置身惟我獨，雲霄留眼爲誰紆？金明池上賡吴調，似攬春光碧浪湖。

白石蒼苔處處蕪，滿腔幽思向誰輸？竹梧春月皆新色，猿鶴空山是舊徒。諸想畫時公事了，屐從蠟處野情紆。夢牽放棹西泠去，一溜波光剪破湖。

蓬池

蓬澤瀰漫蕩宋墟，歌聲舞影散春渠。花邊小劫看桑海，渌水洪波舊跡淤。

蒼頡造字臺遺址與兒子繩篪聯句

萬代文明畫余句，盡從臣頡開。縱横師鳥跡繩篪，盤礴祖鴻裁。肇始傳書契余句，洪荒耀斗魁。鸞凰舒藻彩繩篪，宇宙劃昭回。繩結風原古余句，觚操俗未頹。庖犧初畫卦繩篪，沮誦並登臺。衣被皇墳炳余句，鐫鑱鬼哭哀。印將沙浩浩繩篪，篆就雪皚皚。盤劍銘争勒余句，形聲義互推。入腸攢百怪繩篪，出手攬三才。粟詫漫空雨余句，碑轟震地雷。森然戈戟向繩篪，述者籒斯來。小學千秋燦余句，微言六籍該。堂坳探孔壁繩篪，坑外掇秦灰。立意從孳尾余句，鉤深是禍胎。寒芒射精氣繩篪，鉅觀鬬群材。兔穎搜三窟余句，麟編播八垓。笥藏埋玉簡繩篪，塚發控金鎚。漢隸尋常體余句，吴箋九萬枚。汗青殊襞積繩篪，飛白更規恢。硯爲摩挲滑余句，梨緣剞劂災。魯論天照耀繩篪，雒誦月低徊。覆瓿輕新帙余句，連珠寶故堆。傾都橅石碣繩篪，倒嶺掃松煤。史記渾紛若余句，騷歌亦壯哉。澄心研卷軸繩篪，槁項没蒿萊。别派親刀筆余句，他塗致鼎台。墨王澆塊壘繩篪，詞伯踏塵埃。壇坫毛錐鈍余句，縑緗俗眼猜。窮年勞智慧繩篪，識字分痴騃。梵筴叢翻貝余句，神清細鏤苔。操戈共膠葛繩篪，胠篋一喧豗。也復紹繩列余句，難將燎火煨。龜龍長寂寞繩篪，河洛冷沿洄。訪問時和保地名，傳是造字之所。余句，經過郭北限。留貽標點畫繩篪，謄寫想追陪。造作尊元聖余句，謳思奠緑醅。活東遊廢沼繩篪，蚯蚓上陳荄。春野薑芽茁余句，烟墟薤葉栽。軒轅世慌忽繩篪，憑弔涕承頦余句。

又爲所親述情疊韻寄定嵒二首

净闢雞壇絶點蕪，交盟車笠古情輸。可知月下論心地，不少天涯落魄徒。素履能貞存骯髒，包蒙有擊去纏紆。逶迤白水横流在，欲注仙州郭外湖。

一頃山萁舊墅蕪，酬知束縛小忠輸。拓將金戟爲賓客，思煞緇帷聚學徒。雲幕才情元激越，綺年文筆已妍紆。桔橰俯仰知何用，下潠乾田賴上湖。

榆錢

梁園芳樹自年年，眼底愁人漲緑烟。吹盡春風歸不得，抛來三度沈郎錢。

和夢公長湖唐忠臣廟原韻

雙忠祠松偃螭虬，靈風簸濤卷潭湫。盧龍騎擁潼關隘，乘輿連夜奔刀州。山東降旗亘長孛，何人鏖戰麾天矛？唳鶴飈轟罕覯謝，聞雞骯髒空思劉。霓裳急舞更漏盡，羯鼓狂催芳景遒。棠梨紅照彎環月，艷笑倏斷香魂休。蛾眉幸免脂井辱，馬嵬絶似梧宫秋。東都堞樓爲賊守，常山摧陷如決瘤。堂邑軍張差快意，郭李犄角方鞬韣。清河登陣氣吞賊，重圍衝躪先雍邱。江淮勢仗睢陽阻，山川蒼蒼鬱相繆。孤城疲卒纔六百，忍飢終不投戈鍪。指血赬殷賀蘭座，殘羸望救空凝眸。將令更堪矢著面，魂驚强寇横喧咻。月暈重重魚麗潰，男兒死耳無他求。同年生死異日月，交光輝赫照六幽。如何議出雌黄吻，漫謂畏死臣豪酋。如椽獨運昌黎老，鴻臚史斷祛咿嚘。却恨阿瞞手裂紀，王綱不絶孤懸旒。更樓笛響殷天地，陣前戰苦愁雲浮。黄塵蔽空揮白羽，裹瘡飲血戈鋋修。彈丸雖破功卓立，英風萬古寒颼颼。假令淮兵火迫赴，雹掃狌鼬殲鴟鵂。南雷猛勇並哮虎，乘勢蹴踏穿長楸。河南河北破竹下，縛虜磔報天王讐。何至悍鎮了殘局，眈眈跋扈環飢彪。况煽張后煬李父，南内卒歲非優游。長湖想像鬼雄聚，野夫懷古生噓啾。

醉歌行呈石峰

百年慮及萬年强，鏡中眉鬢皓如霜。我儂一日償一醉，酣酣三萬六千場。今夕何夕登君牀，放懷釂盡無算觴。大醉懵騰花眩眼，人間萬事皆粃糠，休驚醉語多顛狂。少年貧賤覓衣食，北跨鞍馬南舟航。兩親送老只藜藿，至今沉痛摧肝腸。四十膺薦頭毛蒼，亦曾下筆中書堂。區區浮名土苴擲，野人不用尚書郎。閉門種菜亦屬英雄事，耗磨豪氣歌慨慷。有時一枝笻竹神飛揚，深山大澤龍蛇藏，衝烟獨往徧徜徉。山魈木客争跳踉，視若朋遊等尋常。機橦不似塵闤侣，風氣依約留古皇。竭來徙倚風塵傍，詎求贏餘營田莊？先君孝勇照天日，嵯峨欲搆烏頭坊。醉昏炯炯一心在，何時眼前兀突見此綽楔高拂層雲黄？神仙久視原荒唐，方壺圓嶠波渺茫。古今富貴一傀儡，郭郎鮑老紛郎當。君今明年已七十，絳縣老翁齒雁行。相看六十欠三歲，嗤予年少空誇張。既不思嗚珂蹴踏軟紅香，亦不思控鶴高飛白雲鄉。兒孫醜好屬天運，肯爲黄口作計心奔忙。與君四載結佩纕，曲房蘭臭同芬芳。預愁扁舟遂東下，杭州汴州天一方。君未必觀潮來錢唐，我未必對月留金梁。天風無情吹斷衣袂影，東西二老遥相望。有酒且催銀鑿落，不惜淋漓傾倒污裘裳。相國寺鐘聲鏗鍠，撞破千點萬點宵雨飛浪浪。酣呼沈醉未渠央，一歌主客情激昂。掃殘兔穎紫毫芒，明燈吐焰如虹長。

相就行呈石峰

連朝傷暑如中酲，送别作惡繁愁并。不如意事亂振觸，横使我腹添膨脝。盤飧過午不能食，虚腸輒復輣軳鳴。先生顧我色黯沮，遮設湯麪羅甄鍘。豈知書生有食籍，虀菜注定咀千罌。摩挲我腹夙負汝，終年塡送惟藜羹。腹亦負我乏智諝，勞忉羈緒紛纏縈。當筵轉嗤薄禄相，舉箸作意仇葷腥。空煩竈妾撫砧几，幸此椒桂精芼烹。王瓜萵苣翠照眼，生脆聊嚼三兩莖。常時小户溼沾滴，今更摇手躅杯鐺。頻勞勸食苦告飽，臟府已覺牢關扃。虎餐却省年少壯，精神膚革交充盈。徹宵不曾帖枕簟，雙曈炯炯秋江清。嚴寒毒熱等閒遇，萬事刃淬當新硎。只今食盂較贏縮，重擔已怯贏肩撑。浮墋決去金滿籯，更令糞土腰帶珵。那無寸功鐘卣銘，那無片善登汗青。細瑣蟲篆是何物，老死埋首虛窗螢。没世無稱只索已，得不汗臉輸惶騂。縱拚沉冥逐莊老，微慮皦皦昏偏醒。晚趣恐教兒輩覺，譁語拉起巡簷楹。張皇矍鑠意忘老，呀開笑口如童嬰。每恐失身爲口實，一飯未肯輕平生。相就高齋不辭數，掇皮往復慚真情。殘年無事飽飯易，難得常見談喧轟。眼看杲杲當空熾，炎歊漸次臨三庚。老來最畏值朱夏，昨年蒸鬱煩疴攖。不須赤脚踏冰谷，陰凉來繞葡萄棚。白頭能得幾時聚，信意潑墨留歌行。

信陵館步元雷琯詩韻

戰國盛養士，四君獨推君。識一抱關者，足壓三千人。老去刎頭送，生氣騰孤墳。千秋抔土失，宰木無遺薪。長虹亘俠烈，往事不隔晨。鼓刀亦神勇，結好在比鄰。一椎疾馳赴，救圍如救焚。賢聲噪公子，動猷鐘鼎聞。舊館渺何處，烟草緜冬春。

酬寄李滄維

草堂巀嵲數紅崖，謂萬君。風雅宗盟最繫懷。却問中原幾耆舊，猶存洛社老朋儕。梅梢雪盡香浮幙，泉脉春融淥繞階。夢想龍門候圓月，清游携手步高齋。

哭周穆門四首

一燈如豆影幢幢，噩耗驚聞墮客窗。不道靈旂飄暑雨，幾曾歸棹劃淞江。素臣史筆高盲左，居士山心寂老龐。纔憶論交四賢閣，淚珠歷亂濺飛瀧。

鑿舟夜半失梅津，恰是論心把袂辰。一老不遺虚後會，三人相對續前因。鴻才落拓誰能識，龍性昂藏反自馴。埋玉遥聞在芝塢，海天悵望獨傷神。

萬里塵沙苦載馳，多才潦倒更何之？雞群鶴立仙標迥，虎卧龍跳筆勢奇。卷却江湖豪飲酒，疾于風雨快題詩。天教幾日成良會，見送河梁永别離。

歸與準擬結松關，三叟耡田恣往還。樂事無過共吟醉，故鄉有此好湖山。六州鑄鐵真成錯，兩鬢如絲那可删。他日東皐尋舊侶，衫襟檢點淚痕斑。

和桃花韻

穠華經客眼，又值一回新。有恨啼朝露，無言倚煖塵。迷來楚漁父，睡起息夫人。可惜嬌紅色，都非故國春。

題西湖踏花圖

思煞明湖景，春歸客未歸。隄花千萬朵，都向夢中飛。

弢甫續集卷十

古今體詩三十一首

和夢公春柳詩

不見垂條蜿地長，焉知春到讀書堂？從教鵶影催遲日，最惜鶯聲似故鄉。金縷争翻新徧疊，鬢絲深映好年光。依依爲繞先生宅，直接花源意渺茫。

疊韻咏春柳送別陳寶厓

高枝初拂曉雲黄，蔭日輕籠背郭堂。千縷風條迷驛路，一灣烟景憶湖鄉。因依暫映金尊色，悵望遥連緑水光。短短青絲難繫馬，魂消天際劇蒼茫。

圌東二子歌

君不見詩人張圌東，重書甲子稱詩公。詩人有後詫盛事，天麟雙送將毋同。一兒初生萬花紅，仲春日煖光曈曨。函關紫氛滿東陝，微乎佳氣閒爲充。又一兒生小春中，木末照耀朱芙蓉。是夕璚輪恰纔望，團團寶鏡懸高穹。詞壇後先轟語笑，歡聲呀動回春融。清門譜系著海宇，所重家世標清忠。一枝花管燦五色，入夢探自江文通。天公不遺漫付與，家兒捉搦傳無窮。我初識君庚午冬，層冰積雪明房櫳。論詩久坐譁撫掌，忘却曦馭趂高春。歲破天慳續良覿，得草聞聲呼駏蛩。阿篪造次出捧袂，含笑炯照雙青瞳。心知書種晚乃育，默禱神降繇中嵩。今茲墮地兩英物，啼聲彷彿昭群聾。走馬盆邊綺繡幪，添花錦上金碧叢。騰騰霧鬣交風鬉，的的青枝間紅茸。門雙懸琱玉弓，席雙斟琉璃鍾。夢徵維羆與維熊，律中夾鍾兼應鍾，樂莫樂于文祿重。却憶重闈含凄恫，丁卯橋南若堂封。他時祭掃雙拜後，老淚一掬釃雲松。仕宦何由氣吐虹，見三亭勢高巃嵸。君言萬事奚啻足，只有雲江烟岫繚清衷。矢願我雲而子龍，江南下上相隨從。詩城排突劉文房，醉鄉追逐王無功。往來風流成二老，捋白髭鬚差豪雄。吾嘗冷笑浣花叟，較論名位真愚蒙。丈夫生兒有如此二雛者，豈止公侯袞袞階梯崇？相顧流傳江鮑體，庶幾一洗卑凡胸。我今已爲鶡冠子，遲君更作鹿皮翁。

覺菴張先生星崇祀詩

龍集乾隆之七年，旌門四照區中賢。發舒幽光徧存故，皇風彰善噓垓埏。覺菴先生生中原，祀于米廩光燀燀。深衣講學踵清恪，白首貞素歸重泉。是年先君亦被詔，孝勇大節臚青編。乾坤光氣遠回薄，熒煌典禮千秋傳。況復紫誥重推贈，丹鳳啣下芝泥鮮。先生袞褒由有後，焚黃稠疊光松阡。初元覃恩賁荒隴，命沾粉署馨香妍。春秋名器不可假，先德流慶仝沿緣。嗟予感事心慨然，朝家舉動承重元。五章命服繡黼黻，崇臺表宅輝雲烟。闡揚風教著恩例，承宣敬奉天王權。江國當時舉者舊，舊叢芳氣颺蓀荃。一鐺如傳古彝鼎，家祭陳列溪毛筵。至今海頭曾閔里，童兒婉婉擎栝棬。霜鬚遺老話耿逆，沿塘烽火紅燭天。桓桓練長集鄉勇，耰耡扞衛銛戈鋋。金燈照燿儀馬擁，黑夜解散千樓船。栗主配享御帶廟，僂拜婦孺來駢闐。中丞殷勤訪軼事，未及入告印佩捐。天梯高高塵土隔，東風難達天公箋。天潢大儒視事至，疏名首達玉几前。夕疏纔上朝報可，歡聲雷動江海壖。直道昭明不晦蝕，鴻恩鼓厲加陶甄。峨峨鉅人李臨川，淩雲健筆揮如椽。大書墓表一千字，磨礲山骨深雕鐫。雄文盛事永不朽，感激雨淚釃潺湲。潮州老守汴上遇，求我作歌何纏緜。豈知我病才思涸，詞波未似銀河漩。却感同年入祀典，弱毫聊逐哀情宣。

金明池二首

春明曾試習流軍，細柳千絲拂陣雲。也似昆明池水漲，翻波惟有觀鵝群。

當時人望翠華過，花映龍舟夾岸多。雁柱虹橋如畫裏，都隨塵劫散宣和。

酬查藥師岐昌題拙集見贈長歌原韻

吾聞猿臂將軍射石竟飲羽，數奇百戰嗟不侯。不侯偃蹇等閒視，肯使填胸灝氣千尋收。天生豪傑待時用，寧終跧伏川嵒幽。如君握管萬夫壓，胡爲風埃堀堁猶淹留？清秋相逢汴水頭，高空一羽盤中州。雲飛玉立鞲不下，蒿蓬百鳥罕匹儔。登臺自衮衮，行路還悠悠。獨恨巉臣氣力薄，天扉延登不吾謀。影對梁園烟色暮，秋風古竹寒修修。袖却金堂典册手，長卿遊倦誰蒐求？老眼閱人河沙數，未易雄駿得此流。斬新詩句落繭紙，光彩不數珊瑚鈎。洞庭明月省陳跡，莫釐縹緲儘足當鑱鎪。當時惜不共踏嵐翠破，一使春湖化酒傾浮浮。昨者坐我中天峻極頂，蒼藤飛搦貪窮搜。勞動長歌題小藁，倒翻墨瀋釃嵩邱。褭蹄龍輔俗不識，往往高價收硤鍮。抑塞奇才失薦禰，屈蟠壯志姑依劉。凌寒緘寄春風筆，嚮風未許梁宋侔。倚聲突過南唐俊，彷彿天上鏘鏜球。歷歷清暉逋不得，尤牽客夢楓江陬。風騷激昂心氣投，坐憐冰霜光景遒。阿篋把對青兩眸，一鞭頓遣痿痺瘳。老夫和歌忘騂羞，世講永好以爲酬，土音亦作江南謳。

思歸引奉懷敬甫

老穉萬物娭春陽，濛濛清氣噓大荒。獨有羈人頭上髩髩髮，倒翻墨漆難染千莖霜。客居反關苔蘚房，屠蘇不御新年觴。男兒眉顙甘閉置，不異三日帷車娘。五年湖嶺拋風篁，天涯遼拓歌慨慷。天留杭汴二禿老，社棚强半多凋傷。當年濤捲鼉江曲，慟哭梅津鬬雷碌。魂飄噩夢台蕩拆，如輪大翅朱園翔。穆門忽復厭峰泖，六月騎氣排天閶。銀河落天化客淚，白日紅雨灑滂滂。失群起向東溟叫，數聲激楚悽圓吭。千年吹臺屹雲表，磊砢傾蓋遥相望。此間不可無爪跡，遲子踏雪凌蒼茫。子胡不來酒壚傍，壯搴藻思同飛揚。枚馬先歸高李逝，接跡何李山邱藏。造化元精輸不盡，代興豪傑來堂堂。昨者得子空中札，問誰傾心倒意結佩纕。興京人物夢午塘，世家風範圖東張。手持文頌兼韻語，跌宕亦見馬閿鄉。假如得子驂騰驤，中原旗鼓横相當。乾坤高會照今古，盛事定復傳金梁。論交授簡動逸興，奚翅使我旅恨消庬凉。逝者音塵杳北邙，吟壇小劫俄滄桑。老去烏兔尤奔忙，塵途雖盡新知樂醉吟湖舫。曾不如我舊侶良，便當決策還江隍。長淮京口一葦航，梅花參差滿路香。豈可徒睇江月流清光，嗚呼豈可徒睇江月流清光？

奉留别陳榕門先生弘謀

梁園五載漫淹留，頻過瓜期憶故邱。湍繞松阡如覲省，暫歸茅屋散羈愁。年來有願嗟難遂，謂建石綽楔。老去無聞黯自羞。知戀清暉回别浦，詎乘浩蕩渺浮鷗？

汴上歸興六首

出郭澹羈思，浩然歸去鄉。五年真倏忽，千里極蒼茫。夢結烟霞窟，精銷翰墨場。浮沉何所得，只益鬢毛霜。

童年從學道，白首竟何成。難割風騷愛，寧寒水石盟。浮雲過往事，春草送歸程。幾別容顏老，蹉跎嘆此生。

治命還鄉國，姚江遂首邱。抱持鐺畔耳，保障海東頭。一氣先親聚，頻年客子遊。清明從祭掃，百匝繞松楸。

删述千秋事，餘山緒可尋。喬林祠屋古，芳草墓門深。滄海波濤跡，先生治命葬海邊。雍正二年海嘯，及墓而止。茅堂風雨心。遺文久韜晦，感惻到于今。

梅津已凋喪，相繼復朱周。汴上悲風激，天邊白日遒。淚痕殷舊札，松色冷荒邱。最是傳遥訣，吾生恨未休。

總角聯三益，過頭六十人。文名窮益震，交味老逾醇。藥餌扶衰病，篝燈話苦辛。一湖春水滿，留取洗行塵。

勒馬舖旅次大雪歌

人生行止疾徐類天設，焉用填胸欣戚紛糾結？　萬事合作信天翁，聽我初從歸路説。　五年不歸今始歸，歸心疾馳過電掣。　纔踰信宿我馬瘏，兩驂不動金鞭折。　乃知急難須仗權奇材，駑駘之輩空蹴躠。　行行勒馬僕告休，高春尚弭羲和節。　亳州相距百里餘，破程焦躁增煩熱。　入夜瀟瀟風雨鳴，簷溜朝來未斷絶。　强起豪呼催駕輪，春寒苦聚茅柴爇。　俄而滕六勢暴横，雰雰四灑漫空雪。　大者如席小如掌，恣意盤旋亂飄瞥。　須臾庭院新甃平，寰瀛滅盡古車轍。　僕夫宴坐奴解裝，連槽蕡豆安然齧。　歸人大笑計算愚，縱目翻然動怡悦。　急出青錢三百買燒春，與衆沉酣眼花纈。　逆旅小飣羅肥腥，爐頭硬餅鋼刀截。　披裘啟户天冥濛，萬里乾坤一色潔。　此時騰騰豪興湧昂藏，恨不駿蹄直蹴層冰裂。　高歌獨唱林木震，颯颯霏空混凹凸。　平生吟賞無此一段意境奇，忽覺心腑瓏玲清瑩徹。　却憶春蠶食葉競飛聲，鏖戰初酣萬蟻穴。　辛苦浮名若此艱，列舖麻衣寒凜冽。　懸知觀文堂裏士，横掃千人並才傑。　成章不數手八叉，決勝寧須持寸鐵。　老夫只如遥聽捷淮西，半夜乘城遂奏前軍烈。　諸生亦應念我入剡興可乘，前行詎肯愁騷屑？　倒牀鼻息掀轟雷，失顧晨光透棖闑。

疲騾行

平頭曉起看天色，四際春雲淡水墨。瓊華寒積一尺深，且喜飄騰意止息。連宵飼秣力應新，牽駕駑駘上銜勒。誰知雪途苦蹭蹬，仍復難行澁如棘。闗門纔出一里餘，萬畛溟茫途不識。村墟了無雙隻堠，游子山門昧南北。聊依列樹指行橺，疲騾盤桓車傾側。裂眥騾夫通騾語，惡罵參加鞭箠亟。啖吾芻豆曳吾輪，忠人之事食人食。胡爲據槽盡一石，寸步不前欲顛蹢。便令殺食辜有餘，騾不能言對以臆。世間不少蝗其粟，寧獨吾曹怯盡力。萬鍾居養氣體移，已極豪奢更掊克。既輸爾載覆爾輻，亦怠若事受若值。矧吾荒飽亦區區，不是不行行不得。新鞭輒復下尻脽，舊創猶未完膚革。天生下駟强委重，舉步汗僵仁者惻。顧彼竊禄無天殃，獨責羸蹄瘝厥職。嗚呼行路自古難，荒野徬徨氣默塞。山陰野興實難乘，安得追風插羽翼？

駕牛行

疲駑不前枉羈靮，荒村騾馬無從覓。數里滑汰走村家，賃得烏犍闖銀礫。借駕吾車獨當御，已與驊騮騄耳氣相敵。前行蹄健挾兩襄，輪底水風吹激激。卷然兩角故自超，當前毛遂爲郭椒。轉看碌碌駑駘輩，因君成事何由驕。因君成事同轡鑣，論功未可遺成勞。魯僖忘借誰何力，作頌但覺名聲高。無端振觸悲思瀉，嘆息勞勞率曠野。荷蓑樵牧意態閒，由來駕牛勝駕馬。半村半郭靄疎林，竹笛横吹夕陽下。吾今得歸且歸省舊蹊，可惜長年抛却榆枌社。瑶沙巨跡印團團，徐驅疾騁羈思寬。同雲解駁漏赤日，二儀皎射清光寒。林臯遠近布霽景，春色繪與勞人看。奇絶飛花落絮鋪千里，中綻一朵劉家黑牡丹。

撥悶歌

鷺亭誰打記里鼓，客行纔得二十五。莊家烏犍不遠出，眼見肱麾轉村豎。開囊傾瀉水衡錢，去不回頭若無覩。一牛一豎難强邀，人間萬物各有主。童兒惟解爺孃親，敝屣阿堵棄不取。我無由騁面羞騂，誰遣驅車别環堵？荒林有鳥似呼行不得，只合牽率疲騾投逆旅。前日高春悵早宿，今朝下店未亭午。此去亳州九十里，渺渺天涯目愁予。躡雲快騎圖空按，挾輈猛士勇誰賈。我不須腰裹騄駬去若飛，亦不須王良造父御如舞。但願僕夫牽馬奮驔驂，便似吾體排空振毛羽。流行坎止數則然，鑄鐵成錯顔徒憮。銀瓶催倒麴米春，大醉焉知此艱阻？平生閲歷千嶮巇，蹭蹬棲遲不言苦。眼前突轟蛟門如等閒，脚底陡起蠶叢亦易與。何況崎嶇折軸逆衝風，顛簸洪濤壞檣櫓，區區川陸之險何足數。雪水一斗磨隃糜，爛筆淋漓塗客廡。憑將豪縱壓羈愁，醉吟吟醉神軒舉。白日杲杲當虚空，塗泥豈久污后土？天地蘧廬差静便，閒身底用擇處所？立心骩髒恥干人，尚友童鴻吾自許。須公櫪上追風驃，此意吾寧踵杜甫。

小駟行

萬事信緣難預期，柴車苦值青騾疲。棗騮烏犍覓不得，却駕小駟當風馳。一尺淖，憂漫瀰。連朝雪，愁逶迤。時無英杰可駕馭，指麾烏合部勒之。豈謂驍騰負絶足，事急姑爾施韁羈。嗟我勞人歌獨漉，春泥滑滑春水濁，載驅小駟秣以粟。有時渡水雙耳矗，有時掉泥短尾秃。長驅寧望逐驛驂，輕載聊須行轣轆。汝身結束驕似果下騮，汝蹄踡跼勞策車前騶。不妨緩緩陌上頭，但忌拋棄鞅與鞦。竟得雁行兩服汝，誠倖縱難龍驤千里吾無尤。噫乎小駟克盡力，朱鬣銀題有慚色。時來便當倜儻步，功成詎遜權奇德？聲價能令一日高，品流那用九方識。天邊何處亳州城，關河歷歷吾憑軾。汝才可用無留良，疇云不慣不得將。骨骼雖小精神强，抖擻卷毛亦昂藏，眼中直覺牝而牡，驪而黄。我車彭彭鸞瑲瑲，中原鑣轡需汝揚。此何殊周之駃騠，唐之驌驦，我爲小駟歌慨慷。君不見侏儒効忠功業昌，破敵亦用郅君章。

容與篇宿孫家店作

天寒雲淡日欲晡，我行容與投客廬。吉行日可五十里，準諸古禮無差殊。得免車輪生四角，小駟亦復爲時須。掀淖還期衆力濟，歷塊那責連鑣驅。柳林中間道新塾，衺延數里泥填淤。有如重船滯淺瀨，震天邪許攢篙夫。唇焦口燥脚手痛，力盡纔移尋丈餘。爾時多恐老沉閣，莫施智略徒煩吁。終藉蓄鋭耆俱發，欲舉且復停須臾。盈氣俄當一鼓作，先登恰用周麾呼。瀕危出險齊着力，眼看秦越一家如。幸而裹下陰平矣，危哉蹴渡滹沱無。却顧來途心尚悸，行行人馬同飢劬。胡蔥大餅羅盤盂，黑秬傾倒和青芻。祇行一舍已自可，絶勝咄咄空中書。况皆飽食轉骯髒，乾土稍稍逢亨衢。平陂往復有定理，時命豈必常艱虞？我生豪氣老不除，截斷糾紛俗緒抽昆吾。只念楊朱悵岐路，肯效阮籍悲窮途。明晨載驅不復止，亳州詎等晞蓬壺？平鋪卧榻心神舒，一杯睨月斟徐徐。温語人徒勞滿斗，豈限小户喉沾濡？騾夫半飲歌皇荂，蘆席坐捋黄髭鬚。今夕何夕竟似叢歡娱，得非經過險阻兼崎嶇。

五馬引

孫家店口攢市闤，早備五馬供馳驅。不怪駔儈錢横索，亳州遄到誠良圖。兩驂兩服成行列，當頭一馬意態殊。沮洳經過類破竹，陂陀直下如流烏。晨别槽頭已飽秣，渴吻午飲長河隅。快哉投鞭委銜轡，一洗填積千煩紆。當時漫郎偶爾涉宦途，賓親苦勸再出無慵疎。謂宜委蛇在畫省，便可出擁專城居。一竿釣竹肯抛手，五馬於我浮雲如。我來作客莨菪渠，上自擁八騶，下至飛雙舄。新故下上如轆轤，無一達官仍其初。惟我點重席，五年倚着愚公愚。誰羨人生五馬貴，静觀萬物涵清罏。眼底所見得非駑，何從超與飛黄俱？雖煩共曳薄笨車，不如單騎生馬駒。陌上之桑青未舒，我今南歸無踟躕。我非使君聊爾爾，慎勿驚却秦羅敷。

五里街

樂復樂，車如流，五馬横行風颼颼。五日不能至七日，我行亦復到亳州。語客且弗樂，儂方爲客愁。盤盤五里街，泥水老大横没輈。泥滑滑，滑於油。水深深，深於溝。雙輪一陷難拔以九牛，區區五馬何足資躪蹂，昏黄尚恐兹逗遛。語客且弗樂，儂方爲客愁。語罷去如汎水鷗，忘機浩蕩閒悠悠。騾夫聞語不語色如土，僮奴聞語竊語聲咿嚘，賃馬者市驓聞語添煩憂。前行不滿數弓地，坎窞幾尺何深幽。砉然僵我服韇紫驊騮，衆夫併力舁之起，鞭檛不動非汝尤。前後推輓力空費，圓輪對峙嵩山邱。大絃苦急小絃絶，虺轟迸斷雙轡鞦。五馬並駴一馬逸，跳梁遠去流泉遒。一夫掣曳四五步，踉蹌仆地繮不收。泥中黿似汝身手，觀者呀沸鴉鵲稠。僮奴癡似蹲屋鳩，騾夫躁似升木猴。市驓索錢猛於虎，到此難作濠梁儵。老夫纍纍亦如喪家狗，塗泥滿面旁人羞。噫乎！吾家薄田數畝亦足供饘粥，閉户著書良優游，胡爲奔波此路老不休？陋彼揮金結客慨慕任俠儔，嗤殺求田問舍遠作兒孫謀。矧肯措意水陸窮珍羞，輝煌被服狐白裘。毛嫱麗姬艷聲色，朝夕絃管和箜篌。顧兹炯炯一心在，頻年浪跡蓋有由。先君孝勇天恩褒，我欲跨衢横架石綽楔。嵯峨高出城南樓，南山採石費須千兩之精鏐。耕以筆舌當鋤耰，硯田逢年積車篝。便可經營初願酬，分毫親故吾無求。不惜數斗心血嘔，結成賜坊彤雲浮。我知火不能鑠，水不能泐，永永俾我先君孝勇大節照耀雲日光千秋。眼前何時兀突遂見此，空山獨往神夷猶。野鶴毛衣映八表，詎戀人間池館常淹留？我爲人子事未了，尚須往返遵道周。况欲昌明餘山遺緒時則可，豈徒梁園詞賦凌枚鄒？我行苦辛得已不？嗚呼！我行苦辛得已不？

肩輿來

白馬爲纖驪，小兒成老翁。我昔誦此語，謂是詩人於役憒憊聊形容。亳州城外街五里，馳驅慘瘁將毋同。此非縈雲九折坂，亦非礙日千仞峰。平地淤泥深數尺，陷車倒馬苦煞儂。眼前軌轍在，曠隔有若天西東。坦迤乾燥郊原中，車如流水馬如龍。縱有沮洳場，不廢轣轆蹤。吁嗟值此馬力窮，單車寸步無由通。我馬頓虺尵，我僕頓龍鍾，乃知浣花之叟言非蒙。肩輿來，肩輿來。我且超越五里街，慎勿滑汰跌入淤泥堆。從行人徒橫喧豗，無人不作曳尾黿。我亦面目如蒙倛，蒿目何由懷抱開？病者呻吟勞者唱，騾夫歌似猿聲哀。語君且弗哀，牽馬投槽飄豆稭。門外閣車輪，不用費安排，逶邐隨我肩輿來。澆以斗酒洗塵埃，一醉便足消千災。四百程途本非險，我命窮薄累汝踏破新靸鞋。苦辛已到亳州店，歡笑莫更顏如灰。世途夷險並經過，填胸哀樂何有哉，青天浮雲白皚皚。

騾夫泣

騾夫酒酣醉，嗚嗚轉嘲嚨。嘲嚨嗚聲悲且恫，問君何事傷心胸。騾夫前致辭，儂本保定農家兒。耕田連歲不得食，辭家執鞭聊爾爲。買得三騾加一馬，菑畲賣盡傾家貲。滿意牽車足以養父母，誰料世路艱難百倍之。風餐露宿不遑息，朝愁騾馬病，暮愁車傾仄，到店還愁稀僱直。官差處處無時無，捉將官裏憎吏胥。攔置破厰如牢拘，差日乃得給豆芻。吏胥扣尅不敢問，人馬累日同飢癯。一馬早倒斃，痛心熱泗一掬淚，車行失此艱軒輊。遊走四方口不糊，安望能收三倍利？上年趁便一過家，家中貧薄生嗟呀。無物奉我孃與爺，反要爺孃酒向鄰人賒。匆匆催別去，滿把淚漬手内檛。額角新年黑，腰内無錢少顏色。幾度思歸歸不得，徒遇鄉親問消息。載官來亳州，偏逢雪打頭，泥水滿路車停留。疲騾鞭不動，累官賃驢賃馬兼賃牛。青錢數緡借陸續，數文纔得芻一束，數日早盡豆一斛。無錢償官眼瞪視，官更賞儂明流子酒名。官心自多仁，儂行太無俚。念欲復犂鋤，無一寸菑畬。念欲仍馳驅，奈三頭疲騾，一輛敝車，出門鬑鬑頗有鬚。老黑羊皮十年餘，夜作被，日作襦。無暇咬蟣虱，醉後爬搔乾肌膚。百事無一悦，念之五情熱。爺孃生我不得力，何以爲人氣阨塞。我聞此語心惻惻。我亦客，我非官，天涯同此行路難。賦命通塞亦常事，丈夫不合涕泗潸。數緡青錢不汝責，勸汝賣此車騾歸力穡，晨昏菽水供子職。汝去無用更酸悽，愧我不能贈汝以褭蹏。騾夫收淚數泥首，送行還作數行啼。

僮兒嘆

兒自前年來，隨主今年歸，歸時着破來時衣。夜夜夢爺娘，千里神魂飛。故鄉門巷逕依稀，夢時旋繞醒却非。天涯作客有何好，道過長淮少芳草。塵沙風起飛漫天，一雨淤泥漬行潦。只今雨雪滿歸車，車輪傾仄騾馬倒。咫尺移輪難，亭午歇店早。拖拏泥淖中，酸辛令人老。主坐講席寒，非客亦非官。終朝聚講舌本乾，夜打三鼓尚不眠。不聽兒入一文錢，頭觸屏風睡魔牽。錢非兒所須，睡魔苦難除。主恩常遣兒早睡，睡覺不知主睡無。由來書院稀讀書，大家醵錢讌飲俱。主嚴督課人謂迂，是好秀才良不負。三冬油燈共窗友，十指長短生不齊，人人保得賢良否？主廳西偏百尺樓，春朝哦詩上簾鈎。郭外青嵐落眼底，二郎五郎交唱酬。有時邀朋携榼遊，西湖百錢買扁舟。湖山美景天下少，黄鸝醉聽飛花洲。江北關河看歷歷，春惟楊柳秋蘆荻。風土寧須細校量，最懊經年無筍喫。江鄉門生廣才傑，道古傳經足推激。好開扶輪舊講堂，底事梁園感離逖？主心礲石營賜坊，賜坊須辦千金裝。連年乾旱江田荒，窮交悵怏開空倉。何由樹綽楔，峨峨拂雲黄。中州藹臨新都堂，都堂禮遇超尋常。整頓壇席留主講，暫歸還約來金梁。遄歸不煖席，兒當隨主省舊跡。塗泥莫更肩背拍，寧騎生馬駒，不睨雙輪悸魂魄。今朝到亳州，逆旅主人漉新篘。昔兒來時識兒面，指兒長成高一頭。山船明月行中流，願得大風三日吹送長淮衛，一鞭飛指無停留。更願祝天勿復雨，磨盤山頭劇嵒阻，行途處處皆辛苦。騾夫遠行亦號咷，怪底往來車馬仍滔滔。

隸人吟

雪泥擁車輪，非關隸不力。汗流數里覓莊家，牽得烏犍曳鈴軾。頭面沾泥淖，過午不得食。柳林新道淤，推輪手墨黑。横呼大似甘興霸，報主真如張翼德。木吶逢人寡語言，急難見汝真顔色。汝身低賤列輿臺，汝質醇良比茂才。平生只識忠信字，波濤可涉無傷災。汝親年踰六十老且頽，汝顔依慕有若髫齔之嬰孩。更番奴輩不中使，獨汝事吾恭謹無嫌猜。策勳勞以鵝黄醅，默飲從不聞喧豗。連宵擔心顧行李，小醉輒復推樽罍。襆被隨我歸去來，杭州秀麗西湖隈。黎花既盡桃花開，湖心虚空亭起如蓬萊。山川周遭烟翠堆，好景賢愚各有得，清吸湖光亦快哉。我家僮廝愿且朴，人言酷似君實相公僕。混沌完然了不鑿，一錢亦不私囊橐。只今屯艱端賴人協濟，不爾没髁泥塗曷轉轂。人生品行無貴賤，士夫點污不洗辱，奴隸潔白美于玉。明朝挈裝上山船，山船嵯峨安如山。放懷眠食俱安閒，一上山船似登仙。客行遠近兼勞逸，川陸程途任徐疾。天涯依倚僮僕親，布帆無恙破冢出。嗚呼！阿段常穿虎豹群，行乎亦復直如筆。

市駔怨

市駔賃馬牽兩頭，侈謂一是騄耳一驊騮。亳州相去不滿五十里，千錢嫌少故逗遛。客心厭苦稽原野，使錢亦復如使馬。不惜囊傾萬選青，只蘄汗走雙流赭。平沙淺草轡瓏瓏，喜看蹄健車生風。聯鑣號稱良馬五，疾馳易得觀成功。中間齟齬低窪道，後先推拽争喧擾。踟躕似惜錦障泥，蹴踏還摇金絡腦。最後偏逢五里街，初行一步三徘徊。雙輪忽地陷深淖，招呼衆舁聲如雷。聲如雷，輪已起。五馬二十蹄，不移尺有咫，空復如雨下鞭箠。轟聞霹靂斷靷韁，驚砰一馬高騰驤。市駔掣挽韁在手，五步已卧泥中央。蹶起顧兩馬，追逐何踉蹌。去者辛垣衍，存者秦武陽，哆口誰誇我馬良。肩輿客已去，卸車不復御。汝馬尋歸自何處，念欲驅還家，四天抵昏暮。尋踪復見隸與僮，嘵嘵横索渾無窮。槽頭既須芻與豆，火食亦要栖房櫳。本思得寶歌宏農，幾作失馬塞上翁。噫吁戲！微君之故胡爲乎，泥中我憐市儈與馬因馳驟。予以芻，予以豆。人安房，馬安廐，數升醉以老醇酎。况我還須到汴梁，他日相逢即故舊。市儈既醉顔爲歡，路行一宿還嗟難。

山船行

頻年足不登車航，一見艄公心神揚。昨歲曾臨洛川岸，烟波渺渺看帆檣。偶爾剪波一問渡，尚未結束携輕裝。今晨亳河竟東下，蒲颿十幅當風張。南人便平聲船北便馬，騎馬落井嘲知章。苦索騾車坐安逸，不惜顛簸横低昂。豈知雨雪釀泥濘，疲羸彳亍汗且僵。縱羈生馬力猛鷙，蹄底有鬼膠騰驤。來時濟寧始登陸，肩輿舁致人扶將。大雨淋漓獨山路，兒車落後嗟傍徨。事見《中州遊草》。戒心豈關轍不鑒，畏途自非意所量。當年一鞭頻北上，下上嵒磴如康莊。竊嗤書生書驢券，局脊啣轡虞跌傷。臣今老矣精銷亡，膂力不復追方剛。亦恥時髦競雄騁，軟裘快馬冰雪當。獨乘雞栖少風調，正刊浮靡歸老蒼。年少得途矻捷足，晚景按節寧須忙。塗泥即使滿身濺，幸不污辱完潔芳。蹭蹬折磨劇酸苦，流行自在尤樂康。山船如山高巀嶪，夷猶撥櫂移艅艎。興來仍復舒清狂，扣舷即便歌慨慷。却開笑口顧僮隷，百悶乃以一快償。開頭捩柂風色順，五兩却向東南颺。浪花噴湧廟兒口，敢祈神佑釃椒漿。萬事乘除有氣運，始驗禍福非單行。

高樓守風

昨者船頭激響水，雪浪飛濺七十里。閱歷曾經屯險餘，纔際時亨敢輕喜。果爾今朝遇石尤，桅竿羽向當頭指。大川利涉此非時，三老停橈早知止。昨未輕喜今未憂，天風静待廻沙洲。萬緣只合隨定數，遲速豈得參人謀？且喜到處清暉狎伴侶，春波澹蕩摇群鷗。未見天涯浦漵新漲鴨頭渌，不似金沙港畔滑笏寒悠悠。雖然兩槳渾難把，猶勝雙輪閣荒野。不記迷漫雪載塗，塗泥一尺深没髁。安心且復覘檣烏，愁眼何如對轅馬。西陽地名買得饔頭春，白眼青天倒三雅。來船快意挾順風，高帆疾于孤飛鴻。吾舟昨日奔赤馬，彼正下碇洪濤中。强作解事痴騃僮，空惜釃酒祈金龍。豈知吾命正當窮，縱有神佑難爲功。亳州行程苦難疾，此亦拚淹程六七。君不見一帆直向滕王閣下飛，又不見三朝未許黄牛峽中出。得時自可乘長風，失利空勞擇吉日。添註詩翁記日程，莫問神仙縮地術。嗚呼！遠望何曾當得歸，高樓地勢徒崔巍。終須旗脚春風轉，送到横江舊釣磯。

泊孫家莊

小還喜得春風緩，來船挂帆帆腹坦。雖得乘風氣不驕，未如昨朝志意滿。篙工舍篙牽百丈，飽食亦須鳩嬾散。迤行沙路腰環環，那得坐致千里遠。行程我不喜獵取，正爾平進差稱善。匹如病馬跼不行，三尺藤鞭姑策蹇。縱使難追赤汗群，也應得上黄泥坂。滿河春水淥鱗鱗，一幅平鋪湘綺展。鵁鶄鸂鶒較儂閒，目送浮沉與游衍。山船來往水中央，憑凌兩岸排絶巘。岸回水曲勢天成，彷彿溪山四五轉。亂種𦬼麥青猗猗，張王發榮春氣煖。高阜渾疑卧白羊，一堆積雪猶在眼。聞説東風雨祖宗，諺云『春東風，雨祖宗』。却怪天青色如卵。連晨晴霽故自佳，恐到騎騾雨不斷。關山險峻滑難行，鞭鐙淋漓愁莫遣。前程預算一何痴，且唤僮兒洗酒醆。眼前萬象放暄妍，波射千尋紅日晚。浩迴歸心對月明，天東已上白銀盌。離家四十七回圓，老醜容顔吾不覥。今宵烟净洲渚平，列星疎朗纖雲卷。未必艑艖遜庾樓，老子於此興不淺。圓明寶鏡即中秋，風光領略曾無限。豪吟一曲扣船舷，遠勝彈箏更擘阮。驚動孫家莊上人，楊柳林中遥吠犬。

弢甫續集卷十一

古今體詩四十六首

雨舟曉發順河集

連日東風怪不雨，五更船篷射如弩。浪浪新水拋長河，連幫起碇鳴樓櫓。僮奴最怕雨淋漓，却願山船去遲遲。若教結束上鞍馬，苦比雨雪車行更倍之。來時磨盤山頭歷坎坷，山行盤盤轉石磨。崎嶇磴道衆蟻旋，晴天縈棧膽欲破。况復頭上如盆傾，脚底滑汰尤難行。命逢偃蹇處處定偪仄，早覺方寸嵂屼推愁城。豈知安排天意巧，既雨還須豁晴昊。關山遠待拂行鞭，浮嵐煖翠新霽好。今朝安穩經龍岡，青林淥水烟蒼茫。瀟瀟風雨川路裏，誰知詩人李涉回輕航。輕航劃槳水吞吐，也勝昨朝守風住。順流差抵半帆風，篙子心飛懷遠縣名樹。年來思量爛熟戰勝肥，看我頭髮白間生黑絲。春霖縱使洒十日，沾透行李原非奇。舲窗此際且宴坐，一任砰訇雨聲大。南北客途老奔波，幾度冒雨衝風過。河面歷落聲何龘，澒洞白晝魚龍趨。鵁鶄鶃鶂成陣呼，雪浪洶洶翻天昊。老夫推篷起呼嘯，五年不復看跳珠，妙絕西湖烟雨圖。

乘風破浪行即事抵長淮衛作

風伯龍王亦悔禍，旗尾獵獵向前簸。衆夫邪許帆滿張，牢守篷脚船頭坐。日看來檣拂面飛，今晨闔闢旋神機。風聲雨聲挾船走，吟嘯大海蒼龍歸。風聲愈厲雨聲散，天晴日出萬象見。掃去濃墨萬重雲，一片空青墮淮面。鷁首砰訇雪瀑跳，眼前噴激錢塘潮。帆勢飽弸舟勢逸，岸樹助響鳴刁調。却思昨船增氣力，何處收帆今屏息。欻歙曾摶羊角風，須臾已鎩鵬飛翼。懷遠城邊幾疊山，春嵐縈裊青髻鬟。遠勞迎送客舟過，倍令遊子開心顔。雲騰浪湧罷鼓枻，舟人已報長淮衛。百里通川一鳥飛，迅入晚烟横决眥。連日依渚親鷗鳧，天遣回風送老夫。少壯東隅已屢失，暄妍晚景收桑榆。兒童驚詫遽至此，淺見誰能測行止？謝安已奏淮淝捷，詎便矯情不曰喜？到岸團團明月生，既望因遲光尚盈。依稀懸照清濟水，省記舊事寧無情。一輪兔魄是處白，幾莖白髪偏增明。月缺復圓不改色，人老安得還童嬰？月光水光蕩窗壁，惆悵不把松醪傾。憑將問月停杯意，翻作乘風破浪行。

鳳陽道中懷古作

雲紅淮泗真人起，指揮率土仝車軌。金陵從古是皇州，更遣鳳陽成帝里。雲龍一戰臨鄱陽，依稀垓下殲憤王。疾風萬里捲秋籜，豈徒推殘白駒張？峍屼雞鳴起十廟，英魄蕭曹共呼嘯。衣冠月出鸞馭飛，群靈如雨圓冰照。燕子飛入金川門，十族虹氣寧堪論。庭花未盡漏舟裏，尺組早已收東昏。最哀信邸原英主，海大之魚魂泣釜。金殿鐘鳴無一人，破除却不緣歌舞。秦淮春流照廢興，天壽王氣寒于冰。古來自多亡國恨，瞬息百變看風燈。聖朝盛德古無有，備恪許令分鬯卣。已傳玉盌感思陵，更護金燈守鍾阜。我昔曾作白下遊，甃途瓦礫多黄琉。景陽宮鐘打梵寺，元武湖魚烹酒樓。殘山剩水傷心麗，烏啼楊柳悲六季。大功坊邸尋瞻園，萬點榴花飄血淚。只今策馬此間過，山川盤礴形勢羅。環抱鉤陳儼氣象，靈風吹冷空山阿。纍纍不少封侯骨，石門莓苔没螭碣。岑樓餘絢幾重霞，皇城殘破半邊月。想像飛揚歌大風，故鄉豐沛將毋同。不階尺土作天子，千秋兩箇布衣雄。宮花禁鳥春蕭瑟，天樂雲旗夜荒忽。消沉龍虎自等閒，鳳陽曉山青一髮。

泊舟鶴洲草堂哭朱二兄予齋嵩齡

湖昏月黑裴公島，啁哳哀聲叫水鳥。號咷痛淚天河傾，抔土五年久宿草。夷吾惟説知我鮑，詎若情親昆弟好？昆弟情親三十年，招魂不得臨江邊。飛飛丹旐歸來日，噩夢正在梁園牽。予齋歿之夕，予得惡夢。痛心一語心爲鐫，爾我平生重愛憐。醉夢欷歔不相見，易簀前三日，蒙寄懷詞中有云：『愛我惟渠，憐我惟渠。醉也欷歔，夢也欷歔。』竟爾遥訣歸重泉。人琴一旦俱亡矣，猶憶當年結交始。齊年鄉國作因緣，病客京華互依倚。後先助我趍寢門，維持湯藥連晨昏。大義急難逾手足，此豈私感交親恩？魂飛驛路見星奔，草土餘生幸得存。脱若無君恤阨瘠，我已早卧青松根。計偕連歲走輦下，不蘄漢策金門射。頻看羈宦惜孤生，終邀歸養欣聯駕。意氣豪宕破攣拘，終始遇我戲語無。謂我餘山門弟子，鞭我絶學傳真儒。嗟君才略希世寶，廣文一官竟送老。不因謫去死台州，憤絶英雄鬱懷抱。因君磊落追括菴，欲連膠漆參爲三。嗚呼君等並早逝，乃令齞齞齊彭聃。歿時我欠憑棺慟，今歸哭君如囈夢。編君遺集撰君碑，後死庶可澝沈痛。念君大節光熚熚，有道碑刊萬古傳。我今祇攬述哀筆，天下尚未知其賢。哀哉！我今酹君君亨否，他年黄泉尋我友。

哭周穆門大兄京

心朋苦恨流光短，晚歲相於眼倍煖。那知一别成千秋，直令恨塞乾坤滿。里閈聞聲四十年，文壇汎愛相周旋。四賢祠中一杯酒，三老盟心無間然。奇哉一老成吾契，一老是日騎雲逝。二儀中間着吾輩，天慳未許多連綴。二鳥更起鳴相酬，二鬼捉作一處囚。同心合并本不易，况復幾輩聲相求。纏緜一篇賦朋友，劫火難灰垂不朽。我與盧子同悲號，痛淚滂沱落一斗。離情千里汴與杭，台州一老又凋亡。迷離冰雪魂凄斷，天東遥哭悲茫茫。哀哀一年弱一箇，疊放小招歌只些。人間祇剩我與盧，西湖正似西州過。舊贈書札兼歌吟，字字重比雙南金。呼兒檢點未零落，痛入重泉一寸心。豪題大小中州集，遺山遺墨猶在篋。今把嵩山遊草焚，靈風散亂灰蝴蝀。如弦之直百不回，縱横辛負淩雲才。擘窠字作胡旋舞，驚人詩句如崩雷。姓名空得九重識，文人槁項終失職。君胸雲夢八九吞，脱去芥帶忘通塞。年逾單豹顔童嬰，酒酣耳熱氣益振。何難大年逾靈椿，糠粃人世不逡巡。儵然而去返吾真，萋萋墓草秋復春。春觴湛渌寧沾唇，模糊淚眼空兹辰，重江悵望交酸辛。

簡顔君

江路盤盤下上潮，櫂謳宛轉入風謡。何人得似顔明府，只飲中瀘水一瓢。吾生到處耐淹留，蓬汎非徒怕石尤。一笑乘潮出京口，真如騎鶴上揚州。

讀岡東詩步見寄韻奉答

老癖耽吟感百端，君詩安雅耐窺鑽。賞寄自合千人見，攻苦深知一字難。風際疎篁清有韻，雨餘明月净無瘢。赤松許我仝仙去，分餌雲房九轉丹。

秋柳詩和作

催減清陰道路間，秋風吹老舊容顔。難忘客館深相映，欲送歸轜不可攀。愁裏飛霜滿天地，曲中絲雨下關山。那堪淹滯隋隄久，摇落鄉園夢往還。

輓盛美東

彦方名德州人重，公瑾交期那處尋。湖上影隨秋蘀散，天邊信報壑舟沉。雨昏遠夢飛梅蕩，月冷殘尊委竹林。教子已成千載業，獨將經術壓朝簪。

吹臺和韻

白頭尚作梁園客，倦向高臺望遠空。荒苑只餘修竹冷，秋山依舊落霞紅。眼看摛藻群公賦，夢斷誅茅半畝宫。旅思徒抛酒罏畔，還將長劍倚崆峒。

寄懷張聖書天麟沈奉宜大璋

一天風雨送孤舺，真意難期世路逢。霧裏文章猶豹隱，春前態度已龍鍾。空花如纈從經眼，雲夢平吞不芥胸。苦憶故人情味好，絶勝烟景雨湖濃。

書　感

右手持酒杯，左手持蟹螯。俊味宛江鄉，韻事兼風騷。但恐性坦率，徵逐來朋曹。一瓢古老棄，况乃加煩勞。何如柳下坐，清談引洮洮。淡中滋味永，釋我之鬱陶。失身戒杜叟，没齒銘胸牢。

哀歌行輓湯屺南然

魯叟年不遐義軒，陋巷隙光素驥奔。元氣羸薄痡乾坤，巫陽莫予臯甫魂。英靈悲嘯松柏原，湯君挺身儒者門。嶷然文正嫡曾孫，英年顏色清而温。一段瑩白輝瑤琨，因依庫略綿寢殰。筆力溟漲浮鵬鶤，六法八法藻騰騫。多師爲師厚本元，就吾談藝觴梁園。樺樹放葶紅焞焞，微爲批導辭不煩。砉然刃解無全犍，奇快擊破黄金樽。聰明雪浄破幽昏，徐遊窔奥目擊存。至道星海步崑崙，超悟始可窮其源。文正初從夏峰論，派合陸王兼清渾。晚識經流一氣噴，新安江連泗波翻。乃泝所聞心獨尊，予非覺者嗟懵惛。沿緣早荷先師恩，脉系似續仝來昆。溪漾風月清景繁，意欲偕子弄潺湲。驚呀計到涕湧溢，呼天祝予銜煩冤。一夕秋風敗蘭蓀，灘渙哀怨逾湘沅。孝廉船瞑埋紅盆，夜壑移去無蹤痕。手草傳贊青鏤援，要使志行光揭掀。悲哉孝友以死敦，我知痛處不忍捫。掩抑苦調絃折鶤，絃外有意聲爲吞。他時詄蕩開天閽，霓旌訪子一晤言。詎等濁世諮寒暄，合諸先正吹篪塤。千秋傾蓋聯趾跟，今過墟墓月挂村。一杯滴淚澆陳根，哀歌聲咽叫斷猿，回首低空愁雲屯。

雷紋鼎與篪兒聯句和沈萩林廷芳偕樗莊維材與諸子聯句作

金刀運久訖余句，寶鼎光同探。雷雷繞蚴蟉繩篪，豐隆走趨趯。微凹寫窪坎余句，隱凸樵穹嵁。古血黯化碧繩篪，活翠烘浮嵐。砂斑紅羃䍥余句，銅繡青龕弇。贔屭身蹲伏繩篪，饕餮口獰谽。腹形脹封豕余句，腰篆縈眠蠶。顏凍大谷棃繩篪，膚滑宜都柑。底平盤龍鏡余句，蓋覆交虬龕。三跧烏趾錯繩篪，兩匡鑢耳儋。蝕痕嚙追蠡余句，圓孔穿書蟫。黝色摩盾鼻繩篪，清聲叩劍鐔。古貌擬虞夏余句，上壽過彭聃。印盛勝登豆繩篪，提挈殊罌甔。自當實脾膄余句〔一〕，詎使污潘泔？器之貴而美繩篪，儐爾樂且湛。拚爲濡首飲余句，試作解頤談。圖籍紛肴俎繩篪，英華飽咀含。神姦象魑魍余句，博物逢僑剡。烜燀周王定繩篪，職貢來侯男。睢盱楚子問余句，觀兵耀戈鍐。崇貫尊供御繩篪，陪牢從去聲宴酣。細號蚳蚓竅余句，大烹氂牛函。龍文孰克扛繩篪，虎視何其耽。刑書伊可畏余句，贋品毋往參。季路列何忝繩篪，主父食應慙。望汾氣煜煜余句，淪泗波潭潭。刻鏤現脽壤繩篪，鳴吠昇淮南。金盤拆仙掌余句，銅鼓敲猺簪。垂文看泡影繩篪，紀功夢槐邯。朵頤意已鄙余句，染指情尤憨。翰舟思鱠鱸繩篪，羲帖書噉蚶。巾羃設畫布余句，栝杓羅癭楠。開筵拉李白繩篪，侑食呼何戡。莫遺禁臠近余句，竊計充庖堪。却稱爤熊豹繩篪，顧屑燔鶉鵪。竈妾眉嫵嫵余句，錋童髮毿毿。敗鐺足嫌折繩篪，豪杯尾喜𡜊。行廚竹瑣碎余句，坐讌花輕鬖。緝御早授几繩篪，投轄常留驂。茶烟颺毵毵余句，香雲裊馣馣。饌經陋諮議繩篪，鼾銘勞研覃。當風吐茵涴余句，卜夜鳴鐘餢。需雲憶蓊蔚繩篪，湛露曾沾涵。不羨金七藥余句，時發黃封壜。侯鯖謝五門繩篪，官鮓却一坩。考父正傴僂余句，彌明休喇唅。搜奇公等擅繩篪，好古吾儂妉。瓠尊汎汎下余句，土銼拍拍滰。素餐滯古苑時書院被水，遷寓舍。繩篪，旅食移團菴。一瓢澹泊永余句，百年粗糲甘。無庸樹雞栅繩篪，未厭提魚籃。閒心冷煖覺余句，世味酸鹹諳。養息靈龜靜繩篪，攫肉飢鳥饞。吾家亦有鼎余句，萬夫莫負擔。燒丹異羽客繩篪，咒鉢嗤瞿曇。其質秉清白余句，其文摅青藍。鴻爐孔鑄一繩篪，欵識湯銘三。廉讓水斟酌余句，文武火焚惔。貽孫以有穀繩篪，寶我之不貪余句。

校勘記

〔一〕『余句』原缺，今補。湖南圖書館藏《弢甫續集》作『調元』，與全詩體例不一，故不從。

用韻贈友

中原數豪傑，何李孰禁當？吾黨躬删述，斯文任表章。修篁秋苑冷，古桂畫欄香。得子論宗派，家江遶寸腸。

率諸生謁遊梁祠敬賦長律

亞聖停游轍，賓師著耿光。峥嶸仝魯殿，煥爛比虞庠。多士從于邁，層階儼肅將。彭更還侍廡，樂克獨升堂。妾婦卑儀衍，摇邪掃墨楊。甲兵憐黟黷，仁義啟蕃昌。禮厚曾招叟，情迂且見王。周詩頌經始，湯誓鑒偕亡。陷溺誰能拯，飢寒劇可傷。盡心規隴畝，引領望嵒廊。述德追三代，編書屬萬章。徒移河内粟，莫樹宅邊桑。鴻雁聲嘹唳，池臺跡渺茫。年時翻白鳥，劫運换紅羊。秋色林巒迥，前塵鹿跡荒。天中煙漠漠，沼上月蒼蒼。大統于今一，中原自昔强。官因人牧重，俗以子來良。頒白叨頤養，黔黎際樂康。雞豚散晴旭，魚鼈詠濠梁。鄰接齊秦國，地成鄒魯鄉。七篇陳講席，千里俶行裝。覆砌油雲影，參霄古木行。颸然動帷帟，仰止入宫牆。黄目浮芬苾，青衿拜濟蹌。苔碑蹲贔屭，奎藻耀輝煌。王道謨誠遠，儒門澤正長。吾徒沾化雨，私淑意難忘。

輓盛晴谷 熙祚

名場宦跡太匆匆，一病沉綿萬事慵。生訣故人奄暮景，魂傷今我黯秋容。擔囊却憶馳京國，橐管相將試璧雝。難忘天壇歸路晚，浮雲敲斷寺樓鐘。

遥題南池杜文貞公祠萩林屬

南池一泓静，皎鏡磨青銅。當時此臨照，寫公清妙容。高吟命儔侣，凉納玻瓈風。天寶烟塵作，百憂遂填胸。奔波半天下，白首嗟龍鍾。渺瀰百花潭，亦著滄浪翁。萬事去無跡，窅然秋水空。只餘哀時淚，斕斑吟卷中。有唐劫灰冷，清光獨無窮。昨君冠爲到，追仰前賢蹤。榛墟起祠屋，遶植松柏桐。楣間揭天藻，真氣驚魚龍。我生耽游歷，况乃心所宗。會捉圓笻去，卓破苔痕重。靈飈激幽籟，澮浥摇寒穹。

月　夜

空階汎澹白，荇藻交漣淪。絶奇衆木影，孤月寫其真。大文在天地，晃朗無垠垠。清暉正溢目，妙悟融心神。寒烟翳片石，夕露濡叢筠。明明入我室，無言獨相親。

贈張映緯經德

峥嶸秋谷後，誰復起山東？此事成千古，看君角兩雄。關山存老馬，風雨下孤鴻。梁苑餘修竹，平臺四望空。

依韻酬許丈晚榆勉燉三首

非仕復非隱，蓬飄易去鄉。研田嗟犖确，陸海苦溟茫。曉日枌榆社，秋風碌碡場。空懷茅屋趣，木葉點輕霜。

夢華存舊録，天水跡空尋。艮岳沙痕黯，駝岡草色深。風燈看世事，花木觸閒心。杭汴從栖托，蒼凉閲古今。

關山千里遠，愁思六時周。旅病風情減，吾衰歲序遒。閒園開栗里，秘檢發葯邱。一杖猱騰去，塵緣合罷休。

疊韻再酬許丈三首

涉世多轇葛，難尋建德鄉。孤懷存澹蕩，獨往志淳茫。曉凈鷗浮水，秋喧雀繞場。峥嶸崗歲晏，黄葉一林霜。

昭琴閒不鼓，百事忘虧成。兔苑奄三宿，雞壇謝屢盟。愁中秋月影，夢裏故山程。怊悵曾何益，沉冥了此生。

若箇峰堪買，誰能溷貉邱？秋陰看雨脚，夜響憶潮頭。客勸懵騰醉，天慳爛漫遊。郊扉吾計得，寒緑掩庭楸。

疊韻再酬許丈三首

愛逐無功跡，陶陶入醉鄉。世情多颯沓，古道久微茫。鴻滅飛空影，雞專妒敵場。籬邊舒一笑，菊蘂暗凝霜。

一士烟霞癖，端應置一邱。浮踪大河畔，清夢小山頭。蓬嶠原虚憶，梁園豈壯遊？何須論外局，鎮日付文楸。

殊方近依倚，夢接素心人。墨海常沾潤，衢尊共飲醇。宦游渾雪淡，旅食總虀辛。真實平生語，謀歸脱世塵。

飲石峰齋作

風掃空齋木葉稀，參差寒鵲傍簷飛。濃斟酒盞方迎臘，老閲塵途倍息機。防備雪花先墐户，飄殘雨點未沾衣。六年汴上從消九，不到沉酣不放歸。

雨

竟日淋漓洒不休，濺空碎瀑下檐溝。四鄰茅屋元雲羃，一夜池塘野水流。消耗雄心傾巨盞，禁當寒氣襲重裘。自憐老去長爲客，汴上蒼茫倦倚樓。

石峰惠筍

我生漸江繞江潭，四時燒筍夙所甘。朅來大梁苦夢斷，忽見一束提筠籃。此間竹萌如錐細，香苞劚自淇園南。二百里餘遞急足，新鮮曉露猶沾涵。脱却錦棚獨餉我，老饕喜得消清饞。硎童一顧顏色動，家鄉方法燔炰諳。近根扶寸不忍削，當筵下箸何其貪。香秔配送如填塹，快意飽肚摩婪酣。却思家山此時節，龍孫迸地攢差參。清晨壓肩販夫出，輪囷盡帶黃泥擔。貓頭重踰十觔許，入口不數江瑶含。西溪留下種尤美，深叢烟縷浮茅菴。僧家妙品自玉版，莫問禪悅參瞿曇。湖山吟侶一疎失，豈止一七情空耽？故人欲我羈愁雪，累及口腹深懷塹。久擬遄歸覓嵇阮，林中疏理荒徑三。戀君情似老昆弟，留對霜鬢垂鬖鬖。

題萩林勞山吟眺圖

盲風颯颯吹塵飛，誰如鏡浄天海圍。參和嵐波漲海氣，勞山直插東涯圻。吟仙昨挈錦囊古，登登屐齒衝翠微。成連一去海山窈，寂寥罷按黃金徽。丱兮巨艦掠鯨背，子孫絶島開軒闈。縹緲三山乍涌見，倏忽蜃怪升烟霏。褰裳濡足笑秦漢，東門惝怳曾何晞。神仙有分非可祈，妙道只在蠲塵鞿。蓬萊分明路咫尺，乘興便駕飈車歸。石樓吟聲殷空發，鼉龍答響回灣碕。哲曷俊弟如雲機，新詩璀璨明月璣。擘窠淋漓道士谷，令兄房仲《道士谷四絶句》最佳。交光雷電騰昷扉。我欲之罘觀海市，絳宫明滅芙蓉旂。夜半俯瞰金鴉浴，咸池掀簸流紅輝。長嘯碁驚巨鰲没，龍伯國人抛釣磯。不羡安期如瓜棗，餐霞自足飽我飢。洧盤萬里足可濯，陽阿千仞髮可晞。鸞童鮫妾迭歌舞，洽天蕩蕩無是非。畸人識君恨不早，相與唱和娱清暉。

小齋即事

一春避酸風，怕射眵昏目。芟餘野菜花，誤認幾叢菊。緣階蒔衆芳，雨過漲新緑。培養如嬰兒，膏乳苦不足。連筒汲井華，澆灌課僮僕。日夕不辭辛，時至舒棼馥。

題萩林鉏經圖

昔我賦歸田，年裁四十餘。豈敢偷佚樂，苟焉遂厥初。下農處硯北，經訓爲菑畬。誰知紲塵事，飛光冉冉徂。痛心年齒暮，六籍仍荒蕪。君規静散地，高低結茅廬。梧桐照屋角，流水穿前除。烟雲流几榻，丹黄列千株。以身作倪寬，不輟終年鉏。借問人間世，寧復有此無？花源敞神界，津逮容老漁。倘許共秉耒，我願爲之徒。

酬石峰見送華遊原韻

何人喜我遊，送我雨後蟾。一老吟復醉，素心清且廉。畫格天所授，皴染擄毫尖。三竿兩竿竹，翠色新露沾。貌我釣江水，神妙過戴暹。今我經華岳，把袂依風簾。相思仙掌上，天星低垂檐。

召南書院贈張魯溪學洙

先期花塢掃吟牀，知我東來逸興長。灣口新香鄰野菊，城中嘉蔭得甘棠。秋宵對暎清心炯，微雨偏承醉面凉。最愛書齋饒寂寞，借居渾似白雲莊。

癸酉除夕

又見流光去若飛，尚遲晚計闔荆扉。文章不厭聲名賤，邱隴空憐夢寐依。病裏始知身健樂，老來彌覺氣矜非。懸知兒女團圞會，悵説家翁客未歸。

甲戌元日

梁苑星河曉色澄，書堂紅焰簇華燈。椒盤草草供僮僕，花管枝枝鬭友朋。病愛懵騰屢中聖，老安蹇拙百無能。東原行探春消息，日射鮫池一片冰。

奉懷圃東石蓮

蓬勃風吹泱漭塵，襟期翰墨兩情親。天教並世成酬唱，地入中原得主賓。夜夜却迴東陜夢，年年相見上元春。只憐一室羈孤影，不道連句老病身。

圖東枉過奉呈步前韻

鄒枚何李黯前塵，又遣吾儕氣味親。曉色林通雙鵲噪，晴光波動一鴻賓。狂添嬾態迎新雨，病湧衰顔入早春。千里故人勞慰藉，風檑最惜苦吟身。

謝石蓮爲先君作墓表疊韻

推遷萬古隴邊塵，表墓看君下筆親。健振龍門青史手，衰淹兔苑白頭賓。瑶箋磊落揮千字，金匱熒煌照萬春。喜極翻教動嗚咽，淋浪灑涕病中身。

望石蓮不至疊韻

金梁不斷往來塵，獻歲懷君夢寐親。喬木自啼求友鳥，平臺空倚倦遊賓。催花已近中和節，燒燭須傾麯米春。窗角四更殘月上，起行怊悵影隨身。

謝圖東作旌門詩步韻

文章光燄長，李杜獨横出。亮節須特書，氣充由志壹。風木泣皋魚，蓬蒿埋仲蔚。其誰著野史，揮毫貯石室。先生藻彩揚，嵒廊資黼黻。撰作旌門詩，彪弸文合質。當其立意新，下手風雨疾。噫乎老雕蟲，補綴令人噦。譬省大祀犧，瘯蠡不備腯。聰明凈于冰，詞賦懸諸日。銛鋒孰敢爭，匕首濡縷血。破緘一雒誦，唧悲感次骨。老淚急瀑飛，將歸示兒姪。磨礱勒貞珉，鋪張掃穹窒。昌黎務去陳，難哉嗟戛戛。戰捷月已三，出奇時復一。直以千秋誅，敵彼百傳列。純孝結纏綿，神勇洗悸慄。端賴大文舒，名德標峬崒。蟠胸根柢深，牙籤窮李泌。有道無媿辭，醇儒富學術。明月三百顆，是用慰憂恤。映徹發幽潛，地底晶光溢。騁雄每乘酣，鐫鑱侵造物。變化亡端倪，焜煌爛華實。斯篇照碑版，德音尤秩秩。偉哉馬閔鄉，表墓書丹畢。詩文角兩雄，分捻如椽筆。寰海排壇場，觀者盡撟舌。江東表耆舊，網羅到遺逸。哀思無垠厓，泫然流涕述。

圖東作旌門詩並書賦謝

公手有巨筆，惟椽杠如之。一揮摇五嶽，題作旌門詩。詩成自灑翰，跳卧龍虎姿。二者具有神，光芒萬丈垂。空中下斗室，賁若投天蜺。幽潛揚孝勇，煜煜照兩儀。我家有舊鐺，煮糜夙所遺。重如古法物，商周留鼎彝。烟寒數尺壘，兀突東海陲。狂潮不敢囓，名與謝墩齊。發攄得鴻藻，誰復珍瓊瑰？歸船騰寶氣，老賈驚波斯。鈎摹一片石，贔屭負穹龜。客星餘姚山名爭巀嵲，壓倒韓陵碑。先德藉文字，張此一段奇。世守付孫子，球圖競陸離。星斗並磊落，衆仰攢遺黎。斯文孕氣母，盤鬱結在玆。墨痕與參互，元精倍淋漓。歐陽紀軼事，萬古傳不疑。

誠懸予真蹟，一字價不貲。我今侈兩絶，入手色已飛。情至莫能宣，空有淚沾衣。德厚何以報，相好無時衰。

弢甫續集卷十二

古今體詩六十九首

清明日散步至周祠用山谷清明詩韻

隨俗踏青聊應節，尋僧啜茗總消愁。鶯催遲日聲偏急，柳裊輕風態轉柔。適體端宜著春服，冥心初不慕通侯。丁香一樹花如雪，種樹人今卧故邱。

送邵君復之官江南

雪滿燕臺走馬遲，河陽春渡正流澌。漢家才彦薪猶積，吴下兒童竹已騎。萬里沙拋寒雨外，君以河工波累左遷。百花洲及煖風時。獨憐枚叟游方倦，又向蓬池賦别離。

奉酬崗東垂示近况原韻兼寄石蓮

梁園修竹意須拋，濁水澄流苦混淆。景逼桑榆憐齒暮，夢過硤石戀心交。奴將丹竈閒房掃，近僑居道院。兒把焦桐舊譜鈔。猶挂嶽遊藤杖在，獨行終想履初爻。

示漫遊者

母寡祖年尊，緣何別寢門。續昏渾未念，生我豈無恩？三世延單緒，重江斷客魂。酒闌燈炧候，幸一省箴言。

醉歌行偕經德集右蓮寓齋作

大文本情性，述作編爲經。好友聚骨肉，篤愛逾所生。七年作客大梁城，眼中膠漆幾合并。東觀無人問長卿，塵埃趨走嘗戴星。西馳閿鄉東鹿邑，伏雌勞動庖丁烹。中間偷閒得半日，便拉老狂呼巨觥。近得山東張映緯，手揮長句才縱橫。隔舍招邀品字坐，燒春苦露江濤傾。酒酣耳熱共談藝，洪音亮發蒲牢鳴。丈夫胸襟白雪白，昭回碧漢連光晶。高吟豈復論格律，直破蟋蟀蒼蠅聲。語到快處並飛動，相視大笑成豗轟。侈誇吾門足才傑，東南之寶羅元精。後來雄猛此又一，漁洋秋谷追前型。吾友平生意少可，謂觀新作得我驚。中原壇坫盛老輩，參入壯士麾竿旌。吹臺曾會高李杜，入雲祠宇新峥嶸。空同大復許接武，亦得並祀臚甄鋓。今古論交等傾蓋，蘅蘭一氣聯芳馨。當仁自不讓，有志還竟成。趣温五斗仝解酲，勸醻屢卧雙玉瓶。氣衝雲霧開晦暝，斜懸娥月穿疎欞。明朝馬頭去駿駹，急須杜母哺童嬰。老少出處各有營，有生努力争千齡。

石蓮躍馬歌

人生才地有定分，游戲亦復分短長。南人生未便鞍馬，殆緣遷地難爲良。腐儒尤哂乘船似，眼花落井同知章。矍鑠哉翁石蓮是，一鞭躍出如飛鶬。驍雄八尺唐驌驦，矯矯骨骼儕龍驤。東京健兒騎不得，翁騰而上嗔扶將。巖城石路開康莊，四蹄蹴踏聲雷硠。舉策回旋疾若舞，逸群跨踔横奔忙。欻然一縱入雲際，跳踉直欲排天閶。滿身新汗散如赭，弭節按轡神洋洋。今晨陡遇行殿外，邀我回駕浮霞觴。東西馳道若繩直，轉瞬絶影遥相望。候門僮奴佇立久，移時纔到行廚傍。翁今兩顴暈朝暘，皤皤頭鬢明秋霜。有時雄談氣激烈，虬髯一部森戟張。自言生長邗江上，匹馬横截平山岡。紅顔白面鞾鞚去，萬人鼓舞看飛揚。臣今老矣隨班行，塵沙踴趣猶徊翔。興發尚能馭叱撥，不施羈勒超金梁。怊悵東華省舊夢，蹇驢彳亍迷紅香。吁嗟！翁才衝突不可當，後生誰得如翁强？紅纓玉靶駕神駿，追風躡景何昂藏。君不見杜陵老倚能騎射，驔駿一蹶終損傷。又不見焦校書誇足膂力，馬踏還貽脣齒殃。快意多辱識懲誡，壯心不已空慨慷。老去馳騁當廣場，照地人馬皆輝光。旁人共羨好身手，勸翁及早須收繮。

汴上歸輿

拂曉輕輿出汴城，朦朧郊墅未分明。詎能塵事如人意，也當清遊暢客情。草木風聲天際送，江淮月色馬頭迎。此歸更喜兒隨侍，一路豪吟得載賡。

哭厲樊榭鶚

樊榭軒然來，穪處士隻立。壇坫盛江南，詞流空累百。天孫自製湔波裙，五彩細織秋空雲。宛拖銀河六幅水，姍姍微步淩高雯。營室衆婍裂帛勤，撦撏襞積何紛紛。回看天章雲錦妙縫剪，神光獨映河之濆。人世流光疾如電，漢殿徒勞緜竹薦。年年飈馳青翰舟，韓江一水留歡讌。豈誠仙舘在芝田，蛾眉絕代悲迍賤。西湖明月勝揚州，清暉一洗樊川面。倚聲餘事稱絕殊，如霜月照紅氍毹。銀箏玉管配新曲，妖姬緩唱圓於珠。人間早逝小長蘆，吁嗟真賞良已無。暮齒鄉閭聊跌宕，强捻觥籌折花當。金沙淹滯孝廉船，齊盟狎主神非王。我客梁園倏七年，中間一會兼忻愴。憶昔廣樂調鈞天，步入閶闔襟佩聯。洞庭老仙憎吹嶰竹裂，不肯引置軒皇前。秋風吹墮伶倫影，黃鐘器散如飛烟。頗嫌上界足官府相與，鞭笞鸞鳳爲散仙。忽聞瓊樓亟召修文手，飛控黃麟捎北斗。紫府猶稀萬丈才，塵寰誰享千金帚？滿娘光射琉璃屏，磨墨看草新宮銘。衍波箋寫相思字，乞賦曉寒摇筆成。尚餘一恨到殊庭，阿孌慟哭長爪生。老失知音我涕零，龍唇擊碎拋東溟。海山海水誰爲聽，空携華嶽峰頭句，焚向金牛湖上塋。

發長淮衛

一出喧湫市，平郊物色閒。刀光明古水，眉意寫遥山。行子争飛轡，居人半掩關。林廬曾幾別，身老此途間。

殘　月

彎環月初出，容色尚然黄。漸上三霄影，纔舒一彎光。寒原稀草木，衰鬢老風霜。殘夢輿中續，依依在故鄉。

磨盤山

馬蹄訇鬭石崚嶒，磵道寒深踏碎冰。斷續鈴聲清似柝，彎環月色淡于燈。珠盤兒喜參盟得，繡韉僮誇嚲控能。却惜磨盤山往復，老夫鬚鬢雪鬅鬙。

關山奉懷梁采山先生澤

勒馬關山頂上關，側身南望嶺南間。夢飛蝴蝶天邊遠，老惜騏驎地上閑。塵路空携花管麗，丹砂難掃鬢毛斑。三年重照清流影，一度經過一愴顔。

晚行滁州道中

野曠雲收暮景澄，朱光照地綵霞蒸。寒凝陰壑冰千尺，清寫遥天雁一繩。鈴馱衝風聲迅疾，肩輿下坂勢軒騰。僕夫譁指關門近，烟靄林中忽見燈。

浦　口

松柏層層冠翠岑，霜天回抱氣蕭森。半生詞賦江關冷，萬疊烟波浦口深。笳角吹殘清夜夢，檣帆摇動故園心。渡頭芳草寒消歇，北固雲連一片陰。

甘露寺

江風擘岸冷蕭蕭，且傍琳宫艤桂橈。危塔凌空迎海日，清鐘破曉答寒潮。南來帆勢衝千疊，北顧山光盡六朝。莫問英雄遺狠石，一收遠景上巖椒。

題張荷宇大任夢母圖

生兒未周晬，母殁兒何依。未省母顔榮悴，焉撫兒身瘦肥？兒生弱冠餘，夢母顔依稀。

百年三萬六千日，十月辭母懷。又得此數刻，兒屢得夢母。兒應識母熟，母夢不來兒嗚嗚哭。

今夕何夕行呈瓜田

今夕何夕當元夕，三人喜來不速客。新知舊好總忘形，劇談轟轟笑啞啞。張丈與我頭雪白，瓊樹陳君光照席。久隔湘靈五十絃，重見錢生慰疇昔。銅槃高燒燭花赤，玻璃滿滿傾靈液。合尊不復辨主賓，小户五斗大一石。算老重逢乙亥春，張丈陳君寫我真。泉下故人今不見，謂予齋。吁追逸調彈龍脣。第一圖翻舊譜新，苧塍長溪情最親。高山流水知音在，天地中間只兩人。舊題句。牙生鍾子千秋續，坐我鶴洲揮一曲。泠泠語盡七條冰，心賞無言對空谷。沉吟此意淚濯纓，騎雲一去歸空冥。翻作新圖綴舊恨，金徽零落誰爲聽？謂寫哀顔今若此，醉餘兩頰留微赬。六十年前猶未生，乾坤清氣流風霆。眼中之人渺何許，十年長我纔童嬰。時光去我如飛星，五岳未徧俄頹齡。梁園久看古時竹，閩海還宕新流萍。承平風景喧簫鼓，鼇山駕海攢千炬。香車寶馬溢通衢，月色團團猶未午。閉門泥飲勝傳柑，爆竹寧聞響鄰户。百年良夕幾盍簪，爛醉何妨横枕股。諸君更盡金屈巵，老狂起作如意舞。讙聲豪氣積雪融，萬朵紅梅綻庭塢。

赴閩道山書院有述

考亭昔倡道，崛起于南閩。舊俗成鄒魯，聖脈延千春。道風徧嶺嶠，心月懸海濱。八埏同仰止，小子情彌親。童年師餘山，勞，諱史，字麟書，餘姚人，學者稱餘山先生。白首慙因循。至今未聞道，撫躬猶蒙屯。七年淹汴上，論説空齗齗。轉入道山路，步趨瞠後塵。顧惟心一寸，竊慕光景新。夢先識草樹，私淑非無因。

別瓜田步見送韻

我行泝漸江，離心水千折。故鄉諸故人，獨難與君別。躡屩凌仙霞，拔劍撥疲茶。書隨北雁飛，意共南雲結。

遥別聖書

往歲去中州，扁舟風雨夕。筵餘未寒酒，浦送將行客。今春赴閩嶠，人事苦牽迫。清緣靳須臾，良晤失咫尺。弗言富貴重，溷跡一邱貉。弗言貧賤輕，亮志千金璧。子病眼眵昏，我老頭雪白。此別路遥遥，相思情脉脉。舊夢繞林臯，新愁寄潮汐。

留别二友

十年幾聚散，二子非浮沉。有恪秉明義，无咎諧素心。豹采既隱霧，鶴鳴亦在陰。多文富自昔，明德崇于今。壯圖喜深穩，老病嗟侵尋。花白吟壇地，雲青道山岑。明晨即鼓枻，今夕猶盍簪。風波告我慎，離情深復深。

六和塔

峥嶸窣堵波，千尺壓江介。試登七級巔，直窮三浙外。下藉石脚盤，上與雲頭會。卓犖意境崇，磅礴氣勢大。流影卧澄瀾，聳身出塵壒。日月跳兩丸，潮汐横一帶。丹梯破鴻濛，金輪照茫昧。浮屠詫奇觀，歷劫發深嘅。草緑定山春，月白嚴陵瀨。依依如故人，迢迢瞻净界。回首失高標，揚舲長擊汰。

贈盛愷同支燮從行

相於已卅載，兹行復追從。擔簦出雨郭，躡履升烟舺。有聞在頒白，無忝乎章縫。遠指道山席，緬跧先賢蹤。惟蘄緒言著，勿使經義蒙。愷同矢録予講義。我歲惜駒過，我體嗟龍鍾。炳燭自勝闇，此意將毋同。春帆破風浪，夜詠驚魚龍。清興窈無極，溪山一萬重。

留別族弟静軒有元并示兒子繩篪

迢迢川嵒道，戀戀骨肉恩。悢悢別魂黯，凄凄江雨昏。世故莽錯互，心事難具論。清關謝塵雜，古籍滋本根。顧我精力減，念子歲月奔。兒識此語苦，洗心仝默存。

富　陽

抱郛圻岸窄，偪水臨嶔巉。睥睨不數仞，歷歷覘松杉。城中俯江市，兀立升重嵒。曉航破烟潋，新柳捎春帆。買鮮就漁婦，罾魚解清饞。嚴灘已鄰近，風土超塵凡。

桐　廬

超忽越灘瀨，水宿多鷺鳧。兩山碧相對，一江清若虛。細火半漁艇，輕烟繞耕廬。帆蒲下曉市，帷樹張春衢。橘雨釃點點，竹風行疎疎。桐君不可見，採藥思嵒居。

七里瀨步謝靈運韻

四溢山水暉，委屬引清眺。曉渚靄縈回，春嵒紛蒨峭。薄雲隱殘魄，澄波吐靈曜。白鳥破烟飛，青猿倚屏嘯。翠微食宿恬，芳鮮聽睹妙。菟裘卜終老，移文謝竦誚。攬秀飽新餐，凌虛穩孤釣。子陵如成連，移情留逸調。

嚴先生釣臺二首

釣臺在天上，坐俯清泠灣。意仝任公子，垂釣滄溟間。高蹤渺萬古，峻絶不可攀。惟許晞髪叟，擊竹此往還。

夾岸千峰湧鷺濤，便論山水足清遨。乳嵒拔起成孤峻，帝座抛來是一豪。寂歷江中客星冷，生成天半釣臺高。人家多半垂綸者，老眼雙明見汝曹。

謁嚴先生祠

巋然祠堂在，潔地占數弓。七里奔急瀨，一氣吹清風。青烟澮瀧口，緑樹生嵒中。灰寒雲臺跡，蕪没東京宮。春江流浩浩，客星明曈曈。芳泉薦一醆，靈旂渺高空。

蘭　溪

澐澐縣前水，廻繞成縠溪。殘月曉烟滉，秀樹春嵒齊。驛火明水郭，江市穿沙蹊。蘭氣浥汀露，酒香拆甕泥。繫攬古石泐，送客新鶯啼。一川閲人代，懷古風凄凄。

蘭溪感舊

龍鯉門外水，東逝流滔滔。纍纍古隴平，慘慘羈魂號。客死棄鄉國，野葬迷蓬蒿。親知此中在，悵望增鬱陶。痛淚賈一斗，聊當釃芳醪。

水碓

漢陰抱甕老，不以槔挈水。海上狎鷗人，能使物忘己。如何機心動，淳樸漓本始。水碓肇何時，江潭截瀰瀰。怒流亘曲防，通溝築堅壘。臨深以爲高，注茲而挹彼。面勢若建瓴，度地應濡軌。團團一圍三，輻輻尺有咫。橫列常山蛇，左旋磨盤蟻。樞轉北辰星，儀測中天晷。木架捧橋衡，渚宮葺卑庳。編篷牛欄如，安臼兔殿擬。翻翻引龍骨，一一排雁齒。扼要運環中，通靈應表裏。操持在枋頭，蕩摇到沙觜。馭氣往復還，乘流行不止。昂首倏又低，帖尾俄更起。廡賃了無煩，城旦役可已。未用相杵舂，祇須簸糠粃。豈惟搗香秔，兼之造竹紙。不住碾圓規，便堪成側理。力作嬾保傭，辛勤弛僕婢。用如秉軸然，止即懸車矣。即事多所欣，爲械無用恥。宛轉恰關生，渾沌已鑿死。寧知浩蕩流，翻爲狙詐使。上灘良獨難，下瀨一何駛。逆浪不可篙，奔波激于矢。問誰推挽之，亦孰主張是。得意飈輪旋，失聲壑舟徙。便利累年專，機橦一夕毁。嗚呼詫神功，咄嗟出澆詭。雕斲喪天真，滛巧傳奇技。匠心鬬公輸，智囊壓樗里。偃師戲魚龍，郭郎舞傀儡。創制極精工，情性趨媮靡。器用乖先民，風俗鮮慤士。下流日已遷，中柱何由砥？一物騁區區，萬事知爾爾。我本息機翁，緬想無懷氏。

焦嵒

遠睇色如赭，嵬然山石焦。崚嶒斷草樹，翕艴明波潮。碧澥涌陽燄，赤城建霞標。衝沙檥鷁首，策杖升嵒椒。輕烟映窈靄，秀色生岧嶤。况逢朝雨霽，光氣凌丹霄。

續高山流水圖詩四首并序

《高山流水圖》者，禾中朱丈苧塍彝爵鼓琴，沈丈似笠修誠聽之，調元題詩其上，舊矣。朱丈之子予齋嵩齡與予交最篤。匡道義，勖文章，予平生兄事、言行無瑕尤者，予齋爲稱首。今殁已八年矣。張徵士瓜田摹其遺容，并寫予，續爲此圖。蓋以予爲伯牙，而鍾期乎予齋也。江行展視，泫然有作，希大雅君子賡和焉。

援琴鼓雅調，難得心相知。前哲仰朱沈，伯牙遘鍾期。圖存人已往，足令千載思。七絲有餘韻，我與君續之。中存古山水，真賞良在兹。泉臺不可作，積念生狂癡。

狂癡苦積念，曷由把君袪？曩時君思我，醉夢皆欷歔。流光疾于電，八載歸黄壚。豈不奮逸響，識曲稀君如。玉軫塵既滿，冰絃理亦疎。翻作思君操，泠泠悲有餘。

餘悲不可散，淚作聯珠揮。清宵寒月白，魂夢接容輝。既來倏復去，未得留重闈。情感張徵士，古貌圖依稀。時似不恒似，神彩凌空飛。焦桐久不鼓，零落存金徽。金徽存故物，良覯終無因。賞音緬先正，同心祇兩人。繼起鶴洲彦，舊圖勞翻新。今晨偶撫縵，簾外江娥顰。江風黯騷屑，江水凄淪淪。我欲竟此曲，此曲滋悲辛。

雨發衢州

晨發西安道，沿緣度城闉。上游江聲急，下塘草色春。渺矣十閩路，懷哉三浙濱。心事鬱紆在，烟雨紛如塵。

後溪橋

筊輿雨若注，鴉軋聲酸嘶。囓足畏峭石，驚魂滑柔泥。風灘集沙鴇，烟茨鳴村雞。半嵒冒嵐重，雜樹連雲齊。行人襟背溼，籜笠寒凄凄。方慚役徒御，安穩穿林蹊。

渡　頭

緣江細徑斷，烟隈一艖横。涉灘舁輿上，截流安不傾。鷺奔灣洄白，麥映陂陀青。中洲桂櫂疾，隔碕烟蕪平。雨歇僕行健，草屧黏沙輕。湖村地名喜相接，曠然心跡清。

七里橋

青山森二塔，氣象攢高雯。隔江相對出，離立意不群。嶙峋卓若筆，匪徒誇凌雲。取斯風月夕，披抹大塊文。逶迤七里橋，蒼翠羅繽紛。遠嵒黛嵐合，下潩清湍聞。沙乾脚不掉，曉霽心所欣。無爲悵于役，羈緒捐絲棼。

發清湖

澄湖釀清寒，過雨秀群木。泠風遠柳灣，翠靄迎茅屋。雙澗下青嵒，一道緣白谷。阻修冰夷宫，冞入朝雲族。春山宿霧清，凌空放遐矚。

楓嶺

寂歷清湖陰，潤發蒼翠蘽。曲阿瀦白水，修塢延青松。烟畦歷方罫，嵐岫圍高墉。沙鶴追飛盡，喜趁陽光紅。遥峰尚積雪，粉本皴芙蓉。清暉溢遠目，竚立思雲中。

江郎山

江郎碧霄矗，重岫奔趁趕。駢肩故自兩，累髻俄成三。亭亭十里外，遠矚浮晴嵐。就之肅揖翠，古色羅青藍。田坳滉春水，照影如江潭。陡竦鬼工削，離立天真含。仝根大冶鑄，一氣清鏡涵。匪他豈伊異，既翕樂且耽。流言遇群叔，恨不往而參。

峽　口

春氣暖連岡，張王撐空樹。迤邐列繡屏，一幀芳華聚。界畦濃緑分，漱麓奔泉注。修坦古木橋，草屩凌空步。清漪愛沿緣，回溪三兩渡。時見碧桃花，仙邑賞心遇。

白　鷺

襹褷雙白鷺，破靄相追飛。映水弄清影，凌風翻素衣。叫嘯命儔侶，飲啄舒天機。忽穿烟島去，仍泝江田歸。白波春漠漠，青塘夕依依。渚禽競高格，似爾風標稀。

溪水吟

兩峰軋霄峥，一道穿石罅。晴坳作雨飛，陰谷流雲下。蒠蘢竹柏交，清光巧相借。中含韶濩音，瑽琤奏日夜。眺聽意忘疲，緑縟茵須藉。

見一峰似育王山感賦

仙霞接群岫，合踏千孱顔。青霓曳旍罕，紫烟縈髻鬟。連峰數千里，一氣紛鈎環。俶佹列萬象，金碧晴斕斑。中有狀覆釜，宛似漸江山。鴻鑪本無意，客子心相關。有情繫舊國，悵望層霄間。嵩征逐飛隼，未暇樵梯攀。

仙霞嶺

峻嶺入仙霞，鳥道盤空翠。春林氣吐芳，曉岫烟含媚。石劍天西東，瀑雷峽内外。選塢閣籃輿，撥雲到梵寺。蟻陣群客行，豹聲一犬吠。俯瞰昨來徑，巒嶂俱帖地。乃知乘凌高，置身倏天際。

嶺寺池魚

石濄瀦山泉，冷甃似半月。緋魚百十頭，金鱗漾超忽。生趣具堂堂，清流趁活活。雙鵲下空除，一螺濳幽窟。其上冠紅亭，形勢倚岑樾。沉吟櫟園詩，匾刻周侍郎詩。凄響焦桐發。人去射烏樓，老氣猶鬱勃。我方物外遊，池寒沁到骨。澹作濠上觀，野性謝天伐。

溪口

崴嵬不可極，疊嶂延三衢。霞嵐一映發，水石千盤紆。翠禽苔上憩，白鹿雲中趨。春風飂然至，檜竹鳴笙竽。麥光青泱漭，旭氣紅扶疎。延緣出溪口，激波揮連珠。源花慕陶記，橋石嗤秦驅。瀏目愜幽賞，永日忘崎嶇。

溪石篇

疾下大竿嶺，水石益奔峭。淪波鼉首濡，曝日龜背燥。中流砥禹門，厲風虛衆竅。二姑渺江磯，三神浮海嶠。有時鼓磅礴，湧雪圍魭鱿。一片雲根盤，萬點雨珠跳。澹泞意已恬，滑澤色逾妙。險蹴吕梁遊，穩坐磻溪釣。帝憐渾沌鑿，人引嶔崎笑。天成溪石圖，失喜顛米叫。

曉發九牧

青山翠靄繞，曉色開雲屏。炊烟草舍起，雞犬散林坰。門前帶流水，日夜喧清聲。景色含淳古，秉耒逢村氓。蓐食急奔走，犖确争山程。扉屨信况瘁，暫憩香茅亭。奔波無貴賤，物役俱怔營。沙田得半頃，息意從春耕。

杉　枋

坡陀繡淑景，新綠延杉枋。丹嶂生暖翠，晃朗朝日光。鳴鳩隱村樹，流水環溪塘。三農肇舉趾，萬彙方載陽。稚耄生各遂，雞狗偕相將。花源不知處，澗塢多紅芳。

嶺　頭

萬峰縹緲湧，一氣奔嶺頭。岡巒勢忽歛，天海烟自流。春林遮晻曖，谷鳥交鉤輈。平山如碧浪，澹淹寒悠悠。淺麓帶䲶壤，暖映風茅抽。意似石屋路，繚曲趨江洲。短僮始遠出，頗憶湖鄉不？

題村塾

板橋響春水，古寺苔花皴。書聲竹間沸，諦聽清心神。丱兮覥婉孌，童子六七人。拭几筆研具，列坐禮法循。先生臯比擁，鬚鬢俱如銀。藹然肅客入，語笑何温醇。承平文教盛，弦誦際海濱。耆儒體貌古，童蒙意向新。幼率弟子職，長充觀國賓。感念吾孫子，養正須及辰。

漁　梁

漁梁色娟凈，水緑横春波。南浦省舊別，送遠傷如何。盛顔結大義，矐首期匪他。世事足幻異，人情遂乖訛。稱詩信誓在，越禮壞坊多。逝梁已發笱，食魚寧必河。有情誰能遣，對此紛滂沱。令儀願終保，延佇舒嘯歌。

揖仙橋

揖仙在溪塢，詎假秦皇橋？流泉漱寒玉，歸雲捲青綃。飢抄青精飯，渴注松花醪。婉兮靚衣縞，怡然樂垂髫。淺山引淳樸，遠市辭紛囂。村農事耕鑿，舊俗何由澆？有情戀水石，無累儕松喬。喜不緇我素，去住形神超。

仙　陽

行行出仙陽，豁達南閩路。晴光轉微波，碧霞延芳樹。御乘列子風，市散張超霧。亂灼夭桃華，輕拂鳴鳩羽。昨自清湖來，千巖莽回互。一重倏一掩，三朝復三暮。雖經梯磴攀，幸免滔霖注。岧嶤睇浦城，知在烟生處。

浦城

川邑會劇邑，睥睨生雲烟。仙霞接北麓，常玉通西壖。嵯峨起樓堞，形勢開南天。昔者未蘇喘，比户猶蕭然。承平蔚生聚，冠蓋何連翩。永懷西山老，光景鍾山川。考亭有嫡系，衍義垂遺編。至今無諸國，道脉千秋傳。末學眇聞見，講舍慚招延。緬惟鄒魯澤，浩衍由開先。經過式故里，載詠高山篇。

臨江石篇并序

浦城城外臨江口，奇石横出。去山麓里許，平田暗度，石脉二三處，如雲如浪。較昨年所見岱趾姜公橋石浪，别成一格。爰喜躍成此篇。

灝氣互融結，産石江之濱。坦邐坼數片，詭怪如有神。澶漫緑畦列，嶺脉通厓垠。星光墮江面，變幻成嶙峋。矗如妒羅緜，妙作披麻皴。軒然雪浪起，層疊鋪鱗鱗。其上亘鯨背，其外浮龍津。斷續北固口，衝突西泠濱。洞庭皺透瘦，飛來舞蹲蹲。海上倏破碎，吞吐連淪淪。女媧鍊不就，鬼斧鑱無因。大哉胚渾力，隨手施陶鈞。昨觀泰岱麓，石浪生粼粼。雲根此尤異，體格羅清新。生憐拘墟士，一卷誇翠珉。大文眼未覯，胡由闡坤珍？

九　湫

九湫在何處，未聽湍聲豪。靈雨從東來，颯颯喧林臯。烟空矗遠岫，翠髻施新膏。嵒樹洗濃緑，秀色千重高。微風拂籃轝，薄寒意蕭騷。飢劬正爾迫，欲得傾春醪。

西華嶺

嵬峨西華嶺，天半雲浮浮。重嵒勢合沓，駿奔元氣遒。今晨洒靈雨，磴滑輿丁愁。撐空仰兀突，彷佛仙霞不？巔厓表獨立，天横大九州。冥冥烟霧裏，龍吟廻其頭。

下嶺作

自天危嶺下，沙軟遵夷庚。黄犢水田散，零雨聊休耕。惟有茨篷底，水碓聲不停。苟非歷嵒阻，誰愛春陂平？啁嘲泥滑滑，任汝林中鳴。

大湖嶺

盤空又陡峭，登陟良艱虞。濛濛滛雨瀉，衣幔咸沾濡。到嶺暫一憩，粉餈解飢劬。重嵒上復下，不見澄浤湖。得毋事墾闢，疆畎開填淤。汝仇故鄉土，汝仇湖在餘姚。蓄洩爲時須。新畬貪數頃，荒厥千膏腴。當時剷湖議，風謡陳野夫。未叨轉圜聽，卒並成萊污。王政重水利，隴畔汪洋瀦。杞憂是處抱，客路重欷歔。

曉發石陂

群峰生曉烟，泱漭委復屬。繚繞度青林，晻曖散白谷。微雨始飛絲，麤點俄撒菽。村雞鳴膠膠，隴雉雊粥粥。樹盤堤岸牢，水帶泥塗濁。溪行逆水船，坡架負嵒屋。于役苟無飢，野店晨炊熟。

後溪石篇寄圖東并序

昨度大竿嶺，見溪石嵚岑殊狀。顱中不行舟，類造物盆景。臨江，石緣岸突出，陸離數片，特怪麗叫絶。自蔣溪至大羅灘，兩岸峻嶺夾峙，石脉散布，尤恢奇不可殫述。舟行巉巇詰屈間，長年把招指揮，沿洄神妙，故有『紙船鐵艄公』之諺。然已見摧敗二舟矣，乃作《後溪石篇》。客歲經岱麓，作《石浪行》，故人張圖東極賞蕪作。兹合書一通寄之，感知己于僕情惓惓也。

建溪溪中石，俶詭莫可詳。小者鷺作點，大或鼉爲梁。妥帖隈灣伏，突怒中流昂。對擘雙厓陡，衺延一道長。磊磊赬虬卵，排排白鷺行。疑城屹然立，破冢窔而藏。侹走駭山鹿，呀啄森天狼。屏障相向處，脉縷未渠央。弄舟手最敏，把招神獨揚。穿峽度恰恰，激箭飛滂滂。逐北亂蹂躪，指南灼毫茫。周麾先蝥弧，風利下龍驤。失勢賭土委，崩聲擺雷硠。驅鞭拒秦始，開鑿遺禹王。續作溪石篇，遠寄圖東張。奇豈破鬼膽，怪已入我腸。

大羅灘

松巒汎煖翠，烟昊開新晴。春淙散溪滸，石脈涵坳浤。衝灘燦銀礫，清旭懸金鉦。峽口象馬立，濤頭組練明。長年一不戒，敗槳雙奔傾。宏農悵失寶，汨羅幸全生。吾欲鏟地險，神力無五丁。永念垂堂戒，慎勿犯險行。

弢甫續集卷十三

古今體詩七十一首

曉發營頭

筍輿曉輕舉，骯髒輿夫肩。營頭實孔道，賓旅何駢闐。驛路修且阻，軒蓋方連翩。夫征古已渺，傭調規寧沿。郵籤遞即次，往復溪山便。沙乾落野水，樹曖縈嵒烟。牽扛悉民力，仁者心惻然。默慚勞傳遽，荒坡碧延緣。

麻　源

溪嶺入幽峭，净磴趨麻源。樵斧應深谷，農耒臨芳原。嵒巒滉雲氣，茅茨帶烟痕。穿林翠禽叫，落坡春水喧。野老綏荷蓧，山僮勤灌園。建陽近接壤，蔗田少争言。披榛此來往，依約如陶村。

山田

山田形勢異，參差萬不齊。物土匪南東，敷菑隨高低。日射赤鞢鞨，水漾青玻璃。堆堆虎卧石，曲曲蛇行溪。彎彎半蟾魄，重重圓馬蹄。三稜脚舒鴨，一尖角壓犀。下寬膽瓶町，中細腰鼓畦。繡錯七襄錦，剡鋭五等圭。隴首左耳割，沙溽長舌犁。冰裂春塢畔，龜坼夕陽西。層邱列梯桄，修埂拖虹霓。麻皴雲裏岫，之字烟中蹊。從心衺延闢，入眼紛綸迷。堯封悉播穫，禹甸無端倪。耕鑿忘帝力，擊壤歌蒸黎。

浮梁

爲梁仿古制，造舟賡雅詩。紅艘數十列，鐵鎖百丈維。中流櫛比在，一氣鈎連之。巨板忽雲斷，輕帆復飈馳。宛如閘啟閉，不礙輿逶迤。華表形對矗，彩虹影卧垂。華表榜『彩虹垂影』四字。王政溥利濟，大德叨隆施。春光遠澮浥，芳草含碧滋。

渡頭

建陽溪轉急，未可安浮梁。問渡入舟穩，截流緣岸長。沄沄下篙竹，滴滴濡裝囊。回湍散駕鴉，僵樹維艅艎。洲隈芳草緑，灘口浮沙黄。瀾狂數柱砥，川廣一葦杭。登厓睇枉渚，落日滔孤光。

霧中發建陽

春空塞重霧，四際白渺漫。惟聞水瀺灂，不見峰巑岏。鳥語競嘲哳，竹影迷檀欒。楊僕船難辨，張超市可觀。露珠綴歷歷，火輪上團團。川邑俱在眼，廓然天地寬。

萬溪頭見行舟作

萬溪石亂疊，橫絶無舟路。谽谺砉中開，數折莽回互。艓子伏灣隈，蓄力伺獨騖。當招分寸明，船首有招，諺呼把招者爲當招。一綫穿峽度。聒耳春湍豪，激矢飛奔注。習流衝波先，薄險驚呀屢。一灘復一灘，陽侯方盛怒。

北　坪

沙洲接北岸，潺湲繞修坪。中流金霓卧，返照黄琉明。藏舟競晚泊，劃井宜春耕。猶餘一片石，突作蟂磯横。

溪口横石似龜形

津頭石横出，宛肖形體穹。曝背沙圻上，昂首雲濤中。永辭豫且網，浮動馮夷宫。誰此築唫塢，老作龜堂翁。

曉發建寧

五夜溪聲洶，一江霞彩飛。春光日杲杲，客思雲依依。皛艇集芳草，女牆含翠微。麥田野色潤，松岫朝烟霏。道傍翁仲一，榛邱失崔嵬。身名早翳没，貴賤同所歸。

謝　坑

青山窈窕横，碧水逶迤轉。穿沙荻已芽，浥露花猶泫。烟開曉嶂明，草縟芳茵軟。市橋接磴平，村路沿源緬。杉隴亂飛鴉，桃溪獨吠犬。滿眼謝家詩，行愛吟髭撚。

盆　灘

横溪岸沙圻，崟岌蹲危灘。如馬戒觸石，奔鷺驚飛湍。青春景蕭瑟，白日人森寒。津頭洶潮汐，舟底淩岡巒。流萍一葉轉，射的千篙攢。狀狰奇鬼搏，影黑飢蛟蟠。旅人重名利，舟子輕波瀾。乃心分走險，無嗟行路難。

黯淡灘

峥嶸第一灘，盤空排峭石。衝濤開嵌谺，束峽赴險窄。囊濡蛟涎腥，艇解牛刃砉。千瀧激雲根，五夜宕月魄。錯磨山色青，碎擘天光白。邪許九鼎遷，撇捩一梭擲。天地豈不仁，黯淡此行客。

夕燒

春疇闢磽瘠，夕燒明空虚。欻然星星動，俄而艷艷舒。便欲爍金石，立見燔茅蒲。著根亂腷膊，趁力狂吹嘘。烟騰散鴉鵲，勢偪奔兔狐。燎原撲難滅，炎岡焚與俱。貽殃池忽及，欲逃門則無。火牛衝奇陣，燭龍照幽都。漫山播烈燄，匝磵然洪爐。焕爛剩赤壁，赫熾侵黄壚。焦經楚炬後，黑騐秦灰餘。老物已受燼，新雨紛流污。農勤百畝糞，田美千金圩。兼用火爲耨，尚復米如珠。作詩警荒飽，農事存諸書。

夕抵延平

秉炬煩阿囝，夕送行人行。片月波中上，繁燒嶺頭生。邑影闔復闢，磴勢陂且平。飀飀樹風動，嗷嗷沙禽鳴。遠際波光白，近前草色青。疾趨未即次，利涉方争程。烏榜翳暝霧，雉堞飛春星。延津此津逮，市火沿流明。

延　平

有宋諸大儒，考亭集其成。宏源導濂洛，豫章注澄泓。汪洋至閩海，巨派注延平。遥遥接洙泗，乃匯于南閩。學川溯源委，先河亘元精。吾師子勞子，倡道姚江清。支分媿斷港，細涓空泠泠。

劍　浦

神物必有偶，津合雙蒼龍。精氣暗相射，踴躍相追從。皓月映鐔鍔，冷色浮芙蓉。劍水清蕩潏，劍石寒巃嵸。無復雷騰上，自愛潛其鋒。凝眸延平口，萬古青濛濛。

劍浦懷石蓮兼寄經德

夙昔抱微尚，獲遇知者知。風義追曩古，膠漆堅相持。憶昨斗酒會，盡吐胸中奇。吾徒山東俊，亦復聯襟期。曲室影倏散，各在天一涯。人生匪麋鹿，豈得無别離？忼愾志千古，努力良在兹。鬱律雙龍劍，會合自有時。神鋒保不缺，詎惜形參差？我行延津上，悵望重逶遲。

雲嵒約卜築，白首相礲治。

鯿魚

新受漁人釣，偶得槎頭鯿。銀鬐尚撥刺，清川失淪漣。縮項生使獨，朵頤愛何偏。莚莚入午饌，白白羅春鮮。新語吾何有，素書寧用傳。夢回烟雨浦，情繫竹竿篇。

黎灘

黎灘衮夾峙，細浪中漣淪。石肖墮跕跕，舟如腠鱗鱗。小疊麟洲島，大闢龍門津。映草鋪青綺，奔鷺翻白銀。數堆麋角解，一片鼠尾皴。駘宕去嵒險，流覽怡心神。

急溪渡

一溪響淜騰，何事急于客。數柱屹當衝，歲久亦漸圻。水性本至柔，勢激乃摧擘。觀其志必東，千折固莫易。一舟橫津口，閒時纜鐵索。問渡猛撑篙，毋俾崩波迫。窅然默澄觀，奔忙自日夕。

白沙嶺

插天一峰挺，威紆盤白沙。條風動和煦，萬木生榮華。磵泉幽自語，山桃昨已花。嵒坳散雞犬，鄰曲嬉童娃。樵隱意各適，羲燧風豈遐？羈禽去不息，僕僕行天涯。

清風嶺

連山勢合沓，梯登千仞青。重嵒積翠合，一磴浮雲平。新畬已夕燒，布穀催春耕。愛此中田饁，永無外患嬰。穹石倚絶巘，古木排空冥。清風播嶼𠂆，中或藏天氓。

發清風嶺

出户下嵒磴，爛爛行黄沙。曉晴雲欲散，氣暖桐始華。水禽鳴格磔，山畬鬭污邪。荒隴卧斷碣，壞道横古槎。溪灘隔林遠，驛路穿嶺賒。弗嫌老冬薄酒名，匏斟就山家。

溪　筏

溪行最險惡，編木代剡刳。疾于開頭柁，連即銜尾艫。溜竝注篙下，風亦張帆趨。帖波婉平進，傍石輕盤紆。篷類蝸負殼，人如水汎鳧。莫喻彼岸筏，絶勝中流壺。溺人自必笑，入水原不濡。吾行異浮海，未用資乘桴。

見舟行石灘中

衝波避廣川，石灘不辭陜。平定一帆張，偪仄兩厓夾。淺篙下手頻，小舟轉身恰。渟著經曲阿，急溜下清霅。漣漪汎鴨頭，濡滯熟羊胛。渺渺接通津，巴船横出峽。

橄欖

不脛走天下，磊落堆盤青。齒牙未得利，舌本終回馨。標格近交廣，風味誇吴傖。悠悠失真賞，的的含孤清。我來漱芳潤，天寳鍾精英。誕育此佳果，尤珍以諫名。

水冂詢知萩林消息入舟作

山程盡崎嶇，水宿聒湍瀨。灘入古田平，驛臨水口窄。看鏡對衰顔，推篷見皓魄。棹泝波鱗鱗，岸送烏礫礫。旅候入深春，人夢牽今夕。良知不可親，怊悵南行客。

竹碕關

竹碕景幽峭，緑陰設嚴關。漁鹽集官艇，雞犬鳴市闤。厓石竦嶕嶢，烟水紛灣澴。吾心澹無慮，散策空陂間。

洪山橋入福州城

洪山驛路坦，斷橋溪水喧。綠烟曖廣甸，赤日輝重門。嶺嶠氣象麗，海疆都會繁。烏石照疊席，考亭遺緒言。人文盛冠蓋，吾道賡篴塤。皓首漫于役，素心良自捫。緬懷汴上轍，益厲河干飧。此邦足耆舊，古義同討論。

觀寓館畫壁醉仙奉懷石峰二首

誰掃池上壁，愛圖飲中仙。流霞既醉止，玉山遂頹然。似散子騫會，欲拍洪厓肩。欹拄綠玉杖，歸踏蓬山顛。有懷汴上叟，妙過岳與虔。乘興潑水墨，落紙生雲烟。幽襟激昂在，良覿慳清緣。

憶君東齋壁，墨竹寒修修。筆法篆籒古，谷勢篔簹幽。絶技文與可，篤愛王子猷。此中有深得，萬事行歸休。嘗欲貌詩老，笑傲凌滄洲。春風吹客影，遠到天南頭。阻闊三千里，對此增離憂。

誦黄莘田任詩集奉贈

滔滔䀀海浪，節義爲泉源。既老作聱叟，初生實愍孫。君生三歲，曾大父仲允及堂先生全節歿于武陵。壯攬中原轡，首傾北海樽。暫出謝塵路，遄歸守衡門。腰難折元亮，骨豈屯虞翻？後凋秉松性，幽芳溢蘭言。詩因麗則美，道以清貧尊。近訪吟壇峻，叨分鈞石温。輸心向風雅，煖眼如弟昆。六律驢奇中，一羽横高騫。此事繫千古，心知容細論。

奉題林蒼巖正青一研歸耕圖

研田苦磽瘠，却無非意憂。歸從陶潛賦，耡逐倪寬儔。書種乃肯播，經畬不輟耰。夏畦體非病，春暉心欲酬。爲子既供職，力農亦有秋。萬事等破甑，一研誠菟裘。潔養踰百稔，母夫人今年九十有五，吉人，先生德配。此外夫何求？

謁范忠貞公祠

桓元睨晋鼎，侯景窺梁臺。彼皆際昏黷，跡尚隨烟煤。聖朝撫興運，幺麽叢禍胎。連雞詎能躍，孤犺遂先摧。堂堂忠貞公，百苦志不隤。吟留圜扉壁，字漶前劫灰。鬼雄掃狌犺，靈旂拂雲雷。豐碑勒奎藻，天漢同昭回。祠前海色净，萬里青冥開。

烏石山

維南有崇山，岧亭立烏石。緑陂曲折升，清風左右掖。嵚巇古削平，蒽蒨新紛積。鼓旗二山名繞郭青，海湖際天白。飛鳥疾于梭，浮雲滃在舄。烟華萬瓦流，日氣重嵒射。曲隖帶茅茨，荒祠蔭松柏。俯臨照眼明，春苔一池碧。

烏石山觀海

全閩環大海，水天入溟濛。春長蛟涎白，夜睒鼇睛紅。肇闢無諸國，略定樓船功。一氣冪島嶼，三神駕虛空。遠飲咸池馬，高挂扶桑弓。沃焦奔逝水，鬒鬢成秋蓬。狂吟烏石上，潑墨留孤踪。

謁朱子祠

雲中搆祠屋，道山鬱嵯峨。肅恭陟階石，愛惜周庭柯。當時僞學禁，末造宵人多。轉憂騁弔詭，偏喜成乖訛。儒宗揭如日，異議操吾戈。决防苦不已，横流將如何。嗟予具綿力，立志回頽波。尊聞正無缺，率履平不頗。止宿有精舍，欲往攀青蘿。

疊韻別吴牧堂謙鋕

密契聯膠漆，微生念本元。烟波廻斷梗，薜荔撫衡門。聲動離絃操，情銜別酒樽。雲山原自遠，暑雨却辭繁。雙眼深知注，孤心不可言。恩期培梓杞，價謬長璵璠。直以醇醪醉，寧因疊席尊。鴛鸞儀共仰，蒲柳質同論。講舍縈群彦，通門結後昆。歌驪勞見送，往復過高軒。

發浦城

江城散清旭，力疾升籃輿。溪水鳴漸汩，石徑延威紆。草木蔚千里，霞嵐明四隅。往復經嶺嶠，倏忽披茙蒲。病容黯悴柏，老景奔豪駒。西山緬遺韻，欲去還踟躕。

梨　嶺

風挾雨聲大，梨嶺千尋高。雪瀑喧溪厂，油雲冒岊嶅。乳鳩坐深樹，飢鶴盤荒皐。喜得厓寺古，暫憩行人勞。茗飲得所適，箕踞何其豪。石林響淅瀝，來者方滔滔。

茶　嶺

潺湲高田水，下田噴薄流。清聲浩不息，迤登茶嶺頭。青松列偃蓋，白雲興層樓。疎疎水苗足，嫋嫋風蒲抽。喚雨雌雄鵓，渡溪子母牛。豎木接斷彴，暗徑穿深溝。開畲去怪石，并力亞旅稠。心忻荒穢闢，秋穀盈西疇。

仙霞嶺

峭壁拔千仞，蛇徑盤高天。高寒隔風氣，陰晴吐氛烟。當關一夫力，百萬誰能前？如何摧破日，雄駿橫爭先。我行踰險峻，隔月重沿緣。昔來經春雨，新草生芳田。今歸際溽暑，繁木蔭清泉。長途困顛頓，老體嬰沉綿。閩山謝修阻，浙水衝回旋。浮雲白泱漭，望國心暢然。

江郎山

江郎好兄弟，終古此肩隨。山心鎮長寂，雁行不暫離。成仙詎踽踽，篤愛方怡怡。雨晴共倚薄，寒燠堅相持。世情匪盤石，何能無轉移？

輓古春

襹褷歸羽自南溟，雪上追蹤逝莫停。鴛渚親朋慳後會，鹿門耆舊失前型。桐孫待鳳千尋直，松麈成龍五粒青。惆悵研池浜畔路，素舸風雨不堪聽。

梅花和定嵒韻

春逗孤山倚水樓，心隨片月到南州。送迎隴驛傳芳信，淹速江關問路由。萬點雪花飄遠夢，一枝柔樠動清愁。空階及與君相見，留着寒香在樹頭。

紅照銀燈冷蘂繁，二千里外別家園。笑巡簷砌春風煖，吟度關河野水昏。老瘦獨凝冰玉骨，清寒長錬雪霜魂。庾公樓畔情緣重，一朵花酬酒一樽。

酬定嵒見贈韻

鼓櫂風生落燈夕，登樓月到上弦時。濂溪便可成新築，湓浦依然戀故知。舊觀神明勞子復，無邊光景係人思。此間吟弄勝騷辨，未用看雲入九疑。

入濂溪書院酬定嵒韻

烟水印須此一時，餘山流澤有前期。露滋林竹無窮翠，風度溪蓮莫道遲。相顧析薪期子荷，却教拔劒撥吾衰。諸生四面雲岑繞，樂向書堂聚故基。

入書院呈定嵒

湓水千盤寫素襟，臨風重撫伯牙琴。九江試攬春前景，五岳還論物外心。豈謂嵒居涵遠志，恣教客坐放清吟。參他鹿洞鵝湖跡，新闢書堂振士林。

午晴

江城過雨午晴初，汩汩春泉溜決渠。一樹梧桐纔着葉，疎陰已解弄前除。

送定嵒之彭澤

一庭花氣釀初晴，隔院春風送鼓聲。排馬忽傳彭澤去，沿江垂柳已藏鶯。

懷定嵒在彭澤

連朝雷送雨聲麤，高下陂塘水濺珠。料得馬頭春色好，撩君吟筆蘸彭湖。

蘭

打燈風雨度連晨，狼籍花枝餞晚春。留得江潭香草在，渾疑芳潔對靈均。

喜定喦歸自彭澤

柳色青青拂繡鞍，歸來藍尾宴春殘。畸人坐對桐窗雨，忘却花期過牡丹。

簡定喦

二十二番過好風，遄催芳信楝花叢。江南春色堂堂去，驀地櫻桃照眼紅。

疊韻簡定喦二首

連朝難得十分晴，新咏因風一寄聲。濃緑暗催春色去，花叢垂盡囀雛鶯。

舊夢紅香快據鞍，旗亭唱到百花殘。而今白雪堆明鏡，人世曾無却老丹。

簡定喦

幽軒恰稱老夫潛，鎮日無營醉咏兼。瀉澗輕摇沙影白，緣階新長草痕纖。

江城晴眺

起望晴光滿，江城草樹新。鰟鰉初出水，蛺蜨遠隨人。天霽容如沐，山明意覺親。楝花風已到，對景惜餘春。

立夏日雨讌定嵒齋

邀就西軒共拍浮，芳醪不用過牆頭。遄催雨裏三春盡，一洗天邊萬緑稠。簷溜争看飛雪瀑，屐聲曾不到江樓。酣餘似覺微寒動，却引薰風颺小裘。

送人疊韻

一彎絃月照虚窗，客伴難維下水艭。蒲緑當風抽别緒，梅黄過雨激飛瀧。懷人夢繞滕王閣，送棹情隨左蠡江。旅跡萍蓬俄聚散，好留餘興續開缸。

偕定嵒晚眺

遠映層穹碧，清收宿霧昏。誰將青玉劍，截斷紫霞痕。謝朓耽詩境，陶潛趣酒樽。無窮醉吟意，愛與素心論。

濂溪書院瀑布歌和定嵒韻

廬陰舊是元公之所宫，雲峰四涌環當中。一派飛流蕩寒碧，濂溪之水春瀜瀜。清飈欻吸吹激萬萬古，助以懸流不斷號松風。七百年來元氣復，亭臺參錯攢層穹。瀑布一條引自遠山背，白日飛下滄海蜿蜿龍。鑿翠信鬼斧，捲白驚神工。今辰值卓午，萬象開晦蒙。噴薄乃是連旬雨，乾坤披豁清明衷。却疑瓊漿遠自帝臺瀉，玉色傾倒天瓢濃。我曾遊歷山岳聞潺淙，砯崖轉石攙圓筇。天台石梁響蹴海山動，龍湫雁宕色映江月空。銀河乍崩玉峽擘，眼明泰華兼衡嵩。萬古轟雷千尺雪，奇觀磅礴各不同。琴心三疊不可以盡寫，成連伯牙空復絃孤桐。况兹泉流道國澤，伊洛闗閩資淬礲。廣川後裔古脉原相通，滔滔來者無終窮。

鐵骨菴竹林夜坐和定嵒韻

竹林寺本虛無宮，化人指點廬山中。金波此浸蕭槮影，宛如荇藻浮渟瀜。攢眉不願入白社，把臂却喜來清風。千竿高刷翠鸞尾，一掃初地騰蒼穹。我方愛山耽小住，踴躍莫化陂間龍。天上誰修廣寒户，玉斧細琢勞元工。何不手擘頑陰去，瓊輪乃遣游氛蒙。假如霧散青天出，水鏡盡揭光明衷。琅玕高下數岫插，夕露沾灑尤鮮濃。坐久心清水精域，石泉暗壁聞淙淙。明朝去看谷口瀑，斬削圓玉分青筇。撥雲峰在竹西塢，一徑躡石盤高空。梵書底處覊人意，放去合追庾子嵩。迷濛嗤殺三語掾，漫謂宗旨將毋同。此如箏琶亂人耳，欲溷三尺龍脣桐。立起吟句煩芟礲，泠泠清韻心相通。當前酬唱各有得，夢亦同趣情何窮。

微雨行自鐵骨菴至太平宫大晴用瀑布韻呈定嵒

佛樓起望三清宫，前山白氣溟茫中。鐵骨道人去已久，斷泉幽咽青揺瀜。一宿不作桑下戀，芒鞋踏碉衣飄風。大聲潀潀響亂石，餘點落落抛元穹。龍潭咫尺不多遠，蜷尾髣髴歸神龍。沿江一帶白沙岸，雪浪滉瀁收雨工。廬山巔頂已戴帽，連峰幅幅輕紗蒙。不須借取决雲劍，解駁足快盤遨衷。秧田縱横列方罫，翠色突過青緺濃。蒲葦蟠塘白水滿，高下灌注鳴琤淙。芳塍沿緣窄刺足，塗泥滑滑勞支筇。右闢新畬彎環抱，左落古塹低窪空。潯陽九派似清雒，蓮峰千仞如碧嵩。客蹤宦轍過中土，舊夢各異聯牀同。佳辰賞經風月笛，古觀倚偏松柏桐。太平遺址矗石闕，殘碑斷畫巃沙礲。功名富貴豈常在，盡絶外慕由中通。其雨其雨杲杲出，清景變幻誰能窮？

苦雨吟呈定嵒

三日滛霖水滿墀，抛殘銀竹又纖絺。漁舟檥到沙邊屋，蛙鼓鳴來竈下池。麥隴欹眠黄穟穟，秧田倒浸緑差差。畸人未忘憂民意，安得神鋒斫雨師？

四月十五夜偕定嵒登庾樓翫江月疊韻

亭臺滅没荆楚宫，庾樓猶矗江城中。陶陶孟夏夕始望，波光月色寒沖瀜。女牆烏栖萬籟寂，巾帶縹緲吹微風。寶奩盡出大圓鏡，下上一片磨青穹。波心黟點走小艇，尾鬣東下如游龍。澄淵不動静滑笏，水面歌笑輕篙工。星星漁火兩三處，照破隈岸雲沙蒙。江妃素娥宛覿面，各以皓潔明其衷。沿隄旖旎柳絲挂，翠髦藹着烟痕濃。鷺鷥不眠忽决起，灣頭拍拍飛流淙。詎待清秋厲屐響，天半拉客扶吟笻。一吸流暉千萬里，悟入無始天地空。只願滄浪逐漁父，未慕冠蓋追蕭嵩。借問青天老蟾兔，今夕幾人清興同？明月無言迤西去，但把玉魄懸高桐。濂溪書堂不日就，伐石作記勞鐫礲。便須昕夕坐峰頂，潺潺溪水江流通。雲岑架搆儼樓閣，更上一層目可窮。

送内弟王雲隨歸烏程

辛苦溢城道，來遊未及旬。江南逢歉歲，夢裏繫飢民。溽暑風吹葛，孤舟月似銀。霅川蒲釀熟，歸奉倚閭親。

古詩二首

盛夏百卉茂，青林晨露溼。梧桐方布陰，無端隕一葉。萬物出于機，亦復從機入。吁嗟華木巔，未秋逗殘劫。時方向端午，金飈豈歘吸？造化本無心，恩怨何由集？

小女不識蝗，呼作紅蜻蜓。誰知下翠隴，嚙盡田禾青。老稺不得食，日旰炊烟停。鬻女大隄估，生纔十四齡。淚痕滿青鏡，泣别憐娉婷。鏡與人俱去，萬里浮江舲。耶孃儂不怨，怨彼螣與螟。

弢甫續集卷十四

古今體詩九十首

酬陳樸學奉兹見投韻

鴻生蓄意躋巃嵸，上攀古老心骨雄。有闍衣鉢嗣終古，蹉脚便墮窪流中。暴漲訇聲任横決，志並千折江流東。心肝須瑩白雪白，一洗世俗塵埃空。潯陽樸學生介立，手翻六籍求歸宗。明瞳不見群童沸，聽彼裁量迷青紅。層樓空據上牀坐，湖海氣已收元龍。詞波千派究元本，一條天漢清源通。萬物乘和盎生氣，庭草雨過青茸茸。起凭山牕意思好，千秋妙處懷元公。濂溪溪上書堂在，當時卜築誅蒿蓬。雲岑翠疊水清駛，圖書指畫昭群蒙。七百年餘復舊觀，廬陰牖户開神功。但將琴酒論即事，已高何必升華嵩。遲君倚梧并欹枕，有興梯偏周遭峰。一片瓊英美無價，犕石或借他山礲。吾與點意不薄蝕，溪邊吟弄追前蹤。磷磷白石繞岸木，納凉趁燠分圓筇。龍潭古湫珠玉瀉，香爐煖旭翠靄重。深山風景飽聞見，坐攬動静披鴻濛。淺深各得此中趣，遠鐘斷續參疎舂。無邊光霽映寤寐，清暉四湧穿心胸。還持茗椀澆書味，共尋至樂曷有窮？　林裏啁啾聚燕雀，冲天絶去看孤鴻。

送撲學北上兼寄坤一僕亦將往汴上酬和留别韻

吟弄遵溪畔，飛騰向日邊。壯遊聲籍甚，小隱思悠然。岩洞孤踪寂，烟霞勝地偏。雪飛千澗合，雲破一峰懸。劇愛携筇竹，其誰拂几筵？身非茹芝皓，興想泛槎騫。自閉林中户，從廻汊口船。臺隍違有咫，道里隔如千。逝豈桴浮海，栖寧墨食瀍。朝昏吟覺穩，冷煖坐能堅。聚影稀仝席，離懷繫遠天。郢歌傳座上，雒誦在風前。拈韻神何愜，揮毫妙到巔。潯陽波送楚，碣石翠迎燕。青靄巍瞻岱，黄流利涉川。春逢梅信動，夜仰斗杓旋。鸑鷟應巢閣，驊騮好着鞭。無雙江國士，第一祖洲仙。袍自披宫纈，爐還惹御烟。龍樓標嶕嶢，鳳沼瀉潺湲。塵起平隄軟，曦明上苑鮮。宴斟銀鑿落，出跨錦連錢。花蘂攢鋪繡，楊絲藹吐緜。巖徐知把袂，賈董要隨肩。飢饉災雖弭，疲癃困尚眠。端須排玉闥，莫但擘濤牋。烜赫輕時譽，峥嶸重古賢。野夫甘塊獨，物外恣飄翩。拙匪臨金注，安惟作瓦全。歲華消蠖伏，軒蓋謝蚿憐。訪岳追禽慶，窮經老服虔。章縫期有後，壇坫不争先。雅慕韋編絶，渾嗤鐵研穿。香收沙隴秫，枯倒石池蓮。久饜藜羹味，深韜寶劍篇。檣烏看早發，河鯉藉遥傳。芳草三千里，清音五十絃。鸞坡憶趨走，鷺渚鎮聯拳。忘却霜垂鬢，傾來酒似泉。梁園招舊客，廬阜逼殘年。萍跡猶當泛，蓬心已悉捐。書城擁南面，筆耒耨東田。癖性耽佳句，幽居抱太元。勞筋良憊矣，講舍且游焉。樺爥曾三跋，冰輪更幾弦。灣隈頻徙倚，柁軫莽推遷。髦彥才名盛，恩門世誼聯。珪璋今特達，潋浦昔回邅。去住情難別，行藏意各便。古交情比石，山立不虧顛。

往汴上遥別定岩疊韻

贛水停雲外，廬陰積雪邊。萍踪渾不定，峰色故依然。講舍中州舊，書房勝景偏。波皃隨客汎，風旆共心懸。寧欲操梁簡，端須謝楚筵。論詩懷甫白，修德想淵騫。失命相思駕，虛來見訪船。陂鴻飛一一，嶺樹曖千千。此地方停轡，當時類卜瀍。經營值伊始，招致一何堅。南浦栖遲路，西江晃朗天。載凭滕閣上，尤愛庾樓前。空曠朱欄迴，憑陵粉堞巔。炎氛指交廣，北斗直幽燕。岍隴低寒日，滄溟匯大川。雨晴偕唱和，昕夕恣盤旋。絲絡登山榼，塵衝出郭鞭。胸襟真灑落，儀觀本神仙。龍洞春餘瀑，香爐午際烟。豪吟披晻暍，薄醉漱潺湲。鼓篋英髦衆，圜橋弁木鮮。顧廚羅綺饌，傾橐散青錢。洞闢深凝髓，雲鋪乍卷綿。納涼輕振袂，臨霽密差肩。蠟屐多連步，繩牀每對眠。因依尋石室，揮霍染霞牋。早了公家事，常親郡國賢。龔黃稱籍籍，禽尚慕翩翩。子實徽猷播，予惟雅志全。逍遥翻見羡，勞頓底須憐。邊塞馳驅冷，恒宗向往虔。關河坐懷古，麋鹿走争先。城市忘機過，松篁適興穿。兒童騎碧篠，幕府映紅蓮。奕奕匡時略，迢迢憶友篇。璽書天際下，除目道中傳。遥仰新州範，却思流水絃。暌違頻悵望，佇待更勤拳。迅疾投林鳥，奔騰赴壑泉。重逢歡永夕，後會嘆何年。高館還須送，離愁詎易捐？　褰帷冕應露，終畝硯爲田。　玉節期勳懋，岩扃味道元。　幽居堪老矣，遠使忽臨焉。　留戀猶懷土，遄催若佩弦。　亭臺無那别，琴劍遂教還。　汴上情肫切，虔南夢接聯。　差池緣分隔，往復道途邅。　盛事知難繼，羈人就所便。　通天岩嶕岌，高義不頹顛。

旅　懷

無求斯足貴，有待之爲煩。　舟行逆水上，急流苦湍奔。　覓車尋古轍，迍邅滞沙村。　行路難若此，安得健翮翻？

奉酬裘公南州題五岳拙集韻

明公手持簜節行，遍臨方岳前驅旌。　寒底噓春煦寰宇，餓時將乳哺生靈。　野人吟遊恣曠蕩，小言評定勞鍾嶸。　如椽陡灑大篇落，詩城萬雉開關扃。　斗室晶光出四壁，走盤明月無留停。　夔龍勳業照萬古，詎聞健筆揮縱横？　田間我亦蒼生一，老于擊壤埋身名。　偶爾向禽夙願果，芒屩不寒岩壑盟。　百年駒隙過盛歲，千首蚓竅賡微情。　尚想域中名勝富，彭觥鐵杖多未經。　慚抛實際汗至踵，矐首學道嗟無成。　久蝗廩粟虱講席，撫身奚翅鴻毛輕？　未及登龍袂一捧，早傳見待雙眸青。

奉贈圖東懸車旋里

林下稀逢一，亭前信見三。圖東家築見三亭。旌麾辭陜陌，舸舳返江南。髦穉攀行蓋，郊坰擁去驂。關雲隨靉靉，河柳裊毿毿。舊德謠何暮，清標寶不貪。田廬家計薄，棠樹曉陰參。墨噴龍津浪，思飄熊耳嵐。江毫縱揮洒，鄴架恣研覃。召牧群呼父，宣尼抱送男。鷁鶡文炳燿，騄駬氣趁驔。片語襟期合，千秋道誼擔。長唫憐脱贈，險韻喜窮探。旅影燒燈聚，叢編促膝談。扶輪大名播，投漆古情含。冷煖時俱歷，酸鹹味各諳。聞聲趨似蜃，綴字密於蠶。西望灘爲錦，東來谷是函。素心奇互賞，佳句癖嘗耽。太華看仙掌，高齋拆酒罈。籬花香拂拂，漏鼓響鐺鐺。閩嶠攢凝黛，潯陽派染藍。夢魂縈落月，節序憶傳柑。曩每歲上元時，望前旌入汴。昨歲欣良覿，中州夕共酣。向平從訪岳，疏廣志抽簪。街柝催分袂，山窗遠剔蟫。重來春正滿，遄别意難堪。暫對樊樓火，相思海嶽菴。懸車君自適，疊席我殊慙。蓬沼言誰聽，松寥樂且湛。孤棲仝夜鵲，歸老異湘潭。詩律兒曹問，恩波髦彦涵。登舟渾羨李，傾蓋却追郯。藹藹交親醉，津津説士甘。詞頭傾瀉活，杯尾拍浮婪。晚景喧桑柘，豪歌叩劍鐔。首塗風料峭，撫鬢雪髟鬖。上客虚枚馬，真人想尹聃。謂馬石蓮。花溪停麯舫，竹院啟經龕。世好聯璫珮，門才挺杞楠。雕章懷謝朓，知己數桓譚。北固城如甕，中泠水注甌。會須偕眺咏，新曲付何戡。

輓范母湯太君

世人競錐刀，視義若芻狗。于所厚者薄，焉望薄者厚？吾欽范文正，鉉業潤九有。即如置義田，舉動根孝友。亦足激頹風，史册垂不朽。于今有聞孫，鶴鶴雲中守。敬宗故收族，續補一千畝。盛事聞聖朝，褒嘉風化首。嗟哉見星奔，感嘆盈萬口。酸風遶素帷，義方出賢母。

題古春秋岩松桂圖遺照

松桂俱後凋，凌霜不改色。匹如抱義人，終始秉一德。默觀出入機，宴坐陂陀側。翠積雲岊深，陰轉石磴仄。若雪處子膚，以踵真人息。壑舟藏已移，天弢解亦得。廣漠在何鄉，清顔傳副墨。音傳谺谷虚，谷神渺何極。

寄贈宋萊衣嘉慶

閈中歲月去堂堂，影散春燈各一方。初聚竹谿年最少，老吟梅嶼興偏長。沉冥拋却心頭事，酣適傾來手底觴。憐我衰遲還浪跡，比鄰朋好倍難忘。

客中和白公餘杭形勝詩韻

老客風情掃地無，空憐佳景夢重湖。雁迷雪嶼難傳信，兔冷金梁漫守株。烟岫曉寒嵐轉翠，沙堤冬煖草先蘇。却追小舫聯吟日，醉俯清波未有鬚。

哭盧氏女六首

焦琴痛碎十三徽，月没教星照錦幃。寒罄客裝營藥物，春釃淚血慟慈闈。悲思楓落清江冷，望斷花開綺陌歸。病到十分枯指爪，猶憐兒女密縫衣。

碧城玉宇映蟾蜍，捧得冰輪入夢初。塵世渾難留皓魄，全光還散入空虚。女初生時，作《夢月詞》云：『門開蕩蕩延清虚，碧城玉宇寒光舒。銀漢當階一團瀉，手翻滉瀁招蟾蜍。摇沙的皪灘聲静，玻瓈捧向懷中冷。鮫綃拂拭兔輪清，圓冰寫出河山影。書客久厭青燈微，明明金鑑將持歸。映徹玲瓏肺腑白，琳琅之珮交生輝。丹梯疾下璇霄裏，回看衆嫮齊粲齒。瓊光直入畫樓心，驚醒芙蓉照秋水。霜華凄凄透羅紈，寶鈿翠羽臨晶盤。水紋簟上瀟湘動，雪衣女訴簾鈎寒。瀲灎金波盪壁起，緗幃雨落珠璣子。』

門風原是異吾家，秦晉休將巨閥誇。冰上人來詞總費，多方作合類摶沙。

生來從未出帷房，蓋篋惟存練布裳。小閣春開白銅鏡，朱鉛不愛抹濃粧。

早逝先姑未及笄，于歸偷作數行啼。孤山山北營春奠，腸斷靈宫日欲低。

蘭室從聯娣姒歡，謂息溟繼室。春前分散珮珊珊。傷心訃到青門日，病榻羅衣淚未乾。

拔劍

拔劍空成慷慨歌，夢歸夜夜繞庭柯。緘書蚤遣鄉心碎，把盞難教客面酡。病卧清漳愁轉劇，淚濺嬴博恨還多。衝炎水陸三千里，那得新涼雨一簑。

靈車出汴二首

路旁雨泣感諸生，遠送靈車出汴城。從此萍蓬踪跡斷，金梁橋外月空明。
晚計荆扉闢遠郊，那知家累竟難拋。不如遊岳成長往，徑覓雲松深處巢。

哭季子繩箎五十首

奄忽拋荒百軸文，萍漂踪跡死生分。白頭慟哭梁園夜，叫斷高天迴不聞。
山妻老病鬢絲殘，哭女經年淚未乾。况復魂歸斜月墮，靈風吹徹草堂寒。
長跪求醫憶稚齡，憂爺危疾涕交零。而今訣別殘燈裏，苦語酸心不可聽。
零丁伯氏苦沉縣，門户撦持一力肩。不道翎原偏鎩羽，飛鳴聲斷萬重烟。
風騷流派共追尋，喜奉連枝子墨林。此後登樓成獨咏，池塘春草倍傷心。
生憐病婦最伶俜，新産呱呱未匝齡。祇恐哀傷難駐景，更教誰乳兩寧馨？

弱息青門病訣時，情憐少弟見無期。誰知蒿里悲風急，南北都成永別離。

一張口閉只須休，萬事皆空本屬浮。遺恨劬勞恩未報，又將數口累親憂。兒訣云：『一張口閉，萬事皆空。但恨雙親恩未報，又將孤寡累親。』氣便悲咽。

恒幹難留欲斷魂，幢幢背壁一燈昏。只將連夕哀呼意，聊答雙親罔極恩。兒病亟，連夕呼父母不絶口，曰：『姑實受兒叫數聲，明日不能開口矣。』

新春催別聖湖隈，千里關山繭足來。誰信年光容易盡，霎時電抹過平臺。

遺編乾死案頭螢，催迫殘魂去杳冥。縱使青雲辜壯志，何妨白髮老明經。

吹臺烟景幾清明，臨了來遊送此生。凌亂千條萬條柳，悲風吹作音做白楊聲。

雞聲驢背磨盤山，離緒紛更客況艱。却望清流關外路，雁行中斷失生還。今春與球兒仝來汴。

絶學餘山續易通，濂溪研席瀑聲中。圖書奥義紛綸在，更與何人訂異同？

虎僕龍賓拜賜回，品題叨許冠群材。『氣魄凌雲抽虎僕，香憐滴露試龍賓』，兒蒙鄂虛亭中丞招，面試畢，予筆墨即席賦謝句也。中丞評兒卷云：『梁園故稱多才，當爲生首屈一指。』知音淚向征西洒，沙塞蓬池盡劫灰。

門仞昌黎品目多，東京才子藹駢羅。通眉長爪人先逝，悲感高軒昔日過。謂張圖東。

故人不見馬相如，謂石蓮。梁苑流連藻鏡餘。玉折蘭摧兩家事，同聲一哭血沾裾。

二王古帖手臨摹，袁老東齋幾度過。愛與五郎傳八法，墨痕何似淚痕多。

把文小陸最相於，謂疎村。敷衽論心入洛初。不省浮生駒隙過，河中猶寄一雙魚。

朋曹連夕伴靈幃，廣柳車驅拜送歸。隔岸不堪回首望，黄河渡口涕交揮。

趨庭便是闔棺年，父子深恩幾日緣。客館正當埋照處，靈輀還向逝川前。

輪蹄相失獨山隈，戊辰年事。秋雨如塵黯不開。一夜暌離尚惆悵，争教賫恨入泉臺。

車篷颼捲舊山岡，今仍遇雨于獨山畔。密雨横侵萬弩强。似爲殘魂痛零落，天公替洒淚浪浪。

午夜魂歸月滿山，仍從河泲下江關。分明歷歷來時路，哀緒如絲不可刪。

池館聯吟跡已陳，雷紋漢鼎世家珍。寧期劫後存燕石，什襲東陽姓沈人。萩林齒及予與兒奉和君家漢雷紋鼎聯句詩。

當筵授簡共鄒枚，兔苑金樽雪夜開。忍説風燈十年事，一朝魂斷孝王臺。

如夢如痴困不醒，哀傷情味茹頽齡。水明殘夜篷窗月，觸撥前塵涕忽零。

檢點遺文痛入心，中州小集忍沉吟。喪明也道前賢過，無那腸回涕不禁。

江南江北遠揚舲，渡口頻呼旅櫬靈。浩渺明湖烟浪接，悲風先到夢兒亭。

蒲帆十幅下吴門，灑面風來雪涕痕。夜静水天横疋練，空江澹月與招魂。

窺篷月色近三更，聽徹旗亭漏鼓清。不奈江邊深樹裏，驚心時有子烏聲。

鶯脰湖邊昔溯沿，仝來吟翫水中天。一輪舊月搖波白，那得清暉照九泉。
魂傷北訃乍聞時，賴汝承顏一解悲。驀報嘔心兒不返，阿孃雖在命如絲。
霜鬢衰同病葉零，壯懷期汝淬青萍。傷心白日黄雞曲，短景摧殘廿八齡。
今古推遷逝水流，功成白首合歸休。如何方負凌雲氣，青鬢埋藏土一抔。
葡萄簷下月如銀，舊日歸來話苦辛。夜色依然涼潑水，凝思犀角已成塵。
玉骨稜稜瘞土中，畢生辛苦事雕蟲。西泠松柏風吹雨，眼見吟窩小劫空。
哭送琴兒入夜臺，湖南春草緑成堆。重濺思子千行淚，多少啼烏助我哀。
河汴舟車迭唱吟，題辭珍重比南金。謂周穆門。魂歸應過青芝塢，穆門葬處。舊聽焦桐最賞音。
樂翁作達照清襟，謂兒之外舅汪晴江。老去無兒結愛深。雪樹傷離魂黯黯，江亭悲逝淚涔涔。
詩魂應戀庾樓磯，日暮江霞片片飛。快倚危欄斜點筆，清吟曾和謝元暉。謂董定岩。
風情端數白尚書，兒贈定岩句。吟餞江樓雪霽初。隔歲南雲斷消息，龐眉書客已邱墟。
子安才藻賁洪都，失意人歸左蠡湖。高閣淋漓遺墨在，昂藏詎肯哭窮途？
師友情從感逝纏，數棺未得卜新阡。捐金首倡營堂斧，秋草寒烟羃九泉。兒首捐金，拉同人葬顧氏數棺。

不曾囊槖貯私錢，毛褐藜羹性所便。冰雪襟期殊類我，一生長詠伐檀篇。

南閩抱疴返柴荆，猶憶懷憂抱短檠。聽徹凉蛬清不寐，柝聲殘後起鐘聲。

手葺西頭竹屋新，故人椽筆署扶輪。朱子齋題額。家聲果許江關動，詎合摧傷小庾身？

聽慧濂孫繡褓中，愛拈書卷傍簾櫳。幾編手澤巾箱裏，留待他年付小同。予與濂孫先後乙亥生。

孕得嵩孫墮地遲，孕十八月始生。未看周晬委孤兒。春明纔到無多日，便是塵寰夢覺時。

名山大業幾人傳，江左清門一脈延。忽忽夢回如有失，情懷彷彿宅憂年。

重寄酬息溟見答二首

五岳歸來已息遊，蓬池烟水此生浮。那堪老病無情緒，還對壥區貉一邱。

空天一鶴久無儕，東望孤山處士齋。招我歸來知有曲，月中梅影想横階。

矢獨往二首疊韻

是處堪藏夜壑舟，柁摇元氣信沉浮。湖山待作衣冠塚，老子無心學首邱。

兒時憶逐好朋儕，影散秋風冷舊齋。一任豆花棚底月，照他蛬語沸空階。

感悼二首

流傳江鮑免無兒，推激風騷感故知。謂章苧田。江驛何人操夢筆，秋墳有鬼唱新詩。

生戀庭闈忽復休，歿須魂魄聚山邱。因依五岳詩人側，清氣長涵海月秋。

戊寅冬録别二首

故國稀知己，他鄉訪友生。艱難遵道路，哀痛觸心情。學輟劉中壘，狂增阮步兵。茫茫天海闊，還逐雁南征。

眼前無一可，去住總心違。婦病渾難起，孫孤孰與依？霜華寒夜重，樹影遠天稀。萬事俱前定，行行攬翠微。

圖東秋仲遊棲霞閨人趙氏忽逝垂老牽悼亡之緒生子稑不及見其早成詩以當誄呈圖東

懸車鎮偕老，料理苦吟人。宜室如桓少，生兒勝伯仁。秋蘭遺佩冷，新月蹙眉顰。腸斷棲霞夕，泉聲咽蛩頻。

留别圖東

老去纏悲緒，相看鬢盡霜。吾方摧謝玉，君亦冷荀香。江滸鷗連影，天涯雁斷行。新詩那處寄，川路遠蒼茫。

江口奉懷息溟

客行遠汎贛江船，回首西泠路四千。繫足一生當幾緉，關心七十欠三年。君年值此。老憐東野抱深痛，交憶仲容稱最賢。情話白頭渾不盡，平橋揮手夕陽前。

江行寄懷聖書

懷君獨産犀角兒，長祝壽耇無分離。寧惟富貴了不急，萬事舉合浮雲之。我今已類煢獨叟，病足蹣跚成老醜。流傳江鮑更期誰，萬里天涯搔白首。

白下曲

霜霰連朝下，城傍柳盡枯。凄凉白門夜，啼煞欲栖烏。

江舟冬至

冬至驚傳是此晨，孤舟僮僕黯相親。傷心噩夢隨千里，回首悲啼只兩人。行李盡沾襟上血，遺編忍覩劫餘塵。更番天地陽和轉，何處重逢永訣身？

醉歌行舟泊蘭花洲作

烏篷蕩漾落日曛，孤客愁思繁于雲。蘭花洲畔晚倚薄，散策草徑緣荒墳。驀見風帘颭林隙，黃醅正熟香氛氲。急呼僮僕挈瓦瓶，往沽飛逐歸鴉群。拾取枯枝爇土銼，蓬勃舵尾紅烟熏。天氣初寒酒熱沸，倒傾觥面盈十分。平時三蕉吸不盡，此夕白波捲沄沄。豈真渴羌濡燥吻，掃愁非此莫策勳。浮浮續斟罄餘瀝，醉眼不辨天黃纁。填胸傀儡澆不得，有物鬱起如奔麕。我藝九畹春繽紛，鶗鴂先鳴敗奇芬。芳叢未秋早零落，菉薋張王不可耘。天生衆香有氣類，謂宜蕙歎因芝焚。詎意蕙荃化茅後，居然蕕而伐薰。吾兒拜捧霹靂文，撒手徑去拋塵氛。天上差樂不汝苦，賸我在世謡諑聞。懵騰倒枕夢不懌，大靈三述天之云。乃知造物了無意，修短好醜憑芸芸。眼醒夜半萬慮釋，磊落星挂西江濆。

和仝人登鬱孤臺韻

極目虔南景，憑臨感百端。滄桑人代過，嶺海客途看。影落孤飛鳥，愁遮萬疊巒。群公豪興在，天半耐高寒。

和仝人登八境臺

眼底雙江合，樓頭衆屐經。犬牙吴地杳，鵬背粤天青。城郭歸仙鶴，波瀾動客星。南州從去住，身世一浮萍。

仝遊通天嵒步陽明公韻

藉草軟于茵，共愛嵐光好。連山若烟浪，陸海浮仙島。春空一片雲，冉冉歸何早。高吟望古人，石壁苔花掃。

通天嵒歌

靈境艷説通天岩，渡江村塢紆沿緣。仄徑盤回蹴犖确，千山圍合吟窩圓。遮斷青霄一片石，鬼斧削出房櫳寬。刳中綽可布牀席，不用架棟長牢堅。蓮花座上佛髻矗，一綫正透岩中天。割取十笏置龕帳，遺像儼謁陽行先。坡翁題句妙入骨，倏然物外仙乎仙。當時太守重薜服，遠屏軒從趨岩間。清風欻吸酒六合，霞梯萬丈奚由攀？浮榮本是草頭露，塵纓底事紛纏牽？我坐通天岩，百緒都棄捐。抗懷萬萬古，過眼浮雲然。獨有一節慨當慷，呼風直上天公箋。暴何爲壽柳跖，仁何爲夭顏淵？善滛福禍勿細校，修短孰竊洪鈞權？南斗北斗下筆注，詎無覺察糾其偏？氣數天主持，忍使倒且顛。蜉蝣蟪蛄候本促，幺麼物類難緜延。粹質已費帝爐鑄，乃遽銷鑠終天年。其餘萬事莫究詰，夢夢何自袪霾烟。天公置不答，紅盆墜荒山。淋漓紫壁枉呵問，扣木起賦招魂篇。

悼篪兒和黃甫濂悼子乘韻

睽睽西月墮，虛堂漏二更。凝想我亡兒，婉婉追平生。謂是青松姿，詎作日及榮？佳者捨我去，老我心煢煢。書堂憶匡阜，清吟對翠屏。衆中見標格，煜然彰朱纓。倏絶人間影，杳飛天上聲。遺草滿蓋篋，撿視怨毒盈。家運苦迍邅，棟折而榱崩。嫉彼啁啾者，喜捐隨珠明。

贛江除夕

老懷黯黮媿延陵，神氣天涯向我憑。巨浪連江頻入夢，殘年罷酒獨沾膺。聲沉静院三更柝，光炧虛窗一盞燈。料得繐帷銀燭冷，小堂對哭意難勝。

弢甫續集卷十五

古今體詩九十六首

己卯元夕

天中嶺北各生春，死别生離洒涕頻。試問冰輪泉下去，可能照徹過庭人？

鄉園今夜掩重門，黯淡家江黑霧屯。欻歙春風千萬里，夜深吹斷北歸魂。

凄清手撫十三徽，白雪清聲和者稀。怪底無情焦尾木，雨昏彈得子烏飛。

人日寄懷息溟

人日梅花點客裳，鬱孤臺畔影蒼茫。不須罰酒依金谷，自欲題詩寄草堂。故國親知時墜雨，新年鬢髮益飛霜。此情堪訴惟君在，一紙書成淚數行。

和紙燈韻

紅碧紛勞剪，良工雅擅能。明攢上元夕，巧壓九華燈。霞色縱横疊，銀花下上層。熒煌催喝盞，莫道醉難勝。

春　燈

客又臨元夕，新紗絳蠟籠。階飛濯枝雨，窗掩試燈風。催瀉屠蘇碧，争開菡萏紅。書帷添焕爛，吟徹漏聲中。

酬和友人原韻

清緣三度離復合，煖語慰我衰朽姿。舊從潯陽赴汴上，憶子甬東方旋歸。有鶴哀鳴失子和，復返孤嶼依清池。老梅萬本剩枯幹，白月照影風吹衣。二十四灘走單舸，浪翻天柱尤危巇。故人遮留歸曲室，賓筵環佩重攬持。江湖放浪野心性，辱子呼我爲天隨。桐城孝廉倚輦轂，浮名到死終何希。蓉湖却惜忠憲裔，病驥狂奔拋月題。子曾負痾霍然已，小豐臺畔聯幽期。心跡雙清慕古老，庶幾風節攀由夷。眼底豐盈失犀角，猥比斜川紛涕洟。鴻篇揮出中郎手，峥嶸不減有道碑。小招歌向鬱孤上，雙江魂漾寒玻璃。濃情最感慇玉折，欲將絮酒兼隻羅刹江頭洶惡浪，勢漲溟渤無端倪。人情翻覆狀若此，太息坐對西馳暉。鄉園不爲飢驅别，偪仄催落天南陲。幸接良知恤煢獨，古道力挽今澆漓。高呼欲遣氣激越，詩名謬許千秋垂。微材豈比杜陵杜，特誇五岳窮遨嬉。老來骨相逾迍薄，行吟坐嘯百不宜。夢想羅浮欲策杖，老病空辦游山資。除夕欹倒在平地，手脚拘攣何能爲？髩顔憔悴入新歲，春生轉值龍鍾時。頻貽好句重瓊玖，調高白雪誠恢奇。老手横把醴陵筆，五花爛漫攢聲詩。鴉塗亦動野夫興，屠蘇滿汎夫何辭？

酬友贈疊韻

天生衆材别良楛，支離我屬樗散姿。市朝輝赫少住着，催向霞嵐深處歸。枋榆鷽鳩近飛搶，鵬摶羊角遊天池。或負青天或控地，逍遥各自翻毛衣。舊曾擔簦入世路，太行孟門千嶮巇。丹雞白犬指天日，膠漆孰是堅相持？以兹感歎謝時彦，麟衫鶴蓋拋追隨。功名富貴土苴等，丹臺注名非所希。只愛芒鞋蹴巖壑，千丈石壁狂留題。虎豹魑魅百不怖，縱心獨往無前期。鐺煮黄精瓢汲水，脚踏翫戲心則夷。有時下上乎萬古，緬懷曩哲流涕洟。把酒拜澆冥漠塚，剜苔卧看沉埋碑。斜陽夕墮赤靺鞨，野水秋滉青琉璃。台蕩左神涉隩域，雪中時聽犬與雞。攀登五岳了宿願，勇從禽向行不疑。中嵩發軔訪鴻乙有乙字，三花古樹春紛披。鐵笻拄過蒼龍背，雲臺玉井探坤倪。岱頂光摇大海水，火輪煜蕩黄金暉。雲麓峰連回雁嶺，琴棊臺俯飛狐陘。若士遨遊恣汗漫，物外盡泯風淳漓。上方六月雪浩浩，下界四海雲垂垂。黯淡灘衝八閩路，武夷惜未窮盤嬉。烟月羅浮久入夢，嶺南暄暖冬遊宜。伐道須拖靈運屐，買山休問巢由資。贑石奔飛四千里，故人欵我栖遲爲。與君相聚豐臺畔，濛濛草樹春生時。不嗤燕石類星隕，隨珠揮贈何瑰奇。五岳詩人辱拜號，長篇磊落投新詩。從今客館暢酬和，下里愧答陽春辭。

疊韻奉懷定岩春詣省城

素交胸次抱潔白，一壺炯映冰玉姿。况篤氣誼自騷漢，雙江賓至真如歸。數日暫分曲室影，黄鵠獨叫春陂池。獻歲屢接辛盤讌，椒酒倒潑污裘衣。公家期會指南浦，不畏灘石衝峨巇。仝行詩老得姚合，青鏤兩管時分持。燭花燦燦芙蕖綻，蘭舟桂楫吟魂隨。公才公望映翰墨，抗心萬古君所希。自來盛事數漢上，風流主客襟互題。洪都藻思更絶特，流水雅奏逢鍾期。牛斗垂光聚人傑，三王接踵覎等夷。昨者潯陽乍移節，群髦戀别揮涕洟。至今兀突斵山骨，大書深刻濂溪碑。南望謳思泝章貢，落日滉漾明黄璃。一萍漂泊忽復合，車笠不用盟丹雞。玉杯竹林洽道氣，笑視莫逆無纖疑。傾箱搜取近製作，開張爛若雲錦披。却侈五岳芒屩遍，謂耦翳缺參王倪。猶餘陡壁擘窠字，囊括山水之清暉。山靈光怪喜電發，留此照燿青霞陲。軨材安得此相謂，真意含醞噴淋漓。尤憐亡子比小鳳，忽鎩翽羽空罔垂。向平老去負奇累，正須放意雲中嬉。欲向粤東下鴻爪，鈍騃知我乖時宜。烏紗丱角出跽拜，書帷北面求師資。叵我舊業久荒落，漫勞軟疊重氈爲。江閣省曾涴粉壁，浮埃袂拂今其時。試燈風裏作勝會，筆勢競鬬臨川奇。惜哉無緣攬俊彩，定復均賦懷人詩。柏家門户涉文雅，高議志乘羅雄辭。柏使君將修《贛志》。

和新歲雷雨韻

九回腸似楚江流，鄉思如雲黯不收。喧動春雷驚遠夢，打殘庭樹攪新愁。心孤况值連朝病，年老何堪萬里遊。猶喜天涯逢好伴，浦沙相聚一群鷗。

奉懷息溟于度

南天春雨太淋漓，客緒千端亂若絲。蝶夢宵長追逐屢，魚書江遠往還遲。詩吟東野悲難了，酒倒中山醉不辭。六逸飄零三益散，故園留得幾心知。

和歸雁韻

萬里遄征去，飛催煖氣初。春雲呼舊伴，瘴海别僑居。倦羽憐爲客，長途懶寄書。鄉關君自返，無那引悲歔。

和感春韻

花塢看偏嬾，苔階步獨遲。哀傷當晚歲，潦倒度春期。人爲浮名誤，身緣老病欺。連旬苦霖雨，今喜見朝曦。

和水仙花韻

瀟碧湘清爲寫真，數枝横映暮江濱。含情欲解波心珮，不語難舒鏡面顰。步去盈盈羅襪月，夢回渺渺縞衣春。人間留得驚鴻影，愁倩陳王賦洛神。

奉酬姚君見題五岳集後原韻

今古一窖塵，埋没萬賢哲。童耄憩蘧廬，劫劫馳過客。以此謝時流，不逐聲名窟。巍巍德與功，諒難厠英特。縱浪山水間，决策蠟吾屐。香泥踏春葩，凍石蹴寒雪。馬羸曳塵靷，蛟鼉繞江楫。寰瀛富岩壑，志欲偏攀陟。名山大者五，次第先游歷。升巔恣嘯呼，憑杖一笻力。曠蕩野鶴心，飄忽浮雲跡。緑樾倦堪眠，黄精飢可食。萬里相追隨，獨有青霄月。惝恍見神靈，林岩詣幽絶。高冥漲澄暉，遐攬飽新得。我生何所爲，吟遊爲本業。歸來夢魂清，空翠映眉睫。石室賤燒丹，沙門笑業白。自諧物外緣，詎顧區中責？適興抒歌吟，格律焉足説？引吭向風鳴，時鳥知無别。乘化以待盡，流光任奔掣。君試訪舊題，苔花半侵滅。

清明定岩攜同人汎舟章江讌集和韻

抛堶過寒食，出郭棹方舟。二水澄波合，群峰煖翠浮。玉杯携董子，金節駐虔州。友以佳辰合，時將逸興酬。蘭亭人渺渺，禊帖思悠悠。遊目情原暢，流觴景更幽。山川雄嶺北，花柳艷江頭。津市叢闤塞，池隍静堞樓。當年資重鎮，大府借前籌。氛祲消蠻徼，威聲播海陬。天星長炳煜，灘石盡懷柔。喬木三春蔚，新烟萬户稠。年光催巨麗，風度跐前修。名士多龍虎，畸人似鷺鷗。洲清留汎𧕚，月白散行騶。剩有滄浪曲，相將和楚謳。

豐臺小集和韻

樓亭霄漢聳，正對鬱孤臺。粉堞雙江抱，烟巒八境開。林飛紅蔌蔌，澗漱碧洄洄。廣坐參差列，輕衫迤邐來。池橋因昔搆，竹樹續新栽。近圃紛綸劃，遥峰衆皺堆。縷梳無限柳，錢繡幾重苔。幽轉槐柯影，清蠲石磴埃。朋簪閒自盍，風範小看頹。塵思松濤滌，年光穀雨催。兕觥消大户，鵕管動長才。浭水千盤隔，斑衣五色裁。華堂親笑舞，舊國夢遲回。園闢荆南畔，名從薊北隈。忠緣移孝作，主以愛賓陪。唱和郢中曲，洋洋盈耳哉。

奉和定岩豐臺詩韻十二首并序

豐臺者，署東閒地。昔王文成公作《思歸軒賦》懷海日公，闢射圃，建觀德亭于其中。宋綿津就池上搆小橋，殆魏和公詩所云『使院牆東處士橋』也。君疊土山，結椶亭，與鬱孤臺相對，可四眺崆峒、五龍嶺、通天岩、天竺，烟翠歷歷在目。濂溪書院側有光孝寺，孤塔岑聳，勢欲飛來。嘗此爲迎養太公，作登眺地，故署曰豐臺。蓋豐潤有豐臺，寄土思也。喟然有作，調元用依韻謹和。

東圃青藤滿架扶，回溪皴碧漾菰蘆。浭陽詩句姚江賦，情繞南陔德不孤。

翠滴椶棚數仞寒，飛來明月正團圞。謝庭傳説光風轉，奕葉香生玉砌蘭。

崆峒雲氣軋霄峥，北苑南宮畫不成。最是朝烟收未半，一痕螺翠裊空横。

春雨連宵瀑漲初，銀瀧珠沫走千渠。五龍霞彩侵簷赤，兀突撑空浄掃餘。

舊夢蓮峰翠繞門，雲岑樓上澹心魂。揭來纓濯雙江水，霽月猶看瑩八垠。

谽谺洞穴指通天，宴坐忘歸思悄然。風月盈襟殊灑落，笑他迦葉口頭禪。

一瓶一鉢潋江邊，天竺開山不記年。猶憶清寒龍吻吐，霜髭朗鑑石潭前。

縹緲春空矗髻鬟，鬱孤青繞女牆間。椶亭百尺遥相對，合唤江城大小山。

濂水澄泓漾碧天，經春蓮葉布田田。一枝塔卓書堂外，午影欹横硯席邊。

鯨音梵唄中清程，撞破江烟忽一聲。綵服繡衣春日永，瑞應光孝爲君名。

苔皴射圃葺遺亭，猶見文成舊典型。嗤煞毬場千步築，離披五色墮高青。

迤邐牆東數步遥，金精高士舊相邀。殊慚五岳詩人跡，踏過春溪白板橋。

己卯午日

蒲汎雙江水，清涵一片光。家山違北渚，客鳥下南塘。寂寞人千古，飄零酒一觴。風塵猶徙倚，愧製芰荷裳。

輓馮母徐孺人

情似雙江水忽分，芳徽綺歲壓笄裙。玉臺仙筆抛三管，紗幔神針散五紋。漏盡恰沉銀浦月，魂歸還送碧空雲。不堪寶鴨衣香冷，腸斷橋南老令君。

霽日園林二首

梧桐花落井牀陰，新沐朝光翠滿林。忽見池塘平岸水，却思風雨夜來深。

一抹紅霞映曉暾，芳林歷亂鳥聲喧。可堪草樹蔥蘢裏，梅子青青隔故園。

題三星圖

心無一事酒百觚，二十四考書中書。百二十春杖不扶，元精耿耿明高衢。瑞應人間信有諸，槃礴潑墨規作圖。星宮之君形模殊，問誰題之廣川儒。爛然文彩鈎珊瑚，誰其獲之船珍珠。我屏寒具讚且吁，有德致此良非虚。

與友論杜詩幹惟畫肉不畫骨二句蓋反跌語也豈有早入室之弟子而使驊騮之氣凋喪者乎因舉杜所作韓幹畫馬讚以解之成一絶

杜公讚韓畫，騕褭何清新。可見窮殊相，毫端信有神。

哭盧二兄敬甫五十首

總角親情半百年，飛來惡耗贛江邊。驚呼一慟連珠迸，瀉作横波下逝川。
漫浪西河欲斷魂，龍鍾雙袖滿啼痕。還悲雞黍村中月，未得歸飛哭寢門。
東臯明月省團團，煙水空亭徧倚欄。拍手兒童頭盡白，雙先生已影成單。
初拈斑管涉風騷，二子東城氣頗豪。我未成童君未冠，冰絃不與別人操。
筏喻菴中硯席安，桐陰深緑共凭欄。瞿曇早逝沙彌老，回首浮生指一彈。

東里先生詩思澄，由來附熱笑青蠅。承家心跡雙清在，烱映壺中一片冰。予與君詠伏裏秋，書蒼丈出一絶云：『歒蒸未退風先改，又見庭梧落樹頭。可信炎涼頻代謝，青蠅猶附不知秋。』書蒼丈稱東里先生。

没齒難忘柳母賢，熊丸分給一燈前。通門猶子千行淚，最憶蘭堂雒誦年。

曾攜庾信哭徐陵，少時與兄初交餘杭章苧田，其同邑鮑虞臯已早逝。束髮騷壇已代興。耆舊只今零落盡，風吹蒿里恨填膺。

高臨壇坫少渠翁，馮先生諱景。驚賞招窮賦最工。咄咄玉郎呼快壻，文章先後哭秋風。

名士初婚桂魄圓，明霞映水兩重鮮。最傷錦瑟華年促，彈斷秋窗五十絃。

幾年舞絮撲簾櫳，雅韻猶傳道韞風。孤鶴吟成聽不得，聲聲哀怨唳霜空。

清詠樓中撫玉琴，上頭冠子待君簪。孟光邀倖齊眉在，一睇城南百感深。

糧艘來往水雲寒，白玉堂中刼屢殘。不道魂歸楓樹底，嚴冬風竹失平安。

嬾雲窩裏石堂偏，風遞清香識妙蓮。卧擁單衾涼到骨，一宵秋雨百重泉。

堂開三益月華明，却憶兒時似隔生。料得阮溪溪畔水，謂息溟。都成嗚咽斷腸聲。

消渴連旬不下樓，涼蘇病骨入清秋。天開河畔三年客，一度緘書一度愁。

絳帷遥隔緑窗紗，江漲橋西碧一涯。步屧隨君出城外，春風看徧馬塍花。

當湖鴉軋櫓聲柔，向晚溟茫九派流。咫尺高城魚鑰閉，月明齊倚弄珠樓。

含悽二老立汀洲，目送輕橈作遠遊。遊子雙雙向西去，沙河曲曲自東流。

東郡城頭暮角哀，題詩仝上少陵臺。飛過片片吳雲白，日下秋空首重回。

黯黮魂傷草土餘，風前對泣兩皋魚。哀哀縗上交加血，洒到無聲卧倚廬。

松木塲邊西復西，墓田春草碧烟迷。棠梨花落陪君掃，寒食年年杜宇啼。

征軺辛苦上京華，吟到河西白月斜。一例打來秋毦毦，從教消受玉川茶。

南山春筍北山薇，一笑青門策蹇歸。慚踏軟紅貧徹骨，送君惟有淚沾衣。

林居踪跡半南湖，小艇沿洄載玉壺。好是姚園秋未老，醉看烟雨翠糢糊。

春波何處不關情，夕入桐川兩槳横。清滴小方壺上漏，聯牀欹枕到天明。

夢落風波共一舟，商聲聊答舜江謳。無何日飲師犀首，醉倒橋南十笏樓。

興盡人間返玉京，謫仙未老解塵纓。謂海門。蓬池閬苑如相見，爲道悲吟太瘦生。

呼朋分解杖頭錢，花水明湖慣溯沿。凄斷西州門外路，便應沉却總宜船。

一輛欃鞋一蒻冠，扁舟風雨恣游盤。嵐光波色依然在，吟斷湖樓百尺欄。

秋老湖山黯澹中，露桐滴盡更霜楓。可堪孤嶼寒梅發，日到悲泉已不東。

曠海樓前爛似霞，城東十里盡桃花。他時獨訪經行跡，相喚惟餘白項鴉。

周巷春流帶市橋，綠楊村舍雨瀟瀟。東風吹散横塘影，故國吟魂不可招。

東臨滄海哭津夫，淚眼眵昏手共扶。今日雙江哀欲絕。那堪身與月同孤。

四賢祠上酒盈杯，雪滿湖山泛艇回。圓泖秋雲向空盡，孤山明月爲誰來？
海色江聲滿客舟，乘潮一夜下明州。故人青眼遥相待，甬上猶存白雪樓。
老鼓焦桐幾賞音，自憐微意寓高深。哀絃彈落平江月，一曲虞歌輓石林。謂惺齋。
吟殘風月散溪塘，一夜秋聲斷白楊。往助孤兒營沐槨，窮交生死誼何長。謂郭又叔。
歲暮萍漂白鶴江，載歸明月滿篷窗。孤踪不減豪吟興，催斫鱸魚倒玉缸。
陸機文賦早能工，庾信才名老更雄。咳唾飛從九天落，可憐珠玉散飄風。
舟菴唱和把新詩，便是千秋永訣時。畢世心親子桑户，此中莫逆有誰知？
悃悵平橋小立時，東西分瀉碧琉璃。早知揮手成終古，秋雨秋風悔別離。
西陵盤敦續紛紛，老輩無因更得聞。兒去玉樓先洒掃，待君新賦氣凌雲。
商聲淅瀝井桐陰，拾得青銅半段簪。迸落秋風兩行淚，人間難覓舊同心。
舊時明月入江樓，照我悲啼剩白頭。泉路亦非穹壤外，此生到處見無由。
消摇垂及古稀年，撒手曾無未了緣。聞説輕拋塵块去，九霄明月尚然圓。
幾歲暌離一覿顔，羈魂隔斷萬重山。冰輪轉入泉臺底，地下清光不可攀。
寂寞殘春客未歸，殊憐身作斷蓬飛。昨年返櫂衡門裏，已嘆鄉園舊侶稀。
夢裏猶傳治命清，青松白水不寒盟。柱頭若返遼東鶴，定向南雲叫幾聲。
天涯海角信音疎，不道騎雲上碧虚。無數傷心言不盡，唧哀空報秣陵書。

酬張東扶暘見贈韻

雅愛名山汗漫遊，盧敖仙去失朋儔。昨秋虚買湖亭醉，何日同探石屋幽？築傍雲岩隣野鶴，謂丁仙洞。行經溪渚狎沙鷗。乘流欲向羅浮去，身是人間不繫舟。

奉懷定岩往南昌

桂香不共把芳醪，獨上豐臺北望勞。杰閣重簾捲秋雨，大江孤艇破雲濤。洪都詞繼三王麗，定國門瞻駟馬高。時方慮囚。念我蕭騷無意緒，當風白首幾回搔。

奉懷定岩兼寄姚君

長洲池館俯沙禽，書記翩翩酒共斟。高迴頻舒南浦眼，平反端慰北堂心。庾樓夢憶秋光冷，滕閣吟聯月色深。江雁新來畏消息，鬱孤臺畔罷登臨。

己卯中秋作

列坐參差桂樹旁，頭花開盡二花香。相思人在臨江閣，見在身浮卜夜觴。家室伶俜猶噩夢，關山搖落自殊方。素娥罄展冰輪色，好把愁心遠寄將。

奉留别定岩及諸君二首

家書速我莫遲歸，遂遣雙江早别離。細雨寒波衝客艇，明燈緑酒餞書帷。烟消梁苑成前劫，月照羅浮指後期。最念郎君傳綵筆，當筵悽賦送行詩。

經年吟眺上豐臺，五岳橋邊首重回。勸醉頻勞浮琥珀，辭歸無那夢瓊瑰。吴田稻缺三秋熟，庾嶺梅迎十月開。苦覺群公情味好，扁舟欲發尚遲廻。

河口阻淺作

心急東歸水道艱，扁舟苦滯淺沙灣。逆風作意吹篷脚，明月多情照客顔。三日只行三十里，一灘如拔一重山。忘機却羡閒鷗鷺，拍拍清波信往還。

悼繼冢婦王氏

竹笥來歸百事宜，全憑宗婦奉宗支。捐生爲哭修文父，垂死尤憐斷乳兒。此際絃摧乏膠續，由來腹痛有身知。曾封馬鬣屏風麓，又到臯亭下窆時。

己卯歲杪録別

遼闊虔南路，匆匆幾日歸。春陽殘歲逼，朋舊故園稀。瘞夭傷心數，恤災生事微。孤帆發江渚，風雪撲裘衣。

瑞洪除夕一百二十韻

人生百年内，日月驟騏騄。況我偪桑榆，情事加煩促。今夕歲云除，旅泊瑞洪澳。溟茫彭蠡湖，寒波浸坤軸。愁心亦如許，浩浩互洄澓。紏紛方寸盈，長歌聊當哭。緬思生我初，父母勤拊畜。孩抱嬰夙痾，七歲行彳亍。慈闈命與俱，熱淚爲頮沐。衙衙學語時，殘帙期我讀。孝經與論語，父膝爲家塾。小樓寒暑扃，琅琅雒誦熟。文辭以意爲，尺度誰忠告？同里交玉川，切劘偕破屋。騰踔出詞壇，兩軍對牙纛。故鄉本姚州，省墓薦魚菽。侍歸驛亭堰，鄰舟仰儒服。親炙餘山門，始塹俗學俗。顧念二親老，謬計養以禄。痛心遽失怙，不逮升斗粟。踉蹌見星奔，臯魚死莫贖。鶴洲同懷子，道義聯骨肉。扶持哀疚中，殘喘脱鬼籙。竊堅内史誓，春暉戀林谷。轉懷先府君，幽潛未炳煜。往求臨川文，表阡光照燭。四年趨華省，違志媿碌碌。來諗蒙詔許，感涕迸飛瀑。錫號奉北堂，獻壽酌醽醁。拮据昏嫁始，六禮薙煩縟。俄作雁媒吟，勢類甁藩觸。直以姻戚故，及爾同顛覆。急難洊浦生，倖謝泥塗辱。凄凉潔飧晨，陔蘭不盈匊。吁欷冢婦賢，夭瘵屏風麓。兩兒並沉綿，救仲失顧叔。藥物絀兼營，至今悲且恧。送以木皮棺，湖漘衰草宿。琴子憶奔波，提攜走輦轂。雨淚問耶疾，天性一何篤。賓繁問字徒，東皐成小築。足備雞豚養，哀哀撼風木。椎泣杖尪羸，冬枯子母竹。恨不黄泉隨，裂肝茹荼毒。餘生愴煢煢，忍復班行逐。黽勉畢娶謀，并遺鸞膠續。乳孫聚文褓，磽瘠供饘粥。平生恥苟得，素履自匡勗。庶屏不潔錢，安貧淡情慾。大梁十載淹，閩楚間往復。虛聲擁臯比，三千猥著録。豪吟徧五岳，喜躡向禽躅。隃糜洒霞嵐，好事鑱岩腹。得果汗漫遊，老狂賞心獨。平陂覘家運，仲媳年命趣。活夫沉痼餘，管彤播芬馥。心憐伶俜女，早嫁城南族。所嗟薄禄相，非關轂音自不育。故人剩蒿簪，幸乞存敝簏。篪也嗟予季，文學新蔟蔟。受知鄂襄勤，國士叨品目。一聞予病瘴，千里奔駭鹿。重藺度關山，趨庭時頻顣。翻教二豎侵，此禍太奇酷。彌留呼衣對泣人，由來命不淑。焜煌褕翟裳，詎被安且燠？恒遊過横門，生訣依天屬。入地從先姑，輿脱輻。良人去京邸，終歲歸寧數。糧艘載分明，柴車迎轣轆。朝暮共鹽虀，長安慳桂玉。牛所生，承塵恨止鵬。長號羸博聞，廣柳衝炎熇。寡婦抱褊柎，血灑紅蔌蔌。微軀事未了，擺脱懲溝瀆。恩綸旌孝勇，紫氣亘雲旭。亨衢石綽楔，經營藉館穀。矢不累親朋，耕田冀千斛。何時山骨礲，突兀烏頭矗。良知就廣川，賸客高齋肅。志乘徵文獻，排纂虔州牘。丱兮綰烏紗，書帷屬課督。迎帆壘豐臺，借我放遐矚。醉歌聯日夕，斕斑對蓉菊。情味弟兄如，纏緜露欵曲。擬封若斧歸，凶耗舟移蟄。摧傷繼冢婦，宗子又誰鞠？疫癘染盈門，桃棘熕巫祝。痼病憫阿鏞，惷愚葆質樸。再娶房仍空，伏枕經暑溽。球誦十三經，幽窗空礪鏃。鰥居免成瘵，便荷容容福。催返章江櫂，消息惴未卜。入室環縗麻，氣象最慘黷。郭外迤臯亭，攢峰迭起伏。東橋鎖環龍，西寺蹲蝙蝠。中有小茅山，僻壤遠樵牧。魂魄萃一邱，井槨序昭穆。留舍未二旬，行裝遂遄俶。却顧老病妻，三載在牀褥。惡狀滿眼前，塞耳叢謗讟。死則委楸枰，生當救壞局。稚孤競牽衣，欲行馬踸踔。丈夫志慨慷，那得氣瑟縮。捩拖指常山，間關閱川陸。歲暮行人稀，迷津檥舸舳。孤篷映天飛，漁唱沿隈隩。賢主昨歌驪，來期于我速。勝閣隔連程，雲沙眇重複。砰硼十八灘，石漱松都秃。何由插翅翎，奮飛追鴻鵠。南浦緑春波，汎汎隨鳧鶩。老懷久沉冥，何事雙眉蹙？舊侶後先逝，川流馳忽倏。上壽焉可期，高爵非吾欲。霜髩入新年，已届六十六。燒蠟具盤飧，客底親僮僕。蒸豚兼割鮮，芳葅羅旨蓄。聊用乘化遷，年光嫿皞頊。順正睎古賢，且汎杯中渌。

人日迎寄定岩

此日春生滿路光，沿流簫鼓汎舟航。相看應候裁金勝，定復題詩憶草堂。水驛風高梅颭白，江隄日暖柳舒黄。寄聲滿貯豐臺酒，客到端須累百觴。

弢甫續集卷十六

古今體詩 一百十三首

闞家村觀龍燈百韻

客舟日落齊停橈，連檣收捲風帆飄。晚霞綺散天宇遼，蕩摩紫氛空波摇。須臾水墨渲生綃，沙明洲净碧漻漻。白月上絃張弓弨，郊虛清影紛喬夭。俄聞雲外翻鈞韶，鳴鐃伐鼓和笙簫。火光焰焰燃重霄，沿村浩洶轟秋潮。紅簇萬燈駕星橋，燭龍啣照昏如朝。五綵雜糅争騰驍，天門首下青龍跳。鬱律赤龍翔南徼，烏龍白龍蜷尾燒。雷電煜送龍宫朝，䇊黄龍躍故自超。著雍執徐回斗杓，衝天尺木疾且剽。焕爛正色中央昭，太歲閶闔頒科條。令當黄道非宣驕，乘凌絳氣嘘炎歊。楊園柘隖烘爲窯，仙人𧍞樹烟飄飖。龍睛閃閃黄金描，龍頭掀舞雙翠翹。群龍散漫以超遥，宛遊藪澤穿岩椒。绿幩短僮鬢髮髟，口唱小海行儇佻。丁男攀挽聲繁嘵，老翁一把幢旛招。奔龍攢如奪錦標，左旋右旋颯靈飈。甫升忽降何輕趫，歘然迅逝蜿迢迢。長隄列炬拖朱幖，拏雲過市横招邀。穹樓瓴甋鬱岧嶢，之而鱗甲捎綺寮。青幂縞袂家緯蕭，朱暉照曜顔如菝。一年一度樂事饒，聚觀出簷笑相要。彯纓楚楚佩瓊瑶，一帶躝緑緣塘腰。千人鼓舞立巨韶，助以銅鉦增諠囂。光射潛螭驚遊鰷，環林鳥雀鳴螗蜩。荒坰更柝斷麗譙，樺燭三跋銀釭挑。回龍燀赫噴赤熛，漢前將軍祀不祧。子姓聚族蕃椒聊，傾倒錯囊出精鐐。排場燈會糾耕樵，初春幾日閑湍消。轉瞬操犁事蓘穮，願得十雨五風調。龍神甘澤釃瀟瀟，三庚節候沾禾苗。高田下畛免坼龜，八方通蜡遵唐堯。故鄉三五可憐宵，銀花火樹嬉髦髫。走馬儼若革垂旓，廣衢衝突分揚鑣。秧歌塡塞儛夭僑，沸天錞鼙雜闉譙。紛陳百戲騁妍妖，長矗僑如短僬僥。軍裝角觝擊斗刁，膏油首面鬭嬌嬈。琵琶出塞圍豐貂，偃師工巧費飾雕。魚龍曼衍景色撩，遺簪墮珥嗟娙媌。繁華窩内斗金銷，野夫閉户耽寂寥。無術可挽吴俗恌，吾衰其矣猶萍漂。未得陋巷安簞瓢，一枝南借飛鷦鷯。差池弱羽憐翛翛，殊慙老去德彌劭。年傷哀樂顔髩凋，寸心不展猶春蕉。流光攝提轉元枵，難與等期王子喬。新年雨雪苦瀌瀌，纔覩晴原快掣鵰。茂陵老病袪瘍痟，今夕寓目舒悵怊。村燈古風判淳澆，爲譜昇平歌且謡。

峽江龍燈渡水歌

峽江城外江光澄，澄江兩岸行龍燈。龍王堂在江西岸，群龍齊赴降復升。一龍升，一龍降。尺木騰天互衝撞，江光天光一疋絳。江天垂光長于虹，光中欻歘回游龍。蜿蜒不定龍處所，滿江倒影摇天紅。天東勢落裨海外，大九州有群龍在。群龍在處攢龍燈，兩岸龍燈煜相對。横江跋浪開，群龍自東來，龍燈照浪光徘徊。浪跋横江噴急雨，升龍軒昂降龍俯。吹䱷笙，擊鼉鼓，神魚拊節瘦蛟舞。龍燈懸流照水府，龍王堂是龍所都。群龍渡水來奔趨，龍王大會龍燈集，龍母升馭斑龍車。月墮一顆驪龍珠，龍女弄珠爲嬉娱。群龍波蕩三山没，靈鼇贔屭首戴出。鼇隨龍渡駕山來，燈海燈山光照日。上龍堂，朝龍王，龍王指揮群龍翔。李杜文章光焰長，昌黎追逐萬丈光。龍燈渡水光煒煌，老夫興發成顛狂，聊爾作歌情激昂。

大風揚帆抵吉水作

峽江開頭風盡絶，百丈沿江手牽掣。沙觜岩坳路險艱，纏夫作苦腰環環。晨興蓐食過下午，三十里及桐江灣。驀舒噫氣鼓橐籥，旗尾南指拽篷脚。危檣滿幅盡高張，一氣奔騰動遼廓。峨舸大艑行如飛，瞥眼已失横江磯。舟人歡笑歌且舞，疾于鞞控馳騕騑。大聲蓬蓬聽轉厲，得勢前行騁猛鋭。來船縮瑟泊港汊，縱思下瀨何由濟？砰硼怒浪船頭迎，船尾砉作崩灘聲。僮奴栗果意氣盈，信宿欲薄虔州城。春燈元宵節恰届，傳柑高讌呼金觥。我聽其言一莞爾，事逢稱意須知止。人生食宿有定分，疾帆未可儘力使。長年三老却老成，日暮風狂波更駛。穩持側柁趣收帆，已報郵籤到吉水。

元夕舟人自窯頭二十里縴赴百嘉村觀燈至則寂然奉懷定岩在南昌燈事甚盛追去歲虔署諸君讌賞予獨唧悲感今兹旅泊奉憶成咏得一百韻却寄定岩

今夕爲何夕，維舟古樹根。燈無九華檠，地是百嘉村。羈客長漂宕，良朋闕晤言。年時足怊悵，情事厭囂喧。纔過窯頭埠，頻沿谷口源。穹林烘晚靄，濛汜誤朝暾。百丈牽何疾，危檣去若奔。蕢緣走沙礫，跉踔蹴莎蘋。冷堠經延鷺，轟絃罷撥鵾。依微環隔岸，寂歷閉重門。閃閃明僧刹，星星點釣艑。何曾燃樺炬，那得競鉦管。里閈沉宵柝，津亭捲戍旛。雁行拋玉柱，蟾魄挂金盆。洲𦬼烟偏幕，山頭雪尚礬。前時登市鎮，比户散雞豚。貨物胥充牣，人家實庶蕃。銀花宜燦爛，錦纛想翩反。謬以常情度，難將舊俗論。因依成索寞，來往省頻煩。黄帽辜春興，烏篷餉夕飧。雙童虛雀躍，三老儼鴟蹲。餘瓣飄梅塢，寒聲度竹墩。野夫耐清醒，高詠閲黄昏。勝友思新府，佳辰值上元。熒煌祠太乙，曼衍出黎軒。火樹亭衢爚，星橋傑閣墩。馬盤驕蹀躞，龍降怒蜿蜒。爆竹譁闤闠，梨花耀隰原。琉璃懸爍爍，菡萏吐焞焞。象齒凌空戛，鰲身出海翻。倩粧眉寫黛，炫服毳如璊。戴勝裁金剪，流蘇綴繡繙。紅騮韃珠勒，油壁輾鈿轅。簾外鴉頭髻，壚邊犢鼻褌。蠟攢争似鳳，蛾鬧簇于盝。填道人行蟻，排門首矗黿。曲彈金捍撥，技奏黑崑崙。魚鑰收雄郡，麟符啟大藩。幨帷聚臺省，纓紱聚鸞鵷。標映芙蓉幕，競飛鸘鷫樽。豪情效犀首，異味薦熊蹯。牛斗光全燭，虹霄氣早暄。物華霞慣落，家學露仍繁。池館摇江影，風檽映月痕。察廉文德播，書記武功存。謂姚君。即席虚懷下，聯茵欵語温。瀏連歷南浦，揮洒壓西崑。良會椒盤設，雄才綵筆援。何人邀御李，此事定推袁。昨歲呼蛩駏，同懷比弟舅。栖遲願依表，酣讌苦留髡。膠已先投漆，箎尤竝叶塤。詞鋒鐔鍔淬，墨瀋渤瀛吞。旅泊孤篷駐，才思古井眢。鴛踦參騄駬，砆質雜瑶琨。愷悌襟顔洽，綢繆道義敦。賓筵增繾綣，使節趣騰騫。正月違酬唱，元宵具炙燔。湘醽恣傾倒，絳焰互絪緼。孔雀金屏展，狻猊甲煎噴。彈吹響濤沸，坐立部雲屯。轉拍徵囉嗊，圍場錯趾跟。娱娭唤蒼鶻，酸惻聽元猿。賫恨長埋玉，忘憂枉樹萱。傳柑欣嗢噱，茹蓼泣潺湲。羽已安巢屋，神非畏畜樊。難乾嬴博淚，徒愛辟疆園。嬛嬛摇懸旆，冥冥伴合棔。德涼遭鬼責，行拂歎吾惛。皓雪盈雙鬢，蒼旻隔九閽。亡兒卧松柏，宗婦委蘋蘩。卜子寧辭過，巫咸不問冤。含悲自稠疊，降割奈更番。鴞止真如鵩，鵬圖莫化鵾。呀驚縈噩夢，招復斷殘魂。催返西江棹，亟封東郭墦。身乘單鵠逝，鄰謝雙雞膰。式穀慚教子，詒謀拙負孫。蜚聲冥鴻鵠，敗績棄輗軏。不肖情懷黯，先君行誼惇。童齡抱鐺鼎，祖廟誓櫜鞬。孝子追曾閔，鄉兵過孟賁。貞珉揚考德，綽楔荷皇恩。操術輸長策，踰閑戒短垣。纏腰却揚鶴，耕舌抵吴犍。突兀何由見，經營詎忍諼？率來同野兕，瞻取比庭狟。衰邁聲華減，恢宏志業尊。清溪麋鹿隱，廣厦杞楠掄。踪跡嗟遼拓，勳庸仰揭掀。繡衣臨嶺嶠，斑服照江亹。忠厚承前緒，寬洪裕後昆。詩書守鄒魯，騷雅挹湘沅。葩彩輝梧竹，芬芳長茝蓀。交將青眼對，獨自素心捫。繞匝南枝鵲，飄颻北渚鴛。沉埋新日月，歸老舊乾坤。什襲叨持石，深藏矢韔弴。微生隨倚薄，陶埴任胚渾。

雷公翠庭方丁太夫人憂復喪次子書來具悉重哀感念亡兒殊啣私痛寄詩奉唁亦以自廣得三十韻

修短俱由命，江郵惡耗駢。寧將喪明意，併入宅憂年。齒及新悲切，腸教舊恨煎。嗚嗚萱砌下，惻惻鯉庭前。把札添振觸，縈懷引涕漣。索居時已久，同病最相憐。枕凷誠何恃，緘書雅省愆。信知難順受，其奈蹇來連。堊室遲鑽燧，齊期迅逝川。俄摧瓊樹影，正廢蓼莪篇。謝傅聞常教，韋經識泣傳。英名騰璧沼，書種委丹鉛。刺眼看凶短，椎胸感溘先。微生戾多積，大故禍遄延。桐竹襟邊血，松楸隴上烟。鳳雛輸翽翽，烏鷇覥翾翾。琴子傷偏早，篪兒壯更捐。號過羸博路，封傍茂陵阡。有美深埋玉，何心仰問天。劇傷吾過矣，失慟子無然。執紼通門隔，揚徽片石鐫。嵯峨矗雙表，冥漠閉重泉。讀禮創原鉅，裁詩痛漫纏。若稽洙泗聖，亦越考亭賢。瘞夭都經歷，啣哀具節宣。西河太悽愴，東野苦迍邅。老少期前定，存亡化倏遷。陰陽多浩浩，神理冀綿綿。祖墓應隨葬，遺文定附編。小祥遙寄唁，不覺溼長箋。

赴豐潤留別定岩

京東烟景萬重凝，送我飛拈七尺藤。下瀨催開三板舸，上元省對九華燈。聞詩庭闢西江遠，通德門臨北海澄。恒岳游餘緣未了，盤山碣石更須登。

虔署遇顧君赴南粤時予往豐潤贈别

一夕虔堂倒玉壺，明朝相背發檣烏。五羊春煖迎仙客，孤竹風清待野夫。萬縷垂楊縈鷁首，雙江流水繞城隅。十年黯别梁園路，賓主重逢盡白鬚。

放歌奉贈翟晴江灝即留别

吾門朱家濂訪友，亟稱翟子才縱横。長安閉門究典籍，哦詩陸學蒲牢鳴。郊扉十年入我夢，去臘客遊睎顔形。衢州城外纜舴艋，片時談藝稽江程。虚懷以我爲老馬，長途周漢諮經行。兩京製作近三百，温厚覷到先民庭。豪吟天縱子杜子，熱血洒紙明丹誠。脱教删述魯中叟，定當裒輯爲唐經。手搏貙豹拉牙爪，身駕星虹摇旆旌。超遥强狠李韓擅，如鼎三足誰扛擎？老坡夐出涪舒上，廣長舌詡青蓮馨。彼家唾餘礓礫等，何事綈襲呼瓊瑛？吾友昔跨鶩鳥百，自喜僻奥捐夷庚。有時真氣怒盤鬱，直破趙壁衝奇兵。黄蜂釀採溜穿柱，柔桑蠶食絲纏縈。今看是葉是花蘂，豈有蘛蜜羅盆罌？經史子集列四庫，禍首説部標郛鈴。哤言日出騁幻誕，輒指故實欺聾盲。後生塡衢事裨販，堆堆夭閼叢篁青。助挽奔輪注經術，昌言苦憶戴石屛。嗟予才微歲復老，風騷結習含深情。吾師成連眇然去，海山海水空窈冥。重來春暮花欲零，垂楊有鳥鳴嚶嚶。歸舟催發疾于箭，空勞欵客提銀瓶。何時聯影剪絳蠟，談深白月移疎櫺。我今築壇拜大將，推子把鉞軍皆驚。草堂有靈屬似續，擔荷此事千丁寧。高睨乾坤氣深穩，肯與瑣瑣爭時名？江邊躑躅攬涕別，嗚呼放歌子其聽。

題冀銘鼎元弟采藥圖時予將赴虔南轉入北平

兄及弟，吾與汝。有生伶俜疾病多，父母劬勞勤鞠撫。小名只合呼百藥，長大幸作宗祊主。華年倏去如流星，對看頭髮霜盈盈。奔波南北我未息，何似居鄉長爪生。長爪生今年六十，甚矣吾衰耄將及。顏衰難覓紫金丹，且倒離尊衫袖溼。三年期約重歸來，相將采藥白雲隈。松根茯苓可仝煮，人間何處非蓬萊？

復過衢城贈友

川涂往復一帆飛，春岸殘花點客衣。微雨吟來陶靖節，澄江留與謝元暉。老夫懷古凝眸遠，才子含情會面稀。大雅鴻逵平似掌，扶輪正待爾仝歸。

雨舟將抵常山

雨勢連緜洒未休，墨雲狼籍暗汀洲。大江白日鼉鼉横，夾岸青春草木稠。濁浪灘頭渾作惡，清聲篷背迴含愁。明朝擬度常山去，竹轎端須幔碧油。

董母杜太君輓詩八十韻

川涂得凶問，驚悼涕沾膺。寶婺璇穹暗，金精紺岫崩。藏舟移倏忽，伏枕仆昏瞢。内則由來炳，徽音自昔稱。黄圖宗祏奠，紫蓋世家興。玉鉉開燕邸，雕楣耀杜陵。六銖飄婀娜，百兩迓軿軾。巨閥垂繁露，嘉辰迨泮冰。芙蓉方淬瑩，騄駬送蹺騰。仙令符端剖，郎官宿上應。長洲花滿户，茂苑雉連塍。清論聯衿珮，虚懷待尉丞。延鼇集神雀，布煖化蒼鷹。茅屋人争頌，岩廊自謝陞。鳳儀聊寄枳，鴻冥豈嬰矰？召父深恩在，萊妻雅志承。琴彈滄海浦，組解白雲層。彭澤隆詩格，如皐陋射堋。招邀具瀟洒，酬唱發呿噌。喬梓宏模啟，天人碩學升。奏名推賈誼，對策壓孫宏。皃舄層霄下，熊輪采軾馮。豫川棠廕屢，浙汜麥岐曾。簪賀尋常燕，程摶九萬鵬。磯樓旋倚庾，渚閣早臨滕。直指勞巡贑，巍標本毓恒。脂膏身弗潤，水鏡照逾澄。教育追鄒魯，安全及杞鄫。賓筵原抑抑，吏治倍蒸蒸。咫尺惟持慎，纖毫總去矜。平郊遥案堵，乳鵲晏巢橧。列郡襜車湓，重關列檻凭。廉泉滋蕙芷，書院掃蓁艿。湮沼緣籬角，豐臺甃石稜。汲瓶噴潋灩，葦土疊崚嶒。借箸偕參佐，傾盃接友朋。朱英艷榴菊，緗葉扇荷菱。總爲迎帆設，非徒踵事增。謝庭瞻尚遠，班史續俱勝。龍杖揞常穩，鵶鬟喚輒膺。潘輿扶迤邐，陶甓運頻仍。燠館蹲薰鴨，凉房屏聚蠅。睢鳩雖更肅，樛木愛忘憎。脆筍初捐籜，鮮魚乍脱罾。鸞帷簇斑綵，豸府著彪弸。等級超容易，衷情最戰兢。詔頒螭首陛，泥印鵠紋綾。壽酒斟鸚䳇，歌伶蹴毾㲪。恩斯均嫡庶，詒厥逮昆礽。薊北瑶光映，虔南瑞靄凝。長途沿渺渺，短羽逐薨薨。作賦嗟王粲，談經媿戴憑。下帷時雒誦，窺圃夙嚴懲。禮以通門問，堂因拜母登。綈袍費刀剪，玳席潔鉶甑。芳訊貽瑶篚，寒閨拜繡縢。重遊解懸榻，遠去省擔簦。急捩衝灘柂，危持破薜藤。椿柯霞翕蔚，萱色雪侵凌。别悵千回首，醫誣三折肱。含飴猶撫弄，屬纊詎迷懵？久視終無術，回生竟罔徵。袭衣輕綷縩，喪鼓咽鼕鼞。粉壁留遺挂，丹砂棄舊枰。靡依啼不住，失恃痛難勝。苫塊抛茵褥，縗麻换錦繃。鐺熬一溢米，漆點五更燈。懿行齊鍾郝，哀悰恤閔曾。村舂休相杵，社飲廢如澠。繐帳捐簾押，靈輀駕鞹鞃。鶻鵃催晼晚，烏兔速環絙。斜晷偏栖鵬，沈灰莫辨僧。祖帡排畫翣，魂旐裊丹繒。悽愴喧笳管，踉蹌雜屩縢。當風横去幰，繫日乏長繩。二句集義山詩。五岳紅橋委，雙江素舸乘。狂飈激蒿里，疎雨颯松棚。椒醑銀罍灧，蘭肴翠釜脀。淚襟殷滲瀝，旅髩亂鬅鬙。銘誌誠須撰，寧辭僕未能。

用韻贈别友人

畸人三度過炎鄉，恰又相逢水石莊。祖馬魂車從執紼，郭郎鮑老换登場。心朋仍握管城子，首路倒垂金錯囊。臨去觀魚凭壞檻，一池零落白蘋香。

酬别馮君見送韻

箭激雙江萬里流，萍蘋開合暫同游。鰥居簾幙頻梅雨，旅食年華又麥秋。緑綺催彈新製曲，春波憶遶故鄉樓。怯從夜話亭邊坐，不盡天涯去住愁。

庚辰四月十七日贛州登舟紀程一日一首

微沾晝翣雨如絲，夾道無聲涕淚垂。素浪潺湲悲似雨，雙江門外送行時。

燈光星影雜通津，徐上銀蟾缺半輪。纔計初程傍新廟，已教凄斷舊行人。新廟。

碧水瀰漫十八灘，連檣下瀨故非難。江神不借南風便，咫尺無因到萬安。出灘。

火雲映日爛朱光，白葛單衫汗似漿。驀地飛篷鳴雨過，延津渡口水風凉。延津渡。

碧草綿芊繞郭長，一泓清水似滄浪。不妨烟艇遲遲去，爲是廬陵節義鄉。廬陵。

倦程向背看青山，無數悲懷付等閒。驟雨强於萬枝弩，訇轟直射童家灣。童家灣。

牛灣波色碧盈盈，彷彿錢江瀉淚聲。我自頻年傷逝水，不堪斜月到三更。牛灣繼冢媳忌辰。

市汊于今七往來，波聲草色助清哀。明朝重上滕王閣，遺墨縱橫認刦灰。市汊。

伯道無兒累自輕，西河偏覺黯傷情。臨江眸子酸風射，老淚乾時欲喪明。南昌篪兒忌辰。

高閣曾看曉日臨，憶凭江檻和長吟。只今畫棟依然在，南浦雲飛黯夕陰。

哀響聲聲激坎侯，驚聞死孝逝中州。河斜月澹無人見，荒忽魂隨楚水流。廿七日定岩逝。

金鼓聲含楚些悲，龍舟江渚弔湘纍。忠臣孝子仝蕭瑟，古往今來一涕洟。

蕭條旅櫬寄花宮，一盞銀燈揜焱紅。江上群靈猶未散，北蘭寺外嘯悲風。廿九日晦。

苦滯汀洲傍釣綸，且依蕭寺寓吟身。繐帷燈火軒窗映，形影依然戀故人。五月朔。

高樓獨立最悽清，一抹西山曉翠橫。闃寂空憐風雅地，無人談藝到深更。

眼昏字大作家書，淡墨迷離涕淚餘。行客催封太匆遽，故人未得寄雙魚。

生死寧渝夙昔盟，一言曾使寸心傾。挤將雪白稀疎髮，梳向秋風古北平。

蒲綠榴紅滿眼芳，空浮湛碧罷傳觴。劇憂命斷渾難續，如此端陽最可傷。

零落家僮色似灰，招魂不上望鄉臺。人間最慘惟孤寡，況對碧江哀復哀。

香花齋供集方袍，刺眼靈帷見汝曹。喪事匆忙修佛事，鉦螺如沸雜號咷。

江洲其奈鬱蒸何，今日風生洶白波。一洒滂沱天際雨，較諸悲淚未云多。

哀老吾生自有涯，羈孤作客類無家。主人捨我騎鯨去，恨逐彭湖白浪賒。

潦草家書又一封，天涯難定水雲踪。爲言北去孤飛鶴，無復滄洲白雪容。

早防旅病暗生愁，忽覺涔涔眩白頭。縱在儂家如古寺，連朝伏枕索誰憂？

蕭寺先教祖席陳，明朝飛旐發江濱。鷁舟遠送雙靈去，淚盡南州孺子身。

五千里外水雲愁，雙裊魂旛上素舟。雨泣洪都諸父老，潺湲添作暮江流。南昌復登舟。

順下吴城蠡水通，千汎葉葉過艨艟。篙師愛擱沙洲淺，辜負西南送好風。頭汪。

暴雨飄風旅舶淹，俄看圓月映疎簾。水程未得郵籤報，一枕新涼到黑甜。趙店渡。

南風已轉北風來，曲渚檣帆不可開。指顧吴城尚難到，何時纔得傍蘆臺？

颯沓連朝鼓朔風，攤錢浪裏任篙工。空然欲祭湖神去，箕口揚靈勢轉雄。

已淹三暮復三朝，霎下吴城路匪遥。一酹芳尊渚湖口，分風好爲送征橈。吴城。

五兩風回破浪行，大姑眉翠鏡中横。却齎新舊無窮恨，一望匡廬涕濯纓。大孤塘。

狂飈欻吸撼江湖，重碇危檣泊大孤。常日張帆論上下，今朝四面斷行艫。

連晨絶類賈胡留，恨煞盲風播石尤。未得身輕騎白鶴，何緣飄忽上揚州？

澌澌涷雨亂跳珠，漠漠泠風冷散湖。移向石鐘山畔宿，嚕呟夜到客舟無？湖口。

蕭瑟靈旗出大江，驚飛風雨打篷窗。歸魂冷落過彭澤，猶有官人奠酒缸。彭澤。

峭帆横騖激風湍，黄石磯頭落照殘。見説明朝江路好，皖公山色鏡中看。黄石磯。

水態雲容澮碧滋，扁舟蕩漾戴溝湄。今朝散盡平原客，獨想音塵撫繡絲。戴池溝，姚君去。

倦看江南兩岸山，誰能心事寄蕭閒？憐他帆腹張弓滿，箭擘濤頭失險艱。六峽口。

千里章江瀉恨長，蕪湖相接白泱泱。冰夷宮裏天難曉，一月游魂去渺茫。廿七日，蕪湖。

龍江城府鬱蒼蒼，生死交情總斷腸。苦憶故人天際去，欲探消息畏斜陽。龍江關懷近顏。

凋潦蛟宮是夜臺，悲風吹送素舟來。二分愁盡揚州月，八斗摧殘子建才。廿九日晦，揚州。

人間物外判炎涼，冰雪多教置我腸。纔得高談接焦遂，故知慢世有琴張。六月朔，會石蓮。

嗟我來遲不及春，廣陵花事已成塵。補吟芍藥新詩句，也算遨頭宴裏人。

舲窗炎暑苦侵人，絶少涼風動白蘋。消夏灣頭在何所，往從漁父看垂綸。

尺三汗脚着靴迎，團扇揮殘喘未平。不道汝南生怕熱，偏逢襬襶此間行。

暑病龍鍾逸興刪，蜀岡空想一躋攀。縱饒山水清暉在，何自娱人耳目間？

空教老去惜微軀，白汗翻漿淚濺珠。寄謝湖鄉諸舊雨，浮生我獨集于枯。寄沈張。

虔南到此换舟三，畏日炎風總不堪。夢到湖心亭子上，桃笙卧看雨餘嵐。

珍重新詩一起予，信知價重百車渠。邗江明月東頭上，選寄撇波雙鯉魚。寄圖東。

寶塔灣西滯舳艫，嬾操匕箸飯雕胡。何當淮浦秋風動，頓使衰翁病骨蘇。

三年一到故人家，烟火迢迢又汎槎。直把清狂破惆悵，逍遥底用讀南華？別石蓮。

塔灣日日苦驕陽，關外仍難借夕涼。此去三千川路遠，江淮滚滚沸如湯。出關外。

慢向灣頭廿里程，經過宿雨暑氛輕。雲天永晝曦輪淡，沙渚初宵月魄清。灣頭。

召伯隄衝伏汛狂，林廬半在水中央。洪波未得消心火，冰簟難教客夢凉。召伯鎮。

疾風甚雨浪滔天，弱纜千鈞一髮懸。漫説波濤仗忠信，男兒性命絶堪憐。六月十四日，四汊港幾覆舟。

僮奴猶未定驚魂，明月團團憶故園。四汊正當新口決，濤聲轟似九河翻。

金隄功已奏河渠，瓜蔓新流蕩碧虚。甓社湖風冷騷屑，村民渾恐化爲魚。高郵。

裏河水緩漾清深，草樹千重映碧潯。返照横塘帆影度，依稀雲過半山陰。氾水。

水閣帆收一幅烟，凉蟾已到舵樓前。舊知悲感餘霜鬢，清淚能無洒白田。寶應愴懷白田公。

螢影高低碎火燃，平橋漂泊惜流年。當時月映湘簾白，已悵清江客思懸。十九日，平橋。『重看螢火惜流年，明月清江客思懸。遥知玉簟生秋夜，畫閣疎簾入未眠』，舊懷清咏句。

連歲心傷逝水中，魂來蕭颯滿旗風。更堪日暮山陽笛，吹向飄零白髮翁。山陽。

峨舸大艑集灣隈，淮水難濺客思哀。却想鍜鑪消永晝，凉風吹過柳陰來。

五岳峰頭嘯咏歸，天風慣灑薜蘿衣。獨憐來往清江浦，惹得繁霜滿鬢飛。清江浦。

奔流浩洶鎖重關，多少艅艎輟棹閒。魂夢殊難洗煩熱，枉教徹夜響潺潺。天妃三閘。

上閘艱于灧澦堆，横牽百丈太邅迴。炎天杲日無雲雨，只有砯厓萬壑雷。頭閘。

病暍空懷玉井冰，閘邊天日倍炎蒸。千檣鱗次如河鯉，巀嶭龍門不可登。

百尺澄潭鏡面磨，漁娃鑑影寫雙蛾。水明殘夜冰蟾吐，一片清光漾素波。清河草壩口。

白首烟波汎客船，金風又見井梧飄。新煎苦茗澆吟舌，秋水泠泠嚥一瓢。立秋。

秋風一夕透絺衣，烏榜猶鄰白板扉。清愛濯纓歌孺子，静看如練咏元暉。

今日風帆快疾趨，雲奔浪湧過菰蘆。故人聞作桃源宰，未遣津頭候老夫。桃源衆興集。

晚來風順走衝波，幾點浪浪撒菽過。帆似横空排大翮，决眥便到白洋河。白洋河。

秋水盈盈浸遠天，垂楊垂柳掃輕烟。宿遷新草緣隄緑，宛放平江鴨嘴船。七月朔，宿遷。

風送蒲帆未肯停，姚灣薄晚尚揚舲。桅燈一點高空閃，疑是西流大火星。姚灣口。

草舍風來碧樹秋，飄蕭烟景過泇溝。似憐遠去眉痕蹙，新月彎彎替我愁。梁王城。

白晝雲昏泊野塘，移舟閘畔已殘陽。瞥過雷雨風濤洶，贏得篷窗枕簟凉。侯仙閘。

秋旻雨氣未全消，一溜燈光渚面摇。纔把幽宫文草就，颯聞簾外度靈飈。萬年閘。

赤山風柳舞傞傞，返照漁梁曬緑簑。猶遣夢魂江浦去，不愁千里阻烟波。赤山。

漫叟頻年作漫遊，隨波漂宕白蘋秋。銀河萬古從天落，巧拙都教入海流。七夕，利建閘。

三年重到濟寧州，往復澄波照白頭。三十六鱗飛入艦，呼童烹取解離愁。濟寧，得萩林札。

柳絲槐乳碧叢叢，緣岸香茅縛作篷。月照草橋喧晚市，賣瓜人趁落帆風。草橋。

風帆曲折水瀠廻，白嘴人家傍堠臺。夜犬村空聲似豹，秋蚊草長殷成雷。白嘴。

閘口波聲激怒潮，雨餘月色瑩清宵。歸魂猶恐多留滯，還向江南放小招。南旺閘。

勞生萍葉汎奫淪，河濟縈紆逆浪頻。今夜順流浮皓月，夢魂飛度向天津。安山閘。

漕回巨艦塞川來，下閘時淹北去桅。幸得波隨風噴薄，恣教人與月徘徊。七級。

纖絺纔見颺清秋，杲杲當空躍赤毬。怪底白團抛不得，火雲還並火星流。東昌。

西風蕭摵水雲昏，此日椒漿奠一樽。空說上清朝絳節，厭聞下界會蘭盆。七月望，梁家淺。

明晨定得到臨清，迢遞烟波九十程。水驛津亭勞遠訊，東來風雨殢銘旌。戴家閘，探騎至。

修蕒遙悲兩旐丹，龍脣絲結不成彈。冰輪憶挂雙江上，並對清暉至夜闌。臨清，萩林遺奠。

從今無閘鎖重灣，曠蕩如過百二關。此際雲帆天際引，好乘秋月泝潺湲。夾馬營。

川路縈紆百折波，張帆忽復卸帆過。坐看闕月生天畔，中夜還成忼慨歌。朱家圈。

慙媿傳經目老成，猥來書幣採虛聲。却憐携得嵇延祖，不使山濤負九京。七月廿日，四柳樹，灤源聘使至。

拂曉鳴橈且復休，衝風吹浪蹴天浮。相違一舍無多遠，薄暮雲中見堞樓。德州。

刀光古水瀉滂洋，秋墅人家草屋涼。萬里寥空暝色至，野雲村樹盡蒼蒼。十五里口。

秋風颯颯樹聲哀，鴻雁新從碣石來。鄰舫無心相借問，恰逢鄉管是豐臺。磚河。

疎槐深柳綠婆娑，霞綺輕飛散白波。漸近長蘆風景好，却懷椒糈意如何。興濟。

素舸迎來骨肉親，繐帷問故共沾巾。還憂黯淡桑榆景，痛煞椿庭白首人。七月廿五日，雙塘。

空置生芻奠碧篘，清言無復玉人酬。淒涼看吐四更月，白汎浪花明柁樓。曹家莊。

長蘆秋水正溟茫，一派飛奔董閣莊。超忽回風三百里，雲旂縹緲早還鄉。天津。

弢甫續集卷十七

古今體詩一百四十八首

紀程

五色繽紛繪巨航，慣衝蛟蜃走溟洋。直沽便是扶桑路，恨不乘槎着日傍。七月廿八日，見洋船。

浮屠三宿恐牽情，客舫稽留不計程。對岸金山樓閣麗，青林朝暮白烟生。廿九日晦。

丁字沽頭撥桂橈，篙工河上罷逍遥。前行絶類徒兒浦，早晚剛隨八月潮。八月朔，鹹水沽。

復見蒼頭故國來，老人無恙有餘哀。最憐五尺童孫慘，抛却書帷血滿褏。堂兒上。

新河如帶土功成，恰恰歸艎向此行。舟子凌晨看潮長，一齊起柁亂鳴鉦。漢沽。

凉波倒映白雲衢，日對秋光雪練鋪。川路六千今已盡，緑陂芳草碾靈轜。初四日，蘆臺。

哀容尫瘠劇堪憐，凶服交加血淚鮮。須識承家爲最重，門庭萬緒一身肩。光益奔至。

白馬賓親接跡來，明朝執紼面東迴。空期緩緩歸車好，無那滔滔逝水哀。

涼宵風雨苦凄凄，欲挽靈車一尺泥。點點泫看慈竹滴，聲聲寒聽孝烏啼。

緦麻清涕幾人揮，宿雨沾沙廣柳歸。頭踏流蘇半零落，笳簫咽咽旐飛飛。

王家莊樹着烟籠，旅店秋燈挂壁紅。不爲故人寧到此，私憐卧病月明中。王蘭莊。

三舍程衝兩日泥，雨餘深淖没輪蹄。崎嶇董閣莊前去，不唱虞歌亦慘悽。八月初十日，董閣莊。

雁柱揮殘錦瑟絃，迷魂漠漠水中天。縱然看破生如夢，不那腸從夢裏煎。

迢遥河水溜通渠，錦鯉中存尺素書。憑寄江淮故人去，帆經風浪拍天餘。

萬歲聲長祝聖君，蓬萊五色護祥雲。京東拜跪瞻天近，彷彿璇霄廣樂聞。八月十三日。

孝稱和嶠與王戎，生死情深大略同。檻外長江流不盡，何人悲弔泝靈風？

相看涕淚滿離筵，詎爲陽關客思牽？惡説中秋好明月，今宵不用向人圓。中秋餞别。

董莊已遠尚餘哀，回首秋雲絮作堆。沙路高低尋舊迹，却追白馬素車來。王蘭莊。

信宿巾車轣轆驅，蘆臺沙口復登艫。傾來白小盈筐雪，風景宛過鶯脰湖。

乘湖輕泛木蘭船，摇漾空明水接天。此去好將愁眼洗，濟南秋色正澄鮮。三家臺。

碍施雙槳撥輕艘，淺水摇溶未半篙。一片連天却無際，狂風也解作飛濤。陳家溝。

復到津門曉色清，舟車僕僕總勞生。却憐夢繞華不注，一朵芙蓉映日明。天津。

無人折柳送津門，輪轉平陂古轍痕。僮僕愁容纔得散，晚投茅店具芳樽。静海。

車如流水下平皐，駿馬蹄輕未覺勞。猶管送迎隄畔柳，臨風疎影弄蕭騷。興濟。

平沙淺草御軨軥，鏘聽鈴聲駕棗騮。那似石尤風勢惡，橫翻駭浪阻行舟。堡頭。

連程行徑繞河隄，歷歷檣竿柳外齊。安坐車中看風色，不知川路浪高低。三園。

德水烟消遠景澄，晚天明麗綺霞蒸。欲知風氣青齊好，試向方言辨得登。老鴉陣。

明朝問渡過清河，轉覺相思一夜多。應惜吾衰今已甚，經年萬里涉風波。禹城二十里鋪。

千里衝沙始卸車，解來懸榻乃吾廬。便應報向重闈去，修竹林中客到初。至沛南萩林高齋。

萬花谷裏語咿嚶，稀得歸昌到耳清。乍聽丹山雛鳳好，梧桐枝上一聲聲。

賓至如歸最適情，疎窗白映月華明。知子素有林宗癖，洒掃深房分外清。

老去端須愛惜身，大書贈我感情親。斯言信是連城璧，今請還爲趙氏珍。簡萩林。

麃眼籬邊菊蘂稠，風光倐已入深秋。白頭慣被花枝笑，客裏相看歲似流。九月朔。

雁足書傳歷下情，夢看病骨瘦峥嶸。依人只道淹王粲，賦鵩何期喪賈生。悼陸疎村。

催放秋花造榜天，棘闈初見月娟娟。如珠連貫文昌氣，映徹奎婁動海天。

任城一別已三年，雪涕秋深把臂前。傳說龍鍾人共棄，狂歌激越荷君憐。會萩林。

衰遲絶類杜陵翁，不那秋來左耳聾。歷亂羈愁刪不得，仍驚搖落對西風。

微生哀樂總教傷，人世原無却老方。料理白頭須底物，引年聽説進昌陽。

西泠已失白雲夫，重對桐川嘯咏徒。猶憶簷前一宵雨，滴殘清漏小方壺。

桐君録内播芳馨，苗甲懷山憶蔚青。此地從來稀藥物，拜嘉還得制頹齡。萩林惠地黄。

沸上登高逸興饒，群賢玉佩喜相要。西泠詩老無多在，遥憶湖山悵寂寥。

久思過嶺愜清遊，忽遺雙江返鷁舟。似近神山風引去，祇教飛夢到羅浮。讀萩林《羅浮游草》有感。

平生癖性謝繁華，况復高春日已斜。自愛東籬千遍繞，寂寥相對有黄花。

鎮日成陰鶴蓋多，西園車馬自駢羅。閒身幸起劉楨卧，其奈漳濱應接何。

軒車汎愛及漁樵，雅列瓊筵折簡招。不道畸人愛岑寂，臨風欲棄樹頭瓢。

海岱鍾靈有此才，那教衣褐走風埃。峼華山色邀名士，好向秋亭嘯詠來。懷經德。

麟角牛毛總劫灰，掃殘兔穎積成堆。不教黄土埋光燄，只有凌雲萬丈才。

招邀却憶入關年，風雨淋漓到醴泉。五岳霞嵐遊早徧，明湖話舊尚無緣。九月十六日，寄排山。

借來籬落看黄花，未是柴桑處士家。惟有南山當户見，悠然相對在天涯。

身世難禁作達名，由來我輩自鍾情。從教飯顆山頭見，不爲耽詩太瘦生。

梧桐葉盡夜霜清，夢覺天涯已五更。怪煞螺窗斜月白，拋人西去寂無聲。

澄瀹心情迥自如，未容佳士便林閭。只應一振高名後，却入名山共著書。

暮年羞悔事雕蟲，手把群經未易窮。正似夜行光已闇，惟將炳燭照昏蒙。

群才契托自紛紛，壇坫爭看氣似雲。誰得真知延曲室，對斟樽酒細論文。
壇畔軍聲動地來，奔騰敵騎一時摧。淮陰詎學孫吴法，自有天生大將才。
年來夢想在廬陰，几榻圖書翠色深。最愛濯纓橋畔立，門前流水激清音。
憶扶笻竹上豐臺，四面雲峰霽色開。天意只教經歲住，啼鵑送客不勝哀。
淑問如君實偉然，千秋定論祀儒先。東南唱道餘山在，名德何慙兩廡賢。贈萩林。
荒園窄曠見南山，興在東籬徙倚間。採菊人移高館去，更無蒼翠到重關。
衰遲難忍朔風寒，暮倚高齋戴鶡冠。却憶空亭秋月白，飛拈笻竹上層巒。
風前一紙閱鄉書，多少英才得意初。無那燭溪光氣黯，明堂惆悵失璠璵。知静軒弟失解。
九秋蓂落已無餘，却值元冥播令初。摧迫蟲聲到牀下，中宵不寐意何如。立冬。
飄零作客此依劉，踰月相從賦遠遊。明發移居纔咫尺，詎如萬里動離愁？十月朔。
冠蓋如雲盛禮成，賓賓衿佩接諸生。遥思繁露承家學，負笈何時到歷城？入主濼源書院。

以上共一百六十四日，詩如其數。

哭定岩二首

烟波浩淼逐三閭，直下章江信所如。泣血無聲枯孝筍，游澌何處塍文魚？忍令終古捐予佩，恨不中洲攬子袪。天畔空呼臯某復，浩然歸去撒蘧廬。

淡淡星河欲曉天，忽騎鯨背泝通川。生依草土經三月，死着齊疏入九泉。故國遥揮思子淚，夕陽重薦禮魂筵。伯牙悲痛鍾期逝，零落金徽委七絃。

和人賞木芍葯二首

高會空聞絶艷開，生綃留影酹瓊杯。飛仙並立瑶臺上，閬苑踏歌歸去來。

滿眼多情鬭艷粧，自教白髮放清狂。却憐潦倒揚州夢，不遣樊川釂羽觴。

六月十三夜月

江浦西頭淮浦東，清光瀲灎思何窮。精靈不逐罡風散，悵望青天碧海中。

六月十四日高郵湖大風雨幾覆舟倖免有作

口決難教泝裏河，湖心空闊湧驚波。連檣風雨垂傾仄，四汊雲濤互盪摩。黄帽哀號乞神鬼，白頭呼吸委蛟鼉。多緣師友遺編在，留得餘生續嘯歌。

病暑二章

我不如翩翾燕，飛飛時向風中見。風急掠雕簷，風微捎翠幔。我今病握齊紈扇，頭涔涔兮苦瞑眩。既無宋賦快哉披，又無列御泠然善。安得出舞雩，颯爽清人面。我不如上下鳧，汎汎常在水中居。水深嘯群侶，水淺引諸雛。我今病取蘄簟鋪，汗翻漿兮苦沾濡。既無仙露分金掌，又無清冰映玉壺。安得臨滄浪，洗濯寧吾軀。

汜水道中

乍聽蟬聲出樹間，漁罾高挂水雲閒。沿塘草舍延瓜瓠，時見黄花滿屋山。

舟中夜坐

漁火依微曲浦烟，坐貪凉爽不成眠。白雲芳草江南路，青簟疎簾柳下船。衝岸鯉魴喧撥刺，傍沙鷗鷺静聯拳。湖光萬頃皎如雪，波底玉蟾飛上天。

草壩口渡河

萍泛洪河渤澥寬，西風掠過鬢毛寒。章江輟曲抛徽軫，碣石孤飛矯羽翰。病惜春容餘涕淚，老驚世路足波瀾。魚龍偃卧盤渦沸，對此茫茫集百端。

旅　懷

迢遥清濟接清淮，暑雨秋風亂客懷。蓬梗關河淹歲月，蜉蝣天地寓形骸。飛揚跋扈從時輩，慷慨悲歌自我儕。河鯉河魴慵下箸，旁人錯認太常齋。

卧看

颯颯秋風捲柳隄，浪花横濺午烟迷。鄉園夢寐頻驚覺，朋舊音書總嬾題。簟展凉于玉龍背，帆飛疾過紫騮蹄。舟中白日了無緒，卧看雨雲吹向西。

韓莊

嶧山湖闊白粼粼，殘照西風浪似銀。帆脚雙飛銜繡羽，槎頭一尺墜金鱗。薤歌朝露頻頻泫，蓬鬢秋霜故故新。却省游梁十年夢，青冥可倚玉樓人。

濟寧奉懷近顔

論交初對濟流清，洗眼風塵識俊英。燕頷何堪老殊域，鳶肩空自誤浮名。荒寒魑魅天涯色，凄斷蛩蟁日暮聲。一步河干一怊悵，人今衰病歲峥嶸。

沛舟大雷雨

湖心魂夢悸高郵，安穩徐牽沛水舟。一任驚飆雜雷電，匡牀卧聽雨聲秋。

七月初十日紀夢

柝響驚從鳥道還，凉蟾猶挂柳絲間。夢中不識臯蘭路，魂斷千山與萬山。

月夜奉懷圖東石蓮

江南江北惜離群，客路秋風不可聞。京口會時傷落葉，邗溝別後賦停雲。一行雁字還須寄，兩鬢霜華底用耘？斜月忽臨窗檻白，渾疑静夜接夫君。

寄萩林書不到志感

騷雅相於古誼多，通辭詎待託微波？關河催老雙蓬鬢，歲月抛人一擲梭。經帳還教傳馬鄭，詩筒應遣和羊何。却憐素鯉浮沉處，泲上難隨淺水過。

臨清關

糧艦回檣尾接銜，出關鷁首走驚颿。涇陽鶴影歸雙旐，泲上魚書復一函。碧月光浮青玉碗，金風吹冷白蕉衫。滿川芳草含愁思，南北紛披不可芟。

寄圖東

京江三載别，纔得尺書將。鳳穴雛長好，鴒原草遂荒。却憐嬴博路，與奠汨羅觴。病暑龍鍾甚，重浮北去航。

曉　起

金盆圓魄落河西，卵色天黏碧草低。百疊高帆催鷁影，兩行踈柳咽烏啼。殘牙缺嚙難勝餅，短髮輕梳未滿篦。薊北虔南幾千里，號平聲歸不遣旅魂迷。

再枉萩林札

復得魚書意萬重，遥傷駒隙念龍鍾。相期趵突泉邊水，一洗洭溪瑣尾容。

川涂連歲

昨歲初冬下石灘，紆回南北走風湍。火輪簾舫禁炎暑，雪片江湖犯大寒。回首鄉關雲漠漠，經心客枕月團團。長隄衰柳無窮路，白髮難教意緒寬。

三杠萩林札奉寄

萍漂是處汎烟波，不厭談經髩已皤。歷下雲山頻入夢，滄浪書跡幾回過。清風淅淅懷孤竹，秋氣凄凄感女蘿。計日相從看蘂榜，濟南名士向來多。

七月廿五日夜泊雙塘柁樓失火幸撲滅有作

非關赤壁燎艨艟，忽訝青簾引祝融。三老噪呼烟焰裏，二更驚覺夢魂中。旅人幸脱焚巢阨，上客争誇爛額功。若使祖龍行小劫，奇文一炬總成空。

八月初二夕憶舊

追思露坐納凉風，甫到君家别墅中。今夕舲窗看河漢，渾如夜色映房櫳。

舟駐王家臺水中

荒荒駐棹絶厓垠，黄遶叢蘆緑汎蘋。時序百年如迅矢，風塵萬里是勞薪。孤嘶海角離群雁，寒躍波心掉尾鱗。四顧寂寥天在水，只留明月伴覊人。

過南皮迎寄萩林

雲山迢遞繫相思，車笠心存夙昔期。此去清樽依北海，由來高會重南皮。黄花籬畔舒香日，名士亭中發興時。應及登高摇綵筆，莫教沙路馬行遲。

夢定岩誦我詩

夢君雒誦我新詩，擊節狂稱絶妙辭。豈謂低頭拜東野，還如流水過鍾期。當時酬唱提斑管，即席歡呼倒玉巵。痛絶重泉終寂寞，天涯尚剩幾心知。

大　風

蓬蓬北海大風生，飛撲塵沙客眼驚。天地連朝舒噫氣，郊原萬樹動秋聲。車篷殊苦掀翻舞，馬足渾難自在行。料得河流尤震宕，拍空濤浪那能平。

滄州道中

河隄衰柳尚毿毿，時見移過百尺帆。北地當秋風早冷，邊沙近海水皆鹹。單椒已遣吟魂繞，華髮難同旅思芟。薄晚輪蹄愁未了，天低鶻没半規銜。

東　苑

東苑當年感索居，山中無石水無魚。歸舟已失團團月，迎騎曾回緩緩車。朝暮虀鹽猶未了，故新縑素定何如。那堪唱徹滄州曲，一望糧艘涕滿裾。

牛　衣

牛衣褕翟總沉灰，猶自緘情向夜臺。黄葉秋飄那復惜，青門生訣最堪哀。抛殘雁柱華年思，零落烏雛遠道回。老子浮生能幾許，更教羈恨疊成堆。

哭董定岩榕五十首

不少人間缺陷天，悲君死孝赴重泉。蓋棺事了江舟裏，九歲孤兒繐帳前。
蒲醑新篘奠一尊，北蘭寺裏最銷魂。花宫不共春燈會，明燭蘭膏照夜昏。
連夜殊憐月色昏，夢吟新句侑芳樽。水深已被蛟龍得，猶向楓林接爾魂。
聶都新廟祀章源，已見民間賽火繁。髣髴羅池神颯降，雲旗一片月中翻。
自夏徂秋汎艇行，風波暑病可憐生。更堪東寺長廊下，夜半瀟瀟聽雨聲。
清霜白雨柳條枯，遠道摧傷子母烏。猶有羈雌寒夜宿，月中常自泣嗚嗚。

丹旐翩翻近里門，蘆臺百里海雲昏。涼宵飛徧澌澌雨，芳草俱沾涕淚痕。
九原松柏望中迷，子母神魂一處棲。白月清霜寒徹夜，慈烏時共孝烏啼。
鷁首溢江拜送時，天親從此永分離。只今蕭颯靈風冷，挽斷秋楊萬萬絲。
魂斷南雲不可招，柳絲風片莽蕭蕭。傷心埋玉情何已，三尺新墳在板橋。
風日階庭色慘悽，客來倚着繐帷西。纔教夕奠哀聲歇，又聽寒蛬竟夜啼。
楚厲迷魂底處招，白袍悵望水迢迢。添將八百孤寒淚，噴薄章江作暮潮。
髫稚遺孤未十齡，交加縗絰拜先靈。携歸便逐重泉去，説與旁人亦涕零。
竹花不實冷修修，颯颯梧桐葉落秋。老鳳先歸雛鳳折，采苞零落委丹邱。
留得荒莊舊屋廬，青燈緗帙下帷初。凄然手澤開函見，莫遣終年飽蠹魚。
夢裏悲哀視藐孤，而今只剩一鵷雛。幽棲毛羽摧頹甚，寒雨聲聲滴翠梧。
春江萬里聒風濤，左蠡揚瀾倍覺豪。誰道交情隔生死，魂來魂去不辭勞。
夢中情境類飄蓬，荒忽郊原聚一叢。生怕回風忽吹散，斷魂驚別太匆匆。
横江鉦鼓沸如雷，驀見鰲山海上來。過眼風燈前刦散，老仙終古隔蓬萊。
故巢傳説受驚猜，黄口啁啾最可哀。叵耐春風太欺得，蕭蕭竹樹半摧頹。
魂逐揚瀾入夜臺，還聞驚浪播喧豗。白頭垂死看黄口，此曲人間信可哀。
一輪海月照窗明，向午參差竹影横。正是迷離烟水窟，驚回噩夢值三更。

分明潮水下津門，倏忽蘆臺去路昏。莫怪雲莊樓閣失，殘宵無月照迷魂。

文章盛事屬千秋，百尺方期矗選樓。天遣凋殘風雅伴，清詞麗句孰甄收？

天上修文有素心，蛾眉班裏好追尋。鈞天迴異人間奏，帝所新傳正始音。

卜築濂溪喜畢工，蓮花峰下起雕櫳。水聲激激書聲和，繞岸夜燈相映紅。

滚滚詞源瀑水流，紫毫揮洒爛銀鉤。青山滿眼留題徧，争似宣城謝朓樓。

芝龕妙曲奏仙臺，忠義淋漓具史才。寫出前朝亡國恨，銀箏檀板有餘哀。

金竹坪前迸籜龍，霎看風雨度高峰。難禁滄海奔歸勢，未滅浮雲變化踪。

砰硼瀑布下岩門，一道驚流谷口奔。偶坐空亭不知暑，芙渠香裏汎清樽。

三疊銀瀧捲翠微，龍潭白日玉龍歸。看君神興真無匹，蹴踏嶔巇去似飛。

濂溪溪上五峰攢，月白峰峰午夜寒。愛看亭前溪月轉，夜深同凭玉欄干。

江水悠悠趣往還，心心待我庾樓間。暮年詩賦渾蕭瑟，只有君情愛子山。

登樓最憶謝功曹，霞散空天粉堞高。此段吟情抛不得，廻風吹夢到江皋。

元岳歸來會面遲，潯陽江口遠如期。難忘吟醉蓮峰夕，月滿千山話别時。

白登猶憶展重陽，北岳歸來道路長。遥夢潯江弦月上，雪波九派墮蒼茫。

清瀉金波百萬層，一宵寒色冷于冰。明朝排馬虔南去，愁看曉山低玉繩。

黄土塘前洞壑幽，輕身直上恣冥搜。側穿岩罅飛流過，衣上琮琤濕老湫。

清緣未得共登高，南北官程歲歲勞。八境臺中頻悵望，臨風把酒酹江濤。
伶俜客路苦沉綿，况復秋波感逝川。不有豐臺散情性，那能吟嘯尚年年。
堂堂策策百千頭，春水洞池浩蕩遊。應逐揚靈大江去，流澌紛下滕中洲。
杖破秋階碧蘚濃，白頭相對兩龍鍾。心傷落木三千里，目斷浮雲一萬重。
群從情深只惠連，奔波往復贛江邊。天涯何處無芳草，今日池塘夢杳然。謂尚濱。
往復詩筒自許昌，西江悲繞九回腸。頻灑懷舊千行淚，托與回潮遠寄將。
庚午渠開水利興，平沙千頃闢溝塍。當年白雪秋蘆捲，此日黄雲晚稻登。
世人交結重黄金，行路誰輸一片心？古道于今悲盡棄，相知人在九原深。
槐花落盡桐葉飛，故人入夢情依依。似憐秋色匡廬好，攬我薜衣登翠微。
天涯淪落舊何戡，黯訴離情最不堪。也似念家山破後，含悽重唱望江南。謂王僮。
暮年膠漆又逢君，消息泉臺迥不聞。烟雨千聲裴島鶴，謂予齋。風篁一片聖湖雲。謂敬甫。
伯牙絃爲子期摧，三峽猿聲較更哀。料得浮生無久視，班荆只合向泉臺。

定岩銘詩

予生慎契托，稀疎結佩纕。况復遠權勢，慵親綬與章。曩爲大梁客，四友聯文場。磊落馬石蓮，峨峨圖東張。通家惟沈氏，與君共徊翔。把麾金華去，悵望天一方。予從南岳返，延之坐講堂。尋恤篪兒夭，遠泝贛水長。欸洽書帷內，吟醉豐臺傍。嗚呼君逝矣，送櫬還浭鄉。維彼三君子，路祭釃椒漿。申唁太公前，委命于穹蒼。矢願課藐孤，琢玉成珪璋。誌銘落吾手，泚筆涕沾裳。所寶垂令名，此外何所望？若斧是君室，千秋固且康。上從先靈遊，下發昆來祥。他年天門上，雲旂互飄颻。訪君一晤語，俯世遺粃糠。

弢甫續集卷十八

古今體詩 一百三十八首

有懷圖爲沈奉宜大璋貢淮峨璋題

所欽有令子，昆弟情雝雝。不寐懷二人，紹厥孝友風。愛弟將遠適，相對纏離悰。憒恨不忍別，一念孺慕同。鶺鴒顧雙影，弱羽催西東。一步一徘徊，戀戀原上踪。誰能寫此意，遺自瓜田翁。瓜田至情人，不辱皴毫工。

九日萩林招予及諸子登華不注

寰中攬勝隨所遇，佳辰登陟不可孤。賢主招携涌高興，竹林蘭譜聯吾徒。眼明先見華不注，單椒矗秀名非虛。華陽宮中一小憩，飛身把杖凌崎嶇。嶄嶄紫石劃破碎，千瓣攢一金芙蕖。當時演漾圍小海，芳莖倒插元黄初。塵沙蓬勃陵谷變，鵲山西没澄泓湖。細麥縱横繡塍列，村農勤動千鴉鋤。東頭華泉湜一勺，小清河水環威紆。參差槐柳青扶疎，枰枰露甲繁秋蔬。齊山横亘翠簇簇，落日照耀南屏舒。岩腰祠奉老仙伯，素雲繞座顏清腴。一童手捧九還訣，一童藥貯黃葫蘆。長生久視亦底用，賢聖委順由鴻鑪。我生激昂意氣矗，萬事只等浮雲徂。昨年登高俯八境，砰訇灘石驚濤輸。竭來北平苦往復，涕灑舊好潛黃壚。盤山碣石登未得，一身催落齊川隅。去住飲啄本前定，滌蕩情志拋攣拘。煜然名德仰一老，嗟予晏景臨桑榆。朝陽乘時上杲杲，圖不朽事于蘧廬。不見閔子逢丑父，萬古忠孝寧翳如。痴人欲占爽鳩樂，牛山涕淚淋衣裾。自遣浮埄颺富貴，推遷幻化歸空無。僧房黃菊放爛漫，鮮明掩映紅茱萸。今年此會喜健在，爛醉徑倒玻瓈壺。明日之日弗早計，詎須當境三踟躕？

哭陸疎村攀堯五十首

河南漂泊又山東，寒影殊憐類轉蓬。舍館纔教旬日住，大歸曾不待春風。

幾度書齋倒渌樽，汴州離合捲蓬根。開箱重檢瑶華字，髣髴啼痕雜墨痕。

漂泊重爲汴上遊，思傳消息解離憂。那知添得椎心痛，隔歲先教赴玉樓。

處士風流栗里存，數傳猶見作詩孫。春秋佳日新吟在，我欲登高酹酒樽。

初白先生起海昌，清聲相繼滿江鄉。圓珠一串歌喉囀，只覺秦青韻遶梁。

西泠風雅更無人，樊榭厲江聲金久作塵。憐汝平生志删述，瓣香特地見情親。

古錦囊中檢舊題，疎村昌谷大名齊。懸知天上差安樂，不似人間足慘悽。

宏農依倚老監司，吟醉風流作總持。酪酊仝涵千古意，唱酬留得數篇詩。

陳生宜振灑淚寫哀悰，膠漆風騷意竝濃。老輩圖東呼二妙，柳吟花醉數過從。

傳柑讌裏兩三人，熱注紅椒不計巡。刻燭當筵飛點筆，惟君詩句最清新。

客中貧病黯交侵，尚改新詩苦用心。曾冀秋風蘇病骨，封題寄與紫團參。

嘔心日夜苦吟哦，其奈支離伏枕何。空望西山童子藥，欲令一笑起沉痾。

包裹遼參尺素傳，憐予垂老久沉緜。數莖投几鏗然響，也用清泉活火煎。

却思卧病古陳州，頻寄音書解我憂。今日疏麻誰爲折，泉臺信斷海東頭。

常苦緘書欲寄難，歸鴻叫斷曉雲寒。揲蓍人已無消息，青草空生八卦壇。

臨漪園内好池臺，睢州湯氏園。乘醉留題掃石苔。多少輞川吟讌客，獨傳裴廸是清才。

心折宏農舊使君，從教兀傲氣如雲。當筵搖筆題鸚鵡，處士天才信不群。

舊恨新悲玉折頻，難將缺陷問蒼旻。一生淚盡中州道，風雅原同骨肉親。

因風爲寄輓歌來，知汝冰絃急欲摧。不道長才多短命，翻教彈作泣顔回。

沈痛西河短景遒，老夫涕淚不曾收。鈞天帝所徵文雅，魂氣相將聚一樓。

往還鄴下爲停車，夜對頻銷蠟炬花。話到傷心倚閭在，貧無歸計鬢添華。

名士曾聞聘淑姬，萍漂尚未結文褵。蔦蘿空繫春風影，吹折喬松百尺枝。

本生爲後兩慈親，先後星奔血滿巾。平昔千鍾豪飲慣，不將一滴潤焦脣。

曾嘲飯顆苦吟賡，更爲居憂太瘦生。多病經年却粱肉，中廚空致五侯鯖。
病深猶擁一牀書，生死真成作蠹魚。寂寂寥寥千歲魄，夜臺誰問子雲居？
神魂終古傍吟廬，未死曾傳訣别書。重過梨花寒食節，孤墳何處渺愁予？
時時覓句把清樽，醉後狂歌獨閉門。志節原如陳正字，分明衣食道尤尊。
清標一掃俗塵空，獨立霜毛冷翠中。眼底還逢朱伯厚，一生疾惡也如風。
何人載酒草元亭，醉白堂邊醉未醒。文字動名難着手，只將心事托沉冥。
最憶安陽往復還，相將談藝客窗間。停飛鶴蓋西園夕，醉墨淋漓不可删。
緘取瓊琚自遠投，清詞麗句待吾酬。彈將清瑟朱絃曲，不是蘇州即柳州。
新詩散亂孰收藏，雷電天兵下取將。幾輩騷壇慙後死，爛煤破楮涕淋浪。
當時官閣雅憐才，詩興相將動雪梅。東陜幾年恩舊在，臨河追送畫船回。
氣誼文章意共傾，相看感舊有陳生。那堪重到梁園夜，雪裏開樽淚濯纓。
袍如汀草色青青，家世清貧守一經。攬筆題成豪士賦，肯迎秋氣怨飄零。
漫道官資是茂才，清名早已播蒿萊。袖中籠得生花筆，曾與梁園唱和來。
八咏還親大雅蹤，謂萩林。明湖花柳不辭從。濟南名士紛無數，獨愛雲間陸士龍。
秋水明湖漾縠紋，攜尊準擬細論文。雲山蕭索渾無興，名士亭邊不見君。
經義聲詩各擅場，盛生世佐先汝澮淪亡。千秋文彩寧磨滅，輝映扶輪舊講堂。

悲風千里莽蕭條，漂蕩吟魂向泬漻。一自號呼臯某復，何人收拾舊詩瓢。
人世難尋潁士奴，十年風雪伴羈孤。藥鐺抛後詩筒失，勞送靈旛到海隅。
泉上遥思贛石秋，重灘恨不遠從遊。朔風送盡南飛雁，冷眼長凭白雪樓。
塵路年年旅橐空，詎邀流俗恤羈窮？生涯殊類賃舂苦，人熱不因童子鴻。
何年歸老在西湖，竹嶼梅莊買一區。夢裏烟波千頃在，總宜船上失吾徒。
隱聖祠須卜築新，稽留山畔作東鄰。子陵君復仝升配，那得携君薦渚蘋。
年光夢裏迭推遷，影落齊州一點烟。冉冉東風輕拂面，還吹悲淚入新年。
遺詩幾卷爲開雕，詎忍成言忘久要？祇恨群兒輕卞氏，將他抵鵲碎瑛瑶。
緑竹青松繞翠岡，詩壇合近水仙王。他年配享吟翁好，師弟依然聚一堂。
滔滔逝水向東傾，歸櫬沿緣北固城。零落魂從孤艇下，江風吹雨溼銘旌。
聲聲楚些與招魂，天畔孤雲落照昏。他日盡哀知有處，鹽官城外白楊村。

得載詵札

名場蹭蹬戰徒鏖，氣遇艱危倍覺豪。惟恨斑騅陸郎逝，遥將雙淚寄江濤。

落齒

齒落年年不失期，端應軟嚼似牛飼。一年落一昌黎叟，猶想殘年兩紀支。

題匠門集

駢偶文仝豹一斑，也須澤潤發媥孄。才名舊説潮生閣，獨注詞波到此間。

題陳季立第五岳遊草

陳公身世泛虚舟，吟眺曾爲五岳游。萬古霞嵐靈爽在，相逢禽向作音做朋儔。

讀陳和叔黄中宋史稿及新舊唐書辨誤書後

生具三長擅史裁，可堪垂老隱蒿萊。一頭地放廬陵叟，應爲千秋惜此才。

仝登白雪樓

穹樓突兀俯郊坰，拂袖聯升拓采檽。曲調郢中翻白雪，詞波歷下倒滄溟。一泓清漱飛泉玉，萬疊寒凝滴翠屏。七子才名俱寂寞，含悽遥望鮑山青。

萩林邀仝和叔及予觀趵突泉

濼水泝自出，至潔繝浮塵。洑流倏上奮，靈源涌若輪。招要步泉上，三竇連淪淪。水華皓激雪，一色終古新。動静縈素瀨，潛見紆芳津。歸浤德不緇，會合清河湑。飛湍盛觱沸，意喜名流親。景斜猶澮對，離坐瑩心神。

仝遊張園

入户挹清暉，流泉滌心目。疎疎漾舞藻，泠泠漱鳴玉。溪橋覆葉乾，石徑延苔緑。凝烟翳喬樹，回飈戛叢竹。鵲過感雕陵，魚遊樂濠濮。何年愜野興，買地鄰湖曲。層波繞空廊，半畝規小築。馴鶴和在陰，逋客來不速。未用趣言旋，晤語忘昏旭。

仝遊羅園

野興浩難盡，散步經北園。古柏偃蒼蓋，小沼瀦清源。夕霞繢端綺，寒荇赤如璊。蘿幌叢蔭薄，竹圃宗生蕃。雪波趵突涌，蘚石華不蹲。摛序金谷麗，坐釣璜溪温。波翻星月影，樹喧鴉鵲言。詠歸入書舍，唱和鳴箎塤。

得家書聞息溟瓜田房仲三老及族子萬年訃

家書一紙訃頻頻，東望滄溟淚滿巾。老病驚呀回白首，天星如雨墜蕭晨。

對月二首

東海冰輪碾出雲，重霄素女掃濃氛。蕭疎影寫雙竿竹，忽地明窗見此君。

瓊霄催轉爛銀盤，又值嘉平臘底寒。羈客自憐孤影在，天涯怕見汝團團。

聞雷公翠庭鋐訃

慈親愛子下重泉，嗚咽春風惡耗傳。忽復驚聞老成謝，遥天雨淚灑瀛壖。

輓翠庭

閩學憑公一力肩，餘山緒論契高賢。流離全活由封事，密勿匡扶侍講筵。黄屋重迎行在所，白華早續補亡篇。可堪連歲哀稠疊，不脱齊疏下九泉。

哭盧息溟壽朋五十首

前年已失白雲夫，南巷重悲落景徂。氣散鼉江人竝逝，凄凉天海我身孤。

琴尊暱就自成童，三友蟬聯破屋中。頭白主人先後逝，獨教剩客哭天風。

虔灘浭水汎萍蓬，經歲鄉關信不通。忽報秋江人興盡，杳然天外作冥鴻。

早歲光輝席上珍，誰知玉價賤于瑉。東堂竟屈平生志，白首儒冠誤汝身。

春水東園繚碧溪，春風衫袂手參携。花枝紅出啼鶯谷，菜甲青連舞蝶畦。

村家門巷爛蒸霞，十里東皐十里花。重省春深聯袂處，亂飛紅雨淚交加。

菁蔥烟樹數東園，敲徧僧家竹裏門。曾識當年屐綦跡，只餘孤月挂黄昏。

曠海岧嶢聳一樓，烏啼日落滿城頭。老仙都返蓬山去，塵世雞栖獨我留。

迢遞城臯接跡行，野烟池水莽縱横。風前歷亂蜻蜓影，月下參差蟋蟀聲。

春遊最憶艷陽天，仝汎明湖上小船。出郭人行紅樹底，沿隄鶯唤緑楊前。『人行紅樹底，鶯唤緑楊前』，息溟《春遊》詩也。毛公西河亟賞之。

明湖裏外蕩烟暉，狼籍春光在袷衣。迢遞聯吟新月上，段橋一路踏花歸。

輕舠蕩漾水中天，萬柄紅攢一色鮮。斷送清緣思舊雨，千珠跳盡泛湖年。

香盤小墢綻秋花，借坐東齋寂不譁。鎮日微吟歸去晚，斜陽紅上碧窗紗。

富春江上起悲風，淚滴山橋嫩籜紅。賷恨青衫台背死，瀧岡阡表未親礲。尊甫彝銘丈殁于富陽。

陶母殷勤餉客時，青燈書舍酒常持。薦新丫髻持朱果，餽節平頭捧粉餈。

潭水深深瀉恨長，難教續命向端陽。一株安石榴還在，歲歲花開爲斷腸。
棠梨花下續新墳，鹿挽靈車送少君。省拔金釵與沽酒，爲延良友細論文。
華年再娶影仍單，鴛被秋深擁薄寒。白玉堂前横錦瑟，冰絃零亂不成彈。
男方憐幼女憐嬌，人去粧樓思寂寥。滿院繽紛紅片片，春風嗚咽落花朝。
伶俜已近及笄年，凄斷秋波委逝川。雨滴青楓魂魄冷，空教紫玉化成烟。
及時簪珥嫁雙鬟，楊柳何曾殢小蠻。嗤煞風情太漂宕，自甘魚目夜鰥鰥。
袁四因依髩髮皚，主人貧富絶嫌猜。煩苛早去王褒約，騷雅深憐穎士才。
絶憐弱息倚王姑，撫愛真仝掌上珠。見説從夫京邸去，龍鍾回顧細君扶。
北望魂招李謫仙，謂海門。長安無復酒家眠。猶追仝哭沙河路，宿草披來二十年。
開歲辛盤憶綺筵，草堂風景似斜川。當時唱和新詩句，説着浮生已惘然。
哀樂中年倍覺傷，未週甲子髩仝霜。竹林都解天弢去，那得重邀醉一場。
孤山冰雪白崢嶸，梅樹仝聯水石盟。一夜春風催冷蘂，南枝憔悴北枝榮。
黯淡榮華萃一門，阮家南北詎仝論？曝衣樓畔覘超曠，叉取長竿犢鼻褌。
潦倒元亭未逐貧，也思杖策走風塵。却看骯髒襟顔在，茅宇終藏處士身。
細字巾箱疊九經，耄年披對眼終青。遺書劇喜兒能讀，乾死真看案上螢。
五岳歸攜舊錦囊，蓮華峰下倚書堂。賓鴻帶得錢江字，獨有新詩遠寄將。

老淚年來湧似波，深情苦語感君多。絕憐抔土臯亭下，其奈深埋玉樹何。

舟菴水木寫新圖，邀我留題虎僕濡。華屋常聞延二阮，匆匆連歲隙駒徂。

動地風號釀雪天，傷心欲別偪殘年。最憐玉練槌香日，倒橐曾無買醉錢。

天寒風緊莽蕭條，去住離魂黯共銷。恨煞斜陽催判袂，千秋情盡是東橋。

人日題詩有報章，天涯仝繞九回腸。柳梅消息春還逗，音信從今斷草堂。

五千里外感離居，往復殷勤望寄書。寒月尚催南去雁，秋江已絕北來魚。

春風裙屐故翩翩，燕簇烏衣舊巷前。王謝門庭相識偏，貽謀誰得似君賢？

祁家豸佳真跡重南金，懸購争傳子墨林。滿幅龍蛇勞脱贈，茅齋猶見故人心。

霰落春花夜雨深，凄傷坐放白頭吟。惟君憐念飄零客，魂夢相依共一心。

詩壇槃敦滿塵寰，蕭瑟幽居庾子山。自愛清新耽獨咏，時名唾棄動江關。

曲室寧忘滌酒巵，豆棚花架影離離。一從吹散秋風裏，便是浮生永訣時。

雙韈曾貽白屩材，却叨佳句報瓊瑰。空餘跂脚真人想，竟踏烟霄去不迴。

兒時朋好泣凋殘，剩得靈光魯殿看。石火電光俄又過，空齋誰與共凭闌？

風塵青鏡惜衰顔，夢裏新橋熟往還。他日來歸舊鄉井，只應寂寞掩柴關。

霜林老葉掃秋風，月地雲階影漸空。尚剩零星三兩友，都非相識自兒童。

老去新詩妙入神，鄉園唱和已無人。空期聯袂遵河渚，吟醉梅花度幾春。

固漆投膠總角時，陳雷踪跡兩心知。却悲歷下歸來日，無限中情訴與誰？海角天涯映玉蟾，清光直透水晶簾。交情一片皎如雪，白首從無纖芥嫌。人間天上兩茫然，欲寄音書底處傳？白雪樓前一杯酒，空將雙淚洒旲天。

奉輓沈房仲心即追酬其病中得予書原韻

皋亭一别死生分，永憶覃研博且勤。海鶴影歸三島月，塞鴻聲咽萬重雲。羲之禊帖情因寄，白也詩篇思不群。雪涕天涯梅樹下，空澆尊酒誦遺文。

題春及園二首

村原芳樹碧迢迢，未用深居掩翠寮。慵着浮槎替舟去，坐看春水漲平橋。迎風絲柳散鬅鬙，掃盡輕烟午景澄。好趁一宵春雨足，湘湖耕破落花塍。

寄董閣莊書後雜感作八首

迢遞燕鴻落遠天，雲中消息未教傳。秣陵書就今纔報，海國春光涕淚邊。孤舟風雨冷凄凄，玉水驚波只向西。悔不當時回短棹，教人遺恨弋陽溪。濟上春燈又一年，紅蓮開到院門前。傳柑會散音塵斷，獨對金釭枕手眠。

仙棋一劫頓成空，皓月猶圓照海東。碧落無從問消息，蕭齋深掩落燈風。
鏡光憶挂客樓前，漠漠清翻水底天。認得雙江一輪白，飛來歷下向人圓。
白草黄雲海畔多，蠹風渺渺度關河。溷川不遠千餘里，欲逐回潮奈老何。
轣轆柴車一輛還，去年回首白雲間。王蘭莊上重經過，撲面西風損客顔。
凌晨書就又開封，墨跡啼痕淡復濃。此去津門魚往復，一緘尺素意千重。

送盛柚堂百二北上

陽月迎寒聚綺寮，春風送煖振金鑣。璣衡獨解占天象，珠璧重逢焕聖朝。黔首所須惟布菽，丹心寧忍遂漁樵。京華舊好如相問，爲道滄洲興頗饒。

感興題萩林明湖秋汎圖

一片明湖水，飄然不繫舟。東西自魚戲，上下任鳧浮。迴映雲容幻，清涵髩影秋。波濤端可涉，忠信復何憂。

送和叔歸吴步留别韻兼呈萩林二首

五字清吟擅，長編正史傳。提携金管一，謡諑黛眉千。拔脚軟香土，洗心幽澗泉。殘年省游跡，潑潑濟潭鱣。

萍散憐春水，雲歸愛舊山。故人惟魯酒，仙老自吴關。雛鳳翩然出，冥鴻不可攀。三高偕汎宅，會泝具區灣。

題萩林得趙忠毅公東方未明之硯詩

珠旒潰亂侍中貂，一片端溪助掃妖。太白光教映殘兔，見泉子竟化爲梟。雲旗代北迷黄土，曦御天東上赤霄。謂思陵。劫過滄桑入君手，撫摩奚翅比瓊瑤。

題萩林藏山硯詩

蕉葉何年采老阬，由來聲價敵藍瑛。菴中法乳流初白，席上儒珍焕六瑩。初白老人得自梁藥亭，轉贈萩林。筆掃秋霜凝玉簡，墨磨曉露滴金莖。猶餘經史名山業，不羨雙南貯滿籝。

重送和叔步韻

茫茫天地影偏孤，終戀蓴鱸老向吴。冰雪情懷元皎潔，水雲踪跡自虚無。手操衮鉞耽前史，身着章縫厭俗儒。綽綽還看吾進退，肯教局趣效轅駒。

酬萩林見過濼源書院韻

花竹書堂石徑幽，自公軒騎暫教休。珠泉趵突新邀賞，玉簡龍威故欲搜。述作千秋想陶謝，論交四海得融修。一官便爾多羈絆，應讓劉伶拜醉侯。

秋　葉

緣源碧樹未經霜，纔變金風幾葉黄。不似騷人感秋氣，一時白盡鬢毛蒼。

題萩林瘦吟圖疊韻

梧竹蕭疎景物幽，耽詩癖性那能休。晚交高李同推激，早學陰何獨苦搜。千古文章非小技，一生忠孝跧前修。吟身雖瘦殊孤挺，愧煞君家老隱侯。

送朱生北上

名士亭邊送玉珂，枝頭黄鳥好音多。連程芳草萋萋緑，二月春風習習和。遄向金臺騰赤驥，肯耽京兆畫青螺。方新婚。好邀宫錦裁斑服，兩世嫞慈鬢早皤。

弢甫續集卷十九

古今體詩七十五首

疊韻奉酬萩林題灤源書院須友堂作

斯道傳與行，端賴七尺挺。一正卓爾立，群邪莫之騁。吾聞諸餘山，扶抑聖所警。任決溟茫流，牢把鴻濛艇。大哉魯中叟，宇宙元精耿。小大喜從公，蒙亦今朝永。印須津弗迷，沿泝各清省。

辛巳孟夏經德母劉太君節壽六十一矣自書院歸海豐詩以送之

手調薑橘故情長，猶蹙眉痕桂月涼。初度恢炱新夏節，重逢辛巳好年光。紅螺香汎五加酒，黃鵠歌經三十霜。東海詩名數才子，斑衣歸舞勝金章。

國學有許文正公手植槐乾隆辛未重榮恭紀得文字

槐古舒新穎，成均紀異聞。清時宏樂育，遺植復榮芬。鴉噪曈曈日，龍盤縵縵雲。恩膏深醞釀，道氣鬱氤氲。事類壇前檜，香連架上芸。慈寧齊拜慶，富媪特宣文。螭碣昭宸藻，鼉鼖振大昕。葱蘢在城闕，楓陛接祥氛。

奉題裴公香山匡廬夜月圖用太白廬山謡韻

畸人昔落匡山頭，乘興踏月升高邱。風聲水聲四圍合，秋光漲破雲岑樓。一昔披圖翠撲面，髣髴熟夢追前遊。香山老仙來帝傍，翩擁玉節森開張。逃虚愛披紫府服，冰輪乍湧流清光。我欲從之道路長，有若渡河河無梁。銀瀧三疊雪九派，焉能飛躡雲中望？雲中五老肅客立，呼龍净掃苔痕蒼。香爐夜氣赫如赭，溪流不斷松陰長。翛然擲拂麈氛間，烟霄杖去何時還？霓旌翠蓋杳莫定，超遥倏徧崑蓬山。松間拋留一團月，蟾蜍不死澄輝發。千秋自有谷音存，萬事只等浮漚没。當時縹緲白雲情，昭琴不鼓無虧成。佐扶鼇極付厥子，驂駕白豹歸瑶京。嗟予五岳吟遊返，海頭冷睨江天青。

逶遲行奉題王葯岩鶚小照

詩人陟屺岵，孺慕入骨髓。髫鬍耳邊鳴聲悲，天隅行役嗟予子。揚名彰親本孝經，車驅九折無淹停。回騶叱馭各有取，要使大義標崢嶸。君昔兩度遊南溟，旻天却睇千怔營。榕陰僕馬並蹺蹋，白雲之下懷椿庭。椿庭趣抒匡輔策，茫洋淡水光推擇。樓船坐嘯蜃氣空，誥捧芝泥何鳥奕。沉吟往事十餘年，若堂掩映松楸烟。竭來歷下攬環佩，把圖示我神悽然。强起重紆腰下組，髩鬚新抽白幾縷。雕几時陳鬱鬯馨，華堂永斷斑衣舞。我因振觸乍沾巾，計偕憶看京華春。一名邀倖逐時輩，九原倏忽違嚴親。懵騰妖夢河間雪，跋蔑神昏襟上血。風饕樹靡臯魚泣，霜濃月黑啼烏切。不是周道逶遲四牡轍，豈非錯字鑄成六州鐵？無益徒悲獻賦身，有用還慙濟時傑。入地追從夜窈冥，終天悵望秋漻泬。此情抵死難消滅，此境餘生尚騷屑。嗟呀題就卷還君，君乎君乎得不念之五情熱？

和游龍洞韻二首

見説坳泓底，神龍窟宅幽。春禽紛哺子，陰罶怒噴湫。林暝佛燈上，谷晴雲氣流。靈山記行跡，軒騎快同遊。

石榻懸知冷，杳然無世氛。猿啼五更月，鸛踏一梯雲。穹碣繡青字，遠湖明練文。何當消夏去，萬木帶蟬曛。

和落成餐秀亭詩韻

芳亭着行省，永夏蓑青林。幽增歷下勝，迥詣名士心。高吟雜竽籟，于喁振清音。伊邇步安雅，在昔追來禽。嗜然和公嘯，窅冥子春琴。我似白雲汎，偶度金輿岑。就晞風際髮，童顛不施簪。

哀歌爲曾孝女衍綸作

曾孝女，何奇哉。珊珊骨，鍜作寒冬灰。熊熊光，烈于夏恢炱。天胡縱虐兮，煽吴回。天彰奇孝兮，爇烟煤。曹娥負父兮，浪湧銀山堆。曾女抱母兮，焰發紅玫瑰。千秋萬歲兮，聲如雷。雲之興，神之來。水驂白鼉兮，横海喧豗。火鞭赤龍兮，周天裴佪。神倏逝兮，我心哀。

贈萩林入覲

華班陳事入蓬萊，髭映彤雲綫縷皚。葵藿傾心向紅日，驊騮戀主繞金臺。衮衣先聽東人咏，玉節仍瞻北極來。孤影明湖淹釣叟，出郊揖别重裴佪。

贈攸明府皜亭萬春

頻煩下里播絃歌，閬寂荒齋隱薜蘿。孤鶴毰毸慵起舞，雙鳧縹緲喜來過。康莊看騁追風轡，遲暮教揮返日戈。志業希文真宰相，盡躅凋𠫓養冲和。

雁來紅夏已吐艷作

雁未來時葉已紅，預愁零落向秋風。先榮自是應先悴，九夏休誇炫一叢。

萩林邀祀坡公予病失赴步徐茶坪韻二首并序

坡公于宋徽宗辛巳七月二十八日終于常州，距今六百六十年矣。萩林於是日懸公像修祀，首唱步徐茶坪韻二首。予以小疾未得奉陪，勉效作。

郲縣崚嶒宰樹枝，青山埋骨黯迷離。空懷鄉國尋歸檝，誰遺蠻村爛煑葵？湖上秋光渺踪跡，畫中生氣凛鬚眉。浮埃萬物罡風掃，獨剩清名底用悲？

儋耳滄溟合似環，天容海色照人間。心懸月魄千秋白，靈閃雲旗一片殷。小劫重逢辛巳歲，大峨遥指故鄉山。負痾缺奉溪毛薦，悵望華泉碧水潺。

奉和萩林榆槐竹柏四咏用坡公韻并序

濟南臬署多榆槐竹柏，東坡舊有此四咏，作商聲謳。萩林追步其韻，和聲鳴盛，邀予同作。濼源書院亦被此清樾，敬和下句。

絶愛陶嘉節，星榆布肥緑。晝静轉簷陰，起步散局束。何來一小鳥，登登頻啄木。疏越淡人心，勝奏清商曲。飄筴扶寸深，乍竄飛鼯足。凉雲漲前除，曖碧埋書屋。榆。

張王撐空槐，飛滴湅雨歇。驚蟬咽不斷，翳身抱溼葉。幽居觀大化，當檐散積筴。倏見洒襹褷，没砌鋪黄雪。坐感凉氣深，流塵過暑月。名心已久忘，無夢神清絶。槐。

皓魄照空階，影寫窗前竹。已過夕鳥喧，時有閒雲觸。生謝北山移，免貽此君辱。淅淅凉颸回，清聲戛秋玉。三徑幸未荒，契托松與菊。龍孫迸地生，新添幾梢緑。竹。

風鳴勁柏枝，流響殊蒲葦。竿籟置弗聽，物役嗟無已。空翠落秋衣，端讓林居子。崢嶸正直躬，盟心對暮齒。霜皮映雪鬢，主客俱老矣。有叟晚節完，香堂耀青史。柏。臬署有柏香堂。

輓周季和守一

生訣高齋未隔旬，騎雲超忽去秋旻。闌干盤裹官非達，羞澀囊中老益貧。夢省蠶叢經地險，吟抽虎僕寫天真。齊年此日施行馬，應恤銅龍對策人。

和萩林九日閒居韻

偶翫湖亭雪浪春，遄歸便挂壁間笻。空思龍洞過佳節，獨汎螺杯吸老冬酒名。萍梗尚浮秋水闊，嵦華憶踏夕嵐重。河流南徙鯉魚竄，江浦不來書一封。

九日登歷下亭疊韻

鄰巷玆晨罷相舂，是日奠周君。湖亭散步且扶笻。氣冥海岳方懷古，壑眇雲莊漸逼冬。楓葉晴烘曦景艷，葦花寒捲水波重。浮生只狎沙鷗好，不羨通侯萬户封。

感舊奉步沈天山廷懷雨中撥悶懷萩林韻呈萩林兼寄天山

詞壇三沈孰能侔，仲氏人琴遽已休。千里雁鴻迷斷影，一天風雨送殘秋。老梅虚約探河渚，大藥何緣乞祖洲。比似依劉差得所，應憐王粲尚登樓。

和萩林秋杪有懷韻

夢繞丹楓碧渚頭，沙禽飛傍草堂幽。病身悵望關山月，故國抛殘水竹秋。良會西園成雨散，高才北海賸風流。那堪滛潦河還徙，天畔嗷鴻動遠愁。

强酌疊韻

滿砌寒花伴白頭，空憐書舍足清幽。睡過小院三竿日，坐閱明湖兩度秋。烏榜曾衝直沽雨，魚書不上濁河流。老來多病還漂泊，强飲紅螺一散愁。

奉懷天山疊韻

漢陰機息迥難侔，早謝風塵萬慮休。羡煞優游顔巷日，不教辜負聖湖秋。身憐野鶴辭孤嶼，影伴雲鴻滯遠洲。準擬明年看紅葉，相將把盞凭山樓。

疊韻懷沈南雷世煒歸里

胥山也傍曲江頭，楓葉芙蓉繞岸幽。花管吟隨竹林午，綵衣慶類柏堂秋。團欒詎等尋常樂，標格須争第一流。酬唱高樓翻白雪，來春期散老夫愁。

奉懷樗莊於懷慶

漁竿鶴髪傍湖頭，苦憶青泥石窟幽。元暢樓中吟嘯夕，野王城畔寂寥秋。漏天不斷傾盆勢，壞塹難禁倒海流。好定驚魂遄到此，西窗剪燭話離愁。

奉懷和叔卜居石公山

具區卜築向灣頭，橘柚連村景物幽。期我閒身共銷夏，羡君高節獨横秋。洞噓石氣青嵐湧，壁蕩湖光白月流。志士崚嶒原有骨，摩挲汗簡豁窮愁。

奉酬和和叔見懷五章韻兼呈萩林

天時有寒燠，榮華倏代謝。吾觀結綬徒，心事夢亦怕。傴僂趨上官，隱忍受呵罵。上官騎於菟，亦苦不得下。何如我谷叟，和叔别號。岩蓀軟可藉。烟波着散人，名竝甫里亞。橘柚霜後黄，爛熟墜石罅。取之配新醅，勸影螺頻瀉。冬晴恣行游，何用俟休暇？更買幾棱田，耕烟種藷蔗。來往灣頭氓，古朴泯虞詐。行復吟嬉春，可盤入銷夏。

獲麟一絶筆，紫陽克繼志。撰述繁有徒，雜亂須黜棄。豈惟求米穢，作傳多阿避。恨無燭龍睛，詎復照大義？先生起操管，筆削見規置。辣手誅死姦，要令生者悸。發潛昭日月，光此大事記。史裁實空群，不妨伏老驥。磊落秉正直，賢聖性所嗜。古心勒古簡，南董了不媿。請自腐遷來，糾謬竟其事。破屋穿奇光，熊熊衮斧字。

君子有心朋，世人漫黨附。睢盱聲利儔，嵬瑣詎沙數？軒軨鬭車塵，雞壇趨若騖。酒闌倏飈散，悠悠等行路。青松競指盟，誰復傾懷吐？惟我素心人，賞晰捐塵務。矜慎數晨夕，不苟諧巾屨。少陵游歷下，北海欣聯步。清暉狎群鷗，忘機釋猜懼。蟹眼沸茶鐺，泉石烹日鑄。玉珮謬見邀，當歌清影聚。興發雲山吟，正聲合咸濩。林禽忽催歸，悵别春未暮。

洞庭净三斑，跡掃雉虎蠆。西湖山水圖，是處見張賣。老猶傍風塵，拊心發深喟。今年值滛潦，定使吟房壞。君歸依石公，羹藜亦足快。况有千里蓴，銀鱸供一嘬。左神富烟景，多取天下怪。脚免插市朝，一任筋力懈。松花釀家酎，清馨勝玉瀣。酣適游太元，往跡抛纖芥。我雖異出山，鶴怨足鑑誡。遄當鳴歸橈，勇决破天械。旅寄明湖頭，終覺近湫隘。

河塹漏一蟻，火迫彌其闕。桃花接瓜蔓，防汛戒疎忽。三策自賈讓，舊志續詳核。萬夫宣房築，金隄故嵂兀。比聞陡南徙，鱣鮪隨發發。黔首倏已魚，蕩掃沙邊骨。悲風遠蕭條，群靈黯慌惚。三版竟沈城，薪石資揵橛。瀰漫曹縣南，汴隄浸一髮。河伯何不仁，天吴助排突。邐迤泲上舟，不獨城武没。自從夏汛横，及秋未衰歇。屏翳播滂沱，祲占離畢月。叟作導河書，議論迥超越。誰爲薦鴻文，姓名記象笏。書成廿年餘，肥遯恥干謁。感事成報章，臨緘三嘆發。

奉送萩林歸田

鑾迎德水喜春温，詔許優游返竹墩。不改班資趨輦道，遄隨扈從傍期門。賓追東閣紅椒盞，老戀西湖緑柳村。漫道賜環群望切，閒歌擊壤是壤君恩。

哭仲子繩球四首

驚呀倒地哭嗚嗚，老淚枯乾一滴無。莫怪霜林連墮子，夜來啼煞白頭烏。

蓄心助我建祠坊，銖累千金牝鑰藏。屬纊俄教胠篋去，能無費恨入溟茫？

死持大義報泉扃，月没寧教替小星。十載鰥居冰簟冷，中宵魚目鎮常醒。

垂絶猶遺一紙書，殷勤勸我返茅廬。侵凌更復憐萱草，翻遺魂飄雪色餘。

送俞秉淵思謙北上

竹林豪興疊吟函，器業青雲屬阿咸。鵲渚浮鷗花澮澮，燕臺走馬柳摻摻。喜傳夢綵舒斑管，肯把緇塵點碧衫。此地漁竿淹豈久，敝廬添葺在西巖。

贈送南雷入都

快馬璁瓏入帝畿，未教梅雨點征衣。天中節過新蒲長，歷下亭空麗藻稀。阿閣透迤千仞下，重溟變化一朝飛。釣魚磯畔秋風起，定捲綸竿汎艇歸。

疊韻酬徐蓀谿葆孫見投作道故送別即跋其尊人括菴所書格言遺册并序

曩括菴令平泉，予約其邑博朱予齋除夕相晤，道遇雨，元日薄暝始到，即馳告。辱持火就訪，且曰：『兩君交好如是，可得參乎？』予感此語于心，終不忘。今會公子蓀谿于濟上，出予重至平泉與予齋梅花菴唱和感舊詩示之，叨步韻見投，宛覩名家風範。尋當歸日下，就京兆試，持其前君所書格言遺册，屬爲之跋。承家令緒，固有自來，微特墨寶重于琳璆也。予疊韻道故贈别書其後。予齋曾顔予草堂曰扶輪，即押落韻。是時，白首龍鍾獨予在，蓋不勝邈若山河之感。

梅花菴裏省前因，小劫如揚碧海塵。才子夢生斑管綵，仙標識是蘂珠人。關心桂玉長安地，浪跡江湖老病身。把卷重增懷舊思，擘窠大字記扶輪。

蓀谿元配朱孺人輓詩

畢生辛苦對牛衣，未見賢雄六翮飛。絶少刀圭和大藥，猶餘錦段委殘機。江邊月悵團團没，陌上花虚緩緩歸。行待微之俸錢滿，營齋營奠淚頻揮。

哭馬石蓮榮祖

興盡人間即便休，文光萬丈自長留。猶追邗上三停舫，與話湖城獨倚樓。書舍小同收帙晚，繐帷阿鶩挽髽秋。傷心一事增悲感，垂老西河涕共流。

輓張瓜田庚

詩情畫意足風流，脱略人間萬户侯。北闕空陳綿竹頌，南湖愛汎木蘭舟。茹荼至性無窮慕，哭母有茹荼草。剪韭微情自此休。昭慶僧房看竹處，可堪一别頓千秋。

輓朱稼翁稻孫

嗣宗謂予齋子姪仲容賢，裴島論交四十年。期我探書窮四庫，悲君開歲下重泉。劉家夫婦同仙去，朴氏詩篇得祖傳。眼見文孫還繼起，後先述作照瀛壖。

陶母吕太君旌節詩

立後承遺緒，零丁恤緯身。傷心煨芋栗，血指拾荆榛。清鏡鸞留影，崇臺燕賀人。勳名八州督，撫教自先親。

輓周貢南于度昆弟

晨星落落舊朋儔，先後駒光過隙遒。燈火難忘元夕會，風烟遥隔大同秋。雁鴻信斷雲中路，華萼香殘水上樓。自少論交稱六逸，竹溪經眼淚長流。

太白先生終于寶應元年十一月十日今乾隆壬午恰千祀和秉淵韻

神魂與詩思，縹緲碧霄間。飛燕空教嫉，騎鯨杳莫攀。清醪洽情性，白月識容顔。光燄同千載，寧嘲飯顆山。

輓天山廷懷

一自分湖逝水流，素濤悲激曲江頭。含輝特重連城璧，舒藻原輕萬户侯。風急空尋桂岩晚，露寒孤對菊籬秋。謂萩林。可堪四五蟾輪缺，處士星淪燭九幽。

留别阿大中丞爾泰

炯照丹心夙所尊，藹舒青眼有餘温。岱宗人仰雲霄象，欅樹天留里社根。華渚秋光依大府，吴山翠色繞衡門。欲知此後長相憶，清夢來從水竹村。

留別萩林丁敬身敬

荒徑遥教别菊花，何曾烏帽醉欹斜。諸孫婚嫁還須畢，五岳吟遊枉自賒。灤水客踪仍汎梗，裴家坊事類搏沙。他時幸得同携手，卜築葑湖玩物華。

留别紹文項文波澧疊韻

眼前萬事等空花，一抹林梢晚照斜。獨念衰遲清興減，並期騰踏壯心賒。萍蓬遠道飄秋水，鷗鷺離群叫晚沙。結想烏頭霄漢矗，歸看雲日爛光華。

渡黄河示沈函宇燾

波神亦自識吾悲，擊汰揚舲詠楚詞。此日真成垂老别，何年纔是告休期。河魚挾勢讙聲大，雲雁呼群去影遲。眼底解人欣得子，論文一倒賞心卮。

萩林敬身舍弟冀銘郭外送别疊韻

出郭鳴橈激水花，横塘竝送艤舟斜。江淮滚滚寒波遠，閶井紛紛落木賒。晚景照殘楊柳岸，秋風吹散鶬鴰沙。料應傾蓋稀酬接，世路何人是子華。

歲暮奉寄萩林敬身疊韻

天涯消息逗梅花，却憶孤山照水斜。鴻雁幾行書竝杳，關河千里夢猶賒。烏迷江樹雲籠月，鷺冷湖灘雪覆沙。又見土牛鞭臘底，何緣歸去及春華。

答盧召弓步韻

繞磨團團踏舊途，浮生萬事總虛無。談經勝地慚敷席，聞樂殊方黯向隅。老體于今都是病，童孫强半並成孤。多君劇念遺簪在，一紙書來百感俱。

疊韻寄公備舍姪經邦

頹景偏教就遠途，憂傷觸緒不能無。南歸匆促樹三匝，北望泬漻天一隅。信隔江鄉鴻影渺，寒深霜夜月輪孤。强斟醽醁舒歌嘯，野竹林中孰與俱？

坤一枉札以詩代柬疊韻

恒遊尚憶返修途，道舊班荆世已無。松菊空教别三徑，桑榆那得補東隅。殘生故想漁樵狎，滿眼殊憐骨肉孤。聞説枉書勞慰藉，連宵邸舍夢魂俱。

食糜

食糜原自可，晚食甚陶然。殊享淡中福，非希塵外仙。充飢同軟飽，待熟且徐煎。渾似一瓢飲，遠思回也賢。

遣懷簡秉淵兼寄經德朱式魯曾傳二首

天懷瀉温厚，垂老得潛山。騷雅探元本，春和動髩顔。夢歸江國裏，曲奏水伶間。青眼交加好，相期百往還。

張朱先後至，接跡喜成三。骨肉情如結，文章性所耽。海天雲漠漠，雪塢柳毿毿。安得常相見，聯吟興共酣。

病中作

疾作當中夜，嘔心伏枕煩。燒燈有新僕，侍榻只童孫。盡撥羈栖念，長懷罔極恩。何由營綽楔，突兀眼前蹲。

慷慨平生志，寧愁肺病牽。衹增新歲感，遥惹故人憐。噩夢江天斷，鄉心海國懸。還添憔悴狀，辛苦閱流年。

秉淵刻予鎮海樓詩書此貽之

真成羞悔有揚雄，虛擬耽佳學杜公。百尺穹樓標鎮海，一篇長律是雕蟲。汰來瓦礫寧爲寶，畫取無鹽猥道工。任播騷壇呼好事，老夫莞爾作音做痴聾。

秉淵復欲開雕予台宕集作此志感

天台神秀雁山雄，興劇孫公與謝公。華頂潺陵插東海，龍湫噴薄洗高空。探奇跡徧苔花裏，感舊情深淚點中。荷子有心傳藝苑，隋珠燕石錯陳同。并欲雕予齋同遊雁宕詩。

哭陳和叔黄中

川巖正氣毓斯人，節義文章迥絕倫。竹簡峥嶸揮直筆，茅廬骯髒挺孤身。晚爲孟博啣幽憤，死比黔婁守賤貧。老淚還須沾葛帔，豈惟繐帳足悲辛？

悶　來

悶來取醉一沉吟，病入新年百感侵。夏鼎曾教圖物象，泮林底事鼓鴞音？荼甘如薺安吾命，素涅爲緇識汝心。却拋糾紛成大快，恰延明月照澄襟。

乾隆癸未二月一日夜將半牆屋覆壓卧室几席悉糜爛僕與兩小孫賴架梁横擱瓦簷幸不即殞諸生號呼義鄰衆鍤齊舉出諸磚土中僕僅傷兩足三命幸得保全荷皇天之洪慈也年來家難頻仍疊遭横逆感歎成咏情見乎辭

垣傾屋壞夜溟茫，驀地崩雷震寢房。義士爬梳塵土畔，諸生號救講帷旁。祖孫三命鄰泉壤，蚍蟻重生感昊蒼。還嘆人情足反覆，驚心是處有巖牆。

一見

一見輪蹄動，高遷得自怡。同心偕主僕，異地判親知。流水東西在，浮雲變幻爲。褒斜孟門道，垂老飽嶔崎。

船覆

船覆檣傾命不殘，扶傷瘞夭錯相干。故人興盡先歸土，枉渚風生迭起瀾。翠石惟求雙表矗，繩牀邉覷片時安。浮生萬事由天定，坎止流行强自寬。

酬和陳君見寄韻

未面先教老眼青，情緣騷雅式前型。薜衣舊帶霞嵐氣，草榻今蹲土木形。海國遥傳伯牙操，湖天遲去聲映伍喬星。應憐七十明年是，旅底邅迍獨抱經。

病中作

風塵徙倚歲時深，歸到鄉園百病侵。畏路頻經太行坂，澄流洞酌聖湖潯。詩文小技憑蕪没，巖壑孤光不陸沉。愧作餘山門弟子，欲尋墜緒我何任。

桐廬徐文學亮士廬墓詩二首并序

孝子母李氏苦節，建坊。葬訖，廬墓十三年，卒于墓所。

徐家傳篤孝，廬墓痛填膺。抔土斑斑跡，都由淚血凝。

鬱鬱松楸樹，烏鴉早暮鳴。烏鴉自來去，依壙度餘生。

弢甫續集卷二十

古今體詩九十首

經始坊祠有作

綽楔崇臺事若何，于今特建撥蹉跎。鐺如上古青銅繡，壘是當年赤幟摩。鴟吻連雲蹲峗屼，烏頭映日聳嵯峨。苦心廿載經營就，老淚揮殘得笑歌。

贈鄭履青鳴韶

老得仝懷子，相於意最傾。階生書帶草，鄉里重康成。

歸自沛上經始坊祠世故糾紛老病交作寄莘田萩林于閩中

幸建坊祠夙願酬，那堪卧病惹煩憂。青山悵望虛吟舍，白髮歸來志首邱。詩草幾編誰訂正，夢魂五岳自行遊。迢遥二老南雲裏，嶺雁能傳數字不？

蒙莘田枉札奉答寄

蕭騷一紙寄南閩，墨點還和淚點新。顧我真爲縈獨叟，憑誰料理苦吟身。萍漂幾及三千里，梅放將交七十春。知己天涯勞問訊，可堪同病黯傷神。

寄萩林疊韻

重歸形影判吴閩，添着盈頭白髮新。不了叢叢婚嫁債，難淹兀兀醉眠身。荒邱堂斧初封夜，故國烟花欲弄春。行憶書齋祀坡老，分拈詩筆詫如神。

讀莘田詩集奉寄疊韻

藍林詩派肇開閩，日月于今更嶄新。豪吐元龍千丈氣，愁纏磨蝎百年身。岩疆旗鼓風騷主，翰藻鶯花海嶠春。人厄天窮集如蝟，奇思澡雪倍精神。

將往歷下久病兩目失光留禾中寓舍静養疊韻

匆促封書遞八閩，虚教健僕俶裝新。拚爲東郡羈愁客，猶滯南湖老病身。心怯冰霜剛偪歲，眼遮雲霧罷探春。浮生萬事從抛却，借得幽居且養神。

寄莘田話舊疊韻

濫席當年憶八閩，良知滿眼締交新。淪亡一研歸耕老，夢想三山嘯咏身。東野窮愁時已暮，西河離索座無春。殘生安得同攜手，遥望南雲重愴神。

萩林論明儒學派調元方編餘山先生遺書疊韻

餘山統系接濂閩，煜煜遺編纂輯新。心上經綸稀老輩，海濱鄒魯託閒身。塵途甲子惟書亥，勝日風光總是春。辨得王門宗旨誤，莫教傳習枉勞神。

養病禾中奉寄莘田萩林疊韻

驛使迢遥赴浙閩，早梅傳得一枝新。壇開旗鼓山頭色，宅汎鴛鴦水面身。主客竝甘炎海味，唱酬争發管城春。獨憐伏枕無聊甚，暮雨寒烟畏損神。

聖書兩目失光予頃亦病盲作此寄之

悶絶悵悵一室中，釀成此厄是頭風。君心明幸離婁似，吾病盲憐子夏同。不見寒空飛白雪，何緣秋水剪青瞳。敲金戛玉詩空好，清聽難邀李浙東。

不僅偏盲月蝕同，持箋底用告天公？厭觀世故甘生膜，悔學文章謝發矇。銀海久枯重有恨，金篦枉括百無功。童孫何日看成立，添取聾癡作阿翁。

莘田失子疊韻奉唁

君思浙水我思閩，舊恨還教觸撥新。才子嶙峋偏短命，老翁骯髒兀長身。可能地底回明月，從此人間失好春。光餤幸看騰萬丈，一開詩卷滌心神。

疊韻寄唁敬身失子

同病殊憐遠在閩，誰知密邇涕痕新。也聞淪喪鳴陰子，添得沉綿汛宅身。萱草畏侵風幙雪，謂君老母。蘭叢幸裛露臺春。謂諸郎。離群共抱西河痛，難問溟茫造化神。

疊韻書恨寄莘田

朋好吾生最念閩，別來霜髩更加新。故人舊識狂奴態，郎罷今無阿囝身。河洓淋浪嬴博淚，松楸黯淡若堂春。共知此痛冤何極，莫遣巫陽夕降神。

除夕疊韻寄萩林

離家咫尺遠如閩，與子年俱客舍新。守歲難爲千里夢，向晨便是七旬身。雙湖自泛蘋萍跡，孤影慵斟竹葉春。萬事只須安義命，眼前膠擾莫驚神。

除夕疊韻寄莘田

遥思好友竝居閩，土著萍踪結契新。蛩駏因依違老宿，烏鵶鳴噪伴單身。不妨興味如僧冷，尚有心期與物春。贏得歲朝無剥啄，閒房坐卧頗安神。

立春日疊韻寄萩林

斷無飈駕倏投閩，坐見東郊淑氣新。底用看他雪鴻爪，從教鞭取土牛身。三朝客舍催傾釀，百里家山失咬春。邀倖韶光經七十，好探消息向芒神。

立春日疊韻寄莘田

難隨花信一通閩，想像南枝萬朵新。栩栩榕村蝴蝶夢，浮浮繡水鷺鷗身。尊前也賞青陽節，鏡裏寧回白髮春。纖月到窗梅影動，相思疑對藐姑神。

新歲疊韻寄南雷

定知望遠屬杭閩，此際光依日月新。禁鼓催趨青瑣闥，歌笙難乞白華身。夢回潮響千岩夜，懶逐燈明九陌春。終把文章標特達，休嗟牛斗不能神。

將發禾中疊韻寄萩林

今秋聞説欲辭閩，共賞葑湖物色新。未用悽傷經過事，端應愛惜老來身。園花巷柳團團月，峼渚華山冉冉春。怪我龍鍾猶作客，頑顔何以謝江神？

將往歷下敘舊寄莘田疊韻

曩時客館接虔閩，疊送鴻音及歲新。札寄《除夕百二十韻》。豈謂存亡違老友，謂翠庭、定岩。翻令南北置吾身。齋頭香草難聯座，勝底金花又一春。夢斷洪山橋畔路，趣行江浦賽龍神。

却望杭州疊韻寄萩林

遄赴齊州却寄閩，燈棚故國景應新。歡追元夕官齋會，愁犯餘寒客路身。沽酒虚臨梅嶼曉，題詩辜負草堂春。讀書萬卷成何用，漂泊徒憐筆有神。

臨發疊韻寄萩林

邀約高雲返自閩，傳書恰值歲華新。關心炎瘴羈棲地，撲面塵沙出走身。疊嶂仙霞限南北，一樓烟雨歷冬春。便應捩柁渾河去，憑仗黄頭捷有神。

臨發疊韻寄莘田

連宵往復夢過閩，梅柳炎州早覺新。衰老何堪貧失子，遠遊還苦病纏身。有時振觸松林暮，是處搜尋藥草春。妒向鼇峰吟唱好，如雲態度不無神。

又寄萩林疊韻

不學周公著説閩，櫟園。自成海嶠一編新。續徵經目覃研手，猶仰班心突兀身。橘謝洞庭三百顆，梅分庾嶺萬重春。滮湖一去萍飄客，虚館無聲窅谷神。

又寄莘田疊韻

文章壇坫萃于閩，盤敦時時好會新。錯彩詩標光禄隊，摩空賦見鉅公身。飽餐香荔楓亭午，高讌賓雲竹洞春。應念寂寥臨趵突，試烹苦茗一清神。

甲申八月十七日發歷城紀程

初程張夏晚停輈，殘暑猶然殢仲秋。借問雙泉在何處，從教烹茗潤吟喉。

宿夏張

冰輪皎潔照人行，廿里村雞尚未鳴。張夏來尋夏張口，曉山看到晚山横。

宿寧陽

漿翻白汗到寧陽，馬糞堆階下客裝。僮僕休嫌村店陋，主人原不佩金章。

寧陽早發

争程車馬早奔忙，郵館張燈夜未央。多謝磁陽馬明府，預先三日候行裝。

至濟寧

俸錢欲爲辦舟航，更與殷勤餽篚筐。縱守平生硜介志，也應情感使君長。龔使君。

石佛閘三首

快得沙頭放小舟，乘風下閘趁東流。蘆花吹作天邊雪，催散歸人萬點愁。

閘口溯奔吼怒濤，横江鐵鎖未云牢。老夫冷睨風中雁，飛去碧天無際高。

豪雄閘吏最相輕，石佛無情不放行。重向城中乞靈去，蒼頭歸報已三更。

過棗林閘

棗林獨肯放輕舟，一葉遄隨濟水流。聽取居民歌纂纂，行人不用作商謳。

過夏鎮韓莊二首

夏鎮由來足鯉魚，腥風一陣過河渠。錦鱗紅鬣今年少，莫怪曾無尺素書。

韓莊閘外水潺潺，幾度經過淚點懸。爲語月輪廻地底，煩君傳信到重泉。

過臺莊

縱横溝澮盡消磨，阡陌其如旱潦何。看到滕行井田處，遺民猶恨楚氛多。

泊宿遷二首

一重關似一重山，一葉舟横絶壁間。波面渾憐鷗汎汎，忽然飛去又飛還。

淺水難教赴急程，斜風强爲峭帆行。歸人心緒渾撩亂，厭聽楓林百舌鳴。

過淮上

金鼎神丹恰九還，舐來雞犬盡登仙。怪他塵土喧嗚吠，不願相隨上九天。

過清江浦四首

二十年中幾往來，靈風重拂繐帷開。山邱華屋須臾事，此曲沉吟劇可哀。

驚心四汊港邊過，呼吸遊魂赴汨羅。主僕相看今健在，却防平地有風波。

門前秋水碧漣漪，水面凉風不住吹。野老忘機終日坐，往來帆影屋頭移。

横塘芳草正萋萋，秋柳垂條一色齊。柳下村翁眉髩緑，坐看隔浦浴鳧鷖。

過揚關渡江二首

嚴關鎖鑰似重城，大舸峨艑不放行。關口單萍從蕩漾，未容漂汎緑波輕。

颯颯輕風冷鬓毛，江流歸思莽滔滔。抛將萬緒空江裏，且對金焦兩點高。

過常州

人重陽湖不世豪，詩名畫品兩争高。寧知孤露成奇節，兒子紛紛沸汝曹。

過無錫蘇州二首

錫山無錫乃能寧，造物何心鎮杳冥。人世争端從起滅，野夫洞酌水泠泠。

紅袖當筵唱復斟，歌樓酒舫夜深深。只愁歷盡繁華劫，錦繡姑蘇便陸沉。

九月初一日至禾

川涂無月度秋宵，鴨嘴船輕兩槳摇。醒問篙工平望近，不知蚤過畫眉橋。

奉先君栗主進祠堂

坊祠進栗主，曾無一字詩。老病才已盡，援筆拙摛辭。余昂霄沈峨璋及趙震朱棆，經營落成之。書此示孫子，用當鎸穹碑。

沙屯曉發

東方明星大于丸，侵曉挂出青冥端。新霜無聲草頭白，氊帷閉置靴裘寒。馬蹄熱踏銀沙路，村原不辨猩紅樹。扶桑霞湧金鴉飛，火龍燒沸汶水渡。

臺莊簡嶧縣許明府

殊蹔歲晚涉沙塵，猶作秋蓬轉徙身。連日未曾拈匕箸，衝風還欲整冠巾。添憂更遇童孫病，得力難期健僕親。馳告多情許明府，肩輿急送鵲湖濱。

又一首

寒風颯颯滿天涯，偪耳商聲奏暮笳。病枕頻教回白首，好音急望接瑶華。叢含宿露開秋錦，葉醉新霜炫晚霞。思煞嶧山青一朵，可堪目斷只雲沙。

許明府枉札簡謝

投句原如燕石輕，傳來蘭訊比瓊瑛。晨風遄趣軒車動，疎柳頻捎驛騎行。相送荻花秋浩蕩，相思桂魄夜澄明。客歸華渚烟光冷，憑仗飛鴻寄遠聲。

謁孟廟

岩岩氣象故依然，白首重瞻四十年。仁義七篇承道統，見聞一脈衍真傳。寒泉澄徹瀦秋井，翠柏陰森羃晚天。萬古殊功闢楊墨，後來接武考亭賢。

即目

院中歷亂柳條黄，修竹青青獨耐霜。滿目改柯還易葉，此君端的不尋常。

贈楊生

刺船隨我類成連，往復音和濕燥絃。家自公侯終必復，士知器識洵爲先。伶俜老子真無賴，疾病童孫更可憐。凴藉風塵相左右，幸能到此得安便。

到講舍作

却追燈火暫團圞，萬緒紛更强自寬。忙裏辭家渾似夢，老來行路倍知難。童孫更比衰翁悴，秋氣還加曉色寒。苦歷風塵重到此，鷦鷯倖借一枝安。

觀燈二首

一道官街似絳河，萬龕朱火簇駢羅。鬬於三五春燈夜，歡唱星妃舞月娥。

兩行燈火接神都，百歲翁曾飫眼無。寶馬香車行不得，笙歌一派在雲衢。

輓尹母蘇太夫人

勖哉移孝作忠時，四牡從教罔顧私。孟氏芳鄰三輔仰，曹家女誡六宫知。紫泥鸞誥看猶涇，青社姬姜失所師。白首龍鍾還到此，那堪誄德動深悲。

至日二首

至日東溟曙色開，紅氛高擁一輪來。十年遼拓江湖客，也逐瞻雲上魯臺。

雪髮猶憐病婦存，草堂譁沸見諸孫。天涯此日斟羅酒，遥念吾家老瓦盆。

五岳詩侶歌

天麟張聖書，嘉興人。目盲心鏡涵，射洪古軥駕兩驂，夷光皜髩簪蒿簪。映緯張經德，海豐人。膏瑩芙蓉鐔，精光夜夜衝斗南，蹙縮紫海瀦淵潭。曾傳朱式魯，歷城人。破聾發高談，通眉晞髮往而參，胸澆五斗吟聲酣。思謙俞秉淵，海寧人。仙思飄烟嵐，庚星墮地爲奇男，轂抱白集溫研覃。攀堯陸疎村，海寧人。德比孤竹堪，三十未婚老枯蟫，照徹九幽貍琅函。家濂朱性之，錢塘人。蓄鋭堅彌鑽，左徒壁壘揮戈錟，魯山吏事詩肩擔。昂霄余紹文，仁和人。千頃陂潭潭，勇敢當仁賁育慙，雲山韶濩中和涵。荍馬揭初，章邱人。媿徂徠篤在三，服勤如子憂如惔，三百本元天性探。阿球夔石生小眠書龕，唐捐千金供狼貪。誉石綽楔心炯含，霜曉金鐘斷譫譫。阿篪軒竹三垂戰藝酣，皇天偃我園客蠶，爛楮之壽希彭聃。

徂來歌贈馬揭初荍

宋時石徂來，從師泰山隈。客來嚴事奉杖履，往拜扶掖登降遵堂階。七百年來章邱有馬荍，在三之誼仝昭回。乾隆癸未二月吉，其夕烈風揚沙灰。濼源講席我忝主，寢舍歲久柱礎潛欹危。劃然牆傾棟折值夜半，四天墨黑鳴轟雷。直從噩夢陡驚覺，當胸土石填崔嵬。賴有南鄰衆義士，廿把畚鍤掀塵堆。老軀撥取地窖出，兩孫亦幸離沉埋。頹垣壓重未易得穎脱，猛曳股脚傷筋骸。麋爛血流碗五六，剜去腐肉奇痛唧酸哀。殘命如絲繫喘息，奴隸嬾惰難差排。荍也抹涕任扶侍，手和湯藥夙夜偕。問卜細推吉凶體，延醫急蹴東西街。四壁齁齁鼓鼻息，形影迴對青燈陪。三月不遺衣帶解，服勤左右無嫌猜。老夫遠愧孫明復，荍與守道先後成朋儕。石徂來，馬徂來。名實相如衆共推，千秋風義寧遼哉。子視我孫父視我，皇天虔祝弭千災。程朱之門亦有叛名教，稂莠雜入禾苗佳。足令若輩忸怩不得活，三綱九法一齊朗揭蠲氛霾。焱之二親眉壽躋耇台，孝哉子騫人言皆，山東罕覯此茂才。我起作歌比諸鼎彝勒，偏告寰瀛攄老懷。俾采風者收藏金匱與石室，終古誦説環蘭臺。

長歌贈朱健菴 體元

君自鹽官到歷下，名聲掉動豐隆車。總髮嗜奇究方術，螺窗箋註軒岐書。蟠羅奇咳音該出變化，乃能神解素問兼靈樞。洞知癥結固在五色診，不以飲上池水驚群愚。强年飄拂鬑鬑鬚，顔如璊玉温且腴。昂藏斂却拏雲手，不得丈二前驅殳。乃兄昔年令張掖，短衣結束隨奔趨。軍需旁午咄嗟辦，德威佐向甘涼鋪。邊風欻吸饗鬵簗，極天白草連黄榆。麃皮戰裙蹴沙塞，皂鵰倏墮金僕姑。祁連山高八月雪，錦韉飛騁生馬駒。廣場眼不視狐兔，黄麞生擊渴吻濡。歸來廟灣君所居地名闖草廬，挂壁不復彎雕弧。静睨龍馬所負出，占玩上作庖犧徒。陰陽揆度應天地，中有妙理窮根株。神人授受近迂怪，曷若參稽宗聖儒？行遊諸侯不家食，濟物寧貪善價沽。咽門造請蒙嘘枯，國工手燃造化鑪。小孫斷乳便作無母雛，纔毁齒又爲貔狐。伶俜挈携詣講舍，川陸卧疾啼沾襦。今年暵旱盛毒熱，飲子通汗投柴胡。舉體甑炊溲溺赤，水漿阻隘扃嚨喖。沃湯止沸那可得，君輒辨色瞿然呼。嬰兒虚寒入骨髓，團參桂附殷相需。四座舌撟目爲眩，君勇突過賁育夫。我時魂悸處絶地，背城借一無他圖。仗君煎和趣下嚥，劃令閉塞成昭蘇。泫臉未乾哆口笑，飢腸立啜糜盈盂。彌月沉疴霍然已，不數渤海秦與齊淳于。即今春挽齊魯區，躬揚大德良非誣。羅酒爲君滿眼酤，衰叟羸童捧玉壺。諒哉珠玉不足報，贈以永好聯葭莩。醉作長歌苦力薄，聊抽虎僕言其麄。君字健菴真健者，厥名體元其姓朱。

乘化詩口占

諸君不用色黯悽，聽我口占乘化詩。自古賢愚並同朽，較量修短寧非痴。芸芸萬輩幾耋頤，我年今已登古稀。我父生子冀賢哲，不蘄富貴誇榮施。畢生鹿鹿何所爲，没世無稱固其宜。父生遠在舜江湄，别子爲祖錢唐棲。孝勇天旌降紫泥，烏頭綽楔何巍巍。祠堂丹雘瞻文榥，春秋祀典揚光輝。强年生我不肖姿，弗肯播兮矧肯穫。惰農辜負厥父菑，餘山先生爲人師。驛亭堰憶初謁時，示我紫陽千載緒。骨力柔脆難承之，聰明誤用顔忸怩。遺書光于日月垂，坐待來者聞而知。聖朝亦收迍賤士，涓埃未報慙恩私。眼見夔龍滿臺閣，不妨一士林泉歸。域内名山之長列有五，攙天崖堮包靈奇。一枝楖標光滑如凝脂，彭觥撞破霞嵐堆。自署五岳詩人非無謂，審擇所處免使人訶譏。秀水朱嵩齡，顛危賴扶持，余有不可爲余規。總角盧存心，締好以膠投漆誰能離？張天麟亦籍秀水，文行明白無瑕疵。海豐張映緯，壯氣可却千熊羆。朱曾傳是歷下俊，嘔心昌谷比並無參差。海昌俞思謙末至，素心賞析魂因依。其先陸攀堯，埋照天路前導芙蓉旗。朱家濂毓西山秀，身後藉汝籌畫無缺遺。同里余昂霄，忠赤勤勞營建恩不訾。章邱馬茨有至性，徂來名號人交推。崑山徐昂東海後，才名豈不與之齊？繩球銖積千金資，招我歸建坊與祠。死被柳跖胠篋去，天地上下豈竟無神祇？繩篪十三憂我疾，長跪求醫涕漣洏。人言有才馬不羈，二子繼夭孫離披。非是皇天扼我如不克，涼德受罰應如斯。岳靈固是舊主客，縈廻白道行不迷。天門開時詄蕩蕩，詩侶相與招不麾。向禽自屬老先輩，同乘霧豹參雲螭。只今欲盡便應盡，飄飄便躡清氛馳。人間萬物無一戀，倏然而逝其庶幾有姪。有姪來自京輦下，好收吾骨同昌黎。杭嘉至戚兩沈氏，經紀信有終始哉。匚厂著論等芻狗，千秋萬載寂寞了不疑。千秋萬載寂寞了不疑，得歌且歌聊復爲此詞。

人日簡蔣公時菴元益

有信争傳緑萼芳，無因得接令公香。重煩問疾過桑户，勝似題詩寄草堂。七日爲人偏伏枕，三陽應節阻傳觴。相思落月疑顔色，一片清光照屋梁。

疊韻有寄

隔歲菲菲覓蕙芳，新正馥馥頌椒香。正當雪月光交夜，乍喜雲霞色滿堂。春日春盤遲送菜，一談一笑早飛觴。鶯啼草長江南好，應念垂虹百尺梁。

別蔣公

翩翩出谷鳥争飛，撥刺乘流鱖正肥。蕪盡田園呼布穀，書來朋舊寄當歸。從公東海嘘斑管，老我西湖浣芰衣。他日如臨湖渚曲，萬梅叢裏有荆扉。

留別疊韻

飢鷹未肯傍人飛，駑馬還羞戀豆肥。非爲聲名最低去，自緣肺氣不蘇歸。嵩山自昔迎軒蓋，灤水于今拂褐衣。遥想西泠梅嶼好，花鋪煙水隱吟扉。

別友疊韻

西山羽誤向城飛，飲水餐香也覺肥。漢觀悔招王式至，吴門誰送子游歸？抛將白雪新翻曲，着破青荷舊製衣。千載徒憐浣花叟，空存晚計置郊扉。

送姪經邦北上

眼底紛紛逐世情，吾家喜汝獨崢嶸。寒松岩谷千尋節，芳草河隄十日程。去住渾憐牽稚子，升沉不必問君平。他時幸得重相會，共向西溪一濯纓。

又疊韻

貧賤分離倍愴情，未容詩格論鍾嶸。劇憐晚歲嬰羈病，忍見春風送去程。和藥經冬情最摯，折楊此日恨難平。驊騮汗赭乘時奮，好振金臺赤紱纓。

眼　底

眼底浮雲久倦看，吾衰甚矣感千端。客遊試問有何樂，行路不知如許難。卓午朱曦猶帶暑，深宵清露乍生寒。由來萬事須安命，緬想前賢强自寬。

渡黄河

秋水鮮明漾曉霞，渾河往復動長嗟。二千里外萍蘋轉，七十年來晷景斜。人去龍宫消息斷，客思鱸鱠夢魂賒。茫茫世事多轇轕，欲到扶桑一汎槎。

訪圖東

知己如星已及晨，况逢騷雅倍情親。夢攀太室三花樹，秋汎京江一葉蘋。老去家山偏寂寞，狂來詩膽尚輪囷。浮生會面非容易，勞勸金樽不厭頻。

過邗上感舊寄馬文雷春聲

凌雲才氣莽縱横，嬴得君王識姓名。文頌連珠留炳蔚，泉臺埋玉閟光晶。樓頭獨倚成千載，邗上重過類隔生。劇喜孤孫能振起，小同果見紹康成。

聞召弓繼室謝氏訃用哭亡女韻輓之

空房燈炧黯音徽，新舊雖拋設素幃。直北簾櫳冷遺挂，天南魂夢斷重闈。陸郎才見斑騅去，道韞曾無雪夜歸。感念前塵若初殁，病中驚起淚沾衣。

奉送萩林赴肇慶書院

萬事如雲總覺浮，正堪乘興作南遊。老年交把風前袂，韶景重看嶺外州。定見鱣堂興實學，豈徒鴻藻獎名流？青花較比沉香貴，檢點休令藎篋收。

鴛湖樓晴眺

晴日梯登水上樓，濛濛煙雨散汀洲。六朝風景銷陳迹，千疊雲帆蕩遠流。野客支笻天畔立，春人攜榼鏡中遊。垂綸不見朱園老，欲把椒漿酹古邱。

春晚書院登山

扶疴起清眺，躡磴升松岡。輕烟曖芳樹，遠水明夕陽。久卧失寓目，游詠緬古狂。裁一舒情性，春將去堂堂。

初上山亭

連旬伏枕閉簾櫳，纔上山亭四望通。雲氣龍盤宫闕上，潮聲雷響海門東。鄰家隙地栽蔬緑，老子衰顔得酒紅。芳樹文欄成小憩，披襟宛受舞雩風。

履青枉過山齋

情義何肫篤，渾全骨肉親。山蹊來往數，欲慰我吟呻。

山亭晴眺同倪介亭印元作

坐看遊騎出城闉，陸續樓船放遠津。習習谷風陰雨散，遲遲春日載陽新。菜畦爛漫開方罫，草徑眠芊藉軟茵。浩蕩郊原堪極目，扶登亭子不論巡。

奉宜貢淮迭視我疾

沈氏好兄弟，宛如子弟親。更番來左右，服勤輒連句。藥罏藹香氣，誰復依牀裀？愧荷篤門誼，迭輸情性真。

示函宇

有志由來事竟成，文章千古更非輕。彩毫妙見敷腴色，佳句寧惟綺靡情。詩法須從草堂得，才名合與竹垞争。泝源風雅懷先正，自昔立言明且清。

示　孫書傳

書傳年十四，猶未及成童。能效康成讀，真堪喚小同。

附録

集外文

靈秀亭跋

吾邑群山合沓，奔臻海隅。眉山司城之東大塘之上，境特開敞，當風月清朗，高瞻遠矚，彩翠交羅。里之儁雅共輸力構亭，設茗飲於此。行人之過而憩焉者，酌清泉，面遠岫，萬象俱披豁呈靈秀，有以知鍾靈毓秀之原在乎此也。爰稱之曰『靈秀』云。

里人桑調元題。乾隆壬戌年孟秋月立。

明潤亭跋

燈以便行，茶以解渴，皆利濟事也。里有樂善之人，捐貲築亭，因問亭名於予。予顔之曰『明潤』，紀實也。大塘爲往來之衝，寒暑晝夜俱於是乎賴，亦可以風矣。

里人桑調元謹跋。乾隆六年四月穀旦。

敬林楊公傳

公諱化洽，字敬林，大本公長子也。少失恃，從艱難勞瘁中以農賈起家，拓田園，構棟宇，貽謀戩穀，望重一族，亦人傑哉！以不得養母，畢生哀思無已。嘗捐己產，以助祠基，俾後人剏造之。又嘗修築海堤若干丈，以拯同患，賴以獲安者不少。性和藹，好施不倦。人有負其債不得償者，輒焚其券。遇有訐訟，則多方勸戒，以消釋之。鄉里由是服其誠篤，亦罔敢有欺之者。其一生大略如此。晚年得子，即尚之君，有聲成均間。

贊曰：君之生也，當兵燹之餘也。猗雙親之蚤逝，而悲帀庭除也。藝我黍也，葺我車也。嗟哉！祭而豐養則虛也。卜桑東以營葬，先靈之體魄已安居也。責券屢焚，誼卹乎里閭也。完塘堰，金吾輸也。生子之年，過商瞿也。垂耋齡而膝下之孫繞趨也吁。

啓甫桑調元拜撰。

戎公思齊公妻桑孺人行述

公諱維賢，字思齊，配桑氏。事母孝敬，教子義方，遵寡母之訓誨，得賢妻之内助。桑氏孺人生有令德，恪守三從，夙嫻四德，嘉言懿行未易殫述。特誌其不朽者，以光家乘。孺人十五于歸，敬執舅喪。年十八，割股以療太翁之病。後夫病在床褥，人命危淺，孺人廢寢忘餐，衣不解帶，回憶往事，孝可格天以延年，豈義不可感神而再生乎？於是復割股以救之。奈何天命不再，逾年而逝。嗚呼！孺人之行卓絶一世，孺人之名昭垂千古矣。謹録讚辭於後：

吾族有賢女，往爲戎氏婦。志敬奉羹湯，安貧執箕箒。夫有襁褓弟，乳哺佐其母。刲股且至再，一爲療厥夫，一爲療王舅。奇行均不朽，女列賢女行，紀實咨嗟久。

族叔調元撰。

（以上四篇，俱見《餘姚司桑氏宗譜》）

切近編序

先儒纂輯，多爲志聖學者立梯階，示藴奥。向在山左書院，萩林栩葺朱子祠，以張楊園、陸清獻二先生及勞餘山先師從祀，皆承紫陽之學者也。予時爲主講，商欲輯朱子及三先生之書最明白切近者溥教齊民，一切婦孺，人人可知可行，共由大道。凡深邃者不摭入，故删節字句如白樂天詩，老嫗都解。惜未及成就。兹發憤，共爲此編。

乾隆庚寅，後學桑調元謹序。

（同治刊本《切近編》卷首）

秋江采魚圖題跋

秋江渺渺秋思深，幽人託興白雲潯。幽人已隨流水逝，披圖猶復見素心。少年獨能厭塵俗，漁弟漁兄喜招尋。得魚不須羨，得酒即相斟。有時蕩入蘆花中，攜來明月共清風。興酣落筆煙霞拂，澹宕幾與雲林同。秋水清兮起暮波，呼之不出奈爾何。嗚呼！秋水清兮起暮波，呼之不出奈爾何！

（黄士珣《北隅掌録》卷下）

傳記

桑調元傳

桑調元，字伊佐，浙江錢塘人。父天顯，性至孝，親病膈，合羊脂和粥以進。親死，抱鐺而哭。人爲繪《抱鐺圖》。調元少有異才，下筆千言，屈其儕輩。年十五，受業於史，得聞性理之學。性耿介，不妄交人，尤嚴取與之辨。雍正四年，舉順天鄉試。十一年，會試後遴選舉人之明習性理者，得八人，調元與焉。特旨賜進士，授工部主事。丁父憂，廬墓三年，服闋補官。釐正規約，吏饋以羨金，卻不受。旋引疾歸。嘗主九江濂溪書院，構須友堂祀史，以著淵源有自。又闢餘山書屋於東皋別業，友教四方之士，一以程朱爲法。晚主濼源書院，益暢師説。著有《論語説》一卷，所言皆闡《集注》未盡之義，頗爲細密。又《躬行實踐録》十五卷，言敬、言仁，一宗程朱，持論亦極醇正。其詩文縱横排奡，自成一家，有《弢甫集》八十四卷。乾隆三十六年卒，年七十七。同時爲程、朱之學，有歸安茅星來。

（《清史列傳》卷六十七《儒林傳上二》）

桑調元傳

調元，字弢甫，錢塘人，爲孝子天顯之子。天顯親病革，合羊脂和粥以進。親死，抱鐺而哭。人爲繪《抱鐺圖》。調元受業於史，得聞性理之學。雍正十一年，召試通知性理，欽賜進士，授工部主事，引疾歸。調元主九江濂溪書院，構須友堂，祠餘山先生，以著淵源有自。餘山，史自號也。調元東皋别業又闢餘山書屋，以友教四方之士。爲人清鯁絶俗，足跡遍五嶽。晚主濼源書院，益暢師説。

（《清史稿》卷四百八十《儒林一》）

桑先生調元

桑調元字伊佐，號弢甫，錢塘人。父天顯，以孝稱。先生少負異才，下筆千言。年十四，謁餘山，因留受業，教以『立志大，存心細，聰明勿誤用』。餘山殁後，以遺稾付之。雍正丙午，舉順天鄉試。癸丑會試後，命選舉人明習性理者，得八人，先生與焉。賜進士，授工部主事。父喪，廬墓三年。喪除補官，旋引疾歸。迭主大梁、道山、濂溪、濼源諸書院。於濂溪構須友堂，祀餘山於濼源。與山東按察使沈廷芳共編刻《餘山遺書》。歸老於家，闢餘山書屋，以教四方之士，一以程朱爲法。有《論語説》二卷，闡《集注》未盡之義；《躬行實踐録》十五卷，言敬、言仁，持論必歸於醇正。游五嶽皆徧，所至題詠詩文，縱横排奡，合爲《弢甫集》八十四卷。乾隆三十六年卒，年七十有七。參《史傳》《餘山遺書》。

附録：先生初見餘山，與論格物致知，先生對曰：『物即明德中敍列之品類，故天下無性外之物。知即明德中逗露之靈光，故孩提有不慮之知。』餘山訝，詰：『此語誰教汝？』先生對：『聞之愓庵先生。』愓庵名之泌，孝豐人。餘山即致書愓庵，略言：『功利之習，深中於人心。士讀書作文，衹以爲梯榮之具。數十年來，欲求同志之友切劘，興起斯道，使人心習尚盡歸於正。比聞桑生述先生志皦而行卓，教學者以窮研克治，如聞空谷足音。』書未達而愓庵已卒。《餘山遺書》。

案：錢之泌，《孝豐志》未載，其生平不可考。餘山致書未達，不可以列交游，故於此附見其名，俾不終湮焉。

（徐世昌編纂《清儒學案》卷四十六《餘山學案·餘山弟子》）

錢塘桑先生

先生諱調元，字弢甫，進士，官工部主事。撰《論語説》二卷，凡五百條，分上、下二卷，又分五子卷。所言皆闡《集注》未盡之義，如謂『人知有慾不剛，而不知無慾尚非剛』之類，頗爲細

密。又撰有《躬行實踐録》。（唐鑑《清儒學案小識》卷十四）

桑調元傳

桑調元，字伊佐，號弢甫。父天顯，自餘姚徙家杭州，遂爲錢塘人。調元有異才，下筆千言，屈其儕輩。性耿介，不妄交人，尤嚴取與之辨。雍正四年，舉順天鄉試。十一年，會試後遴選舉人之明習性理者，得八人，調元與焉。特旨賜進士，授工部屯田司主事。丁父憂，廬墓三年，服闋補官。釐正規約，吏饋以羨金，卻不受。轉營繕司，乞假歸。先是，調元從父歸姚江，受業於儒者勞史。傳其學，家居輯《餘山遺書》，一以程朱爲法，舉以教學者。歷主大梁、濼源，敷文講席，興文敦行，多所成就。墓誌。（《乾隆杭州府志》卷九十）

五嶽夫子像贊

惟公學行兼優，文名赫奕。降生於孝義之鄉，客寄於錢塘之邑。實踐躬行，綸音寵錫。既而五嶽兼遊，詩文博集。謁祖來姚，不忘本籍。當修譜而建祠，頗竭盡其心力。祖德宗功，留貽無極。（見《餘姚司桑氏宗譜》）

評論

桑弢甫集八十四卷浙江巡撫採進本

國朝桑調元撰。調元有《論語説》，已著録。是集詩十四卷、《續集》二十卷、《五嶽詩》二十卷、文三十卷。調元才鋒踔厲，學問亦足以副之。故詩文縱横排奡，擺落蹊徑，毅然自爲一家。而恃其才學，不主故常，豪而失之怒張，博而失之曼衍者，亦時有之。所作《鎮海樓詩》，至七言長律二百韻，古人無是格也。其所以長即其所以短乎？

（《四庫全書總目》卷一百八十五）

題桑弢甫五嶽集

去年持節西域行，道邊恒華相逢迎。悤悤日馳三百里，那復酬對勞山靈。今年奉使出齊魯，岱宗天半空峥嶸。中州中嶽亦咫尺，煙雲寂寂巖扃。平生五嶽入夢寐，輪蹏到處聊延停。其如可望不可即，直等海上三山横。向禽一語躬未踐，史册已自垂高名。豈知遥遥數千載，有人誓不渝前盟。藉彼嵚嵌磊落之面目，暢我高寒崒嵂之性情。客中投示紀游作，五嶽一一足所經。芒鞋幾緉昏嫁畢，快哉有志事竟成。學山至山果若此，我今相士不敢輕。手君詩卷待明發，回首猶望崧山青。

（裘曰修《裘文達公詩集》古今體詩卷八）

桑弢甫先生集序乙酉

桑弢甫先生以孝義奇偉之性發爲詩文，高奇清曠，有自得之趣，非如同時諸人掇拾南宋後之偏詞剩義爲奇博者比也。先祖石居公嘗樂誦之。又有《五嶽集》，則棄官後放浪山水之所作也。其孫雲柯先生來江寧，曾亮從之游，嘗出是以贈。及道光元年，又見其曾孫朴堂來，而雲柯先生卒十餘年矣。家燬於火，凡自有之物皆盡，詩板亦殲焉。相與慨然久之。詢其與弢甫先生同時人，其後或絶無嗣，或託賤工，姓名不足以自達。嗟夫！盛必有衰，理之常也。然卿相科第多能世其家，而文人之有後者何少也！豈天之所輕重損益，固與人殊歟？抑富貴而凌夷者，人以多而忽之；而聞人之子孫，不幸爲世所指名耶？則爲之子孫者，蓋亦難哉！

今朴堂以貧故，方奔走於四方，而拳拳於先人之典籍，曰：『吾少息必復刊而行之。』屬曾亮爲之序。朴堂誠篤君子也，吾知其言之必可復也。若是者，可以爲聞人之子孫而知其難者已。

（梅曾亮《柏梘山房文集》卷四）

上桑弢甫先生書戊辰

文弨再拜。楊許州至，得先生書。蒙示《中州遊草》一帙，喜甚。急欲知道途間事，粗讀一過，覺情景了了在目。虎竹年少，詩之工已若是。霖潦彌塗，更唱迭酬，興不少減，有以知先生之樂也。

文弨自聞先生之教，私願杖履所到，必往從焉。乃不意八年之久，不得一覿，事勢阻格，不能自拔。每至昔時講習之地，思師友聚處之樂，邈不可得，未嘗不徘徊歎惋，自傷年日以長而不能竟其所學，若何而可以自立也。自先生之至中州也，道里近，音問可速達。然知先生之於文弨，望之深，必將知其近所從事若何，所得力若何，其見於議論文字又若何。而文弨之所大慙，正在於此。

昔孔蔑嘗言仕有三亡，而子賤獨否。文弨今日不幸與孔蔑之言適相似也。繕寫官書，計字爲率，日當得一千五百。敝敝於此，何暇爲學？且古之爲貧而仕者，蓋將以禄養也。今文弨力不能迎養，是以居常少歡。文弨行能無似，無以動人，又不能求當世賢士大夫而與之周旋，孑然寡合，以是益增其孤陋。即有一二志趣相近者，又皆爲職事所羈束，不得朝夕見。夫既無爲學之時，又爲境所累，而不能自力於學，更無人焉共勉於學，是則終於失學而已矣。此文弨之所以内省瞿然不能自寧者也。

近日略得閒可讀書，然不能如古人專讀一書之法，讀經亦兼讀史。先爲之分句讀，正譌脱，偶有筆記非其大者，以俟再讀，然後求詳焉。内府校定經史善本，非力所能購，亦無從假諸友人。至耳目所觸，未嘗無勃然於中而欲宣者，而弗工於辭，不能達吾意之所欲云。展轉移時，旋即銷滅。昔歐陽子嘗歎言之不可恃，是固然矣。然傳不傳，雖不能自必，獨不可藉以自娱乎？其上焉者不可驟幾，其次又以爲無益而不爲，未見計之得也。文弨竊有意於此，而能厲其氣使弗餒者，唯先生。願終教之。

（盧文弨《抱經堂文集》卷十七）

書李空同詩鈔後 癸巳

乾隆十五年，岉甫先生主大梁書院，因空同後人請選其祖之詩，爲檢定十六卷付之。裁畢梓，即以本寄文弨京師，使讀之。

空同詩當以五言律絶句及七言古詩爲最，去其摹仿太似者，而真氣骨乃見，固未易以訾謷也。他選本間有篇删其句者，曩以質之先生。先生曰：『删則吾不敢，無寧仍之而附注以己意耳。』文弨於此本譌字一一校勘，以覆於先生。今略著二條於此。如《河之水歌》云：『河水淲淲，舟子摇櫓。』檢字書，『淲』與『滮』同，則與『櫓』韻不協，意謂作『瀌瀌』差近之。先生曰：『「淲」當是韻文。』弨今思之，或當讀如『滸滸』，然未知空同本何書也。又有句云『岦岦圓波踊』，殆即用毖彼泉水而疊其字，他人集中亦未見。又《左袒行》云：『産不信禄，不入軍右袒，計安出？』文弨謂别本作『寄不信』者是。《易》『有言不信』，謂不見信也，寄之言不見信於禄，禄不入寄之言，似當如此解。先生曰：『誠然。唯「軍右袒」不可依《明詩綜》作「軍左袒」耳。』其末又附本朝人劉湛詩，有『列莊鳴台使』之句，文弨謂當是『列狀』之譌。先生曰：『吾思之不得，汝乃得之，才相去果三十里耶？』噫！此雖先生戲言，而獎誘殷惓不遺纖芥乃如此。

今整理舊書，復見此編，追憶往復之言，殆將二紀，去先生曳杖之辰，亦已再朞矣。把卷憮然，因具識之。今日即欲就正，何可得也。

乾隆三十八年三月七日書。

（盧文弨《抱經堂文集》卷十四）

桑水部

杭州桑弢甫水部調元，遊五嶽歸，題聯書室云：『六經讀罷方持筆，五嶽歸來不看山。』其爲塾師時，先命徒讀經背誦，如蒙童經熟，始教以文法。選《天崇文》二十六篇，詳加評語，令熟誦之，以是登科第者甚多。紹興某名士，經術湛深，而文格重鈍，不利於試。年逾四旬，猶困場屋，因受業於門。桑閲其文，曰：『病已深矣。』悉屏其所習文，戒勿寓目，授以曹垂燦進士《君子之至於斯也》文，令專誦三月，始課作文。迄一年，誦曹作已數萬遍，竟易重鈍爲輕靈。乃曰：『此後惟子所誦，投無不利矣。』次歲即舉鄉闈，聯捷成進士。

（陸以湉《冷廬雜識》卷一）

桑水部詩

桑弢甫水部詠古詩，時出新義。《王文成公祠》云：『千載武宗輝廟號，多緣新建大功成。』《于忠肅公墓》云：『黄屋何緣重入塞，可憐只論奪門功。』皆可作史評。

（陸以湉《冷廬雜識》卷八）

與桑伊佐

草廬奉謁，涕述三恨，哀惻感人，具服孝思。據鄙見，兄以汲長孺自命，菽水可承歡，一第不足榮。唯八十老人方在床蓐而疾驅入都，遂至抱恨終天，未免截裾之痛。此恨誠綿綿耳。然徒悔無益，即今附棺諸具，必誠必信，絶世俗石板甎墎陋弊，力遵紫陽灰隔成法，以求免於四患。謂木根、水泉、螻蟻、狐狸。葬畢之後，即還家授徒，盡色養于太夫人。雖外艱終服，亦不敢作遠宦計。此孝子善後之策也。梓自痛怙恃早失，見友朋間白頭在堂者，輒爲驚喜，唯恐其一夕離親之側。嘗擬挈壺漿、捧盤匜以佐之承歡，如久饑者見人食美膳，不自禁其涎之流、聲之楚耳。外春初與岐兄一書，附正。

（陳梓《删後文集》卷十六『尺牘』）

抱鐺圖

余祖居杭州艮山門内大樹巷，鄰有隱者桑文侯，鬻粽爲業，性至孝。父病膈，文侯合羊脂和粥以進。父死，乃抱鐺而哭。人爲繪《抱鐺圖》，徵詩。萬君光泰詩最佳。其詞曰：『羊脂數合米一匊，病父在牀惟啖粥。父能啖粥子亦甘，粒米勝於五鼎肉。升屋皋某無歸魂，束薪斷火鐺寡恩。牀前呼父鐺畔哭，抱鐺三日鐺猶温。嗚呼！恨身不作鐺中米，臨歿猶能進一匕。謂鐺不聞鐺有耳。』

文侯之子弢甫先生，性孤僻，能步行百里。棄主事官，裹糧遊五嶽。《留别袁石峰》云：『莫定畸人物外蹤，夢魂飛入碧霞重。浮雲形似世情幻，秋樹色添遊興濃。白練横過天際馬，烏藤直上嶺頭龍。憑將一斗隃糜汁，洒遍天門日觀峰。』《過華山門》云：『華山門下雨盈盈，玉女秋期會玉京。十萬雲鬟梳洗罷，漫空盆水一齊傾。』《嵩洛雜詩》云：『鐵梁大小石縱横，似步空廊屧有聲。世外多情一明月，直陪孤影到三更。』非深於遊山者不能言。先生名調元。

（袁枚《隨園詩話》卷十，題爲點校者擬）

合歡竹

同年生錢唐桑伊佐調元早年有神駿之目，而予知之未盡。向見其近體詩數首，固未以爲至也。最後同館嘉郡三年，會將别去，徑造其齋，索閲平生滿志之作。伊佐出《蘭陔艸堂詩》一卷，眎予其樂府歌行、古詩數十篇，沉浸漢魏而醖釀于《國風》《離騷》之遺，殆爲元和大歷以下所罕儷。是日乃略盡吾伊佐之奇矣。因出昔年家園所生合歡竹二節見示，索詠。遂立占兩截句贈之。伊佐兩尊人並高年，嫂夫人雅善吟咏，故詩意及之。云：『暖律何緣嶰谷偏，兩枝黄玉一竿駢。篠簜不灑英皇淚，吹徹參差是比肩。』『慈竹檀欒孝笋香，承歡佳耦兆奇祥。分明虎節頒英簜，伴爾扶桑愛日長。』此二詩亦未收集中，僅志于此。

（章楹《諤崖脞説》卷一『詩話』，題爲點校者擬）

酬贈

仰酬桑先生四首

江國復江國，東風無鯉魚。大梁亦何在，十日兩奉書。長歌泣回復，紙盡意有餘。書中謂我子，他日教可徐。父子及於門，感激生欷歔。欷歔廿年事，弱冠請見初。安知有我子，復進灑掃袪。高雲不私澤，宛轉爲菑畬。其父弗克力，猶望其子如。

我初從遊日，我父母在堂。人間愛憐心，父母於子長。教之復誨之，我父母已亡。兒行及中年，忽忽以倀倀。倀倀益追往，於我師難忘。師詩況相逮，師書詎此詳？我懷鬱終宵，塊獨霑襟裳。

素衣三年客，免喪方及兹。貧不守故廬，那能復悔之。疚心匪一事，默默慚於師。作書答來書，作詩答來詩。涕落不可止，南望黄河涯。

日出師曠臺，草生軒轅邱。雍雍書院長，禮教乎中州。中州厄明運，河决城沙留。洛學其可興，山川風氣瘳。我今亦何爲，長安之道周。人生無百年，百年倏以遒。守身如執玉，懼爲君子羞。君子之所羞，考妣之所憂。

（錢載《蘀石齋詩集》卷第十二）

桑先生輓詞四首

君子既多壽，曰終胡獨悲。遥循空位義，已到失聲時。薦几一甌茗，趨楹雙鬢絲。直從親殁後，今乃更無師。

賜第遭先帝，登朝得幾年。林居躬養母，友教世瞻賢。五嶽笻真遍，千秋篋必傳。書來甫旬浹，猶奉手題編。

邃學光勞子，高歌暢景翁。是皆由早歲，而益見純衷。語可隨材別，行難與俗同。廿年爲院長，一髮有宗風。

丁未深秋謁，朱園徹夜論。迴思檐際月，屢照水邊村。拜墓身應健，呼天眼未昏。諸郎雖早世，遺澤在諸孫。

（錢載《蘀石齋詩集》卷第三十一）

送桑弢甫獨爲天台雁蕩之游

桑君江海人，意氣頗超忽。早摘銀案髭，歸來卧松月。開年雪載塗，山情生勃勃。蠟屐告我行，健似橫空鶻。前身打包僧，游跡記髣髴。自言昏嫁了，詎使塵土汨？先爲豐十訪，次作矩羅謁。攜影當朋儔，扶杖即隸卒。拜號獨往生，斯語庶非伐。獨汎單鷗隨，獨憩孤樹歇。獨宿寒凌兢，獨行翠窸窣。獨吟嵓答響，獨沐風晞髮。獨眺俯鶴巢，獨飲侵龍窟。天台峙東南，奇秀甲於越。客兒失雁蕩，晚出名馳突。我有中宵夢，往往凌崒屼。輸君濟勝具，先我結雙韈。事不婦子謀，興爲嵐霞發。竢君銜袖詩，千載期毋没。

（厲鶚《樊榭山房續集》卷五）

送桑伊佐

長安三月無花柳，車轍塵邊争疾走。道左相逢古丈夫，一咲軒然執其手。才名東馬滿京華，桑君才冠風人首。玉堂學士競迎致，决絶將歸還被肘。即今街巷行路人，侈説君名不離口。自愛驊騮世無敵，誰知荆璞人難剖。兩年飄泊百不如，塵土衣衫嗟敝垢。我才與子不相當，子獨論交於我厚。夜雨雞聲共讀書，春風草色同携酒。謂當一世常如此，君忽治行車載糗。堂上嚴君白髮盈，一觴欲晉南山壽。人生窮達豈有常，行矣無爲傷老醜。

（劉大櫆《海峰詩集》古體詩二）

送桑弢甫還錢塘

君自浙東來，浙人謂我賢。君席不暇煖，相見施我先。上堂捧縞紵，一尺束筍編。貫以明月珠，串以萬選錢。我聞不自今，我見殊過前。染兹好臭味，及此懽流連。我老苦疲茶，每疾難遽痊。君來入我室，執手何纏綿。自言患卑濕，支體如拘攣。急宜買歸棹，兼旬上水船。我聞殊不寧，未語先泫然。各以疾病廢，都未同食眠。瞥然舍我去，不如不見便。君有向平志，掛冠嶽之巔。平行脚不掉，骨蹻神完全。所以方寸閒，位業真靈懸。造化之小兒，何足爲拘牽。君其静攝之，御風飄飛仙。素心托邂逅，分手揮雲煙。何以照千里，皎月明高天。

（黄任《秋江集》卷六）

桑弢甫舉子簡之

大川産明月，名山毓瓊玖。君家數世中，代有賢父母。况子盛材器，畜志期不朽。既富天人學，專精日磨垢。鵰鶚暫戢憩，驊騮行策走。文章有膠漆，近識蓬茅叟。過從飽粗糲，語笑忘老醜。何意垂白年，以得交韓柳。昨朝風雨夕，英物初抱取。喜此書種育，樹德信有後。丹邱無凡毛，卜之始鷇𣪏。老夫得一孫，乙未之夏首。所望非貴富，期以永無咎。兒長爲君子，願挈靈珠友。靈珠，余孫名。

（景星杓《拗堂詩集》卷三）

留別水部桑弢甫即用送行原韻二首

旅館寒更欲曙時，鱣堂猶自對燈帷。席尊祭酒中原望，人説先生弟子知。閉户傳經推服鄭，沿門乞火笑黄緇。燕臺霽雪空山外，回首嵩雲慰别思。

素心曾許叩清齋，舊詠相商夙願諧。風格峨峨森太華，詞源滚滚落長淮。萍蹤不定頻離索，茅塞從兹自决排。他日重逢應有句，暫將春興寄枯厓。

（蔡新《緝齋詩稿》卷四）

長歌呈桑水部院長

先生稽古經術崇，手扶大雅陶愚蒙。餘山勞先生麟書絶業繼濂洛，英靈肯許常人鍾。茹韓吐蘇大手筆，過都歷塊如風駿。金庭石室不肯住，富貴於我浮雲同。長空倏忽摇天風，偶乘雲氣騎飛龍。黄雪亂灑千長松，泉聲兩耳鳴琤淙。芒鞋竹杖自來去，徧踏五嶽青芙蓉。自從歸隱聖湖曲，空堂夜讀聲摩空。賤子寂寞海濱上，夙昧經義徒雕蟲。竭來飄泊淪楚澤，書庋高閣塵黔容。昔年親故半未覿，論交三世今識公。公開寶帳集都講，照拂四壁春融融。五金在冶仙火鎔，斧斲斤削加磨礱。吾儕豈甘自暴棄，熙恬竟日隨嬰童。人生不朽有大業，欣戚豈在塞與通。上自皇墳下稗乘，披尋一一羅心胸。無味之味貴獨得，力田寧計豐年逢。少年歲月況强盛，旭日炫采纔升東。微軀七尺著何處，苦無大藥仙疲癃。高騫思附鸞鵠翼，薄采終棄蓀蘭叢。太息古學坐蕪蔓，語欲出口傷瘖聾。洗荒滌穢竟莫覯，浮聲掠影徒相攻。安得虎觀諸儒作，掃除宿霧摩青銅。行愁坐歎苦未遂，先生白首猶趫雄。煙林拔起雲當中，膏雨到處繁花紅。笑指枯枝枝盡緑，春華無使隨秋蓬。

（王昶輯《湖海詩傳》卷三十二）

歸自濟南寄懷桑伊佐兼簡沈椒園五首

投老寡交游，心知半凋謝。翻手覆雨雲，機穽吁可怕。大則主殺機，小亦助嘲駡。山左餘素交，招我游歷下。驅車十旬留，欵語勤慰藉。彼都真有人，兩叟名德亞。使君氣不凡，山長情無罅。高論時激昂，幽懷一傾瀉。心醉若飲醪，有味如噉蔗。感此風義真，彌鄙五交詐。嬾廣孝標文，還師卜子夏。

吾愛五嶽叟，論士貴奇志。狂狷最稱許，鄉愿必唾棄。掉頭每獨往，庸流若浼避。陳情脱簪組，晚節堅道義。吐辭每驚俗，懦頑或心悸。閉門餓亦奇，此語吾時記。我劣如駑駘，叟才實天驥。胡爲繆見推，無乃昌歜嗜。雲龍逐上下，擬議只增媿。詩文亦小技，此外大有事。勿爲外人道，且寄相思字。

師道久已亡，標榜來蟻附。抗顔爲人師，庸妄難齒數。門徒號召多，凉燠即岐路。傳道與解惑，聞者舌摇吐。誰爲孫明復，石介操杖屨。誰爲胡翼之，諸生效矩步。卓哉桑伯子，慺焉爲此懼。著録三千人，因材各陶鑄。教嚴道益尊，狂簡斐然聚。椎結易章甫，鄭衛奏韶濩。我欲從之游，悔已十年暮。

中材處世拙，意外觸蜂蠆。元亮松菊荒，玉川破屋賣。歸來少四壁，對此一長喟。自許百鍊剛，固窮節未壞。聞説西溪灣，山水清而快。更有萬樹梅，花時香可嘬。兩叟招耦耕，山靈應不怪。會當踐息壤，荷鋤未敢懈。看山飱朝霞，玩月飲夕瀣。勞苦食吾力，三公不易介。耕田勿識字，直欲垂家誡。含哺鼓腹游，熙皥絶機械。山林喜深密，何用伯夷隘。

伐木詩久廢，箴規義尤闕。古意叟獨存，念之那敢忽。一飯不就人，招我羅殽核。僮僕私竊訝，此客頗突兀。西城候門送，未怯風發發。講堂諄諄語，感荷尤至骨。驅車出齊郊，回憶情恍惚。冒雨三日程，車覆愁銜橛。傍徨泰山下，性命輕如髮。任城挂歸帆，浩蕩鷗波没。高弟喜同舟，説叟口未歇。翹首濟潭鱣，小别遽三月。精力定强健，詩格尤超越。綽綽看進退，對山日拄笏。近寄詩有『綽綽還看吾進退』之句。倘過柏香堂，持此當我謁。縶維或滯留，素書時一發。

（陳黄中《東莊遺集》卷四）

黄尊素集

〔明〕黄尊素 著　黄成蔚　張夢新 點校

浙江文叢

浙江古籍出版社

圖書在版編目(CIP)數據

黄尊素集 / (明)黄尊素著;黄成蔚,張夢新點校.
—杭州:浙江古籍出版社,2016.4(2023.4 重印)
(浙江文叢)
ISBN 978-7-5540-0824-9

Ⅰ.①黄… Ⅱ.①黄… ②黄… ③張… Ⅲ.①中國文學—古典文學—作品綜合集—明代 Ⅳ.①I214.82

中國版本圖書館 CIP 數據核字(2016)第 098877 號

浙江文叢

黄尊素集

[明]黄尊素 著　黄成蔚　張夢新 點校

出版發行　浙江古籍出版社
(杭州市體育場路 347 號　郵編:310006)
網　　址　https://zjgj.zjcbcm.com
責任編輯　况正兵
封面設計　劉　欣
責任校對　余　宏
責任印務　樓浩凱
照　　排　浙江時代出版服務有限公司
印　　刷　浙江新華數碼印務有限公司
開　　本　710mm×1000mm　1/16
印　　張　17.5
字　　數　179 千
版　　次　2016 年 4 月第 1 版
印　　次　2023 年 4 月第 3 次印刷
書　　號　ISBN 978-7-5540-0824-9
定　　價　150.00 圓(精裝)

ISBN 978-7-5540-0824-9
9 787554 008249　01>

前言

黄尊素（一五八四—一六二六），初名則燦，後改則素，字真長，號白安，别號浮丘。明代浙江餘姚通德鄉黄竹浦（今餘姚市梁輝鎮）人。尊素之父黄曰中，别號鯤溟，以教書爲業，『諸生應試，公先第其高下，無不奇中。然公爲文，援據經術，一切剽剥竊攘之詞，不屑爲也』。[一]曰中有四子，尊素是長子。

黄尊素少時即博覽經史，其學不專章句，於書無所不窺，深諳掌故。性强毅，喜氣節。『凡人有乞憐態，竦脅媚媚，必叱之；若昂尾强項，與公争是非，公即娓娓聽。』[二]萬曆四十三年（一六一五）補博士弟子員，隨舉於鄉。萬曆四十四年（一六一六）中進士，授甯國府推官。上任伊始，即志掃奸鄙，整飭法令，不畏豪强，問民疾苦，深得衆望。天啟二年（一六二二）升任山東道御史。黄尊素精敏强執，『一片剛腸』，謇諤直言，其遠見卓識，尤爲人敬佩。

當時閹党魏忠賢等把持朝政，臺諫凡有及之者，皆遭貶黜。黄尊素上書直陳時政十失，並劾奏魏忠賢疏，謂『阿保重於趙嬈，禁旅近于唐末。蕭牆之憂，慘于戎狄；毫末不札，將尋斧柯』。疏上，魏忠賢大怒，謀施以廷杖。後賴首輔韓爌力救，處奪俸一年。黄尊素一心爲國，於癸甲之際數月間，先後上《請用講學名賢疏》、《明職掌疏》、《簡巡撫疏》、《請復召對疏》、《劾奏逆閹魏忠賢疏》、《災異陳十失劾奏魏忠賢客氏疏》等十三疏，皆指陳時政，事關軍國大計，義正詞嚴，似攴攴利劍，直刺閹黨的臟腑。魏忠賢等閹黨恨之入骨，指使主事曹欽程、織造李實羅織罪名，誣告黄尊素等。黄尊素先被削職，繼而與周起元、周順昌、高攀龍、李應昇、周宗建、繆昌期先後被逮，人稱『東林後七君子』。

黄尊素等備受酷刑。訊者問贓幾何，尊素厲聲曰：『清風明月，名山大川，皆吾贓私，何必問乃公！』〔三〕在獄中，偕李忠毅應昇、周忠介順昌、周忠毅宗建、繆文貞昌期等慷慨怒罵閹賊，繼以詩歌抒懷言志。於天啟六年（一六二六）閏六月初一遇害。

崇禎初，贈太僕寺卿；福王時追謚『忠端』，崇祀忠義、鄉賢兩祠。黄尊素有子五人：宗羲、宗炎、宗會、宗轅、宗彝，皆才華横溢，其中長子宗羲最爲著名。

黄尊素著有《黄忠端公集》五卷，包括《文略》二卷、《詩略》二卷、《説略》一卷。作爲明末政治舞臺上的重要人物，東林黨人中的君子，《黄忠端公集》中的奏疏、雜著等，真實地記録了明代的社會政治生活，客觀地反映了明末東林黨人與魏忠賢等閹黨的鬥争。其所體現的『凜正色於蘭臺，抗直聲而如矢』的謇諤直言的品德，視死如歸的凜然大義，『與日月争光允矣！』（劉宗周語）黄尊素大力提倡並踐行的肅清吏治、整飭法令、不畏豪强、清廉愛民和重視教育、培養人才等思想，至今仍頗具現實意義。文學方面，其《浙江觀潮賦》《清景賦》和《兩遊剡湖記》等，或氣勢磅礴，聲韻鏗鏘，驚心動魄，或鋪采摛文，情致悠遠，佳句迭出，展現出黄尊素文筆的變幻多端，極富才情與文采；其絶命詩《閏六月朔》，確能令『正氣長留海嶽愁』，堪與文天祥的傳世名句『人生自古誰無死，留取丹心照汗青』媲美。黄尊素的這些作品，列入中國古代優秀詩文之林，亦是當之無愧的精品。

這本《黄尊素集》以清康熙十五年許三禮清遠堂刻本爲底本，收有《文略》二卷、《詩略》二卷、《説略》一卷。由於該書係孤本，所以只能參校《明史·黄尊素傳》、《黄宗羲全集》之《黄氏家乘》、黄宗羲《明儒學案·忠端黄白安先生尊素》等相關史料。本書所附《黄忠端公年譜》，係黄尊素仍孫黄炳垕所編，『件標書目，旁及時事，兼附歌詠』，『俾閲者於紀載之異同、朝局之清濁、國運之遷流，一開卷瞭如指掌』，故作爲附録一。將原列於底本之先的《黄忠端公正氣録》放到《黄忠端公年譜》之後，以符合現代古籍出版體例，作爲附録二。爲瞭解時人對黄尊素的評價，本書又輯録了《明史·黄尊素傳》、《明書·黄尊素傳》、明·范景文《黄太僕傳》、《黄宗羲全集》之《黄氏家乘》、黄宗羲《明儒學案·忠端黄白安先生尊素》和若干明代名家對黄尊素的評論或來往書信，以及清·陳鼎《東林列傳》等相關篇目作爲附録三。另外，雖然范景文《黄太僕傳》在底本原有之《黄忠端公正氣録》中已有收録，但參照民國二十五年（一九三六）商務印書館《叢書集成初編》之《范文忠公文集》，發現其中之《黄太僕傳》與《黄忠端公正氣録》所收之《黄太僕傳》出入較大，爲方便讀者參考甄别，兹且不作取捨，一併録入，分别列於附録二與附録三之中，特此説明。

爲盡可能保持原貌，本書體例仍遵照底本。點校時一般只將底本的錯訛處或有關詩文內容不同的主要地方出校。因清代避諱，凡有『虜』字等底本都被塗黑。現仍照底本排，有的則出校記説明。

底本有的字爲古體，有的爲俗字，今均改爲常用字，如『恠』（怪）、『迯』（逃）、『肰』（然）、『婬』（淫）、『懽』（歡）、『亾』（亡）等等。

希望該書的出版，能有益於明代文學、明代思想史的研究，也可爲黄尊素的詩文與學術研究提供第一手的文獻資料，有助於對明末的社會發展、政治鬥争、經濟、文化等情況的瞭解，也希望能對浙江區域文化以及明代文學的深入研究有所裨益，包括對黄宗羲思想與學術的形成及影響等等。

本書出版得到了浙江古籍出版社的大力支持，本書責任編輯也爲提高書稿質量出力甚多，在此一併致謝。但囿於水準，錯訛之處仍所不免，敬請專家學者和廣大讀者予以指正。

黄成蔚，浙江大學人文學院古代文學博士研究生；
張夢新，浙江大學教授、博士、博士生導師。

二〇一五年十月

注釋：

〔一〕見《黄宗羲全集》第一册《黄氏家乘·封太僕公黄曰中》。

〔二〕見黄炳垕《黄忠端公年譜》。

〔三〕見黄炳垕《黄忠端公年譜》。

目録

文略卷三

詩略卷四

宛陵詩……（五三）

詩署卷五

出京詩壬戌考授御史歸省

入京詩……（七六）

京師詩……（七八）

歸田詩

詩　

附録三　傳記

附録四　黃宗羲所撰有關文章

黄尊素集

黄忠端公文集序

許三禮

程子曰：『東漢之節義，一變至於道，既名節義矣，便不可謂之非道。而猶資於一變者，蓋天之生斯人也，所以耆定斯世。』故君子立心，必不令當吾世而貽後世之憂。苟前有讒而不能杜，後有亂而不能備，清心忌惡，徒分吾黨之過，雖與隨世就功名者異矣。要之，謂不能變也。是故天下無不可爲之時。小人破壞之不遺餘力，而君子爲世之念，復不勝其自爲，斯古今所以治日少而亂日多耳。天啟奄人之亂，一時正色立朝之君子，以骨肉拒扞義兒僞帝之狂瀾。尚論者徒壯其節，而畧其彌縫之不至，以歸之運數，乃余讀《黄忠端公文集》，反覆爲之流涕。伏戎隱禍，公一一審其機牙，設以匡救。使公之言用於楊忠烈，中則收射隼之功，不中則亦緩弋者之慕；用於魏忠節，則掖庭政府凶德未至於參會；用於鄒中丞，則江右不至反兵；用於趙忠毅，則晉人不至走險。即用於詭給激訐之小人，亦可以扼其惇京之奔軼。憂深慮遠，義盡仁至，而後以一死支將傾之大厦。其斯謂至道之節義乎！　公之詩文，從《文選》入手，卒歸平淡。以文章家論之，理明而辭達，不求奇而奇至者也。從來之論節義者，每恕視其文，叢篇零句，皆以人重。獨公之作，雖使立言之士絜長較短，不能彷彿。其安瀾平野之中，包藏崢嶸突兀，魚龍變化也。文章節義兼而有之者，唐有平原，宋有叠山，明有遜志、石齋。寂寥千載，如公者，不過數人而已。公以講學，與梁溪同逮，蕺山慟哭而送之。其後蕺山每謂人曰：『不佞白安先生之未亡友也。』梁溪、蕺山，明儒之醇乎醇者也。由是而知公之文章節義本乎理學，故文爲載道之文，節義亦爲一變之節義也。論者不察，徒見世之增華加厲以爲文，風裁標榜以爲節，遂欲外文章節義以言理學，將所謂理學者，必塌茸腐朽之與俱，椎魯粗野之爲得歟？此陷溺人心之説也。余故刻公之集以救之。公諱尊素，字真長，餘姚人。丙辰進士，天啟間御史，謚忠端。康熙十五年歲次丙辰嘉平月，知海寧縣事相州後學許三禮拜撰。

黄忠端公集序

鄭　梁

相州許酉山刻《黄忠端公集》既成，公之子梨洲先生，梁師也，郵寄其集，命序之。嗚呼！自梁兒童時，即聞天啟奄人之亂。吾浙東有黄公者，不憚以一死砥柱狂瀾，蓋其錚錚節義，久已彪炳國史。長而考公軼事，知公與梁溪、蕺山講學，不徒以節義自矜。當應山、嘉善諸君子主持國是時，公與之酸鹹調而水火濟，意主于圖利社稷，實非敢以一死博名高。然其苦心遠慮，見于狀誌銘傳者，文、劉、黄、范諸名公序之已悉矣，小子何知，敢贅一言乎！顧梁不才，幸從先生講學之餘，得聞千古文章一事，無已，則就文章論公。酉山曰：『公之詩文，從《文選》入手，卒歸平淡，故理明而詞達，不求奇而奇至。』此誠深知公文者也。然余竊謂公之詩文，即不從《文選》入手，即不歸平淡，亦未有不理明而詞達，不求奇而奇至者。何則？千古之文，千古之人爲之也。其爲人流俗之人，則其文爲流俗之文；其人而爲千古不可磨滅之人，即其文爲千古不可磨滅之文，亦非必文以人重也。玉山有言：『文章天地之元氣，得之者其氣直與天地同流。』蓋人苟浩然之氣充滿胸中，而溢爲文詞，則凡取青媲白之家決不能與之較長而絜短。孔明之《出師》，令伯之《陳情》，澹菴之《封事》，千秋萬世後見之，如景星，如慶雲，光華宇宙。要其平昔，豈嘗以文章家自命哉！性情之所至，而筆舌至焉。雖千餘年間作者林立，而求其類此者，卒不多有。所謂其人如是，則其文亦如是也。然則以公之愛君憂國而爲疏，以公之忠告善道而爲書，以公之讀書談道、籌時吊古而形之于詩賦序記諸體，固宜其不言文而天下之至文生焉矣，即何必假途《文選》，歸宗平淡而後爲工也哉！嗟乎，自文之與道二也，家拾太倉之唾，人争歷下之餘，文章能事盡于飣餖吞剥間。有覺其非者，宗主震川以救之，而無如其人既非，其文亦不復是，雖復連篇累帙，號稱大家，其有如公之單詞隻句皆堪不朽者乎？風靡波蕩至使數十載，言文之士徒相尋于波瀾假落之際，抑揚頓挫而不復知爲人心、世道之所關。于是假名理學、矯言節義者，皆得視之爲春花秋葉，徒供把玩，不堪衣食，而文章一事，或幾乎熄。得公之集以正之，慷慨于生死之關，則節義之名實調停于玄黄之戰，則理學之用，真斯文正統，庶不墜于其人矣乎！昔史言《國風》好色而不淫，《小雅》怨誹而不亂，以稱屈平之《離騷》。

余謂公之忠與原同，被讒以死同，死而以文章傳又同。其不同者，原文在放逐之後，公文在放逐之前，憂愁激烈，特以時異耳。《招魂》吊屈，方恨無宋、賈之才以張之，而況辱以先生之命，其敢無一言以附諸名公之後乎！因是忘其固陋，謹書集左，特未知有當于先生否也。丁巳仲冬，慈谿後學鄭梁頓首敬序。

黄忠端公集序

李文胤

余嘗讀西漢《劉向傳》，中壘值外戚擅命之時，王鳳始握魁柄，五將據重，執官滿朝庭。然諸王俱外家小兒，驕奢相尚。鳳雖稍桀，然非有包藏禍心，敢圖移漢鼎。而中壘上極諫封事，謂鳳行污寄治，身私託公，内有管蔡之明，外假周公之論，國祚將移于外親，降爲皂隸。此俱莽它日竊國之詐，非鳳等所及，而中壘已豫言之，若洞見其本末。後讀姚江《黄忠端公集》，公值奄人執命之時，璫媪内交，玄黄外附，蟠結之勢已成。其時外廷相顧，即楊忠烈《二十四大罪疏》亦猶未上。而公首發其奸，謂阿保重于趙嬈，禁旅近于唐末。蕭牆之憂，慘于戎敵。又謂有元祐之君子，便有熙豐之小人，隨以有靖康之國難，方見節甫莽懿戎馬黨錮合併一時，此俱公死國以後兩朝所中之慘酷，而公已豫言之，若洞見其本末。是以漢史于向《傳》末大書曰：『向卒十三歲，而王氏代漢。』異日史官當亦大書公傳曰：『公殉國二十一年，而奄孽復用，兩京之難繼作。』蓋古人臣謀國，其論之痛切，發于至誠，一言而繫宗社存亡，後先同轍，誠有若此之重也。獨是其憂國之至，慮遠計深，彌縫宛曲，有非舉朝所能知，亦諸君子所不能盡知者。初不以敢言死諫，便足不負國家，此公所謂君子社稷之念重于名節者也。即如中壘所云劉氏與王氏事，勢且不竝立，而猶勸上厚安外戚，使王氏保其爵禄，劉氏不失社稷。所以褒睦外内之姓得以竝安，此中壘之苦心也。公即不憚首發大奸，而其于楊忠烈，則謂諫官宜言，大臣不宜輕言，發而不勝，將有竇何之禍。縱諸君子義形共起一擊，而公獨謂宜包小人之羞，且挽匪類之去，意在使黨禍、奄禍尚不合而爲一，則毒燗猶未甚張，狂瀾不至大倒。雖公以死從諸君子與俱絶，靖康前禍，遂如符契。此公所痛哭于身前，亦復痛哭于身後者矣，不亦悲哉！公姚江人，本與甬上同郡。公少嘗從學于甬上，及公死國，吾鄉陳忠貞公崇疏爲公請謚。而公長子宗羲，是爲梨洲先生，復以世學轉授甬上諸門人。文胤亦嘗得登公之堂，發讀公之遺集，慨然見公憂國念深，反覆流涕。邇者公集新出，宗羲命文胤序之。胤自謂末學小生，豈敢以其文僭附卷末。既復念甬上後學之言，或公所樂聞也，故敢序之，且藉使後人讀公疏草及答楊、魏諸君子書，庶見公惓惓謀國，有古大臣憂社稷之重，非僅以一諫官死國，足爲公千載云耳。甬上後學李文胤頓首敬序。

黄尊素集　文畧卷之一

後學相州許三禮典三選刻

請用講學名賢疏

從來天下之治亂，視君子小人之進退。然亦唯易退者爲君子，難退者爲小人。故有天下者，護君子若頭目，猶不能淹之於歲年，逐小人以鷹鸇，恒使人淆之於黑白。近見協理京營都御史余懋衡、吏部右侍郎曹于汴陪推蒙點，相繼拂衣。此二臣者，非清恬介特、謇謇朝端者耶！而中旨一出，不惟不收其新功，至且并失其故步。繇是言之，皇上御極三年於兹，而卿貳更翻，公孤迭换，用之無异塵飯，棄之不啻流萍。故王紀之去也，策蹇出郭，人謂其泰於蒲輪；破帽蒙頭，人謂其榮於蟒玉。鄒元標、馮從吾之去也，一時攻者與王淮、陳賈同被惡名，遂使聖朝偕紹聖、慶元俱爲恨事。劉宗周、劉洪謨恬引於先，蕭近高、饒位堅請於後，翩翩去國，高風襲人。在諸臣，自顧生平，留千秋之月旦；在廟堂，成何氣象，羡接翼之冥鴻。夫此諸人者，當皇祖之時，玄黄之戰未明，霜雪之威頻厲。羣奸之推刃，不遺餘力；大冶之真金，只此數人。年來睍見雪消，水落石出，始發明王之夢，得仕同朝之喜。此皆祖宗之所培養，留正色於彤庭；邦國不至空虚，寢邪謀於未發。寧可使其旅進旅退，以爲不減庭燎之光；將無同於乍佞乍賢，可謂不鑒前車之覆。昔李固一日朝會，見諸侍中竝皆年少，無一宿儒大人可顧問者，以爲歎息。今求所謂宿儒大人者，寧能舍此諸臣乎？且今日之乏才，亦已甚矣！總督一官，合司馬之署，卿貳之儔，無力擔當，兩月擬議，尚欲奪情八旬之老，强支雙睫之危。夫既念金紫之蕭條，盍當箴泉石之錮疾，胡可令在位者更有携手同行之歎耶！伏唯皇上毅然剖斷，收天下之老成，主持國是，除天下之頑鈍，維挽世風，國家其庶有起色乎！

明職掌疏

臣思今日之時之勢，外有强敵，内多伏戎，疆隅日削，脂血日枯，正主憂臣辱之時。追惟越勾踐之定霸也，四封之内、百姓之事，直曰蠡不如種；敵國之制、立斷之事，直曰種不如蠡。君臣上下之間絶無推委，絶無猜疑，以成此霸業也。今東西南北之士比肩事主，而又值國難未紓、國恥未雪，當必有一段精神憤惋鬱結，不戒而合者。而臣見其精神之日離也，後承前鉢，前提後索，骨既朽而毒尚流，灰不然而薪未盡。名爲君子矣，一有倚傍者存其間，并君子之壘不固。名爲小人矣，托爲擠排者竄其中，將小人之緣復來。高明之堂，未必無鬼蜮草木之妖，慣弄其精魂。而此往彼來，尋消問息，或造謗以要歡，或挑人以快已，或面夷而背桀，或暮雨而朝晴。恩人之恩而怨人之怨，惡人之惡而喜人之喜，尚得有精神意氣出爲公家用乎！臣謂大同之世勿起異端，大公之心勿萌私見。前此浸淫之根株，可以直截而斬斷；後此縱横之伎倆，可以覰破而蠲除。凡用人理財、官守言責，一切核其職掌。若必滃滃訿訿〔一〕、左挑右激，嗾蚌鷸之相持〔二〕，喜水火之日沸，不載胥及溺不止矣。國家設科道兩衙門，惟是參駁糾彈，各有司存，令人畏而不令人親，爲朝廷去壅閉而不爲知己市私恩。昔人稱埋輪避驄，魚頭鐵面，良有以也。自東事告急，動薦邊才，而覃詔一頒，廣開起廢。於是有乞憐而徑請，有托介以求容，退休者走錢神於輦轂，現在者肆窺瞯於要津。人遂相沿薦舉之嘗，忘其設官之實。上司當報，知交當酬，藩籬當附，若似乎有一官，則有一薦疏之不可少也。使銓衡必從而用之也，則天官之權已移；使銓衡一併而棄之也，則吾愛之鼎已喪。獨不知累朝之明旨乎？獨不知兩衙門之職掌乎？請上方之劍，吾責也；發蒲輪之徵，非吾責也。漏吞舟之網，吾罪也；賦招隱之章，非吾罪也。人亦何樂爲此，而以我爲恩府，以我爲疑主，又以我爲垢叢也？此兩者，桃激之機鋒隱中之，而禍歸於國是，薦舉之流波顯習之，而俗壞於人心。何如蕩蕩平平，戈矛盡釋，羽毛不生，共修職掌，直如蠡，種之各任所長乎？

校勘記

〔一〕此處『滃滃』，底本作『諭諭』，據『年譜：三年癸亥公四十歲』一節改。

〔二〕此處『鷸』，底本作『蟜』，據『年譜：三年癸亥公四十歲』一節改。

簡巡撫疏

臣觀天下之勢，亦甚亟矣！財無餘孔，民不聊生，上之人如以蠅取血，不盡不止；下之人如以獸走險，不亂亦不止。至今日而所在蠢動，岌岌難支，舉朝之神情尚不屬焉，但見其一缺出，不問其精力若何，經濟若何，平日之功業若何，止云某也資深，某也望隆，而究竟無補於國。如今山東叛孽動聚萬餘，汶泗鄒滕之間遍爲賊窟，刼擄男婦，燒燬鎮集，道路行李幾絶，諠傳都下，人人色誠。而撫臣王惟儉者，裒若罔聞，先事莫爲撫綏，後事不聞方略，坐使妖氛遍地，呼籲連天，以張惶之態作控揣之詞，折衷於萬取千、千取百之界，眩瞀於孰爲良、孰爲妖之民。以擁衆萬餘，所在見告，而猶云朝中之流言；以兵機呼吸，生殺掌握，而猶云請教於廟堂。忽而情形未定，忽而恭報捷音，忽而馳使止奏，絶不知賊之盤踞何地，出没何形，衆寡有何定數，勦撫有何定着，良民與妖民有何定指，遣將與布伍有何定畫。顧其人尚能作長子之師貞折衝樽俎之間乎？蓋么麽小寇，得其人則旦夕安枕，非其人則海宇騷動；得其人則指顧定之，而可以不言功，非其人則優游養之，而且并無可以定罪。何也？一東之事，非關一方已也，南北之咽喉繫焉，漕儲之命脉繫焉，淮徐之肩背繫焉。若此盜不滅，水旱流離，江淮盜賊必有共起揭竿者。小則爲劉六、劉七之徒，煽摇中原；大則爲黄巢、王仙芝之黨，傾翻海内。而淮徐之陵寢、泇黄之漕輓，惴惴可虞。新推河道饒有心計，已經山東公疏力催上任，而淮上總漕，何以勝其任而愉快乎哉！大抵論任於今日，則在外之節鉞，重於禁廷之頗牧；論人於今日，則一方之藩屏，急於師中之韓范；論才於今日，則有用之頗牧，尤勝於株守之尾生孝已。若當太平無事之時，不過拘文守墨，斤斤尺寸足矣。至於人心隉杌，盜賊蠭起，爲此時之巡撫生靈社稷攸關，夫豈筋力衰瘁、木彊自守，無一規恢足以辦事者哉！夫豈足跡不出轅門，蚤晚放炮發一二文移，便足了公事者哉！臣於是不能不致望於當事者大開胸眼，宏羅英俊。急天下之才，迫於其身。報天下之功，親於其家。有才而須等量之，務使安頓得宜。有功而須衡稱之，勿使顛倒失平。盡化邊隅之意見，親可用，仇亦可用。勿狥鋪飾之虚聲，全可用，偏亦可用。此其概也。且當事亦知人情最不平者乎？年來巡撫一缺，祇供京堂奔走，而外之司道僇力疆土，剔〔一〕歷風塵，即有英英自命，概置不問。臣以才局不甚相遠，而諳練多出豪傑。彼起廢諸臣，除一二大賢固宜顯碩，餘皆鳴鐘欲盡之年，崦嵫已逼之景，較諸司道剔歷精深者，未可數數比也。至於近時例轉諸臣，年力正强，才華正茂，不過爲意見所囿。此中豈無精敏强幹、備國馳驅者。顧可聽其一往豐林，長友麋鹿乎？臣言至此，似不合於時宜，而一腔忠憤，不容緘嘿。揆之天下鬱勃之人情，同然者固多也。伏祈皇上自爲封疆於重地重臣明白説開，可留者留，可去者去，無致猶豫養亂。而每遇巡撫缺出，議才猷，並議精力，議今日之品識，并議平日之建豎。内外定宜，間用例轉，勿使空老，則國家可收片長之効，而天下事猶可抵掌而談也。若徒柴柵其中，模稜於外，錚錚者折，容容者全，臣不知所終矣！

校勘記

〔一〕「剔」，疑「歷」之誤，下同。

請復召對疏

臣思皇上臨御初年，聖躬沖睿，簡攝深淵，一切幾宜，祇憑章奏批發耳。今皇上春秋鼎盛，四海瞻望，於此而不總攬萬幾，勵精圖治，更復何時？人謂皇上御門講筵不少輟期，斯亦總攬圖治之大略矣，而不知御門之時，呼吸而班聯散，講筵之際，恭穆而文具周。堂高廉遠，上下相縻，雖曰咫尺天顔，奚啻萬里。臣謂今之天下，憂患相併之天下也，今之治具，格套拘攣之治具也。憂患併而臣工之戲豫自如，格套拘而内外之柴柵益甚，皇上思以挈要領、奏安攘，則祖宗議政之規，不可不復也。祖宗時有蚤、午二朝〔一〕，有便殿召對，群臣得更進而言事，則無不達之幽隱；御前得面奏而取旨，則無不剖之大幾。今乃以票擬爲揣摩，以批發爲精神，在言者惟襲美善之名，而不求其必可行，在部覆則增一番潤色之文，徒取了局，而不核其言之果當，亦不知其後之果行與否。機智捷爲供應，而實效茫無着落。票之者曰『知道了』，而『知』之一字固難言之；票之者曰『是』，而『是』之一字亦難言之。夫實求其知，實求其是，而政烏可不議乎？政之纖細者，無論至於大疑大簌、大利大害、大賢大奸，而亦可憑諸紙上否？如目前諸務，薊門之總督、關上之巡撫，擬議可無其人乎？黔事之決裂，楚餉之匱乏，呼應可無其策乎？京邊之會議，中外之困窮，節省可無其略乎？老成之廢棄，建言之遺佚，環召可無其期乎？以至在兵言兵，在工言工，即有確中之畫，不經面裁則語亦不靈，即有庸妄之談，不經面折則膽亦不落。然則視朝之外，查復午朝召對故事，所以通上下之泰交、提理亂之關頭者，莫切於此。今此典久廢，亟難驟舉。所藉以漸牖聖衷，希復祖制，無如講筵一節耳。臣聞太祖時宋濂等講究經義，從容賜坐，咨及時事。成祖時楊士奇等日造扆前，討論經史，從容辯問，漏下數刻不倦。孝宗御講筵每有疑難，曲加延訪。試觀今日之講筵，有其實歟？抑徒紹其文歟？臣以爲帝王之學，原非希踪於章句，只求通達於政體。凡政教何因而污隆，人才何因而盛衰，歷代何因而興亡，其間援古券今，據此証彼，固是不少。然求其簡要切易、最近可行，皇上每於日講之時，講臣預進講章，閣臣揀擇緊要章奏數件彙送呈覽，次日講畢，即命該衙門并上疏諸臣捱班遞奏。皇上不妨少霽威嚴，勤垂清問，聽閣部大臣剖析精詳。取自上裁，問一則習一，問十則習十。即間有疑似隱伏、遠略邊情，商榷之餘，智慮生焉，剔練之後，處分出焉。其始行之也，聖慮淵微，恐以顯言而淺露。其久習之也，肯綮精熟，自然到手而劃開。由此而御門親決，由此而召對傳宣，樂此不疲矣。若徒講畢而出，講官未嘗獻一箴規；聽畢而入，主上未嘗發一疑問。臣謂千古明良泰交之會，何忍當面錯過，今日安危呼吸之時，何忍優游坐視也！然而大臣不敢以請，何也？亦以典故未必習諳，政務未必通朗。詰以危邊之用人，而茫無以應；詰以軍國之轉輪，而茫無以應。非惟無以啟沃乎君心，而先已自關其破綻；非惟無以籌畫乎安攘，先已不安其厥位。夫孰知從古相業，未有不以上下相得而益光者。臣思國事艱難，臣庶偷惰，所幾幾以望太平者，先復議政之規，而後行面奏處分之典。皇上固大有爲之主也，其何憚而不行？

校勘記

〔一〕此處『蚤』字，按年譜中記，應爲『朝』。

災異陳十失劾奏魏忠賢客氏疏

臣聞怒子之天猶可爲，而忘子之天不可言。自去秋以及今春，不一年間，災祲迭見，熒惑留斗，太白晝見，南北地震，數千里俱見告，前後丁寧，天之仁愛我皇上至矣。而上下臣工猶蒙蔽而未開，則繼之以蒙風；猶宴安而未悚，則繼之以地動。夫此蒙風、地動，非遠方，在輦轂也。天之仁愛固至，天之震怒亦極矣！《洪範》曰：思之不睿，厥罰恒風，時則有心腹之疴。又恒風曰：『蒙蒙者，君臣上下相冒亂也。』晏子曰：臣之術能動地。言地固將動也。夫風以散之，而反結而爲蒙，豈非人心之抑鬱所致？地主於静，而反震而爲動，豈非陰邪之激盪使然？臣請略言時政之得失，可乎？封疆多故，一二邊臣動輒僨轅，皆繇職業不修，客氣憤盈，屢見衄敗，而前轍復踵。凡前日之强力敏幹，皆今日之覆軍擒將，而猶且效尤調募，思以騷動海内，庸闒怏將，所在而是。此一失也。□來則鼠伏無地〔二〕，未來則燕巢自如，無論未焚徙薪，即所謂數米待炊者，亦漠不關焉。濫功而誤國喪師者蒙蔭，棄勞而血守孤城者薄酬，賞罰未章，士多隳志。此二失也。今之在位，偷息者多，急公者少，而會推啟事，捷如飛電，轉如轆轤。昨日所進，又云資俸已深，今日所推，忽而改圖復生，孜孜汲汲，似不終日。此三失也。邪正雜揉，忠讒並進，每有蠅營未遂，轉相是非，甚且章奏一出，旁觀四起。本淺語也，而指爲深心；本直截也，而指爲線索。直言敢諫之氣，挫於揣摩臆度之手。此四失也。遼人何罪？窮困來歸，彼亦以祖宗之厚澤、漢官之威儀不忍遽棄。而奸細風形，輒爲捃摭，致令效順之夫動愁坑阱，反側之子從中煽惑。若不蚤爲寧輯，此種奸細便藏於搜索奸細之中。此五失也。户、工兩部極爲緊要，其精神俱用於覆疏，而不用爲實事，不論委瑣苟且，必以一疏覆之。其到底行否，俱委逝波。即以標營三千壯爲在山，此誠救時急着，議論雖出而頭緒全無。此六失也。市井亡賴好語兵革，而入幕山野，飽占炎涼。一切中外衙門盡屬此輩，藏頭露尾，令孤忠無可展手，而事權從而漸移。故詩曰：『歙歙訿訿，亦孔之哀。』〔二〕此七失也。門巷街衢，苞苴充滿，率皆吮血朘膏，希營窟穴，數十年流毒，比諸魯褒《錢神》，猶爲百之。此八失也。大臣受知主上，即身家猶落二義，今之當國，毋乃牽顧太深，依回日甚，以畏毀譽之念轉爲模稜，以惜情面之心旁爲照顧，致令□軍國大事需忍歲月。〔三〕故曰：執狐疑之心者，來讒邪之口，持不斷之意者，開群枉之門。所誤不既多乎？此九失也。議論龐雜，固有一言而寢淮南之謀，亦不無片語而掣單父之肘。言者自言，任者自任，域外操其短長，而局中莫措手足。且無疏不欲覆，無覆不欲從。何没没也！此十失也。有此十失，表則無度，狂趨彌甚，其何能仰答天心、消弭災變乎！若夫禁庭之地，當此百姓愁怨、司農仰屋，京邊取盈尚缺二百萬有餘，此安得剜肉補孔而爲之？內庫錢糧稍通改折，金花舊額暫取濟邊，便可救數十萬之嗷嗷。而群臣每言賦用不足，必稱內庫仍舊解進，不知天下誰之天下，而欲留此朽蠹爲也。懸鞀設鐸，以廣言者。皇上臨御數年，漸有厭薄言官之意，罰俸留中，停閣考選，宮府之事，稍稍忌諱，而言官始有摽竊皮毛、莫犯中扃者。此端斷不可開也！阿保重於趙嬈，禁旅近於唐末。蕭牆之憂，慘於戎敵；毫末不札，將尋斧柯。今以此言入告，似以爲迂，浸淫不止，異日有欲進言而不敢，有欲聞言而不得者，此中隱禍，尚未敢深言也。廷無謀幄，邊無折衝，當國者昧安危之機，而誤國者護耻敗之局。不於此時兼聽並觀，進賢退不肖，徒事唯諾，而剛方正直疾之若仇，皇上獨不爲社稷計乎？繇此言之，時政紕繆，積習沴結，法度既陵，上下相蒙，毋惑乎人愁天怒，十日而晦風經旬，一日而地震三次也。《易》曰：『觀乎天文以察時變。』春秋二百四十二年間，地震五。災異之來，未有稠如今日。且都門之內殺死多命，一月兩見，而又皆以僕弑主，獨非人變乎？臣思治亂安危之端，分在眉睫。今當災異初警，人心未有不惕，逮其稍遠，而兢業輒馳，荒媮如故。兢業、荒媮，眉睫所繇分也。臣嘗妄謂遼左之淪陷，不在經撫之偏執，而在廟堂安頓之失宜；貴陽之失事，不在庸闒之躁莽，而在廟堂冷眼之坐視。今所謂安頓失宜、冷眼坐視者，豈其無之？災異頻著，上下臣工俱宜分受其責。天子曰：『罪在朕躬。』大臣曰：『咎在當國。』小臣曰：『庶職不修。』撤現在壅蔽之蒙氣，懲近來偷惰之積馳，轉得爲失，急公忘私，追悔昨非，固已無及，力洗往謬，猶愈於迷。彼高宗雉雊之祥，成王復風之報，天人相應，轉移間耳。

甲子三月初六日上，至六月楊忠烈公始劾逆奄二十四大罪，蓋後此疏三月也。逆奄初比客氏，尚見於劉忠端公、周忠毅公之彈章。自壬戌改名『忠賢』以後，威權日盛，朝中莫之敢指，羣小方視爲奇貨。此疏出，無異博浪一椎。逆奄恨甚，即欲開廷杖之端。韓蒲州力救，改而爲降處，又改而爲罰俸。雖狂飈暫回，而毒燄已厝於此。

校勘記

〔一〕『來』前，底本缺一字。疑爲虜字。

〔二〕此處『歙歙』，年譜『三年癸亥公四十歲』一節作『滃滃』。

〔三〕『令』後，底本缺一字。

辯鄒吏部維璉孤介疏

臣聞古道之不可行於今也，以奔競日開，逢迎日熟，如流斯下，莫有底極。於此有一人焉，踽踽涼涼，信心孤往，而偶遭獨知，則世反訝其從得之自，而必目之曰『怪物』，曰『不祥』。吏部考功司鄒維璉調司一事，訖今紛紛未已。臣以維璉爲師，不欲有言，而竊歎古道之難行，又懼公是之澌泯，則義不能已於言。夫維璉之入銓也，正直公道昭明之後，而又遭冢臣破格之時。如其不賢也，則源頭必不清楚；而既已知其爲賢也，則水石原自分明。今之疑維璉者，不過重視吏部，小視當世，而以爲此物豈無因而至哉。又或者深視當事，過視維璉，而以爲必有爲而設也。夫不知維璉生平大節，願掛冠以救竇子偁之賢，而不肯從撫臺以羅織；敢繳檄以阻袁一驥之祠，而不肯附監司而獻諛；寧失考選而勿受有力之招呼，寧忤權貴而勿忍妖人之朋比，其心蚤已置一官於度外。昔之當路爲邪誘之而不入其籬落，今之清議皆賢諷之而亦不屑其爾汝。居嘗述蘇軾之言曰：『假使今日貶損，何如少年合王安石以求進哉！』則其骯髒自負，勁骨不磨，亦足曉然表見於天下矣。其同事而知維璉者，爲鄭三俊、周順昌、方震孺、趙時用諸人；其聞聲而知維璉者，爲李邦華、朱吾弼、鄭宗周、解學龍諸人。夫取友端，則其人必端，維璉之一身，生平益足自信矣。臣思中外多故，無一足恃，設有人焉，居不求蔽風雨，食不求供朝夕，孜孜職業，隨地表見。誠得此等人物布滿中外，平居不惰，緩急有賴，皇上以爲祥乎？怪乎？屢奉嚴旨，敕使到任，維璉一介小臣，似無容别議。然臣伏思之：朝廷所以用人者，使之得展手足耳。維璉以落落寡合之身，當寵辱交加之後，悄悄憂心，豈曰無之於此。而或出冷語，或熱語，照顧局中則氣短，旁皇事外則神分，出不成出，處不成處，不亦困維璉而負國恩乎？維璉一身不足惜，憲臣求去矣，科臣杜門矣，今冢臣又請告矣。以一人之入銓而名賢半不安其位，古道之不可行於今，如此也。伏祈皇上特敕冢臣視事，主持古道，勿淆羣議，勿介小嫌，使維璉進退有據，不爲維谷，則人賢不至隕亡，而邦家亦可無殄瘁焉耳！

鄒匪石先生自職方改吏部稽勳，爲太宰趙忠毅公獨知之契，同鄉不與聞。章允儒、陳良訓起而争之，傅櫆遂乘其隙，借汪文言爲名，以攻左忠毅、魏忠節兩公。從此而外庭羣小與逆奄合矣。其後汪文言爰書言鄒以金壺千金從先公，以致太宰，因羣小之恨此疏也。野史云：『鄒銓部欲以知府轉章陳，故爲所不容。』非也。章、陳之争，於銓部未受事之時已決裂矣。

劾奏逆閹魏忠賢疏

昨臣堂官楊漣參劾太監魏忠賢二十四大罪，而臺省諸臣公疏、單疏相繼而發，此豈要結使然。憲臣之心，臺省諸臣之心也，臺省之心，即通國孩穉婦女之心也，天下之人情如此。夫豈有仇於忠賢，不過爲皇上惜威權，爲祖宗愛成憲，爲宗社計靈長，必欲清君側，而後皇上安，而後天下安耳。臣《災異》一疏，謂：『阿保重於趙嬈，禁旅近于唐末。蕭牆之憂，慘於戎敵；毫末不札，將尋斧柯。』微言之而遽逢嚴旨。夫亦知忠賢之怙寵恃權，摇撼中外，而忠賢所用之私人設機布阱，招摇市都，表裡之形已成，而道路之間以目。皇上試計之：天下有權璫擁勢，竊弄威福，而到底令終者乎？天下有政歸倖門，予奪旁移，而世界清明者乎？天下有中外洶洶，人情無不欲食，而此人顧可在側者乎？推皇上之意，必以爲此猶曲謹可用也，而不知不小曲謹，不大無忌，必以爲此猶在駕馭中也，而不知不可駕馭，則不可收拾矣。且自古未有舍宰執、銓憲、言官而自爲聰明、自爲道理者也。皇上臨御數載，僅僅發軔，而舊宰執、舊銓憲、舊言官望風罷歸，而今之爲宰執、爲銓憲、爲言官意氣消沮，無論攀髯攀鱗，勢不憗遺一老；而若鴆若鷺，相顧不願爲官。異日誰爲爕理，誰爲禦侮，誰爲効鷹鸇之逐，誰爲去肘腋之奸者？皇上不於此稱孤立，而乃以去一近侍爲孤立於上也。今忠賢諸不法狀，廷臣暴露亦不遺餘力。夫小人爲惡往往畏主知，畏人言，則尚有悚惕。及其已知之而皇上視爲不痛不癢之物，已言之而羣臣莫獲片語單詞之益，形見勢窮，復可顧忌？忠賢於此，必不能復收其已縱之韁，而浄滌其腸胃，忠賢之私人於此，必不能復回其已往之棹，而嘿消其冰山。始猶與士大夫爲仇，而繼將以皇上爲注。柴栅既深，螫辣誰何？此時不惟臺諫折之不足，即干戈取之，亦難爲力矣。皇上如念潛邸舊勞，何不令其休居就閑，薄示帷蓋，所謂以生之之道愛之。倘厚其毒而益其疾，九廟有靈，衆怒難犯，此時即欲不施斧鉞，其可得乎？不幾以愛之之道害之乎？僉書陳居恭，亦憲臣參疏中人也，而同事反戈，改頭易面，不知爲優孟之衣冠，不知爲黎丘之似子，情態閃忽，不可方物。苟非炤膽之秦鏡，博物之張華，鮮不眩矣。夫表裏聲援，么麼結隊，此猶可據者，而異忠賢者攻忠賢，同忠賢者亦攻忠賢，耳目昏瞀，沙礫並迷，無惑乎朝端之士，正人指邪人爲邪，邪人亦指正人爲邪。是是非非，其孰定之？伏祈皇上嘿察人情，自爲國計，即日罷忠賢廠務，勑歸私第，將傅應星、傅繼教、陳居恭諸人立付法司，則威權不替，公憤並抒，宗社靈長永必賴之。

諫廷杖萬工部熺劾閹人魏忠賢疏

臣聞伊尹之告太甲曰：『有言逆於汝心，必求諸道；有言遜於汝心，必求諸非道。』夫言不論遜逆，大略軌諸道而後止。伏睹工部郎中萬熺，因慶陵未完，借明職掌，其言不無激切，正謂不激切不足以動人主之心，言雖逆而未始非道也。竟逢聖怒，廷杖一百，旬餘而死。皇上之初心，亦不過怒其出位，用示懲刱已耳。而孰知雷霆之下，無物不摧。嗟嗟雞肋，半燹閹拳，半燹廷杖。皇上之威，亦已太褻矣！古者官師相規，工執藝事以諫，隨事納言實難，無言責而進言尤難。何者？言官動關職掌，責司糾劾，即言不中，或可邀風聞以及寬政；而郎曹所發，雖言碩畫，土苴棄之，言之不用，身且虀粉。然則天下豈有不愛其生哉！忠義激之，視國家之事急於其生耳。今熺死矣，律例所載，非叛逆十惡，無死法，而猶且輾轉反復於廷議鞫訊之間。今乃以披肝瀝膽之臣子，枉死于壅閉之左右箠撻之俄頃，與夫磨牙礪齒之宦豎。皇上之左右必且忻忻相告曰：『吾儕借天子之尊，今而後可以立威，可以箝口矣。』不知輕用皇上之威，而怒室而色於市者，顛倒於一時，使皇上有殺言者之名，而防口甚於防川者，貽譏於後世。後世有秉董史之筆、作朱子之《綱目》者，書曰：『某月某日，部臣萬熺以言某事死。』可不爲聖明之一累哉？向使萬熺循資積俸，取禄養家，亦可以幾美官，亦可以享天年。計不出此，而敢聒宸聽，敢赴湯鑊者，夫其性豈與人殊乎？當日奉旨杖熺之時，以數十年之逸事而突行之，大小臣工，靡不神喪魄奪，天日晦迷，狐鼠嘯張。已知熼必無生理，連日以來，唯聞震霆，今日杖某，明日杖某。而内璫蜂出，吼聲如雷，若有深怨積怒，而必欲狺狺噬之，不死不已者。行杖之際，淩轢金吾，恐喝衛士，杖者未已，倒杖繼之，是以廷杖爲立枷之阱，而縉紳受市鹵之慘。辱士殺士，有如今日。而今熼已死矣，御史林如翥之生尚未保也，皇上如目擊其情，能不惻然念、瞿然動乎？然進此廷杖之説者，必曰『祖制』。不知二正之朝，王振、劉瑾爲之；世廟之時，張孚敬與嚴嵩輩爲之；神廟初年，張居正爲之。奸人有所行其權，唯恐忠臣義士從而掣肘，必借廷杖以快其私，使人主居拒諫之名，己受秉權之實，而仁賢且有抱蔓之形。於是乎爲所欲爲，莫有顧忌，而禍隨移諸國矣。然則廷杖實非祖宗意也。且皇上以人言不足信乎，則天意亦豈無因？前此風霾地震無論已，萬熼之杖也，適與雨雹會。舊六科廊之火也，適與杖御史會。天意即自難明，何其呼吸相應若此？意者臣工之誠不足動主，而天意或有悚惕其間乎！皇上誠念祖宗重器爲宜，凜凜承之，則二百餘年養士之脉，不宜一朝削之。萬熼已死，念其志慮無它，追復前官，仍炤以死勤事例，破格加恩，使遺孤得以扶櫬還鄉，則衈忠之仁、改過之勇，熼死且不朽。自今以往，細繹祖制，勿棄其重大而法其小疵，勿去其懿美而仍其紕跡。臣言官也，人有因言而死，而言官不一剖明之，國家培植士氣有日，豈忍一朝遽奪也。生臣死臣，勿敢計矣！

黄尊素集　文畧卷之二

後學相州許三禮典三撰刻

清景賦并序

戊申秋，郊居無事，紅樹白雲，清景飛來襲人，因念造物無藏，何地不然，在人自取。遂暢而賦之，然政未可爲當場人道也。

縱觀寰區，物各有主，蝸角空馳，蠅頭無幾。亦倏滄而倏桑，將何去而何取？於是思人生有盡，清景無窮，苟雜處塵囂之中，將畢其身而營營。夫清景者，天地不靳與，侯王不司權，素封無從厚積，俠士何所市緣。長享不訕其淫，奢取孰禁其貪？雖巧拙之參差，皆得樂此以終年。若夫家擅名區，地臨絶勝，楚澤吴山，梁園蔣徑，樓倚重霄，湖涵金鏡，飛絶巘而瀑布，出層雲以懸磴，鳥競嚶鳴之響，鹿忻野曠之性，此樂何極，或不能定。至如處岩伏巉，羞稱金谷，有笙有竽，非絲非竹，當晝日而掩關，聽松濤于山麓。鼯鼠來而樹動，苔蘚秀而石緑。臨遠近之谿流，觀魚泳而獸伏。此時静夜，山犬豹聲，攝衣而起，孤影在庭。此景悠然，樂何如勝。若乃僻棲遠村，臥於丘首，流水遶廬，修竹參斗。戴青箬兮披緑簑，雨後犁兮婦饁畝，牛與羊兮下暮山，鶯與燕兮啼春柳。謝漢晉而不知，量陰晴於野叟。見槿籬之宿露，聽村雞之啼酉。忽梧桐之月懸，釀濁醪而在手。此豈彭澤之能專，恍與羲皇而爲友。或乃長橋之畔，太湖之湄，霞光綺散，水色霏微。泛棹中流，則濤白雲連，極目兩涯，則樹密天低。淵客發激楚之謳，遊女歌採蓮之遺。復有成羣鳧鷖，倚岸蘭蓀，柔櫓欸乃，香靄氤氳。此時此景，把臂閒論，誰美貂蟬？洗爾塵坌。或乃幽池舊畦，閒庭小院，有茨可採，有水可灌，窗列入雲之峰，燈穿依水之棟。來遠鳥兮孤枝，盤雲虬兮荒蔓。復有水勢漫漫，石澗濺濺，鴻雁喈喈，芰荷田田，此時花下獨酌，逸興翩躚。至如宅近湫隘，雜居城市，借琴樽以自陶，遠繁華之俗子。入吾室兮風姨，當吾樽兮月姊。流清露於曲欄，舞楊花於素几。此時小軒危坐，金爐夕香，研朱讀《易》，弄管歌商。忽風清于枕簟，見雲起於縹緗，神灑然而獨往，忘身世之何鄉。是以清地不一，清興皆同，清人不數，清景何窮。花鳥春兮池波漲，蘋蓼秋兮桂影紅。火雲獻此夭冶色，寒光合成瓊玉宮。故或入深林而散髮，或踞胡床而嘯遊。蘭亭流曲水之觴，剡谿乘雪夜之舟，皆能共娛情景，不綴瘻疣。其清也，豈在管絃之競、粉黛之浮？居吞雲夢之澤，門迎珠履之流，鬭雞走狗，浮鵠鳴鼉，以爲夷猶者乎！

壯懷賦并序

余幼落拓，不肯斤斤作俗士面孔。長逢數奇，歲月漫滮，壯懷未展。每思往昔豪士，縱神所往，自許必遂。豈有跼蹐藕穴中碌碌此身耶！易水既渺，壯士空歌翔風，唾壺尚在，老馬忍甘伏櫪，因感而賦焉。

渺渺七尺，有軀與質。爲隱爲現，同歸於息。惟神獨往，超世獨立。能汗漫於九垓，兼馳鶩於八極。高欲與鵷鸞比翔，卑亦不與雞鶩争食。憶昔楚有二胥，一覆一復，去時矢盟，別後自剄。或就蘆中而覓津，或赴秦庭而痛哭。途窮而白骨窅，師出而封豕逐。若夫會稽囚臣，伯越亡吴。遊麋鹿兮蘇臺，乘烟浪兮五湖。變鴟夷兮遠遁，笑鐲鏤兮何辜。若乃咸陽鑄金，胡亥踐祚，傭耕養鴻鵠之羽，戍卒築鯨鯢之渡。揭竿斬木，社沈廟墮，長城遂傾，阿房非故。若乃蘇卿漠北，一雁孤飛，聽胡笳而情斷，望隴雲而魄馳。見節旄之盡禿，寧甘心於乳羝。謝朝露之唊言，噏旃雪而何辭。至如寄絲桐江，混跡羊裘，漁唱舟晚，釣石蘆秋。領浦口之風月，辭麟閣之遠猷。星已分於客帝，貴不辨乎王侯。至於祭酒布衣，投筆而起，繫馬於龜兹部下，斬首于烏孫帳裏。諸番匍匐稱壽，都護端居自喜。玉門回轅，定遠開址。或乃少年健兒，別妻從軍，擊楫中流之浪，請纓金馬之門。鳴劒則蛟龍夜吼，展旗則風雲晝屯。乍棄繻而出塞，忽奏凱而銜恩。或乃炤藜書生，生花辭客，歌叢桂于小山，賦長楊于鳷鵲。筆精墨妙，神驚鬼泣。買賦皇宫，藏書石室。或乃成仁志士，報國孤心，舌能罵賊，血可濺襟。嬰城矢石之衝，厲聲劒戟之林。山河震而色慘，風雲蔽而回陰。或有信陵義魄，朱家俠腸，意至鞭石可橋，心許投鼎何傷！符竊而晉鄙椎，髡鉗而亡命藏。卒能脱邯鄲於虎口，守季布於淮陽。自古及今，莫不有落落之豪懷，英英之氣岸，吞河嶽以爲雄，貫星虹而獨燦。若遊魚之逝淵，而犀然莫窺；若鵰鶚之橫空，而風高獨戰。雖刦燼而不灰，至海枯而不變。僕亦壯人，壯懷未隕。木經霜而愈堅，劍礪石而不損。願蹀躞於天衢，乘長風於一瞬。於時揮就鸜鵒，飛動江關；勢驚鉅鹿之軍，氣壯朔方之垣。女媧之石天補，魯陽之戈日還。其溧疾而難禦也，如廣陵之潮；其嶙峋而莫躋也，如峨嵋之山。攜夸父之杖而太陽可逐，乘博望之槎而星漢可攀。南則柱鑄交趾，北則銘勒燕然。爾乃掛梅冠，解疏綬，結茅屋，穿石竇。尋素心之侶，鞭達生之後，相與風清垂釣，雲深採藥，買青山而招隱，覓孤舟而放鶴。晝吟《離騷》之章，夜談《黄庭》之略。訪禪支遁，攜屐康樂，林不厭深，流不厭濁。思羹蓴于千里，問旨酒于下若。目前不必問天，餘生亦已有幾。窮愁是述，陋彼虞卿，孤憤著書，是卑公子。吾黨如可披心，爲道壯懷如此。

自古英雄豪傑、王侯將相、儒生俠客、獨行逸民，或處厄窮，或遘禍患，有人情所最無聊賴，不忍見聞，而總目之爲壯懷。其義蓋取諸《易·大壯》其九四之繇：『貞吉，悔亡。藩決不羸，壯于大輿之輹。』其道如是。真長之賦《壯懷》也，深於《易》者也。司馬相如云：『賦家之心，包括宇宙，總覽人物，斯乃得之於内，不可得而傳。』非真長，孰當此者乎？盛覽聞司馬言，終身不敢言作賦，真知量者也。不佞何人，又何能爲真長贊一詞？大泌山人李維楨跋。

虎丘看月賦

武林有客吴者，適逢八月之望，吴公子邀之操單舸遊虎丘。蓋吴俗玩月，大抵集此也。至則綺羅竿交，笙歌鼎沸，月懸扶桑，煙浮水際。巨艑小艇縱横，若鷗鳧之集。於是携餖飣尊斝，靡薜荔以爲席。有少年持檀板坐生公石，起子夜之吴歌，振激楚之餘風，出潛魚於水底，落山鳥于青松。善洞簫者倚歌而和之，吹幻眇，激壯音，嫋嫋餘響，聞者沾襟，興盡而返水澨。公子曰：『今日之遊樂乎？』客曰：『是何足樂也。』公子曰：『子豈以蘇臺空、西施去，夜月隨煙浪以滔滔，故墟餘蘼蕪以離離哉？ 客亦睹夫勝趣乎？ 蓋聞覽勝者，不遑巨麗以爲觀也；得趣者，不搜奇地以爲歡也。其山不必巃嵸崔巍，嶄巖紆鬱，絶歸雁于碣石，接飛鳥于暘谷。其水不必洶湧滂濞，控清引濁，天吴命儔而嘯侶，鱷魚鋸齒而四足。其林不必棄夸父之策，伏夔魖之怪，擢本千尋，垂條四蓋，猿父哀吟其中，冶鳥焚巢其界。客試畧海島之巨觀，現吾丘之餘態，勃霏叢薄之中，逍遥雲岫之槩。過林莽，背嶔崎，平疇衍漾，孤峰逶迤。周圍一里之内，而名泉怪石、古寺殘碑充牣其間，雖窮搜而尚遺，况復霸國之遺烈，名姬之斷魂，晉人之風流，皆足以醒弔古之心脾。試與子浮彩鷁、掛錦帆，振衣盤虎之巔，濯足劒池之瀾，指點夫差之自用，再見士誠之偷安。而層臺累榭，跨谷彌山，錦瑟歌鐘，漏澈更殘，都已付之斷腸芙蓉，啼眼幽蘭。事無新而不故，人無感而不靈。聽經聲於木杪，掘藥草於寒汀，山山明月，處處秋聲。撫鶴歎息，捫松傷情。吾將邀孫登以長嘯，命王子而吹笙。斯時極人世之繁華，五岳之奇險，未嘗與虎丘有逕庭也。客顧以蟻垤蜂衙視之，滅虎丘之勝趣，何睥睨吾姑蘇之甚乎！』

浙江觀潮賦

吴公子過武林，當八月十八日，油壁接軫，繡韉盈途，員冠峩如，大裙襜如。士女皆觀潮而出，城郭爲之空虚。主人謂公子曰：『此枚乘所謂怪異詭觀也，盍與子偕往乎？』至則錦帳翠幙，山韜路織，歌吹拂天，紅紫錯舄，波影山光，攬雜彩爲一色。其時纖塵不起，水平如鏡，渡頭往來，漁歌答應，車牛方喘於轉轂，畫鷁初閒而下矴。彼江干之士女，既不異鷗雁之翔沙，而衆口之喧囂，又何殊鶩鵞之亂聽。逮至審時定候，日影已斜，遥傳屢起，中心揺揺，恐陽侯之爽信，萬目睽睽，向海門而注視。不戒而孚，聲收息阻，向之喧囂不定者，忽然如含枚而楔齒，雖綷縩之微響，亦澄然其入耳。俄而一線横江，天風颯然，摩娑目睛，指點雲煙，瞻言百里之外，已覺隱隱闐闐。豈擊鼓之動地，或殷雷之在天。方潮之初發也，浩渺之區浮天無岸，蝎淡淡而東來，雖洶洶而弗叛。及其兩山迫脇，沙潬中埠，忽而受於拘束，無所容其浩汗；卒中怒而山立，庶太空之無絆。天蓋撼動而欲移，地輿震盪而似判。吴山越山爲之低昂不已，亦恐其流轉而互换。魚龍失勢，飛鳥驚竄。乃有狡童侲子百十爲伍，絳幘單衣，馳騁波路。持彩旗兮悠颺，潮之神兮來何暮，呈傀儡之妙戲，羌逞能以相妬。耕父來，天吴赴，支祁按節，罔象負羽，孰不爲之膽掉心寒，彼且從容而沿泝。已而潮上漁浦，波澄如故。主人曰：『廣陵之潮，枚乘以「素車白馬」比之，較之吾浙，真不足齒矣！彼弄潮者，亦天下之能事哉！』公子曰：『吁！夫潮者，天地之怒氣也。天地方怒，而以供俳優之戲，是爲樂怒。樂怒與樂哀等也。昔蔡君謨有《戒弄潮文》，子不知之乎？而以風俗之陋者誇於四方也。』主人曰：『否，否。夫論事者考其原，觀今者遡諸古。昔越之敗吴，習流二千人，戈船三百艘。浙江，固習水戰之所也。降而錢王射潮以强弩，此較射於波濤，乃謂致師于水府。彼氣機之翕張，夫誰受其痛苦？投箭笴以三千，不過中流之束楚。逮有宋之南遷也，嘗以兹日水中講武，殿司、臨安、金山、澉浦水軍萬人，巨舶千艫。西興、龍山兩岸如堵。天子大閲，簡别强駑，分爲五陣，中權是主，舞刀握槊，節以金鼓，炮聲滿江，五色齊舉，烟收炮息，其散如雨。凡今之弄潮者，賈勇售藝。兵家規矩，輕性命於鴻毛，故能馮河而暴虎。其亦霸國之餘風，非書生之陳腐，所謂安不忘危，而子乃以俳優侮之耶？』公子語塞而退。

隆萬兩朝列卿記序

江右雷司空，綜核國朝列卿而記之，蓋倣有宋蔡行之幼學《百官公卿表》而作者也。而前有年表，後有行實，則視行之爲加詳焉。司空未嘗月旦雌黄其間，然後之人論其世，指其名而議之曰：『某也忠，某也詐，某也直，某也曲。』如司馬涑水所言，固不可掩。即見其名，而不知爲忠爲許，爲直爲曲，而巍然居於高位，其姓氏已爲蟲鼠啗盡，不問而可知其爲鄙夫矣。隆萬以來，大化融洽，名碩鱗次，上之擢一卿貳，旁搜博訪，淘以泥沙，薦之宗廟，得備員九列者，皆霜霰之餘耳。顧令姓氏爵里，當我世而失之，起司空於九原，在所必補。余因檄取南北部院寺司巡撫題名碑記彙緝之，一時川貢岳緜宛然指掌，煌煌兩朝大觀也哉。徘徊上下五十餘禩，中外綏静，不波不燧，輔沖育德，止戈樹本，其中緊浪横鯨、深箐狂象、礦奄□市〔一〕，天下亦多事矣。國家元氣雖削，膚革猶然充盈也。野老之含哺得如故時，雖聖天子寵靈實式憑之，不可謂非列卿股肱力也。夫梁、竇持阿而炎祚燼，王、吕變法而趙室頽，不知列卿之力，視其中外綏静，不波不燧者是矣。雖然，國家玄黄之戰，亦未有甚於兩朝者也。高中玄與徐少湖、趙大洲相扼，張太岳復與中玄相扼。是時嗣相位者，必反前人之政，進其所忌，退其所暱，此一變也。前相用廷杖鉗天下口，被杖者卒成名申、王繼起，轉相擁護，久而不敗，議者比之傳鉢沙門。士，乘間蹈隙，遂起爲難。申、王去廷杖，凡得罪者，謂之欽降官員，終身不敘，遂皆老死不振，又一變也。申以柔緩，王以剛躁，有勝有不勝。四明則剛狼、陰騺雙行，而以内批墨勑佐之，又一變也。嗟乎！公卿之位所以待天下之賢者，而天下往往不顧廉耻以殉公卿，雲烟過眼，紙上之好醜不能磨滅，亦可以憬然而思矣。今也拔茅變爲轉石，岳牧臥於丘園，闒茸爲空，不特聖世無可勒之績，弁無可列之官，至使天子厭薄公卿如此，是誰之過與？

校勘記

〔一〕『奄』後，底本塗黑一字。

送王清川守臨安序

從來論治理者，謂中原易而遠方難，近之可憂，未若遠之可憂也。余以爲天下之盛衰不外在四裔，而在士大夫之心術。士大夫之心術光明俊偉，無論内外，必能出其所有以震盪人之耳目，其心術苟曖昧機詐，則無所往而不爲亂階。清川王公同知寧國府事，移守臨安，惜其去者，以宛陵爲三輔之郡，滇則蒙氏段氏之餘土，雖在職方，猶鄙夷其人民，而不以中國之治治之。以公之才而鬱鬱適兹土，抱牢騷之氣以當盤錯之交，未必能立業如宛上矣。余曰：爲此言者，其未知道乎！夫宛固多事地也，其里之士紳私築營壘，好以意旨授人令。守令以意暱就我，而我無迹。其博士弟子罔上行私，背公死黨，互爲搆鬬其間，而權謀倏忽，莫可測詰。其山谷之民走訟如鶩，宛轉守土之吏於掌上，羽毛疻痏，惟意命之。以故前後官此者，芒刃一失，墮落萬仞。矯之以强項，則飛章巷議，皆能熒惑大吏之視聽。公坦坦行之，本之以至誠，漸之以禮教。撞其機牙，不爲利回，不爲害奪，猶青天白日，鬼魅無所容其伎倆也。公之治宛如此。滇俗敦龐，雖有嘯聚，無此難破之營壘也；雖有蠢動，無此變幻之權謀也；雖有案牘，無此險健之積習也。然而干戈相尋，蔓引荼毒，下竭生民之膏血，上貽廷議之軫憂者，大抵天曹注官遠方之吏，每以中土之下考者充之，非闒茸無能之輩，則躁急喜事之人。闒茸者養亂，而躁急者喜亂，乘艸摇風動之時，行其押闔縱横之術。余觀近時之紀功績者，玄菟、雁門之間，未聞有犁庭槀街之舉：而炎徼右江，焚巢喋血，首功動輒以萬計。豈非以猺蠻愚而易欺，遂盡掩其羣，狼籍性命，博一時之富貴，可謂不仁之甚者矣！然則亂四裔者，非四裔，仍是中土之人從而亂之也。故谷永守鬱林而烏滸内屬，李靖撫嶺南而遠夷悦服，沐寧王鎮雲南而滇酋安堵，黄忠宣治安南而交人不忍遽叛。公老成練事，其視縱横子直奴僕耳。以治宛之心治滇，而不足以立業，將謂四君子者，非耶！

徐虞求時文序

陶弘景之言曰：「吾見朱門廣厦，雖識其華樂，而無欲往之心；望高巖、瞰大澤，雖知難立，直欲就之。」余自束髮操槧，每覩濃妝艷抹之章撮標擅勝，明知其逢年最易，而見欲嘔之，下筆亦不屑就之。夫唯鍾性靈婉，出之如閒雲止水，深之若絶壑危峰，自度思維不到，而欣然會心。蓋余性拙絶，迨至無技不變，無往不窮，不得不出就近可喜之途以逢人，而要吾此中厭朱門廣厦、喜高巖大澤之心，未嘗變也。虞求自言生平諸趣備嘗，頗與余似。顧其文，大都可以累心處俱盡，湛想遊神，自見性真。求其就近可喜之途，無有也。於呼！高髻廣眉，悦時則已。虞求無逢世之心，而必守吾生平所獨得，其亦異乎人之所求矣！雖然，科舉之學有伐山者，有伐材者。伐材者已成之柱，遷彼就此而已；伐山則蒐山開荒，非崇崗絶箐人跡不到之地，不可得也。天之生材有限，使數百年來之士子盡皆伐山，則山童而地滌矣。彼已伐之材，今日用之，明日復可用之。古今有無盡之宫室，要不出此尋丈之蠹朽，亦何怪天下之日趨於濃妝艷抹乎！天下雖日趨於彼，亦不能禁天下之爲伐山者。伐山所成之宫室，其良楛與伐材何啻千百，世人既不能辨，以其爲宫室而已，亦未嘗曠之而弗居也。斯世之遇合何常，第不以性情殉遇合。此吾喟然而歎虞求之不可及耳！

兩遊剡湖記

吾郡剡爲剩縣，唐詩『爲愛名山入剡中』者，此也。吾邑之東南有剡湖，謝文正公云：『邑治之東南曰通得鄉，迤邐而上，大山之麓，環拱周匝，溪流汩汩有聲，下通於江。山水所滙渟而爲湖，人以其景物之勝，擬諸剡溪而名之。』蓋文正嘗讀書於此，故得而記之也。癸丑歲，余與象衡、元素沿溪而往。至嶴口，居民數百家；南行里許，折而西，小橋流水。拾階登山，其阿爲化安寺，荒址依然，青艸芊芊。童子指點山門、方丈禪堂故處，而清磬疎鐘，窈乎不可聞矣。箕踞松下，漱石徵詩，劇飲而歸。月印前溪，狂歌溢發，以爲剡湖之勝盡矣！後余復至剡，徘徊其間。遥見樵人度嶺，跡之，忽闢，一高下原隰，兩山夾出，有山家鷄犬鳴噑叢薄。樵叟曰：此石湫也。余攝衣更進，峯巒忽絶，陡出奇巖，石壁嶙峋插空，攫虬踞虎者，未必在贊皇、奇章所品之下。壁下溪流湯湯，澄泓徹底；上有奇鬼趨而搏人，急足避之，審視方知亦石也。又進數武，幽壑盤松，濤聲驟起，山鳥鳴其顛，似嘲似傲，呑化安荒址者，奚啻八九，恨不得使象衡、元素一見之也。夫四明山二百八十峰，東連勾章，西帶始寧，南接天台，北包翠竭。中峰最高上有四穴，若開户牖，以通日月之光，故號四明洞天。所謂剡湖之山，不過四明北面七十峰之一耳。計此二百八十峰者，峰峰各有其勝，一峰尚待今日，餘峰未知更待何日乎！四明之在域中，猶然十岳中之撮土耳。司馬遷始江淮，卒事梁宋，踪跡殆半天下。余家四明，尚且有待，況於天下名山之廣乎！以此知人之學問未有窮盡，士希賢，賢希聖，聖希天。不可少有所見，便嗷然而自足也。

百雲山鳳鳴洞記

古虞有鳳鳴洞，在百雲深處。其山據邑城之南，洞祀真人像，設爲女冠。科舉之士，於冬至咸宿祠中，夢卜多有靈驗。癸丑歲，余與鄭奉莪、家元素往。五月之望，自黄竹浦登舟，梅雨連旬，山色蒙晦。至是微月，江濤如練。忽而長飈驟起，澎湃發於水上，舟行甚駛。遲明登陸，竝山之麓，流泉奇石，青林文蓧，百羽啁啾其間。石磴曲折，南行徑窮無路，突然層巒複澗，迷亂不知處所。始歎靈境非仙真莫可當之。菴故址在山阿，僧悟定移建於上。棟宇粗備，牆堵大立。從方丈左旋數武爲鳳鳴洞，雙峽陡開，峭壁嶙峋插天，其中谺然窈窕如室，闊三丈餘，深十餘丈。上之闊，視下損三之二，其頂穿。仰而見如冰裂者，天光也。裂處有危石，圓而傾，僅而未墮。又有古木扶疎，似荇藻凝結冰中。瀑水數十丈，瀉於室中之奥，而雨絲、冰雹遠射室口，聲如崩雷，惡浪驚人心目，不特其景過清而已也。相傳有真人吹簫而下，其音若鳳鳴，此洞爲鍊丹處矣。真人姓名不可考。按《神仙傳》曰：『魏伯陽與弟子入山鍊丹，丹成，伯陽與一弟子服之，入口即死。其二弟子不服，出山，伯陽及死弟子即起而去。附書伐薪人，寄謝二弟子。二弟子見書，始大懊惱。』所謂入山者，即此山也。像之爲女冠，亦是杜十姨之訛。莊周之『綽約若處子』，豈真處子耶！夫真人處倒景之上，其視人世之富貴，無異塵垢著體；塲屋之一得一失，蟲肝鼠臂，何所輕重。而乃屑屑較之，示人於隙馬風燈，傲爲先覺乎！噫！吾知之矣，天下之人愛惡攻取，填其靈舍，故糠粃能易四方之位。心如太虛，太虛中爲塵幾何？蓋不俟算數，而得了然。真人唯無所知，故爲欲知者之所求也。是以鏡無妍媸之相，而人之妍媸見於鏡中；水無星月之形，而天之星月涵於水底，亦若是而已矣。

書宛上事

宛固積悍地也，其人權謀錯出，陵弱暴寡，視爲故常。守令俛首從之，得無事；稍欲自立，輙罷去。問諸父老及博士弟子，皆云此風二十年間成之，有巨公實作俑。云同時劉氏者，登戊戌第。其先世濟惡，父以一日殺太平夫婦三人繫獄，子登第得脱。劉買故銀臺宅，在府治南，嵬峩岌嶫，壯麗擬於王居。銀臺初以巨萬搆之，數現怪物，至孫而落魄。劉掩之，不過三千緡。入門以後，亦不安厥居，又無嗣。術家相之曰：『此龍吟虎嘯地也，非擊鐘鼎食、僮客如雲，則人爲土木所勝。』劉以其言爲然。戊午從上江道罷秩，即畜僕從數百人，養陸博酒徒數十輩，田宅之美者、子女之少者，皆鈎致之，以罄其所有。或把其陰事，或因其怨家名謂投獻，以是膏腴奄半國中。民間百金中産，無不失業，訴於道府，置不爲理。民汪秀聘王天爵之女，頗有姿色，隨母游於劉園。劉竊窺而艷之，遂不得出。徽人朱醫遇大婚，訛傳官選處女，携女避東溪橋。有偵諸劉者，晚即竄歸其第。劉以無子，漁色，稍失意者，降爲竈奴、汲婦，其怨恨而死者，蓋累累也。魏生有養女，貌寢。偵者誤以色聞，劉必得之。生不可，驅蒼頭十餘毁其門。不得已，獻之。及至，果寢也。未幾，以失物受笞而斃。張應麒以牙儈起家千金，劉造奴券以誣之，没入其財。劉自置私獄，受訟搒掠，一如有司。其號呼宛轉之聲，無日無之。余理宛五年，得諸見聞。然以大吏不言，守令不言，理官自可姑息。辛酉冬，兼攝郡邑事。凡號泣於庭，求死不得者，爲劉也；凡奔竄於市，破巢毁卵者，爲劉也。宣之民目慴心悸，鳥驚魚散。不得已，間拘一二鞫之，扑其助虐數人〔二〕，桁楊於市。爲書諭曰：『足下僮客猥雜，姦利事益多，僕不欲窮竟損足下名。足下其自愛。』壬戌二月，余坐聽事，胥吏奔告劉遣手力鎖吏去。余不信，告者三至，余親詣其第。鎖者及門，乃命脱吏鎖以鎖其奴，笞之下獄。郡之破家失業、深怨積怒於劉者，一時麇至而頌寃，庭無餘地，余慰藉而遣之。是夜，劉氏火，則焚其所置私獄也。已又遷其資重，不測所謂，越三晝夜火大作，所謂嵬峩岌嶪，壯麗擬於王居者，忽爲煨燼。陳别駕往救，隣人袖手而觀曰：『自焚之，而人救之乎？』蓋劉欲以此陷余也。或曰：其弟利兄之財，欲因亂以掩之，創此謀耳。劉旋悔其計失，亦無及矣。當是時，劉出間金，飛章南北，以致難於余。江右易白樓方按兹土，核其狀，具疏題請戍其奴二人，配其黨十餘人。值余考選北渡，采石郡民沿途號呼，而送者數萬人，至滁陽不絶。掌院南皋鄒公見劉氏飛章，歎曰：『黄君利刃以齒腐朽，其風裁何必減范孟博哉！吾臺中不可無此人物。』其見知以此。次年九月，宣州施運官謁余洳河舟中，復談往事，而言劉氏焚餘尚留兩廡，今七月又爲雷火所盡。噫，不祥之物，天人共棄焉！夫士大夫居鄉，猶然鄉之人耳，未聞鄉大夫而枷鎖牢獄，一以郡縣法行之，未聞鄉之人而姻婭、甥舅，一以齊民視之。以余所見宛宦行事如此，而守土者日戴進賢，擁法堂，視斯民如芻狗，忍哉？百學問宛人，劉宦名沖斗。

校勘記

〔一〕此處『扑』字，底本作『朴』，據文意及核對年譜『天啟元年辛酉公三十八歲』一節，改。

病中偶記

在長安時，從車轍馬蹄討生活，日上呼輿而出，填巷穿街，塵土撲面。所會之客不過二三，未經交臂，黽勉折節。性不慣作寒温語，相對瀝瀝汗下。歸來方欲解襟一飯，而無情客子投謁，語恒刺刺。薄暮宴會逼人，餖飣殘瀋，不得不以匕箸俛仰其間。荏苒過隙，考績茫然，問前輩曰：『我何事？』渠笑應曰：『拜客宴會，是亦爲政。』噫，設官如此已乎！嘗觀三楊諸公，每於朝退，聯騎出遊，適意於曠閒蕭散之地，此唱彼和，動盈卷軸。降而七子，曹務之餘，相劘切以爲古文詞。余方歎諸公遭此盛時，周旋官業，不爲四海治安之計，徒以溢言曼辭相爲夸大，豈知今日每況愈下，但資謿笑柔色而已也。年來世局日紛，人情漸異，凡耳目睹記者，皆不忍見聞之事，翻手覆手，相攻相感，殆無虛晷。士大夫一入春明門，其行事、心術便異。鬼谷之書，自然符契，彼逐逐應酬，不身爲戎首厲階者，已是盛時人物，恐不載胥及溺不止也。甲子端陽後，以頭風舊恙杜門十餘日，中櫛不御，庭無雜客。稍理殘書，倦則布席箕踞，合眼澄心，耳邊盡謝餘事，真如拔宅火坑中。未知較盛時諸公何如也。

黄尊素集　文畧卷之三

後學相州許三禮典三撰刻

宋科目考

本朝取士之法，大畧依倣宋制，然其間有不同者，而小小節目不與焉。今天下取士，悉由學校升貢；宋則科舉，學校絶不相關。每秋賦，自縣令佐察行義保任之，上於州，州長貳復審察得實，即入試院，其士子未嘗繫名學校。其後三舍法行，是學校之科舉，其不由學校而爲科舉者如故也。今三年鄉試，一省彙所屬郡邑而試之；宋則諸州各自爲試，各自發解，與路分無與。唯有官鏁廳應舉者及避嫌遠鄉之人，試於轉運司，反謂之别頭試。今士人一經鄉舉，則當會試之期，徑偕計吏不復取解；宋則有恩例始得免解，或減一舉而已。其下第進士雖曾中省試即今會試，來科仍復解試，中格，然後得上省試也。今殿試，不過名次升降，無有黜落。宋初於御試特重，苟不中格，則省試皆虚也。所謂特奏名者，凡士貢於鄉而屢絀於禮部，或御試所不録者，積前後舉數，參其年而差等之。遇親策士徑許附試，其薦舉者不試於州郡，惟試禮部，不中，亦許赴御試。故有免解免省之條。今必層累而上，更無越次而舉者。宋必賜出身，然後注官；今則一經解牒，便可釋褐州縣。宋之御試第一人，不過僉書判官，第六人以下，司户簿尉而已。今則第一甲三人，即爲清要官，最下者，亦不失守令。總而論之，宋之出身易而入官難，今之出身難而入官易。出身難，故多枉才；入官易，故多敗類。此本朝之人物所以遠不及於宋也。至於科塲之弊，亦畧相同，有傳義，有換卷，有易號，有卷子出外，有謄録滅裂而取解之試，有一人而趂數州者，有一人而納二三卷者。今唯童子試有之，解試之所無也。然此之爲弊也小，其率天下而歸大弊者，在主司去留止以初塲，餘束不觀，出題强裂句讀，離絶旨意，春秋越年牽合；在士子專讀時義，一題之文，必有坊刻，稍换首尾，强半雷同。雷同之中，有得有失，不可程準。至使天下盡出於空疎不學，不知經史爲何物。是科舉爲敗壞人才之具，則相望數百年間，如一轍也。

宋賦考

本朝賦法，其類有五：曰民田，曰官田，曰宅税、地税，曰丁口，曰雜賦，與宋不甚相遠。而有宋額外之徵，其爲民害者有三：和買也，折帛也，經、總制錢也。太宗時，三司判官馬元方建言：『方春時之絶，預給官錢貸民，至夏、秋、冬輸絹於官，名曰和買。』然行之，或一郡一邑一歲而已。熙寧新法之行，遂施之天下。後來錢既不支，所買之額不除，遂以等户資産、物力爲科配，使與夏税竝輸。此『和買』之害也。『折帛』之始以兵興，帛價至十餘千，朝廷又方乏用，於是計臣創爲『折帛』：夏税每紬一疋，折納一丈三尺三寸，凡納紬一疋，以一丈三尺三寸折錢，餘納本色。綿一兩，折納五錢，一半折錢，一半本色。丁鹽稅絹一疋，折納八尺，和買一疋，折納一丈，兩項與夏稅異。其折法，每疋七貫文，和買減五百文，綿每兩并耗折四百六十文。一時民以爲便。其後帛價已平，而民之所納折帛錢三倍於本色。此『折帛』之害也。宣和末東南用兵，嘗設經制司。陳亨伯以發運爲其使，於是添酒錢，添賣糟錢，典賣田宅增牙稅錢，官員等請給頭子錢，樓店務增三分房錢。歛之甚細，而積之甚衆，名『經制錢』。建炎後，踵而行之。紹興五年，參政孟庾提領措置財用，以總制司爲名，又因經制之額增折而爲『總制錢』。先是正錢一貫，收頭子錢一十五文，并直達綱頭子錢一十五文；既而增收頭子錢一十三文，凡四十三文。以二十八文五釐爲經制錢，七文爲總制錢，五文五分爲移用錢，一文九分五釐爲州公使錢，五分爲提刑司公使錢。乾道中，又增頭子錢一十三文，皆入總制。此『經、總制錢』之害也。韓世忠駐軍建康，漕臣以上供經制及漕司移用等錢供億，名『月樁錢』，爲江東、西之害。軍興後，輸米交錢帛皆增羨耗，胥吏貯銀、失主故物、亡僧絶户、逃産廢田，一切没入，名『板帳錢』。爲浙閩之害，皆一時苟且之政。錢名雖异，其實皆『經、總制』也。此宋賦之大畧。雖然，宋之二稅皆輸本色，本朝悉以金折之，其害更甚於宋矣！

荆卿論

燕市號多節俠之士，而荆卿以擊劍聞。議者謂劒術之疎，非聶政匹也。夫劒術無論已，士惟取其氣節足以籠蓋一世，其精神足以貫塞宇宙，則事之成敗、謀之工拙，不足瑣瑣者。如欲以成敗、工拙論人，則是曲逆賢於武侯，子西賢於鄭國氏，曹沫賢於豫讓，而李斯、蒙恬之輩，得與尚父、周旦挈長而較短也。夫天之所歸，雖中才能集丕赫之謨；而天之所壞，雖上聖不能回已衰之運。吾是知事之不成，不足以辱荆卿也。蓋彊秦之威，六國所望而振恐焉者。荆卿以狗屠之輩，入不測之彊秦，舉六國不能得之秦者，而荆卿欲得之始皇。即其慷慨自任之處，氣魄已有大過人者。觀其悲歌羽徵於易水之時，談笑舞陽於圖窮之會，而箕踞嫚罵於被創倚柱之際，明以一死等之鴻毛，而以成敗付之天心。偉哉荆卿！直令人生色於千秋而唏嘘欲絶也。故事或幸而就，特可以報燕丹而不足重荆卿，不幸而不就，亦可以盟寸心而不足損荆卿。吾況是時荆卿雖死，祖龍之魄亦足驚褫，函關之人亦爲股慄，而六國未始不爲之一吐氣矣！不嘗推秦之亡而論之，博浪之椎，荆卿之匕首致之也；勝廣之鉏耰棘矜，博浪之椎致之也。不然，舉六國之所逡巡畏却者，而隴畝之傭，敢以一夫而掉臂呼乎？令卿有知，見夫望夷之戮、鉅鹿之兵、子嬰之誅，與夫驪山之暴骨、咸陽三月之灰燼，當何如含笑九原也。雖然，卿亦狗屠耳，何足齒數，特以士有氣節精誠，而不在乎事之成否也，故特表而出之。

藺相如完璧論〔一〕

信義可以服人，而險詐難以倖成。夫行不測之途而冀以自全，此匹夫之事也；受小人之詐而復能曲貸之，此明主之所難也。昔藺相如持璧使秦，見秦無意償城，遂使間道歸璧。此以匹夫之事而趙爲之，以明主之所難，而秦王能爲之也。當相如之持璧睨柱之時，王固爲璧計，及其許之齋戒，而舍相如於傳舍，亦遊釜之魚耳。秦之必欲得璧，獨不能使左右竊窺之乎？若竊窺而途執其夫，璧將焉往？而相如亦何辭？即幸出矣，而秦法最嚴函谷之關，使者安能以徑道亡？而相如亦安能必其不敗乎！即幸完歸趙矣，他日九賓空設於廷，而和璧不在於懷，使秦王逞其暴怒，相如固不足惜，獨不能以一旅之師問矯誣之罪乎？夫不與璧，伐也，曲在秦；與之，而還弄秦王於股掌，曲在趙。不顧彊秦之威，而居己於曲，是嬰兒之智也。不思國之大計而以身爲嘗，是挈瓶之守也。蓋秦猶虎也，委肉於虎口而復攘之，是豈虎之罪乎？然則與之否？曰與璧而可全趙，趙又何愛於瓦礫，與之可也。如力能却之，則曰明主不愛玩好，獻璧而天王以賄聞，不敢也。既不能却又不忍與，則遣一介之使至於秦廷，曰秦大國也，恐欺趙。秦何不先予城，趙焉敢以一璧之故逆彊秦之驩乎？如此則與之得也，不與亦得也。趙王昧之，相如不能進之，并平原家客亦無有畫此謀者乎？然則相如之失計不在完璧之時，而在奉使之初也。此一役也，以匹夫之事而趙爲之，以明主之所難而秦爲之，秦可以伯。

校勘記

〔一〕底本原題爲『完璧論』，據目録改。

汪文言傳

汪文言，字士克，徽州人也。初名守泰，爲人任智數，能測人於容動色理氣意之間。少嘗推擇爲吏，非其好也。同邑黄黄石以貲郎建言有重名，識文言於闒茸之中。又因黄石以交金沙于中甫。中甫主持東林壇坫，爲邪人所側目。文言由此知朝廷之上某某者爲正人，某某者爲邪人。尋中甫遣之入京，與一僧俱。文言以僧不足共事，謝齋糧不受，乃單身以去。時萬曆癸丑、甲寅間，正人漸被排擊，日以銷爍。文言遊諸賢豪間，恂恂若無所知者。躡足孱語，時見端緒。察奄寺中有東宫伴讀王安，乃心儲貳，且端謹知書，謂其可以濟國事，遂傾心納交焉。相與談世事之得失，辯人才之邪正，安聽之，亹亹不怠。至丙辰、丁巳，正人一掃盡矣，而局中諸大有力者，亦漸相攜貳。文言策之曰：『浙人者，主兵也，齊楚者，客兵也。成功之後，主欲逐客矣。然柄素在客，未易逐，此可搆也。』遂多方設奇用間，離之合之，喜之怒之，沉之潦之。逮後，齊浙果大搆，卒以兩敗，而楚遂歸正。蓋安之謀居多，其奔走先後以卒成之者，文言也。庚申歲，顯皇帝崩，兩朝宫府之難，維持調護，外則徹税奄，發内帑，起用諸賢，一切善政，安與南昌同心共濟。文言居中，通彼我之懷，時正人頌其功不啻口，嫉之者日以益衆。客、魏既殺王安，邵輔忠承風旨，參革文言監生，出京，尋有旨逮之，下法司，得末減。文言益遊公卿間，門外之轍愈衆。福清題授内閣中書，一時正人蒲州、高邑、應山、桐城、嘉善，俱延之入幕。甲子四月，阮大鋮與桐城、嘉善有隙，而給事中傅櫆以兄弟稱於傅應星、傅繼教間。繼教奄人，應星則魏忠賢之養子也。大鋮主謀，櫆出疏，言桐城、嘉善引文言爲腹心，壞朝政。遂下文言鎮撫司獄，忠賢必欲殺之。余與金吾頗善，嘉善書片紙示余：『事急矣，勿殺義士。』余因謂金吾曰：『文言不足惜，使縉紳之禍由文言，不可。』蓋余未嘗與文言交也，讞辭卒無所坐，中旨廷杖之而已。亡何局大變，劾文言者疏數十。又復逮，幽囚考掠，五毒參至，卒不誣正人一言。文言楚痛中張眼視主者，大聲曰：『汝勿得妄書招辭，吾後當與諸人面質。』斯言出而文言遂不起矣。爲説者曰：本朝人主見士大夫之日少，太阿之柄，盡歸奄宦。故外庭之大聲疾呼，不足當奧窔之顰笑，君子避交結近寺之名，則奄宦爲邪人之所窟穴，由來然矣。然楊邃菴以之除劉瑾，王文成以之定濠難，亦視用之何如耳。梁汝元因藍道行而去嚴嵩，邵樗朽因陳洪而起新鄭，及文言，皆以布衣操縱天下。賈子曰：『列士狥名，夸者死權。』其斯之謂與！

止阮大鋮禍始書

及門者再，每值大老車騎，輒悵然而返。弟非留兄之客，亦無留兄之舌，只爲世道緊關轉鞬此日，把住亦此日，故不得不爲痛苦流涕之談。自政府傳受衣鉢以來，玄黄之戰日無停晷，勝者常在小人，負者常在君子。然其神叢止在政府，君子猶得以口舌之力，撑持於急流。故當浙、齊、楚三方合縱之時，一朝而遂可解散。今衆正盈朝，政府之窟穴一空，可謂君子得志之秋矣。彼小人者所處愈危，則所謀愈工，所憑之神叢愈險，墨勑糾封，取之如寄。二三醜類方借此以鳴得意，其發端，非一事矣。且所謂神叢者，内難初定，求助外庭，亟欲人心豫附，羽毛豐滿。以爲惡言不入之計，蓋未有兩相求而不合者。雖然，亦視君子之舉動何如耳。吾無可乘之隙，則同舟可以共濟；苟有可乘之隙，則胡越起於轂下，而羌夷接軫矣。范文子曰：『能内睦而後圖外，不睦内而圖外，必有内争。』自兄之長吏垣也，邀弟與魏廓園、章魯齋、陳岵月四人瀝酒指天，誓同肝膈。酒未寒而終養之疏已出矣，於是疑者四起，謂兄與同事諸君子不合，借一去以發難端。夫古之君子，其議論亦多不合，其意見亦各有偏，非無私憾也。念及國家之故，則不得不隱忍以相成耳。兄生平自許如何，豈遂逞於一激，不顧國家而唯私憾之是釋乎？何疑者之薄待兄也！然旁觀之小人，已忻忻而相告曰：『彼有隙之可乘矣。』艸摇風動，百毒齊起，則所以中兄之心者，亦無所不至。譬如畫龍已成，待兄而點睛也。兄亦念此番決裂天下，尚得享承平之福乎？此時兄即在山林，亦當出而匍匐救之，賈偉節西行以解禍是也。況乎以身爲疑府，以身爲事始，貽小人之口實，開君子之釁鬥。元祐、熙、豐，不知將居何等耶！若爲一身計功名，爲功名酌去留，猶落二義，不敢以入兄之耳矣！

止魏廓園抄參卹典書

今早會李次見，知貴垣欲抄參南宗伯一事。年兄屹然持正，起九原而斧鉞之，豈不爲國法凜凜。但弟以世俗之見，兼參以吾黨之同，則敢効悃欵，可乎？夫吾黨氣脉，全藉年兄樞筦其間。今顧天下大勢十去五六，豫章以二三跳樑，業已決歸，山右意見近多齟齬。而執牛耳者，且日從而睥睨之。此二西到底決不肯降心，定有一番變動，所恃關中首尾照應，稍有聯絡。而司馬門一閉，人心已摇動矣。今復欲抄參宗伯，安能使若輩安枕？是一鬨而散之局也。年兄在禮垣時，曾執大義抄參兩卹典，人心至今嘆服。然章魯齋之中變，却爲劉石間一焜不平，而王立宇象恒之事，至今葛藤未了。况兩公不過以大義裁抑，原未説壞人品。今若抄參宗伯，則和盤托出，生平盡現，豈止兩撫之不得卹典已哉！將關陝之人情，豈止魯齋之中變與關上之葛藤已哉！弟知年兄所持者法，豈暇照管人情。然人情亦有天理處，譬諸人之勁力不仆，骨也；朝夕相與，面也。有骨無面，天下豈有此等形骸？亦骨肉停勺之爲人而已矣！年兄日以收拾人望，聯絡吾黨，爲世道第一緊關。今以臭味之得力者，一朝涣散，願熟籌之也。人情每從不足處調停，進言者亦從其不足而規益之。年兄正色立朝，丰骨挺挺，其不足者，非正直嚴毅也。弟與年兄肺肝相照，休戚相關，敢爲効其苦口，幸勿鄙夷之。

答堂翁楊大洪問去留書

前日進見，某進言於堂翁，以爲在今堂翁唯有一去。堂翁躊躇未決，又復令李道長仲達過某以決之。從來奄宦之禍，小臣擊之，其害止於一身；大臣擊之，其害及於天下。彼以小臣無所輕重，故其致怨也淺。漢唐以來，朱穆、李渤、范祖禹之屬，論奄人者累累，往往無事。若爲大臣之所不容，彼誠知犯天下之怒，計畫無復之，則必逞於一決。此實何以至王涯蹀血禁庭，每相望也。然大臣擊之不勝而身退，其禍緩；不勝而身不退，其禍亟。彼既仇大臣，則勢不兩立，視大臣之進退，即其身之安危。故其謀亦有緩急。蕭望之之自殺，身不退也；韓文禍止落職，繇身退也。今堂翁倡舉朝之人而擊之，既不勝矣，而且杖萬郎中、杖林御史，以示太阿之在握，其勢駸駸乎不止也。堂翁能以一掌堙江河之下乎？堂翁曰：『除吾一身，生死成敗莫要照管，如死而有益，亦是不妨。』皇天后土，實聞斯言。然以道事君，不可則止，孔氏家法，本是平常。身名俱全者，上也；身死名存者，次也。當此之時，有一毫畏死之心固爲非道，即有一毫求死之心，亦爲非道。君子不顧成敗，未有不顧出處者也。且今之時勢亦與往事不同，既無文宗之密詔，又無邃菴之内應，徒仗單言正色以回天聽。而力已敗於魯縞，總使在朝，更復何益。然堂翁之所以徘徊兩岐者，無乃爲同志之牽挽乎！其間亦有二端：一則不着痛癢，猶是承平熟套，言進而不言退者也；一則以玄黄勝負未分，尚欲秣馬厲兵，賈勇恃衆，豈肯聽堂翁之去，自仆旗鼓。是故堂翁去留當決諸己，若與人議之，必不以去之一言進也。某之所見如此，不敢不詳。

止魏廓園劾魏廣微廟享不至書

昨年兄月下見過，以南樂廟享偃蹇，將出疏糾之。弟勸年兄尚須再思，年兄不以爲然。夜來輾轉不寐，有不得不言者。夫君子小人之品，判若黑白；君子小人之名，淆若朱紫。其淆也，能致天下之亂；其判也，亦能致天下之亂。廟堂之上，君子指小人爲小人，小人亦指君子爲小人。人主無知人之明，使君子、小人竝進，究則進者，唯小人而已。小人進而天下有不亂乎？小人雖與小人爲朋，亦未嘗不欲與君子爲朋。小人但惡其礙己者，亦未嘗以其爲君子而惡之，以其爲小人而好之。而以小人之名顯也，勢窮理極，爲君子之所不容。彼始不暇避小人之名，國狗之瘈，無不噬也，而君子之禍烈矣。爲君子者，亦量其力之可以有爲，彼有可決之勢，則正名以告天下，而小人危。若小人之勢焰方張，君子之營壘不固，則君子、小人之名無徒過爲分別，使小人各懷廉耻之心，其禍可以少衰，所謂抽薪以止沸也。南樂以奄人之力入相，惴惴唯恐人知，居恒猶以故人子事高邑，此小人之包羞者也。吾黨目下事勢土崩瓦解，大禍且在旦夕，亦無少衰其勢。奄人即欲有所發舒，外庭猶得以名義一線，支持其既倒之狂瀾。一經論列，則南樂之羞不復可包，使其顯顯與君子爲難。彼依艸附木之精魂，不戒而孚，皆公然爲青天白日之魑魅矣。在昔劉瑾之亂，成於焦芳，今二魏之交過於劉、焦，吾輩其何所稅駕也。年兄以爲進不能濟國是，退亦不失爲名節，亦思李固機失謀乖，猶遺梁冀書，望其復濟。君子社稷之念，重於名節耳。年兄其細思之！

魏忠節卒劾之，廣微遂將《縉紳便覽》於姓名上重者三點，次者二點，又次一點，約六七十員，目爲邪黨。又手書所欲大用之人五六十員，各加三圈、二圈有差。目爲正人，密付逆奄，逆奄一一依行。此見《酌中志畧》。向若忠節從先忠端公之言，天下之禍不如是之烈也。莫謂秦無人，吾謀適不用耳。千古一轍，讀之祇增流涕。

與李仲達書

捧讀來書，依然都門促膝話言，而光景非昨矣。時事至此，每閲一邸報，如撰一《新樂府》，出出變換，曲曲動人，而要皆想中可摸索者。然想或至之，而口不敢言之，筆亦不忍書之。回想我兩人心事，絶無興戎，亦無佐鬭。諸君子苟聽我兩人之言，必不決裂至此，所謂賜不幸言而中耳。試觀宋時，有元祐之君子，便有熙、豐之小人，隨以有靖康之□□〔一〕。今元祐、熙、豐種種合符，若禍止見於吾輩，而國家猶是恬然，生民猶是乂然，吾輩不惜以其身爲蓐薦，使人寢處其上，溲溺之，垢穢之。但從古未有仁賢云亡，而邦家不殄瘁者。節甫莽懿，戎馬黨錮，合併一時，言念至此，雖欲乞靈猿鶴，埋名傭保，其可得乎？弟自邀差出都，放下擔子，便覺耳目肺腸皆爲我有。曹瘋子一疏，彼之所謂走犬，我之所謂恩人。若此時飄摇仕路，無論夢魂驚悸，天下以我輩爲何如人？且幸與仁兄聯席，似深知我兩人臭味者。唯是在鄉亂鄉，在國亂國，在天下，亂天下，庶幾曹孟德足以當之。吾輩不情之譽，自愧良多。近報三君子駢死獄中，『莫須有』一案，竟殺天下忠臣義士，若魏廓園一念，時時不忘溝壑，非死不了此局。可惜不死於封疆，而死於權倿，然其爲死一也。讒口滿庭，邏卒滿天下，吾輩即放浪詩酒，亦添一重罪過，惟閉門絶客，絶不談兵而已。何日得解黨禁，扁舟往來，國家之福，即吾輩之福也。

校勘記

〔一〕『之』後，底本塗黑二字。

與游肩生書士任

湖頭江尾，忽忽錯過，十年來，僅付楮紙，數番來往，終了不得一腔血性。當面叫呼，如泣如舞，一似新亭之淚，一似越石之雞。楚水燕山，纔帶得半分生氣耳。台臺血性男子，砍頭陷胸，當遼陽陷没，風聲鶴唳之餘，能招呼義旅，咄嗟立辦，真是一片膽氣籠蓋世界。而世界中人，不免爲裩處之身、瓶孔之眼咄咄所囿，數年間只以肩事者供此輩之摸索評彈，而猶不足。噫，刻矣！今台臺心事大白於天下，而胸中徊環不舍。向某戞戞者，則以孟淑孔諸人血膽可念、被讒未洗，此真招徠天下豪傑根本，宜豪傑相依爲命也。昔先主走當陽，窮困無措，而猶不忍舍百姓於流離，此心此理同也。孟生廉將與士卒同甘苦，長安人能言之，某亦時向人鳴其可用。今既受知樞輔，當不落寞耳。樞輔五防八疏，不無過溢，大爲輦下推敲，封疆又是一番短氣。近來邊庭廟堂，恒相水火。在邊者自恃勞薪，不無非常之望；在庭者時來冷眼，不無過刻之論。所謂師克在和，如此人情，而欲奏膚功，難矣。不肖直抒胸臆，從來不踏人脚步，亦恐忌口旋生，世間未必能容此直截漢子耳！

與寧國鄉紳公書

聞朝廷衆建有司，不過撫養百姓，與民衽席。奸則鋤之，良則安之，此其職也。有司受若職，則任若事，不得其職，則當罷去。某自來兹宣州，惟兢兢奉朝廷三尺業，知宣州多事之地，第欲與民相安無事。至於定官解、刻全書、省舖行、輩坊里，凡可爲百姓請命者，惟力是視。酬封之間，一點朴念，率以終始。是是非非，還之直道，善善惡惡，本之公心。義不能化繞指，以受人之頤使；亦不能覆巾幗，以失己之鬚眉。浮沉五年，獲戾良多，然而一真所投，受貴鄉諸名公之知不少。不意劉宦之横，嬰兒聞知，啼聲欲咽，白叟言之，淚如雨下。不肖自署郡邑，數月以來，深自恨受君之禄，而不能爲地方鋤此窮奇也；食土之毛，而不能爲百姓畧分痛癢也。於讞間理一二詞訟，如陳思明、張應其輩，僅萬分之一，皆屈法以狥情。清夜自省，幾爲愧死。於讞詞中稍稍點破，以存此一段公案。而不意觸豪之忌，公然以鐵鍊鎖府吏書，是畿輔之地，不减土官、台臺，出皆有民社之司，入則有枌榆之誼。出鎮他藩，睹此百姓之顛連，網多魚亂，而可以晏然於上，不爲之所乎？入顧德里，非其姻婭、甥舅之行，亦吾父老、子弟之列，聽其呼天搶地，活活坑陷，而漠不動念乎？ 某已待罪出行，邀旨行取，可以藏拙爲善地，有何睚眦，而必輕於一擲？ 則不忍負此小民、曠此職守，並不忍負諸名公五年之提誨耳。 台臺試思：今之時何時也？ 民窮財盡，艸澤俱思揭竿，尚可吮人髓血、驅之亡地者哉！ 誠恐不諒者以爲小子多事，不能安鄉紳以安地方，而不知三尺有靈，地方不安而有司尚得安焉否耶？ 區區瀝膽，皆非塗飾，惟閣下諒之。

上鄒南皋先生以下尺牘

菰蘆諸生，孰不知有鄒先生，而恰意其爲別朝人物，如薛文清、丘瓊山者，只可想像寤寐已耳，而不意得躬逢之，謬承臭味，進諸函丈之末。 舊治風波，營壘不拔，下吏亦聽其操戈，非老先生立朝骨力，取人驪黄之外，則孑孑孤踪，寧足供其匕箸也！ 某暫歸里中，方希再親函丈，沐浴微言，何意讒人高張，先生又偃息衡門乎！ 夫腐鼠不足嚇清脩之士，而況可羈道德之儒，進禮退義，老先生自有生平。 獨恨宇宙最大，朝廷最廣，不能留三朝之遺老，使先生三出，而不能三年淹也。 直道事人，從古然矣。 某以疎迂之質，僅留赤子之心，不顧世有周旋、眼有青白，亦豈能浮沉善世。 吾人之所以自立者，綽有餘地，豈區區出没於功名富貴之中，便足了事也！

九華之遊，幸際天時而未窮地勝，歷來遊者望崖而返，緣僧人指點諸名勝爲人所得，恐他山生色而地藏反至冷落，以故將鉢盂、天台諸峰一筆抹殺。而遊人無濟勝之具，却步不前，亦以參禮地藏便窮勝地，不知太白所云『天河掛綠水，綉出九芙蓉』在望，而覿面相失。山靈能無嗤我？太白、陽明殘碑荒宇，往來人只識禮佛求懺，誰肯爲兩先生一新廟貌者。不朽之事當玉成，青令做此好事，亦吾兩人山中一段佳話也。

與周柱瀛

我四人俱作李官，後乾颺兄以讀《禮》行，而我三人俱厠玉笥班中，尚覺遍插茱萸少一人矣，胡爲乎仁兄飄然出都門哉？無端狂浪，即有長年三老，莫施一篙之力，未幾而舉國蜩螗，合局翻掀當事諸君子，如疾風之掃秋葉。孰謂仁兄之去非福也？時局一轉，茫無畔岸，不惟位置顛倒，而殺機一動，大獄將興，岌岌乎有性命之憂。莫謂今日之轉局又爲福也。仁兄恬雅清真，固不宜久作外官。但顧兹風塵未定，流波正起，今且棲息於外以覯時事之自定，又孰謂仁兄之淹流非福也！若他人，畢竟作套語以相飾矣，弟不敢也。弟之心事如虛舟，而忌者不無鷹眼。然而弟不懼也。局着勝負，人事升沉，自是常理，惟以不愧人鬼者爲是。依傍非也，躍治非也。自反生平，惟此拙趣，仁兄然乎否耶？乾颺推轂者，衆牡丹春暮獨占富貴，則仁兄之暫留，不肖弟之遭忌，亦孰知其非福也。

復申維烈

每經吴門，定煩垂盻，而一腔膽血盟心有素。弟爲書生時，呫呫章句，原不識國家典故。徼榮一第，蠖伏關津者五載，聊於邸報中竊窺世事，已知非太平景象。今投足春明僅僅五月，得以飽看長安之所爲，孜孜急急，寤寐經營，只了『門户』兩字。一處未完，一處補之，一着未下，一着繼之。而真正宗社大計、邊塞安危，神情全不屬焉。看此世態，捱多少時光？昔人云：『棟折榱崩，僑將壓焉。』吾輩生此衰世，墮此危機，七尺安付？其誰知烏之雌雄？

復胡太六

别在吴中，得侍揩墀，談及時事紛挐，未嘗不披肝，亦未嘗不變色也。轉眼三年，局法日幻，蹊徑日多。明知相傾相軋之風，大家爲一官起見，原無大奸大賢其中，而騎虎已成，遂至難挽。今日之勢，深言不可，淺言不可，擇人而交不可，擇地而蹈不可。處不諱之朝，而言官至此，反覺啼笑不敢者，令人真不可解也。辱承大教，極爲言官藥石，而以處今日，更難之矣。某初入斑行，原無知識。但認取本心而行，不敢依回以負明教。台俸已滿，旦暮還朝，得如向者下吏以侍左右，私心竊几几焉。

與詹曰至

曰至翩翩能文，兼遊賢豪間，此季世公子中不易得者。然名能成人，亦能累人，惟信心獨往，必求爲可至，以無虚其所至而已。某在宛上，無一念爲名，無一事爲名，亦惟盡吾信心獨往者，而他何有焉！地方之事，在一日則做一日，既去矣，直聽之耳。

復大年兄

藉有黄楚之命，得以尊酒論心，意謂可作平原十月驩。而無如星軺欲動，攀袂無從，迄今耿耿。後於婺簿處屢接翰教，至有『五奇』之説，慶吾弟兄相得，然弟意猶有未暢者。原係宗祊，又生同地，何以知音未面，直待老大，始以武林爲作合之鄉？則相見之晚，一也。本爲鴈影，又齊鴈塔，何不使我執鞭從事，長聆麈屑，而碁置一方，不惟孤陋，兼苦風塵。兄爲國使，弟作津吏，二也。符離轂擊，宛陵促膝，皆如飄風之過樹杪，迅疾不停，所謂恨相見遲，怨歸去疾，三也。吾兄咨俸合與考選，氣骨原是上流，驟躋清華；弟抱此凡俗之胎，鞅掌簿書，日甚一日，波濤遂爾洶湧，鉤棘因之支蔓，四也。尚望以意外之緣，爲異日之補，令吾兄弟出則共撑世界，處則同老林泉，花月相嘲，琴尊相樂，亦人生之大快也。

與來馬湖

兄臺半生俠誼，固爲海内有心人共識，偶逢時事之會，得吐其奇，一日而鴻猷卓伐隆崇，朝野咸以來道之非徒詩酒爲雄者也。丈夫有志氣，不迫不現，如遭逢順適，不過踢蹭長安，從風塵齷齪中作一瑣瑣京堂已耳，孰與身荷當世之重，而投足便係安危者乎！今東西合謀，消息甚緊，當事俱在醉夢。臺下厲兵秣馬，相機勤王，千載功勳，此其時也。不肖血性男子，睹長安醉夢之人，叫喊不應，令人咄咄短氣。於是乎深信外官之得展其手足，而實有裨於國家也。李懋老旦晚望入春明，而且錦旋矣。當此急難，誰爲擔持者？世態皇皇，恰似做箇高官，了我身事，其餘非我計也。奈何，奈何！

與喻養初經略

恢復故土，是一絶好名目，而復之有其兵否？即復之後，能以遼守遼否？抑又將竭中原以守遼也？國家昔失大寧矣，失河套矣，此時正際金盛，何以未復塊土也？廟堂之人，但聞關上欲進兵，果司馬之請戰乎？其鄧艾之入蜀乎？機關未審而人皆恃之，且動稱於主上之威嚴，樞輔之妙筭，有胸而不敢出諸口也。民力竭矣，復請益餉，其何以應？台臺老成持重，必有熟睹於此者。樞輔此行頗輕，然咫尺闕廷而不見天子，且致宸旨霜嚴，國體所損多矣。中有所懷，敢以相質，惟台臺秘之。

與王葱嶽中丞論改折

東南思亂之會，又復益以災荒，此果何日也哉！改折一事暫得俞旨，而仍復反汗，果不出老公祖所料者。老公祖既已布之於民，而部覆又改之，於上部可不信其明旨，而老公祖何以不信於饑氓。此皆情勢兩窮，如何料理？且浙西未得全折，已爲遺憾，而部覆無端又欲取永折之紹興而暫徵之。彼固未識錢塘、曹娥，天所以限浙東西也，公揭發抄，萬祈老公祖同按臺公祖力爲主持，以救此一方剥床之恐。并附簡末。

黄尊素集　詩畧卷之四

後學相州許三禮典三選刻

宛陵詩

辛酉春日余因兼攝糧事督運蕪湖潘景升以詩見贈且議修江上志次韻以復

星軺偶動載春陽，雪色梅英迸作香。暫出粃糠陶面目，何緣藜火著文章。五年役吏風塵滿，二月寒江雨棹忙。治粟漢臣原有業，羨君臥閣賦《長楊》。

黄真長先生新膺寵錫總會六邑漕計暫莅長河適逢水次賦此

潘之恒

歡傳恩命溢陵陽，流澤春風滿路香。獻頌久應歸淑問，運籌聊爲借平章。尼山講德占星聚，禹穴探書輯瑞光。試向長河標砥柱，更煩川濟作津梁。

秋暮同周玉汝汝璣登九華七首

一路秋光澹可憐，獨飛蓮瓣浄娟娟。上山十里憑宵絶，回首雲堆似玉田。

山腳看雲如絶頂，及躋頂處又平崗。沙彌絲管專供奉，吹徹秋風度水長。

誰將九子作名談，太白當年發秘函。一廟至今留勝蹟，蕭疎仍似夜郎南。

芒鞋笻杖興難禁，踏處無邊空翠浸。絶壁雙爲懸姓字，敢云山水竝高深。

滿袖清秋趂健身，歸來小閣對談真。一僧記取紫衣者，爲道周郎舊主人。

太白陽明千古雄，雲封烟斷艸萊中。好題不朽兩君子，合作名祠瞻禮同。

一生幽僻佳山水，絶代風流勝友朋。他日天涯尋宦跡，月明共憶此時登。

登望華亭

曾陟華山覓勝因，不如望裏倍精神。欲飛欲伏淩空見，疑虎疑虬當檻陳。忽捲晴嵐開畫戟，仍含雲影擁朱輪。披吟太白芙容句，片片層霄舞媚人。

春日早行二首

抗旌經古道，暝色未全分。漸隱林間月，微生海際雲。輕陰開積翠，細艸落清芬。誰破曈曈曉，鳴禽客底聞。

正怯春寒候，羅衫不耐征。露含花眼睡，霧盡柳絲輕。耕饁迎初旭，輪蹄快乍晴。前驅休咤叱，圖史一肩横。

馬　上

層冰積雪逗村家，半去春光柳未芽。一日鳴驄南陌上，黄鸝已鬧杏頭花。

同胡馨寰虞乾颺周玉汝集涵秋亭

犖玉山頭一徑通，孤亭踞頂破空濛。霏微翠影江流外，掩映湖光艸色中。座客雄詞分謝李，碑文荒蘚辨魚蟲。攜尊尚欲尋幽處，烟火千家動晚風。

遊華蓋洞洞有寺久廢太守胡馨寰興復

古寶深深行處難，玲瓏寶蓋下仙鸞。石非帶雨長流溼，洞爲棲雲自貯寒。梵宇新開支遁席，并州嘗指葛疆看。談詩核韻忘時法，劇飲肯令我輩寬。

周玉汝年兄招遊郊外梁昭明廟

積雨纔生霽，郊前士女稀。相將斗酒去，往看緑陰肥。廟古猶餘像，僧閒自采薇。冠纓且暫解，棋酒動相依。逮鳥啼春晚，孤枝映夕輝。久濡人事裏，那識歲華飛。

秋浦艸

江城三月緑迢迢，一片新烟帶雨嬌。送盡王孫何限意，偏留明月伴中宵。

與虞九階胡助之兩兄丹陽湖舟中

帆影晴光入座看，平波千頃去漫漫。近臯曉樹初生碧，遠道歸鴻早破寒。佐酒何必紅妝在，糾詩莫教白簡寬。造幽舒興狂歌發，函谷西封只一丸。

寄曹元甫

交道何寥闊，古人與頡頏。酸鹹貴所□〔二〕，絃指總相將。籌士中原狹，盟心白日長。祖劉直接踵，陶謝與分行。意氣干霄遠，精神徹底强。尼坡漉酒日，金桂水雲鄉。論世非無事，埒鬚更著狂。終軍誠孺子，充國亦尋常。買駿豈天種，式蛙感賢良。所憂徑路别，無异鬼狐張。戎馬猶關塞，衷甲在廟堂。似君靈性迥，何術護孤陽。豐劍光雖燭，旄頭氣尚揚。隴雲沉水黑，邊艸咽沙黄。多難仍多議，擇交勿擇方。骯髒我自愧，迂嬾爾能忘。力盡供毛穎，名稀到帝疆。馳驅愁拙計，樸訥耻時妝。壯士誇如虎，雄心欲掃狼。願言各努力，昂首向雲驤。

校勘記

〔一〕『所』後一字底本殘缺，疑爲『適』字。

謝唐休寧灼洲遺松蘿

婆娑奇種出巖表，飲露吸風枝幹小。雀舌吐時柳欲絲，山僧採來春未渺。得君同臭有餘馨，羡此清骨世所少。一縷煙清鑪正煖，簷静風微恰啼鳥。唤人覺後春思長，玉碗盛來心魂曉。似我作吏今五年，風塵潦倒簿書邊。敬亭松風宛溪月，揭來妙語墮寒烟。此時雲腳粥面調，不妨下撫謝朓肩。春半輒貯中泠水，知君好事類昔賢。蒻葉重封官印記，不殊詩筒相寄傳。

登金柱山

乘興扁舟攬物華，更將雙屐破烟霞。山横天末雲頭迥，塔落波心日腳斜。誰念遺祠香火冷，且留殘醉管絃譁。争如江上垂綸叟，賸有閒情數暮鴉。

大年兄可師不與考選

世事俄翻一局回，慧心人遠碧雲隈。從來天地名爲累，到底河山急倚才。讒骨應知拈手

立夏後一日張癡生招登郭外浮圖

密約同尋郭外奇，雨餘風日浄相宜。一灣流水金陵路，幾處豐林初夏時。但挾友朋成遠寄，稍違案牘快中私。箇間妙理許誰領，天半鈴聲静裏知。

候直指未值留溧水署中數日

不住輪蹄行役辛，翻從忙裏獲閒身。清緣聽我奢山水，曠覽憑人羨主賓。莫使鶯花空擲老，相看囊艸又添新。疾遲得失渾難計，風景俄分物外親。

自述

憶昔十四五，膽氣豪且闊。志欲搜墳典，窮盡古今碣。讀時頗强記，下筆亦自傑。偶然竊伊吾，兼詠便馳突。去而學訓詁，昏昏若滅没。移卷就圖書，精神相欣悦。便欲棄時文，一意攻古業。無奈公令嚴，舍此進取絶。頫首勉爲之，何以入彼窟？十載去干人，到處遭缺折。父師相勸戒，爾其勿計拙。今古不同途，志分空勞切。自念長貧賤，吞聲安敢説。盛氣也可降，篋笥竟自割。隨時施朱鉛，我妝亦濃沫。一朝獲十禽，古語於今烈。我技雖薄售，壯心終已奪。漢魏知何體，盛晚亦久别。隨人誇篇章，我焉敢嗔喝。棄置近十年，重將門户列。靈之以山水，擴之以風月。突兀天地間，至樂未嘗闋。

登大茅峰

入山未深先止仰，相次諸峰如争長。淩梯直上最高峰，二三宛然在仙掌。但見與人樹頂行，飄風忽忽發靈響。回瞻一身如白鶴，迴翔天外已決網。俯視唯知平野青，誰辨吴門與江廣。道人引我飛昇臺，只覺無翰亦神往。但問仙人何所需？他鄉盡歲相祈饗。紙灰撲面像設黄，未知縹渺作何想。果有丹訣肯傳人，豈在區區感應上。

茅山流觴同王伯后林句容

何必蘭亭在永和，清流幾折汎平波。得杯在手休嫌數，信句繇人可當歌。石底頻飛蒼翠影，溪聲似帶竹絲過。時明自不比東晉，笑語無妨壓薜蘿。

乾元觀

法觀全非昨，恍然見西山。紺碧先奪目，欹置亦生顔。斷碑會意補，古鼎積文斑。奔濤起雜樹，懸壁落層灣。坐我茅茨下，纍纍結雙髮。所喜遊汙漫，始知大地寬。如何一山内，喧寂不相關。

早發中山

早發中山睡眼初，長堤濃柳隱征車。病多合爲侵風起，馬澁終因帶雨餘。隴麥漸黄怡婦子，村田正緑苦耘鋤。況逢缺餉增輸日，天意將何慰蔀居。

四月見蓼花於池陽

江城四月蓼花開，怪底秋光入座來。艶奪紅榴應見妬，冷欺碧藥尚含胚。長同候鴈孤汀宿，忽與啼鵑茂苑隈。秋浦還知秋得早，烟波容與爲銜杯。

同胡助之周玉汝遊萬蘿山

出郭尋舟曲曲移，沿蘿幽逈不勝窺。突懸列石飛崖絶，共湊諸山集水涯。大畧閒情成勝往，偏於冷處得遊奇。天門江祖遺踪在，好拂荆榛手勒詩。江祖石舊有太白題詩。

宿蒲橋舖

陵陽五月雨中程，播穀啼規徹夜聲。應笑役夫忙不了，農桑功課兩無憑。

夜至皖江逢周玉汝胡助之

歷水崎嶇百折回，皖江月白凈無埃。已知好友艤舟待，十里竿頭燈影來。

南陵道中逢大雨晝夜不絶山水驟溢平地至深尋丈行者俱不能從余爲多方獲濟得至皖上因感賦二首

漫説輶軒使者旌，從來行路嘆攲傾。如注雨聲渾不斷，山山出水各相争。塞野連雲迷古道，波光一片暗心驚。險如萬騎驟馳突，望若平地捲長鯨。初試纔及行人膝，須臾馬鬣已縱横。呼吸之間身世外，從者杳然失死生。居人遮道殷勤訴，如此風波豈可行。

總爲浮雲蔽日明，豈無攬轡憶澄清。從爾掀翻我有主，洪濤滿眼心不驚。重賞之下勇夫出，水罌之中可渡兵。有時銜枚踰深澗，有時利涉任舟横。投軀暫寄風寧息，長嘯看雲波自平。尋常禮套無勞爾，相從用命即豪英。濟世應有微權在，如此風波亦可行。

送王伯后之南參軍

我生本嬾癖，君不負知音。載酒隨情往，論詩趂物吟。五年功行滿，一吏布衣心。莫謂官輕冷，晉人塵可尋。

隨直指之太湖

旅遊滋味偏嘗茶，汩汩隨人轉轆轤。是處川巒曾識面，相看籬舍不勝圖。平原又見禾生穗，官道時聞柳噪蛄。若考三年循吏績，奔馳便可勒勳符。

遊太湖龍山示王伯后

無媒自探適幽情，溪上小舟渡亦平。笑指兒童隨路擁，漫來車騎玷山名。雨餘沙色明如浴，波轉磯頭急欲鳴。呼酒高歌連引滿，何人緱嶺得吹笙？

大觀亭望雨

地僻雲深舊未城，只餘亭樹入牕明。千山送雨溪頭黑，百道飛泉樹杪鳴。應識誅求憐婦哭，可堪淫潦負春耕。寄言守土求蒭者，蓑笠東風最係情。

舟泊閶門約同官遊荷花蕩懷申維烈

斜舒小艇夕陽中，乞得閒身問野翁。十里芰荷浮浄土，滿船綺縠醉香風。歌來白紵江南麗，酒泛明霞錦纜紅。相許寸心賢地主，恨無舒嘯與今同。

同曹愚公遊水西寺時有僧百歲與語

古寺臨流郭外奇，烟巒十里競軒眉。開雲度磬知鶩鶴，剥蘚論文尚識碑。花縣惟聞耕雨後，老僧猶復憶兒時。吾曹身世同漚影，願滌紅塵一浄枝。

新秋寄眺軒懷袁小修

長憶齋頭清夢賒，故人聚處又蒹葭。烟光縷縷牕前合，水氣霏霏檻外遮。無那孤雲淹李白，空將雙劒老張華。秣陵聞説多工賦，何似高談得雨花。

寄眺軒漫興八首

江城舊説住玄暉，千載風流事不違。叠嶂樓前疎樹映，新林浦口晚舟歸。沙留月色仍清淺，洞隱雲根幾瘦肥。今古川原誰得共？可容狂客嘯雙扉。

生平孤往得機閒，來占城頭溪一彎。坐有庭花移畫影，住看海月弄晴顔。東山小艸功嫌薄，車騎中流淚欲潸。簾静風微香滿夜，時攤魏晉點朱删。

霧隱名區山水妍，敬亭靈異尚蓊然。欲舒極目宜遲日，長領清陰帶遠天。氣盡傴僂餘勁翼，堂虚案牘看飛鳶。感時災旱頻頻祟，無那軍輸正渴邊。

朝來爽氣入簷楹，野馬明牕不敢攖。小盎添泉神自逈，閒亭喂鶴韻俱清。偶翻賈傅書誰似，欲擬王褒頌未成。此際行藏渾莫定，爲呼松下問茶鐺。

悠悠世路借棲枝，涕淚新亭未許時。一吏津梁誠憊矣，此生迂闊欲何之。祇愁用刼長安局，應笑施鞶優孟兒。海内豈無匡濟者，漫將霄漢費人推。

懷謝猶遺古北樓，彩虹夾水鏡中浮。讀書止貴搜精騎，痛飲便許屬名流。隔岸簫聲憐雨暮，孤篷竿影憶波秋。溪頭風物供清思，憨墨裁雲觸景酬。

春風回首柳垂髿，又見紅林映緑柑。眼底無人愁塞北，詞中惟唱《憶江南》。於陵溪刻終何濟，朱亥屠埋亦自堪。俠骨生來應有異，肯將白面老瞿曇。

最喜小軒踞頂遥，環溪俯堞隔塵囂。有山淡遠施眉黛，聽竹闌珊代管韶。經眼園林連下界，清心魚鳥伴中宵。謝公留得驚人句，朗詠深雲天外飄。

黄真長寄眺軒小集

馬之駿

遊集誰云是法曹，半牕城郭見纖毫。齋中展帖辭寒具，松下開簾問復陶。匝樹市烟千縷白，出雲峰雪一痕高。更誇幽約情何勝，明日冰崖屐齒牢。

武闈偕馬仲良較士次韻四首

曾憶菰蘆僻著書，偶來較武棘門居。幔卷寒星清氣緊，庭開晴影夜光疎。有懷祭酒封侯日，誰賞王孫把釣餘。海内非熊應可得，狗屠莫問魯爲魚。

燒燭高談破夜冥，可如相馬得傳經。風中急漏知裘薄，匣裏鳴雷識劒靈。落日邊愁將呼癸，窮年廟戰未除丁。憂時不盡英雄淚，搔首看天眼自青。

縱横鯨豕笑垂纓，怒臂何當胡馬鳴。初斷葉聲江月冷，纔飛鴈影岫雲生。機鋒競弄曹溪舌，鈐柝方嚴細柳營。此際同心輕暗許，幾人堪築朔方城。

横襟上下紫裀連，慷慨平生自釋然。蘭氣爐薰消永夜，烟光樹杪接遥天。臨池絶勝飛江筆，搜古何須泛米船。借問步兵厨内酒，莫虚良會擁衾眠。

武闈喜偕黄真長分較歡讌累日漫呈四首

馬之駿

籌邊無用治安書，鎖院蓬蒿類野居。求友快逢簪共盍，論材端覺網非疎。楊堤葉盡鸞弧後，榆影星飛倚劒餘。漫笑陽秋渾浪語，人間亦自别龍魚。

鼓角風嚴夜杳冥，競從黄石問傳經。市來馬骨臺生價，探得驪珠握有靈。占月喜看將入昴，臨池何必更知丁。遥天東望頻搔髮，愁説沙場燐血青。

憂時何計請長纓，萬里初看試一鳴。發策我慚弘内史，論兵誰是駟先生？鋒窺武庫談争揵，渴就糟丘弘可營。若道腐儒曾解事，却將五字比長城。

竟日分牕几席連，新如舊賞各依然。林衰難匿初肥月，霜薄微膠半曉天。奇句揀同争醬瓿，方言真擬獲珠船。無輕聚散尋常迹，明日看雲獨晝眠。

再渡皖上懷虞九階二首

江頭五月片帆過，汩汩連天岸亦波。彈指寒崖唯落木，使行重到聽漁歌。

記得維舟皖水湄，月明波闊醉餘時。應知笑語山川在，慷慨清樽入夢遲。

送關粤良驥知府入覲三首

踈林葉盡晚香清，落日征塵一騎輕。快覩至尊親召對，民風採取上瑶京。

漁陽烽火邊臣急，南國徵輸太守勞。一片憂懷天下計，謾誇神雀便聲高。

山色溪光寄眺同，慇懃杯酒落雙虹。且知轉眼簷梅發，明月伊人叠嶂中。

桐城曉發

驅車曉徑白雲流，漢令祠前香火稠。殘葉難飛霜氣重，晴空似帶雨絲浮。何堪襟袖凝寒色，却看禽魚動旅愁。遥望炊烟林外早，山家多少稻粱謀。

過小池驛羅近溪先生茶池亭

驛路寒烟山色黄，曾餘峴首舊碑荒。羅公池上留茶處，玉液於今待後嘗。

五月五日石臼湖中憂東事

五月五日彩舫行，萍花零亂棹風輕。山銜日淡雲烟薄，水際蘆葦瑟瑟聲。擊楫中流浩歌發，憂憤一腔舒不平。吴人不識緣何事，撫景應猜競渡鳴。爾知□騎正陸梁〔一〕，戰骨新堆沙艸荒。旬日兩城無堅壘，健兒十萬飲刀芒。士女慘辱無哀訴，傳聞落髪作□□〔二〕。二百年來禮樂地，□□一旦染衣裳〔三〕。遼瀋藩籬已如此，肩臂腹心曷克主。□□鼙鼓未肯休〔四〕，中原衛霍有誰子？廟堂議論如扛鼎，事外英雄空裂眥。大臣心膽不畏□〔五〕，只畏言官已入髓。小臣舌上戈與矛，但執偏鋒直到底。悠悠時事不忍言，獨立長吟《出塞》篇。君不見靖康末、紹聖前，壞人家國總諸賢。往事下塲殘史在，洛陽流涕亦徒然。

校勘記

〔一〕『知』後一字底本塗黑，疑當是『虜』字。

〔二〕『作』後二字底本塗黑。

〔三〕『一旦』前二字底本塗黑。

〔四〕『鼙鼓』前二字底本塗黑。

〔五〕『畏』後一字底本塗黑。

黄尊素集　詩畧卷之五

後學相州許三禮典三選刻

出京詩壬戌考授御史歸省

壬戌秋雨後出都門

清秋細雨動新涼，柳拂褰帷色漸黄。恰在長安愁酷吏，眼前多少怕逢霜。

梁原舖中讀張見平題豫讓橋詩有感作此爲唁見平巡按遼陽城陷自縊

驛壁留詩壯士遥，黄昏淡月艸蕭蕭。千秋空望遼陽鶴，此地猶存豫讓橋。

想像遺踪意氣豪，悲歌慷慨愧吾曹。男兒一死終須有，獄吏何如馬革高？

邯鄲道中

謾道長安覺未通，煩餘一枕破西風。説同説異總成睡，是鹿是蕉一轉空。不到下塲無路返，肯來回首即仙功。此行此老已登覺，何必華胥復競雄。

入京詩 癸亥七月從水路至十月到京

登北固山淩雲亭

潤州城北此亭幽，把酒臨江萬木秋。點就金蕉渾潑墨，劃開南北似浮漚。但來勝地舒狂叫，復弔前人起浪愁。俯視中原平野闊，明朝擊楫渡揚州。

晚渡揚子

咫尺金山一葉横，中流忽得快風輕。濛濛瓜步烟光晚，爲寫江南入帝京。

癸亥重九後一日舟泊河口阻風抱悶忽漏五鼓夢得風順濟覺即大叫舟師前進果應紀異

江空木落五更時，似有神人告語私。大暑時危憂主渴，偶於想極得風奇。亂帆颯颯趨漕急，疲驛蕭蕭應手遲。寒色稍侵輕袂短，舉頭子舍不勝思。

河口逢羅心華掌科册封回

清河南渚古淮濱，白玉仙槎名使臣。君正銜來天節重，我將入獻野芹新。樹疎星影低垂幌，水闊煙痕細度津。話久頓忘移燭短，風波世路漫相嗔。

泇　口

泇河秋色冷荷裳，萬里平原衰艸黄。風急鳴砧傳戍客，月隨飛鴈落銀牀。愁看羽檄妖氛地，依舊清平帶礪鄉。濁酒新亭餘客淚，迢迢清夢故園長。

舟中雜詠

故國離千里，清秋入數旬。再圓留月色，共坐得詞人。對酒平沙曠，移帆遠樹親。閒𢡖無所事，依斗望京頻。羲曰：詞人指舅氏翁祖石。

每顧淮陽道，纔來泇口涯。流禽如有意，落葉動相隨。頽岸參差斷，歸雲隱見垂。久遊經旅況，愁殺蕩舟遲。

嘗有意中景，昔賢先得諸。信情仍自吐，覆簡見其初。雙劍神光合，一簾俗境疎。惟留灑灑趣，濁酒蟹螯餘。

落日城頭盡，荒郊艸色陰。風傳鐘細細，烟冷寺深深。見運知軍苦，逢官欲淚涔。江南民力竭，憂國思難禁。

京師詩

送萬元白劾奄魏忠賢廷杖歸

邊境有梟社有鼠，國事紛麻何所底？或爲借劒或請纓，秀才分内應如此。有友貌癯膽自雄，直披閶闔追龍逢。交章不回明主意，孤臣灑血向誰通。當時朝上夕被拘〔一〕，大小宦豎嘯通衢。青天颯然白日淡，衣冠奪氣惟長吁。奄拳已自飽鷄肋，天威不霽敢悚息。杖下猶知呼先皇，忠肝尚能通紫極。紫極浮雲有時開，先皇遺澤正堪哀。千古未乾義士血，一時共托掌心雷。我今送子及新秋，新恩曠蕩不更裘。欲贈龍泉頻拂拭，相看留斬佞臣頭。

校勘記

〔一〕『拘』字，底本缺，據年譜中記載應爲『拘』，補。

送林心泓汝翥劾魏忠賢杖歸

舊游徐沛起家雄，志在殲奴矯若鴻。咄咄相傳奇破柱，行行不信有乘驄。驚魂欲斷張弧日，餘澤長留佩劒中。努力歸途秋未老，此身應許報穹窿。

和李仲達騎馬吟時奄恨外庭，假旨復騎馬之制。

忽驚孤鼠嘯長安，一日飛驄滿百官。莫謂風塵能拂面，好將眉宇向人看。相逢揖遜追唐遠，共映襟裾作漢觀。何以深深兒女意，一簾終隔市頭寬。

長安道上恣行遊，戎馬生郊抱隱憂。祖逖有鞭揮朔漠，燕臺無骨是驊騮。歸來花下泥猶溼，醉擁風前蹄未休。祇恐轡卸容易失，縱逢造父亦難求。

如棋世事眼經新，千騎風光亂曉塵。當道有豺原許問，青驄且避未應真。聖恩不在垂帷小，臣節還期裹革人。多少安車處逸者，優遊事業漫評論。

早朝示倪玉汝

每逢朝候聽鳴鷄，嬾性猶宜竹枕低。清夜無多催曉漏，仙班已滿歇霜蹄。侍臣勿恨瞻天遠，退食恒愁補過迷。臚唱幾聲無別事，御香可問袖能攜？

徐楚石在中虞部病邸戲問之

街塵數日不經過，好友高齋晝掩多。應爲金錢愁國計，可防靈藥漏仙娥。官忙伏枕逢閒日，几净攤書獨寐歌。門簿時添渾不管，且看斜日映藤蘿。

黄石齋書桃源記末致贈語作此以答

濁世非一代，繇來稱避秦。采芝曾孤往，嫚罵終不臣。哲人自有見，赤白總相隣。若以巢許論，陶唐亦委塵。嗣宗偏嗜酒，中散嘆不辰。誰爲秋風客，懷思千里蓴。欹枕相看世，物物失其真。網獥日以益，林淵無羽鱗。兕軼龜玉毁，典守安所循。有性難移榻，有謀難徙薪。願言問黄石，赤松可與親？

書桃花源有懷呈真長黄先生

黄道周

魯連不買山，綺角不蹈海。世間隱空闊，何處乏神界。肉翅生東方，白日行天外。唯有柱下身，不得自蟠蜕。執戟呵董君，斷靷斥興蓋。道術豈不精，寤夢固無昧。虎兕横道中，猿鶴安足賴。所以黄先生，流覽發清嘅。

邸中中秋前一日月食

驟雨過庭除，惠風來我袂。初患雨成陰，頃刻天無滯。笑語几席間，夜光已滿砌。盈盈欲掇之，冉冉巧如繪。共訝薄蝕過，今夕光還閉。此光原不滅，澄波益增麗。高齋落梧影，爽氣逼眉際。感此問世途，風波自點綴。須知有至人，至性原無逝。

後出京詩 乙丑二月奉茶馬差

把手都門盡此巵，眇然獨鶴出雲姿。箇中多少閒驚喜，不與眉端墨一絲。

長安留別

長安竹枝詞

趙家衚衕住東偏，王府皇親第宅連。何須趂口尋生意，些小兒童學賭錢。
戀土從來不擇枝，搬來搬去只京師。一張蘆席無他事，東野猶嫌尚累隨。
市頭兒子覔渾家，數百文錢娶若花。坐臥不離煖坑裏，喬妝高髻向人誇。
作婦蹊來不費詞，不煩井臼不煩炊。火燒涼粥牀邊買，到晚數錢酒一鴟。
四民到此盡無分，半作長斑半作軍。鄰媪生兒齊下祝，他年跟得一官員。
六月桐風處處涼，沿街蘆席作連床。不分老幼並男女，尚有胡元習未忘。
家家學唱《山坡羊》，到處嗚嗚一樣腔。不知夫婦情何淺，開口聲揚別嫁郎。
鬧鵝齊插舞新春，老漢風前亦學顰。最喜君王傳禁鼓，耳邊不勝聒聲殷。

玉河橋下水如綾，江米巷前騎似鷹。俠斜結束新妝好，鞭入章臺第幾層。從來輦下五陵豪，今日長安半欲逃。百金便録商人籍，中夜惟聞子婦號。

乙丑王正出都門偶念時事有懷題壁

往歲買扁舟，紆徐經月至。拂拭入斑行，匡時從此始。後先數千言，亦將有所利。有惕不敢回，有梟不敢避。豈曰祖埋輪，剖心可相示。逢人欲呼醒，胡爲人盡醉？柴柵列其胸，藩籬久作祟。一朝發難端，玉石失所位。勿謂予昏昏，良藥多中棄。

紛紛出國門，泰山去一壤。豈足係重輕，憂思同惘惘。世事偏乖違，乘時迭相長。似矢已當弦，胡能不遄往？〔一〕似車已肆奔，胡能不廢鞅？假虎肆厥威，神虬迷靈爽。好我攜手歸，同虐乃相黨。湘累卜何愚，上蔡死非枉。羡彼桐江絲，五月披裘敞。

校勘記

〔一〕『往』字，底本爲『住』，按詩韻改。

任丘道中述懷寄李仲達

鳴鞭早發帶朝睡，回首依稀辨五雲。似我高吟同越客，憐人竝轡弔湘君。風移鴈影歸心疾，霜咽鷄鳴旅思殷。漫説灑然塵網外，懷中剩有野人芹。

易水蕭蕭似昔寒，莫將遺□問燕丹[一]。牛犁數處來春色，漁艇横飛破曉殘。暫脱鞍蹄驕貴從，誰言封事動長安。人傳人罪我何有，晛雪幾番行路難。

使節初傳盡擁呼，祇愁好友鳳城孤。虎賁聊作中郎醉，鸜鵒須防江夏圖。新築金臺收死骨，可聞熱血洒生奴。怕逢父老頻相訊，近日鯨鯢授首無？

校勘記

[一]『遺』後，底本字殘缺，不易辨認。

紅　塵

乙丑王正月，出都門數百里，紅塵撲天。輿人戒不敢進，感時寓意。

漠漠長安道，還乘朔氣飛。撲人何太急，障日有重闈。世界爾能攪，丹心我自微。不知英雄面，可認是與非？

大地無他物，誰人落此中？徐飛迷艷質，驟擁失花驄。浥露輕還重，占飈西復東。舊時經使跡，轉眼已無蹤。

賦質何茫茫，倏翻滄與桑。沾眉如帶抹，埋骨豈知香。占盡燕齊闊，横飛海岱荒。喜無雲水性，不敢入吾鄉。

舉頭惟滚滚，無豎亦無横。似霰全迷色，隨風便有聲。功名等此薄，蹄轍傍君生。安得雨師灑，重看世路青。

初飛驚疋練，平野快生烟。客舍銜杯日，將軍血戰年。遥看陸作海，忽爾地無天。惟有冰壺意，生平怪爾闐。

豈有雲霄翼，排空别作家。拂鬚能不染，點鬢已成華。濃處遮明鏡，微時透隔紗。蕭蕭相伴客，敗木與寒鴉。

無人不麃麃，偏作此中奴。暗逐寒星落，潛埋寶劒孤。吹揚千里遠，棄置一時無。風起頻呼扇，生增庾子污。

爾性迷清濁，爾姿慣浪濤。一呼能陣陣，空逐自勞勞。問世無行轍，憂天欲暗毛。惟聞孤兔勁，白晝盡鳴嗥。

平陰遇劉止菴赴榆關

驛路逢君佩劒雄，立譚慷慨氣飛虹。巖關屢被虚名誤，隻手從教鐵騎空。

由平陰之滕陽有感漫賦七首

平陰道上客星過，汶水清流漾瀫波。幾陣東風生布煖，荒郊吹出緑婆娑。

海闊長安正縱横，高飛一羽入雲輕。便令春到鷹俱化，此眼生來帶不平。

沙波口煖明如浴，麥隴風微漸有濤。艸木争先移物候，亭亭那得魯生高。
幽燕路盡入青徐，霸氣千年溟渤餘。却怪漢臣輕叫罵，於今許骨未全除。
郵亭夜怯雨聲狂，新染枝頭出軸黄。原上春風來婦饁，猶然兵火帶殘妝。
無端狐祟白蓮門，一將功枯萬血魂。纔有行人荒塚望，數聲鷄犬出花村。
來往征塵劒鋏中，盡誇養士孟嘗雄。而今亦有浮名客，却爲三千作絮空。

次陶路叔崇道驛壁韻 路叔入長安十日忤奄而歸

升沉夢幻總非吾，十日梧垣得似無。滿眼何人辨指馬，一枝肯與借棲烏。春生非復前朝柳，婦去還憐舊日夫。倏往倏來雙翩老，横秋再辨鴈門租。

過漢高廟

三尺經營起布衣，大風猛士故鄉歸。試疑硭碭嘗雲否，爲問新豐置酒希。原廟衣冠隨渭水，土人俎豆設筐薇。須知帝業如河埒，一蟻能傾千仞非。

睢陽道中

莽莽村墟續炬行，薄寒露下溼裘輕。强如宴會長安夜，簡點腰枝作送迎。

至滁州

朔氣關山盡，南音漸入吴。有林環水竹，隔岸響村歈。廬舍誅茅少，溪山抱翠殊。故園應不俗，一棹任西湖。

歸田詩

被讒奉旨削籍

馳驅十載爲誰勞，瑟瑟黄塵暗二毛。天王明聖臣罪死，深恩賜我舊青袍。舊袍原帶烟霞質，欲將補衮終無術。攜去鋤雲犁雨時，塞翁何須愁得失。憶在長安寄一枝，蚤朝時聽鐘聲遲。披衣絡馬揮鞭去，雲擁千官大道西。轉眼桑田已作海，同事賢豪葅與醢。密網驚弓是處排，登塲莫怪新傀儡。我今拂衣歸翩翩，艸堂數楹水竹邊。揚眉莫吐龍門譽，低首忍看元祐篇。吁嗟乎！四十罷官已不蚤，白雲空谷應許老。人生釣魚射鴈盡生涯，誰言戀戀一官好？

寄李仲達三首

杯酒春明意自知，曾傳驛舍幾行詩。虞人果設彌天網，天末飛鴻何所思？

曉鐘夕漏已經過，試問無官味若何？ 寵辱人間渾不管，小牕閒夢覺婆娑。
一片嬾雲歸壑遠，無端驚鯉脱鈎忙。 相看棋酒生涯在，水渺山空歲月長。

答黄真長三首後絶乃以尋盟也

李應昇

寒雲出岫許誰知，閣筆長安未賦詩。 此日孤吟盡悲弔，幾行無字幾行思。
劇談引滿慣相過，跛庢飛揚奈爾何。 棋力便饒稱敵手，掀髯笑我更婆娑。
隱几焚香學坐忘，非閒非病亦非忙。 遊魚已覺冰鱗静，倦鶴還聞清唳長。
春光艷冶到西湖，季女妖童入畫圖。 何日狂歌尋舊約，清風明月屬吾徒。

與許霞城飲包園偶言周蓼洲被讒削籍

世態横翻何日平？ 如君眼界便分明。 可由可跖無常是，顛倒憑人舌底生。
名園把酒興偏豪，海内相逢盡敝袍。 不是石尤推浪緊，湖山那得屬吾曹。

朱未孩大典約江頭看潮阻雨

八月錢塘絶勝觀，從來七發欲生翰。 爲余原屬風濤客，不把風濤送與看。

偕許霞城朱未孩兩掌科集湖邊小閣次韻

相逢惠我共攜歸，誰羨緋衣勝芰衣。雨湧新波寒送早，樓藏新葉翠收微。笑談仍似京華舊，風景能如今日稀。忽説鹿田仙景好，避秦應許破雲團。

重訪許霞城包園依韻

逐客秋光兩最宜，纔來把盞已臨池。聖賢須辨除非酒，黑白難分總是棋。吾道自尊誇北斗，名園當勝枕西施。廢興有命須參破，驢背明朝再詠詩。

買菊數種

晚香新掇艸堂前，便覺烟霞別自妍。恰有幽人來伴汝，一般冷韻一般禪。
數畝園林十載寒，出山蚤已買山寬。由來許結黄花夢，籬棘叢中托出看。
不與時人鬬麗妝，素羅丹粉各成行。經秋多少蓬蒿死，耐爾幽姿入座長。
問我生平跡太疎，風前桃李醉纔舒。而今博得閒身在，静裏蒲團覺後書。

閒坐

何處尋蓬島，身閒是謫仙。耳邊除絮語，醉裏學逃禪。薙艸無留佞，培花好護賢。目前真事業，別有一壺天。

紙鳶

春郊細艸芊，有物鬭芳年。長在兒童手，誰將線索穿？摩雲非羽厚，離地覺聲喧。風力還能爾，移時忽墮前。

野園

得失渾閑事，年來總不嗔。庭中歸逸客，竹外見行人。時有禽三兩，可無腰屈伸。此地饒幽思，欲搆一椽新。

山牕

月灣雲影淡，松際水聲遥。籟寂常虚聽，山空似有濤。花旋如意無，鳥吐尚玄嘲。解得閑中趣，蓬萊海外招。

西江月夜坐

疎星一一如洗，朗月明明欲波。高臺夜聽竹聲過，熱心被他吹破。　最喜良田水滿，還看遠岫雲峩。風前一枕漫微酡，却笑從前總誤。

正命詩

閏六月朔

正氣長留海嶽愁，浩然一往復何求。十年世路無工拙，一片剛腸總禍尤。麟鳳途窮悲此際，燕鶯聲雜值今秋。錢塘有浪胥門目，唯取忠魂泣鐲鏤。

舊　詩

寄管遷客可成

遷踪飄泊遍蒼州，想見歸懷百緒愁。繚繞畏途殊自苦，消沉壯魄欲何求？應知毛骨生難換，須識乾坤老自休。易水歌聲羽徵在，寒雲漠漠樹杪秋。

知君原是渥洼姿，落拓人間作蕩兒。四海才名盟牛耳，半生事業負弓箕。飄零第宅皆無主，囚寄妻孥傍阿誰？我亦泛波滄海客，興中偶爲《北山移》。

黄尊素集　説畧卷之六

後學相州許三禮典三選刻

今上改元，門户一翻二八月，兩衙外轉，多用浙人。癸亥秋過，成山復出江右參藩。客謂孫東曙曰：『年例又是貴鄉。』孫笑曰：『此係國家大典，非敝鄉不足借光。』

熊、王在獄，至冬朝審，内璫惡熊，必欲殺之。時停刑數十年，囹圄充滿。獄卒恐熊、王自盡，晝夜防守，夜必繫其手足。後得暫赦。大臣不死于封疆，而爲獄吏所困如此，辱國甚矣！

辛酉考選，吾浙會單俱乙於杭司，毛士龍未敢發言，姚益城舉筆首圈之曰：『此公有才，可爲吾輩用。』遂無異議。其後李希孔劾姚，姚作辨疏，其寫本者，即李役也。姚問：『此日何人在座？』役云：『唯毛老爺在耳。』姚爲默然。

阮大鋮《老門生傳奇》，意在刺毛，然姚宗文誤國，亦毛所不得而私也。

癸丑以後，時人率攻淮撫。有掌科過孟嘗養士處，題壁：『説甚麼雞鳴，説甚麼狗盜，于今亦有虎狼秦，阿誰共走函關道？』

雲間吴爾成自負東林，起爲南曹，投刺熊壇石上書，原任太子少保、左部御史鄒特疏起用某，拜傳入長安，以資笑助。

蔡韞先攝選冢宰，欲起徐若谷。蔡曰：『鬼尚可與之官乎？』以徐舊爲五鬼之一也。秦晉諸君欲起王之案，蔡亦不可。于是攻蔡者詆爲『黄口小兒』。蔡敗，而徐、王起爲亞卿。

何天玉、游肩生各出募兵，何在浙，駐虎林書院，月費千金不恤。游開君子館于廣陵，日進四方遊士，腸雖熱而統馭無術，其下多爲暴者。

遊在廣陵，孜孜慕客。宛有姚生，仗策往謁。余問：『何以進説？』對曰：『今遼瀋陷没，所在失利，爲兵未有機耳。』余笑曰：『機字固美，姑以文字喻之，必詞采局陣題脉理致數者備而機運乎其間。今之行兵者，如孺子方習伊吾，輒欲伸紙，其可得乎？』生無以應而去。

陶元暉由郡守不數年，節鉞登萊，未幾就逮，貤積十萬。一掌科爲陶故吏，余問之掌科，曰：『陶每遣使入都，其書不過數函，其餽必皆數百金。又數日，復如之。』嗚呼，其得節鉞以此，其敗亦以此。前則任德，後不爲之分罪，亦愚矣！掌科姓薛，秦人。

辛亥，京察比部郎秦靈虛聚奎，有《捨死報國疏》，争王紹徽、湯賓尹、徐大化、張嘉言、劉國縉、喬應甲、岳和聲七人冠帶閒住。天啟壬戌，起光禄丞，被論歸。乙丑起操江。

趙儕鶴掌院，值癸亥察事，著《四凶論》，流傳士紳間，指亓、趙、官、吴也。後趙去國亦有元凶巨憝之旨，爲四凶報復也。

亓静初掃時相之門，炙手可熱。其門人祝耀祖傳襲衣鉢，貪横尤甚。薛道長面詈之，曰：『汝有八個字。』祝謂云：『何？』曰：『亓門嫡派，相府玄孫。』其後董景越入之疏中，至拾其閨門之過，人以爲傷厚也。

鄒臣虎補上林簿，與掌道韓浚善。值丁巳京察，單揭盡出其手，東林遭毒尤甚。癸亥當察，鄒復有書與大理田雙南，傳布長安，其詞鄙俚，大略以某可保上江一路，某可保下江一路。田出揭辯之，以爲僞書。掌察者不信，其書中所指，次第除盡。鄒之流毒亦甚矣哉！

湯嘉賓被察，有《播告天下公書》，言于中甫，先欲擁戴淮撫大拜，次嘉賓，次求仲。吾平生不受人厚禮，只好寫『璧謝』二字，其詞甚長，鄒臣虎批點行世。

湯與李修吾始相善也，修吾居淮十三年，加尚書。朝士思安頓之。時遼東欲置經略，湯遺書兵部曰：『安頓此地，莫如此老。安頓此老，莫如此地。』李聞之切齒。

東林初興，郡邑望風擁篲。長洲令陳石泓謀調錫山，以欲親東林也。時有人入山遇異人，授一物，遂能日行五百里。陳以其人偵事長安，往返不過數日。後欲有傳其法者，不得，醉之酒肆，簡其身，得一桃核小舟，碎之。其人醒而悵然。

其人名顧玉川，一説有欲傳其法者，自言能隱身，與顧玉川同行街市，輒攫肆中之物，人皆不見。玉川急欲得其術，願以神行相易，遂授于彼，而彼之所授則不驗。蓋不知彼豫買囑于各肆也。然羲嘗見吴橋范文貞公有二僕，皆善走，操鍊所成，非有他術也。

『門户』二字，伎院名也。昔成祖時，發遜國忠臣妻孥于教坊司，頗爲虧損聖德。今者國家動稱『門户』，以此誘人，以此傍人，亦以此攻人，恐此二字與國運終始。

貴州被圍歲餘，相率食人。武弁黄運清等縛人數十，置之空屋，以待買者，每斤一兩六錢，胸肉又益之。直指院後一井，常爲屠剥之所。鄉官潘潤民，抱愛女四五歲，市人見而奪去。潘奔往取贖，女已在釜矣。居民十萬，及解圍之日，僅存數百。滇人在都者語之，無不流涕。

神宗末，玄黄之戰不息，凡邊疆共事者，意見每相犄角。熊、王敗後，李茂嶼檼、史磐石永安撫按貴州，解圍後又互爲攻訐，豈人事之不和亦有數與？史一躑躅人，山東諸公俱袒之。

熊芝岡剛傲，人多不悦。初起經略，與閲科姚益城相左。馮三元、郭鞏和姚立説熊不安其任。遼陽陷，起熊于田間，一時視爲汾陽再世。削閲科籍，黜馮、郭于外，以平熊之氣。亡何而廣寧陷，又召還姚等。法司按論熊事，顧塵客以爲末減，應朝玉獨入之。爰書呈堂，王憲葵看語按之：『楊鎬尚多一逃，比之袁應泰，只欠一死。』遂爲定案。

初湯宣城欲娶徐子仁之女爲妾，其女已許諸生施大德，不肯從湯，投水而死。生員芮永縉等舉爲貞節，建祠設主。及熊督學南畿，欲爲湯洗刷。適公呈又有舉節者，批爲『此施、湯故智』，以之陷害鄉紳，將前番公舉芮永縉斃之杖下。巡按荆養喬摘其批語，以爲擁戴宣黨，互相參劾。養喬不勝，徑去。掌院孫藍石題勘，而宣黨攻孫不已，孫亦叩辭出城。同一熊也，始則和之者爲宣黨，攻之者爲東林；今則寬之者爲東林，殺之者爲浙人。真不可解也。

熊與姚益城頗稱相得，熊經略遼陽，姚以閲科往。湯嘉賓曰：『此當事雙鵰計也，兩人必不相容。』其言果驗。

姚宗文後以楚撫建祠入逆案，論徒三年。嘗至紹興蓬萊驛，遇王季重，揖讓間，季重戲之曰：『若論敝地，應先公；若論貴衙門，應先僕。』姚無地自容。

萬曆庚辛間，門户相扼，浙人指李邦華、周起元、徐良彦、徐縉芳、李炳恭爲『五鬼』，俱轉年例。不數年，三人開府，惟縉芳坐贓，擬戍。天啟甲子，長安復有『五鬼』之號，不知所指，大略傾險之徒爲之也。

陳長祚年八十餘，不良于行，以時相門牆起拜司空。其父陳瑞，故楚撫也。江陵父喪弔畢，易麻巾入謁太夫人。時有内使在座，夫人云：『老公祖看顧公公。』瑞應聲云：『公公看顧得陳瑞，陳瑞怎看顧得公公。』長祚入朝，廷臣咸目之曰：『此公公看顧之子也。』孝子慈孫，百世不改。非此之謂與？

沈正宗以工部管街道廳，手捧一聖旨牌，每遇兩衙門房屋稍侵官路者，立行拆毁，以示風裁。時有賀烺改名王盛，亦以搏擊爲能。兩部曹不無局外之訕。

鄒臣虎敗，其友夏繩北、魏合虚、鍾伯敬數人已擬考選，俱改部郎。夏得儀部，時亓、趙横甚，夏首犯其鋒，唐存憶佐之，疏中有『莫謂西臺無鬚眉男子』之語，亓、趙遂以不振。

亓静初出疏，每作隱語，人人自危。或托所知訊之，亓曰：『我疏語如懸一鏡，令人自照。』

張蓬立入掌選，未視事，首上一疏，有『不從囑託』之語，且言賓淮南之賢。賓方爲時所棄，吴浮玉即疏參之。張遂拂衣歸。未數年，歷開府亞卿。

稅監高寀橫于閩，人情洶洶，將變。寀遂閉撫院。袁一驥于其署二司入解之，并爲所困。竇淮南爲方伯，觀變不入。後二司以同知爲質，許其盡拘百姓爲難者。司理鄒匪石、周蓼洲獨爭之。鄒反覆辯揭，忤當事意。都中以爲竇黨，不列考選。

鄒八年閩海，絕無奧援。戴園客爲御史府經歷，與鄉人祝耀祖善。祝以鄒但皈依我輩，臺省唾手。戴以其意達于鄒。鄒答數千言，極詆之：『昔人耻作識面臺官，某豈敢爲呈身御史哉！』戴門人魏廓園上春官，在戴邸舍讀其書而壯之。及魏居吏科，薦之太宰，遂有銓司之調。

萬曆末考選久稽，及光宗御極，三咨竝下，人人各樹藩籬，祖某攻某，至無寧日。楊大洪、左滄嶼爲臺省前輩，意思深長，人共宗之。然删除异己稍稍過嚴，遂起二鬼之祟。

泰昌晏駕時，今上青衣總角，在李選侍之手。選侍居乾清宮，欲挾上以自重。時兩喪相繼，人情不測。楊大洪以兵科入衛，首倡移宮，忌口繁興。其《謝病表》有『已捧虞淵之日，無憂杞國之天』，亦不無過任。

太監王安舊役東朝，爲光宗所親信。泰昌在位一月，發帑、停稅諸善政一時竝舉，安之力也。後與魏奄水火，身首异處，虫出于户而人不敢收之。上實未之知也。

巡城御史淩漢翀，以搏擊豪强爲能，萬金之家觸之立盡。尤抑內寺，求小過發之。一日飛檄至官中，宦者呈之御前。神宗手其檄，食頃，徐謂曰：『此秀才們天下，何足與較。』噫，神宗真聖主也！宦者終其世，斂戢不敢爲惡。淩以元日與錦衣衛相毆，革職。

按：神宗在位，諸逆惴惴莫能自保。馮保以皇太后所信任，彌違過當，故不旋踵而敗。是後大奄張宏見神廟苛察，絶食數日而卒。張鯨最爲親信，定計以去馮保者。言官論之，便命輔臣戒飭，終身退廢。張誠稍不謹，即降發海子，其餘俱奉法，唯謹獨出外。税奄多擾地方，神廟每曲庇之，則神廟好貨所致，初不因宦寺之寵也。神宗在位長久，頗多秕政，而不至于亂者，賴有此耳。

閣臣投刺兩衙門，故事，俱用友生。後有易知生者，掌科劉戴源爲沈同和事，參及座主，并争。知生字云晚，以别尊卑之分，知以通往來之常，其言不免瑣屑云。

沈同和假元事敗。初納一詩妓，偶以淫婦詈之。妓應聲云：『這淫婦倒是我自家掙的？』訊其場中倩人也。次科莊際昌亦以廷試洗補字眼，被參回籍。今國家舉業一途，相傳數百年，至辰未間幾斬，亦天運之厄哉！

湯、韓闈中之事，至今有爲言者。湯在闈手持其文，揚言此韓敬卷也。蓋成弘名士多以射覆得之，湯其故智也。批語有『吾拜子矣』之句。時人戲曰：『十年前門生拜座主要湯，十年後座主拜門生答敬。』

吴興丁長孺集出其客難，言韓事甚詳。其父太僕亡橐中金若干，以疑某某。疑者言：『二郎長安所費二萬金，豈從天降地出乎？』太僕遂絶口亡金事。湯司成封公至湖州，責逋于韓。留峴首兩月，太僕至于掩泣。周旋其事者，夏長卿也。

湖州葉朗生之變，葉招摇吴下，貸錢富室。韓求仲首發其事，杜郡守擒之長安。憾韓者謂貽資朗生謀不軌，反以罪之。韓固輕薄兒，而吾曹論人，唯意所指，獨非輕薄乎！

大拜之事相傳必用間金數萬，類有富人爲注館中。諸公明對人言：某某俱以數萬獲之。沈吴興入相，誘洞庭翁姓者五萬金，以總戎許之。其餘廢弁棄宦以千金進者，不可勝計，即它相號稱賢者，往往爲之。嗚呼，始進不正，以身爲市，我朝相業可觀矣！神、光相繼晏駕，恩詔起廢，幾于野無遺老。京堂舊止二十六員，一二年間添注滿百，南亦半之，猶紛紛請乞未已。各衙門分俸而食，共人而役，相對半是疲聾，不顧鐘鳴漏盡也。有題大柳驛壁云：『恩詔紛紛起廢，名賢輩輩出山。且喜今朝縱去，只愁他日横還。』可發一笑。

洪南池初任福寧州守，頗致温飽，後歷郡藩臬，刻意清矯，累舉卓异。至光禄卿，入朝，衣必補綴，淺深殊色，不良于行，應對上前甚苦。胡掌科諷以懸車之義，怏怏出門。

黔圍十月未解，王彭伯頓兵數萬于偏沅，不進。黔人王尊德叩頭請救，不應。遇一女避亂，納之，乃黔人張孝廉女也。以巡撫娶部民女，乘其亂而婚之，君子知其不克終矣。

邯鄲張我續鎮河南，聞遼東陷，移駐磁州。磁去邯鄲四十里，婢妾數十人往來絡繹無虚日。移文郡縣額外增餉，中州苦之。後水蘭搆釁，奉上命總督黔蜀，攜羣妾而往。至襄陽，值端午，取五毒灑線衣數十套，責怒其令長。所至，男女逃竄，不啻避寇。其劄付武職，則參遊文職，則推官、同知逢人便給。時論猶以爲賢，何哉？

張故中州督學，門下士多貴顯。及被論歸，急欲出山，每對人言管葛豎子不足道。中州士人過邯鄲者，邀之飲酒，輒裸體，取刀自砍，以神其術。張精于房術，故作誕語欺人，人益稱之。我續一婢，逆奄同姓也。逆奄擅權，人稱之曰魏太太。起官入都，逆奄遣人迎接張姑爺，其婢八座鳴騶，人皆笑之，張以爲榮。王憲葵夙負時望，言官攻烏程，王亦挺身出。敵疏中有『夜半叩客氏之門，直通于帝座』等語。次日削籍，騎驢以出都門，人共榮之。烏程無子，姬妾甚衆。未入相時，言官有訕其帷簿者。烏程俱嫁之，必令其夫入拜執子婿禮。杭人俱能言之。

壬戌，余以考選入京，時門户分争，收人者以挺擊、紅丸、移宫三案占人背向。有要人謂余曰：『三案如何抉擇？』余曰：『光宗棄羣臣久，今上御極亦非一日，三案皆爲往事，恐朝廷所急不在此。』客無以難而去。

楊大洪首倡移宫，李選侍出居一號殿。賈浮弋揭言：『當安選侍，以成皇上之孝。』忤旨，削籍。時上傳選侍迫虐皇母，仇不共戴，賈危于朝露。未幾，上亦忘之，未知此中何也。余嘗對客曰：『上未御極之先，移宫爲是，御極之後，安選侍爲是。兩者只争先後，不分是非。』

按：賈繼春之論似是而非。夫人臣之事其君也，以天下起見，以生民起見，原不沾沾在人君一人身上。以人君一人身上起見者，則宦官、宫妾之事其主也。夫人情非甚不肖，其愛孌妾也，必不甚于其子；即愛其子也，必不甚于其祖宗付託，輕重異也。當鄭、李謀據兩宮、挾幼主以濟其惡，禍將及于社稷矣。今使光宗以嬖妾之故不安其子，并不安其所，付託者失輕重之權，以是謂之忠于光宗，可乎？即熹宗，念光宗而使事事受制于嬖妾，以是謂之孝于光宗，可乎？光宗惑于鄭妃之陰謀，踰月而喪其身。繼春乃欲熹宗取法，是必欲以天下而殉一婦人乎？光宗彌留之際，不以天下民生屬付大臣，而欷歔嬖妾，說在屈到之嗜芰也。而繼春視堯舜之孝弟，不過如此。且其時選侍奉養深宮，有何不豫，而繼春必欲合天下以得其懽心。宮府之間，其必有所授受矣！即不然，而繼春之見，亦宦官、宮妾之見也，然此不過據理而言之耳。繼春削籍後，于甲子歲投疏通政司，自悔其非。言選侍一揭，偶被傳聞所誤。乙丑奉召至京，又以此揭居功，乞刊布楊忠烈公罪狀。崇禎己巳，又投疏通政司，言前疏非得已意，欲陰救忠烈。毅宗御文華殿，斥之爲反覆小人。于是而繼春之論定矣。

白蓮教陷鄒、滕，復侵兗州，我師失利。撫院趙明宇出城祭陣亡將士。猝報賊至，城門先閉，趙以筐籃縋城而上。留都傳爲『筐籃撫臺』。

征妖兵無節制，良民罹鋒鏑者甚衆，幸而成功。趙明宇得蒙陞廕，雜收戰地之尸，築爲京觀，立碑紀之。夫邲之戰，楚收晉尸尚不敢爲京觀，而趙乃取我鋒鏑之赤子，號爲鯨鯢。一己之富貴寧無盡耶！羅掌科論之，謂京觀祇以築愁築怨，而蟒玉豈誠安且吉兮！

趙明宇彥入爲本兵，其子昌胤，以金吾招摇都市不能禁也，二鬼爲政，政府以下八座盡空。

惟趙遷延，人言交諍，猶得馳驛去。

沈同和假元事露，房師韓參嶺邀之私宅，出『士憎兹多口』試之，終日不成一字。謂韓僕曰：『何不出經書題，而出論題耶？』衆爲掩口。

熊、王同事，兩不相能。王信、李□□之間〔一〕，望其内應。熊遺書云：『于彼則家當已重，殊無出理；于我則罪業已深，殊無還理。』兩言頗爲破的。王不之省，以至于敗。然每遇朝審，行道之人必以瓦礫擲熊，流血滿面。其失人心至此，抑獨何與？

一説擲瓦礫者，王化貞所買出之人，欲重熊罪以寬己耳。

校勘記

〔一〕『李』後，底本塗黑二字。

郭鞏以劾熊被黜，吴江周季侯薦熊，兩人以此相左。熊敗，郭還，癸亥察典，郭首欲處周，因相奏訐周疏有『專鋤當門之蘭』。郭辯香蘭臭蘭，至以喫糞鄙語入于章奏。郭有内援，得下其疏。九卿科道會議，葉臺山當國以調停兩釋，卒釀它日之禍。

鞏入逆案。己巳之變，鞏倣謝疊山作《却聘書》，下獄論死。後減死戍廣西。

新城王司馬無子，多畜姬妾，已次第遣之。有舉子者，王輒收爲己子，至四五人。其爲薊遼總督，年八十餘矣，國家猶倚爲長城。母艱去位，具題請廕，敍述妾去子還之狀，有已疑而人勸其收者，得旨下部，有『卿自知之』之語。人傳爲笑。

毛文龍以游客舌干督闖，遼陽既陷，金復海蓋四衛，殺掠一空，置爲棄地。文龍乘虚襲金州，自居海中皮島。每遇秋深，輒報邊功，其誇大不情，至云□馬走死數萬匹〔一〕。所獻之俘，老弱而已。毛術通内使，至必攜貂、參若干輛，盡走帝側，餘及要人，故所求輒應。兵餉之外，發帑數萬，爲軍前犒賞者再。其功罪絶無可稽，但張皇不遜，請釋王化貞，逮登州同知，不然解劍歸朝鮮矣。無忌憚如此，此國家之癰疽也。

校勘記

〔一〕『云』後，底本塗黑一字。

張思任亦游客，以房術走諸貴人，游肩生待以上賓。募兵維揚，瞷民間富室，輒以參遊劄付，劫取重貲，一境騷然。又有宋明時楚黄人，以煉丹誘少年子弟，後媚巨奄，自稱善符呪，能呪人死。奉旨往薊鎮，督臣王樞輔孫俱爲築壇，行呪術，杳無所驗。堂堂天朝兵興數年，不聞帷幄奇謀，邊廷戰將而但倚走棍遊客呼管呼葛，至於用呪呪敵，可令後世見哉！

張思任原名宋連璧，山東樂安人。有李焕章爲其傳，言思任遇异人，能隱身驅風雷，又剪紙爲人、馬、甲、盾、器械。崔魏時與游侍御肩生同被逮，檻車至河西務，隱形而遁，又變姓名爲李抱貞，匿一宗伯家。崇禎初，走長安，上書劾權要，爲逆奄復仇。忤旨，命斬西市，又隱身脱桎梏而去。按天啟乙丑逮游士任并武弁孟淑孔、張思任，俱下鎮撫司。淑孔死獄，餘釋出，未嘗遁也。西市脱一斬犯，何以不經見聞，其烏有不言？可知今人大多憑空説謊，如此有對會者尚然。毀譽之道，無復三代矣。

涂淑任故察處之員也，癸亥以南考功掌察，于倫曾管丁巳察事，癸亥乃被察。故事，已經察處者，不得管察，察察者將來免察，今一切反之。

趙儕鶴以名碩起田間，不一年擢登首部。其在田三十年，胸中不無忌怨。門下故人雜進，得以冷語相投，性頗剛愎。愛者勸之，絶不省。紛紛遂起人言，所行美事，俱成罪案矣。

趙掌科濟含亦高邑人，與趙儕鶴同里，不族。掌科微時，儕鶴以故考功居家，卵翼之。及羽毛豐滿，凌鑠一時，不問舊恩。儕鶴甚憾之。掌科敗，儕鶴起用，亦不能相忘。亡何時局變，而掌科訕彈至矣。掌科固輕薄子，儕鶴亦恩怨太明，非學道人所宜有也。

癸亥，察事王述文允成首握魁柄，南冢卿何玄谷、總憲王射斗怏怏不平。比部范得志疏糾述文把持法司，賄庇親屬。時述文通南北咽喉，搏擊如意。而得志以一任子敢爲憑陵，衆共駭异。臺省謂其撓亂察典，章滿公車。冢卿、總憲亦以主使，遂并按之。已而局翻勢變，比部起原官，辛憲爲時首推，乃知事不必過激，亦不必預防。有意爲之，祇速敗而已。得志係宫詹醇敬子，多行不義。

趙儕鶴冢宰每見文選、考功兩司新進署篆不可共事，思收一二夙名爲司官。故事，四司俱以他部主政轉，間有員外至于正郎，惟陸光祖偶一爲之。趙援陸例調江右，鄒匪石爲考功，副院鄭玄岳所薦也。江右臺省傅櫆、章允儒、陳良訓以議非己出，譁而出揭争之，噪動長安。其鄉前輩明知非禮，不能禁。釁端一開，而拱手于奄人矣。

鄒考功刻行清修，其天性也。趙特簡之左浮丘，魏廓園亦慫恿其間。左與鄒同年，知之有素。魏則見其與戴九圓書而知之江右，創爲二千金，通汪文言之説。汪故走公卿間，鄒非特不識其面目，并不識其姓名也。聞之憤甚，出疏傷其鄉人。其鄉有力者，亦肆意叫罵。西江名節之風，至是蕩然矣。

奄人惡汪文言切齒，傅櫆攻左、魏摭爲兵端，投内好也。文言遂下詔獄。時廠衛理刑傅繼教，與櫆有兄弟好。左亦以通内報之，傅連章咆哮，有斬臣首懸諸國門，妻子長流嶺外，幾于獸死不擇音焉。櫆以憂去，左、魏遷延留長安。識者知其宜去云。

熊、王之獄將值論決，汪文言以四萬金許奄人，爲之停止，已而負之。故奄人恨之切齒。

阮圓海之祖鶚，大鋮之曾叔祖。初爲浙宗師，以倭亂全城立祠，後爲閩撫，寇逼閉城，人遭鹵掠。閩人修《志》訊之。圓海以行人使閩，閲《志》，知出史聯岳之手。史入相，阮爲掌科，屢疏糾之，拾史八會通紅夷事。史不安其位而去。鶚總督征倭失事，下獄死。曾受圍于桐鄉，計無所出，唯拔庭中草以消永日。及圍解，庭中草無半莖。人傳爲笑。

天啟三年冬，京城盜賊横行。工部馬員外頗積重貲，盜發其藏以去。未數日獲盜，得元寶數十錠。侍御龎心廉糾之，而馬之貪名始著。由是宦邸遭盜者俱不敢發，惟恐事露爲累。高坡衚衕，民居稠密之所，盜劫解庫，勒馬彎弓，人不敢邇。故老謂百年來所未見也。故總督萬世德三子，一邊道，一户部，一錦衣。原籍偏頭關，號爲『三萬』。以筐篚飲宴結懽晉人。邊道借通夷爲市，岳石梁論敗之。錦衣居京師，托名買馬，匿官帑數萬，健丁游手充滿其門。僕區累覺而不敢問，亦京城一孽也。

廣寧陷後，宫奴晝夜治裝，爲南巡計，復勸上養内兵三千，以宦寺充之。平明操練，砲聲達于中外，百官動色，上處之恬然。言官屢以爲言，不省。

宫奴例有冬衣、靴料銀三萬，内操選净身男子爲禁旅，增至十二萬餘。值工部帑匱過期未發，奄人擁衆上堂，詬駡司空，毁冠裂冕。鍾司空羽正由是去位，而奄人無問者。縉紳之辱始基之矣。

神廟于立儲，故爲遲遲，廷臣争之益急。科道公疏，一筆勾罷三十餘人，以後部曹各官，凡有訕議自度不免者，即邀名國本而去。今上初元，當事以覃恩起廢，沾于『國本』二字，無不取京堂如寄，間有物故，亦贈官諭祭，至一百餘人。名器之濫至此，政府不無罪焉。

光廟今上兩次覃恩，薄海内外但沾一命者，俱得榮親如其官。天啟三年十月，誕皇長子，又得恩封。數月，長子薨逝，而請封者猶未已。京官有已封未遷秩者，俱討吏部執照，爲後來張本。噫，亦恩典中壟斷也！余以壬戌考選，隨班具題，亦得邀封二親，豈非至幸。然以恩榮太濫，私竊憂之。未幾時相當國，不論清濁、賢否，大臣、小臣，槩追誥命，余亦與焉。造物乘除之理，在識者已先見之矣！

鄒南臯、馮少墟建『首善書院』于京師，巡視周季侯成之，講學以延四方之士。掌科朱五吉、郭默清論之，兩公去國，掌科亦外遷。奄人執柄，朱、郭以監司超陞京秩，書院拆毁。言者詆之，不啻巢窟。夫京師，縉紳雜踏之地，一開講學，賢奸共進，不能不爲政蠹。徐華亭靈濟之會，已叢議于前矣。朱、郭意在去兩公，初不因講學起見，然兩公實亦多此一事也。『宋以學術之僞亂天下，以學術之亡亡天下。』兩語足爲殷鑒。

葉臺山再相，中外想望丰采。客有談及此者，余司理宛上笑曰：『此老最下則再入中書耳。』後以計逐劉是菴，穿鼻巨璫受索門户，筐篚盈門，棋酒自娱，裝病喬徜，眉宇俱有諢氣，一切邊庭要務，俱置不問。一日道遇曹元甫，指余所戴貂帽，笑曰：『此非葉相公之毛乎？』余訝之，元甫曰：『謂其爲老貂耳。』此足爲二字史。

趙儕鶴謂余曰：『昔作考功時，堂官乃貴邑孫歷峰也。其甥吕姜山爲本部主事，頗有物議。』時值京察，數問考功本部用何人，余對以未定。及出之袖中，即其甥也。孫亦無言，因嘆先輩風範，不可及如此。

白蓮教始于王森。相傳森以賣腐爲生，遲明，遇一老人卧草間，長不滿三尺，形容險怪，鼾睡未醒。森呼之起，老人亟走。是夜老人來謝，授森瓣香曰：『持此可以起家矣。』蓋妖狐也。森因焚香倡教，凡染香氣者，神魂俱醉，無不聽其指揮，故又名『聞香教徒』。衆至數十萬。發覺，森死獄。其子王三仍行其術，傳頭教主，所在而是。鄒滕先期倡亂，遂敗。岳石梁巡撫順天，捕之，獲于揚州。妻子獲于濟寧，械送京師。山東遣黑大方將兵護之，妖衆隨路欲劫檻車，大方防守甚力，將及都門始散，斬于西市。

王森原名石自然，薊州皮工也。路遇妖狐爲鷹所搏，狐求救于森，森收之至家，狐斷尾相謝，傳以妖香。凡聞此香者，心即迷惑，妄有所見。森依其術，創爲白蓮教，自稱『聞香教主』。立大小傳頭、會首名色，此牽彼引，雲合響應，頂禮皈依，蔓延徧于京東、京西、山東、河南、山陝、四川六省，不下二百萬人。森移住灤州石佛庄，其徒見者俱稱朝貢，各斂積香錢絡繹解送，或盛停别所，以待支用。省直府縣各設公所，使傳頭看守，置竹籤飛籌，印烙『三王』字號。凡有風信，頃刻可傳千里，撮合俚言謊説，刊作經文，分授徒衆。萬曆二十三年，方副使訪知檄灤州，下森于獄，抵絞，永平府詹推官覆改徒罪。森既出，思得有力者以自庇，遂入京師，投永年伯爲族，又結奄宦王德祥。四十年，遷安縣團山，建塔。以森術能動衆，舉森募化。森以金錢托其弟子李國用、李應夏。而國用乾没之，不爲森所容。國用遂畔森，與應夏創立别教，自稱『太極古佛』，以符呪召亡靈爲事。而森之弟子，亦往往有背森從國用者。兩教弟子各爲其法門，以相仇殺，盡發露其過惡。府縣擬李國用、李應夏、王森及森弟子杜福等罪，此四十二年事也。時歲旱，飢民多起爲亂，而森之弟子高應臣、鄭守忠、李惟仁等乘之造爲妖言，欲擁戴森，聚數百人于清凉山。驛報洶洶，永平府劉推官查前後案卷，知森之事實，遂會同府縣覆審，坐森左道，律絞。四十七年，森死于獄。其大弟子徐鴻儒、于弘志、周志德、許應龍、許大國、李天禄、周印等，與其子王好賢仍行其教，約于天啟二年八月中十方起兵。徐鴻儒以他事相激，先期而起。鴻儒者，鉅野人也。時鉅野、曹州方窮治妖黨，而楊子雨、李太等持挺格之，雖就擒，而餘黨未散。鴻儒遂攻鄆城，于弘志爲内應，城陷。尋攻鄒、滕、嶧，皆下之。六月，官兵復嶧縣，鴻儒據梁家樓，爲我兵所敗，逸過河東。據《紀》，王城又敗，逃入鄒縣，攻三月，始下。十二月，獻俘告庙，磔鴻儒于市。臨刑嘆曰：『我與王好賢父子經營二十餘年，徒衆滿天下，事之不成，天也。』

妖賊徐鴻儒之亂，百姓死于賊者十三，而死于官兵者十五。夏鎮富户有一女，賊脅妻之。其治河主簿以富户通妖，擅斬于市，盡掠其貲。主簿又以功遷。土人言之淚下。道長李河岑，山東人。言妖賊亂時，其本衛武弁覘良家子女有姿色者，即指父兄爲妖，殺而奪之。地方官雖覺，亦不敢發也。

癸亥考選，創爲軍功，滋陽楊柄、鉅野趙延慶、沛縣林汝翥，皆以守城得列臺省。汝翥孝廉爲人小巧，無他長，遂以杖責内官，致貽士紳之辱。

趙道長延慶守鉅野日，其内人親爲給饋。城中婦女千餘，俱效之，賊賴以退。後爲御史上疏革去。新增守門兵八千人，兵譁，至其宅，掠貲以去，趙幸得脱。奉旨捕首惡，兵部恐激變，斬無賴以應之。

好事者多言江南蛇山，羣盜竊據其中，僭號署官，指畫姓名，無不鑿鑿。戊午秋，松江劉司理之待應聘入南都江屯，各院囑其偵探虚實。劉返松江，棹小舟海濱，問所謂蛇山者，去岸不過百里，海中小山耳。居民數百家，皆漁户也，無它盜出没其間。事覆，江屯議遂稍息。然台、温諸郡，屢有大盜聯舟數十艘，有獲其僞印、僞牌者，僭稱寛永二年。此盜又不知自蛇山否？則亦未可謂盡無跡也。

按：『寛永』，日本年號，故海中爲盜者，必假借之。後國王死，女主復仍其號。女主之子，始改『義明』。

毘陵陳兵部子鼎相，少年不習書史，喜談兵。遊客走棍出入其門，往往對客作大言。父母戒之，不悛。烏程入相與俱。沈罷，陳亦回籍，其徒往來不散。歷陽獲盜，俱供其黨與在鼎相處。司理吴石袍偵之有跡，遂捕之。齊庶人事覺，詞亦連鼎相，尋死于獄。操江具疏奏聞。齊庶人者，齊王榑之少子賢𤇜。永樂時以其不法，徙居南京。今其支屬蔓延，横端屢見。官府不敢制，議欲徙之，無術。

魏元法僧，年號天啟，梁永嘉王莊、僞漢陳友諒，皆號天啟。今上御極，閣臣禮部于疊見史傳者曾不一考，而復用之耶？不獨于今爲然，『永樂』之號，前凉張重華、宋蠻賊張遇賢及方臘，亦三用之。『天順』，則元阿速吉八；『正德』，則夏主李乾順；『泰昌』，則元魏。雷同如此，正德初冢宰出選題『宰相須用讀書人』，蓋訕之也。

過成山六年考滿，掌道潘石乳考語有『金和玉節，嶽峙川澄』八字。呈堂，鄒南皋疏論之，以『金和玉節』非宣聖不克當也。兩御史俱請病歸。大略考語浮美，已非一日，鄒以細事去兩御史。小犯已甚之戒。

遼東經略屢敗，孫高陽以資淺詞林超入内閣，出鎮山海關。行裴度故事營關外，築寧遠，爲漸窺廣寧計，邊事稍寧。然擁衆十四五萬兵無實數，冒破滋多。總兵馬世龍、王世欽互爲欺罔，高陽過信之，又與遼撫不相能，閣調羹、張鳳翼皆束手去。

王霽宇以大司馬總督薊遼，專撫西屬。時西屬出没不常，借端要挾。往例，歲撫不過十餘萬。王請百萬爲犒，雖不如額，亦費至三、四十萬。又桀驁侵掠，不許邊臣與敵。高陽甚苦之。會司馬憂去，閣臣欲廢總督。久停會推，科道屢疏及之，不得已，推桐城吴用先。吴年亦衰，無它望。廟堂以封疆爲兒戲如此。

袁應泰才望庸劣，代熊經略遼陽。招集客兵，占民居，奪民妻，城中無有寧家。而袁方恃爲勁旅。敵至，自辰至巳，城中火砲競起，袁遂就擒。失去遼陽二千里，喪師辱國，死有餘辜。廟堂反加恩恤，何與？

張見平巡按遼陽，城陷自縊。其本處弟子員躬爲畚插，葬于城外。國家以遼東西失事死事者少恩典，特厚贈尚書，其父張五典大理卿，又以子故，加尚書致仕，并得祖父如其官。一掌科云：『張固從容就義，然恩卹自有常典。今以死子加其生父，又以生子追其死祖父，何可示後？且七品官安得遽贈尚書乎？』張子道濬，廕錦衣，能繪事，風采翩翩。

道濬與袁弘勳爲王永光鷹犬，搏擊善類，爲見平之累多矣。辛酉應天武闈，就試者鱗集。太平曹元甫留心經濟，武生有膽略者往往見之。曹勸其嫻習騎射，武生遂結社比試弓馬，爲黄岳會曹序之以紀姓名。忌者騰言，以黄岳會聚集匪人，謀爲不軌。操江形諸章奏。世事之不可爲，與人之好爲蜚言，一至此乎！

癸亥冬，總督、遼撫俱以艱行，議者欲選才望，有推轂李懋明、熊壇石者。兩公俱江右人，其鄉人力争，不可。推喻養初爲巡撫而止。次日，章魯齋忿忿謂余曰：『豈我江西人便可喫虧如此！』余曰：『當今要緊官，第一督撫。推轂熊、李二公，還是重江西。今推喻養初，豈吃虧我浙耶？』人情避事，相沿爲俗。

東事之興，户部加派田畝。小民雖苦，而利害則均。章魯齋令華亭，設法如額，免民加派。壬戌考選，治行第一。何武莪巡撫廣西，亦以此法行之。已轉總督，又行粤東。凡牙行漁税、行商坐賈，無不榷及，大略倣桑弘羊、王安石之法而更朘之。議者紛然，遂免官。

章魯齋任華亭，治聲嘖嘖。張侗初謂人曰：『我令公以熱心撫無知之赤子，以冷面待無耻之鄉官。』余遇一雲間新進士，問章如何。曰：『君子有三變，惟令公能百變。』余謂云何。曰：『每賓館會客，冷面熱面，情面笑面，隨高下而施之，大約一樣人一樣面待之。』其語頗憯，然足爲魯齋寫照。

天啟三年癸亥六月，熒惑入南斗，議者洶洶，不知主何凶吉。考占驗，主饑荒。嘉靖二十二年癸卯七月，亦入南斗，東南大飢。今天啟四年，蘇、松、浙西大水。五年，大旱，斗米二百錢，是其應也。又甲子歲七月，五星聚張，好事者以中州或有异人，考嘉靖三年五星聚室，占主朝廷營建。今乙丑歲，三殿兩門工興，浩費不貲，豈占應亦主營建耶！

甲子二月末旬，大風揚沙，晝晦，天鼓鳴。如是十日。至三月初一日，京師連震三日，乾清宮尤甚。適上體違和，人心皇皇。余直陳十失，刺及客氏、魏奄，頗犯忌諱。奄人必欲重處，得閣救，僅罰俸一年而止。

元年辛酉，陝西奏河清二日。癸亥，鳳見于汝州，色赤，其大如馬，衆鳥數萬隨之。居民就視者，衆鳥伸頭欲啄。其州官以爲此地即古潁州，意者王霸之應，無不笑其言。

甲子八月，玉璽出于彰德，即古鄴銅雀臺。漁者見火光，没取之。守臣以聞，上命由中門捧進，行受璽禮，百官慶賀。是時魏奄作威，稍露其端，廷臣不敢争。考弘治十三年，陝西亦獻玉璽，止命取進，賞進璽官銀五兩。昔宋哲宗亦得一璽，蔡確等競言祥瑞，改元元符。是年黨錮遂興，貶黜蘇軾、劉安世等殆盡。得璽報聞，識者遂有此議。不踰月而時局之説興，或逮或黜，自閣臣以下，去者幾二百員，猶未艾也。

楊大洪論魏璫二十四款，時論翕然。疏未入之先，一掌科知之，謂：『楊有此舉，千古高名，意以必立鋤此璫而後已。』余沉吟久之，曰：『從來除君側者必有内援，楊公有此乎？一擊不中，吾儕無噍類矣。』掌科未然其説。次日閲二十四欵，多摭宫嬪風影事。余益跌足曰：『此適貽之口實耳！』于是科道九卿交章入奏，俱不省。不數月，禍作，言者次第除去，無一留者，而楊與掌科輩俱逮矣。

工部萬元白以劾魏奄杖死。萬一羸弱人，不勝步履。時爐銅正缺，萬欲發宫中廢器古銅出鑄，以濟陵工，奄不可，于是參之。夫士庶家積銅逸器尚不肯鎔，況大内之物，寧保無鼎彝罍洗雜于其中乎？萬之死杖足惜，而發銅非所訓也。爲拈出之。

萬郎中死後，余以爲難發于楊大洪，當必有疏入告。跡之寂然，因諷之去。楊曰：『除吾一身，生死成敗莫要照管。如死而有益，亦是不妨。』余曰：『士君子出處要分明，今言既不用，在朝何益？身名俱全者，上也；身死名存者，次也。』楊頷之。翊日，楊語李仲達過余，爲決去留。余爲書上之，笑謂仲達曰：『去留當決諸己，如與人商議，定是去不成的。以此言告堂翁可也。』楊終遷延，及于難。

甲子六月，楊大洪《二十四罪》之疏，萬郎中之杖，北城林道長笞傅國興之事，一時迸集。奄人洶洶，若欲得外庭而甘心之者。適臺省以郎中廷杖事入閣議之，余亦與焉。火者數百人，擁集東閣，張拳露腿，叫罵萬端。閣臣口澀面赬，無一言敢止之者。余勃然曰：『内閣絲綸之地，司禮非奉君命不至。汝輩敢于無理若此，是輕皇上，輕二祖十宗也。』亦稍稍引去。嗚呼，閣體之褻非一日矣，福清惡得辭其責哉！

林道長被旨廷杖，奄人傾宮而出，紅棍鐵圈、鼠嘯狐吟于道，自長安門至林寓，絡繹不絶。林先期逸去，有言林爲福清之甥，匿福清所。諸奄即蜂擁搜之。時福清註籍，婦女踉蹌推出撑拒。廠衛掠奪嘖重而去。福清以元輔與内昵，無一事匡救，至事不可爲，粧聾做啞，身受其辱。即以政府被人搜匿一事，若平日稍有威望，豈至此乎！

通政司參議，亦五品京堂官，其服飾體統俱同。然撫按奏事者，俱係通參節其要略，面陳取旨，非聲音嘹亮者不能。每于各部曹選入，謂之選參。選日，司禮監居中主之，例投門生帖，以此朝紳耻焉。大約察處及被論者就之。松江張肇林，時爲此官，口吃而操吳音，每奏事，爲人傳笑。

余與虞乾飈、周柱瀛、胡芷漁同作江南司理，政簡政明，每會必四人共一公署，如布衣交，江南傳爲盛事。辛酉秋，虞以憂去，三人行取。壬戌考選，胡得掌科，余與周俱入臺中。余請假歸，會虞于鴛湖，極慶彈冠。癸亥冬，余與周、胡赴闕，不差旬日。凡建白朝請，真如塤篪。未幾，周轉僉憲，又踰年，余與芷漁相繼罷黜。及虞服闋入省中，孑然一身耳。始知聚散乘除，盛事真難久據也。

吳興唐時有文名，以制舉義投謁熊壇石。熊曰：『此古文也。』有客問之，熊曰：『謂其爲辭官表耳。』唐果以貢例選别駕而去。

趙嶼陽居鄉不義，爲監司黄輝所發，立擠之去。但逢臺省，即寫扇送書，爲人鄙甚。余論之回籍。趙疑爲錢麟武所使，貽書南臺，劾錢『第宅連雲，粉黛蔽日』。錢居家不治第，亦無幸妾。第五倫三娶孤女，而云『撾殺婦翁』，不亦信乎！

趙儕鶴自總憲初轉冢宰，禁中注意尤切。上每御講筵畢，必使左右傳語云：『外邊做官俱如趙尚書，天下太平矣。』未數月而愛憎頓移，罷官削籍，追問其子，猶恨恨不置。此何説也？

杭州一司理秩滿行取，發其貲槖回籍，至用夫六百名載入舟中。吴山田驛丞畏其威名，不敢實列名數，只開三分之一以報驛傳。主者大怒，謂：『司理清名藉藉，安得有此！驛官冒破無疑。』遂逐之。田丞銜寃，莫控而去。

袁湘真爲吴縣令，遇一玉商，盡擇其美珍重值者，留置衙中，約千餘金，遷延不發。踰月，令一積囚以盜扳之，遂置商于死。後以贓敗，回家病瘋，有祟憑焉。一日，盡列古玩于室，召親朋視之。忽疾作，碎其玉物珍奇殆盡，并擲槖中物于地，曰：『此業債也！』其父兄縛而笞之，不減。笞囚數月而斃，無嗣。貪吏聞之，亦足一懲。

王文鼎遼東梟將，頗不得于熊。後以副將出守，未一日而城陷。文鼎隻騎揮鞭，出没陣中者三。時熊新授尚方，遂以私憾坐失機斬之。將士至今爲言。然則廣寧之逃，熊既怯一死，而又抱恨于一死，地下何以見文鼎也！

廣寧陷後，西□充斥關外〔一〕，日挾賞爲名，我兵無敢遺一矢。趙率教奮勇砍之，獲首□數級〔二〕，四五年間無此奇舉。王司馬總督薊鎮，方以撫□爲事〔三〕，欲具本參之，賴樞輔調護而止。人情至此，益相遠矣！

校勘記

〔一〕『西』後，底本塗黑一字。

〔二〕『首』後，底本塗黑一字。

〔三〕『撫』後，底本塗黑一字。

張侗初懼内，名滿于士紳間。一日，福清詣之，值獅子正吼，褫其衣冠，不與客見。張竊他服以出，吼聲遠外。移時，張語無緒，僕亦不敢進茶。福清會意，攜張手出門，笑曰：『侗初舊病發耶！』越有一紳，亦以懼内聞。夢以匙擊其妻，覺而語之，其妻遂大詬不已。紳父聞之，解曰：『誤傷亦是小事，何事嘵嘵乃爾。』紳急白曰：『兒夢然耳，非真有也。』其父爲之一笑。

曹令石三畏轉王官，此例久廢，趙儕鶴行之。趙敗，議者以石轉王官爲一罪案。侯木菴笑曰：『趙儕鶴只此一事，罪固不免。』余訝問之。答曰：『石在曹縣剥膚吸髓，怨恨滿路，不以拏問而例轉之，太宰安得無罪？』侯家歸德，與曹接壤，深知之，故有此言。

石三畏以崔呈秀薦考選御史，搏擊善類無遺。在客筵誤點傳奇《劉瑾醉酒》，遂遭削奪。

妖賊寇徐州，盡燬北岸民居。其驍勇習水者數十餘人，負木而渡，將近岸，掠船。州守汪心淵見勢逼，懸金數錠，募死士禦之。得數人跳城而下，刃渡水者。賊無所得船，不然，淮、徐悉遭蹂躪矣。後以失總漕權，坐事，繫獄數年。總漕北人，北風正熾，無人爲汪頌寃者。問官徐日炅亦鐫秩。自妖賊之興，濫功無數：一全城州守反繫囹圄，賞罰倒置如此。

范掌科鑑曲受制内人，其司理保定時患惡瘡，數年未瘳。考選回籍，内人逼其速出，不敢杜門，膿血漬面，客無不厭且憎者。後用火攻，掌科痛不可忍。内人按其手足，必令完七壯，而掌科暴卒。山陰祁承㸁未冠登賢書，偶得足疾。其父母欲其速愈，信醫人刮骨法，縛而刮之，哀號至死。俱足爲求疾速愈之戒。

甲子仲冬初旬，余與劉碧山侍班。事竣，碧山謂余：『三殿工將興，子知之乎？』余問所從來。曰：『有一監督，以三千金賂遺中貴，中貴堅勸興工。今止以兩門爲言，其事始矣。』余謂：『此何時，而可興大舉，必若此，該部垣定應執奏。』余意尚在疑信間，未數日，有旨建兩門，遂興三殿，亦無執奏者。監督主事平湖人。

平湖李濬也，無子。

袁自如膽略過人，壬戌覲事畢，匹馬往山海窺覘形勢。臺省交薦，遂以邵武令陟監軍，僉憲關地寧遠。寧遠在山海外，孤懸東西□間〔一〕。袁略無懼意，築城鑿濠，屹然重鎮。貽書當路云：『不肖在寧遠，長安可高枕而卧也。』甲子聞憂，屢疏治喪不允。時陞王之臣爲薊遼總督，乞丁憂，亦不許。皆出柄臣。獨見袁固膽勝才，才勝謀，其後局未可定也。

校勘記

〔一〕『西』後，底本塗黑一字。

潘文龍侍御之室妬甚，家畜二姬，一割其乳亡，一用針數百枚刺其首，首脹如斗，亦亡。次年正室先患乳瘡，繼頭脹疼不可忍，遂亡。侍御以此怏怏，相繼卒。妬婦所爲，出人想外，而寃業之報亦自不誣。當令妬者聞之，或可稍却。

喬億我暴戾執拗，以攻淮撫，爲時局所推。按淮時偶疾，醫者入視，喬方伏枕，遽起，揮拳毆之，不可仰視。醫倉皇不知所爲。少間，匍匐請罪狀。喬曰：『汝何罪，汝貌酷類我叔，叔我仇也，見之不覺怒起毆叔，非毆汝也。』聞者無不絶倒。

應甲入京，一日而上十三疏，皆攻東林、詈淮撫者。王紹徽素恨馮少墟先生，故以應甲巡撫關中，使殺少墟。少墟果爲應甲挫辱，鬱鬱而死。

王弘廷亦辛亥察典中人，錚錚有聲，尤不得于鄉。其鄉人相傳，王有異母弟，與父各處，父子交拜，行賓主禮。王每外歸，父率幼子郊迎其輿，人蜂擁而過，如今兩院待守令者然，長安率爲笑柄。余聞而不信。王與馮少墟相左，鄉人袒馮者衆，或故作語以貶之，亦未可知也。

關中馮少墟與王弘廷，晉中曹真子與喬億我，各持幟登壇，分門立户。其鄉人各阿所好，互爲標榜。馮、王居最邇，終年不相接。喬去曹七十里，爲鄉同年，兩人相見，喬輙恃氣忿忿，幾至攘臂，曹每避之如敵。

王紹徽作《點將録》，以東林諸賢配水滸天罡地煞星，進之逆奄。逆奄付李朝欽收掌，凡其所戍逮削奪，皆按籍而求。其後又有《同志録》、《天鑒録》，皆踵之而成者也。紹徽故得驟任冢宰。

賀對陽編修苦心力學，嘗以一念不起，爲宗壬戌出禮闈，卧病請假未得，時館中乞歸，多囑人與掌院言之。賀亦不屑，潦倒枕蓐間〔一〕，殊自苦。一日，門生任希聲謁之，譚及請假事，任笑曰：『先生一念不起，到底一事無成。』賀笑而頷之。

賀附和温體仁訾毁楊、左，不遺餘力。崇禎十年，給事中丁允元劾之，曰：『大學士賀逢聖凡有疏揚，輒驕謂「我爲之」，專事口角。如汪應龍，宵人也，逢聖力爲推舉；高攀龍、左光斗，業蒙聖鑒，又加廢斥。是非邪正，顛倒如此。』十五年，召至京，見上唯有哭泣，拜跪至數十不止，别無建白。上厭之，命出，一死差足晚。蓋古今有正人而不爲理學者矣，未有理學而非正人者也。

校勘記

〔一〕『潦』，底本作『繚』，據文意改。

恩卹之濫，未有盛于天啟初年。子孫陳乞者，紛紛不絶。巡撫卒于任，多緣以死事例，魏廓園掌禮科事，力遏之。時有江右陳世虞爲其父子貞請卹，而浙撫劉一焜、應天王象恒，皆以死事例得請。魏抄駁之，詞嚴義正，人情痛快，而請恩者與代爲請者，皆恨入骨矣。未幾魏敗，陳乞復興。

孫藍石掌院，值二月例轉，衆競推敲姚祚端、徐吉兩人。徐令渭南，姚巡關陝，皆有部下舊誼。孫力争之，至與趙儕鶴分背嵬軍。後姚不免，孫怏怏不已，及王弘廷起副院，蔣澤壘離陜未一月，輒外遷之。人以此窺厚薄焉。

余自癸亥初冬入都，正值趙掌院轉冢卿，孫藍石自刑部掌院，鄭玄嶽自僉憲轉副院。未幾，楊大洪、左滄嶼相繼轉憲。至明年六月，孫卒于都門，高景逸入掌院。事甫一月，削秩户部，李嵩毓調轉。一歲之間，位置奕棊諸裏行僕，僕迎送不暇。蓋自黨與遞争，要人窺瞯憲地如鶩，歷數年後，俱已布子着眼，楊、左卒賈禍端。亦可鑒矣。

吏科程芸閣遷太常都給事，缺出，左僉憲先期邀阮圓海入都。阮爲人滑熟，衆意欲推魏廓園。左見衆心所向，又欲移而之魏。阮意不平，遂銜左、魏入骨。拜命一日，尚邀魏廓園、章魯齋、陳岵月及余數人，瀝酒指天，誓同肝膈。次日即杜門拜疏，托以終養決去。人情山川，于今信矣！

阮之去國，魏廓園有『本以龍酣戰，文之鳥倦還』詩一聯。余初未信，後偵知阮與章魯齋上公車時，原結盟友。章以鄒匪石發難，阮以恨左種根。兩人歃血首禍，遂計誘傅櫆立幟，特疏參左、魏兩人。其借題在汪文言，奥援在權璫，實則鋌而走險，用以釋私憾也。而天下事不可爲矣！

董見龍重聽，人呼爲『董聾子』，以巡撫管屯田事。屯田之制，原以養軍，法古者『兵民合一』之意。董之出屯，領帑銀十萬，自買民産，估計交易；又出種子、牛、犂之類，市民耕種，歲可收一二萬斛米。其法幾倣皇莊，然以吏胥官皂驛遞支應，并咎銀計之，數不敵也。而又一巡撫、一主事領之，其下同知、佐領等官不計。今人作事草草，不顧體統，不較利害，大率若此。

晉撫缺，晉人尹同皋、潘雲翼欲推其座師郭尚友。時魏廓園掌吏科，余適問晉撫事。魏云：『晉人共推郭。』余謂此公云何。魏以此公慣送書帕爲言。余曰：『書帕未足定人優劣，且今世界餽遺公行，有以違俗爲高，有以隨俗爲賢，有自己潔而遺人不敢不厚，有自己濁而遺人亦不肯過豐。其才品政治，當另于書帕論之，獨不見杜征南之數遺洛中權貴乎？』魏不然其説，卒起難端。郭後遷真定巡撫以去。

謝鳳皋清修君子，趙儕鶴欲以晉撫與之。余謂當事謝公爲趙、魏老則優，不可爲滕、薛大夫不聽。陳思野論之，言其大費圖謀，與吏部夏繩北、吏科魏廓園，共相犄角，陳卒取勝。然『大費圖謀』之言，豈鳳皋本色？

郭尚友後巡撫保定，與巡按馬逢皋羅織趙夢白先生，笞其子趙清衡、甥王鍾龎各二十，以報不推晉撫之怨。蓋小人之鷙狠者也。忠節以慣送書帕爲言，豈足以盡其人乎！

劉栢山上封事，有痛哭者十，而同門友胡浮治善笑，章魯齋善大話。余一日會諸公，于座上戲謂曰：『昔唐衢善哭，陸士龍善笑，以爲兩人相遇，必有一段光景。今邊塵頗急，止令栢山居左而哭，浮治居右而笑，章魯齋居中講大話，則敵自退矣。』一座絶倒。

杭之龍井，非復宋舊。昔蘇長公訪辯才處，去今龍井尚一二里。孫司禮不訪故地，移建梵刹，立秦少游碑記，而名勝湮没矣。舊址爲李我存所踞，賨淮南屢欲清之而止。

西湖半爲豪右所割，築園圈沼，所存無幾，合郡士民屢叩清之。是時郡守李燁然、錢塘沈匡濟主其事，二公身多隱慝，未及清湖，以計典去。不知者遂謂二公清湖招尤，實失之矣。

我朝革中書，制内閣，初意不過備顧問，而後遂專管絲綸、職司機務，與宰相名異實存。神宗初，江陵當國，無小小事，皆掌握六部，取充位。後以奪情起復，犯天下公議，一敗塗地。沿至四明沈蛟門，頗有機權，又叢時議，凡言者指江陵、四明爲射的。其後相繼入閣，俱畏禍不敢任大略，模稜首鼠，圖幾番恩廕，避事避言爲得計，無論經國遠謨，即尋常瞶瞶也。甲辰以後，政盡歸于臺諫，有虚言而無實事矣。

故事，閣臣多用翰林，然我朝一二名相，如『三楊』、李文達、張孚敬、楊一清等，俱從外入才猷，政蹟灼爍，在人耳目。自衣鉢相傳，隆、萬數十年間，便無一人厠迹。而翰林諸公俱不作外官，高者詩酒，卑者聲色，皆閉口藏身。拜謁以時，自可瞬息通顯。即當今典謨、昭代聞見，俱不及覽，其餘邊情民社，略不關心，欲求相業宏遠，豈可得哉！

枚卜之説，從前帝心簡在多用，獨知神宗晚年臨御絶稀，羣臣罕得見面。其機關全在傳燈，而會推始末，一二用事臺省得闞其説，稍有不可，共擠去之。如孫鑑湖，不由會推，一日，内閣即迫使去。于是閣臣頗俛首于言官，而國體盡矣。

附録一　黄忠端公年譜

叙

有明天啟朝，奄寺亂政，太阿倒持。一時摛藻揚華、峩冠博帶、掇巍科而躋顯秩者，類皆低首下心，伈伈俔俔，惟奄旨是承。而我太僕忠端公，於楊忠烈《二十四罪疏》未上之先，抗章劾璫，何啻博浪一椎，祖龍褫魄。厥後指陳時政，俱爲奸黨所側目，卒與諸君子身填狴犴。甘之如飴，而一往浩然之氣，藉扶綱常於不墜，豈特殘明黿鼎賴公奠定哉！炳於癸酉秋擬裒公事實編爲《年譜》，奈兵燹之餘，篋衍中藏弆家集半付劫灰，即故舊聚書諸大家，亦焚燬殆盡。搜剔久之，未克成編。一夕假寐，留書種閣，恍惚至一處，見夫玉軸牙籤繁富夥夠，畧爲翻閲，則忠端事跡所在多有〔一〕。方欣慰間，而雞鳴破曉，殘夢覺矣。嘗觀《周官》有六夢之占，此殆所謂思夢非邪！因思古籍叢萃，莫如書肆。王充閲市舊事可師，遂徧歷甬、越各坊及近日購書之家，網羅蒐討，彷彿夢中所見各書，乃悟曩者一夢，蓋太僕在天之靈，示機緘於冥冥中也。嗚呼！太僕公後，自文孝至炳，宗子七傳矣。嘗以歲時祭祀，拜化安山賜塋，見夫四明北面諸峯左右拱揖，而松楸之聲迎風洶涌，恍疑太僕英靈乘胥江秋濤而儵降。既而至通德里故居，則花園遺址猶存，石筍矗立，掩映青林黄竹間。摩挲久之，想見峩峩巖巖，餘韻未泯焉。回憶垂髫時，先君子以公集暨《正氣録》等書見示，云：『此先太僕公遺徽也，汝他日學成名立，當以闡揚祖德爲第一事。』今先子棄養卅有餘年，小子荏苒六旬，學未成，名未立，自顧頑軀無一可繼述前人者。惟是表揚先芬之志，常耿耿於懷中，竊幸世德可稽，何敢以不才自諉。於是流覽羣書，凡涉公之行事者，捃摭罔棄，歷一載，而紀月編年，釐然就緒云。間嘗考年譜體例今昔不同，歲乙巳編《文孝公年譜》，不揣諞淺，效陽明弟子撰《王譜》之例，撮要紀事，各條下不註出處，閱者以未識所本爲憾。兹則件標書目，旁及時事，兼附歌詠，倣張石洲《亭林年譜》之式，俾閱者於紀載之異同、朝局之清濁、國運之遷流，一開卷瞭如指掌，詎止太僕懿榘纖悉靡遺乎！譜既成，同志欲集貲刻之。炳曰：『此宗子之責也，不敢復煩諸君。』爰以節衣縮食之所蓄付諸剞劂，并不取給於公費焉。昔李文簡著范、韓、富、歐、司馬、三蘇、六君子年譜，後世歎其博洽。當日太僕同難諸公，若高、若繆、若李、若三周，各後裔諒必有表襮前徽，昭示來葉者。異日合七君子年譜爲一書，尤炳之所心期而願睹者爾。乙亥蜡日，炳垕謹識。

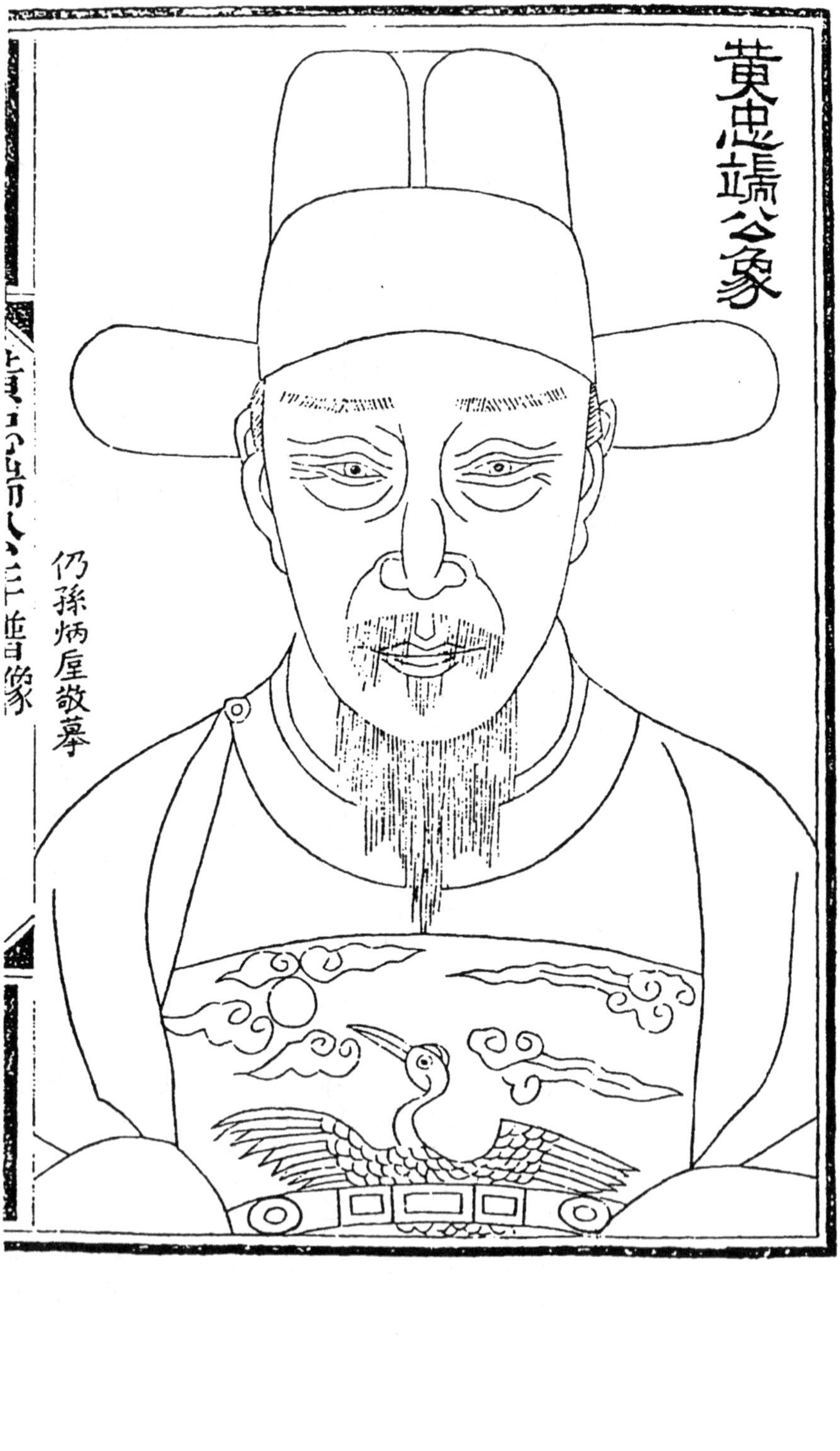
黃忠端公象
仍孫炳垕敬摹

金玉精神，鳳麟儀止。峩冠絳袍，觸邪則鷹。凜正色於蘭臺，抗直聲而如矢。及夫一死，與日月争光，允矣不愧男子。而惜公者，猶存乎少視。奉公八年，以往之音容儼然，夔、皋自擬，初試虞廷，讓九官而作士。噫嘻！曷齊公志以爾乎！茫茫千載，伊誰後死！公像傳自官司理時，距蒙難之日八年矣。

崇禎戊寅五月，山陰友弟劉宗周拜撰。

化安山墓圖

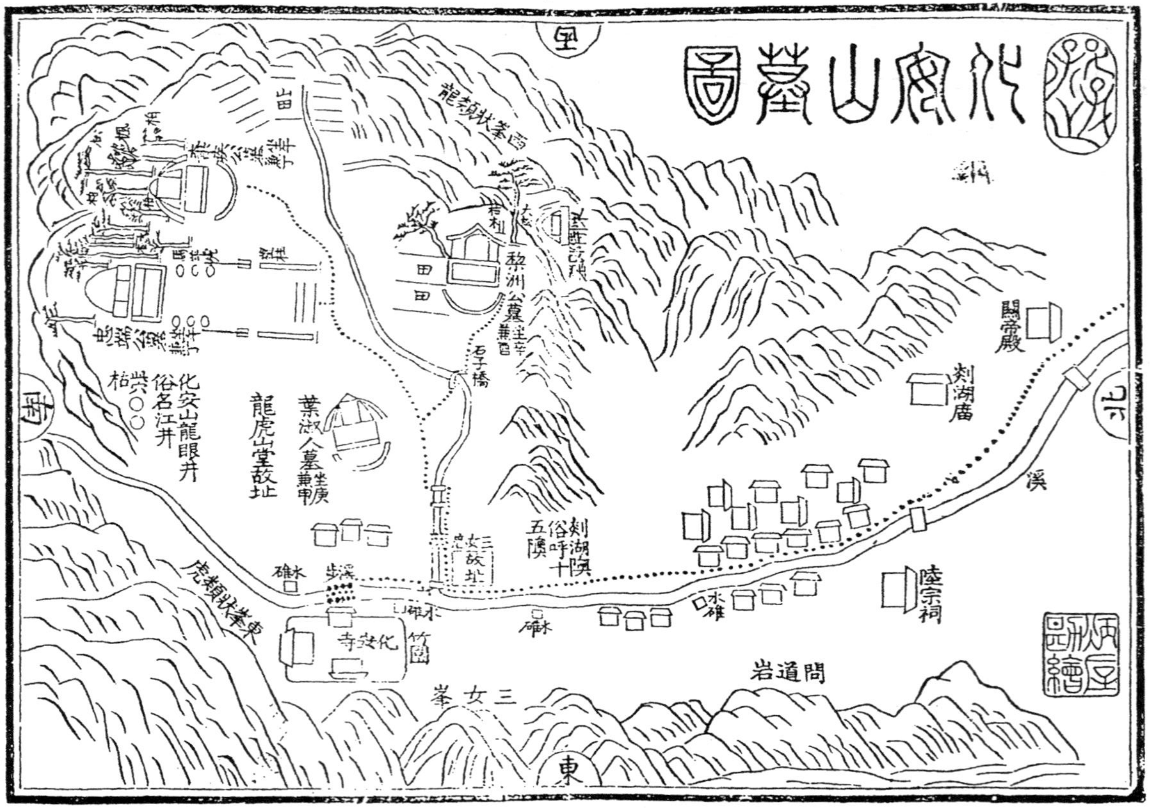

化安山墓圖
西
南
北
東
龍虎山堂故址
化安山龍眼井
俗名江井
石子橋
刻湖廟
關帝殿
陸宗祠
三女峯
問道岩
化安寺
溪
刻湖十隩
俗呼五隩

忠端公年譜舊本

公諱尊素，字真長，姓黄氏，别號白安。初名則燦，數試不利，夢景州公謂之曰：『盍名我之名？』景州名尚質。覺而異之，故易今名。黄氏之先婺人，有爲慶元通判者，死建炎之難。其子諱萬河，避地於餘姚之黄竹浦，遂爲邑人。祖諱大綬，號封川，贈太僕寺卿。父諱曰中，號鯤溟，封太僕寺卿。祖妣章太淑人，妣盧太夫人。

明萬曆十二年甲申十一月十三日，公生。

公生，數著異，故對川公特鍾愛之，豐頷廣顙，識者知爲非常之表。

二十五年丁酉，公十四歲。

二十六年戊戌，公十五歲。

公自少博覽經史，不專爲科舉之學。自述詩云：『憶昔十四五，膽氣豪且闊。志欲搊典墳，窮盡古今碣。』

三十二年甲辰，公二十一歲。

八月十二日，元配翁太夫人卒。太夫人，大司馬見海公之後。太夫人有姪祖石先生，名逸，兼工繪事。後從公宦遊京師，授晦木、澤望二公句讀。公《舟中雜詠》所謂『共坐得詞人』者也。炳垕謹按：祖石先生係翁夫人之弟，非姪也。

三十六年戊申，公二十五歲。

作《清景賦》。序云：『郊居無事，紅樹白雲，清景飛來襲人，因念造物無藏，何地不然，在人自取。遂暢而賦之，然政未可爲當場人道也。』

三十七年己酉，公二十六歲。

三十八年庚戌，公二十七歲。

續娶姚太夫人，上虞太僕寺卿翔鳳之從孫女。父諱克俊，字順宇，鄉飲大賓。

四十一年癸丑，公三十歲。

八月初八日，伯子文孝公生。

四十三年乙卯，公三十二歲。

五月之望，與鄭奉峩族人元素，自黄竹浦登舟，遊上虞白雲山鳳鳴洞。有記。又兩遊剡湖，剡湖在吾邑通得鄉，以其景物之勝擬諸剡中，故名。謝文正嘗讀書於此。

四十四年丙辰，公三十三歲。

補博士弟子員，隨舉於鄉。

四十五年丁巳，公三十四歲。

聯捷成進士。仲子晦木公生。

仕甯國府推官〔一〕。姚太夫人隨任。時湯祭酒免歸鄉里，所號爲宣黨之魁者，其門生滿天下。有司惟恐不得其歡，一郡之事，祭酒多先受牒判之。有司理牒，投牒者出祭酒所判，有司判之一如祭酒，相沿成習。公視事，有出祭酒之牒者，公怒曰：『湯祭酒乃欲土司甯國乎？』裂其牒，撲出牒者，郡中震慄。涇令初著叨穢，聞之乃曰：『是不畏湯祭酒者，何難按舉吾屬哉！』終公任，不敢爲姦利事。

四十六年戊午，公三十五歲。

江南鄉試，分房得門下士十人，徐公石麒、朱公天麟、金公渾，後俱殉節著名。叔子澤望公生。

天啓元年辛酉，公三十八歲。

春兼辦糧事，冬兼攝郡邑事。郡有劉宦，横甚，置私獄殺人。家僮以百數，恣爲奸利。公拘一二鞫之，扑其助虐數人，桁楊于市。爲教諭曰：『足下僮客甚多干文罔，僕不欲窮竟，損足下名，足下其自愛。』

二年壬戌，公三十九歲。

二月，公坐廳事。胥吏奔告：劉宦遣力鎖吏去。公不信，告者三至。公乃親詣其第，鎖者及門，乃命脱吏鎖以鎖其奴，笞之下獄。值考選，或曰：『公已成名宛上，似此盤錯，宜俟後人。』公曰：『吾志掃姦鄙，今當前而避之，羞稱執法之吏矣！』時訟劉宦者數百人，悉爲斷理，收其僮客。臨死，劉宦飛章京師。左都御史鄒南皋由此知公，曰：『凡吏當瓜期，外惕於情面有《偕馬仲良校士次韻詩》。考授御史，懸缺假歸。季子司輿公生。

三年癸亥，公四十歲。

公家居，晦木公詩云：『吾憶八齡前癸亥，先公此日尚家居。高堂臘酒頻爲壽，稚子春鐙嬾讀書。』可見其概云。七月從水路，至十月到京，姚太夫人隨任。任山東道監察御史，上《請用講學名賢疏》，以左都御史鄒元標、副都御史馮從吾之罷也。上《明職掌疏》，謂凡用人，理財，官守，言責，一切核其職掌也。上《請簡巡撫疏》，謂年來巡撫一缺，衹供京堂奔走，而外之司道僇力封疆，歇歷風塵，即有英英自命，概置不問也。上《請復召對疏》，謂祖宗有朝、午二朝，有便殿召對，羣臣得更進而言事，其制當復也。

四年甲子，公四十一歲。

京師地震。三月十六日，公陳十失，劾奏魏忠賢、客氏疏，謂『阿保重于趙嬈，禁旅近于唐末。蕭牆之憂，慘于戎狄；毫末不札，將尋斧柯』，言甚悚切。天啟初，閹人魏忠賢、帝乳母客氏干涉外廷。臺諫有及之者，而言者皆絀。是後四年之中，莫之敢指。公獨發憤悃愊，中旨廷杖。韓相國爌救之，得罰俸。上《辯鄒吏部維璉孤介疏》，公爲鄒匪石先生門人，不欲有言，而竊歎古道之難行，又懼公是之漸泯，則義不能已於言也。上《劾奏逆奄魏忠賢疏》，因六月間堂官楊忠烈公上《二十四大罪疏》，相繼而發也。上《諫廷杖萬工部爆劾奄人魏忠賢疏》，謂『爲廷杖之説者，必曰「祖制」，不知二正之朝，王振、劉瑾爲之。世廟之時，張敬孚、嚴嵩爲之；神廟初年，張居正爲之。奸人爲所欲爲，惟恐忠臣義士之撓之也。後世有秉董史之筆，作朱子之《綱目》者，書曰「某年某月某日，工部郎中以言某事死」。豈不爲聖明之一累哉！』公自分與璟同□，賴政府力護得免。公于癸申之際後先數月間，疏凡十三上，皆關軍國，兹不具録。

五年乙丑，公四十二歲。

三月出都門，奉茶馬差。主事曹欽程劾公，前疏有推擇名賢，以重風紀者，陰爲高忠憲地，遂削籍。六月，逮楊忠烈、魏忠節，爲閹人所害。公哭之於野，慟。公歸家，集中有《買菊數種》、《閒坐》、《紙鳶》、《野園》、《山窗》等詩。炳垕謹考諸書，二月奉茶馬差，削籍則三月也。

六年丙寅，公四十三歲。

崔呈秀得志，疑前高中丞所發其贓案，公有力焉。時有睍新參者，欲借忠賢仇爲贄身媒，因嗾其門生曹欽程，摭公輩上之，而公削矣。忠賢尚嗛嗛，又嗾織造李實，於蘇撫疏中攛公等名，而公逮矣。且謂公家居講學，與忠憲之屬交私。四月詔下，徵公，連坐者六人。炳垕謹考諸書，二月有旨七人，並逮公，以四月就獄。此處四月詔下云云有誤。緹騎至吴，爲百姓箠死，失駕帖所在，弗克前。公聞，即投牒行。或言亡命縣令祁逢吉操兵到門，公在道聞之，移書逢吉曰：『抱頭鼠竄，豈免一死，昂首伸眉，落得骨頭香耳。君何小視海内男子也！』時高忠憲以大臣不辱，自裁，周忠惠途遠未至。公就獄時，訊者問贓幾何，公厲聲曰：『清風明月，名山大川，皆吾贓私。

何必問乃公爲！』訊者知不可窮以詞，止有搒掠懸坐耳。在獄中，偕李忠毅、周忠介、周忠毅、繆文貞四公者，慷慨怒罵，繼以詩歌。門人徐忠襄私之，公曰：『子無用戚我，我於此豈減黄霸之授尚書哉！』魏忠賢使許顯純以次掠考，李忠毅嬰病，公考竟，次李忠毅。乃公復就考，顯純詰之。公曰：『李公不任楚毒，吾代受之。』魏忠賢又次第使其私人害諸公，存者惟李忠毅與公。忽一日，伍伯執巨纆睨視公。公曰：『若欲殺我乎？何色之遽？』伍伯曰：『何與小人事，上官勒取官病故狀矣。』公北面再拜謝君，南向再拜謝父母，賦詩一章，卒。後六月朔也。又三日，而李忠毅亦死。炳垕謹按：李公卒於公卒之次日。此云三日，誤。後一年，烈皇即位。魏忠賢以謀反誅，贈公太僕寺卿，賜祭葬，謚忠端。

右《忠端公年譜》舊本，炳弱冠時見於敬旃從兄直垕處。從兄謂炳曰：『先祖稺圭公諱璋所編輯也。忠端一生大節，盡在是矣！』炳乃敬録一通，弆之笥。兵燹迭經，典籍殘燬，此本倖存。兹刻拙編《年譜》既竣，遂坿刻之，以見濫觴之始云。丙子花朝前三日，炳垕謹識於留書種閣。

校勘記

〔一〕此處『推官』，底本作『推宫』，據文意改。

黄忠端公年譜卷上

八世孫　炳垕　編輯

公諱尊素，字真長，號白安，浙江紹興府餘姚縣人也。黄氏系出潁川，靖康之亂遷於婺源。有仕爲慶元今甯波府通判者，佚其諱，建炎時金人破慶元，不屈死。子三人，分地避兵，一居定海東發之始祖；一居慈谿竹墩；一居吴隩亦慈地。居竹墩者，諱萬河，字時通，號鶴山。尋徙餘姚竹橋，是爲吾族之始祖。維時離亂之餘，力田給食，不遑誦讀，故下四世失名諱，僅存行次。第六世諱堂，字世堂。七世諱貴，字文貴。八世諱尹，字子尹。九世諱安詳，字安之。十世諱杲，字廷杲。十一世諱璽，字廷璽，號小雷。兄伯震，號大雷，商於外，十年不歸。小雷公往尋之，裂紙數千，書兄之里系年貌，爲零丁榜之寺觀、街市。經行萬里，無所遇。禱於衡山，夢有誦『沉縣盜賊際，狼狽江漢行』者。覺，疑不祥。遇士人，求占，告以故。士人曰：『少陵《春陵行》句也。春陵，今之道州，盍入道州尋之？』府君至道州，徬徨訪問，音塵不接。一日奏厠，置傘路旁。大雷過之，見傘心動，曰：『吾鄉之傘也。』視其柄，見府君姓字。方愕眙間，而府君出，相視若夢寐。詢其故，具以告。兩人哭失聲，道路觀者亦泣下。時大雷已家於道州，府君卒挽之歸。《明史》有傳。《南雷文約》有《萬里尋兄記》。十二世諱諒，字素庵，是爲公之高祖。治生厚富，有乞貸者，辯其券。春夏之交，困有餘粟，往來里門而告之曰：『不足於粟者，往之吾家。』里人囊橐，隨之纍纍，猶外府也。已而里人曰無不足者，始召他村之告糴者與之。年八十而逝。曾祖諱稔，號東河。年逾四十無子，乃使其從子讀書，敬事從子之師。家人之食飲，無敢視於師者。五十歲而贈太僕生。贈太僕諱大綬，别號對川，公之祖也。生五月而孤，爲人精敏。十五歲，官役爲庫子，老吏不能欺。考諱曰中，號鯤溟。以《易》教授吴興。『五經』《左氏内外傳》、《國策》、《莊》、《騷》隨舉一句，應口誦其全文。與人言，亦必原本經傳。一邑利害，他人不敢言者，府君獨言之。嘗議南糧事，府君言：『是役破家不一，不如以道里之費，税畝而官解之。』有蔣太常者名一驄曰：『税畝則均役，非搢紳之利。』府君曰：『吾所言者，諸君子孫計。諸君能保後世之不降爲皂隸乎？』時父老子弟會者千人，皆竦聽歎息。逢贈太僕之怒，必伏地請扑。有爲府君解者，府君麾之曰：『吾以大人釋怒爲喜，不以免扑爲喜也。』安定公即始祖鶴山公祠宇將圮，府君撤而新之，不以煩宗人。娶盧淑人，生四子，公其長也。公初名則燦，數試不利。夢族祖景州公謂之曰：『盍名我之名？』景州公諱尚質，覺而異之，遂易今名。聯捷成進士，授甯國府推官。除山東道御史，劾奄遇害。崇禎時贈太僕寺卿，賜祭葬，再贈兵部左侍郎，謚忠端。著有《文集》六卷、《文畧》三卷、《詩畧》二卷、《説畧》一卷。崇禎戊寅，詩集先授梓於金陵，楊維斗先生有序。康熙丙辰，相州許酉山先生梓全集，序之。鄭子禹梅亦有序。其板旋燬于杭城臙脂橋。丁丑，崑山徐果亭先生重梓。《四書緘》八卷、《隆萬兩朝列卿記》二卷、《文畧》有序。《懷謝軒講義》若干卷。今惟集六卷行世，《講義》節入《明儒學案》。《宗譜》參《家録》。

明萬曆十二年甲申十一月十三日公生。謹按曆法推之，乙酉日也。

公生，數著異，故封太僕公每奇之。長有大志，豐頷廣顙，瞻視若神，峩峩巖巖，如泰山峙而白玉冠也。徐撰《行狀》。

十三年乙酉，公二歲。

九月初十日，王父對川公四十生辰。《誕諱考》。

十四年丙戌，公三歲。

十五年丁亥，公四歲。

十六年戊子，公五歲。

是時對川公知公必貴，嘗問曰：『孫之推封其祖父何品及之？』公對曰：『三品。』後公以七品死節，天子特恩，竟如公之對云。《家録》。

十七年己丑，公六歲。

十八年庚寅，公七歲。

十九年辛卯，公八歲。

二十年壬辰，公九歲。

二十一年癸巳，公十歲。

八月初五日，王母章太淑人五十生辰。《誕諱考》。

二十二年甲午，公十一歲。

是歲，無錫顧涇陽先生憲成，時爲文選司郎中削籍歸，與高梁溪攀龍、錢啟新一本諸先生講學東林，宋儒楊龜山先生講道處。海内聞風景附。往往諷議時政，裁量人物，朝士亦遥相應和。由是東林名大著。《綱目三編》。

二十三年乙未，公十二歲。

九月初十日，王父對川公五十生辰。《誕諱考》。

二十四年丙申，公十三歲。

時中官奉使開礦，秋冬之間，礦使相望於道。十月，中官奉使徵税，税使四出，有兼礦務者。《明史》。

二十五年丁酉，公十四歲。

六月戊寅十四日，皇極、中極、建極三殿災。《明史》。

公少負軼才，摛詞掞藻，下筆不能自休。錢撰《墓志》。自述詩所云：『憶昔十四五，膽氣豪且闊。志欲搜墳典，窮盡古今碣。讀時頗强記，下筆亦自傑。』是也。《詩畧》。

二十六年戊戌，公十五歲。

是年，季弟季真公生。諱葆素。《南雷文案·季真先生墓銘》。

二十七年己亥，公十六歲。

二十八年庚子，公十七歲。

二十九年辛丑，公十八歲。

元配翁夫人來歸。約在前後數年間，夫人大司馬見海公諱大立之從曾孫、詩人祖石先生諱月倩，字元美，後改名逸。有《後葦碧軒詩稿》。之姊也。《南雷文案》。謹按《翁氏家乘》，見海公仲弟，孔、顔、孟三氏學教授，諱大音，字見嶽，生五經博士諱時正，字春卿。春卿生日永，字久鎮。久鎮二子：長曰清，次庠生月倩；女一，即翁夫人也。

三十年壬寅，公十九歲。

是時，鯤溟公以《易》爲大師，諸生應試，以文先定其次第，無不奇中。《世譜》。故公亦明於陰陽消長之理，君子小人進退之幾。徐撰《祠堂記》。

三十一年癸卯，公二十歲。

八月初五日，王母章太淑人六十生辰。《誕諱攷》。

三十二年甲辰，公二十一歲。

正月十一日，鯤溟公四十生辰。

八月十二日，謹按曆法推之，庚寅日也。元配翁夫人卒。存年二十有一，並《誕諱考》。

是歲，『東林書院』成，天下君子以清議歸於東林，廟堂亦有畏忌。《明儒學案》。

三十三年乙巳，公二十二歲。

五月丙申二十三日，鳳陽大風雨，毀皇陵正殿。庚子二十七日，雷擊圜丘望竿。《明史》。

九月初十日，王父對川公六十生辰。《誕諱考》。

三十四年丙午，公二十三歲。

是時，季弟季真公九歲，仲弟白崖公、諱等素。叔弟靈超公，諱符素。少於公僅數歲耳。延張兩如先生諱圭章，即蒼水司馬之父。教授諸弟。此數年中事也。見《文約·蒼水張公墓銘》。

三十五年丁未，公二十四歲。

七月十八日，盧太淑人四十生辰。《誕諱考》。

三十六年戊申，公二十五歲。

秋作《清景賦》，序云：『戊申秋，郊居無事，紅樹白雲，清景襲人。因念造物無藏，何地不然，在人自取。遂暢而賦之，然政未可爲當場人道也〔一〕。』《文畧》。

公又有《壯懷賦》，序云：『余幼落拓，不肯斤斤作俗士面孔。長逢數奇，歲月漫滮，壯懷未展。』云云。《文畧》。當亦在此數年中。

三十七年己酉，公二十六歲。

續娶姚夫人，太僕寺卿諱翔鳳之從孫女、鄉飲大賓諱克俊字順宇之女。世居上虞渣湖，來歸時年十六。長羣婦，三世同居，内外數十人。贈太僕公治家嚴肅，羣婦時有譙讓，而獨賢姚夫人。曰：『新婦大家氣度，無儒酸農瑣之態，他日定爲貴人，顧我不及見矣。』《南雷文約》。

公在家，每食，必入侍太僕公與太淑人，煦煦育育，若乳下兒語。必至夜分，視太僕公、太淑人寢，然後就枕席，率以爲常。太僕公謝家政，公身任家督，撫三弟而訓教之。《行狀》。

三十八年庚戌，公二十七歲。

八月八日，長子文孝公生。諱宗羲。與孔子生物只差一字。《南雷文定五集》。

三十九年辛亥，公二十八歲。

四十年壬子，公二十九歲。

是歲顧涇陽先生卒，自後臺諫右東林者並出，而東林爲天下大忌諱矣。《明儒學案》。

四十一年癸丑，公三十歲。

五月望，與鄭奉峩暨族人元素，遊上虞白雲山鳳鳴洞，有記。《文畧》。

是歲，兩遊剡湖，亦有記。剡湖在姚邑通德鄉，以其景物之勝擬諸剡中，故名。謝文正讀書于此。《文畧》。

八月初五日，王母章太淑人七十生辰。是月乙未十日，章太淑人卒。

十一月丁丑二十三日，王父贈太僕對川公卒。並《誕諱攷》。

公試，輒不利，讀書苕霅間。擁萬卷作百城，日誦數千言。抱膝高吟，曠懷今古，一切磈磊不平，輒託之詩賦以自見。人或迂之，或狂之，公夷然勿介意也。《行狀》錢撰《墓志》亦云：『年三十未補博士弟子員，授徒苕霅間，意豁如也。』

公與管仙客可成同學。管爲孫清簡鑨之壻，妻亡再娶，不得意，棄其家業，浪跡江湖。公寄以詩曰：『仙蹤飄泊偏滄洲，想見歸懷百緒愁。繚繞畏途殊自苦，消沈壯魄欲何求？應知毛骨生難换，須識乾坤老自休。易水歌聲羽徵在，寒雲漠漠樹聲秋。』《姚江逸詩》二首，今録一。

四十二年甲寅，公三十一歲。

正月十一日，鯤溟公五十生辰。《誕諱考》。

公以《周易》誨授苕霅間，學者日衆。陳撰《祠堂碑》。

公學不專章句，肆力於詞賦，不名一家。精於典故，言事皆有原委。文撰《神道碑》。謹按集中有《虎邱看月賦》、《浙江觀潮賦》、《宋科目考》、《宋賦考》，俱選入《明文授讀》。

四十三年乙卯，公三十二歲。

學使□宗師行部東浙，按試紹郡，公補博士弟子員。是時，公於書無所不窺，下筆輒數千言。性强毅，喜氣節。見人有乞憐態，竦脅媚媚，必叱之；若昂眉强項，與公争是非，公即娓娓聽。《行狀》參《通志》。

館於甬上洞橋，董氏長子文孝公從。《宋元學案考畧》。

五月己酉四日，張差持梃入慈慶宫太子所居，擊傷守門内侍，被獲伏誅。《明史》。

秋應浙江鄉試，正典試編修吴青門先生，諱宗達，直隸宜興人，甲辰一甲三名，謚文端。副典試户科劉戴源先生。諱文炳，直隸甯晉人，戊戌進士。首題爲『人君止於仁』二句，次題『知者樂水』一章，三題『古之人與民』一句。公中式第五十八名，舉人房師鄒匪石先生諱維璉，江西新昌人，丁未

科是自，名七額加，人七十九式中省本科是，《志通江浙》考謹。《覽便士進》、《畧考舉貢》參《狀行》。士進

一者東山式中，人九者天應式中。焉與升士錢，人八十者天順式中人浙。名姓同州涿，與銓馮州湖元解。始

人，中式雲南者二人，中式貴州者三人。後成進士者五十八人，而十八人則連捷也。

四十四年丙辰，公三十三歲。

春應禮部會試，總裁内閣吴曙谷先生、諱道南，江西崇仁人，己丑一甲二名，謚文恪。尚書劉衡野先生。諱楚先，湖廣江陵人，辛未進士。首題『君子惠而不費』五句，次題『人道敏政』，三題『爲人臣者懷仁義以事其君，至懷仁義以相接也』。公中式二百一十□名進士易一房。謹按公禮闈房師，《行狀》、《墓志》、《本傳》、《遺集》，俱不見，姑闕以俟考。又按是科，新建萬忠貞燝、嘉善魏忠節大中、江陵李忠毅應昇俱同榜。會元吴江沈同和，文係同邑趙鳴陽代作，趙亦中第六名。事覺，並謫戍。殿試，第三甲一百八十二名，一甲嘉善錢士升、江夏賀逢聖、同安林釬，後俱大拜。二甲南昌楊宏備等六十七人。三甲二百七十四人。《貢舉考畧》，參《進士便覽題名碑録》。

七月辛未三日。仲子晦木公生。諱宗炎，《誕諱考》。

公以開物成務爲學，視天下之安危爲己之安危，未嘗臨講席。而風節相許者，則劉蕺山、高忠憲、魏忠節、李忠毅諸公，爲砥礪性命之友。《明儒學案》。

四十五年丁巳，公三十四歲。

任甯國府推官。姚夫人及長子文孝公、仲子晦木公俱隨任。《吾悔集》。公下車即飭法令，嚴墨吏，問疾苦，去疵癘。凡有所平反，直指臺即甚怒，即公，必曰：『法如是止也。』其所予重

比，直指臺即哀矜之，即公，必曰：『如法何？』久而上臺益相信，至釋其所爲非是而非是公。《行狀》。

時湯祭酒免歸鄉里，號爲宣黨之魁者，其門生滿天下。有司惟恐不得其懽，一郡之事祭酒多先受牒判之。有司理牒，投牒者出祭酒所判，有司判之一如祭酒，相沿成習。公視事，有出祭酒之牒者，公怒曰：『湯祭酒乃欲土司甯國乎？』裂其牒，扑出牒者，郡中震慄。涇令初著叨穢，聞之曰：『是不畏湯祭酒者，何難按舉吾屬哉？』終公任，不敢爲姦利事。《家録》。　謹按萬季野《明史稿》，祭酒名賓尹。

公與虞乾颺、周柱瀛、胡芷漁同作江南司理，政簡刑明，每會必四人共一公署，如布衣交。江南傳爲盛事。《説畧》。

七月十八日，盧太淑人五十生辰。《誕諱攷》。

公服官後，以次弟白崖公代身爲家督，凡積俸，一錙半銖皆付次弟，即衣履扇箸、淩雜瑣細無一入姚夫人囊者。《行狀》。

四十六年戊午，公三十五歲。

春，白氣亘天，自東而北。四月辛卯二日，京城宣武門至正陽門河水盡赤，經月乃止。甲辰十四日，大清兵克撫順；五月丁未二十日，克撫安諸堡；七月戊申二十二日，克清河堡。《明史》。

八月，公充應天鄉試同考官。《行狀》。　是科正典試鄭子器諭德，以偉上饒人，辛丑進士。副典試來路然贊善。宗道，蕭山人，甲辰進士。首題『子路問君子，子曰：「修己以敬」』，次題『遠之則有望至蚤有譽於天下者也』，三題『心之官則思』。《貢舉考畧》。公所取士，必樸屬微至去靡漫者，得十人。嘉興徐虞求石麒、崑山朱游初天麟、吴縣金宜蘇渾，後俱死于王事。《行狀》參《文定》。謹按集中有《徐虞求時文序》。

九月乙卯三十日，長星見東南，十九日而滅。十月乙丑十日，彗星見氐宿，三十九日而滅。《明史》。

清川王公同知甯國府事，後移守臨安屬雲南。公作序送之。《文畧》。

是年，叔子澤望公生諱宗會。《誕諱攷》。

四十七年己未，公三十六歲。

春正月，蚩尤旗見長竟天。《綱目三編》。三月，經畧楊鎬帥師出塞，敗績。四月，京師河水復赤。六月己巳十八日，大清兵克開原。癸酉二十二日，熊廷弼經畧遼東。《明史》。

公在甯國，風旨孤騫，諸郡大獄，撫按必移公訊鞫。定賦役、汰冗額、制官解，垂爲故事。浙直煤山多納亡命，争訟連結。公以江南樵薪不急煤土，嚴行禁絶。《神道第二碑》。

四十八年庚申，公三十七歲。

七月，神宗崩，光宗立。撤回監税，内璫盡罷天下礦税，發帑金犒邊。以葉向高、自其家召之。劉一燝、韓爌、史繼偕、沈漼、朱國祚、何宗彦爲東閣大學士。

八月庚申十五日，蘭州黄河清，凡三日。是月光宗有疾，召見閣臣方從哲等於乾清宫。晦日，鴻臚寺丞李可灼進紅丸。九月乙亥朔，光宗崩，熹宗立。以七月前爲萬曆四十八年，八月後爲泰昌元年，明年爲天啟元年。

賜太監魏進忠世廕，後改名忠賢。封乳母客氏爲奉聖夫人。

罷熊廷弼，以袁應泰經畧遼東。

孫如游入閣預機務，明年閏二月致仕。方從哲罷。並《明史》。

公嘗謂魏元法僧道武後，年號『天啟』，梁永嘉王莊、僞漢陳友諒，皆號『天啟』。謹按元時徐壽輝僭號天啟，後爲其下友諒所殺。今上御極，閣臣禮部於疊見史傳者，曾不一考而復用之。不獨於今爲然，『永樂』之號，前涼張重華、宋蠻賊張遇賢及方臘亦三用之。『天順』，則元阿速吉八；『正德』，則夏主李乾順；『泰昌』，則西魏孝武尋改永熙，雷同如此。正德初，冢宰出選題『宰相須用讀書人』，蓋譏之也。《説畧》。

楊大洪漣首倡移宫，左共之光斗力贊之，李選侍出居噦鸞宫。楊公以熹宗無嫡母，生母李選侍嘗邀封后，非可以沖主付託，故請移宫。賈繼春上書，言當安選侍以成皇上之孝。忤旨，削籍。時上傳選侍迫虐皇母，仇不共戴，賈危於朝露。公對客曰：『上未御極之先，移宫爲是；御極之後，安選侍爲是。兩者只争先後，不分是非。』《説畧》參《明史》。

天啟元年辛酉，公三十八歲。

春，公兼攝糧事，督運蕪湖，總會六邑漕計，暫蒞長河。潘景升之恒以詩見贈，且議修《江上志》。公次韻以復。

李季重郡伯招飲黄山。山在太平府當塗縣西北〔二〕。

二月，同胡助之和州返棹，呼舟子沿采石磯，訪探諸勝。以馬仲良之駿、曹元甫履吉諸子循背覓奇，向公獨詩所得也。俱有詩記之。《詩畧》。

是月，遼陽有數日並出。三月，大清兵取瀋陽、遼陽，經畧袁應泰等死之。《綱目三編》。公有《石臼湖中憂東事》詩。《詩畧》。

同王伯后、林句容登茅山流觴。山在江甯府句容縣，即句曲山。

《候直指未值留溧水署中數日》。溧邑，神君之後，春暮搆成一亭，翠色氤氲，飛鳥上下，郊外之概，一望俱收。張癡生要公遊，并請顔之。公題曰『深秀亭』，並紀以詩。同上。

宣州衛故事，運軍造船，運官常例乾没，於是漕運失時。公更定官造，盡除積弊。《神道第二碑》。

《四月見蓼花於池陽》。五月，《宿蒲橋鋪》，俱有詩。《詩畧》。

王化貞巡撫廣甯，熊廷弼經畧遼東。《明史》。

南陵道中逢大雨，晝夜不絕。山水驟溢，平地至深尋丈，行者俱不能從。公爲多方獲濟，得至皖上。感賦二首，結句云：『濟時應有微權在，如此風波亦可行。』《隨直指之太湖》、《遊太湖龍山》、《示王伯后》、《舟泊閶門約同官遊荷花蕩懷申維烈紹芳》、《新秋寄眺軒懷袁小修中道》。俱有詩。《詩署》。

司禮監王安爲光宗所親信，泰昌在位一月，發帑、停稅諸善政一時並舉，安之力也。《説署》。魏忠賢與客氏忌安持正，矯詔充南海子浄軍，殺之。忠賢始專内柄。《明史》。

秋暮，公與周玉汝汝璣即柱瀛登九華，在池州府青陽縣。《同胡馨寰、虞乾颺、周玉汝集涵秋亭》，《遊華蓋洞洞有寺久廢，太守胡馨寰興復。》《秋後，同虞九階、周玉汝、王伯后、袁小修集曹元甫備謝閣》，俱有詩。

分校武闈，有《偕馬仲良次韻》詩。並《詩署》。何天玉棟如、游肩生士任各出募兵。游開君子館於廣陵，孜孜慕客，宛有姚生，仗策往謁，公問：『何以進説？』對曰：『今遼沈陷没，所在失利，爲兵未有機耳。』公笑曰：『機字固美，然譬之文字，必詞采局陣題脈理致數者備而機運乎其間。今之行兵者，如孺子方習伊吾，輒欲伸紙，其可得乎？』生無以應。《説署》。公有《與游肩生書》。《文署》。

甯國有劉氏，登戊戌第。從上江道罷歸，畜僮僕數百人，養陸博酒徒數十輩。田宅子女之美少者，皆鉤致之。置私獄，受訟搒掠，一如有司。是年冬，公兼攝郡邑事，凡號泣於庭，求死不得者，爲劉也；凡奔竄於市，破巢毁卵者，爲劉也。公間拘一二鞫之，扑其助虐數人，桁楊於市。爲書諭曰：『足下僮客猥雜，姦利事益多，僕不欲窮，竟損足下名。足下其自愛。』《文署·

書宛上事》。主一，公註云：『問宛人，劉宦名沖斗。』謹案《貢舉考畧題名碑録》、萬季野《明史稿》俱作仲斗。『沖』字誤。

《再渡皖上懷虞九階》、《送關粵良驥知府入覲》、《桐城曉發》、《過小池驛羅近溪先生茶池亭》，近溪先生名汝芳，《明儒學案》有傳。俱有詩。《詩畧》。

福清葉臺山向高再相，時爲首輔。中外想望丰采。客有談及此者，公笑曰：『此老最下則再入中書耳。』《説畧》。謹按張江陵、沈四明罷相後，政歸臺諫，有虛言而無實事，入閣者俱模稜首鼠，避事避言故也。

公受誥命，有《寄劉啟東》詩。《姚江逸詩》作《寄答丁長孺》。長孺名元薦。云『惟恐辱絲綸，安知來璀璨』。《詩畧》。

十二月辛巳十四日，日上有一物覆壓，忽大風揚沙，天盡赤。《明史·周朝瑞傳》。神宗末，齊楚浙三黨操黜陟之權。謹按《明史·夏嘉遇傳》，齊則給事中亓詩教、周永春、御史韓浚；楚則給事中官應震、吴亮嗣；浙則給事中姚宗文、御史劉廷元。而湯賓尹輩陰爲之主其黨，給事中趙興邦、張延登、徐紹吉，御史駱駸曾、過庭講、房壯麗等相與倡和，務以攻東林、排異己爲事。自周嘉謨爲吏尚，大起廢籍，惡霍維華傾險，出之外，魏奄怒嗾給事中孫杰劾嘉謨，罷之。《綱目三編》。

是年，有《自述》詩一首：『憶昔十四五，膽氣豪且闊。志欲搜墳典，窮盡古今碣。讀時頗强記，下筆亦自傑。偶然竊伊吾，兼咏便馳突。去而學訓詁，昏昏若滅没。移卷就圖書，精神相欣悦。便欲棄時文，一意攻古業。無奈公令嚴，舍此進取絶。頫首勉爲之，何以入彼窟？十載去千人，到處遭缺折。父師相勸戒，爾其勿計拙。今古不同途，志分空勞切。自念長貧賤，吞聲安敢説。盛氣也可降，篋笥竟自割。隨時施朱鉛，我妝亦濃抹。一朝獲十禽，古語於今烈。我技雖薄售，壯心終已奪。漢魏知何體，盛晚亦久别。隨人誇篇章，我焉敢嗔喝。棄置近十年，重將門户列。靈之以山水，擴之以風月。突兀天地間，至樂未嘗闋。』《同周玉汝登九華》七首録一：『太白、陽明千古雄，雲封煙斷草萊中。好題不朽兩君子，合作名祠瞻禮同。』公又有《與周柱瀛書》云：『太白陽明殘碑荒宇，誰肯爲兩先生一新廟貌者？當玉成青令做此好事，亦吾兩人山中一段佳話也。』　謹按：九華本名九子山，太白易今名，陽明以宏治辛酉遊九華，遇蔡蓬頭及地藏洞異人。

二年壬戌，公三十九歲。

正月，大清兵破西平堡，王化貞棄廣甯，與熊廷弼走入關。《綱目三編》。

長子文孝公回姚，應童子試。《文定》五集。

二月，公坐廳事，胥吏奔告劉宦遣手力鎖吏去。公不信，告者三至，公乃親詣其第。鎖者及門，乃命脱吏鎖以鎖其奴，笞之下獄。《文畧・書宛上事》。值考選，或曰：『公已成名宛上，似此盤錯，宜俟後人。』公曰：『吾志掃姦鄙，今當前而避之，羞稱執法之吏矣。』時訟劉宦者數百人，悉爲斷理。《家録》。是夜，劉氏火，則自焚其所置私獄也。已又遷其貲重不測，所謂越三晝夜火大作，所謂壯麗擬於王居者，忽爲煨燼。蓋劉欲以此陷公也。或曰：其弟利兄之財，欲因亂以掩之，創此謀耳。劉旋悔其計失，亦無及矣。遂出間金，飛章南北，以致難於公。江右易白樓應昌方按兹土，核其狀，具疏題請戍其奴二人，配其黨十餘人。掌院鄒公南皋元標見劉氏飛章，歎曰：『黄君利刃以齒腐朽，其風裁何必減范孟博哉！吾臺中不可無此人物。』《文畧·書宛上事》。公有《與甯國鄉紳公書》。《文畧》。

孫承宗爲東閣大學士。尋經畧薊遼。三月，劉一燝致仕，以沈潅與魏奄比而齮之也。後刑尚王紀再疏劾潅，潅不自安，乃引去。《綱目三編》。

公考選北渡，采石郡民沿途號呼，而送者數萬人，至滁陽不絕。《文畧》。

入都門，考授御史。時左都御史鄒公元標、副都御使馮公從吾，建『首善書院』於京師，與高公攀龍輩講學。公規之曰：『都門非講學地，徐文貞已叢議於前矣。』文貞諱階，華亭人，世宗時在政府，爲講會於靈濟宫。鄒公不能用。給事中朱童蒙、郭允厚、郭興治交章劾鄒、馮植黨沽名，並罷歸。《綱目三編》參本集。公有《上鄒南皋先生書》。畧云：『先生三出而不能三年淹，直道事人，從古然矣。某以迂疏之質，僅留赤子之心，亦豈能浮沉善世。吾人之所以自立者綽有餘地，豈區區出没於功名富貴之中，便足了事也。』《文畧》。

是時，朝士空疏，以通記爲粉本，不復留心於經學。章奏中有引繞朝之策者，一名公指以爲問。公曰：『此晉歸隨會事也。』凡五經中隨舉一言，公即口誦傳疏，瀾倒水決，類如此。《明儒學案》。

諸君子日追理『梃擊』、『紅丸』、『移宮』三案，斷斷争之。或謂公曰：『今論人者以三案爲鑑，公胡無説於此。』公曰：『三案已爲成事，今日宫府所急，似不在此。』《家録》。

七月庚戌十六日，季子司輿公生。諱宗轅，《司輿公壙志》。

光廟與熹宗兩次覃恩，薄海内外但沾一命者，俱得榮親如其官。公隨班具題，亦得邀封二親，然以恩榮太濫，心竊憂之。未幾，時相當國，不論清濁賢否、大臣小臣，概追誥命。造物乘除之理，在識者已先見之矣。《説畧》。

公假歸，有詩《秋雨後出都門》，又有《梁原鋪中》、《邯鄲道中》、《過黄粱祠》、《過鄴下》、《湯陰謁武穆祠》、《濠上和馬瑶草》等作。《詩畧》。又《杞縣書懷》起句云：『杞國初經問杞人，憂天何地不傷神？』時有鄒、滕之儆也。《詩畧》。謹按：是歲六月，白蓮妖賊徐鴻儒破鄒、滕二縣。

是歲，胡芷漁考選，得掌科周柱瀛亦入臺中。辛酉秋虞乾飏以憂去，不與考選。公會虞乾飏於鴛湖，極慶彈冠之盛。《説畧》。

《梁原鋪中讀張見平銓題豫讓橋詩有感》：二首。見平巡按遼陽，城陷自縊。『驛壁留詩壯士遥，黄昏淡月草蕭蕭。千秋空望遼陽鶴，此地猶存豫讓橋。』『想像遺蹤意氣豪，悲歌慷慨愧吾曹。男兒一死終須有，獄吏何如馬革高？』《湯陰謁武穆祠寫懷》：三首。『鄴下纔經罵老瞞，鄂王祠畔檜枝寒。兩奸俱保頭顱老，遺恨千秋讀史殘。』『由來血膽被讒傾，豎子自摧萬里城。只恐階前鞭檜者，此身半是鐵鎔成。』『時事艱危借宋論，幾回憤惋欲排閽。於今便有精忠骨，三字終須作獄魂。』《大年兄不與考選》：一首。謹按：大年名可師，與公同榜進士。其先世從竹橋徙蕭山大藏。見《黄氏續録》。『世事俄翻一局回，慧心人遠碧雲隈。從來天地名爲累，到底河山急倚才。諵骨應知拈手是，妬眉誰待入宫來？自憐康樂猶如此，況復如余樗櫟材。』

三年癸亥，公四十歲。

正月，顧秉謙、朱延禧、朱國楨、魏廣微並爲東閣大學士。是歲，朱國祚、史繼偕先後罷。《明史》。

公家居，寡交游，惟兩鶴相與清嘯，不肯輕出見郡縣長及干謁事。《行狀》。

長子文孝公補仁和博士弟子員。《文定》五集。

六月，熒惑入南斗。謹按曆法推之，是歲六月中旬，火星從斗東退入斗魁；至七月中旬，猶留斗中；下旬，始順行出斗魁也。議者洶洶，不知主何吉凶。公考占驗，主饑荒。嘉靖二十二年癸卯七月，入南斗。謹按曆法推之，火入南斗，係嘉靖二十三年甲辰，此云癸卯，恐有誤。東南大饑，是其應也。《説略》。

七月，公從水路北上，有《登北固山淩雲亭》、《晚渡揚子河口逢羅心華掌科》等詩。《詩略》。姚夫人及文孝、晦木諸公隨行。《文案》。九月，宣州施運官謁公珈河舟中，談宛上事，言劉宦焚餘尚留兩廡，今七月又爲雷火所盡。公歎言：『不祥之物，天人共棄也。』《文略·書宛上事》。十月，翁祖石先生同至京邸，授晦木、澤望兩公句讀。祖石能詩，公《舟中雜詠》所云『共坐得詞人』是也。《文案》。

任山東道御史時，魏奄竊政，黨論方興。楊忠烈、左忠毅諸公多夜過公邸，議論時事，燭累見跋。魏忠節見過尤數，每過必以小人陰謀相告，形之歎息。《吾悔集》。

上《請用講學名賢疏》，乞召還余懋衡、曹于汴、劉宗周、周洪謨、王紀、鄒元標、馮從吾、蕭近高、饒位諸臣。又劾尚書趙秉忠、侍郎牛應元、通政丁啟睿頑鈍，趙、牛俱引去。《明史》本傳，參《文略》。

上《明職掌疏》，謂『用人理財、官守言責，一切當核其職掌。若滃滃訿訿、左挑右激，蝀蚌鷸之相持，喜水火之日沸，不載胥及溺不止矣』。《文略》

山東妖賊徐鴻儒既平，餘黨復煽，巡撫王惟儉不能撫馭。公上疏請簡巡撫，言巡撫本内外兼用，今盡用京卿，不若歇歷外服者之練習。《明史》本傳。

帝在位數年，未嘗一召見大臣。公上疏請復召對，謂『祖宗時有朝、午二朝，有便殿召對，羣臣得更進而言事，則無不達之幽隱；御前得面奏而取旨，則無不剖之大幾』，『今此典久廢，急難驟舉』。乞於講筵之下『勤垂清問，聽大臣剖析精詳』，『繇此而御門親決，由此而召對傳宣，樂此不疲矣』。《明史》本傳，參《文略》。

高陽孫承宗字愷陽以閣臣經略薊遼，信任大帥馬世龍。公數陳邊事，力言世龍不可用。雖忤高陽意，而高陽未嘗不引公爲益友。《明史》本傳，參《正氣録》。

魏奄勸帝選武閹、鍊火器，又日引帝爲倡優聲伎、狗馬射獵，至是内操增至萬人，衷甲出入，鉦鼓聲喧震内外。公與侯震暘字得一，嘉定峒曾之父等先後疏諫，皆不聽。《綱目三編》。

歙人江文言字士克智巧任術，負俠氣。萬曆末，于玉立字中甫，金壇人，主持東林壇坫遣入京刺事，輸貲爲監生。用計破齊、楚、浙三黨，察東宮伴讀王安賢，傾心結納。光熹之際諸善政，安與南昌劉一燝同心共濟，文言交關力爲多。福清葉向高題授内閣中書，一時正人蒲州韓爌、高邑趙南星、應山楊漣、桐城左光斗、嘉善魏大中俱延之入幕。《明史·魏大中傳》，參《文畧·汪文言傳》。嘗欲知公，公不與見，曰：『「夸者死權」賈子語，文言之謂乎！』文撰《神道碑》。

總督、遼撫俱以艱行，議者欲推轂李懋明邦華、熊壇石者[二]。兩公俱江右人，其鄉人力争，不可。推喻養初安性，嵊縣人爲巡撫而止。次日，章魯齋忿忿謂公曰：『豈我江西人便可喫虧如此！』公曰：『當今要緊官，第一督撫。推轂熊、李二公，還是重江西。今推喻養初，豈喫虧我浙耶？』《説畧》。節首刪『癸亥冬』三字。公有《與喻養初經畧書》。《文畧》

先是，左都御史趙南星與吏部尚書張問達同主癸亥察典，黜給事中亓詩教、趙興邦、官應震、吴亮嗣即齊楚中之持局者目爲『四凶』，天下快之。至是，問達去位，南星爲吏尚，鋭意澄清，盡布諸君子於要路。此句見《劉子全書》。然徑情直行，蔑視政府，福清以下多不悦。《綱目三編》，參《先撥志始》。

十二月，魏忠賢提督東廠，許顯純爲鎮撫司理刑。先是，客氏、魏奄恐宫中人白其罪惡，矯旨賜光宗選侍趙氏自盡，幽裕妃張氏於别宫，殺之。張皇后數於帝前刺客、魏過失，是年后有娠，客、魏以計墮之，帝用此乏嗣。又掩殺帝所寵馮貴人，幽李成妃於别宫。至是，忠賢每出，僭用乘輿，毒痛士庶，威加搢紳，生殺予奪，盡出其手。《綱目三編》。

是月，兩京、鳳陽、蘇、松、淮陽、泗、滁同日地震。同上。

倪玉汝元璐，上虞人爲庶吉士。虞邑有二人，當出其一。其人欲攻倪出之，公倡言倪之文望非詞林不可，乃止。《思舊録》。

是年，重九後一日，舟泊河口，阻風，抱悶。忽漏五鼓，夢得風順濟。覺，即大叫舟師前進，果應神異。有詩一首：『江空木落五更時，似有神人告語私。大約時危憂主渴〔三〕，偶於想極得風奇。亂帆颯颯趨漕急，疲驛蕭蕭應手遲。寒色稍侵輕袂短，舉頭子舍不勝思。』

《舟中雜詠》四首録一：『故國離千里，清秋入數旬。再圓留月色，共坐得詞人。對酒平沙曠，移帆遠樹親。閒窗無所事，依斗望京頻。』文孝公曰：詞人指舅氏翁祖石。

校勘記

〔一〕此處『政』字，底本缺失，據《清景賦》序增加。

〔二〕此處『者』字，底本缺字，根據《説署》内容補。

〔三〕此處『大約』，《詩署·卷之五》爲『大署』。

黄忠端公年譜卷下

八世孫　炳垕　編輯

天啟四年甲子，公四十一歲。

正月十一日，鯤溟公六十生辰。《誕諱考》。

是月，日赤無光，旁有黑子。《綱目三編》。二月，大風揚沙，晝晦，天鼓鳴。如是十日。《明史》本傳。甲寅三十日，京師地震，宮殿動摇有聲。三月丙辰二日，復震。戊午四日，夜再震。庚申六日，夜復震者三。《熹宗本紀》。是月十六日，公陳十失，劾奏魏忠賢、客氏。謂：封疆多故，一二邊臣動輒僨轅，一失也。濫功而誤國喪師者蒙蔭，棄勞而血守孤城者薄酬，賞罰未章，士多墮志，二失也。昨日所進又云資俸已深，今日所推忽而改圖復起，孜孜汲汲，似不終日。三失也。章奏一出，旁觀四起，本淺語也，而指爲深心；本直截也，而指爲線索。直言敢諫之氣，摇於揣摩臆度之手，四失也。遼人何罪？窮困來歸，而奸細風形，輒爲捃摭，五失也。户、工兩部極爲緊要，其精神俱用於覆疏，而不用爲實事，六失也。市井無賴好語兵革，而入幕山野飽占炎涼，一切中外衙門盡屬此輩，藏頭露尾，七失也。門巷街衢，苞苴充滿，率皆吮血朘膏，八失也。大臣牽顧身家，依回日甚，致令軍國大事需忍歲月，九失也。議論龐雜，言者自言，任者自任，域外操其短長，而局中莫措手足，十失也。有此十失，表則無度狂趨彌甚，其何能仰答天心，消弭災變乎？又言陛下厭薄言官，人懷忌諱，遂有剽竊皮毛，莫犯中扃者。今阿保重於趙嬈，禁旅近於唐末。蕭牆之憂，慘於敵國；毫末不札，將尋斧柯。廷無謀幄，邊無折衝。當國者昧安危之機，而誤國者護恥敗之局。不於此時兼聽並觀，進賢退不肖，而疾剛方正直之士如仇讐，陛下獨不爲社稷計乎？疏入，魏奄大怒，謀廷杖之。韓爌力救，乃奪俸一年。《文畧》，參《明史》。

公有《復申維烈書》。畧云：投足春明僅僅五月，飽看長安之所爲，孜孜汲汲，只了得『門户』兩字。而真正宗社大計、邊塞安危，神情全不屬焉。看此世態，能捱多少時光。《文畧》謹按：申名紹芳，相國文定時行孫，與公丙辰同榜。

吏科程芸閣遷太常，都給事缺出，左僉憲光斗先期邀阮圓海大鋮入都。阮爲人滑熟，衆意欲推魏廓園大中，左見衆心所向，又欲移而之魏。阮意不平，遂銜左、魏入骨。拜命一日，尚邀魏廓園、章魯齋、陳岵月及公數人，瀝酒指天，誓同肝膈，次日即杜門拜疏，詭言終養，潛入逆賢之幕，獻百官圖。公責其身爲禍始，明犯清議，蓋意在聯絡，少衰其禍也。《説畧》，參《神道第二碑》。《文畧》有《止阮大鋮禍始書》。先是，給事中傅櫆以兄弟稱於傅應星、傅繼教間。繼教、奄人；應星，魏奄之養子也。四月，大鋮嗾傅櫆出疏，言左、魏引内閣中書汪文言爲腹心，壞朝政，謹按：此爲外廷坿内攻東林之始。遂下文言鎮撫司獄。忠賢必欲殺之。公與金吾顛善，嘉善書片紙求救於公，云：『事急矣，勿殺義士！』公語鎮撫劉僑曰：『文言不足惜，使搢紳之禍由文言，不可。』密計不竟其獄，於諸公得無連染。《文畧·汪文言傳》，參《文畧·約野史辨》。

趙儕鶴冢宰南星調職方，鄒匪石爲考功，副院鄭元岳所薦也。左浮邱、魏廓園亦慫恿其間。江右臺省傅櫆、章允儒、陳良訓，以同鄉不與聞，譁而出揭争之，或創『爲二千金通汪文言』之説。鄒聞之憤甚。公上疏《辨鄒吏部維璉孤介》，言今之疑維璉者，謂此物非無因而至，不知維璉生平大節，願掛冠以救寶子偁之賢，而不肯從撫臺以羅織。巡撫袁一驥，以私憾摭布政寶子偁罪，鄒公以去就争。敢繳檄以阻袁一驥之祠，而不肯附監司以獻諛。監司欲爲一驥建生祠，鄒公抗詞力阻。甯失考選，而勿受有力之招呼；甯忤權貴，而勿忍妖人之朋比。主事譚謙益薦妖人宋明時能役神兵復遼左地，鄒公極言其妖妄，忠賢矯旨譙責。其心早已置一官於度外，亦足曉然表見於天下矣。《説畧》，參《文畧》。

端陽後，以頭風舊恙杜門十餘日，巾櫛不御，庭無雜客。稍理殘書，倦則布席箕踞，合眼澄心，耳邊盡謝餘事。公謂『如拔宅火坑中』也。《文畧·病中偶記》。

六月癸未一日，堂官楊忠烈漣劾魏奄二十四大罪，具疏將上，公止之曰：『公大臣也，一發不中，禍移之國矣。』忠烈曰：『何謂也？』公曰：『從來除君側者，必有内援，公有之乎？』忠烈默然。公曰：『無已奏中宫嬪之事，削其風聞，疏中及忠賢掩殺宫中貴人、矯旨勒令裕妃自盡、與客氏計墮后胎等事。苟毫髮不爲上所實，則上不實其實矣。』不聽，疏入。魏奄辨上前，果自宫嬪事始。忠烈被旨譙讓。公憤，抗疏繼之，畧言：天下有政歸近侍、威福旁移，而世界清明者乎？天下有中外洶洶、無不欲食其肉，而可置之左右者乎？陛下必以爲曲謹可用，不知不小曲謹，不大無忌，必以爲惟吾駕馭，不知不可駕馭，則不可收拾矣。今忠賢不法狀，廷臣已發露無餘，陛下若不早斷，彼形見勢窮，復何顧忌。忠賢必不肯收其已縱之韁，而浄滌其腸胃；忠賢之私人，必不肯回其已往之棹，而默消其冰山。始猶與士大夫爲讎，繼且以至尊爲注，柴栅既固，毒螫誰何？不惟臺諫折之不足，即干戈取之，亦難矣。忠賢得疏，愈恨。《家録》，參《明史》。謹按：《兩朝剥復録》云：時舉朝交章論劾内閣，俱有公揭，雖奉旨切責，然外廷多正人，忠賢未敢遽肆也。

時諸君子出死力以濟屯蹇，朝端生色，公獨見幾，私心瘋憂，謂伏火將發，亂形兆矣，宜用晦，俟時少衰厥禍。諸名賢交善其言，而志欲搏擊羣陰，義無他顧。公遂決計曰：『甯不與諸君子同其功，不願不與諸君子同其禍也。』范撰《本傳》。

工部郎中萬燝抗章劾奄，逆奄矯旨，廷杖一百，越四日，傷重卒。謹按：《兩朝剥復録》云：此逆黨肆虐搢紳之始，蓋前之怒楊漣者，藉此以雪之而覘外廷云。公上言：律例非叛逆十惡，無死法。今以披肝瀝膽之忠臣，竟殞於磨牙礪齒之凶豎，此輩必欣欣相告：吾儕借天子威柄，可鞭笞百僚。後世有秉董狐筆繼朱子《綱目》者，書曰：『某月某日，郎中萬燝以言事廷杖死。』豈不上累聖德哉！進廷杖之説者，必曰『祖制』，不知二正之世，王振、劉瑾爲之，世祖、神宗之朝，張璁、嚴嵩、張居正爲之。奸人欲有所逞憚，忠臣義士掣其肘，必借廷杖以快其私，使人主蒙拒諫之名，已受乘權之實，爲所欲爲，莫有顧忌，而禍即移之國家。燝今已矣，辱士殺士，漸不可開。乞復故官破格賜卹，俾遺孤得扶櫬還鄉，燝死且不朽。《明史》。

巡城御史林汝翥笞内豎曹進、傅國興，忠賢又欲杖林。諸言官詣閣争之。小璫數百人擁入閣中，攘臂肆駡，諸閣臣俯首不敢語。公厲聲曰：『内閣絲綸地，即司禮，非奉詔不敢至。若輩無禮至此！』公身長八尺，聲若洪鐘，羣奄懾其氣岸，皆辟易而散。《明史》，參《神道碑》。林先期逸去，有言林爲福清葉向高之甥，匿福清所。諸奄即蜂擁搜之。公謂福清以元輔與内暱，無一事匡救，至事不可爲，妝聾做啞，身受其辱。即以政府被人搜匿一事，若平日稍有威望，豈至此乎？《説畧》。

萬郎中死後，公謂難發於楊大洪，當必有疏入告。跡之寂然，因諷之去。楊曰：『除吾一身，生死成敗莫要照管，如死而有益，亦是不妨！』公曰：『士君子出處要分明，今言既不用，在朝何益？身名俱全者，上也；身死名存者，次也。』楊頷之。翼日，楊語李仲達過公邸，爲決去留。公爲書上之。畧云：奄宦之禍，小臣擊之，其害止於一身，大臣擊之，其害及於天下。彼以小臣無所輕重，故其致怨也淺。然大臣擊之，不勝而身退，其禍緩；不勝而身不退，其禍亟。彼既仇大臣，則勢不兩立也。今堂翁倡舉朝之人而擊之，既不勝矣，以道事君，不可則止。孔氏家法本是平常，當此之時，有一毫畏死之心，固爲非道；即有一毫求死之心，亦爲非道。君子不顧成敗，未有不顧出處者也。又謂仲達曰：『去留當決諸己，如與人商議，定是去不成。以此言告堂翁可也。』楊終遷延，及於難。《説畧》。

七月，葉向高致仕。《明史》。

蘇、松、浙西大水。同上。　此與五年大旱，俱應東南大饑之占。

是月，五星聚張。謹按麻法推之，是歲七月十七日，木、火、金、水四星會於張處。暑後七日也，金、水張初度，火張二度，木張十度，土星尚在，星四度。至八月下旬至張，而火、金、水不在張矣。此云『五星聚張』，渾舉之詞也。好事者疑中州或有異人，公謂嘉靖三年，五星聚室，占主朝廷營建。是歲仲冬，公與劉碧山侍班。事竣，碧山謂公曰：『三殿工將興矣。』公謂：『此何時，而可興大舉乎？』未數日，果有旨建兩門，遂興三殿，豈占應亦主營建耶？《説署》。

先是，各官乘小轎，逆奄復乘馬之制，内侍馳突，故相屈辱。其所乘，皆京營牧馬。公令京營嚴戒受僱，於是絶跡。《神道碑》。有《和李仲達騎馬吟》，句云：『聖恩不在垂帷小，臣節還期裹革人。』《詩署》。

八月，河南進玉璽。忠賢欲侈其事，令由大明門進，行受璽禮，百僚表賀。公上言：『昔宋哲宗得璽，蔡確等競言祥瑞，改元元符。宋祚卒不競。本朝弘治時〔二〕，陝西獻玉璽，止令取進，給賞五金。此祖宗故事，宜從事。』獲中止。《明史》本傳。

《邸中中秋前一日月食》，句云：『感此問世途，風波自點綴。須知有心人，至性原無逝。』《詩署》。謹按麻法推之，是年八月十五日寅初二刻望，距正交六宫一度弱南緯五分月食。既丑初，三刻初虧，是月食在中秋日。而集云前一日者，從俗稱，以十五日旦前爲十四夜也。

公於癸甲之際，疏凡十三上，語語切中要害，直刺中肩。而劾奄媪三疏，詞皆激烈，或謂與和平之説異。公曰：『某諫官也，遇事則言，義無隱避。與大臣當休否之任者，其設施不可一例也。』《行狀》，參《神道碑》。有《早朝示倪玉汝》詩，云：『侍臣勿恨瞻天遠，退食恒愁補過迷。』《詩畧》。　有《與王蔥嶽中丞洽論改折書》。畧云：東南思亂之會，有復益以災荒，此果何日也哉！改折一事暫得俞旨，而仍復反汗，且浙西未得全折，已爲遺憾，而部覆無端，又欲取永折之紹興而暫徵之，彼固未識錢塘、曹娥，天所以限浙東西也。萬祈老公祖力爲主持，以救此一方剥牀之恐。《文畧》。

公語門人徐寶摩石麒曰：『乾六龍一亢，姤一豕至矣。姤一豕蹢躅，玄黄至矣。羣賢之龍戰，可謂亢矣。南樂其豕也。』錢撰《墓志》。時南樂魏廣微允貞子與逆賢認宗稱姪，遂怙勢偃蹇。十月初一日頒曆不到，廟享又後至。嘉善魏忠節將糾之。公曰：『姑無決其藩籬，使有返顧乎！君不見負嵎之虎，以石投之，則咆哮而起矣。』嘉善謂：『二魏相倚，應山楊忠烈角之，吾可不掎之？』公曰：『應山不能踣内，公又焉能踣外，徒速禍耳。』《剥復録》，參《神道第二碑》。《文畧》有《止魏廓園劾魏廣微廟享不至書》，畧云：『君子小人之品，判若黑白。君子小人之名，淆若朱紫。其淆也，能致天下之亂；其判也，亦能致天下之亂。小人雖與小人爲朋，未嘗不欲與君子爲朋；小人但惡其礙己者，未嘗以其爲君子而惡之，以其爲小人而好之。而以小人之名顯也，勢窮理極，爲君子所不容。始不暇避小人之名，而君子之禍烈矣。君子社稷之念，重於名節。年兄其細思之。』嘉善不聽，卒劾之。廣微遂取《搢紳便覽》，於姓名上加三點、二點、一點約六、七十員，目爲邪黨；又手書所欲大用之人五六十員，加三圈、二圈有差。目爲正人，密付逆奄，逆奄一一依行。《説畧》。

東林盈朝，自以鄉里分朋黨。先是，江西章允儒、陳良訓與魏大中有隙，而大中欲駁尚書南師仲恤典，秦人亦多不悦。公急言於大中，止之。《文畧》有《止魏廓園抄參邮典書》。至是，山西尹同皋、潘雲翼欲用其座主郭尚友爲山西巡撫，大中以尚友數問遺朝貴執，不可。公引杜征南數遺洛中貴要爲言，大中卒不可，議用謝應祥。公謂當事曰：『謝公爲趙、魏老則優，不可爲滕、薛大夫。』不聽。適廣微慍大中，遂嗾所親陳九疇劾大中出應祥門。應祥曾令大中之邑。推舉不公貶三秩出之外，盡逐諸正人。《明史》本傳，《魏大中傳》，參《説畧》。

是月，吏部尚書趙南星、左都御史高攀龍、吏部郎中鄒維璉回籍。十一月，吏部左侍郎陳于廷、都察院左副都御史楊漣、僉都御史左光斗、應天巡撫周起元削奪，大學士韓爌、朱國禎、兵部侍郎李邦華回籍。《剥復録》。

十二月，徐兆魁爲吏部侍郎，喬應甲副都御使，王紹徽僉都御史，皆素爲南星所擯者。紹徽等既進，用編東林一百有八人，繫以《水滸傳》天罡地煞星諸名目，爲《點將録》獻之忠賢，俾按名黜汰。後又有《同志録》、《天鑒録》，皆踵之而成者也。紹徽竟得驟任冢宰。《綱目三編》，參《説畧》。謹按：《先撥志》始載《東林點將録》，開山元帥、托塔天王、南京户部尚書李三才等共一百九人。公名列於馬軍八驃騎中，稱天空星、急先鋒、山東道御史黄某，末一行題『天啟四年甲子冬，歸安韓敬造』。又劉若愚《酌中志》言：崔呈秀密付逆賢之《天鑒録》，首列東林渠魁葉向高等，次列東林脅從孫鼎相等，又列真心爲國、不附東林顧秉謙等若干人。《同志録》列輔臣、詞林、部院、卿寺、臺省、部郎、常博、任子、貲郎、武弁共若干人。臺省則公與李忠毅諸公也。《四庫提要存目・東林同志録》一卷題下註曰：續《點將録》共一百七十人，與《酌中志》所記大畧相同。又有《盗柄東林録》一卷，分初、盛、中、晚四門，皆不著撰人名氏。

是歲，何宗彦卒。《明史》。

黄石齋道周書《桃花源記》並致贈語，有云『虎兕横道中，猿鶴安足賴』。公作詩答之云：『兕軼龜玉毁，典守安所循？』兩公隱憂國是，情見乎詞矣！石齋又書庚子山《小園賦》贈公，蓋猶桃源志也。《宗譜》。

是年，《送萬元白熼劾奄魏忠賢廷杖歸》有詩一首：『邊境有梟社有鼠，國事紛麻何所底？或爲借劒或請纓，秀才分内應如此。有友貌癯膽自雄，直披閶闔追龍逢。文章不回明主意，孤臣灑血向誰通。當時朝上夕被拘，大小宦豎嘯通衢。青天颯然白日淡，衣冠奪氣惟長吁。奄拳已自飽雞肋，天威不霽敢悚息。杖下猶知呼先皇，忠肝尚能通紫極。紫極浮雲有時開，先皇遺澤正堪哀。千古未乾義士血，一時共詫掌心雷[二]。我今送子及新秋，新恩曠蕩不更裘。欲贈龍泉頻拂拭，相看留斬佞臣頭。』

又有《送林心泓汝翥劾魏忠賢杖歸》詩，亦見《詩畧》。

五年乙丑，公四十二歲。

正月，魏廣微受奄頤指，陰屬太宰，欲以公及李次見應昇、周來玉宗建等八人年例外補。范公景文時爲考功争之曰：『此有何罪，而欲斥之曰「黨人」也？』范公曰：『「黨」之一字，乃漢、唐、宋末季小人所以傾君子者。聖明在上，而可復以此爲口實哉！且我輩豈殺人媚人者，有死不爲也。』遂引疾歸。范撰《本傳》。

是月，崔呈秀復爲御史。先是，呈秀按淮陽，高攀龍發其贓私。謹按：此甲子九月事，高公疏係李忠毅代作，稿載《落落齋集》。趙南星議戍之，呈秀窘，夜走魏忠賢所，叩頭乞爲養子。涕泣言：『南星、攀龍輩，皆東林邪黨。』時忠賢爲廷臣交攻，思假事端傾陷正士，得呈秀，恨相見晚。遂用爲腹心，日與計畫，陰排諸異己者。《綱目三編》。

倪文正元璐見公奏疏，敘之云：『欲使賈言失至，陸語墮新，可以汗青竹而爲光，餗黄鉉而不覆也。』《正氣録》，參《縣志》。

二月，公奉茶馬差出京，有《長安留别》及《題壁》等詩。出都門數百里，紅塵撲天，輿人戒不敢進。公有詩云：『世界爾能攬，丹心我自微。』感時寓意也。《詩畧》。

呈秀疑前高中丞發其贓案，公有力焉，因嗾其門生曹欽程疏劾周公宗建、張公慎言暨公與李公應昇。謹按《明史·欽程傳》，言欽程由座主馮銓父事忠賢，銓欲害御史張慎言、周宗建，令李魯生草疏，屬欽程上之。因及李應昇、黄某，而薦魯生及傅櫆、陳九疇等十餘人。謂作趙南星之鷹犬，爲魏大中之爪牙。又誣公以汪文言倖冒臺班，即薦座師。座字係房字之誤。鄒維璉於趙南星破例得入吏部，一味搏擊善類。奉旨：『這本説得是，四臣都着革了職，爲民當差，仍追奪誥命。』《剥復録》，參《行狀》。

三月，公削籍歸。有《平陰遇劉止菴赴榆關》、《由平陰之滕陽有感》、《過漢高廟》、《睢陽道中》等作。《詩畧》。

汪文言之獄，逆黨定謀，入楊、左，公授畫於鎮撫劉僑，單詞不及而獄解。未幾，僑以寬文言削籍，洩其語。羣小甚忌公，俟公出，復捕文言。張撰《祠堂碑》，參《文約・野史辨》。魏奄必欲殺楊、左等，坐以『移宫』。徐大化教忠賢牽入封疆，坐以納熊廷弼賄，則殺之更有名。於是重鞫文言，備五毒，令引漣等受賄。文言忍死不承。鎮撫司許顯純手作文言供狀，漣、光斗各二萬，魏大中三千，袁化中六千，周朝瑞一萬，顧大章四萬。謹按：袁，字民諧，武定人，謚忠愍。周，字思永，臨清人，謚忠毅。顧，字伯欽，常熟人，謚裕愍，並楊、左丁未同榜。即日，斃文言於獄。爰書上，詞連趙南星、李若星、毛士龍、繆昌期、鄒維璉、鄧渼、盧化鼇、錢士晉、夏之令、王之宷、徐良彦、熊明遇、黄龍光、李三才、惠世揚、施天德、黄正賓十七人。即『十七君子』。《剥復録》無夏之令、李三才二人。中旨，逮漣等六人下獄，南星等俱削籍，下所在巡按追贓。《明史》，參《綱目三編》。

夏，蘇、松、浙西大旱，斗米二百錢。《説畧》。

御史楊維垣首翻三案，給事中霍維華繼之，痛詆劉一燝、韓爌、孫慎行、張問達、周嘉謨、王之宷、楊漣、左光斗，『梃擊』以王之宷爲罪首，『紅丸』以孫慎行爲罪首，『移宫』以楊、左爲罪首。而譽范濟世等。請改《光宗實録》，忠賢立傳旨削劉一燝等五人籍，逮之宷，免李可灼戍，擢濟世等。《綱目三編》，參《明史・維華傳》。

秋前，副都御使楊漣、僉都御史左光斗、給事中魏大中、御史袁化中、太僕少卿周朝瑞、陝西副使顧大章先後斃於獄。

毁天下講學書院，尚書余懋衡、副都御使馮從吾等俱削籍。張訥奏毁書院，醜詆講學諸臣，以懋衡、從吾、孫慎行爲首，慎行前已削籍云。併追奪鄒元標官誥。

周如磐、黄立極、丁紹軾、馮銓並入閣預機務。明年五月，紹軾卒。六月，銓免。

時顧秉謙爲首輔，廷禧、廣微先後罷。並《明史》，參《綱目三編》。

公與朱未孩大典約江頭看潮，阻雨。偕許霞城、朱未孩兩掌科集湖邊小閣，俱有詩。《詩署》。

聞楊、魏爲奄人所害，哭之於野，慟。是夜，夢忠烈告曰：『大禍未解。』《家録》，參《正氣録》。

有《寄李仲達書》。署云：諸君子苟聽我兩人之言，必不決裂至此。今元祐、熙豐種種合符，若禍止見於吾輩，而國家猶是恬然，生民猶是乂然，吾輩不惜以其身爲蓐薦，使人寢處其上。但從古未有仁賢云亡，而邦國不殄瘁者。言念至此，雖欲乞靈猿鶴，埋名傭保，其可得乎？《文署》。

十二月，魏忠賢榜東林黨人姓名示天下。從盧承欽之言也。《綱目三編》。

是時，訛言繁興，謂三吴諸公謀翻局，用李實爲張永，主之者公也。逆奄聞之，偵者四輩至吴，茫無蹤跡。逆黨黴前汪文言事，忌公益深。謂公深沉有遠慮，必爲吾儕患。張撰《祠堂碑》。

是年，季子孝先公生。諱宗彝。《誕諱考》。

作《汪文言傳》。《文署》。又著有《荆卿論》《完璧論》。

是年，有《被讒奉旨削籍》詩一首：『馳驅十載爲誰勞，瑟瑟黄塵暗一毛。天王明聖臣罪死，深恩賜我舊青袍。舊袍原帶烟霞質，欲將補衮終無術。儳去鋤雲犂雨時，塞翁何須愁得失。憶在長安寄一枝，蚤朝時聽鐘聲遲。披衣絡馬揮鞭去，雲擁千官大道西。轉眼桑田已作海，同事賢豪葅與醢。密網驚弓是處排，登場莫怪新傀儡。我今拂衣歸翩翩，艸堂數楹水竹邊。揚眉莫吐龍門礜，低首忍看元祐篇。吁嗟乎！四十罷官已不早，白雲空谷應許老。人生釣魚射雁盡，生涯誰言戀戀一官好？』

《次陶路叔崇道驛壁韻》一首。路叔入長安十日，忤奄而歸。：『升沈夢幻總非吾〔三〕，十日梧垣得似無。滿眼何人辨指馬，一枝肯與借棲烏。春生非復前朝柳，婦去還憐舊日夫。倏往倏來雙翮老，横秋再辨雁門租。』

《寄李仲達》三首：『杯酒春明意自知，曾傳驛舍幾行詩。虞人果設彌天網，天末飛鴻何所思。』『曉鐘夕漏已經過，試問無官味若何？寵辱人間渾不管，小窗閒夢覺婆娑。』『一片嬾雲歸壑遠，無端驚鯉脱鉤忙。相看棋酒生涯在，水渺山空歲月長。』

《與許霞城礜卿飲包園，偶言周蓼洲順昌被讒削籍》二首其一：『世態横翻何日平，如君眼底便分明。可由可跖無常是，顛倒憑人舌底生。』『名園把酒興偏豪，海内相逢盡敝袍。不是石尤吹浪緊，湖山那得屬吾曹。』

六年丙寅，公四十三歲。

正月，輔臣顧秉謙、丁紹軾、黄立極、馮銓等纂《三朝要典》。《明史》。

蘇杭織造、太監李實齷齪不識字，素與璫忤。公居湖上時，實曾投刺往謁，公與見。會有刑侍烏程沈演奄黨沈漼之弟家居，奏記逆賢曰：『事有跡矣。』逆賢遣使譙訶，李實令李永貞代草疏，誣周起元前爲應天巡撫時，乾没帑金十餘萬；又與周順昌、高攀龍、李應昇、周宗建、繆昌期、黄忠端公諱往來講學。實有司房在都，謹按：《酌中志》司房即孫昇也。出實印信，空本填寫，上之。《明史》，參《剥復録》《先撥志始》。

二月，原任御史周宗建、侍讀繆昌期、應天巡撫周起元、左都御史高攀龍、吏部員外郎周順昌、御史李應昇、黄忠端公諱俱著緹騎逮治。《剥復録》。

三月庚申十七日，緹騎至蘇逮周公順昌，激衆怒，擊斃緹騎二人，餘皆四下逃竄。巡撫毛一鷺殺倡義五人顔佩韋、馬傑、沈揚、楊念如、周文元以謝璫。而至浙逮公者，挾勢需索如故。衆復走胥江城下，焚其舟，投其橐於河。緹騎倉皇星散，失駕帖所在。《先撥志始》。浙撫移檄紹郡，一時競傳爲逮蕺山劉公。時惠公世揚被逮，招詞連染蕺山。蕺山安坐待之。越日，始知爲公也。《劉子行實》。公聞之，留《家訓》一章，《文案·庭誥》。間道投獄。縣令祁逢吉疑其亡命，操兵到門。公移書曰：『抱頭鼠竄，豈免一死；昂首伸眉，落得骨頭香耳。君何小視海内男子也！』蕺山先生追送之，見而涕泣不已。公自謂無濟國是，抱愧而已。文撰《神道碑》。蕺山與公豫訂爲姻，公命文孝公從之遊。《鮚埼亭集·黎洲公神道碑》。謹按：蕺山冢孫茂林，字子本，崇禎壬申生，爲文孝公次女壻，所謂豫訂也。

四月，高忠憲攀龍以大臣不辱，自裁。周忠惠起元途遠未至。《家録》。謹按《明史》：周起元，福建海澄人。是歲六月下獄，九月卒於獄。公就獄，訊者問贓幾何？公厲聲曰：『清風明月、名山大川，皆吾贓私，何必問乃公爲！』訊者知不可窮以詞，懸坐二千八百兩具疏。逆奄尚恨其少。值地震乾清，皇子薨逝。帝擲疏於地曰：『今日打官，明日打官。』乃止。《行狀》，參《神道第二碑》。

鯤溟公潛入京師，逆賢知之，縛置神祠中搒掠，使籍記其往來者。鯤溟公言：『倉卒不能悉，有尺書藏某所，可取視。』其人信之，乃得脫走。《家録》。

公在獄中，與李公仲達、周公蓼洲、周公季侯、繆公當時高談，忼慨怒罵之後，繼以詩歌。文撰《神道碑》。逆奄於是分屋處之，不通往來。劉撰《第二碑》。門人徐虞求私問之。公曰：『子無用戚我，我於此，豈減黄霸之受書哉〔四〕？』文撰《神道碑》。虞求納橐饘，募金抵誣贓，思所以出之。逆奄知之，罪虞求，削籍。《文約·忠襄徐公神道碑》。

逆奄使許顯純以次拷掠，李公病甚。公拷竟，次及李公，公復就拷。顯純詰之，公曰：『吾忍見李公負病受楚毒乎？』顯純愍然，爲之改容。文撰《神道碑》。公復自割其所完贓三十金代李。《行狀》。

獄中夢三黑人，楊忠烈亦夢之，識者謂遜國之忠臣也。《家録》。又於冥眩之中，見老人屈指同難諸公而較之曰：『他日惟公最吉。』文定《澤望公壙志》。

逆奄使私人次第害諸公，五月丙午五日，繆公昌期死於獄。後謚文貞。戊申七日，王恭廠災，焚殺軍民無算。是日薊州地震，密雲連震三日。癸亥二十二日，朝天宫災。六月丙子五日，京師地震，天津、宣大、山東、河南皆震。戊子十七日，周公宗建、周公順昌死於獄。《明史》。後謚忠毅、忠介。一日，伍伯執巨纆睨視公，若有所縛者。公曰：『若欲殺我乎？何色之遽？』伍伯曰：『何與小人事，上官勒取官病故狀矣。』《行狀》。公與李公隔壁而處，索酒痛飲，扣壁謂李公曰：『某先行，候兄於帝所耳。』《神道碑》。起，攝衣望闕拜呼：『天子萬歲！』復望南拜曰：『兒子從此逝，無復養父母矣！』各四拜訖，起而賦詩一章付伍伯，遂遇害。時閏六月朔日也。《行狀》。越五日出獄，肌肉漲爛，頭面不可别識矣。錢撰《墓誌》。謹按：是歲新曆閏五月，明曆則閏六月。公之卒，或傳閏六月二日，時商人童德維亦繫詔獄。崇禎初赦出，謂文孝公曰：『德維曾事忠端公，公薨於朔，非二日也。』故公諱日定爲閏朔。語見《家録》。《明史·列傳》亦書公卒於閏六月朔日，李公應昇卒於二日。以曆推之，朔日，辛丑二日，爲壬寅。王鴻緒《史藁·熹宗本紀》書：『壬戌，黄某、李應昇卒於獄。』《剥復録》載：『六月初一日，公卒於獄。越日，李公相繼卒。』俱有脱誤。

閏六月朔正命詩一首：『正氣長留海嶽愁，浩然一往復何求？十年世路無工拙，一片剛腸總禍尤。麟鳳途窮悲此際，燕鶯聲雜值今秋。錢塘有浪胥門目，惟取忠魂泣鐲鏤。』謹按《南雷文約·重建忠端公祠堂記》：伍員諫夫差，爲魯哀元年。至二十二年，越滅吳。公諫熹宗爲甲子歲，至乙酉明亡，亦二十二年。魄感精動，虛塵可數。當知緯候爲小道耳。

七年丁卯。

八月乙卯二十二日，熹宗崩。丁巳二十四日，莊烈帝即位。《明史》。

十一月，魏忠賢、崔呈秀及客氏等皆伏誅。《綱目三編》。

崇禎元年戊辰。

正月，文孝公草疏，入京訟冤。《鮚埼亭集》。　是月乙酉二十九日，戮魏忠賢、崔呈秀、客氏尸。《明史》。

二月丁未二十一日，盡復冤陷諸臣官。《明史》。

四月，贈公大中大夫、太僕寺卿，賜葬費三百金，録一子。《明史》，參《行狀》。　文孝公既謝恩，即疏請誅曹欽程、李實等，得旨：『刑部作速究問。』五月，刑部會訊許顯純、崔應元，論二人斬，妻、子流徙。《鮚埼亭集》。　又捕曹欽程、李實抵死。　實上辯：『原疏墨在硃上，乃逆賢取其印信空本，命李永貞填寫之者。』於是以李永貞代李實，減李實，戍之。《神道碑》。　文孝公與光山夏承、吴江周廷祚共箠所頭，顔咨葉、文仲立時而斃。《文定五集》。《鮚埼亭集》作『葉咨顔、文仲乙丙被難，諸公皆二人所手害者』。　喪歸，縣令蔣燦弔之途。　鯤溟公曰：『此郊弔也，明府以《春秋》起家，不讀《左氏傳》乎？』燦爲之愧謝。《家録》。

御史袁鯨請於京城建祠一座，以慰忠魂，楊漣、周順昌、黄忠端公諱、李應昇等各家子弟追塑遺像於祠中，順天府春秋祭享。　詔曰：『可。』於是死節最著者十三家，乙丑『六君子』、丙寅『七君子』。　有司奉旨立廟於鄉，皆名曰敕建。《文約・重建忠端公祠堂記》。

二年己巳。

三月，定逆案。自魏忠賢、客氏依謀反大逆律磔死外，以六等定罪：首逆同謀崔呈秀、李永貞等六人俱立斬；交結近侍曹欽程、許顯純、崔應元等十九人俱秋後處決；又交結近侍次等魏廣微、徐大化、霍維華、張訥、李魯生、楊維垣等十一人，及逆孽軍犯魏志德等三十五人，諂附擁戴李實、崔文昇等十五人俱充軍；交結近侍又次等馮銓、顧秉謙、張瑞圖、來宗道、郭允厚、朱童蒙、王紹徽、賈繼春、范濟世、阮大鋮、陳九疇、亓詩教、趙興邦、傅櫆、郭尚友、盧承欽、陳爾翼、郭興治、吕純如、毛一鷺等一百二十八人俱徒三年，贖爲民；祠頌黄立極、施鳳來等四十四人俱閒住。《明史》，參《先撥志始》。

是歲，王父對川公誥贈中議大夫、太僕寺卿，王母章氏誥贈淑人；父鯤溟公誥封中議大夫、太僕寺卿，母盧氏誥封淑人。《宗譜》。《續録》以此爲二年事。是時，東浙之爲魏奄舍人而至大官者，皆髡黥歸里，鯤溟公獨見榮於世云。《家録》。

十一月丙午二十五日，小寒上候，卜葬公於隱鶴橋。門人徐忠襄石麒爲《狀》，嘉善錢相國士升爲《銘》。《銘》曰：『錢塘百折至海門，英靈磅礴正氣存。前有忠肅後有孫，玆得黄公鼎足尊。』《正氣録》。

五年壬申。

建祠縣西之西石山。《文約·遷祠記》。謹按：《兩朝剥復録》卷五有蔣一驄争地事，並見《文約·重建祠堂記》。歲以二仲有司祀之中牢。後十年，紹興府推官、華亭陳子龍爲《碑銘》。《餘姚志》，參祠當孔道，兵出輒屯駐其地，借爲營房，而祀以廢。錢撰《重建祠堂記》。

九年丙子。

十二月，遷葬於化安山。坐午向子兼丁癸。虞山尚書爲誌，長洲文文肅震孟爲《神道碑銘》。《銘》曰：『常侍黨錮，漢用以亡。本朝宦者，亦累倡狂。亦有黨人，盛於神皇。未嘗合併，故世祚以長。熹宗之初，厝火伏殃。内則奄媪，外則元黄。兩者欲合，曖昧未彰。於惟黄公，憂來無方。惕號同志，戒其用剛。勿啟内争，化姦爲良。奈何君子，視聽茫茫。盲風惡浪，敵起艅艎。抱薪救火，佐鬬逢僵。黨禍奄禍，遂使相將。頌功勸進，於莽有光。百爾君子，寄命鋃鐺。吁嗟黄公，血染朝裳。不以智免，不以勇傷。碧化名山，濤湧錢塘。帝曰忠臣，三錫龍章。千秋萬世，下馬徬徨。』

南昌劉文端一爆爲《神道第二碑》。並《正氣録》。謹按：公有作字號祀田十二畝，在通德鄉。歲收所入爲墓祀冢祭之費，迄今子姓輪年無改，其規制蓋定於文孝公云。

十年丁丑。

三月，癸巳二十四日，浙江布政司左參議、分守甯紹道謝雲虬奉命諭祭。《正氣録》。祭文云：『惟爾孤忠貫日，正氣干雲，請衂於萬熺之死，發奸于楊漣之先。已乃冤沉鉤黨，獄具同文，萬姓灑泣，諸生舉旛，猶且屬詞草奏，痛父辭君，卒使奸險之徒未敢喋血，薰腐之魁終裂車輪。龜鼎晏然，賴爾忠魂。』《浙江舊志》。　謹按：祭文與《正氣録》所載不同，此蓋其原本也。

十七年甲申。

署禮部右侍郎管紹甯，疏請蔣欽等二十五臣予謚。正德、嘉靖、天啟三朝。擬公謚忠端，一擬毅愍。奉旨準照正擬予謚。謚法：守禮執義曰端，江右萬時華所擬也。《正氣録·易名本末》。謹按《明史·繆昌期傳》，崇禎初，詔予璫難諸臣謚。是時姚希孟以詞臣持物論雅不善，左光斗、周宗建力尼之，遂并昌期及周起元、李應昇、黄某、周朝瑞、袁化中、顧大章皆不獲謚。再贈兵部左侍郎。《府志·忠義傳》。

是歲，常熟陳虞部梅臣卜地於西湖之上，得六一泉舊址，背距孤山，面臨鳳凰，營搆上下爲十六棟，層樓九楹，祀天啟蒙難隕身者十有七人，曰：高公攀龍、趙公南星、楊公漣、左公光斗、魏公大中、黄公尊素、李公應昇、周公起元、萬公燝、周公順昌、周公朝瑞、繆公昌期、袁公化中、夏公之令、周公宗建、顧公大章、劉公鐸，及崇禎甲申致命遂志者十有九人，曰：范公景文、倪公元璐、李公邦華、施公邦曜、王公家彦、孟公兆祥、淩公義渠、吴公麟徵、周公鳳翔、馬公世奇、劉公理順、汪公偉、吴公甘來、王公章、陳公良謨、成公德、許公直、金公鉉、孟公章明，名『兩朝忠烈祠』。石齋黄公爲碑文。亡何，南都不守無識之徒以死明事爲諱，遷三十六神位於閣上，而中堂設浮屠像，改名『廣化寺』。閣上又雜置漢、唐、宋牌位，杭人視爲公共香火，與郡邑之賢祠無異矣。《正氣録》。　謹按：文孝公《跋忠烈祠碑》云：『崇禎初，劉念臺先生欲建「五賢祠」於湖上，先忠端公、魏忠節公爲主，魏子敬附之。其二人，則高忠憲講學湖上，周忠毅令仁和也。後因董役非其人，虚此勝事，故陳虞部有是舉。」

國朝康熙二十四年乙丑。

學使婁東王公掞字顓菴行部東浙，表章啟禎忠節，檄知府三韓胡公以渙建『六賢祠』於越城南羅門畈，在南門内府學之東。以公爲首，次劉忠正宗周、施忠愍邦曜、倪文正元璐、祁忠敏彪佳、周文忠鳳翔，有司春秋致祭。原名『忠貞講院』，王公掞有碑記，見《府志》。謹按：咸豐辛酉，祠燬於賊。山陰宗滌樓觀察稷辰議重建，未及舉行，暫安神位於『四賢書院』，尋寄於『蕺山書院』。

學使王公考圖經，知公故有祠宇，今雖蕪廢，顧先朝敕建，不可不復，乃即公黄竹浦故居老屋三楹，肖像存舊。《文約·重建祠堂記》。歲頒銀六兩，爲春秋二祭及修祠之費。從學租銀轉給永爲例。崑山徐公乾學爲《記》，晉陵周公清原爲《碑銘》，桐城錢公澄之爲《重建碑記》。《正氣録》。文孝公有《重建祠堂記》。《文約》。

二十五年丙寅。

三月，崇祀『鄉賢祠』。《文約》。

二十九年庚午。

七月，大雨，山水大至平地驟高二丈，黄竹浦祠屋沈。《文約·姚沈記》，參《遷祠記》。

三十年辛未。

徐健菴司寇乾學、果亭中允秉義、立齋相國元文昆季暨張素存相國玉書、周蓉湖學使清原、姜定菴京兆希轍，各出清俸重建公祠。文孝公以每歲春秋之祭，有司往返四十里，心甚不安，乃遷於新城南門之左。太守長白李公鐸題額。《文約·遷祠記》。《紹興府志》云：在新城保慶王廟左，子宗羲祔焉。慈谿鄭寒村梁，嘗問學於宗羲。其子性爲置祭田四十餘畝。謹按：此即文孝公祀田。鄭南谿性請汪荇洲學使瀠所助立，黄文孝祀户於德三都三里，奉憲永不易户者也。事詳《梨洲公年譜》。新城忠端公祠，初字號地一畝四分有奇，亦入此户。共徵糧銀四兩九錢二六。浙撫遂甯張公鵬翮撰《祠堂碑銘》，載入《餘姚志》。文孝公有《遷祠記》。

三十八年己卯。

六月，崇祀府「學賢祠」。督學張公希良有公暨遺獻公父子兩神位入郡「學賢祠」，看語署紹興府事。遼陽靳公治荆，有祭文。俱詳《正氣録》。

三十九年庚辰。

季孫主一公諱百家，增塑四配像於新城祠中，忠襄徐公、宜蘇金公兩像，位公像之左旁；文靖朱公、遺獻文孝公兩像位公像之右旁。徐公諱石麒，字寶摩，號虞求。嘉興人，天啟壬戌進士。歷官吏部尚書，致仕家居。乙酉閏六月，王師取嘉興，朝服自縊，謚忠襄。朱公諱天麟，字游初，别號震青。崑山人，崇禎戊辰進士。歷官吏、兵二部尚書，文淵閣大學士。從永曆間關而死，謚文靖。金公諱渾，字宜蘇，吴縣人，宰廣東英德。縣城陷，死之。皆公戊午分房所取士也。郡侯長洲宋公廷業詣祠致祭，取遺獻公「支撑天地」之語，以「一脈支天」四字顔其額。隸文係甬上萬九沙經書。主一公有《重修祖廟增塑配亭四像碑記》。事詳記中。

雍正九年辛亥。

詔修先賢祠宇，總督李公衛酌給帑銀，檄縣重修公祠。李公有《碑記》。謹按：《浙江通志》、《餘姚縣志》皆載雍正十二年檄縣重修。兹據李公《碑記》爲九年事。碑在新城祠内，知縣葉公煊文立石。

乾隆十四年己巳。

郡守邗上杜公甲搜訪越中忠賢，得最著者十家，公與焉。『六賢』外，益以王文成守仁、孫忠烈燧、沈忠愍鍊、王遂東先生思任。請於大府方公□，每歲頒銀五十兩，均給各家，俾修祠祀，永爲成例。厥後胥吏剥蝕，名存實𠡠，各後裔不復往領。道光二十六年丙午，郡守甌甯楊公鉅源，興復舊規，令各家歲暮詣署親領，毋俾吏侵，勒碑於『蕺山書院』。《傳芳録》。謹按：乾隆間，杜補堂郡守歲頒祀銀一欵，從引規内提支，其後不知廢於何年。查公祠祭簿，嘉、道間僅以春秋祭，餘銀爲修葺貲。至丙午，始兼用此欵，則廢在乾隆時也。平定粤逆後撥入，鹽茶局所抽引。費内支給，雖稍有短絀，然於修祠經費不無小補云。

同治元年壬戌。

四月，粤匪自甯郡竄入姚邑，公祠肖像被毁。十三年甲戌正月，仍孫炳垕重塑公像暨四配像，有記。記云：南城忠端公祠之建也，公像塑自遺獻，左右四配，則遺獻殁後五載，主一公推遺命而增塑者也。萬曆戊午，忠端公分校應天鄉試，得士十人，皆樸屬微至。厥後以忠節著者，則有徐忠襄家宰、朱文靖相國、金宜蘇縣令。遺獻謂『支撑天地之人物，當合食於祠中』。故肖像公旁，暨遺獻爲四配云。咸豐辛酉，粤匪陷城，燹焰蔽天，祠幸不爇。其明歲同治建元，官軍克復四明，逆賊西竄，蹂躪南城，公像暨四配悉毁焉。又明年，浙東肅清，舉行祀典，署葺祠宇。公費已罄，乃製神牌以代塑像，十二年於兹矣。炳嘗商諸宗人，思復其舊，僉以費無所出爲難。蓋公祀田在通德鄉者，僅足敷家祭墓祀之用，惟春秋二祀，歲領銀六兩於縣，又府給五兩，爲歲修祠祀費。除承祭備物外，積其羨以應公用。子姓窘乏，告貸頻仍，有歷數世不償者，相習爲常，而公費日匱。炳曰：『貸於公者償諸公，宜也，請自小子始。昔炳入庠，貸公十金爲應試費，旋又貸十二金，爲先君喪葬貲。積困未紓，耿耿在抱，顧及未就木而竭蹶以償，可乎？』僉曰善。炳乃鳩工庀材，傾囊酬直。五閱月而事竣，公像大如舊，四配視舊增大，微殺於公像，取其稱也。神龕負河，石礎以年久而陷，楹端離牆幾及一寸，加以重像，懼其陷漸甚也。於是龕下加二閣梁，承以六柱，使石礎不受重勢，庶久而不傾。龕之前，花檻璃窗迭爲掩護，非敢爲華也，隔絶纖塵，昭其潔也云爾。舊有三額三聯，毁於賊，存額一。毁者立之，存者新之，本無者增之，堂之上亦焕然一新矣！所費金數約符大衍，除償舊貸外，以己貲助於公焉。宗人曰：『盍志之以詔後人？』爰爲志。若夫公之精忠大節，與四配之出處生平，照耀史乘，何俟炳之贅言。同治甲戌七月哉生明，仍孫炳垕恭記。

校勘記

〔一〕此處『詫』字，《詩畧》作『託』字。

〔二〕此處『書』字，《黄宗羲全集》第一册《黄氏家録》作『尚書』。

附録二　黄忠端公正氣録

諭祭文

崇禎十年，歲次丁丑，三月庚午朔二十四日癸巳，□□□□□□□〔一〕遣浙江承宣布政司左參議、分守寧紹道謝雲虬，致祭於故山東道監察御史、贈太僕寺卿黄尊素曰：忠義者國家之元氣，名節者人生之大閑。故平時有直言敢諫之士，斯臨難有成仁取義之賢。慨自逆奄亂政，邪黨交鬨，蒼生塗炭，禍難鵬騫，非劉氏而王爵，頌王莽而上言，立廟者十五國，呼嵩者九千年。凡我祖宗培養之人物，祇供姦逆鈇鼎之顛連。惟爾孤忠貫日，正氣干霄。初命士師，豺狼跡避，召入西臺，俊及名高。值玄黄之戰争，恐傷國運；破琴瑟之專一，以戒同寮。不好名以激禍，汔入水而刺蛟。發奸於楊漣之先，因天意之憤盈；請恤於萬燝之死，正醜類之怒哮。守鐵石之深衷，厲松筠於變騷。詔捕黨人，獄號同文。横獄户者，李膺、范滂；梟都亭者，竇武、陳蕃。將移日影，待熟熊蹯，猶且排聯比韻，痛父辭君，結纓易簀，竝美齊芬。卒使汙險之徒，未敢蹀血；薰腐之魁，終裂車輪。龜鼎宴然，賴爾忠魂。嗚呼哀哉！銘旌改换，重築比干之臺；野祭蕭疎，豈比武侯之廟。華表雖燃，英風愈噪。哀哲人之云亡，贖百身之是悼。然使爾算等譙周，齒同馮道，以彼較此，孰殤孰耄？爾尚酹此巵哉！

校勘記

〔一〕『癸巳』後，底本塗黑七字。

御製御史黄忠端像贊

先生嚴氣正性，深慮遠憂，利刃以齒腐朽，和衷以戒同舟。請梟臥虎於南郊，遂禍白馬於清流。萬里投獄，四韻長休。赴鼎鑊其如歸，蹈仁義復何求。山飛地絶，海變田浮。觀今日之賣國者，即昔日之殺先生者。始信此二十載之天下，爲先生血肉之所留。先生之英靈不昧，其必有以挽墜日而定神州！

易名本末

李　清

刑科給事中李清，爲昭代有未表之三案，乞勅部速議，早定謚典事。臣辨事本科，讀皇上所訂記註，見天語諄諄，舉先師孔子爲言。夫孔子，素王也。尚以《春秋》一書定二百餘年彰癉，況謚一事實關二百餘年未結之勸懲，而久曠於聖明在御之時乎！臣約畧有三端，則開國、靖難、慘死，宜急與定謚者矣。開國、靖難二條不録。慘死一案，正德之蔣欽、陸震等，天啟之左光斗、黄尊素等，皆撑持世運之鎖鑰也。撩虎牙者固封章可採，尸犴穴者亦姓名可稽，而衮褒未備，何處可尋？馬鬣、芝蘭半薙，誰人爲乞龍章？此弔古愴今者興感於蠹簡零編、荒煙斷隴，而欲代爲呼籲也。伏乞勑下禮部，將三案諸臣臚列大槩，刻期上聞，而去取予奪，則聽聖裁。崇禎十一年九月。

四川道監察御史陳良謨，爲謚典久稽忠魂久鬱事。他不具論，即如臣鄉御史黄尊素與給事中魏大中，風裁竝著，東西峙浙，一時有『李杜』之稱。而一予一緩，既傷白首同歸之志，亦埋青史合傳之光矣。十一年九月。

禮部尚書林欲楫，爲闡揚有共協之輿情，華衮無久懸之月旦，乞斷自宸衷，立舉易名大典事。祠祭清吏司案呈，本年八月初二日，禮科抄出官生黄宗羲，奏爲先臣直諫最先、死忠最慘，懇祈闡揚幽節、彰定易名事。等因。本月初五日奉聖旨：『禮部覆議具奏。欽此。』又奉本部送本月十三日，禮科抄出禮科都給事中加一級沈胤培，題爲謚典終無不舉之理事。如逆璫慘死諸臣，方其魂遊北寺，固已氣貫丹霄，豈尚有異議可指，而或予或稽。近者黄宗羲以父尊素請，周廷祚以父宗建請。聖德如天，臣忠罔替，致令子姓有同仁之望，反若蓋帷有未盡之恩，斯固司名教者之責也。等因。本月十五日奉聖旨：『禮部覆議具奏。欽此。』恭繹明綸，仰見皇上垂念臣忠。凡忠義之在人心者，久而彌彰；議論之在國是者，亦久而愈定。臣觀同難諸臣，不憚鼎鑊，不顧妻孥，堅守綱常，以待聖明日月之重照，寧如他之採訪，必議而後擬、擬而後謚之爲當乎？謹將慘死諸臣本末開列上請：原任山東道御史黄尊素，浙江餘姚人。萬曆丙辰進士，繇司理考選御史。剛介自持，連章抗疏，直陳時政得失，遂犯逆璫殺機。徒步就死，賦詩絶命。萇弘之血入地成碧，傅説之星歸天俱璨。左光斗、周宗建、李應昇、周朝瑞、袁化中、顧大章、萬燝七人本末俱不録。崇禎十五年九月二十四日，奉聖旨：『易名大典，宜核宜公。本内所列慘死各官，未經有謚的，即着該部科會同詹翰儒臣，察明觸奸本末章疏實據及平生品行，是否允愜，逐一核議，詳確具奏。』

禮部署部事、右侍郎管紹寧爲臣疏久稽未結，乞勑下禮部題覆，以信先皇前旨，以昭皇上明綸事。祠祭清吏司案呈禮科抄出工科都給事中李清題前事。等因。本年七月十一日奉聖旨：『該部速與題覆。欽此。』先是崇禎十一年九月十八日，本官題爲昭代有未表之三案，早定謚典事。二十二日奉先帝聖旨：『該部並與酌覆。欽此。』欽遵抄出到部臣等，看得易名之典雖不過一字之褒，而榮名耀於一時，芳聲垂於千古。諸臣或逆鱗於前代，而碎首幾同膺、滂；或撩鬚於近朝，而臥屍有類喬、固。心貞金石，氣作山河。用是細核生平，擬謚上請。計開御史黄尊素，浙江餘姚人，擬謚忠端，一擬毅愍。正德時，蔣欽、陸震、孟陽、何遵、李紹賢、俞廷瓚、劉夔、林公黼、詹賓、李翰臣、詹軾、劉平甫、周璽、張英；嘉靖時沈鍊；天啟時繆昌期、萬燝、左光斗、李應昇、周宗建、周起元、周朝瑞、袁化中、顧大章，皆不録。崇禎十七年□月□□日具題〔一〕。奉旨，蔣欽等二十五臣准照正擬予謚。

崇禎初，定死逆奄諸公謚，姚學士希孟爲政，頗與桐城吴江有隙，故祗謚忠烈、忠憲、忠介、忠節，而遺十公。當時在朝，俱不平之。而學士晚年奇病，君子不以爲無妄也。戊寅，義在南都。值南宗伯李小灣孫宸發諮訪單，於所遺十公，皆擬二字於名下。江右萬時華，以先公立朝不亢不阿，即於諸君子，亦唯有補救而無雷同。謚法：守禮執義曰端，先公有焉，忠則不待言矣，故以『忠端』擬之。八月間，義寄其册於京師，一時臺省俱有請謚疏，義所見者，李映碧、陳賓日兩疏耳。賓日則單舉先公，蓋素無一日之雅而趨向如此，其後之死忠，非偶然也。壬午義在京時，朝中以補謚一款爲大節目，臺省如馬培原等或出疏，或抄參，不止一沈滄嶼也。七月盡，義讀書北湖金僉院，天樞見過，立索義疏，袖之而去。其寫與上，皆僉院爲之已。義謁宜興，催其速定，答言：『儀部吴來之一至，即舉行耳。』未幾京師戒嚴，無暇及此。逮夫得謚之時，時局正翻。李映碧曰：『此舉出自意外，誠然也。』暇時記其始末，以見諸公之慕義强仁，凡我子孫不可忘耳！

校勘記

〔一〕『年』後，底本塗黑一字。『月』後，底本塗黑二字。

山東道監察御史贈太僕寺卿黄公神道碑銘

文震孟

本朝奄禍凡三見：王振、劉瑾、魏忠賢，而逆賢之亂幾亡社稷，三者未有甚於此時，則朋黨與奄宦合而爲一也。振、瑾之時，小人附之者，猶視爲旁門曲徑，唯恐人知。在兩奄，祇惡其害己者，亦未嘗概仇正人，聞之爲正人，則慕其名而願下之。振之於薛文清、陳濬然，瑾之於蔡介夫、王懋學、康得涵，皆是也。逆賢之時，小人附之者視爲康莊大道，其知其見凡爲正人者，爲小人所惡，即爲逆賢所仇，不必其積怨逢怒於己也。夫一人之仇有限，以衆小人之仇仇天下，而君子始滌地無類矣。使其時而外廷之朋黨無與於奄宦，一勝一負，即君子常負而小人常勝，亦不過如皇祖之末年而止，奄宦之擅權無與於朋黨，手握王爵，口含天憲，亦不過如振、瑾之凶德而止。嗚呼！新法之行，吾黨不爲無過，使小人計無復之，借奄人以報復者，則諸君子激之之過也。其時御史白安黄公，憂深慮遠，彌縫於機失謀乖之際，蓋每事必盡其忠告。無奈諸君子喬然各有自喜之心，未嘗不是其言，是其言而不能降志相從，卒使公與諸君子同盡。吾反覆公先幾之智，始喟然委之運數耳。自東林爲物望所歸，清議出焉，海内謂之正人。浙人承三相之衣鉢，崑宣附益之，與正人爲難者也。天啟癸甲間，主持國是者多屬東林。浙人以累勝之餘，一時見挫。其人好奇計，會逆賢挾客氏内收宫中之權，猶慮不能無反側者，思結外廷以爲羽翼。當是時，内外之勢浸浸欲合，雖然，范文子曰：『能内睦而後圖外，不睦内而圖外，必有内争。』使諸君子無内争之隙，廉恥名節人所共惜，何至竊比薰腐，自甘涕唾。乃内争迸集於數月之間，奄禍黨禍始相須爲烈矣。阮大鋮長吏垣，桐城、嘉善不睦，大鋮上疏終養，借一去以發難。公移書大鋮勉之，和衷子不去吏垣，則嫌隙可弭也。古之君子其議論亦多不合，其意見亦各有偏，念及國家之故，則不得不隱忍相成，未有遑於一激者也。太宰調鄒新昌於考功，不由咨訪，同鄉臺省章允儒、陳良訓起而争之，公爲調人於江右高邑之間，冀衰其禍。而桐城、嘉善待小人甚疎，考功又出疏傷其鄉人，阮、章之焰遂不可遏。給事傅櫆結逆賢養子傅應星、東廠理刑傅繼教爲兄弟，阮、章合謀，使傅櫆奏左、魏與汪文言交通狀。逆賢從中主之，收汪文言詔獄。汪文言者，以布衣遊公卿間，計天下事，嘗欲知公。公不與見，曰：『「一夸者死權」，文言之謂乎！』至是乃曰：『文言不足惜，使君子之禍由文言，不可。』從劉鎮撫喬計畫，得不竟其獄。公大臣也，一擊亡何，而楊副院二十四罪之艸具。公曰：『諫官章入，或聽或不聽，可姑置之。公有之乎？』副不中，禍移之國矣！』副院曰：『何謂也？』公曰：『從來除君側者，必有内援，公有之乎？』副院默然，而卒上之，逆賢於是杖萬郎中、杖林御史，震恐廷臣。公勸副院致政而去，曰：『公一日在朝，則魏忠賢一日不安，事愈決裂矣。』副院曰：『吾一身生死成敗莫要照管，死而有益，亦是不妨。』公曰：『君子可不顧生死成敗，不可不顧出處。言既不用，在朝何益。身名俱全者，上也；身死名存者，次也。』副院然之，深念者數日，而令李仲達過公，再決去留。公謂李公曰：『去留當決諸己，姑息之議，豈肯以去之一言進乎！』南樂魏廣微者，緣逆賢得相。其父允貞，故以風裁有名於東林，由是未敢顯背嘉善。因其大享不至，將發露之。公曰：『不可。昔劉瑾之禍，成於焦芳。二魏之交，過於劉、焦。使其無反顧之慮，吾輩何所税駕乎！』嘉善笑曰：『應山擊内，魏某擊外，魏無論濟否，皆後日史册大節目也。』公正色曰：『奈何以國家之事殉兄名節乎！』嘉善不以爲然。疏上，而廣微倖倖疾視取朝籍，甲乙於姓名之上，惎其宗人。魏忠賢曰：『此東林黨人，公之所不便者也。公而視此，可舉網盡之矣。』晉撫缺，其鄉人共推郭尚友。冢宰吏垣不聽。公曰：『新昌入銓，難端未已，今晉撫又違鄉人之好，抵巇投隙，難將復至。』卒用。謝應祥、御史陳九疇承二魏旨，言應祥於吏垣有師生之誼，私也。内批看議，而東林之主持國是者，一時盡逐。從此小人競進，呼嵩勸進，立祠裂土，妖母、奄兒榮於回路，寒庫檻車填兹後及，此皆振、瑾時之所無也。而其激而成之者，皆在此數月間。從公曲突徙薪之謀，亦豈遂至是乎？然公於二十四罪未上之先，疏言『阿保重於趙嬈，禁旅近於唐末。蕭牆之憂，慘于戎狄』，『毫末不札，將尋斧柯』。已爲客、魏所恨。及楊公劾奄，公又言：『小人爲惡，往往畏人言，畏主知，則尚有顧忌。及其已知之已言之，形見勢窮，始與士大夫爲仇，繼將以皇上爲注。此時不惟臺諫折之不足，即干戈取之，亦難爲力矣。』萬郎中杖死，公又痛諫廷杖非制，王振、劉瑾爲之，一二奸人踵而行之。後世有秉董史之筆，作朱子之《綱目》者，書曰：『天啟四年夏六月戊戌，工部郎中萬燝上疏劾奄宦魏忠賢，廷杖一百而卒。可不爲皇上之累哉？』公三疏劾逆奄妖媪皆激烈，或謂與和平之説異，公曰：『某諫官也，諫官遇事則言，義無隱避，與大臣當休否之任者，其設施不可一例也。』公諱尊素，字真長，别號白安。黄氏，其先婺人，有仕爲慶元府通判者。建炎四年，金人陷慶元。守臣劉洪道遁，通判死之。子萬河，避亂徙居餘姚之黄竹浦。其後七世孫文茂〔二〕，登泰定甲子進士，授餘姚州州判。從學於吴艸廬，爲高第弟子。入國朝，均保爲北平御史。墀失其官，與同邑陳子方死遜國之難。又數世，璽萬里尋兄，三年而遇之永州之道旁。璽生諒，諒生稔，稔生大綬，贈太僕寺卿。大綬生曰中，封太僕寺卿，公之考也；母盧氏，封太淑人。公學不專章句，肆力於詞賦，不名一家。舉萬曆丙辰進士，授寧國府推官。郡中湯祭酒，世之所號爲宣黨者也，居鄉頗横。公繩其紀綱，不許干吏法。考選將行，大姓置私獄殺人。公按之如始至，勿委。後來入爲山東道御史，請召用鄒南皋、馮從吾、劉念臺諸賢，以惜老成，請復召對，以勤聖學。而尤注意於邊事。凡公所陳，皆安攘大計，不欲以末務小言暇豫清時也。臺省會東閣救止廷杖，羣奄數百人恣口横詈，閣臣俯首不敢發語。公叱之曰：『内閣絲綸要地，司禮非奉命不得至。若等何爲？』公身長八尺，聲若洪鐘。羣奄慴其氣岸，皆辟易而去。公精典故，言事皆有原委。中州進玉璽，廷議開大明門迎入，行受璽禮。公曰：『黨禍將興，宋喆宗得璽，蔡確等傅會之，改元元符，君子貶黜無虚日。今天人之數何相合哉！』乃上言弘治中令甲不當襲衰宋事。五星聚張，或言張之分野當生異人。公曰：『嘉靖三年聚室占主營建，殆有三殿之工耶。』已皆如公議。巡視茶馬出京，曹欽程論之，削籍。奄人李實又劾公家居講學，被逮。使者至吳，爲百姓箠死。公聞之，間道投獄。縣令祁逢吉疑其亡命，操兵到門。公移書曰：『抱頭鼠竄，豈免一死；昂首伸眉，落得骨香耳。君何小視海内男子也！』山陰劉公念臺追送之，見而涕泣不已。公祇以無濟國是，抱愧而已。友朋相愛之情，季通不挫之志，古今再見。公至獄，與李公仲達、周公蓼洲、周公季侯、繆公當時高談忼慨，怒駡之後，繼以詩歌。門人徐虞求私問之，公曰：『子無用戚我，我於此，豈減黄霸之受書哉！』逆賢使許顯純以次拷掠，李公困甚。公拷竟，次及李公，公復就拷。許顯純詰之，公曰：『吾忍見李公負病受楚毒乎！』顯純愍然，爲之改容。公致命之事，秘不能詳，有商人童德維出獄，語公之子宗羲曰：『被害之日，公與李公隔壁而處，公索酒痛飲，遥謂李公曰：「某先行，候兄於帝所耳！」起攝衣，北向再拜謝君，南向再拜謝父母，賦詩一章而後就死。』蓋天啟六年閏六月朔日也。明年，今上即位，魏忠賢以謀反伏誅，贈公太僕寺卿，賜祭葬，立祠。捕曹欽程、李實抵死。已上辯，李實原疏墨在硃上，乃逆賢追取其印信空本，命李永貞填寫之者。於是以李永貞代李實，減李實，戍之。公娶翁氏，贈淑人；繼姚氏，封淑人。子五人，長宗羲，次宗炎、宗會、宗轅、宗彝。崇禎丙子二月，宗羲過余，將以是年冬十二月葬公化安山，謁銘懸棺之石。往余庚午識宗羲於京口舟中，時南都試回，出其硃卷讀之，余惜有司不能知之，後當以古文名世。今宗羲及其弟宗炎、宗會，已皆有文譽。《詩》云：『神之聽之，終和且平。』公和平之德，其食報自當過於諸君子也。銘曰：

常侍黨錮，漢用以亡。本朝宦者，亦累倡狂。亦有黨人，盛於神皇。未嘗合併，故世祚以長。熹宗之初，厝火伏殃。内則奄媪，外則玄黃。兩者欲合，曖昧未彰。於惟黃公，憂來無方。惕號同志，戒其用剛。勿啟内争，化姦爲良。奈何君子，視聽茫茫。盲風惡浪，敵起艅艎。抱薪救火，佐鬬逢僵。黨禍奄禍，遂使相將。頌功勸進，於莽有光。百爾君子，寄命鋃鐺。吁嗟黃公，血染朝裳。不以智免，不以勇傷。碧化名山，濤湧錢塘。帝曰忠臣，三錫龍章。千秋萬世，下馬徬徨。賜進士及第、禮部侍郎，兼東閣大學士，長洲文震孟頓首撰文。

校勘記

〔一〕據沈善洪主編，浙江古籍出版社《黄宗羲全集》第一册《黄氏家録・州判公黄茂》：『府君諱茂，字茂卿，始祖萬二，君七世孫也。』

神道第二碑

劉一燝

熹廟乙丙之際，余安忍言之哉！余事先帝，穆然仁主也，如水未波。自宵人入闗奥窔，貞良擯落，別用一番陰鷙貪戾之夫，物情大變。諸君子既不能牿牛豶豕於先，又不能乎號於後，徒以議論折乘墉問鼎之奸，此受禍之所以蓋烈也。余讀《侍御黄公行狀》而泫然流涕焉。嗟乎，死生亦大矣！君臣之義，結於無所解。奮筆除奸，至再至三，絶脰而不顧，可不謂得死所哉！今天子御極，湔海内濁穢而一新之，殲逆璫彪虎，下詔卹録死諫之臣。公長子宗羲，伏闕下訟冤曰：『先臣一介草茅，拔置侍從，以一小臣與君側，用事争氣力，自知七尺非有實，欲糜身以報先帝也。』上贈侍御爲太僕卿，予祭葬，給三代誥命，録一子，稱特恩。已宗羲卜葬公化安之賜塋，門人朱天麟屬余繫牲之石。余曰：公之忠義踔厲千古，一時大手國史稗説各詳其聞見，毋亦以夙在氣誼，憂患同之。余言或有當耶！公之初爲御史也，時逆閹魏忠賢交闗客氏，干與國政。公因災异，劾之曰：『阿保重於趙嬈，禁旅近於唐末。蕭牆之憂，慘于戎狄。天意憤盈，故熒惑入斗，太白晝見於上，地震於下。所以譴戒人主，欲令覺悟，誅鉏無狀。』疏入，逆奄震駭，謂其儔曰：『吾已盡收宮府之權，而外廷輕我猶如是耶！』中旨，廷杖閣下，力救而止。後三月，而楊副院之疏上。公言臣前劾魏忠賢，一人之言也，而遽逢嚴旨，以爲皇上猶疑之也。今憲臣列其罪狀，臺省補其未備，通國之言也，皇上亦可以無疑矣，而拒諫如故，斯時臺諫折之不足，异日干戈取之，難爲力矣。萬工部杖死，公又言忠賢借廷杖以防言者，示己之威，皇上授太阿以恣奄人，受史之譏，急恤萬璟，猶可補過。公之直言敢諫，既逆奄中心藏之，而其爲時局之所痛惡者，請起用鄒南皋、馮從吾、劉念臺諸公。趙太宰調鄒匪石爲考功江右臺省，不與諮訪，而怒太宰杜門。公疏考功孤介，請勑冢臣視事，勿淆羣議。長垣阮大鋮嫌嘉善逼己，詭言終養，潛入逆賢之幕，獻百官圖。公責其身爲禍始，明犯清議。此數事爲甚。當是時，諸君子逞於一激，公意在聯絡，少衰其禍萬工部、林御史之杖。公謂楊公宜去，楊公曰：『以生死濟之。』公曰：『君子不顧生死成敗，不可不顧出處。且公去則國家之難少解。』楊公不能決。魏廣微大享不至，嘉善將糾之。公曰：『姑無決其藩籬，使有返顧乎！君不見負嵎之虎，以石投之，則咆哮而起矣。』嘉善以爲二魏相倚，應山角之，吾可不掎之！公曰：『應山不能踣内，公又焉能踣外，徒速禍耳！』不聽。郭尚友求撫晉，冢宰長垣欲以謝鳳皋推之。公曰：『銓部之調，鄉人發難。今晉撫又違其鄉人，鄉人豈肯但已？是示可抵之巇於二魏也。』卒推鳳皋。亡何，而廣微以東林姓氏疏之，逆奄令其隨事驅除。御史陳九疇果争晉撫，凡東林之秉國成者，一時盡逐。蓋公先幾之智若此。曹欽程參公削籍，逆奄授意李實羅織，以講學見逮。緹騎過吳門，變起，失駕帖，公嚴裝就道。府縣頌繫其家，公與書：『抱頭鼠竄，少不得一死』，昂首伸眉，只落得骨頭香耳！』聞者愧之。就獄訊賕，厲聲曰：『名山大川，清風明月，皆吾賍私。』懸坐二千八百兩。具疏，逆奄尚恨其少。值地震乾清，皇子薨逝。先帝擲疏於地，曰：『今日打官，明日打官。』乃止。諸君子先後入獄，雖刑毒潰裂，枷鎖困苦，而公稱古道今，歌呼怒駡。逆奄於是分屋處之，不通往來。及索病故狀，公叩壁以別李公，望闕四拜，復南望四拜，賦詩一章。丙寅閏六月朔日也，年四十三。傷哉！當公逮時，有皇恭廠地鳴之變，有朝天宮火之變。其坳也，有怪風霆雨之變。光岳之氣全受全歸，精感天地，宜也。獨怪造物篤其生而不究其用，抑又何歟？國家二百六十年，奄禍三見，而誅殺任意，衣冠屠戮，怨血生燐，未有若今日之甚也！振、瑾所事者長君，猶懼驪龍之寤；忠賢挾沖主若朝委裘，何所顧忌。諸君子以夾日之苦心而先罹失身之顯禍，不亦悲乎！卒之移山有力，蹈海無人。天子不名，羣情密附，稱功勸進之章，不減新莽。而神器屹然，天授有德，謂非公與諸君子之浩氣有以默攝之耶！公洞達肺腑，遺落世故，爲文根據經術。萬曆乙卯舉於鄉，丙辰舉進士。釋褐寧國府推官。郡多强宗大姓，陰持長短。公風指孤騫，人心攝伏，諸郡大獄，撫按必移公訊鞫。定賦役、汰冗額、制官解，垂爲故事。宣州衛故事，運軍造船，運官常例乾没，於是漕運失時。公更定官造。廣德界浙直煤山，多納亡命，争訟連結。公以江南樵薪不急，煤土嚴行禁絶。鄉官豪横激變，公縛其從惡者法之，一郡遂安。應召考選，總憲鄒公元標曰：『不畏强禦，宜在天子左右。』授山東道御史。汪文言之下鎮撫，將興大獄，公授謀於劉鎮撫僑，不竟其事。林御史廷杖，臺省入閤會議，羣閹嘯聚。公聲色俱厲，曰：『内閣絲綸之地，即司禮不奉詔不敢至。』遂散去。先是，各官乘小轎，逆閹復乘馬之制，内侍馳突，故相屈辱。其所乘，皆京營牧馬。公令京營嚴戒受顧，於是絶跡。彰德進玉璽，將行受璽禮。公争執曰：『昔宋喆宗得璽，蔡確等競言祥瑞，改年元符。弘治十三年，陝西亦獻玉璽，止命取進，有祖宗成例當法。』凡公之經濟，又未嘗不爲節烈所掩也。楊、魏諸公斃獄，公設位而臨，既而歎曰：『遠則林宗之野哭，近則成器之祭忠，所謂禮以義起耳。』繫獄比賍，家屬應限入輸。一日，公輸已足，不當受杖，李公困甚，而輸者不至。公以所輸者爲李輸，代其楚毒。篤交好義，濱死不移，與結纓易簀等矣。公諱尊素，字真長，别號白安。黄氏，其先婺人，有爲慶元通判者，死建炎之難。其子萬河，避地於餘姚之黄竹浦，遂爲其邑人。七世孫文茂，泰定甲子進士，判餘姚州。爲吴草廬高第弟子。入國朝，而塈死遜國之難。又數世，璽萬里尋兄，情動鬼神。祖太綬，父曰中，皆以公爲太僕侍卿。母盧氏，封太淑人。配翁氏，贈淑人；繼姚氏，封淑人。子五：宗羲，宗炎，宗會，宗轅，宗彜。所著《文畧》《詩畧》《説畧》。銘曰：

烈烈黄公，宇宙正氣。如彼狐祥，遇之必擊。歲在乙丙，凶豎邅屯。鴟梟啄鳳，雄虺司閽。公當其時，嚼齒欲裂。邪密正疎，惕號同室。彼妖斯厲，其目耽耽。公已家食，檻車長安。謂夷謂跖，謂鹿謂馬。疇辯其非，如狂如啞。七尺可捐，一死報國。結纓就義，天地變色。星霜再易，天定勝人。氛銷日晶，浩氣常伸。帝嘉爾忠，予贈予蔭。宗伯致奠，司空治殯。化安之山，螭首豐碑。爾子爾孫，壞之樹之。賜進士第光禄大夫、柱國少傅兼太子太傅、吏部尚書、中極殿大學士南昌劉一燝頓首撰文。

山東道監察御史贈太僕寺卿謚忠端黄公墓誌銘

錢謙益

天啟逆奄之難，浙河東西，忤奄考死者兩人，故吏科都給事中謚忠節魏公，山東道御史謚忠端黄公也。先是，神廟末年，浙人浸淫黨論，雄唱雌和，一詞同軌。一二方正之士，離而不服者，如蘭蕙之孤生於荆棘而已。自兩公之死，然後兩浙之人，曉然知此之爲正、彼之爲邪。雖樵夫牧豎、皂隸庸丐，語及忠臣義士，靡不嗟咨涕洟，如不獲見其人也；語及於奄兒媪子，靡不呼號罵詈，恨不得食其肉也。三十年以來，士大夫立名矯行、聚徒植黨，所以鼓動激颺者至矣，而人未必從；兩公以死教而人從之。子言之：『有殺身以成仁。』豈不大哉！黄公諱尊素，字真長。黄氏，其先婺人，有爲慶元府通判者，死建炎之難。其子萬河，避地於餘姚之黄竹浦，遂爲其邑人。七世孫文茂，泰定甲子進士，判餘姚州，爲吴艸廬高第弟子，入國朝，而摒死遜國之難。又數世，璽萬里尋兄，三年而遇之。祖大綬，父曰中，世有儒行，母盧氏。公少負軼才，摛詞掞藻，下筆不能自休。年三十，未補博士弟子員，授徒苕霅間，意豁如也。萬曆乙卯舉於鄉，丙辰舉進士，授寧國府推官。郡多能人，以氣力漁食閭里，持吏長短。公精强廉辯，執法如山，咸相戒，莫敢犯。入爲山東道御史。當是時，先帝沖幼，宫府晦蒙，都城一日三震，公上疏曰：『阿保重於趙嬈，禁旅近於唐末。蕭牆之禍，慘于戎狄。』宵人爲之咋指。應山楊忠烈公劾奄二十四罪，公抗疏繼之，極論廷杖非祖制，曰：『後世史臣書之曰：「某年某月，工部郎中萬燝以言某事死杖下。」可不爲惜哉！』乙丑黨禍大作，楊公、魏公考死，公除名爲民。丙寅以織監疏逮繫，坐贓考掠，體無完膚。慷慨談笑，抵死不少屈。臨難賦詩一章，南北向叩頭以謝君父。丙寅閏六月朔日也。年四十有三。越五日出獄，肌肉漲爛，頭面不可别識矣。公爲人通敏博達，明習掌故。自爲理官，引大體折大獄，多所保全耆定。及爲御史，南樂附逆奄入相，朝右交關鼓扇。楊公、魏公暨高忠毅公、無錫高忠憲公出死力楮柱。公語門人徐石麒曰：『乾，六龍一亢；姤，一豕蹢躅，玄黄至矣。姤，豕至矣。羣賢之龍戰，可謂亢矣。南樂，其豕也，不務堅貞用晦，復以俟時而出，一決無復之之計，其可幾乎！』羣公善其言，而不能用也。公去郡，郡人持短長，蜚語相中。總憲鄒公力持之。初入臺，即進規於鄒曰：『京師非講學地也，徐文貞已叢議於盛世矣。』鄒公卒用是去。羣小之撼君子，自此始也。萬燝之杖也，公語楊公：『可以去矣。』楊曰：『苟濟國，生死以之。』公曰：『言不用，何濟？君子不顧生死成敗，不可不顧出處。』魏公將攻南樂，公曰：『須朔後朝，小過也。攻之急，勢不返顧。二憾交作，不可爲矣。』魏曰：『一死可以盡節。』公曰：『不然，李固機失謀乖，遺梁冀書猶戀戀不能已。君子愛國之心，甚於愛臣節也。』公志在弘濟艱難，雅不欲婞直僨事，每有搏擊飛章，廷争未嘗不爲人先。公固曰：『吾寧不與諸君子同其功，不願不與諸君子同其禍也。』臺省詣閣，請救止廷杖，羣奄數百人咆哮詢詈，閣臣噤不發一語。公叱之曰：『内閣絲綸要地，司禮非奉命不得至，若等何爲？』皆稍稍引去。京朝官奉詔乘馬，羣奄顧京營馬，馳突争道。公語京營嚴顧馬之禁，奄無所得馬，遂少戢矣。彰德進玉璽，將御門受賀，公執奏曰：『宋喆宗得璽，蔡確等争言祥瑞，改元元符，其後朋黨煩興，宋祚不永。弘治十三年，陝西進玉璽，止命取進。祖宗成例當法，不應踵襲宋事。』其據經守正，援據切當，皆此類也。楊、魏死，公爲位慟哭。是夕夢楊公告曰：『大禍未解，公之與諸君子同禍，天爲之矣，又何尤哉！』公没之次年，子宗羲詣闕訟冤，天子贈公太僕寺卿，祖父皆如其官，蔭一子入太學，立祠於邑之文昌閣前。慈谿馮公元颺與其弟元飈具特牲往拜，諸生數百人胥會祠下。㴻河西東與魏公相望焉，於是宗羲以己巳十一月二十五日葬公。又十餘年，而以墓銘屬余。公娶翁氏，贈淑人；繼姚氏，封淑人。子五：長即宗羲，次宗炎、宗會、宗轅、宗彝。葬在化安之新阡。予往識公長安，退而語人：黄公豐頤廣顙，長身山立，巋然福德大人也。公没，人或以碁予。在昔元季，有以南臺大夫抗節死僞吴者，袁廷玉相之曰：『公大貴人也，當秉忠致命，名垂後世。公必勉之！』繇此言之，士大夫非具福德相，其能以忠義顯聞乎？予之相公，蓋未爲不驗也。銘曰：

夷之初旦明未周，虹蜺揚輝蔽贅旒。天門誅蕩叫莫繇，一夫九首擇肉投。高冠長劍部黨儔，一葦誓塞江河流。一擊不中耻下韝，衣冠血肉填厠瘉。艱難弘濟需巨舟，風顛纜弱柁不收。人謀不遠輸鬼謀，長年三老空啁啁。抗辭同日自我求，芬膏煎灼非我尤。天晶日光死何憂，幸哉得從李、范游。淋漓碧血閟一丘，蓀芳蘭茁天汝疇。我銘其藏語不偷，丹書青史俱千秋。賜進士及第禮部左侍郎常熟錢謙益撰。

己巳歲卜兆隱鶴橋，錢相國御泠銘之曰：『錢塘百折至海門，英靈磅礴正氣存。前有忠肅後有孫，茲得黄公鼎足尊。』丙子冬改葬，虞山爲之誌。

黄忠端公傳附舒日敬、鄒維璉論

范景文

天啟之末，一人恭默，宵小乘墉，宫府鉤結，禍及清流。予於乙丑春待罪典劇，南樂附逆入相，受奄頤指，欲以侍御黄公白安及李次見、周來玉等八人年例外補，陰屬太宰。予争之曰：『此有何罪，而欲斥之？』曰：『黨人也。』予以爲『黨』之一字，乃漢、唐、宋末季小人所以傾君子者。聖明在上，而可復以此爲口實？且我輩豈殺人媚人者，有死不爲也，遂引疾歸。逆魏狺狺，乃嗾其黨曹欽程出疏誣公，削籍以去，尋及大禍。然予之得免於禍者岌岌矣，猶以先去遵晦避垢，獲周旋諸君子患難中。事雖無益，得後死以傳其遺烈，甚幸！今公長子宗羲持《狀》銜哀，乞予識其事，遂援筆爲之傳。

公諱尊素，字真長，白安其别號也。先世婺人，有爲慶元通判者，建炎間不降金而死。其子萬河，避地餘姚，爲其邑人。後七世文茂，舉泰定甲子進士，遂判餘姚州，吴艸廬入室弟子也，虞伯生誌其墓。入國朝，墀又死遜國之難。蓋至公，而以忠著者三世。曾祖稔，祖大綬，父曰中，皆以儒行推。母盧氏。公生而岐嶷，負絶人才氣，讀書曉暢大義，顧盼儕俗，岸如勿屑也。年三十，猶艱黌宫，志操不易，萬曆乙卯舉於鄉，丙辰成進士，司寧國理。郡多豪猾，易犯法。公至，壹持之以三尺，斷斷如也。鷸者褫冠，蠆者劓尾。遇諸重獄，撫按必檄公訊鞫。乃定爰書，汰冗役、製漕艘、禁採煤，諸善政不可更僕數。而以執法失豪紳意，飛章媒孽公。時南皐鄒公爲總憲，曰：『不畏彊禦，宜在天子左右。』課滿，報最，考選臺班，嚴嚴直節，鐵面彊項，人稱真御史。未踰年，封事凡十三上。羣黨側目，躭躭思中之。一時衆正盈庭，同心擊邪，如趙忠毅、高忠憲暨楊、魏諸君子，出死力以濟屯蹇，朝端生色。公獨見幾，私心癙憂，謂伏火將發，亂形兆矣，宜審去就，意在用晦俟時，少衰厥禍，諸名賢交善其言，而志欲搏擊羣陰，義無他顧。公遂決計，曰：『寧不與諸君子同其功，不願不與諸君子同其禍也！』先是，逆奄妖牝，表裏煽虐，災異叠見。公特疏『阿保禁旅』、『蕭牆戎狄』之憂，實指權璫爲首難云。比楊忠烈二十四罪疏上，公單疏繼之，謂中外洶洶，無不欲食忠賢之肉，今日猶與士大夫爲仇。繼將以皇上爲注，柴柵既深，螯辣誰何？此時不惟臺諫争之不足，即干戈取之亦難，請罷其廠務。不聽，逆賢切齒銜之。會萬郎中燝以劾奄斃杖下，羣璫咆哮，呼閣臣如鶩，見者膽落。公上疏言士氣沮絶，廷杖非制，引王振、劉瑾，撩彼虎牙。自分與燝同死，賴政府力護得不死。及黨禍大作，緹騎四出。公聞楊、魏瘐死獄中，爲位而哭，極哀。夜夢楊公告以大禍難免，而竟不免矣。織監李實内逢奄意，劾蘇撫疏攙入公名，矯旨逮問。值吳門激變，失一駕帖。公聞之，嘻然曰：『此必爲我。』徒步就獄，榜掠無完膚。公厲聲曰：『名山大川、清風明月，是吾贓私。』卒寃坐二千八百緡。公長子號泣走貸，差足完比。公復憂李次見孱不勝杖，割完贓，代受楚。臨難，從容賦絶命詩，有『錢塘有浪胥門淚〔二〕，惟取忠魂泣髑髏』之句，聞者流涕。今上登極，奮擊元兇，詔憫公忠，贈太僕卿，賜祭葬，予廕。子五人，能讀父書。論者誦善人多後，於公尤驗云。范子曰：『忠貞蒙難，見幾者不獲免焉，豈非天哉！』當公與應山、次見談論幾事若操券，而卒被羅織；明哲之士，駢首就戮，豈兩截與？蓋公首發奸謀，樂與同禍。至臨難慷慨，割完贓，以緩友人須臾死。嗚呼，君臣朋友之誼，至死彌篤，若公者，可云不死矣！賜進士第資政大夫正治上卿、南京兵部尚書奉勑參贊機務，河間范景文撰。

江右碣石舒曰敬論曰：逆奄内挾妖蠱，外樹羣小，畜異立威，故雖天地告凶，而果於誅鋤，亦緣諸君子履虎撩蛇，第揚庭即戎是務，而孚號有厲無聞焉，獨公超然遠覽，欲破方隅，以通天下之志，而時無和者，未能通志，所以致命遂志，公復何憾！人所憾者，十五人相繼以死，國家元氣傷損實多。蓋至今日，妖氛蔽地，殺氣彌天，夫非損傷元氣之徵乎？則忠義之關係世道者大也。南渡通判以來，至公十六世，以忠死者三世。天壤之間乃有此家，顧不偉與？

鄒中臣維璉論曰：『黄白安之爲侍御也，赤心鐵骨，剪奸擊邪，即漢范孟博之清裁何以過。

迨乎黨禍一起，萬里赴獄，臨死賦詩，方寸不亂，種種皆與孟博争輝映。然孟博之逮，督郵發汝南，閉户泣，令則解綬，願與俱亡。白安投獄，桑梓縉紳逆黨陳爾翼有快之者，而守若令金壇祁逢吉且惴惴焉，以其道亡爲己憂。是何古今事同情異哉？』錢太史曰：『公意在超出方隅，以通天下之志，故習俗目攝之，以爲怪魁。嗚呼！白安怪矣，彼其之子佐奄借奄乃爲常乎？』

兩公各有傳文。舒傳與徐忠襄行狀畧同，鄒傳節畧十三疏入之，今止載其論。

校勘記

〔一〕此處『淚』字，底本作『目』，據《范文忠公文集·黄太僕傳》改。

郡志忠義傳

歸莊

黄尊素，字真長，餘姚人。萬曆丙辰進士，授寧國府推官。强宗犯法，不少假之。擢爲監察御史。鄒元標、劉宗周相繼去位，尊素請收老成以主國是，不宜聽之去。京師地震，言：『阿保重於趙嬈，禁旅近于唐末。』天意蓋在客氏、魏忠賢也。中旨廷杖，閣臣韓爌解之而止。楊漣劾魏忠賢，尊素又言：『小人爲惡，往往畏主知、畏人言，形見勢窮，復何顧忌。始猶與士大夫爲仇，繼將以皇上爲注。』此時不惟臺諫折之不足，即干戈取之亦難爲力矣。部郎萬燝杖死，尊素言：『爲廷杖之説者，必曰祖制。不知二正之朝，王振、劉瑾爲之；世廟之時，張孚敬、嚴嵩爲之；神廟初年，張居正爲之。』人主受拒諫之名，奸人快報仇之實。『後世有秉董史之筆，作朱子《綱目》者。書曰：「某年某月，部臣萬燝以言某事死。」可不爲聖明之一累哉！』自神廟以來，君子小人，一勝一負，未有已時，而神廟威嚴，宮奴無所措足，勝負只聽之外庭，熹宗政乃旁落。逆賢既收其在内，而外庭之小人亦欲借之以有所發舒。當是時，内外之勢，浸浸欲合，尊素惕然，謂同志曰：『予聞之范文子矣，能内睦而後圖外，不睦内而圖外，必有内争。今奄人伏慝，吾方内争以啟之，非國之福也。』阮大鋮之去，尊素爲之周旋於魏大中、左光斗之間而不得。大鋮遂授逆賢以百官圖。大中劾魏廣微，尊素曰：『不可。失廣微，小人之包羞者也。奈之何去其所包乎？』大中卒劾之，廣微挺身爲之謀主。蓋至是，而内外之權始歸於逆賢，則尊素之所見遠也。明年，曹欽程論之削籍；又明年，奄人李實劾尊素講學，被逮。緹帥爲吴人箠死，尊素間道投獄。逆賢使許顯純以次拷掠，友人李應昇困甚。尊素拷竟，次及應昇，尊素復就拷。顯純詰之，尊素曰：『吾忍見李公負病受楚毒乎？』顯純爲之動容。被害之時，北向再拜以謝君，南向再拜以謝親，賦詩一章而後畢命。逆賢伏誅，贈太僕寺卿，再贈兵部左侍郎，謚忠端。

啟禎詩選傳

公諱尊素，字真長，别號白安，紹興餘姚人。中萬曆丙辰進士，授寧國推官，有能名。天啟壬戌擢山東道御史。時逆奄、客氏表裏爲奸。公因地震上疏，謂：『阿保重於趙嬈，禁旅近於唐末，蕭牆之禍，慘於戎狄。』有旨切責，尋以毒焰方張，漸不可制，復上疏謂：『魏忠賢即其私人[一]，柴柵既深，把持益固，勢必臺諫折之不足，即干戈取之亦難。上當自爲國計。』萬爆之死，公上疏謂：『廷杖非祖制，奸人藉以快其私，將爲所欲爲，莫有顧忌，而禍且移之國。』語極激切。於是逆奄恨公甚，必欲殺之。乙丑削奪，丙寅被逮。緹騎過吴門，士民擊死，失其駕帖。公聞之，即投牒當道，自至都就鎮撫獄。許顯純承奄風指，酷刑拷訊，誣坐贓二千八百。賦絶命辭一章而死於獄。崇禎初贈太僕卿，謚忠端。

此吴門陳皇士濟生選詩，而歸玄恭莊爲之傳也。丁未歲，逆案吕純如之子吕大，欲借《啟禎詩選》以興大獄，於各家之詩有稍涉忌諱者皆摘出以爲批註，而不甚解文理，多鑿空以爲之説。先公有《送萬元白劾奄魏忠賢廷杖歸》詩一首，『邊境有梟社有鼠』，因此起句遂注爲刻下時事，所謂『欲贈龍泉頻拂拭，相看留斬佞臣頭』者，指輔臣而言；以中有『秀才分内應如此』一句，作詩者當是一秀才。此詩爲首，故云生員黄某等若干人謗訕朝政，先以之脅賄於吴柴菴甡，以柴菴爲《啟禎詩選》序也。柴菴不應。投通政司上之，司寇以爲奸人漸不可長，抵吕大絞罪，其事得已。周子佩初見邸報，覩先公姓氏，愕然謂世豈有同姓名如此者乎！後傳其所註詩，無不閧堂絶倒。

校勘記

〔一〕『其』字前，底本塗黑一字。

先師資治尹大中大夫太僕寺卿前山東道監察御史謚忠端白安黄公行狀

徐石麒

公諱尊素，字真長，別號白安。其先爲金華人，十八世祖通判慶元，金虜陷慶元，死之。其子時通遂避入姚江，越十傳而有小雷公璽，小雷生素菴訏〔一〕，素菴生東河公稔，東河生對川公大綬，以公故贈大中大夫。對川生鯤溟公曰中，累封至太僕卿，代稱明經，封太僕公，實生公。公四十有三，以忠直忤逆璫魏忠賢意，丙寅文致之，斃詔獄，距今已四閱期矣。蓋嗣公子宗羲痛公，日夜號，不忍即下窆，以需今日。幸今天子踐阼，嗣公子匍匐京師，訟公冤。天子悼之，採廷議，褒卹有加，夫今而乃克葬公也。嗣公子爰得哀舉公行實，奔告於公所取士石麒，令狀之。嗚呼，斯固麒事，麒何敢辭無文！公生，數著異，故今封太僕公每奇之。長有大志，豐頷廣顙，瞻視若神。峨峨嚴嚴，如泰山峙而白玉冠也。然試輒不利，讀書苕霅間，擁萬卷作百城，日誦數千言。抱膝高吟，曠懷今古，一切磈磊不平，輒托之詩賦以自見。人或迂之，或狂之，公夷然勿爲介意。至乙卯，釁與鄉相聯屬舉，人始咄咄才公重公。其鄉之本房師，即鄒公匪石也。越明年舉進士，授寧國府推官。嚴墨吏，飭法令，問疾苦，去疵癘。凡有所平反，直指臺即甚怒，即公，必曰：『法如是止也。』其所予重比，直指臺即哀矜之，即公，必曰：『如法何？』久而上臺益相信，至釋其所爲非是而非是公，薦交章上。時郡中湯司成公以材貴自雄，攖之者若蠭蠆之有尾焉。公繩其紀綱，不許奸吏法。巨室某婪殺無狀，所爲多不法事，投牒訟者無慮千餘人。公即下教，擒其奴之最著者，杖繫之，衆遂稍稍散。巨室仇公甚，搆飛條挾重貲，行間都中。公適以考選單至，脂轄解任，宣之民不忍公行，重璽提壺漿號而送者，自宛至滁陽相望也。總憲鄒公曰：『外吏當瓜期，外惕惜於情面，而内護其考選，不惜違道千百姓譽也，何敢失巨紳歡，是獨彈擊强宗臺中人物也。』懸缺假歸，癸亥冬，就御史列。時東西匪茹，宫府排拶，國帑付於漏卮，簡蒐幾於塵飯，金紫濫於竈養，搶嚷甚於沸蜩，集穢多於羶蟻，戎莽伏於肘腋，公深憂之。是以癸甲之際後先數月間，疏凡十三上，皆關切軍國，懲冒飭濫，慎名惜物，鋤穢抑囂，發伏摘隱，語語切中要害，直刺中扃。公之直聲，固已震天地矣。至於修省一疏，折元兇逆萌於二十四罪之先，參魏監、救萬員外兩疏，遏奄寺狂鋒於方張吾軍之日，忠賢尤銜之。先是，逆瑺忠賢以女女田金吾爾耕長子，而金吾次子婦，乃南樂魏相女。癸亥枚卜，忠賢示意旨綴南樂於會推楮尾，遂下參知命。公謂：乾，六龍一亢；垢，一豕躑躅，玄黄至矣。垢，豕至矣。今諸君子可當龍亢，魏南樂可當垢豕，吾輩其安税駕所乎？惟是去瑕固却，各相和協，以有濟也，其可夫？何在廷計竟不出此。適趙高邑冢宰，身荷國均，謀肅清吏治，盡洗神廟，晚年惰窳習套，用考功，用晉撫，皆獨裁，不由咨訪。此皆國家所已行，載在令甲，而臺省乃大譁。淺者争書幣，深者争事權，鬮犴犴起。逆瑺方將用外廷攻外廷，而外廷又即用内臣攻異己，於是羣不肖以『門户』二字獻之南樂，南樂以『門户』二字獻之忠賢，中外交相用，而黨錮之禍烈矣。鄒考公與公，晉撫與魏掌垣，故皆有門牆誼，然當高邑用時，實未嘗商之兩公。兩公即心折考功與晉撫賢，實未嘗爲之地。説者必欲錮之時局之中，聳皇上而開生面，無非欲拱手授權於忠賢之一人，以自便其苞苴躐進之計耳。可嘆哉！可嘆哉！自十月二十四日中旨一下，諸君子若晨星落落罷去，亢龍之爲羸豕，蹢躅之爲玄黄，無不一一驗。公已知時勢莫可誰何，瞪目不語，待斃矣。然魏賊即刻深騺害，其有所誅鋤，必俟外庭發其謀，而已從中下之，公曩日和平之意，稍稍諒於人，故獨得後君子簸揚。乙丑春以茶馬命行，迨後崔呈秀得志，疑前高中丞所發其贓案，公有力焉；時又有睨新參者，欲借忠賢仇爲贄身媒，因嗾其門生曹欽程摭公輩上之，而公削矣。忠賢尚嗛嗛，又嗾織造李實於蘇撫疏中攛公等名，而公逮矣。逮之緹騎過吴門，吴中義士捽而毆之，各鳥獸散，失駕帖所在，弗克前。公聞，即投牒行。夫人、嗣公子繞膝牽衣，求援須臾，公弗許。徒步入輦下，就詔獄，而公死矣。公就獄時，訊者問賍幾何。公厲聲曰：『清風明月、名山大川，皆吾賍私，何必問乃公爲！』訊者知不可窮以詞，有榜掠懸坐耳。忽一日，伍伯執巨纆睨視公〔二〕，若有所縛者。公曰：『若欲殺我乎？何色之遽？』伍伯曰：『何與小人事，上官扐取官病故狀矣。』公起攝衣，望闕拜呼：『天子萬歲！』復望南拜曰：『兒子從此逝，無復養父母矣！』各四拜訖，起而賦詩一章，付伍伯，遂遇害。時閏六月之朔日也。公平生於書無所不窺，下筆輒數千言。性强毅，喜氣節。見人有乞憐態、竦脅媚媚，必咤之；若昂眉强項，與公争是非，公即娓娓聽。當其家居時，每食必入侍太僕公與太淑人，熙熙育育，若乳下兒語。必至夜分，視太僕公與太淑人寢，然後就枕席，率以爲常。太僕公謝家政，公身任家，督撫三弟而訓教之。身服官，即以次弟代身爲督。凡積俸，以一錙半銖皆付次弟手，即衣履扇箸、淩雜瑣細，無一入淑人囊者。今公没且四載，猶同鐺炊，諸妯娌子姪各鴈行立，從我淑人取衣食。我淑人四給之，勿兒子猶子異視，則公垂訓深也。公鄉居，寡交游，惟兩鶴相與清嘯，故不肯一輕出見郡縣長，況干謁事。居朝，與楊、魏諸君子深相知，夙期共訂，以澄清天下爲任，而卒不售其志。放歸時聞諸君子斃獄，設席遥奠，哭之慟。身與李侍御次見同繫，憂李不勝杖，自割其所完贓三十金代李。迫窮利害而勇於赴義，大率類此。平居造次，未嘗頃刻忘君，沈鬱悲憤，往往形之歌詩。當戊午分較棘闈，所取士，必微屬樸至者、去靡漫者，凡十人，今五及第矣，麒居其一焉。所著集凡若干卷。嗚呼！當公逮時，有皇恭廠之異，有地動之異，有朝天宫火之異。當公歿時，有風霾霪雨之異。誰謂天無知哉！今天子在御，立磔元兇於市，諸罪人相繼伏辜，諸君子相繼褒卹，因贈公爲太僕卿，廕一子，予建祠賜葬，價三百金。己巳十一月二十五日，卜葬於化安山之新阡，行將議謚而易名焉，禮也。子五人，長即宗羲，初爲仁和庠生，今蒙廕爲官生；宗炎、宗會、宗轅、宗彝，皆諸生，穎異善屬文，即最少，亦嶄然頭角矣。夫事君抗匪躬之節，鴒原著聚順之嫩，孝之大也。衣無常主，食無異器，使田荆罷枯，張犬皆義，友之至也。迨仕十餘年而汙邪如故，風雨粗蔽，廉之槩也。治宛之日，平寃獄於犴中，奪弱肉於虎口，仁之治也。憂國步則請卹老成，憂闕門則請壯敵愾，忠之畧也。擊社穴之妖狐，直落其魄；呼杖下之忠鬼，欲起其魂，勇之烈也。識豕乎於南欒，察燎原於一星，睿之微也。與諸君子塤篪則欲調以酸鹹，當諸君子鋤醢則直赴以大義，貞之屬也。從容就死，慷慨賦詩，南北叩呼，不忘君父，是其毅也；一腔熱血，落紙成章，經緯相宜，質文相配，是其文也。有是數者，可以傳，可以謚也。嗚呼！遇不稱才，位不配德，范滂之母猶存，萇弘之血已碧矣。敷天共哀，況在我黨。麒爲公門生，濡淚和墨，敬述其槩如此。名公長者其爲公圖之，以志不朽。且今天子已許易名矣，未見舉行，倘有守禮者按舊典奉新命，而慨然討公故實議謚乎，則有斯狀在。賜進士第、南前吏部文選考功二司郎中、門人徐石麒，頓首百拜謹狀。

此己巳歲徐忠襄作，將以議謚者也，事多未備。甲申二月，忠襄在湖上，語羲欲改定。未幾國變，率率不暇。今展舊稿，猶似吴山相對時也，念之惘然。

校勘記

〔一〕據沈善洪主編，浙江古籍出版社《黄宗羲全集》第一册《黄氏家録・素庵公黄瓊》：『素庵公諱瓊。』

〔二〕『百』，底本作『伯』，據《黄忠端公年譜》改，下同。

山東道御史贈太僕寺卿謚忠端黄公祠堂碑銘

陳子龍

在昔天啟之季，士有正直耿介、危身奉上，與諸君子死於奄禍者，曰姚江白安黄公。公諱尊素，字真長，别號白安。其先江夏人，漢太尉瓊之後也。徙於四明者十有六世，遂爲姚江人。

公少而卓犖，自命好讀經史。不得志，以《周易》誨授苕霅之間，學者日衆。舉進士，授寧國府推官。清直自勵，盎無餘粟。持法斷斷，不畏高明，土豪强宗，無所縱舍。章程條教，咸爲後法。秩滿應召，單車就道，不謁權貴。遇御史大夫鄒公，長揖而已。鄒公顧獨重之曰：『此必骨鯁臣也。』甚相稱譽。授山東道御史。當是時，奄寺保媪凶德參會，表裏亂政，饕誠之士陰相附麗。公與楊公漣、魏公大中諸公正色立朝，清心疾惡，以進賢退不肖爲己任。時老成去國，相繼於道。公上疏請留，又以災異請誅魏、客，以應天變。中旨：予杖。蒲坂韓公力免。又合臺省疏諫，中旨：傷政體，公爲之倡；又繼應山獨劾逆奄，辭甚峻急。適萬郎中以諫杖死，公又首疏，力諫廷杖非制。時臺省皆入閣會議，内侍數百人，環噪詬詈。公厲聲叱之曰：『内閣禁密地，即司禮，非詔不敢入。汝儕何得亂干法紀？』衆乃引退。此則李校尉氣懾常侍、盧尚書持戈閣門，不是過也。中州出玉璽，廷議開大明門迎之，行受璽禮，百官表賀。公引宋喆宗元符改元及弘治中故事，以祖宗有成憲當法，事得中格。嗣後國事彌蹙，黨禍煩興，南樂、涿州相繼柄用膠轕，屢起大獄，緹騎四出，諸君子檻車載道矣。姦黨李魯生、曹欽程誣奏公以媚奄，削其籍。奄意尚未滿，又授書其黨奄使李實，劾公及周公起元等七人里居講學爲不法，有詔逮治。使者至吴，爲百姓擊死，失其詔書。公聞變，即間道走京師，自詣獄。許顯純等雜治之，榜掠數百，五毒備至。公慷慨正辭，意氣不屈，卒以奄旨害公於密室，其事秘，莫能詳也。自公入獄至遇害，京師地震，朝天宫災，皇宫廠地裂。殺民數千，風霾四塞，大淫雨不止，災變之多，近有司建祠於餘姚縣西寶石山之陽，歲以二仲祀之中牢。夫公忠以事君，諒以取友，貞以立身，清以範俗，正而蒙難，世所無也。明年，今皇帝即位，誅元兇，斥殘穢，贈公太僕寺卿，賜祭葬。圖國忘死，《記》所謂『以死勤事，能捍大患』，公蓋兼之矣。是宜在祀典，敬表方珉，永昭景烈。銘曰：

忠必危身，節惟授命。正直是與，秉心無競。玉質温貞，松標孤勁。憲憲黄公，天篤其慶。學斯成市，治能流詠。振羽中臺，遘兹靡定。伊戾勃貂，趙嬈王聖。宵壬望風，老成是屏。竊杓觸月，蠻撓阿柄。公言維服，灌灌以静。志清天綱，忘其機穽。北司黄門，吹氣成虹。睥睨機禁，淩轢三公。公奮議辭，折角摧鋒。羣小知歛，朝典猶崇。漳河之濱，寶玉來同。態臣獻瑞，告廟銘功。公引前誡，憲章孝宗。不寶白珩，而善人以庸。天地既晦，君子道窮。飄風烈烈，何山不童。猰貐其牙，播此鞠凶。稂莠在廷，薰腐在宫。二難交作，人國以空。公之就訊，熙熙北寺。三木麗身，五毒咸萃。蒙難而安，羣賢畢至。演《易》授書，高談竑議。困不忘仁，儉則思義。所以斯文，不墜於地。突如棄如，寄此獄吏。碧血横流，黄壚永閟。遑恤云亡，實悲殄瘁。昊天疾威，坤維失位。鳥焚其巢，民喪其衛。厥災恒雨，終風且曀。維彼驕人，戲豫無忌。我皇受命，整齊天常。流驩戮瘨，寓宇重光。式閭表墓，顯忠褒良。爰作冏命，三錫雲章。建此祠宇，備爾蒸嘗。落星磊磊，姚水湯湯。前堂後寢，鬱鬱神房。牲牷伊碩，黍稷惟芳。有司在廟，工祝在祊。亦有喆嗣，思慕徬徨。靈之來思，鸞舞龍驤。福我蒸黎，彝倫孔彰。永爲臣範，千禩無疆。賜進士第浙江紹興府推官、華亭後學陳子龍撰。崇禎十五年。

兩朝忠烈祠碑

黄道周

以身殉義，與以道殉君之有以異乎？曰：『無以異也。』道足以生其身，而後死之道不忍死其君，而因以生之，是皆可以不死，故置死地而皆生。其皆生者何？曰：『仁也。』天下之可以殺人者二：曰水，曰火。是二者，人皆賴以生，而投於水火，無有不死者。有道仁人，必取其精神而用之。仁者，水火之精神也。人抱形質而脱其精神，見水則謂之曰水，見火則謂之曰火，見其生死而不見其所不生不死者。故權奸盗賊日思以其水火殺天下，而天下之鄙夫貪生憚死者，亦指水火踆踆然以焚溺爲戒，卒之天下以焚溺坐死者比比也。當天啟之時，太阿下墜，天子制於權璫。諸君子思還主柄，持之太燥，若以勺水搏鄧林之焰。既而權奸熵熾，諸君子坐死。其爲孽也，爲火爲旱，爲焚突及棟。及崇禎之時，王鈇上握，羣工屏息，仰命於天子。諸君子承之太柔，武人藉虎以爲大君。既而盗賊韋弁相與淪胥，諸君子亦坐死。其於孽也，爲水爲燎，爲襄陵滔天。夫以水火共搏，或欲殺君子，或不欲殺君子。而君子皆死者，君子領水火之精神以蹈日月，以其形質分天下之毒痛，故出入焚溺。而其不可焚溺者，與日月薄射也。凡日月水火，其精神託於君子，其沴見於天下，贏朒晦望，往往相食。漢熹平之際，治鉤黨獄，誅蕃、武、膺、滂等，錮天下名賢二百餘人。及長安之亂，諸君子無死者，惟袁隗、伍瓊、周毖、孔融、楊修五六人耳，然皆爲卓、操弄斧，非有慷慨致命之義。宋宣和時，籍元祐奸黨百二十人，丰稷、陳瓘等僅得不死。及下京之亂，諸君子無死者，惟吴革、孫傅、張叔夜三人耳，何栗、李若水則猶之墜阱也。我明初興，尊賢禮士，治藍、胡之黨，不及名賢。迨於靖難，慷慨致身者百二十餘人，所株連芟夷無算，至於土木而衰矣。故水火日月，一盈一竭，精神所託，或滿或滅，前後贏縮，可屈指舉也。獨是啟禎之際，諸賢奮發，手掬霜雪，與雷電争烈，雖有逆璫煽焰不鉥之於前，黨禁株連不錮之於後。計自天啟蒙難，隕身者十有七人，曰高攀龍、趙南星、楊漣、左光斗、魏大中、黄尊素、李應昇、周起元、萬燝、周順昌、周朝瑞、繆昌期、袁化中、夏之令、周宗建、顧大章、劉鐸。及崇禎甲申之禍，致命遂志者十有九人，曰范景文、倪元璐、李邦華、施邦曜、王家彦、孟兆祥、淩義渠、吴麟徵、周鳳翔、馬世奇、劉理順、汪偉、吴甘來、王章、陳良謨、成德、許直、金鉉、孟章明。其遺逸遐方、陷於秦晉及綏鼓死職、攖城謝闕者，別爲幽闡，不在二斑。蓋自漢宋以來，仗義死節之臣，未有盛於我朝者也。嗚呼！學術不明，道誼爲事功所亂，鍾荀之鍼李杜，滎翰之砭機雲，康樂寄詠於房連，黄冠穸詞於顧問，不曰事猶可爲，則曰思得一當。是以徘徊瞻眺，失之一瞬，而千古莫贖。是猶臨泛濫而繫匏，睹燎原而祀竈，多見其迂愚，諒下於溝瀆矣。夫當管夷吾之時，天下無王，主惟所適，魯、莒分馳，先入者上。《春秋》雖以子與糾不得不以霸與桓，既以霸與桓，不得不以仁與管。如使天下一君，生民共主，而夷猶於刁牙之間，轉側於魯莒之下，則仲尼必以爲不臣，季路可正其彈射矣。故仁之所生人者，殺之愈以生；水火之生人者，生之或以殺人。不見不生之生，不死之殺，則其疑死之不生，惡殺之必死，輾轉以避焚溺，而卒不免者，比比也。虞部陳公來榷南關，適當甲申時，遂捐資貿地西湖之上。得六一泉舊址，背距孤山，面臨鳳凰，營構上下爲十六楝，層樓九楹，湖水瀠之，以祀兩朝殉難諸先生。子至湖山，覽和靖之遺蹟，因得與虞部商畧上下，慨然嘆曰：『死而可樂，則吾將先往。蘧氏之言，夫豈謂此乎？』虞部又將南關所汰小税置爲祠租，使歲時伏臘得尸祝其下，因爲迎送神之曲。詞曰：雷鼓閴兮龍在野，雲離披兮龍血下。龍上天兮星無光，淑稰媮兮蘭不芳。靈之集兮四國，鴻八蹄兮驎九翼。淩滄澥兮拍白日，蹌狙征兮何不得息？歸休兮此堂，水周兮中央。寒鷄茹兮蒲菖，羅百珍兮瓊漿。駼素虬兮騑文鴦，綄靈車兮縶靈馬。執靈袪兮淚盈，把珮琚兮灑灑。晝不足兮宜宵，夜雕舟兮鏤筵。新夫君兮王正年，靈參差兮無後先。澹眉鬚兮馭青天，靈何爲兮中悁悁。賜進士第詹事府詹事兼翰林院學士禮部尚書黄道周撰。

崇禎初，劉念臺先生欲建五賢祠於湖上，先忠端公、魏忠節公爲主，魏子敬附之；其二人，則高忠憲公、周忠毅公。以忠憲講學湖上，忠毅曾令仁和也。傅監院宗龍及撫按各有捐助，而以杭州諸生董其役。諸生某以此事爲奇貨，遂刻公呈上梁文以爲呈身之贄。義在南中，其人亦見過，與之往還。張天如謂義曰：『亦知今日董五賢祠役者，即昔日之董逆奄祠役者乎？』義乃絶之。祠既不成，而捐助之金亦不可問矣。常熟陳梅臣慨然謂湖上不可虚此勝事。會甲申之變，遂合與難諸公而祀之，卜地於六一泉，名『兩朝忠烈祠』，請石齋黄公爲碑文。亡何，南都不守，無識之徒以死明事爲諱，遷兩朝之三十六位於閣上，而以中堂頓放浮屠像設，改名『廣化寺』。其閣上又雜置漢、唐、宋牌位於其中，以飾説非爲明一代而作也。既已可笑，而杭人又視爲公共香火，不論某甲夫己氏，輒作主而入之，與郡邑之鄉賢祠無以异。可歎哉！雖然，諸公麾斥八極，何所不至，其神不滯於一隅。就以此一隅六一泉論之，自坡公之銘而見歐陽文忠公之畫像，自石齋之碑而見三十六公之神位，香燈千古不滅，豈瑣瑣餘子所得渾哉！

白安先生像贊

劉宗周

金玉精神，鳳麟儀止，峩冠絳袍，觸邪則鷹凛正色於蘭臺，抗直聲而如矢。及夫一死，與日月争光，允矣不媿男子。而惜公者猶存乎少視。奉公八年，以往之音容，儼然臯夔自擬。初試虞廷，讓九官而作士。噫嘻，曷齎公志以爾乎！茫茫千載，伊誰後死？按先生像傳，自官司理時距蒙難之日八年矣，故云。御史大夫山陰友弟劉宗周頓首拜撰。

疏敘

倪元璐

夫層垣識洞，寢石誠没，故市竭呼而非謂，俳極啼而不哀。何則？智不燭機，則意南無致飛之則；道存謝貴，則宜下有不登之音。故使薛廣鏡曉人之情，則氣淩平仲；谷永無懷邪之意，則詞敵長沙。夫篤時者夏迷，遊光者春咽，驚飈者秋默，悔鼐者寒號。是以多舌無誅，側想襖童之世；列腰齊墮，疏覰曲女之誠。斯亦悟士氣之所歸，知嘉名之有敗也。若乃晶襟擬鑑，藥口羞瓶，則鳳噦崗，崇揚其節；足奮乃虎争殿，重剔彼夔睢。法巽互輸，詹炎並伏。漢相之一言起寐，唐臣之十漸危明。有足貴矣！測諫者之所存，亦何能之不蓋？以議埒史，則領其三長；以權準相，亦綜於五硯，故可以汗青竹而爲光，餗黄鉉而不覆也。屬以高閶授斧，函關跂靈，發七十諫書之函，飛五千道德之氣，欲使賈言失至，陸語隳新。夫苟讀周書，宜削陳羣之草；而忽傳洛紙，可知汪尉之名爾。乙丑春王正月，園客倪元璐。

詩敘

楊廷樞

《黄白安先生詩集》凡二卷，予既卒讀之，嘆曰：『嗟乎，凡音之生，豈不係乎人哉！』昔者詩始於三百首，自《關雎》訖於《殷武》，其自后王君公以逮鄙夫細婦，莫不包含風雅，何其盛也。然以一言蔽之曰：『邇之事父，遠之事君。』夫爲臣子而不能事其君父，吾何貴其言云爾哉！三代而降，詩莫盛於唐，唐之詩無過少陵。吾嘗取其言讀之，至於瑣尾流離、驅馳窮餓，而不忘君國之難，纏綿激湍，一篇之中三致意焉。至今讀其詩，慨然見其爲人。其他啾發之音，情不赴節，雖攢唇激齒，聲音以諧，考其情辭，論者寡取。先生當熹廟時，以抗節直道爲逆璫諸奸所嫉。於時鉤黨之獄日不暇給，喬、固、膺、滂，梏鈦相累，先生嘗抗疏擊之。與吾鄉周忠介同詔被逮，掠死於獄。當世之士識與不識，莫不傷之。今觀其集中所載，若《獄中被害日作》及《送萬元白謁五穆祠》等篇，慷慨孤直，激而不傷，與太史之稱《小雅》者何異。每一誦之，未嘗不流涕灼悼、感慨欲奮也。夫士習處燕樂，自命甚適，相與流連，賦詩高議，天下莫能逮也，然而卒與禍攖，大節立見，本末居然可覩矣。若先生之孤忠篤情，至死彌諒，雖古之屈平何以加焉。吾願世之覽者，諷其詩而有以得乎其人，庶幾哉於興之旨或有合矣。若夫攬其山川，拾其香草，詩人之流亦有然者，烏足重先生哉！烏足重先生哉！後學楊廷樞頓首撰。

逝哀賦爲丙寅七君子而作也

劉宗周

夫何忽忽徙倚窨余生於兹世兮，心悵悵行以何之？既上薄霄漢以無朕兮，復下夷玄溟以霏微。中央亦有寥廓之鄉兮，挾渾敦而溷濁乎寰維。乘一氣之恍惚坱圠兮，蕩三極以軋茁參差。躡昆崙萬里於足下兮，距咫尺而不見雲輜。美人既驕蹇以日遠兮，又無三足烏爲之申辭。懷余心耿耿以莫訴兮，忽摇曳而反顧以悲。孰是畏壘之重仍兮，結氛霧而愴予飛。朝托大鵬之逍遥兮，夕乃不離乎鷄塒。紛糾糾罹兹羈靮兮，雖有矯翮將安施。暫流滯以無爾勞兮，日飲啄而不能肥。鳶梟方利予之廉以讓啄兮，蚊蚋又腥予股以相侮。鵰與鴟鶚既笑予之鎩羽兮，猿狙動嗷嗷繞余以山暮。虎磨牙伺攻余外兮，余又引尸讒以中蠹。耳悠悠其蠅薨兮，目恍恍其花瞀。腸一日而九迴兮，魂飄飆而魄腐。聽流亡之溘以無日兮，巫咸猶告余以未果。進不得翱翔於天衢兮，退欲返舊都而無所徘徊。弭余節於歧路兮，問同心之零落而坎坷。茫茫上下縱求索兮，歷選江皋以寄傲。幽人既遥不可接兮，將倩靈均爲余介紹。猗與楚澤之蘭九畹兮，擅窅窊而領秀薰芳。佳名珍國香以自閟兮，擬一出而敷與都粱。乃寄操於尼山兮，悵望明王。孕靈光於六籍兮，不薦用於巖廊。胡瓊英一朝隕籜兮，陳根委道路以先亡。亦有別族稱蕙圃兮，借棠陰而繁蕤垂垂。亮峨眉之嫉妬無幾兮，雖代蘇忍與同歸。迨朱明啟候於君子兮，菡萏發泥淖而不汙。邀炎帝於南浦遨遊兮，濯秋水而昭明矑。忽金風白露相淩厲兮，士女爭把蔓以載塗。東籬采叢菊有黄華兮，曰宜蔭縈櫊以蘊藉。拒繁霜之漸以憔悴兮，終不逐韶華於九陌。維木有蘭菌有桂兮，擢霜櫟而丁運玄武。著蹇産芴芴之貞則兮，下夷葳蕤之宿楚。胡歲寒不能改操兮，樵豎又相尋於斤斧。貫薜荔之蜿蜒鱗甲兮，身際青雲而得所。胡蘭燒而桂爐兮，殃亦分於池火。寥寥作者幾何指兮，上應斗杓而臚星粲。盡東南以稱雋淑兮，俯視竹林之散誕。一君子倡而君子和兮，相與表德隣之無間。若留夷揭車與杜芷兮，亦後先茅茹以瓜蔓。唁群英之零落無餘兮，令人愾九原而寤嘆。芬蕭蕭其疎遠兮，曾不若桃李之盈爛。也復落落以自可兮，眇喬松之出霄漢。也吸沆瀣之精以自漱兮，然太乙之藜以含章。高耀金莖於絳闕兮，下不晦玉樹於華堂。共和德以風清皇路兮，不悟競指以爲朋。薰與蕕既不同器而處兮，狐兔又肆其陸梁。羨榮華之不久兮，春與秋忽時謝其炎涼。忍當門之艸薙兮，且聚族而夷之。還望氣以爲不祥兮，瀦其宫而變置之。浮雲翳而白日淪，蒼天沉而積水竭。何大塊之磅礴無窮兮，奄焉隨衆芳而銷歇。豈人間別有昊天兮，乃獨栽荆棘以遺孽。荆棘既不栽而自繁兮，況利有狐兔以爲穴。善萬物之平分一氣兮，爾蘭獨向隅而悲啜。吁嗟爾蘭兮，曷不爲黄虞之屈軼兮，生當階庭而指佞？彼佞人之翕翕訿訿兮，尚亦恃鑒襄於高聽。吁嗟爾蘭兮，曷不爲傅岩之鼎梅兮，和鹹苦辛甘以相濟？信庖人之善割兮，寡君實恭默以操匕。吁嗟爾蘭兮，曷不爲姬旦之嘉禾兮，遭流言而違遜？碩終感悟於風雷兮，發金縢之誓策。吁嗟爾蘭兮，曷不爲商山之芝兮，長採仙人以療饑？生不逢唐與虞禪兮，肯隨炎鼎以朵頤。吁嗟爾蘭兮，曷不爲魏紫與姚黄兮，兢賞榮華於金谷？嗤白璧之難完兮，何以容容而多福。蘭兮蘭兮，莫己知兮。時與命不同兮，志與義相違。苟皇虞之不作兮，何世俗之問也？寧誓死其靡他兮，終不忍被此汶汶也。復周旋而不含兮，非敢爲丘佞也。秉貞志以殉所天兮，將以得性命之正也。哀此下民之淫僻兮，江河恃一簣以爲堙。天柱坼而地維裂兮，亟奠吾君於震驚。幸持世模以一死兮，敢同斷梗與孤萍。汗青表俠骨以長馨兮，還恤余苦蕺之餘生。嘆風塵一日相遺落兮，遥望君鞭弭以於征。非徒襲爾之嘉佩兮，又執余之手以要盟。昔既與爾有成言兮，敢中道而步更？魂迢迢遥遥以長逝兮，氣塊壘勃鬱以難平。忽回首其望帝京兮，起邀同心而涕零。狂瀾日溯湃以東決兮，勢蕩蕩岌乎滔天。叩昔日九閽其逾遥兮，美人愈杳渺而不可憑。矧虎豹之當關擬啖兮，空糜釁骨於齗齗。終延佇而不能舍兮，又孰知余之竛娗？余將割余丹以爲莛尊兮，灑余血以醞絮。假宵寐以通神明兮，直跨紫宮而飛駐。叩上帝之靈如響兮，俾啟迷塗於去往。玄黄何以奠分兮，緇素何以殊途？寒暑何以貞勝兮，閏位何以乘餘？妖后有時而稱制兮，中夏何以帝羌□〔一〕？嘆人生之多艱兮，百年亦何哲而何愚。蘭茝何以不芬兮，吾將珍椒榝而幃之。蘭桂何以不揚兮，吾將倚豫章而危之。曰大道混淪兮，元氣呼吸，盈虚晝夜兮，剛柔淑慝。不有貞沍兮，元於何息？造化斡旋兮，人事叵測。彼蠢蠢者生兮，孰立爾極？感治亂之循環兮，斯人攸責。龍以亢而悔兮，返於潛而復。浴赤日於虞淵兮，光騰騰而雷燭。文拘羑而作《易》兮，箕徉狂而演疇。惠夷猶於三黜兮，孔微服而周流。斯前聖之遥軌兮，企餘生以勉修。璠璵以礪而加潤兮，良金以鍊而益精。幸子之無惛爾日月兮，又何恤營營之青蠅。暗然與造物爲徒兮，何去何往以攖寧。庶幾乘流而委命兮，寢方寸一朝之死生。蘭逾秀而菊逾芳兮，四時闕玄圃之長青。佩蹁蹮崔錯以左右兮，神旖旎綽約而雲淩。逈佳人之絶世獨立兮，復睠然而翹首良朋。亂曰：高山摧頽，流水咽兮。朱絃一唱，鍾期訣兮。杜門掃軌，交遊絶兮。死生自愛，道義割兮。將子無棄，椒漿設兮。仰籲上帝，寃不可洩兮！後死何俟，不我閲兮。所可閲兮，捫朕舌兮！

校勘記

〔一〕『羌』後，底本塗黑一字。

謝寧國諸公祀先忠端公於名宦祠書

黄宗羲

孤子黄宗羲再拜，伏承《名宦録》見寄，調先公神位與晉桓簡公、宋文信公同龕，以其忠義一也。嗚呼，非諸先生慕義强仁，亦何以有此乎！雖然，三公忠義同，宦寧國又同，没而祀於名宦又同，此貴鄉之佳話，諸先生之所知也。諸先生庸有未盡知者，凡先公之同於信國者，不僅此也。信國三十四歲知寧國，先公亦三十四歲理寧國，一也；信國丙辰科及第，先公亦丙辰登第，二也；信國四十三歲被執，先公亦四十三歲被逮，三也；信國書絶命詞於衣帶，先公亦書絶命詞於衣帶，四也。四者事非偶然，諒諸先生之所欲知者，故敢以聞。崇禎十一年九月。

詩

弔黄白安侍御

劉宗周

叠嶂出江汀，江流去不平。千秋知己哭，一夕送君行。骨與冰霜競，魂隨雨露清。空遺明主恨，破柱有平稜。

哭門生黄白安侍御時緹騎爲蘇民逐散白安自投獄掠死獄中

鄒維璉匪石

立朝官侍御，矢志效忠靖。豸冠取觸邪，白簡期誅佞。豈意黨禍生，無端落深穽。傷心哉！羣梟競將孤鳳摧；傷心哉！騶虞横被豺狼災。可憐孟博自投獄，萬里送死情可哀。道傍見者心慘傷，三光何遂混茫茫。每思聖度大如天，天心豈誓小臣狂！羅䋣結網似蝮蝎，倚恃冰山蔽日月。一旦天清皎日出，冰山有時會消滅。傷心哉！夏侯色兮嵇康琴，子兼有兮人共欽。李杜千秋名堪配，逢于地下欣相對。

西北數間爲黄白安李仲達周蓼洲諸公畢命之處

黄道周

近事十餘載，懲心二百年。血光縈日暈，精繡澹龍泉。已盡排山力，重開砥柱天。香風猶未沫，過此數泫然。

昭代多君子，清流此再清。豈關門户事，動使鬼神驚。迸命扶中葉，同游璨九京。傳看芝艸蹟，鐘鼎羽毛輕。

撑持非隻手，獨往恨無隣。後死躭千歲，當時作七人。畫圖閭巷有，香火夢魂親。不識精靈路，能通漳水濱？

蘭纕焚已盡，野火又揚灰。古道存無怨，人間自可哀。青天鐫骨肉，烈祖鍊風雷。抑鬱當年願，栖遲今乃來。

悼黄白安師參逆璫下獄

門人朱天麟震青

忠字忠臣豈欲居，只慚白晝叛詩書。隼墉霧暗焚香艸，獬角風清瘠骨渠。䋣鐵汨幽惟月照，河山氣咽向天歔。半生知遇千年憤，期取丹心銘古墟。

同馮留仙鄴仙玄度劉瑞當萬履安至姚江謁黄中瑞公祠

甬東後學陸　符文虎

蹈漲赴前期，慷慨薄衝濤。晚江風作威，扶雨勢若鏖。驚泊峭浪中，力命争一篙。平明避下風，越江依岸高。逆旅有壺漿，眠食在汙潦。移牀避潮生，仰屋愁狂飈。魚鼈乃與居，衣裳生螬蠐。江意莽吞天，波濤絶容刀。如何竟夕程，淹此三宿勞。崎嶇問天風，勿復存牢騷。牢騷存楚客，招魂慰忠鯁。大江助意氣，當亦念延頸。似容孽蛟惡，故使扃風逞。於越無志士，斯人竟黿鼉。念此一巵酬，足令薄夫憬。將無洪濤勢，一若胥怒騁。往以青蠅弔，今作素車影。吾黨得提挈，二人足項領。百年生易每，一死志容耿。風波自古險，前修以爲景。

御史贈太僕寺卿黄公白安李公仲達

周　鑣仲馭

當萬元白先生杖斃時，無不噤齒，莫敢發聲，而兩先生疏救先後以從。嗚呼！如萬先生者既已達矣，然而兩先生爲益難已。曹欽程希瑺意奪兩先生職，尋下獄死。夫兩先生死且久矣，而欽程至今擁視息保首領，豈其左議之儔，敢惜欽程大辟爲誣也。嗟乎，欽程爲誣兩先生之死，其將不誣也哉？悲夫！予感憤賦此。既痛仇人未戮，無以報兩先生九原，又使議者知所惧焉。若夫屢疏擊奸同於楊、魏，則其著者矣。

吾愛范叔寒，入秦號張禄。吾愛王稽仁，驅車上函谷。道逢穰侯來，潛向車中伏。丈夫仇未報，此身寧忍辱。一朝相秦王，六國方爲肉。須賈飲馬槽，魏齊頭已戮。數爾平生心，今日可云足。遐哉成往事，使人長歎哭。騶虞飽豺狼，貞肝殃九族。惟有鷹鸇羽，耽耽猶下矚。壁間齷齪聲，加以虵與蝮。欷歔懷古今，忠禍奸爲福。已矣勿復陳，洒酒荒山曲。仇人雖尚存，歌此慰幽躅。

予不識御史然往在塞上頗憶御史論邊事璫禍起御史以識璫死嗚呼殺御史者次第以御史殺矣御史死爲公忠而後死竟如何二十五忠詩

孫承宗愷陽

封事傳三表，千年憂國心。生來饒勁骨，身許比南金。世自矜功狗，君方嘆陸沉。如飴歸視死，那忍友芳林！

高陽始終信任大帥馬世龍，言世龍之不可信任者，獨先公與劉忠瑞公兩人耳。故先公東事疏頗不爲高陽所喜，乃高陽未嘗不引爲益友。公忠不和之節，於此見之。

附録三　傳記

明書(罪惟録)・黄尊素

清・查繼佐

黄尊素，字真長，號白安，浙江餘姚人。成萬曆丙辰進士，司理寧國。負氣節，凜不撓，清操絶俗，豪健慴服。擢監察御史，益以剛介自厲。甫一載，疏凡十三上，悉關軍國最。天啟甲子，以災異直言，有曰：『阿保重於趙嬈，禁旅近于唐末。蕭墻之憂，慘逾戎敵；豪末不札，將尋斧柯。』奉嚴旨，賴衆正匡護得免。已而楊漣二十四罪之疏入，尊素繼之，有云：『忠賢諸不法，廷臣暴露已不餘力。借曰未言之，未知之耳，已知之而皇上視爲不痛不痒之着，已言之而諸臣莫獲能改能從之益，形見勢窮，復何顧忌？忠賢既不能收已縱之繮，即其私人，亦不能回一往之棹。柴栅既深，毒螫誰何？勢必臺諫折之不足，即干戈取之亦難爲力矣。九廟有靈，衆怒難犯。伏惟皇上自爲社稷計，立撤廠務，并將傅應星、傅繼教、陳居恭概付法司。』不聽。時廷杖相繼，臺省詣閣請解。忠賢使奄數百人咆哮詬詈，閣臣噤不發一語。尊素叱之，曰：『綵綸要地，司禮不奉命不得至。若等胡爲？』衆稍稍引去。未幾，忠賢矯旨杖死工部郎中萬燝，廷臣悸，縮舌。尊素復上《士氣已竭》一疏，至以王振、劉瑾爲的，且曰：『進言實難，無言責而進言益難。律例非叛逆十惡無死法，而有竊之以立威，以箝口，遂使皇上有殺建言之名。脱有董史爲負簡特書，曰「某年月日，部臣萬燝以言某事杖死」。可不爲聖明一累哉？天日晦迷，群狐嘯張，燝已死矣。連日以來，唯聞震霆，今日杖某，明日杖某，内璫蜂出，吼聲如雷，辱士殺士，於今已極。皇上即以人言不足畏乎，萬燝之杖也，適與雨雹會；舊六科廊之火也，適與杖御史會。天心恫恨，能不顧省已？』彪虎縱横，曹欽程以忠賢義子，自發大難，諸邪互爲因緣，交口巇誣，取中旨如寄，倏而削奪，倏而逮繫矣。時緹騎之逮尊素者，方過吴門，適前緹騎逮周順昌，激變，士民餘怒起，焚舟梃逐，駕帖盡失，無可開讀。尊素乃自詣御史臺，齎本徒步至京，就繫，下鎮撫司打問。許顯純、崔應元承璫指，酷比無完膚，陷贓二千八百兩。子宗羲，遍叩知交義，貸足贓數。而獄卒奉内傳，請書後事矣。尊素從容賦絶命詩以盡，丙寅閏六月朔日也。尊素志存弘濟，雅不欲以倖直僨事。然飛章廷諍，未嘗不爲人先。初入臺，規南皋者曰：『京師豈講學地哉？』徐文貞已叢議盛世矣。』及衆正力詆群小，語門人徐石麒曰：『乾，六龍一亢；姤，豕至矣。』及楊漣疏入，不報，曰：『去之。』又魏大中將攻廣微，曰：『後朝小過也，不宜攻之急。』嘗語人：『寧不與諸君子同其功，不可不與諸君子同其禍。』魏敗，贈太僕卿，謚忠端，蔭一子。

論曰：讀《士氣已竭》一疏，當又云：『董史爲負簡特書：曰某年月日，御史黄尊素，以萬冞無罪死，訟逆監魏忠賢詔獄見殺。』收繮回棹之喻，似處不仁以未甚，而形見勢窮，至有不得不然者出矣，是在閣臣之善處之也。無大識力，無大幹濟，全失其所重，而能不一決。嗟乎，使天啟不促，再綿國算，不知竟若何下場？

東林列傳・黄尊素

清・陳鼎

黄尊素，字真長，餘姚人也。七世祖墀，與同邑陳子方死建文之難。尊素登萬曆丙辰進士，授寧國府推官。時湯賓尹爲宣黨魁，聲燄懾天下。官其地者，必受牽挽。尊素至，賓尹輒自斂飭。有大姓置私獄殺人，尊素黥其僮客六七人，一郡股栗。入爲山東道御史，請留用鄒元標、馮從吾、劉宗周。請復召對，言：『御門講筵徒循故事，講官未嘗獻規，主上未嘗發問，鋪飾文具，以治憂患相併之天下，庸有濟乎！』先是，中朝分爲兩黨，遞相勝負，其權在政府臺諫。天啟初，小人之勢稍絀，其黠者遂欲借内廷以除異己。時閹人魏忠賢與阿母客氏勢漸盛，於是導之使盡收内廷之權，依爲城社，而始與外搆。

四年三月，京師地震，尊素上言：『皇上臨御數年，漸有厭薄言官之意，章疏留中，考選稽閣，宫府之事稍稍忌諱，言官遂有剽竊皮毛以塞責者，此端斷不可開也。阿保重於趙嬈，禁旅近於唐末。蕭牆之憂，慘於敵國；毫末不札，將尋斧柯。今以此言入告，似爲不急，浸淫不止，異日有欲進言而不敢，有欲聞言而不得者矣。』亡何，小人搆成内外之勢，銅崩洛應，尊素惕然，謂同志曰：『吾輩如處漏舟，亦惟衣袽自戒，毋自爲敵國也。百弩環舍，尚爾勃谿，亡無日矣。』

吏掌垣缺，出序屬劉弘化，次阮大鋮、魏大中。大鋮方省覲，聞弘化奉使，乃不待假滿，迫遽入京。會吏部推陞工科周士樸，大鋮疑，故出此缺以置己。因潛通内廷格士樸疏不下，得長吏垣，朝論囂然。大鋮遂請告吏部，以大中代之。大鋮由是讐大中及僉院左光斗。時冢宰趙南星變通銓政，調職方鄒維璉於銓部。江右臺省以不諮訪同鄉，起争事權，維璉出疏過激，臺省皆讐之。維璉爲尊素房師，大鋮嘗自托君子，故尊素極力排解其間，然卒不能得。二憾交作，而汪文言之獄起。汪文言者，任俠自喜，嘗客司禮王安。光宗登極，諸善政皆文言所指授。諸君子以此多之，不吝容接。給事中傅櫆與逆閹養子傅應星稱兄弟，逆閹亦視之如子。二憾乃使借文言興人獄，劾左光斗、魏大中交通文言，把持國政，下文言鎮撫司，鍛鍊以文，致左、魏獄急。時大中知尊素深沉有大計，片紙屬曰：『事急矣，勿殺義士。』尊素與掌衙事劉僑畫策爰書，一無連染，獄遂解，羣小愕然。

六月，副院楊漣劾忠賢二十四大罪。初，商之尊素，尊素曰：『公不見楊邃菴之除劉瑾乎，有張永以爲内主，故不勞而功成。公今争以口舌，是手搏彪虎也。一擊不中，禍貽之國矣。雖然，我不可以不和。』因上言：『臣前者災異一疏，微言之而遽奉嚴旨，亦知表裏之奸已成，而道路之間以目。今忠賢諸不法狀，既經暴露，夫小人爲惡，往往畏主知，懼人言，則尚有悚惕。及其已知之，將皇上視爲習聞熟見之事，更復何懼人言哉？始猶與士大夫爲仇，繼將以皇上爲注。此時不惟臺諫折之不足，即干戈取之，亦難爲力矣。』時劾閹者紛然，羣小導閹廷杖以脅言者。工部郎萬熺杖死，尊素言：『律例所載，雖叛逆十惡應死者，猶且反覆於廷議鞫訊之間〔一〕。今以披肝瀝膽之臣子，枉死於壅閉之左右，必且忻忻相告曰：「吾儕借天子之尊，今而後可以立威，可以箝口矣。」不知輕用皇上之威，顛倒在一時，而長留殺諫之名，貽譏在萬世。他日有秉董史之筆者，書曰「某年月日，萬熺以言事死」，其奈之何？進此廷杖之説者必曰「祖制」，不知二正之朝，王振、劉瑾爲之；世廟之時，張孚敬與嚴嵩爲之；神廟初年，張居正爲之，實非祖宗意也。萬熺之杖也，適與雨雹會；六科廊之火也，適與杖林御史會。何其呼吸相應若此？意者臣工之誠，不足動主，天意爲之震聳乎！』疏上後，又倡率臺省會於東閣，謂：『此後有傳旨廷杖者，閣中當輒封還，不可奉行。』閣人聞之，競前恣口横詈，閣臣俯首不發一語。尊素毅然曰：『絲綸之地，司禮非奉命不得至，若等何爲？』羣閹愕眙而去。尊素因謂楊漣曰：『公一日在位，則忠賢一日不相容，國事愈决裂矣，不如去，以殺其禍。』漣以爲然，遷延不能決，以至削籍始去。

魏廣微父闇得相，魏大中因其大享不至，將糾之。尊素曰：『不可，今大勢已去，君子小人之名，無過爲分別，則小人尚有牽顧，猶可一二分救也。若政府明與之合，惟所欲爲耳。』不聽，廣微喟然嘆曰：『諸公薄人於險，吾能操刀而不割哉？』遂甲乙宦籍，惎忠賢曰：『此東林黨人皆與公爲難者也。』忠賢納之，終熹宗世，其竄殺不出此。晉人欲用郭尚友爲巡撫，冢宰趙南星惡其賂遺，未允。尊素曰：『水火之釁，深吾儕，禍且不遠，盍稍留晉人自助。』南星謀於吏垣，大中終以應祥易之。御史陳九疇言：『應祥爲大中座主，以此得晉撫。』於是中旨盡逐要路之人，而時局大變矣，尊素亦以茶馬出京。人第服其清言勁論，不知其憂深慮遠，彌縫於機，失謀乖之際者，一一皆左契也。

五年，曹欽程論之，削籍。其冬，訛言繁興，謂尊素欲用織造太監李實，爲張永已秘授以計。忠賢聞之大懼，刺事至江南四輩，漫無影響。沈演欲自爲功，貽書忠賢，曰：『事有迹矣。』於是忠賢日譙訶李實，取其印信本去，而逮旨下。蓋文言初獄，原爲左、魏設，不意尊素能出之，故於諸君子中尤忌尊素焉。緹騎至蘇州，爲蘇民箠死，失駕帖，尊素萬里投獄。獄中與周順昌、周宗建、李應昇、繆昌期講道不輟。謂門人徐石麒曰：『吾於此不減黄霸之受《尚書》也。』忠賢使許顯純誣贓拷掠。一日，應昇困甚，尊素拷竟，次及應昇，尊素請代拷。顯純詰之，尊素曰：『吾忍見李公負病受楚毒乎！』顯純愍然爲之改容。臨害時，向闕叩頭，復南向謝父母，賦詩一章而卒，年四十三，六年閏六月朔日也。後贈太僕寺卿，謚忠端。

外史氏曰：嗟乎，兩先生死而明亡矣。其後莊烈苟延十有七年者，祖宗之餘烈耳。假令季侯、真長不死，東南有繼起者，相輔石齋，或可存孤兒寡婦於一隅也。二公死，而善人絶矣。余故曰：『明之亡也，不待甲申也。』

校勘記

〔一〕此處『鞫』字，底本作『鞠』，據《神道第二碑》改。

明史·黄尊素傳

清·張廷玉等撰

黄尊素，字真長，餘姚人，萬曆四十四年進士。除寧國推官，精敏彊執。天啟二年，擢御史，謁假歸。明年冬還朝，疏請召還余懋衡、曹於汴、劉宗周、周洪謨、王紀、鄒元標、馮從吾，而劾尚書趙秉忠、侍郎牛應元、通政丁啟睿頑鈍。秉忠、應元俱引去。山東妖賊既平，餘黨復煽。巡撫王惟儉不能撫馭，尊素疏論之。因言：『巡撫本内外兼用，今盡用京卿，不若敭歷外服者之練習。』又數陳邊事，力詆大將馬世龍，忤樞輔孫承宗意。時帝在位數年，未嘗一召見大臣。尊素請復便殿召對故事，面決大政，否則講筵之暇，令大臣面商可否。帝不能用。

四年二月，大風揚沙，晝晦，天鼓鳴，如是者十日。三月朔，京師地震三，乾清宫尤甚。適帝體違和，人情惶懼。尊素力陳時政十失。末言：『陛下厭薄言官，人懷忌諱，遂有剽竊皮毛，莫犯中扃者。今阿保重於趙嬈，禁旅近於唐末。蕭牆之憂，慘於敵國；廷無謀幄，邊無折衝。當國者昧安危之機，誤國者護恥敗之局。不於此進賢退不肖，而疾剛方正直之士如仇讎，陛下獨不爲社稷計乎？』疏入，魏忠賢大怒，謀廷杖之。韓爌力救，乃奪俸一年。

既而楊漣劾忠賢，被旨譙讓。尊素憤，抗疏繼之，略言：『天下有政歸近倖，威福旁移，而世界清明者乎？天下有中外洶洶，無不欲食其肉，而可置之左右者乎？陛下必以爲曲謹可用，不知不小曲謹，不大無忌；必以爲惟吾駕馭，不知不可駕馭，則不可收拾矣。陛下登極以來，公卿臺諫纍纍罷歸，致在位者無固志。不於此稱孤立，乃以去一近侍爲孤立耶？今忠賢不法狀，廷臣已發露無餘。陛下若不早斷，彼形見勢窮，復何顧忌。忠賢必不肯收其已縱之韁，而浄滌其腸胃。忠賢之私人，必不肯回其已往之棹，而默消其冰山。始猶與士大夫爲讐，繼將以至尊爲注。柴栅既固，毒螫誰何？不惟臺諫折之不足，即干戈取之亦難矣。』忠賢得疏愈恨。

萬燝既廷杖，又欲杖御史林汝翥，諸言官詣閣争之。小璫數百人擁入閣中，攘臂肆罵，諸閣臣俯首不敢語。尊素厲聲曰：『内閣絲綸地，即司禮非奉詔不敢至，若輩無禮至此！』乃稍稍散去。無何，燝以創重卒。尊素上言：『律例，非叛逆十惡無死法。今以披肝瀝膽之忠臣，竟殞於磨牙礪齒之凶豎。此輩必欣欣相告，吾儕借天子威柄，可鞭笞百僚。後世有秉董狐筆，繼朱子《綱目》者，書曰「某月某日，郎中萬燝以言事廷杖死」，豈不上累聖德哉！進廷杖之説者，必曰「祖制」，不知二正之世，王振、劉瑾爲之；世祖、神宗之朝，張璁、嚴嵩、張居正爲之。奸人欲有所逞，憚忠臣義士掣其肘，必借廷杖以快其私，使人主蒙拒諫之名，已受乘權之實，而仁賢且有抱蔓之形。於是乎爲所欲爲，莫有顧忌，而禍即移之國家。燝今已矣，辱士殺士，漸不可開。乞復故官，破格賜卹，俾遺孤得扶櫬還鄉，燝死且不朽。』疏入，益忤忠賢意。

八月，河南進玉璽。忠賢欲侈其事，命由大明門進，行受璽禮，百僚表賀。尊素上言：『昔宋哲宗得璽，蔡確等競言祥瑞，改年元符，宋祚卒不競。本朝弘治時，陝西獻玉璽，止令取進，給賞五金。此祖宗故事，宜從。』事獲中止。五年春，遣視陝西茶馬。甫出都，逆黨曹欽程劾其專擊善類，助高攀龍、魏大中虐焰，遂削籍。

尊素謇諤敢言，尤有深識遠慮。初入臺，鄒元標實援之，即進規曰：『都門非講學地，徐文貞已叢議於前矣。』元標不能用。楊漣將擊忠賢，魏大中以告，尊素曰：『除君側者，必有内援。楊公有之乎？一不中，吾儕無噍類矣。』萬燝死，尊素諷漣去，漣不從，卒及於禍。大中將劾魏廣微，尊素曰：『廣微，小人之包羞者也，攻之急，則鋌而走險矣。』大中不從，廣微益合於忠賢，以興大難。

是時，東林盈朝，自以鄉里分朋黨。江西章允儒、陳良訓與大中有隙，而大中欲駁尚書南師仲恤典，秦人亦多不悦。尊素急言於大中，止之。最後，山西尹同皋、潘雲翼欲用其座主郭尚友爲山西巡撫，大中以尚友數問遺朝貴，執不可。尊素引杜征南數遺洛中貴要爲言，大中卒不可，議用謝應祥，難端遂作。

汪文言初下獄，忠賢即欲羅織諸人。已，知爲尊素所解，恨甚。其黨亦以尊素多智慮，欲殺之。會吳中訛言尊素欲效楊一清誅劉瑾，用李實爲張永，授以秘計。忠賢大懼，遣刺事者至吳中凡四輩。侍郎烏程沈演家居，奏記忠賢曰：『事有跡矣。』於是日遣使譙訶實，取其空印白疏，入尊素等七人姓名，遂被逮。使者至蘇州，適城中擊殺逮周順昌旂尉，其城外人并擊逮尊素者。逮者失駕帖，不敢至。尊素聞，即囚服詣吏自投詔獄。許顯純、崔應元搒掠備至，勒贓二千八百，五日一追比。已，知獄卒將害己，叩首謝君父，賦詩一章，遂死，時六年閏六月朔日也，年四十三。崇禎初，贈太僕卿，任一子。福王時，追謚忠端。

黄氏家録

清·黄宗羲撰

忠端公諱尊素，字真長，别號白安。少即博覽經史，不專爲科舉之學。初名則燦，數試不利，夢景州公謂之曰："盍名吾之名？"景州公名尚質，覺而異之，故易今名。登萬曆丙辰進士，授寧國府推官。是時湯祭酒免歸鄉里，所號爲宣黨之魁者，其門生滿天下。有司唯恐不得其歡，一郡之事，祭酒多先受牒判之。有司理牒，投牒者出祭酒所判，有司判之一如祭酒，相沿成習。公視事，有出祭酒之牒者，公怒曰："湯祭酒乃欲士司寧國乎？"裂其牒，撲出牒者，郡中震慄。涇令初著叨穢，聞之乃曰："是不畏湯祭酒者，何難按舉吾屬哉？"終公任，不敢爲姦利事。大姓劉氏置私獄殺人，公欲按之，值考選，或曰："公已成名宛上，似此盤錯，宜俟後人。"公曰："吾志掃姦鄙，今當前而避之，羞稱執法之吏矣。"訟劉氏者數百人，悉爲斷理，收其僮客論死。劉氏飛章京師。鄒元標先生爲左都御史，由此知公，擢山東道監察御史。當鄒先生長憲時，諸君子日追理"梃擊"、"紅丸"、"移宫"所謂三案者，斷斷而争之。或謂公曰："今論人者，以三案爲鑑。公胡無説於此？"公曰："三案已爲成事，今日宫府所急，似不在此。"亡何，鄒元標、劉宗周二三先生去國，公上書請惜老成。京師地震，公又上書："阿保重於趙嬈，禁旅近於唐末。蕭牆之憂，慘於戎狄；毫末不札，將尋斧柯。"

天啟初，閹人魏忠賢、帝乳母客氏，干涉外廷。臺諫有及之者，而言者皆詘。是後四年之中，莫之敢指，公獨發憤悃愊，中旨廷杖。韓相國爌救之，得罰俸。公風裁著聞，然志在濟險，不欲聲名自高而已。當是時，魏忠賢、客氏雖陰寄國命，小人之希附者，亦惟恐人知之。南樂魏廣微者，以魏忠賢宗人得相。其父允貞，故與趙忠毅友。忠毅尚書吏部，廣微猶以故人子自託。亡何，考功郎缺，忠毅取鄒公維璉自兵部郎補之。江右章允儒與咨訪不得而怒，欲敗其事。桐城阮大鋮求長吏垣於左忠毅，得之。已而左忠毅移意於魏忠節。阮大鋮怒，欲致難於二公，遂稱終養。公謂同志曰：『二憾往矣！余聞之范文子曰：「能内睦，而後圖外。不睦内而圖外，必有内争。」今閹人伏慝，吾方内争以啟之。非國之福也。二三子亦姑謀睦乎？』於是移書阮大鋮，勉之和衷：『子不去吏垣，則嫌隙可弭也。』不聽。而給事中傅櫆與魏忠賢養子傅應星遊，阮大鋮、章允儒，合謀使傅櫆奏左光斗、魏大中與汪文言交通狀，魏忠賢從中主之。收文言送詔獄。汪文言者，以布衣遊公卿間，公卿多與之計天下事。文言謁公，公不肯見，曰：『「誇者死權」，文言之謂乎？』至是乃曰：『文言不足惜，使君子之禍由之，不可從。』劉鎮撫僑計畫所以全者，遂出文言。楊忠烈欲表魏忠賢，草具，公曰：『公大臣，非諫官比，一擊不中，禍移之國矣。』忠烈曰：『何謂也？』公曰：『從來除君側者，必有内援，公有之乎？』忠烈默然。公曰：『無已，奏中宫嬪之事，削其風聞。苟毫髮不爲上所實，則上不實其實矣。』不聽。疏入。公亦草疏助之。乃聞魏忠賢辨上前，果自宫嬪事始。忠烈既激怒魏忠賢，魏忠賢欲以廷杖威脅諸在位者。會萬忠貞言鑄錢事連魏忠賢，忠貞被杖死。公上疏曰：『爲廷杖之説者，必曰「祖制」。不知二正之朝，王振、劉瑾爲之；世廟之時，張孚敬與嚴嵩爲之；神廟初年，張居正爲之。奸人爲所欲爲，唯恐忠臣義士之撓之也。借廷杖以滅怨，奔車一轍。後世有秉董史之筆，作朱子之《綱目》者，書曰：「某月某日，工部郎中萬燝以言某事死。」不爲聖明之累哉？』廷臣會議東閣，内侍數百，譁然以辱言官之劾閹人者。閣臣面頳，不能發語。公厲聲叱之曰：『内閣朝廷股肱之寄也。既司禮非詔不敢入，汝曹何爲者不大敬？』衆乃引去。於是謂忠烈曰：『萬郎中由公而死，公宜筮遯，所謂「知者見險，投以遠害」。』忠烈曰：『苟利社稷，生死以之。』公曰：『進退以禮，身名俱全者，上也；身死名存者，次之。』忠烈然之。深念者數日，而使李忠毅再質之公，公笑曰：『去留斷之於己，考合衆議可否，乃亂。』亡何，太廟祭享，魏廣微偃蹇失期，魏忠節將糾奏之。公曰：『不可。夫廣微，小人之包羞者也。阮大鋮挾縱横之術，爲内外騎驛，此積薪也。奈何復厝火乎？』忠節笑曰：『古之決小人者，豈能必勝？要使埋銘不寂莫耳！』公曰：『不然。李固機失謀乖，猶遺梁冀書。君子社稷之心，重於名節。』忠節卒糾奏之。於是廣微取朝籍甲乙於姓名之上，甚其宗人魏忠賢，曰：『此東林黨人，公之所不便者也。公而視此，可舉網盡之矣。』其後誅徙之禍，皆廣微之所甲乙者。嗚呼！新法之行，吾黨不爲無過。使小人計乃無聊，借閹人以報怨者，天啟諸君子之禍也。乃公彌縫其闕，先事綢繆之至意如此。天下但聞其婞直之風，豈不可歎哉！

公精典故，故言事皆有原委。中州進玉璽，廷議開大明門迎入，行受璽禮。公曰：『黨禍將興矣。宋哲宗得璽，蔡確等傅會之，改元元符，君子貶黜無虚日。今天人之數，何相合哉！』乃上言：『弘治中，甲令不當，襲衰宋事，五星聚張。』或言：『張之分野，當生異人。』公曰：『嘉靖三年聚室，占主營建，殆將有三殿之工邪？』已，皆如公議。

明年，公巡視茶馬，主事曹欽程劾公。前疏有：『推擇名賢，以重風紀者，陰爲高忠憲地。』遂削籍。楊忠烈、魏忠節爲閹人所害，公哭之於野，慟。又明年，閹人李實劾公：『家居講學，與忠憲之屬交私。』詔下徵公，連坐者六人。使者至吴，爲百姓箠死。公聞變，即間道投獄。或言亡命。縣令祁逢吉操兵到門，公在道聞之，移書逢吉曰：『抱頭鼠竄，豈免一死？昂首伸眉，落得骨頭香耳！君何小視海内男子也？』時高忠憲以大臣不辱自裁。周忠惠途遠未至。公偕李忠毅、周忠介、周忠毅、繆文貞四公者，高談獄中，忼慨怒駡，繼以詩歌。門人徐忠襄私問之，公曰：『子無用戚我。我於此，豈減黄霸之受《尚書》哉？』魏忠賢使許顯純以次掠考。李忠毅嬰病，公考竟，次李忠毅，乃公復就考。許顯純詰之，公曰：『李公不任楚毒，吾代受之。』魏忠賢又次第使其私人害諸公，存者唯李忠毅與公。已而害公者至，北面再拜謝君，南向再拜辭父母，賦詩一章，薨。天啟丙寅後六月朔也，年四十三。痛哉，何忍言，何忍言！又三日，而李忠毅亦死。

公薨之後，魏忠賢志益盛一時，小人勸進呼嵩，祠之者徧天下。其後一年，熹宗崩，烈皇即位，魏忠賢以謀反伏誅，贈公太僕寺卿，賜祭葬。又一年，捕曹欽程、李實抵死。已，上辯李實原疏，墨在硃上，乃魏忠賢取李實印信空本，命李永貞填寫之者。於是以李永貞代李實，減李實戍之。又十五年，謚公忠端。初，忠端諱日，或傳後六月二日。童德維者，商人也，以事繫詔獄。崇禎初，赦出。謂羲曰：『德維獄中曾事忠端公。』云公薨於朔，非二日也。而徐忠襄曰：『公於獄中，嘗夢三黑人者，楊忠烈亦夢之。識者謂遜國之忠臣也。』宗羲因記公野哭忠烈、忠節之日，夢忠烈告公大禍未解。嗚呼，幽冥之中，真若有神物相之者與？

附：跋尾

百家恭記：《攟殘集》及《家録》，俱先遺獻公四十歲以前之作也，久塵破簏中，將爲蠹鼠齧盡。康熙癸未上元日，百家到雲間，仲簡兄慨然刻之，可勝感激！書此以識不忘。

康熙癸未，是書壽諸梨棗。至乾隆丙申，箭南先生輯譜，檢我族所存，已不過二三册，越今更不絶如縷，何以保其流傳勿替乎？用集同志，捐資重梓，庶藏守益多，傳佈益廣，可以垂諸不朽云爾。

道光四年歲次甲申陽月，族孫河源
裔孫紹顥
族孫寅清　謹識。

黄忠端公傳

清・邵廷采

公名尊素，字真長，號白安，紹興餘姚人。性嚴介，諸生時以經濟名節自許，持論操行，卓犖不爲苟同。萬曆四十四年，成進士。除寧國府推官。能治强宗，以廉直稱。天啟三年，擢御史。

時逆奄魏忠賢與保母客氏爲對食，專竊朝權，用王體乾、李實、崔呈秀等爲腹心，阮大鋮、曹欽程、楊維垣等司搏擊，許顯純、田爾耕等任爪牙。又聽大學士沈潅謀，大開内操，震驚宫廷。四年三月，公因星變，指陳時政十失，末云：『阿保重於趙嬈，禁旅近於唐末。蕭牆之憂，慘於伏莽；毫末不戒，將尋斧柯。』奉旨責其疏中有『天下誰之天下』語，奪俸三月。未幾而汪文言之獄起。

文言者，徽人，本名守太，以武學不第，納監入王安幕。邵輔忠論劾，下刑部徒三年。更今名，仍入監，遇纂修《實録》，授中書。往來諸大老門，頗驕蹇。顧慷慨曉大義，僉都御史左光斗、吏部給事魏大中皆與遊。時逆奄久欲傾陷君子，授意刑科阮大鋮造謀。大鋮乃遺吏部尚書趙南星書：『吏部升轉，請告者率引人相代，有頂首之謠。』南星不知，墮其欺，毅然以爲前弊當革，上疏曰：『吏部四司，唯稽勳一人，餘皆二人，以稽勳事少故。然今日之稽勳，實儲文選考功用。如就近量推，不拘資及，即一省二人亦可。』引陸光祖調吕坤、黄克念同邑同司例爲言。上從之，遂調職方郎中鄒維漣爲稽勛管外察，而維漣與原任主事吳羽文并江西籍，於是刑科傅櫆論南星違制，并及光斗、大中狎文言，下文言詔獄。其後因之延蔓羅織，櫆與大鋮始禍也。大中片紙求救於忠端公曰：『事急矣，勿殺義士！』公即至北鎮撫司劉僑所，密計不竟其獄，文言因此得寬。忠賢怒，以他事削僑，用許顯仁代之。

六月，左副都御使楊漣論忠賢二十四罪，忠賢欲結輔臣韓爌爲地，爌嚴拒。遂令魏廣微條旨，切責漣而温慰忠賢。自廣微、顧秉謙入閣，葉向高强半注籍，午門杖殺郎中萬燝，又逮御史林汝翥。汝翥恐先斃群奄手，亡走詣遵化獄。群奄疑汝翥閩人，向高匿之，直入邸寓，嫚駡坐索。向高奏之，亦置不問。文言竟杖一百，爲民。於是向高奏：『數十年不行之廷杖，用之旬日，實傷國體。且自楊漣首劾，舉朝哄然。皇上誠欲保全忠賢，莫若聽其自請，且歸私第，遠勢避嫌，其於轉禍爲福，直俄頃耳。内操一事，祖宗朝所無，聚數千兵甲於宫廷肘腋間，終屬隱憂。』不聽。向高、爌予告去，漣、光斗皆削籍。

先是，公繼漣上疏言：『小人爲惡，至於情見勢極。先時臺諫折之不足，後恐干戈取之亦難。』及萬燝杖死，又言廷杖之弊：『爲廷杖者必曰「祖制」，亦思彼行之者何人耶？二正之朝，行之者王振、劉瑾也；嘉靖時，行之者嚴嵩也；萬曆時，行之者張居正也。曾見二祖、宣、孝之世有此事耶？』

公深沉謀斷，處群小能不爲已甚。大中劾魏廣微，公曰：『不可。此小人之包羞者也。』大中不聽，廣微遂決與正人敵。忠賢知劉僑寬汪文言之獄，其謀出公，尤忌之。五年二月，遂與周宗建、李應昇等同削籍去，而復逮汪文言。秋七月，逮漣、光斗、大中下鎮撫司，脅文言證其受熊廷弼賂，文言不肯承。顯仁乃自爲爰書，織入定罪，追贓酷掠，皆死於獄。六年三月，復逮高攀龍、周順昌及公。

先是，五年冬，三吴訛言翻案以公爲主，用蘇杭織造太監李實爲張永，誅逆奄。逆奄聞之，大懼。刺事至江南四輩，無影響。刑部侍郎沈演欲自以爲功，奏記逆奄曰：『事有迹矣。』逆奄使人日譙訶李實，取其印信空本，填七君子姓名，皆指爲吴人，而不知公越人也。攀龍拜疏，坐園池正命。吴人因順昌毆殺緹騎，而緹騎之逮公者方泊胥門，誅求供應，搒笞驛官。義士許爾成偏袒一呼，衆叢擊，焚其舟，沉其輜重於水。有司擁護出境，抵杭關，失駕帖，竟不内，去。撫按逮公赴京，與李應昇同就詔獄考，身無完膚。再考及公，公仰首顧顯純曰：『吾忍見李君負病受楚毒乎！』顯純爲之動容。閏六月，卒於獄。前一日，獄吏告以内傳欲斃公。公有語，亟書寄家，即於三木上賦詩，南北向拜謝君親，不及他事。

先後死璫難者十有七人，名列兩朝忠烈祠碑，而中書汪文言、吴懷賢不與焉。

莊烈帝登極，贈公太僕寺卿，謚忠端，予祭葬蔭子，宗羲入監。而封其父曰中如其官。妻姚氏，封淑人，鄉黨榮之。

曰中號鯤溟，通《易》、《春秋》，與人言必原本經傳。忠端公之喪，蔣令吊之於途，鯤溟公曰：『此郊吊也，明府以《春秋》起家，豈宜有此？』一邑利害，他人不敢言者。公獨言之。有伍伯倚令勢魚肉市民，公投以治生帖，伍伯叩頭請死，令亦從此不敢近伍伯。逆案尚書某使其僮客越境追人，公呼僮客，杖之曰：『吾非杖汝，聊以寄汝主耳。』其疾惡如此。

姚淑人，上虞人。從忠端公在京，楊、左諸公多夜過邸寓，商論時事，燭累見芨，管勾茶鐺酒罍無失候。魏大中尤數過，以小人陰謀相告，形之歎息。客去，輒迎謂公：『得無又有歎息事耶？』獄急，上書求代。每哭公至暈絶，諸子前相慰解曰：『無庸，第無忘大父粘壁書耳。』蓋鯤溟公於諸孫出入處大書『尔忘勾踐殺尔父乎』八字于壁，諸子受教慟哭，淑人亦哭。一生經荷艱危，後三十年益遭亂離，播遷無定居，每以舊國存亡係念。康熙十九年卒，年八十七。

子五人：宗羲、宗炎、宗會、宗轅、宗彝。宗羲自有傳。

贊曰：黄氏之系，出於潁川。漢相霸。慶元不屈，厥支是延。任爲慶元通判者。金人破慶元，死之。三子分地避兵，一居定海，爲東發始祖。東發殿宋，震，宋末名臣。茂卿啟明。文茂，泰定進士。受學吴草廬，主教於鄉。從學草廬，以大其聲。握當遜國，思效全忠。天造多奇，翻與叛同。賦詩：『爲臣真欲效全忠，豈料翻成與叛同。』赴水死。伯川有詩，小野亟歎。東河撫孤，不先一飯。伯川舉天順，壬午，主考陝西。有《竹橋十詠》，倪小野稱其蕭散閑遠。素庵生稔，號東河，娶章氏，撫孤子。孤子入城市，必問其所之，而立待其歸始食。忠節之後，斯文之傳。知孫必昌，慰我對川。公大父。三品及封，七品死節。始疑不符，終乃券合。公言三品封祖，後以御史七品死，贈冏寺，果三品得封。同文之獄，熟非錦歸。天壽其翁，善養不違。鯤溟公後死受封。兩朝忠烈，碑峙孤山。六忠祠祀，越城具瞻。我遵竹浦，潮赫斯怒。宛在其中，英英白露。

明儒學案・忠端黄白安先生尊素

清・黄宗羲

黄諱尊素，字真長，號白安，越之餘姚人。萬曆丙辰進士。授寧國府推官。强宗歛手，避其風裁。時崑、宣之燄，足以奔走天下，先生未嘗稍假借也。入爲山東道御史。神宗以來，朝中分爲兩黨，君子小人遞爲勝負，無已時。天啟初政，小人之勢稍絀，會奄人魏忠賢、保姆客氏，相結以制沖主，盡收宫中之權，思得外庭以助己，小人亦欲乘此以一網天下之君子，勢相求而未合也。先生惕然謂同志曰：『兄弟鬩於牆，外禦其侮，吾儕其無鬩牆以召外侮乎？』無何，阮大鋮長吏垣，與桐城、嘉善不睦，借一去以發難。先生挽大鋮，使毋去，大鋮意亦稍轉，而無奈桐城之踈彼也。趙太宰不由咨訪，改鄒新昌於銓部，同鄉臺省起争事權，先生爲之調人。江右遂謂新昌之見知于太宰由先生。二憾交作。而給事中傅櫆，故與逆奄養子傅應星稱兄弟，私懼爲清議所不容。挺險者乃道之以首功，借中書汪文言，以劾桐城、嘉善，逆奄主之，以興大獄。先生授謀於鎮撫劉僑，獄得解。於是而有楊副院二十四大罪之疏。疏之將上，副院謂同志曰：『魏忠賢者，小人之城社也，塞穴薰鼠，固不如墮城變社耳。』先生曰：『不然。除君側者，必有内援，公有之乎？一擊不中，凶愎參會矣。』疏入，副院既受詰責，而且杖萬郎中，杖林御史，震恐廷臣。先生謂副院曰：『公一日在朝，則忠賢一日不安，國事愈決裂矣。不如去，以少衰其禍。』副院以爲然，而遷延不能決也。南樂由逆奄入相，然惟恐人知，使燕、趙士大夫以魏氏爲愧。嘉善因其大享不至，將糾之。先生曰：『不可。今大勢已去，君子小人之名，無徒過爲分別，則小人尚有牽顧，猶有一二分之救也。』嘉善鋭意欲以擊外魏，與楊副院擊内魏爲對股文字，不深惟先生之言。南樂喟然嘆曰：『諸公薄人於險，吾能操刀而不割哉？』遂甲乙其姓名于宦籍之上，惎其宗人魏忠賢曰：『此東林黨人，皆與公爲難者也。』逆奄奉爲聖書，終熹宗之世，其竄殺不出于此。晉人争巡撫，先生語太宰曰：『秦、晉、豫章，同舟之人也，用考功而豫章之人心變，參卹典而關中之人心變，再使晉人心變，是一鬨而散之局也。』陳御史果劾嘉善，以會推狥其座主，中旨一出，在朝無留賢矣。凡先生憂深慮遠，彌縫於機失謀乖之際，皆先事之左券也。先生三疏劾奄：第一疏在副院之先；第二疏繼副院而上；第三疏萬郎中杖後。清言勁論，奄人髮指，則曰：『此諫官職分事，不以爲名高也。』乙丑出都門，曹欽程論之，削籍。其冬訛言繁興，謂三吴諸君子謀翻局，先生用李實爲張永，授以秘計。逆奄聞之大懼，刺事至江南四輩，漫無影響。沈司寇欲自以爲功，奏記逆奄曰：『事有跡矣！』逆奄使人日譙訶李實，取其本去，而七君子被逮。蓋汪文言初番之獄，羣邪定計，即欲牽連左、魏二公，相隨入獄，不意先生能使出之，故于諸君子中，意忌惟先生，以爲必爲吾儕患。訛言之興，亦以是也。丙寅閏六月朔，賦詩而卒，年四十三。

先生未嘗臨講席，首善之會，謂南皋曰：『賢奸雜沓，未必有益於治道。』其風期相許者，則蕺山、忠憲、忠節。萬里投獄，蕺山慟哭而送之，先生猶以不能濟時爲恨。先生以開物成務爲學，視天下之安危爲安危。苟其人志不在弘濟艱難，沾沾自顧，揀擇題目以賣聲名，則直鄙爲硜硜之小人耳。其時朝士空疏，以通記爲粉本，不復留心於經學。章奏中有引繞朝之策者，一名公指以爲問，先生曰：『此晉歸隨會事也。』凡五經中隨舉一言，先生即口誦傳疏，瀾倒水決，類如此。

黄太僕傳

明・范景文

天啟之末，一人恭默，羣小乘墉，宫府鉤結，禍及清流。予於乙丑春待罪典劇，南樂附逆入相〔一〕，受奄頤指，欲以侍御黄公白安及李次見、周來玉等八人年例外補，陰屬太宰。予争之曰：『此有何罪，而欲斥之？』曰：『黨人也。』予以爲『黨』之一字，乃漢、唐、宋末季小人所以傾君子者。聖明在上，而可復以此爲口實？且我輩豈殺人媚人者，有死不爲也，遂引疾歸。逆魏狺狺，乃嗾其黨曹欽程出疏誣公，削籍以去，尋及大禍。然予之得免於禍者岌岌矣，猶以先去遵晦避垢，獲周旋諸君子患難中。事雖無益，得後死以傳其遺烈，甚幸！今公長子宗羲持狀銜哀，乞識其事，遂援筆爲之傳。

公諱尊素，字真長，白安〔二〕，其別號也。先世江夏，十六世祖徙家四明。國初有菊東先生名玨者，精皇極經世之學，是爲公始祖。公祖大綬，父曰中，以儒行推閭里，有彦方之目。母盧氏，生公。公生而岐嶷，負絶人才氣，讀書曉暢大義，顧盼儕俗，岸如勿屑也。年三十，猶艱黌宫，志操不易。萬曆乙卯，舉於鄉，丙辰，成進士，司寧國理。郡多豪猾，易犯法。公至，壹持之以三尺，斷斷如也。鷸者褫冠，蠆者劅尾。遇諸重獄，撫按必檄公訊鞫。乃定爰書，汰冗役、製漕艘、禁採煤諸善政，不可更僕數。而以執法失豪紳意，飛章媒孽公。時南皐鄒公爲總憲，曰：『不畏彊禦，宜在天子左右。』報滿課最，考選臺班，巖巖直節，鐵面彊項，人稱真御史。未踰年，封事凡十三上。羣黨側目，眈眈思中之。一時同心衆正盈廷，同心擊邪，如趙忠毅、高忠憲暨楊、魏諸君子，出死力以濟屯蹇，朝端生色。公獨見幾，私心癙憂，謂伏火將發，亂形兆矣，宜審去就，意在用晦俟時，少衰厥禍。諸名賢交善其言，而志欲搏擊羣陰，義無他顧。公遂決計，曰：『寧不與諸君子同其功，不願不與諸君子同其禍也！』先是，逆奄妖牝，表裏煽虐，災異叠見。公特疏有『阿保禁旅』『蕭牆讎敵』之憂，實指權璫爲首難發云。比楊忠烈二十四罪疏上，公單疏繼之，謂中外洶洶，無不欲食忠賢之肉，今日猶與士大夫爲讎。繼將以皇上爲注，柴栅既深，螫辣誰何？此時不惟臺諫争之不足，即干戈取之亦難，請罷其廠務。不聽，逆賢切齒銜之。會萬郎中燝以劾奄斃杖下，羣璫咆哮，呼閹臣如鶩，見者膽落。公上疏言士氣沮絶，廷杖非制，中引王振、劉瑾，撩彼虎牙。自分與燝同死，賴政府力護得免。及黨禍大作，緹騎四出，公聞楊、魏瘐死獄中，爲位而哭，極哀。夜夢楊公告以大禍難免，而徑不免矣。織監李實内逢奄意〔三〕，劾蘇撫疏，攙入公名，矯旨逮問。值吳門激變，失一駕帖。公聞之，嘻然曰：『此必爲我也。』徒步就獄，榜掠無完膚。公厲聲曰：『名山大川、清風明月，是吾贓私。』卒寃坐二千八百緡。公長子號泣走貸，差足完比。公復憂李次見孱不勝杖，割完贓，代受楚。臨難，從容賦絶命詩，有『錢塘有浪胥門淚，惟取忠魂泣髑髏〔四〕』之句，聞者流涕。今上登極，奮擊元兇〔五〕，詔憫公忠，贈太僕卿，賜祭葬，予廕。子五人，能讀父書。論者誦善人多後，於公尤驗云。

范子曰：『忠貞蒙難，見幾者不獲免焉，豈非天哉！』當公與應山、次見譚論幾事若操券〔六〕，而卒被羅織；明哲之士，駢首就戮，豈兩截與？蓋公首發奸謀，樂與同禍。至臨難慷慨，割完贓，以緩友人須臾死。嗚呼！君臣朋友之誼，至死彌篤，若公者，可云不死矣！

校勘記

〔一〕『南樂』二字，底本缺，據清康熙許三禮《清遠堂刻本》補。

〔二〕此處『白』字，底本爲『伯』，據文意改。

〔三〕此處『取』字，底本爲『恥』，據清康熙許三禮《清遠堂刻本》改。

〔四〕此處『擊』字，底本爲『殛』，據清康熙許三禮《清遠堂刻本》改。

附録四　黄宗羲所撰有關文章見浙江古籍出版社版《黄宗羲全集》

重建先忠端公祠堂記

天子既誅逆奄，表死節之忠臣，祭葬贈蔭，卹典咸備。御史袁鯨，請於京城建祠一座，以慰忠魂，楊漣、周順昌、黄尊素、李應昇等各家子弟，追塑遺像於祠中，順天府春秋祭享。詔曰：可。於是死節最著者十三家，有司奉旨立廟於鄉，皆名曰敕建。

先忠端公祠，卜地邑西之西石山，爲吕氏書室。有長松峭壁，用官價百金買之。是時我鄉奄黨最多，而以逆案拾遺歸者，北科糾拾某官，癸亥京察降級，乙丑以後，遂爾登級。光禄無匠，何以冒殿工而加級？非夤緣捷徑，何以越歲而正位奉常？內有通天之孫杰，外有納賄之崔逆。同郡劉宗周，正人也。惟恐出而阻之，移宫一案何罪乎？疏請榜示以爲戒。勢尤桀奡，與其同黨，蹴私人出而争地，東浙士大夫，皆爲之不平。馮畱仙、馮鄴仙、劉瑞當、陸文虎、萬履安、馮元度會祭祠下，其文刺我邑縉紳，不復知人間有羞恥事，而以黨奄自旌也。奄黨憤甚，又使其前爲方從哲之門客，孤鼠遊説，爲一邑風水攸關，必須改卜。蕺山劉先生爲書以告當事曰：『不佞，白安先生之未亡友也，請以螳臂當之矣。』久之而後定，而同黨亦知爲拾遺者所誤，咋舌而死。紹興推官陳子龍銘其麗牲之石，春秋常祭之外，巡按蕭奕輔、喬可聘、左光先，海道許豸、儀部周鑣等，路有經由者，皆以特羊告廟，賦詩憑吊。改革之際，羣盜滿山，官兵借爲營房，抽椽壞壁，未幾而傾覆矣。有司致祭無所，罷享者四十年，創痛如積。

今天子纂修明史，追數明室之亡，在於天啟。昔伍員之諫夫差也，謂二十年之後，吴其爲沼。當員之諫時爲魯哀公元年，至二十二年，其言始驗，而越滅吴。先公之諫熹宗，爲甲子歲，至乙酉而明亡，亦二十二年。故先公絕命詩『錢塘有浪胥門目』，不特痛其遭遇如員，而於國家興亡之數，亦前知之矣。魄感精動，虛塵可數，當知緯候爲小道耳。王顓菴先生督學浙中，以仁義束世教，行部東浙，表章啟、禎忠節，立『六賢講院』，而以先忠端公爲首。又考圖經，知先忠端公故有祠宇，今雖蕪廢，顧先朝敕建，不可不復。乃即其故里，老屋三楹，肖像存舊。

丙寅二月下丁，教諭沈君煋將事，風和日美，俎豆靜潔，故老見之，泣下沾襟。蓋先公被逮在丙寅三月，今歲復在丙寅，而祀典之舉，適相邂逅，不可爲非數也。祠堂當三江之口，元柳貫有『連延黄竹浦』之詩。剡水西流，藍溪南注，姚江東去，至此而合。迺易之、戴九靈之遺蹟在焉，北望陸放翁之蜀山，南覩李信之雙瀑，名山大川，藥房蕙帳。於此乎？於彼乎？徬徨上下，死而不亡者，庶幾其或遇之。

遷祠記

先忠端公祠，壬申建於縣西之西石山，春秋有司致祭，撥祠夫二名守之。爰當孔道，改革之際，屯兵於此，抽榱桷爲營火，祠因以廢。丙寅，學院王顓菴先生稽昔祀典，復其春秋之祭，余以所居黄竹浦矮屋三間，稍拂拭，肖象爲祠。自丙寅至庚午春，五年九祭，煩有司往返四十里，僕僕從事，心甚不安。七月二十四日大水，祠屋遂沈。海内知之，司寇健庵、中允果亭、相國立齋、相國素存、學院蓉湖、京兆定庵諸先生，各出清俸，金鑒前弊，建於新城内南門之左，頗饒花木之趣，太守長白李公題其額焉。一祠也，三徙而定，厥維艱哉！

蓋餘姚先賢之祠，無不在城内，惟嚴子陵在陳山墓道，趙考古在馮村故居。陳山當時有『高節書院』，設山長領之。山長攝祭，故能多歷年所，山長廢，亦遷至城矣。考古之遷入城，不知何時？或曰嘉靖中湯紹恩。其餘如虞國石孝子之祠，當年應皆載在祀典。今孝子烝嘗，止于私門；虞國祭賽，化爲土穀：豈不以離城之故哉！

余按古之鄉先生殁而祭于社者，當祭之時，爲尸以迎之，祭畢則已，無所謂廟也。越王思范蠡之功，鑄金以存其像，抑廟之昉乎？自漢以後，圖形立廟者多矣。或墓或居，一邑之中，涣不相假，索四境而祀之，勢將鮀不給祝。後世萃之一廟，少牢合祭，名曰鄉賢，則餘廟皆可毁也。未幾而鄉賢猥雜，馬醫夏畦之鬼，莫不攘臂而争之。君子羞與並列，則仍爲别廟，有司因而分祭。自特祠而鄉賢，鄉賢而又特祠，古今凡三變焉。

嗟乎！人之賢不肖，不係乎祠，祠之分合，皆不能無弊。故象祠于鼻亭，薛道洲毁之；曹操祠于夷陵，申屠子毁之；蔡州吴元濟之祠改爲裴度；崕山張弘范之祠，改爲文、陸。春秋之斧鉞，長存天壤，頃一販夫以千金修學，竄入鄉賢，或爲鞶纓之惜。余笑曰：『此近時加納例也，何不可之有？』聞者莫不胡盧。夫非其位而據之，祝板呼名，旁觀腹笑，是亦呼爾蹴爾嗟來之食也。鬼豈無知乎？

崇禎戊辰，余在京口，寺中作佛事，余入觀之。有神位書先公姓名，前設伊蒲之饌，余痛哭而拜，一寺皆驚。其後聞此數年間，江南北凡有佛事者，無不有先公及與難諸公神位，此所謂野祀也。昔諸葛忠武未立廟之先，百姓因時節私祭之于道陌上是矣。先公司里宛陵，宛陵祀先公于名宦，與文信國同龕香火。戊寅，余至宛陵，梅郎三、麻孟璇、徐乾若皆言先公英靈不昧，一紳平時于先公爲難者，見先公降于其宅，鬼卒持郎當捕之，紳乃叩頭乞哀而死。有僧自皋亭來，言遇先公，問其所之，云赴宛陵之任，令之傳語。錢牧齋語余客有請乩仙者，先公與李忠毅降之。忠毅爲南康城隍，先公爲寧國城隍，亦與僧語相合。近讀嶺南韓如璜集云：『先臣黄佐有言，劉球、毛吉爲奸盜所殺，嘗附于人。比聞楊漣、黄尊素、周宗建亦復現形著蠁，貞魂耿耿，自不同他氣易散，豈幻誕哉！』江右舒碣石亦云：『合諸君子之言證之，不可誣也。』嗚呼！先公英爽，勃窣兩間，此鄉邑之祠，胡可忽諸。

庭誥

昔劉復之求王魯齋先生爲其母夫人行狀。魯齋曰：『婦人不當有行狀。』故凡婦人附夫之誌，篆只書其夫之姓氏，婦不別出。其後有書某某同妻某氏合葬者，非古法也。即特誌婦人，書其婦德，亦不過數言。其後件繫其不踰閫之碎事，亦非古法也。葉安人之喪，兒子百家書行實以呈。余曰：『惡，汝欲以是不死其母乎？抑狥世俗而爲之乎？魯齋曰：「顯親之要，在立身行道，不在乎區區之文也。」文且不可，況文非其文乎？』無已，則按古法而書之曰：

安人餘姚葉氏，嘉靖戊戌進士工部郎選之曾孫，嘉靖乙丑進士鄖陽知府逢春之孫，萬曆己未進士按察使憲祖之女。黄忠端公之子婦，梨洲山人宗羲之婦也。山人以職方兼御史徵例封安人。生於萬曆己酉，卒年六十有八。子三人：百藥，娶李氏、柳氏；次百家，娶孫司農之女，繼虞氏；次百學，聘王司馬女，娶孫氏。子婦法不宜敍，今援王元之例。女三人：長適諸生朱林，大理守之子；次適任子劉茂林，子劉子之冢孫；次適諸生朱沆。孫男三人，孫女四人。以卒後中陰之盡，權厝化安山禁塋之側。

安人年十七來歸，時天啟五年十二月，得奉事忠端公者三月。忠端公就逮，留《家訓》一章，中言汝婦賢孝，是安人生而得忠端之諡也，余亦不敢復加優劣，汝曹即極力模寫，有能增益此二字乎？後世即不信今人之文章，其有不信忠端公之言乎？不須妄爲蛇足。

余友鄭禹梅新有文聲，持此往告之，其必不以世俗之文誑汝也。

移史館先妣姚太夫人事略

先妣姚太夫人，生于萬曆甲午十二月初二日，卒于康熙庚申正月初十日，享年八十有七。十六歲而歸吾忠端公。天啟元年，敕封孺人；四年，以御史覃恩再封孺人；崇禎元年，誥封淑人；十七年，進封太夫人。生五子，長即不孝宗羲，次宗炎，次宗會，次宗轅，次宗彝。

太夫人姓姚氏，太僕寺卿翔鳳之從孫女。父諱克俊，字順宇，鄉飲大賓。母徐氏，世居上虞之渣湖。來歸時，曾王父贈公、曾王母章太淑人皆在堂，三世同居，内外數十人，而太夫人長羣婦，承巾奉箒，羣婦皆視一十六歲女子爲進退。贈公治家嚴肅，羣婦時有譙讓，而獨賢太夫人，曰：『新婦大家氣度，無儒酸農瑣之態，他日定爲貴人，顧我不及見矣。』

丁巳，先公授寧國府推官，太夫人在寧國五年，署中落然不聞人聲，始入後出，中間不識司李廳屏。癸亥入京師，是時逆奄竊政，黨論方興，楊、左諸公多夜過邸寓，議論時事，燭累見跋，僮僕頭觸屏風，而太夫人管句茶鐺酒罍無失候。魏忠節見過尤數，每過，必以小人陰謀相告，形之歎息。忠節去，太夫人迎謂曰：『得無又有歎息事耶？』乙丑，出都門。明年而難作，先公被逮。太夫人每夜向北辰而拜，祈聲酸苦，丙漏將盡，聞者無不欲泣。先公遺命，五子撫之，羣妾嫁之，苟風波粗定，不失爲黄竹農家。太夫人不忍嫁羣妾，皆聽其母家迎去。每哭先公，至於暈絕，不孝苦相勸解，太夫人曰：『汝欲解我，第無忘大父粘壁書耳！』蓋大父以義頑鈍，於義出入之處，大書『爾忘句踐殺爾父乎』八字，揭之於壁，義受教痛哭，太夫人哭乃止。天子既誅逆奄，哀憐忠死之家，副笄狄衣，加換三品。一時名公鉅卿皆就拜謁，問起居，步幛棖臬之間，天下想望風烈，太夫人初不以此自異，奉事兩人，寢門竈下，煩辱之任，加於娣姒一等。

王父病革，太夫人不煩諸父，命義出營棺木，得美櫝，王父見之而喜，謂太夫人曰：『吾有三子在，而窀穸之事，惟一婦是辦，汝後必有達者。』王母之沒，適舉債六十金，太夫人盡出以供喪事。或言之『急而舉債，舉債而不以應急，可乎？』太夫人曰：『更無有急於喪事者也。』先公弟三人，子五人。王父以先公無私積，將分財爲八，各授之。王父喪後，諸父爲政，曰『孫不得與子同盈縮也』。於是五人受四分之一。太夫人訓諸子曰：『汝曹能讀父書，先業有無，不足計也。』

崇禎末，宗羲、宗炎、宗會頗有時譽，宗轅亦習科舉，顧功名可以戾契致，太夫人憂思稍解。乃未幾而黨禍復興，阮大鋮招搖白下。儀部周仲馭出南都防亂揭，集諸名士以攻之，而以顧杲、宗羲爲揭首，次桐城左國棅、宣城沈壽民。大鋮得志，修報復，既曲殺仲馭，左、沈皆變姓名去，遂批徐署丞疏，逮杲及義。弘光遜位，不及於難。驚魂未定，而四方兵起，乙酉，奉太夫人徙中村，丙戌，徙化安山丙舍，丁亥，返故居；己丑，山中亂，徙邑城，明年返故居；丙申，山中又亂，徙半霖，其秋返故居；己亥，海上亂，防海之師，望門而食，徙三溪口，明年冬，返故居；甲寅，羣盗滿山，徙海濱之第四門，乙卯後五月始返。三十年之中，流離轉徙，矻矻靡有定居。其間與村郊之婦女，持槖束緼而立，塵起疾呼，以遁須臾之命者，又不知凡幾。自乙卯以來，風鶴稍息。太夫人早起，日誦《金剛經》一卷，誦畢，置曾孫小孩於膝，口授唐詩絶句一二首，暇則述閭閻碎事，勾女孫輩一笑。方謂此樂可常，豈知安居數年，亦爲造化之所吝耶！

古來章妻、滂母，受禍不過一時。而太夫人始遭東林黨禍，繼之以復社黨錮，又繼之以亂亡。捕獄則操兵到門，避寇則連繩貫掌。覆巢之後，復遇覆巢。辛苦再立之戶牖，頻經風雨，一生與艱危終始。即古來之節婦賢母，著名不過一節。而太夫人上書代死，似忠愍之夫人；膝下皆爲名士，舉觴賜子，似伯仁之母；執經講舍，諸生先起居太母，似忠介之母；九十萱親，養堂束帛，又似依齋之母。隨舉一節，皆應史法，太夫人兼之。蓋天不以尋常婦女之境遇處太夫人，太夫人亦遂破荒於婦道，母道之變局。故五十稱壽，祥光遍於帷帳；一年廬墓，甘露降於青松，豈非天也。每當太夫人壽辰，海内鉅公，多有傑作以表徽音，蕺山劉夫子、徐忠襄、施忠介、相國瞿稼軒、朱文靖、孫碩膚、中丞方孩未、陳于庭、儀部周仲馭、徵君沈眉生、蘇武子、陳定生其著也。史館諸公亦考信前言，知義説之不妄也。

監修徐立齋先生爲之特傳於列女，是吾母屈於生，顧得伸於死，子孫當世不忘也。

化安寺缘起 己酉

化安寺在餘姚通德鄉之剡湖，廢於弘治、正德間，碑碣無存。縣誌云：化安講寺，後唐清泰元年建，宋大中祥符九年改賜普圓院。宋《會稽志》云：普圓院在餘姚縣南三十五里，後唐清泰元年建，號化安院；大中祥符元年改賜今額；然則稱化安講寺者，元以後事也。其見於他傳記者，宋史《陳槖列傳》。槖字德應，餘姚人，以權刑部侍郎謝事歸剡中，僑寓僧寺，日糴以食，處之泰然。初讀《宋史》，以剡中爲嵊縣，及考城冢，則云宋侍郎陳槖墓在化安山，廬舍遺址，猶有存者，所謂陳園，老梅殭仆，尚是數百年以上物，始知剡中之即爲剡湖，僑寓僧寺之即爲化安寺也。元虞集狀餘姚州判黃茂云：附近有化安、永樂二寺，府君皆捨田山於僧，永爲子孫藏修遊息之資。州判者，吳草廬高第弟子，予之九世族祖也。宋玄僖詩集，五月十四日過應平仲書塾，其夜至明日雨不止，有《懷藍溪許月山、化安真淨源》：『天晴獨跨蹇驢來，准擬書堂一宿回。野色幾年違白首，雨聲半夜落黄梅。南山樹對高僧立，東浦花隨處士開。親舊有懷難晤語，出門流水沒蒼苔。』南州《洽雨軒集》，有《送坦達中住姚江化安詩》云：『深居亦矯俗，用世非我期。徘徊越壠坂，所重遭明時。商飈薄江渚，蘭蕙幸未衰。爲言采芳者，何以遺所思？』宋玄僖召修《元史》，博洽爲建文皇帝薙髮，皆明初宗匠，而真淨源、坦達中與之相友，其非聊爾人可知。由此推之，其前其後，此寺必多名流勝士，不以負販一拂子爲重輕者，其姓名徒付之山高水清而已，可不惜哉！

自先忠端公賜葬化安山，予每遇諸家文集干涉此山者，即抄之以爲故事，其所得於寺者僅如此。寺廢雖久，把茅而處者不絶，具德禮、江月某、冰懷某，皆出而有聞於世。予以吾母姚太夫人之命，割地數十畝，展其員幅，於是佛殿初具，崑山歸莊爰書寺額，山門法堂，一切未備，然可由是而踵事也。夫先州判捨田山于方盛之日，居母捨地於已廢之後，何黄氏與兹寺有夙契也。

嗟乎！世之言久遠者，無如於佛。而盛極之寺院，數百年已不能必其如故，然猶可諉之成壞之理。獨怪自後唐至於有明，歷年不爲不久，名流勝士，不爲不多，不能以鐘鼓之力延其餘響，反若因陳侍郎而有此寺，因陳侍郎之寺而有此真浄源、坦達中區區之名氏。不然，姚江如此寺者何限，又孰爲之推尋哉！佛氏所謂久遠者，果安在耶？陳德應倘佯其先，忠端公旁薄於後，兹山當與天壤俱敝，自此雲水遵止，易以垂名，幸矣。

鄉賢呈詞 節録

故山東道監御史贈太僕寺卿再贈兵部左侍郎謚忠端黄公諱尊素，風神墻岸，儀表丘墟。當主荒政繆之秋，障勸進呼嵩之禍，先求斬馬，遂請魚文。叱社穴之妖狐，直落其魄；呼杖下之忠鬼，欲起其魂。盧尚書持戈閤門，李校尉氣懾常侍，不是過也。萬里投獄而送死，哀動行人；四韻絕命以謝君，變呈天象。嵇中散索琴東市，季路氏結纓衛臺，又何加焉。

至廣化寺拜先忠端公神位 十七日

六載未經廣化寺，重來樓閣已巍然。金撫新修。江山千古留殘照，草木三春有杜鵑。天寶更無談舊叟，西湖只見上墳船。蓋棺議論何曾定？多少沈魂愧九泉！樓上神位有當斥去者，如□□□爲棍徒所詐，久之而死；□□□爲流寇所夾，歸死於家；□□□仕龍武，亦歸死；□□□等避難，爲亂兵所殺；□□□安牀而死。如此尚有數公，列之無謂。

至六一泉謁先忠端公神位

遊人十月西湖少，來拜兩朝忠烈祠。衰柳數行遮酒店，斜陽一半照殘碑。快逢年少雄詞賦，亦使老人與鼓吹。共道近來濃抹好，汝曹未及見前時。